唐圭璋編

詞話叢編

第三冊

中華書局

永叔即席云：「柳外輕陰池上雨，雨聲滴碎荷聲。小樓西角斷虹明。闌干倚遍，留待月華生。燕子飛來棲畫棟，玉鉤垂下簾旌。涼波不動簟紋平。水晶雙枕，旁有墮釵橫。」堯山堂外紀

歐陽修朝中措

歐陽公守維揚日，于城西北大明寺側，建平山堂，頗得遊觀之勝。劉原夫出守揚州，公作朝中措餞之云：「平山欄檻倚晴空。山色有無中。手種堂前楊柳，別來幾度春風。文章太守，揮毫萬字，一飲千鍾。行樂直須年少，尊前看取衰翁。」苕溪漁隱

宋祁鷓鴣天

宋祁爲學士，一日遇內家車子數輛於繁臺，不及避。車中有搴簾者曰：「此小宋也。」祁驚訝不已，爲作鷓鴣天詞云：「畫轂雕輪狹路逢。一聲腸斷繡簾中。身無彩鳳雙飛翼，心有靈犀一點通。金作屋，玉爲籠。車如流水馬如龍。劉郎已恨蓬山遠，更隔蓬山幾萬重。」傳唱達禁中。仁宗聞之，問第幾車子，有內人自陳。頃之，宣學士赴宴，從容語之。祁惶懼，仁宗曰：「蓬山不遠。」遂以內人賜之。詞林海錯

范仲淹送神詩

范文正公謫睦州，過嚴陵祠下，會吳俗歲祀，里巫送神歌滿江紅有云：「桐江好，煙漠漠。波似染，山如削。繞嚴陵灘畔，鷺飛魚躍。」公曰：「吾不善音律，但撰一絶送神云：『漢包六合網英豪。一個冥鴻惜羽

毛。世祖功臣三十六，雲臺争似釣臺高。』」吴俗至今歌之。湘山野録

范仲淹漁家傲

范希文守邊日，作漁家傲數首，皆以「塞上秋來風景異」爲起句，歐陽公嘗呼爲窮塞主之詞。及王尚書留守平涼，永叔亦作漁家傲一詞以送之。後段云：「得勝歸來飛捷奏。玉階遥獻南山壽。」顧謂王曰：「此真元帥之事也。」東軒筆録

劉原父踏莎行

侍讀劉原父守維揚，宋景文赴壽春，道出治下，原父爲具以待。又爲踏莎行詞以侑歡云：「蠟炬高高，龍煙細細。玉樓十二門初閉。疎簾不捲水晶寒，小屏半掩瑠璃翠。桃葉新聲，榴花美味。南山賓客東山伎。利名不肯放人閒，忙中偷取工夫醉。」宋即席爲浪淘沙近以别原父云：「少年不管。流光如箭。因循不覺韶華换。到如今，始惜月滿、花滿、酒滿。扁舟欲解垂楊岸。尚同歡宴。日斜歌闋將分散。倚蘭橈，望水遠、天遠、人遠。」「南山賓客東山伎」，本白樂天詩。能改齋漫録

吴感折紅梅詞

吴感字應之，以文章知名。天聖二年省試第一，又中天聖九年書判，拔萃科，仕至殿中丞。居小市橋，有侍姬曰紅梅，因以名其閣。嘗作折紅梅詞曰：「喜輕澌初泮，微和漸入，芳郊時節。春消息，夜來陡

覺，紅梅數枝争發。玉溪仙館，不是個、尋常標格。化工别與，一種風情，似勻點胭脂，染成香雪。重吟細閲。比繁杏夭桃，品流終别。可惜彩雲易散，冷落謝池風月。憑誰向説。三弄處、龍吟休咽。大家留取，時倚闌干，聞有花堪折，勸君須折。」其詞傳播人口，春日羣宴，必使優人歌之。中吴紀聞

孫巨源詞

孫巨源於元豐間居翰苑，與李端愿太尉往來尤數。會一日，鎖院，宣召者至其家，則出數十輩蹤跡之，得之於李氏。時李新納妾，能琵琶，公飲不肯去，而迫於宣命，入院幾二鼓矣。遂草三制罷，復作長短句以記别恨。「樓頭尚有三通鼓。何須抵死催人去。上馬苦匆匆。琵琶曲未終。回頭凝望處。那更廉纖雨。謾道玉爲堂。玉堂今夜長。」遲明遣以示李。黄花庵

晏幾道鷓鴣天

慶曆中，開封府與棘寺同日獄空，仁宗宫中宴集，宣晏幾道作鷓鴣天以歌之，得旨受賞。大意先賦昇平之盛，又見祥瑞之徵，而末句略近之，極爲得體。所傳「朝來又奏圜扉静，十樣宫眉捧壽觴」句是也。亦以誌一時之治化云。古今詞話

聶冠卿多麗

翰林學士聶冠卿，於李良定公席上賦多麗詞云：「想人生，美景良辰堪惜。向其間，賞心樂事，古來難是

并得。況東城鳳池沁苑，汎晴波、淺照金碧。露洗華桐，煙霏絲柳，綠陰摇曳蕩春色。畫堂迥，玉簪瓊佩，高會盡詞客。清歌久，重燃絳蠟，别就瑶席。有翩若驚鴻體態，暮爲行雨標格。逞歌喉、緩歌妖麗，似聽流鶯亂花隔。慢舞縈迴，嬌鬟低嚲，腰肢纖細困無力。忍分散、彩雲歸後，何處更尋覓。休辭醉，明月好花，莫謾輕擲。」蔡君謨時知泉州，寄良定公書云：「新傳多麗詞，述宴遊之娱，使病夫舉首增歎。近有客至自京師，言諸公春日多會於元伯園池，因念昔游，輒形篇詠。『綠渠春水走潺湲。畫閣峯巒映碧鮮。酒令已行金琖側，樂聲初認翠裙圓。清遊勝事傳都下，多麗詞新到海邊。曾是尊前沈醉客，天涯回首重依然。』」復齋漫録

王安石詞

王荆公築草堂於半山，引八功德水，作小港其上，疊石作橋。爲集句填菩薩蠻云：「數間茅屋閒臨水。窄衫短帽垂楊裏。花是去年紅。吹開一夜風。柳梢新月偃。午睡醒來晚。何物最關情。黄鸝三兩聲。」後黄豫章戲效其體云：「半煙半雨溪橋畔。漁翁醉著無人唤。疎懶意何長。春風花草香。江山如有待。此意陶潛解。問我去何之。君行卽自知。」能改齋漫録

韓縝詠草

韓縝有愛姬能詞，韓奉使時，姬作蝶戀花送之云：「香作風光濃著露。正恁雙棲，又遣分飛去。密訴東君應不許。淚波一灑奴衷素。」神宗知之，遣使送行。劉貢父贈以詩：「卷耳幸容留婉孌，皇華何啻有光

輝。」莫測中旨何自而出，後乃知姬人別曲，傳入內庭也。韓亦有詞云：「鎖離愁、連綿無際，來時陌上初薰。繡幃人念遠，暗垂珠露，泣送征輪。長行長在眼，更重重，流水孤雲。但望極樓高，盡日目斷王孫。銷魂。池塘別後，曾行處、綠妒輕裙。恁時携素手，亂花飛絮裏，緩步香茵。朱顏空自改，向年年、芳意長新。遍綠野嬉遊醉眼，莫負青春。」此鳳簫吟咏芳草以留別，與蘭陵王詠柳以敍別同意。樂府紀聞

宋子京見張子野

張子野郎中，以樂章揚名一時，宋子京尚書奇其才，先往見之。將命者曰：「尚書欲見雲破月來花弄影郎中乎。」子野內應曰：「得非紅杏枝頭春意鬧尚書耶。」遂出，置酒盡歡，蓋二人所舉，皆其警策也。宋玉樓春詞云：「東城漸覺風光好。縠縐波紋迎客棹。綠楊煙外曉寒輕，紅杏枝頭春意鬧。浮生長恨歡娛少。肯愛千金輕一笑。爲君持酒勸斜陽，且向花間留晚照。」張天仙子詞云：「水調數聲持酒聽。午睡醒來愁未醒。送春春去幾時回，臨晚鏡。傷流景。往事悠悠空記省。沙上並禽池上暝。雲破月來花弄影。重重翠幕密遮燈，風不定。人初靜。明日落紅應滿徑。」遯齋閒覽

子野爲靚靚作詞

杭伎胡楚、靚靚，皆有詩名。胡云：「不見當時丁令威。年來處處是相思。若將此恨同芳草，却恐青青有盡時。」張子野老於杭，多爲官伎作詞，而不及靚靚。獻詩云：「天與羣芳十樣葩。獨分顏色不堪誇。牡丹芍藥人題遍，自分身如鼓子花。」子野於是爲作詞也。後山詩話

柳永鶴冲天

仁宗留意儒雅，務本理道，深斥浮豔虛薄之文。初，進士柳三變好爲淫冶曲調，傳播四方。嘗有鶴冲天詞云：「忍把浮名，換了淺斟低唱。」及臨軒放榜，特落之曰：「此人風前月下，好去淺斟低唱，何要浮名，且填詞去。」三變由此自稱奉旨填詞。景祐中方及第，後改名永，方得磨勘轉官。其詞曰：「黄金榜上。偶失龍頭望。明代暫遺賢，如何向。未遂風雲便，争不恣狂蕩。何須論得喪。才子詞人，自是白衣卿相。　烟花巷陌，依約丹青屏幛。幸有意中人，堪尋訪。且恁偎紅翠，風流事，平生暢。青春都一晌。忍把浮名，換了淺斟低唱。」能改齋漫録

柳永醉蓬萊

景祐中，柳永以登第冀進用。適奏老人星現，左右令永作醉蓬萊詞以獻曰：「漸亭皐葉下，隴首雲飛，素秋新霽。華闕中天，鎖葱葱佳氣。嫩菊黄深，拒霜紅淺，近寶階香砌。玉宇無塵，金風有露，碧天如水。　正值昇平，萬幾多暇，夜色澄鮮，漏聲迢遞。南極光中，有老人呈瑞。此際宸遊，鳳輦何處，度管弦聲脆。太液波翻，披香簾捲，月明風細。」上見首有漸字，色若不懌，讀至宸遊鳳輦何處，乃與御製真宗輓詞暗合，上慘然。又讀至太液波翻，曰：「何不言波澄。」投之於地，自此不復擢用。太平樂府

蘇子美水調歌頭

蘇子美謫居吳中，欲遊丹陽。潘師旦深不欲其來，宣言於人，欲拒之。子美作水調歌頭，有「擬彷寒潭垂釣，又恐沙鷗猜我，不肯傍青綸」之句，爲是也。東軒筆録

蘇軾水調歌頭

蘇軾於中秋夜宿金山寺，作水調歌頭寄子由云：「明月幾時有，把酒問青天。不知天上宮闕，今夕是何年。我欲乘風歸去，又恐瓊樓玉宇，高處不勝寒。起舞弄清影，何似在人間。轉朱閣，低綺户，照無眠。不應有恨，何事長向別時圓。人有悲歡離合，月有陰晴圓缺，此事古難全。但願人長久，千里共嬋娟。」神宗讀至「瓊樓玉宇」二句，乃歎云：「蘇軾終是愛君。」卽量移汝州。坡仙集外紀

蘇軾西江月

朝雲者，姓王氏，錢塘名倡也。蘇子瞻宦錢塘，絶愛幸之，納爲侍妾。朝雲初不識字，既事子瞻，遂學書，粗有楷法，又學佛，亦通大義。子瞻貶惠州，家伎多散去，獨朝雲依依嶺外，子瞻甚憐之。贈之詩云：「不似楊枝別樂天。恰如通德伴伶元。阿奴絡秀不同老，天女維摩總解禪。經卷藥爐新活計，舞衫歌扇舊姻緣。丹成隨我三山去，不作陽臺雲雨仙。」未幾，朝雲病且死，誦金剛經四句偈而絶，葬惠州棲禪寺松下。子瞻作詠梅西江月以悼之云：「玉骨那愁瘴霧，冰肌自有仙風。海仙時過探芳叢。倒挂綠毛么鳳。素面翻憐粉涴，洗妝不褪脣紅。高情已逐曉雲空。不與梨花同夢。」苕溪漁隱

蘇軾蝶戀花

東坡製蝶戀花詞云：「花褪殘紅青杏小。燕子來時，綠水人家繞。枝上柳綿吹又少。天涯何處無芳草。牆裏秋千牆外道。牆外行人，牆裏佳人笑。笑漸不聞聲漸悄。多情却被無情惱。」常令朝雲歌之。雲唱至柳綿句，輒爲掩抑，惆悵如不自勝。坡問之，曰「妾所不能竟者，天涯何處無芳草句也。」東坡集

馬中玉詞

東坡知杭州，馬中玉成爲浙漕，東坡被召赴闕，中玉席間作詞曰：「來時吴會猶殘暑。去日武林春已暮。欲知遺愛感人深，淚灑多於江上雨。歡情未舉眉先聚。别酒多斟君莫訴。從今寧忍看西湖，擡眼盡成腸斷處。」東坡和之，所謂「明朝歸路下塘西，不見鶯啼花落處」是也。中玉忠肅亮之子，仲甫猶子也。玉照新志

毛滂惜分飛

東坡守杭，毛滂爲法曹掾，常眷一伎，秩滿當辭，留連惜别，贈以惜分飛詞。明日東坡宴客，伎卽歌此詞侑酒云：「淚溼闌干花著露。愁到眉峯碧聚。此恨平分取。更無言語空相覷。斷雨殘雲無意緒。寂寞朝朝暮暮。今夜山深處。斷魂分付潮回去。」東坡問是誰作，伎愀然以毛法曹對。東坡語坐客曰：「郡寮有詞人而不及知，某之罪也。」折柬追還，爲之延譽，滂以此得名。樂府紀聞

蘇軾江城子

東坡在杭州，一日遊西湖，坐孤山竹閣前，臨湖亭上，時二客皆有服，預焉。久之，湖心有一舟漸近亭前，澹妝數人，中有一人尤麗，方鼓箏，年且三十餘，風韻嫺雅，綽有態度。二客競目送之，曲未終，翩然而逝。公戲作長短句云：「鳳凰山下雨初晴。水風清。晚霞明。千朵芙蓉，開過尚盈盈。何處飛來雙白鷺，如有意、慕娉婷。忽聞江上弄哀箏。苦含情。遣誰聽。煙斂雲收，依約是湘靈。欲待曲終尋問取，人不見、數峯青。」墨莊漫録

蘇軾贈龍邱子詞

東坡云：「龍邱子自洛之蜀，載二侍女戎裝駿馬，至溪山佳處，輒留數日，見者以爲異人。後十年，築室黄岡之北，號静庵居士。作臨江仙贈之云：『細馬遠馱雙侍女，青巾玉帶紅韡。溪山好處便爲家。誰知巴峽路，却見洛城花。回旋落英飛玉蕊，人間春日初斜。十年不見紫雲車。龍邱新洞府，鉛鼎養丹沙。』」龍邱子，卽陳季常也。秦太虚寄之以詩亦云：「侍童雙擢玉，鬟髮光可照。駿馬錦障泥，相隨窮海嶠。暮年更折節，學佛得心要。嘗馬放阿樊，幅巾對沈燎。」坡又作詩戲之，有「龍邱居士益可憐。談空說有夜不眠。忽聞河東獅子吼，拄杖落手心茫然」之句。則知季常載侍女以遠遊，及暮年，甘於枯寂，蓋有所戲而然，亦可憫笑也。苕溪漁隱

蘇軾減字木蘭花

東坡知潁州時，一夕，月下梅花盛開。王夫人曰：「春月色勝如秋月色，秋月令人慘悽，春月令人歡悦，何不招趙德麟輩來飲花下。」東坡喜曰：「誰謂夫人不能詩，此真詩家語也。」作減字木蘭花以紀之云：「春庭月午。摇蕩春醪光欲舞。步轉迴廊。半落梅花婉婉香。　輕風薄霧。都是少年行樂處。不似秋光。祇與離人照斷腸。」侯鯖錄

蘇軾定風波

王定國自嶺表歸，出歌者柔奴，勸東坡飲。坡問廣南風土應不好。柔奴曰：「此心安處，便是吾鄉。」東坡喜其語，作定風波詞以紀之。「常羨人間琢玉郎。天教分付點酥孃。自作清歌傳皓齒。風起。雪飛炎海變清涼。　萬里歸來年愈少。微笑。笑時猶帶嶺梅香。試問嶺南應不好。却道。此心安處是吾鄉。」東皋雜錄

蘇軾行香子

東坡有二韻事，見於行香子。秦、黄、張、晁爲蘇門四學士，每來，必命取密雲龍供茶，家人以此記之。廖明略晚登東坡之門，公大奇之。一日，又命取密雲龍，家人謂是四學士，窺之，則廖明略也。坡爲賦行香子一闋。又嘗約劉器之參玉版和尚，至簾泉寺，燒筍而食，劉問之，東坡指筍曰：「此玉版僧最善説

法，使人得禪悦味。」遂有「麯生禪」、「玉版局」、「一時參」之句，亦行香子也。古今詞話

蘇軾詠笛

閭邱公顯致仕居吴，東坡過之，必流連信宿。嘗言過姑蘇不遊虎邱，不謁閭邱，乃二欠事。一日，閭邱出後房喜吹笛者名懿卿佐酒，東坡作水龍吟詠笛材以遺之。鶴林玉露

蘇軾西江月

東坡春夜行蘄水中，過酒家，飲醉，乘月至一溪橋上，卸鞍曲肱少休，及覺已曉，亂山葱蘢，疑非人世。因自賦西江月云：「照野瀰瀰淺浪，横空曖曖微霄。障泥未解玉驄驕。我醉欲眠芳草。可惜一溪明月，莫教踏碎瓊瑶。卸鞍欹枕緑楊橋。杜宇數聲春曉。」蘄水楊菊廬比部，因此詞於玉臺山作春曉亭子，一時名士多爲賦之，亦佳話也。詞苑叢談

春夢婆

東坡在儋耳，常負大瓢行歌田間，所歌皆哨遍也。一日遇一媪，謂坡曰：「學士昔日富貴，一場春夢耳。」東坡因呼爲春夢婆。坡仙外紀

六客詞

東坡云：「自杭移高密，與楊元素同舟，而陳令舉、張子野皆從余，過李公擇於湖，遂與劉孝叔俱至松江。

夜半月出，置酒垂虹亭上。子野年八十五，以歌詞聞於天下，作定風波令，其略云：『見說賢人聚吳分。試問。也應傍有老人星。』座客懽甚，有醉倒者，此樂未嘗忘也。今七年爾，子野、孝叔、令舉，皆爲異物，而松江橋亭今歲七月九日，海風駕潮平地丈餘，蕩盡無復孑遺矣。追思曩時，真一夢耳。」苕溪漁隱

後六客詞

東坡又云：「余昔與子野、劉孝叔、李公擇、陳令舉、楊元素會於吳興，時子野作六客詞，其卒章云：『見說賢人聚吳分。試問。也應傍有老人星。』凡十五年，再過吳興，而五人皆已亡矣。時張仲謀與曹子方、劉景文、蘇伯固、張秉道爲座客，仲謀請作後六客詞云：『月滿苕溪照野堂。五星一老鬬光芒。十五年間真夢裏。何事。長庚對月獨淒涼。綠鬢蒼顏同一醉。還是。六人吟笑水雲鄉。賓主談鋒誰得似。看取。曹劉今對兩蘇張。』」同上

蘇軾卜算子

東坡先生謫居黃州，作卜算子詞云：「缺月挂疎桐，漏斷人初靜。時見幽人獨往來，縹緲孤鴻影。驚起却回頭，有恨無人省。揀盡寒枝不肯棲，寂寞沙洲冷。」其託意蓋自有在，讀者不能解。張右史文潛繼貶黃州，訪潘邠老，嘗得其詳。題詩以誌之云：「空江月明魚龍眠。月中孤鴻影翩翩。有人清吟立江邊，葛巾藜杖眼窺天。夜冷月墜幽蟲泣，鴻影翹沙衣露溼。仙人采詩作步虛，玉皇飲之碧琳腴。」能改齋漫錄

蘇軾浣溪沙

東坡云：「黄州東南三十里爲沙湖，余將置田其間，因往相田得疾。聞麻橋龐安常善醫而聾，遂往求療。安常雖聾而穎悟絶人，以指畫字不盡數字，輒深了人意。余戲之曰：『余以手爲口，君以眼爲耳。』皆一時異人也。疾愈，與之同遊清泉寺。寺蘄水郭門外二里許，有王逸少洗筆泉，水極甘，下臨蘭溪，溪水西流。余作歌云：『山下蘭芽短浸溪。松間沙路淨無泥。蕭蕭暮雨子規啼。誰道人無能再少，君看流水尚能西。休將白髮唱黄雞。』是日極飲而歸。」苕溪漁隱

蘇軾送潘邠老詞

「別酒送君君一醉。清潤潘郎，更是何郎壻。記取釵頭新利市。莫將分付東鄰子。回首長安佳麗地。三十年前，我是風流帥。爲向東樓尋舊事。花枝缺處餘名字。」右蝶戀花詞，東坡黄州時送潘邠老赴省試作也。今集不載。吴虎臣

評蘇軾大江東去

東坡在玉堂日，有幕士善歌。因問我詞何如柳七。對曰：「柳郎中詞祇合十七八女郎，執紅牙板歌楊柳外曉風殘月。學士詞須關西大漢，銅琵琶、鐵綽板，唱大江東去。」東坡爲之絶倒。吹劍録

黃庭堅贈妓詞

山谷在當塗，有好事近詞贈小妓楊姝彈琴送酒云：「一弄醒心弦，情在南山斜疊。彈到古人愁處，有真珠承睫。使君來去本無心，休淚界紅頰。自恨老來怕酒，負十分金葉。」故集中有贈琴妓楊姝絕句云：「千古人心指下傳。楊姝冷處更嬋娟。不知心向誰邊切，彈作南風欲斷弦。」吳虎臣

黃庭堅木蘭花令

黃豫章守當塗，既解印後一日，郡中置酒，郭功父在座，豫章爲木蘭花令以示之云：「凌敲臺上青青麥。姑孰堂前餘翰墨。暫分一印管江山，稍爲諸公分皂白。江山依舊雲空碧，昨日主人今日客。誰分賓主强惺惺，問取磯頭新婦石。」其後復竄易前詞云：「翰林本是神仙謫。落帽風流傾座席。座中還有賞音人，能岸烏紗傾大白。江山依舊雲橫碧。昨日主人今日客。誰分賓主强惺惺，問取磯頭新婦石。」能改齋漫錄

黃庭堅和惠洪詞

山谷南遷，與余會於長沙，留碧湘門一月。李子光以官舟借之，爲憎疾者腹誹。因携十六口買小舟，余以舟迫窄爲言。山谷笑曰：「煙波萬頃，水宿小舟，與大廈千楹，醉眠一榻何以異，道人謬矣。」卽解維去。聞留衡陽作詩寫字，因作長短句寄之曰：「大廈吞風吐月，小舟坐水眠空。霧窗春曉翠如蔥。睡

起雲濤正湧。往事回頭笑處，此生彈指聲中。玉箴佳句敏驚鴻。聞道衡陽價重。」時余方還江南，山谷和其詞曰：「月仄金盆墮水，鴈回醉墨書空。君詩秀絶雨園葱。想見衲衣寒擁。蟻穴夢魂人世，楊花蹤跡風中。莫將社燕笑秋鴻。處處春山翠重。」冷齋夜話

黄庭堅贈盼盼詞

山谷過瀘帥，有官伎盼盼，帥嘗寵之。山谷戲以浣溪沙贈之云：「脚上鞵兒四寸羅。脣邊朱麝一櫻多。見人無語但回波。料得有心憐宋玉，秖因無柰楚襄何。今生有分向伊麽。」盼盼卽筵前唱惜春容詞侑酒。詞云：「年少看花雙鬢緑。走馬章臺弦管逐。而今老更惜花深，終日看花看不足。坐中美女顔如玉，爲我同歌金縷曲。歸時壓得帽檐低，頭上春風紅簌簌。」古今詞話

吴城小龍女詞

黄魯直登荆州亭，柱間有詞，調似清平樂令。詞云：「簾捲曲欄獨倚。山展暮天無際。淚眼不曾晴，家在吴頭楚尾。數點雪花亂委。撲鹿沙鷗驚起。詩句欲成時，没入蒼煙叢裏。」魯直悽然曰：「似爲余發也。筆勢類女子，又有淚眼不曾晴之語，疑其鬼也。」是夕，有女子見夢曰：「我家豫章吴城山，附客舟至此，墮水死。登江亭有感而作，不意公能識之。」魯直驚悟曰：「此必是吴城小龍女也。」冷齋夜話

黄庭堅木蘭花令

豫章寓荆州，除吏部郎，再辭得請守當塗，才到官七日而罷，又數日乃去。其詩云：「歐借腰肢柳一渦。大梅權作小梅歌。舞餘細點梨花雨，奈此當塗風月何。」豫章又有木蘭花令，敍云：「庭堅假守當塗，故人庾元鎮窮巷讀書，不出入州縣，因作此以勸庾酒云。『庾郎三九常安樂。便有萬錢無處著。徐熙小鴨水邊花，明月清風都占却。朱顏老盡心如昨。萬事休休休莫莫。尊前見在不饒人，歐舞君歌梅更酌。』自注云：『歐梅當塗二伎也。』」詞苑

黄庭堅南鄉子

崇寧四年重九，山谷在宜城郡樓，聽邊人私語，今當鏖戰取封侯耳。因作南鄉子詞：「花向美人頭上笑，羞羞。白髮簪花不解愁。」倚闌高歌，若不勝情。耆舊續聞

黄庭堅念奴嬌

山谷云：「八月十七日與諸生步自永安城，入張寬夫園待月，以金荷葉酌客，客有孫叔敏善長笛，連作數曲。諸生曰：『今日之會樂矣，不可以無述。』因作此曲記之，文不加點，或以爲可繼東坡赤壁之歌云。『斷虹霽雨，淨秋空、山染修眉新綠。桂影扶疎，誰便道、今夕清輝不足。萬里青天，嫦娥何處，駕此一輪玉。寒光零亂，爲人偏照醽醁。年少隨我追涼，晚城幽徑，繞芳園森木。共倒金荷家萬里，難得尊

前相屬。老子平生，江南江北，最愛臨風曲。孫郎微笑，坐來聲歕霜竹。』苕溪漁隱

黃元明詞

豫章先生弟黃元明宰廬陵縣，赴郡會，巾帶偶脱，太守令伎爲綴之，且俾元明譔詞。詞云：「銀燭畫堂如畫。見林宗、巾墊羞蓬首。鍼借花枝，線賒羅袖。須臾兩帶還依舊。勸君倒戴休令後。也不須、更漉淵明酒。寶篋深藏，濃香薰透。爲經十指如葱手。」蓋七孃子調也。能改齋漫録

詞苑萃編卷之十二

紀事三

蘇軾與少游別詞

東坡初未識少游，少游聞其將過維揚，作坡筆語題壁於一山寺中，東坡果不能辨，大驚。及見孫莘老出少游詩詞數十篇，讀之，乃歎曰：「向書壁者定此郎也。」後與少游維揚飲別，作虞美人曰：「波聲拍枕長淮曉。隙月窺人小。無情汴水自東流。只載一船離恨向西州。」世傳爲賀方回作。山谷云：「大觀中，於揚州見其親筆，醉墨超脫，氣壓子猷，蓋東坡詞也。」冷齋夜話

山抹微雲君

程公闢守會稽，少游客焉，館之蓬萊閣。一日，席上有所悦，自爾眷眷，不能忘情，因賦長短句，所謂「多少蓬萊舊事，空回首、煙靄紛紛」句。其詞極爲東坡所稱道也，取其首句，呼之爲山抹微雲君。藝苑雌黃

秦觀夢中詞

少游元豐初，夢中作長短句曰：「指點虛無征路，醉乘斑虬，遠訪西極。正天風吹露，滿空寒白。玉女明星迎笑，何苦自淹塵域。正火輪飛上，霧卷煙開，洞觀金碧。重重觀閣，横枕鼇峯，水面倒銜蒼石。隨處有奇香幽火，窅然難測。好是蟠桃熟後，阿鬟偷報消息。青天碧海，一枝難遇，占取春色。」既覺，使侍兒歌之，蓋雨中花也。冷齋夜話

秦觀贈伎詞

秦少游在蔡州，與營伎婁婉字東玉者甚密。贈之詞云：「小樓連苑横空。」又云「玉佩丁東別後」者是也。又贈伎陶心兒云：「天外一鈎斜月帶三星。」謂心字也。高齋詞話

秦觀醉鄉春

少游在横州，飲於海棠橋，橋南北多海棠，有老書屋，海棠叢開，少游醉卧於此。明日題醉鄉春一詞於柱云：「喚起一聲人悄。衾冷夢寒霜曉。瘴雨過，海棠開，春色又添多少。社甕釀成微笑。半破癭瓢共舀。覺顛倒。急投牀，醉鄉廣大人間小。」冷齋夜話

秦觀贈李師師

秦少游贈汴城李師師生查子詞云：「遠山眉黛長，細柳腰肢裊。妝罷立春風，一笑千金少。歸去鳳城時，說與青樓道。看遍潁川花，不似師師好。」詞苑叢談

秦觀好事近

少游嘗於夢中作好事近詞曰：「山路雨添花，花動一山春色。行到小溪深處，有黃鸝千百。飛雲當面化龍蛇，夭矯掛晴碧。醉卧古藤陰下，杳不知南北。」其後南遷北歸，逗遛于藤州光華亭下，時方醉起，以玉杯汲泉欲飲，笑視而化。冷齋夜話

蔡挺喜遷鶯

元豐間，蔡挺自西掖出鎮平陽，經數載，意欲歸。作喜遷鶯一闋云：「霜天秋曉。正紫塞故壘，黃雲衰草。漢馬嘶風，邊鴻叫月，隴上鐵衣寒早。劍歌騎曲悲壯，盡道君恩須報。塞垣樂，盡櫜鞬錦領，山西年少。　談笑。刁斗靜，烽火一把，時報平安耗。聖主憂邊，威懷遐布，驕虜尚寬天討。歲華向晚愁思，誰念玉關人老。太平也，且歡娛，莫惜金尊頻倒。」時有中使至平陽，挺使倡優歌之，遂達於宮掖。上因語呂丞相曰：「蔡挺欲歸。」遂以西掖召還。能改齋漫録

按：挺，字子正，宋城人。熙寧中，拜樞密副使，謚敏肅。

劉几詞

劉几在神宗時，與范蜀公重定大樂。洛陽花品曰狀元紅，爲一時之冠，樂工花日新能爲新聲，汴伎部懿以色著。秘監致仕劉伯壽尤精音律。熙寧中，几携花日新就部懿歡飲，填詞以贈之云：「三春向暮，萬卉

成陰，有嘉豔方拆。嬌姿嫩質，冠羣品，共賞傾城傾國。上苑晴晝暄，千素萬紅猶奇特。綺筵開，會詠歌才子，壓倒元、白。別有芳幽苞小，步障華絲，綺軒油壁。與紫鴛鴦，素蛺蝶，自清旦、往往連夕。巧鶯喧脆管，嬌燕語雕梁留客。武陵人，念夢役意濃，堪遣情溺。」郜懿第六郎蔡奴之母也。李定之父，與郜六遊生定，而郜六死，定不之知也。及王荆公爲宰相，擢用李定，言官交攻，以爲母死不持服爲此。蔡奴亦以色著云。花草粹編

晁次膺並蒂芙蓉

政和癸巳，大晟樂成。蔡元長以晁次膺薦於帝，詔乘驛赴闕。次膺至都下，會禁中嘉蓮生，異苞合趺，夐出天造。次膺效樂府體屬詞以進，名並蒂芙蓉。其詞云：「太液波澄，向鏡中照影、芙蓉同蒂。千柄緑荷深，丹臉争媚。天心眷臨聖日，殿宇分明敞嘉瑞。弄香嗅蕊。願君王，壽與南山齊比。池邊屢回翠輦，擁羣仙醉賞，倚闌凝思。萼緑攬飛瓊，共波上游戲。西風又看露下，更結雙雙新蓮子。鬭妝競美。問鴛鴦向誰留意。上覽之，稱善，除大晟樂府協律郎。能改齋漫録

晁沖之詠梅

晁沖之，政和間作漢宮春詠梅，獻蔡攸以進，其父京曰：「今日於樂府中得一人。」因以大晟府丞用之。古今詞話

晁无咎下水船

元豐己未，廖明畧、晁无咎同登科，明略所游田氏者，麗姝也。一日，明略邀无咎早過，田氏遽起，對鏡理髮，且盼且語，草草妝掠，以與客對。无咎以明略故，有意而莫傳也。因爲下水船一闋云：「上客驪駒至。鸚喚銀屏睡起。困倚妝臺，盈盈正解螺髻。鳳釵墜。繚繞金盤玉指。巫山一段雲委。半窺鏡、向我横秋水。斜頷花光交鏡裏，淡淡掃鉛華，忽忽自整羅綺。斂眉翠。雖有愔愔密意，空作江邊解佩。」苕溪漁隱

陳無己減字木蘭花

晁无咎謫玉山，過徐州，時陳無己廢居里中。无咎置酒，出小姬娉娉舞梁州，無己作減字木蘭花云：「娉娉裊裊。芍藥梢頭紅樣小。舞袖低回。心到郎邊客已知。金尊玉酒。勸我花前千萬壽。莫莫休休。白髮簪花我亦羞。」復齋漫録

袁綯傳言玉女

政和中，袁綯爲教坊判官撰文字，一日，爲蔡京撰傳言玉女詞云：「淡淡梳妝，爱學女真梳掠。豔容可畫，那精神怎貌，鮫綃映玉。鈿帶雙穿纓絡。歌音清麗，舞腰柔弱。宴罷瑶池，御風跨皓鶴。鳳凰臺上，有蕭郎共約。一面笑開，向月斜褰朱箔。東園無限好花羞落。」上見之，改女真二字爲漢宫，而人莫

解。蓋當時已與女真盟于海上，而中外未知，帝思其語，故竄易之也。續骫骳說

山抹微雲女壻

范元實爲人凝重，嘗在歌舞之席，終日不言。一伎問公亦解詞曲否。范笑曰：「吾乃山抹微雲女壻也。」

草堂詩餘亦有范元實詞。樂府紀聞

賀鑄石州引

方回眷一姝，別久，姝寄詩云：「獨倚危闌淚滿襟。小園春色懶追尋。深恩縱似丁香結，難展芭蕉一寸心。」賀因賦石州引詞，先敍分別時景色，後用所寄詩語，有「芭蕉不展丁香結」之句。能改齋漫錄

王通叟感皇恩

王通叟少年游宦長安，負不羈之才，頗饒逸韻，輦下欣慕者衆。後數年復至，舊游多有存者，仍寓意焉。遂作感皇恩一曲，有「長安重到，人面依然似花好」之句。古今詞話

王仲甫應制詞

王仲甫字明之，爲翰林，權直內宿。有宮娥新得幸，仲甫應制賦清平樂云：「黃金殿裏。燭影雙龍戲。勸得官家真個醉。進酒猶呼萬歲。錦茵舞徹涼州。君恩與整搔頭。一夜御前宣喚，六宮多少人愁。」翌日，宣仁太后聞之，語宰臣曰：「豈有館閣儒臣應制作狎詞耶。」既而彈章罷去。耆舊續聞

裴按：此卽王通叟事，其自稱逐客者以此，耆舊續聞所載誤也。」

李邴漢宮春詞

李邴少年日，作漢宮春詞，膾炙人口，所謂「問玉堂，何似茅舍疏籬」者是也。政和間，自書省丁憂歸山東，服終造朝，舉國無與立談者，方悵悵無計。時王黼爲首相，忽遣人招至東閣，開宴延之上座，出其家姬數十人，皆絶色也。酒半，羣唱是詞以侑觴，大醉而歸。數日有館閣之命，不數年，遂入翰苑。玉照新志

趙德麟小詞

王直方詩話云：「『白藕作花風已秋。不堪殘睡更回頭。晚雲帶雨歸飛急，去作西窗一夜愁。』此趙德麟細君王氏所作也。德麟鰥居，因見此詩，遂與之爲姻。則此詩乃二十八字媒也。德麟贈以小詞，有『臉薄難藏淚，眉長易覺愁』之句，人多稱之。乃用香奩集中『桃花臉薄難藏淚，柳葉眉長易覺愁』之句耳。」苕溪漁隱

王晉卿蝶戀花

王晉卿得罪外謫，後房善歌者名囀春鶯，爲密縣馬氏所得。晉卿還朝，賦一聯云：「佳人已屬沙吒利，義士曾無古押衙。」有客爲足成之云：「回首音塵兩沉絶，春鶯休囀沁園花。」晉卿淒然賦蝶戀花詞云：

一鐘送黄昏雞報曉。昏曉相催，世事何時了。萬恨千愁人自老。春來依舊生芳草。　忙處人多閒處少。閒處光陰，幾個人知道。獨上高樓雲杳杳。天涯一點青山小。」西清詩話

王晉卿憶故人

王駙馬詵，字晉卿，尚英宗女魏國大長公主。嘗賦憶故人詞云：「燭影摇紅，向夜闌，乍酒醒，心情懶。尊前誰爲唱陽關，離恨天涯遠。　無奈雲沉雨散。凭闌干、東風淚眼。海棠開後，燕子來時，黄昏庭院。」能改齋漫録云：「都尉憶故人作，徽宗喜其詞意，猶以不丰容宛轉爲憾，遂令大成府别撰腔。周美成增益其詞，而以首句爲名，謂之燭影摇紅。」古今詞話

舒氏詞

元祐間，王齊叟任俠有聲，娶舒氏女，亦工篇章。後無故離絶，女歸舒家，一日行池上，作點絳脣云：「獨自臨流，興來時把闌干凭。舊愁新恨。耗却來時興。　鷺散魚潛，烟斂風初定。波心静。照人如鏡。少個年時影。」苕溪漁隱

徐伸二郎神

徐幹臣伸，三衢人。政和初，以知音律爲太常典樂，出知常州。嘗自製轉調二郎神詞云：「悶來彈鵲，又攪碎、一簾花影。漫試著春衫，還思纖手，薰徹金虬燼冷。動是愁端如何向，更怪得、新來多病。嗟舊

日沈腰，而今潘鬢，怎堪臨鏡。重省。别時淚滴，羅襟猶凝。料爲我厭厭，日高慵起，長託春酲未醒。雁足不來，馬蹄難駐，門掩一亭芳景。空竚立，盡日闌干倚遍，晝長人靜。」既成，會開封尹李孝壽來牧吴門，李以嚴治京兆，人號閻羅。道出郡下，幹臣合樂大燕勞之。諭羣倡令謳此詞，必待其問乃止。倡如戒，歌至三四，李果詢之。幹臣蹙額曰：「某頃有一侍婢，色藝冠絶，前歲以亡室不容逐去。今聞在蘇州一兵官處，屢遣信欲復來，而主人靳之，感慨賦此詞，中所敍多其書中語。今適有天幸，公擁旄于彼，不審能爲我地否。」李云：「此甚不難，可無慮也。」既至無錫，賓贊者請受謁次第。李云：「郡官當至楓橋，距城十里而迎。」翼日艤舟其所，官吏上下，望風股栗。李一閲刺，忽大怒云：「都監在法，不許出城，迺亦至此。使郡中萬一有火盜之虞，豈不殆哉。」斥都監下階荷校送獄。又數日，取其供牘判奏字，其子震懼求援，宛轉哀鳴致懇。李笑云：「且還徐典樂之妾來理會。」即日承命，然後舍之。揮麈餘話

劉涇仲殊詞

元豐末，張詵樞言龍圖之守杭也，一日宴客湖上，劉涇巨濟、僧仲殊在焉。樞言命即席賦詩曲，巨濟先唱云：「憑誰妙筆。横掃素縑三百尺。天下應無。此是錢塘湖上圖。」仲殊遽云：「一般奇絶。雲淡天高秋夜月。費盡丹青。只這些兒畫不成。」樞言又出梅花邀二人同賦，仲殊即作前章曰：「江南二月。猶有枝頭千點雪。邀上芳尊。却占東君一半春。」巨濟不能繼也。後陳襲善云：「我爲續之，曰：『尊前眼底。南國風光都在此。移過江來。從此江南不復開。』」復齋漫録

周邦彦少年游

周邦彦在李師師家，聞道君至，遂匿牀下。道君自携新橙一顆，云是江南初進，遂與師師謔語。邦彦悉聞之，隱括成少年游云：「并刀如水，吴鹽勝雪，纖手破新橙。錦幄初温，獸香不斷，相對坐調箏。低聲問向誰行宿，城上已三更。馬滑霜濃，不如休去，直是少人行。」師師因歌此詞，道君問誰作，師師以直對。道君大怒，因加邦彦遷謫押出國門。越一二日，道君復幸師師家，不遇。至更初，師師歸，愁眉淚眼，憔悴可掬。道君問故，師師奏言邦彦得罪去國，略致一杯相别，不知得官家來。道君問曾有詞否。李云：「有蘭陵王詞。」道君云：「唱一遍看。」李因捧酒歌云：「柳陰直。烟裏絲絲弄碧。隋隄上、曾見幾番，拂水飄綿送行色。登臨望故國。誰識。京華倦客。長亭路，年去年來，應折柔條過千尺。閒尋舊蹤跡。又酒趁哀弦，鐙照離席。梨花榆火催寒食。愁一箭風快，半篙波暖，回頭迢遞便數驛。望人在天北。悽惻。恨堆積。漸别浦縈迴，津堠岑寂。斜陽冉冉春無極。記月榭携手，露橋聞笛。沈思前事，似夢裏、淚暗滴。」歌竟，道君大喜，復召邦彦爲大晟樂正。耆舊紀聞

周邦彦點絳唇

周美成在姑蘇，與營伎岳楚雲相戀，後從京師過，則岳已從人矣。飲于太守蔡巒席上，見其妹，因賦點絳唇寄之云：「遼鶴西歸，故人多少傷心事。短書不寄。魚浪空千里。憑仗桃根，説與相思意。愁何際。舊時衣袂。猶有東風淚。」楚雲得詞，感泣累日。夷堅支志

周邦彦瑞鶴仙

周美成晚歸錢塘，夢中得瑞鶴仙詞一闋云：「悄郊原帶郭。行路永、客去車塵漠漠。斜陽映山落。斂餘紅猶戀，孤城闌角。凌波步弱。過短亭、何用素約。有流鶯勸我，重解繡鞍，緩引春酌。不記歸時早暮，上馬誰扶，醒眠朱閣。驚飇動幕。扶殘醉、繞紅藥。嘆西園已是，花深無地，東風何事又惡。任流光過却。偏喜洞天自樂。」未幾，方臘亂，自桐廬入杭，時美成方宴客，倉皇出奔，趨於西湖墳庵。適際殘冬，落日在山，忽逢故人之妾，奔逃而來。乃與小飲于道傍旗亭，聞鶯聲于木杪。少焉分背，抵庵有餘醺，因卧小閣上，恍如詞中所云。逾月入城，故居皆蹂踐矣。後得請提舉洞霄宮終老焉。玉照新志

曹組射弓詞

潁昌曹緯彦文，弟組彦章，俱有俊才。彦文釋褐卽故，彦章多依棲中貴人門下。一日，徽廟苑中射弓，左右薦至，對御作射弓詞點絳唇一闋云：「風勁秋高，頓知斗力生弓面。弝分�。月到天心滿。白羽流星，飛上黃金碗。胡沙鴈。雲邊驚散。壓盡天山箭。」今人但知彦章善謔，不知其才，良可惜也。彦章後字元寵。桐江詩話

蔡伸詞

宣和壬寅，蔡伸道與向伯恭同爲大漕屬官。向有詞云：「憑書續斷腸。」蔡因感而作南鄉子云：「木落鴈

南翔。錦鯉殷勤爲渡江。淚墨銀鈎相憶字，成行。滴損雲箋小鳳凰。　陳事費思量。回首煙波捲夕陽。儘道憑書聊破恨，難忘。及至書來更斷腸。」古今詞話

夏倪詞

夏均父宣和庚子，遷祁陽酒官，過浯臺，愛其山水奇秀，謂非中州所有，作減字木蘭花詞云：「江涵曉日。蕩漾波光摇槳入。笑指浯溪。漫叟雄文鎖翠微。　休嗟不偶。歸到中州何處有。猶立風烟。湘水浯臺總接天。」能改齋漫録

沈子山別銀燈

宿州營伎張玉姐，字温卿，技冠一時，見者皆屬意。沈（原作波，據能改齋漫録改。）子山爲獄掾，最所鍾愛，罷官，途次南京，念之不忘。爲別銀燈詞云：「江上秋高霜早。雲静月華如掃。候鴈初飛，啼蛩正苦，又是黄花衰草。等閑臨照。潘郎鬢、星星易老。　那堪更、酒醒孤棹。望千里、長安西笑。臂上啼痕，胸前淚粉，暗惹離愁多少。此情誰表。除非是、重相見了。」其後明道中，張子野、黄子思相繼爲掾，尤賞之。偶陳師之求古，以光禄丞來掌榷酤，温卿遂託其家，僅二年而亡，才十九歲。子思以詩弔之云：「人生第一莫多情。眼看仙花結不成。爲報兩京才子道，好將詩句哭温卿。」詞苑

沈子山剔銀燈

沈子山宿州獄掾也，暱營伎張温卿於南京，途次作剔銀燈以憶之云：「一夜隋河風勁。霜濕水天如鏡。古柳長堤，寒煙不起，波上月流無影。那堪懶聽。疎星外、離鴻相應。須信情多是病。酒未到愁腸還醒。數疊羅衾，餘香未滅，甚時枕鴛重並。教伊須更將蘭約，見時先定。」古今詞話

裴按：此與詞苑所載事同而詞異，故並載之。

劉之翰詞

田世輔爲金州都統制，荆南人劉之翰者，待峽州遠安主簿闕，作水調歌頭獻之。田覽之，大喜，致書約來金城，欲厚加資給，之翰遽亡。明年，田出閱武，見之翰立道左，泣曰：「人鬼殊途，公能恤我家，亦足表踐言之義。」忽不見。田大驚異，亟送千緡與其孤。詞曰：「涼露洗金井，一葉下梧桐。謫仙浪游何事，華髮作詩翁。烏帽蕭蕭一幅，坐對清泉白石，矯首撫長松。獨鶴歸來晚，聲在碧霄中。神仙宅，留玉節，駐金狨。黔南一道萬里，貔虎控雕弓。笑折碧荷倒影，自唱採蓮新曲，詞句滿秋風。劍佩八千歲，長入大明宫。」花草粹編

何文縝詞

何文縝，政和丙申進士第一，靖康中盡節名臣也。少時會飲貴戚家，侍兒惠柔，慕公丰標，解帕爲贈，約

牡丹時再集。何賦虞美人詞云：「分香帊子柔藍膩。欲去殷勤惠。重來約在牡丹時。只恐花枝相妬，故開遲。別來看盡閒桃李。日日闌干倚。催花無計問東風。夢作一雙蝴蝶，遶芳叢。」樂府紀聞

李嬰詞

元豐間，都人李嬰調蘄水縣令，作滿江紅一曲往黄州上東坡，東坡甚喜之。其詞云：「荆楚風烟，寂寞近、中秋時候。露下冷、蘭英將謝，葦花初秀。歸燕殷勤辭巷陋，鳴蛩淒楚來窗牖。又誰念、江邊有神仙，飄零久。横琴膝，攜筇手。曠望眼，閒吟口。任紛紛萬事，到頭何有。君不見、凌煙冠劍客，何人氣貌長依舊。歸去來、一曲爲君吟，爲君壽。」苕溪漁隱

張才翁雨中花

邛州張公庠遊白鶴山，有詩云：「初眠官柳未成陰。馬上聊爲擁鼻吟。遠宦情懷消壯志，好花時節負歸心。別離長恨人南北，會合休辭酒淺深。欲把春愁閒抖擻，亂山高處一登臨。」秋官張才翁遂以此詩成雨中花詞云：「萬縷青青，初眠官柳，向人猶未成陰。據雕鞍、馬上擁鼻微吟。遠宦情懷誰問，空嗟壯志銷沉。正是好花時節，山城留滯，忍負歸心。別離長恨，飄蓬無定，誰念會合難憑。相聚裏、休辭金盞，酒淺還深。欲把春愁抖擻，春愁轉更難禁。亂山高處，憑闌垂袖，聊寄登臨。」吴虎臣漫録

程垓酷相思

眉山程正伯，號虛舟，與錦江某伎眷戀甚篤，别時作酷相思詞云：「月挂霜林寒欲墜。正門外催人起。奈離别、如今真個是。欲住也，留無計。欲去也，來無計。馬上離情衣上淚。各自空憔悴。問江路、梅花開也未。春到也，須頻寄。人到也，須頻寄。」同上

張表臣詞

張表臣過吴江，賦菩薩蠻云：「垂虹亭下扁舟住。松江煙雨長橋暮。白紵聽吴歌。佳人淚臉波。勸傾金鑿落。莫作思家惡。緑鴨與鱸魚。如何可寄書。」有客覽之曰：「鴨可寄書耶。」張不答。詞苑

薛泳詞

「一盤消夜江南果。吃果看書只清坐。罪過梅花料理我。一年心事，一生牢落，盡向今宵過。此身本是山中箇。纔出山來便帶錯。手種青松應是大。縛茅深處，抱琴歸去，又是明年那。」此薛泳沂叔客中守歲詞也。沂叔久客江湖，瀕老懷歸，遂賦此詞。晚于溪上小築名水竹居。其所爲詩有「歸心如病葉，一片落江城」句。去唐人思致不遠。同上

蔡京西江月

蔡京既南遷，中路有旨，取所寵姬慕容邢武者三人，以金人指名來索也。京作詩云：「爲愛桃花三樹紅。

年年歲歲惹春風。如今去逐他人手，誰復尊前念老翁。」行至潭州，賦西江月云：「八十衰翁謝世，三千里外無家。如今流落向天涯。夢到瑤臺闕下。　玉殿五回命相，彤庭幾度宣麻。止因貪戀此榮華。便有如今事也。」遂窮餓以死。門人醵錢葬之。老奸到頭，狼狽至此，可快亦可憐。宣和遺事

沈會宗小詞

賈耘老舊有水閣在苕溪之上，景物清曠，東坡作守時屢過之，題詩畫竹于壁間。沈會宗又爲賦小詞云：「景物因人成勝概。滿目更無塵可礙。等閒簾幕小闌干，衣未解。心先快。明月清風如有待。　誰信門前車馬隘。別是人間閒世界。坐中無物不清涼，山一帶。水一派。流水白雲長自在。」其後小閣屢易主，今已摧毀久矣。遺址正與予小閣相近，景物悉如會宗之詞。故予嘗有句云：「三間小閣賈耘老，一首佳詞沈會宗。無限當時好風月，如今總屬績溪翁。」蓋謂此也。苕溪漁隱

胡仔滿江紅

余卜居苕溪日，以漁釣自適，因自稱苕溪漁隱。臨流有屋數椽，亦以此命名。僧了宗善墨戲，落筆瀟灑，爲予作苕溪漁隱圖，攬景攄懷，時有鄙句，皆題之左方。又滿江紅一闋云：「汎宅浮家，何處好、苕溪清境。占雲山萬疊，烟波千頃。茶竈筆牀渾不用，雪簑月笠偏相稱。爭不教、二紀賦歸來，甘幽屏。　紅塵事，誰能省。青霞志，方高引。任家風舴艋，生涯笭箵。三尺鱸魚真好鱠，一瓢春酒宜閒飲。問此時、懷抱向誰論，惟箕潁。」同上

惠洪詞

衡州花光仁老以墨爲梅花，魯直觀之嘆曰：「如嫩寒春曉，行孤山籬落間，但欠香耳。」余因爲賦長短句云：「碧瓦籠晴香霧繞。水殿西偏，小駐聞啼鳥。風度女牆吹語笑。南枝破蠟應開了。道骨不凡江瘴曉。春色通靈，醫得花重少。抱甕釀寒春杳杳。譙門畫角催殘照。」又曰：「入骨風流國色，透塵種性真香。爲誰風鬢涴新妝。半樹入村春釀。雪壓枝低籬落，月高影動池塘。高情數筆寄微芒。小寢初開霧帳。」前蝶戀花，後西江月也。冷齋夜話

法秀以禮折人

法雲秀老，關西人，面目嚴冷，能以禮折人。李伯時畫馬東坡第，其筆當不減韓幹，都城黃金易致，而伯時畫不可得。師讓之曰：「伯時士大夫，而以畫著名，行已可恥，矧又畫馬。人誇以爲得妙，人馬腹中亦足可懼。」伯時大驚，不自知身去坐榻曰：「今當何以洗其過。」師勸畫觀音像，以贖其罪。黃魯直作艷語，人爭傳之，秀呵曰：「翰墨之妙，甘施於此乎。」魯直笑曰：「又當置我於馬腹中耶。」秀曰：「公豔語蕩天下淫心，不止於馬腹，正恐下泥犁耳。」魯直頷應之。故一時公卿伏師之善巧也。余讀魯直作晏叔原小山集序云：「余少時間作樂府以使酒玩世，道人法秀獨罪予以筆墨勸淫，於我法中當下犁舌之獄，特未見叔原之作耳。」觀魯直此語，似有憾於法秀，不若伯時之能伏善也。苕溪漁隱

陳瓘贈劉跛子詞

劉跛子者，青州人也。拄一拐，每一歲一至洛中看花，館范家園，春盡卽還。張丞相召自荆湖，時跛子與客飲市橋，客聞車騎過甚盛，起觀之。跛子挽其衣，使且飲，作詩曰：「遷客湖湘召赴京。輪蹄迎送一何榮。争如與子市橋飲，且免人間寵辱驚。」陳瑩中甚愛之，作長短句贈之曰：「枯木形骸，浮雲身世，一年兩到京華。又還乘興，閑看洛陽花。聞道鞓紅最好，春歸後、終委泥沙。忘言處，花開花謝，不似我生涯。　年華留不住，飢餐困寢，觸處爲家。這一輪明月，本是無瑕。隨分冬裘夏葛，都不會、赤水黄芽。誰知我、春風一拐，談笑有丹砂。」冷齋夜話

幼卿詞

宣和間，有女子幼卿題詞陝府驛壁云：「極目楚天空。雲雨無蹤。漫留遺恨鎖眉峯。自是荷花開較晚，辜負東風。　客館歎飄蓬。聚散怱怱。揚鞭那忍驟花驄。望斷斜陽人不見，滿袖啼紅。」蓋賣花聲也。能改齋漫録

蘇瓊詞

姑蘇官妓蘇瓊，行第九，蔡元長道過蘇州，太守召佐飲。元長聞瓊能詞，因命卽席爲之，并限以九字爲

韻。瓊即獻詞曰：「韓愈文章蓋世，謝安情性風流。良辰美景在西樓。敢勸一卮芳酒。記得南宮高選，弟兄争占鼇頭。金鑪玉殿瑞烟浮。高占甲科第九」。蓋元長奏名第九也。能改齋漫録

詞苑萃編卷之十三

紀事四

高宗舞楊花

慈寧殿賞牡丹時，椒房受册，三殿極歡。高宗洞達音律，自製曲賜名舞楊花。停觴命小臣賦詞，令內人歌之，以玉巵侑酒爲壽，左右皆呼萬歲。詞云：「牡丹半拆初經雨，雕檻翠幕朝陽。嬌困倚風，臺榭遠羣芳。洗煙凝露向清曉，步瑶臺、月裏霓裳。輕笑淡拂宫黄。淺擬飛燕新妝。楊柳啼鴉晝永，正千秋亭館，風絮池塘。三十六宫，簪豔粉濃香。慈寧玉殿慶清賞，占東君、誰比花王。良夜高燭熒煌。影裏留住年光。」高宗又嘗使御前畫工寫曾海野喜容，帶牡丹一枝，命吕本中作贊云：「一枝國豔，兩鬢東風。」高宗大喜。貴耳録

洪邁賜對禁中

紹興中，禁中避暑，多御復古選德等殿及翠寒堂納凉。長松修竹，濃翠蔽日，層巒奇岫，静窈縈深。寒瀑飛空下注，大池可十畝，池中紅白菡萏萬柄，蓋園丁以瓦盎别種，分列水底，時易新者，庶幾美觀。又

置茉莉、素馨、建蘭、麝香藤、朱槿、玉桂、紅蕉、闍婆、薝蔔等南花數百盆於廣庭，鼓以風輪，清芬滿殿。御榻兩旁，各設金盤數十架，冰雪如山，紗廚前後，皆懸掛伽蘭木、真蠟、龍涎等香珠百餘，蔗漿金碗、珍果玉壺，初不知人間有塵暑也。洪景盧學士嘗賜對於翠寒堂，當三伏中，戰栗不可久立。高宗問故，遣中貴人以北綾半臂賜之，則境界可想見矣。景盧作詞，紀恩而出。周密歲時記

胡銓賜對秘閣

隆興元年五月三日晚，胡銓侍上於內殿之秘閣。蒙賜金鳳牋，就所御玉管筆，幷龍腦墨、鳳咮研，又賜以花藤席，命銓視草畢，喚內侍司厨滿頭花備酒。上御玉荷杯，銓用金鴨杯 令潘妃唱賀新郎，蘭香執玉荷杯，上自注酒，賜銓曰：「賀新郎者，朕自賀得卿也。酌以玉荷杯者，示朕飲食與卿同器也。」銓再拜謝。賀新郎詞中有「所謂相見了又重午」，上曰：「今重午不數日矣。」詞中又有「湘江舊俗」之句，上曰：「卿流落海島二十餘年，得不爲屈原之葬魚腹者，皆天地祖宗之靈，留卿以輔朕也。」銓流淚，上亦黯然。俄而還坐，進八寶羹，洗盞更酌。上命潘妃執玉荷杯，唱萬年歡。此詞乃仁廟所製，上飲訖，親唱一曲，名喜遷鶯。且謂銓曰：「朕每在宮中，不忘作歌，祗侍太上宴時有旨令唱，始作之。今夕與卿相會，朕意甚歡，故作此樂卿耳。」又曰：「昨朕苦嗽，故聲音稍澀，卿勿嫌。」銓奏曰：「太上退閒，陛下御宇，正當勉力恢復，然此孝養，亦宜時有。」上曰：「卿真忠臣也，漢之汲黯，唐之魏徵，亦不過是。」上又問銓在海南時所作詩文，銓一一奏對。時漏已四下，上又凭闌四望，頃之，天竺鐘聲已動，御苑已鴉噪矣。澹

曾覿詞

乾道三年三月初十日，上遣使至德壽宮奏知太上：「連日天氣甚好，欲一二日間，恭請車駕幸聚景園看花，取自聖意選定一日。」太上云：「傳語官家，備見聖孝，春和景明，正可游豫。但出去衹爲看花，今本宮後園，亦有幾株好花，不若來日請官家過來閒看。」遂遣提舉官，同到南内奏過遵依訖。次日，進早膳後，車駕與皇后太子過宫，起居二殿訖。先至燦錦亭進茶，宣召知閤門幷兩府以下六員侍宴，同至後苑看花。亦有小舟數十隻，供應雜藝嘌唱鼓版蔬菓，與湖中一般。太上倚闌閒看，適有雙燕掠水飛過，傳旨令曾覿製詞。遂進阮郎歸云：「柳陰庭院占風光。呢喃春晝長。碧波新漲小池塘。雙雙蹴水忙。萍散漫，絮悠颺。輕盈體態狂。爲憐流去落紅香。銜將歸畫梁。」既登舟，知閤張掄進柳梢青云：「柳色初匀。餘寒似水，纖雨如塵。一陣東風，縠紋微皺，碧沼鱗鱗。仙娥花月精神。奏鳳管、鸞弦鬬新。萬歲聲中，九霞杯内，長醉芳春。」曾覿和進云：「桃靨紅匀。梨腮粉薄，鴛徑無塵。鳳閣凌虚，龍池澄碧，芳意鱗鱗。清時酒聖花神。看内苑、風光又新。一部仙韶，九重鸞仗，天上長春。」各有宣賜。乾淳起居注

張掄詞

淳熙六年春，車駕迎太上太后游聚景園，乘步輦至瑶津西軒。都管劉景進新製汎蘭舟曲，各賜銀絹。

是歲太上聖壽七十有三，上親捧玉酒船，進太上酒，斟酒入船，則船中人物花草俱動。太上飲盡，又至錦壁賞花。有牡丹十餘叢，各有牙牌金字爲記。又另採數千朵，插水精玻璃天清汝窰金瓶中。太上前，又獨設沉香桌，列白玉碾花商尊，高三尺，徑一尺三寸，上插照殿紅十五枝。隨駕各官皆賜兩面翠葉滴金牡丹御書扇，沉香爲柄。知閤張掄進壺中天一闋云：「洞天深處賞嬌紅，輕玉高張雲幕。國豔天香相競秀，瓊蕊清光如昨。露洗妖姸，風傳馥郁，雲雨巫山約。春濃似酒，五雲臺榭樓閣。聖代治定功成，一塵不動，四境無鳴柝。屢有豐年天助順，基業增隆山岳。兩世明君，千秋萬歲，永享昇平樂。東皇呈瑞，更無一片花落。」西湖志餘

吴琚詞

淳熙八年元日，上坐紫宸殿，引見訖，卽率皇后、皇太子、太子妃至德壽宮行朝賀禮。未初，雪大下，正是臘前。太上、官家大喜云：「今年正欠些雪，可謂及時。」太上云：「雪却甚好，但恐長安有貧者。」上奏云：「已令有司比去年倍數支散矣。」又移至明遠樓，張燈進酒。節使吴琚進喜雪水龍吟詞云：「紫皇高宴仙臺，雙成戲擊瓊苞碎。何人爲把，銀河水翦，甲兵都洗。玉樣乾坤，八荒同色，了無塵翳。喜冰消太液，暖融鳷鵲，端門曉班初退。聖主憂民深意，轉鴻鈞、滿天和氣。太平有象，三宮二聖，萬年千歲。雙玉杯深，五雲樓迥，不妨頻醉。細看來、不是飛花，片片是，豐年瑞。」太上大喜，賜鍍金酒器二百兩、細色段疋、復古殿香、羔兒酒等。太后命本宮歌版色歌此曲進酒，太上盡醉。一更後，宣轎兒入便門，

上親扶上輦還宮。乾淳起居注

曾覿月詞

淳熙九年八月十五日，駕過德壽宮起居，太上留坐看月。晚宴香遠堂，堂東有萬歲橋，大池十餘畝，皆是千葉白蓮。凡御榻、御屏、酒具、香奩器用，並用水精。南岸列女樂。待月初上，簫韶齊舉，縹緲相應，如在霄漢。既入座，樂少止。太上召劉貴妃，令獨吹白玉笙霓裳中序，上自起執玉杯奉兩殿酒，並以纍金嵌寶椀杯盤等物賜貴妃。侍宴官開明府曾覿恭進壺中天慢一首云：「素飈颺碧，看天衢，穩送一輪明月。翠水瀛壺人不到，比似世間秋别。玉手瑶笙，一時同色，小按霓裳疊。天津橋上，有人偷記新闋。當日誰幻銀橋，阿瞞兒戲，一笑成癡絶。肯信羣仙高宴處，移下水精宫闕。雲海塵清，山河影滿，桂冷吹香雪。何勞玉斧，金甌千古無缺。」上皇大喜曰：「從來月詞不曾用金甌事，可謂新奇。」賜金束帶紫番羅水晶注碗一副。上亦賜寶盞古香。至一更五點還内，是夜隔江西興，亦聞天樂之聲。同上

吴琚觀潮詞

淳熙十年八月十八日，上詣德壽宮恭請兩殿往浙江亭觀潮，百戲撮弄等各呈伎藝。太上喜見顔色曰：「錢塘形勝，東南所無。」上起奏曰：「錢塘江潮，亦天下所無有也。」太上宣諭侍宴官，令各賦酹江月一曲，至晚進呈，太上以吴琚爲第一。其詞云：「玉虹遥掛，望青山隱隱，一眉如抹。忽覺天風吹海立，好似春霆初發。白馬凌空，瓊鼇駕水，日夜朝天闕。飛龍舞鳳，鬱葱環拱吴越。此景天下應無，東南形

勝，偉觀真奇絕。好是吴兒飛彩幟，蹴起一江秋雪。黄屋天臨，水犀雲擁，看擊中流楫。晚來波静，海門飛上明月。」兩宫並有宣賜，至月上還内。同上

陳藏一撰詞

庚申八月，太子請兩殿幸本宫清霽亭，賞芙蓉木樨。韶部頭陳盼兒，捧牙版歌尋尋覓覓三句，上曰：「愁悶之詞，非所宜聽，可令陳藏一撰一即景快活聲聲慢。」李祉陳盼兒傳

洪邁詞

紹興間，洪景盧在臨安試詞科。三場畢，與數友同過抱劍街孫氏伎樓。夜月如晝，正憑闌撫几，兩燭結花，燦若連珠。孫氏黠慧，白坐中客曰：「今夕桂魄皎潔，燭花呈祥，諸君較藝蘭省，高掇無疑，請各賦一詞，爲他日佳話。」座中有何自明，即操筆作浣溪沙詞云：「草草杯盤訪玉人。燈花呈喜座添春。邀郎覓句要清新。　黛淺波嬌情脈脈，雲輕柳弱意真真。從今風月屬閒人。」衆傳觀賞歎，恨其末句失意。景盧作臨江仙詞云：「綺席留歡歡正洽，高樓佳氣重重。釵頭小篆燭花紅。直須將喜事，來報主人公。　桂月十分春正半，廣寒宫殿葱葱。姮娥相對曲闌東。雲梯知不遠，平步躡東風。」孫滿酌一觥勸洪曰：「此瑞殆爲君設也，必高中矣。」已而景盧果奏名賜第。詞苑

俞國寶詞

淳熙間，御舟過斷橋，見酒肆屏風上有風入松詞云：「一春常費買花錢。日日醉湖邊。玉驄慣識西湖路，驕嘶過、沽酒樓前。紅杏香中歌舞，綠楊影裏秋千。暖風十里麗人天。花壓鬢雲偏。畫船載得春歸去，餘情付、湖水湖煙。明日重扶殘醉，來尋陌上花鈿。」高宗稱賞良久，宣問何人所作，乃大學生俞國寶也。「重扶殘醉」，原詞作「重攜殘酒」。高宗笑曰：「此句不免寒酸氣。」因改爲「扶殘醉」，卽日予釋褐。中興詞話

岳飛詞

武穆賀講和赦表云：「莫守金石之約，難充谿壑之求。」故作詞云：「欲將心事付瑤箏。知音少，弦斷有誰聽。」蓋指和議之非也。又作滿江紅，忠憤可見，其不欲等閒白了少年頭，足以明其心事。話腴

韓世忠詞

韓蘄王生長兵間，未嘗知書，晚歲忽若有悟，能作字及小詞。一日，至香林園，蘇仲虎尚書方宴客，王徑造之，賓主歡甚，盡醉而歸。明日，王餉以羊羔，且手書二詞遺之。其臨江仙云：「冬日青山瀟灑靜，春來山暖花濃。少年衰老與花同。世間名利客，富貴與窮通。榮華不是長生藥，清閒不是死門風。勸君識取主人公。單方只一味，盡在不言中。」其南鄉子云：「人有幾多般。富貴榮華總是閒。自古英雄都是夢，爲官。寶玉妻兒宿業纏。年事已衰殘。鬢鬢蒼蒼骨髓乾。不道山林多好處，貪歡。只恐癡迷誤了賢。」西湖志餘

葉夢得水調歌頭

葉夢得九月望日，與客習射西園，病不能射，因作水調歌頭以寄意云：「霜降碧天淨，秋事促西風。寒聲隱地初聽，中夜入梧桐。起瞰高城四顧，寥落關河千里，一醉與君同。疊鼓鬧清曉，飛騎引琱弓。歲將晚，客争笑，問衰翁。平生豪氣安在，走馬爲誰雄。何似當筵虎士，揮手弦聲響處，雙鴈落遥空。老矣真堪惜，回首望雲中。」詞苑

辛棄疾鷓鴣天

党懷英、辛棄疾少同舍，屬金國初亂，辛率數千騎南渡顯于宋，党在北擢第入翰林，二公皆有榮寵。後辛退閒，有鷓鴣天詞云：「壯歲旌旗擁萬夫。錦韉突騎渡江初。燕兵夜捉銀胡䩮，漢箭朝飛金僕姑。追往事，嘆今吾。春風不染白髭鬚。都將萬字平戎策，换得東郊種樹書。」蓋紀其少年事也。歸潛志

辛棄疾摸魚兒

辛稼軒摸魚兒春晚詞云：「更能消幾番風雨。忽忽春又歸去。惜春常怕花開早，何況落紅無數。春且住。見説道、天涯芳草迷歸路。怨春不語。算只有、殷勤畫簷蛛網，盡日惹飛絮。長門事，准擬佳期又誤。蛾眉曾有人妒。千金縱買相如賦。脈脈此情誰訴。君莫舞。君不見、玉環飛燕皆塵土。閒愁最苦。休去倚危闌，斜陽正在，烟柳斷腸處。」其詞可謂怨之至矣。聞壽王見此詞，頗不悦，然終不加

罪，若遇漢、唐，寧不賈種豆、種桃之禍哉。鶴林玉露

辛棄疾祝英臺近

京畿有二漕，一呂揩，一呂正己。揩家諸姬甚盛，必約正己通宵飲。呂婆一日大怒，踰牆詈之，揩子一彈碎其冠。事徹孝皇，兩漕即日罷。呂婆有女事辛幼安，以微事觸怒逐之。今稼軒桃葉渡詞因此而作。貴耳錄

按：稼軒祝英臺近有「寶釵分，桃葉渡，烟柳暗南浦」之句。

辛棄疾菩薩蠻

南渡初，金人追隆祐太后御舟，至江西造口不及而還。辛稼軒過其地，有感賦菩薩蠻詞曰：「鬱孤臺下清江水。中間多少行人淚。西北是長安。可憐無數山。　青山遮不住。畢竟東流去。江晚正愁予。山深聞鷓鴣。」詞苑

辛棄疾破陣子

陳亮過稼軒，縱談天下事，亮夜思幼安素嚴重，恐爲所忌，竊乘其廐馬以去。幼安賦破陣子詞寄之，詞云：「醉裏挑燈看劍，夢回吹角連營。八百里分麾下炙，五十弦翻塞外聲。沙場秋點兵。　馬作的盧飛快，弓如霹靂弦驚。了卻君王天下事，贏得生前身後名。可憐白髮生。」古今詞話

劉子翬九日詞

劉子翬，晦庵之師，以承務郎通判興化軍，辭歸，隱武夷山。有九日驀山溪詞云：「浮煙冷雨，此日還重九。秋去又秋來，但黄花、年年依舊。平臺戲馬，無處問英雄，茅舍小，竹籬疎，兀坐空搔首。客來何有。草草三杯酒。一醉萬緣空，休貪他、金印如斗。病翁老矣，誰共賦歸歟，芟隴麥，網溪魚，未落他人後。」屏山集

黄公度詞

黄公度以第一人登第，爲趙忠簡所器，而秦檜頗銜之。及召赴行在，知非當路意，而迫於君命，故作青玉案詞，有云：「欲倩歸鴻分付與。鴻飛不住。倚闌無語。獨立長天暮。」蓋去就早定矣。知稼翁集跋

張孝祥詞

張于湖嘗舟過洞庭，月照龍堆，金沙盪射，公得意命酒，倡歌所作詞，呼羣吏而酌之，曰：「亦人子也。」其坦率皆類此。四朝聞見録

張孝祥多景樓賦詞

張于湖知京口，王宣子代之。多景樓落成，于湖爲大書樓扁，公庫送銀二百兩爲潤筆，于湖却之，但需紅羅百匹。於是大宴合樂，酒酣，于湖賦詞，命伎合唱甚歡，遂以紅羅百匹犒之。癸辛雜識

張孝祥滿江紅詞

于湖玩鞭亭，晉明帝覘王敦營壘處。自温庭筠賦詩後，張文潛又賦于湖曲以正湖陰之誤，詞皆奇麗警拔，膾炙人口。張安國賦滿江紅云：「千古淒涼，興亡事、但悲陳迹。凝望眼，吴波不動，楚山叢碧。巴滇綠駿追風遠，武昌雲旆連天赤。笑老奸、遺臭到如今，留空壁。邊書靜，烽烟息。通軺傳，銷鋒鏑。仰太平天子，聖明無敵。蹙踏揚州開帝里，渡江天馬龍爲匹。看東南、佳氣鬱怱怱，傳千億。」雖間採温、張語，而詞氣亦不在其下。吴禮部詩話

張孝祥詞調妙常

宋女貞觀陳妙常尼年二十餘，姿色出羣，詩文俊雅，工音律。張于湖授臨江令，宿女貞觀，見妙常，以詞調之，妙常亦以詞拒于湖。後與于湖故人潘法成私通情洽，潘密告于湖，以計斷爲夫婦，卽俗傳玉簪記是也。古今女史

裴按：陳妙常拒張于湖詞云：「清靜堂前不捲簾。景悠然。閒花野草漫連天。莫胡言。獨坐洞房誰是伴。一爐烟，閒來窗下理琴弦。小神仙。」見初蓉集。

陳濟翁驀山溪詞

陳濟翁南渡遺老，有驀山溪詞云：「去年今日，從駕游西苑。文彩壓金波，看水戲、魚龍曼衍。寶津南殿。

宴坐近天顔，金杯酒，君王勸。頭上宮花顫。　六軍錦繡，萬騎穿楊箭。日暮翠華歸，擁鈞天、笙歌一片。如今關外，千里未歸人，前山雨，西樓晚。望斷思君眼。」此詞天下歌之。舍人張孝祥以廷試第一，移知潭州。因宴客，妓有歌之者，至「金杯酒，君王勸。頭上宮花顫。」張之首不覺自爲摇動者數四。坐客忍笑指目者甚多，而張不知也。能改齋漫録

張元幹送胡銓詞

張元幹以送胡銓及寄李綱詞坐罪，皆金縷曲也，元幹以此得名。其送銓詞云：「夢繞神州路。悵秋風、連營畫角，故宮禾黍。底事崑崙傾砥柱。九曲黄流亂注。聚萬落、千村狐兎。天意從來高莫問，況人情易老悲難訴。更南浦，送君去。　涼生岸柳催殘暑。耿斜河、疎星澹月，斷雲微度。萬里江山知何處。回首對牀夜語。鴈不到、書成誰與。目盡青天懷今古，肯兒曹、恩怨相爾汝。舉大白，聽金縷。」百琲明珠

周必大贈歌者詞

周必大有點絳唇詞，贈歌者小瓊作也。「秋夜乘槎，客星容到天孫渚。眼波微注。待許牽牛渡。　見了還非，重理霓裳譜。期無誤。幾年一遇。莫訝周郎顧。」詞苑

左與言詞

左與言策名之後，入錢塘幕府。時樂籍有名姝張芸女名濃者，色藝妙天下，與言甚眷之。如「盈盈秋水，澹澹春山」，及「帷雲剪水，滴粉搓酥」之句，皆爲濃而作。當時都人有「曉風殘月柳三變，滴粉搓酥左與言」之對。其人物風流，可以想見。俶擾之後，濃委身於立勳大將家，易姓章，疏封大國。紹興中，左因覓官赴闕下，暇日行天竺兩峯間。忽逢車輿甚盛，中一麗人，褰簾顧左而顰曰：「如今若把菱花照，猶恐相逢是夢中。」視之，乃濃也。與言醒然有悟，即拂衣東渡爲浮屠。王仲言

裴按：濃當作穠。三朝北盟會編，張俊妾張穠，錢塘名伎也。改姓章，知書，嘗代俊文字，封榮國夫人。又清波雜志，嘗得一誥詞云：朕眷禮勳臣，既亟異姓，王之貴，疏恩私室，弁侈如夫人之榮，以爾修態横生，芳性和適云云。紹興權外制某人行。

劉過別稼軒詞

劉過字改之，吉州大和人也。性疎豪好施，辛稼軒客之。稼軒帥淮時，改之以母病告歸，囊槖蕭然。是夕，稼軒與改之微服縱登倡樓，適一都吏命樂飲酒，不知爲稼軒也，命左右逐之，二公大笑而歸。即以爲有機密文書喚某都吏，其夜不至，稼軒欲籍其產而流之。言者數十，皆不能解，遂以五千緡爲改之母壽，請言于稼軒。稼軒曰：「未也。」令倍之，都吏如數增作萬緡，稼軒爲買舟于岸，舉萬緡于舟中。戒曰：「可即行，無如常日輕用也。」改之作念奴嬌爲別稼軒云：「知音者少，算乾坤許大，著身何處。直待功成方肯退，何日可尋歸路。多景樓前，垂虹亭下，一枕眠秋雨。虛名相誤。十年枉費辛苦。不是奏

賦明光，上書北闕，無驚人之語。我自怱忙天不肯，嬴得衣裾塵土。白璧堆前，黃金買笑，付與君爲主。蓴鱸江上，浩然明日歸去。」改之又號龍州，太和邑稱也。江湖紀聞

劉過唐多令

劉改之過以詩名江左，放浪吴、楚間。辛稼軒守京口，登多景樓，劉敝衣曳履而來。辛命賦雪，以難字爲韻。劉吟云：「功名有分平吴易，貧賤無交訪戴難。」遂上武昌作唐多令云：「蘆葉滿汀洲。寒沙帶淺流。二十年、重過南樓。柳下繫船猶未穩，能幾日、又中秋。黃鶴斷磯頭。故人曾到否。舊江山、都是新愁。欲買桂花同載酒，終不是、少年遊。」劉此詞，楚中歌者競唱之。詞苑

某教授詞

楊誠齋帥某處，有教授狎一官伎，誠齋怒黥伎之面，將遣之。教授酌酒與伎別，賦眼兒媚云：「鬢邊一點似飛鴉。莫把翠鈿遮。三年兩載，千撋百就，今日天涯。奈楊花又逐東風去，隨分落誰家。若還忘得，除非睡起，不照菱花。」誠齋知教授能詞，即舉伎送之。或曰：帥爲孟之經，教授爲陳詵，非誠齋也。同上

郡守宴楊萬里

楊萬里爲監司時，巡歷至一郡，郡守宴之。官伎歌賀新郎詞以送酒，其中有「萬里雲帆何時到」之句。

楊遴曰：「萬里昨日到。」守㡉責其伎。行都紀事

范成大謁金門

范成大行宜春道中，見野塘春水可喜，有懷舊隱，作謁金門詞云：「塘水碧。仍帶麴塵顏色。泥泥縠紋無氣力。東風如愛惜。恰似越來溪側。也有一雙鸂鶒。只欠柳絲千百尺。繫船春弄笛。」成大出使回，每思石湖，故言之悒悒如此。楊升庵

范成大澄懷録

范石湖云：「淳熙己亥重九，與客自閶門汎舟徑横塘，宿霧一白，垂垂欲雨。至綵雲橋，氛翳豁然，晴日滿空，風景閒美，無不與人意會。四郊刈熟，露積如繚垣，田家婦子著新衣，略有節物。挂帆遡越來溪，潦收淵澄，如行玻瓈地上。菱花雖瘦，尚可采擷。檥櫂石湖，叩柴荆，坐千巖觀下。菊叢中大金錢一種，已爛漫穠香，正午薰入酒杯，不待轟飲，已有醉意。其旁丹桂二畝，皆盛開，多欒枝，芳氣尤不可耐。攜壺渡石梁，登姑蘇後臺，躋攀勇往，謝去巾輿筇杖，石棱草滑，皆若飛步。山頂正平，有坳堂蘚石可列坐，相傳爲吴故宫閒臺别館所在。其前湖光接松陵，獨見孤塔之尖。少北墨點一螺，爲崑山。其後西山競秀，縈青叢碧，與洞庭林屋相賓。大約目力踰百里，具登高臨遠之勝。始余使虜，是日過燕山館，嘗賦水調首句云：『萬里漢家使。』後每自和。桂林云：『萬里漢都護。』成都云：『萬里橋邊客。』明年，徘徊藥市，頗歎倦游，不復再賦，但有詩云：『年來厭把三邊酒，此去休哦萬里詩。』今年幸甚，獲歸故園，偕

鄉曲二三子，酬酢佳節于鄉山之上，乃復用舊韻首句云：『萬里吴船舶，歸訪菊籬秋。』」澄懷録

游次公詞

范石湖坐上客有譚劉婕好事者，公與客約賦詞。游次公子明倚金縷曲先成，公不復作，衆亦斂手。詞云：「暖靄烘晴籞。鎖垂楊、籠池罩閣，萬絲千縷。池上曉光分宿霧。日近羣芳易吐。尋並蒂、闌邊凝竚。不信釵頭雙鳳去，奈寶刀、被妾先留住。天一笑，玆花妬。　阿嬌好在金屋貯。甚秋風、易得蕭疎，扇鸞塵污。一自昭陽宫閉後，牆角土花無數。況多病、情傷幽素。百花臺上空雨露。望紅雲、杳杳知何處。天尺五，去無路。」竹山漫録

德壽賜婉儀詞

德壽宫劉妃，臨安人。入宫爲紅霞帔，後拜貴妃。又有小劉妃者，以紫霞帔轉宜春郡夫人，進婕妤，復封婉儀，皆有寵宫中。號妃爲大劉孃子，婉儀爲小劉孃子。婉儀入宫時，年尚幼，德壽賜以詞云：「江南柳，嫩緑未成陰。攀折尚憐枝葉嫩，黄鸝飛上力難禁。留取待春深。」周密輦下紀事

陸游遊摩訶池詞

范致能帥蜀，陸務觀在幕府，主賓酬倡，人争傳誦之。陸嘗春日游摩訶池上，作水龍吟云：「摩訶池上追遊路，紅緑參差春晚。韶光妍媚，海棠如醉，桃花欲暖。挑菜初閒，禁煙將近，一城絲管。看金鞍争道，

香車飛蓋，爭先占、新亭館。惆悵年華暗換。黯消魂、雨收雲散。鏡奩掩月，釵梁折鳳，秦箏斜鴈。身在天涯，亂山孤壘，危樓飛觀。歎春來、只有楊花，和恨向、東風滿。」又在王忠州席上作玉蝴蝶云：「倦客平生行處，墜鞭京洛，解珮瀟湘。此夕何年，來賦宋玉高唐。繡簾開、香塵乍起，蓮步穩、銀燭分行。暗端相。燕羞鶯妒，蝶擾蜂忙。難忘。芳樽頻勸，峭寒新退，玉漏猶長。幾許幽情，只愁歌罷月侵廊。欲歸時、司空笑問，微近處、丞相嗔狂。斷人腸。假饒相送，上馬何妨。」詞苑

陸游釵頭鳳

放翁娶唐氏女，伉儷相得，而弗獲於姑，陸出之。後改適同郡趙士程，春日出游，相遇於禹跡寺南之沈園，唐語其夫爲致酒肴。陸悵然賦釵頭鳳詞云：「紅酥手，黃藤酒，滿城春色宮牆柳。東風惡，歡情薄。一懷愁緒，幾年離索。錯錯錯。春如舊，人空瘦，淚痕紅浥鮫綃透。桃花落，閒池閣。山盟雖在，錦書難託。莫莫莫。」唐亦和之，未幾怏怏卒。放翁復過沈園賦詩云：「落日城頭畫角哀。沈園非復舊池台。傷心橋下春波綠，曾見驚鴻照影來。」耆舊續聞

陸游風入松

陸放翁在蜀日，曾有所盼。嘗賦詩云：「碧玉當年未破瓜。學成歌舞入侯家。如今憔悴蓬窗底，飛上青天妬落花。」出蜀後，每懷舊遊，多見之題咏。有云：「金鞭珠彈憶佳遊。萬里橋西罨畫樓。夢倩晚風吹不斷，書憑歸雁寄無由。鏡中顏髮今如此，席上賓朋好在否。篋有吳箋三百個，擬將細字寫春愁。」又

云：「裘馬清狂錦水濱。最繁華地作閒人。金壺投箭銷長日，翠袖傳杯領好春。幽鳥語隨歌處拍，落花鋪作舞時茵。悠然自適君知否，身與浮名孰是親。」仍以前詩檃括作風入松云：「十年裘馬錦江濱。酒隱紅塵。黃金選勝鶯花悔，倚疏狂、驅使青春。吹笛魚龍盡出，題詩風片俱新。　自憐華髮滿紗巾。猶是官身。鳳樓曾記當年語，問浮名、何似身親。欲寫吴箋說與，這回真個閒人。」詞苑叢談

姜夔揚州慢

姜堯章揚州慢自敍云：「淳熙丙申，至日過維揚，夜雪初霽，薺麥彌望。入其城，則四顧蕭條，寒水自碧，暮色漸起，戍角悲吟。予懷愴然，感慨今昔，因自度此曲云：『淮左名都，竹西佳處，解鞍少駐初程。過春風十里，盡薺麥青青。自吴馬窺江去後，廢池喬木，猶厭言兵。漸黃昏、清角吹寒，都在空城。　杜郎俊賞，算如今、重到須驚。縱荳蔻詞工，青樓夢好，難賦深情。二十四橋仍在，波心蕩、冷月無聲。念橋邊紅藥，年年知爲誰生。』」白石道人歌曲

姜夔暗香疏影

「辛亥之冬，予載雪詣石湖。止既月，授簡索句，且徵新聲，作此兩曲，石湖把玩不已，使二妓習之，音節諧婉，乃命之曰暗香、疏影。」其暗香詞云：「舊時月色。算幾番照我，梅邊吹笛。喚起玉人，不管清寒與攀摘。何遜而今漸老，都忘却、春風詞筆。但怪得、竹外疎花，香冷入瑶席。　江國。正寂寂。嘆寄與路遥，夜雪初積。翠尊易泣。紅萼無言耿相憶。長記曾攜手處，千樹壓、西湖寒碧。又片片、吹盡也，

幾時見得。」其疏影詞云：「苔枝綴玉。有翠禽小小，枝上同宿。客裏相逢，籬角黄昏，無言自倚修竹。昭君不慣胡沙遠，但暗憶、江南江北。想珮環、月夜歸來，化作此花幽獨。猶記深宫舊事，那人正睡裏，飛近蛾緑。莫似春風，不管盈盈，早與安排金屋。還教一片隨波去，却又怨、玉龍哀曲。等恁時、重覓幽香，已入小窗横幅。」同上

姜夔垂虹賦詩

小紅，范成大青衣也，有色藝。成大請老，姜夔詣之。一日，授簡徵新聲，夔製暗香、疏影兩曲，成大使二伎歌之，音節清婉。成大尋以小紅贈之。其夕大雪，過垂虹，賦詩曰：「自喜新詞韻最嬌。小紅低唱我吹簫。曲終過盡松陵路，回首煙波十里橋。」夔喜自度曲，吹洞簫，小紅輒歌而和之。夔卒于杭州，范挽詩曰：「所幸小紅方嫁了，不然啼損馬塍花。」宋時花藥出東西馬塍，皆名人葬處，夔葬此故云。研北雜誌

姜夔慶宫春

「紹熙辛亥除夕，予别石湖歸吴興，雪後夜過垂虹，嘗賦詩云：『笠澤茫茫雁影微　玉峯重疊護雲衣。長橋寂寞春寒夜，只有詩人一舸歸。』後五年冬，復與俞商卿、張平甫、銛朴翁自封禺同載，詣梁溪。道經吴松，山寒天迥，雲浪四合。中夕相呼步垂虹，星斗下垂，錯雜漁火，朔吹凜凜，卮酒不能支。朴翁以衾自纏，猶相與行吟，因賦慶宫春一闋云：『雙槳蓴波，一蓑松雨，暮愁漸滿空闊。呼我盟鷗，翩翩欲下，背

人還過木末。那回歸去，蕩雲雪、孤舟夜發。傷心重見，依約眉山，黛痕低壓。采香徑裏春寒，老子婆娑，自歌誰答。垂虹西望，飄然引去，此興生平難遏。酒醒波遠，政凝想、明璫素韈。如今安在，唯有闌干，伴人一霎。』」澄懷録

姜夔壽張平甫詞

「予與張平甫，自南昌同游西山玉隆宮，止宿而返，蓋乙卯三月十四日也。是日卽平甫初度，因買酒茅舍，並坐古楓下。古楓，旌陽在時物也。旌陽嘗以草屨懸其上，土人以履爲屩，因名挂屩楓。蒼山四圍，平野盡綠，隔澗野花紅白，照影可喜，使人採擷以藤糾纏著楓上。少焉月出，大如黃金盆，逸興橫生，遂成痛飲，午夜乃寢。明年，平甫初度，欲治舟往封禺松竹間，念此游之不可再也，歌以壽之。『曾共君侯歷聘來。去年今日踏莓苔。旌陽宅裏疎疎磬，挂屩楓前草草杯。呼旨酒，摘青梅。今年官事莫徘徊。移家徑入藍田縣，急急船頭打鼓催。』」白石道人歌曲

姜夔浣溪沙

「予女須家沔之山陽，左白湖，右雲夢，春水方生，浸數十里。冬寒沙露，衰草入雲。丙午之秋，予與安甥或蕩舟採菱，或舉火罝兔，或觀魚簺下，山行野吟，自適其適。憑虛悵望，因賦浣溪沙一闋云：『著酒行行滿袂風。草枯霜鶻落晴空。銷魂都在夕陽中。恨入四弦人欲老，夢尋千驛意難通。當時何似莫匆匆。』」同上

姜夔安遠樓詞

「淳熙丙午冬，武昌安遠樓成，與劉去非諸友落之，度曲見志。予去武昌十年，故人有泊舟鸚鵡洲者，聞小姬歌此詞，問之，頗能道其事。還吳，爲予言之，興懷昔游，且傷今之離索也。詞云：『月冷龍沙，塵清虎落，今年漢酺初賜。新翻胡部曲，聽氈幕，元戎歌吹。層樓高峙。看檻曲縈紅，簷牙飛翠。人姝麗，粉香吹下，夜寒風細。此地宜有詞仙，擁素雲黃鶴，與君游戲。玉梯凝望久，歎芳草、萋萋千里。天涯情味。仗酒祓清愁，花銷英氣。西山外，晚來還捲，一簾秋霽。』」同上

姜夔惜紅衣

「予客武陵，湖北憲治在焉。古城野水，喬木參天。予與二三友日蕩舟其間，薄荷花而飲，意象幽閒，不類人境。秋水且涸，荷葉出地尋丈。因列坐其下，上不見日，清風徐來，綠雲自動。間於疏處，窺見游人畫船，亦一樂也。揭來吳興，數得相羊荷花中，又夜汎西湖，光景奇絕，故以此句寫之。『鬧紅一舸，記來時、嘗與鴛鴦爲侶。三十六陂人未識，水佩風裳無數。翠葉招涼，玉容銷酒，更灑菰蒲雨。嫣然搖動，冷香飛上詩句。日暮。青蓋亭亭，情人不見，爭忍淩波去。只恐舞衣寒易落，愁入西風南浦。高柳垂陰，老魚吹浪，留我花間住。田田多少，幾回沙際歸路。』」同上

姜夔百宜嬌

堯章嘗寓吴興張仲遠家，仲遠屢出外，其室人知書，賓客通問，必先窺來札，性頗妒。堯章戲作百宜嬌詞以遺仲遠云：「看垂楊迷苑，杜若吹沙，愁損未歸眼。信馬青樓去，重簾下、娉婷人妙飛燕。翠尊共款。聽豔歌、郎意先感。便携手、月地雲階裏，愛良夜微暖。」竟爲所見。仲遠歸，莫能辨，則受其指爪損面，至不能出外云。耆舊續聞

張樞宮詞

張樞斗南踐歘朱華，爲宣詞令閤門簿書，詳知朝儀典故。其姑縉雲夫人承恩穆陵，因得出入九禁，備見一時宮中燕幸之事。賦宮詞七十首，盡載當時盛際，非其他想像而爲者。其一云：「晚涼開燕近中秋。香染金風倚桂樓。花月新篇初唱徹，内人傳旨索歌頭。」原注：穆陵製花月篇。同上

又新柳枝詞

昔與又新萍聚行都，一日出遊湖上，約各倚綺羅香慢，和周公謹十景樂府。又新卽席上立成十解，予研思苦索，未克就一調而罷。又新餘興未已，復成柳枝詞八絶，余益斂手歎服。事往已二十餘霜矣，今覽稿中，無一存者。逸與删與，音書寥闊，皆不可得而知也。予尚記其柳詞之一云：「摇曳煙條馬首迎。緑陰濃處護鶯聲。離人不到蘇隄畔，玉笛何須譜渭城。」王奕

徐君寶妻詞

岳州徐君寶妻被掠來杭，居韓蘄王府。主者數欲犯之，因告曰：「俟妾祭先夫，然後爲君婦。」主者喜諾。乃焚香再拜，題詞一闋于壁上，投池中死。其詞云：「漢上繁華，江南人物，尚遺宣政風流。綠窗朱户，十里爛銀鉤。一旦刀兵齊舉，旌旗擁、百萬貔貅。長驅入、歌樓舞榭，風捲落花愁。清平三百載，典章文物，掃地都休。幸此身未北，猶客南州。破鏡徐郎何在，空惆悵、相見無由。從今後，斷魂千里，夜夜岳陽樓。」輟耕録

蔣興祖女題壁詞

金人犯闕，武陽令蔣興祖死之。其女被擄至雄州驛，題減字木蘭花於壁云：「朝雲橫度。轆轆車聲如水去。白草黃沙。月照孤村三兩家。飛鴻過也。百結愁腸無晝夜。漸近龍山。回首鄉關歸去難。」蔣乃靖康間浙西人。梅磵詩話

美奴詞

陸敦禮侍兒名美奴，善口占小詞，每乞韻於座，頃刻成章。敦禮令掌文翰。其卜算子詞云：「送我出東門，乍別長安道。兩岸垂楊鎖暮煙，正是秋光老。一曲古陽關，莫惜金尊倒。君向瀟湘我向秦，魚雁何時到。」如夢令云：「日暮馬嘶人去。船逐清波東注。後夜最高樓，還肯思量人否。無緒。無緒。生

怕黄昏疏雨。」茗溪漁隱

陸淞瑞鶴仙

南渡初，南班宗子寓居會稽，爲近屬士，園亭甲于浙東。一時坐客，皆騷人墨士，陸子逸嘗與焉。士有侍姬盼盼者，色藝殊絶，公每屬意焉。一日宴客偶睡，不與捧觴之例。陸因問之，士即呼至，其枕痕猶在臉。公爲賦瑞鶴仙，有「臉霞紅印枕」之句。一時盛傳，逮今爲雅唱。後盼盼亦歸陸氏。耆舊續聞

熊進德竹枝詞

西湖之盛於唐，至宋南渡建都，則游人士女，畫舫笙歌，日費千金，時人目爲銷金窩，相傳到今。上饒熊進德竹枝詞云：「銷金窩邊碼瑙坡。争似儂家春最多。蝴蝶滿園飛不去，好花紅到剪春羅。」詞旨幽婉可玩。予昨游寶叔山，天然閣上諸作，惟蘇吴杜庠一聯，深愜予意。其詞云：「分明似鏡憑誰鑄，多少黄金向此銷。」與銷金窩同意。禪寄筆談

詞苑萃編卷之十四

紀事五

康與之大聖樂

朱晦庵爲倉使時，某郡太守遭掊摭，幾爲按治，憂惶百端。未幾，晦庵易節他路，有寄居官署者，因召守飲，出寵姬，歌大聖樂云：「千朵奇峯，半軒微雨，曉來初過。漸燕子引教雛飛，菡萏暗薰，芳草池面凉多。淺斟瓊巵浮綠蟻，展湘簟、雙紋生細波。輕紈舉動，團圓素月，仙桂婆娑。臨風對月恣樂，便好把、千金邀豔娥。幸太平無事，擊壤鼓腹，攜酒高歌。富貴安居，功名天賦，争奈皆由時命呵。休眉鎖，問朱顏去了，還更來麽。」太守聽「朱顏去了」句，不覺起舞。軒渠後録

按：大聖樂詞，乃康與之所作。

嚴蕊詞

天台營伎嚴蕊，有才名。唐與正爲守，嘗命賦紅白桃花蕊，作憶仙姿一闋云：「道是梨花不是，道是杏花不是。白白與紅紅，别是東風情味。曾記。曾記。人在武陵微醉。」與正賞之雙縑。後朱晦庵以節使

行部至台，欲摭與正之罪，指其嘗與蕊濫。蕊雖備極箠楚，而一語不及唐。獄吏好言誘之。蕊曰：「身爲賤伎，縱與太守濫，亦不至死罪，然是非真僞，豈可妄言以污士大夫也。」繫獄兩月，聲價愈騰，至徹阜陵之聽。未幾，朱公改除，而岳霖爲憲，憐其無辜，猝命作詞。蕊口占卜算子云：「不是愛風塵，似被前緣誤。花落花開自有時，總賴東風主。去也終須去。住也如何住。若得山花插滿頭，莫問奴歸處。」即日判令從良。詞苑

嚴次山詞

趙汝愚題鼓山寺云：「幾年奔走厭塵埃。此日登臨亦快哉。江月不隨流水去，天風常送海濤來。」朱晦庵摘其中「天風」「海濤」四字題扁，人莫知爲趙公詩也。嚴次山有水龍吟詞題壁云：「飈車飛上蓬萊，不須更跨琴高鯉。砉然長嘯，天風澒洞，雲濤無際。我欲乘桴，從兹浮海，約任公子。辦虹竿千丈，犗鈎五十，親點對、連鼇餌。　誰榜佳名空翠。紫陽仙去騎箕尾。銀鈎鐵畫，龍拏鳳翥，留人間世。更憶東山，登臨一曲，暗霑襟淚。到而今幸有，高亭遺愛，寓甘棠意。」此詞前段言江山景，後段紫陽仙去指朱文公，東山甘棠指趙公也。趙詩、朱字、嚴詞，可謂三絶。詞品

趙汝愚題豐樂樓

趙汝愚有題豐樂樓柳梢青詞云：「水月光中，烟霞影裏，湧出樓臺。空外笙歌，人間笑語，身在蓬萊。天香暗逐風回。正十里、荷花盡開。買個輕舟，山南遊遍，山北歸來。」汝愚謫後，朱晦庵歎宗臣去國，

註楚辭以哀之。宋名家詞評

謝希孟詞

謝希孟，陸象山門人也。少豪俊，與伎陸氏狎，象山屢責之，希孟但敬謝而已。他日，復爲伎造鴛鴦樓，象山又以爲言。希孟謝曰：「非特建樓，且爲作記。」象山喜其文，不覺曰：「樓記云何。」卽占首句云：「自遜抗機雲之死，而天地英靈之氣，不鍾於男子，而鍾於婦人。」象山默然，知其侮已也。一日在伎所，恍然有悟，不告而行。伎追送江滸，悲戀涕泣。希孟不顧，取領巾書一詞與之云：「雙槳浪花平，夾岸青山鎖。你自歸家我自歸，說著如何過。我斷不思量，你莫思量我。將你從前與我心，付與他人可。」其詞勇決，真象山門下之利根也。古今詞話

汪彥章詞

汪彥章爲張邦昌雪罪表云：「孔子從佛肸之召，本爲尊周。紀信乘漢王之車，蓋將誑楚。」其顚倒是非，助奸佑逆，不足言也。乃其詞自佳。嘗見畫舫有映簾而覰者，僅露其額，賦醉落魄云：「小舟簾隙。佳人半露梅妝額。綠雲低映花如刻。却似秋宵，一線銀蟾白。　　鬟兒梢朶香紅扐。鈿蟬隱隱搖金碧。春山秋水渾無迹。不露牆頭，些子真消息。」詞苑

吴濳履齋詩餘

吴毅甫嘉定丁丑狀元，爲賈似道所陷，南遷嶺表，有履齋詩餘行世。其送李御帶祺一詞，「報國無門空自怨，濟時有策從誰吐」，亦自道也。李祺號竹湖，亦當時名士，所著有春秋王霸列國分紀。余得之市肆故書中，乃爲傳之。詞品

劉朔齋摸魚兒

朔齋劉振孫，知宛陵，毅夫丞相方閒居，劉日陪午橋之游。後以召還，吴餞之郊外，劉賦摸魚兒詞爲別。末云：「怕緑野堂邊，劉郎去後，誰伴老裴度。」毅夫爲之揮淚，繼遣一价追和此詞，并侑以小奩，啟之，精金百星也。前輩憐才賞音如此。齊東野語

吴濳賀新郎詞

徐參政清叟，微時贈建寧伎唐玉詩云：「上國新行巧樣花。一枝聊插鬢邊斜。嬌羞未肯從郎意，故把芳容故故遮。」吴履齋丞相和以賀新郎詞云：「可意人如玉。小簾櫳、輕勻淡抹，道家妝束。長恨春歸無尋處，全在波明黛緑。看冶葉倡條渾俗。比似江海清有韻，更臨風對月斜依竹。看不足，詠不足。曲屏半掩春山簇。正輕寒、夜深花睡，半欹殘燭。縹緲九霞光裏夢，香在衣裳賸馥。又只恐銅壺聲促。試問送人歸去後，對一奩、花影垂金粟。腸易斷，恨難續。」豹隱紀談

劉克莊贈王邁詞

王邁丁丑第四人及第，劉後村賀啟云：「聲名早著，不數黃香之無雙。科目小低，猶壓杜牧之第五。」又贈之詞云：「天壤王郎，數人物、方今第一。談笑裏、風霆驚坐，雲烟生筆。落落元龍湖海氣，琅琅董相天人策。」其重之如此。詞苑

詹天游贈粉兒詞

宋駙馬楊震有十姬，名粉兒者尤勝。一日，招詹天游宴，出諸姬佐觴。天游屬意粉兒，口占浣溪沙詞云：「淡淡青山兩點春。嬌羞一點口兒櫻。一梭兒玉一緺雲。白藕香中見西子，玉梅花下遇昭君。不曾真箇也消魂。」楊遂以粉兒贈之曰：「請天游真箇消魂也。」同上

孫花翁貧困

季蕃貫開封，曾祖昇，祖可，父顒武爵。季蕃少受祖澤，調監當不樂，棄去，始婚於婺。後去婺游，留蘇、杭最久。一榻之外無長物，躬爨而食，書無乞米之帖，文無逐貧之賦，終其身如此。名重江浙，公卿間聞花翁至，爭倒屣。所談非山水風月，一不掛目。長身緼袍，意度疏曠，見者疑爲俠客異人。其倚聲度曲，公瑾之妙。散髮橫笛，野王之逸。奮袖起舞，越石之壯也。劉後邨孫花翁墓誌

劉克莊訪梅絶句

寶慶初，史彌遠廢立之際，錢唐書肆陳起宗之能詩，凡江湖詩人，俱與之善，刊江湖集以售。劉潛夫南岳藁與焉。宗之賦詩有云：「秋雨梧桐皇子府，春風楊柳相公橋。」本改劉屏山句也。或嫁秋雨春風之句爲敖器之所作，言者併梅詩論列，劈江湖集版，二人皆坐罪。初，彌遠議下大理逮治，鄭丞相清之在瑣闥，白彌遠中輟，而宗之坐流配。於是詔禁士大夫作詩，如孫花翁之徒，改業爲長短句。紹定癸巳，彌遠死，詩禁解。潛夫爲訪梅絶句云：「夢得因桃却左遷。長卿爲柳忤當權。幸然不識桃并李，也被梅花累十年。」此可備梅花大公案也。瀛奎律髓

劉克莊清平樂

劉潛夫在維揚陳師文參議家，見舞姬妙絶，賦清平樂詞云：「宮腰束素。只怕能輕舉。好築避風臺護取。莫遣驚魂飛去。　一團香味温柔。笑顰俱有風流。貪與蕭郎眉語，不知舞錯伊州。」詞苑

吴文英鶯啼序

豐樂樓在湧金門外，舊爲衆樂亭，又改聳翠樓，政和中改今名。淳祐間，趙京尹與簒重建，宏麗爲湖山冠。又甃月池，立秋千，梭門植花木，搆數亭，春時游人繁盛，舊爲酒肆，以學館致争，但爲朝紳同年會拜鄉會之地。吴夢窗嘗大書所作鶯啼序於壁，一時爲人傳誦。武林舊事

周密一蕚紅

紹興郡治在卧龍山上，蓬萊閣在郡設廳後，取元微之「我是玉皇香案吏，謫居猶得近蓬萊」句也。名公多題詠，沈紳詩云：「玉鉉相公須瑞地，金貂仙子掛冠鄉。」錢公輔云：「一級一級烟雲生，四面四面屏幛迎。」秦觀詩云：「路隔蓬萊三兩水，門臨南鎮一千峯。」後有周公謹密題一蕚紅詞云：「步深幽。正雲黄天淡，雪意未全休。鑑曲寒沙，茂林煙草，俛仰古今悠悠。歲華晚、漂零漸遠，誰念我、同載五湖舟。磴古松斜，厓陰苔老，一片清愁。　回首天涯歸夢，幾魂飛西浦，淚灑東州。故國山川，故園心眼，還似王粲登樓。最負他、秦鬟妝鏡，好江山、何事此時游。爲喚狂吟老監，共賦消憂。」輿地記勝

周密西湖詞

都城自過收燈後，貴游巨室，争先出郊，謂之探春。水面畫楫，櫛比如鱗，無行舟之路。游之次第，先南而後北，至午則盡入西泠橋裏湖，其外幾無一舸矣。弁陽老人有詞云：「看畫船盡入西泠，閒卻半湖春色。」蓋紀實也。武林舊事

按：馬臻霞外集春日游西湖詩：「畫船過午入西泠。人擁孤山陌上塵。應被弁陽摹寫盡，晚來閒卻半湖春。」

周密西江月

孤山路四聖延祥觀，有韋太后沈香四聖像。小蓬萊閣、瀛嶼堂、金沙井、六一泉，花寒水潔，氣象幽古，

三朝臨幸。周密有詠延祥觀拒霜西江月詞云：「綠綺紫縹步障，紅鸞綵鳳仙城。誰將三十六陂春。換得兩隄秋錦。　眼纈醉迷朱碧，名花俊嘗丹青。斜陽展盡趙昌屏。羞死舞鸞妝鏡。」同上

張炎高陽臺

張叔夏過錢塘西湖慶樂園，賦高陽臺詞自序云：「慶樂園，韓平原之南園也。戊寅歲過之，有碑石在荆棘中，惟存古桂百餘，故末句有猶今視昔之感。其詞曰：『古木迷鴉，虛堂起燕，歡游轉眼驚心。南圃東窗，酸風掃盡芳塵。鬢貂飛入平原草，最可憐、渾是秋陰。夜沈沈，不信歸魂，不到花深。　吹簫踏葉幽尋去，任船依斷石，袖裹寒雲。老桂懸香，珊瑚擊碎無聲。故園已是愁如許，撫殘碑、又却傷今。更關情，秋水人家，斜照西林。』」復齋漫錄

張炎念奴嬌

「予載書往來山陰道中，每以事奪，不能盡興。戊子冬晚，與徐平野、王中仙曳舟溪上，天空水寒，古意蕭颯。中仙有詞雅麗，平野作晉雪圖，亦清逸可觀。余述此詞，蓋白石念奴嬌鬲指聲也。『行行且止。把乾坤收入，蓬窗深裹。星散白鷗三四點，數筆横塘秋意。岸嘴銜波，籬根受葉，野逕通郵市。疎風迎面，濕衣原是空翠。　堪歎敲雪門荒，爭棋墅冷，苦竹鳴山鬼。縱使如今猶有晉，無復清游如此。落日沙黄，遠天雲澹，弄影蘆花外。幾時歸去，翦取一半煙水。」山中白雲詞

張炎意難忘

中吴車氏號秀卿，樂部中之翹楚者。歌美成曲，得其音旨，余每聽輒愛歎不能已，因賦意難忘一闋以贈。「風月吴娃。柳陰中認得，第二香車。春深妝減，豔波轉影流花。鶯語滑，透紋紗。有低唱人誇。怕誤却、周郎醉眼，倚扇伴遮。　底須拍碎紅牙。聽曲終雅奏，可是堪嗟。無人知此意，明月又誰家。塵滾滾，老年華。付情與琵琶。更歎我、黄蘆苦竹，萬里天涯。」同上

張炎國香詞

張叔夏國香詞自序云：「沈梅嬌，杭妓也。忽於京師見之，把酒相勞苦，猶能歌周清真意難忘、臺城路二曲，因屬余紀其事。詞成，以素羅帨書之。『鶯柳煙堤。記未吟青子，曾比紅兒。嫻蕊弄香微透，鬟翠雙垂。不道留仙不住，便無夢、吹到南枝。相看兩流落，掩面凝羞，怕説當時。　淒涼歌楚調，嫋餘音、不放一朶雲飛。丁香枝上，幾度款語深期。拜了花梢淡月，最難忘、弄影褰衣。無端動人處，過了黄昏，猶道休歸。』」能改齋漫録

張炎清平樂

姑蘇汾湖居士陸行直輔之有家伎，名卿卿，以才色見稱。友人張叔夏爲作古清平樂以贈之云：「候蟲淒斷。人語西風岸。月落沙平流水漫。驚見蘆花來雁。　可憐瘦損蘭成。多情應爲卿卿。只有一枝梧

葉，不知多少秋聲。」後二十一載，行直以翰林典藉致政歸，則叔夏、卿卿皆下世矣。行直作碧梧蒼石圖，并書張詞於卷端，且和之云：「楚天雲斷。人隔瀟湘岸。往事悠悠江水漫。怕聽樓前新雁。深閨舊夢還成。夢中猶記憐卿。依約相思碎語，夜涼梧葉聲聲。」珊瑚網

李子永水調歌頭

大江富池縣，有甘寧將軍廟，殿宇雄偉。行舟過之者，必具牲醴祇謁。李子永嘗自西下，舟次散花洲，有神鴉飛立檣竿，久之東去，即遇便風。晡時抵岸散步，青蛇激箭而來，至舟尾不見。是夕艤泊，明日賽神。其前大樓七間尤壯偉，郡守周少隱采東坡詞語，扁爲卷雪。子永作詩曰：「卷雪樓前萬里江。亂峯卓立森旗槍。上有甘公古祠宇，節制洪流掌風雨。甘公一去踰千年，至今忠氣猶凜然。我來再拜攬陳迹，斜陽白鳥橫蒼煙。」初題梁間時，本云英威凜然，如有人掣其肘，乃改爲忠氣。又賦望月水調歌頭云：「危樓雲雨上，其下水扶天。羣山四合飛動，寒翠落簷前。盡是秋清闌檻，一笑波翻濤怒，雪陣卷蒼煙。炎暑去無跡，清駛久翩翩。夜將闌，人欲静，月初圓。素娥弄影光射，空際綠蟬娟。不用濯纓垂釣，喚取龍公仙駕，耕此萬瓊田。橫笛望中起，吾意已超然。」及旦移舟，神鴉青蛇，送至長風沙而止。夷堅志

按：李子永名石，號蘭澤，廬陵人，嘗爲溧水令。

半閒堂詞

度宗賜賈似道第於西湖上，似道扁亭名曰半閒，以停雲水道人，每治事罷，則入亭中打坐。有佞之者上唐多令詞，大稱似道意。議者謂其時乃聖哲馳騖而不足之秋也，曾謂似道而以半閒自處乎。詞云：「天上謫仙班。青牛初度關。幻出蓬萊新院宇，花外竹，竹邊山。　軒冕儻來看。人生閒最難。算真閒，不到人間。一半神仙先占取，留一半與公閒。」古杭雜記

葉李詞

似道當國，行公田關子法，民間苦之。錢塘葉太白李上書力詆，似道怒，黥流嶺南。及赦還，而似道有漳州之謫，遇諸塗，太白贈之詞曰：「君來路。我歸路。來來去去何時住。公田關子竟何如，國事當時誰與誤。　雷州户。崖州户。人生會有相逢處。客中頗恨乏蒸羊，聊贈一篇長短句。」西湖志餘

無名氏題壁

賈秋壑既安置循州，有無名氏題其壁云：「去年秋。今年秋。湖上人家樂復憂。西湖依舊流。　吴循州。賈循州。十五年間一轉頭。人生放下休。」吴謂履齋也。初，吴履齋循州安置，賈除劉宗中知循州，陰使害之。後賈亦循州安置，經漳州木棉庵，爲鄭虎臣鎚死。時賈客趙介如守漳州，致祭辭云：「嗚呼履齋死蜀，死于宗中。先生死閩，死于虎臣。」衹十八字而哀激之悃，無往不復之意，悉寓其中。可與是詞並垂。同上

張淑芳詞

張淑芳，西湖樵家女。理宗選妃日，賈似道匿爲己妾，卽德祐太學生百字令中所指新塘楊柳也。有無名氏題壁云：「山上樓臺湖上船。平章醉後懶朝天。羽書莫報樊城急，新得蛾眉正少年。」淑芳亦知必敗，營別業以遯跡焉。木棉之後，自度爲尼，罕有知者。詞數闋，今録其浣溪沙云：「散步山前春草香。朱闌緑水遶吟廊。花枝驚墮繡衣裳。　或定或摇江上柳，爲鸞爲鳳月中篁。爲誰掩抑鎖雲窗。」更漏子云：「墨痕香，紅蠟淚。點點愁人離思。桐葉落，蓼花殘。雁聲天外寒。　五雲嶺，九溪塢。待到秋來更苦。風淅淅，水淙淙。不教蓬徑通。」至今五雲山下九溪塢，尚有尼庵。同上

岳珂登多景樓詞

岳倦翁珂，忠武王孫，敷文閣待制霖子。管内勸農使，知嘉興，歷官户部侍郎、淮東總領兼制置使。有登多景樓祝英臺近云：「甕城高，盤徑近。十里笋輿穩。欲駕還休，風雨苦無準。古來多少英雄，平沙遺恨，又總被、長江流盡。　倩誰問。因甚衣帶中分，吾家自畦畛。落日潮頭，漫寫屬鏤憤。斷腸煙樹揚州，興亡休説，正愁盡、河山雙鬢。」京口三山志

尹煥唐多令

尹梅津未第時，薄游苕霅籍中，適有所盼。後十年，問訊舊游，則久爲宗子所據，且育子，而猶掛名籍

中。於是假之郡將，久而始來，顏色憔悴，不足膏沐，相對若不勝情。梅津爲賦唐多令云：「蘋末轉清商。溪聲供夕涼。緩傳杯，催喚紅妝。慢綰烏雲新浴罷，簾拂地、水沈香。歌短舊情長。重來驚鬢霜。悵綠陰，青子成雙。說著前歡佯不保，颺蓮子、打鴛鴦。」齊東野語

周晉點絳脣

牟端明園，本郡志南園，後歸李寶謨，其後又歸牟存齋。園中有碩果軒、元祐學堂芳菲二亭、萬鶴亭、桴舫齋、岷峨一畝宮。前枕大溪曰南漪小隱。周嘯齋晉有訪南漪釣隱點絳脣詞云：「午夢初回，捲簾盡放春愁去。晝長無侶。自對黃鸝語。絮影蘋香，春在無人處。移舟去。未成新句。一研梨花雨。」癸辛雜志

張武子詞

張武子嘗自哦其詩曰：「客向愁中都老盡，衹留平楚伴銷凝。」又哦其詞云：「昨日豆花籬下過，忽然迎面好風吹。獨自立多時。」其大約可見矣。閉門讀書，室中無一物，性嗜詩，未嘗强作，或終歲無一語。故所作必絕人，妻孥至不免饑寒。或謂君子爲歲晚計。君曰：「水禽有信天公者，食魚而不能捕，凝立沙上，它禽過，偶墜魚於前，乃拾之，然未聞有餓死者。」其夷澹類此。樓鑰攻媿集

李曾伯詞

江陵仲宣樓名，昉於祥符，復於紹興。淳祐十年，賈公似道爲制置使，重新是樓。夏六月易鎮全淮，覃懷李某繼之如前畫，半期告成。蠟月二十有五日，爰集賓僚，置酒而落之。又有點絳唇詞餞陳次賈云：「懶上危樓，楚江一望天無際。漫游萍寄。莫挽東流水。一片秋光，直到山陰里。人還記。戍邊歸未。更憶鱸魚美。」李曾伯可齋雜錄

裴按：陳次賈名策，上虞人，以功授武階，有仲宣樓賦摸魚兒詞，想卽在是樓落成之日也。詞見周草窗絶妙好詞。

潘廷堅詞

延平樂籍中，有能墨竹草聖者，潘廷堅爲賦念奴嬌美其書畫。末句「玉帶懸魚，黄金鑄印，侯封萬户。待從頭繳納君王，覓取愛卿歸去。」余罷袁守，歸塗赴郡集，席間借觀焉。後山詩話

陳敬叟詞

陳敬叟以莊，號月溪，有水龍吟詞。「晚來江闊潮平，越船吴榜催人去。稽山滴翠，胥濤濺恨，一襟離緒。訪柳章臺，問桃仙囿，物華如故。向秋娘渡口，泰娘橋畔，依稀是、相逢處。　窈窕青門紫曲，舊羅衣、新番金縷。仙音恍記，輕攏慢撚，哀弦危柱。金屋難成，阿嬌已遠，不堪春暮。聽一聲杜宇。紅殷絲老，雨花風絮」。自註：「記錢塘之恨。」蓋謝太后隨元人北去事也。時太后年七十餘，故有「金屋阿

嬌，不堪春暮」之句，惜其不能死難，有媿於符登之毛氏，竇建德之曹氏多矣。堅瓠集

蘇雪坡詞

蘇雪坡贈楊直夫詞云：「允文事業從容了。要岷峨人物，後先相照。見説君王，曾有問，似此人才多少。」「況蜀珍、先已登廊廟。但側耳、聽新詔。」按高宗嘗問馬騏曰：「蜀中人才如虞允文者有幾。」馬騏對曰：「未試焉知，允文亦試而後知也。」蘇與楊、馬皆蜀人。楊在眉山爲甲族，直夫之妹通經學，比於曹大家，嫁虞氏，生虞集爲鉅儒。其學無師，傳於母氏也。此事蜀人亦罕知，故著之。輟耕録（圭璋案：此姚勉詞，楊慎詞品誤以爲蘇雪坡詞。原注作輟耕録亦誤。）

南湖園春宴

戚里鄭君光錫語余：往歲赴張功甫南湖園春燕，置酒聽鶯亭。亭外垂柳數十株，柔荑初緑。酒半，出家伎十餘輩，悉衣鵝黄宮錦半臂，並歌啓人柳枝詞，作貼地舞。歌竟，又易十餘輩，悉衣淺碧蜀錦裙，手執柳枝，唱名流詠柳樂府。送客諸伎籠燈者以百計。薜夢桂蓀壁瑣言

張鎡賀新郎

張功甫鎡善填詞，嘗即席作賀新郎送陳退翁分教衡湘云：「桂隱傳杯處。有風流，千巖勝韻，太邱遺譜。玉季金昆霄漢侶。平步鸞坡揮麈。莫便駕、風飄煙渚。雲動精神衡岳去。向君山、帝野鏘韶濩。蘭藝

晼，弔湘楚。　南湖老矣無襟度。但尊前、踉蹡醉飲，帽花顛仆。只恐清時專文教，猶貸陰山狂虜。卧玉帳、貔貅鉦鼓。忠烈前勳賚萬恨，望神都、魏闕奔狐兔。呼翠袖，爲君舞。」同上

李萊老彭老兄弟詞

李萊老、彭老兄弟，皆與草窗善。萊老題其詞卷，有句云：「白髮潘郎吟欲醉。綠暗蘼蕪千里。」彭老懷嘯翁詞有句云：「相對夜何其，泛剡清愁，買花芳事，一卷新詩。」詞苑

何應龍絶句

予友臨安何應龍子翔，詩多風懷之作，二韻小詩尤佳，酷似温岐。余最愛其湖亭席上贈別鄧雙蓮絶句云：「樓上佳人唱渭城。樓前楊柳綰離情。一聲未是難聽處，最是難聽第四聲。」自注：「雙蓮能歌周美成蘭陵王曲，并能擫笛倚之。衕前和顧前鈎容直一輩人，皆從渠授技。周詞瓦子中以方渭城三疊、旗亭送別，並歌是詞。」李萊老二隱叢説

楊觀我詞

楊舜舉觀我，金華人，粟里翁本然之子，隱居不仕，父子一門，自爲師友。粟里善説經，觀我精考史，均出王深寧尚書之門。他文辭亦工。觀我於填詞尤妙，其錢唐有感浣溪沙云：「殘照西風一片愁。疎楊畫出六橋秋。游人不上十三樓。　有淚金仙還泣漢，無心玉馬已朝周。平湖寂寂水空流。」玉馬朝周，

蓋譏趙氏宗室入仕本朝者。姚雲文江村賸語

賦湖上柳詞

有倚八聲甘州賦湖上柳者，末云：「想當年、龍舟鳳艒，樂宸游、摇曳錦飄斜。傷心是，御香染處，樹樹棲鴉。」故國之感，寫得悽惋如許。湯仲友云：「其家西村，恢兵後所作。」皆山樓餘話

盧祖皋題釣雪亭詞

吴江三高祠前，有釣雪亭，蓋漁人之窟宅也。盧申之題賀新郎一闋云：「挽住風前柳。問鴟夷、當日扁舟，近曾來否。月落潮生無限事，零亂茶煙未久。漫留得、蓴鱸依舊。可是功名從來誤，撫荒祠、誰繼風流後。今古恨，一搔首。江涵雁影梅花瘦。四無塵、雪飛雲起，夜窗如晝。萬里乾坤清絶處，付與漁翁釣叟。又恰是、題詩時候。猛拍闌干呼鷗鷺，道他年、我亦垂綸手。飛過我，共尊酒。」蘆蒲筆記

周晉清平樂

周晉有清平樂詞云：「圖書一室。香暖垂簾幕。花滿翠壺薰研席。睡覺滿窗晴日。手寒不了殘碁。篝香細勘唐碑。無酒無詩情緒，欲梅欲雪天時。」郭畀手書此詞，跋云：「大德十一年歲丁未十月初十日，客寓燕山，奔走暮歸，黄塵滿面，挑燈讀此詞一過，想像江南，如夢中也。」珊瑚網

文信國南樓令

文信國被執北行，次信安，館人供帳甚盛。信國達旦不寐，題詞於壁，調寄南樓令云：「雨過水明霞。潮迴岸帶沙。葉聲寒、飛透窗紗。懊恨西風吹世換，又吹我、落天涯。寂寞古豪華。烏衣又日斜。說興亡、燕入誰家。只有南來無數鴈，和明月、宿蘆花。」耆舊續聞（圭璋案：此爲鄧剡詞）

易彥祥妻詞

易彥祥，寧宗朝狀元，初以優校爲前廊，久不歸。其妻作一翦梅詞寄之云：「染淚修書寄彥祥。貪却前廊。忘卻回廊。功名成就不還鄉。石做心腸。鐵做心腸。紅日三竿未理妝。虛度韶光。瘦損容光。相思何日得成雙。羞對鴛鴦。懶繡鴛鴦。」古杭雜記

連可久清平樂

連可久，江湖得道之士也。十二歲，其父携見熊曲肱，適有漁父過前，令賦漁父詞。連應聲作清平樂云：「陣鴻驚處。一網沉江渚。落葉亂飛如細雨。撥棹不如歸去。蘆花輕汎微瀾。蓬窗獨自清閒。一覺遊仙好夢，任他竹冷松寒。」曲肱贈以詩，且謂此子富貴中留不住。後果爲羽衣，往來西山。詞苑

白玉蟾自題詞

白玉蟾，瓊州人，有海瓊子集。自言世間有字之書，無不過目。足跡半天下，嘗爲朱晦庵題像，賦三臺

令詞。其自題亦云：「千古蓬頭跣足，一生服氣餐霞。笑指武夷山下，白雲深處吾家。」後於鶴林羽化。湧幢小品

白玉蟾過武昌詞

白玉蟾居武夷山中，嘉定間詔徵赴闕。嘗過武昌，賦酹江月懷古詞云：「漢江北瀉，下長淮、洗盡胸中今古。樓櫓横波征鴈遠，誰見魚龍夜舞。鸚鵡洲雲，鳳凰山月，付與沙頭鷺。功名何處。年年惟見春絮。非不豪似周瑜，壯如黄祖，亦逐秋風度。野草閒花無限恨，渺在西山南浦。黄鶴樓人，赤烏年事，江漢亭前路。浮萍無據。水天幾度朝暮。」能改齋漫録

嚴幼芳鵲橋仙

天台伎嚴幼芳，嘗七夕宴坐。有謝元卿者，豪士也，固命之賦詞，以己姓爲韻。酒方行，而成鵲橋仙云：「碧梧初出，桂花才吐，池上水花微謝。穿針人在合歡樓，正月露、玉盤高瀉。蛛忙鵲懶，耕慵織倦，空做古今佳話。人間剛道隔年期，想天上、方纔隔夜。」元卿爲之心醉，留其家半載，傾囊贈之而歸。詞苑

陳襲善詞

宋有陳襲善者，遊錢塘，與營伎周子文狎，挾之遍歷湖山。後襲善去爲河朔掾，宿奉高驛，夢子文搴幃

嚬蹙，挽之不可，冉冉悲啼而没。久之得故人書云：「子文死矣。」按其日，則宿奉高驛時也。既歸，遊鷲嶺，作漁家傲以寄情云：「鷲嶺峯前欄獨倚。愁眉促損愁腸碎。紅粉佳人傷别袂。情何已。登山臨水年年是。　常記同來今獨至。孤舟晚颺湖光裏。衰草斜陽無限意。誰與寄。西湖水是相思淚。」同上

詞苑萃編卷之十五

紀事六

謝處厚詩

海陵閱柳永望海潮詞，有「三秋桂子，十里荷花」句，遂有立馬吴山之志。淳熙中，謝處厚詩云：「誰把杭州曲子謳。荷花十里桂三秋。那知卉木無情物，牽動長江萬里愁。」余謂此不足以咎柳永也。惟一時士大夫妝點湖山，流連景物，竟忘中原爲可恨耳。鶴林玉露

海陵喜遷鶯

海陵大舉南侵，御前都統驃騎衛大將軍韓夷雅將射雕軍二萬三千，圍子細軍一萬，先下兩淮。臨發，賜所製喜遷鶯以爲寵曰：「旌麾初舉。正駃騠力健，嘶風江渚。射虎將軍，落鵰都尉，繡帽錦袍翹楚。怒磔戟髯争奮，捲地一聲鼙鼓。笑談頃、指長江齊楚，六師飛渡。此去無自墮，金印如斗，獨把功名取。斷鎖機謀，垂鞭方略，人事本無今古。試展卧龍韜韞，果見成功，且莫問江左。想雲霓望切，元黄迎路。」詞苑

完顏璹詞

金密國公璹，字子瑜，興陵諸孫也。于書無所不讀，而尤長于史學。與元好問諸名士善，明窗棐几，展玩圖籍，商略品第，窮極高妙。典衣置酒，或終日不聽客去，有承平王家故態。金自明昌以還，鎬厲二王得罪，疏遠宗室，璹亦棄而不用，故放于詩文。其樂府云：「夢到鳳凰臺上，山圍故國周遭。」又云：「咫尺又還秋也，不成長似雲間。」識者聞而悲之。金史論略

小劉之昂樂章

宋開禧中，韓侂胄欲立蓋世功名以自固，乃定議伐金。金元帥紇石烈子仁領兵駐濠梁，時小劉之昂作樂章一闋，大書於濠之倅廳壁間。其詞曰：「蠆蜂摇，螳螂振，舊盟寒。恃洞庭彭蠡狂瀾。天兵小試，百蹄一飲楚江乾。捷書飛上九重天。春滿長安。　舜山川。周禮樂，唐日月，漢衣冠。洗五州妖氣關山。已平全蜀，風行何用一泥丸。有人傳喜，日邊都護先還。」古今詞話

許道真眼兒媚

金許道真性嗜酒，每乘舟出，村落間留飲，或十數日不歸。及溯流而上，老稚奔走，争爲之挽舟，數十里不絕。嘗賦眼兒媚詞曰：「濁醪篘得玉爲漿。風韻帶橙香。持杯笑道，鵝黄似酒，酒似鵝黄。　世緣老矣不思量。沉醉又何妨。臨風對月，山歌野調，儘我疏狂。」詞苑

蔡正甫江城子

蔡正甫江城子云：「鵲聲迎客到庭除。問誰歟。故人車。千里歸來，塵色滿征裾。珍重主人留客意，奴白飯，馬青芻。　東城入眼杏千株。雪模糊。俯平湖。與子花間，隨分倒金壺。歸報東垣詩社友，曾念我，醉狂舞。」乃爲王季温自北都歸過三河坐中賦也。中州集

吴彦高人月圓

吴彦高在燕山，赴張總持侍御家集，張出侍兒佐酒。中有一人，意狀摧抑，叩其故，乃宣和殿小宮婢也。因賦人月圓詞記之，聞者揮淚。其詞曰：「南朝千古傷心事，猶唱後庭花。舊時王謝，堂前燕子，飛向誰家。　恍然一夢，仙肌勝雪，雲髻堆鴉。江州司馬，青衫淚濕，同是天涯。」時宇文叔通亦賦念奴嬌先成，而頗近俚鄙。及見彦高作，茫然自失。自後人有求作樂府者，叔通卽批云：「吴郎近以樂府高天下，可往求之。」中州樂府

元好問摸魚兒

泰和己丑，元好問裕之赴并州，道逢捕鴈者捕得二鴈，一死一脱網去，其脱網者空中盤旋，哀鳴良久，亦投地死。好問遂以金贖得二鴈，瘞汾水傍，壘石爲識，號曰「鴈邱」。因賦摸魚兒詞曰：「問世間情是何物，直教生死相許。天南地北雙飛客，老翅幾回寒暑。歡樂趣。離別苦。就中更有癡兒女。君應有

語。渺萬里層雲，千山暮雪，隻影向誰去。　橫汾路。寂寞當年簫鼓。荒煙依舊平楚。招魂楚些嗟何及，山鬼暗啼風雨。天也妒。未信與、鶯兒燕子俱黃土。千秋萬古。爲留待騷人，狂歌痛飲，來訪雁邱處。」欒城李治和云：「雙雙鴈正分汾水，回頭生死殊路。天長地久相思債，何事眼前俱去。摧勁羽。倘萬一幽冥，却有重逢處。詩翁感遇。把江北江南，風嘹月唳，并付一邱土。　仍爲汝。小草幽蘭麗句。聲聲字字酸楚。拍江秋影今何在，草長欲迷隄樹。霜魂苦。算猶勝，王嫱青塚真孃墓。憑誰說與。對鳥道盤空，龍艘古渡，馬耳淚如雨。」中州樂府

元好問滿庭芳

正大四年，有狂僧李菩薩者，就都人楊廣道家宿。一日大寒，楊與之酒，李晨出舉酒碗，聞其嘬酒聲。入曰：「淨明亭前花開矣。」已而，牡丹開兩花，來觀者車馬闐咽，酒尊爲之一空。元遺山賦滿庭芳詞記之云：「天上殷韓，解羈官府，爛遊舞榭歌樓。開花釀酒，來著帝王州。嘗見牡丹開後，獨占斷、穀雨風流。仙家好，霜天槁葉，穠豔破春柔。　狂僧誰借手，一杯喚起，綠怨紅愁。天香國豔，梅菊背人羞。盡揭紗籠護日，容光動，玉斝瓊舟。都人士女，年年十月，常記遇仙樓。」錦機集

元好問水調歌頭

王德新玉溪，在嵩山之前，費莊兩山之絕勝處也。遺山作水調歌頭以紀之云：「空濛玉華曉，瀟灑石淙秋。嵩高大有佳處，元在玉溪頭。翠壁丹崖千丈，古木寒藤兩岸，村落帶林邱。今日好風色，可以放

吾舟。　百年來，算惟有，此翁游。　山川邂逅佳客，猿鳥亦相留。　父老雞豚鄉社，兒女籃輿竹几，　來往亦風流。　萬事已華髮，吾道付滄洲。」詞苑

元好問題小娟圖詞

蘇小娟，錢塘名倡也。　其妹盼奴，與太學生趙不敏狎。　不敏赴官三載，後有祿俸餘貲，囑其弟趙院判遺盼奴。　且言盼奴妹小娟俊雅，可謀致之，佳耦也。　院判如言至錢塘，則盼奴一月前死矣。小娟亦爲盼奴所歡以於潛官絹誣扳繫獄。　院判言於府倅，倅召出之，付以所遺物。　小娟自謂不識院判何人，及拆書，惟一詩，倅索和之，援筆書云：「君住襄江妾住吳。　無情人寄有情書。　當年若也來相訪，　還有於潛絹也無。」倅喜，免其償絹，脱籍歸院判焉。　元遺山題小娟圖詞云：「綠陰庭院宜清晝。　簾捲香風逗。　美人圖子阿誰留。　都是宣和名筆，　内家收。　鶯鶯燕燕分飛後。　粉淡梨花瘦。　只除蘇小不風流。　斜插一枝萱草，鳳釵頭。」遺山樂府

元好問小聖樂

都城外有萬柳堂，廉野雲置酒，招盧疎齋、趙松雪同飲。　時歌妓解語花者，左手折荷花，右手執杯行酒，歌小聖樂詞云：「綠葉陰濃，遍池亭水閣，偏趁涼多。　海榴初綻，朶朶蹙紅羅。　乳燕雛鶯弄語，　對高柳、鳴蟬相和。　驟雨過，似瓊珠亂撒，打遍新荷。　人世百年有幾，念良辰美景，　休放虛過。　富貴前定，何用苦張羅。　命友邀賓燕賞，飲芳醑、淺斟低歌。　且酩酊，從教二輪，來往如梭。」此詞載錦機集，　蓋元遺

山預爲製曲以教歌者也。古今詞話

元好問少作

壬辰北渡，順天毛楊二生祈仙，蘇晉降乩，有「百僞無一真，中有羲皇醇」二句。以語元遺山。遺山云：「此予少時所作，晉豈予前身耶。」二生更述其「酒裏神仙我」之句。公因作詞云：「繡佛長齋，半生枉伴蒲團過。酒壚橫卧。一蹴虛空破。　頗笑張顛，自謂無人和。還知麽。醉鄉天大。少箇神仙我。」同上

辛敬之臨江仙

元光初，李欽叔與元裕之在孟津，辛敬之愿自女几來，爲留數日。其行也，欽叔爲設饌，備極豐腆。敬之放筯嘆曰：「平生飽食有數，每見吾二弟必得美食，明日道路中，又當與老飢相抗去矣。會有一日，辛老子僵卧柳泉韓城之間，以天地爲棺椁，日月爲含襚，狐狸亦可，螻蟻亦可。」二人爲之惻然。嘗共游河山亭，敬之賦臨江仙留别二人云：「誰識虎頭峯下客，少年有意功名。清朝無路到公卿。蕭蕭華屋，白髮老諸生。　邂逅對床逢二妙，揮毫落紙堪驚。他年聯袂上蓬瀛。春風蓮燭，莫忘此時情。」詞苑叢談

李仁卿摸魚兒

大名民家，有男女以私情不遂，赴水死。後三日，二尸相携而出于水濱，是歲此陂荷花，無不並蒂者。李仁卿賦摸魚兒以記其事云：「爲多情和天也老，不應情遽如許。請君試聽雙蕖怨，方見此情真處。誰

點注。香潋豔，銀塘對抹燕脂露。藕絲幾縷。絆玉骨春心，金沙曉淚，漠漠瑞紅吐。連理樹。一樣驪山懷古。古今朝暮雲雨。六郎夫婦三生夢，幽恨從來難阻。須念取。鴛鴦翡翠，照影長相聚。秋風不住。悵寂寞芳魂，輕煙北渚，涼月又南浦。」同上

衛芳華木蘭花慢

延祐初，永嘉滕穆寓臨安聚景園。月夜遇一麗人，自言故宋理宗宫人衛芳華也。命女侍名翹翹者設茵席，陳酒果，邀滕共飲。自歌木蘭花慢詞以侑觴云：「記前朝舊事，曾此地、會神仙。向月地雲階，重携翠袖，來拾花鈿。繁華總隨流水，歎一場春夢杳難圓。廢港芙蓉滴露，斷堤楊柳摇煙。兩峯南北只依然。輦路草芊芊。悵别館離宫，煙消鳳蓋，波没龍船。平生玉屏金屋，對漆燈無燄夜如年。落日牛羊塚上，西風燕雀林邊。」遂留翹翹守宅而隨生焉。經三年，忽云：「冥緣已盡。」遂别。樂府紀聞

姚燧征衣詞

張怡雲，大都名伎也。姚牧庵、閻静軒每于其家小飲。嘗佐貴人行酒，姚偶言「暮秋時」三字，閻命怡雲續而歌之。張應聲作小婦孩兒，且歌且笑：「暮秋時，菊殘猶有傲霜枝，西風了却黄花事。」貴人曰：「且止。」遂不成章。姚又有寄征衣詞云：「欲寄君衣君不還。不寄君衣君又寒。寄與不寄間。妾身千萬難。」人多傳之。同上

拜住菩薩蠻

元宣徽院使孛羅有杏園。每年春，諸女設鞦韆于園中，適樞密同簽帖木耳不花子拜住過園外，窺一女絕色，歸白之父，遣媒求婚。孛羅邀令賦鞦韆。拜住以國字寫菩薩蠻詞云：「紅繩畫板柔荑指。東風燕子雙雙起。誇俊與争高。更將裙繫牢。　牙牀和困睡。一任金釵墜。推枕起來遲。紗窗月上時。」孛羅遂以前女許爲婦。同上

馮海粟鷓鴣天

歌兒珠簾秀朱氏，姿容殊麗，雜劇當時獨步。胡紫山宣慰極鍾愛之，嘗擬沉醉東風小曲以贈云：「錦織江邊翠竹，絨穿海上明珠。月淡時，風清處。都隔斷、落紅塵土。一片閒情任卷舒。掛盡朝雲暮雨。」馮海粟亦有鷓鴣天云：「十二闌干映遠眸。醉香空斷楚天秋。蝦鬚影薄微微見，龜背紋輕細細浮。　香霧斂，翠雲收。海霞爲帶月爲鈎。夜來捲盡西山雨，不著人間半點愁。」皆咏珠簾以寓意也，由是聲價益騰。堯山堂外紀

趙孟頫贈貴貴詞

趙孟頫子昂，宋太祖子秦王德芳之後也。四世祖伯圭，賜第湖州，遂爲湖州人。宋末，爲真州司户參軍。至元中，以程鉅夫薦，授兵部郎中，累官翰林學士承旨。在李叔固丞相席間，贈歌者貴貴浣溪沙詞

云：「滿捧金卮低唱詞。樽前再拜索新詩。老夫慚愧鬢成絲。羅袖染將修竹翠，粉香須上小梅枝。相逢不是少年時。」同上

貫雲石明月樓詞

元盛時，揚州有趙氏者富而好客，其家有明月樓，人作春題，多未當其意。一日，趙子昂過揚，主人知之，迎至樓上，盛筵相款。酒半，出紙筆求作春題。子昂援筆書云：「春風閬苑三千客，明月揚州第一樓。」主人得之甚喜，盡徹席間銀器以贈。貫雲石亦有詞咏樓，調寄水龍吟云：「晚來北海風沉，滿樓明月留人住。橘花香外，玉笙初響，修眉如妬。十二闌干，等閒隔斷，人間風雨。望畫橋檐影，紫芝塵暖，時喚起、登臨趣。回首西山南浦。問雲物、爲誰掀舞。關河如此，不堪騎鶴，儘堪來去。月落潮平，小衾夢轉，已非吾土。且從容對酒，龍香涴繭，寫平山賦。」南濠詩話

張伯雨太常引

李仲仁漫翁湖中製畫舫，始用布帆。張伯雨爲名曰浮家泛宅，并題太常引云：「莫將西子比西湖。千古一陶朱。生怕在樓居。也用著、風帆短蒲。銀瓶索酒，并刀斫鱠，船背錦模糊。堤上早傳呼。那個是，煙波釣徒。」湖船録

張仲舉摸魚兒

黄季景湖亭蓮花中，有雙頭一枝，方邀客同賞，而爲人折去，季景悵然。張仲舉爲作摸魚兒詞云：「問西湖舊家兒女，香魂還又連理。多情欲賦雙蕖怨，閒却滿奩秋意。嬌旖旎。愛照影紅妝，一樣新梳洗。王孫正擬。喚翠袖輕歌，玉笙低按，凉夜爲花醉。　鴛鴦浦，淒斷凌波夢裏。空憐心苦絲脆。吴娃小艇應偷採，一道緑萍猶碎。君試記。還怕是、西風吹作行雲起。闌干漫倚。待載酒重來，尋芳已晚，餘恨渺煙水。」詞苑叢談

張翥和松雲子詞

廣陵冬夜，與松雲子論五音二變十二調，且品簫以定之。清濁高下，旋相爲宫，犁然律吕之均，雅俗之應也。不覺漏下，月滿霜空，神情爽發。松雲子吹春從天上來曲，音韻淒遠。予亦飄然作霞外飛仙想，因倚聲和之，用紀客次勝趣，是丙子孟冬十又三夕也。詞云：「嫋嫋秋風，聽響徹雲間，彩鳳啼雄。嬴女飛下，玉珮玲瓏。腸斷十二臺空。渺霜天如海，寫不盡、楚客情濃。燭銷紅。更鏘金振羽，變徵移宫。　揚州舊時月色，歎水調如今，離唱誰工。露葉殘蛾，蟾花遺粉，寂寞瑶樹香中。問坡仙何處，滄江上、鶴夢無蹤。思難窮。一襟幽怨，吹與魚龍。」蜕巖詞

張翥摸魚兒詞

摸魚兒元夕，吴門姚子章席上，同柯敬仲賦。敬仲以虞學士書風入松于羅帕作軸，故末語及之。楚芳、吴蘭，二伎名。詞云：「記蘇臺舊時風景，西樓燈火如畫。東城月色依然好，無復綺羅游冶。歡意謝。向客裏相逢，還有思陶寫。金尊翠斝。把錦字新聲，紅牙小拍，分付倦司馬。繁華夢，喚起燕嬌鶯姹。肯教孤負元夜。楚芳玉潤吴蘭媚，一曲夕陽西下。沉醉罷。試問人生，誰是無情者。先生歸也。但留意江南，杏花春雨，和淚在羅帕。」同上

卞應午柳枝詞

吴興卞君應午，能詩詞，美丰度，與弟應奎友愛甚至，老猶共寢席。至元中，膺茂異薦，授郡州判官。少游於杭，偕故宋遺老倡和。有湖隄柳枝詞云：「搓黄撚緑啐西風。學小蠻腰態倘工。解道斷腸難著句，只堪水調唱玲瓏。」韻致不減唐人。晚寓溧陽，時仇山村先生教授邑中，詩筒還往，晨夕無閒。嘗以谿居、江行二集寄余，皆少作也，惜未見其近年老筆。曾遇學古齋臆記

喬吉賣花聲

世俗以二月十五爲花朝節，杭城園丁競以花名荷擔叫鬻，音中律呂。喬夢符有賣花聲詞云：「侵曉園丁，叫道嫩紅嬌紫。巧工夫、攢枝飣蕊。行歌佇立，灑洗妝新水。捲香風、看街簾起。深深巷陌，有個重門開未。忽驚他、尋春夢美。穿窗透閣，便憑伊喚取，惜花人、在誰根底。」按夢符又有天淨沙詞云：「鶯鶯燕燕春春。花花柳柳真真。事事風風韻韻。嬌嬌嫩嫩。停停當當人人。」此等句，亦從李易

安「尋尋覓覓」得來。詞苑叢談

萬喜愚公賦柳枝

予與萬喜愚公別十餘年，至元庚寅秋日，忽相遇於西湖僦舍，一餉即別去，賦柳枝詞贈予云：「折贈征人事等閒。不須辛苦慘離顏。何如剗盡前朝樹，莫送金輿去不還。」予答之云：「禁柳蕭蕭故國秋。行人端不繫離愁。勸君莫折煙條盡，留待迎鑾拂采斿。」王執禮行寮瑣筆

中呂調溪山好

會波村在松江城北三十里，其西九山離立，若幽人冠帶拱揖狀。一水並九山南過村外，以入於海。溝塍畎澮，隱翳竹樹間。春時桃花盛開，雞犬之聲相聞，有武陵風概，隱者停雲子居焉。一舟時放中流，或投竿，或彈琴，或呼酒獨酌，或哦詠陶謝韋柳詩，殆將與功名相忘。嘗坐余舟中，作茗供，襟抱清曠，不覺度成溪山好一曲。主人即補入中呂調，命洞簫吹之，與童子櫂歌相答，極鷗波縹緲之思。陶宗儀

顧阿瑛蝶戀花

崑山顧阿瑛好遊，每出必以筆墨自隨，往來九峯泖浦間。自稱金粟後身。一日，同陳浩然游支硎山，飲於張氏樓。徐姬楚蘭佐酒，以琵琶度曲，座客剡雲臺爲之心醉。阿瑛口占蝶戀花詞戲之。有云：「玉手佳人，笑把琵琶理。狂殺雲臺標外史。斷腸只合江州死。」一時爭傳唱之。古今詞話

王正之喜遷鶯

博陵縣有郝仙女廟，仙女魏青龍中人，年及笄，姿色姝麗，採蘋水中，蒼烟白霧，俄失所在。其母哀泣水濱，願言一見。良久異香襲人，隱約於波渚間曰：「兒以靈契，託蹟綃宮，陰主是水府，世緣已斷，無用悲悒。而今而後，使鄉社田蠶歲宜，有感而通，乃爲吾驗。」後人立廟祀之。王正之題喜遷鶯詞云：「汀洲蘋滿。記翠籠采采，相將鄰媛。蒼渚煙生，金支光爛。人在霧綃鮫館。小鬟頓成雲散。羅襪凌波不見。翠鸞遠。但清溪如鏡，野花留鈿。情睠。鸞變現。身後神功，緣就吳蠶繭。漢女菱歌，湘妃瑤瑟，春動倚雲層殿。彤車載花一色，醉盡碧桃清宴。故山晚。歎流年一笑，人間飛電。」詞品

楊鐵崖竹枝

楊鐵崖年未七十休官，駕一舟，名春水宅，往來九峯三泖間。東南才俊之士，造門納屨無虛日。酒酣以往，筆墨橫飛，鉛粉狼藉。或戴華陽巾，披鶴氅，坐船屋上，吹鐵笛，作梅花弄。或呼侍兒歌白雪之詞，自倚鳳琶和之。賓客皆蹁躚起舞，以爲神仙中人。竹枝盛於元季，鐵崖集之，自製亦至五十餘首。古今詞話

楊鐵崖吹洞庭曲

楊鐵崖云：「往年與大癡道人扁舟東西泖間，或乘興涉海，抵小金山。道人出所製小鐵笛，令余吹洞庭

曲，道人自歌小海和之。不知風作水横，舟楫揮舞，魚龍悲嘯也。」太平清話

滕玉霄贈宋六嫂

滕玉霄有贈宋六嫂百字令云：「柳顰花困。把人間恩愛，尊前傾盡。何處飛來雙比翼，直是同聲相應。寒玉嘶風，香雲捲雪，一串驪珠引。元郎去後，有誰著意題品。誰料濁羽清商，繁絃急管，猶自餘風韻。莫是紫鸞天上曲，兩兩玉童肩並。白髮梨園，青衫老傅，試與流連聽。可人何處，滿庭霜月清冷。」六嫂小字同壽，元遺山有贈觱篥工張觜兒詞，即其父也。嫁於宋，每與其夫合樂，妙入神品。蓋六嫂善謳，其夫能傳其婦翁之藝云。詞品

滕玉霄贈阿珍

玉霄又有贈歌童阿珍瑞鷓鴣云：「分桃斷袖絶嫌猜。翠被紅褌興不乖。洛浦乍陽新燕爾，巫山行雨左風懷。手攜襄野便娟合，背抱齊宫婉孌諧。玉樹庭前千載曲，隔江唱罷月籠階。」蓋鄭櫻桃、解紅兒之流，用事甚工，予同年吴學士仁甫極喜誦之。同上

金德淑望江南

章邱李生至元都，旅次無聊，對月歌曰：「萬里倦行役，秋來瘦幾分。因看河北月，忽憶海東雲。」夜静，聞鄰婦有倚樓而泣者，明日訪之，則宋宫人金德淑也。詢李曰：「客非昨暮悲歌人乎，詞乃佳製否。」李

曰：「歌非己作，有同舟人自杭來吟此，故記之耳。」婦泣曰：「此亡宋昭儀王清惠所寄汪水雲詩。」因自舉其望江南詞云：「春睡起，積雪滿燕山。萬里長城橫縞帶，六街燈火已闌珊。人立玉樓間。」後遂委身於生。樂府紀聞

戴復古妻詞

戴石屏薄遊江西，有富家翁愛其才，以女妻之。居二三年，忽欲作歸計。妻問其故，告以曾娶妻。白之父，父怒，妻宛曲解釋，盡以奩具贈行。仍餞以辭曰：「惜多才，憐薄命，無計可留汝。揉碎花箋，忍寫斷腸句。道傍楊柳依依，千絲萬縷。抵不住、一分愁緒。　捉月盟言，不是夢中語。後回君若重來，不相忘處，把杯酒、澆奴墳土。」石屏既別，遂赴水死。輟耕錄

崔英妻詞

至正辛卯，真州有崔生名英者，家極富，少工書畫，補浙江永嘉尉，攜妻王氏赴任。道經姑蘇，舟人豔其貲，夜沉英水中，并婢僕殺之。留王氏欲以爲子婦，王佯應之，乘間逸去，奔入尼庵中，遂落髮于佛前。歲餘，忽有人施畫芙蓉一幅，王過見之，識爲英筆。因詢庵主所自，乃言顧阿秀兄弟以操舟爲業，人頗道其刼掠江湖間。王遂援筆題于上云：「少日風流張敞筆，寫生不數黃荃。芙蓉畫出最鮮妍。豈知嬌豔色，翻抱死生冤。　粉繪淒涼餘幻質，只今流落誰憐。素屏寂寞伴枯禪。今生緣已斷，願結再生緣。」其詞蓋臨江仙也。尼皆不曉所謂，後其畫爲好事者買獻御史高公。而英亦因幼習水善泅得不死，

因賣草書，高遂延爲館客。一見晝，泫然流涕。高怪問之，遂言被盜之由。且誦其詞曰：「此英妻所作也。」高因廉得其實，捕盜置法，而跡英妻復合焉。留青日札

劉燕哥太常引

元伎劉燕哥善歌舞，齊參議還山東，劉賦太常引以餞云：「故人別我出陽關。無計鎖雕鞍。今古別離難。倩誰畫、蛾眉遠山。一樽别酒，一聲杜宇，寂寞又春殘。明日小樓間。第一夜、相思淚彈。」同上

羅愛愛齊天樂

羅愛愛，嘉興名倡也，色藝俱絕。嘗與諸名士讌于鴛湖凌虛閣。愛愛賦絶句云：「曲曲欄干正正屏。六銖衣薄懶來凭。夜深風露凉如許，身在瑶臺第一層。」自此才名日盛。同郡有趙氏子者與之狎，遂託終身焉。未幾，趙有父執官太宰，以書自上都招之，許授江南一官。趙躊躇未決，愛愛勸之行，因置酒中堂，捧觴爲趙母壽。自製齊天樂一闋歌以侑之。詞曰：「恩情不把功名誤。離筵又歌金縷。白髮慈親，紅顏幼婦。君去有誰爲主。流年幾許。況悶悶愁愁，風風雨雨。鳳拆鸞分，未知何日更相聚。蒙君再三分付。向堂前奉侍，休辭辛苦。官誥蟠花，官袍製錦，待要封妻拜母。君須聽取。怕落日西山，易生愁阻。早促歸程，綵衣相對舞。」歌罷凄然，趙子遂去。及至都，而太宰殂矣，無所依託，遷延旅邸。趙母以憶子故，感病没。愛愛親爲營葬。甫三月，張士誠陷平江，參政楊完者率兵拒之，因大掠，見愛愛姿色欲納之，愛愛以羅巾自縊死。不久，張氏通款，趙子間關北歸，則城郭人民皆非故矣。遂獨宿于堂

中，忽見愛愛淡妝素服出燈下，與趙禮畢，泣而歌沁園春一闋，每歌一句，悲啼掩抑。趙子遂與入室，欸若平生，鷄鳴泣別，瞥然而逝，但覺寒燈半滅而已。詞苑叢談

石刻元詞

昔於臨潼驪山之湯泉，見石刻元人無名氏一詞云：「三郎年少客，風流夢，繡嶺蠱瑶環。漸嬌汗發香，海棠睡暖，笑波生媚，荔子漿寒。況此際、曲江人不見，偃月事無端。羯鼓三聲，打開蜀道，霓裳一曲，舞破潼關。　馬嵬西去路，愁來無會處，淚滿闗山。空有羅囊遺恨，錦襪傳看。歎玉笛聲沉，樓頭月下，金釵信杳，天上人間。幾度秋風渭水，落葉長安。」語語爲太真紀恨。按之，爲大石調風流子也。再過之，石已磨爲别刻矣。詞品（案：此乃金人詞。）

詞苑萃編卷之十六

紀事七

建文帝滿江紅

建文帝首至吳江史仲彬家，題詩清遠軒云：「玉蟾飛入水晶宮。萬頃琉璃破曉風。詩就雲歸不知處，斷山零落有無中。畫鷁高飛江水漲，老漁亟唱夕陽斜。秋風客子興歸思，船到吳江卽是家。」又三至吳江題滿江紅詞云：「三過吳江，又添得、一亭清絕。剛占斷、水光多處，巧依林樾。漠漠雲煙春晝雨，寥寥天地秋宵月。更冰壺玉鑑暑宜風，寒宜雪。臞庵右，山依缺。垂虹左，波濤截。正三高堂畔，舊規今別。何但漁翁垂釣好，謾將柳子新吟揭。信登臨，佳興屬彭宣，能揮發。」堅瓠集

解縉落梅風

成祖於中秋夜開宴賞月，月爲雲掩，命解縉賦詩。縉遂口占落梅風一詞云：「嫦娥面。今夜圓。下雲簾。不著羣仙見。拚今宵、倚闌不去眠。看誰過、廣寒宮殿。」成祖覽之歡甚，又賦長歌，成祖益喜，同縉飲至夜半，月復明朗，浮雲盡散。成祖笑曰：「卿真奪天手段也。」解縉集

瞿宗吉和香匳八題

楊廉夫游杭州，訪瞿士衡於傳桂堂。士衡之從孫宗吉，年十四，見廉夫香匳八題，卽席倚和，俊語疊出。其花塵春跡云：「燕尾點波時有韻，鳳頭踏月悄無聲。」黛眉顰色云：「恨從張敞毫邊起，春向梁鴻案上生。」金錢卜歡云：「織錦軒窗聞笑語，採蘋洲渚聽愁吁。」香頰啼痕云：「斑斑湘竹非因雨，點點楊花不是春。」廉夫歎賞，謂士衡曰：「此君家千里駒也。」時席上以鞵杯行酒，卽命製詞。宗吉賦沁園春云：「一掬嬌春，弓樣新裁，蓮步未移。笑書生量窄，愛渠儘小，主人情重，酌我休遲。醞釀朝雲，斟量暮雨，能使麴生風味奇。何須去，向花塵留跡，月地偷期。風流到手偏宜。便豪吸雄吞不用辭。任凌波南浦，惟誇羅韈，賞花上苑，祇勸金巵。羅帊高擎，銀瓶低注，絶勝翠裙深掩時。華筵散，奈此心先醉，此恨誰知。」廉夫大喜，命侍伎歌以行酒，極歡而罷。列朝詩選

林子羽念奴嬌

閩人林子羽，官員外郎，有題吴江垂虹橋詩，「欲借仙家遼海鶴，月明吹笛水晶宮」是也。其妻朱氏贈外之什，亦有「待漏衣沾仙掌露，朝天身惹御爐香」句。時閩中良家女張紅橋，平日欲得才如李青蓮者事之。林投以詩，紅橋稱善，遂委身焉。林游金陵，作念奴嬌留別紅橋有云：「軟語叮嚀，柔情婉戀，鎔盡肝腸鐵。此去何之，碧雲春樹，早晚翠千疊。圖將羈思，歸來細與伊說。」紅橋和答云：「還憶浴罷描眉，夢回携手，踏碎花間月。漫道胸前懷豆蔻，今日總成虛設。桃葉津頭，莫愁湖畔，遠樹煙雲疊。寒燈旅

邸，熒熒誰與開說。」一則打算歸求，一則商量去後，情事如見。閒情集

楊士奇題梅詞

宣德中，三楊在內閣，有從官出松竹梅求題者。榮題松，溥題竹，後皆書賜進士第，賜進士出身。獨士奇起於辟召，乃作題梅詞云：「竹君子，松大夫。梅花何獨無稱呼。回頭試問松和竹。也有調羹手段無。」蓋桂殿秋也。世以此定三楊優劣。晚香堂清語

曾銑漁家傲

夏言以議禮驟貴，世廟因正月降雪，命言等作時玉賦。石塘曾銑，夏之內戚，作漁家傲詞，互相賡唱，遂起河套之議。故黃泰泉有「千金不買陳平計」之句，蓋譏之也。湧幢小品

楊愼博洽

成都楊愼，所著書百餘種，號爲博洽。金華胡應麟嫌其熟於稗史，不嫻於正史，作筆叢以駁之。然楊所輯百琲真珠、詞林萬選，王弇州亦謂之詞家功臣也。因議禮謫戍瀘州，暇時紅粉傅面，作雙丫髻插花，令諸伎扶觴游行，了不爲怍。有以書規之者。答云：「文有仗境生情，詩或托物起興。如崔延伯臨陣，則召田僧超爲壯士歌。宋子京修史，使麗豎燃椽燭。吳元中起草，令遠山磨隃糜。是或一道也，走豈能執鞭古人，聊以耗壯心、遺餘年耳。知我者不可以不聞此言，不知我者不可以不聞此言。」詩有「羅衣

香未歇，猶是漢宮恩」句，詞亦富贍。樂府紀聞

楊慎少時善琵琶

楊用修少時善琵琶，每自爲新聲度之。及登第後，猶於暑月夜綰兩角髻，著單紗半臂，背負琵琶，共二三騷人携尊酒，席地坐西長安街上，歌所製小詞，撮撥到曉。適李閣老早朝過之，聽其聲異常流，令人詢之，則云楊公子修撰也。李爲之下車。楊舉卮進李曰：「朝尚早，願爲先生更彈。」彈罷，而火城將熄。李先入朝，楊亦隨著朝衣而至。朝退，進閣揖李先生及其尊人。李笑謂曰：「公子韻度，自足千古，何必躬親絲竹，乃擅風華。」自是長安一片月，絕不聞楊公子琵琶聲矣。桐下聽然

石田南鄉子

年來索詩畫者坌集，疲於酬應。因戲作南鄉子一闋云：「天地一癡仙。寫畫題詩不换錢。畫債詩逋忙到老，堪憐。自作人情白結緣。　無興最今年。浪拍茅堂水浸田。筆硯只宜收拾起，休言。但說移家上釣船。」石田集

唐祝詞

唐子畏素性不羈，及坐廢，益游於酒人自娱。宸濠禮聘之，子畏知其有異志，乃佯狂裸形，箕裾以處，得遣歸。又傳其鬻身梁溪巨室，以求美婢，見諸劇戲。祝枝山嘗傅粉墨，從優伶入市，度新聲，多爲狎斜游。

著擲果、窺簾、醉紅、金縷諸集，皆言情之作。好負逋債，出則萃而呼責之者踵相接也。兩人同濫筆墨多諧謔，而人尊重之。唐詞有踏莎行、千秋歲引，祝有鳳棲梧、浪淘沙，俱不甚精警。古今詞話

文徵明水龍吟

文衡山待詔素性高雅，不喜聲伎。吳俗六月念四，荷花洲渚，畫舫笙歌咸集。祝枝山、唐子畏預匿二伎人於舟尾，邀之同遊。衡山先面訂不與伎席，唐、祝私約酒闌歌聲相接，出以侑觴。衡山憤極欲投水，唐、祝呼小艇送之。乃其水龍吟題情亦甚婉麗，但聲調錯落，句讀參差，稍爲正之。詞云：「依依落日平西，正池上晚凉初足。太湖石畔，絲絲疎雨，芭蕉簇簇。院落深沉，簾櫳靜悄，闌干幽曲。猛然間、何處玉簫聲起，滿地月明人獨。　風約輕紗透肉。掩酥胸、盈盈新浴。一段風情，滿身嬌怯，恍然寒玉。青團扇子，欲舉還垂，幾番虛撲。向夜闌獨笑，紅襠自解，滅銀屏燭。」同上

文徵明滿江紅

夏侯橋沈潤卿掘地，得宋高宗賜岳侯手敕石刻，文徵明待詔題滿江紅詞云：「拂拭殘碑，敕飛字、依稀堪讀。慨當初、倚飛何重，後來何酷。豈是功成身合死，可憐事去言難贖。最無端、堪恨又堪悲，風波獄。　豈不念，封疆蹙。豈不念，徽欽辱。念徽欽既返，此身何屬。千載休談南渡錯，當時自怕中原復。笑區區、一檜亦何能，逢其欲。」激昂感慨，自具論古隻眼。詞苑叢談

徐文長詞

徐文長爲胡少保幕客，掌書記。督府勢嚴重，文武將吏，莫敢仰視。文長戴敝烏巾，衣白布澣衣，非時直闖門入，長揖就坐，奮袂縱談。幕中有急需，召之不至。夜深開戟門以待，偵者還報徐秀才方泥飲，大醉叫呶，不可致也。倭既靖，宴將士於爛柯山。文長走筆作鐃歌云：「接得羽書知破賊，爛柯山上正圍棋。」又云：「帳下共推擒虎將，江南只數義烏兵。」少保命刻石。詞有菩薩蠻詠鞦韆、鵲踏花翻詠走馬伎，諸選皆載之。明詩紀事

韓夢雲詞

福清諸生韓夢雲，嘉靖甲子過石湖山，見遺骼，掩之。其夜夢一麗人，自稱王秋英，字澹容，楚人也。元至正間，從父之任，遇寇石湖山，投崖而死。今感掩骼之恩，願諧伉儷。自是數日一至，詩詞甚多。明年寒食，夢雲攜雞黍奠其墓，秋英出見。韓作瀟湘逢故人慢一闋云：「春光將暮。見嫩柳拖煙，嬌花帶霧。頃刻間風雨。把堂上深恩，閨中遺事，鑽火留餳，都付卻、落花飛絮。又何心挈罍提壺，鬬草踏青盈路。子規啼，蝴蝶舞。遍南北山頭，紙灰綠醑。奠一邱黃土。歎海內飄零，湘陰淒楚。無主泉扃，也能得、有情雞黍。畫角聲，吹落梅花，又帶離愁歸去。」遂與夢雲同歸，產一子。萬曆癸巳年，自言緣已盡，揮涕而別。詞統

林章孤鸞

林章溺情一伎，適伎以他事繫獄，林日徘徊於外，計欲出之。爲賦孤鸞一闋云：「爲誰拋撇。似海燕初分，林鶯乍別。回首天涯，滿目雲山愁絶。東風不憐春色，把一枝、楊花吹折。直恁黏雲帶雨，更盈盈似雪。奈夢兒相隔恨難説。想昨夜孤衾，今日雙頰。比這青衫上，有幾重啼血。一聲晚鐘動了，又送人、腸斷時節。莫把琵琶亂撥，正春江潮咽。」尋爲當事所釋，欲委身於林，林竟度爲女冠，人皆賢之。樂府紀事

俞君宣古鏡詞

俞君宣自負風情，嘗爲顧文英賦古鏡詞云：「張郎一去，君且代郎看，雙蛾解理。贈別躊躇，不忍把君分碎。容顏君獨知憔悴。受多磨，與君無異。廣寒三五，嫦娥愁向，卻元自己。晴空裏。似丹青點綴。個中小小，洞天深處。背地沉迷，形影都無據。憐君自爲分明累，貯盡了、漢宮人淚。架罷妝殘，黯然收卻，遠山橫翠。」蓋調寄桂枝香也。文英善書，以碧絲作小楷繡之鏡臺，遺所歡，未幾卒。君宣夢文英謝此詞，且曰：「後二語不吉，愛其佳，未請易也。」嗟乎，柳綿枝上，朝雲爲之感没。架罷妝殘，文英遂以讖終。詞人妙筆，竟令生者可以死耶。蘭皋集

陳繼儒臨江仙

吾家於陵及華山處士，世有隱德。余輩膠黏五濁，羈鎖一生，每憶少年青松白石之盟，何止浩歎。歲丁酉，始得築婉孌草堂於二陸遺址，故有「長者爲營栽竹地，中年方愜住山心」之句。然山中亦不能如道家保鍊吐納，以嗇餘年。即佛藏五千卷，隨讀隨輟。惟喜與鄰翁院僧，談接花、藝果、種朮、劚苓之法，其餘一味安穩本色而已。嘗作臨江仙一詞云：「婉孌北山松樹下，石根結箇岩阿。巧藏精舍恰無多。尚餘簷隙地，種竹與栽梧。高卧不須愁客至，客來野笋山蔬。一瓢濁酒儘能沽。倦時呼鶴舞，醉後倩僧扶。」岩棲幽事

陳繼儒浣溪沙

四時之景，無如初夏。余嘗夜歸作攤破浣溪沙云：「梓樹花香月半明。棹歌歸去蟪蛄鳴。曲曲柳塘茅屋矮，挂漁罾。笑指吾廬何處是，一池荷葉小橋横。燈火紙窗修竹裏，讀書聲。」同上

記冲如菩薩蠻

天啟改元，正月五日，得冲如靖州家報，極言風土之惡，有「中秋有月，重陽無菊」之語。惋歎者久之。明日，入西佘，中途風雨猛惡，因思冲如對此，當更愴悒。舟中枯坐，無可告語，因捉筆記之，乃菩薩蠻本調也。「一封書信千金等。開緘試問江山景。荒縣亂山窩。重陽菊也無。中秋空有月。只照人離别。况此雨連綿。烟昏月黑天。」峰泖浪仙

記修微憶秦娥

王修微，籍中名士也。色藝雙絕，尤長於詩詞。適從性，夙齋聞其名，見其憶秦娥一章有「多情月，偷雲出照無情別」之句，風流醞藉，不減李清照。明日入東佘，見修微於眉公山莊之喜庵，正據案作字，逸韻可掬，相與談笑者久之。日西別去，此情依依，因用其韻塡詞記之。「聞人說。風標詩句皆奇絕。眞奇絕。墨香詞藻，鬢雲肌雪。多情偏詠多情月。儂今豈是無情別。無情別。鴈飛如字，暮江空闊。」同上

隨庵釣船

居山中，凡四時風景及山水花木之勝，皆譜撰小詞，教山童歌之。客至，出以侑酒，兼佐以簫管弦索。花影杯前，松風杖底，紅牙雋舌，歌聲入雲。更作一釣船，曰「隨庵」。風日和美，一葉如萍，半載琴書，半携花酒，紅裙草衲，名士隱流，或交舃並載。每歷九峯，泛三泖，遠不過西湖太湖而止。所得新詞，隨付弦管，興盡而返。闔門高卧，有貴勢客强欲見者，令小童謝曰：「頃方買花歸，茲復釣魚去矣。」同上

沈宜修問疑詞

沈宜修宛君，天寥夫人也。三女紈紈、小紈、小鸞皆工詩詞，有午夢堂集數種。嘗曰：「昔和凝有句云：『春思翻教阿母疑。』」余以爲破瓜之年，亦何須疑，直是當信耳。因作問疑詞云：「芳草青歸，梨花白潤。春風又入昭陽鬢。繡窗日靜綺羅間，金鈿二八人如舜。碧字題眉，細香寫暈。青鸞玉線裙榴襯。若教

阿母不須疑，粧臺試向飛瓊問。」詞苑叢談

蘭支水龍吟

沈智瑶，内人季妹也。驪吹五君詠「珠暉暎月流，玉彩迎花度」，可以想見風格矣。有詩刻彤奩續些。年三十餘，以怨恨自沉於水而死。俗婦蘭支，其内姪女也。有水龍吟詞哭之。治史

張倩倩詞

張倩倩，沈宛君之姑之女，歸宛君弟君庸。宛君季女瓊章，兒時寄養舅家，以倩倩爲母。倩倩工詩詞，作卽棄去，瓊記憶其數首。瓊章亡，宛君悼其女，追懷倩倩，爲之作傳，併録瓊章所記詩詞附傳中。有寒夜懷君庸蝶戀花云：「漠漠輕陰籠竹院，細雨無情，淚溼霜花面。試問寸腸何樣斷。殘紅碎緑西風片。千遍相思纔夜半。又聽樓前，叫過傷心鴈。不恨天涯人去遠。三生緣薄吹簫伴。」午夢堂集

贈仙仙詞

仙仙十三四時，卽羈迹秦淮，將有錦江玉壘之行，遠望故鄉，淒心掩泣，真所云侯門一入深如海也。余甚傷焉。今年十七，又作巫山神女，向楚王臺下去矣。酒間聞之，悵然感懷，口占浣溪沙二詞。「一片歸心望也休。西陵千里水東流。杜鵑芳草楚天秋。老去未消風月恨，閒來重結雨雲愁。欲緘雙淚寄亭州。」又，「金粉傷情别石頭。六朝烟柳繫離憂。破瓜人泣仲宣樓。桃葉渡邊春易去，梅花笛裏

夢難留。子規斜月一悠悠。」治史

葉瓊章詞

天寥侍女隨春，年十三四卽有玉質，肌疑積雪，韻比幽花，笑盼之餘，風情飛逗。瓊章極喜之，爲作浣溪沙詞云：「欲比飛花態更輕。低回紅頰背銀屏。半嬌斜倚似含情。　嗔帶淡霞籠白雪，語偷新燕怯黃鶯。不勝力弱懶調筝。」昭齊和云：「翠黛新描柱葉輕。柳枝婀娜倚蓮屏。風前閑立不勝情。　細語嬌聲嗔亂蝶，清矑淚粉怨殘鶯。日長深院惱秦筝。」蕙綢和云：「髻薄金釵半蟬輕。佯羞微笑隱湘屏。嫩紅染面作多情。　長怨曲欄看鬥鴨，慣嗔南陌聽啼鶯。月明簾下理瑶筝。」宛君和云：「袖惹飛烟綠雨輕。翠裙拖出粉雲屏。飄殘柳絮暗知情。　千喚懶回抛繡潟，半含微吐溢新鶯。嗔人無賴戛風筝。」諸詞俱用嗔字，以此女善嗔，嘗面發赤也。午夢堂集

龐蕙纕詞

隨春一名紅于葉，小鸞侍妾也。鸞歿後，歸龐氏，別字元元，龐蕙纕有病中聞家慈同元姨爲予誦經誌感鷓鴣天云：「終歲懨懨怯往還。盈盈兩袖淚痕潸。一心解織愁千縷，雙鬢慵梳月半灣。　鴛被冷，瑣窗寒。翻經畫閣懺紅顏。枕函稽首殷勤意，不盡箋題寄小鬟。」林下詞選

王瓊奴滿庭芳

王瓊奴，徐苕郎妻也。苕郎未娶時，以紅箋一幅遺瓊奴，題詩答之云：「茜色霞箋照面頳。玉郎何事太多情。風流不是無佳句，兩字相思寫不成。」後苕郎戍邊，有吳指揮者以計殺之，欲納瓊奴。瓊奴賦滿庭芳詞自誓云：「綵鳳羣分，文鴦侶散，紅雲路隔天臺。舊時院落，畫棟滿塵埃。謾有玉京離燕，東風裏、似訴悲哀。主人去、捲簾恩重，空屋亦歸來。涇陽憔悴女，不逢柳毅，書信難裁。歎金釵脫股，寶鏡離臺。萬里遼陽郎去，知何日、卻得重回。丁香樹，含花到死，莫共野蒿開。」後鳴于御史，得白其寃，遂自殺。詞苑外篇

李姬詞

李姬名香，秣陵教坊女也。母曰貞麗，有俠氣，嘗一夜博，輸千金立盡。姬亦俠而慧，能辨別士大夫賢否。張太史溥、夏吏部允彝尤亟稱之。十三歲從吳人周如松受歌，盡得其音節，然不輕發也。嘗一日，故開府田仰以金三百鎰邀姬一見，開府向兒事魏閹者。又姬嘗以他事獲罪阮懷寧。至是，喟然歎曰：「田寧異阮公乎。」峻卻之，卒不往。語小篇載其題鄧彰甫細書虞美人詞云：「相思莫寫上楊花。恐被風吹愁起，滿天涯。」可謂妙絕。青溪遺事

按陳其年曰：姬與歸德侯方域善，曾以身許方域，設誓最苦。誓詞今尚存湖海樓篋衍中，詞固貞麗作也。

詞苑萃編卷之十七

紀事八

吴偉業詞

吴祭酒作秣陵春，一名雙影記，嘗寒夜命小鬟歌演，自賦金人捧露盤詞云：「記當年、曾供奉舊霓裳。嘆茂陵遺事淒涼。酒旗戲鼓、買花簪帽一春狂。綠楊池館逢高會，身在他鄉。喜新詞初填就，無限恨、斷人腸。爲知音、仔細思量。偷聲減字，畫堂高燭弄絲簧。夜深風月催檀板，顧曲周郎。」時祭酒將復出山，晉江黄東厓詩云：「徵書鄭重眠餐損，法曲淒涼涕淚横。」正謂此詞也。詞苑叢談

萬壽祺詞

秦淮卞賽，小字玉京，桃葉名姬也，後爲女道士。吴祭酒琴河感舊詩，有「青山憔悴卿憐我，紅粉飄零我憶卿」之句。不勝樓頭燕子，山上蘼蕪之感。彭城萬年少壽祺賦眼兒媚贈之云：「花弄香紋春滿樓。桃葉引江流。箇人何事，斜陽獨倚，曲曲腸柔。垂簾淡淡，撲楊毬。私心好處投。侍兒斂態，閉門作意，不上金鈎。」蓋記其少年情事，猶覺風韻可人。青溪軼事

龔芝麓蝶戀花

歌者張郎，今日之秦青也。壬子春暮，讌集于宋荔裳觀察京師寓園，張後至，合肥宗伯賦蝶戀花詞云：「春絆情絲千縷纈。夢裏人來，乍暖輕寒節。何處玉驄曾小歇，海棠飄落胭脂雪。重倩紅牙温舊闋。張緒風前，好是腰身絶。樓閣水明光四徹。羅衣影漾波心月。」長安諸公争裂素紈書之，于是紅牙檀板中都唱此詞。蘭思詞

龔芝麓醜奴兒令

龔定山尚書與横波夫人月夜汎舟西湖，作醜奴兒令四闋。自序云：「五月十四夜，湖風酣暢，月明如洗，繁星盡斂，天水一碧。偕内人繫艇子於寓樓下，剥菱煮芡，小飲達曙。人聲既絶，樓台燈火，周視悄然。惟四山蒼翠，時時滴入杯底。千百年西湖，今夕始獨爲吾有，徘徊顧戀，不謂人世也。酒語情恬，因口占四調以紀其事。」詞云：「一湖風漾當樓月，凉滿人間。我與青山。冷澹相看不等閒。藕花社榜疏狂約，緑酒朱顔。放進嬋娟。今夜紗窗可忍關。」又云：「木蘭掀蕩波光碎，人似乘潮。何處吹簫。輕逐流螢度畫橋。白鷗睡熟金鈴悄，好是蕭條。多謝雙高。折簡明宵不用招。」又云：「情癡每語銀蟾約，見了銷魂。爾許温存。領受嫦娥一笑恩。戲拈梅子横波打，越樣心疼。和月須吞。省得濃香不閉門。」又云：「清輝依約雲鬟緑，水作菱花。蘇小村斜。不見留人駐晚車。湖山符牒誰能管，讓與天涯。如此豪華。除卻芳樽一味賒。」香嚴集

梁清標望江南

滹沱河之南，柏棠村在焉。中有司徒梁蒼巖公別墅。公秋憶詩：「城東別業輞川圖。手種垂楊一萬株。大麓經秋霜幹冷，綠煙猶似昔時無。」正謂此也。嘗在燕邸作望江南數調云：「清明候，細雨曉風和。樹裏青帘春醞美，水邊紅袖麗人多。處處醉顏酡。」「家山好，春色滿平蕪。花片參差裘馬客，柳絲搖曳水雲圖。遠浦立鵁鶄。」「東郊外，煖日水粼粼。一路杏花尋幕燕，幾行楊柳渡溪人。沙細碾車輪。」「踏青去，遙指綠陰村。斜裊金鞭晴試馬，高燒紅燭夜開樽。芳草滯王孫。」「西村裏，淼淼水拖藍。一縷墟烟青似織，數峯嵐色碧於簪。可喚小江南。」情致如許，讀之頓令人懷想趙郡風物。詞苑叢談

梁清標洞庭春色

嶺南之役，變亂恍忽，棠村公衮衣持節，宣德威，權大體，成命而返。所著使粵集，都道珠江花鳥之勝。故余寄公絕句有「過嶺新詞喜乍攀，海天歸棹泣烏蠻」之句。廣陵鄧孝威亦云：「一別珠江煙雨暗，鷓鴣啼煞五羊城。」今錄公歸舟所賦洞庭春色詞，奇彩煥發，益知公之能從容定變也。詞云：「萬里河梁，五羊歸櫂，夾路春風。看荔枝洲畔，沉香浦外，簾開樓閣，帆動艨艟。載得珠江花鳥去，更千步香薰兩袖濃。斜陽岸，正袍侵草綠，衣染鵑紅。　籠藏羅浮舊繭，早辨取、舞蝶紗籠。問踏歌蠻樂，穿花遊女，尋芳何地，拾翠誰從。拋却南天煙月暖，喜北望、長安紫氣重。驪歌裏，聽蘭橈笳鼓，驚起黿宮。」公自注：嶺南有千步香草。又羅浮繭中出蝶。詞苑叢談

梁清標春風裊娜

王胥庭司馬張伎設讌，棠村梁公賦春風裊娜云：「喜良宵煙月，依舊清平。花市暖，晚風輕。有尚書好客，堂開簾捲，故人歡笑，妝點春城。百寶珠輪，九枝青玉，絳燭高燒列畫屏。琥珀光浮千日酒，赤瑛盤薦五侯鯖。　誰把燕山舊事，移宮換羽，倩優孟、譜入新聲。紅牙串，紫鸞笙。歌喉未歇，客欲沾纓。夢裏功勳，休嗟陳跡，眼前杯酌，且盡平生。種槐庭院，看年年無恙，紅燈綠醑，快聚良朋。」時華堂竹肉間發，聽歌者唱至「看年年無恙，紅燈綠酒，快聚良朋」之句，舉座起舞。同上

梁清標菩薩蠻

僕嘗客恆山，梁司徒公出家伎佐酒，僕於座上演清平調雜劇，即令小鬟歌之。公賦菩薩蠻詞云：「尊前若個歌金縷。盈盈十五芳如許。笑靨半含羞。驕憨不解愁。　眉痕青尚淺。秋水雙眸剪。何處耐人思。歌停掩袖時。」座客爭爲傳唱，極歡而罷。西堂雜俎

宋荔裳滿江紅

宋觀察荔裳罷官遊西湖，與鐵崖、顧庵、西樵宴集，演邯鄲夢傳奇。觀察曰：「殆爲余輩寫照也。」即席賦滿江紅云：「古陌邯鄲，輪蹄路、紅塵飛漲。恰半晌、盧生醒矣，龜茲無恙。三島神仙遊戲外，百年卿相邃廬上。歎人間、難熟是黃粱，誰能餉。　滄海曲，桃花漾。茅店内，黃雞唱。閱今來古往，一杯新釀。蒲

類海邊征伐碣，雲陽市上修羅杖。笑吾儕、半本未收場，如斯狀。」詞成，座客傳觀屬和，爲之欷歔罷酒。詞苑叢談

宋荔裳點絳脣

宋荔裳席上聽女郎度曲，點絳脣詞云：「子夜清歌，隔簾疑在青天外。瓊簫玉管，莫把鶯喉礙。紗帽籠頭，卸却殘妝戴。嬌羞壞。廣場無奈。初學男兒拜。」周廣庵嘆其描神處，似韓僕射夜讌圖。同上

龍松先生賀新郎

淮陽柳敬亭以淳于滑稽之雄，爲左寧南幸舍重客。寧南没于九江舟中，柳生先期東下，憔悴失路，垂老客于長安。龍松先生贈賀新郎詞云：「鶴髮開元叟。也來看、荆高市上，賣漿屠狗。萬里風霜吹短褐，遊戲侯門趨走。卿與我周旋良久。緑鬢紅顏今盡改，嘆婆娑、人似桓公柳。空擊碎，唾壺口。江東折戟沉沙後。過青溪，笛牀煙月，淚珠盈斗。老矣耐煩如許事，且坐旗亭呼酒。拚殘臘消磨紅友。花壓城南韋杜曲，問毬場、馬稍還能否。斜日外，一回首。」同上

曹爾堪高陽臺

曹顧庵學士詩詞，流播海内已三十年。辛亥復遊京國，與同志唱酬，意氣淩霄，精力扛鼎。新詞一出，小胥競寫。余嘗見其京華詞集，觀女伶高陽臺一闋云：「鶯舌新調，鴉鬟猶嚲，湘裙欲整還拖。懶散心

情，朝來愁畫雙蛾。風約繡簾搖樺燭，對菱花、倦眼生波。儘嬌憨、動人些子，元不争多。魂銷一曲清歌。却似曾相識，無可如何。影好難描，空勞石墨三螺。燈前小立紅妝換，笑還嗔、喚弟稱哥。暗相憐，細腰無力，又著鑾韡。」未知女伶何人，知學士猶有白傅情懷也。同上

按：高陽臺前後結四字兩句，每句第四字俱應平聲，此用一仄一平，尚沿明季餘習。

曹爾堪南鄉子

河陽角伎紅兒，有名曲中。嘉善曹學士顧庵爾堪爲賦南鄉子詞贈之云：「停酒按紅牙。蘇合香濃掠鬢鴉。秋水模糊偏可惜，天斜。十五娉婷早破瓜。愁恨遍天涯。飛絮啼鶯是妾家。莫道胭脂開未足，驚誇。却占河陽一縣花。」或云，華亭吴六益懋謙，有「迎風細鳥啼紅雨，隔岸殘霞隱畫樓」之句，亦爲紅兒作也。同上

曹溶青玉案

沈家姬卯娘善度曲，曹秋岳侍郎戲用卯字，賦青玉案爲贈云：「花前舉樂何須忌。薄曉曈曈初麗。啟户逢君嬌不語。三秋兔魄，平分留影，垂柳東邊去。鏤成新玉剛爲字。十二時中排第四。中酒嫌人知也未。芳名檢點，春光已半，會取相迎意。」静惕堂集

汪蛟門春風裊娜

浙中查伊璜妙解音律，其家姬柔些尤擅絕一時。廣陵汪舍人蛟門製春風裊娜遺查君，兼贈柔些云：「看先生老矣，兀自風流。圍翠袖，昵紅樓。羡香山攜得，小蠻樊素，玉簫金管，到處遨遊。舞愛前溪，歌憐子夜，記曲娘、還數阿柔。戲罷更教彈絕調，氍毹端坐撥箜篌。新撰南唐院本，衣冠巾幗，抵多少、優孟春秋。拖六幅，掩雙鈎。英雄意態，兒女嬌羞。燈下紅兒，真堪消恨，花前碧玉，耐可忘憂。是鄉足老，任悠悠世事，爛羊作尉，屠狗封侯。」同郡小香居士宗定九和云：「憶年前度曲，無限嬌愁。花未放，蕊還羞。洞簫聲駊騀，酒濃春蕩，無端牽惹，情緒難由。裊娜衣裳，六朝宮樣，傾國傾城看阿柔。我慕香山白居士，也曾絃管識荊州。此日汪郎才子，新詞填就，問端委，十二層樓。珠繚繞，玉雕鎪。燈前席上，巫水江頭。鶯滚含桃，昔憐將熟，兔團月桂，今勝如鈎。伊人信美，況西園公子，英雄曠達，寄興箜篌。」觀二詞，可以知柔些風度矣。閒情集

陳其年望江南

汪鈍翁題梁曰緝江邨讀書圖云：「鄠陵野色平於掌，也有江南此景無。」王阮亭見之呵曰：「吴子輩乃爾輕薄。」汪笑曰：「行當及君矣。」因續嘲阮亭所題云：「彷佛春江緑樹陰。幾回展卷幾沉吟。江南於汝關何事，賦得愁心爾許深。」汪固輕薄，然余嘗見陽羡陳髯望江南數闋，風情景事如畫，讀之不得不令人轉憶江南樂也。其詞云：「江南憶，少小住長洲。夜火千家紅杏幕，春衫十里緑楊樓。頭白想重遊。」「江

南憶，白下最堪憐。東冶璧人新訣絶，南朝玉樹舊因緣。秋雨蔣山前。」「江南憶，懊惱是西湖。秋月春花錢又趙，青山綠水越連吳。往事只模糊。」「江南憶，更憶是蕪城。蘭葉寒塘盤馬路，梨花微雨築毬聲。風景逼清明。」「江南憶，罨畫最風流。白屋山腰烟內市，紅蘭水面雨中樓。樓上漾簾鉤。」詞苑叢談

紅橋唱和詞

紅橋在平山堂法海寺之側，王貽上司理揚州日，與諸名士遊讌。司理賦浣溪沙云：「北郭清溪一帶流，紅橋風物眼中秋。綠楊城郭是揚州。　西望雷塘何處是，香魂零落使人愁。澹煙芳草舊迷樓。」茶村杜濬和云：「六月紅橋漲欲流。荷花荷葉幾時秋。誰翻水調唱涼州。　更欲放船何處去，平山堂上古今愁。不如歌笑十三樓。」淮陰邱象隨和云：「清淺雷塘水不流。幾聲寒笛畫成秋。紅橋猶自倚揚州。　五夜香昏殘月夢，六宮釵落曉風愁。多情烟樹戀迷樓。」後陽羨陳維崧賦紅橋詩云：「輕紅橋上立逡巡，綠水微波漸作鱗。手把柳絲無一語，十年春恨細如塵。」又：「一帶蕪城織野烟，三春板渚亂寒田。傷心錯到平山路，不獨江南事可憐。」又：「雨餘垂柳鴨頭綠，日落吳天卵色紅。絶似儂家罨畫裏，幾層春水幾層風。」余亦有紅橋絶句云：「酒樓楊柳碧絲絲，惱煞紅裙舞柘枝。留得狂名偏薄倖，至今猶説杜分司。」又：「轉過春帘便板橋，船窗草閣雨瀟瀟。蕪城一片寒煙織，流水何人問六朝。」同上

紅橋遊記

出鎮淮門，循小秦淮折而北，陂岸起伏多態，竹木蓊鬱，清流映帶。人家多因水爲園，亭樹溪塘，幽窈而

明瑟，頗盡四時之美。拏小艇，循河西北行，林木盡處，有橋宛然，如垂虹下飲於澗，又如麗人靚妝袨服，流照明鏡中，所謂紅橋也。游人登平山堂，率至法海寺，捨舟而陸，徑必出紅橋下。橋四面皆人家荷塘，六七月間，菡萏作花，香聞數里。青簾白舫，絡繹如織，良謂勝游矣。予數往來北郭，必過紅橋，顧而樂之。登橋四望，忽復徘徊感歎，當哀樂之交乘於中，往往不能自喻其故。王謝冶城之語，景晏牛山之悲，今之視昔，亦有然耶。壬寅季夏之望，與籜庵、茶村、伯璣諸子，偶然漾舟，酒闌興極，援筆成小詞二章，諸子倚而和之。籜庵繼成一章，予亦屬和。嗟乎，絲竹陶寫，何必中年。山水清音，自成佳話。予與諸子聚散不恆，而紅橋之名或反因諸子而得傳於後世，增懷古憑弔者之徘徊感歎，如予今日，未可知也。漁洋紅橋遊記

王士禎弔王素音詞

長沙女子王素音，有「可憐魂魄無歸處，應向枝頭化杜鵑」之句，辭旨酸楚。王司州士禎，用其意作減字木蘭花弔之云：「離愁滿眼。日落長沙秋色遠。湘竹湘花。腸斷南雲是妾家。　掩啼空驛。魂化杜鵑無氣力。鄉思難裁。楚女樓空楚雁來。」詞苑叢談

王士禎青溪詞

僕曩居秦淮，聽友人談舊院遺事，不勝寒烟蔓草之感。因屬好手畫青溪遺事一册，陽羨生爲題詩，僕復成小詞八闋，程村倚和，春夜挑燈，迴環吟歎，覺菖蒲北里，松栢西陵，風景宛然在目。使潘髯、王百穀

諸人，身在莫愁桃葉之間，未必有此寫照也。漁洋山人

袁于令詞

籜庵以樂府擅名，聞者疑爲古人，塡詞獨爾閒然。紅橋小令唱和，乃猶不減風流。梅村先生云：「淒涼法曲楚江情。」阮亭詩云：「紅顏顧曲袁荆州。」正不必賀老琵琶曲爲寫照也。倚聲集

袁于令卜算子

袁籜庵先生作瑞玉傳奇，描寫逆璫魏忠賢私人巡撫毛一鷺，及織局太監李實搆陷周忠介公事甚悉，詞曲工妙，甫脱稿卽授優伶。郡紳約期邀袁集公所觀唱演。是日，諸公畢集，而袁尚未至。優人請曰：「劇中李實登場，尚少一引子，乞足之。」於是諸公各擬一調。俄而袁至，告以優人所請。袁笑曰：「幾忘之。」卽索筆書卜算子云：「局勢趨東廠。人面翻新樣。織造平添一段忙，待織就、迷天網。」語不多，而句句雙關巧妙，諸公歎服，遂各毀其所作。同上

名士牙行

老學庵筆記，嘉興聞人滋自云，作門客牙，充書籍行。近日新安孫布衣默，字無言，居廣陵，貧而好客，四方名士至者，必徒步訪之。嘗告予欲渡江往海鹽，詢以有底急。則云：「欲訪彭十羨門，索其新詞，與予洎鄒程村作，合刻爲三家耳。」陳其年維崧贈以詩曰：「秦七黃九自佳耳，此事何與卿饑寒。」指此也。

人戲目之爲名士牙行。居易錄

丁煒詞

古平原村店中，姑蘇女子題壁鷓鴣天一闋，有「收拾菱花把劍彈」之句。庚申春暮，丁觀察之任虔南，和詞云：「川字初分碧玉年。花枝憔悴一春前。陌頭塵涴文鴛錦，柳外風欹墮馬鬟。郵壁上，墨光懸。柔腸百疊念鄉關。才人廝養千秋恨，箏柱調來拭淚彈。」頗有白香山商婦琵琶之感。詞苑叢談

附錄姑蘇女子原詞云：「弱質藏閨十六年。嬌羞未敢出堂前。眉顰曠道悲新柳，袖捲輕塵擁翠鬟。腸欲斷、意懸懸。舉頭何處是鄉關。臨妝莫遣紅顏照，收拾菱花把劍彈。」

丁煒鶯啼序

虔南花鳥，比中土絕異。紅白梅常與桂花齊開，可譜入風土歲時諸記。丁觀察鴈水持節雙江，于使院傍隙地搆甓園，雜植名卉。新城王司成士禎祭告南鎮，道出雙江，題甓園詩云：「初來甓園裏，早愛甓園詩。夜雨前山過，青苔使院滋。故人傾卯酒，名卉發辛夷。物候炎方異，春風生桂枝。」自後賓朋麕至，雁水賦鶯啼序紀事，好事者争相搆寫，遂與坡公八境臺並傳。紫雲詞

曹爾堪滿江紅

柳村在恆山之南，梁冶湄使君讀書其中，屬金陵樊圻畫柳村魚樂圖。余有絕句云：「鴉啼屋角柳藏煙。

一帶人家住水邊。最愛春晴三月暮，夕陽斜繫釣魚船。」其風景宛然江南也。曹顧庵學士題滿江紅云：「碧樹清溪，孤亭外、汀沙紆曲。開家具、筆牀茶竈，漁舠如屋。湖上綸竿惟釣月，盤中鱸鱠全堆玉。曉煙深，楊柳蘸晴波，村村緑。朝露泣，連畦菊。細雨灑，垂檐竹。有青簑可著，短衣非辱。縮項鯿肥春水活，長腰米白江村足。醉香醪、船繫夕陽斜，眠方熟。」和者數十家，於是趙郡自雕橋栢棠村而外，無弗知有柳村矣。詞苑叢談

宋徵輿詞

吴園茨以水部郎出知湖州，宋轅文中丞賦浣溪沙送之云：「苕霅煙波百里清。碧瀾堂外柳雲輕。使君心似玉壺冰。紅袖人喧桑岸緑，白頭翁舞釣竿青。共看竹馬向前迎。」風景如畫，一時争傳誦之。同上

吴綺詞

吴湖州内子黄淑人，能詩，湖州嘗贈以臨江仙一闋，中有「秦嘉書兩紙，蘇蕙錦千絲」之句。其爲林下之風，蓋不在王夫人下矣。同上

吴湖州江夏夫人，與扶風少君皆有出塵之韻，湖州常因内宴作詞云：「一家都解愛青山。」蓋實録也。

沈方珠詞

西湖女子沈方珠，字浦來，善詩能文。以園茨代葬其祖，願以身歸之，而憚於入署。嘗以減字木蘭花寄

吴，有「若肯憐才，攜取梅花嶺外栽」之句。後以事不果，遂抱恨而卒。同上

紅豆詞人

吴湖州詞有「把酒祝東風，種出雙紅豆」，梁溪顧氏女子見而悦之，日夕諷詠，四壁皆書二語，人因目湖州爲「紅豆詞人。」同上

丁澎過秦樓

吴湖州常於碧浪湖，張燈汎舟，燈火管弦，極一時之勝。丁藥園儀部作過秦樓一闋以紀其事云：「太守風流，裁紅摘翠，點就玉湖煙景。畫船載酒，綉幕調笙，香送素波千頃。樹杪幾隊燈紅，鵁鶄飛來，驚棲難定。更銀蟾一色，蕊珠宫裏，袖摇波影。今宵是，皓魄初圓，青尊浮滿，畫裏江城如鏡。六街簫鼓，蘭槳齊開，釵色珮聲交迸。杜牧當年，管取玉漏將移，瓊膏漸暝。笑紫雲孰是，回盡兩行紅粉。」蓋樊門水嬉之後，僅見於此也。扶荔詞

丁澎白燕樓詩

丁藥園祠部，少時有白燕樓詩百首，流傳吴下，士女争相採掇，以書衫袖。婺州吴賜如之器有句云：「恨無十五雙鬟女，教唱君家白燕樓。」其爲一時傾倒如此。後以事徙關外，皂帽歸來，偶於邗上逢王西樵考功，賦夢揚州一闋。曹學士見之曰：「僕與祠部俱從冰天雪窖中磨鍊而出，有甚于退之潮州、東坡儋耳

者。辨此情懷，庶不使韓蘇笑人寂寂。」同上

丁澎繞佛天香

姚江女師維極，幼歲棲真，頓悟玄妙，微言清雋，尤工詩詞。其咏梅云：「春來了。鶯來了。凍解霜枝，小萼新姿巧。」聽鴈云：「擣衣聲起家家，聽不盡、西澗芭蕉送雨。」丁藥園歎其涉筆蕭疏，自是蓮臺上品。經度繞佛天香一闋贈之云：「茅庵小築。疎梅幾樹，能伴幽獨。無生悟速。長齋繡佛，前身是金粟。翻貝葉，清磬裏、蓮根似浴。微笑拈花，儼然是先生天竺。染翰涔湘竹。慧業文人更清福。坐老蒲團，空階秋草緑。映不染禪心，一枝芬郁。誰道仙子塵凡，料兜率蓬山任歸宿。花雨吹烟，團成香玉。」同上

按：此即繞佛閣也，惟清真、夢窗有此調，此詞亦微有不同處。

丁澎玉女摇仙珮

望春樓故邸在青州，丁藥園祠部入關後，偶遊山左，來尋舊址，睹蔓草零烟，不勝華清宫闕之感。賦玉女摇仙珮一闋，令故伎歌之，聽者恍如置身津陽門外奉誠園内也。詞云：「青州城裏。帝子珠樓，縹緲五雲深際。繞柱鮫綃，穿簾玳瑁，舊是繁華朱邸。誰意同流水。見移花月檻，落榆鋪地。玉階外，鳥聲咿軋，雨洗遺鈿，數點空翠。何處鳳簫聲，暗想當年，玉容同倚。樓上望春如醉。風斷窗紗，燕子銜將花蕊。鬬草踏青，昭陽人去，冷落鞦韆佳會。飛絮連天起。笙歌杳、不道岐王故第。祇見得、空梁蛛網，粉牆蝶鬧，但餘幾點看花淚。不如把鳳樓長閉。」同上

宗定九風流子

江夏女子周炤，字寶鐙，丰神娟媚，兼善詞翰。歸漢陽李生雲田，李固好遊，篋中藏炤自寫坐月浣花圖，雙髻如霧，髣髴洛神。廣陵宗定九題風流子詞云：「梧桐庭院下，黄昏後、又復捲簾鉤。見花影一天，蟾光如畫，太湖石畔，烟裊甆甌。新凉也，畫屏閒冷簟，蘭蕊正嬌秋。低喚碧鬟，戲持銀甕，露珠輕瀉，細潤香柔。漢宫人似否，簷前月、偷看灧灧含羞。寧讓海棠春睡，宿酒初收。縱花愁婉娩，禁寒賺暖，浣花人見，更惹閒愁。何日雙攜畫卷，同玩南樓。」或云，寶鐙又字絡隱，某觀察女，爲雲田繼室。年十九，所至雖謹自蔽匿，人得窺見之，炤蓋天人也。芙蓉集

附録，尤悔庵曰：予亦有踏莎行詞云：「坐月青蓮，浣花工部。閨房之秀兼佳趣。燃脂寫出麗人行，風鬟霧髻姍姍步。碧杜紅蘭，明珠翠羽。藥房移傍湘君住。可憐蕩子不歸家，長吟蕩婦秋思賦。」藥房，夫人齋名。雲田自號老蕩子。

紀伯紫賀新郎詞

宗定九讀書廣陵之東原，所居雖茅屋數椽，而花間亭、新柳堂頗極幽人之致。繡水王安節爲之繪圖，一時名士俱賦詩贈之。白門紀伯紫遺以賀新凉詞云：「手把花間卷。曰相羊、東原溪閣，百情灰遣。檐外琅玕垂萬個，夜夜露啼霜泫。藥房静、光明瑩繭。汲古騷人恒默坐，遡黄顓、下視嬴劉淺。書著就，賜紓展。　堂名新柳朝光顯。拂闌干、燕泥洗淨，松圓石扁。截盡俗塵苔院閉，寂寂莎陰眠犬。只酒甕、瓶空不免。散絶廣陵誰復繼，世螯弧、述祖如堯典。餘碌碌，秋風剪。」詞苑叢談

汪蛟門雙雙燕

汪蛟門記夢云：「己酉夏，夜夢二女子靚妝淡服，聯袂踏歌于瓊花觀前，唱史邦卿雙雙燕詞。至「柳昏花瞑」句，宛轉嘹亮，字如貫珠。詢其姓，曰：「衞氏姊妹也。」及覺，歌聲盈盈，猶住枕畔。爰和前調云：「伊誰豔也，看袖拂霓裳，廣寒清冷。柔情綽態，却許羅襟相並。行過玉勾仙井。更翩若驚鴻難定。衞家姊妹天人，不數昭陽雙影。溜出歌聲圓潤。聽落葉迴風，十分幽俊。最堪憐處，唱徹柳昏花瞑。驚醒烏衣夢穩。真難覓、天台芳信。魂銷洛水巫山，獨抱枕兒斜凭。」百尺梧桐閣集

宋犖調笑令

任邱旅店中，有女子題壁云：「妾白浣月，號蓮舫。家住半塘，幼失雙親，寄養他姓，姿容畧異，慧業不同。非敢擅秀閨中，願效清風林下。豈意我生不辰，所適非偶，日彈琴之相對，百恨纏綿。時捲幔以言征，一時哽咽。余爰題之驛亭，人共憐之黃土可耳。」其詩曰：「吳宮春深怨別離，風塵慘憺雙蛾眉。鵑啼月落寸腸斷，香消芍藥空垂垂。流黃未工機上織，生小殷勤弄文筆。新詩和淚寫郵亭，珍重寒宵誰面壁。」丙辰三月，商邱宋牧仲犖北上過此，挑燈細讀，因櫽括原詩爲調笑令云：「面壁淚痕濕。想見含毫燈下立。風鬟雨鬢吳宮隔。芍藥香消堪惜。明妃遠嫁歸何日。一曲琵琶悽惻。」河朔間甚爲傳唱。楓香集

吴彤本醉春風

溧陽姜仲子夔所歡廣陵伎陳素素，號二分明月。女子後爲豪家攜歸廣陵，姜爲之廢寢食，遣人密致書，迺終身之訂。陳對使悲痛，斷所帶金指環寄姜，以示必還之意。姜得之感泣不勝，出索其友吴彤本題詞。吴爲賦醉春風一闋。其詞曰：「玉甲傳芳信。金縷和香褪。懸知掩淚訴東風，問問問。明月誰憐，二分無賴，鎖人方寸。情與長江並。夢向巫山近。好將環字證團圞，認認認。有結都開，留絲不斷，些些心印。」詞苑叢談

沈豐垣踏莎行

柳亭沈遹聲豐垣，任情縱誕，中年因所歡遂被放黜。嘗賦踏莎行一闋，亦惜分飛遺意也。詞曰：「積雨埋紅，沉烟漾碧。小樓春信催寒食。踏青鬭草總無心，自家憔悴誰憐惜。枉裂香羅，虛勞黛筆。東風笑殺多情客。瑶琴原不是知音，一牀夜月吹羌笛。」蘭思詞

閻修齡漁家傲

廣陵有老儒，孿生二女子，娟娟相倚，雅好文墨。幼時並處不能辨，以香炙面爲識。戊戌年誤傳掖庭之選，倉卒歸二少年，一居城，一居湖中，嫁同日。後皆有娠，復同病而卒。閻再彰修齡賦漁家傲詞弔之云：「晝鎖紗窗縈碧霧。瓊花自是無雙樹。並蒂嬌姿無解語。經行處。花鈿暗識修眉嫵。晝閣肩垂

朝復暮。閒情時咏遊仙句。奔月化煙留不住。天風度。飛瓊自挽雙成去。」倚聲集

紀映淮詞

秦淮紀映淮，詩人紀映鍾之妹。有柳枝詞云：「棲鴉流水點秋光。愛此蕭疎樹幾行。不與行人綰離別，賦成謝女雪飛香。」阮亭秦淮絶句「棲鴉流水真蕭瑟，不見題詩紀阿男」，指映淮也。池北偶談

附録漁洋詩話，阿男名映淮，後適吕州杜氏，以節聞。伯紫與予書云：「公詩卽史，乃以青燈白髮之嫠婦，與莫愁桃葉同列，後人其謂之何。」余謝之，後入爲儀郎，乃力主覆疏旌其閭。笑曰：「聊以懺悔少年綺語之過。」

趙文素詞

長安伎趙文素，與和州何采臣觀察共杯酒，目成者久之。比丁酉，觀察有行間之役，是夜漏下三十刻矣，聞剥琢聲，啟户視之，則文卿也。袖出長相思一闋，涕泗横流。觀察亦以一闋别之，後踪跡不知所之矣。其詞曰：「花有情。月有情。花月多情兩地分。斷腸直至今。聽君行。怕君行。來問君家果否行。傳聞未必真。」觀察答云：「長相思。短相思。長短相思不自知。人來夢裏時。怕逢伊。又逢伊。及至逢伊却恨遲。明朝怎别離。」詞苑叢談

徐燦元夜詞

海寧陳相國夫人徐燦，字湘蘋，有燕京元夜詞云：「華燈看罷移香屧。正御陌遊塵絶。素裳粉袂玉爲

容，人月都無分別。丹樓雲淡，金門霜冷，纖手摩娑怯。三橋宛轉，凌波躡斂，翠黛低回說。年年長向鳳城遊，曾望蕊珠宮闕。星橋雲爛，火城日近，踏遍天街月。」同上

京師元宵詞

京師舊俗，婦女多以元宵一夜出遊，名走橋。摸正陽門釘，以祓除不祥，亦名走百病，青城集中木蘭花令，正咏此也。詞云：「元宵昨夜嬉遊路。今夕還從橋下去。名香新暖繡羅襦，翠帶低垂金線縷。回頭姊妹多私語。魚鑰沉沉纖手拄。釵横鬢髆影參差，一片花光無處所。」同上

詞苑萃編卷之十八

紀事九

彭十風中柳

阮亭嘗戲謂彭十是豔情當家，駿孫輒怫然不受。一日，彭賦風中柳離别詞云：「槐樹陰濃，小院晚涼時節。别離可奈腸如結。歌喉輕轉，聽唱陽關徹。情脈脈，幾回嗚咽。細語叮嚀，道且自、消停這歇。燈火高城更未絶。殘妝重整，送向門前别。拚今宵、爲伊啼血。」阮亭見之，謂曰：「試以此舉似他人，得不云吾從衆耶。」彭一笑謝之。詞苑叢談

吴永汝詞

虞山吴永汝，字小法，母故某尚書姬也。七歲善琴箏，十歲工翰染，樂府詩歌，一見卽能詮識，人有霍王小女之目。其母攜之毘陵，十二而字鄒大程村，後爲雀角所阻。見其訣别詞有云：「質如蒲柳，敢耦姬姜。年豈桑榆，忍甘駔儈。念一生其已矣，將九死以何之。」其如夢令一闋云：「簾外一枝花影。月到花梢陰冷。夜坐穗燈消，寂寂小窗寒寢。夢醒。夢醒。重把離愁細整。」又，蝶戀花半闋云：「傷心只怕天公

遠。好運何時，薄命應須轉。西隣姊妹閒相勸。抽簪步入桐陰院。」餘俱楚楚可誦。鄒大有惜分飛四十四闋，并製序以悼之。同上

鄒祗謨惜分飛詞

名士悅傾城，由來佳話。才人誤廝養，自昔同憐。程村惜分飛詞凡四十餘闋，無不纏綿欲絕，動魄驚心。事既必傳，人斯不朽。正使續新詠於玉臺，不必貯阿嬌於金屋也。漁洋山人

鄒祗謨游廣陵詞

憶十年前，鄒子定齋游廣陵，與余定交於謝太傅之法雲寺。庭樹婆娑，相對促膝。酒餘，示我詩餘一編，見其寄情綿邈，致語清揚，令人想見「風簾霜幕，素蟾初霽，玉杯醽醁，纖手破、橙橘香濃」時也。庚子秋，鄒子復游廣陵，則高車駟馬，已屬長卿得意後，然不減昔年布衣豪宕。與余步出西郊，登歐陽平山眺望，訪螢苑、鷄臺、九曲池、玉鉤斜故址，憩旗亭小飲。有當罏伎，命歌高竹屋蝶戀花詞，「記得來時，買酒朱橋畔。遠樹平蕪空目斷。亂山惟見斜陽半」。鄒子悵然者久之，因就奚囊中復出詩餘示余，已梓成帙矣。宗定九

鄒祗謨蘇幕遮

程村少年過南曲中，作蘇幕遮詞云：「沈真真，蘇小小。舊日知名，今日餘多少。花史新編誰氏了。爲

問青衣，可有迦陵鳥。閉門羹，護門草。碧鎖紅橋，未許何郎到。流水無聲長自繞。幾朵芙蓉，獨耐秋霜老。」迦陵，西方傳言之鳥。閉門羹，唐伎史鳳以却下等客。護門草，出常山，人過者則叱之。用事譎誕，亦詞中之李長吉也。麗農詞

王晫如夢令

王丹麓少時，中表章進士欲妻以女，王父母以章將赴遠任，議遂不諧。後章歸籍，丹麓往省，見其女乃殊色也。因賦如夢令云：「記得那時相見。正似芙蓉初豔。生小兩情濃，不料紅絲錯綰。誰怨。誰怨。悔却當初一面。」詞苑叢談

王晫調笑令

錢塘盧生愛婢姗姗，年十五，姿容韶秀，爲嫡所嫉，不得已遣去。其友王丹麓晫賦調笑令第一體嘲之曰：「桃葉。桃葉。忽被風姨催別。拋殘無限春光。枉對花枝斷腸。腸斷。腸斷。小玉時常誤唤。」同上

錢葆紛少好倚聲

錢葆紛總角卽好倚聲，酒肆粉牆，倡家團扇，每因興會，卽有斜行。今世說

顧貞觀以詞代書

余寄吴漢槎寧古塔以詞代書云：「季子平安否。便歸來、生平萬事，那堪回首。行路悠悠誰慰藉，母老

家貧子幼。記不起、從前杯酒。魑魅搏人應見慣，總輸他、覆雨翻雲手。冰與雪，周旋久。淚痕莫滴牛衣透。數天涯、依然骨肉，幾家能彀。比似紅顏多命薄，更不如今還有。只絕塞、苦寒難受。廿載包胥承一諾，盼烏頭馬角終相救。置此札，兄懷袖。」「我亦飄零久。十年來、深恩負盡，死生師友。宿昔齊名非忝竊，只看杜陵窮瘦。曾不減、夜郎僝僽。薄命長辭知己別，問人生、到此淒涼否。千萬恨，爲兄剖。兄生辛未吾丁丑。共些時、冰霜摧折，早衰蒲柳。詞賦從今須少作，留取心魂相守。但願得、河清人壽。歸日急繙行戍稿，把空名、料理傳身後。言不盡，觀頓首。」二詞成容若見之，爲泣下數行曰：「河陽生別之詩，山陽死友之傳，得此而三。此事三千六百日中，弟當以身任之，不俟兄再囑也。」余曰：「人壽幾何，請以五載爲期。」懇之太傅，亦蒙見許。而漢槎果以辛酉入關矣。附書志感，兼志痛云。彈指詞

成容若側帽詞

金粟顧梁汾舍人，風神俊朗，大似過江人物。無錫嚴蓀友詩：「瞳瞳曉日鳳城開。纔是仙郎下直回。絳蠟未消封詔罷，滿身清露落宮槐。」其標格如許。畫側帽投壺圖，長白成容若題賀新涼一闋於上，詞旨嶔崎磊落，不啻坡老、稼軒。都下競相傳寫，於是教坊歌曲間，無不知有側帽詞者。詞苑叢談

成容若金縷曲

納蘭性德金縷曲詞云：「德也狂生耳。偶然間、緇塵京國，烏衣門第。有酒惟澆趙州土，誰會成生此意。

不信道，竟逢知己。痛飲狂歌俱未老，向樽前、拭盡英雄淚。君不見，月如水。與君此夜須沉醉。且由他、蛾眉謡諑，古今同忌。身世悠悠何足問，冷笑置之而已。尋思起、從頭翻悔。一日心期千刼在，後身緣、恐結他生裏。然諾重，君須記。」歲丙辰，容若年二十有二，乃一見即恨識予之晚。閲數日，塡此曲，爲予題照，極感其意，而私訝他生再結語殊不祥，何意竟爲乙丑五月之讖也。傷哉。彈指詞

葉舒崇浣溪沙

葉元禮舒崇客西泠，遇雲兒于宋觀察席上，一見留情，時尚未破瓜也。雲兒居孤山别墅，密箇相邀，訂終身焉。别五年，復至湖頭，則如綵雲飛散，不可踪跡矣。元禮撫今追昔，情不自禁。援筆賦浣溪沙四闋云：「彷彿清溪似若耶。底須惆悵怨天涯。青驄繫處是儂家。生小畫眉分細繭，近來綰髻學靈虵。妝成不耐合歡花。」又，「柳暖花寒懊惱時。春情脈脈倩誰知。簾纖香雨正如絲。團就鏡臺烏鰂墨，寄來江上鯉魚詞。此生有分是相思。」又，「潛背紅窗解珮遲。銷魂爾許月明時。羅裙消息落花知。蝶粉蜂黄拚付與，淺顰淡笑總難期。教人何處懺情癡。」又，「斗帳脂香夜半侵。幾番絮語夢難尋。清波一樣淚痕深。南浦鶯花新别恨，西陵松柏舊同心。一番生受到而今。」詞苑叢談

曹叔方樂府

李如穀官武昌郡守，荆州曹叔方以所編樂府投之。會李坐黄堂上，立取梁州序親自度曲，以扇代拍，時隸役百十輩皆屏息而聽，寂若無人。歌罷，卽出千金贈曹。今世説

尤侗漁家傲

楊卯君字雲和，沈君善之側室，工于繡佛，名流多題詠之作。君善輯針史行世。其女關關，字宮音，尤能出新意，所繡山水人物，無不精絕。嘗墨繡顧茂倫濯足圖。尤悔庵題漁家傲一闋。其詞云：「我夢吴江烟水皺。綸竿擬挂垂虹口。不道逋翁濯足久。枕且漱。滄浪一曲天如斗。　深院玉人閒譜繡。粉香妙寫溪山友。宛轉綵絲盤素手。林下秀。小名獨占毛詩首。」西堂雜俎

陳其年滿江紅

曲中陳九，老教師也。其子陳郎，亦善歌，以扇索陽羨生書。生爲題滿江紅一闋云：「鐵笛鈿箏，還記得、白頭陳九。曾消受、伎堂絲管，毬場花酒。籍福無雙丞相客，善才第一琵琶手。歎今朝、寒食草青青，人何有。　弱息在，佳兒又。玉山皎，瓊枝秀。喜門風不墜，家聲依舊。生子何須李亞子，少年當學王曇首。對君家兩世濕青衫，吾衰醜。」伽陵詞

陳其年摸魚兒

白生，名珏，字璧雙，通州人，琵琶第一手。吴梅村爲作琵琶行。陽羨生詩「玉熙宮外繚垣平。盧女門前野草生。一曲紅鹽數行淚，江南祭酒不勝情。」正爲璧雙作也。一日，抱琵琶至冒巢民水繪園，撥弦按拍，宛轉作陳隋數弄。陽羨生賦摸魚兒一闋，倚弦歌之，聽者皆淒然泣下。其詞云：「是誰家、本師絕

藝，檀槽搯得如許。半灣邐迆無情物，惹我傷今弔古。君何苦。君不見、青衫已是人遲暮。江東煙樹。縱不聽琵琶，也應難覓，珠淚曾乾處。淒然也，恰似秋宵掩泣，燈前一對兒女。忽然涼瓦颯然飛，千歲老狐人語。渾無據。君不見、澄心結綺皆塵土。兩家後主。爲一兩三聲，也曾聽得，撇却家山去。」同上

董文友愁春未醒

青兒者，楊中丞家伎也。適毘陵董氏爲青衣婦，嗟哉憔悴矣，猶記旂亭舊曲。一日，文友宴客，因索青歌，青兒掩抑自傷，遷延一出，促之至再，始發聲。其音瑟瑟，似在潯陽江上時。文友賦愁春未醒一闋以傷之。詞云：「千金不惜，歌舞教成。似燕離巢後，呢喃猶作畫梁聲。自分年逾，弦索笙簫讓後生。今宵何事，重聞呼喚，幾度如醒。欲奏清音，花檀乍指，淚已盈盈。我幸非牙郎買絹，不受伊輕。但覺歌餘，蘆花楓葉滿中庭。不知可似，白家老嫗，舊日聞名。」陽羨生和青兒曲云：「檀槽尚撥，仙帔初成。似沙場老將，醉來偏喜楚歌聲。隔著屏風，舊恨新愁指下生。當年此際，額黃嬌暈，紅粉羞醒。樂府嬌嬈，從來屬董，何必盈盈。但越公朱門何在，玉瘦花輕。分付歌奴，休將臨本笑黃庭。須知一樣，誤卿絕世，老我虛名。」二詞成，座客聞之都不樂。羅江東云：「我未成名卿未嫁，可能俱是不如人。」紅粉飄零，才人老大，安能無杜秋之悲，江州之泣也。詞苑叢談

朱彝尊步蟾宮

朱錫鬯彝尊在代州，與伎小字白狗者狎。一日晚，往訪之不值，戲投一詞云：「疎籬日影纔鋪地。却早

被、金鈴喚起。朝雲一片出巫山，盼不到黄牛峽裏。仙源乍入重門閉。任閒殺、桃花春水。劉郎自去

阮郎歸，算只有、相如伴你。」蓋步蟾宮調也。同上

毛奇齡善填詞

毛奇齡一名甡，蕭山人。官翰林，少與兄萬齊名，人呼小毛子。性瑰奇，負才任達，與人坦然無所忤，賢者多愛其才，暱就之。善詩歌樂府填詞，所爲大率託之美人香草，以寫其騷激之意。纏綿綺麗，按節而歌，使人悽惋。又能吹簫度曲。同上

毛奇齡鷓鴣天

杭州女教場，在鳳凰山麓，宋南渡妃嬪演武於此。蕭山毛大可奇齡過之，賦鷓鴣天云：「銀甲琱戈小隊工。内家宣勅教從戎。山蘿覆鏃縈金細，野火燒旗閃幔紅。宫月静，陣雲空。鳳凰山下抱龍弓。珠兜玉韌園營路，小雨寒花何處逢。」西湖志餘

毛大可拒馮氏

毛大可游靖江，當壚馮氏者悦其詞，欲私就之。毛謝曰：「彼美不知我，直以我爲狂夫也。」徑去。今世說

陸次雲滿庭芳

倒喇，金元戲劇名也，似俗而雅。錢塘陸雲士次雲賦滿庭芳詞云：「左抱琵琶，右持琥珀，胡琴中倚秦

箏。冰弦忽奏，玉指一時鳴。唱到繁音入破，龜茲曲、盡作邊聲。傾耳際、忽悲忽喜，忽又恨難平。舞人矜舞態，金甌分頂，頂上然燈。更口噙湘竹，擊節堪聽。旋復迴濤滾雪，搖絳蠟、故使人驚。哀豔極，色飛心駴，四座不勝情。」徐華隱嘉炎云：「此等題極宜留詠，以補風俗通之所未載。」詞苑叢談

楓江漁父圖題詞

余舊屬謝彬畫楓江漁父圖，王阮亭題云：「十載吴江狎釣絲。筆牀茶具似天隨。朝來宣賜蓬池鱠，却憶鱸鄉亭畔時。」施愚山云：「秋雲漠漠水漫漫。一色芙蓉十里寬。不向長安飢索米，那知回首憶漁竿。」彭羨門云：「手結夫須上釣舟。霜黄初落潦初收。憑誰剪取吴江水，併作楓林一派愁。」嚴蓀友云：「瑟瑟波中一櫂迴。鳧雛相趁小驚猜。等閒莫道持竿手，消得珊瑚架筆來。」關中李劬庵云：「休沐歸來把芰荷。絲綸聊復試清波。得魚換酒憑酣卧，不畏花磚日影過。」益都馮相國云：「楓江一棹五湖灣。秋月蘆花亦等閒。誰使金門飢索米，更牽魂夢到吴山。」皆能極道江湖之樂。長白成容若爲余作漁父詞云：「收却綸竿落照紅。秋風寧爲剪芙蓉。人淡淡，水濛濛。吹入蘆花短笛中。」同人以爲可與張志和並傳。浦濱葉蒼巖映榴因爲余題一絶於後云：「身隨鷗鷺狎煙波。十里南湖一棹過。月下樵青攜斗酒，飲酣吹笛撰漁歌。」以志和善擊鼓吹笛，嘗撰漁歌也。同上

周在浚水調歌頭

王子季夏，余同曹掌公、宋人遠、卓永瞻、葉元禮、周雪客、宋楚鴻、王季友集周鷹垂寓齋。時掌公初至

都門，雪客及予將南還。雪客賦水調歌頭云：「簾外雨初霽，六月喜新涼。一時座上佳客，大半是江鄉。子建恰當初至，孝穆何堪遠別，賭酒興飛揚。我亦欲分手，歸去卧滄浪。看滾滾，登紫閣，賦長楊。渾如鸞鳳，雲中接翅下高岡。何用徵歌擊鉢，且共藏鉤射覆，一飲罄千觴。羸馬醉馳去，高柳挂斜陽。」一時同人皆有和詞。同上

西湖唱和詞

乙卯五月泛舟，午風酣暢，畫舫笙歌，湖山環繞。治湄使君載酒放鶴亭邊。其弟中溪子，偶尋小青墓不得，微吟「消魂一半是孤山」之句。余信口足成之云：「青青芳草瘞紅顏。愁對雙峯似翠鬟。多少西陵松柏路，銷魂一半是孤山。」相與拍浮叫絶，酒痕墨瀋，幾污衫袖。酒半，小憩處士祠中，分韻賦漁家傲一闋。已而，夕陽在山，人影散去。逋仙有靈，亦應呼梅妻鶴子共伴香魂于暮烟衰草之際也。治湄詞云：「面面漣漪呈繡縠。晚蒲小荇分新緑。何處閒情聲陸續。人争逐。畫橈龍笛吹寒玉。幾負芳辰空鹿鹿。五絲誰倩春纖束。寂寞香魂遺恨觸。尋芳躅。一阡荒草銷金屋。」中溪詞云：「湖面晴分錦帶繞。午風謖謖笙歌梟。畫艇飛來聞語笑。恣遠眺。蒲樽催動紅顏早。涼起孤山停晚棹。梅銷鶴去青苔老。一任閒雲籠翠篠。人懊惱。蛾眉碣蝕香魂杳。」余詞云：「艾虎釵符懸百結。蘭橈重泛菖蒲節。影漾湖心清又徹。無休歇。子規枝上聲聲血。瘞玉埋香魂斷絶。銀濤江上空嗚咽。莫把靈均閒話説。春纖捏。半灣邏迯沉檀屑。」同上

徐釚九日詞

甲寅九月，甌伎避兵僦練塘者，自訴能弦舊詞。試其技，促彈而曼吟，類搊箏家法，而調不類箏。坐客授蔣竹山長調令弦。伎辭曰：「口俚礙吟唱。」時菊莊適貽九日詞至，誦而授之，歌裁數過，指爪融暢。詢其故，云：「吾所傳者，無調而有詞，無宮商而有音聲。詞雅則音諧，音諧則弦調。」由是推之，世之倣辛蔣者可返已。毛大可

朝鮮仇徐題詞

禮部定例，每年，寧古塔人應往朝鮮國會寧地方交易一次。本朝照例差六品通事一員，七品通事一員，帶領寧古防禦一員，驍騎校一員，筆帖式一員，赴會寧地方監看交易。康熙十七年，吳江吳孝廉兆騫，因丁酉科場事，久戍寧古塔，將菊莊詞及成容若側帽詞、顧梁汾彈指詞三本，與驍騎校帶至會寧地方。有東國會寧都護府記官仇元吉，前觀察判官徐良崎見之，用金一餅購去，仍各題一絕於左。其仇元吉題菊莊詞云：「中朝寄得菊莊詞。讀罷烟霞照海湄。北宋風流何處是，一聲鐵笛起相思。」徐良崎題彈指、側帽二詞云：「使車昨渡海東偏。攜得新詞二妙傳。誰料曉風殘月後，而今重見柳屯田。」以高麗紙書之，仍令驍騎帶回中國，遂盛傳之。新城王侍郎阮亭有「新傳春雪詠，蠻檄織弓衣」之句。今載漁洋山人續集中。葉舒璐記

高小湖瑤華詞

高小湖瑤華詞自序云：「夢中作此，不省何指，又不知何調。起視牀頭，有蘋州漁笛譜，倚聲得之。一笑出門，又見雪飛滿院也。」「尋山去也。何處殘紅，趁寒泉輕瀉。圖峯西轉，聞笑語、漸入烟樓霄榭。盤空雲影，漸低覆、微黃羅帕。更閒看、檐外陰連，屋裏霽光翻射。聰明洗淨尊前，笑兩兩金刀，青女猶耍。平鋪細糝馳不到，人世紛紛車馬。瞥然回首，只我亦江南游者。認千林、光福梅花，一片冷風吹下。」羅裙草

汪森憶秦娥

休寧汪晉賢森，居桐鄉縣治東偏，築裘杼樓，積書萬卷其上。哲昆周士，治別業於鷗波亭北。令弟季青居雉城，往來酬和。四方名流企其風尚，挐舟至者，户外屨滿。有西溪小築，憶秦娥詞云：「城隅嫩柳浮烟色。谿橋一帶花遮宅。花遮宅。峭寒風雨，最難禁得。　半篙新漲沙痕碧。籬根細糝蒼苔迹。蒼苔迹。春泥藜杖，到來吳客。」頗有宋元遺響。曝書亭集

顧倚平願託素心

癸巳釋褐後，以教習留京。一夕，杜庶常紫綸偕一客籠燈過余曰：「我友讀君詞至『年華草長，心事花飛』數語，潸然淚下，曰：『今安得有此作乎，殊移我情。因以君告，願託素心。』」問其姓名，則顧子倚平，

明端文公涇陽先生曾孫也。白鬚飄然，欷歔長歎，後竟以不遇没於京，故人之感，聊誌於此。幻花庵集

題西溪壁詞

杭之法華山後，地名西溪，梅花最盛。予昔賃一莊於邵氏，後爲富家贖去。閱七年，戊戌冬復過之，見堂已圮壞，花竹摧殘殆半。書醜奴兒一詞於壁云：「園林興廢堪惆悵，緬想當年。風月留連。匝岸梅花泊畫船。而今誰是園林主，滿目淒然。蔓草荒烟。人在梅花那一邊。」同上

鶴舞洞天曲

余往在仲氏西溪山莊，援琴鼓鶴舞洞天一曲，二鶴交舞。翌日又鼓之，又舞，皆事之偶然耳。我友紫綸，好奇士也，賦洞仙歌紀之，推獎逾分，感其意亦賦斯闋。「一身寒骨，笑只宜邱壑。相配孤琴與雙鶴。向瓊樓玉宇，潦倒閒眠，那不怕、洞府羣真嘲謔。西溪松竹畔，偶寄游踪，三疊冰弦興聊託。恰鼓動霜毛，空際廻翔，直舞個、天花狂落。又還被仙郎譜新聲，待吹上罡風，定聞仙樂。」紫綸原唱云：「幻花居士，要簪花何用。同詠霓裳別仙衆。便翩然遐舉，吸露飡霞，風塵外、流水桃花深洞。西溪來別墅，邃閣虛亭，手撫瑤琴自調弄。有蹁躚雙鶴，恰應琴聲，低昂共、煙雲飛動。却不遇林逋，有誰知、待看過梅花，叫醒香夢。」同上

水南半隱弔詞

鄭菊山翁諱起，卽所南之父，有水南半隱，在清波門外長橋。予偕紫珊同賦蓦山溪弔之云：「湖南深曲，元是漁樵社。欹壑架長橋，緑陰中、幾椽秀野。今來怊悵，不見岸烏巾，衣砧没，釣船空，牧監收羊馬。風蘭幾葉，應看佳兒寫。古月墜空山，似飛來、冬青樹罅。無多半隱，幽意自乾坤，休憑弔，半閒堂，螢火明秋夜。」徐詞云：「西風野水，認得長橋路。亂竹小圍牆，是高人、當年流寓。滿城車馬，從不到門前，春一度。秋一度。白首隨朝暮。水南半隱，妙有柴桑趣。滄海忽揚塵，問誰知、畫蘭人父。草鞋藤杖，今日我來尋，東又雨。西又雨。幾處牛羊渡。」秋林琴雅

和續樂府補題

龍威有和予續樂府補題五闋，其天香賦薜鏡云：「粉潔休磨，塵輕不染，識取夜來名字。」深有感于余懷也。題二絕句其後云：「蹤跡江湖燕尾船。一回相見一流連。新詞合付兜孃唱，可惜紅牙久寂然。」「樂笑翁今不可回。補題五闋屬清才。薜家鏡子塵昏後，悽絕何人喚夜來。」厲樊榭

朱冷于蝶夢詞

乙亥之春，客遊吳門，寓居鄭丈竹泉之蝴蝶秋齋。時風雨浹旬，杜門不出，主客尠歡，日成小令數闋，以相娛嬉。一日，有客笠屐叩門，冒雨入室，則朱冷于先生也。竹泉爲兩家驛騎，談諧甚歡。翌日，至冷

于齋中，罄讀其生平所作蝶夢詞全帙。時天宇新霽，庭花亂開，命酒狂飲至日下。兩少君各出賤箋索句，與冷于相訂，秋風買棹作林屋之遊。後余客禦兒，遂不克果此約。又數年再過之，則冷于已歸道山，兩嗣君亦以事他出，彳亍門庭，悵然而返。每於燈昏月墮，客懷寥閒之時，未嘗不追憶曩遊，忽忽如夢。金棕亭

游西崦詞

冬日同夢覘游西崦，北望茅峯，南望髻嶺，連岡起伏，轉而愈幽。歎曰：「此景須以澹園五字寫之。」夢覘曰：「歸即邀淡園續此游也。」至山村，有石如伏虎坐其背，爲高陽臺詞云：「三徑枯蓬，雙溝淺水，避人聊共徘徊。陋巷閒門，風旋葉聚成堆。野田驚起鴉羣亂，帶夕陽、閃閃飛來。望山腰，餘火穿林，燒盡寒柴。　壟頭宿莽堪哀。有青青細草，禁得霜摧。凍蕊含香，梅根葱翠生苔。澹園竹老桑枝瘦，想故人、晚步誰陪。夢魂中、昨夜相逢，今夜難猜。」西青散記

游南山詞

後旬日，與夢覘入南山訪阮翁。山甚深，問居人，無有知者。陟其巔，望洮湖若盂水，遥指謂夢覘曰：「湖之東遠樹如薺，乃五葉村故人之所隱也。」爲丁香結詞云：「鴉鬧長林，雀喧深篠，漠漠山村烟市，更渺茫兼霧。斷雁外、霞色枯黃如土。連岡痕尚黑，殘燎在、石稜盡露。柴門還有，未掩破屋，茅茨新補。　仙路。直挂在峯頭，一線紆迴難度。碧水東邊，幽人四五，定添詩賦。長是寒夜醉醒，更覺離情

苦。須春回重見，心與梅花並吐。」同上

宿戴叟家詞

顯西麓茅舍存焉，就之庵也求宿，僧弗應。遇戴叟，宿其家。有女美，新嫁，憎其夫陋，棄之歸。予告之曰：「夫婦夢也，美醜幻也，業花不謝，福果難生，化火坑爲清涼界，只在一忍字耳。」女悅而謝。蔬飲芳潔，是夜卧山樓，松月滿窗，憑檻久之。爲水調詞云：「樓静無燈夜，霜月一方斜。江南江北庭院，拜處是誰家。飛入洞房如畫，只恐蕭娘新嫁，不管印窗紗。又照傷心事，彩鳳配烏鴉。人夢裏，君海上，我天涯。誤偷靈藥，素娥應悔那時差。但說歸來容易，不信歸來迢遞，仙淚滴成花。今夕是何夕，未忍算年華。」明日訪阮翁，得其處。翁與婦人入山採朮，不得見而還。同上

游耦耕書院詞

耦耕書院對早梅洗硯，而玉函至，時十一月二十七也。有詞二首，其一浣溪沙曰：「古樹寒鴉集復驚。北風涼透薄羅層。小塘殘水漸成冰。日色淡來花意散，雁聲孤處客愁凝。那時離别此時情。」其二山花子，即攤破浣溪沙也。曰：「衰柳風前葉已稀。晚烟横界遠山齊。日落寒雲天影白，燕單飛。秋月春花存舊句，板橋流水换新題。總是不堪重見處，認柴扉。」同上

雙卿摸魚兒

鄰女韓西新嫁而歸，性頗慧，見雙卿獨舂汲，恆助之。瘧時坐於牀，爲雙卿泣。不識字，然愛雙卿書，乞雙卿寫心經，且教之誦。是時將返其夫家，父母餞之，召雙卿，瘧弗能往，韓西亦弗食，乃分其所食自裹之遺雙卿。雙卿泣爲摸魚兒詞云：「喜初晴，晚霞西現，寒山烟外青淺。苔紋乾處容香履，尖印紫泥猶軟。人語亂。忙去倚柴扉，空負深深願。相思一線。向新月搓圓，穿愁貫恨，珠淚總成串。黄昏後，殘熱誰憐細喘。小窗風射如箭。春紅秋白無情艷。一朵似儂難選。重見遠。聽說道傷心，已受殷勤餞。斜陽刺眼。休更望天涯，天涯只是，幾片冷雲展。」以淡墨細書蘆葉。同上

雙卿詠瘧詞

雙卿爲詠瘧詞云：「依依孤影。渾似夢、憑誰喚醒。受多少、蝶嗔蜂怒，有藥難醫花證。最忙時、那得工夫，淒涼自整紅爐等。總訴盡濃愁，滴乾清淚，寃煞蛾眉不省。　去過酉，來先午，偏放却、更深宵永。正千迴萬轉，欲眠仍起，斷鴻叫破殘陽冷。晚山如鏡。小柴扉烟鎖，佳人翠袖懨懨病。春歸望早，只恐東風未肯。」調寄薄倖，以蘆葉書之。嘆曰：「誠不如化作彩雲飛也。」同上

詠黄芽菜詞

黄芽菜北產劇佳，來自安肅者，尤爲絶品。暇與密香先生述寓齋及途次勝賞，命以小詞紀之。爰成柳梢青一闋云：「菜把毿毿。天街喚買，車載肩擔。雪壓全鬆，雨滋最滑，霜打能甜。　鹽花米汁教添。勝酪乳、羹調玉纖。拚擋僧廚，咄嗟山店，此味儂諳。」白蕉詞

青溪邀笛圖題詞

戊辰七月，留滯秦淮，友人將入蜀，攜殽酒取別，遂作夜汎。移船過丁字簾前，寶意尚未就寢，爲吹笛作梅花三弄。碧天無雲，涼月在水，清溪十里，渺渺兮予懷也。痛飲達曙而別。明年夏，重客谿上，追摹前景，如墮烟霧。長洲黄君方川爲余寫青溪邀笛圖，舊雨前塵，一時在目。山谷老人所謂作夢中夢，見身外身也。悵然成憶舊游一闋云：「記長橋古步，買酒徵歌，嘯侶呼船。捺撥關山恨，正凄涼蜀道，低唱離筵。兔華暗生鍾阜，飛上泬寥天。奈一片西風，玉龍怨徹，丁字簾前。　悽然。故人去，恁雪貌珠喉，不到愁邊。何限銷魂意，只倩他周昉，圖入蠻箋。世上幾回離合，青鬢換華顛。算六代風流，消磨也只同去年。」丁辛老屋詞

篠園納涼詞

六月十日，由古渡頭放舟至篠園納涼。吟侶三四人，茶鎗果榼，侵晨而往，抵夜而歸。是日東風涼甚，荷香吹來，清沁肌骨。隄外畫船，徵歌運酒，暑氣如甑。午後環集柳下，看我輩行吟坐嘯，未嘗不渺隔瀛洲也。因填夢横塘一闋以紀之。詞曰：「背城喚艇，隔水招鷗，夜潮猶自喧湢。徑向橋西，看十里、紅雲環匝。萍際風微，樹頭雲暗，曉光離合。任短篙宛轉，旋撥風裳，翻涼露，驚花鴨。　飛軒冷壓波心，笑冰壺浸透，白苧翻怯。酒豔歌濃，和幾許、畫船闐雜。又何似、茶瓜鎮日，硯滿香雲靜相狎。拍遍低闌，問花無語，有鳴蟬如答。」梅鶴詞

約遊鄧尉詞

竹嶼別業近鄧尉，梅花之盛，甲於吳會。曩時相逢蕭寺，有入山之約。會竹嶼宦游未果。戊辰冬杪，韡懷書來，言將以獻歲扁舟載酒，期我於銅坑香雪中，爰成摸魚子一闋以寄之。山中人去，殊歎息壤之消沉也。詞云：「記當年，破窗風雨，相逢清話連夕。吳儂家近東西崦，繞屋老梅三百。清興劇，算載酒攜琴，花發期來覿。枯笻短屐。歎此意沉吟，山中人去，極目暮雲隔。滄江卧，聞道蕪城賦客。扁舟幾度游歷。天寒倚樹微吟好，莫弄舊時横笛。丸月白。想獨醉蒼苔，翠羽紛啾唧。迢迢水驛。縱盼斷瓊枝，夢魂飛去，踏遍五湖碧。」娛雅堂詞

墨蘭冰梅題詞

蔣蟠漪工墨蘭，嘗畫小幅藏篋衍中，其配李夫人爲綴冰梅於上。洵雙絶也。升枚出以相示，與企晉箓時同填此闋。詞云：「湘弦彈怨秋波冷，幽人寫入冰綃。粉奩吟賞思迢迢。更憐芳信晚，勻墨綴冰條。想見明窗同點染，鷗波舊日風標。雙鴛乘月上清霄。玉鴉叉挂處，一樣暗香飄。」述庵文鈔

題張憶孃簪花小照

吳中張憶孃爲北里名流，曩昔往來蔣繡谷家，因爲寫簪花小照。憶孃没後，是圖亦飄泊不省所在矣。繡谷令嗣蟠漪得於竹西市肆，攜歸重付裝池。縑素猶新，如見采蘭攏鬢時態也。因賦鬢雲鬆令以題

之。詞云：「理雲梳，勻石黛。閙掃將成，小折芳蘭戴。杏雨梨烟渾不愛。一縷幽情，合與幽香配。酒場荒，歌榭改。江北江南，風貌崔徽在。展玉鴉叉懸竹廨。淺碧哥窰，好插湘花對。」同上

博晰齋詞

羅紅本京雒歌伶，飄流大理，博晰齋觀察以詞贈之，屬余爲和，未見其人也。詞爲浪淘沙云：「羅幕篆燈紅。玉頰春融。京華回首萬山重。誰分酒旗歌扇底，摻袂相逢。　蒼雪照簾櫳。遠門眉峯。使君見慣尚惺忪。撩起羈人無限意，夢裏愁中。」同上

許塤友詞

許秀才塤友行三，才情清綺，惜稿多散佚。猶記其春閨蝶戀花詞有云：「喚到侍兒何處使。秋千架下尋梅子。」其風調可概見矣。負才不偶，竟以愁死。予有感舊詩云：「博局負多逃地下，詞場名重蓋江南。今宵客館沉沉雨，繞柱徵吟憶許三。」粵風

游裏湖詞

秋宇澄霽，遠近無烟，湖上山光動搖，涼翠萬狀。古廉邀余出錢塘門，將之孤山，遇黃相圃模、姚春漪思勤、宋筠洲永、黃玉階基，拉入舟中，循蘇隄入西泠橋，泊於裏湖幽處。山水既佳，飲酒極醉，因用夢窗西子妝自度腔，以寫其勝。「人外秋清，鷗邊水遠，藕葉藕花無數。漁樵野局憑招我，酹西風、判誰賓主。

狂歌醉舞。願身在瓊壺常住。看涼波、帶年年山色，何曾流去。菱謳暮。一霎垂楊，暗了橋横路。能知千古幾斜暉，照詩人、共尋烟語。衣香舊句。且休向、西泠重賦。怕回頭，冷緑沉沉萬樹。」有正味齋集

吴縠人夢横塘

春暮，同舒古廉、黄相圃、姚春漪汎舟湖上，時飛絮掠波，散漫如雪。因憶壬辰三月，與黄玉階坐跨虹橋上，東風甚緊，柳色渡湖而來。玉階得句云：「一年春事又楊花。」余味其意，似甚有悽惋者。明年玉階竟以病死，殆詩讖歟。此游今昔雖異，風景宛然，舊感新情，悲吟成調。調寄夢横塘云：「捲還似雪，滚不成毬，晚風吹向流水。舊路濛濛，早隔斷、斜陽千里。已轉鶯餘，才啼鵑後，一年春事。付湖心鏡影，攪碧摇寒，相思恨、和萍碎。横橋凭處闌干，賸清愁難畫，絮語空記。蝶趁鷗迷，歎只似、飄零身世。念前度、青衫綴好，不道晴雲易飛墜。待認離痕，未教成夢，定先教成淚。」同上

張詡步月

戊午六月既望，予與泰州宮芸欄韶、元和張滌卿詡爲月夜之游。自金沙港策騎過十里松濤，月色皓潔，深林無人，夜鳥相應，至冷泉將二更矣。泉聲泠然，塔影自直。宿補梅軒，聽揚州偶然上人彈琴，接榻小夢，東方達曙而歸。滌卿填步月一闋以記之。詞曰：「碧巘雕雲，玉壺卷暑，老蟾夢醒瑶闕。露華潑翠，潑廣寒冰屑。俯流泉、一掬秋心，移晚鏡、滿林晴雪。松陰靜，蟹眼乍翻，素瓷凝滑。朱絲清弄發，疑唤起姮娥，環珮葉葉。瑶田萬頃，更新涼萬疊。問裴兢、七寶樓臺，記留我桂叢香窟。徜徉處，

休裊醉鄉倦蝶。」定香亭筆談

遊嚴江詞

辛亥之秋，余游嚴江，一片孤帆，山没天際。烟水亘岸，拒霜作花，此境殊不多得。眷我良友，溯洄無從，因作風流子一闋，寄趙白亭振盈、李澹畦紹城。「峭帆吹不落，秋江上、飄淚認狂蹤。看斜亘竹間，一痕青嶂，遠排沙觜，幾個烏蓬。晚來好，荻花徐弄暝，蟹火暗生紅。斷雁不歸，水天空闊，野鷗初去，涼夢惺忪。孤愁憑消遣，澹煙清鏡裏，活畫芙蓉。翻歎故人千里，雲冱重重。任臙脂冷落，漁歌乍歇，櫂歌又斷，月墮波空。祇有一雙紅豆，寄與西風。」夢隱庵詞

遊寧邦寺詞

寧邦，寺在穹窿山後，精藍數椽，山徑旋折。從黃葉中拾級而入，澗瀑作聲，人籟俱絕。門前鴨脚四株，參天蔽日，數百年物也。老僧掃葉煮泉水餉客。且云：「此地幽寂，雖春時，游蹤亦罕至者。」古人云「山静如太古」，默坐良久，益悟其妙。因作滿庭芳一闋云：「墜葉封谿，亂峯繞屋，穿雲境換幽深。香茅十笏，一半隱秋林。不獨喧蹤遠絕，鐘魚寂、冷到禪心。消凝久，寒泉細咽，清韻戛瑤琴。高柯留舊蔭，石闌層折，都籠涼陰。笑人間游客，誰復解相尋。彌勒龕如借與，蒲團坐、圓破塵襟。山中静，真疑太古，并少斧樵音。」香影庵詞

南湖感舊詞

南湖在武林門東二里，樊榭徵君與姬人月上偕隱處也。暇日，偕友人步屧過此，古柳蕭疎，潭水寒碧，詞仙老去，攬景悽然。即用秋林琴雅中臺城路南湖感舊原韻，追和一闋。「灣環古水添深冷，繞門幾重煙樹。桃槳花移，鏡奩塵化，消得雙棲詩句。吟魂應住。認暈透遥山，一痕眉嫵。照影春空，白雲點點自來去。　清漪還洗詞筆，玉田和石帚，標格差許。鶴老閒庭，苔荒廢館，月好不知何處。移宮換羽。歎卅載遲來，雅音非故。誰炷心香，古琴林外撫。」紅豆樹館詞

葉小鸞眉子研題詞

葉小鸞眉子研背有二詩，署己巳寒食，題云：「天寶繁華事已陳。成都畫手樣能新。如今只學初三月，怕有詩人說小顰。」「素袖輕籠金鴨煙。明窗小几展長牋。開奩一研櫻桃雨，潤到湘琴第幾弦」。夢華拓銘索題，因填南樓令一闋云：「滴露潤微添。琉璃展一奩。引春愁、飛上眉尖。洗遍墨痕香不褪，帶多少，舊情黏。　過雨捲湘簾。櫻桃秀句拈。認玲瓏、小印親鈐。惆悵碧天鸞去遠，空留得，月纖纖。」同上

詞苑萃編卷之十九

音韻

沈氏詞韻略沈謙去矜著。毛先舒稚黄括略并註。

東董韻平上去三聲先舒按：填詞之韻，大略平聲獨押，上去通押。然間有三聲通押者，如西江月、少年心之類。故沈氏于每部韻俱總統三聲，而中又明分平仄，凡十四部。至于入聲，無與平上去通押之法，故後又别爲五部云。又按唐人作詞，多從詩韻。宋詞亦有謹守詩韻不旁通者，蓋用韻自惡流濫，不嫌謹嚴也。

(平)一東二冬通用東冬即今詩韻，後俱倣此。(仄)(上)一董二腫(去)一送二宋通用

江講韻平上去三聲

(平)三江七陽通用(仄)(上)三講二十二養(去)三絳二十二漾通用

支紙韻平上去三聲

(平)四支五微八齊十灰半通用十灰半，如回梅催杯之類。(仄)(上)四紙五尾八薺十賄半(去)四寘五味八霽九泰半十隊半通用十賄半，如悔蕾腿餒之類。九泰半，如沛會最沫之類。十隊半，如妹碎廢吠之類。

魚語韻平上去三聲

〔平〕六魚七虞通用。〔仄〕㊤六語七麌㊦六御七遇通用。

街蟹韻平上去三聲（街屬九佳，因佳字入麻，故用街字作領韻。而括略仍稱九佳半者，本其舊也。）

〔平〕九佳半十灰半通用（九佳半，如鞋牌乖懷之類。十灰半，如開才來猜之類。）〔仄〕㊤九蟹半十賄半㊦九泰半十隊半通用（九蟹半，如買駭之類。十賄半，如海宰改采之類。九泰半，如奈蔡賣怪之類。十隊半，如代再賽在之類。）

真軫韻平上去三聲

〔平〕十一真十二文十三元半通用（十三元半，如魂昆門尊之類。）〔仄〕㊤十一軫十二吻十三阮半㊦十一震十二問十三願半通用（十三阮半，如忖本損狠之類。十三願半，如頓遜嫩恨類。）

元阮韻平上去三聲

〔平〕十三元半十四寒十五刪一先通用（十三元半，如袁半煩暄鴛之類。）〔仄〕㊤十三阮半十四旱十五潸十六銑㊦十三願半十四翰十五諫十六霰通用（十三阮半，如遠蹇晚反之類。十四願半，如怨販飯建之類。）

蕭篠韻平上去三聲

〔平〕二蕭三肴四豪通用〔仄〕㊤十七篠十八巧十九皓㊦十七嘯十八效十九號通用

歌哿韻平上去三聲

〔平〕五歌獨用〔仄〕㊤九蟹半二十哿㊦二十箇通用（九蟹半，如夥之類。）

佳馬韻平上去三聲

〔平〕九佳半六麻通用（九佳半，如媧蛙查叉之類。）〔仄〕㊤九蟹半二十一馬㊦九泰半二十一禡通用（九蟹半，如罷之類。）九參半，如卦話之類。

庚梗韻平上去三聲

〔平〕八庚九青十蒸通用〔仄〕（上）二十三梗二十四迥二十五拯（去）二十三映二十四徑二十五證通用。

尤有韻平上去三聲

〔平〕十一尤獨用〔仄〕（上）二十六有（去）二十六宥通用。

侵寢韻平上去三聲

〔平〕十二侵獨用〔仄〕（上）二十七寢（去）二十七沁通用

覃感韻平上去三聲

〔平〕十二覃十四鹽十五咸通用〔仄〕（上）二十八感二十九琰三十豏（去）二十八勘二十九豔三十陷通用

屋沃韻入聲

〔仄〕一屋二沃通用

覺藥韻入聲

〔仄〕三覺十藥通用

質陌韻入聲

〔仄〕四質十一陌十二錫十三職十四緝通用

物月韻入聲

四五物六月七曷八黠九屑十六葉通用
合洽韻入聲
四十五合十七洽通用
先舒按：此本是括略，未暇條悉。然作者先具詩韻而用此譜按之，亦可以無謬矣。但沈氏著此譜，取證古詞，考据甚博。然詳而反約，唯以名手雅篇，灼然無弊者爲準。至于濫通取便者，古來自多，不爲訓也。

沈氏詞韻精確

去矜手輯詞韻一編，旁羅曲證，尤極精確。謂近古無詞韻，周德清所編，曲韻也。故以入聲作平上去者，約什二三。而支思單用，唐宋諸詞家概無是例。謝天瑞暨胡文煥所録韻，雖稍取正韻附益之，而終乖古奏。索宋元舊本又渺不可得。于是博考舊詞，裁成獨斷，使古近臚列，作者知趨，衆著爲令，目同畫一焉。毛稚黄

沈氏詞韻間有牴牾

予讀有宋諸公作，雖雅號名家，篇盈什百，若秦觀秋閨，幔暗累押。仲淹懷舊，外淚莫辨。邦彦美人，心雲並陳。少隱禁煙，南天雜押。棄疾諸作，歌麻通用。李景春恨詞，本支紙韻，而中闌入來字，其他固未易闔數。故知當時便已縱逸，徒以世無通韻之人，故傳譌迄今，莫能彈射。而譾才劣手，苦于按譜，更利其踈漏，借以自文。其爲流蕩，可勝道哉。則去矜此書，不徒開絕學于將來，且上訂數百年之謬矣。

然卒讀之際，亦間有牴牾。予爲附注數條，比于賈、孔疏經之例焉。同上

宋詞多有越韻

去矜詞韻例，取范希文蘇幕遮詞地外二字相叶，又取蔣勝欲探春令詞處翅住指四字相叶，疑於支紙魚語佳蟹三部韻可以互通。先舒按：宋詞此類僅見數首。如辛棄疾南歌子新開河詞，本佳蟹韻，而起韻用時字。歐陽修踏莎行離別詞，本支紙韻，而末韻用外字。姜夔疎影咏梅詞，本屋沃韻，而中用北字。柳耆卿送征衣詞，本江講韻，而末用遥字。當是古人誤處，未宜遽用爲例。又如辛棄疾滿江紅咏春晚詞，十七篠與二十六有合用。此獨毛詩有其法，如陳風月出，皎皓糾懰受相叶。豳風「四之日其蚤，獻羔祭韭」之類。及他書僅見數條，然止數字，未必全韻俱通也。又在騷賦則宜，施之填詞，尤屬創異。蓋宋詞多有越韻者，至南渡又甚。此如李杜諸詩，間有雜韻，晚唐律體，首句出韻。古人墮法護前，類復爾爾，未足遽以爲式也。同上

詞韻不同於古詩韻

沈氏詞韻按云：古詩韻五歌可以通六麻，十一尤可以通六魚七虞，于填詞則未嘗見，豈敢泥古而誤今邪。若夫十二侵之通真文庚青蒸，則詩詞並見合并，故從之。又引古樂府嬌女詩：「北遊臨河海，遥望中菰菱。芙蓉發盛華，淥水清且澄。弦歌奏音節，髣髴有餘音。」及毛澤民于飛樂詞，雲驚瓶心膺相叶作據。先舒按：歌麻二韻，魚虞尤三韻，古詩騷樂府俱通。而相和曲、陌上桑、張華輕薄篇尤爲可徵。至

侵韻單用，在古亦嚴。卽毛詩、楚辭，止數字叶入，如綠衣鼓鐘之末章，涉江「欸秋冬之緒風，邸余車兮方林」之類。而真文合韻，庚青合韻，漢魏以來自多。十蒸間通庚青，自晉後亦頗單叶。尤可異者，此韻校庚青聲吻，亦不甚差別。六經中若螽斯、天保、無羊、繁霜等章，以及易「升其高陵，三歲不興」，記「從善如登，從惡如崩」，皆暗同沈韻，一字不譌。足徵此韻在古嚴，其通入者，不過數字耳。概之他字，未必盡通。大略古詩辭，真文自爲一韻，庚青自爲一韻，侵自爲一韻，蒸則自爲一韻，而稍離合于庚青之間。今詞韻以蒸合庚青，又以歌麻互通，魚虞尤互通，正可施于古詩，而不可施于填詞，其説當已。至于侵與真文庚青蒸諸韻，不但古當愼之，填詞亦未宜遽通也。又真文之於庚青蒸，宋代名手作詞，亦多區別。去矜云云，此但舉一隅，未爲通訓，予故備論其全矣。同上

考韻當以唐韻爲正

詩韻唯孫愐唐韻一書，稽載詳明，考韻者當據爲正。如灰韻一部中亦自別，而孫本臚分最清楚。如回枚之類，自以灰字領韻爲一段。開哀之類，自以哈字領韻爲一段。又如元韻一部中亦自別，孫本如袁煩之類，以元字領韻爲一段。昆門之類，以魂字領韻爲一段。又如隊韻一部中亦自別，孫本如佩妹之類，以隊字領韻爲一段。賽戴之類，以代字領韻爲一段。穢吠之類，以廢字領韻爲一段。今詞韻有某韻半通之例，覽者但按孫氏本而考之，亦庶幾矣。同上

李唐一代韻遞變

沈約韻雖有其書，世實未嘗遵用之。今之所遵，唐孫愐韻，非沈氏韻也。蓋沈氏之韻，最爲煩苛，總四聲凡分二百零六部，唐人因而合之爲一百七部，曰唐韻。陳州司馬孫愐差次之，今所遵承，皆是物也，若沈氏則廢閣久矣。豈惟唐人爲然，卽梁、陳、隋人亦未嘗用之也。劉孝威行行且遊獵篇，陽唐合矣。陰鏗新成安樂宮，灰咍合矣。王𡗗七夕詩，歌戈合矣。不假多證，聊舉明之耳。且豈徒梁、陳、隋人乎，卽約亦不能自遵之。其昭君詞，歌與戈合者也。酬謝宣城朓詩，元與魂合者也。新安江詩，真與諄合者也。故曰，沈約雖有其書，實未嘗有遵用之者也。若孫愐唐韻凡一百一十四部，而今考唐詩用韻，止一百七部，是唐人作詩止取裁于一百七部，愐韻雖多其七，時人亦未嘗肯遵之。至于中晚用韻漸雜，而詞韻開矣。是李唐一代之中，韻亦遞變。甚矣，文人之吻，不易畫一，而韻學之難齊如此。毛稚黃韻問

詩詞曲各有韻

古韻之差等，殆不可分，故柴紹炳渾一之爲柴氏古韻通。近體韻則梁有沈韻，唐有唐韻，宋有中州音韻。塡詞則有沈氏詞韻。北曲則元有中原音韻，周德清作。明洪武正韻，宋濂諸臣撰。先舒謹原洪武正韻而撰南曲正韻。明吴人范善溱又撰中州全韻，臞仙撰瓊林雅韻。然梁沈韻、宋中州音韻、明洪武正韻、中州全韻、瓊林雅韻，世有其書，而詩詞曲諸家多不承用。同上

古人用韻法

古文用韻有二字成兩韻者。子桑琴引「父邪母邪，天乎人乎」，父音甫，母音門補反，只二字相叶成韻。天音梯因反，與人亦二字相叶成韻。邪乎四字，則餘聲耳。此卽一言詩也。四字兩韻，則老子「知足不辱，知止不殆」。韓非「名正物定，名倚物徙」。史記「甌窶滿溝，汙邪滿車」。然潛龍勿用句，實爲濫觴。其虛其邪，亦又繼作。劉彥和謂斷竹黃歌，一一言之，始陋矣。前漢書「燕燕尾涎涎」，燕涎相叶。「木門倉琅根」，門根相叶，是五字兩叶，亦見古人用韻之法。毛稚黃韻問

句中藏韻

予論句中藏韻之法，如四字二韻，五字二韻者詳矣。至七字兩韻，則後漢書「天下規矩房伯武。因師獲印周仲進」。然皆七言之中，以第四字起韻者也。又有七言而以第二字起韻者，列女傳秋胡子謂妻「力田不如逢豐年，力桑不如見國卿」。古人僅見。自是而下，變爲塡詞，爲南北曲，則法益繁矣。同上

韻有全通有不全通

予嘗論韻學之合離，有全族通譜，一人通譜之喻。如東冬江三韻，通爲一韻，譬如三族同姓，悉舉其族，聯爲一家者也。一人通譜者，如風字入侵，舒字入支之類，止此一字，或數字通入耳。考之東魚全部，不必盡通，正如此族一人，與彼族通譜，其合族之人，仍未嘗聯爲一家也。自後世淺學，考古不詳，見兩

韻中有一字之互通，遂以爲據，而遽舉全韻而合之。於是謂江通陽，謂魚虞通歌，謂真文庚青蒸侵之悉通，謂寒刪之通覃鹽咸，其紕繆悖忤，不一而足，剞劂流布，世滋惑焉。同上

詩詞曲韻多不可爲準

晚唐及宋人之於詩韻，元人詞之於詞韻，明人曲之於曲韻，多不復可爲標準。作者既以訛傳訛，而注韻者輒復引之爲證，益眩惑矣。毛稚黄聲韻叢説

南曲韻與詞韻合

南曲系本填詞而來，詞家元備有四聲，而平上去韻可以通用。入聲韻則獨用，不溷三聲。而單押入聲，正與填詞家法脗合，益明源流之有自也已。毛稚黄南曲入聲客問

古韻三等今韻四等

古韻之差等有三，今韻之差等有四。古韻自上世以及先秦，其韻最疎而最純，此一等也。漢魏用韻，稍密而駁，此一等也。晉宋齊梁之間韻益密，而亦漸雜，此一等也。是古韻之差等三也。自唐而下，則一百七韻之較然，此一等也。宋人填詞，韻漸疎而駁，此一等也。元北曲，韻密矣而實偏，故四聲不備，此一等也。明南曲，韻雜駁間出，而略在宋詞元曲之間，有如四聲咸備，此宋韻也，如韻有車遮，此元韻也，此一等也。所謂今韻之差等四也。韻問

聲音韻三說須明

夫人欲明韻理者，先須曉識聲音韻三說。蓋一字之成，必有首有腹有尾。聲者，出聲也，是字之首。孟子云：「金聲而玉振之。」聲之爲名，蓋始事也。音者，度音也，是字之腹，字至成音，而其字始正矣。韻者，收韻也，是字之尾，故曰餘韻。然三者之中，韻居其殿，而最爲要。凡字之有韻，如水之趨海，其勢始定。如畫之點睛，其神始完。故古來律學之士，于聲與音固未嘗置于弗講，而唯審韻尤兢兢。所以沈約、孫愐而下，所著之書，卽聲音之理未嘗弗貫，而耑以韻名書也。然韻理精微，而法煩苛。又古今詩騷詞曲體製不同，因造損益，相沿亦異。擬爲指示，益增眩惑。今余姑以唐人詩韻爲準，而約以六條，簡之有以統韻之繁，精之有以悉韻之變，標位明白，庶便通曉。一曰穿鼻，二曰展輔，三曰斂唇，四曰抵齶，五曰直喉，六曰閉口。穿鼻者，口中得字之後，其音必更穿鼻而出作收韻也，東冬江陽庚青蒸七韻是也。展輔者，口之兩傍角爲輔，凡字出口之後，必展開兩輔如笑狀作收韻也，支微齊佳灰五韻是也。斂唇者，口半啓半閉，聚斂其唇作收韻也，魚虞蕭肴豪尤六韻是也。抵齶者，其字將終時，以舌抵著上齶作收韻也，真文元寒删先六韻是也。直喉者，收韻直如本音者也，歌麻二韻是也。閉口者，卻閉其口作收韻也，侵覃鹽咸四韻是也。凡三十，平聲已盡于此。上去卽可緣是推之。唯入聲有異，余別著唐人四聲表以鉤稽之，斯理盡矣。凡是六條，其本條之內，往往可通。出其外者，卽不相假借。或有通者，必竟作別讀，迺相通耳。古今韻學離合遞變，原其大略，不外于斯。能緣是六條，極求精詣，一貫之悟，于是乎在。夫自有生人，卽有此道，元音既散，舛譌實多。余故略繁舉最，以相覺悟。金石或泐，斯談不渝。謂予弗信，請質諸神瞽云。毛氏聲音韻統論

聲有七部

陰平、陽平、上聲、陰去、陽去、陰入、陽入之七聲，其音易曉而鮮成譜。周德清但分平聲陰陽，范善溱中州全韻兼分去入，而作者不甚承用，故鮮見之。于今略舉其例，每部以四字爲準。諧聲尋理，連類可通。初涉之士，庶無迷繆。計凡七部，惟上聲無陰陽云。敍次先陰而後陽，亦姑襲周氏之舊爾。毛氏七聲略例

陰平聲　种該箋腰　　陽平聲　篷陪全潮

上聲　無陰陽

陰去聲　貢玠霰釣　　陽去聲　鳳賣電廟

陰入聲　轂七妾鴨　　陽入聲　孰亦爇钀

詞韻寬于詩韻

阮亭嘗與予論韻，謂周梃齋中原音韻爲曲韻，則范善溱中州全韻當爲詞韻。至洪武正韻斟酌諸書而成，其於詩韻，有獨用併爲通用者，東冬清青之屬。有一韻拆爲二韻者，虞模麻遮之屬。如冬、鐘併入東韻，江併入陽韻，挑出元字等入先韻，翻字殘字等入删韻，俱與宋詞暗合，塡詞者所當援據。議極簡核。但愚按中

州之比中原，止省陰陽之別，及所收字微寬耳。其減入聲作三聲，及分連遮等韻，則一本中原，尚與詞韻有別。即阮亭舊作如南鄉子、卜算子、念奴嬌、賀新郎諸闋，所用魚模仄叶，有將入聲轉叶者，俱用中州韻故耳。揆諸宋人，韻脚所拘，借用一二，亦轉本音，竟爾通叶，昔人少覯。至毛氏南曲韻十九則，乃全依正韻分部。而又云，沈氏詞韻，中原音韻，可以通用。大約詞韻寬于詩韻，合諸書參伍以盡變，則瞭如指掌矣。鄒程村

沈謙詞韻爲填詞指南

曲韻近于詞韻，而支紙寘上下分作支思齊微兩韻，麻馬禡上下分作家麻車遮兩韻，及減去入聲，故曲韻不可爲詞韻。胡文煥詞韻，三聲用曲韻，而入聲用詩韻，居然大盲。將詞韻不亡于無，而亡于有，深可歎也。今有去矜詞韻，考據該洽，部分秩如，可爲填詞之指南。但內中如支紙佳蟹二部，與周韻齊微皆來近。元阮一部，與周韻寒山桓歡先天殊。周韻平上去聲十九部，而沈韻平上去聲止十四部，故通用處較寬。然四支竟全通十灰半，元寒删先全通用，雖宋詞蘇柳間然，畢竟稍濫，不如周韻之有別。且上去二聲，宋詞上如紙尾語御薺，去如寘未遇御霽，多有通用，近詞亦然。而平韻如支微魚虞齊，則斷無合理，似又未能概以平貫去入。蓋詞韻本無蕭畫，作者遽難曹隨，分合之間，辨極銖黍，苟能多引古籍，參以神明，源流自見。沈天羽

用韻須遵成法

宋人詞韻有通用至數韻者，有忽然出一韻者，有數人如一轍者，有一首而僅見者。後人不察，利爲輕便，一韻偶侵，遂延他部，數字相引，竟及全文。此毛氏一人通譜全族通譜之喻爲不易也。學者但遵成法，舉習見者爲繩尺，自鮮蹉跌。同上

宋詞多上去通用

宋詞多上去通用，其來已久。考樂府雜録云：「平聲羽七調，上聲角七調，去聲宮七調，入聲商七調。」又元和韻譜云：「平聲者哀而安，上聲者厲而舉，去聲者清而遠，入聲者直而促。」則昔人歌筵舞袖間，何以使紅牙畢協，其理固不可解。同上

宋人入聲亦錯綜不齊

入聲最難分別，卽宋人亦錯綜不齊。沈氏詞韻當已。近柴虎臣古韻，則一屋二沃通，而三覺半通。三覺半如嶽濁角數之類。四質五物通，而九屑半通。九屑半如蠹拙譎結之類。六月七曷八黠九屑通，十藥十一陌通，而三覺半通。三覺半如翯懼邈朔之類。十二錫十三職通，而十一陌半通。十一陌半如辟革易麥之類。十四緝獨用。十五合十六葉十七洽通。毛馳黃曲韻則準洪武正韻，而一屋單用，二質七陌八緝通用，三曷六藥通用，四轄九合通用，五屑六葉通用。又屑葉可單用，因南曲入聲單押而設也。與詞韻俱可參證。同上

用韻當以近韻爲法

方子謙韻會小補所載有一字而數音者，有一字而古讀與古叶各殊者。古人用韻參錯必有援據，今人孟浪引用，借以自文，惑已。如辛稼軒歌麻通用，鮮不疑之。毛馳黄云：「古六麻一部，入魚虞歌三部。蓋車讀如居，邪讀如徐，花讀如敷，家瓜讀如姑，麻讀如磨，他讀如拖之類是也。填詞與騷賦異體，自當斷以近韻爲法。同上

北曲四聲不備爲别統

沈休文四聲韻中，如朋與蒸、靴與戈、車與麻、打與等、卦畫與怪壞之類，挺齋、升庵俱駁爲鴂舌。而宋詞中，至張仲宗呼否爲府，以叶主舞。林外呼瑣爲掃，以叶老。俞克成呼我爲襖，以叶好。詞品皆指爲閩音，其説甚當。而毛馳黄謂沈韻本屬同文，非江淮間偏音，挺齋詆之繆已。蓋自三百篇楚詞以迄南曲，一系相承，俱屬爲韻統。而北曲偏音，四聲不備爲别統。故金元人作詩亦用沈韻，作詞亦不專用周韻。從無以入聲分叶平上去者，又安得以曲韻廢詞韻，且上格詩韻乎。同上

唐詞多守詩韻

唐詞多守詩韻，然亦有通别韻用之。略如宋詞韻者。偶睹數闋，漫記之以備考證。東冬通用，温庭筠定西番云：「一枝春豔濃。樓上月明三五，瑣窗中。」按此詞，則上之董腫通用，去之送宋通用，俱可類

推。他韻上去例亦倣此。支微齊及十灰前段通用，白樂天長相思云：「深畫眉。淺畫眉。蟬鬢鬅鬙雲滿衣。陽臺行雨迴。巫山高，巫山低。暮雨瀟瀟郎不歸。空房獨守時。」真文及十三元後段通用，韋莊小重山云：「一閉昭陽春又春。夜寒宮漏永，夢君恩。」又温庭筠清平樂云：「鳳帳鴛被徒燻。寂寞花鎖千門。競把長門買賦，爲妾將上明君。」寒删通用，顧夐虞美人云：「小屏屈曲掩青山。翠幃香粉玉罏寒。兩眉攢。」又按十三元，後段既通入真文，則前段應與此韻通用。庚青通用，李白菩薩蠻云：「何處是歸程。長亭更短亭。」覃咸通用，薛昭藴女冠子云：「去住島經三。正遇劉郎使，啓瑶緘。」語麌通用，牛嶠玉樓春云：「小玉窗前嗔燕語。紅淚滴穿金線縷。」按此詞則魚虞通用，可類推也。篠皓通用，牛希濟生查子云：「語已多，情未了。迴首猶重道。記得緑羅裙，處處憐芳草。」又，尹鶚滿宮花云「月沈沈，人悄悄。一炷後庭香裊。風流帝子不歸來，滿地禁花慵掃。離恨多，相見少。何處醉迷三島。漏清宮樹子規啼，愁鎖碧窗春曉。」按此二詞，則蕭豪通用，可類推也。毛氏唐詞通韻説

唐宋詞韻互通

唐白樂天長相思云：「深畫眉。淺畫眉。蟬鬢鬅鬙雲滿衣。陽臺行雨迴。」支與微與十灰半通用，是宋詞韻也。宋秦太虛千秋歲用隊韻，辛稼軒沁園春用灰韻，皆渾用唐韻。由是觀之，唐詞亦可用宋韻，宋詞亦可用唐韻，自不必過判區畛耳。毛氏唐宋詞韻互通説

唐宋詞韻不兩溷

客問唐詞既多用唐人詩韻，而又可用宋人詞韻，宋詞既用宋人詞韻，而又可用唐人詩韻，若然，則作者通可以併總唐詩宋詞兩韻，而無或間然者邪。余曰：「否也。兩韻雖唐宋詞人交用之，而作者仍須專按一譜。如用唐韻，則不得更通入宋韻。用宋韻者，亦不得更通入唐韻。倘云直可溷通，則用及灰韻者，既可藉口唐韻而不劃開灰咍兩段，且又將假手宋韻而併通支齊微街矣。用及元韻者，既可藉口唐韻而不劃開元魂兩段，且又將假手宋韻而併通真文寒刪先矣。不其流易已甚，而太夷疆畛歟。且考古詞亦罕此濫通法。然則詞家直是有兩樣用韻法，一唐詩韻也，一宋詞韻也。」客曰：「若然，則沈氏詞韻何不兩載之。」曰：「沈氏止著宋法，以詞則大盛于宋，而且欲守唐詩韻者，其譜人所共曉，故不必更煩筆墨耳。」毛氏詞韻不兩溷說

沈謙創爲詞韻反失古意

詞本無韻，故宋人不製韻，任意取押。雖與詩韻相通不遠，然要是無限度者。予友沈子去矜創爲詞韻，而家稚黃取刻之，雖有功於詞甚明，然反失古意。假如三十韻中，惟尤是獨用，若東冬、江陽、魚虞、皆灰、支微齊、寒刪先、蕭肴豪、覃鹽咸，則皆是通用，此雖不知詞者亦曉之。何也。獨用之外無嫌韻，通韻之外更無犯韻，則雖不分爲獨爲通，而其爲獨爲通者自了也。然嘗記舊詞，尚有無名氏魚遊春水一詞：「秦樓東風裏。輕拂黃金縷。」通紙於語。張仲宗之漁家傲：「短夢今宵遠到否。荒村四望知何處。」通語於有者。若以平上去三聲通轉例之，則支通於魚，魚通於尤，必以支紙一韻、魚語一韻限之，未爲

無漏也。至若真文元之相通，而不通於庚青蒸。庚青蒸之相通，而不通於侵。此在詩韻則然，若詞則無不通者也。他不具論，祇據阮郎歸一調，有洪叔璵、王山樵二作中云：「晴光開五雲。扶春來遠林。相呼試看燈。何曾一字真。今朝第幾程。」則已該真文元庚青蒸侵有之。其在上去，則祇據朱希真詞：「人情薄似秋雲。不須計較苦勞心。萬事原來有命。更逢一朵花新。片時歡笑且相親。明日陰晴未定。」其無不通轉可知。而謂真軫一韻，庚梗一韻，侵寢一韻。是各自爲説也。其他歌之與麻，未必不通。寒之與鹽，未必不轉。但爲發端，尚竢踵事。至如入韻，則循口揣合方音俚響，皆許入押。而限以屋沃一韻，覺藥一韻，質陌職錫緝一韻，物月曷黠屑葉一韻，合洽一韻，凡五韻。則試以舊詞張安國滿江紅詞有「高邱喬木。望京華、迷南北」句，則通屋於職。晏叔原春情，有「飛絮遶香閣。意淺愁難答。韻險還慵押。月在庭花舊闌角」。則又通覺與藥與合與洽。孫光憲謁金門有云：「留不得。留得也應無益。揚州初去日。」又云：「卻羨鴛鴦三十六。孤鸞還一隻。」則又通質陌錫職於屋。若蘇長公赤壁懷古念奴嬌調，其云：「千古風流人物。人道是三國周郎赤壁。捲作千堆雪。雄姿英發。一樽還酹江月。」鮮于伯機亦有是詞云：「雙劍千年初合。放出羣龍頭角。極目春潮闊。年年多病如削。」張于湖是調有云：「更無一點風色。着我扁舟一葉。妙處難與君説。穩泛滄浪空闊。萬象爲賓客。不知今夕何夕。」則是既通物月與屑與錫，又通覺藥與曷與合，而又合通陌職與曷與屑與葉與緝，是一入聲，而一十七韻，展轉雜通，無有定紀。至于高賓王霜天曉角之通陌錫質緝，詹天遊霓裳序中第一之通月曷職緝，王昭儀滿江紅之通月屑錫職，皆屬尋常，可無論已。且夫否之音俯，向僅見之陳琳賦中。凡廣韻、切韻、集韻諸書，俱無此音。若北之音卜，則不特從來韻書無是讀押，即從來字書亦併無是轉切。此吴越間鄉音誤呼，竟以入韻，此何謂也。且昔有稱閩人林外題垂虹橋詞，初不知誰氏，流傳入宫禁，孝宗讀之笑曰：「鎖與老押，則鎖當讀掃，此閩音也。」後訪之，果然。向使宋有定韻，則此詞不宜流傳人間。而孝宗以同文之主，韻例不遵，反爲曲釋。且未聞韻書無此押，字書無此音，自上古迄今，偶一見之鄉音之林外，公然讀押，傳爲故事，則是詞韻之了無依據，而不足推求，亦可驗已。況詞盛於宋，盛時不作，則勿論，今不必作。萬一作之，而與古未同，則揣度之胸，多所兀臬，從之者不安，而刺之者有間，亦何必然。毛奇齡

宋詞用韻有出入

詞走腔，詩落韻，皆不得爲善。豈惟詩詞，雖古文亦必有音節。音節諧從，誦之始能感人。然凝習之久，大抵自得之，不待告語而知，實非繭絲牛毛之謂也。今之爲詞韻者，規摹韻度，命意範辭，無失其爲詞可矣。若絲銖毫芒之違合，則孰從而辨之。而言譜者紛紛鑿鑿，起而相繩，亦安能質宋人於異代，而信其必然也。蓋宋人之詞，可以言音律。而今人之詞，祇可以言辭章。宋之詞兼尚耳，而今之詞惟寓目，似可不必過爲抨擊也。即宋人長短句用韻之出入，今亦不得其故。近人有以詩韻爲詞者，雖詩通用之韻，亦不敢假借。此亦求其説而不得，自爲之程或可耳。設取以律他人，則非也。先還甫

詩曲用韻有别

古體詩詞以及南北曲，雖以時遞遷，一系相承。然畦畛既分，用韻自别。善乎陳其年之言曰：「使擬贈

婦述祖之篇，而必家押爲姑。作吴歈越豔之體，而乃激些成亂。染指花間，而預爲車遮勸進。耽情南曲，而仍爲闕鄭殘客。實大雅之罪人，抑亦閨襜之別録也。」菊莊偶筆

詞韻可變通

沈約之韻 未必自合聲律，而今人守之如金科玉條。此無他，今之詩學李杜，李杜學六朝，往往用沈韻，故相襲不能革也。若填詞自可變通，如朋與蒸同押，打與等同押，卦字畫字與怪壞同押，乃是鳩舌之病，豈可以爲法邪。元人周德清著中原音韻，一以中原之韻爲正，偉矣。然予觀宋人填詞，亦已有開先者，蓋真見在人心，不約而同耳。試舉數詞于右。東坡一斛珠云：「洛城春晚。垂楊亂掩紅樓半。小池輕浪紋如篆。燭下花前，曾醉離歌宴。自惜風流雲雨散。關山有限情無限。待君重見尋芳伴。爲説相思，目斷西樓燕。」篆字，沈約在上韻，本屬鳩舌，坡特正之也。蔣捷七夕女冠子云：「蕙花香也。雪晴池館如畫。春風飛到，寶釵樓上，一片笙簫，琉璃光射。而今燈謾挂。不是暗塵明月，那時元夜。況年來、心懶意怯，羞與鬧蛾兒争耍。江城人悄初更打。問繁華誰解，再向天公借。剔殘紅灺。但夢裏隱隱，鈿車羅帕。吴牋銀粉砑。待把舊家風景，寫成閒話。笑緑鬟鄰女，倚窗猶唱，夕陽初下。」是駁正沈韻畫及挂話及打字之謬也。吕聖求惜分釵云：「重簾下。微燈挂。背蘭同説春風話。」用韻亦與蔣捷同意。晁叔膺感皇恩云：「寒食不多時，牡丹初賣。小院重簾燕飛礙。昨宵風雨，尚有一分春在。今朝猶自得，陰晴快。熟睡起來，宿酲微帶。不惜羅襟揾眉黛。日長梳洗，看看花影移改。笑指雙杏子，連

枝帶。」此詞連用數韻，酌古斟今尤妙。明初高季廸石州慢云：「落了辛夷，風雨頓催，庭院瀟灑。春來長恁，樂章懶按，酒籌慵把。辭鶯謝燕，十年夢斷靑樓，情隨柳絮猶縈惹。難覓舊知音，把琴心重寫。天冶。憶曾攜手，鬭草闌邊，買花簾下。看轆轤低轉，秋千高打。如今何處，總有團扇輕衫，與誰共走章臺馬。回首暮山靑，又離愁來也。」諸公數詞，可爲用韻之式，不獨綺語之工而已。同上

詞苑萃編卷之二十

辨證一

唐詞紀多收僞詞

唐詞紀爲郭茂倩所輯，楊璠、董御多收僞詞以廣之。有以其名同而濫收之者。今取劉禹錫紇那曲云：「踏曲興無窮。調同詞不同。願郎千萬壽，長作主人翁。」按詞品，阿那、紇那皆當時曲名。劉禹錫言變南調爲北曲，蓋隨方音而轉也。劉采春羅嗊曲云：「莫作商人婦，金釵當卜錢。朝朝江口望，錯認幾人船。」按曲有三解，一名望夫歌，取其一以存調。無名氏一片子云：「柳色青山映，梨花雪鳥藏。綠窗桃李下，閒坐歎春芳。」按教坊記有此名。樂府解題所不詳者，更有琴曲，名千金意。始分前後段，起句三字一音，如音音音三字。起句後接心心心三字，起句而下，俱指法，未能格之也。古今詞話

詩句詞調同名

今以五七言之别見者彙校之。如何滿子已收六言六句矣，玆考薛逢之何滿子云：「繫馬宮槐老，持杯店菊黄。故交今不見，流恨滿山光。」如三臺令已收六言四句矣，玆考李後主之三臺令云：「不寐倦長更。

披衣出户行。月寒秋竹冷，風切夜窗聲。」如楊柳枝已收七言四句矣，兹考李商隱之楊柳枝云：「畫屏繡步障，物物自成雙。如何湖上望，只是見鴛鴦。」如醉公子已收無名氏之五言八句矣，兹考無名氏之醉公子云：「昨日春園飲，今朝倒接䍦。誰人扶上馬，不省下樓時。」如長命女已收長短句矣，兹考無名氏之長命女云：「雲送關西雨，風傳渭北秋。孤燈然客夢，寒杵搗鄉愁。」如烏夜啼已收長短句矣，兹考聶夷中之烏夜啼云：「衆鳥各歸枝。烏烏爾不棲。還應知妾恨，故向綠窗啼。」如長相思已收琴調之長短句矣，兹考張繼之仄韻長相思云：「遼陽望河縣。白首無由見。海上珊瑚枝，年年寄春燕。」又令狐楚之平韻長相思云：「君行登隴上，妾夢在闗中。玉筯千行落，銀牀一夕空。」如江南春既列長短句矣，兹考劉禹錫之江南春云：「新妝宜面下朱樓。深鎖春光一院愁。行到中庭數花朵，蜻蜓飛上玉搔頭。」如步虛詞，已列長短句之雙調矣，兹考陳羽之步虛詞云：「樓閣層層阿母家。崑崙山頂駐紅霞。笙歌往見穆天子，相引笑看琪樹花。」如漁歌子已列長短句之單調雙調矣，兹考李夢符之漁父詞二首云：「村市鐘聲度遠灘。半輪殘月落前山。徐徐撥棹却歸去，浪疊朝霞碎錦翻。」「漁弟漁兄喜到來。婆官賽却坐江隈。椰榆杓子瘤杯酒，爛煑鱸魚滿盎堆。」如鳳歸雲已列林鐘商之長調矣，兹考滕潛之鳳歸雲二首云：「金井闌邊見羽儀。梧桐樹上宿寒枝。五陵公子憐文彩，畫與佳人刺繡衣。」「飲啄蓬山最上頭。和煙飛下禁城秋。曾將弄玉歸雲去，金翻斜翻十二樓。」他如離別難、金縷曲、水調歌、白苧各有七絶，雜以虛聲，亦多可歌者。後之集譜者，無以詩句而亂詞調也。同上

詞名原起説

詞名原起之説，起於楊用修及都元敬，而沈天羽掩楊論爲己説。如蝶戀花，取梁元帝「翻階蛺蝶戀花情」。滿庭芳，取吴融「滿庭芳草易黄昏」。點絳脣，取江淹「白雪凝瓊貌，明珠點絳脣」。鷓鴣天，取鄭嵎「春遊雞鹿塞，家在鷓鴣天」。惜餘春取太白賦語。浣溪紗取杜陵詩意。青玉案取四愁詩語。踏莎行，取韓翃詩「踏莎行草過青溪」。西江月，取衞萬詩「只今惟有西江月」。菩薩鬘，西域婦髻也。蘇幕遮，高昌女子所載油帽西域婦帽也。尉遲杯，尉遲敬德飲酒必用大杯也。蘭陵王，王每入陣必先歌其勇也。生查子，查古槎字，張騫乘槎事也。瀟湘逢故人，柳渾詩句也。此升庵詞品也。即沈天羽所載疏名。又如滿庭芳，取柳柳州「滿庭芳草積」。玉樓春，取白樂天詩「玉樓宴罷醉和春」。丁香結，取古詩「丁香結恨新」。霜葉飛，取杜詩「清霜洞庭葉，故欲别時飛」。清都宴，取沈隱侯「朝上閶闔宫，夜宴清都闕」。又云，風流子，出文選。劉良文選註曰：「風流言其風美之聲，流於天下。子者，男子之通稱也。」荔枝香，出唐書。貴妃生日，命小部奏新曲未有名，適進荔枝至，因名荔枝香。解語花，出天寶遺事，亦明皇稱貴妃語。解連環，出莊子連環可解也。華胥引，出列子，黄帝晝寢，夢遊華胥之國。塞垣春，塞垣二字出後漢書鮮卑傳。玉燭新，玉燭二字出爾雅。此元敬南濠詩話也。卓珂月又云：「多麗，張均妓名，善琵琶者也。念奴嬌，唐明皇宫人念奴也。」愚按宋人詞調，不下千餘，新度者卽本詞取何命名，餘俱按譜填綴。若一一推鑿，何能盡符原指。安知昔人最始命名者，其原詞不已失傳乎。且僻調甚多，安能一

一傳會載籍，自命稽古。學者寧失闕疑，毋使後人徒資彈射可耳。詞衷

胡元瑞駁楊慎論詞調名

胡元瑞筆叢駁用修處最多，其辨詞調尤極覼縷。如辨詞名之本詩者，點絳唇、青玉案等，楊説或協，餘俱偶合，未必盡是。詩中「滿庭芳草易黃昏」，唐人本形容淒寂，詞名滿庭芳，豈應出此。生查子謂查即古槎字，合之博望，意義不通。菩薩蠻謂蠻國之人，危髻金冠，瓔絡被體，故名，非專指婦髻也。蘭陵王入陣曲，見北齊史。尉遲大杯，正史無攷，乃誤認元人雜劇。鷓鴣天謂本鄭嵎詩，則雞鹿塞當入何調。曲中有黃鶯兒、水底魚、鬬鵪鶉、混江龍等，又本何調耶。元瑞此論，可謂詞品董狐矣。愚按用修、元敬俱號綜博，而過於求新作好，遂多瑣漏。如一滿庭芳，而用修謂本吳融，元敬謂本柳州，果何所原起歟。風流子二字一解，尤爲可笑。詞中如贊浦子、竹馬子之類極多，亦男子通稱耶。則兒字又屬何解。荔枝香、解語花與安公子等類相近，似乎可據，若連環、華胥本之莊、列，塞垣、玉燭本之後漢書、爾雅，遥遥華胄，探河宿海，毋乃太遠。此俱穿鑿附會之過也。然元瑞考據精詳，而於詞理未盡研涉。毛馳黃詩辨坻駁胡元瑞云：「詞人以所長入詩，其七言律非平韻玉樓春，則襯字鷓鴣天。而玉樓春無平韻者，鷓鴣天無襯字者，是不知有瑞鷓鴣而以臆説附會也。此數調本在眉睫，而持論或誤，信乎博而且精之爲難矣。」同上

曲調與詞調同者

沈天羽云：「詞名多本樂府，然去樂府遠矣。南北劇名又本填詞，然去填詞更遠。爲按南北劇與填詞同者。青杏兒中調即北劇小石調。憶王孫小令即北劇仙呂調。小令之搗練子、生查子、點絳唇、霜天曉角、卜算子、謁金門、憶秦娥、海棠春、秋蕊香、燕歸梁、浪淘沙、鷓鴣天、虞美人、步蟾宮、鵲橋仙、夜行船、梅花引，中調之唐多令、一翦梅、破陣子、行香子、青玉案、天仙子、傳言玉女、風入松、剔銀燈、祝英臺近、滿路花、戀芳春、意難忘，長調之滿江紅、尾犯、滿庭芳、燭影摇紅、絳都春、念奴嬌、高陽臺、喜遷鶯、東風第一枝、真珠簾、齊天樂、二郎神、花心動、寶鼎現，皆南劇之引子。小令之柳梢青、賀聖朝，中調之醉春風、紅林檎近、驀山溪，長調之聲聲慢、八聲甘州、桂枝香、永遇樂、解連環、沁園春、賀新郎、集賢賓、哨遍，皆南劇慢詞。外此鮮有相同者，更有南北曲與詩餘同名而調實不同者，又不能盡數。胡元瑞云：「宋人黃鶯兒、桂枝香、二郎神、高陽臺、好事近、醉花陰、八聲甘州之類，與元人毫無相似。若菩薩蠻、西江月、鷓鴣天、一剪梅，元人所用，悉不可按腔矣。」愚按此等九宮譜中悉載，然有全體俱似者，又有不用換頭者。至詞曲之界，本有畦畛，不得謂調同而詞意悉同，竟至儒墨無辨也。俞少卿

隋煬帝望江南八闋乃僞作

海山記云：「隋煬帝汎東湖，製湖上曲望江南八闋。」按段安節樂府雜録云：「望江南，李德裕鎮浙日，爲亡伎謝秋孃所撰，本名謝秋孃，今改此名，亦曰夢江南。」據此，則隋時初無此調也。且曲詞略不類隋人

語，因留此一闋以祛後人之惑云。詞曰：「湖上柳，煙裏不勝摧。宿霧洗開明媚眼，東風搖弄好腰肢，烟雨更相宜。環曲岸，陰覆畫橋低。線拂行人春晚後，絮飛晴雪暖風時。幽意更依依。」青瑣高議

望江南宋人方加後疊

憶江南又名夢江南，隋煬帝有八闋，但白香山二詞，晚唐襲之，皆係單調。至宋方加後疊，故知隋詞乃贋作者無疑。李後主「多少恨」及「多少淚」，本是二首，嘯餘合之爲一，大謬。此調作者甚多，何乃取李詞二首牽合，以作五十四字格，致後人疑前後可用兩韻耶。萬紅友

河傳有二體

河傳，唐詞存者二，其一屬南呂宮，凡前段平韻後仄韻。其一乃怨王孫曲，屬無射宮。以此知煬帝所製河傳不傳已久。然歐陽永叔所集詞內河傳附越調，亦怨王孫曲，今河傳乃仙呂調，皆令也。碧雞漫志

按：據此則河傳、怨王孫祇有二體，詞律所收，殊爲龐雜。

清平樂非太白作

楊用修所載太白清平樂二闋，識者謂非太白作，以其卑淺也。按太白清平調本三絕句而已，不應復有詞也。王鳳洲

石刻太白詞

「仙女下，董雙成。漢殿夜涼吹玉笙。曲終却從仙官去，萬户千門惟月明。」李太白詞也。得於石刻，而無其腔，劉無言自倚其聲歌之。東皋雜録又以爲范德孺謫均州，偶遊武當山石室極深處，有題此曲於崖上，未知孰是。詞苑

菩薩蠻乃晚唐人詞嫁名太白

今詩餘名望江南外，菩薩蠻、憶秦娥稱最古，以草堂二詞出太白也。近世文人學士或以爲實然。予謂太白在當時直以風雅自任，卽近體盛行，七言律鄙不肯爲，寧屑事此。且二詞雖工麗，而氣衰颯，于太白超然之致，不啻穹壤。藉令真出青蓮，必不作如是語。詳其意調，絶類温方城輩。蓋晚唐人詞嫁名太白耳。杜陽雜編云：「大中初，女蠻國貢雙龍犀、明霞錦，其國人危鬟金冠，瓔珞被體，故謂之菩薩蠻。當時倡優遂歌菩薩蠻曲，文士亦往往效其詞。」南部新書亦載此事。則太白之世，唐尚未有斯題，何得預置其曲耶。又北夢瑣言云：「宣宗愛唱菩薩蠻詞，令狐丞相假飛卿新撰密進之，戒以勿泄，而遽言于人，由是疎之。」按大中卽宣宗年號，此詞新播，故人喜歌之，予疑屢近飛卿，至是釋然。苕溪漁隱

桂殿秋非李白詞

唐詞載李德裕步虛詞，卽雙調搗練子。唐詞本無換頭，搗練子本無雙調，近刻列爲李白桂殿秋二首。李

集之考覈者多矣，不聞菩薩蠻、憶秦娥而外，别有桂殿秋也。吴虎臣得於石刻而無其腔，劉無言倚其聲歌之，其説亦未足信。劉禹錫作瀟湘神，起處疊三字一句，亦卽搗練子，但爲迎神送神之詞耳。古今詞話

李白小曲

小曲有「咸陽沽酒寶釵空」之句，云李白作。花間集云張泌所爲，莫知孰是。夢溪筆談

西塞山兩説

西吴記云：「湖州磁湖鎮道士磯，卽張志和所謂西塞山前也。」今武昌府志，記大冶縣東九十里爲道士洑，卽西塞山。塞音灑。水經云：「壁立千仞，東北對黄公九磯，故名西塞。横截江流，旋渦沸激，舟人過之，每爲失色。」張耒詩云：「已逢嫵媚散花峽，不怕危亡道士磯。」以爲卽志和所遊西塞山，未知孰是。詞苑

王建霓裳詞

王建霓裳詞云：「弟子部中留一色，聽風聽水作霓裳。」今教坊尚存其聲，而其舞則廢不傳矣。近世有望瀛府、獻仙音二曲，乃其遺聲也。霓裳曲，前世傳記論説頗詳，不知聽風聽水爲何事。白樂天有霓裳羽衣歌甚詳，亦無風水之説，第記之，必有知音爾。六一詩話

聽風水聲均節成音

歐陽永叔以不曉聽風聽水作霓裳爲疑。按唐人西域記，龜茲國王與其臣庶之知樂者，於大山間聽風水聲均節成音，後翻入中國，如伊州、甘州、涼州等曲，皆自龜茲所致。雖未及霓裳，而其製曲亦用其法。此說近之。蔡條詩話

霓裳羽衣屬黃鐘商

唐明皇改婆羅門引爲霓裳羽衣，屬黃鐘商，時號越調。白樂天嵩陽觀夜奏霓裳詩云：「開元遺曲自凄涼，況近秋天調是商。」知其爲黃鐘商無疑。歐陽永叔知霓裳羽衣爲法曲，而以望瀛府、獻仙音爲其遺聲，不明宮調，亦太疏矣。碧雞漫志

元白論河滿子少異

河滿子，白樂天詩云：「世傳滿子是人名。臨就刑時曲始成。一曲四詞歌八疊，從頭便是斷腸聲。」自注云：「開元中，滄州歌者姓名，臨刑，進此曲以贖死，上竟不免。」元微之何滿子歌云：「何滿能歌聲宛轉，天寶年中世稱罕。嬰刑繫在囹圄間，下調哀音歌憤懣。梨園弟子奏玄宗，一唱承恩羈網緩。便將何滿爲曲名，御府親題樂府纂。」甚矣，帝王不可妄有嗜好也。明皇喜音律，而罪人遂欲進曲贖死。然元白平生交友聞見率同，獨紀此事少異。同上

水調異名

明皇雜録云：「禄山犯順，議欲遷幸。帝置酒樓上，命作樂，有進水調歌者曰：「山川滿目淚沾衣。富貴榮華能幾時。不見只今汾水上，惟有年年秋雁飛。」上問誰爲此曲。曰：『李嶠。』上曰：『真才子。』不終飲而罷。」此水調一句七字曲也。白樂天聽水調詩云：「五言一遍最殷勤，調少情多似有因。不會當時翻曲意，此聲腸斷爲何人。」脞説亦云：「水調第五遍五言調，聲最愁苦。」此水調中一句五字曲，又有多遍，似是大曲也。樂天詩又云：「時唱一聲新水調，謾人道是採菱歌。」此水調中新腔也。南唐近事云：「玄宗留心内寵，宴私擊鞠無虛日。嘗命樂工楊花飛奏水調詞進酒，花飛惟唱『南朝天子好風流』一句，如是數四。上悟，覆杯賜金帛。」此又一句七字。然既曰命奏水調，則是令楊花飛水調中撰詞也。外史檮杌云：「王衍泛舟巡閬中，舟子皆衣錦繡，自製水調銀漢曲。」此水調中製銀漢曲也。今世所唱中吕調水調歌，乃是俗呼音調異名者名曲，雖首尾亦各有五言兩句，決非樂天所聞之曲。同上

何滿子字句不同

甘露事後，文宗便殿觀牡丹，誦舒元輿牡丹賦，歎息泣下，命樂適情。宫人沈翹翹舞何滿子詞云：「浮雲蔽白日。」上曰：「汝知書邪。」乃賜金臂環。又薛逢何滿子詞云：「繫馬宫槐老，持杯店菊黄。故交今不見，流恨滿川光。」五字四句。樂天所謂一曲四詞，庶幾是也。歌八疊，疑有和聲，如漁父、小秦王之類。今詞屬雙調，兩段各六句，内五句各六字，一句七字。五代時尹鶚、李珣亦同此，其他諸公所作，往往只

一段，而六句各六字，皆無復有五字者。字句既異，即知非舊曲。同上

柳宗元欸乃曲

「漁翁夜傍西巖宿。曉汲清湘燃楚竹。煙消日出不見人，欸乃一聲山水綠。」此柳宗元欸乃曲也，見本集。有誤作晚唐人詞者，非也，當以音調辨之。猶徐昌圖以詞名而誤入宋詞。唐宋之音尚不能辨，況中晚乎。古今詞話

如夢令傳説不一

如夢令，小石調曲，有傳自莊宗者，有傳自呂仙者。莊宗於宮中掘得石刻，名曰古記，復取調中二字爲名，曰如夢令。所謂「如夢。如夢。殘月落花煙重」是也。不知先曾有一闋云：「嘗記溪亭日暮。沉醉不知歸路。興盡欲回舟，誤入藕花深處。争渡。争渡。驚起一行鷗鷺。」傳是呂仙之曲。別刻又云無名氏作，非呂仙也。張宗端寓以新詞曰：比梅。近還以莊宗曾宴桃源深洞，又名曰宴桃源。古今詞譜

解紅非呂洞賓作

曲名有解紅者，今俗傳爲呂洞賓作，見物外清音，其名未曉。近閱和凝集有解紅歌云：「百戲罷，五音清。解紅一曲新教成。兩個瑶池小仙子，此時奪却柘枝名。」樂書云：「優童解紅，舞衣紫緋，繡銀帶，花鳳冠。」蓋五代時人也，焉有呂洞賓在唐世預填此腔耶。物外清音

巫山一段雲兩首不同

唐昭宗宮人作巫山一段雲二首，或以爲昭宗作。二首各一體，此舊調用六字句換頭，而第二首結句換韻。尊前集

徐昌圖非宋人

尊前集有徐昌圖臨江仙、河傳二首，俱唐音也。按昌圖爲肅宗時進士，至宋太宗時，世次遥遥，而必欲屈之爲博士，以列於宋人，不可解也。或云是兩人。古今詞話

花蕊夫人詞

蜀亡，花蕊夫人隨孟昶行至葭萌驛，題壁云：「初離蜀道心將碎，離恨綿綿。春日如年。馬上時時聞杜鵑。」書未竟，爲軍騎促行，只二十二字，點點是鮫人淚也。及見宋祖，有「十四萬人齊解甲，更無一個是男兒」之句，足愧鬚眉矣。乃有無名子戲續之云：「三千宮女如花貌，妾最嬋娟。此去朝天。只恐君王恩愛偏。」不惟虛空架橋，亦且狗尾續貂也。太平清話

兩花蕊夫人

花蕊夫人，蜀王建妾，號小徐妃者也。後主王衍歸唐，半塗遇害。及孟氏再有蜀，傳至昶，又有一花蕊夫人費氏，作宮詞者是也。後隨昶歸宋，一日，召花蕊入宮，而昶遂死。鐵圍山叢録

李煜擣練子

李重光「深院静」小令，詞名擣練子，卽咏擣練也。復有「雲鬟亂」一篇，其詞亦同衆刻無異。嘗見一舊本則俱係鷓鴣天，二詞之前，各有半闋。其「雲鬟亂」一闋云：「節氣雖佳景漸闌。吴綾已暖越羅寒。朱扉日暮隨風掩，一樹藤花獨自看。雲鬟亂，晚妝殘。帶恨眉兒遠岫攢。斜托香腮春笋嫩，爲誰和淚倚闌干。」其「深院静」一闋云：「塘水初澄似玉容。所思還在別離中。誰知九月初三夜，露似珍珠月似弓。深院静，小庭空。斷續寒砧斷續風。無奈夜長人不寐，數聲和月到簾櫳。」升庵

後主詞本顏氏家訓

顏氏家訓云：「別易會難，古人所重，江南餞送，下泣言離。北方風俗，不屑此事，岐路言別，歡笑分首。」李後主長短句蓋用此耳。故云：「別時容易會時難。」又云：「別易會難無可奈。」顏説又本文選陸士衡答賈謐詩云：「分索則易，攜手實難。」能改齋漫録

張泌江城子二首

張泌，南唐人，有江城子二闋。其一云：「碧闌干外小中庭。雨初晴。曉鶯聲。飛絮落花時節，近清明。睡起捲簾無一事，匀了面，没心情。」其二云：「浣花溪上見卿卿。眼波明。黛眉輕。高綰緑雲，低簇小蜻蜓。好是問他來得麽，和笑道，莫多情。」黄叔暘云：「唐詞多無換頭，如此詞自是二首，故重押兩情

字，兩明字。今人不知，合爲一首，則誤矣。詞苑

陶穀風光好

陶穀使江南，遇秦弱蘭，作風光好詞。見宋人小說。或有以爲曹翰者，翰能作老將詩，其才固有之，終非武人本色。沈叡達雲巢編謂陶使吴越，惑倡女任社娘，因作此詞。任大得陶貲後，用以創仁王院，落髮爲尼。李唐吴越未審孰是，要之近陶所爲耳。藝苑卮言

風光好三說

小說記事率多舛誤，豈復可信，雖事之小者，如一詩一詞，蓋亦爾。淮陰侯廟詩「築壇拜日恩雖重」之句，青箱雜記謂是錢昆作，桐江詩話謂是黄好謙作，是一詩而有二說也。小詞春光好，「待得鸞膠續斷絃，是何年」之句，江南野録謂是曹翰使江南贈娼妓詞，本事曲謂是陶穀使錢塘贈驛女詞，冷齋夜話謂是陶穀使江南贈韓熙載歌姬詞，是一詞而有三說也。其他類此者甚衆，殆不可遍舉。苕溪漁隱

牛嶠詞用王晞詩

南史王晞詩：「日蓦當歸去，魚鳥見留連。」俗本改蓦作暮，淺矣。孟蜀牛嶠詞「日蓦天空波浪急」，正用晞語。詞品

潘閬憶餘杭

潘逍遥自製憶餘杭詞曰：「長憶西湖湖水上。盡日凭欄湖上望。三三兩兩釣魚舟。島嶼正清秋。笛聲依約蘆花裏。白鳥成行忽飛起。别來閒想整綸竿。思入水雲寒。」又：「長憶孤山山影獨。山在湖心如黛簇。僧房四面向湖開。輕棹去還來。芰荷香細連雲閣。閣上清聲檐下鐸。别來塵土涴人衣。空役夢魂飛。」又：「長憶西湖添碧溜。靈隱寺前天竺後。冷泉亭上舊曾遊。三伏似清秋。白猿時見攀高樹。長嘯一聲何處去。别來幾向畫圖看。終是欠峰巒。」舊刻或云虞美人，或云酒泉子，皆誤。更有失去第二首山影獨字，第三者添碧溜字者，不成詞矣。古今詞話

晏殊不作婦人語

晏叔原謂蒲傳正曰：「先君一生小詞，未嘗作婦人語。」傳正曰：「『緑楊芳草長亭路，年少抛人容易去』，豈非婦人語。」叔原曰：「公謂年少爲所歡乎。因公言，乃解得樂天詩『欲留所歡待富貴，富貴不來所歡去。』」傳正笑而悟其言之失。詩眼

六一詞勝石曼卿

六一居士踏莎行離别云：「候館梅殘，溪橋柳細。草薰風暖摇征轡。離愁漸遠漸無窮，迢迢不斷如春水。寸寸柔腸，盈盈粉淚。樓高莫近危欄倚。平蕪盡處是春山，行人更在春山外。」王阮亭曰：「升庵

以平蕪句擬石曼卿『水盡天不盡，人在天盡頭』，未免河漢，蓋意近而工拙懸殊也。」詞苑

歐詞本王維詩

晁无咎評歐陽永叔浣溪沙云：「『綠楊樓外出秋千』，只一出字，自是後人道不到處。」予按王摩詰詩「秋千競出垂楊裏」，歐公詞意本此，晁偶忘之耶。李君實

望江南非歐詞

王銍默記，載歐陽公望江南雙調云：「江南柳，葉小未成陰。人爲絲輕那忍折，鶯憐枝嫩不勝吟。留取待春深。　十四五，閒抱琵琶尋。堂上簸錢堂下走，恁時相見已留心。何況到如今。」初，奸黨誣公盜甥，公上表自白云：「喪厥夫而無托，攜孤女以來歸。」張氏此時年方十歲，錢穆父素恨公，笑曰：「此正學簸錢時也。」歐知貢舉下第，舉人復作醉蓬萊譏之。按歐公此詞出錢氏私志，蓋錢世昭因公五代史中多毀吳越，故醜詆之。其詞之猥弱，必非公作，不足信也。

詞苑

歐詞中有無名子所爲

歐公小詞，間見諸詞刻陳氏書録一卷，其間多有與陽春、花間相混者，亦有鄙褻之語一二廁其中，當是仇人無名子所爲。近有醉翁琴趣外篇，凡六卷二百餘首，所謂鄙褻之語，往往而是，不止一二也。前題東坡序八九語，詞氣卑陋，不類坡作，益可以證詞之僞。同上

歐公詠平山堂

「山色有無中」，歐陽公咏平山堂句也。或謂平山堂望江南諸山甚近，公短視故耳。東坡爲公解嘲，乃賦快哉亭詞云：「記得平山堂上，攲枕江南煙雨，杳杳没孤鴻。認得醉翁語，山色有無中。」蓋山色有無，非煙雨不能也。然公詞起句是「平山闌檻倚晴空」，安得煙雨，恐東坡終不能爲公解矣。古今詞話

垂螺雙螺

張子野減字木蘭花云：「垂螺近額。走上紅茵初趁拍。只恐驚飛。擬倩遊絲惹住伊。　文鴛綉履。去似風流塵不起。舞徹梁州。頭上宮花顫未休。」又晏小山詞云：「垂螺拂黛青樓女。」又云：「雙螺未學同心綰，已占歌名。月白風清。長倚昭華笛裏聲。」又云：「紅窗碧玉新名舊，猶綰雙螺。一寸秋波。千斛明珠覺未多。」按垂螺、雙螺，蓋宋時角妓未破瓜時髮飾之名，今秦中妓及搬演旦色，猶有此製。詞苑

胡宿詩張先詞相類

胡宿詩：「風花飛有態，煙絮墜無痕。」張先詞：「柳徑無人，墜飛絮無影。」二人詩詞頗相類。苕溪漁隱

鶯鶯燕燕

張子野晚年多畜姬侍，東坡有詩云：「詩人老去鶯鶯在，公子歸來燕燕忙。」蓋均用張家故事也。按唐有張君瑞，遇崔氏女於蒲，崔小名鶯鶯，元稹與李紳語其事，作鶯鶯歌。漢童謡曰：「燕燕尾涎涎。張公

子、時相見。」又張祜妾名燕燕，其事蹟與對偶皆精切如此。然鶯鶯對燕燕，已見于杜牧之詩曰：「綠樹鶯鶯語，平沙燕燕飛。」前輩用字必有所祖。魯直作蘇翰林出遊詩曰：「人間化鶴三千歲，海上看羊十九年。」亦皆用本家故事，而不失之偏枯，可以爲法也。野客叢談

詞苑萃編卷之二十一

辨證二

蘇詞與柳詞

蘇東坡「大江東去」，有銅將軍鐵綽板之譏。柳七「曉風殘月」，謂可令十七八女郎按紅牙檀板歌之。此袁綯語也。後人遂奉爲美談。然僕謂東坡詞自有横槊氣概，固是英雄本色。柳纖豔處，亦麗以淫耳。況「楊柳外」句，又本魏承班漁歌子「窗外曉鶯殘月」，祇改二字增一字，焉得獨擅千古。今取二詞並誌於後。蘇念奴嬌赤壁懷古云：「大江東去，浪淘盡、千古風流人物。故壘西邊，人道是、三國周郎赤壁。亂石穿雲，驚濤拍岸，捲起千堆雪。江山如畫，一時多少豪傑。遥想公瑾當年，小喬初嫁了，雄姿英發。羽扇綸巾，談笑間、檣櫓灰飛煙滅。故國神遊，多情應笑我，早生華髮。人生如夢，一尊還酹江月。」柳雨霖鈴秋別云：「寒蟬淒切，對長亭晚，驟雨初歇。都門帳飲無緒，方留戀處、蘭舟催發。執手相看淚眼，竟無語凝咽。念去去、千里煙波，暮靄沉沉楚天闊。多情自古傷離別。更那堪、冷落清秋節。今宵酒醒何處，楊柳岸曉風殘月。此去經年，應是良辰好景虚設。便縱有、千種風流，待與何人説。」詞苑

詞綜本赤壁詞

東坡赤壁詞「浪聲沉」，他本作「浪淘盡」，與調未協。「孫吴」作「周郎」，犯下「公瑾」字。「崩雲」作「穿空」，「掠岸」作「拍岸」，又「多情應是笑我生華髮」，作「多情應笑我早生華髮」，益非。今從容齋隨筆所載黄魯直手書本更正。至於「小喬初嫁」宜句絶，「了」字屬下句乃合。朱竹垞

按：是詞當以詞綜本爲善。

蘇詞非以詩爲詞

後山詩話謂退之以文爲詩，子瞻以詩爲詞，如教坊雷大使之舞，雖極天下之工，要非本色。余謂後山之言誤矣。坡佳詞最多，其間傑出者如「大江東去，浪淘盡千古風流人物」赤壁詞。「明月幾時有，把酒問青天」中秋詞。「落日繡簾捲，庭下水連空」快哉亭詞。「乳燕飛華屋，悄無人、桐陰轉午」初夏詞。「明月如霜，好風如水，清景無限」夜登燕子樓詞。「楚山修竹如雲，異材秀出千林表」詠笛詞。「玉骨那愁瘴霧，冰肌自有仙風」詠梅詞。「東武南城新隄固，漣漪初溢」宴流盃亭詞。「冰肌玉骨，自清涼無汗」夏夜詞。「有情風萬里捲潮來，無情送潮歸」别參寥詞。「缺月挂疎桐，漏盡人初静」秋夜詞。「霜降水痕收。淺碧鱗鱗露遠洲」重九詞。凡此十餘詞，皆絶去筆墨畦徑，直造古人不到處，真可使人一唱而三歎。若謂以詩爲詞，是大不然。苕溪漁隱

蘇黃詞評

陳後山云：「子瞻以詩爲詞，雖工非本色。今代詞手，唯秦七、黄九耳。」予謂後山以子瞻詞如詩似矣，而以山谷爲得體，復不可曉。晁无咎云：「東坡小詞，不諧律吕，蓋横放傑出，曲子中縛不住者。」其評山谷則曰：「詞固高妙，然不是當行家語，乃著腔子唱好詩耳。」此言得之。滹南詩話

蘇詞非不及于情

晁无咎云：「眉山公之詞短於情，蓋不更此境耳。」陳後山曰「宋玉不識巫山神女而能賦之」，豈待更而後知，是直以公爲不及於情也。嗚呼，風韻如東坡，而謂不及於情，可乎。彼高人逸才正當如是，其溢爲小詞而閒及於脂粉之閒，所謂滑稽翫戲，聊復爾爾者也。若乃纖豔淫媟，入人骨髓，如田中行、柳耆卿輩，豈公之雅趣也哉。同上

謂蘇軾以詩爲詞大是妄論

陳後山謂東坡以詩爲詞，大是妄論，而世皆信之。獨茆荆産辨其不然。謂公詞爲古今第一。今翰林趙公亦云，此與人意暗同。蓋詩詞祇是一理，不容異觀。自世之末作，習爲纖豔柔脆，以投流俗之好，高人勝士，亦或以是相勝，而日趨於委靡，遂謂其體當然，而不知流弊之至此也。文伯起曰：「先生慮其不幸而溺於彼，故援而止之，特立新意，寓以詩人句法。」是亦不然。公雄文大手，樂府乃其游戲，顧豈與

流俗爭勝哉。蓋其天資不凡，辭氣邁往，故落筆皆絕塵耳。同上

蘇軾西江月

古今詞話云：「東坡在黃州，中秋夜對月獨酌，作西江月詞云：『世事一場大夢，人生幾度新涼。夜來風月已鳴廊。看取眉間鬢上。酒賤長愁客少，月明多被雲妨。中秋誰與對孤光。把琖淒然北望。』坡以讒言謫居黃州，鬱鬱不得志，凡賦詩綴詞，必寫其所懷，然一日不忘朝廷，其懷君之心，末句可見矣。」按聚蘭集載此詞注云：「寄子由。」故後句云：「中秋誰與共孤光，把琖淒然北望。」則兄弟之情，見於句意之間矣。疑是倅錢塘時作，子由時爲睢陽幕客，若詞話所云則非也。苕溪漁隱

蘇軾戚氏

程子山舍人跋東坡滿庭芳詞云：「予聞之蘇仲虎云，一日，有傳此詞以爲先生作。東坡笑曰：『吾文章肯以藻繪一香篆盤子。』然觀間如『畫堂別是風光』及『十指露』之語，誠非先生所云。」子山所說，固人所共曉。予嘗怪李端叔謂東坡在中山，歌者欲試東坡倉卒之才，於其側歌戚氏。公笑而頷之，邂逅方論穆天子事，頗摘其虛誕，遂資以應之。隨聲隨寫，歌竟篇就，才點定五六字。座中隨聲擊節，終席不間他詞，亦不容別進一語。臨分曰：「足以爲中山一時豔事。」然予觀其詞有曰：「玉龜山、東皇靈媲統羣仙。」又云：「爭解玉勒香韉。」又云：「鸞輅駐蹕。」又云：「肆華筵，間作吹管鳴弦，宛若帝所鈞天。」又云：「倒盡瓊壺酒，獻金鼎、藥固大椿年。」又云：「浩歌暢飲，回首塵寰。爛熳遊、玉輦東還。」東坡御風騎氣，下筆真

神仙語。此等鄙俚猥褻之詞，殆是教坊倡優所爲，雖東坡竈下老婢，亦不作此語。而顧稱譽若此，豈果端叔之言耶。恐疑誤後人，是不可以不辨。梁溪漫志

蘇詞用王昌齡詩

「高情已逐曉雲空。不與梨花同夢。」東坡句也。後見王昌齡梅花詩云：「落落寞寞路不分。夢中喚作梨花雲。」方知東坡引用此詩。高齋詩話

蘇軾卜算子

野客叢書云：「東坡在惠州白鶴觀，惠有温都監女，頗有姿色，年及笄，不肯字人。聞坡至，喜曰：『此吾壻也。』一夜，坡吟咏間，其女徘徊窗外，坡覺而推窗，則女踰牆而去。坡物色得其詳，正呼王郎爲媒，適有過海之事，此議遂寢。其女不久卒，葬於沙汀之側。坡回，爲之悵然，故作卜算子詞也。」梨莊曰：「此言似亦忌公者以此謗之，如階下籛錢之類耳。小說紕繆，不足憑也。」詞苑叢談

裴按：詞爲詠雁，當别有寄託，不得以俗情附會。

蘇詞不可限以繩墨

山谷云：「東坡道人在黄州作卜算子，有揀盡寒枝不肯棲之句。」或云：「鴻鴈未嘗棲宿樹枝，惟在田野葦叢間，此亦語病也。」此詞本詠夜景，至换頭但袛說鴈。正如賀新郎詞「乳燕飛華屋」，本詠夏景，至換

頭但衹説榴花。蓋其文章之妙，語意到處卽爲之，不可限以繩墨也。漁隱叢話

蘇軾卜算子真蹟

趙右史云：「余頃於鄭公實處，見東坡真蹟書卜算子詞。斷句乃云：『寂寞沙汀冷。』刊本作『楓落吴江冷』，詞意全不相屬也。」耆舊續聞

蘇軾別參寥詞

東坡別參寥長短句云：「有情風、萬里卷潮來，無情送潮歸。向錢塘江上，西興渡口，幾度斜暉。不用思量今古，俯仰昔人非。誰似東坡老，白首忘機。記取西湖西畔，正暮山好處，空翠烟霏。算詩人相得，如我與君稀。約他年、東還海道，願謝公雅志莫相違。西州路，不應回首，爲我沾衣。」按羊曇爲謝安所愛重，安葬後，輒彌年不行西州路。嘗因大醉，不覺至州門。左右曰：「此西州門也。」曇悲感，以馬策扣扉，誦曹子建詩曰：「生存華屋處，零落歸山邱。」因慟哭而去。東坡用此故事，若世俗之論，必以爲成讖矣。然其詞石刻後，東坡自題云：「元祐六年三月六日。」余以東坡年譜考之，元祐四年知杭州，六年召爲翰林學士承旨。則長短句蓋此時作也。自後復守潁徙揚，入長禮曹，出帥定武。至紹聖元年方南遷嶺表，建中靖國元年北歸，至常，乃薨。凡十一載。則世俗成讖之論，安可信耶。

蘇軾賀新郎

蘇子瞻守錢塘，有官妓秀蘭，天性黠慧，善於應對。一日，湖中有宴會，羣伎畢集，惟秀蘭不至。督之良久，方來。問其故，對以沐浴倦睡，忽聞叩户甚急，起而問之，乃樂營將催督也。謹以實告。子瞻已恕之，坐中一倅，怒其晚至，詰之不已。時榴花盛開，秀蘭折一枝，藉手告倅，倅愈怒。子瞻因作賀新涼，令歌以送酒。倅怒頓止。詞曰：「乳燕飛華屋。悄無人、庭陰轉午，晚涼新浴。手弄生綃白團扇，扇手一時似玉。漸困倚、孤眠清熟。門外誰來推繡户，枉教人、夢斷瑶台曲。又卻是，風敲竹。石榴半吐紅巾蹙。待浮花、浪蕊俱盡，伴君幽獨。濃豔一枝細看取，芳意千重似束。又恐被、西風驚緑。若待得君來，向此花前，對酒不忍觸。共粉淚，兩簌簌。」子瞻之詞，皆紀前事，取其沐浴新涼，故曲名賀新涼也。後人不知，誤作賀新郎，蓋不得子瞻之意。子瞻真可謂風流太守，豈可與俗吏同日語哉。野哉楊湜之言，真可入笑林矣。東坡此詞，冠絶古今，託意高遠，寧爲一妓而發耶。「簾外誰來推繡户，又却是、風敲竹」等語，固唐人「簾開風動竹，疑是故人來」變化入妙。今乃云：「爲樂營將催督」，可笑者一。「石榴半吐紅巾蹙」至「細看取芳心千重似束」等句，因初夏時，花事將闌，榴花獨吐，因以紅巾拂取，寫其幽閒之意。今乃云：「榴花盛開，折奉府倅」，可笑者二。賀新郎樂府舊調，今乃云取其新沐，後人訛爲賀新郎，此可笑者三。東坡此詞，不幸橫遭點污。江左有文拙而好刻石者，謂之詅癡符。楊湜之類是也。苕溪漁隱

黄庭堅書荆公集句

魯直書荆公集句菩薩蠻詞本云：「數間茅屋閒臨水。窄衫短帽垂楊裏。花是去年紅。吹開一夜風。娟娟新月偃。午醉醒來晚。何許最關情。黄鸝三兩聲。」因閲臨川集，乃云：「今日是何朝。看余度石橋。」余謂不若「花是去年紅，吹開一夜風」爲勝也。茗溪漁隱

莫少虚詞

舊傳水調歌一曲，其首章云：「瑶草一何碧，春入武陵溪。溪上桃花無數，花上有黄鸝。」以爲黄魯直所作。蜀人石耆翁言，此莫少虚壯氣詞也。少虚又有浣溪沙詞云：「寶釧湘裙上玉梯。雲重應恨翠樓低。愁同芳草兩萋萋。」又云：「歸夢悠揚見未真。綉衣恰有暗香薰。五更分得楚臺春。」皆造語新雋。但晚歲心醉富貴，不復事文章，今人鮮有知其作者。茗溪漁隱

秦觀滿庭芳

秦少游滿庭芳「山抹微雲，天黏衰草」，今改本黏作連，非也。韓文「洞庭汗漫，黏天無壁」，張祜詩「草色黏天鶗鴂恨」，山谷詩「遠水黏天吞釣舟」，邵博詩「老灘聲殷地，平浪勢黏天」，趙文昇詞「玉關芳草黏天碧」，嚴次山詞「黏雲江影傷千古」，葉夢得詞「浪黏天、蒲桃漲緑」，劉行簡詞「山翠欲黏天」，劉叔安詞「暮煙細草黏天遠」，黏字極工，且有出處。若作連天，是小兒語也。詞品

秦觀用隋煬帝詩

「寒鴉萬點，流水遶孤村」之句，人皆以爲少游自造此語。殊不知亦有所本。予在臨安，見平江梅知録云：「隋煬帝詩云：『寒鴉千萬點，流水遶孤村。』少游用此語也。」又余嘗讀李義山效徐陵體贈更衣詩云：「輕寒衣省夜，金斗熨沉香。」乃知少游詞「玉籠金斗，時熨沉香袖」與「睡起熨沉香，玉腕不勝金斗」，其語亦有來處。（藝苑雌黄）

杜安世詞

杜安世詞「燒殘絳蠟淚成痕，街鼓報黄昏」，或譏其黄昏未到，那得燒殘絳臘。或云：「王荊公父益都官所作。」有人以此問之。答曰：「重簾遶屋，簾幕密排，蓋不到夜已燃燭矣。」其全章云：「燒殘絳燭淚成痕。街鼓報黄昏。碧雲又阻來信，廊上月侵門。愁永夜，拂香裀。待誰温。夢蘭憔悴，擲果淒涼，兩處銷魂。」（晁以道）

好詞未易彈改

古人好詞，卽一字未易彈改。子瞻「緑水人家遶」，别本遶作曉，爲古今詞話所賞。愚謂遶字雖平，然是實境，曉字無歸著，試通詠全章便見。少游「斜陽暮」，有人親在郴州見石刻，是「斜陽樹」，樹字甚佳，猶未若暮字。至若苕溪漁隱記耆卿「鼇山彩結」，結改作締益佳，不知何佳也。若子瞻「低繡户」，低改窺，

則善矣。周長卿

詞句不當重疊

老杜謝嚴武詩云：「雨映行宮辱贈詩。」山谷云：「只此雨映兩字，寫出一時景物。此句便雅健。」余然後曉句中當無虛字。後誦淮海小詞云：「杜鵑聲裏斜陽暮。」公曰：「此詞高絶，但既云斜陽，又云暮，則重出也，欲改斜陽作簾櫳。」余曰：「既言孤館閉春寒，似無簾櫳。」公曰：「亭傳雖未必有簾櫳，有亦無害。」余曰：「此詞本模寫牢落之狀。若曰簾櫳，恐損初意。」先生曰：「極難得好字，當徐思之。」然余因此曉句法不當重疊。苕溪漁隱

斜陽暮不得謂之重

山谷惜少游踏莎行詞「斜陽暮」意重，欲易之未得其字。今郴誌遂作「斜陽度」。愚謂此亦何害而病其重也。李太白詩「晻彼落日暮」，即「斜陽暮」也。劉禹錫「烏衣巷口夕陽斜」，杜工部「山木蒼蒼落日曛」，皆此意。別如韓文公紀夢詩「中有一人壯非少」，石鼓歌「安置妥帖平不頗」之類尤多，豈可亦謂之重耶。山谷當無此言，即誠出山谷，亦豈足爲定論耶。（王直方詩話）

高唐事乃楚懷王

漫叟詩話云：「高唐事乃楚懷王，非襄王也。若古人云：『莫道無心便無事，也應愁殺楚襄王。』少游詞

云：『不應容易下巫陽，只恐翰林前世是襄王。』皆誤用也。」按高唐賦云：「昔者楚襄王與宋玉遊雲夢之台，望高唐之觀，其上獨有雲氣。王問玉曰：『此何氣也。』玉對曰：『所謂朝雲者也。昔者先王嘗遊高唐，怠而晝寢，夢見一婦人曰：「妾巫山之女也。」』」李善注云：「楚懷王遊於高唐，夢與神遇。」則漫叟詩話之言是也。然神女賦復云：「楚襄王與宋玉游於雲夢，王使玉賦高唐之事，其後王寢，夢與神女遇，其狀甚麗。」以此考之，則楚襄王亦夢與神女遇，但楚懷王是遊高唐，楚襄王是游雲夢，以此不可雷同用事耳。苕溪漁隱

秦觀千秋歲

秦少游謫處州日，作千秋歲詞云：「水邊沙外，城郭春寒退。花影亂，鶯聲碎。飄零疏酒盞，離別寬衣帶。人不見，碧雲暮合空相對。憶昔西池會。鵷鷺同飛蓋。攜手處，今誰在。日邊清夢斷，鏡裏朱顏改。春去也，落紅萬點愁如海。」今郡治有鶯花亭，因此詞取名。宋吴虎臣云：「少游千秋歲詞，在衡陽與孔毅甫作也。詞云『憶昔西池會』，言在京師與毅甫同朝，敍其爲金明池之游耳。今言處州非也。」詞苑叢談

裴按：山谷和少游詞亦謂在衡陽，見其稿本。惟范石湖則以爲在處州耳，黄詞見餘編。

俞紫芝詞

俞紫芝秀老，弟澹清老，名字見王介甫、黄魯直集中。詩詞傳世雖少，亦間見文蘊等編。葉石林詩話誤

以爲揚州人。魯直答清老寒夜三詩，其一引牧羊金華山皇初平事言之，蓋黄上世亦出金華也。近覽智者草堂所藏張公詡青溪圖，有秀老手題臨江仙一闋，後書金華俞紫芝，不知石林何故誤也。此詞世少知之，録于後。「弄水亭前千萬景，登臨不忍空回。水輕墨澹寫蓬萊。莫教世眼，容易洗塵埃。收去雨昏都不見，展時還似雲開。先生高趣更多才。人人盡道，小杜却重來。」能改齋漫録

詞中用字之難

徐幹臣「雁足不來，馬蹄難駐，門掩一庭芳景」，駐字當作去字，語意乃佳。周美成「水亭小。浮萍破處，簷花簾影顛倒」。按杜少陵詩「燈前細雨簷花落」，美成用此簷花二字，全與出處意不相合，乃知用字之難矣。趙德麟「重門不鎖相思夢，隨意繞天涯」，徐師川「柳外重重疊疊山，遮不斷愁來路」，二詞造語雖不同，其意絶相類。董武子「疇昔尋芳秘殿西，日壓金鋪，宫柳垂垂」，秘殿豈尋芳之處，非所當言也。苕溪漁隱

周晴川十六字令

周晴川作十六字令云：「眠。月影穿窗白玉錢。無人弄，移過枕函邊。」朱竹垞云：「按十六字令，卽蒼梧謡也。張安國集中三首，蔡伸道集中一首，其首俱以一字句斷。今本訛眠字爲明，遂作三字句斷，非也。是詞見天機餘錦，係周晴川作，今相沿刻美成，然片玉集無此，其不係美成明矣。」詞苑叢談

俗本改字之非

小詞如周美成「愔愔坊曲人家」，俗改曲爲陌。張仲宗「東風如許惡」，俗改「妬花惡」。東坡「玉如纖手嗅梅花」，俗改「玉奴」。孫夫人「日邊消息空沉沉」，俗改「耳邊」。所以書貴舊本。升庵

賀詞本王勃滕王閣賦

賀方回晚景云：「鶩外紅綃一縷霞。淡黃楊柳帶棲鴉。玉人和月折梅花。笑撚粉香歸繡户，半垂羅幕護窗紗。東風寒似夜來些。」其起句本王子安滕王閣賦，此子可云善盜。丹鉛續録

朱翌樂府

待制公十八歲時嘗作樂府云：「流水泠泠，斷橋斜路橫枝亞。雪花飛下。全勝江南畫。白壁青錢，欲買真無價。歸來也。風吹平野。一點香隨馬。」朱希真訪司農公不值，於几案間見此詞，驚賞不已，遂書于扇而去。初不知何人作也。一日，洪覺範見之，扣其所從來，朱具以告。二人因同往謁司農公問之，公亦愕然。客退，從容詢及待制公，公始不敢對，既而以實告。司農公責之曰：「兒曹讀書，正當留意經史，何用作此等語耶。」然心實喜之，以爲此兒他日必以文名于世。今諸家詞集及漁隱叢話皆以爲孫和仲或朱希真作，非也。正如詠摺骨扇詞云：「宫紗蜂趕梅，寶扇鸞開翅。數摺聚清風，一捻生秋意。搖搖雲母輕，裊裊瓊枝細。莫解玉連環，怕作飛花墜。」余嘗親見稿本於公家，今于湖集迺載此詞，蓋張安

國嘗爲人題此詞於扇故也。耆舊續聞

裴按：曾紆曾爲司農少卿，待制乃其子慥也。

樂府雅詞有誤

曾端伯慥編樂府雅詞，以秋月詞念奴嬌，爲徐師川作。梅詞點絳唇，爲洪覺範作，皆誤也。秋月詞乃李漢老，梅詞乃孫和仲，和仲即正言諤之子也。又世傳江城子、青玉案二詞皆東坡所作。然西清詩話謂江城子乃葉少蘊作，桐江詩話謂青玉案乃姚進道作，四詞皆佳。漢老念奴嬌詞中有「滿天霜曉，叫雲吹斷橫玉」之句。乃用崔魯華清宮詩「銀河漾漾月輝輝。樓礙天邊織女機。橫玉叫雲清似水，滿空霜逐一聲飛」。或云，叫雲乃笛名，非也。苕溪漁隱

晁沖之梅詞

端伯所編樂府雅詞中有漢宮春梅詞，云是李漢老作，非也，乃晁沖之叔用作。政和間作此詞獻蔡攸，是時朝廷方興大晟府，蔡攸攜此詞呈其父云：「今日於樂府中得一人。」京覽其詞，喜之，即除大晟府丞。詞中有「清淺小溪如練，問玉堂、何似茅舍疎籬」，此用玉堂事，乃唐人詩云：「白玉堂前一樹梅。今朝忽見數枝開。兒家門户重重閉，春色因何得入來。」或云，玉堂乃翰苑之玉堂，非也。同上

張芸叟詞用樂天詩

張芸叟詞云：「回首夕陽紅盡處，應是長安。」人喜誦之。樂天題岳陽樓詩云：「春岸緑時連夢澤，夕陽紅處近長安。」蓋芸叟由此换骨也。梁溪漫志

蘇過點絳唇

蘇叔黨有「新月娟娟」、「高柳蟬嘶」二首，皆點絳唇也。時禁蘇氏文章，故隱其名以爲汪彦章作。古今詞話

汪彦章點絳唇

蘇叔黨點絳唇詞，能改齋漫録謂爲汪彦章作。彦章在翰苑屢致言者，作此詞。或問曰：「歸夢濃於酒，何以在曉鴉啼後。」公曰：「無奈此一隊畜生何。」按曉鴉，草堂改作亂鴉，歸夢改作歸興，今從吴虎臣能改齋漫録正之。詞衷

仲殊柳梢青

柳梢青「岸草平沙」一首，僧仲殊也。今刻本往往失其名，故特著之。宋人小詞僧徒惟二人最佳，覺範之作類山谷，仲殊之作似花間。祖可、如晦俱不及也。草堂詞話

葛魯卿驀山溪

葛魯卿有驀山溪一曲，咏天穿節郊射也。宋以前以正月二十三日爲天穿節，相傳云，女媧以是日補天，俗以煎餅置屋上，名曰補天穿，今其俗廢久矣。詞云：「春風野外，卯色天如水。魚戲舞綃紋，似出聽、新聲北里。追風駿足，千騎卷高門，一箭過，萬人呼，雁落寒空裏。　天穿過了，此日名穿地。横石俯清波，競追隨、新年樂事。誰憐老子，使得縱遨遊，争捧手，共憑肩，夾路遊人醉。」詞不甚工而事奇，故拈出之。「卯色天」用唐詩「殘霞蹙水魚鱗浪，薄日烘雲卯色天」之句。東坡詩亦云：「笑把鴟夷一尊酒，相逢卯色五湖天。」今刻蘇詩者，不知出處，改卯色爲柳色，非也。花間詞「一方卯色楚南天」，注以卯爲卯，亦非。詞品

曹組望月婆羅門

曹元寵本善作詞，特以紅窗迥戲詞盛行於世，遂掩其名。如望月婆羅門詞，亦豈不佳。詞云：「漲雲暮捲，漏聲不到小簾櫳。銀河淡掃澄空。皓月當軒高掛，秋入廣寒宫。正金波不動，桂影朦朧。　佳人未逢。嘆此夕與誰同。望遠傷懷，對景霜滿愁紅。南樓何處，想人在長笛一聲中。凝淚眼，立盡西風。」此詞病在霜滿愁紅之句，時太早耳。曾端伯編雅詞乃以此詞爲楊如晦作，非也。苕溪漁隱

張元幹漁家傲

張仲宗有漁家傲一詞云：「釣笠披雲青嶂繞。緑蓑雨細春江渺。白鳥飛來風滿棹。收綸了。漁童拍手樵青笑。　明月太虚同一照。浮家泛宅忘昏曉。醉眼冷看城市鬧。烟波老。誰能省得閒煩惱。」余往歲

在錢塘，與仲宗從游甚久，仲宗手寫此詞相示，云舊所作也。其詞第二句，元是「擫頭雨細春江渺」，余謂仲宗曰：「擫頭雖是船名，今以雨襯之，語晦而病，因爲改作綠蓑雨細。」仲宗笑以爲然。同上

張元幹夜遊宫

張仲宗夜遊宫辭云：「半吐寒梅未拆。雙魚洗、冰澌初結。户外明簾風任揭。擁紅爐，酒窗間聽稷雪。　此日去年時節。這心事、有人歡悦。斗帳重薰鴛被疊。酒微醺，管燈花，今夜别。」雙魚洗，盥手之器，見博古圖。稷雪，霰也，形如米粒，能穿瓦透窗，見毛詩疏。堅瓠集

小詞用毛詩

高文惠妻與夫書曰：「今來織成襪一量，願著之動與福并。」量，當作兩，詩「葛屨五兩」是也。無名氏踏莎行詞末云：「夜深著輛小鞋兒，靠著屏風立地。」輛、兩蓋古今字也，小詞用毛詩字亦佳。詞品

裴按：無名氏詞並非踏莎行，説詳餘編中。

銀蒜押簾

歐陽永叔做玉臺體詩「銀蒜押簾宛地垂」，蘇東坡哨遍詞「睡起畫堂，銀蒜珠幕雲垂地」，蔣捷白紵詞「早是東風作惡，旋安排、一雙銀蒜鎮羅幕」，銀蒜蓋擣銀爲蒜形，以押簾也。宋元親王納妃，公主下降，皆有銀蒜簾押數百雙。同上

張先歸朝歡

張子野歸朝歡詞云：「聲轉轆轤聞露井。曉汲銀瓶牽素綆。西園人語夜來風，叢英飄墜紅成徑。寶猊烟未冷。蓮臺香燭殘痕凝。等身金，誰能得意，買此好光景。粉落輕妝紅玉瑩。月枕橫釵雲墜領。有情無物不雙棲，文禽只合長交頸。晝長歡豈定。争如翻做春宵永。日曈曨，嬌柔懶起，簾押捲花影。」「等身金」三字甚新，本賈黄中傳。賈黄中幼日聰悟過人，父取書與其身相等，令誦之，謂之「等身書」。古今詞話

葛魯卿西江月

靺鞨，國名，古肅慎地，産寶石大如巨栗，中國謂之靺鞨。文與可朱櫻歌，有「翡翠一盤紅靺鞨」句。葛魯卿西江月詞：「靺鞨斜紅帶柳，琉璃漲緑平橋。人間花月正新妖。不數江南蘇小。恨寄飛花簌簌，情隨流水迢迢。鯉魚風送木蘭橈。廻棹荒鷄報曉。」詩詞中靺鞨事甚多，人罕知者，故録之。同上

坊曲改作坊陌非是

唐制妓女所居曰坊曲，北里志有南曲北曲，如明兩京之南院北院也。宋陳敬叟詞「窈窕青門紫曲」，周美成詞「小曲幽坊月暗」，又「愔愔坊曲人家」，草堂詩餘改作坊陌，非也。謝臯羽天地間氣集，載孟綆南京詩「愔愔坊曲傍深春，活活河流過雨渾。花鳥幾時充貢賦，牛羊今日上邱原。猶傳柳七工詞翰，不見

朱三有子孫。我亦前生梁楚士，獨持心事過夷門。」同上

詩詞用泥字

俗謂柔言索物曰泥，乃計切，諺所謂軟纏也。杜子美詩「忽忽窮愁泥殺人」，元微之憶內詩「顧我無衣搜畫篋，泥他沽酒拔金釵」，杜牧之登九華樓詩「爲郡異鄉徒泥酒」，皇甫非烟傳詩「郎心應似琴心怨，脈脈春情更泥誰」，楊乘詩「晝泥琴聲夜泥書」，元鄧文原贈妓詩「銀燈影裏泥人嬌」，柳耆卿詞「泥歡邀寵最難禁」，字又作泥，花間集顧敻詞「黄鶯嬌轉泥芳妍」，又，「記得泥人微斂黛」，字又作妮，王通叟詞「十三妮子緑窗中」，今山東目婢曰小妮子，其語亦古矣。詞品

無名氏鞓紅詞

無名氏鞓紅詞云：「粉香尤嫩，霜寒可慣。怎奈向、春心已轉。玉容別是，一般閒婉。悄不管、桃紅杏淺。月影玲瓏，金堤波面。漸細細、香風滿院。一枝折寄，故人雖遠。莫輒使、江南信斷。」按鞓紅乃牡丹名。放翁桃源憶故人詞「一朵鞓紅凝露」，東坡西江月詞「蓬萊殿後鞓紅」，鞓音汀，帶革也。西廂「帶角傲鞓紅」，宋待制服紅鞓犀帶，蓋以花色如帶鞓之紅耳。今所繫亦曰鞓帶，而字書音爲丁，誤也。萬紅友

孟婆

俗謂風曰孟婆，蔣捷詞云：「春雨如絲，繡出花枝紅裊。怎禁他孟婆合早。」江南七八月間，有大風甚於

舶艫，野人相傳，以爲孟婆發怒。按北齊李騊駼聘陳，問陸士秀，江南有孟婆，是何神也。士秀曰：「山海經云：『帝之二女，遊於江中，出入必以風雨自隨，以帝女故曰孟婆。』猶郊祀志以地神爲泰媼。」此言雖鄙俚，亦有自來矣。 詞品

心字香

蔣捷有一剪梅詞云：「一片春愁帶酒澆。江上舟搖。樓上帘招。秋娘容與泰娘嬌。風又飄飄。雨又瀟瀟。 何日雲帆卸浦橋。銀字箏調。心字香燒。流光容易把人拋。紅了櫻桃。綠了芭蕉。」 按心字香，外國以花釀香，作心字焚之。 堅瓠集

欸乃曲

元結有欸乃曲，按欸乃俗訛款乃，非。字書作款乃，亦非。欸乃，棹船戛軋之聲，柳詩「欸乃一聲山水綠」，嚴次山集名清江欸乃，是也。 欸字與唉字同，是嘆恨發聲之辭。通雅曰：「唉，烏開切，又於解、於亥、於皆三切。」楚辭「唉秋冬之緒風」。亞父曰：「唉，豎子不足於謀。」此欸乃之欸，正當作埃字，上聲，讀爲烏蟹切，蓋船聲如人聲耳。劉蛻湖中歌作靄迺，劉言史瀟湘詩作曖迺，皆欸字之借字。 山谷以爲字異音同。陰氏謂紫陽韻及韻會皆然，而梅氏字彙謂數處當各如其音，不必比而同之，甚謬。升庵云：「欸，亞改切。柳詩本作靄襖，後人誤倒讀作襖靄。」近江右張爾公作正字通，以爲宜讀作矮靄。然正韻於上聲六解內收，乃字作依亥切，去聲六泰內收乃字作於蓋切，皆引欸乃爲證，是乃有靄愛二音。 而欸則音襖，

是欸之音襖，向來相傳亦必有所本。魏校六書精蘊云：「語辭之乃，轉爲欸乃之乃，音烏皓切」，正作襖音，是則欸字之爲埃上聲無疑，而乃字則或作靄，或作襖，未確然耳。又陳氏謂當如乃字本音，奈上聲，則必不然。而冷齋夜話載洪駒父云：「柳詩本是麪靄，俗誤分麪爲二字。」則其說新奇而無可考據也。萬紅友

朝天紫

朝天紫本蜀牡丹花名，其色正紫，如金紫大夫服色，故名。後人以爲曲名，今以紫作子，非也。見陸游牡丹譜。詞苑叢談

檀郎

詩詞中多用檀郎字，不知所謂。解者曰，檀喻其香也。後閱曾謙益李長吉詩註云：「潘安小字檀奴，故婦人呼所歡爲檀郎。」然未知何據。顧茂倫

樂府補題

樂府補題，宛委山房賦龍涎香，調天香。浮翠山房賦白蓮，調水龍吟。紫雲山房賦蓴，調摸魚兒。餘閒書院賦蟬，調齊天樂。天柱山房賦蠏，調桂枝香。倡和者爲玉笥王沂孫聖與、蘋洲周密公謹、天柱王易簡理得、友竹馮應瑞祥父、瑤翠唐藝孫英發、紫雲呂同老和父、賞房李彭老商隱、宛委陳恕可行之、菊山

唐珏玉潛、月洲趙汝鈉真卿、五松李居仁師吕、玉田張炎叔夏、山村仇遠仁近，皆宋遺民也。按陳恕可別本作練，非。陳旅安雅堂集有陳行之墓志云：「會稽陳恕可，古靈先生述古之後，有樂府補題一卷。」其爲姓陳無疑。詞箋

蔡党詠茶詞

蔡松年小詞：「喜銀屏小語，私分麝月，春心一點。」麝月，茶名，麝言香，月言圓也。或説麝月是畫眉香煤，亦通。但下不得分字。又党懷英茶詞：「紅莎緑蒻春風餅。趁梅驛，來雲嶺。」金自明昌、大定時，文物已埒中國，而製茶之精如此，風味亦何減宋人。詞品

裴按：蔡松年，字伯堅，自號蕭閒老人。仕金至尚書太丞相，封衛國公，卒謚文簡。

夢雨

蕭閒云：「風頭夢，吹無跡。」蓋雨之至細若有若無者，謂之夢，田夫野婦皆道之。而雷溪注以爲夢中雲雨，又曰雲夢澤之雨，謬矣。賀方回有「風頭夢雨吹成雪」之句。又云：「長廊碧瓦，夢雨時飄灑。」豈亦如雷溪之説乎。滹南詩話

蔡松年賞荷詞

蕭閒樂善堂賞荷花詞云：「胭脂膚瘦薰沉水，翡翠盤高走夜光。」世多稱之。此句誠佳，然蓮體實肥，不宜

言瘦。予友彭子升嘗易膩字，此似差勝。若乃走珠之狀，唯雨露中然後見之，據辭意當時不應有雨也。山黛月波之類，蓋總述所見之景。而雷溪注云：「言此花以山爲眉，波爲眼，雲爲衣。」不亦異乎。至「一枝梅緑横冰萼，淡雲新月炯疎星」之句，亦如此説，彼無真見而妄意求之，宜其謬之多也。同上

高觀國咏蘇堤芙蓉

有菩薩蠻咏蘇堤芙蓉云：「紅雲半壓秋波急。豔妝泣露嬌啼色。佳夢入仙城。風流石曼卿。宫袍呼醉醒。休捲西風景。明月粉香殘。六橋烟水寒。」世謂高季迪之詞也。不知季迪乃是行香子，其詞云：「如此紅妝。不見春光。向菊前、蓮後纔芳。雁來時節，寒沁羅裳。正一番風，一番雨，一番霜。蘭舟不采，寂寞横塘。强相依、暮柳同行。湘江路遠，吴苑池荒。奈月朦朧，人杳杳，水茫茫。」以優劣論之，前則不如後也。昨偶得雜録一册，前詞乃宋人高竹屋著也，豈非因姓同而訛之耶。詞苑

趙德莊眼兒媚

楊升庵少與恒忱二弟賞梅世耕堂，懸掛燈於梅枝上，賦詩云：「疎梅懸高燈，照此花下酌。只疑梅枝然，不覺燈火落。」王浚川延相見而賞之曰：「此奇事奇句，古今未有也。」後閲趙德莊眼兒媚詞云：「黄昏小宴到君家。梅粉試春華。暗垂素蕊，横枝疎影，月淡風斜。更燒紅燭枝頭掛，粉蠟鬭香奢。元宵近也，小園先試，火樹銀花。」則昔人已有此事矣。宜齋野乘

明代詞不被管絃

教坊李節箏歌，何元朗品爲第一。金陵全盛時，顧東橋必用箏琶侑觴。相傳武宗南巡，樂工頓仁隨駕，學得金元雜劇，何元朗家小鬟，盡得其曲而用之。比得詞調，猶作引子過曲。今供筵所唱，類具時曲，並無人問及詞調。則倚聲之被管絃者，殁未百年，而竟成廣陵散矣。詞統

唐寅佳詞少

子畏吴下才人，而佳詞絶少。踏莎行四時閨詞，膾炙當世。及讀陳白陽集，知俱係陳作。陳集編於其從孫明卿者，諒無傳疑。余欲改正，友人曰：「倩陳山人彩毫爲唐解元點染風流也可，何必認真。」乃不果改。蘭皋集

俞仲茅小詞

俞仲茅小詞云：「輪到相思没處辭，眉間露一絲。」視易安「纔下眉頭，又上心頭」，可謂此兒善盜。然易安亦從范希文「都來此事，眉間心上，無計相迴避」語脱胎，特更工耳。花草蒙拾

詞苑萃編卷之二十二

諧謔

回波詞

沈佺期回波詞云：「回波爾時佺期。流向嶺外生歸。身名已蒙齒録，袍笏未復牙緋。」裴談回波詞云：「回波爾時栲栳。怕婦也是大好。外邊祇有裴談，内裏無過李老。」一用平韻，一用仄韻，乃俳詞之祖也。詞苑

裴温歌曲

裴郎中諴，晉國公次弟子也。善談諧，與温岐爲友，好作歌曲。既入臺，爲三院所謔曰：「能爲淫豔之歌，有異潔清之士。」其南歌子云：「不是廚中串，争知炙裏心。井邊銀釧落，展轉恨還深。」又曰：「不信長相憶，擡頭問取天。風流荷葉動，無夜不摇蓮。」二人又爲新聲楊柳枝詞，裴云：「思量大似惡因緣。只得相看不得憐。願作琵琶槽那畔，美人長抱在胸前。」又云：「獨房蓮子没人看。偷得蓮時命也拚。若有所由來借問，但道偷蓮是下官。」温詞云：「一尺紅深朦麴塵。舊物天生如此新。合歡桃核終堪恨，裏

許元來別有人。」又云：「井底點燈深燭伊。共郎長行莫圍棋。玲瓏骰子安紅豆，入骨相思知不知。」同上

裴按：温庭筠原名岐。

曲子相公

晉宰相和凝，少年好爲曲子，契丹入彝門，號爲「曲子相公」。有何滿子詞曰：「正是破瓜年紀，含情慣得人饒。桃李精神鸚鵡舌，可堪虚度良宵。却愛藍羅裙子，羨他長束纖腰。」古今詞話

伊用昌詠鼓詞

伊用昌，不知何許人也。其妻有殊色，音律女工，皆曲盡其妙。夫雖飢寒，丐食，終無愧意。或豪富子弟調笑，常有不可犯之色。用昌狂逸善飲，人呼爲「伊風子」。多遊江左廬陵宜春等郡，愛作望江南詞，夫妻唱和。或宿於古寺廢廟，間遇物即有所詠，其詞皆有旨。詠鼓詞云：「江南鼓，梭肚兩頭欒。釘著不知侵骨髓，打來只是没心肝。空腹被人漫。」十國春秋拾遺

仲殊和蘇詞

東坡守錢塘，無一日不在西湖。嘗攜伎謁大通禪師，師愠形于色。東坡作長短句令伎歌之曰：「師唱誰家曲，宗風嗣阿誰。借君拍版與門槌。我也逢場作戲，不須疑。溪女方偷眼，山僧莫皺眉。却嫌彌

勒下生遲。不見阿婆三五，少年時。」時有僧仲殊在蘇州，聞而和之曰：「解舞清平樂，如今説合誰。紅爐片雪上鉗鎚。打就金毛獅子，也堪疑。　木女明開眼，泥人暗皺眉。蟠桃已是看花遲。不向東風一笑，待何時。」冷齋夜話

蘇詞書鄭高脱籍

林希子中知潤州，東坡自錢塘赴召，有官伎鄭容、高瑩求脱籍。東坡爲一詞書牒尾云：「鄭莊好客。容我尊前時墮幘。落筆風生。籍籍聲名滿帝京。　高山白早。瑩骨冰肌那解老。從此南徐。良夜清風月滿湖。」林判曰：「鄭容落籍，高瑩從良。」蓋取句端八字云。東皋雜録

蘇軾如夢令

東坡云：「余嘗浴泗洲雍熙塔下，戲作如夢令兩闋云：『水垢何曾相受。細看兩俱無有。寄語揩背人，盡日勞君揮肘。輕手。輕手。居士本來無垢。』又云：『自淨方能洗彼。我自汗流呀氣。寄語澡浴人，且共肉身遊戲。但洗。但洗。俯爲世間一切。』」若溪漁隱

王彥齡嘲監司詞

王彥齡高才不羈，爲太原掾官，嘗作青玉案、望江南詞以嘲帥與監司。監司聞之，大怒，責之，彥齡斂版向前曰：「居下位，常恐被人讒。只是曾填青玉案，如何敢做望江南。請問馬都監。」時馬都監者，適與

彥齡並坐，惶恐亟自辯訴。既退，尤彥齡曰：「某初不知，何乃以某爲證。」彥齡笑曰：「乃借公趁韻，幸勿多怪。」軒渠録

侯蒙臨江仙

侯蒙少游場屋，年三十有一，始得鄉貢。人以其年長貌寢，不之敬。有輕薄子畫其形於紙鳶上，引線放之。蒙見而大笑，作臨江仙詞，題其上曰：「未遇行藏誰肯信，如今方表名蹤。無端良匠畫形容。當風輕借力，一舉入高空。　才得吹嘘身漸穩，只疑遠赴蟾宮。雨晴時候夕陽紅。幾人平地上，看我碧霄中。」竟一舉登第，年未四十，遂爲執政。夷堅志

陳亞藥名詞

宋陳亞，性滑稽，嘗用藥名作閨情生查子三首。其一曰：「相思意已深，白紙書難足。字字苦參商，故要檀郎讀。　分明記得約當歸，遠至櫻桃熟。何事菊花時，猶未回鄉曲。」其二曰：「小院雨餘涼，石竹風生砌。罷扇儘從容，半夏紗厨睡。　起來閒坐北亭中，滴盡珍珠淚。爲念壻辛勤，去折蟾宫桂。」其三曰：「浪蕩去還來，躑躅花頻換。可惜石榴裙，蘭麝香將半。　琵琶閒後理相思，必撥朱弦斷。擬續斷朱弦，待這宼家面。」予謂此等詞，偶一爲之可耳，畢竟不雅。苕溪漁隱

曹東畝紅窗迥

曹東畝赴試步行，戲作紅窗迥慰其足云：「春闈期近也，望帝鄉迢迢，猶在天際。懊恨一雙脚底。一日廝趕上，五六十里。　争氣。扶持我去，博得官歸，恁時賞你。穿對朝靴，安排你在轎兒裏。更選對宮樣鞋兒，夜間伴你。」詞品

裴按：東畝名豳，後改元寵，嘉熙時人也。

康與之望江南

建炎中，駕駐維揚，康伯可上中興十策，名振一時。後秦檜當國，伯可乃附會求進，爲十客中之狎客，專應制爲歌詞。重九遇雨，奉敕口占望江南云：「重陽日，陰雨四郊垂。戲馬臺前泥拍肚，龍山會上水平臍。直浸到東籬。　茱萸胖，菊蕊濕滋滋。落帽孟嘉尋箬笠，休官陶令覓簑衣。兩個一身泥。」上大笑。詞苑

小詞戲曹勛使金

東坡送子由奉使契丹詩末句云：「單于若問君家世，莫道中朝第一人。」用李揆事也。紹興中，曹勛功顯使金國，好事者戲作小詞，其後闋云：「單于若問君家世，說與教知。便是紅窗迥底兒。」謂功顯之父元寵，昔以此曲著名也。同上

周邦彦紅窗迥

周邦彦亦有紅窗迥詞云：「幾日來，真個醉。不知道窗外，亂紅已深半指。花影被風搖碎。擁春酲乍起。　有個人人，生得濟楚，來向耳畔問道，今朝醒未。情性兒慢騰騰地。惱得人又醉。」此亦詞中俳體，而尚饒情趣，迥異柳七、黃九諸闋。客亭類稿

裴按：此詞亦名紅窗迥，而與曹東畝作絶不相同。

無名子譏范覺民詞

紹興初，范覺民爲相。以自崇寧以來，創立法度，例有汎賞，建議討論，又行下吏部參酌追奪，有至奪十五官者。雖公論當然，而失職者胥造謗，浮議蜂起。無名子因改坡語云：「清要無因。舉選艱辛。繫書錢、須要十分。浮名浮利，虛苦勞神。歎旅中愁，心中悶，部中身。　雖抱文章，苦苦推尋。更休說、誰假誰真。不如歸去，作個齊民。免一回來，一回討，一回論。」大字書寫貼於牆上，邏者得之以聞。朝論慮或搖人心，罷討論之舉。范公用是爲臺諫所攻。容齋隨筆

文及翁西湖詞

蜀人文及翁登第後遊西湖，一同年戲之曰：「西蜀有此景否。」及翁卽席賦賀新郎云：「一勺西湖水。渡江來，百年歌舞，百年酣醉。回首洛陽花世界，煙渺黍離之地。更不復、新亭墮淚。簇樂紅妝搖畫舫，

問中流，擊楫何人是。千古恨，幾時洗。余生自負澄清志。更有誰、磻溪未遇，傅巖未起。國事如今誰倚仗，衣帶一江而已。便都道、波神堪恃。試問孤山林處士，但掉頭、笑指梅花蕊。天下事，可知矣。」古杭雜記

辛棄疾止酒詞

辛幼安止酒沁園春云：「杯汝前來。老子今朝，點檢形骸。甚長年消渴，咽如焦釜，于今喜溢，氣似奔雷。漫說劉伶，古今達者，醉後何妨死便埋。如此嘆，汝於知己，真少恩哉。更憑歌舞爲媒。莫合作、平居鴆毒猜。況怨無大小，生於所愛，物無美惡，過則爲災。與汝成言，勿留急去，吾力猶能肆汝杯。杯再拜，道麾之則去，招則須來。」此又如賓戲、解嘲等作，乃是把做古文手段，寓之於詞賦。陳子宏

辛棄疾遣姬詞

稼軒有姬名錢錢，辛年老遣去，賦臨江仙與之云：「一自酒情詩興懶，舞裙歌扇闌珊。好天良夜月團圞。杜陵真好事，留得一文看。歲晚人欺程不識，怎教阿堵流連。楊花榆莢任漫天。從今花影下，只看綠苔圓。」詞苑

辛棄疾好事近

稼軒在上饒，屬其室病，呼醫對脈。吹笛婢整整者侍側，乃指以謂醫曰：「老妻病安，以此人爲贈。」不數

日，果勿藥，乃踐前約。整整去，因口占好事近云：「醫者索酬勞，那得許多錢帛。只有一個整整，也合盤盛得。　下官歌舞轉淒涼，賸得幾枝笛。覷著者般火色，告媽媽將息。」一時戲謔，風調不羣。清波别志

陳藏一詠雪詞

史彌遠之比周於楊后也，出入宮禁，外議甚譁。有人作咏雲詞譏之云：「往來與月爲儔，舒卷和天也蔽。」賈似道當國日，陳藏一亦作咏雪詞以譏之曰：「没巴没鼻，霎時間做出，漫天漫地。不論高低併上下，平白都教一例。鼓弄滕六，招摇巽二，直恁張威勢。識他不破，至今道是祥瑞。　最是鵝鴨池邊，三更半夜，悮了吳元濟。東郭先生都不管，關上門兒穩睡。一夜東風，三竿紅日，萬事隨流水。東皇笑道，山河原是我的。」詞寄念奴嬌。錢塘遺事

方岳生日詞

新安方秋崖，除夕大書生日詞曰：「今朝廿九，明朝初一。怎欠個、秋崖生日。客中情緒，老天知道，這月不消三十。　春盤縷翠，春缸摇碧。便泥做、梅花消息。雪邊試問是耶非，笑今夕、不知何夕。」
堅瓠集

嘲參政詞

嘉定更化，收召故老，一名公拜參政，雖好士而力不能援。謂客曰：「贄而來見者吾皆倒屣，未嘗敢失一

士，外議如何。」客素滑稽，曰：「自公大用，外間盛唱燭影摇紅之詞。」參政問何故。客曰：「幾回見了，見了還休，争如不見。」賓主相視一笑。後村詩話

李好義望江南

宋理宗時，李好義爲某郡總管，作詞名望江南云：「思往事，白盡少年頭。曾帥三軍平蜀難，沿邊四郡一齊收。逆黨反封侯。　元宵夜，燈火鬧啾啾。廳上一員閒總管，門前幾個紙燈毬。簫鼓勝皇州。」江湖紀聞

蜀伎詞

蜀倡類能文，蓋薛濤遺風也。有客自蜀挾一伎歸，蓄之别室，率數日一往。偶以病少踈，伎頗疑之，客作詞自解。伎用韻以答之云：「説盟説誓，説情説意。動便春愁滿紙。多應念得脱空經，是那個、先生教的。　不茶不飯，不言不語。一味供他憔悴。相思已是不曾閒，又那得、工夫咒你。」詞苑叢談

馬瓊瓊詞

營伎馬瓊瓊歸朱廷之，延之因闢二閤，東閤正室居之，瓊瓊居西閤。延之之任南昌，瓊以梅雪扇題辭寄之云：「雪梅妬色。雪把梅花相抑勒。梅性温柔。雪壓梅花怎起頭。　芳心欲訴。全仗東君來作主。傳與東君。早與梅花作主人。」延之詳詞意，知西閤爲東閤摧挫，遂休官歸家。置酒會二閤曰：「昨見西閤所寄雪梅詞，使人不遑寢食。」東閤乃曰：「君今仕矣，試爲判斷此事，據西閤所云，梅雪孰是也。」延之

遂作浣溪紗一闋，以示二閣云：「梅正開時雪正狂。兩般幽韻孰優長。且宜持酒細端詳。梅比雪花輸一出，雪如梅蕊少些香。東君非是不思量。」自後二閣歡會如初。同上

趙管倡和詞

趙承旨與管夫人伉儷相得，倡和甚多。一日趙欲納姬，以一曲調管夫人云：「我爲學士，你做夫人。豈不聞陶學士有桃葉桃根，蘇學士有朝雲暮雲。我便多娶幾個吴姬越女，何過分。你年紀也過四旬，只管占住玉堂春。」管亦以一曲答之云：「你儂我儂，忒煞情多。情多處熱似火。把一塊泥捏一個你，塑一個我。將他來齊打破，用水調和。再捏一個你，再塑一個我。我泥中有你，你泥中有我。我和你生同一個衾，死同一個槨。」調笑甚工。同上

王特起賀人生第三子詞

王特起賀人生第三子，疊用三字作喜遷鶯詞云：「古今三絶，惟鄭國三良，漢家三傑。三俊才名，三儒文學，更有三君清節。争似一門三秀，三子三孫奇崛。人總道、賽蜀郡三蘇，河東三薛。歡愜。況正是三月風光好，傾杯三百。子並三賢，孫齊三少，俱篤三餘事業。文既三冬足用，名節三元高揭。親朋慶看，寵加三錫，禮膺三接。」此等語意，卽福唐體之變調也。古今詞話

貫雲石賦詩

貫雲石隱居錢塘。一日，郡中數衣冠士人游虎跑泉，飲間賦詩，以泉爲韻。中一人但哦泉泉泉，久不能就。忽一叟曳杖而至，問其故，應聲曰：「泉泉泉。亂迸珍珠個個圓。玉斧斫開頑石髓，金鉤搭出老龍涎。」衆驚問曰：「公非貫酸齋乎。」曰：「然然然。」邀同飲，盡醉而去。西湖遊覽志

瞿宗吉募緣詞

杭伎朱觀奴頗通文義，嘗欲構一室而募緣於人，求題詞於瞿宗吉。宗吉援筆戲書云：「傾國傾城美貌，爲雲爲雨芳年。金沙灘上舊因緣。重到人間示現。欲構雲窗霧閣，奈慳寶鈔金錢。諸公有意與周旋。請看桃花好面。」人以宗吉故，喜捐貲焉。堅瓠集

卓珂月獨韻詞

卓珂月作獨韻詞云：「娘問爲何不去。爹問爲何不去。背地問檀郎，難道今朝真去。郎去。郎去。打疊離魂隨去。」又，「今日問郎來麽。明日問郎來麽。向晚問還頻，有個夢兒來麽。癡麽。癡麽。好夢可知真麽。」蘭皋集

沈宣除夕元旦詞

庠彥沈明德宣，嘗賦吾杭除夕、元旦蝶戀花二詞，道盡中人以下之家俗，誠足解頤，録以遺好事者。除

夕云：「鑼鼓兒童聲聒耳。傍早關門，掛起新簾子。炮杖滿街驚耗鬼。松柴燒在烏盆裏。寫就神荼並鬱壘。細馬送神，多著同興紙。分歲酒闌扶醉起。闔門一夜齊歡喜。」元旦云：「接得竈神天未曉。炮杖喧喧，催要開門早。新畫鍾馗先掛了。大紅春帖銷金好。爐燒蒼朮香繚繞。黃紙神牌，上寫天尊號。燒得紙灰都不掃。斜日半街人醉倒。」郎仁寶

明妓催乾詞

明末一妓善監酒，席間作調笑令，以催乾爲韻。「聞道才郎高量。休讓。酒到莫停杯。笑拔金釵敲玉臺。催麽催。催麽催。已是三催將絶。該罰。不揣作監官。要取杯心顛倒看。乾麽乾。乾麽乾。」一座笑賞。艮齋雜説

李容齋賀優人新婚詞

朝霞李尚書容齋，戲爲優人新婚賀新郎詞云：「夫子門楣異。卻贏來、嬌羞事業，風流經濟。一向喬妝身是妾，此舉差强人意。指山海、香盟粉誓。笑煞逢場花燭假，喜今朝、花燭真滋味。貪美酒，恣尤殢。個儂休作男兒覷。料無非、鉛華侶伴，裙釵班輩。正自難分姑與嫂，謾道燕如兄弟。恐還是，趙家姊妹。兒女温存原自慣，願卿卿、憐婦如憐婿。今何夕，三生會。」長安中盛傳此詞。詞苑叢談

宋琬西江月

林鐵崖嗣環使君口吃，有小史名絜鐵，嘗共患難，絶憐愛之，不使輕見一人。一日，宋觀察琬在坐，呼之不至。觀察戲爲西江月詞云：「閱盡古今俠女，肝腸誰得如他。兒家郎罷太心多。金屋何須重鎖。羞説餘桃往事，憐卿勇過龐娥。千呼萬喚出來麽。君曰期期不可。」衆皆大笑。續軒渠録

曹溶滿庭芳

曹秋岳先生溶賦滿庭芳詞，贈沙校書，即賦沙字。「豔似淘金，清還碾玉，怕人喚作風塵。溪邊迭約，落雁故頻頻。漫説愁來醉卧，趁坡陂、高下鋪勻。疎狂處、量他一斛，捏就小腰身。〇羞隨輕浪滚，蓮花步愛，踏盡無痕。怪當年叱利，假借堪嗔。今日誰能拘管，算恆河、自有仙真。情何限，千堆白雪，占斷鳳樓春。」錢塘朱若干爲之序。同上

曹溶浪淘沙

孔子威墜馬，曹秋岳詠浪淘沙詞以戲之。「野岸石橋濱。雪色初勻。揚鞭一試紫騮新。記取黄沙沉戟地，不是花茵。旨酒酹芳辰。年少腰身。羅衣代拂五陵塵。回首微聞相痛惜，樓上佳人。」堅瓠集

萬年冰題詞

錢塘陸雲士大令家有萬年冰一塊，長安諸公賦之者甚衆。尤悔庵云：「幾時海上凌波去。碧雲宫裏偷

冰柱。攜向玉臺中。光争琥珀紅。長安多熱客。把玩清心骨。若問是何名。多年一老兵。」昔劉原父在署，隔舍羣武弁，玩一水晶器，不識何名。原父遥謂之曰：「諸公勿訝，此乃多年一老冰耳。」今讀悔庵此詞，不覺絶倒。詞苑叢談

尤侗新嫁娘詞

尤悔庵侗有新嫁娘詞，調寄西江月。「月下雲翹早卸，燈前羅帳眠遲。今宵猶是女孩兒，明日居然娘子。小婢偷翻翠被。新郎初試蛾眉。最憐妝罷見人時。盡道一聲恭喜。」堅瓠集

雲郎小照題詞

廣陵冒巢民家青童紫雲，儇巧善歌，與陽羨陳其年狎。其年爲畫雲郎小照，遍索題句。新城王阮亭曰：「黄金屈膝玉交盃。坐爐銀荷葉上灰。法曲自從天上得，人間那識紫雲迴。」武進陳椒峯曰：「憶脱春衫花底眠。新聲愛殺李延年。只今展卷人猶在，何處相看不可憐。」長洲尤悔庵曰：「西園公子綺筵開。璧月瓊枝夜夜來。小部音聲誰第一，玉簫先奏紫雲迴。」於是和者幾數十人。一日，雲郎合巹，其年賦賀新郎贈之云：「小酌酴醾釀。喜今朝、釵光簟影，燈前滉漾。隔著屏風喧笑語，報道雀翹初上。又悄把、檀奴偷相。撲朔雌雄渾不辨，但臨風、私取春弓量。送爾去，揭鴛帳。　六年孤館相依傍。最難忘，紅蕤枕畔，淚花輕颺。了爾一生花燭事，宛轉婦隨夫唱。努力做、藁砧模樣。只我羅衾渾似鐵，擁桃笙、難得紗窗亮。休爲我，再惆悵。」人傳「努力做藁砧模樣」句，無不絶倒。詞苑叢談

陳其年翠樓吟

一伎將落籍，陽羨生於上席賦翠樓吟贈之云：「銀甲捱蓁，珠絛絡鼓，清歌屈柘如縷。人到離筵裏，儘眉黛、愁將碧聚。縱横玉筋，似緑柳縈烟，紅蘭著露。歌雁柱。一場春夢，没些情緒。他日縱過侯門，只光延坊畔，櫻桃一樹。奈銅輿催上，更糝遍、一街絲雨。横波重注。看斜側帽簷，銷魂無語。紅蠟底，新官舊主，一般胡覷。」王司勳西樵見之，朗吟一絶句云：「新人橋上著春衫。舊主江頭側帽簷。願得化爲錦綬帶，許教雙鳳一時銜。」陳檢討集

吳壽潛你我詞

廣陵吳壽潛字彤本，號西瀛，其妻賀氏，名字，字乃文，吳與之情好甚篤，常戲作你我詞贈之，調一七令曰：「我。情埋，愁裹。無奈事，如何可。薄倖些些，癡頑頗頗。眼下總成空，心中全未妥。堪嗟泣慰牛衣，難負書乾螢火。慢言枕上枉封侯，還憐有夢卿同我。你。前來，語子。誇弄玉，隨蕭史。視我何如，憐卿乃爾。時事笑秋雲，韶光悲逝水。難忘孔雀屏前，常記櫻桃帳底。一生苦樂任天公，白頭惟願我和你。」按此調有平仄二韻，始於唐人送白樂天，即席指物爲賦，作者頗多。然諸譜中不載，惟楊升庵有風花雪月四作，彤本蓋偶與其婦爲之耳。詞苑叢談

董文友望梅

蘭陵董文友望梅一調，以七字爲韻。詞云：「奴年兩七，比陶家八八，李家七七。風情仙韻知難並，自思量、可及十分之七。卻似天孫，幾望斷、新秋初七。正閒看、北斗遥掛，闌干雲邊横七。空有琴絲五七。更詞名八六，歌名一七。奈唱回、殘月曉風，難説與、韋曲才人柳七。簡點春風，已花信、今番六七。怕年華都似，頃刻開花殷七」。雖具慧心巧舌，然此體亦不必效顰也。菊莊偶筆

董文友善爲情語

董文友以寧善爲情語，常有詞云：「倘若負情悰。來生左太沖。」人多傳之。又賦憶蘿月一調云：「已將身許。敢比風中絮。可奈檀郎疑又慮。未肯信儂言語。　便將一縷心煙。花間斂衽告天。若負小窗歡約，來生醜似無鹽。」予謂此無鹽正堪與太沖作匹。漁洋山

毛序始臨江仙

毛序始於康熙庚辰夏日，爲鄰人不戒於火，室廬被焚。其平時所藏書籍，俱成煨燼。因作臨江仙詞自歎云：「數本殘書何足忌，祝融忽學秦皇。一朝一炬盡消亡。豈能重購索，空自費思量。　焚硯雖然當發憤，并書焚去堪傷。從今遣悶更無方。將何來下酒，一斗竟荒唐。」堅瓠集

毛序始贈歌者詞

歌者周明娘，猶潯陽江頭之裴興奴也，時侍予輩飲。毛序始贈白蘋香詞曰：「雅量不辭杯酌，慧心巧合

人情。最宜小字自稱明。無目之明明甚。一座龥籌佐史，四筵傾倒賓朋。笑他粉面蠢紅裙。空有雙眸炯炯。」同上

周穉廉詠門神

雲間周冰持穉廉，吾友鷹垂之子也。喜爲詞曲，常有詠門神春風嫋娜詞云：「羨恥圖鳷鵲，嬾繪麒麟。隨北富，任南貧，總相親。解惜香封粉裹，窺園忘禁，竊藥隨人。月黑齊眉，日高對面，賞遍簷花不欠伸。衫薄怕沾梅後雨，命輕難看隔年春。　頗怪天公懞憧，雌雄未配，兩相看、俱是孤身。支薄俸，有椒尊。犬同值夜，雞伴司晨。儘一樣身材，難兄難弟，兩般性格，宜喜宜嗔。借問題門舊字，至今可剩餘痕。」長老見之，無不稱絶。續軒渠録

乞鬚免鬚詞

桃源薛懷號小鳳，葦間居士邊髯之甥也。才氣清恬，詩詞書畫皆酷似其舅，而鬚則童然不如，乃爲乞鬚詞以自禱。余因反其旨，轉其語，爲免鬚詞，命小伶歌以賀之。乞鬚詞云：「松窗棘院消磨處。無端卅年虛度。七尺休誇，二毛已賦。不道鬚偏遲暮。戔天乞與。便幾縷風前，代將吟麈。曲徑撚時，應添多少好詩句。　于思不敢瞞耳，但臣之壯也，一婆堪懼。漫把菱花，寸田尺宅，盼斷渾無頭緒。山妻笑語。問於意云何，躁心如許。且製羅囊，異時留滿貯。」免鬚詞云：「青衫彩管風流處。幾曾卅年虛度。

七尺堪誇、一二毛雖賦。猶喜鬢偏遲暮。願天勿與。恐髯愧羣羊，尾慚仙麈。撚斷休煩，自添多少好詩句。

于思徒取誚耳，有婆心一片，婆顏何懼。最厭蓬鬆，寸長尺短，欲理竟無頭緒。佳人笑語。免雙夢同時，刺人如許。省卻羅囊，睡時難盡貯。」華陽散稿

詞苑萃編卷之二十三

餘編一

温庭筠菩薩蠻

唐宣宗愛唱菩薩蠻，令狐丞相託温飛卿撰進，宣宗使宮嬪歌之。詞云：「玉纖彈處真珠落。流多暗濕鉛華薄。春露浥朝花。秋波浸晚霞。風流心上物。本爲風流出。看取薄情人。羅衣無此痕。」又云：「南園滿地堆輕絮。愁聞一霎清明雨。雨後却斜陽。杏花零落香。無言彈睡臉。枕上屏山掩。時節欲黄昏。無憀獨倚門。」又云：「夜來皓月才當午。重簾悄悄無人語。深處麝烟長。卧時留薄妝。當年還自惜。往事那堪憶。花露月明殘。錦衾知曉寒。」又云：「雨晴夜合玲瓏月。萬枝香嫋紅絲拂。閒夢憶金堂。滿庭萱草長。繡簾垂麗穀。眉黛遠山緑。春水渡溪橋。凭欄魂欲消。」古今詞話

五代樂章可喜

唐末五代文章之陋極矣，獨樂章可喜，雖乏高韻，而一種奇巧，各自立格，不相沿襲。在士大夫猶有可言，若昭宗「野烟生碧樹，陌上行人去」，豈非作者。諸國僭主中，李重光、王衍、孟昶、霸主錢俶，習於富

賁，以歌酒自娛。而莊宗同文興代北，生長戎馬間，百戰之餘，亦造語有思致。碧雞漫志

温庭筠造語綺麗

温庭筠湖陰曲警句云：「吳波不動楚山遠，花壓欄干春晝長。」庭筠工於造語，極爲綺靡，花間集可見矣。更漏子一詞尤佳。其詞云：「玉鑪香，紅蠟淚。偏照畫堂秋思。眉翠薄，鬢雲殘。夜長衾枕寒。梧桐樹。三更雨。不道離情正苦。一葉葉，一聲聲。空階滴到明。」苕溪漁隱

宋開創之主知詞

詞盛於宋，而國初宸翰無聞。然觀錢俶之「金鳳欲飛遭掣搦」，爲藝祖所賞。李煜之「一江春水向東流」，爲太宗所忌。開創之主，非不知詞，不以詞見耳。嗣則有金珠乞詩之宮嬪，有提舉大晟之官僚，按月律進詞，承宣命珥筆寵諸詞人，良云盛事。奚必宸翰之遠播哉。古今詞話

吳越王詞

吳越後王來朝，太祖爲置宴，出內伎彈琵琶。王獻詞曰：「金鳳欲飛遭掣搦。情脈脈。行即玉樓雲雨隔。」太祖起，拊其背曰：「誓不殺錢王。」後山詩話

吳人緩緩歌

吳越王妃每歲歸臨安，王以書遺之云：「陌上花開，可緩緩歸矣。」吳人用其語爲緩緩歌。後蘇東坡爲易

其詞歌之，「陌上山花無數開，路人争看翠軿來」，卽古清平調也。古今詞話

李煜圍城中作詞

南唐後主在圍城中作臨江仙詞，未就而城破。嘗見其殘稿，點染晦昧，心方危窘，不在書耳。藝祖曰：「李煜若以作詞工夫治國家，豈爲吾所俘也。」西清詩話

李駙馬滴滴金

「帝城五夜宴遊歇。殘燈外，看殘月。都人猶在醉鄉中，聽更漏初徹。行樂已成閒話說。如春夢，覺時節。大家重約探春行，問甚花先發。」李駙馬所撰正月十九滴滴金詞也。京師上元初放燈止三夕，時錢氏納土進錢買兩夜，故云五夜。同上

司馬光錦堂春

世傳温公有西江月一詞，今復得錦堂春云：「紅日遲遲，虛廊轉影，槐陰迤邐西斜。彩筆工夫，難狀曉景煙霞。蝶尚不知春去，謾遶幽砌尋花。桃李狂風過後，縱有殘紅，飛向誰家。始知青鬢無價，歎飄蓬宦路，荏苒年華。今日笙歌叢裏，特地咨嗟。席上青衫濕透，撫弄舊琵琶。怎不教人易老，多少離愁，散在天涯。」東皋雜録

晏幾道樂府補亡

晏叔原歌詞初號樂府補亡。自序曰：「往與二三忘名之士，浮沉酒中，病世之歌詞不足以自娱，不皆叙所懷，亦兼寫一時杯酒間聞見，同游者意中事。嘗思感物之情，古今不異。竊謂篇中之意，昔人定已不遺，第今無傳耳。故今所製，通以補亡名之。始時沈十二廉叔，陳十君龍家有蓮鴻、蘋雲，工以清謳娱客，每得一解，卽以草授諸兒，吾三人聽之，爲一笑樂。」其大致如此。叔原於悲歡合離，寫衆作之所不能，而嫌於誇，故云昔人定已不遺，第今無傳。蓮鴻、蘋雲，皆篇中數見，而世多不知爲兩家歌兒也，其後目爲小山集。碧雞漫志

晏幾道鷓鴣天

叔原年未至乞身，退居京城賜第，不踐諸貴之門。蔡京重九冬至日，遣客求長短句，欣然而作，爲鷓鴣天云：「九日悲秋不到心。鳳城歌管有新音。風彫碧柳愁眉淡，露染黄花笑靨深。初過雁，已聞砧。綺羅叢裏勝登臨。須教月户纖纖玉，細捧霞觴灎灎金。」「曉日翻長歲歲同。太平簫鼓間歌鐘。雲高未有前村雪，梅小初開昨夜風。羅幕翠，錦筵紅。釵頭羅勝寫宜冬。從今屈指春期近，莫使金罇對月空。」竟無一語及蔡者。同上

蘇易簡越江吟

世傳琴曲宫聲十小調，皆隋賀若弼所製，最爲絶妙。一不博金，二不换玉，三峽泛，四越溪吟，五越江吟，六孤猿吟，七清夜吟，八葉下聞蟬，九三清，十亡其名，琴家但名賀若而已。太宗尤愛之，爲之改不

博金曰楚澤涵秋，不換玉曰塞門積雪，仍命詞臣各探調製詞。時北門學士蘇易簡探得越江吟，其詞曰：「非雲非烟瑤池宴。片片。碧桃零落黃金殿。蝦鬚半捲。天香散。春雲和，孤竹清婉。入霄漢。紅顏醉態爛熳。金輿轉。霓旌影亂。簫聲遠。」冷齋夜話

改琴曲作閨怨

琴曲有瑤池燕，其詞既不佳，而聲亦怨咽。或改其詞作閨怨云：「飛花成陣。春心困。寸寸。别腸多愁悶。無人問。偷啼自搵。殘妝粉。抱瑤琴。尋出新韻。玉纖趁。南風未解幽慍。低雲鬟。眉峯斂暈。嬌和恨。」蘇東坡

蘇軾行香子

淮北之地平夷，自京師至汴口並無山，惟隔淮方有南山。米元章名其山爲第一山。有詩云：「京洛風塵千里還。船頭出没翠屏間。莫能衡霍撞星斗，且是東南第一山。」此詩刻在南山石崖上，石崖之側，有東坡行香子詞，後題云「與泗守游南山作」，字畫是東坡所書小字，但無姓名。崇觀間，禁元祐文字，遂鐫去之。余頃居泗上，打得此二碑，至今尚存。其詞云：「北望平川。野水荒灣。共尋春、飛步孱顏。和風弄袖，香霧縈鬟。正酒酣適，人語笑，白雲間。　飛鴻落照，相將歸去，淡娟娟、玉宇清閒。何人無事，宴坐空山。望長橋上，燈火亂，使君還。」苕溪漁隱

蘇軾詠瑞香

復齋漫録云：廬山瑞香花，古所未有，亦不産他處。天聖中，始稱傳。東坡諸公，繼有詩咏，豈靈草異芳，俟時乃出，故記序篇什，悉作瑞字。訥禪師云：「山中瑞采一朝出，天下名香獨見知。」張祠部圖之，强名佳客，以瑞爲睡焉。其詩曰：「曾向廬山睡裏聞，香風占斷世間春。窺花莫撲枝頭蝶，驚覺南柯半夢人。」余觀元祐羣公集，並無詠瑞香花詩，惟東坡次韻曹子方龍山真覺院瑞香花云：「幽香結淺紫，來自孤雲岑。骨香不自知，淺色意殊深。移栽青蓮宇，遂冠薝蔔林。結爲楚臣佩，散落天女襟。」又有西江月詞二首，其一云：「領巾飄下瑞香風。驚起謫仙春夢。」其一云：「更看微月轉光風。歸去春雲入夢。」東坡詞意，亦與張祠部詩意相類，但能含蓄之耳。同上

蘇軾賀人洗兒詞

漫叟詩話云：東坡最善用事，既顯而易讀，又切當。若招持服人游湖不赴云：「却憶呼盧袁彦道，難邀罵坐灌將軍。」柳氏求字答云：「君家自有元和脚，莫厭家雞更問人。」天然奇作。賀人洗兒詞云：「犀錢玉果。利市平分霑四座。深愧無功。此事如何到得儂。」南唐時，宮中嘗賜洗兒果，有近臣謝表云：「猥蒙寵數，深愧無功。」李主曰：「此事卿安得有功。」尤爲親切。按世説元帝生子，普賜羣臣，殷羡謝曰：「皇子誕育，普天同慶。臣無勳焉，而猥頒賚。」中宗曰：「此事豈可使卿有勳耶。」二事相類，聊録於此。但深愧無功此語，東坡乃用南唐事也。同上

黄庭堅漁家傲

黄魯直少時喜造纖淫之句，法秀訶曰：「應墮犂舌地獄。」魯直答云：「空中語耳。」晚年戲效寶寧勇禪師詠古德靈雲遺事作漁家傲云：「三十年來無孔竅。幾回得眼還迷照。一見桃花參學了。呈法要。無弦琴上單于調。　摘葉尋枝虛半老。枯花特地重年少。今後水雲人欲曉。非元妙。靈雲合被桃花笑。」會得此意，直是臨去秋波那一轉，應許老僧共參也。同上

黄庭堅茶詞

山谷少時嘗作茶詞，寄調滿庭芳云：「北苑龍團，江南鷹爪，萬里名動京關。碾輕羅細，瓊蕊暖生煙。一種風流氣味，如甘露、不染塵煩。纖纖捧，冰瓷瑩玉，金縷鷓鴣斑。　相如方病酒，銀瓶蟹眼，濤怒波翻。爲扶起尊前，醉玉頹山。飲罷風生兩腋，醒魂到、明月輪邊。歸來晚，文君未寢，相對晚妝殘。」其後增損前詞，止詠建茶云：「北苑春風，方圭圓璧，萬里名動天關。粉身碎骨，功業上凌煙。尊俎風流戰勝，降春睡、開拓愁邊。纖纖捧，香泉濺乳，金縷鷓鴣斑。　相如雖病渴，一觴一詠，賓有羣賢。便扶起燈前，醉玉頹山。搜攬胸中萬卷，還傾動、三峽詞源。歸來晚，文君未寢，相對小窗前。」辭意益工也。能改齋漫録

秦觀夢中作詞

少游得謫後，嘗夢中作詞云：「醉卧古藤陰下，了不知南北。」竟以元符庚辰卒於藤州光華亭上。崇寧甲申，庭堅竄宜州，道過衡陽，覽其遺墨，始追和其千秋歲詞云：「苑邊花外。記得同朝退。飛騎軋，鳴珂碎。齊歌雲遶扇，趙舞風回帶。嚴鼓斷，杯盤狼藉猶相對。灑淚誰能會。醉卧藤陰蓋。人已去，詞空在。兔園高宴悄，虎視英游改。重感慨。波濤萬頃珠沉海。」山谷集

黄庭堅弟兄倡和詞

自賀方回爲青玉案詞，山谷尤愛之，故作小詩以紀之。及謫宜州，山谷兄元明和以送之云：「千峯百嶂宜州路。天黯淡，知人去。曉別吾家黄叔度。弟兄華髮，遠山修水，異日同歸處。尊罍飲散長亭暮。別語丁寧不成句。已斷離腸知幾許。水村山館，酒醒無寐，滴盡空階雨。」山谷和云：「烟中一線來如路。極目送，歸鴻去。一曲陽關雲外度。山胡聲轉，子規言語，正是愁人處。別恨朝朝連暮暮。憶我當筵醉時句。度水穿雲心已許。晚年光景，小窗南浦，共捲西山雨。」復齋漫録

詠愁詩詞

詩人有以山水喻愁者，杜少陵云：「憂端如山來，澒洞不可掇。」趙嘏云：「夕陽樓上山重疊，未抵春愁一倍多。」李頎云：「請量東海水，看取淺深愁。」李後主云：「問君都有幾多愁，恰似一江春水向東流。」秦少游云：「落紅萬點愁如海。」賀方回云：「試問閒愁知幾許。一川烟草，滿城風絮。梅子黄時雨。」蓋以三者比愁之多，尤爲新奇。興中有比，意味深長。古今詞話

黄載萬歌詞

吾友黄載萬歌詞號樂府廣變風，學富才贍，意深思遠，直與唐名輩相角逐。又輔以高明之韻，未易求也。吾每對之太息，誦東坡先生語曰：「彼嘗從事於此，然後知其難，不知者以爲苟然而已。」碧雞漫志

黄載萬用事工

予少時戲作清平樂曲贈伎盧姓者云：「盧家白玉爲堂。于飛多少鴛鴦。縱使東牆隔斷，莫愁應念王昌。」黄載萬亦有更漏子曲云：「憐宋玉，許王昌。東西鄰短牆。」予每戲謂人曰：載萬似曾經界兩家來。蓋宋玉好色賦稱東鄰之子，即宋玉爲西鄰也。東家王即東鄰也。載萬用事如此之工。同上

按：李義山詩：「本來銀漢是紅牆，隔得盧家白玉堂。誰與王昌報消息，盡知三十六鴛鴦。」晦叔詞本此。

一伎能記歐詞

永叔閒居汝陰時，一伎能盡記公所爲歌詞。公戲云：「他日當來作守。」後自維陽移汝州，其人已不復見，題擷芳亭云：「柳絮已將春去遠，海棠應恨我來遲。」後二十年東坡來作守，見之曰：「此乃杜牧之『緑葉成陰』之句也。」侯鯖録

歐詞詠荔子

詩餘荔子之咏，作者既少，遂無擅長。獨歐陽公浪淘沙一首，稍存感慨悲涼耳。詞云：「五嶺麥秋殘。

荔子初丹。絳紗囊裏水晶丸。可惜天教生處遠，不近長安。往事憶開元。妃子偏憐。一從魂散馬嵬關。只有紅塵無驛使，滿眼驪山。」林賓王

放鄭聲不若遠佞人

王介甫初參大政，偶閱晏元獻小詞，因曰：「爲相何須作詞。」平甫曰：「偶然自喜而爲之，顧其事業，亦不止此。」時呂惠卿爲館職，在坐，遽曰：「爲政必先放鄭聲，況自爲之乎。」平甫正色曰：「放鄭聲不若遠佞人。」呂大慚。復齋漫録

王安國詞

平甫熙寧中判官告院，忽於秋日作宮詞點絳唇一解，以示魏泰。泰曰：「斷章有流離之思，何也。」明年，果得罪廢歸金陵。其詞曰：「秋氣微涼，夢回明月穿簾幕。碧梧蕭索。正遶南枝鵲。寶瑟塵生，金雁空零落。情無託。鬢雲慵掠。不似君恩薄。」倦游雜録

陳參政木蘭花慢

陳石泉自北行，有北人陳參政者餞之，作木蘭花慢云：「北歸人未老，喜依舊，著南冠。正雪暗滹沱，雲迷芒碭，夢落邯鄲。鄉心促，日行萬里，幸此身生入玉門關。多少秦烟隴霧，西湖淨洗征衫。燕山。望不見吳山。回首一征鞍。慨故宮離黍，故家喬木，那忍重看。鈞天紫微何處，問瑶池，八駿幾時還。

誰在天津橋上，杜鵑聲裏闌干。」詞苑

曾覿金人捧露盤

曾純甫及見汴都之盛者，庚寅春奉使過汴，作金人捧露盤詞云：「記神京、繁華地，舊游踪。正御溝、春水溶溶。平康巷陌，繡鞍金勒躍青驄。解衣沽酒醉弦管，柳綠花紅。　到如今、餘霜鬢，嗟前事、夢魂中。但寒烟、滿目飛蓬。雕闌玉砌，空餘三十六離宮。塞笳驚起暮天雁，寂寞東風。」同上

宇文叔通迎春樂

宇文叔通久留金國不得歸，立春日，作迎春樂曲云：「寶幡綵勝堆金縷。雙燕釵頭舞。人間要識春來處。天際雁，江邊樹。　故國鶯花又誰主。念憔悴幾年羈旅。把酒祝東風，吹取人歸去。」碧雞漫志

閻蒼舒水龍吟

蜀人閻侍郎蒼舒使北，過汴京，賦水龍吟云：「少年聞說京華，上元景色烘晴晝。朱輪畫轂，雕鞍玉勒，九衢爭驟。春滿鰲山，夜沉陸海，一天星斗。正紅毬過了，鳴鞘聲斷，迴鸞馭，鈞天奏。　誰料此生親到，十五年、都城如舊。而今但有，傷心煙霧，縈愁楊柳。寶籙宮前，絳霄樓下，不堪回首。願皇圖早復，端門燈火，照人還又。」蘆浦筆記

杜旟酹江月

杜旟，金華人，呂成公門下士也。陳同甫嘗云：「仲高麗句，如『半落半開花有恨，一晴一雨春無力』，使人眉動。」其石頭城酹江月詞亦佳，詞云：「江山如此，是天開萬古，東南王氣。一自髯孫橫短策，坐使英雄鵲起。玉樹聲銷，金蓮影散，多少傷心事。千年遼鶴，併疑城郭非是。當日萬駟雲屯，潮生潮落處，石頭孤峙。人笑褚淵今齒冷，只有袁公不死。斜日荒烟，神州何在，欲墮新亭淚。元龍老矣。世間何限餘子。」百琲明珠

劉仙倫樂章

黃叔暘云：叔儗有招山詩集，樂章尤爲人所膾炙。予録其送張明之赴京西幕一詞尤佳，曰：「艅艎東下，望西江千里，蒼茫烟水。試問襄州何處是，雉堞連雲天際。叔子殘碑，卧龍陳迹，餘恨斜陽裏。後來人物，如君瓌瑋能幾。其肯爲我來耶，河陽下士，正是强人意。勿謂時平無事也，便以言兵爲諱。眼底山河，樓頭鼓角，都是英雄淚。功名機會，要須閒暇先備。」同上

魏了翁浪淘沙

劉左史光祖之生正月十日，李夫人之生以十九日，魏了翁賦浪淘沙寄之：「鶴外倚樓看。雲颭晴天。天高雞犬礙雲闗。掉臂雙仙留不徹，還住人間。客佩振珊珊。來賀平安。年年直待卷燈還。似是天公偏著意，占破春閒。」鶴山集

黄銖漁家傲

朱晦翁示黄銖以歐陽永叔鼓子詞，蓋所以諷之也。銖賦漁家傲云：「永日離憂千萬緒。霜舟遠泛清漳浦。珍重故人寒玉語。揮玉麈。沉沉畫閣凝香霧。　風砌落花留不住。紅蜂翠蝶間飛舞。明日柳陰江上路。雲起處。蒼山萬疊人歸去。」草窗詞選

胡寅釣臺詞

朱文公云：「頃年過七里灘，見壁間有胡明仲題詞刻，指出子陵懷仁輔義之語，以勵往來士大夫，爲之摩娑太息。後舟過石不復存，或有惡聞而毁之也。獨一老僧能誦其詞，爲予道之，俾書之册。詞曰：『不見嚴夫子，寂寞富春山。空留千丈危石，高出暮雲端。想象羊裘披了，一笑兩忘身世，來插釣魚竿。肯似林間翮，飛倦始知還。　中興主，功業就，鬢毛斑。馳驅一世人物，相與濟時艱。獨委狂奴心事，未羨癡兒鼎足，放去任疏頑。爽氣動星斗，終古照林巒。』」或云此詞實先生所作也。堅瓠集

辛棄疾減字木蘭花

辛稼軒過長沙道中，壁上見婦人題字若有恨者，因用其意成減字木蘭花云：「盈盈淚眼。往日青樓天樣遠。秋月春花。輪與尋常姊妹家。　水村山驛。日暮行雲無氣力。錦字偷裁。立盡西風雁不來。」

張輯賦東仙

馮可遷，號予爲東仙，故賦東仙寓沁園春云：「東澤先生，誰説能詩，興到偶然。但平生心事，落花啼鳥；多年盟好，白石清泉。家近宫亭，眼中廬阜，九疊屏開雲錦邊。出門去，且掀髯大笑，有釣魚船。一絲風裏嬋娟。愛月在滄浪上下天。更叢書觀遍，筆牀静晝，篷窗睡起，茶竈疏煙。黄鶴來遲，丹砂成未，何日風流葛稚川。人間世，聽江湖詩友，號我東仙。」東澤綺語債

羅椅詞

羅椅，廬陵人，富家子。壯年捐金結客，後爲饒雙峯高第。又以薦登賈師憲之門。丙辰第進士，以秉義郎爲江陵教，改潭教，及寧贛之信豐，遷提轄榷貨。其柳梢青詞云：「萼緑華身，小桃花扇，安石榴裙。子野聞歌，周郎顧曲，曾惱夫君。悠悠羈旅愁人，似零落、青天斷雲。何處銷魂，初三夜月，第四橋春。」癸辛雜識

許棐詞

許棐滿宫春云：「懶搏香，慵弄粉。猶帶淺酲微困。金鞍何處掠新歡，倩燕鶯尋問。柳供愁，花獻恨。衮絮獵紅成陣。碧樓能有幾番春，又是一番春盡。」虞美人云：「杏花窗底人中酒。花與人相守。簾衣不肯護春寒。一聲嬌噎兩眉攢。擁衾眠。明朝又有秋千約。恐未忺梳掠。倩誰傳語畫樓風。略吹

絲雨濕春紅。絆遊蹤。」山花子云：「挼柳揉花旋染衣。絲絲紅翠撲春輝。羅綺叢中無此豔，小西施。腰細最便圍舞帕，袖寒時復罩香匜。誤點一痕殘粉淚，怕人知。」梅屋詩餘

吴文英古香慢

吴文英手書詞稿古香慢自度腔，夷則商犯無射宫，賦滄浪看桂云：「怨娥墜柳，離佩摇蘋，霜訊南浦。謾憶橋扉倚竹，袖寒橋暮。還問月中游，夢飛過、金風翠羽。把殘雲剩水萬頃，暗熏冷麝淒苦。漸浩渺，凌山高處，秋淡無光，殘照誰主。露粟侵肌，夜約羽林輕誤。剪碎惜秋心，更腸斷、珠塵蘚路。怕重陽，又催近、滿城細雨。」鐵網珊瑚

沈伯時論作詞之法

沈伯時云：「余自幼好詩，壬寅秋，始識静翁於澤濱。癸卯識夢窗，暇日相與倡酬，率多填詞。因講論作詞之法，然後知詞之作難於詩。蓋音律欲其協，不協則成長短之詩。下字欲其雅，不雅則近乎纏令之體。用字不可太露，露則直突而無深長之味。發意不可太高，高則狂怪而失柔婉之意。思此則知所以爲難。」樂府指迷

周密瑞鶴仙

周密瑞鶴仙湖上繪幅堂云：「翠屏圍晝錦。正柳織煙綃，花明春鏡。層欄幾回凭。看六橋煙曉，兩堤鷗

瞑。晴嵐隱隱。暎金碧、樓臺遠近。謾曾誇、萬幅丹青，畫幅畫應難盡。那更波涵月彩，露裛蓮妝，水描梅影。調朱弄粉，憑誰寫，四時景。問玉奩西子，山眉波盼，多少濃施淡暈。算何如，付與吟翁，綴吟細品。」按弁陽詞繪幅堂在湖上，考武林舊事諸書不載，始末未詳。蘋洲漁笛譜

張炎題夢窗詞

張炎聲聲慢，題夢窗自度曲霜花腴卷後云：「煙堤小舫，雨屋深燈。春衫慣染京塵。舞柳歌桃心事，暗惱東鄰。渾疑夜窗夢蝶，到如今、猶宿花深。待喚起，甚江蘺摇落，化作秋聲。回首曲終人遠，黯銷魂。忍看朶朶芳雲。潤墨空題，惆悵醉魄難醒。獨憐水樓賦筆，有斜陽、還怕登臨。愁未了，聽殘鶯、啼過柳陰。」山中白雲集

黄孝邁湘春夜月

黄孝邁湘春夜月詞云：「近清明，翠禽枝上銷魂。可惜一片清歌，都付與黄昏。欲共柳花低訴，怕柳花輕薄，不解傷春。念楚鄉旅宿，柔情別緒，誰與温存。空樽夜泣，青山不語，殘月當門。翠玉樓前，惟是有、一陂湘水，摇蕩湘雲。天長夢短，問甚時、重見桃根。這次第，算人間没個并刀，剪斷心上愁痕。」雪舟詞

儲泳齊天樂

儲泳有齊天樂詞云：「東風一夜吹寒食，紅片枝頭猶戀。宿酒初醒，新吟未穩，凭久欄干留暖。將春買斷。恨苔徑榆階，翠錢難貫。陌上鞦韆，相逢難認舊時伴。輕衫粉痕褪了，絲縈餘夢在，良宵偏短。柳線穿煙，鶯梭織霧，一片舊愁新怨。慵拈象管。待寄與深情，怎憑雙燕。不似楊花，解隨人去遠。」草窗詞選

按：此詞爲吾鄉華谷先生作，周草窗選入絶妙好詞。御纂歷朝詞選亦蒙採録，惟竹垞以絶妙好詞爲詞綜補編而獨遺是闋，乃所不解。

楊恢游浯溪詞

眉山楊恢游浯溪詞云：「碧崖倒影，浸一片、寒江如練。正岸岸梅花，村村修竹，喚醒春風筆硯。沂水舟輕輕如葉，只消得、溪風一箭。看水部雄文，太師健筆，月寒波卷。游倦。片雲孤鶴，江湖都遍。慨金屋藏妖，繡屏包禍，欲與三郎痛辨。回首前朝，斷魂殘照，幾度山花崖蘚。無限。都付窊尊，漠漠水天遠。」按此詞甚佳，惜不著姓名。浯溪集

揚无咎梅詞

揚正仲，字叔雅，揚補之甥。寫梅法補之，楷法遵整。嘗書補之所作梅詞柳梢青十首。詞亦工麗，今録

其二。詞云：「雪豔烟痕。又要春色，來到芳尊。憶得年時，月移清影，人立黄昏。一番幽思誰論。但永夜、空迷夢魂。遶遍江南，繚牆淡院，水郭山村。」又云：「玉骨冰肌。爲誰偏好，特地相宜。一段風流，廣平休賦，和靖無詩。綺窗睡起春遲。困無力、菱花笑窺。嚼蕊吹香，眉心貼處，鬢畔簪時。」珊瑚網

劉叔安詞

劉叔安名鎮，號隨如，元夕慶春澤一首，入草堂選。又有阮郎歸云：「寒陰漠漠夜來霜。階庭楓葉黄。歸鴉數點帶斜陽。誰家砧杵忙。燈弄幌，月侵廊。熏籠添寶香。小屏低枕怯更長。和雲入醉鄉。」亦清麗可誦。詞腴

楊舜舉詞

楊舜舉觀我，金華人。栗里翁本然之子，隱居不仕，父子一門，自爲師友。栗里善説經，觀我精攷史，均出王深寧尚書之門，他文辭亦工。觀我於填詞尤妙，其錢唐有感浣溪沙云：「殘照西風一片愁。疏楊畫出六橋秋。游人不上十三樓。有淚金仙還泣漢，無心玉馬已朝周。平湖寂寂水空流。」玉馬朝周，蓋譏趙氏宗室入仕本朝者。江村詩詞賸語

五百名中第一仙

昔人唱「五百名中第一仙」鷓鴣天詞，第二句便云「花如羅綺柳如綿」，最無意義，疑是錯誤，當以第二句

與第七句對換，義理方通。合云：「五百名中第一仙。等閒平步上青天。緑袍年著君恩重，黃榜初開御墨鮮。龍作馬，玉爲鞭。花如羅綺柳如綿。時人莫訝登科早，自是嫦娥愛少年。」宜齋野乘

李璮水龍吟

宋人尚詞，天南地北一調，載之詞品，是緑林之豪，亦知柔翰也。又李全之子璮有水龍吟云：「腰刀帕首從軍，戍樓獨倚閒凝眺。中原氣象，狐居兔穴，暮煙殘照。投筆書懷，枕戈待旦，隴西年少。嘆光陰掣電，易生髀肉，不如易腔改調。世變滄海成田，奈羣生、幾番驚擾。干戈爛漫，無時休息，憑誰驅掃。眼底山河，胸中事業，一聲長嘯。太平時、相將近也，穩穩百年燕趙。」語雖粗豪，亦自伉爽。全雖叛逆跋扈，璮乃盡力于宋，其意于此詞已微露矣。詞苑叢談

仇遠詠雪

仇山村瑶華慢詠雪云：「疏疏密密。紛紛漠漠，乍舞風無力。殘甎斷礎，轉眼化作，方珪圓璧。非花非絮，似逞巧、先投窗隙。立小樓，不見青山，萬里鳥飛無迹。休憐凍梗冰苔，但飛入平林，都是春色。年華婉娩，誰信道、老却梁園詞客。踏青近也，且一白、何須三白。把一白、分與梅花，要點壽陽妝額。」花草萃編

張翥壽仇遠詞

張翥最高樓爲山村仇先生壽云：「方寸地，七十四年春。世事幾浮雲。躬行齋内蒲團穩，耆英會裏酒杯頻。日追游，時嘯咏，任天真。 喜女嫁男婚今已畢，便束帛安車那肯出，無一事，挂閒身。西湖鷗鷺長爲侶，北山猿鶴莫移文。願年年湯餅會，樂情親。」蛻庵詞

張伯雨浪淘沙

周晉仙浪淘沙詞，鮮于困學每愛書之。百年後，方外士張伯雨追和一章，以爲笑樂。惜困學公不能爲我賞音。「挑下杖頭錢。取次高眠。玉梅金縷孟家蟬。説著錢塘都是夢，懶問游船。 誰信酒鑪邊。別有仙緣。自家天地一陶然。醉寫桃符都不記，明日新年。」貞居詞

按：晉仙原詞，已見前品藻門中。

詹正古鏡詞

詹正至元間，監醮長春宮，見羽士丈室古鏡，狀似秋葉，背有金刻宣和御寶四字，有感，因賦霓裳中序第一詞：「一規古蟾魄。瞥過宣和幾春色。知那個柳鬆花怯。曾搓玉團香，塗雲抹月。龍章鳳刻。是如何、兒女消得。便孤了、翠鸞何限，人更在天北。 磨滅。古今離別。幸相從、薊門仙客。蕭然林下秋葉。對雲淡星疏，眉青影白。佳人已傾國。謾贏得、癡銅舊畫，興亡事，道人知否，見了也華髮。」詞𥆧

周晴川詞

予於近世諸家樂府，惟清真詞犂然有當於心，晴川殊有宗風。雨坐空山，試閱一解，便如輕衫駿騎，上下五陵，花發鶯啼，垂楊拂面時也。程鉅夫

田藝蘅竹枝

古今竹枝，皆泛咏風土。惟田藝蘅云：「阿孃拘束好心癡。白玉闌干護竹枝。春色到來抽亂筍，石頭縫裏迸芽兒。」「若個郎來討竹秧。雌雄須得要成雙。明年此日春雷發，管取嬰兒脱錦腔。」其四首皆賦本意，蓋倣楊枝采蓮曲體也。卓珂月以爲正格，要亦不必。花草蒙拾

徐延徽竹枝

楊廉夫竹枝詞一時和者五十餘人，詞百十餘首。予最愛徐延徽一首云：「盡説盧家好莫愁。不知天上有牽牛。膩拋萬斛臙脂水，瀉向銀河一色秋。」詞品

薩都剌竹枝

元薩都剌西湖竹枝詞云：「湖上美人彈玉筝。小鶯飛度緑窗櫺。沈郎雖病多情在，倦倚屏山不厭聽。」一時伎女多歌之。詞苑

人影詩詞

明夏忠靖公有人影詩云：「不言不語過平生。步步相隨似有情。長向燈前同靜坐，每於月下共閒行。昨朝離去天將暝。今日歸來雨又晴。最是行藏堪愛處，頸身領要待時明。」雖膾炙一時，然未免有粘皮帶骨之誚。詞學筌蹄載楊陰樵雲人影詞尤佳。「只道空花，又疑流水，依依却是行雲。孑然相對，又是夢紛紛。半面春風圖畫，黃金在、難鑄昭君。溪橋斷、梅花晴雪，端的白三分。真真。難喚醒，三年抽繭，織得榴裙。甚徘徊窺鏡，交翼鸞文。一片飛花來去，并刀快、剪取晴紋。無情處，分明著眼，强半帶春醺。」堅瓠集

王元禎補老狀元詞

宋人有小狀元詞，王元禎補老狀元詞云：「三百名中第一人。宮花斜插二毛侵。丹墀獨對三千字，閶闔驚看五色雲。袍簇錦，帶橫金。引領羣仙謝紫宸。時人莫訝登科晚，自古龍頭屬老成。」同上

范文光贈楊姬詞

范文光續花間集，皆畫船歌席題贈之作。有贈金陵楊姬搗練子云：「曲兒高，月兒斜。春風場上説楊家。自是調高難得和，誤將人面比桃花。」又贈金陵劉姬桂殿秋云：「不在豔，不須多。尊前一擲與橫波。梨花著雨春容洽，應喚金陵小素娥。」二詞程村載倚聲集，情致昵人，不減前輩風流，志之可當東京

夢華録也。詞苑叢談

西湖竹枝

辛丑夏，留湖上昭慶僧舍，時曹潔躬、周元亮、施尚白諸先生先後來遊，杭人有持西湖竹枝請先生甲乙者。先生謂曰：「和者雖多，要不如老鐵。」次日，羣公泛舟於湖，曹先生引杯曰：「鐵厓原倡之外，誰爲擅場，各舉一詩，不當者罰。」周先生舉陸仁作云：「山下有湖湖有灣。山上有山郎未還。記得解儂金絡索，繫郎腰下玉連環。」施先生舉張簡作云：「鴛鴦蝴蝶盡雙飛。楊柳青青郎未歸。第六橋邊寒食雨，催郎白苧作春衣。」南昌王猷定于一舉嚴恭景安作云：「湖中女兒不解愁。三五蕩槳百花洲。貪看花間雙蛺蝶，不知飛上玉搔頭。」吴袁于令令昭舉强珇作云：「湖上女兒學琵琶。滿頭都插鬧妝花。自從彈得陽關曲，只在湖船不在家。」武進鄒祇謨許士舉申屠衡作云：「白苧衫兒雙髻丫。望湖樓子是儂家。紅船撐入柳陰去，買得雙頭茉莉花。」錢塘吴介彦遠舉徐夢吉作云：「雷峯港口晚涼天。相唤相呼出采蓮。莫爲采蓮忘却藕，月明風定好迴船。」蕭山張衫南士舉繆侃作云：「初三月子似彎弓。照見花開月月紅。月裏蟾蜍花上蝶，憐渠不到斷橋東。」山陰祁班孫奕喜舉釋道元作云：「湖西日脚欲没湖，山東月出牙梳彎。南北兩峯峯上看，恰似阿儂雙髻鬟。」錢塘諸九鼎駿男舉馬琬作云：「湖頭女兒二十多。春山兩點明秋波。自從湖上送郎去，至今不唱江南歌。」予曰：「諸公所舉皆當，然未若吴興沈性之作也。其詞云：『儂住西湖日日愁。郎船只在東江頭。憑誰移得湖山去，湖水江波一處流。』不獨寄託悠遠，且合竹枝

縹緲之音。」曹先生曰：「然。」於是諸公皆飲，予亦浮一大白。靜志居詩話

夢與東坡唱和

辛酉九月六日，余從洪州回虔，泊廬陵張家渡。萬籟鳴秋，孤燈照夢，髣髴身在全州，襆被忽忽作買舟他適狀。蘇公東坡追送江滸賦詩贈別，維時烟雨溟濛，柳條綰恨，殊有黯然可憐之色。余迫欲踵和，竟不能成一語，蓋心知蘇公爲千古詞人，未可輕持布鼓。而在全州握別，若有尤難爲懷者，因勉填小令一闋奉酬。醒後朦朧追憶，不遺一字，急呼童爇燭書之，其詞爲平昔倚聲所未及。按之樂府雅詞，仍不失分寸，惜蘇公一律，不復記憶，惋嘆久之。余何人斯，曷敢冀公之曠代相接，而粤中全州，尤非緣想所至，幻境迷離，姑述之以紀異。詞云：「烟雨微茫二月天。水連山。征人曉立瘴江邊。默無言。十里長亭新柳色，旅情牽。客中爲客最堪憐。別坡仙。」紫雲詞

葉尋源染指尖詞

名物通載染指尖詩云：「金鳳花開血色鮮。佳人染得指尖丹。彈箏亂落桃花片，把酒輕浮玳瑁斑。拂鏡火星流夜月，畫眉紅雨逐春山。有時謾託香腮想，疑是胭脂點玉顏。」雲間葉硯孫尋源亦有醉蓬萊詞云：「步桐陰苔砌，鳳子舒英，殷痕狼藉。玉盒盛來，向銀盆碎礫。漫搗元霜，似敲素練，釀出臙脂液。點點輕濡，纖纖頻染，珊瑚暈赤。日午琵琶，夜深弦索，流水聲中，小紅飛積。莫笑妝濃，勝綠眉黃額。膩粉偷勻，香腮斜託，花片魚鱗迹。臂上守宫，袖邊紺唾，一般憐惜。」堅瓠集

徐燦小詞

徐湘蘋才鋒遒麗，生平著小詞絶佳。蓋南宋以來，閨房之秀，一人而已。其詞娣視淑真，姒畜清照，至「道是愁心春帶來，春又來何處」，及「衰楊霜遍灞陵橋，何處是前朝」等語，纏綿辛苦，兼擅屯田、淮海諸勝。陳其年婦人集

徐燦拙政園詩餘

湘蘋名燦，海寧陳相國夫人也，著拙政園詩餘。初集西江月云：「剪燭閒思往事，看花尚記春遊。侯門東去小紅樓。曾共翠娥杯酒。　聞說傾城尚在，可如舊日風流。忽忽彈指十三秋。怎不教人白首。」水龍吟云：「合歡花下流連，當時曾向君家道。悲歡轉瞬，花還如夢，那能長好。真個而今，臺空花盡，亂煙荒草。算一番風月，一番花柳，各自鬭，春風巧。　休嘆花神去杳。有題花、錦箋香稿。紅英舒卷，綠陰濃淡，對人猶笑。把酒微吟，譬如舊侶，夢中重到。請從今、秉燭看花，切莫待，花枝老。」徐菊莊

詞苑萃編卷之二十四

餘編二

吴二娘長相思

吴二娘長相思云：「深畫眉。淺畫眉。蟬鬢鬅鬙雲滿衣。陽臺行雨迴。巫山高，巫山低。暮雨蕭蕭郎不歸。空房獨守時。」白樂天詩：「吴娘暮雨瀟瀟曲，自别江南久不聞。」蓋指此詞也。樂府紀聞

無名氏菩薩蠻

無名氏菩薩蠻云：「牡丹帶露真珠顆。佳人折向庭前過。含笑問檀郎。花强妾貌强。檀郎故相惱。只道花枝好。一面發嬌嗔。碎挼花打人。」唐宣宗嘗稱之，時有婦人斷夫兩足者，宣宗戲曰：「此亦碎挼花打人耶。」古今詞話

妖女詞

太平廣記載妖女一詞云：「五原分袂真吴越。燕拆鶯離芳草歇。年少烟花處處春，北邙空恨清秋月。」其詞亦佳。詞品

呂仙詞

後周末，汴京民石氏開茶肆，有丐者索飲，其幼女敬而予之。如是月餘，父怒笞女，女供奉益謹。乞謂女曰：「汝能啜我殘茶否。」女頗嫌之，少覆於地，卽聞異香，亟飲之，便覺神體清健。乞者曰：「我呂仙也，汝雖無緣盡飲我茶，亦可隨汝所願。」女只求長壽，不乏財物。呂仙遺詞曰：「子午當餐日月精。元關門户啟還扃。長似此，過平生。且把陰陽仔細烹。」遂不復見。宣和中，又遺吴興倡女張珍奴詞曰：「坎離坤兑分子午。須認取、自家宗祖。地雷震動兩山頭，漸洗濯、黄芽出土。捉得金精牢閉固。煉庚申、要生龍虎。待他問汝甚人傳，但只道、先生姓呂。」步蟾宫詞也。詞苑叢談

回仙詞

復齋漫録云：「異聞集載沈既濟作枕中記云：『開元中，道者呂翁經邯鄲道上，邸舍中以囊中枕借盧生睡事。』此之呂翁，非洞賓也。蓋洞賓嘗自序以爲呂渭之孫，仕德宗朝，今云開元，則呂翁非洞賓，無可疑者。」按回仙嘗有詞云：「黄粱猶未熟，夢驚殘。」尚用枕中記故事，可見其非呂翁也。靈怪集載南柯太守傳與枕中記事絶相類。苕溪漁隱

按：洞賓，京兆人，咸通中進士，兩爲縣令，值黄巢亂，攜家入終南山，不知所終。

鬼仙柳梢青

鬼仙柳梢青詞云：「曉星明滅。白露點秋，西風落葉。故址頽垣，冷煙衰草，前朝宮闕。長安道上行客。依舊是、名深利切。改變容顏，消磨今古，隴頭殘月。」意此鬼亦太白、長吉之亞耶。五代新說

孔大娘歌晏詞

昔年陳州有女妖自云孔大娘，每昏夜於鼓腔中與人語言，尤知未來事。時晏元獻守陳，方製小詞一闋，修改未定，而孔大娘已能歌之矣，亦可怪也。文昌雜録

妙香歌北邙月

鄭繼超遇田參軍贈伎曰妙香，數年告別，歌北邙月一闋送酒辭云：「勸君酒莫辭。花落抛舊枝。只有北邙山下月，清光到死也相隨。」翌日，同至北邙上下，化狐而去。詞苑

盧氏題壁

蜀路泥溪驛，天聖中有女郎盧氏者，隨父往漢州作縣令，歸題於驛舍之壁。其序略云：「登山臨水，不廢謳吟，易羽移商，聊紓羈思，因成鳳棲梧一曲，書之驛壁。」詞云：「蜀道青天煙靄翳。帝里繁華，迢遞何時至。回望錦川揮粉淚。鳳釵斜嚲烏雲膩。　鈿帶雙垂金縷細。玉珮珠璫，露滴寒如水。從此鑾妝添遠意。畫眉學得遥山翠。」樂府紀聞

梅聖俞詞

呂士隆知宣州，好笞伎，適杭伎到，喜之。一日，欲笞宣伎，伎曰：「不敢辭，但恐杭伎不安。」士隆宥之。梅聖俞爲詞曰：「莫打鴨，打鴨驚鴛鴦。鴛鴦新向池中浴，不比孤洲老鴰鶬。」若增一句，即謝秋孃也。溫叟詩話

杜大中妾詞

杜大中自行伍爲將，與物無情，西人呼爲杜大蟲。雖妻有過，亦公杖杖之。有愛妾才色俱美，大中箋表，皆此妾所爲。一日，大中方寢，妾至，見几間有紙筆頗佳，因書一闋寄臨江仙，有「彩鳳隨鴉」之語。大中覺而視之云：「鴉且打鳳。」於是掌其面，至項折而斃。今是堂手錄

西湖倅改秦詞韻

西湖有一倅，唱少游滿庭芳，誤舉一韻云：「畫角聲斷斜陽。」伎琴操在側云：「譙門非斜陽也。」倅因戲之曰：「爾可改韻否。」卽改作陽字韻云：「山抹微雲，天黏衰草，畫角聲斷斜陽。暫停征轡，聊共飲離觴。多少蓬萊舊侶，空回首、煙靄茫茫。孤村裏，寒鴉數點，流水遶低牆。　魂傷。當此際，輕分羅帶，暗解香囊。漫贏得、青樓薄倖名狂。此去何時見也，襟袖上、空惹餘香。傷心處，高城望斷，燈火已昏黃。」東坡聞而稱賞之。後東坡在西湖戲琴曰：「我作長老，爾試參問。」琴曰：「何謂湖中景。」東坡答曰：「秋水

共長天一色，落霞與孤鶩齊飛。」又曰：「何謂景中人。」東坡云：「裙拖六幅湘江水，髻挽巫山一段雲。」又云：「何謂人中意。」東坡曰：「惜他楊學士，憋殺鮑參軍。」琴又云：「如此究竟如何。」坡云：「門前冷落車馬稀，老大嫁作商人婦。」琴大悟，遂削髮爲尼。能改齋漫録

蘇小小歌詞

蘇小小者，錢塘名娼也。蓋南齊時人，其墓或云湖曲，或云江干。古詞云：「妾乘油壁車，郎跨青驄馬。何處結同心，西陵松柏下。」今西陵在錢塘江之西，則云江干者近是。宋時司馬槱才仲，初在洛下晝寢，夢一美姝搴帷而歌曰：「妾本錢唐江上住。花落花開，不管流年度。燕子銜將春色去。紗窗幾陣黄梅雨。」才仲愛其詞，因詢曲名，云是黄金縷。後五年，才仲以蘇子瞻薦作錢唐幕官，爲秦少章道其事，少章爲續其後。詞云：「斜插犀梳雲半吐。檀板輕敲，唱徹黄金縷。夢斷彩雲無覺處。夜凉明月生南浦。」明夕，復夢美姝迎笑曰：「夙願諧矣。」遂與同寢。自是每夕必來，才仲爲寮寀談之。咸曰：「公廨後有蘇小小墓，得無妖乎。」不逾年，才仲得疾。所乘遊舫艤湖塘柁工見才仲攜一麗人登舟，即前喏之。聲斷，火起舟尾，倉皇走報其衙，則才仲已死矣。西湖詞話

范仲允妻詞

范仲允爲相州録事，久不歸，其妻寄伊川令一闋云：「西風昨夜穿簾幕。閨院添蕭索。最是梧桐零落。迤邐秋光過却。人情音信難託。教奴獨自守空房，淚珠與燈花共落。」伊字誤作尹字，仲允答詞嘲之，

有「料想伊家不要人」之句。妻復答云：「閒將小書作尹字，情人不解其中意。共伊間別幾多時，身邊少個人兒睡。」古今詞話

韓玉番槍子

宋女子韓玉，李易安教以作詞，有番槍子詞云：「莫把團扇雙鸞隔。要看玉溪頭，春風客。妙處風格蕭閒，翠羅金縷，瘦宜窄。轉面兩眉攢，青山色。到此月想精神，花生秀質。待與不清狂，如何得。奈何難駐朝雲，易成春夢，恨又積。送上七香車，春草碧。」紅樹樓選

仲殊踏莎行

僧仲殊一日造郡，方接坐間，見庭下有婦人投牒立雨中，郡守命詠之。仲殊口就踏莎行云：「濃潤侵衣，暗香飄砌。雨中花色添憔悴。枇杷樹下立多時，不言不語厭厭地。眉上新愁，手中文字。因何不倩鱗鴻寄。想伊只訴薄情人，官中誰管閒公事。」苕溪漁隱

施酒監與杭伎唱和

杭伎樂宛與施酒監善，施嘗贈以詞云：「相逢情更深，恨不相逢早。識盡千千萬萬人，終不似、伊家好。別爾登長道。轉覺添煩惱。樓外朱樓獨倚闌，滿目圍芳草。」宛答云：「相思似海深，舊事如天遠。淚滴千千萬萬行，使我愁腸斷。要見無由見。見了終難據。若是前生未有緣，重結來生願。」古今詞話

僧兒滿庭芳

廣漢營伎小名僧兒，秀外惠中，善塡詞。有姓戴者忘其名，兩作漢守，寵之。既而得請玉局之祠以歸，僧兒作滿庭芳見意云：「團菊苞金，叢蘭減翠，畫成秋暮風烟。使君歸去，千里倍潸然。兩度朱幡雁水，全勝得、陶侃當年。如何見，一時盛事，都在送行篇。愁煩。梳洗懶，尋思陪宴，待月湖邊。有多少、風流往事縈牽。聞道霓旌羽駕，看看是、玉局神仙。應相許，衝雲破霧，一到洞中天。」苕溪漁隱

惠洪贈一女真詞

臨川城南一里有觀曰魏壇，蓋魏夫人經遊之地，具顔魯公諸碑。以故女真嗣續不絶，而守戒者亦鮮。洪覺範贈一女真西江月詞云：「十指嫩抽春笋，纖纖玉軟紅柔。人前欲展强嬌羞。微露雲衣霓袖。最好洞天春晚，黄庭卷罷清幽。凡心無計奈閒愁。試撚花枝頻嗅。」復齋漫録

張玉蓮小詞

名姬張玉蓮喜延士夫，復揮金不惜。後入樂籍，班彦功與之狎，班司儒秩滿北上，張作小詞贈之，有「朝夕思君，淚點成斑」之句。又云「側耳聽門前過馬，和淚看簾外飛花」，尤膾炙人口。樂府紀聞

一士人玉樓春

有名妓侍燕開府，一士人訪之，相候良久，遂賦玉樓春一詞投諸開府。詞曰：「東風捻就腰兒細。繫六

幅，裙兒不起。看來只慣掌中行，怎教在、燭花影裏。酒紅應是鉛華褪，暗蹙損，眉峯雙翠。夜深著輛小鞋兒，靠那個、屏風立地。」開府見此詞，喜其纖麗，呼士人以妓與之。詞苑

按：此詞爲步蟾宫，又名折月桂，八句皆七字，一三五七如詩句，二四六八上三下四，若玉樓春則八句皆七字直下，無上三下四句也。

紫竹工詞

大觀中，有紫竹者工詞，善諧謔。一日手李後主集，父問何處最佳，答曰：「問君能有幾多愁，却似一江春水向東流耳。」有秀才方喬與紫竹野遇，晝夜思之，見賣美人圖者，輒取視，冀有似者。有句云：「若使畫工圖軟障，何妨終日喚真真。」一日，遇一道士持古鏡謂曰：「子之用心，誠通神明，吾有純陽古鏡，今以奉贈。一觸至陰之氣，留影不散，試使一人照此女，卽得其貌矣。當急請畫工圖之，勿令散去。」又戒喬不可照日，恐飛入日宫。喬如言達意，紫竹忻受。長夏紫竹遺書云：「欲結赤繩，應須素節。泣珠成淚，久比鮫人。流火爲期，聊同織女。春風鴛帳裏，不妨雁語驚寒。暮雨雀屏中，一任雞聲唱曉。」又賦生查子詞云：「思郎無見期，獨坐離情慘。門户約花開，花落輕風颭。生怕是黄昏，庭竹和烟黯。斂翠恨無涯，强把蘭釭點。」自此私諧繾綣，其父稍聞，召喬以女妻之。同上

趙才卿燕歸梁

成都官伎趙才卿，性慧黠，能詞。值帥府作會送都鈐，轄帥令才卿作詞，應命立賦燕歸梁云：「細柳營中

有亞夫。華宴簇名姝。雅歌長許佐投壺。無一日、不歡娛。漢王拓境思名將，捧飛詔、欲登途。從前密約盡成虛。空贏得、淚如珠。」帥大賞其才，盡以飲器遺之。古今詞話

邱氏燭影摇紅

舒信道中丞宅在明州，子弟羣處。有一舒於燈下忽見女子，自稱邱氏，舉手代拍。歌燭影摇紅云：「綠淨湖光，淺寒先到芙蓉島。謝池幽夢屬才郎，幾度生春草。塵世多情易老。更那堪、秋風嫋嫋。曉來羞對，香沚汀洲，枯荷池沼。恨鎖横波，遠山淺黛無人掃。湘江人去嘆無依，此意從誰表。喜趁良宵月皎。況難逢、人間兩好。莫辭沉醉，醉入屏山，只愁天曉。」遂相從。月餘，家人驗其妖怪，請法師治之，乃池中大白鱉也。樂府紀聞

賈雲華詞

賈雲華之母與魏鵬母有指腹之約。鵬謁賈，賈命女結爲兄妹，不及前盟，兩人遂相與私。未幾，鵬以母喪歸，雲華賦踏莎行與訣別云：「隨水落花，離弦飛箭。今生無處能相見。長江縱使向西流，也應不盡千年怨。盟誓無憑，情緣有限。願魂化作銜泥燕。一年一度一歸來，孤雌獨入郎庭院。」遂鬱鬱死。二年後，有長安丞宋子璧女暴卒復甦，自言雲華借屍還魂。丞以告賈，遂歸鵬焉。同上

周邦彦詞

宣和中，李師師以能歌舞稱。時周邦彦爲太學生，每游其家。一夕，值祐陵臨幸，倉卒隱去。既而賦小詞，所謂「并刀如水，吴鹽勝雪」者，蓋紀此夕事也。未幾，李被宣唤，遂歌於上前。問誰所爲，則以邦彦對，於是遂與解褐，自此通顯。既而朝廷賜酺，師師又歌大酺、六醜二解，上顧教坊使袁綯，問綯曰：「此起居舍人新知潞州周邦彦作也。」問六醜之義，莫能對。急召邦彦問之，對曰：「此犯六調，皆聲之美者，然絶難歌。昔高陽氏有子六人才而醜，故以比之。」上喜，意將留行。且以近者祥瑞沓至，將使播之樂府，命蔡元長微叩之。邦彦云：「某老矣，頗悔少作。」會起居郎張果與之不咸，廉知邦彦嘗於親王席上作小詞贈舞鬟，爲蔡道其事。上知之，由是得罪。師師後入宫中，封瀛國夫人。朱希真有詩云：「解唱陽關别調聲，前朝惟有李夫人。」卽其人也。周密浩然齋雅譚

按：此與第五卷耆舊續聞所載不同，并考貴耳録、葵窗小史、餘録、餘不谿二隱叢説，其所載美成遇道君事，亦復言人人殊。

周邦彦風流子

周美成爲江寧府溧水令，主簿之室有色而慧，美成每款洽於尊席之間。世所傳風流子，蓋所寓意焉。詞云：「新緑小池塘，風簾動、碎影舞斜陽。羨金屋去來，舊時巢燕，土花繚繞，前度莓牆。繡閣裏，鳳幃深幾許，聽得理絲簧。欲説又休，慮乖芳信，未歌先噎，愁轉清商。暗想新妝了，開朱户，應自待月西

廂。最苦夢魂，今宵不到伊行。問甚時，説與佳音密耗，擬將秦鏡，偷換韓香。天便教人，霎時廝見何妨。」新緑、待月，皆簿聽亭軒之名也。揮麈録

王嬌娘詞

宣和中，蜀人王通判女嬌娘，與中表申純字厚卿者私通，酬和甚多。有寄申生滿庭芳詞云：「簾影摇花，簟紋浮水，緑陰亭院清幽。夜長人静，贏得許多愁。空憶當時月色，小窗外、情話綢繆。臨風淚，抛成暮雨，猶向楚山頭。　殷勤紅一葉，傳來密意，佳好新求。奈百端間阻，恩愛休休。應是紅顔薄命，難消受、俊雅風流。須相念，重尋舊約，休忘杜家秋。」父納帥子之聘，嬌娘竟以憂卒。申生痛念之，亦死。詞苑

飛紅詞

宋宣和中，有王通判妾飛紅者，貌美能寫染，有詞云：「花低鶯踏紅英亂。春心重、頓成慵懶。楊花夢斷楚雲平，空惹起、情無限。　傷心漸覺成牽絆。奈愁緒、寸心難綰。深誠無計寄天涯，幾欲問、梁間燕。」詞品

竊杯女子詞

宣和間，上元張燈，許士女縱觀，各賜酒一杯。一女竊所飲金杯，衛士見之，押至御前。女誦鷓鴣天詞云：

「月滿蓬壺燦爛燈。與郎攜手至端門。貪觀鶴陣笙簫舉，不覺鴛鴦失却羣。天漸曉，感皇恩。傳宣賜酒飲杯巡。歸家惟恐公姑責，竊取金杯作照憑。」道君大喜，遂以杯賜之，令衞士送歸。宣和遺事

鄭義娘好事近

鄭義娘宣政間楊思厚妻，撒八太尉自盱眙掠得之，不辱而死。魂常出遊，思厚奉使燕山，訪其瘞處，與之相見。有好事近詞云：「往事與誰論，無語暗彈清血。何處最堪腸斷，是黃昏時節。倚樓凝望又徘徊，誰解此情切。何計可同歸，雁趁江南春色。」樂府紀聞

一士人玉瓏璁

近有士人常於錢塘江漲橋爲狹邪之游，作樂府名玉瓏璁云：「城南路。橋南路。玉鈎簾捲香橫霧。新相識。舊相識。淺顰低拍，嫩紅輕碧。惜、惜、惜。劉郎去。阮郎住。爲雲爲雨朝還暮。心相憶。空相憶。露荷心性，柳花踪跡。得、得、得。」其後朝廷復收河南，士人者陷而不返。其友作詩寄之，且附以龍涎香。詩云：「江漲橋邊花發時。故人曾共著征衣。請君莫唱橋南曲，花已飄零人不歸。」士人在河南得詩，酬之云：「認得吴家心字香。玉窗春夢紫羅囊。餘薰未歇人何許，洗被征衣更斷腸。」能改齋漫録

一士人鞠花新

思陵朝，掖庭有鞠夫人者，善歌舞，妙音律，爲仙韶院之冠，宮中號爲鞠部頭。然頗以不獲際幸爲恨。既

而稱疾告歸，宦者陳源以厚禮聘歸，蓄於西湖之適安園。一日，德壽按梁州曲舞，屢不稱旨。提舉官關禮知上意不樂，因從容奏曰：「此事非鞠部頭不可。」上遂令宣喚，於是再入九禁，陳遂感愴成疾。有某士者，頗知其事，演而爲曲，名曰鞠花新以獻之。陳大喜，酬以田宅金帛甚厚。其譜則教坊都管王公謹所度也。陳每聞歌詠，淚下不勝情，未幾物故。癸辛雜識

蔡真人詞

陳東靖康間，嘗飲於京師酒樓，有倡向座而歌，東不之顧。乃去倚闌獨立，歌望江南詞，音調清越，東不覺傾聽。視其衣服故敝，時以手揭衣爬搔，肌膚綽約如雪。乃復召使前再歌之。其詞曰：「闌干曲，紅颺繡簾旌。花嫩不禁纖手捻，被風吹去意還驚。眉黛蹙山青。鏗鐵版，閒引步虛聲。塵世無人知此曲，卻騎黃鶴上瑤京。風冷月華清。」東問何人所製，曰：「上清蔡真人詞也。」歌罷，得數錢即下樓，亟追之，已失所在矣。夷堅志

蔡真君法駕導引

紹興間，都下有烏衣椎髻女子歌云：「朝元路，朝元路，同駕玉華君。千乘載花紅一色，人間遥指是祥雲。回望海光新。」「東風起，東風起，海上百花搖。十八風鬟雲半動，飛花和雨著輕綃。歸路碧迢迢。」「烟漠漠，烟漠漠，天淡一簾秋。自洗玉舟斟白酒，月華微映是空舟。歌罷海西流。」凡九闋，皆非人世語。或記之以問一道士，道士驚曰：「此赤城韓夫人所製水府蔡真君法駕導引也。烏衣女子疑龍云。」

渭城三疊

紹興初，都下盛行周清真詠柳蘭陵王慢，西樓南瓦皆歌之，謂之渭城三疊。以周詞凡三換頭，至末段聲尤激越。惟教坊老笛師，能倚之以節歌者，其譜傳自趙忠簡家。忠簡於建炎丁未九日南渡，泊舟儀真江口，遇宣和大晟樂府協律郎某，叩獲九重故譜，因令家伎習之，遂流傳於外。未幾，忠簡有吉陽軍之謫，殆先兆歟。毛幵樵隱筆録

鉛山題壁

予紹興戊辰至信州鉛山，見驛壁有題玉樓春云：「東風楊柳門前路。畢竟雕鞍留不住。柔情勝似嶺頭雲，別淚多如花上雨。　青樓畫幕無重數。聽得樓邊車馬去。若將眉黛染情深，真到丹青難畫處。」詞甚佳，未知何人作也。吴虎臣漫録

望海潮弔楊謝詞

紹興庚午，台之黄巖伎有姓謝者，與楊芳情好甚篤。爲嫗所制，相約投之江。好事者爲望海潮以弔之云：「彩筒角黍，蘭橈畫舫。佳節競弔沅湘。古意未收，新愁又起，斷魂流水茫茫。堪笑又堪傷。有臨皋仙子，連璧檀郎。暗約同歸，遠煙深處弄滄浪。　倚樓魂已飛揚。共偷揮玉筯，痛飲霞觴。煙水無情，

揉花碎玉，空餘怨柳淒涼。楊謝舊遺芳。算世間縱有，不恁非常。但看芙蕖並蔕，他日一雙雙。」同上

紫姑詞

吴興周權選伯，乾道五年云：衢州西安縣招郡士沈延年爲館生。沈能邀紫姑神，談未來事多驗，尤善屬文，清新敏捷，出人意表。通判方滐宴客，就郡借伎，周適邀仙，因求賦一詞往侑席。指瓶内一捻紅牡丹令詠之，名瑞鶴仙，用捻字爲韻，意欲以險困之，不思而就云：「睹嬌紅細捻，似西子、當日留心千葉。西都競栽接。賞園林臺榭，何妨日涉。輕羅慢褶，費多少、陽和調燮。向晚來、露浥芳苞，一點醉紅潮頰。　雙靨姚黄國豔，魏紫天香，倚風羞怯。雲鬟試插，便引動、狂風蜂蝶。況東君開宴，賞心樂事，莫惜獻酬頻疊。看相將、紅藥翻堦，尚餘侍妾。」既成，略不加點。同上

朱某玉樓春

乾道六年，吴明可帯守豫章。其子登科同年生朱某來見，得攝新建尉。值府中葺吴城龍王廟，命之董役。忽憶荆州詞，以爲語意憤抑悽斷，殆非龍宫嫺雅出塵之度，爲賦玉樓春一闋，書於女祠壁云：「玉階瓊室冰壺帳。任他水晶簾不上。兒家住處隔紅塵，雲氣悠揚風淡蕩。　有時閒把蘭舟放。霧鬢霜鬟乘翠浪。夜深滿載月明歸，畫破琉璃千萬丈。」是夜，夢旌幢羽葆，儀衛甚盛，傳言龍女來謁。宴罷，寢昵如經一日夜，言談瀟灑，風儀穆然。將别，謂朱曰：「君前身本南海廣利王幼子，行遊江湖，爲吾家婿，妾實得奉箕箒。今君雖以宿緣來生朱氏，然吴城之念，正爾不忘，以故得禄多在豫章之分。須君官南海，

陽祿且盡，當復諧佳偶。」言訖，愴然而別。既覺，亟書其事識之，特未悟南海語爾。後浸淫病瘠，家人疑其祟，挽使罷歸。明年，丁艱服闋，調袁州分宜主簿，須次家居。縣之士子昔從爲學者相率來謁，因話袁州風土，偶及主簿廨前有南海王廟。朱恍然自失，明日抱疾，遂不起，竟未嘗得至官。冷齋夜話

琴精天仙子

劉改之得一妾，愛甚。淳熙甲午，預秋薦赴省試，在道賦天仙子。每夜飲旅舍，輒使小童歌之。到建昌遊麻姑山，屢歌至於墮淚。二更後，有美人執拍板來，願唱一曲勸酒，即賡前韻云：「別酒未斟心已醉。忍聽陽關辭故里。揚鞭勒馬到皇都，三題盡，當際會。穩跳龍門三級水。　天意令吾先送喜。不審君侯得知未。蔡邕博識爨桐聲，君抱負、却如是，酒滿金杯來勸你。」劉喜與之偕東，果擢第。調荆門教授，遇臨江道士熊若水謂之曰：「竊疑隨車娘子非人也。」劉具以告。曰：「是矣，今夕與並枕時，吾於門外作法，教授緊緊抱之，勿令竄逸。」劉如所戒，乃擁一琴耳。頓悟昔日蔡邕之語，携至麻姑訪之，知是趙知軍所瘞壞琴也，焚之。詞苑

慕容嵓卿妻詞

平江雍熙寺，月夜有婦人歌曰：「滿目江山憶舊遊。汀花汀草弄春柔。長亭艤住木蘭舟。　好夢易隨流水去，芳心猶逐曉雲愁。行人莫上望京樓。」客有傳之姑蘇者，慕容嵓卿驚曰：「此余亡妻詞也。」詢所由來，正其妻旅櫬處。竹坡詩話

孫夫人風中柳

孫夫人寄外風中柳詞云：「銷減芳容，端的爲郎煩惱。鬢慵梳、宮妝草草。別離情緒，待歸來都告。怕傷郎、又還休道。　利鎖名韁，幾阻當年歡笑。更那堪、鱗鴻信杳。蟾枝高折，願從今須早。莫辜負、鏡中人老。」詞苑

裴按：此孫夫人，卽太學服膺齋上舍鄭文妻，有寄外憶秦娥詞，見卷五。

劉彤詞

江寧章文虎，其妻劉氏名彤，文美其字也，工詩詞。嘗有詞寄文虎云：「千里長安名利客，輕離輕散尋常。難禁三月好風光。滿階芳草綠，一片杏花香。　記得年時臨上馬，看人眼淚汪汪。如今不忍更思量。恨無千日酒，空斷九迴腸。」苕溪漁隱

劉鼎臣妻詞

婺州劉鼎臣就試行都，其妻製彩花一枝贈之，并侑以鷓鴣天詞云：「金屋無人夜剪繒。寶釵翻過齒痕輕。臨行執手殷勤送，襯與蕭郎兩鬢青。　聽囑付，好看承。千金不抵一時情。明年宴罷瓊林晚，酒面微紅相映明。」樂府紀聞

趙秋官妻詞

趙秋官妻書岐陽郵亭武陵春云：「人道有情還有夢，無夢豈無情。夜夜思量直到明。有夢怎教成。　昨夜偶然來夢裏，鄰笛又還驚。笛韻淒淒不忍聽。總是斷腸聲。」詞苑

鄭雲娘寄張生詞

鄭雲娘寄張生西江月詞云：「一片冰輪皎潔，十分桂魄婆娑。不施方便是如何。莫是姮娥妬我。　雖則清光可愛，奈緣好事多磨。仗誰傳與片雲呵。遮取霎時則個。」同上

朱秋娘菩薩蠻

朱希真名秋娘，適徐必用。徐久客不歸，朱賦菩薩蠻詞云：「濕雲不渡溪橋冷。嫩寒初透東風景。橋下水聲長。一枝和雪香。　人憐花似舊。花比人應瘦。莫凭小闌干。夜深花正寒。」名媛集

金淑柔浪淘沙

豐城道中有詩婦金淑柔，題浪淘沙詞云：「雨溜和風鈴。滴滴丁丁。醸成一枕別離情。可惜當年陶學士，孤負郵亭。　邊雁帶秋聲。音信難憑。花鬚偷數卜歸程。料得到家秋正晚，菊滿寒城。」郎仁寶

聶勝瓊鷓鴣天

長安伎聶勝瓊歸李之問，其寄李鷓鴣天詞云：「玉慘花愁出鳳城。蓮花樓下柳青青。尊前一唱陽關曲，別個人人第五程。　尋好夢，夢難成。有誰知我此時情。枕前淚共階前雨，隔個窗兒滴到明。」詞苑

珍娘浣溪沙

珍娘有浣溪沙一闋云：「溪霧溪煙溪景新。溶溶春水浸春雲。碧琉璃底静無塵。　風颺游絲垂蝶翅，雨飄飛絮濕鶯唇。桃花片片送殘春。」珍娘或以爲宋時女鬼也。林下詞選

薛濤獨夜曲

詩餘載獨夜曲云：「玉漏聲長燈耿耿。東牆西牆時見影。月明窗外子規啼，忍使孤魂愁夜永。」進士楊蘊中下獄成都，夢一婦人自稱薛濤，贈楊此詞。詞苑

楊冠卿詞

江陵楊冠卿自序云：歲癸丑季秋二十六日，夜夢至一亭子，榜曰朝雲。見二少年云：「久誦公樂章，願得從容笑語。」因舉似離筵舊作，稱贊久之，余謝不能。公子咈然不樂，命小吏呼姝麗十數輩至，圍一方臺而立，相與羣唱，聲甚凄楚。俄頃，歌者取金花青箋所書詞展於臺上，熟視字畫，乃余作也。讀未竟，一歌者從旁攫取詞置袖中，舉酒相勞苦云：「釵分金半股之句，朝夕誦之，胡爲念不及此耶。」公子云：「左驗如此，奚事多遜。」抵掌一笑而寤，恍然不曉所謂。戲用其語綴東坡引歌之。「綠波芳草路。別離記南

浦。香雲剪贈青絲縷。釵分金半股。釵分金半股。陽關一曲聲淒楚。惹起離筵愁緒。夢魂擬逐征鴻去。行雲無定據。行雲無定據。」客亭類稿

蔡州瓜陂舖詞

蔡州瓜陂舖，有用篦刀刻青泥爲浣溪沙詞云：「翦碎香羅浥淚痕。鷓鴣聲斷不堪聞。馬嘶人去近黄昏。　整整斜斜楊柳陌，疏疏密密杏花村。一番風雨更消魂。」不知何人作也。古今詞話

無名氏女郎玉蝴蝶

無名氏女郎玉蝴蝶詞云：「爲甚夜來添病，强臨寶鏡，憔悴嬌慵。一任釵横鬢亂，永日薰風。惱脂消、榴紅徑裏，羞玉減、蝶粉叢中。思悠悠，垂簾獨坐，倚遍薰籠。　朦朧。玉人不見，羅裁囊寄，錦寫箋封。約在春歸，夏來依舊各西東。粉牆花影來疑是，羅帳雨、夢斷成空。最難忘，屏邊瞥見，野外相逢。」林下詞選

汪元量水龍吟

汪水雲淮河舟中，夜聞宫人彈琴，水龍吟詞云：「鼓鞞驚破霓裳，海棠亭北多風雨。歌闌酒罷，玉啼金泣，此行良苦。駝背模糊，馬頭匼匝，朝朝暮暮。自都門燕别，龍艘錦纜，空載得、春歸去。　目斷東南半壁，悵長淮、已非吾土。受降城下，草如霜白，淒凉酸楚。粉陣紅圍，夜深人静，誰賓誰主。對漁燈一

點，羈愁一掬，譜琴中語。」水雲南歸，又有亡宋舊宮人章麗貞贈之詞曰：「吳山秋。越山秋。吳越兩山相對愁。長江不盡流。　風颸颸。雨颸颸。萬里歸人空白頭。南冠泣楚囚。」袁正卿詞曰：「南高峯。北高峯。南北高峯雲淡濃。湖山圖畫中。　采芙蓉。賞芙蓉。小小紅船西復東。相思無路通。」湖山類稿

按：宋琴士汪元量，號水雲，從謝后北遷，嘗教宮人作詩，另有章邱李生一段，見金元紀事。

羅志仁虞美人

淨慈尼，宋舊宮人也。羅志仁賦虞美人贈之云：「君王曾惜如花面。往事多恩怨。霓裳和淚換袈裟。又送鑾輿北去，聽琵琶。　當年未削青螺髻。知是歸期未。天花交室萬緣空。結綺臨春何處，淚痕中。」楊纘紫霞偶筆

元之夢遊仙詞

元之夢遊仙詞序云：「夏夜倦寢，神遊異境，牓曰元妙洞天。見少女獨立，朗然歌謁金門詞云：『真堪惜。錦帳夜長虛擲。挑盡銀燈情脈脈。繡花無氣力。女伴聲停刀尺。蟋蟀爭啼四壁。自起捲簾窺夜色。天清星欲滴。』歌竟，命侍兒傳語曰：『與君有緣，今時未至，請辭。』遂翻然而醒。」詞統

紫姑神詞

正宫白苧曲賦雪者，世傳紫姑神作。寫至「追昔燕然畫角，寶鑰珊瑚，是時丞相，虛作銀城換得」，或問出處，答云：「天上文字，汝那得知。」末後句云：「又恐東君，暗遣花神，先行南國。昨夜江梅，漏泄春消息。」殊可喜也。予舊同僚郝宗文，嘗春初請紫姑神，既降，自稱蓬萊仙人玉英，書浪淘沙曲云：「塞上早春時。暖律猶微。柳舒金線拂回堤。料得江鄉應更好，開盡梅溪。　晝漏漸遲遲。愁損仙肌。幾回無語斂雙眉。凭徧闌干十二曲，月下樓西。」同上

姚月華阿那曲

姚氏月華隨父寓揚子江，與鄰舟書生楊達相遇。見達昭君怨詩，愛其「匣中縱有菱花鏡，羞向單于照舊顏」之句。私命侍兒乞其稿，遂相往來。一日，楊偶爽約不至，姚作阿那曲云：「銀燭清尊久延佇。出門入門天欲曙。月落星稀竟不來，烟柳曈曨鵲飛去。」同上

酒肆四時詞

至順中，有王生者居金陵，嘗趁租船往松江。泊舟渭塘，入肆沽酒，一女於簾幕間窺之，姿態獨絶。彼此注視，怏怏登舟。是夕忽夢至肆中，見壁上花箋效東坡體題四時詞。其一云：「春風吹花落紅雪。楊柳陰濃啼百舌。東家蝴蝶西家飛，前歲櫻桃今歲結。鞦韆蹴罷鬢鬖髿。粉汗凝香沁緑紗。侍女亦知

心內事，銀瓶汲水煮新茶。」其二云：「芭蕉葉展青鸞尾。萱草花含金鳳嘴。一雙乳燕出雕梁，數點新荷浮綠水。困人天氣日長時。針線慵拈午漏遲。起向石榴陰畔立，戲將梅子打鶯兒。」其三云：「鐵馬聲喧風力緊。雲窗夢破鴛鴦冷。玉罏煙麝有餘香，羅扇撲螢無定影。洞簫一曲是誰家。河漢西流月半斜。要染纖纖紅指甲，金盆夜搗鳳仙花。」其四云：「山茶未開梅半吐。風動簾旌雪花舞。金盤冒冷塑狻猊，繡幙圍春護鸚鵡。倩人呵筆畫雙眉。脂水凝寒上臉遲。妝罷扶頭重照鏡，鳳釵斜亞瑞香枝。」後女終歸於生，然是詞未知何人作也。同上

楊立齋鷓鴣天

趙真真善唱諸宮調，楊立齋見其謳張五牛新編，作鷓鴣天以詠之云：「烟柳風花錦作園。霜芽露葉玉爲船。誰知皓齒纖腰會，只在輕衫短帽邊。　啼玉靨，咽冰弦。五牛身去更無傳。詞人老筆佳人口，再喚春風到眼前。」古今詞話

陳鳳儀一絡索

陳鳳儀成都樂伎也，有一絡索詞送人云：「蜀江春色濃如霧。擁雙旌歸去。海棠也似別君難，一點點、啼紅雨。　此去馬蹄何處。向沙堤新路。禁林賜宴賞花時，還憶著、西樓否。」同上

鄭婉娥歌念奴嬌

洪武中，吴江沈韶游襄漢歸，舟次九江，登琵琶亭，月下彷彿聞歌聲。明日復往，徙倚亭中，一麗人冉冉來，二小姬前導。韶拜問之，曰：「漢主陳友諒之婕妤鄭婉娥也。年二十而死，殯此亭旁。二侍女一名鈿蟬，一名金雁，亦當時殉葬者。」命取酒共飲，歌念奴嬌一闋。曰：「卽昨夕郎所聞也。」詞云：「離離禾黍。歎江山依舊，英雄塵土。石馬銅駝荆棘裏，閱遍幾番寒暑。劍戟灰飛，旌旗鳥散，底處尋樓櫓。喑啞叱咤，只今猶説西楚。　憔悴玉帳虞兮，燈前掩面，雙淚飛紅雨。鳳輦羊車行不返，九曲愁腸漫苦。梅瓣凝妝，楊花翻雪，回首成終古。翠螺青黛，絳仙慵畫眉嫵。」又口占一律贈韶云：「鳳艦龍舟事已空。銀屏金屋夢魂中。黄蘆晚日烘殘壘，碧草寒煙鎖故宮。隧道魚燈油欲燼，妝臺鸞鏡匣長封。憑君莫話興亡事，淚濕臙脂損舊容。」與韶談元末羣雄興廢及僞漢宮中事，歷歷如見。臨别以金條脱爲贈。同游梁生作琵琶佳遇歌。樂府紀聞

翠微憶秦娥

嘉靖初，清河邱生泊舟江陵，有一女子，自稱兩淮運使何公之妾翠微。引生至一亭就枕，臨别賦憶秦娥云：「楊枝裊。恩情無限天將曉。天將曉。漏窮難喚，教人煩惱。　郵亭一夜風流少。怱怱後會應難保。應難保。最傷情處，殘雲風掃。」又詩云：「不斷塵緣露本真。翠薇花下遶香魂。如今了却風流債，一任東風啼鳥聲。」次日訪之，乃其墓也。詞苑叢談

王十八娘歌菩薩蠻

王十八娘，天寶間宮人，與太真寵相亞。馬嵬埋玉，十八娘亦歸晉安故里。明萬曆間，與閩人東海生冥會，歌菩薩蠻詞云：「妾身本是瑯琊種。當年曾得君王寵。傾國鬭紅妝。人稱十八娘。　絳綃籠玉質。纖手金盤擘。驛路起塵埃。驪山一騎來。」見幔亭集。按東坡詠荔枝詞，有「細骨肌香，恰是當年十八娘」之句。或以爲十八娘，卽荔枝也。同上

謝五娘賦柳枝

謝五娘，萬曆中潮州女子，有讀月居詞一卷，多懷人寄友之作。其風懷放誕，固可知也。賦柳枝詞一闋云：「近水千條拂畫橈。六橋風雨正瀟瀟。枝枝葉葉皆離思，添得鶯啼更寂寥。」同上

鄭僖與吳氏女詞

吳氏女愛吟咏，鄰有鄭僖，雅擅才華，女常令嫗索詞於生，生賦木蘭花詞與之。因從其母求婚，不允。女密寄詞與生云：「看紅箋寫恨，人醉倚、夕陽樓。故里梅花，纔傳春信，又付東流。此生料應緣淺，綺窗下，雨怨雲愁。樓外杏枝綻也，珠簾懶上銀鉤。　絲蘿喬樹欲依投。此景兩悠悠。恐鶯老花殘，翠嫣紅減，辜負春遊。蜂媒問人情思，總無言、應只低頭。夢斷東風路遠，柔情猶爲遲留。」女竟以憂恨而卒。詩話類編

乩仙秋波媚

乩仙王氏秋波媚詞云：「流水東迴憶故秋。疏雨滴更愁。雁來楚峽，風淒江渚，瘦損輕柔。誰憐絶世嬌姿在，斜倚小妝樓。鏡窺寶淚，愁懸情眼，恨鎖眉頭。」自言宋時人，年二十卒。又有詩云：「兒家夫婿太輕狂。錦瑟春風淚萬行。孤枕伴人憐夜雨，翠娥蹙損五更長。」沈宛君伊人思

何氏鷓鴣天

瑶宫花史何氏，小名月兒，山陽人。早夭，爲王母散花女。歲癸未，降乩賦鷓鴣天詞云：「整束簪環下碧霄。教人腸斷念奴嬌。曲房空剩殘香粉，獨對瀟湘憶翠翹。　斟别話，酌情醪。盈盈徐送小紅橋。從今不伴烟霞客，愛向風前鬭柳腰。」悔庵沙語

楚江和花史詞

花史侍兒名楚江，甲申三月降生趙地，有和花史鷓鴣天半闋云：「情猶戀，意如醪。依依不舍舊藍橋。東君可許歸囊伴，暫向塵封學楚腰。」同上

沈静筠鷓鴣天

吴江士女沈静筠，字玉霞，山人吕元洲室。没後降乩，作鷓鴣天詞云：「一片春光遍九霄。這回風月也全消。重來繡閣吟殘句，不數緱山弄玉簫。　身外事，等閒抛。萬層雲路碧迢迢。香南雪北何由見，

真比人間午夢遥。」林下詞選

朱淑真降乩

順治辛卯，有雲間客扶乩於片石居。一士以休咎問，乩曰：「非余所知。」士問仙來何處。書曰：「兒家原住古錢塘。曾有詩篇號斷腸。」士問仙爲何氏。書曰：「猶傳小字在詞場。」士不知斷腸集誰氏作也，乃曰：「兒家意其女郎也。」曰：「仙得非蘇小小乎。」書曰：「漫把若蘭方淑女。」士曰：「然則李易安乎。」書曰：「須知清照異真娘，朱顏説與任君詳。」士方悟爲朱淑真。故隨問隨答，卽成浣溪沙一闋。隨復拜祝，再求珠玉。乩又書曰：「轉眼已無桃李。又見荼蘼綻蕊。偶爾話三生，不覺日移階晷。去矣。去矣。歎惜春光似水。」乩遂不動。湖壖雜記

李後主後身

會稽金煜，字子藏，一目有重瞳子。其母弟馬玉超挾粤東一扶乩客來，見煜，驚曰：「此南唐李後主後身也。後主見馬太君詞而喜之，願爲之兒，其遭逢不能遠過後主，得乎戌，失乎戌，識之識之。」乃呼玉起，命縛乩以筆書一詞去。煜祖太常公笑曰：「彼知後主亦名煜，故妄言耳。」及閲陸游南唐書曰「煜一目重瞳子」，乃大驚。後煜年十九，中順治戊戌進士，授郯城知縣，康熙庚戌罷官，甲戌死。考後主於南唐建隆三年壬戌卽位，至開寶七年甲戌，而國亡身殞，得失果皆同。曠園雜志

本事詞

〔清〕葉申薌撰

本事詞目録

卷上

卷下

自序

蓋自玉臺新咏專録艶詞，樂府解題備徵故實。韓偓著香奩之集，託青樓柳巷而言情。孟棨彙本事之篇，敍破鏡輪袍以紀麗。詩既應爾，詞亦宜然，此本事詞所由輯也。然美人香草，古來多寓意之文。而減字偷聲，達者作逢場之戲。或緣情而遣興，或對景以攄懷，或寫怨以騁思，或空言而寄諷。文非一致，緒亦多端。每藉倚聲，遂留佳話。是以記新腔于紅豆，當時已傳遍旗亭。寫小字於烏絲，此日宜珍藏篋衍矣。溯夫青蓮居士，憶秦苑之瓊簫。紅杏尚書，咏繁臺之畫轂。曲傳暮雨，白香山恒念吴娘。被掩餘寒，張子野偏逢謝女。戀郵亭之一夕，難續鸞膠。對殘月之三星，怕聽雞唱。搴簾顧語，相逢疑在夢中。抛髻啼妝，佳約頻商别後。曉風楊柳，傳絶調於霖鈴。春雨杏花，寄新詞於羅帕。亦復銅琶鐵板，或豪氣之未除。低唱淺斟，忍浮名之輕换。甚且花明月暗，步剗襪於香階。馬滑霜濃，破新橙於錦幄。此尤傳爲秘事，洵足侈爲艶談也。更若蘿屋静姝，蘭閨秀媛，既工協律，亦擅摛詞。瘦比黄花，寓幽情於愛菊。慧同紫竹，抒雅藻於踏莎。向金屋而剪繒，宫花簪髻。望錦川而揮淚，山色添眉。復有逐妾辭閨，故姬去國。團扇動棄捐之感，羅裙懷淪落之嗟。念錦瑟之空塵，難吟豆蔻。恨金甌之已缺，誰弄琵琶。燕子樓頭，夢斷彭城落月。鵑聲馬上，愁生蜀道殘春。斯皆悲離恨之有天，欲埋愁而無地。但留怨什，宜播吟壇。他若記擬游仙，奇因紀夢。江亭龍女，題吴頭楚尾之謡。月府仙姬，問五拍雙鬟之授。遇錢塘之蘇小，半闋歌傳。訪緡邑之李英，三峯閣在。情雖縹緲，意亦纏綿。又足補女史之遺聞，續虞初之新志也。然而引商刻羽，恒在當歌。促拍添聲，多因顧曲。釵遺枕畔，價曾公庫爲償。榴獻座中，圍藉髯翁以解。緺雲梭玉，詹天游真個魂銷。紈扇焦琴，劉改之幾經腸斷。徐幹臣之還思纖手，剖鏡重圓。尹梅津之催喚紅妝，尋芳再誤。且有紅樓少婦，紫曲名娃，才擅濤箋，慧工浪語。改山抹微雲之韻，靈出犀心。吟花啼紅雨之篇，巧偷鶯舌。折來官柳，真蜀艷之可人。插滿山花，羨嚴卿之俠氣。凡茲麗製，問何事以干卿。偶輯艷聞，正鍾情之在我。盥薇細讀，雅宜當花天酒地之時。摛管親裁，疑若在倚翠偎紅之際。僕也頗比柘枝，癡同竹屋。癖既耽乎綺語，賦更慕乎閑情。品竹調絲，愧未能乎陶寫。擘箋染翰，笑徒効乎鈔胥。楊元素之遺篇，亡而莫覯。王仲言之舊話，秘已難窺。僅就耳目之所經，復慚見聞之未廣。縱竭搜羅之力，終虞挂漏之譏。惟是篇因採摭而成，似應列原書之目。然其文或剪裁以出，又難仍舊帙之題。况敷藻偶繁，自必删而就簡。亦傳聞互異，尤宜酌以從同。綴玉編珠，細擷金荃之麗。吹花嚼蕊，閑資玉麈之談。技本蟲雕，只堪覆瓿。取同獺祭，難博解頤。但以裘非一腋所能成，念曾勞乎鉛槧。帚欲千金而自享，將貽禍於棗梨云爾。三山葉申薌。

本事詞卷上　唐五代北宋

吳二娘善歌

吳二娘，江南名姬也，善歌。白香山守蘇時，嘗製長相思詞云：「深畫眉。淺畫眉。蟬鬢鬅鬙雲滿衣。陽臺行雨回。　巫山高，巫山低。暮雨瀟瀟郎不歸。空房獨守時。」吳喜歌之。故香山有「吳娘暮雨瀟瀟曲，自別江南久不聞」之咏，蓋指此也。

謝秋娘

望江南，原名謝秋娘，李贊皇鎭浙西日，爲其亡姬謝秋娘作也。其詞久逸。今所傳者，白太傅之江南好，劉賓客之春去也諸篇，至宋始加爲雙調。隋煬帝之湖上曲八首，蓋僞作也。

張曙浣溪沙

張禕侍郎喪愛姬，傷悼不已。其猶子張曙，戲作浣溪沙詞，密置几上云：「枕障熏爐冷繡幃。二年終日苦相思。杏花明月爾應知。　天上人間何處去，舊歡新夢覺來時。黄昏微雨畫簾垂。」禕見之，哀慟曰：「此必阿灰作也。」阿灰，曙小字。

黃損詞

賈人女裴玉娥，善彈箏。與黃損有婚姻之約，後爲呂用之刼歸第中，賴胡僧神術取回。損嘗爲賦箏詞云：「無所願，願作樂中箏。得近佳人纖手裏，砑羅裙上放嬌聲。便死也爲榮。」

王感化善歌

金陵妓王感化，善歌謳，知詞翰。元宗手寫山花子二闋賜之云：「菡萏香消翠葉殘。西風愁起綠波間。還與韶光共憔悴，不堪看。　細雨夢回雞塞遠，小樓吹徹玉笙寒。多少淚珠何限恨，倚闌干。」又云：「手捲真珠上玉鈎。依前春恨鎖重樓。風裏落花誰是主，思悠悠。　青鳥不傳雲外信，丁香空結雨中愁。回首綠波三峽暮，接天流。」感化於後主時，上其詞札，後主爲之感動，因優賜之。

李後主詞

南唐李後主小周后，卽昭惠后之妹也。昭惠感疾，后嘗在禁中，先與後主有私。後主爲賦子夜歌云：「花明月暗飛輕霧。今宵好向郎邊去。剗襪步香階。手提金縷鞋。　畫堂南畔見。一晌偎人顫。奴爲出來難。教君恣意憐。」又云：「銅簧韻脆鏘寒竹。新聲慢奏移纖玉。眼色暗相勾。嬌波横欲流。　雨雲深繡户。來便諧衷素。宴罷又成空。夢迷春睡中。」此詞既播，人皆知之。已而納爲后，大宴羣臣，韓熙載以下，多詩以諷，後主亦不之罪焉。

張泌江城子

張泌仕南唐，爲内史舍人，初與鄰女浣衣相善，爲賦江城子云：「浣花溪上見卿卿。眼波明。黛眉輕。高綰綠雲，金簇小蜻蜓。好是問他來得麽，和笑道，莫多情。」後經年不復相見，張夜夢之，因寄絶句云：「別夢依稀到謝家。小廊回合曲闌斜。多情只有春庭月，猶爲離人照落花。」

陶穀風光好

宋遣陶穀使江南，李憲以書抵韓熙載曰：「五柳公驕甚，其善待之。」陶至，果如所言。韓因謂所親曰：「陶非端介者，其守可隳，當使諸君一笑。」乃令歌姬秦弱蘭衣敝衣，僞爲驛卒女，供洒掃館舍中。陶見而悦之，遂忘慎獨之戒，贈以長短句云：「好因緣。惡因緣。只得郵亭一夕眠。會神仙。琵琶撥盡相思調。知音少。再把鸞膠續斷絃。是何年。」他日後主宴陶，陶凜然若不可犯。主持觥命弱蘭出，歌前所贈詞以侑觴，陶大慚而罷。此調名風光好，諸書皆謂陶穀事，而湘山野錄獨謂曹翰使江南贈妓詞，未悉何據耳。

耿玉真詞

南唐盧絳未仕時，嘗病痁，夢白衣婦人歌詞勸酒云：「玉京人去秋蕭索。畫檐鵲起梧桐落。欹枕悄無言。月和清夢圓。背燈惟暗泣。甚處砧聲急。眉黛小山攢。芭蕉生暮寒。」因謂絳曰：「子之疾，食蔗當愈。」如言果瘥。越數夕，又夢之曰：「妾玉真也」他日富貴，相見於固子坡。」絳後仕金陵，累官柱國，歸宋以龔慎儀事坐誅。臨刑有白衣婦人同斬，宛如所夢者，問其姓名，則耿玉真，其地則固子坡也。

王衍詞

前蜀主王衍好裹小巾，其尖如錐。宮妓多衣道服，簪蓮花冠，施燕支夾粉，號醉妝。自製醉妝詞云：「者邊走。那邊走。只是尋花柳。那邊走。者邊走。莫厭金杯酒。」末年好道愈篤，常禱青城山，隨行宮人皆衣畫雲霞道服，自製甘州曲，親與宮人唱之，音甚哀怨。詞云：「畫羅裙。能結束，稱腰身。柳眉桃臉不勝春。薄媚足精神。可惜許，淪落在風塵。」衍本意，謂神仙而在凡塵耳。後降中原，其宮人多淪落民間，始應其讖云。

孟昶玉樓春

後蜀主孟昶，令羅城上盡種芙蓉，周四十里，盛開。時語左右曰：「古以蜀爲錦城，今觀之，真錦城也。」嘗夜同花蕊夫人避暑摩訶池上，因作玉樓春云：「冰肌玉骨清無汗。水殿風來暗香滿。繡簾一點月窺人，欹枕釵横雲鬢亂。起來瓊户啓無聲，時見疏星度河漢。屈指西風幾時來，只恐流年暗中换。」此即蘇長公因憶朱姓老尼所述，而衍爲洞仙歌者。乃趙聞禮陽春白雪又載蜀帥謝元明，因浚摩訶池，得古石刻。孟主洞仙歌原詞云：「冰肌玉骨，自清涼無汗。貝闕琳宫恨初遠。玉闌干倚遍。怯盡朝寒。回首處，何必留連穆滿。芙蓉開過也，樓閣香融，千片紅英泛波面。洞房深深鎖，莫放輕舟瑶臺去，甘與塵寰路斷。更莫遣流紅到人間，怕一似當時，誤他劉阮。」是蓋傳聞異辭，姑録之以備考云。

花蕊夫人詞

後蜀亡，花蕊夫人隨孟昶北行至葭萌驛，偶題館壁云：「初離蜀道心將碎，離恨綿綿。春日如年。馬上時時聞杜鵑。」書未竟，爲軍騎促行，詞僅半闋，真一字一淚也。後有無名子續之云：「三千宮女如花貌，妾最嬋娟。此去朝天。只恐君王寵愛偏。」成何語意耶。

韋莊詞

韋莊字端己，以才名寓蜀。王建割據，遂羈留之。莊有寵人，姿質艷麗，兼擅詞翰。建聞之，託以教内人爲辭，强奪去。莊追念悒怏，每寄之吟咏，荷葉杯、小重山、謁金門諸篇，皆爲是姬作也。其詞情意悽惋，人相傳誦，姬後聞之，不食而卒。荷葉杯詞云：「絶代佳人難得。傾國。花下見無期。一雙愁黛遠山眉。不忍更思惟。閑掩翠屏金鳳。殘夢。羅幙畫堂空。碧天無路信難通。惆悵舊房櫳。」小重山詞云：「一閉昭陽春又春。夜寒宫漏永，憶君恩。細思陳事黯銷魂。羅衣濕，紅袖有啼痕。歌吹隔重閽。遶階芳草緑，倚長門。萬般惆悵向誰論。凝情立，宫殿欲黄昏。」謁金門詞云：「空相憶。無計得傳消息。天上嫦娥人不識。寄書何處覓。新睡覺來無力。不忍看伊書迹。滿院落花春寂寂。斷腸芳草碧。」

太尉夫人極相思

仁廟時，皇族中太尉夫人，一日入内，再拜告帝曰：「臣妾有夫，不幸爲婢妾所惑。」帝怒，流其婢於千里。夫人亦得罪，謫居瑤華宫。太尉奪俸不得朝請。後經歲，值春暮，夫人製詞名極相思云：「柳烟霽色方晴。花露遍金莖。秋千院落，海棠漸老，才過清明。　嫩玉腕托香腮臉，相傳粉，更與誰情。秋波綻處，相思淚迸，天阻深誠。」詞聞，帝命釋之。

張先碧牡丹

晏元獻尹京兆日，辟張子野爲判官。公適新納一姬，甚寵之。每子野來，令出侑觴，輒歌子野詞以爲樂。嗣王夫人不容，遣去。他日子野至，公與之飲，子野製碧牡丹詞，令營妓歌之。詞云：「步障摇紅綺。曉月墮，沈烟砌。緩拍香檀，唱徹伊州新製。怨入眉頭，斂黛峰横翠。芭蕉寒，雨聲碎。　鏡華翳。閑照孤鸞戲。思量去時容易。鈿合瑤釵，至今冷落輕棄。望極藍橋，但暮雲千里。幾重山，幾重水。」公憮然曰：「人生行樂耳，何自苦如此。」亟命於宅庫支錢，取侍姬回。既至，夫人亦不復誰何也。

宋祁鷓鴣天

宋子京嘗過繁臺街，遇内家車子數輛，適不及避。忽有褰簾者曰：「小宋也。」子京驚訝不已，歸賦鷓鴣天云：「畫轂雕鞍狹路逢。一聲腸斷繡簾中。身無彩鳳雙飛翼，心有靈犀一點通。　金作屋，玉爲櫳。

車如流水馬如龍。劉郎已恨蓬山遠，更隔蓬山幾萬重。」詞傳達于禁中，仁宗知之，因問第幾車子，何人呼小宋。有内人自陳云：「頃因内宴，見宣翰林學士，左右内臣皆曰小宋，時在車中，偶見之呼一聲爾。」上召子京，從容語及，子京惶悚無地。上笑曰：「蓬山不遠。」卽以内人賜之。

孫洙菩薩蠻

孫洙巨源，元豐中居翰苑，與李端愿太尉往來最密。會一日鎖院，宣召者至其家，出數十輩蹤跡之，得於李氏。時李新納姬，善琵琶。孫飲不肯去，而逼於宣召，入院幾二鼓矣。草三制罷，尚不能忘情，走筆作菩薩蠻云：「樓頭尚有三通鼓。何須抵死催人去。上馬苦匆匆。琵琶曲未終。回頭凝望處。那更廉纖雨。漫道玉爲堂。玉堂今夜長。」遲明，卽馳以示李焉。

劉几花發狀元紅慢

劉几伯壽，素精音律。神廟時，與范蜀公重定大樂。熙寧中，以秘監致仕。洛品曰狀元紅，爲一時之冠。樂工范日新，能爲新聲。汴妓郜懿以色著。一日春暮，值牡丹盛開，伯壽携范日新就郜懿賞花歡飲，因製花發狀元紅慢以紀之云：「暄春向暮，萬卉成陰，有嘉艷方坼。嬌姿嫩質。冠羣品，共賞傾城傾國。上苑晴晝暄，千素萬紅尤奇特。綺筵開會，詠歌才子，壓倒元白。別有芳幽苞小，步障華絲，綺軒油壁。與紫鴛鴦，素蛺蝶。自淸旦、往往連夕。巧鶯喧脆管，嬌燕語雕梁留客。武陵人，念夢役意濃，堪遣情溺。」郜懿第六，當時人皆呼郜六。生女蔡奴，色藝尤著。李定亦其所生，時議謂定母死不服喪者，母卽郜六也。

韓縝芳草詞

韓玉汝有愛姬，能詞。韓使北時，姬作蝶戀花送之云：「香作風光濃著露。正恁雙栖，又遣分飛去。密訴東君應不許。淚波一洒奴衷素。」神宗知之，特命步軍司搬家追送。時莫測中旨所出，後乃知因別曲傳入內廷也。韓亦有芳草詞云：「鎖離愁、連綿無際，來時陌上初薰。繡幃人念遠，暗垂珠露，泣送征輪。長行長在眼，更重重、流水孤村。但望極樓高，盡日目斷王孫。銷魂。池塘別後，曾行處，緑妒輕裙。恁時攜素手，亂花飛絮裏，緩步香茵。朱顏空自改，向年年、芳意長新。遍緑野，嬉游醉眼，莫負青春。」

吴感折紅梅

吴感應之，天聖中省試第一，以文章知名。有愛姬曰紅梅，因以名其閣。乃製折紅梅詞云：「睹南翔征雁，疏林敗葉，凋霜凌亂。獨紅梅、自守歲寒，天教最後開綻。盈盈水畔，疏影蘸、橫斜清淺。化工似把，深色燕支，怪姑射仙姿，剩與紅間。誰人寵眷。待金鎖不開，憑闌先看。曾飛落、壽陽粉額，妝成漢宮傳遍。江南風暖。春信喜、一枝清遠。對酒便好，折取奇葩，撚清香重嗅，舉杯重勸。」

歐陽修臨江仙

歐陽永叔爲河南幕官時，嘗眷一妓。錢文僖爲留守，梅聖俞、尹師魯，同在幕下。一日，宴於後園，客集而歐與妓俱不至。移時方來，錢詰妓何以後至。妓謝曰：「患暑，往涼堂小憩，覺後失金釵，竟未覓得，是以來遲。」錢笑曰：「若得歐推官一詞，當爲償釵。」歐卽席賦臨江仙云：「柳外輕雷池上雨，雨聲滴碎荷聲。小樓西角斷虹明。闌干私倚，待得月華生。　燕子飛來窺畫棟，玉鈎垂下簾旌。涼波不動簟紋平。水晶雙枕，旁有墮釵横。」舉座擊節歎賞。錢命妓滿酌進歐公，庫爲償釵焉。

歐陽修生查子

「去年元夜時，花市燈如晝。月在柳梢頭，人約黄昏後。　今年元夜時，燈月仍依舊。不見去年人，淚滿春衫袖。」此六一居士詞，世有傳爲朱秋娘作，遂疑朱爲失德女子，亟爲辯之。秋娘名希真，與朱敦儒之字正同。

張先詞

張子野風流瀟洒，尤擅歌詞，燈筵舞席贈妓之作絶多。其有名可考者，謝池春慢爲謝媚卿作也。詞云：「繚牆重院，時聞有流鶯到。繡被掩餘寒，畫閣明新曉。朱檻連空闊，飛絮無多少。逕莎平，池水渺。日長風静，花影閑相照。　塵香拂馬，逢謝女，城南道。秀麗過施粉，多媚生輕笑。鬭色鮮衣薄，碾玉雙蟬小。歡難偶，春過了。琵琶流韻，都入相思調。」又南鄉子聽二玉鼓胡琴也。詞云：「相並細腰身。時樣宮妝一樣新。曲項胡琴魚尾撥，離人。入塞絃聲水上聞。　天碧染衣巾。血色輕羅碎摺裙。百卉已隨霜女妒，東君。暗折雙花借小春。」又望江南贈龍靚也。詞云：「青樓宴，靚女薦銀杯。一曲白雲江月滿，際天拖練夜潮來。人物誤瑶臺。　醺醺醉，拂拂上雙腮。媚臉已非朱淡粉，香紅全勝雪籠梅。標格外風埃。」他如贈年十二琵琶娘者，有醉垂鞭云：「朱粉不須施。花枝小。春偏好。嬌妙近勝衣。輕羅紅霧垂。　琵琶金畫鳳。雙縧重。倦眉低。啄木細聲遲。黄蜂花上飛。」又聽九人鼓胡琴者，有定西番云：「鋝撥紫檀金襯，雙秀萼、兩回鸞。齊學漢宫妝樣，競嬋娟。　三十六絃彈鬧，小絃蜂作團。聽盡昭君幽怨，莫重彈。」又舟中聞雙琵琶者，有剪牡丹云：「野緑連空，天青垂水，素色溶漾都净。柔柳摇摇，墜輕絮無影。汀洲日落人歸，修巾薄袂，擷香拾翠相競。如解凌波，泊烟渚春暝。　綵絎朱索新整。宿繡屏，畫船風定。金鳳唱雙槽，彈出古今幽思，誰省。玉盤大小亂珠迸。酒上妝面，花艷媚相並。重聽。盡漢妃一曲，江空月静。」而咏吹笛、咏舞、贈善歌諸作，又不勝枚舉矣。

沈子山詞

宿州營妓張温卿，色藝冠時，見者無不心醉。沈子山爲獄掾，最留情焉。秩滿去官，不能忘情，歸舟途次，爲賦剔銀燈兩闋。其一云：「一夜隋河風勁。霜混水天如鏡。古柳堤長，寒烟不起，波上月流無影。那堪頻聽。疏星外、離鴻相應。　須信道情多是病。酒未到，愁腸還醒。數疊羅衾，餘香未減，甚時枕鴛重並。教伊須更。將蘭約，見時先定。」其二云：「江上秋高霜早。雲净月華如掃。候雁初飛，啼蛩正苦，又是黄花衰草。等閑臨照。潘郎鬢、星星漸老。　那堪更酒醒孤棹。望千里，長安西笑。臂上妝痕，胸前粉淚，暗惹離愁多少。此情誰表。除非是，重相見了。」後張子野、黄子思相繼爲掾，亦甚賞之。偶陳求古以光禄丞來掌摧酤，温卿遂託身焉。兩載而歿，年僅十九。子思以詩弔之云：「人生第一莫多情。眼看仙花結不成。爲報兩京才子道，好將詩句哭温卿。」

柳永鶴冲天

柳耆卿初名三變，與兄三接、三復齊名，時稱柳氏三絶。偶因下第，戲賦鶴冲天云：「黄金榜上。偶失龍頭望。明代暫遺賢，如何向。未遂風雲便，争不恣，狂游蕩。何須論得喪。才子詞人，自是白衣卿相。烟花巷陌，依約丹青圖障。幸有意中人，堪尋訪。且恁偎紅翠，風流事，平生暢。青春都一晌。忍把浮名，换了淺斟低唱。」此亦一時遣懷之作，都下盛傳，至達宸聽。時仁宗方深思儒雅，重斥浮華，聞之艴然。次舉，柳卽登第。至臚唱時，帝曰：「此人好去淺斟低唱，何要浮名，且填詞去。」柳因自稱奉旨填詞。迨景祐中，始復得第。改名後，方磨勘轉官焉。

柳永望海潮

耆卿與孫相何爲布衣交。孫鎮杭日，門禁甚嚴，柳欲進謁，門吏不爲通刺。乃製望海潮詞，詣名妓楚楚曰：「欲見孫相不得通，若因府會，願朱唇爲歌此詞。倘詢誰作，但云柳七耳。」適中秋夜宴，楚爲宛轉歌之。果詢誰作，答以柳七，孫卽席延柳預宴。其詞云：「東南形勝，江湖都會，錢塘自古繁華。烟柳畫橋，風簾翠幕，參差十萬人家。雲樹遶堤沙。怒濤捲霜雪，天塹無涯。市列珠璣，户盈羅綺，競豪奢。

重湖疊巘清佳。有三秋桂子，十里荷花。羌笛弄晴，菱歌泛夜，嬉嬉釣叟蓮娃。千騎擁高牙。乘醉聽簫鼓，吟賞烟霞。異日圖將好景，歸去鳳池誇。」然此詞傳播，致啓金海陵立馬吴峰之志，又追咎於歌咏之工也已。

梅聖俞莫打鴨

吕士隆知宣州日，好笞妓。適有杭妓至，吕喜之。他日又欲笞宣妓，妓謝曰：「笞不敢辭，但恐杭妓不安耳。」遂宥之。梅聖俞爲賦長短句云：「莫打鴨，打鴨驚鴛鴦。鴛鴦新向池中浴，不比孤洲老鴰鶬。」

蘇軾賀新郎

蘇子瞻倅杭日，府僚高會湖中，羣妓畢集，惟秀蘭不至。營將督之，良久乃來。詰其故，答因午浴倦眠，忽聞扣門聲，起視，乃營將催督也。整妝趨命，不覺稍遲。時府僚有屬意於蘭者，責以有私，秀蘭力辯，子瞻亦爲之緩頰，終未釋然。適榴花盛開，秀蘭以一枝獻座，府僚愈怒其不恭，秀蘭進退失措。子瞻欲爲解圍，乃賦賀新郎詞授秀蘭歌之。詞云：「乳燕飛華屋。悄無人、桐陰轉午，晚涼新浴。手弄生綃白團扇，扇手一時似玉。漸困倚、孤眠清熟。簾外誰來推繡户，枉教人夢斷瑶臺曲。又却是，風敲竹。石榴半吐紅巾蹙。待浮花浪蕊都盡，伴君幽獨。穠艷一枝細看取，芳心千重似束。又恐被、秋風驚緑。若待得君來，向此花前，對酒不忍觸。共粉淚，兩簌簌。」秀蘭聞命欣然，即歌以侑觴。聲容雙妙，滿座盡歡而罷。

蘇軾減字木蘭花

子瞻知潁州日，適正月堂前梅花大開，月色鮮霽。王夫人曰：「春月色勝於秋月色，秋月令人慘悽，春月令人和悦。何如召趙德麟輩，飲此花下。」子瞻大喜曰：「吾不知汝能詩耶，此真詩家語耳。」遂召趙飲，即用是語作小詞云：「春庭月午。搖蕩春醪光欲舞。步轉回廊。半落梅花婉婉香。　輕風薄霧。都是少年行樂處。不似秋光。只與離人照斷腸。」

蘇軾永遇樂

子瞻守徐州，嘗夜宿燕子樓，夢盼盼，因作永遇樂云：「明月如霜，好風如水，清景無限。曲港跳魚，圓荷瀉露，寂寞無人見。紞如五鼓，錚然一葉，黯黯夢魂驚斷。夜茫茫、重尋無處，覺來小園行遍。　天涯倦客，山中歸路，望斷故園心眼。燕子樓空，佳人何在，空鎖樓中燕。古今如夢，何曾夢覺，但有舊歡新怨。異時對、南樓夜景，爲余浩歎。」是詞初脱稿，尚未授歌，而城中已哄傳耳。子瞻究其所從來，乃謂起於邏卒。召而詰之，對云：「某頗知音，前夜宿張建封廟，聞有歌是詞者，因記而傳之，初不知何謂也。」子瞻笑而釋之。

蘇軾水龍吟

閭邱公顯守黃州日，作棲霞樓，爲郡中絶勝。子瞻謫居黃州，嘗夢扁舟渡江，中流回望，樓上歌樂雜作，舟人言，閭邱太守宴客也。覺而異之，作水龍吟以紀夢。時閭邱已從嶺南致仕，歸居蘇州矣。詞云：「小舟橫截春江，卧看翠壁紅樓起。雲間笑語，使君高會，佳人半醉。危柱哀絃，艷歌餘響，遏雲縈水。念故人老大，風流未減，獨回首，烟波裏。推枕惘然不見，但空江、月明千里。五湖聞道，扁舟歸去，仍攜西子。雲夢南州，武昌南岸，昔游應記。料多情、夢裏端來見我，也參差是。」閭邱，蓋亦子瞻之舊交，其居蘇州日，子瞻每過之，必爲留連數日。且嘗言過姑蘇不游虎邱，不謁閭邱，是二欠事，其傾倒可知矣。子瞻又有贈其吹笛侍姬名懿卿者水龍吟云：「楚天修竹如雲，異材秀出千林表。龍鬚半剪，鳳膺微漲，玉肌勻繞。木落淮南，雨晴雲夢，月明風裊。自中郎不見，桓伊去後，知孤負，秋多少。聞道嶺南太守，後房深、綠珠嬌小。綺窗學弄，梁州初遍，霓裳未了。嚼徵含宮，泛商流羽，一聲雲杪。爲使君、洗盡蠻風瘴雨，作霜天曉。」

毛滂惜分飛

子瞻守杭時，毛澤民爲法曹，公以衆人遇之。澤民與營妓瓊芳善，屆秩滿去官，作惜分飛詞以誌別云：「淚濕闌干花着露。愁到眉峯碧聚。此恨平分取。更無言語空相覷。　斷雨零雲無意緒。寂寞朝朝暮暮。今夜山深處。斷魂分付潮歸去。」適子瞻宴客，瓊芳輒歌此詞。子瞻詢爲誰作，以澤民對。子瞻歎曰：「郡僚中有詞人而不知，是吾過也。」折簡追回，款洽數月。

蘇軾江神子

子瞻一日遊孤山，與客坐竹閣前之臨湖亭。忽有綵舟鼓楫而來，漸近亭前，見靚妝數人，中有一人年差長，而風韻尤勝，方鼓箏，綽有態度。二客皆目送之，曲未終，翩然而逝。公戲作江神子云：「鳳凰山下雨初晴。水風清。晚霞明。一朵芙蓉，開過尚盈盈。何處飛來雙白鷺，如有意，慕娉婷。忽聞江上弄哀箏。若含情。遣誰聽。烟斂雲收，依約似湘靈。欲待曲終尋問取，人不見，數峯青。」

蘇軾仲殊倡和詞

子瞻在杭，暇日多往湖上。一日攜妓訪大通禪師。大通慍形于色，子瞻戲作小詞，令妓歌之。詞云：「師唱誰家曲，宗風嗣阿誰。借君拍板與門槌。我也逢場作戲，不須疑。溪女方偷眼，山僧莫皺眉。却嫌彌勒下生遲，不見阿婆三五，少年時。」仲殊時在蘇州，聞而和寄云：「解舞清平樂，如今說合誰。紅爐片雪上鉗鎚。打就金毛獅子，也堪疑。木女明開眼，泥人暗皺眉。蟠桃已是著花遲。不向東風一笑，待何時。」皆可謂善謔矣。

蘇軾題營妓牒後詞

林希子中知潤州日，子瞻自杭内召，過郡，子中留宴。席間，營妓出牒，鄭容求落籍，高瑩求從良。子中命呈牒於客，子瞻卽題牒後云：「鄭莊好客。容我尊前時墜幘。落筆風生。藉藉聲名滿帝京。高山白早。瑩骨冰肌那解老。從此南徐。良夜清風月滿湖。」子瞻好以文爲戲，雖云作謔，亦佳話也。

蘇軾臨江仙

龍邱子自洛之蜀，載二侍女，戎裝駿馬，每至溪山佳處，輒作數日留，見者疑爲異人。後十年，築室黄岡，獨居習道，自號静庵居士。子瞻因作臨江仙紀之云：「細馬遠馱雙侍女。青巾玉帶紅韡。溪山好處便爲家。誰知巴峽路，却見洛城花。　面旋落英飛玉蕊，人間春日初斜。十年不見紫雲車。龍邱新洞府，鉛鼎養丹砂。」龍邱子，陳季常也，即公他詩所謂「忽聞河東獅子吼，拄杖落手心茫然」是耳。想其載姬侍而遠游，亦非無故歟。

蘇軾定風波

王定國自嶺外歸，子瞻過之，因留宴。出家姬柔奴以侍宴。公問柔奴，嶺南風土應是不好。對曰：「此心安處，便是吾鄉。」公喜其善於應對，爲賦定風波云：「常羡人間白玉郎。天教分付點酥娘。自作清歌傳皓齒。風起。雪飛炎海變清涼。　萬里歸來年愈少。微笑。笑時猶帶嶺梅香。試問嶺南應不好。却道。此心安處是吾鄉。」

蘇軾西江月

朝雲姓王氏，錢塘名妓也。子瞻守杭，納爲侍妾。朝雲敏而慧，初不識字。既事子瞻，遂學書，粗有楷法。又學佛，略通大義。子瞻南遷，家姬多散去，獨朝雲願侍行，子瞻愈憐之。未幾，病且死，誦金剛經四句偈而絶，葬惠州棲禪寺松下。子瞻爲賦西江月詞以悼之云：「玉骨那愁瘴霧，冰肌自有仙風。海仙時過探芳叢。倒挂綠毛么鳳。素面翻嫌粉涴，洗妝不褪唇紅。高情已逐曉雲空。不與梨花同夢。」蓋指梅花以況之也。

蘇軾蝶戀花

子瞻在惠州，朝雲侍坐。維時青女初降，落木蕭蕭，悽然有宋玉之悲。因命朝雲捧觴，唱花褪殘紅詞以遣愁。朝雲珠喉將轉，粉淚滿襟。子瞻詰其故，答曰：「奴所不能歌，是枝上柳棉吹又少，天涯何處無芳草也。」子瞻大笑曰：「我正悲秋，汝又傷春矣。」遂罷。未幾，朝雲殁，子瞻爲之終身不復聞此詞。

蘇軾卜算子

子瞻謫惠州時，有温都監者，其女頗有姿色，年及笄，而不肯字人。聞子瞻至，竊謂人曰：「是吾壻也。」居適相鄰，每夜聞公諷詠，則徘徊庭際竊聽之，迨公覺推窗，復翩然逝矣。公從而物色之，温具言其然。公曰：「吾當呼王郎來，與爾爲姻。」未幾，公過海，此議遂寢。其女旋卒，葬於沙洲之側。迨公南旋過惠，知此女已卒，悵然爲賦卜算子云：「缺月挂孤桐，漏斷人初靜。時見幽人獨往來，縹緲孤鴻影。驚起却回頭，有恨無人省。揀盡寒枝不肯棲，寂寞沙洲冷。」此詞時有謂公在黄州時爲王氏女作，及賀新郎詞有謂爲侍妾榴花作者，殆皆傳聞異辭歟。

春夢婆

東坡在儋耳，自負大瓢，行歌田間，所歌皆所作哨遍也。適遇一媪，謂公曰：「學士昔日富貴，一場春夢耳。」公爲之一笑，因呼此媪爲春夢婆。

蘇軾贈妓詞

坡公喜於吟咏，詞集中亦多歌席酬贈之作。其贈楚守田待制小鬟，則有浣溪沙兩闋。一云：「學畫鴉兒正妙年。陽城下蔡困嫣然。憑君莫唱短因緣。　霧帳吹笙香嫋嫋，霜庭按舞月娟娟。曲終紅袖落雙纏。」二云：「一夢江湖費五年。歸來風物故依然。相從一醉是前緣。　遷客不應常眊矂，使君爲出小嬋娟。翠鬟聊著小詩纏。」又贈黄守徐君猷三侍姬，則有減蘭三闋。與嫵卿云：「嬌多媚煞。體柳輕盈千萬態。殢主尤賓。斂黛含嚬喜又嗔。　徐君樂飲。笑謔從伊情意恁。臉嫩膚紅。花倚朱闌裏住風。」與勝之云：「雙鬟綠墜。嬌眼横波眉黛翠。妙舞蹁躚。掌上身輕意態妍。　曲終力困。笑倚人旁香喘噴。老大逢歡。昏眼猶能仔細看。」與慶姬云：「天真雅麗。容態温柔心性慧。響亮歌喉。遏住行雲翠不收。　妙詩佳曲。囀出新聲能斷續。重客多情。滿勸金巵玉手傾。」又贈君猷家姬懿懿減蘭云：「柔和性氣。雅稱佳名呼懿懿。解舞能謳。絶妙年中有品流。　眉長眼細。淡淡梳妝新綰髻。懊惱風情。春著花枝百態生。」又贈楚守周豫舞鬟，則有南歌子兩闋。一云：「紺綰雙盤髻，雲欹小偃巾。輕盈紅臉小腰身。疊鼓忽催花拍，鬬精神。　空闊輕紅歇，風和約柳春。蓬山才調最清新。勝似纏頭千錦，共藏珍。」二云：「琥珀裝腰佩，龍香入領巾。只應飛燕是前身。共看剝葱纖手，舞凝神。柳絮風前轉，梅花雪裏春。鴛鴦翡翠兩爭新。但得周郎一顧，勝珠珍。」又贈陳公密侍姬素娘能歌紫玉簫者，則有鷓鴣天云：「笑撚紅牙彈翠翹。揚州十里最妖嬈。夜來綺席親曾見，撮得精神的的嬌。嬌後眼，舞時腰。劉郎幾度欲魂銷。明朝酒醒知何處，腸斷雲間紫玉簫。」又贈田叔通舞鬟，則有南鄉子云：「繡靺玉鐶遊。燈晃簾疏笑却收。久立香車催欲上，還留。更且檀唇點杏油。花遍六么毬。面旋回風帶雪流。春入腰支金縷細，輕柔。種柳應須柳柳州。」又贈王都尉晉卿侍姬，則有殢人嬌云：「滿院桃花，盡是劉郎未見。於中更一枝纖軟。仙家日月，笑人間春晚。濃睡起，驚飛亂紅千片。密意難窺，羞容易現。平白地爲伊腸斷。問君終日，怎安排心眼。須信道，司空自來見慣。」而咏美人足之菩薩蠻，尤覺清麗。詞云：「塗香莫惜蓮承步。長愁羅襪凌波去。只見舞回風。都無行處蹤。偷穿宮樣穩。並立雙趺困。纖妙說應難。須從掌上看。」似此體物繪情，曲盡其妙，又豈皆銅琵鐵板之雄豪歟。

秦觀贈妓詞

秦少游在蔡州，眷營妓陶心兒，别時爲賦南歌子云：『玉漏迢迢盡，銀潢淡淡橫。夢回宿酒未全醒。已被鄰雞催起，怕天明。臂上妝猶在，襟間淚尚盈。水邊燈火漸人行。天外一鈎殘月，帶三星。」末句蓋暗藏心字。東坡見此詞，笑曰：「此恐被他姬厮賴耳。」少游又有水龍吟詞，乃寄營妓婁婉之作。婉小字東玉，詞中亦暗藏「婁婉東玉」四字。詞云：「小樓連苑橫空，下窺繡轂雕鞍驟。疏簾半捲，單衣初試，清明時候。破暖輕風，弄晴細雨，欲無還有。賣花聲過盡，垂楊院落，紅成陣，飛鴛甃。玉佩丁東別後，悵佳期、參差難又。名韁利鎖，天還知道，和天也瘦。花下重門，柳邊深巷，不堪回首。念多情，但有當時皓月，照人依舊。」

黄庭堅贈妓詞

黄魯直過瀘州，官妓有名盼盼者，其帥甚寵之。魯直戲贈浣溪沙云：「脚上鞵兒四寸羅。唇邊朱麝一櫻多。見人無語但回波。料得有心憐宋玉，只因無奈楚襄何。今生有分向伊麽。」盼盼亦能詞，即席唱惜春容以侑酒云：「年少看花雙鬢緑。走馬章臺絃管逐。而今老去惜花深，終日看花看不足。坐中美女顏如玉。爲我同歌金縷曲。歸時壓得帽檐欹，頭上春風紅簌簌。」

吴城小龍女詞

魯直嘗登荆州亭，見柱間有題詞云：「簾捲曲闌獨倚。山展暮雲無際。淚眼不曾晴，家在吴頭楚尾。數點雪花亂委。撲鹿沙鷗驚起。詩句欲成時，没入蒼烟叢裏。」魯直悽然曰：「似爲余發也。」筆勢似女子，有「淚眼不曾晴」句，疑爲鬼語。是夕夢一女子曰：「我家豫章吴城山，附客舟至此，墜水死，登江亭有感賦此，不意君能識之。」魯直驚悟曰：「此必吴城小龍女也。」

黄庭堅定風波

魯直嘗於客席見兩新鬟善歌者，請作送湯曲，爲戲賦定風波授之云：「歌舞闌珊退晚妝。主人情重更留湯。冠帽斜欹辭醉去。邀住。玉人纖手自磨香。　又得尊前聊笑語。如許。短歌宜舞小紅裳。寶馬促歸朱户閉。人睡。夜來應恨月侵床。」

黄庭堅贈楊姝詞

魯直守當塗時，有小妓楊姝者，善彈琴。魯直爲賦好事近云：「一弄醒心絃，情任兩山斜疊。彈到古人愁處，有真珠承睫。　使君來去本無心，休淚界紅頰。自恨老人憎酒，負十分蕉葉。」

黄庭堅贈陳湘詞

魯直南遷，過衡陽。曾敷文爲守，相留數日。營妓有陳湘，善歌舞，知學書。曾亦盼之，嘗乞小楷於魯直，爲賦阮郎歸云：「盈盈嬌女似羅敷。湘江明月珠。起來綰髻又重梳。弄妝仍學書。　歌調態，舞工夫。湖南都不如。他年未厭白髭鬚。同舟歸五湖。」別時又贈以驀山溪云：「鴛鴦翡翠，小小思珍偶。眉黛斂秋波，儘湖南、山明水秀。娉娉裊裊，恰近十三餘，春未透。花枝瘦。正是愁時候。　尋芳載酒。肯落他人後。只恐晚歸來，綠成陰、青梅如豆。心期得處，每自不由人，長亭柳，君知否。千里猶回首。」到宜州後，又寄前調云：「稠花亂蕊。到處撩人醉。林下有孤芳，不匆匆、成蹊桃李。今年風雨，莫送斷腸紅。斜枝倚。風塵裏。不帶風塵氣。　微嗔又喜。約略知春味。江上一帆愁，夢猶尋、歌梁舞地。如今對酒，不似那回時，書漫寫，夢來空，只有相思是。」

張耒少年游

張文潛初爲許州幕官，喜營妓劉淑奴，嘗爲賦少年游云：「含羞倚笑不成歌。纖手掩香羅。偎花映燭，偷傳深意，酒思入横波。　看朱成碧心還亂，脈脈斂雙蛾。相見時稀隔別多。又春盡，奈愁何。」後又賦秋蕊香以寄别意云：「簾幙疏疏風透。一線香飄金獸。朱闌倚遍黄昏後。廊上月華如晝。　别離滋味濃如酒。著人瘦。此情不及牆東柳。春色年年依舊。」

陳師道減蘭

晁无咎玉山之謫，道經徐州，陳無己時居里中，往候之。无咎爲置酒，出小姬招奴，舞梁州。無己賦減蘭以贈云：「娉娉裊裊。芍藥梢頭紅樣小。舞袖低垂。心到郎邊客已知。　金尊玉酒。勸我花前千萬壽。莫莫休休。白髮簪花我自羞。」

陳師道浣溪沙

世言陳無己每好作莊語，然嘗有浣溪沙云：「暮葉朝花種種陳。三秋作意問詩人。安排雲雨要新清。　隨意且須追去馬，輕衫從使著行塵。晚窗誰念一枝新。」此詞贈妓作，陳三，無己自謂。念一，妓名，想偶亦不作莊語耳。

晁无咎下水船

廖明略與晁无咎，元豐中同登科，過從最密。明略所游田氏，麗姝也。一日，明略邀无咎晨過田氏。客至遽起，對鏡理髮，且盼且語，草草梳掠，以與客對。无咎爲明略故，有意而莫傳也。因賦下水船云：「上客驪駒繫。驚喚銀屏睡起。困倚妝臺，盈盈正解螺髻。鳳釵墜。繚繞金盤玉指。巫山一段雲委。半窺鏡，向我横秋水。斜領花枝交鏡裏。淡掃鉛華，匆匆自整羅綺。斂眉翠。雖有愔愔密意。空作江邊解佩。」

秦七聲度

潭守宴客合江亭，張才叔在座，令羣妓悉歌臨江仙。一妓獨唱兩句云：「微波渾不動，冷浸一天星。」才叔稱賞，索其全篇。妓云：「妾居近商舟中，值月色清朗，即見鄰舟一男子倚檣歌此詞，音極悽怨，但苦乏性靈，不能盡記，願助以同列共往記之。」太守許焉。次夕，乃與同列飲酒而待，至夜闌月静，果聞鄰舟有男子三歎而歌是詞。有趙瓊者，傾聽而墮淚曰：「此秦七聲度也。」趙善謳，秦南遷時聞趙歌而甚賞之。乃遣人問訊，即少游靈舟也。其全篇云：「千里瀟湘挼藍浦，蘭橈昔日曾經。月明風静露華清。微波渾不動，冷浸一天星。獨倚危闌情悄悄，時聞妃瑟泠泠。仙音含盡古今情。曲終人不見，江上數峰青。」

王觀應制詞

王觀通叟官翰林日，應制進清平樂。宣仁太后以其詞近褻狎，乃外謫，因自號逐客焉。詞云：「黄金殿

裏。燭影雙龍戲。勸得官家真個醉。進酒猶呼萬歲。錦茵舞徹涼州。君恩與整搔頭。一夜御前宣

喚，六宮多少人愁。」時有以此詞爲衢人王仲甫作者，誤矣。

山抹微雲女婿

范元實爲人凝重，每在歌筵舞席，可終日不言。有妓謔范曰：「公亦解詞曲否？」范笑曰：「吾乃山抹微雲女婿也。」舉座爲之粲然。

賀鑄石州引

賀方回嘗眷一姝，別久，姝寄詩云：「獨倚危闌淚滿襟，小園春色懶追尋。深恩縱似丁香結，難展芭蕉一寸心。」賀遂用其語，賦石州引答之云：「薄雨初寒，斜照弄晴，春意空闊。長亭柳色才黃，遠客一枝先折。烟横水際，映帶幾點歸鴻，東風消盡龍沙雪。還記出門來，恰而今時節。將發。畫樓芳酒，紅淚清歌，頓成輕別。已是經年，杳杳音塵都絶。欲知方寸，共有幾許清愁，芭蕉不展丁香結。枉望斷天涯，兩厭厭風月。」

李清照一翦梅

趙明誠德甫幼時，其父挺之將爲擇婦。偶晝寢，夢誦一書，覺來惟記三句云：「言與司合，安上已脱，芝芙草拔。」以告其父，乃爲之解曰：「汝殆得能詞之婦耳，言與司合是詞字，安上已脱是女字，芝芙草拔是

之夫二字，非謂汝爲詞女之夫乎。」迨後李格非以女妻之，即易安也。果有文章。結褵未久，趙郎負笈遠游，易安殊不忍别，乃覓錦帕書一剪梅以贈别云：「紅藕香殘玉簟秋。輕解羅裳，獨上蘭舟。雲中誰寄錦書來，雁字回時，月滿西樓。　花自飄零水自流。一種相思，兩處閑愁。此情無計可消除，纔下眉頭，又上心頭。」

李清照醉花陰

李易安以重陽醉花陰詞寄德甫云：「薄霧濃雰愁永晝。瑞腦銷金獸。佳節又重陽，寶枕紗廚，半夜秋初透。　東籬把酒黄昏後。有暗香盈袖。莫道不銷魂，簾捲西風，人比黄花瘦。」德甫得詞，思欲勝之。廢寢食者三日，得詞五十闋，雜易安作，以示陸德夫。陸吟玩良久，曰：「只有『莫道不銷魂』三句最佳，餘不及也。」

周邦彦詞

周美成精於音律，每製新調，教坊競相傳唱。游汴，嘗主李師師家，爲賦洛陽春云：「眉共春山争秀。可憐長皺。莫將清淚濕花枝，恐花也、如人瘦。　清潤玉簫閑久。知音稀有。欲知日日倚闌愁，但問取、亭前柳。」李嘗欲委身而未能也。一夕，道君幸師師家，美成倉卒不及避，匿複壁間。道君自携新橙一顆云：「江南新進者。」相與謔語。周悉聞之，因成少年游云：「并刀如水，吴鹽勝雪，纖指破新橙。錦幄初温，獸香不斷，相對坐調笙。　低聲問向誰行宿，城上已三更。馬滑霜濃，不如休去，直是少人行。」

他日師師爲道君歌之，詢是誰作，以美成對。道君大怒，即令押出國門。越日道君復幸師師家，不遇，坐待初更始歸。啼眉淚眼，愁態可掬。道君詰之，答以周邦彥得罪去國，略致杯酒郊餞，不知官家到來。道君問有詞否，答云：「有蘭陵王詞。」道君云：「唱一遍看。」師師乃整袂捧觴而歌云：「柳陰直。烟裏絲絲弄碧。隋堤上，曾見幾番，拂水飄綿送行色。登臨望故國。誰識，京華倦客。長亭路，年去歲來，應折柔條過千尺。閑尋舊蹤跡。又酒趁哀絃，燈照離席。梨花榆火催寒食。愁一箭風快，半篙波暖，回首迢遞便數驛。望人在天北。悽惻。恨堆積。漸別浦縈回，津堠岑寂。斜陽冉冉春無極。念月榭携手，露橋聞笛。沈思前事，似夢裏，淚暗滴。」道君大悅，即命召還爲大晟樂正。嗟乎，君人者舉動若此，宜其相傳爲李重光後身，似不誣也。

周邦彥點絳唇

美成在姑蘇日，與營妓岳七楚雲相戀，後從京師過蘇，則岳已從人久矣。因宴於太守蔡巒子高座上，見其妹，遂賦點絳唇寄之云：「遼鶴歸來，故人多少傷心事。短書不寄。魚浪空千里。　憑仗桃根，說與相思意。愁無際。舊時衣袂。猶有東風淚。」楚雲得詞，感泣者累日。

周邦彥風流子

美成宰溧水日，主簿之姬美而慧，美成每款洽於尊席之間，因成風流子云：「新綠小池塘。風簾動，碎影舞斜陽。念金屋去來，舊時巢燕，土花繚繞，前度莓牆。繡閣鳳幃深幾許，聽得理絲簧。欲說又休，慮乖芳訊，未歌先咽，愁轉清商。　暗想新妝了，開朱户，應自待月西廂。最苦夢魂，今宵不到伊行。問甚時，説與佳音密耗，寄將秦鏡，偷換韓香。天便教人，霎時廝見何妨。」新緑、待月，皆簿廳亭軒之名。此詞雖極情致纏綿，然律以名教，恐亦有傷風雅已。

周邦彦瑞鶴仙

美成以待制提舉南京鴻慶宮，自杭徙居睦州，夢中作瑞鶴仙一闋。既覺，全記其詞，初不解其所謂也。未幾，方臘亂起，欲還杭州舊居，而道路干戈已遍，僅得脱免。將入錢塘門，見杭人倉皇奔避，視落日在鼓角樓檐間，恍悟詞中所謂「斜陽映山落。斂餘紅，猶戀孤城闌角」者應矣。舊居既不可往，無處覓食，忽有呼待制何往，回視之，乃鄉人侍兒所素識者。且曰：「日昃，想尚未食，能同過酒家乎。」從之，忽遽間連引數觥，腹枵頓解，則所謂「凌波步弱。過短亭何用素約。有流鶯勸我，重解繡鞍，緩引春酌」者應矣。飲罷，覺微醉，耳目惶惑，不敢少留。徑出城北江漲橋，諸寺士女已滿，惟一小寺經閣，偶無人，遂宿其上。則所謂「不記歸時早暮，上馬誰扶，醒眠朱閣」者應矣。嗣聞兩浙已爲賊據，自計方領南京鴻慶宮，尚有齋廳可居，乃挈家往焉。則所謂「念西園已是花深無地，東風何事又惡。任流光過却，歸來洞天自樂」者又應矣。美成生平好作樂府，晚年夢中得句，而事事皆驗，豈偶然哉。

題贈李師師詞

李師師汴中名妓，不獨周美成爲之傾倒，一時諸名士，亦多有題贈焉。晏小山則有生查子云：「遠山眉黛長，細柳腰支裊。妝罷立春風，一笑千金少。歸去鳳城時，說與青樓道。遍看潁川花，不似師師好。」又云：「落梅亭榭香，芳草池塘綠。春恨最關情，月過闌干曲。幾時花裏閒，看得花枝足。醉後莫思家，借取師師宿。」秦少游則有一叢花云：「年時今但見師師。雙頰酒紅滋。疏簾半捲微燈外，露華上、烟裊涼颸。簪髻亂抛，偎人不起，彈淚唱新詞。佳期誰料久參差。愁緒暗縈絲。相應妙舞清歌夜，又還對、秋色嗟咨。惟有畫樓，當時皓月，兩處照相思。」張子野則特製新調，直題曰師師令云：「香鈿寶珥。拂菱花如水。學妝皆道稱時宜，粉色有、天然春意。蜀綵衣長勝未起。縱亂霞垂地。都城池苑誇桃李。問東風何似。不須回扇障清歌，唇一點、小於朱蕊。正值殘英和月墮。寄此情千里。」

蘇小小詞

司馬槱才仲在洛下時，偶晝寢，夢一麗姝搴帷而歌曰：「妾在錢塘江上住。花落花開，不管流年度。燕子銜將春色去。紗窗幾陣黃梅雨。」才仲喜其詞，因詢曲調名，答曰：「黃金縷也。」後才仲以東坡薦，得錢塘幕官。秦觀少章時爲錢塘尉，才仲爲少章道其事。少章卽續之云：「斜插犀梳雲半吐。檀板輕敲，唱徹黃金縷。夢斷彩雲無覓處。夜涼明月生南浦。」越數夕，才仲復夢前姝迎笑曰：「夙願諧矣。」遂與同寢。自是每夕必來，才仲復與寮宷談之。咸曰：「公廨後有蘇小墓，得無妖乎。」不逾年，才仲得疾，其所乘畫舫常繫湖塘。一日，柁工忽見才仲携一麗人登舟，遽前聲喏，霍然火起舟尾，斯時灰燼。倉皇走報，到廨而才仲已卒已。

黃元明七娘子

黃元明爲廬陵宰，嘗赴郡，會席間巾帶偶脫，太守命侍妓爲綴之。既畢，俾乞元明撰詞。黃即口占七娘子云：「畫堂銀燭明如晝。見林宗、巾墊羞蓬首。針借花枝，線賒羅袖。須臾兩帶還依舊。勸君倒戴休令後。也不須、更漉淵明酒。寶篋深藏，濃香熏透。爲經十指如葱手。」元明，山谷之兄也。

徐伸二郎神

徐伸幹臣，政和初以知音樂爲太常典樂。後出守常州，嘗自製轉調二郎神云：「悶來彈鵲，又攪碎、一簾花影。漫試著春衫，還思纖手，熏徹金猊燼冷。動是愁端如何向，但怪得、新來多病。嗟舊日沈腰，而今潘鬢，不堪臨鏡。重省。別時淚漬，羅襟猶凝。料爲我厭厭，日高未起，長託春酲未醒。雁足不來，馬蹄難住，門掩一庭芳景。空竚立，盡日闌干倚遍，晝長人靜。」會開封尹李孝壽，出守吳門。李以嚴治京兆，遐邇聞風。道出毘陵，徐大合樂以宴之。預戒羣妓，競歌此詞，必待李問乃已。妓如命，歌至再三，李果詢之。徐蹙頞曰：「某有侍婢，色藝殊絕。前以亡室不容，遣去。近聞在蘇州某都監處，屢遣信欲來，而主人靳之，感而賦此。今適天幸，公擁旄此地，不審能爲我謀之否。」李欣然曰：「此不難，毋爲慮也。」既抵郡界，賓贊者請受謁次第，李諭以郡官，當至楓橋距城十里而迎。翊日，艤舟其所。郡吏迎候，望風股栗。李閱刺，忽震怒曰：「都監在法不許出城，乃亦至此。倘郡中萬一有火盜之虞，豈不殆哉。」斥都監下階，荷校送獄。越數日，取其供牘判奏字。其子震懼求援，宛轉致懇。李笑曰：「且還徐典樂之妾來理會。」都監承命，卽日送還，然後舍之。

舒氏點絳唇

王彥齡齊叟，在元祐間，任俠有聲。性滑稽，善詞曲。妻舒氏，亦工文翰。其婦翁本武列。齊叟喜使酒，輒侮其翁。翁不能堪，取其女回，竟至離絶。女尚未嫁，一日行池上憶故夫，賦點絳唇云：「獨自臨流，悶來強把闌干凭。舊愁新恨。耗却年時興。　鷺散魚潛，烟歛風初定。波心靜。照人如鏡。少個年時影。」

毛滂願曲贈詞

毛澤民頗工樂府，惜分飛一闋，爲東坡所賞，聲采遂著。其願曲之贈亦多，嘗於衢守孫公素席上，侑歌者以七急拍七拜勸酒，爲賦剔銀燈云：「簾下風光自足。春到席間屏曲。瑶罋酥融，羽觴蟻鬭，花映酃湖寒綠。汨羅愁獨。又何似、紅圍翠簇。　聚散悲歡箭速。不易一杯相屬。頻剔銀燈，別聽牙板，尚有龍膏堪續。羅熏繡馥。錦瑟畔、低迷醉玉。」又夜集陳興宗館中，其愛姬侑觴，爲賦踏莎行云：「天質嬋娟，妝光蕩漾。御酥做出嬌模樣。天桃繁杏本妖妍，文鴛彩鳳能偎傍。　艾綠濃香，鵝黃新釀。緣雲清切歌聲上。夜寒不近繡芙蓉，醉中只覺春相向。」又官妓有名小者乞詞，爲賦虞美人云：「柳枝却學腰支裊。好似江東小。春風吹綠上眉峰。秀色欲流不斷眼波融。　檐前月上燈花墮。風遞餘香過。小歡雲散已難收。到處冷烟寒雨爲君愁。」又戲贈醉妓，爲賦青玉案云：「玉人爲我殷勤醉。向醉裏，添姿媚。偏著冠兒釵欲墜。桃花氣暖，露濃烟重，不自禁春意。綠楡陰下東行水。漸漸近，凄涼地。明月侵床愁不睡。眉兒吃皺，爲誰無語，閣住陽關淚。」

王安中臨江仙

王初寮在賀州劉帥家，聽隔簾琵琶，因戲賦臨江仙云：「鳳撥鵾絃鳴夜永，直疑人在潯陽。輕雲薄霧隔新妝。但聞兒女語，倏忽變軒昂。且看金泥花那面，指痕微印紅桑。幾多餘暖與真香。移船猶自可，捲箔又何妨。」

李之儀贈楊姝詞

李端叔謫居當塗，即家焉，自號姑溪居士。山谷守太平州時，偕游石洞，聽楊姝彈履霜操，和山谷韻贈之云：「相見兩無言，愁恨又還千疊。別有惱人深處，在瞢騰雙睫。七絃雖妙不須彈，惟願醉香頰。只恐近來情緒，似風前秋葉。」後又有清平樂、浣溪沙之贈，想此老亦不能忘情於是姬耳。

李之儀滿庭芳

姑溪有舊歡寄龍團而乞詞，因賦滿庭芳答之云：「花陌千條，珠簾十里，夢中還是揚州。月斜河漢，曾記醉歌樓。誰賦紅綾小研，因飛絮、天與風流。春常在，仙源路隔，空自泛漁舟。新秋。初雨過，龍團細碾，雪乳浮甌。問殷勤何處，特地相留。應念長門賦罷，消渴甚、無物堪酬。情無盡，金扉玉牓，何日許重游。」

蔡伸贈妓詞

蔡伸友古，宣和間，奉檄燕山。道經莫閭，州守宴之籌邊閣。名妓有陳文者侑席。明年歸，則陳已脫籍入道矣。請於崔守，強致之，風度閑雅，愈勝初見。因賦小重山云：「流水桃花小洞天。壺中春不老，勝塵寰。霞衣鶴氅並桃冠。新妝好，風度愈飄然。　功行滿三千。嬰兒並奼女，鍊成丹。劉郎曾約共昇仙。十個月，養個小金壇。」又倅常時，有秦中妓來隸籍，舉止端嚴，有如木偶象，皆目之爲佛。因戲贈踏莎行云：「如是我聞，金仙出世。一超直入如來地。慈悲方便濟羣生，端嚴妙相誰能比。　四衆皈依，悉皆歡喜。有情同赴龍華會。無憂帳裏結良緣，麼訶修修哩修哩。」

蔡伸采桑子

友古有侍兒，色藝冠羣。孫仲益見之，題作第一流。友古謝以采桑子云：「奇花不比尋常艷，獨步南州。往事悠悠。遼鶴重來憶舊游。　仙翁不改青青眼，一醉遲留。妙墨銀鈎。題作人間第一流。」

蔡伸象戲詞

象戲之名雖古，恐未必卽今象棋。友古有臨江仙咏美人象戲者，其爲今象棋無疑。詞云：「簾幕深深清晝永，玉人不耐春閑。鏤牙棋子縷金圓。象盤雅戲，相對小窗前。　隔打直行尖曲路，教人費盡機關。

局中勝負定誰偏。饒伊使倖，畢竟我贏先。」

程垓贈妓詞

眉山程垓正伯，與東坡爲中表，工於樂府。與錦江妓眷戀甚篤，別時贈以酷相思云：「月挂霜林寒欲墜。正門外、催人起。奈離別如今真個是。欲住也、留無計。欲去也、來無計。　馬上離情衣上淚。各自個，供憔悴。問江路梅花開也未。春到也、須頻寄。人到也、須頻寄。」又有歌姬名一束者乞詞，贈以一落索云：「小小腰身相稱。更著人心性。一聲歌起繡簾陰，都遏住、行雲影。　聞道玉郎家近。被春風勾引。從今莫怪一束看，自壓盡、人間韻。」又病中，有舊歡以蘭花相供，答以浣溪沙云：「天女殷勤著意多。散花猶記病維摩。肯來丈室問云何。　腰佩摘來煩玉筍，髩香分處想秋波。不知真個有情麼。」

（案：程垓，南宋人，非東坡中表。）

汪藻醉落魄

汪彥章舟行汴中，見岸傍畫舫，有映簾而窺者，僅露其額，戲賦醉落魄云：「小舟簾隙。佳人半露梅妝額。綠雲低映花如刻。恰似秋宵，一半銀蟾白。　髩兒捎䪞香紅勒。鈿蟬隱隱搖金碧。春山秋水渾無迹。不露牆頭，些子真消息。」

謝邁贈妓詞

謝邁幼槃，有竹友詞。其贈弈妓宋瑶減蘭云：「風篁度曲。倦倚銀屏初睡足。清簟疏簾。金鴨香消懶去添。　纖纖露玉。風雹縱横飛鈿局。頻斂雙蛾。凝竚無言密意多。」

張生雨中花慢

元符中，饒州張生游太學，與東曲妓楊六者甚密。張下第歸，楊欲與之偕，張約以半歲再至，倘過期爽約，則聽其他適耳。張偶以他事愆期，抵都日即訪之，則其屋已扃矣。方徘徊間，其鄰媼舍者，迎謂曰：「君非饒州張生乎。楊六娘每恨君失約，常浼我詣學舍訪君消息。其母痛折之，而念愈切。近被其母强挈以歸洛陽富人，去僅三日耳。去時泣而告我，且多與金錢，令候君來，引覲故居後，再媼他人也。」張入觀，則小樓奥室，几榻依然，餘香猶留，彩雲已杳。睹物懷人，倍增悽愴。歸而訪其蹤跡，則渺不能知矣。乃賦雨中花慢云：「事往人離，還似暮峽歸雲，隴上流泉。奈强分圓鏡，枉斷哀絃。曾記酒闌歌罷，難忘月下花前。想携手處，層樓朱户，觸目依然。　從來慣向，繡幃羅帳，鎮交比翼文鴛。誰念我，而今常是，清夜孤眠。入户不如飛絮，傍懷争及爐烟。者回去也，一生心事，爲爾縈牽。」

何稾虞美人

何稾文縝，以狀頭而居翰苑。襟期瀟洒，羣仰風標。一日，宴於貴戚家，其佐觴之侍姬惠柔者，慧黠人也，慕何丰采，竊解羅帊爲贈，約以牡丹時再集。何歸，爲賦虞美人云：「分香帊子揉藍膩。欲去殷勤惠。重來約在牡丹時。只恐花枝相妒，故開遲。別來看盡閑桃李。日日闌干倚。催花無計問東風。化作一雙胡蝶，遶芳叢。」是詞亦暗藏「惠柔」二字。

陳襲善漁家傲

陳襲善游錢塘時，與營妓周子文相善。每挾之遍歷湖山。後陳去爲河朔掾，一夕宿奉高驛，夢子文搴帷顰蹙，若有欲言者，挽之不可，悲啼而没。久之，得故人書云「子文死矣」。驗其日，即宿奉高時也。嗣陳復來杭，游鷲嶺，感舊作漁家傲云：「鷲嶺峰前闌獨倚。愁眉促損愁腸碎。紅粉佳人傷別袂。情何已。登山臨水年年是。常記同來今獨至。孤舟蕩漾湖光裏。衰草斜陽無限意。誰與寄。西湖水是相思淚。」

趙德麟清平樂

劉弇偉明，喪愛妾，頗深騎省之悼。趙德麟戲賦清平樂云：「春風依舊。著意隋堤柳。搓得鵝兒黄欲就。天氣清明明候。去年紫陌青門。今朝雨魄雲魂。斷送一生憔悴，能消幾個黄昏。」

范仲允妻詞

范仲允爲相州録事，久不歸。其妻寄以伊州令云：「西風昨夜穿簾幕。閨院添蕭索。才是梧桐零落時，又迤邐、秋光過却。人情音信難託。魚雁成耽閣。教儂獨自守空房，淚珠與、燈花共落。」其妻來書，伊字誤作尹字，范答詞，嘲以「料想伊家不要人」。妻復答以「共伊間別幾多時，身邊少個人兒睡」。此亦閨秀中之慧而辯者也。

關注桂華明

方臘之亂，關注子東，由錢塘避地，寓於昆陵崇安寺院。一日，夢至水軒，主人延客，元裳紫髯，揖坐，使兩女子以銅杯酌酒。告曰：「自來歌曲新聲，先奏天曹，始傳人間。他日東南休兵，有新樂府曰太平樂，可先聽其聲。」使兩女子舞而歌，翁抵掌爲之節，覺後猶記五拍。子東作長句紀之。亂定歸杭，寓菩提寺，復夢前髯翁，腰笛，手披書册以示。白紙朱闌，行間似曲譜，有聲而無詞。翁笑謂曰：「將有待也。」因問：「前在梁谿，曾按太平樂，尚能記否。」子東夢中爲歌之，髯翁援笛，復作一弄。子東亦默記其聲，蓋重頭小令也。厥後，子東又夢至一處，榜曰廣寒宮，而門鑰未啓。或告曰：「但曳鈴索呼月姊，則門自啓矣。」從之，果然。門啓，有人引入堂宇，見一仙子璚冠霞衣，竊問爲誰。引者曰：「月姊也。」相與再拜。月姊問：「梁谿曾令雙鬟授太平樂，又遣紫髯翁傳新聲，皆能記否。」子東悉爲歌之，月姊甚喜。復出一紙示之，曰：「此亦新聲也。」自歌之，其聲似樂府昆明池。子東欲强記之，姊有難色。視手中紙已化，而字亦隨滅矣。揖而退，覺時僅記末句，而亦不知所謂也。子東前後三夢，多忘其聲。惟紫髯翁之笛聲，尚能記憶。因倚其聲，作桂華明云：「縹緲神仙開洞府。遇廣寒宮女。問我雙鬟梁谿舞。還記得，當時否。碧玉詞章教仙語。爲按歌宮羽。皓月滿窗人何處。聲未斷，瑶臺路。」

踏青游詞

政和間，一貴人未達時，游崔念四之館，因其行第，爲賦踏青游云：「識個人人，恰止二年歡會。似賭賽、六隻渾四。向巫山，重重去。如魚得水兩情美。同倚畫闌十二。倚了又還重倚。兩日不來，時時在人心裏。擬問卜、常占歸計。拚三八清齋，願永同鴛被。到夢裏、驀然被人驚覺，夢也有頭無尾。」

擷芳詞

擷芳詞傳自禁中，時有妓之姥，曾嫁伶官，常入内廷教歌舞，得其聲，遂傳於外。一時愛之，争相歌唱。其詞云：「風摇動。雨濛茸。翠條柔弱花頭重。春衫窄。香肌濕。記得年時，共伊同摘。都如夢。何曾共。可憐孤似釵頭鳳。關山隔。晚雲碧。燕兒來也，又無消息。」此調後遂名爲釵頭鳳，而末加疊字焉。

盧氏詞

蜀路泥溪驛，天聖中，有女郎盧氏，隨父入蜀。其父漢州縣令也，秩滿東歸，留題壁間云：「蜀道青天烟靄翳。帝里繁華，迢遞何時至。回望錦川揮粉淚。鳳釵斜嚲烏雲膩。鈿帶雙垂金縷細。玉佩珠璫，露滴寒如水。從此鸞妝添遠意。畫眉學得遥山翠。」

紫竹詞

方喬，樂至人也，與女郎紫竹相慕。紫竹工詞，嘗贈方生查子云：「晨鶯不住啼，故喚愁人起。無力曉妝慵，閒弄荷錢水。欲呼女伴來，鬬草花陰裏。嬌極不成狂，更向屏山倚。」又約方暫會望雲門，候於牆陰，閑步花逕，鞵底盡濕，而方未至。俄聞人語，悵然而歸，寄贈踏莎行云：「醉柳迷鶯，懶風熨草。約郎暫會閑門道。粉牆陰下待郎來，蘚痕印得鞵痕小。花日移陰，簾香失裊。望郎不到心如搗。避人愁入倚屏山，斷魂還向牆陰遶。」後竟諧伉儷焉。

竊杯女子詞

徽廟時，上元張燈，許士女縱觀，各賜杯酒。一女子竊匿所飲金杯，衛士見之，押至御前。女子口占鷓鴣天云：「月滿蓬壺燦爛燈。與郎攜手至端門。貪看鶴陣笙簫舉，不覺鴛鴦失却羣。天漸曉，感皇恩。傳宣賜酒飲杯巡。歸家只恐公姑責，竊取金杯作照憑。」道君大悅，遂以金杯賜之，令衛士送歸。

幼卿詞

宣和間，有題於陝府驛壁云：「幼卿少與表兄同硯席，雅有文字之好。未笄時，兄欲締姻。父母以兄未祿，難其請，遂適武弁。兄旋登科，職教洮房，而良人統兵陝右，相與邂逅於此。兄鞭馬，略不相顧，豈前憾未平耶。因作浪淘沙以寄意云：『目送楚雲空。前事無蹤。漫留遺恨鎖眉峰。自是荷花開較晚，孤負東風。客館笑飄蓬。聚散匆匆。揚鞭那忍驟花驄。望斷斜陽人不見，滿袖啼紅。」

吳淑姬詞

吳淑姬，閨媛中之慧黠者，有詞集名陽春白雪，其佳處不讓易安。祝英臺近一闋，尤爲當時稱賞，云：「粉痕銷，芳信斷，好夢久無據。病酒無聊，欹枕聽春雨。斷腸曲曲屏山，溫溫沈水，都是舊、看承人處。久離阻。應念一點芳心，閑愁都幾許。偷照菱花，清瘦自羞覷。可堪梅子酸時，楊花飛絮。亂鶯啼、催將春去。」

飛紅詞

王通判妾名飛紅者，貌美而工寫染，有詞云：「花低鶯踏紅英亂。春心重、頓成慵懶。楊花夢斷楚雲平，空惹起，情無限。傷心漸覺多縈絆。奈愁緒、寸心難綰。深誠無計寄天涯，幾欲問，梁間燕。」

美奴詞

陸敦禮藻，有侍兒名美奴者，善綴小詞，出侑尊俎，頃刻成章。卜算子云：「送我出東門，乍別長安道。兩岸垂楊鎖暮烟，正是秋光老。一曲古陽關，莫惜金尊倒。君向瀟湘我向秦，魚雁何時到。」如夢令云：「日暮馬嘶人去。船逐清波東注。後夜最高樓，還肯思量人否。無緒。無緒。生怕黃昏疏雨。」

鄭義娘詞

鄭義娘者，楊思厚妻也。金人南侵時，撒八太尉攻盱眙，爲所掠，不辱而死。魂常出游。後思厚奉使燕山，訪其瘞處，得與相見。並留好事近云：「往事與誰論，無語暗彈淸血。何處最堪腸斷，是黃昏時節。倚樓凝望又徘徊，誰解此情切。何計得同歸雁，趁江南春色。」

蔣興祖女詞

靖康之亂，陽武令蔣興祖死之。其女被擄，至雄州，題詞壁間云：「朝雲橫度。轆轆車聲如水去。白草黃沙。月照孤村三兩家。　飛鴻過也。百結愁腸無晝夜。漸近燕山。回首鄉關歸路難。」

琴操改詞

琴操者，錢塘營妓也，慧而知書。嘗侍宴湖上，郡倅有誤歌少游山抹微雲詞，作畫角聲斷斜陽者。琴操云：「譙門非斜陽也。」倅戲謂曰：「汝能改作陽韻否。」琴操略不思索，卽歌曰：「山抹微雲，天粘衰草，畫角聲斷斜陽。暫停征轡，聊共引離觴。多少蓬萊舊事，空回首、烟靄茫茫。孤村裏，寒鴉萬點，流水遶紅牆。　魂傷。當此際，輕分羅帶，暗解香囊。漫贏得青樓，薄倖名狂。此去何時見也，襟袖上、空有餘香。傷心處，高城望斷，燈火已昏黃。」東坡聞而賞之，操後竟削髮爲尼云。

陳鳳儀詞

成都守蔣龍圖内召，郡餞，時樂籍陳鳳儀侍宴，輒歌自製洛陽春以侑觴云：「蜀江春色濃如霧。擁雙旌歸去。海棠也似別君難，一點點，啼紅雨。　此去馬蹄何處。向沙堤新路。瓊林賜宴賞花時，還憶著，西樓否。」蔣大贊賞，仍厚賜焉。

尹温儀詞

成都官妓尹温儀，本良家子，失身樂籍。嘗於郭帥席上獻玉樓春云：「浣花溪上風光主。宴席桃源開幕府。商嵓本是作霖人，也使閑花沾雨露。　父兄世業傳儒素。何事失身非類侶。若蒙化筆一吹噓，免使飄零飛繡户。」郭卽判與落籍。

蘇瓊詞

姑蘇官妓蘇瓊第九，蔡元長道過蘇州，太守張宴，瓊亦侍觴。元長聞瓊能詞，因命卽席獻詞。請韻，卽以其行第九字爲韻。瓊卽歌曰：「韓愈文章蓋世，謝安情性風流。良辰開宴在西樓。敢勸一巵芳酒。記得南宫唱第，弟兄争占鼇頭。金爐玉殿瑞烟浮。名在甲科第九。」蔡大喜，蓋元長與元度同榜登第，元度第十一，元長第九耳。

聶勝瓊詞

長安妓聶勝瓊，善詞翰，後歸李之問。有憶別鷓鴣天云：「玉慘花愁出鳳城。蓮花樓下柳青青。尊前一唱陽關曲，別個人人第五程。尋好夢，夢難成。有誰知我此時情。枕前淚共階前雨，隔個窗兒滴到明。」蓋寄外作也。

惠洪詞

僧覺範嘗賦西江月贈女道士云：「十指嫩抽新筍，纖纖玉染紅柔。人前欲展强嬌羞。微露雲衣霓袖。最好洞天春曉，黄庭卷罷清幽。凡心無計奈閒愁。試撚梨花頻嗅。」此僧亦大通脱矣。

仲殊詞

僧仲殊一日造郡庭，方接坐間，有婦人投牒，露立雨中，郡守命殊咏之。殊即口占踏莎行云：「濃潤侵衣，暗香飄砌。雨中花色添憔悴。枇杷樹下立多時，不言不語厭厭地。眉上新愁，手中文字。因何不倩鱗鴻寄。想伊只訴薄情人，官中誰管閑公事。」殊後自縊于枇杷樹下，咸以爲口孽之報云。

本事詞卷下 南宋遼金元

左譽詞

左譽與言策名後，佐幕錢塘。杭籍名姝張芸者，其女名穠，色藝妙天下。左甚眷之，爲賦眼兒媚云：「樓上黄昏杏花寒。斜月小闌干。一雙燕子，兩行征雁，畫角聲殘。綺窗人在東風裏，洒淚對春閑。也應似舊，盈盈秋水，淡淡春山。」又：「一段離愁堪畫處，横風斜雨浥衰柳。」及帷雲剪水、滴粉搓酥諸篇，皆爲穠作也。後穠歸張俊，易姓爲章，疏封大國矣。紹興中，左因覓官行都，暇日，獨游西湖兩山間。忽逢車輿甚盛，中有麗人，搴帷顧左而顰曰：「如今試把菱花照，猶恐相逢是夢中。」左凝睇之，乃穠也。左怳然若失，即拂衣東返，一意空門。花庵以此詞爲阮閎休作者，誤矣。

洪邁詞

洪邁景盧，紹興間，在臨安試詞科。出闈後，同試數人，共過抱劍街孫氏小樓。時月色如晝，相與臨闌憑几，賞玩清輝。忽雙燭結花，燦如聯珠。孫姬慧黠，啓坐中曰：「今夕桂魄耀彩，燭花呈祥，諸君較藝闈省，高掇不疑。請各賦一詞，以爲他日佳話。」何自明首賦浣溪沙云：「草草杯盤訪玉人。燈花呈喜坐添春。邀郎覓句要清新。　黛淺波嬌情脈脈，雲輕柳弱意真真。從今風月屬閑人。」傳觀嘆賞，皆竊訝其末句有失意語。景盧繼賦臨江仙云：「綺席留歡歡正洽，高樓佳氣重重。釵頭小篆燭花紅。直須將喜事，來報主人公。　桂月十分光正滿，廣寒宮殿忽忽。姮娥相對曲闌東。雲梯知不遠，平步躡春風。」孫姬滿捧巨觥，賀景盧曰：「學士必高捷，此瑞爲君設也。」已而洪果賜第，餘皆報罷。

向子諲詞

向子諲伯恭，自號薌林居士，故都貴戚，工於樂章。有酒邊詞，自分爲江南新詞、江北舊詞。文采風流，恒多顧曲之贈。其在宋景晉待制宴席，和曾吉甫韻，贈其侍姬小蘭小桃者浣溪沙云：「綠遶紅圍宋玉牆。幽蘭林下正芬芳。桃花氣暖玉生香。　誰道廣平心似鐵，艷妝高韻兩難忘。蘇州老矣不能狂。」其贈錢卿侍人輕輕者㜷人嬌云：「白似梨花，柔如柳絮。胡蝶兒鎮長一處。春風駘蕩，驀然吹去。爭得倩、柔綠半空惹住。　波上精神，掌中態度。分明是彩雲團做。當年飛燕從今休數。只恐是、高唐夢中神女。」其與何文縝、倪巨濟、王元衷、蘇叔黨，宴張子實家，贈其侍人賀全真者玉樓春云：「雲窗霧閣春風透。蝶遶蜂圍花氣漏。惱人風味恰如梅，倚醉腰肢全似柳。　細傳一曲情偏厚。淡掃兩山緣底皺。歸時好月已成空，只有真香猶滿袖。」其贈以扇乞詞趙總憐浣溪沙云：「艷趙傾燕花裏仙。烏絲闌寫永和年。有時閑弄醒心絃。　茗盌分雲微醉後，紋楸斜倚髻鬟偏。風流模樣總堪憐。」趙蓋能棋、分茶、寫字、彈琴也。其贈道裝郭小娘南歌子云：「縹緲雲間質，輕盈波上身。瑤林玉樹出風塵。不是野花凡草等閑春。　翠羽雙垂珥，烏紗巧製巾。經珠不動兩眉顰。須信鉛華消盡見天真。」

辛棄疾贈錢錢詞

辛稼軒有侍姬曰錢錢，甚寵之。晚有柳枝之放，口占臨江仙贈之云：「一自酒情詩興懶，舞裙歌扇闌珊。好天涼夜月團欒。杜陵真好事，留得一錢看。　歲晚人欺程不識，怎教阿堵留連。楊花榆莢雪漫天。從今花影下，只見綠苔圓。」

辛棄疾祝英臺近

呂婆者，呂正己之室。正己嘗爲京漕，有女事稼軒，以微事觸其怒，因遣去。辛後悔而念之，爲賦祝英臺近云：「寶釵分，桃葉渡。烟柳暗南浦。怕上層樓，十日九風雨。斷腸點點飛紅，都無人管，更誰勸、流鶯聲住。　鬢邊覰，試把花卜歸期，才簪又重數。羅帳燈昏，哽咽夢中語。是他春帶愁來，春歸何處，却不解、帶將愁去。」

辛棄疾減蘭

稼軒過長沙道中，見壁上有婦人題字，若有恨者，因用其語成減蘭云：「盈盈淚眼。往日青樓天樣遠。秋月春花。輸與尋常姊妹家。　水村山驛。日暮行雲無氣力。錦字偷裁。立盡西風雁不來。」

劉過唐多令

劉過改之客武昌日，嘗與柳阜之、劉去非、石民瞻、周嘉仲、陳孟參、孟容弟兄同集安遠樓，卽南樓也。席間有侑觴黄姬乞詞於改之，爲賦唐多令云：「蘆葉滿汀洲。寒沙帶淺流。二十年重過南樓。柳下繫船猶未穩，能幾日、又中秋。　黄鶴斷磯頭。故人今在否。舊江山都是新愁。欲買桂花同載酒，終不似、少年游。」今此調又名南樓令者，以此也。

劉過沁園春

崑山黄由帥蜀時，道經黄州，其室胡給事晉臣之女，工翰墨，游雪堂，親書蘇長公前後赤壁賦於壁間。改之過而見之，題沁園春於其後云：「按轡徐驅。兒童聚觀，神仙畫圖。正芹塘雨過，泥香路軟，金蓮自折，小小籃輿。傍柳題詩，穿花覓句，嗅蕊攀條得自如。經行處，有蒼松夾道，不用傳呼。　清泉怪石縈紆。信風景、江淮各異殊。想東坡賦就，紗籠素壁，西山句好，簾捲晴珠。白玉堂深，黄金印大，無此文君載後車。揮毫處，看淋漓雪壁　真草行書。」黄聞而寄厚貺云。

劉過賀新郎

改之求牒四明日，遇樂籍舊識者，爲賦賀新郎云：「老去相如倦。向文君、説似而今，怎生消遣。衣袂京塵曾染處，空有香紅尚軟。料彼此、魂銷腸斷。一枕新涼眠客舍，聽梧桐疏雨秋風戰。燈暈冷，記重見。　樓低不放珠簾捲。晚妝殘　翠蛾狼藉，淚痕流臉。人道愁多須殢酒，無奈愁深酒淺。但託意、焦琴紈扇。莫鼓琵琶江上曲，怕荻花楓葉俱淒怨。雲萬疊，寸心遠。」此詞天下歌之，江西人有以爲鄧南秀作者，非也。改之嘗有帖自辯之。

劉過詠美人詞

改之好作沁園春，其上辛稼軒、贈郭杲、寄孫季和諸篇，皆膾炙人口。而咏美人二闋，尤纖麗可愛。其咏美人足云：「洛浦淩波，爲誰微步，輕生暗塵。記踏花芳逕，亂紅不損，步苔幽砌，嫩綠無痕。襯玉羅慳，銷金樣窄，載不起、盈盈一段春。嬉游倦，笑教人款撚，微褪些跟。　有時自度歌勻。悄不覺、微尖點拍頻。憶金蓮移換，文鴛得侶。繡茵催衮，舞鳳輕分。懊恨深遮，牽情半露，出沒風前烟縷裙。知何似，似一鈎新月，淺碧籠雲。」其咏美人指甲云：「銷薄春冰，碾輕寒玉，漸長漸彎。見鳳鞋泥污，偎人強剔，龍涎香斷，撥火輕翻。學撫瑶琴，時時欲剪，更掬水、魚鱗波底寒。纖柔處，試摘花香滿，鏤棗成斑。　時將粉淚偷彈。記綰玉、曾教柳傅看。算恩情相著，搔便玉體，佳期暗數，劃遍闌干。每到相思，沈吟靜處，斜倚朱脣皓齒間。風流甚，把仙郎暗掐，莫放春閑。」世皆以龍洲好學稼軒作豪語，似此兩闋，亦可謂細膩風光矣。

謝希孟小詞

謝希孟，陸象山之高弟也。少豪俊，好狎游，與妓陸氏密。象山每責之，希孟但敬謝而已。一日，復爲妓造鴛鴦樓，象山又以爲言。希孟謝云：「非但建樓，且爲作記。」象山喜其文，不覺曰：「樓記云何。」希孟即占起句云：「自抗、遜、機、雲以後，天地英靈之氣，不鍾於男子，而鍾於婦人。」象山默然，知其侮也。越數時，希孟在妓所，恍有所悟，忽起歸興，不告而行。妓追送之江滸，悲戀不已。希孟毅然自若，取其領巾，題一小詞與之云：「雙槳浪花平，夾岸青山鎖。汝自歸家我自歸，說著如何過。我斷不思量，你莫思量我。將你從前與我心，付與他人可。」

陸游釵頭鳳

陸放翁娶唐氏閎之女，於其母夫人爲姑姪，伉儷甚篤，而弗獲於姑。既出，而未忍絶，爲置別館，時往焉。其姑知而掩之，雖先時挈去，然終不相安。自是恩誼遂絶。唐後改適宗子士程，嘗以春日出游，與陸相遇於禹跡寺南之沈園。唐語趙爲致酒殽焉。陸悵然，感賦釵頭鳳云：「紅酥手。黄縢酒。滿城春色宮牆柳。東風惡。歡情薄。一懷愁緒，幾年離索。錯、錯、錯。　春如舊。人空瘦。淚痕紅浥鮫綃透。桃花落。閑池閣。山盟雖在，錦書難託。莫、莫、莫。」唐亦善詞翰，見而和之云：「世情薄。人情惡。雨送黄昏花易落。曉風乾。淚痕殘。欲箋心事，獨語斜闌。難、難、難。　人成各。今非昨。病魂常似秋千索。角聲寒。夜闌珊。怕人尋問，咽淚裝歡。瞞、瞞、瞞。」唐尋亦以恨卒。

陸游妾詞

放翁嘗於驛舍見題壁云：「玉階蟋蟀鬧清夜，金井梧桐辭故枝。一枕凄凉眠不得，呼燈起作感秋詩。」詢之，則驛卒女也，遂納爲妾。方餘半載，夫人不容，乃遣之。妾又賦生查子云：「只知眉上愁，不識愁來路。窗外有芭蕉，陣陣黄昏雨。　曉起理殘妝，整頓教愁去。不合畫春山，依舊留愁住。

陸游玉蝴蝶

放翁在王忠州席上，賦玉蝴蝶云：「倦客平生行處，墜鞭京洛，解佩瀟湘。此夕何年，初賦宋玉高唐。繡簾開、香塵怎起，蓮步穩、銀燭分行。暗端相。燕羞鶯妒，蝶遶蜂忙。　難忘。芳尊頻勸，峭寒新退，玉漏猶長。幾許幽情，只愁歌罷月侵廊。欲歸時，司空笑問，微近處、丞相嗔狂。斷人腸。假饒相送，上馬何妨。」其描寫處，曲盡情態，令人誦之如見其聲容焉。

陸游風入松

放翁在蜀日，嘗有所盼，每寄之吟詠。有云：「碧玉當年未破瓜。學成歌舞入侯家。」又云：「篋有吳箋三百個，擬將細字寫春愁。」又云：「裘馬清狂錦水濱。最繁華地作閑人。」及「悠然自適君知否，身與浮名孰重輕。」迨歸里後，復以詩意賦風入松云：「十年裘馬錦江濱。酒隱紅塵。黃金選勝鶯花海，倚疏狂、驅使青春。弄笛魚龍盡出，題詩風月俱新。　自憐華髮滿紗巾。猶是官身。鳳樓曾記當時語，問浮名、何似身親。欲寫吳箋寄與，者回真個閑人。」亦可謂善言情矣。

趙彥端贈妓詞

趙彥端德莊，有介庵詞，爲宗室之秀。其「波底夕陽紅濕」句，甚爲阜陵所賞。居京口時，見其風軒月館，名妓艷姬，倍於他所，人皆以羣仙目之。因選其勝者十人，各賦鷓鴣天贈之。蕭秀云：「有女青春正及笄。蕊宮仙子下瑶池。簫吹弄玉登樓月，絃撥昭君未嫁時。雲體態，柳腰肢。綺羅活計強偎隨。天教謫入羣花苑，占得東風第一枝。」蕭瑩云：「花動儀容玉潤顏。温柔婀娜趁幽閑。盈盈醉眼横秋水，淡淡蛾眉抹遠山。膏雨霽，曉風寒。一枝紅杏拆朱闌。天台迴失劉郎路，因憶前緣到世間。」歐懿云：「月晃金波雲滿梳。素娥何事下天衢。翩翻舞袖穿花蝶，宛轉歌喉貫索珠。簾翡翠，枕珊瑚。錦衾氷簟水紋鋪。春光九十羊城景，百紫千紅總不如。」桑雅云：「雲暗青絲玉瑩冠。笑生百媚入眉端。春深芍藥和烟折，秋曉芙蓉破露看。星眼俊，月眉彎。舞狂花影上闌干。醉來直駕仙鸞去，不到銀河到廣寒。」劉雅云：「醉撚花枝舞翠翹。十分春色賦妖嬈。千金笑裏争檀板，一搦纖圍間舞腰。行也媚，坐也嬌。乍離銀闕下青霄。檀郎若問芳笄紀，二月和風弄柳條。」歐倩云：「梅粉新妝間玉容。壽陽人在水晶宫。浴殘雨洗梨花白，舞轉風摇菡萏紅。雲枕席，月簾櫳，金爐香噴鳳幃中。凡材縱有凌雲格，肯學文君一旦蹤。」文秀云：「綽約嬌波二八春。幾時飄謫下紅塵。桃源寂寂啼春鳥，蓬島沈沈鎖暮雲。丹臉嫩，黛眉新。肯將朱粉污天真。楊妃不似才卿貌，也得君王寵愛勤。」王婉云：「未有年光好破瓜。緑珠嬌小翠鬟丫。清肌瑩骨能香玉，艷質英姿解語花。釵插鳳，髩堆鴉。舞腰春柳受風斜。有時馬上人争看，擘破紅窗新絳紗。」楊蘭云：「兩兩青螺綰額旁。采雲齊會下巫陽。俱飛蛺蝶元相逐，並蒂芙蓉本自雙。翻綵袖，舞霓裳。點風飛絮姿輕狂。花神只恐留難住，早晚承恩入未央。」吴玉云：「拂拂深帷起暗塵。清歌緩響自回春。月和燈市雲間墮，人對梅花雪後新。仙掌露，舞衣雲。酒慵微覺翠鬟傾。洞房不厭陽臺雨，乞與游人弄晚晴。」其總咏云：「一簇神仙會見奇。漫誇蘇小與西施。憐輕鏤月爲歌扇，喜薄裁雲作舞衣。牙板脆，玉音齊。落霞天外雁行低。看看各得風流侶，回首乘鸞舊路歸。」按蔡友古有題北里選勝圖鷓鴣天，所謂居首者，題曰東風第一枝，蓋卽指此歟。

阮閱贈妓詞

龍舒阮閱閎休，建炎中知袁州，致仕後卽居宜春焉。贈其官妓趙佛奴洞仙歌云：「趙家姊妹，合在昭陽殿。因甚人間有飛燕。見伊底盡道，獨步江南。便江北、也是幾曾慣見。惜伊情性好，不解嗔人，長帶桃花笑時臉。向尊前酒畔，見了須歸。似恁地、能得幾回細看。待不眨眼兒覷著伊，將眨眼工夫，剩看幾遍。」

陸淞瑞鶴仙

南渡後，南班宗子有居會稽者，其園亭甲於浙東，坐客皆一時之秀，陸子逸與焉。宗子侍姬名盼盼者，色藝殊絶，陸嘗顧之。一日宴客，盼盼偶未在捧觴之列。陸詢之，以晝眠答，旋亦呼至。枕痕在頰，媚態愈增。陸爲賦瑞鶴仙云：「臉霞紅印枕。睡覺時，冠兒還是不整。屏間麝煤冷。但眉峰壓翠，淚珠彈粉。堂深晝永燕交飛，風簾藻井。恨無人、說與相思，近日帶圍寬盡。重省。殘燈朱幌，淡月紗窗，那時風景。陽臺路迥。雲雨夢、便無準。待歸時，先指花梢教看，却把心期細問。問等閑、過了青春，怎生意穩。」此詞一時傳唱，後盼盼竟歸陸氏云。子逸名淞，曾刺辰州，放翁之弟也。

張元幹小詞

張元幹仲宗，善詞翰。以送胡邦衡、贈李伯紀兩詞除名。其剛風勁節，人所共仰。然小詞每寄閑情，如爲楊聰父侍兒切鱠賦春光好云：「花恨雨，柳嫌風。客愁濃。坐久霜刀飛碎雪，一尊同。勞煩玉指春葱。未放筯，金盤已空。更與個中尋尺素，兩情通。」爲張子安舞姬製綵鸞歸云：「珠履爭圍。小立春風趁拍低。態閑不管樂催伊。整朱衣。粉融香潤隨人勸，玉困花嬌越樣宜。鳳城燈夜舊家時。數他誰。」

張孝祥多景樓賦詞

張孝祥安國，知京口，王宣子代之。多景樓落成，請張爲書樓匾。公庫送潤筆銀二百兩，張却之，但需紅羅百匹。於是大宴合樂，酒酣，張援筆輒賦新詞，命羣妓合唱，悉以紅羅百匹犒之。

揚无咎贈妓詞

宋人贈妓之詞，多暗藏其小字。清江揚无咎補之贈黃瓊好事近云：「花裏愛姚黃，瓊苑舊曾相識。不道風流種在，又一枝傾國。擬圖遮斷倚闌人，休教忘攀摘。其奈老來情減，負十分春色。」贈李瑩殢人嬌云：「惱亂東君，滿目千花百卉。偏憐處，愛他穠李。瑩然風骨，占十分春意。休漫說，唐昌觀中玉蕊。妬雪欺霜，凌紅掩翠。看不足，可人情味。會須移種，向曲闌幽砌。愁綠葉成陰，道旁人指。」

揚无咎贈呂倩倩詞

呂倩倩，名姬也，善音樂。揚補之初於鄧端友席上見之，贈以垂絲釣云：「玉纖半露。香檀低應鼉鼓。逸調響穿，空雲不度。情幾許。看兩眉碧聚。爲誰訴。聽敲冰戛玉，恨雲怨雨。聲聲總在愁處。放杯未舉。傾坐驚相顧。應也腸千縷。人欲去。更畫檐細雨。」後又聞歌，贈以夜行船云：「醉袖輕籠檀板按。聽聲聲、曉鶯初囀。花落城南，柳青客舍，多少舊愁新怨。我也尋常聽見慣。渾不似，者番撩亂。調少情多，語嬌聲咽，曲與寸腸俱斷。」又聞笛，贈以解蹀躞云：「金谷樓中人在，兩點眉顰緑。叫雲穿月，横吹楚山竹。怨斷憂憶因誰，坐中有客，猶記在、平陽宿。淚盈目。百囀千聲相續。停杯聽難足。漫誇天風海濤舊時曲。夜深煙慘雲愁，倩君況醉，明日看，梅梢玉。」

揚无咎詠鞋詞

鞋杯之咏，咸謂始於楊鐵崖。考補之蝶戀花咏鞋詞已述之云：「端正纖柔如玉削。窄襪弓鞋，軟襯吴綾薄。掌上細看才半搦。巧偷强奪嘗春酌。　穩稱身材輕綽約。微步盈盈，未怕香塵覺。試問更誰如樣脚。除非借與姮娥著。」

高觀國詞

高竹屋在史輔之席上，有歌姬獻雲頭香而乞詞，爲賦生查子云：「蓬萊一捻雲，徹骨龍涎染。風味韻而芳，笑語柔而婉。花嬌緑鬢寒，酒凝清歌怨。翠幄已烟濃，銀燭休重剪。」又代人弔西湖歌者，賦喜遷鶯云：「歌音凄怨。是幾度送春，春都不管。感緑驚紅，顰烟啼月，長是爲春銷黯。玉骨瘦無一把，粉淚愁多千點。可憐只任塵侵粉蠹，舞裙歌扇。轉盼塵夢斷。峽裏雲歸，空想春風面。燕子樓空，玉臺妝冷，湖外翠峰眉淺。綺陌斷魂名在，寶篋返魂香遠。此情苦，問落花流水，何時重見。又次韻弔青樓，賦永遇樂云：「淺暈修蛾，脆痕紅粉，猶記窺户，香斷奩空，塵生砌冷，誰喚青鸞舞。春風花信，秋宵月約，歷歷此心曾許。銜芳恨、千年怨結，玉骨未應成土。木蘭艇子，莫愁何在，漫繫寒江烟樹。事逐雲沉，情隨佩冷，短夢分今古。一杯遥夜，孤光難曉，多少碎人腸處。空凄黯，西風細雨，盡吹淚去。」

姜夔暗香疏影

范石湖歸老日，姜堯章嘗於雪中過訪，款留經月。時值湖墅梅花盛開，石湖授簡索詞，且徵新聲。堯章爲特製二曲以呈，蓋自度腔也。范賞玩不已，命家妓工歌者習之，音節諧婉，命之曰暗香疏影。其暗香云：「舊時月色，算幾番、照我梅邊吹笛。喚起玉人，不管清寒與攀摘。何遜而今漸老，都忘却、春風詞筆。但怪得、竹外疏枝，香冷入瑤席。江國。正寂寂。歎寄與路遥，夜雪初積。翠尊易竭，紅萼無言耿相憶。長記曾攜手處，千樹壓、西湖寒碧。又片片吹盡也，幾時見得。」其疏影云：「苔枝綴玉，有小小翠禽，枝上同宿。客裏相逢，籬角黄昏，無言自倚修竹。昭君不慣胡沙遠，但暗憶、江南江北。想佩環、月夜歸來，化作此花幽獨。猶記深宮舊事，那人正睡裏，飛近蛾緑。莫似春風，不管盈盈，早與安排金屋。還教一片隨波去，又却怨、玉龍哀曲。等恁時、重覓幽香，已入小窗横幅。」范之家妓善歌者，以小紅爲最，姜頗顧之。姜告歸，范卽以小紅贈之。歸舟夜過垂虹，適復大雪，姜令小紅唱新詞，自擫笛以和之。乃賦詩云：「自喜新詞韻最嬌。小紅低唱我吹簫。曲終過盡松陵路，回首烟波十四橋。」

姜夔平韻滿江紅

堯章嘗言，滿江紅舊詞咸用仄韻，多不協律，當易用平韻方協。適因泛巢湖，苦風，默祝云：「若得一席風，當製平韻滿江紅爲神姥壽。」禱訖，風與帆俱駛，頃刻而濟。詞亦成云：「仙姥來時，正一望、千頃翠瀾。旌旗與亂雲俱下，依約前山。命駕羣龍金作軛，相從諸娣玉爲冠。向夜深、風定悄無人，聞佩環。神奇處，君試看。奠淮右，阻江南。遣六丁雷電，别守東關。應笑英雄無好手，一篙春水走曹瞞。又争知，人在小紅樓，簾影間。」

姜夔百宜嬌

堯章嘗寓吴興張仲遠家。仲遠屢外出，其室人知書，而性頗妒。每賓客通信問，恒竊啓視，以偵其蹤跡。堯章乃戲作百宜嬌以遺仲遠云：「看垂楊連苑。杜若吹沙，愁損未歸眼。信馬青樓去，重簾下、娉婷人妙飛燕。翠尊共款。聽艷歌、郎意先感。便携手，月地雲階裏，愛良夜微暖。無限風流疏散。有暗藏弓履，偷寄香翰。明日聞津鼓，湘江上、催人還解春纜。亂紅萬點。悵斷魂烟水遥遠。又争似、相携乘一舸，鎮長見。」仲遠歸，其室人詰之，莫從置辯，竟至爪痕傷面，不能晤客云。

劉克莊贈舞妓詞

劉濳夫在揚州陳師文參議家，見其舞姬妙絶，爲賦清平樂云：「宮腰束素。只恨能輕舉。好築避風臺護取。莫遣驚鴻飛去。一團香玉温柔。笑顰俱有風流。貪與蕭郎眉語，不知舞錯伊州。」

周必大贈妓詞

周必大平園，嘗奉使過池陽，趙富文太守招宴。籍中有曹盼者，潔白静默，或病其訥而少慧，周憐之，爲賦梅以見意云：「踏白江梅，大都玉琢酥凝就。雨肥霜逗。癡騃閨房秀。莫待冬深，雪壓霜欺後。君知否。却嫌伊瘦。又怕伊僝僽。」適屆七夕，趙又開宴出家姬小瓊以侑觴，周又賦贈云：「秋夜乘槎，客星容到天孫渚。眼波微注。將謂牽牛渡。見了還非，重理霓裳舞。雖無誤。幾年一遇。莫訝周郎顧。」小瓊，即范石湖所謂與韓无咎、晁伯如之家姬，稱爲三傑者。

韓元吉水龍吟

李英華者，開封李長卿之女也，美慧而能文。元豐中，長卿爲縉雲令，英華隨行，旋染疾而歿，遂殯于邑之三峯閣。宣和間，青溪亂起，邑燬於兵，而三峰閣獨存，乃權爲縣簿之廨。南渡後，濟南王傳慶爲縉雲簿，挈其親曹穎偕來，館于廨東。一夕，有女子扣扉而入，與談皆出塵語。詢其姓氏，曰：「前邑令李長卿女，名英華，字秀蕚，辟穀有年矣。與子有宿緣，故相就耳。」相與唱和，殆無虚日。適曹有從軍之行，英華與訣曰：「妾與君之緣盡矣。然此行當有兵難，敬授靈香一瓣，如有急，可爇以告，當爲陰護，切勿忘之。」曹後果護譴，倉卒未及爇香，而竟罹於難云。時以英華能先知，傳爲鬼仙。韓无咎爲賦水龍吟云：「雨餘疊巘浮空，望中秀色仙都是。洞天未鎖，人間春老，仙妃曾墜。錦瑟繁絃，鳳簫清響，九霄歌吹。問分香舊事，劉郎去後，知誰伴，風前醉。回首瞑烟千里。但紛紛、落紅如洗。多情易老，青鸞何許，詩成誰寄。斗轉參橫，半簾花影，一溪寒水。悵飛鳧路杳，行雲夢遠，有三峯翠。」後居是閣者，亦復多與相見。但其來時，先聞異香。吁，亦異矣。按英華集三卷，文獻通考尚列其目，今不傳耳。

姜夔少年游

張平甫納雛姬，姜白石戲賦少年游贈之云：「雙螺未合，雙蛾先斂，家在碧雲西。別母情懷，隨郎滋味，桃葉渡江時。　扁舟載了匆匆去，今夜泊前溪。楊柳津頭，梨花牆外，心事兩人知。」

蔣捷賦雪香詞

蔣捷勝欲嘗買一妾，名之曰雪香，爲賦瑞鶴仙云：「素肌原是雪。向雪裏、帶香更添奇絶。梅花太孤潔。問梨花何似，風標難說。長洲漾檝。料鴛邊、嬌容乍折。對珠籠、自剪涼衣，愛把淡羅輕疊。　清徹。螺心翠靨，龍吻瓊涎，總成虛設。微微醉纈。窗燈暈，弄明滅。算銀臺高處，芳菲仙佩，步遍纖雲萬葉。覺來時、人在紅幬，半廊界月。」

蔣捷賀新郎

名姬有善琵琶者，勝欲爲賦賀新郎云：「妾有琵琶譜。抱金槽、慢撚輕拋，柳梢鶯妒。羽調六么彈遍了，花底靈犀暗度。奈敲斷、玉釵纖股。低畫屏深朱户掩，捲西風滿地吹塵土。芳事往，蝶空訴。天天把妾芳心誤。小樓東、隱約誰家，鳳簫鼉鼓。淚點染衫雙袖翠，修竹淒其又暮。背燈影，蕭條情互。捐佩洲前裙步步。渺無邊、一片相思苦。春去也，亂紅舞。」客有談舊倡潘姬者，因賦柳梢青云：「小飲微吟，殘燈斷雨，静户幽窗。幾度花開，幾番花謝，又到昏黄。潘娘不是潘郎。料應也、霜黏鬢旁。鸚鵡闌空，鴛鴦壺破，雲渺烟茫。」

蔣捷玉漏遲

傅岩隱在武林，納浴堂徐氏女子於客樓。其歸也，亦貯之所居。樓上四壁，悉圖西湖勝景。邀竹山爲賦玉漏遲云：「翠鴛雙穗冷。鶯聲喚轉，春風芳景。花湧袖香，此度徐妝偏稱。水月仙人院宇，到處有、西湖如鏡。烟岫暝。纖葱誤指，蓮峰篁嶺。料想小閣初逢，正浪拍紅猊，袖飛金餅。樓倚斜暉，暗把佳期重省。萬種惺忪笑語，更一點、温柔心性。釵倦整。盈盈背燈嬌影。」

李南金賀新郎

李南金自號三溪冰雪翁。有良家女流落可歎者，李爲感賦賀新郎云：「流落今如許。我亦三生杜牧，爲秋娘著句。先自多愁多感慨，更值江南春暮。君看取。落花飛絮。也有吹來穿繡户，有因風、飄墜隨塵土。人世事，總無據。佳人命薄君休訴。若説與、英雄心事，一生更苦。且盡尊前今日意，休記緑窗眉嫵。但春到兒家庭户。幽恨一簾烟月曉，恐明朝、燕亦無尋處。渾欲倩，鶯留住。」悲涼感歎，想南金亦自寫其流落之意歟。

戴復古妻詞

戴石屏未遇時，薄游江西，有富家翁憐其才，以女妻之。居數時，石屏忽欲作歸計，其妻詰之，告以已娶故。妻白之父，其父大怒，妻宛轉解釋，終遣戴歸，悉以奩具贈行。仍餞以詞云：「惜多才，憐薄命，無計可留汝。揉碎花箋，忍寫斷腸句。道旁楊柳依依，千絲萬縷。抵不住、一分愁緒。如何訴。便教緣斷今生，此身已輕許。捉月盟言，不是夢中語。後回君若重來，不相忘處，把杯酒，澆奴墳土。」戴去後，其妻即赴水死。諺云「癡心女子負心漢」，如石屏者，非真負心歟。

吴文英題女冠詞

女冠子小令，唐人多咏本意。南渡後，女冠尤以風流自賞，而題贈者亦復不少。如吴夢窗丁稿中，醉落魄題藕花洲女道士扇云：「春温紅玉。纖衣學剪嬌鴉緑。夜香燒短銀屏燭。偷擲金錢，重把寸心卜。翠深不礙鴛鴦宿。采菱誰記當時曲。青山南畔紅雲北。一葉波心，明滅淡妝束。」蝶戀花題華山道女扇云：「北斗秋横雲髻影。鶯羽衣輕，腰減青絲剩。一曲游仙聞玉磬。月華深院人初定。十二闌干和笑凭。風露生寒，人在蓮花頂。睡重不知殘酒醒。碧窗幾度啼鴉暝。」朝中措題蘭室道女扇云：「楚皋相遇笑盈盈。江碧遠山青。露重寒香有恨，月明秋佩無聲。銀燈炙了，金爐燼暖，真色羅屏。病起十分清瘦，夢闌一寸春情。」諸闋皆艷詞也。

吴文英題女髑髏詞

有畫半面女髑髏者，夢窗戲題小詞云：「釵燕攏雲睡起時。隔牆折得杏花枝。青春半面妝如畫，細雨三更花又飛。輕愛別，舊相知。斷腸青冢幾斜暉。亂紅一任風吹起，結習空時不點衣。」

吴文英倦尋芳

孫花翁在吴門，遇舊歡老妓，邀夢窗爲賦倦尋芳云：「墜瓶恨井，塵鏡迷樓，空閒孤燕。寄别崔徽，清瘦畫圖春面。不約舟移楊柳繫，有緣人映桃花見。敍分携、悔香瘢漫爇，緑鬢輕剪。聽細語、琵琶幽怨。客鬢蒼華，衫袖濕遍。漸老芙蓉，猶自帶霜重看。一縷情深朱户掩，兩痕愁起青山遠。被西風，又驚吹、夢魂分散。」

吴文英高山流水

丁宥基仲之側室，解吟咏，善絲桐。夢窗爲製高山流水贈之云：「素絃一一起秋風。寫柔情、都在春葱。徽外斷腸聲，霜霄暗落驚鴻。低顰處、剪緑裁紅。仙郎伴，新製還賡舊曲，映月簾櫳。似名花並蒂，日日醉春濃。吳中。空傳有西子，應不解、換羽移宮。蘭蕙滿襟懷，唾碧總噴花茸。後堂深、想費春工。客愁重、時聽蕉寒雨碎，淚濕瓊鍾。恁風流也稱，金屋貯嬌慵。」

史達祖漢宮春

樂籍有星娘者，厭風塵，去從黃冠服。其舊歡尚睠而弗忘，乞史梅溪賦漢宮春寄之云：「花隔東垣。咏燕臺秀句，結帶謀歡。匆匆舊盟有限，飛夢重關。南塘夜月，照湘琴、別鶴孤鸞。天便遣，清愁易長，春衣常恁香寒。　唐昌故宮何許，頓剪霞裁霧，擺落塵緣。一聲步虛婉娩，雲駐天壇。淒涼故里，想香車、不到人間。羞再見，東陽帶眼，教人依舊思凡。」

趙師俠贈妓詞

趙師俠坦庵，爲南宗之雋，工詞章，亦多贈妓之作。其贈妙惠鷓鴣天云：「妙曲清聲壓楚城。蕙心蘭態見柔情。疊波穩稱金蓮步，蘸甲從教玉筍斟。　歌緩緩，笑吟吟。向人真處可憐生。仙源幸有藏春處，何事乘風逐世塵。」又於滕王閣上贈段雲輕浣溪沙云：「落日沈沈墮翠微。斷雲輕逐晚風歸。西山南浦畫屏圍。　一瞥波光明欲溜，兩眉山色翠常低。須知人與景相宜。」又同曾無玷觀尤賽娘弈棋，點絳唇云：「裊裊娉娉，可人尤賽娘風韻。花嬌玉潤。一捻春期近。　占路藏機，已向棋中進。都休問。酒旗花陣。早晚爭先勝。」三闋皆暗藏小字云。

趙長卿寄妾詞

趙長卿南豐宗室，自號仙源居士。嘗置一妾頗慧，教之學東坡字，唱東坡詞，命名曰文卿。元約三年，屆期，文卿不忍去，其母不容，强索之去，嫁一農夫家。文卿不能忘情，常寄詞問訊。仙源因和其韻答之云：「破靨盈盈巧笑，舉杯灩灩迎逢。慧心端有謝娘風。燭花香霧，嬌困面微紅。　別恨彩箋雖寄，清歌淺酌難同。夢回楚館雨雲空。相思春暮，愁滿綠蕪中。」後又寄以鷓鴣天云：「一曲清歌金縷衣。巧佼心事有誰知。自從別後難相見，空解題紅寄好詞。　憶携手，過階墀。月籠花影半明時。玉釵頭上輕輕顫，摇落釵頭豆蔻枝。」

趙長卿臨江仙

仙源有笙妓名夢雲者，忽對仙源有剪髮修道之語。爲賦臨江仙云：「蕊嫩花房無限好，東風一樣春工。百年歡笑酒尊同。笙吹雛鳳語，裙染石榴紅。　且向五雲深處住，錦衾繡幌從容。如何卽是出樊籠。蓬萊人少到，雲雨事難窮。」

趙長卿水龍吟

仙源嘗於江樓宴席，見歌姬名盼盼者，彈琵琶，舞梁州，贈以水龍吟云：「酒潮匀頰雙眸溜。美映遠山橫秀。風流俊雅，嬌癡體態，眼前稀有。蓮步彎彎，移歸拍裏，凌波難偶。對仙源醉眼，玉纖籠巧，新聲撥，魚紋皺。我自多情多病，對人前、只推傷酒。瞞他不得，詩情懶倦，沈腰消瘦。多謝東君，殷勤知我，曲翻紅袖。拚來朝又是，扶頭不起，江樓知否。」

侯寘西江月

蔡仲常得一稚姬，名曰幼嬌，風韻頗勝。侯寘懶窟爲賦西江月云：「豆寇梢頭年紀，芙蓉水上精神。幼雲嬌玉兩眉春。京洛當時風韻。　金縷深深勸客，雕梁蔌蔌飛塵。主人從得董雙成。應忘瑶池宴飲。」

吳文英賦舞女詞

臨安京市有舞女，夢窗爲賦玉樓春云：「茸茸貍帽遮梅額。金蟬羅剪胡衫窄。乘肩争看小腰身，倦態强隨閑鼓笛。　問稱家在城東陌。卻買千金應不惜。歸來困頓殢春眠，猶夢婆娑斜趁拍。」

楊妹子題馬遠畫

楊妹子者，宋寧宗楊后之妹也。其書酷仿寧宗筆法，凡御府收藏諸名家畫幅，多令題咏。有見其題馬遠松院鳴琴小軸云：「閑中一弄七絃琴。此曲少知音。多因淡然無味，不比鄭聲淫。　松院静，竹樓深。夜沉沉。清風拂枕，明月當軒，誰會幽心。」其詞亦娟秀可喜也。

詹玉贈粉兒詞

楊都尉震有十姬，皆麗色，而粉兒尤勝。一日，招詹天游宴，悉出佐觴，天游獨屬意粉兒。飲酣，口占浣溪紗贈之云：「淡淡青山兩點春。嬌羞一點口兒櫻。一梭兒玉一窩雲。白藕香中見西子，玉梅花下遇昭君。不曾真個也銷魂。」楊郎以粉兒贈之。且曰：「使天游真個銷魂。」真風流豪爽人也。

陳詵詞

湘人陳詵，登第後，授岳州教職，與營妓江柳狎。時岳守孟之經知其事。偶公宴，江柳不侍，屢呼始至。孟怒杖之，且於眉間刺「陳詵」二字，押隸辰州。陳雖憾之，而無如之何，而柳之母怨詈無已。陳乃罄其所有，僅得千緡以贈行，始息。陳私貽以詞云：「鬢邊一點似飛鴉。休把翠鈿遮。三年兩載，千撋百就，今日天涯。　楊花又逐東風去，隨分入人家。要不思量，除非酒醒，不照菱花。」適柳將行之際，陳之故人陸叡雲西以荆湖制司幹官奉檄來岳，陳密往迓之，具以情告。陸即取空名制劄，填陳姓名，檄入制幕。抵郡，孟出郊迎。既入，即爲陸開宴。席間，陸曰：「聞籍中有江柳善謳，今在否。」孟旋呼至，柳以翠鈿貼眉間，侍宴歌罷，酒酣　陸戲語孟曰：「能以江柳見予否。」孟答以惟命。陸笑曰：「君尚不能容一陳教，豈能予人。」孟因敍陳之過。席罷，陸呼柳詢其事，柳出陳贈行詞，陸大歎賞。因再登席，舉陳詞示孟，且誚之曰：「君試目此作，可謂不知人矣。今制司檄陳入幕，將若之何。」孟求解於陸，即召陳同宴焉。明日登之薦剡，且除柳之籍以贈之。或有以此事訛傳爲楊誠齋守岳時，非是。誠齋豈肯如是殺風景者乎。

呂渭老贈李蓮詞

呂渭老聖求，有卜算子詞贈歌者李蓮云：「渡口看潮生，水滿蒹葭浦。長記扁舟載月明，深入芙蕖去。荷蓋覆平池，忘了歸來路。誰記南樓百尺高，不見如蓮步。」

徐淵子詞

徐淵子舍人，好以詩文諧謔。丁少瞻與妻有違言，乃棄家，居茶寮山，茹素誦經，日買海物放生，久而不歸。其妻患之，祈徐爲之譬解，徐許諾。適見賣老婆牙者，買一巨筐餉丁，且侑以詞云：「茶寮山上一頭陀。新來學甚麽。蝤蛑螃蟹與烏螺。知他放幾多。有一物，似蜂窩。姓牙名老婆。雖然無奈得他何。如何放得他。」丁見詞，大笑而歸。

鍾輻卜算子慢

江南士人鍾輻，有妓名青箱，甚寵之。後因外出，而寄以卜算子慢云：「桃花院落，烟重露寒，寂寞禁烟晴晝。風拂朱簾，還記去年時候。惜春心、不喜閑窗繡。倚屏山，和衣睡覺，醺醺暗消殘酒。獨倚危闌久。把玉笋偷彈，黛蛾輕鬪。一點相思，萬般自家甘受。抽金釵，欲買丹青手。寫別來容顔寄與，使知人消瘦。」

吴潛賀新郎

徐清叟未遇時，嘗贈建州官妓唐玉詩云：「上國新行巧樣花。一枝柳插鬢邊斜。嬌羞未肯從郎意，愛把芳容故故遮。」吴履齋見之，亦爲賦賀新郎云：「可意人如玉。小簾櫳、輕勻淡抹，道家裝束。長恨春歸無尋處，全在波明黛緑。看冶葉倡條渾俗。比似江梅清有韻，更臨風、對月斜依竹。看不足，咏不足。曲屏半掩春山簇。正輕寒、夜深花睡，半欹殘燭。縹緲九霞光夢裏，香在衣裳賸馥。又只恐銅壺聲促。試問送人歸去後，對一奩、花影垂金粟。腸易斷，恨難續。」

潘牥贈妓詞

延平樂籍中，有能墨竹草書者，潘牥庭堅嘗眷之，爲賦長短句。其末段云：「玉帶懸魚，黄金鑄印，侯封萬户。待從頭，繳納君王，覓取愛卿歸去。」其爲之心醉可知矣。潘後復過延津，再訪之，其人已爲豪者挈去久矣，遂復有題壁之作云：「生怕倚闌干。閣下溪聲閣外山。空有舊時山共水，依然。暮雨朝雲去不還。應是躡飛鸞。月下時時認佩環。月又漸低霜又落，更闌。折得梅花獨自看。」庭堅，三山人也。

張淑芳詞

張淑芳，西湖樵家女也。理宗選宫嬪時，以色美，爲賈似道所匿，寵之專房。時有譏之者云：「山上樓臺湖上船。平章醉後懶朝天。羽書莫報襄樊急，新得蛾眉正妙年。」與太學生百字令所云「新塘楊柳」者，皆指此也。淑芳亦知賈必敗，預營別業於五雲山下。賈南遷日，削髮爲尼，人罕知者。張善小詞，其更漏子云：「墨痕香，燈下淚。點點愁人幽思。桐葉落，蓼花殘。雁聲天外寒。五雲嶺，九溪塢。每到秋來更苦。風淅淅，水淙淙。不教蓬逕通。」浣溪沙云：「散步山前春草香。朱闌綠水遶吟廊。花飛鶯墜繡衣裳。或定或摇江上柳，爲鸞爲鳳月中篁。爲誰掩抑鎖雲窗。」今五雲山下九溪塢，尼庵尚存。

朱秋娘菩薩蠻

朱希真小名秋娘，適徐必用，工詞翰，欲繼美易安。徐久客未歸，朱賦菩薩蠻云：「濕雲不度溪橋冷。嫩寒初透東風景。橋下水聲長。一枝和雪香。人憐花似舊。花比人應瘦。莫凭小闌干。夜深花正寒。」此詞命意孤高，世有以六一上元詞稱爲秋娘作者，誤矣。

劉鼎臣妻詞

婺州劉鼎臣，就試行都，其妻自製彩花一枚，並侑以詞餞之云：「金屋無人夜剪繒。寶釵翻過齒痕輕。臨行執手殷勤送，襯與蕭郎兩鬢青。聽囑付，好看承。千金不抵此時情。明年宴罷瓊林晚，酒面微紅相映明。」

孫氏平韻憶秦娥

太學生鄭文，秀州人。其妻孫氏，善詞章，寄鄭平韻憶秦娥云：「花深深。一鉤羅襪行花陰。行花陰。閑將柳帶，試結同心。日邊消息空沈沈。畫眉樓上愁登臨。愁登臨。海棠開後，望到如今。」鄭每爲人誦之，一時歌樓妓館，咸傳唱焉。

劉彤詞

江寧章文虎，其妻劉氏，名彤，文美其字也。工詩詞。嘗有詞寄文虎云：「千里長安名利客，輕離輕散尋常。難禁三月好風光。滿階芳草綠，一片杏花香。　記得年時臨上馬，看人淚眼汪汪。如今不忍更思量。恨無千日酒，空斷九回腸。」

尹煥詞

尹煥梅津，未第時，嘗游苕溪，樂營中，偶有所盼。後十年，重到吳興訪之，則久爲宗子所據。雖已育子，而尚未落籍。尹乃假於郡將以召之，久而始來，顏色憔赧，相對若不勝情。梅津爲賦唐多令云：「蘋末轉清商。溪聲供夕涼。緩傳杯、催喚紅妝。慢綰烏雲新浴罷，拂拂地，水沈香。　歌短舊情長。重逢驚鬢霜。悵綠陰、青子成雙。說著前歡佯不採，颺蓮子，打鴛鴦。」風流佳話，又屬吳興。梅津可謂尋芳再誤耳。

一士人賦玉瓏璁

南渡初，有士人嘗於錢塘江漲橋爲狹邪之游，因賦玉瓏璁云：「城南路。橋南樹。玉鈎簾捲橫香霧。新相識。舊相識。淺顰低笑，嫩紅輕碧。惜、惜、惜。　劉郎去。阮郎住。爲雲爲雨朝還暮。争相憶。空相憶。露荷心性，柳花蹤跡。得、得、得。」後士人去爲北游，陷而不返，其友人作詩寄之，附以龍涎香云：「江漲橋邊花發時。故人曾此著征衣。請君莫唱橋南曲，花已飄零人不歸。」士人得詩，酬寄云：「認得吳家心字香。玉窗春夢紫羅囊。餘熏未歇人何許，洗破征衣更斷腸。」

嚴蕊小詞

天台營妓嚴蕊，字幼芳，色藝冠時，琴弈書畫，靡不精妙。間作小詞，亦復新穎可喜。唐與正守台日，嘗於酒邊令賦紅白桃花，蕊即口占如夢令云：「道是梨花不是。道是杏花不是。白白與紅紅，別是東風情味。曾記。曾記。人在武陵微醉。」唐大賞之，賜以雙縑。又七夕郡齋開宴，座客謝元卿豪士也。夙慕其名，令蕊賦七夕詞，以己之姓爲韻。酒方行，蕊即成鵲橋仙云：「碧梧初墜，桂香才吐，池上水花微謝。穿針人在合歡樓，正月露、玉盤高瀉。蛛忙鵲懶，耕慵織倦，空做古今佳話。人間剛道隔年期，笑天上、方才隔夜。」因歌以侑觴，元卿爲之心醉，留其家半載方去。後朱晦庵以倉使行部至台，因陳同甫之譖，欲摭唐之短，遂指其與蕊有濫。繫獄月餘，蕊雖備箠楚之苦，終無一語及唐，然猶不免受杖。乃移籍紹興，且復就越置獄，重鞫之，久而不得其情。令獄吏以好言誘之曰：「汝何不早承，亦不過杖罪。況前已經斷，且不重科，何爲枉受此苦耶。」蕊泣謝曰：「身雖賤妓，縱與太守有濫，亦知罪不至死。然是非真僞，豈可妄言，以重污士大夫，雖死不可誣也。」其辭既堅，復痛杖之，仍繫樂籍焉。蕊兩月之間，一再受杖，委頓幾死。然其聲價愈騰，至達宸聽。晦翁亦因是而改除。邱商卿代爲倉使，偶因賀朔之際，憐其憔悴，令作詞自陳。蕊略不構思，口占卜算子云：「不是愛風塵，似被前緣誤。花落花開自有時，總賴東君主。去也終須去。住也如何住。但得山花插滿頭，莫問奴歸處。」邱大喜，卽日判與從良。繼而近屬宗子納爲小星以終身云。嗚呼，此亦妓中之俠者也。

蜀妓詞

蜀妓類能文，蓋薛濤遺風也。陸放翁返自蜀，其客挾一妓偕行，歸而置之別館，率數日一往。偶以病久疏，妓頗疑之。客作詞自解，妓卽韻答之云：「設盟説誓。説情説意。動便春愁滿紙。多應念得脱空經，是那個先生教底。不茶不飯，不言不語，一味供他憔悴。相思已自不曾閑，又那得工夫咒你。」又傳一蜀妓，席上作送行詞云：「欲寄意、渾無所有。折盡市橋官柳。看君著上征衫，又相將、放船楚江口。後會不知何日，又是男兒，休要鎮長相守。苟富貴、毋相忘。若相忘，有如此酒。」此乃妓自度曲，今卽名市橋柳云。

趙才卿燕歸梁

趙才卿者，成都樂籍也，性慧黠，能小詞。帥府開宴，餞都鈐，席間帥令作詞，才卿立進燕歸梁云：「細柳營中有亞夫。華宴簇名姝。雅歌長許佐投壺。無一日、不懽娛。漢王拓境思名將，捧飛詔，欲登途。從前密約盡成虛。空贏得、淚如珠。」帥大喜，盡以席上飲器賜之。

惠英減蘭

洪景盧守會稽日，嘗妓惠英歌其自製減蘭以侑觴云：「梅花似雪。剛被雪來相挫折。雪裏梅花。無限精神總爲他。　梅花無語。只有東君來作主。寄語東君。且與梅花作主人。」

僧兒滿庭芳

廣漢官妓名僧兒者，秀外慧中，善填詞。時有太守戴姓，兩臨此郡，甚眷之。後以玉局之請，致仕歸。僧兒於餞席賦滿庭芳云：「團菊苞金，叢蘭減翠，畫成秋暮風烟。使君歸去，千里倍潸然。兩度朱幡雁水，全勝得、陶侃當年。如何見，一時盛事，都在送行篇。　愁煩。懶梳洗，尋思陪宴，花底湖邊。有多少風流，往事縈牽。聞道霓旌羽駕，看看是、玉局神仙。應相許，衝雲破霧，一到洞中天。」

平江妓獻太守詞

嘉定間，平江妓有於餞席獻太守詞云：「春色原無主。荷東君、著意看承，等閑分付。多少無情風雨恨，那更蝶欺蜂妒。算燕雀、眼前無數。縱使簾櫳能愛護。到如今、已是成遲暮。芳草碧，遮歸路。　看看做到難言處。怕仙郎、輕颺旌旗，易歌襦袴。月滿西樓絃索靜，雲蔽崑城閬府。便恁地、一帆輕舉。獨倚闌干愁拍碎，慘玉容，淚眼如紅雨。去與住，兩難訴。」

樂婉與施酒監詞

杭妓樂婉，與施酒監善。施秩滿去，贈以詞云：「相逢情便深，恨不相逢早。識盡千千萬萬人，終不如伊好。別爾登長道。轉覺添煩惱。樓外朱樓獨倚闌，滿目圍芳草。」婉亦能詞，答贈云：「相思似海深，舊事如天遠。淚滴千千萬萬行，使我愁腸斷。要見無由見。見了終難拚。若是前生未有緣，重結來生願。」

望海潮弔楊謝詞

紹興庚午歲，台州黃巖營籍有謝姓妓，與楊生情好甚篤，爲其媪所制，不遂其願，乃相約投江。好事者爲賦望海潮弔之云：「彩筩角黍，蘭橈畫舫。佳節競弔沈湘。古意未收，新愁又起，斷魂流水茫茫。堪笑又堪傷，有臨皋仙子，連璧檀郎。暗約同歸，遠烟深處弄滄浪。倚樓魂已飛揚。共偷揮玉筯，痛飲霞觴。烟水無情，揉花碎玉，空餘怨抑淒涼。楊謝舊遺芳。算世間縱有，不恁非常。但看芙蕖並蔕，他日一雙雙。」

劉濬期夜月

樂部中諸藝，惟杖鼓鮮有能工之者。京師官妓楊素娥，最工此技。劉濬酷愛之，爲特製期夜月，以咏其事云：「金鈎花綬繫雙月。腰肢軟低折。揎皓腕，縈繡結。輕盈宛轉，妙若鳳鸞飛越。無別。香檀急叩，轉清切。翻妙手飄瞥。催畫鼓，追脆管，鏘洋雅奏，尚與衆音爲節。當時妙選舞袖，慧性雅質，名爲殊絕。滿座傾心注目，不甚窺回雪。纖怯逡巡，一曲霓裳徹。汗透鮫綃濕。教人與傳香粉，媚容秀發。宛降蕊珠宮闕。」

王清惠滿江紅

丙子，元兵入杭，兩宮北遷，妃嬪皆隨行。有王昭儀者，名清惠，留題滿江紅於夷山驛壁云：「太液芙蓉，渾不是、舊時顏色。曾記得、承恩雨露，玉樓金闕。名播蘭簪妃后裏，暈潮蓮臉君王側。忽一朝、鞞鼓揭天來，繁華歇。龍虎散，風雲滅。千古恨，憑誰說。對山河百二，淚沾襟血。驛館夜驚塵土夢，宮車曉碾關山月。願姮娥、相顧肯從容，隨圓缺。」迨文丞相北行，過此，讀至末句，嘆云：「惜哉，夫人於此少商量矣。」爲之代作二闋，亦題於壁。其一云：「試問琵琶，胡沙外、怎生風色。最苦是、姚黃一朵，移根瑶闕。王母歡闌瓊宴罷，仙人淚滿金盤側。聽行宮、夜半雨霖鈴，聲聲歇。彩雲散，香塵滅。銅駝恨，那堪說。想男兒慷慨，嚼穿齦血。回首昭陽辭落日，傷心銅雀迎新月。算妾身、不願似天家，金甌缺。」其二云：「燕子樓中，又捱過、幾番秋色。相思處、青年如夢，乘鸞仙闕。肌肉暗消衣帶緩，淚珠斜透花鈿側。最無端、蕉影上窗紗，青燈歇。曲池合，高臺滅。人間事，何堪說。向南陽阡上，滿襟清血。世態便如翻覆雨，妾身原是分明月。笑樂昌、一段好風流，菱花缺。」考王昭儀抵上都，卽懇請爲女道士，自號冲華，與丞相黃冠之志正同。其從容圓缺之語，又何必遽貶之耶。

汪元量水龍吟

汪元量水雲，隨駕北遷，嘗於淮河舟中，夜聞故宮人彈琴，感賦水龍吟云：「鼓鞞驚破霓裳，海棠亭北多風雨。酒闌歌罷，玉啼金泣，此行良苦。駝背模糊，馬頭匼匝，朝朝暮暮。自都門宴罷，龍艘綿纜，空載得，春歸去。目斷東南半壁，悵長淮、已非吾土。受降城下，草如霜白，凄凉酸楚。粉陣紅圍，夜深人靜，誰賓誰主。對漁燈一點，羈愁萬斛，譜琴中語。」

詹玉三姝媚

詹天游，南宋遺民，嘗於古衞乘舟，其柁工告以此舟曾載錢塘宮人赴北者。詹爲感賦三姝媚云：「一篷兒別苦。是誰家、花天月地兒女。紫曲藏嬌，慣錦窠金翠，玉璈鐘吕。綺席傳宣，笑聲裏、龍樓三鼓。歌扇題詩，舞袖籠香，幾曾塵土。因甚留春不住。怎知道人間，匆匆今古。金屋銀屏，被西風吹換，蓼汀蘋渚。如此江山，應悔却、西湖歌舞。載取斷雲何處。江南烟雨。」

金德淑望江南

宋亡後，章邱李生在燕山旅邸，嘗對月獨歌曰：「萬里倦行役，秋來瘦幾分。因看河北月，忽憶海東雲。」旋聞鄰婦有似感歌而泣者，明日訪之，則宋宮人金德淑也。詢李曰：「客非昨夜悲歌人乎。」李曰：「歌非己作，來時同舟有杭人嘗吟此，偶對月憶及，聊歌以遣懷耳。」金泣曰：「此宋黃昭儀送汪水雲詩也。當時吾輩亦皆有贈。」因舉其自製望江南云：「春睡起，積雪滿燕山。萬里長城皆縞素，六街燈火已闌珊。人立玉樓間。」金後遂委身於李焉。

徐君寶妻詞

岳州徐君寶之妻被元兵所掠，挾而來杭。其主者屢欲犯之，皆以計脫。將强污之，哀告曰：「容妾祭先夫後，當爲君婦。」許之。乃焚香再拜，題詞於壁間云：「漢上繁華，江南人物，尚遺宣政風流。綠窗朱户，十里爛銀鉤。一旦刀兵齊舉，旌旗擁、十萬貔貅。長驅入，歌樓舞榭，風捲落花愁。清平三百載，典章文物，掃地都休。念此身未北，尚客南州。破鏡徐郎何在，空惆悵、相見無由。從今後，斷魂千里，夜夜岳陽樓。」題畢，赴水死。

張炎國香慢

張炎叔夏，自號玉田，循王諸孫也。知音律，工詩詞，入元不仕。浪游南北，楊守齋以佳公子、窮詩客目之。嘗游燕山，遇杭妓沈梅嬌者，把酒相勞苦，猶能歌周清真意難忘、臺城路兩闋。且乞詞于玉田，因爲賦國香慢，書羅帕以贈云：「鶯柳烟堤。記未吟青子，曾比紅兒。嫻嬌弄春微透，鬟翠雙垂。不道留仙不住，更無夢、吹到南枝。相看兩流落，掩面凝羞，怕說當時。凄凉歌楚調，嫋餘音不放，一朵雲飛。丁香枝上，幾度款語深期。拜了花梢淡月，最難忘、弄影牽衣。無端動人處，過了黃昏，猶道休歸。」

張炎意難忘

車秀卿，吴中樂部之翹楚也。歌美成曲，得其音旨。玉田嘗賞之，爲賦意難忘云：「風月吴娃。柳陰中、認得第一香車。春深妝減艷，波轉影流花。鶯語滑，透紋紗。有低唱人誇。怕誤却、周郎醉眼，倚扇佯

遮。底須拍碎紅牙。聽曲終奏雅，可是堪嗟。無人知此意，明月又誰家。塵滚滚，老年華。付情在

琶琶。更歎我、青衫易濕，萬里天涯。」

張炎贈蘇柳兒詞

「楚腰一捻，羞剪青絲結。力未勝春嬌怯怯。暗託鶯聲細說。愁蹙眉心鬬雙葉。正情切。柔枝未堪折。應不解，管離別。奈如今已入東風睫。望斷章臺，馬蹄何處，閑了黄昏淡月。」此玉田贈雛姬蘇柳兒作。後重訪之，蘇已去，復作憶柳曲云：「修眉刷翠春痕聚。難剪愁來處。斷絲無力綰韶華。也學落紅流水到天涯。那回錯認章臺下。却是陽關也。待將新恨趁楊花。不識相思一點在誰家。」前調寄淡黄柳，後調乃虞美人耳。

張炎贈卿卿詞

蘇州汾湖居士陸輔之，有家姬名卿卿，以才色稱。玉田嘗爲賦清平樂云：「候蟲凄斷。人語西風岸。月落沙平流水漫。驚見蘆花來雁。可憐瘦損蘭成。多情應爲卿卿。只有一枝梧葉，不知多少秋聲。」後廿載，汾湖致仕歸，則玉田、卿卿皆下世矣。汾湖乃作圖，題玉田詞於卷端，而和之云：「楚天雲斷。人隔瀟湘岸。往事悠悠江水漫。怕聽樓前新雁。深閨舊夢還成。夢中猶記憐卿。依約相思碎語，夜涼桐葉聲聲。

陳妙常小詞

陳妙常，女冠也，美而慧，善詞翰。張于湖慕之，陳作小詞以拒云：「清静堂前不捲簾。景悠然。閑花野草漫連天。莫胡言。獨坐洞房誰是伴，一爐烟。閑來窗下理琴絃。小神仙。」

慕容嵓卿妻詞

平江雍熙寺，月夜，有客聞婦人歌浣溪沙云：「滿目江山憶舊遊。汀花汀草弄春柔。長亭艤住木蘭舟。好夢易隨流水去，芳心猶逐曉雲愁。行人莫上望京樓。」聲極凄婉。此詞傳至蘇州，慕容嵓卿聞而驚曰：「此余亡妻作也。」詢所由來，則其妻停殯處耳。

遼蕭后迴心院詞

遼蕭后，小字觀音，工書，能歌詞，善彈箏琶。天祐帝初甚寵之，敕爲懿德皇后。帝後荒于游畋，后諷詩切諫，帝遂疏之。后乃作迴心院詞，寓望幸之意也。其一云：「掃深殿。閉久金鋪暗。游絲絡網塵作堆，積歲青苔厚階面。掃深殿。待君宴。」其二云：「拂象床。憑夢借高唐。敲壞半邊知妾卧，恰當天處少輝光。拂象床。待君王。」他如「換香枕，鋪翠被。裝繡帳，疊錦茵。展瑶席，剔銀燈。爇熏爐，張鳴箏」。凡十首，皆情致纏綿，怨而不怒焉。

吴激詞

金學士吴激彦高，宋侍郎吴栻之子，米元章之婿也。靖康末，奉使北軍，以知名士爲所留，仕爲翰林待制。工詩文，善書畫，尤精樂府，與蔡松年齊名，號吴蔡體。嘗在燕山張總持家宴集，張出侍姬佐酒。中有一人，意態摧抑。詰之，乃宣和殿小宫婢也。吴爲賦人月圓云：「南朝千古傷心地，曾唱後庭花。舊時王謝，堂前燕子，飛向誰家。　偶然一見，仙肌勝雪，宫髻堆鴉。江州司馬，青衫淚濕，同是天涯。」時宇文叔通亦賦念奴嬌，先成，及見此作，茫然自失。是後有向求樂府者，輒云：「吴郎近以樂府名天下，可往求之。」其推重如此。吴又於會寧府遇老姬，善鼓瑟，自言是梨園舊籍，亦爲賦春從天上來云：「海角飄零。歎漢苑秦宫，墜露飛螢。夢回天上，金屋銀屏。歌吹競舉青冥。問當時遺譜，有絶藝、鼓瑟湘靈。但哀彈、似林鶯嚦嚦，山溜泠泠。　梨園太平樂府，醉幾度春風，鬓變星星。舞徹中原，塵飛滄海，風雪萬里龍庭。寫胡笳幽怨，人憔悴、不似丹青。酒微醒。一窗涼月，燈火青熒。」二詞皆有故宫離黍之悲，南北無不傳誦焉。

蔡松年趙可詞

蔡伯堅在翰林日，奉使高麗。東夷故事，每上國使來，館有侍妓。伯堅于使還日，爲賦石州慢云：「雲海蓬萊，風霧髩鬟，不假梳掠。仙衣捲盡霓裳，方見宫腰纖弱。心期得處，世間言語非真，海犀一點通寥廓。無物比情濃，覓無情相博。　離索。曉來一枕餘香，酒病賴花醫却。瀲灧金尊，收拾新愁重酌。片帆雲影，載將無際關山，夢魂應被楊花覺。梅子雨絲絲，滿江干樓閣。」迨後，內翰趙可獻之使高麗，歸時亦賦望海潮以贈館妓云：「雲垂餘髮，霞拖廣袂，人間自有飛瓊。三館俊游，百衔高選，翩翩老阮才名。銀漢會雙星。尚相看脈脈，似隔盈盈。醉玉添春，夢雲同夜惜卿卿。　離觴草草同傾。記靈犀舊曲，曉枕餘酲。海外九州，郵亭一別，此生未卜他生。江上數峯青。悵斷雲殘雨，不見高城。二月遼陽芳草，千里路旁情。」

王特起別妾詞

王監使特起，字正之，代州人。少工詞賦，年四十餘，方登第。晚置一妾，甚寵之。世所傳喜遷鶯詞，乃別妾作也。詞云：「東樓歡宴。記遺簪綺席，題詩羅扇。月枕雙欹，雲窗同夢，相伴小花深院。舊歡頓成陳迹，翻作一番新怨。素秋晚。聽陽關三疊，一尊相餞。　留戀。情繾綣。紅淚洗妝，雨濕梨花面。雁底關河，馬頭星月，西去一程程遠。但願此心如舊，天也不違人願。再相見。老生涯，分付藥爐經卷。」

王特起喜遷鶯

博陵縣有郝仙女廟。仙女，魏青龍中人，年已及笄，姿色姝麗。採蘋水中，忽蒼烟白霧，失其所在。其母哀求水濱，願得一見。俄聞異香襲人，隱約見於波際。曰：「兒以靈契，託蹟綃宮，世緣已斷，無用悲悒。今後能使鄉社田蠶歲宜。」後鄉人立廟祀之。王正之亦爲題喜遷鶯云：「汀洲蘋滿。記翠籠采采，相將鄰媛。蒼渚烟生，金支光爛。人在霧綃鮫館。小鬟頓成雲散。羅襪淩波不見。翠鸞遠。但清溪如鏡，野花留鈿。情睠。驚變現。身後神功，緣就吴蠶繭。漢女菱歌，湘妃瑶瑟，春動倚雲層殿。彤車載花一色，醉盡碧桃清宴。故山晚。歎流年一笑，人間飛電。」

李治賦雙蕖怨

大名民家，有男女以私情不遂，相約赴水死。後三日，兩尸相携，浮于水濱。是歲陂中蓮花，無不並蔕者。欒城李仁卿爲賦雙蕖怨云：「爲多情和天也老，不應情遽如許。請君試聽雙蕖怨，方見此情真處。誰點注。香瀲灧、銀塘對抹胭脂露。藕絲幾縷。絆玉骨春心，金沙曉淚，漠漠瑞紅吐。連理樹。一樣驪山懷古。古今朝暮。雲雨六郎夫婦。三生夢、幽恨從來艱阻。須念取。共翡翠鴛鴦，照影長相聚。秋風不住。悵寂寞芳魂，輕烟北渚。凉月又南浦。」仁卿名治，金進士，後入元爲學士。

趙孟頫贈貴貴詞

趙松雪以承平王孫，而遭世變，故其詞多感慨。嘗於李叔固丞相席上，贈其歌姬貴貴云：「滿捧金杯低唱詞。尊前再拜索新詩。老夫慚愧鬢成絲。羅袖染將修竹翠，粉香須上小梅枝。相逢不似少年時。」

趙管詞

松雪夫人管仲姬，生泖西，今其里尚名管道。善畫竹，亦工詩詞，嘗題漁父圖云：「人生貴極是王侯。浮利浮名不自由。争得似，一扁舟。弄月吟風歸去休。」松雪和云：「渺渺烟波一葉舟。西風木落五湖秋。盟鷗鷺，傲王侯。管甚鱸魚不上鈎。」

元好問小聖樂

燕都萬柳堂，亦一燕游佳處也。廉野雲嘗於夏月置酒，邀盧疏齋、趙松雪爲銷暑之會，召名姬解語花以佐歡。席間劉姬左手擎荷花，右手捧玉杯，歌小聖樂以勸客詞云：「緑葉陰濃，遍池亭水閣，偏趁凉多。海榴初綻，朵朵蹙紅羅。乳燕雛鶯弄語，對高柳鳴蟬相和。驟雨過，似瓊珠亂撒，打遍新荷。人生百年有幾，念良辰美景，休放虛過。富貧前定，何用苦張羅。命友邀賓宴賞，飲芳醑、淺斟低歌。且酩酊，從教二輪，來往如梭。」趙大喜，即席贈以長句焉。小聖樂　元遺山所製曲也。

倪瓚贈小瓊英詞

小瓊英者，楊鐵崖侍姬也。倪雲林嘗贈以柳梢青云：「樓上玉笙吹徹。白露冷、飛瓊佩玦。黛淺含顰，香殘栖夢，子規啼月。揚州往事荒凉，有多少、愁縈思結。燕語空津，鷗盟寒渚，畫闌飄雪。」

羅志仁虞美人

净慈尼，宋舊宫人也。羅志仁爲賦虞美人云：「君王曾識如花面。往事多恩怨。霓裳和淚換袈裟。又送鑾輿北去聽琵琶。當年未削青螺髻。知是歸期未。天花丈室萬緣空。結綺臨春何處淚痕中。」

滕賓贈宋六嫂詞

元人工于小令、套數，而詞學漸衰。惟滕玉霄爲故宋遺民，尚有家數。其贈宋六嫂百字令，盛爲當時所稱。詞云：「柳顰花困。把人間恩愛，尊前傾盡。何處飛來雙比翼，直是同聲相應。寒玉嘶風，香雲捲雪，一串驪珠引。元郎去後，有誰著意題品。誰料濁羽清商，繁絃急管，猶自餘風韻。莫是紫鸞天上曲，兩兩玉童肩竝。白髮梨園，青衫老傅，試與流連聽。可人何處，滿庭霜月清冷。」宋六，小字同壽，姓張氏。元遺山有贈觱栗工張觜兒詞，卽其父也。後嫁宋生，亦工音律。同壽與宋生合樂，妙入神品。蓋同壽善謳，宋生能傳觜兒之藝也。

拜住菩薩蠻

宣徽使孛羅家，有杏園，每春日，宅眷常戲秋千于園中。適簽樞帖木耳之子拜住，過牆外，窺見一女絕色，歸白之父，乞委禽焉。孛羅欣然，邀拜住來，告以能賦秋千詞，得佳作，卽以此女妻之。拜住當成菩薩蠻，以國書寫之云：「紅繩畫板柔荑指。東風燕子雙雙起。誇俊與争高。先將裙繫牢。牙牀和困睡。一任金釵墜。推枕覺來遲。紗窗月上時。」孛羅閱詞大喜，納爲婿焉。

劉鼎玉少年游

劉鼎玉見友人與女客對棋，戲賦少年游云：「石榴花下薄羅衣。睡起却尋棋。未省高低。被伊春筍，拈了白琉璃。　剗脱釵斜渾不省，意重子聲遲。對面癡心，只愁收局，腸斷欲輸時。」

劉天迪一萼紅

西昌劉天迪，嘗於旅邸夜聞南婦哭北夫者，因賦一萼紅云：「擁孤衾，正朔風凄緊，氈帳夜驚寒。春夢無憑，秋期又誤，迢遞烟水雲山。斷腸處，黃茆瘴雨，恨驄馬、憔悴只空還。揉翠盟孤，啼紅怨切，暗老朱顏。　暗歎揚州十里，甚倡條冶葉，不省春殘。蔡女哀笳，昭君怨曲，何預當日悲歡。漫贏得、西鄰倦客，空惆悵，今古上眉端。夢破梅花，角聲又報更闌。」

邵亨貞詠眉目詞

邵亨貞，字復孺，華亭人，工倚聲。因劉改之有咏美人足及指甲之作，復咏眉與目焉。其咏眉云：「巧鬭彎環，纖凝嫵媚，明妝未收。似江亭曉望，遥山拂翠，宫簾暮捲，新月横鉤。掃黛嫌濃，塗鉛訝淺，能畫張郎不自由。傷春倦，爲皺多無力，翻做嬌羞。　填來不滿横秋。料著得、人間多少愁。記魚箋函啓，背人偷斂，雁鈿交並，運指輕揉。有喜先占，長顰難效，柳葉輕黄今在否。雙尖鎖，試臨鸞一展，依舊風流。」其咏目云：「漆點填眶，鳳梢侵鬢，天然俊生。記隔花瞥見，疏星耿耿，倚闌凝注，止水盈盈。端正窺簾，瞢騰並枕，睥睨檀郎長是青。端相久，待嫣然一笑，密意將成。　困酣曾被鶯驚。强臨鏡，挼䏝猶未醒。憶帳中親見，似嫌羅密，尊前相顧，翻怕燈明。醉後看承，歌闌鬬弄，幾度孜孜頻送情。難忘處，是鮫綃揾透，別淚雙零。」似此體物工雅，應不讓龍洲獨步矣。

蕭淑蘭詞

張世英館於蕭公讓家。其妹蕭淑蘭慕張俊才，嘗挑之，張拒而不納。蕭乃賦菩薩蠻贈之云：「天教劉阮迷蓬島。桃花片片依芳草。芳草惹春思。王孫知不知。　妾身輕似葉。君意堅如鐵。妾意爲君多。君心棄妾那。」張得詞，遂未辭而歸。蕭又賦云：「有情潮落西陵浦。無情人向西陵去。去也不教知。怕人留戀伊。　憶了千千萬。恨了千千萬。畢竟憶時多。恨時無奈何。」後公讓知之，以妹許張，備禮而婚焉。

張翥題杏花春雨詞卷

楚芳、吴蘭，江南名姬也。張仲舉題柯敬仲所藏虞伯生杏花春雨詞卷，曾述之。詞云：「記蘭亭舊時風景，西樓燈火如畫。嚴城月色依然好，無復綺羅游冶。歡意謝。向客裏相逢，還有思陶寫。金章翠斝。把錦字新聲，紅牙小拍，分付倦司馬。　繁華夢、唤起燕嬌鶯姹。肯教孤負元夜。楚芳玉潤吴蘭媚，一曲夕陽西下。沈醉罷。君試問人間，誰是無情者。先生歸也。但留意江南，杏花春雨，和淚在羅帕。」蓋伯生題詞於羅帕，以寄敬仲，敬仲裝潢作軸，故末句紀其事云。

張翥贈妓詞

張仲舉擅長樂府，爲元代詞宗。其歷宦皆東南名都，故顧曲之贈，更多于子野、玉田輩也。其聽董姬雙絃沁園春云：「誰喚嬌娆，斜插雙絃，華筵乍開。愛玉纖輕軋，半籠翠袖，歌喉緩引，暗點鴛鞋。胡部新聲，樂工巧製，寫出龍沙馬上哀。哀何似，似離鸞驚起，白雀飛來。丁寧擊節金釵。要細聽、春風且慢催。正宮商分犯，拽歸雙調，伊州入破，攧遍三臺。畫扇香收，羅巾汗濕，愁是雲兜醉後回。花間客，任鸞綃纏髻，更盡餘杯。」其賞箏妓崔愛風流子云：「梨園供奉曲，卿卿解、寫入十三絃。聽促彈寶柱，暮催行雨，放嬌銀甲，春遶飛烟。可人處，鳳聲啼玉碎，燕尾點波圓。宜與畫看，徽容妍麗，欲裁詩寄，鶯思纏綿。多情曾相遇，歸舟字、夢裏尚記游仙。好倩鈿牀纖手，移近尊前。儘何處、教吹玉簫明月，此情追憶，錦瑟華年。多少舊愁新恨，知爲誰傳。」其贈歌姬房自然水龍吟云：「春風瓊樹香中，數聲恰似流鶯囀。歌塵飛下，落花起舞，驪珠脱串。豆蔻珠簾，牡丹雪嶺，小桃人面。是自然絕藝，天然書譜，霓裳序，六么遍。獨占二分月色，向尊前、幾番曾見。賞音如此，不辭醉墨，爲題紈扇。浪雨閑雲，剩香殘黛，莫論恩怨。看穠華又老，情緣未斷，寄樓中燕。」其贈歌姬楊韻卿意難忘云：「高韻天成。問當時愛愛，得似卿卿。江梅風致別，楚蕙雪香清。花旎旎，月盈盈。寫不盡才情。把舊游名謳試數，誰解新聲。詩家只有楊瓊。向吴姬叢裏，轉更分明。金閨春思怯，翠被暮寒生。人欲去，酒還醒。黯此際銷凝。待剪將江雲數尺，與染丹青。」其贈雛姬朱繡蓮鷓鴣天三闋，一云：「半臂京綃穩稱身。玉爲顏面水爲神。一痕頭導分雲綰，兩點眉山入翠顰。丹杏小，碧桃新。雛鶯恰轉上林春。平生慣是聽歌耳，除却蓮兒只一人。」二云：「一曲吴歌酒半酣。聲聲字字是江南。書憑仙苑青鸞遞，花助妝樓粉蝶銜。飛燕瘦，寶兒憨。已妍還慧更岩岩。無因剪得湘江水，與蘸春雲作舞衫。」三云：「乍學琵琶已斷腸。錦絲銀甲玉懸璫。春風瓊樹聲逾穩，秋水芙蓉字亦香。微斂笑，淺勻妝。何須重覓杜韋娘。休教月底清歌去，怕趁行雲上鳳凰。」其贈泉南琵琶妓鷓鴣天云：「玉手琵琶半醉中。從容慢撚復輕攏。青衫司馬情偏感，翠袖紅蓮藝更工。花淡竚，月朦朧。歸來無語立東風。汗巾紅漬檳榔液，錯認窗前唾繡茸。」他如聲聲慢之贈揚州箏工沈生，以虞學士浣溪沙求賦者云：「金鑾學士，天上歸來，蘭舟小駐蕪城。供奉新詞，幾度慣聽鳴箏。相逢沈郎絕藝，爲尊前、細寫餘情。問何似，似秦關雁度，楚樹蟬鳴。我亦從來多感，但登山臨水，慷慨愁生。一曲哀彈，只遣髯變魂驚。行期買花載酒，趁秋高、月朗風清。須盡醉，聽江頭腸斷數聲。」又鳳皇台上憶吹簫之聽沈野雲吹簫者云：「瓊樹鏘鳴。春冰碎落，玉盤珠瀉還停。漸一絲風嫋，悠颺青冥。擬把紅牙趁節，想有人、記豆銀屏。何須數，琵琶漢女，錦瑟湘靈。追思舊時勝賞，醉幾度西湖，山館池亭。慣依歌花月，接舞娉婷。歲晚相逢客裏，且一尊、同慰漂零。君休惜，吳音朔調，盡與吹聽。」又江城子之贈吳門善歌羅生者云：「闔閭城外綠楊枝。一絲絲。比吟髭。比似吟髭。不似少年時。雅欲同携尊酒去，青翰舫，鏤金卮。故人相見減風姿。淡燕支。比紅兒。比似紅兒。扶醉索新詩。明日片帆江水遠，人去也，又相思。」蓋其襟懷瀟洒，每留意于舞裙歌扇間也。

贈珠簾秀詞

名妓珠簾秀者，姓朱氏，以色藝著。胡紫山宣慰甚眷之，嘗爲賦沈醉東風云：「錦織江邊翠竹。絨穿海上明珠。月淡時，風清處。都隔斷、軟紅塵土。一片閒情任捲舒。掛盡朝雲暮雨。」此元人小令也。馮海粟待制亦贈以鷓鴣天云：「十二闌干映遠眸。醉香空斷楚天秋。蝦鬚影薄微微見，龜背紋輕細細浮。香霧掩，翠雲收。海霞爲帶月爲鈎。夜來捲盡西山雨，不著人間半點愁。」二詞皆以珠簾寓意云。

劉燕哥太常引

燕山妓劉燕哥，能爲小詞。齊參議還山東，劉賦太常引餞之云：「故人別我唱陽關。奈無計，鎖雕鞍。今古別離難。倩誰畫蛾眉遠山。一尊別酒，一聲杜宇，寂寞又春殘。明日小樓間。第一夜、相思淚彈。」

蓮子居詞話

〔清〕吴衡照撰

詩莫盛于唐，唐人不作詩話。詞莫盛于宋，宋人不作詞話。其有論詞者，類皆附見詩話中，不别自爲書，惟周草窗浩然齋雅談末有詞話一卷。國朝毛西河、徐虹亭外，傳者亦復寥寥。自李唐迄今，以詞名世，不下數百家，而詞話獨少，非藝林之缺事歟。吾友吴君子律深於詞，撰詞話四卷，其中有校正詞律譌缺之處，有考訂詞韻分併之處，有評定詞家優劣之處，有折衷古今論詞異同之處。至於搏徵明辨，蒐羅散佚，信足爲詞苑有功之書。間有遺聞軼事，偶記一二，不必盡有關乎詞，要其所列皆詞人也。此亦温公詩話載梅堯臣一條之例。讀既竟，知子律於此事用力勤矣。吾浙之妙解音律者，向推君家西林先生。聞其手製數十塤吹之，皆不得聲，末取吴山頂上土爲之，乃始合律。其專且精如是。今子律分刌節度，咀嚼宫商，知其淵源不爲無所自也。嘉慶二十三年戊寅秋錢唐屠倬序。

文章體制，惟詞溯至李唐而止，似爲不古。然自周樂亡，一易而爲漢之樂章，再易而爲魏晉之歌行，三易而爲唐之長短句。要皆隨音律遞變，而作者本旨，無不濫觴楚騷，導源風雅，其趣一也。故覽一篇之詞，而品之純駁，學之淺深，如或貢之。命意幽遠，用情温厚，上也。辭旨儇薄，冶蕩而忘反，醨其性命之理，則大雅君子弗爲也。王少寇述庵先生嘗言：北宋多北風雨雪之感，南宋多黍離麥秀之悲，所以爲高。亡友陽湖張編修皐文爲詞選，亦深明此意。海昌吴君子律以名進士里居著述，輯蓮子居詞話四卷，于前哲及近人論次略備，持論尤雅。閒有考訂古韻，辨證軼事，無不精審詳當。學者之津梁，譚者之園囿也。少寇昔撰續詞綜，於海内詞家，收採靡遺。吾郡陳君鑾本事詞，道古宏富。子律此書，則兼而有之矣。嘉慶二十三年春正月德清許宗彦序。

序

詞學萌芽於唐，根柢於宋。逮國朝而家家香徑，處處紅樓。靡不翦葉爭妍，裁花競巧，淺斟低唱，上掩古賢，猗歟盛矣。雖然，拂弦偶差，匪周郎弗知其誤。吹律不競，微晉曠莫審厥音。吾浙吴子律進士，名高藝苑，才擅花間。爰續草窗之雅談，特編蓮子之詞話。狐腋集衆，雞蹠食千，春風夜月，妙其品題，檀板金樽，如相晤語。且也泝源竟委，沿波討瀾，淄澠之味能分，妃豨之譌必辨，尤足資夫鏡考，匪獨善於琹言。余惭解倚聲，無與正譜，輒手此卷，藉作導師。嗣因蘭友之轉鈔，乃命梓人而重鍥，用詒同好，庶廣流傳云爾。同治十年春二月，永康胡鳳丹月樵氏序于鄂江之退補齋。

蓮子居詞話目錄

卷一

卷二

卷三

卷四

蓮子居詞話卷之一

西林先生論填詞

家西林先生顥芳言：詞之興也，先有文字，從而宛轉其聲，以腔就辭者也。洎乎傳播通久，音律確然，繼起諸詞人，不得不以辭就腔。於是必遵前詞字脚之多寡，字面之平仄，號曰填詞。或變易前詞仄字而平，或變易前詞平字而仄，要於音律無礙。或前詞字少而今多之，則融洽其多字於腔中。或前詞字多而今少之，則引伸其少字於腔外，亦仍與音律無礙。蓋當時作者述者皆善歌，故製辭度腔，而字之多寡平仄參焉。今則歌法已失其傳，音律之故不明，變易融洽，引伸之技，何由而施。操觚家按腔運辭，兢兢尺寸，不易之道也。此論極韙。所謂融洽引伸之旨，實發宜興萬氏樹所未發。先生博極羣書，音律之學，尤具神解。著有吹豳録五十卷，大致仿陳氏樂書，而詳於宋以後文章制度，爲講樂家有物之言。

爲姜夔立傳

餘姚邵二雲晉涵擬作南宋朝事略，以續東都事略，本黄梨洲宗羲重修宋史志也。書未成而卒。竊意南宋朝如姜堯章，尤不可不立傳。儀徵阮雲臺中丞元所録詁經精舍文集中多擬作，可補舊史氏之缺，不特爲東仙、白石小傳搜遺而已。堯章葬杭之西馬塍，在錢唐門外，今莫識其處。清明挈榼，欲仿花山弔柳會，不可得也。

論姜夔旁譜

白石自製曲，其旁注半字譜，共十七調。譜與朱子全集字樣微不同，由涉筆時就各便也。半字之譜，昉自唐以來，陳氏樂書可證。黄泰泉佐因楚辭大招四上競氣之語，謂卽大呂四字、仲呂上字。尋摭穿鑿，不若王叔師舊注爲長。

姜夔畢曲不苟

歌家十六字外，别有疾徐重輕赴節合拍之字，見夢溪筆談，亦半字也。白石此譜，有折有掣，折高半格，掣低半格，於畢曲處尤兢兢不苟，足見當時詞律之細。

太白詞氣體俱高

漢人之詩，渾渾穆穆。魏人之詩，浩浩落落。漢詩高在體，魏詩高在氣。太白詞氣體俱高，詞中之漢魏也。

太白詞不類温方城

唐詞菩薩蠻、憶秦娥二闋，花庵以後，咸以爲出自太白。然太白集本不載。至楊齊賢、蕭士贇註，始附益之。胡應麟筆叢疑其僞托，未爲無見。謂詳其意調，絶類温方城，殊不然。如「暝色入高樓。有人樓上愁」、「西風殘照，漢家陵闕」等語，神理高絕，却非金荃手筆所能。

宋板金荃集

飛卿菩薩蠻二十首，以全唐詩校之，逸其四之一，未審金荃詞所載何如也。長洲顧氏嗣立言所見宋板金荃集八卷，末金荃詞一卷。而其刻飛卿詩，則不及詩餘，益集外詩以傅合宋本卷數，致使零篇賸句，幾與乾𦠆子同不傳，亦可惜已。

温詞着色

飛卿菩薩蠻云：「江上柳如煙。雁飛殘月天。」更漏子云：「銀燭背、繡簾垂。夢長君不知。」酒泉子云：「月孤明，風又起，杏花稀。」作小令不似此着色取致，便覺寡味。

韋詞清空

韋相清空善轉，殆與温尉異曲同工。所賦荷葉杯，真能攄摽擗之憂，發踟躕之愛。

榕園詞韻最確

毛奇齡言：詞本無韻，今創爲韻，轉失古意。西河初不知宋詞韻也，故爲是言。錢塘沈謙取劉淵、陰時夫，而參之周德清韻，併其所分，分其所併，甚至割裂數字，并失廣韻二百六部所屬，誠多可議。萊陽趙鑰、宜興曹亮武次第刊行，均失之也。全椒吴烺學宋齋本小變其面目，終亦沿沈氏誤處。近日海鹽吴應和榕園韻，遵廣韻部目，斟酌分併，平聲從沈氏，上、去以平爲準，入以平、上、去爲準，最確。其中有增益删汰而無割裂，亦屬至是。敢以俟論定者。

菉斐軒詞韻似北曲

菉斐軒詞韻，不著撰者姓氏。平聲立十九韻，次以上、去聲，其入聲即配隸三聲，不另立韻。厲樊榭詩，所謂「欲呼南渡諸公起，韻本重雕菉斐軒」也。顧其書無入聲韻，究似北曲。且既爲南宋時所刊，尤不應有一百六部目也。

學宋齋詞韻

宋朱希真嘗擬詞韻，元陶南村譏其侵尋鹽咸廉纖閉口三韻混入，欲重爲改定。今其書不傳。此亦宋詞韻之可考者。學宋齋本分入聲作四，與希真合，而平、上、去僅止十一，希真則十六也。似仍非有所據而爲之。

詩餘句中韻

戴東原集，詩有瀰濟盈，有鷕雉鳴。釋文，鷕，以水反，鷕從唯得聲，與瀰爲句中韻。下復舉濟盈雉鳴，亦句中韻。後因水譌小，遂有以小反之音。廣韻入三十小，改小作沼，併其所由致譌，幾莫可考。按句中韻，毛詩有此例，東原之言是也。今詩餘如點絳脣次句，東坡云：「今年身健還高宴。」吴琚云：「故人相遇情如故。」舒亶云：「翠華風轉花隨輦。」本七字句，而中間健字、遇字、轉字用韻，亦句中韻。元應次蘧、蕭允之作皆然。此例仿毛詩。

詞有借叶

詞有借叶，借叶有二。否讀府，北讀卜，從方言也。唐及兩宋多有之。若辛幼安歌麻合用，篠有合用，則用古韻。大抵前人韻有不合處，以二者通之，靡不合也。

借叶韻繁

借叶之説興而韻益紊。任取兩宋人所借之韻，因而旁通遞轉，縱逸無歸，古響方音，錯雜並奏，詞又何貴乎韻。所以爲是言者，蓋以著兩宋詞，亦有此例，不獨古經騷賦詩也。家數既殊，體裁斯判，且又止此數字庶幾近之。而有才者，本韻自足，何必然也。

詞忌

詞忌堆積，堆積近縟，縟則傷意。詞忌雕琢，雕琢近澀，澀則傷氣。

萬樹詞宗護法

萬紅友當轇轕榛楛之時，爲詞宗護法，可謂功臣。舊譜編類排體，以及調同名異，調異名同，乖舛蒙混，無庸議矣。其於段落句讀，韻脚平仄間，尤多模糊。紅友詞律，一一訂正，辯駁極當。所論上、去、入三聲，上、入可替平，去則獨異。而其聲激厲勁遠，名家轉摺跌蕩，全在乎此，本之伯時。煞尾字必用何音方爲入格，本之挺齋。均造微之論。

迦陵填詞圖

迦陵填詞圖爲釋大汕傳神，掀髯露頂，真有國士風。旁坐麗人拈洞簫而吹，恍唱「楊柳岸曉風殘月」也。洪昉思、蔣心餘兩先生題曲絶佳。隨筆於此。洪曰：「集賢賓誰將翠管親畫描。這一片生綃。活現陳郎風度好。撚吟髭，慢展霜毫。評花課鳥。待寫就新詞絶妙。君未老。旁坐著那人兒年少。琥珀貓兒墜湘裙低覆，一葉翠芭蕉。素指纖纖弄玉簫。朱唇淺淺破櫻桃。多嬌。暗轉横波，待吹還笑。啄木鸝他聲將啓，你魂便銷。半幅花箋題未了。細烹來陽羨茶清，再添些迷迭香燒。數年坐對如花貌。麗詞譜出三千調。鬢蕭蕭。鬅鬙似戟，輸爾太風騷。玉交枝詞場名噪。赴徵車竟留聖朝。柳七郎已受填詞詔。暫分攜繡閣鸞交。夢魂裏、怎將神女邀。畫圖中、翻把真真叫。想殺他、花邊翠翹。盼殺他、風前細腰。憶多嬌夜正遥。月漸高。誰唱新聲隔柳橋。紙帳梅花人寂寥。休得心焦。休得心焦。明夜飛來畫橈。月上海棠真湊巧。畫圖人面能相照。覷香温玉秀，一樣丰標。按紅牙、月底歡娱，斟緑醑、花前傾倒。把雙蛾掃。向鏡臺燈下，不待來朝。尾聲烏絲總是秦樓調。寶軸奚囊索護牢。怕只怕竝跨青鸞飛去了。」蔣云：「中吕粉蝶兒黯淡冰銷。卷中人一雙遺照。儘流傳把玩魂銷。後視今，今視昔，不勝憑弔。莽風流大抵無聊。寫生時已曾知道。叫聲當日個低徊處，儘人描。細瞧細瞧。看風鬟雲鬢裊。待填成綺麗數篇詞，便留下風情一幅稿。醉春風烏闌紙、慢鋪開，錦地衣、平展着。玉人此處教吹簫。到如今可也老老。莽添來白髮蕭蕭。廝趕上紅顔憔悴，都并入丹青枯槁。迎仙客千金字、五色毫。細認詩人陳檢討。比東坡、對琴操。月夜花朝。消受風光飽。紅繡鞋把筆處、掀髯微笑。搆思時、吟髩斜搔。移宮換羽自推敲。歌來仙史校。傳去解人抄。付卿卿、共評度。普天樂想當初複壁趙岐藏，別舍程嬰保。亡命在、書城筆陣，錦雉如臯。廿年家埋頭伴蠹魚，一旦的曳履遊蓬島。中間吴市學吹簫。攜著個小雲郎，天涯流落。不多時、燕子歸巢。又引新詩做美，多謝梅梢。石榴花玉堂偎傍可兒嬌。不但鄭櫻桃。把酸寒風味變清豪。嬋娟同坐了。雙頰紅潮。一聲聲低和迦陵鳥。酒醒來、何處今宵。助風魔、狂煞諸詩老。問髯翁、豔福怎能消。剔銀燈片時石火光搖。多時粉黛容凋。轉瞬間、聽詩翁題品詩翁弔。捧琅函、仗後人守護堅牢。一任把香篆燒。酒詩澆。可還有低拍紅牙按緑么。蘇武持節一樣古人才調。甚富貴難相較。渾不是畫麟臺容貌，寫淩煙臉腦。燭三條。冰一條。誰家史席紅妝繞。甚處經帷女樂飄。愁鬢刁騷。半生來、送窮文、十易稿。紅衫兒生逐鶯花老。死憑風月弔。魂枉勞。夢枉勞。幻泡從何找。愁也拋。恨也拋。一代才華過了。煞尾畫圖魂、難將前輩招。史書堆、且睡書獃覺。可憐他冷風煙，埋滅盡詩人照。叮囑你個太守收藏，莫令這幻影兒都亡了。」大汕，字石濂，江南人。又曾爲先生作天女散花小像。

李之儀和陳賀黄詞

謝集附王融、沈約、虞炎、柳惲詩。杜集附李邕、賈至、嚴武、高適、郭受、韋迢詩。李之儀姑溪詞，和陳瓘、賀鑄、黄庭堅等作，並録原詞，蓋用此例。

曹杓注清真詞

曹杓，字季中，號一壺居士，注清真詞二卷，見書録解題，今不傳。

和清真詞

和清真詞，有方千里、楊澤民二家，又有陳允平繼周集。余在知不足齋見寫本。

知不足齋寫本詞

知不足齋寫本詞，竹垞詞綜未採者，宋曹冠燕喜詞一卷，袁去華宣卿詞一卷，李好古碎錦詞一卷，趙磻老拙庵詞一卷，元韓奕韓山人詞一卷。

陳經國龜峰詞

宋陳經國龜峯詞皆沁園春調。竹垞詞綜謂嘉熙淳祐間人，未著履歷。知不足齋云：按寶祐四年登科録，第四甲第一百四十八人。陳經國，字伯夫，小字定夫，本貫潮州海陽縣人。詞後有陳所齋跋，稱剛父兄，則又字剛父也。

平韻釵頭鳳

吾鄉許蒿廬先生昂霄嘗疑放翁室唐氏改適趙某事爲出於傅會，說見帶經堂詩話校勘類附識。拜經樓詩話亦以齊東野語所敍歲月先後參錯不足信，與蒿廬說合。則當時仲卿新婦之厄，翁子故妻之情，殆好事者從而爲之辭與。唐氏答詞，語極俚淺，然因知釵頭鳳有換平韻者，紅友詞律又疏巳。

補山中白雲警句

陸輔之詞旨，摘樂笑翁警句十餘條。閱山中白雲，警句殆不止此，因爲之補。能幾番游，看花又是明年。高陽臺。西湖春感。梨花落盡，一點新愁，曾到西泠。慶春宮。都下寒食。十年前事翻疑夢，重逢可憐俱老。臺城路。遇汪菊坡回憶舊遊。折蘆花贈遠，零落一身秋。甘州。別沈堯道，并寄趙學舟。却笑歸來，石老雲荒，身世飄然一葉。疏影。北歸與諸友夜酌。怕依然、舊時歸燕，定應未識江南冷。最憐他、樹底蔫紅不語，背人吹盡。瑣窗寒。旅窗孤寂，雨意垂垂，買舟西渡未能也。未了清遊興，又飄然獨去，何處山川。憶舊遊。寄沈堯道諸公。記小舟夜悄，波明香遠，渾不見、花開處。水龍吟。白蓮。迴潮似咽。送一點愁心，故人天末。臺城路。寄陳文卿。依稀倩女離魂處，緩步出、前村時節。疏影。梅影。江風緊。一行柳陰吹暝。梅子黄時雨。病後別羅江諸友。楊花點點是春心，替風前、萬花吹淚。西子妝慢。野遊江上。雅淡不成嬌，擁玲瓏春意。真珠簾。梨花。恨西風不庇寒蟬，便掃盡、一林殘葉。長亭怨。舊居有感。水痕吹杏雨，正人在、隔江船。木蘭花慢。

舟行。

延露詞時逼秦柳

董東亭潮東皐雜抄，彭羨門晚年自悔其少作，厚價購其所爲延露詞，隨得隨燬。與北夢瑣言載晉和凝事適相類。文人自愛，率復爾爾。然陳王八斗，江郎五色，少宰天才俊艷，弗可及也。詞中如問病云云，閨恨云云，訊使云云，扶病云云，離別云云，旅夢云云，春盡日，有寄云云，螢火云云，蓮花云云，南窗睡覺云云，姿致幽眇，神味綿遠，良由取境高，故時逼秦柳。今人學延露詞，適得其纖佻褻狎之習，非所謂知音。

延露詞時帶辛氣

延露詞亦有兩副筆墨。如華遜來生日云云，長歌云云，酹酒與孫默云云，又時帶辛氣。

辛棄疾別開天地

辛稼軒別開天地，橫絶古今。論、孟、詩小序、左氏春秋、南華、離騷、史、漢、世説、選學、李杜詩，拉雜運用，彌見其筆力之峭。稼軒長短句十二卷，元大德己亥，孫粹然、張公俊刊於廣信書院，余在知不足齋見寫本。

詞品篤論

楊升庵詞品云：詞人語意所到，間有參差，或兩句作一句，或一句作兩句。惟妙於歌者，上下縱橫取協。此是篤論，如曲子家之有活板眼也。東坡「小喬初嫁了，雄姿英發」，「細看來不是楊花，點點是離人淚」等處，皆當以此說通之。若契舟膠柱，徐虹亭所謂聾翁命宮磨蝎，身後又硬受此差排矣。

丹鉛録誤載東坡詞

升庵丹鉛録載東坡詞：「允文事業從容了。要岷峨人物，後先相照。見說君王曾有問，似此人才多少。」引小說高宗問蜀中人才如虞允文者有幾云云。按允文采石之功，在南渡以後。東坡之殁久矣，安得先有此詞。曹石倉蜀中十志因之，略不駁正。說見王阮亭古夫于亭雜録。（按此首姚勉雪坡詞，升庵誤作東坡。）

詞家三聲互叶所祖

詩野有蔓草，首章漙婉願叶。民勞末章，安殘綣反諫叶。江漢末章，首休壽叶。此詞家三聲互叶所祖。

訶梨子

和凝采桑子：「蝤蠐領上訶梨子。」朱竹垞云：訶梨，婦女雲肩也。考雲肩見元史，五代時未得有。此本草訶梨勒子，似橄欖六棱，殆當時婦女領上有此飾，如姚翻日照茱萸領云云也。

奴卽儂之轉聲

古男子稱奴，見世說。唐昭宗「何處是英雄。迎儂歸故宮。」錢竹汀先生大昕養新録引唐詩紀事儂作奴云，奴即儂之轉聲。

黄大輿編梅苑

梅苑十卷，宋黄大輿所編詠梅之詞。後周煇乃集晉宋以後詠梅之詩，作梅史三十卷，未及刊行。大輿，字載萬，碧雞漫志稱其歌詞號樂府廣變風。學高才贍，意深思遠，直與唐名賢相角逐。今不甚傳。漫志有載萬更漏子云：「憐宋玉、許王昌。東西鄰短牆。」數語殊工。宋玉賦稱東鄰之子，即宋玉爲西鄰也。上官儀詩：「東家復是憶王昌。」李商隱詩：「王昌且在牆東住。」韓偓詩：「王昌祇在此牆東。」則王昌爲東鄰。用筆之細，似曾經界兩家過來。煇字昭禮，即撰清波雜志者。

翁元龍詞稱陶郎

有以子卿爲蘇郎、道林爲支郎者，今不記其處。適閱翁元龍絳都春詞「恨他情淡陶郎，舊緣較淺」，爲之捧腹。詩文中如阮籍稱阮公、謝朓稱謝公，尚不得借用阮郎謝郎。況陶公素望巍巍，忽被江淹、沈約之呼，其何以稱。

蜜燭即蠟燭

西京雜記，南越王獻高帝蜜燭二百枚，即蠟燭也。翁元龍詞「花嬌半面，記蜜燭夜闌，同醉深院」用此。

查繼佐耽音律

查東山先生繼佐以名孝廉負盛譽於時。性耽音律，聲伎登場，且色皆以些爲名。有柔些者尤妙絕。汪蛟門楫製春風裊娜以贈云：「看先生老矣，兀自風流。圍翠袖，昵紅樓。羨香山、攜得小蠻樊素，玉簫金管，到處遨遊。舞愛前溪，歌憐子夜，記曲孃還數阿柔。戲罷更教彈絕調，氍毹端坐撥箜篌。新製南唐院本，衣冠巾幗，抵多少、優孟春秋。拖六幅，掩雙鉤。英雄意態，兒女嬌羞。燈下紅兒，真堪銷恨，花前碧玉，耐可忘憂。是鄉足老，任悠悠世事，爛羊作尉，屠狗封侯。」下半指先生新製鳴鴻度等樂府也。先生遇吴順恪事，觀其自著敬修堂同學出處偶記，似有出於傳聞之過者。然當時已有「不羨林宗知孟敏，還同李白識汾陽」之語，傳聞亦非盡無因也。蔣心餘士銓雪中人傳奇，敍事頗核，惟誤其名作培繼。培繼，字玉望，先生族弟也。緺雲石，今歸吾鄉扶風氏。

王昭儀題驛壁詞

王昭儀題驛壁詞，結語爲文山所諷。後抵北，乞爲女道士，號沖華，卒不得與陳朱二夫人比烈。觀文山之惜昭儀，卽以見文山審擇自處，蓋已有素，安得重有黄冠之請，與昭儀同符耶。趙翼陔餘叢考，謂當以心史爲據，宋史誣爲文山云云，記載失實。然心史記文山事，他亦未可盡信。徐乾學通鑑後編考異，謂姚士粦所僞托也。昭儀詞，陳霆渚山堂詞話云，宮人張瓊英作。

詩女史記少游女詩不可信

詩女史載靖康間題驛壁詩：「眼前雖有還鄉路，馬上曾無放我情。」爲秦少游女。考少游女適范祖禹子仲温，所謂「山抹微雲女壻」也。與其妾紅鸞，俱不聞有流離事。而少游又不聞有第二女。詩女史之說，與宋詩紀事所引梅磵詩話，概不可信。祖禹謚正獻，見困學紀聞，宋史失載。

滹南論坡詞

王從之若虛，自號慵夫，稾城人。金承安二年進士。博學好持論，多爲名流所推服。生平論詩，大抵本其舅周德卿昂之說。不喜涪翁而尊坡公，嘗言：「坡公，孟子之流，涪翁則楊子法言而已。」著有滹南詩話，間及詩餘，亦往往中肯。云陳後山謂坡公以詩爲詞，大是妄論。蓋詞與詩只一理，自世之末作，習爲纖豔柔脆，以投流俗人之好。高人勝士，或亦以是相矜，日趨於委靡，遂謂其體當然，而不知其弊至於此也。顧或謂先生慮其不幸而溺焉，故援而止之，特寓以詩之法。斯又不然。公以文章餘事作詩，又溢而作詞，其揮霍遊戲所及，何矜心作意於其間哉。要其天資高，落筆自超凡耳。此條論坡公詞極透徹。髯翁樂府之妙，得滹南而論定也。

七絶歌法

唐七言絶歌法，若竹枝、柳枝、清平調、雨淋鈴、陽關、小秦王、八拍蠻、浪淘沙等闋，但異其名，卽變其腔。至宋而譜之，存者獨小秦王耳。故東坡陽關曲借小秦王之聲歌之。漁隱叢話云：小秦王必雜以虛聲乃可歌。此卽樂府指迷所謂教師唱家之有襯字。其中二十八字爲正格，餘皆格外字，以取便於歌，如古樂府妃呼豨云云。凡七言絶皆然，不獨小秦王也。元人歌陽關衍至一百餘字，想亦借小秦王之聲，非當時裂笛之舊已。

填詞不別用襯字

唐七言絕歌法，必有襯字以取便於歌。五言六言皆然，不獨七言也。後并格外字入正格，凡虛聲處，悉填成辭，不別用襯字，此詞所繇興已。沈存中云：托始於王涯。又云：前貞元、元和間，爲之者已多。陸務觀云：倚聲製辭，起於唐之季世。

竹垞詠遼后洗妝樓詞

王鼎焚椒録，甚穢褻，不足道。然其載蕭后被寃誣始末，與史志異同，詳略互見，堪資考訂。自古宮闈之獄，未有甚於后者。所惜耶律乙辛，張孝傑剖棺戮屍，時鼎尚在，不爲之補敍，以快讀者，亦紀事家未了案也。朱竹垞詠遼后洗妝樓詞：「回心院子，問殿脚香泥，可留蕭字。懷古情深，焚椒尋蠹紙。」直以洗妝樓屬道宗蕭后也。

周邦彦得罪之由

小說，周美成以少年游得罪外謫。考浩然齋雅談，周時爲太學生，因此詞遂與解褐，未有外謫之事。既而上問六醜之義，教坊使袁裪進曰：「起居舍人新知潞州周邦彦所作也。」召而訊之，對曰：「此犯六調，皆聲之美者，然絕難歌。昔高陽氏有子六人，才而醜，故以比之。」上喜，意將留行。會起居郎張果與之不咸，廉知周嘗於親王席上賦詞贈歌鬟，爲蔡京道其事。上知之，自此得罪。是周之得罪，由於張果。蔡京之譖，非爲少年遊詞，因親王席上妓，非師師也。弁陽翁之言，較小說家差覈實可據。六醜，楊用修易爲箇儂，殆未喻清真之義耶。

賀鑄爲宋之武臣

劉後村跋總管徐汝乙詩，以賀鑄爲宋之武臣。而老學庵筆記稱其喜校書，丹黄不去手，詩文皆高，不獨詞也。古之武臣工詩文者有矣，若丹黄好典籍，惟方回耳。繫年要録，紹興二年正月甲子，詔平江府守臣市賀鑄家所鬻書，以實三館。二月戊午，將仕郎賀廩獻書五千卷，詔吏部添差，廩監平江府糧料院。廩，鑄子也。鑄二子，曰房、曰廩，隱方回二字於中。房不可考。

西麓竹山品誼高

陳西麓嘗爲制置司參議官。宋亡，有告慶元遺老通於海上，西麓爲魁，幸而得脫。蔣竹山，元大德間憲使臧夢解、陸垕交章薦其才，卒不起。生平著述，多以義理爲主，有小學詳斷。觀二公軼事，足見品誼之高，不止爲填詞家也。

詞襲前人語

詞有襲前人語而得名者，雖大家不免。如方回「梅子黄時雨」，耆卿「楊柳岸曉風殘月」，少游「寒鴉數點，流水遶孤村」，幼安「是他春帶愁來，春歸何處，却不解帶將愁去」等句，惟善於調度，正不以有藍本爲嫌。

黄昇考證疏

東坡守錢塘，毛滂爲法曹掾。既辭去，以贈妓惜分飛詞，激賞於東坡，遂折柬追回，留連數月。說見黄昇絕妙詞選。按東坡集施元之註，元祐初，公在翰苑，滂自浙入京師，以詩文謁見。公出守錢塘，滂適爲掾云云。是公與滂在翰苑日已知之，不自守錢塘始也。公尺牘中答滂者七，其一、其二皆翰苑時作，尤爲可據。至滂在元祐初爲知名士，同時如孫使君、賈耘老、沈文伯咸與交。以公之禮賢愛才，顧俟既去，始見其詞而激賞追回，應無是理。昇南宋人，考證若是之疏，不可解也。

劉煇誣歐公

歐陽公知貢舉，爲下第舉子劉煇等所忌，作醉蓬萊、望江南誣之。按煇，原名幾，字之道，鉛山人，嘉祐四年進士。公素惡其文，及是以堯舜性仁賦爲公所賞，見文獻通考。是煇後仍出歐陽公之門矣。

范公漁家傲得東山詩意

范公漁家傲，自得東山詩意。小序：「君子之於人，序其情而閔其勞，所以悦也。」必以六月、采芑繩之，無乃非姬公之志與。瞿佑歸田詩話，襲窮塞主之説，言公以總帥而出此語，宜乎士氣不振，而無成功。

書生之見，真足噴飯。

韓侂胄索陸游詞

四朝聞見録，放翁致仕後，韓侂胄固欲其出，公勉應之。侂胄喜附己，至出所愛四夫人擘阮起舞，索公爲詞，有「飛上錦裀紅縐」之語。今放翁集無此詞。四夫人，侂胄新進之妾，亦見四朝聞見録。詞林紀事引續資治通鑑張、譚、王、陳四知郡夫人者，誤也。

辛棄疾不附和韓侂胄

宋史，辛棄疾附和韓侂胄開兵端，見侂胄傳，而棄疾本傳不載，蓋傳聞之誣，謝疊山已曾辯之。夫稼軒當宋末造，以文章氣節自命，交遊如朱晦翁、陳同甫、党懷英輩，皆一時儒碩俊雄，而死後又若與疊山有冥契焉，偉矣。曾生前不及華岳、葉洪之徒，而附和侂胄以希榮乎。至劉改之西江月、清平樂等闋，真與劉後村啓，並騰笑千古矣。

史彌遠專權

史彌遠專權三十餘年，威焰聲勢，尤甚於侂胄，而宋史不入奸臣傳。豈以弛僞學之禁，而爲之諱哉。乃僞學禁弛，旋禁其士大夫作詩，益可笑已。江湖集詩餘凡二家，殆卽瀛奎律髓所謂孫花翁之徒，改業而爲詞與。陳宗之書肆名芸居樓，在今杭城之弼教坊。吳夢窗丹鳳鳴詞，感芸居樓而作。

梅村閨詞

梅村閨詞：「煙鎖畫橋人病。燕子玉關歸信。」詠別詞：「廉纖細雨綠楊舟。畫閣玉人垂手。」尋常吐屬，自不作三家村語。

南宋諸老擅長詠物詞

詠物雖小題，然極難作，貴有不粘不脱之妙，此體南宋諸老尤擅長。姜白石蟋蟀云：「候館迎秋，離宫弔月，别有傷心無數。」高竹屋梅云：「雲隔溪橋人不度，的皪春心未縱。又開遍西湖春意爛，算羣花正做江山夢。」史梅溪春燕云：「還相雕梁藻井，又軟語商量不定。飄然快拂花梢，翠尾分開紅影。」王碧山春水云：「别君南浦，翠眉曾照波痕淺。再來漲綠迷舊處，添却殘紅幾片。」蟬云：「病翼驚秋，枯形閲世，消得斜陽幾度。」櫻桃云：「薦筍同時，歎故園春事，已無多了。貯滿筠籠，偏暗觸、天涯懷抱。謾想青兒初見，花陰夢好。」張玉田春水云：「和雲流出空山，甚年年淨洗，花香不了。」孤雁云：「寫不成書，只寄得相思一點。」數語刻畫精巧，運用生動，所謂空前絶後矣。

詞貴雅正

張玉田云：「詞貴雅正，如周美成『最苦今宵，夢魂不到伊行。天便教人，霎時廝見何妨』，『許多煩惱，只爲當時一晌留情』，所謂變淳泊爲澆漓矣。」韙哉是言。雅俗正變之殊，學者誠不可不辨。銷魂當此際，東坡所以致誚於少游也。

邊廷實詩詞

邊廷實詩：「自聞秋雨聲，不種芭蕉樹。」爲王元美所誚，以芭蕉無樹名。朱竹垞云：芭蕉樹，出維摩詰經，固不止王阮亭所舉花間詞，笑指芭蕉林裏住，可通融也。廷實又有詞云：「亭上雨來人欲去。爲怕離聲，不近芭蕉樹。」

楊孟載詞纖巧

王元美摘楊孟載「尚短柳如新折後，已殘梅似半開時」，謂類浣溪沙詞。朱竹垞又舉「細柳已黄千萬縷，小桃初白兩三花」、「雨頡風頏枝外蝶，柳遮花映樹頭鶯」、「花裏小樓雙燕入，柳邊深巷一鶯啼」、「眉暈淺顰横曉緑，臉消殘纈膩春紅」、「小雨送花青見蔕，輕雷催笋碧抽尖」等句，執是以例，其不爲浣溪沙者幾何，豈獨孟載哉。大抵孟載未洗元人之習，詩多工秀輕俊。工秀之極，形爲纖巧，輕俊之過，流於卑弱，勢所必至。至如「白鷺下田千點雪，黄鶯上樹一枝花」，益乖大雅矣。

詩餘名義緣起

詩餘名義緣起，始見宋王灼碧雞漫志。至明楊慎丹鉛録，都穆南濠詩話，毛先舒填詞名解，因而附益之。今知不足齋叢書所刻碧雞漫志，頗有舛誤，疑非善本。

蘇辛以琴曲入詞

醉翁操本琴曲，今入詞，傳詞亦止蘇辛兩首。

梁貢父詞灑脱有致

山谷云：「春歸何處。寂寞無行路。若有人知春去處。喚取歸來同住。」通叟云：「若到江南趕上春，千萬和春住。」碧山云：「怕此際春歸，也過吴中路。君行到處，便快折河邊千條翠柳，爲我繫春住。」三詞同一意，山谷失之笨，通叟失之俗，碧山差勝。終不若元梁貢父云：「拚一醉留春，留春不住，醉裏春歸。」爲灑脱有致。

吴彦高用韻謹飭有法

吴彦高爲中州樂府之冠，不特詞高，其用韻亦謹飭有法。如人月圓專用麻韻，春從天上來專用青韻，滿庭芳專用鹽韻，皆用廣韻。卽風流子陽、唐並用，祇就近通融，不擱入江也。

古詞不全

古來詞不全者：後蜀主孟昶洞仙歌令，花蕊夫人采桑子，宋司馬棫女鬼黄金縷，戴復古妻祝英臺近，無名子唐多令，明張紅橋蝶戀花，小青南鄉子。

詞不全而並亡調名

詞不全而並亡調名者，唐杜牧「正銷魂梧桐又移翠陰」，吳越王錢俶「金鳳欲飛遭掣搦。情脈脈。行郎玉樓雲雨隔」。南唐潘佑「樓上春寒花四面。桃李不須誇爛漫。已失了東風一半」。宋陸游「飛上錦裀紅縐」，王安石妻吳國夫人「待得明年重把酒。攜手。那知無雨又無風」。

調名師師令非因李師師

張子野師師令，相傳爲贈李師師作。按子野天聖八年進士，見齊東野語。至熙寧六年，年八十五，見東坡集。熙寧十年，年八十九卒，見吳興志。自子野之卒，距政和、重和、宣和年間，又三十餘年，是子野已不及見師師，何由而爲是言乎。調名師師令，非因李師師也。好事者率意附會，并忘子野年幾何矣，豈不疎與。

周必大贈小瓊詞

歌者小瓊，石湖居士所謂三傑之一也。周益公贈以點絳脣詞。按益公夫人極妬，韋居聽輿載其事，頗足發哂。南宋相眼，益公有侍妾曰芸香，姓孫氏，錢唐人，能爲新聲，豈即夫人所妬之媵與。厲樊榭云：益公，宋史紹興二十年進士，據咸淳臨安志，紹興二十一年趙逵榜，宋史誤也。

史邦卿爲詞中俊品

史邦卿奇秀清逸，爲詞中俊品，張功甫序其集而行之，乃甘作權相堂吏，身敗名裂，卒與耿檉、董如璧輩，並送大理，何其誖也。新安程有徽以進士第，久滯選調，侂胄招而館之南園。程經年不與朝士大夫接，朝士大夫亦無知之者。初未嘗從侂胄求官，侂胄欲授以掌故，程不顧也。侂胄既敗，拂袖歸，人方知之而憐之，不謂侂胄黨也。邦卿顧不出此，而爲蘇師旦之續，至使雕華妙手，姓氏不見録于文苑中。其才雖佳，其人無足稱已。樓敬思儼科目困人之語，非持平之論。

周黄咏梨花詞

周美成咏梨花云：「傳火樓臺，妒花風雨，長門深閉。亞簾櫳半濕，一枝在手，偏勾引黄昏淚。」用深閉門及一枝春帶雨意，圓轉工切。黄德夫則云：「一春花下，幽恨重重。又愁晴，又愁雨，又愁風。」却絶不使梨花事，然何嘗不是梨花耶。

蓮子居詞話卷之二

易安居士蒙詬抱誣

妃子沼吳，重歸少伯。美人亡息，再醮荆王。簡帙工訛，殊難理遣。世傳易安居士再適張汝舟，卒至對簿，有與綦處厚啓云云，爲時訕笑。今以金石録後序考之，易安之歸德甫，在建中辛巳，時年一十有八。後二年癸未，德甫出仕宦越。二十三年靖康丙午，德甫守淄川。其明年建炎丁未，奔母喪。又明年戊申，德甫起復，知建康府。又明年己酉春，罷職。夏，被旨知湖州。秋，德甫遂病不起。時易安年四十有六矣。越五年，紹興甲寅，作金石録後序，時年五十有一。其明年乙卯，有上韓胡二公詩，猶自稱閭閻嫠婦，時年五十有二。豈有就木之齡已過，隳城之淚方深，顧爲此不得已之爲，如漢文姬故事。意必當時嫉元祐君子者，攻之不已，而及其後。而文叔之女多才，尤適供謠諑之喙。致使世家帷簿，百世而下，蒙詬抱誣，可慨也已。

易安再適不可信

易安居士再適張汝舟，卒至對簿，有與綦處厚啓云云。宋人説部，多載其事。大抵彼此衍襲，未可盡信。宋史李文叔傳附見易安居士，不著此語。而容齋去德甫未遠，其載於四筆中，無微辭也。且失節之婦，子朱子又何以稱乎。反覆推之，易安當不其然。

易安武陵春

易安武陵春，其作於祭湖州以後歟。悲深婉篤，猶令人感伉儷之重。葉文莊乃謂語言文字，誠所謂不祥之具，遺譏千古者矣，不察之論也。南康謝蘇潭方伯啓昆詠史詩云：「風鬟尚怯胥江冷，雨泣應含杞婦悲，回首靜治堂舊事，翻茶校帖最相思。」措語得詩人忠厚之致。

易安淑真均善於言情

易安「眼波纔動被人猜」，矜持得妙。淑真「嬌癡不怕人猜」，放誕得妙。均善於言情。

言情以雅爲宗

言情以雅爲宗，語豐則意尚巧，意褻則語貴曲。顧敻訴衷情云云，張泌江城子云云，直是傖父脣舌，都乏佳致。

言情之詞必藉景色映托

言情之詞，必藉景色映托，迺具深宛流美之致。白石「問後約、空指薔薇，嘆如此溪山，甚時重至。」又「想文君望久　倚竹愁生步羅韤。歸來後翠尊雙飲，下了珠簾，玲瓏閒看月。」似此造境，覺秦七、黄九尚有未到，何論餘子。

詞律失考

紅友詞律，如南歌子、荷葉杯等體，多注雙調。西林先生云：雙調乃唐宋燕樂二十八調、商聲七之一曲之大段名也。詞中雨淋鈴、何滿子、翠樓吟，皆入雙調。萬氏失攷，誤以再疊當之，有此卮言。

林外用古韻

林外洞仙歌，見四朝聞見録。外，紹興三十年進士，著嬾窟類藁。齊東野語稱其入西湖酒肆，傾倒錢篋，循環無窮，時人驚傳酒肆有神仙至云云。與聞見録所載題垂虹橋事，遊戲奇譎，仿佛同之。海鹽張詠川宗橚詞林紀事言此闋用篠、嘯韻，後段我字過字鎖字用哿、箇韻。古以魚、虞、蕭、肴、豪、歌、麻、尤八韻爲角聲，皆可通轉，此用古韻，不獨方言也。

以方言合韻

以方言合韻，不獨林外詞。韓玉賀新郎、卜算子，程珌滿庭芳、減字木蘭花，趙長卿水龍吟，與黄魯直「老子平生，江南江北，最愛臨風笛」，借叶瀘邛間音均，詞家用韻變例。

浣溪沙

周官內司服素沙。鄭注：今之白縳也。按沙，古紗字，今詞名浣溪沙，作沙是也。縳，聲類以爲今正絹字。

無名氏同調異名録

臨江仙一名雁後歸，見東山寓聲樂府。江城梅花引一名攤破江神子，見書舟詞。八聲甘州一名瀟瀟雨，鳳凰閣一名數花風，霜葉飛一名鬬嬋娟，見山中白雲。朝天子一名朝天紫，見詞品。十六字令一名花嬌女，如夢令一名小梅花，天仙子一名萬斯年，點絳脣一名十八香，思歸樂一名二色宮桃，朝玉階一名散天花，青玉案一名客中憶，夢行雲一名六么花十八，倒犯一名吉了犯，見無名氏同調異名録。此紅友詞律所未載。

明人自度腔

紅友詞律，于明人自度腔概置弗録。既録金元製矣，何獨于明而置之。謂律呂有未協，又安知律呂之必不協也。竊意王太倉之怨朱絃、小諸臯，楊新都之落燈風、誤佳期，徐山陰之鵲踏花翻，陳華亭之闌干拍，皆當補列。惟湯臨川添字昭君怨，本出傳奇，宜從乾荷葉、小桃紅例，以示界限。

沈毛自度曲

滿鏡愁，仁和沈謙自度曲也。撥香灰，錢唐毛先舒自度曲也。

張炎絶句

袁桷延祐四明志載張炎題腰帶水絶句云：「犀繞魚懸事已非。水光猶自濕雲衣。山中幾日渾無雨，一夜溪痕又減圍。」趙谷林稱其語意佳絕。按叔夏詩，朱竹垞曾見於金陵，後不可得。其詞源上下卷，今江都有刊本。

張炎題墨蒲萄畫卷

張叔夏題曾心傳藏温日觀墨蒲萄畫卷詞，山中白雲失載。曾與叔夏交最深，集中故多寄贈之作。温號知歸子，宋末僧也。詞云：「想不勞、添竹引龍鬚，斷梗忽傳芳。記珠懸潤碧，飄飄秋影，曾印禪窗。詩外片雲落莫，錯認是花光。無色空塵眼，霧老烟荒。一蒴静中生意，任前看冷淡，真味深長。有清風如許，吹斷萬紅香。且休教夜深人見，怕誤他、看月上銀牀。凝眸久，却愁捲去，難博西涼。」係甘州調。叔夏亦工墨水仙，當時謂得趙子固瀟灑之意。

竹垞得力於樂笑翁

竹垞自云：「倚新聲，玉田差近。」其實玉田詞疎，竹垞謹嚴。玉田詞淡，竹垞精緻。殊不相類。竊謂小長蘆撮有南宋人之勝，而其圓轉瀏亮，應得力於樂笑翁耳。

茗柯

竹垞橄欖詞：「更憶夜闌時，配取茗柯消殘醉，滿傾壇盞。」用世説劉尹茗柯有實理語。按世説賞譽篇注，柯一作杇，又作仃，又作打。吾友陳仲魚鱣云：作杇是也。仃打別字。任誕篇，茗艼，即茗杇也。晉書山簡傳作酩酊，乃俗字。茗艼蓋形容其頹唐。晉書張憑傳，憑勃窣爲理窟，亦卽茗艼有實理之義。仲魚又嘗辨文選潘岳閑居賦注引安革猛詩，革猛爲韋孟之譌，安羡文。錢宮詹載其說入養新録。

竹垞詠物

竹垞詠物，不減南宋諸老。李秋錦催雪詠珍珠蘭，惜秋華詠牽牛花，李耕客珍珠令詠珥，解連環詠釧，瑶花詠玉繡毬等作，細意熨貼，雖茶煙閣體物，亦無以過也。

秋錦筍詞

嘉興人家，蠶時忌筍，以音同損也。秋錦筍詞：「猶憶曉垞烟際。山童擔向水寺。正採桑時候，除了蠶娘，更無人諱。」運俗事極雅。秋錦原名虞兆漋，海鹽籍。全謝山祖望詞科摭言冀祓塘璐吏垣牘略兩名並列，俱屬謬誤。見李敬堂集鶴徵録。

耕客寫帆影

耕客耒邊詞：「忽遮紅日江樓暗，只認是涼雲飛度。待翠蛾簾底憑看，已過幾重煙浦。」寫帆影，真入神之筆。

王价人深於詞

嘉興王价人翃，爲梅里風雅之倡，尤深于詞。相傳价人少失學，論孟不卒讀。弱冠偶覽琵琶傳奇，輒欣然會意曰，此無難。即據案唔唔學填詞，竟合調，積三千餘篇。族弟邁人庭守粤，捆載以往。舟次瑞洪鎮，鎮有張睢陽公廟，即鄱陽湖神也。凡渡湖者，祀廟始發。价人以公義炳千秋，功撐半壁，陰司楚粤之靈封，默相風濤之巨險，自應軫民財而紓物力。乃明禋之侈，同于暴殄，神意當不其然。因爲文祭告焚之。旋解維，不數里，遇盜，价人赴水僅脱。盜取篋衍，盡投諸湖。迨抵粤署，日夕記憶不可得。鬱鬱居歲餘，復積百闋緘之。歸到家後發視，碎如刀劃，蝕如蟲嚙，殆無完紙。此事絶異，真理之不可解者。价人買妾，難婦也，逢其故偶，還之，作滿庭芳以贈。

侯彭老詞

陳東率諸生上書，論者以比賈誼之痛哭，然其先固已有之。徽宗建中靖國元年，長沙侯彭老以太學生上書得罪，詔歸本貫，綴詞別同舍，事見清波雜志。今人知有陳東，不知有侯彭老也。詞云：「十二封章，三千里路。當年走遍東西府。時人莫訝出都忙，官家送我還鄉去。三詔出山，一言悟主。古人料得皆虛語。太平朝野總多歡，江湖幸有寬閒處。」

遼詩話載宋高麗詞

吾鄉周松靄先生春著遼詩話，爲沈歸愚先生所賞，稱其事典而核，語贍而雅。所載宋高麗詞十四闋，足以備徵文而資數典，因録之，並附句讀。太平年云：「皇州春滿羣芳麗。韻 散異香旖旎。叶 鼇宮開宴賞佳致。叶 舉笙歌鼎沸。叶 盡日遲遲和風媚。叶 柳色煙凝翠。叶 惟恐日西墜。叶 且樂歡醉。叶」金盞子令云「東風報暖，句到頭佳氣漸融怡。韻 巍峨鳳闕，句起鼇山萬仞，句争聳雲涯。叶 梨園子弟，句齊奏新曲，句半是塤篪。叶 見滿筵簪紳醉飽，句頌鹿鳴詩。叶」獻天壽云：「日暖風和更遲。韻 是太平時。叶 我從蓬島整容姿。叶來降賀丹墀。叶 幸逢鐙節真佳會，句 喜近天威。叶 神仙壽算好無期。叶 獻君壽，句 萬千斯。叶」慶金枝令云：「莫惜金縷衣。韻 勸君惜、讀少年時。叶 花開堪折直須折，句莫待折空枝。叶 一朝杜宇纔鳴後，句便從此、讀歇芳菲。叶 有花有酒且開眉。叶莫待滿頭絲。叶」風中柳令云：「愛鬢雲長，句惜眉山翠，句昨相見一時眠起。韻 爲伊尚未。叶 欲將言相戲。叶 早尊前會人深意。叶 霎時間阻，句眼兒早巴巴地。叶 便也解封題相寄。叶 怎生是款曲，終成連理。叶 管勝如舊來識底。叶」行香子慢云：「瑞景光融。韻煥中天霽煙，佳氣葱葱。叶 皇居崇壯麗，句金碧輝空。叶 彤霄外、讀瑤殿深處，句簾捲花影重重。叶 迎步輦幾簇真仙，句賀慶壽新宮。叶 方逢。叶聖主龍飛正休盛，句大甯朝野歡同。叶 何妨宴賞，句奉宸意慈容。叶 韶音接、讀霞觴將進，句蕙爐飄馥香濃。叶 長願承顔，句 千秋萬歲，句 明月清風。叶」雨中花慢云：「宴闋倚闌，句郊外乍别芳姿，句醉登長陌。韻 漸覺聯綿離緒，句淡薄秋色。叶 寶馬嘶頻，句寒蟬噪晚，句正傷行客。叶 念少年蹤跡。叶 風流聲價，句淚珠偷滴。叶 從前與酒朋花侶，句鎮賞畫樓瑤席。叶今夜裏清風明月，句水郵山驛。叶 往事悠悠如夢，句新愁苒苒如織。叶 斷腸望極。叶 重逢何處，句暮雲凝碧。叶」萬年歡慢云：「禁籞初晴。韻見萬年枝上，句 巧囀鶯聲。韻藻殿連雲，句 萍曦高照簷楹。叶 好是簾開麗景，句裊金爐、讀香暖煙輕。叶 傳呼道天蹕來臨，句兩行拱引簪纓。叶 看看筵敞三清。叶 洞寶玉杯中，句滿酌犀觥。叶 爛漫芳葩，句斜簪慶快春情。叶 更有簫韶九奏，句簇魚龍、讀百戲俱呈。叶 吾皇願久保洪圖，句四方長樂昇平。叶」百寶妝云：「一抹弦器，句初宴畫堂，句琵琶人抱當頭。韻髻雲腰素，句仍占絕風流。叶輕攏慢撚生情態，句翠眉顰、讀無愁還似愁。叶變新聲自成濩索，句還共聽，句奏梁州。叶彈到遍急敲頻，句分明似話，句爭知指面纖柔。叶坐中無語，句惟斷續金虬。叶曲終暗會王孫意，句轉步蓮、讀徐徐卸鳳鉤。叶捧瑤觴爲喜知音，句勸佳人沈醉遲留。叶」惜花春起早慢云：「向春來覩園林繡出，句滿檻鮮萼。韻流鶯海棠枝上弄舌，句紫燕飛繞池閣。叶三眠細柳，句垂萬條羅帶柔弱。叶爲思量昨夜，句去看花猶自斑駁。叶須拚盡日尊前，句當媚景良辰，句且恁歡謔。叶更闌夜深，句秉燭對花酌。叶莫孤輕諾。叶鄰雞唱曉，句驚覺來連忙梳掠。叶向西園惜羣葩，句恐怕狂風吹落。叶」水龍吟令云：「洞天景色長春，句嫩紅淺白開輕萼。韻瓊筵鎮起，句金爐煙重，句香凝錦幄。叶窈窕神仙，句妙呈歌舞，句攀花相約。叶彩雲月轉，句朱絲網除，句任語笑、讀拋毬樂。叶繡袂風翻鳳舉，句轉星眸、柳腰柔弱。叶頭籌得勝，句歡聲近地，句花光容約。叶滿座嘉賓，句喜聽仙樂。叶交傳觥爵。叶龍吟欲罷，句彩雲搖曳，句相將去、讀歸寥廓。叶」水龍吟慢云：「玉皇金闕長春，句民仰高天欣戴。韻年年一度定佳期，句風情多感慨。叶綺羅競交會。叶爭折花枝兩相對。叶舞袖翩翩歌舞，句妙撩粉面，句斜窺翠黛。叶錦額門開，句綵架毬兒，句當先誘神仙隊。叶融香拂席，句舞霓裳、讀動鏗鏘環珮。叶寶座巍巍，句五雲密、讀歡呼爭拜。叶退管弦，衆作欲歸去，句願吾皇萬年恩愛。叶」金盞子云：「麗日舒長，句正蔥蔥瑞氣，句徧滿神京。韻九重天上，句五雲開處，句丹樓碧閣崢嶸。叶繁宴初開，句錦帳繡幕交橫。叶應上元佳節，句君臣際會，句共樂昇平。叶廣庭羅綺紛盈。叶動一部笙歌盡新聲。叶蓬萊宮殿神仙景，句浩蕩春光，句邐迤玉城。叶煙收雨歇，句天色夜更澄清。叶又千尋火樹鐙山，句參差帶月鮮明。叶」千秋歲引云：「想風流態，句種種般般媚。韻恨別離時太容易。叶 香牋欲寫相思意。叶 相思淚滴香牋字。叶 畫堂深，句銀燭暗，句重門閉。叶 似當日歡娛何日遂。叶 願早早相逢重設誓。叶 美景良辰莫輕棄。叶 鴛鴦帳裏鴛鴦被。叶 鴛鴦枕上鴛鴦睡，句似恁地，句長恁地，句千秋歲。叶」以上風中柳令、雨中花慢、萬年歡慢、水龍吟令、千秋歲引五闋，與宋樂府亦不甚異。

丁誠齋編歌詞自得譜

唐四聲二十八調，自宋以後，移併裁減，沿稱某宮某調。所謂某宮某調者，曲之大段名。凡詞統入諸調中。宮調之理，近莫可曉。明成化間，丁誠齋文頫自號秦淮漁隱。編歌詞自得譜數十卷，如李太白「簫聲咽」，司馬才仲「妾本錢塘江上住」，蘇子瞻「大江東去」，李易安「蕭條庭院」，皆注明某宮某調，及十六字法，足備攷訂，然亦安能質前人於異代而信其必然也。

樂府指迷

樂府指迷本爲沈伯時撰，今相傳張玉田樂府指迷，與陸輔之詞旨並行者，實卽玉田詞源下卷也。

度曲之度當讀入聲

度曲之度，今人去聲讀，而不知當從入聲讀也。漢書元帝贊：「自度曲，被歌聲」。註：度，音大各反，其義爲隱度之度，非過度之度。以此知古文苑宋玉笛賦「度曲羊腸」，文選張衡西京賦「度曲未終」，均讀如漢書贊。

少游遣姬

秦少游姬人邊朝華，極慧麗，恐礙學道，賦詩遣之，白傅所謂「春隨樊素一時歸」也。未幾南遷，過長沙，有妓生平酷慕少游詞，至是托終身焉。少游有「郴江幸自遶郴山，爲誰流下瀟湘去」云云。繾綣甚至。豈情之所屬，遽忘其前後之矛盾哉。藉令朝華聞之，又何以爲情。及少游卒於藤，喪還，妓自縊以殉。此女固出婁婉、陶心兒上矣。

蕭淑蘭詞

蕭淑蘭寄張世英詞「妾意爲君多，君心棄妾那。」押虛字古雅。此左氏傳棄甲則那之那，訓何也。若後漢書公是韓伯休那，乃語助，當去聲讀。

劉伯壽花發狀元紅慢

劉伯壽花發狀元紅慢一百二字，紅友詞律失載。伯壽名几，洛陽九老之一，石林燕語所謂戴花劉使也。神宗朝，官祕書監。時洛陽花品以狀元紅爲冠，几致仕後，攜歌工花日新就妓部懿家賞讌，乃撰此曲。詞云：「三春向暮，萬卉成陰，有嘉豔方坼。嬌姿嫩質。冠羣品，共賞傾城傾國。上苑晴晝暄，千素萬紅尤奇特。綺筵開，會詠歌才子，壓倒元白。別有芳幽苞小，步障華絲，綺軒油壁。與紫鴛鴦、素蛺蝶，自清旦、往往連夕。巧鶯喧翠管，嬌燕語雕梁留客。武陵人，念夢役意濃，堪遺情溺。」郜懿，李定母。宋同時有三李定，此紉東坡之李資深也。

詞律遺漏

詞八百二十餘調，二千三百餘體。紅友詞律録止六百六十餘調，千百八十餘體，則此外滲漏正多矣。姑就其所見之尤可誦者抄之。袁宣卿劍器近九十六字：「夜來雨。賴倩得、東風吹住。海棠正妖嬈處。且留取。悄庭户。試細聽、鶯啼燕語。分明共人愁緒。怕春去。佳樹。翠陰初轉午。重簾未捲，乍睡起、寂寞看風絮。偷彈清淚寄煙波，見江頭故人，爲言憔悴如許。彩牋無數。去却寒暄，到了渾無定據。斷腸落日千山暮。」元遺山小聖樂七十五字：「緑葉陰濃，遍池亭水閣，偏趁涼多。海榴初綻，朵朵蹙紅羅。乳燕雛鶯弄語，對高柳鳴蟬相和。驟雨過。似瓊珠亂撒，打徧新荷。人世百年有幾，念良辰美景，休放虛過。富貴前定，何用苦奔波。命友邀賓，燕賞飲芳醑，淺斟低歌。且酩酊、從教二輪，來往如梭。」

詞律失載珍珠令

山中白雲珍珠令五十字，紅友詞律失載。詞云：「桃花扇底歌聲杳。愁多少。便覺道花陰閒了。因甚不歸來，甚歸來不早。滿院飛花休要掃。待留與薄情知道。怕一似飛花，和春都老。」

詞品引據博洽

楊用修詞品四卷，論列詩餘，頗具知人論世之概，不獨引據博洽而已。其引據處，亦足正俗本之誤。如云：「文選江淹別賦『閨中風暖，陌上草熏』，六一詞『草熏風暖搖征轡』用此。俗本改熏作芳。中山王文木賦『奔電屯雲，薄霧濃雰』，漱玉詞『薄霧濃雰愁永晝』用此。俗本改雰作雲。杜公『關山同一點，一點字絕妙』，東坡洞仙歌『一點明月窺人』用此。今杜詩改點作照，成小兒語，幸草堂詩餘註可證。其他辨訂，淵該綜覈，終非陳耀文、胡應麟輩所可仰而攻也。

柳墓在襄陽

宋茗香先生大樽邗江雜詠云：「曉風殘月劇堪憐，夢續揚州不計年。一種荒寒誰管領，杜司勳讓柳屯田。」詩致絕佳，蓋猶沿分甘餘話稱儀徵西地名仙人掌，有柳耆卿墓之訛。其實柳墓在襄陽，非儀徵也。漁洋說似與避暑録話較近。

山房隨筆之談

山房隨筆載劉改之見辛幼安，朱子張南軒爲之地云云，與宋史不合。幼安兩知紹興府，皆在慶元四年以後。朱子官浙東，乃淳熙八九年間。南軒初未嘗官浙東也，又何得爲之地乎。正與絕妙詞選載毛澤民見蘇子瞻事，同爲無稽之言也。

日知録論辛詞

辛詞「小草舊曾呼遠志，故人今有寄當歸。」日知録云：稼軒久宦南朝，未得大用，晚歲有廉頗思用趙之意。竊謂此當與摸魚兒、破陣子等闋合看，感慨自見。

今本長吉詩之訛

嘗疑李長吉美人梳頭歌「玉釵落處無聲膩」，釵當作梳，於義爲順，且與下釵字不複，苦無從校勘。後閲苕溪漁隱水龍吟檃括梳頭歌詞云：「纖手犀梳，落處膩無聲，重盤鴉翠。」乃信今本長吉詩之訛，賴有漁隱詞爲之證也。

姜夔詞誤引桓温語

白石長亭怨慢，小引桓大司馬云云，乃庾信枯樹賦，非桓温語。

白日見鬼語亦有本

「雲中雞犬劉郎過，月下笙歌煬帝歸。」羅江東句也，人謂之見鬼詩。然則岳倦翁笑劉改之白日見鬼，語亦有本。

張仲舉詞兼諸公之長

張仲舉詞出南宋，而兼諸公之長。如題梅花卷子云：「墨池雪嶺三生夢，喚起縞衣仙子。仍獨自伴，瘦影黄昏，和月窺窗紙。」絶似石帚。西湖泛舟云：「藕花深，雨涼翡翠，菰蒲軟，風弄蜻蜓。」絶似梅溪。玉簪云：「琢就瑶笄光映，鬖雲斜矗。」絶似夢窗。西江客舍聞梅花吹香滿牀云：「一樹瑶花，可憐影低映。怕月明，照見青禽相竝。」絶似碧山。蓼花云：「船窗雨後，數枝低入，香零粉碎。」絶似玉田。

張仲舉雨詞

仲舉雨中舟次洹上，先寫四時之雨，云：「水閣雲窗，總是慣曾經處。」二語總束。接云：「曾信有客裏關河，又怎禁夜深風雨。」二語跌醒。接云：「一聲聲滴在疎篷，做成情味苦。」二語煞足。章法絶奇，從辛稼軒賀新郎化出。

虞伯生檃括遼詩

「昨日得卿黄菊賦。細翦金英，題作多情句。冷落西風吹不去。袖中猶有餘香度。滄海塵生秋日暮。玉砌雕闌，木葉鳴疎雨。江總白頭心更苦。素琴猶寫幽蘭譜。」此虞伯生集檃括故遼主詩，事詳伯生序。周松靄春遼詩話據錢葆馚芳標蒓齾詞話，謂張繼孟肯作，想因伯生詞而繼孟偶書之，致有此誤。

趙雍樂府

許初跋趙仲穆樂府卷子云：待制樂府自書以就正王筠庵，凡三十五首。凭闌干、水調歌頭二闋，頗以孤忠自許，而興亡骨肉之感，默寓其中。意當時父子之仕，亦實有不得已者，良可悲也。數語差足爲松雪道人父子洗穢。筠庵名德璉，字國器，吴興人。工詞，與楊廉夫友善。黄鶴山樵父也，仲穆姊壻。

蓮花杯

楊廉夫以妓鞵行酒，謂之蓮花杯。瞿宗吉賦沁園春，有「書生量窄，愛渠儘小，主人情重，酌我休遲」四語，雙關得語趣，餘皆憨俳不韻。昔廉夫嘗以宴倪元鎮，元鎮翻案而起，終身不面。脱遇何元朗、王元美諸公，豈不齒頰生蓮花哉。臨朐馮汝行作鞵杯曲，窮妍盡致。甚矣，文人志趣之不同也。

鳳林書院詩餘

鳳林書院詩餘三卷，無名氏選。皆元初人作，宋代遺民也。有大德間刻本。厲樊榭從朱竹垞、吴尺鳧兩家舊抄借録，頗有缺佚。後得元刻本，重爲校訂成完書。先生言，此與弁陽老人絶妙詞，雅所愛玩。顧其箋絶妙詞，未暇及此，爲可惜也。先生又取劉應李翰墨大全、劉將孫天下同文集，附益數闋，以志柴窯片段之可寶。

彭羨門松桂堂全集

彭羨門少宰，生前止自刻延露詞及南洭集。今所行松桂堂全集，皆其卒後付梓，頗有蕪雜繁複之病。昔丁敬禮言後世誰相知定吾文者，致足慨已。先生年二十九成進士，得推官。與王阮亭傾蓋，訂金石交。旋家居以江南奏銷案被累落職，事得解，年四十五矣。復就内閣中書，候選主事。年四十九，舉博學宏詞第一。先生之學，出于其兄茗齋先生。迨入館授編修，茗齋已不及見。葉訒庵與先生會試同年，至是爲先生舉主。科名幻易，庸可既乎。先生楷法近董香光，讀書外無他嗜好。詞極豔，而終其身無妾媵之御，不類其詞。與朱恭人年皆五十始舉子，事屬僅見。年六十七，朱恭人歿於京師，乃以少宰乞假歸田，踰三年而歿。錢唐吴星叟農祥作傳。

彭羨門論沈董詞

彭羨門見沈去矜、董文友詞，笑謂鄒程邨曰：「泥犂中皆若人，故無俗物。」斯言可補鈍翁説鈴。

彭十不如朱十

彭十于字之多寡平仄，任意出入，沿明人故習，不若朱十之嚴。

陳其年受知於龔定山

迦陵先生相傳是善權山中誦經猿再世。初受知於龔定山宗伯，時方爲諸生，譽未盛也。宗伯遇之厚。

一日讌會，諸達官畢集，宗伯揖先生上坐，先生不獲辭，乃就坐。有客某見先生掀髯據席，若無人焉，爲不平，然無如何也。既數載，先生落魄尚如故。某已歷顯要，未幾爲江南學使，知先生素不善舉子業，檄先生試。先生以病告，某必欲其至以難之。不得已，浼鄉先生周旋，久乃解。先生賦沁園春云：「羅隱江東，老署秀才，不幸似之。怪自負上流，偏搜兔册，曾稱男子，却溷牛醫。壯不如人，老之將至，那更空牆病馬嘶。歸去耳，儘嚇人腐鼠，笑我醯鷄。紛紛路鬼相疑。疑小敵當場胡怯焉。謝主臣不敏，怯誠有是，明公垂諒，病亦非欺。顔子屢空，伯牛有疾，合受先生譴責詞。真窮矣，幸江城恰遇，鮑叔于斯。」宗伯贈先生有「君袍未錦，我鬢先霜」之語，讀先生追和詞，想見當時知己之感，真一字一淚。

徐釚菊莊樂府

龔定山獎掖士類，爲藝林倚重。臨歿時，屬徐虹亭於梁棠村曰：「負才如徐君，可使不成名耶。」己未宏詞之徵，虹亭由棠村薦舉，授檢討。虹亭少刻菊莊樂府，朝鮮貢使詩云：「中朝攜得菊莊詞。讀罷煙霞照海湄。北宋風流何處是，一聲鐵笛起相思。」此貢使亦海東賢人之亞已。

顧貞觀金縷曲

丁酉科場之獄，發難于尤西堂傳奇，而吴漢槎以知名士預焉。顧華峯金縷曲云：「廿載包胥曾一諾，盼烏頭馬角終相救。」可謂不負斯言。顧著彈指詞，今詞中踏莎美人，顧所犯曲也。

補訂詞苑叢談

徐釚詞苑叢談，其引書不注所出，殊嫌攘掄。脱漏錯謬，全未經讎勘。如卷三漫叟詞話禯襶一條，卷六耆舊續聞榴花一條，卷七陸放翁夢蓮花博士一條，仲殊踏莎行一條，尤其甚者。余爲補訂十之六七，未及遍也。

沈子山剔銀燈

能改齋漫録宿州獄掾沈子山，眷營妓張温卿，别後賦剔銀燈詞，事載詞苑叢談。而其剔銀燈詞，與漫録全不同，未審叢談據何本也。沈子山，叢談作波子山，與詞綜同。

洪惠英減字木蘭花

花草粹編：洪邁守會稽，洪惠英于席間歌其自製減字木蘭花云：「梅花似雪。剛被雪來相挫折。雪裏梅花。無限精神總屬他。　梅花無語。只有東風來作主。傳語東君。且與梅花作主人。」詞苑叢談，營妓馬瓊瓊歸朱廷之，廷之闢二閣，東閣正室居之，瓊瓊居西閣。廷之任南昌，瓊寄詞云：「雪梅妬色。雪把梅花相抑勒。梅性温柔。雪壓梅花怎起頭。　芳心欲訴。全仗東君來作主。傳語東君。早與梅花作主人。」二詞相似而不同。豈傳聞之異，抑粹編事本夷堅志，卽邁自作，不應有譌。叢談事詳青泥蓮花記。

丁藥園詞

徐釚續本事詩稱丁藥園祠部盛名膴仕，垂二十年。單辭隻字，髣髴有旗亭歌唱之思。今其詞如鎖窗寒云：「入柳非煙，弄花無影，斷腸何處東風。」東風柳初新云：「柔條無力，挽不盡隴煙湘雨。及早和他同倚，怕銷魂夕陽飛絮。」本意鳳啣杯云：「將和淚雙綃，斷腸一紙交伊看，怎推得無人見。」舊恨等語，洵才人之筆，在藝香、麗農之間。

沈遹聲詞

詞苑叢談，柳亭沈遹聲豐垣中年，因所歡遂被放黜，賦踏莎行，亦惜分飛意也。事詳隨園詩話。蓋沈中表親有寄沈長相思云：「見時羞。別是愁。萬轉千回不自由。教儂爭罷休。嬾梳頭。怕凝眸。明月光中上小樓。思君楓葉秋。」著遠山遺稿，崑山女士葉書城題詞。

陸本白石詞

姜白石集，近刻凡四，以江都陸氏本爲最善。道人歌曲六卷，著録於貴與馬氏者，久爲廣陵散矣。此本樓敬思購得陶南村手鈔本傳寄刊布，與知不足齋叢書張子野詞四卷，均爲朱竹垞纂詞綜時所未及見。

李師師

宋徽宗在五國城爲李師師作小傳，刻於臨安榷場，今亡之矣。考秦少游詞「看遍潁川花，不似師師好」：

又「年來今夜見師師」。少游卒於紹聖間，是師師之生，必在元祐初。東京夢華録：李師師汴京角妓，有俠氣，號飛將軍。汴都平康記：政和平康之盛，李師師、崔念月皆著名。李生門第尤峻。宣和遺事：師師舊壻武功郎賈奕賦南鄉子云云，由是貶瓊州，事與周美成相類。宣和六年，册師師爲明妃。自元祐初，歷紹聖、元符、建中靖國、崇寧、大觀、政和、重和，至宣和六年，已三十餘年，師師年三十餘矣。宣和遺事言金兵至，明妃見廢，走湖湘，爲商人所得。劉屏山詩：「輦轂繁華事可傷。師師垂老過湖湘。縷衣檀板無顏色，一曲當年動帝王。」與宣和遺事正合。汴都平康記謂靖康中，師師與同輩趙元奴及築毬吹笛袁綯武震例籍其家。李生流落來浙中，士大夫邀使歌以聽焉。浩然齋雅談又謂師師後入內，封瀛國夫人。朱希真詩：「解唱陽關別調聲，前朝惟有李夫人。」卽師師也。而要之樊樓往事，已莫可考矣。

東坡送蘇伯固詩

東坡送蘇伯固詩云：「三度別君來，此別真遲暮。白盡老髭鬚，明日淮南去。酒罷月隨人，淚濕花如霧。後夜逐君還，夢繞江南路。」自注：效韋蘇州。今見東坡續集，又見東坡詞中調寄生查子，但據自注，是詩不是詞也。

東坡南歌子用漢書

東坡南歌子「行憂寶瑟僵」，用漢書金日磾傳「行觸寶瑟僵」語。解者引楊行密給朱延壽事，誤。

高江村說部之誤

高江村說部多不可爲典要。杭堇浦先生天祿識餘跋云:「不觀左傳注,妄謂經皇爲冢前之闕。不觀漢書注,妄引後漢紀以證太上皇之名。不觀水經、文選兩注,妄詫金虎冰井以實三臺。不觀地理通釋,妄分兩函谷關爲秦漢。其尤不可據者,青雲周方叔卮林有四解,乃遽以隱逸當之。聚頭扇已見金章宗詞,乃謂元時高麗國始貢。銀八兩爲流,本漢書食貨志,乃引集韻爲創獲。八米盧郎出齊、隋兩書,姚寬叢語云,蓋關中語,歲以六米七米八米分上中下,言在穀取米,取數之多也。黄山谷、徐師川何嘗誤用,乃用元微之八采詩成未伏盧爲證,是知一未知二也。」先生此跋,鍼疎砭陋,切中江邨之病。惟聚頭扇宋朱灊山有生查子,猶在金章宗前,先生偶未考耳。朱灊山或作張于湖,誤,詳耆舊續聞。

蓮子居詞話卷之三

香祖筆記有可議處

王新城尚書，立論和平近理，然亦有可議者。如香祖筆記，以尹吉甫惑聽妻讒，至使其子伯奇衣苔帶藻，作履霜之操，此與晉獻、驪姬之事何異。而詩人顧稱之，其猶後世詞人之諛韓侂胄、賈似道者，動擬以伊周，庸足信乎云云。竊按蔡邕琴操，伯奇見逐，履霜自傷，于是援琴而鼓之。據邕說，伯奇僅止見逐，今相傳謂投河而死，或由不得于父而自沈，非如申生必致之死而後已，固與晉獻、驪姬有間。趙岐孟子注，伯奇仁人，而父虐之，故作小弁之詩。王充論衡，伯奇放流，首髮早白，故曰惟憂用老。曹植令禽惡鳥論，其弟伯封求而不得，作黍離之詩，本韓詩之說，俱並未言伯奇之死。或又謂宣王出遊，伯奇作歌感王，吉甫始悟。然則伯奇當日死與未死，漢儒以來，所傳聞異辭，正未可定，更不得例吉甫于晉獻、驪姬也。伯奇見逐，而吉甫不得爲名臣，殷武丁殺孝己，將不得爲賢君乎。非篤論也。至比詩人以後世詞人之諛韓侂胄、賈似道者，益儗不于其倫矣。

郭楊詞品十二則

吴江郭祥伯、金匱楊伯夔，仿司空表聖之例，撰詞品各十二則，奄有衆妙。郭云：千巖巉巉，一壑深美。

路轉峯迴，忽見流水。幽鳥不鳴，白雲時起。此去人間，不知幾里。時逢疎花，娟若處子。嫣然一笑，目成而已。幽秀　行雲在空。明月在中。瀟瀟秋雨，泠泠好風。即之愈遠，尋之無蹤。孤鶴獨唳，其聲清雄。衆首俯視，莫窮其通。回顧藪澤，翩哉飛鴻。高超　海潮東來，氣吞江湖。快馬斫陣，登高一呼。如波軒然，蛟龍牙須。如怒鶻起，下盤浮圖。千里萬里，山奔電驅。元氣不死，乃與之俱。雄放　芙蓉作花，秋水一半。欲往從之，細石淩亂。美人有言，玉齒將粲。徐拂寶瑟，一唱三歎。非無寸心，繾綣自獻。若往若還，豈曰能見。委曲　美人滿堂。金石絲簧。忽擊玉磬，遠聞清揚。韻不在短，亦不在長。哀家一梨，口爲芳香。芭蕉灑雨，芙蓉拒霜。如氣之秋，如冰之光。清脆　雜花欲放，細柳初絲。上有好鳥，微風拂之。明月未上，美人來遲。却扇一顧，羣妍皆媸。其秀在骨，非鉛非脂。渺渺若愁，依依相思。神韻　人生一世，能無感焉。哀來樂往，雲浮鳥仙。銅駝巷陌，金人歲年。鉛水迸淚，鶗鴂裂絃。如有萬古，入其肺肝。夫子何歎，唯唯不然。感慨　鮫人織綃，海水不波。珊瑚觸網，蛟龍騰梭。明月欲墮，羣星皆趨。淒然掩泣，散爲明珠。織女下視，雲霞交鋪。如將卷舒，貢之太虛。奇麗　好風東來，幽鳥始哢。陽春在中，萬象皆動。一花未開，衆緑入夢。口多微詞，如怨如諷。如聞玉管，快作數弄。望之邈然，鶴背雲重。含蓄　清霜警秋，微月白夜。其上孤峯，流水在下。幽尋欲窮，乃見圖畫。愜心動目，喜極而怕。跌宕容與，以觀其罅。翩然將飛，倘復可跨。逋峭　雜組成錦，萬花爲春。五醞酒釀，九華帳新。異彩初結，名香始熏。莊嚴七寶，其中天人。飲芳食菲，摘星抉雲。偶然咳唾，明珠如塵。穠豔　名士揮麈，羽人禮壇。微聞一語，氣如幽蘭。荷雨夜歇，松風夏寒。之子何處　秋山槃槃。萬籟俱寂，惟鳴幽湍。千嗽百嘯，奉君一丸。名雋　楊云：悠悠長林，濛濛曉暉。天風徐來，一葉獨飛。望之彌遠，識之自微。疑蝶入夢，如花墮衣。幽絃再終，白雲愈稀。千里飄忽，鶴翅不肥。輕逸　秋水樓臺，澹不可畫。時逢幽人，載歌其下。明星未稀，美此良夜。惝恍從之，夢與煙借。荷香沈浮，若出雲罅。油油太虛，一碧俱化。綿邈　萬山巑巑，迴風盪寒。決眥千仞，飲雲聞湍。龍之不馴，虹之無端。畸士羽衣，露言雷喧。洞庭隱鱗，蒼梧逸猿。元氣紛變，創斯奇觀。獨造　送君長往，懷君思深。白日欲墮，池臺氣陰。百年寸暉，徘徊短吟。松篁幽語，獨客泛琴。聆彼七絃，瀟湘雨音。落花辭枝，淒入燕心。淒緊　之子曉行，細路香送。時聞春聲，百鳥含哢。林花初開，蜂鬚欲動。美人何許，短琴潛弄。明明無言，泠泠如諷。卷簾綠陰，微雨思夢。微婉　疏雨未歇，輕寒獨知。茶煙畫青，虉藤一枝。秋老茅屋，檐蟲挂絲。葉丹苔碧，酒眠悟詩。飲真抱和，仙人與期。其曰偶然，薄言可思。閒雅　俯視苔石，行歌長松。千葉萬吹，凜然噓冬。返風乘虛，餐煙太蒙。嬌嬌獨往，落落希蹤。夜開元闕，盪聞天鐘。光滿眉宇，與斗相逢。高寒　空波粼天，鳴簪扣舷。鷺鷥立雨，浪花一肩。采采白蘋，江南曉煙。覓鏡照春，逢潭寫蓮。漁舟還往，相忘歲年。佳語無心，得之自然。澄澹　卓卓野鶴，超超出羣。田家敗籬，幽蘭逾芬。意必求遠，酒不在醇。玉山上行，疎花角巾。短笛快弄，長嘯入雲。軒軒霞舉，鬚眉勝人。疎俊　悵焉獨邁，憀予隱憂。悟出繫表，天地可求。亭亭危峯，倒影碧流。空山沍寒，老梅古愁。味之無腴，揖之寡儔。遥指木末，一僧一樓。孤瘦　如莫邪劍，如百鍊鋼。金石在中，匪曰永藏。鉥心掐胃，韜神斂光。水爲沉流，星無散芒。離離九疑，鬱然深蒼。萬棄一取，駏驉錦囊。精鍊　天孫弄梭，腕無暫停。麻姑擲米，走珠跳星。荷露入

握，菊香到瓶。如梟過山，如屋建瓴。虚籟集響，流影幻形。四無人語，佛閣一鈴。靈活

樂章集不易訂

傳訛舛錯，惟樂章集信不易訂。如浪淘沙慢一百三十三字，女冠子一百十一字，傾杯樂九十五字，又一百八字，引駕行一百二十五字，望遠行一百四字，秋夜月八十二字，洞仙歌一百十九字，又一百二十三字，又一百二十六字，長壽樂八十三字，破陣樂一百三十二字。世乏周郎，無從顧誤，不能不爲屯田惜已。

柳永女冠子

屯田女冠子一百十四字體：「樓臺悄似玉。向紅爐煖閣，院宇深沈，廣排筵會，聽笙歌猶未徹，漸覺寒輕，透簾穿户。」紅友云：凡三十二字方叶韻。或謂玉字讀若裕，以入作叶，未確。宇字似韻，然上下讀不去，爲傳訛無疑。按玉字韻以入作叶，如惜香以吉叶髻戲，坦庵以極叶氣瑞，北宋有此例。宇字亦韻：「院宇深沈，廣排筵會」，似當云「廣排筵會，深沈院宇」，證以所録伯可詞，僅數襯字不合，餘悉同。

柳永訴衷情近

屯田訴衷情近七十五字體：「雨晴氣爽，竚立江樓望處。澄明遠水生光，重疊暮山聳翠。」紅友于翠字註

韻，殊不知處字即韻。蔣勝欲探春令，處、翅、住、指、並叶，可證。且從無至第四句二十二字纔起韻之理。

柳永迷仙引

屯田迷仙引，紅友詞律疑其脱誤，今細繹之，殆無訛也。後片云：「萬里丹霄，何妨攜手同去。句去句便棄却煙花伴侶。免教人見妾，朝雲暮雨。」上去字叶，下去字疊，頓折成文，猶北曲醉春風體也。且辭意完足，雖無他詞可證，即亦不證可耳。朱竹垞題水蓼花譜此解，上去字不叶，下去字不疊，併七字一句，終未爲得也。

生日獻詞

生日獻詞，盛於宋時。以諛佞之筆，攔入風雅，不幸而傳，豈不倒却文章架子。孔毅夫野史，文潞公守太原，辟司馬温公爲通判。夫人生日，温公獻小詞，爲都漕唐子方峻責。此事固未可信然。至如魏華父則非此不作，不可解已。

邵陵金縷曲

漁洋「官柳煙含六代愁。絲絲畏見冶城秋。無情畫裏逢摇落，一夜西風滿石頭」，賦秋柳恰到好處。其七律四首，秖以調勝，當時謂如初寫黄庭，實過當語也。近王應奎柳南隨筆載邵陵金縷曲，頗得南宋人筆意。云「萬樹黄金綫。最無端、送春辭夏，垂垂欲倦。一自漫空飛絮盡，多少朱門晝掩。便背了、東風一面。記得清明寒食路，倚纖腰、亂打桃花片。又勾住，花間燕。如今拋擲情何限。帶幾枝、冷煙疎雨，水村茅店。六代山河斜照裏，無數暮鴉棲遍。又何處、笛聲哀怨。悽絶右丞三疊句，任行人、唱煞無心管。長亭路，連天遠。」陵，常熟人。

黄儀紉蘭别集

常熟黄儀，有詞名，著紉蘭别集。鈕玉樵言三吴詞家，稱朱陳兩檢討。陳以蒼雄擅奇，朱以生新標雋。俱已譽高黄絹，價重烏絲。若黄子鴻紉蘭别集，非不可追響東堂，齊蹤西麓也。風流子云：「柳岸試維舟。蒼苔路、彷彿認層樓。想曉燕催妝，春鶯教伎，雲翻舞掌，雪噴歌喉。誰曾管、疎簾難隱笑，小扇不障羞。紫陌塵香，重停五馬，紅牆月冷，悄候千牛。風流渾未厭，奈珠沈翠殞，是事休休。忍看雕甍畫棟，冷落山邱。但雲去雲來，有時有夢，花開花謝，無地無愁。題取斷腸詞句，當我纏頭。」水龍吟云：「霜容莫笑龍鍾，少年曾是推豪興。高陽伴侶，三春逐日，聯鑣飛蹬。山北山南，芳菲賞遍，别尋幽勝。記披襟直上，雲峯絶頂，渾欲唤、青天應。誰道多生蹭蹬，舊情懷、都來難稱。十年回首，交游嚼蠟，功名墮甑。除却枯吟，酒腸碁膽，消磨無剩。但秋來猶愛，斷鴻聲苦，把危樓凭。」黄工書，卽寫漁洋續集仿宋槧者也。

陳其年詠鞬子詞

說文，鞬，從革，建聲，居言切。武林舊事小經紀鞬子之鞬，借作鞬。劉侗帝京景物略作毽。吳任臣字彙補因之，註音建。毗陵婦女雅善此戲，迦陵爲沁園春紀其事。

陳其年題門神詞

喪大記註，君釋菜以禮，禮門神，門神二字見此。荆楚歲時記始載繪像貼户左右。楓窗小牘別著圖樣，裝飾近俗，貌武將爲門神，殆自宋昉也。要卽古者神荼鬱壘之遺。迦陵詞有云：「抖擻門丞秦叔寶。」語殊不經，不意出鴻儒手。

萬樹詞

今人學辛稼軒，叫囂打乖，墮入惡趣。無迦陵先生才，不作可耳。萬紅友金縷曲云：「三野先生者，謂居野心野服，自稱三野。人不知其何從至，姓氏知之者寡。在陋巷，門無車馬。人不堪憂，君獨樂，且訢然樂以忘天下。天山遯，是其卦。蕭然四壁惟圖畫。于吟詩讀書之外，亦能書寫。閒則雲山隨所至，多與漁樵答話。或共飲極歡而罷。贊曰：夫人生世上，每勞勞名利而無暇。如是者，一人也。」三野先生傳贊。又云：「乙巳春之季，與吳君原註：吳天石、天篆。曹君原註：曹南耕。諸子，會于槐里。遂往遊于石亭磵，少長羣賢畢至。與不減蘭亭修禊。此地崇山多峻嶺，有茂林修竹清流水。堪暢敘，坐其次。氣清天朗風和惠，共欣然、形骸放浪，興懷托寄。俯仰彭殤皆妄作，莫問世殊事異。且一殤一詠相繼。客曰斯游真足樂，不可無韻語傳于世。予曰諾，是爲記。」游石亭記二詞猶不失爲劉改之。

史承謙詞

宜興史位存承謙與弟衎存承豫，並有才名。位存尤工詞，滴粉搓酥，多言情之作。所著小眠齋集，警句如虞美人云：「留得一絲，情在總成愁。」鵲踏枝云：「夜合花時芳信阻。有情明月無情雨。」點絳脣云：「笑拈茉莉。一枕新秋意。」玉燭新云：「半生歡分翻輸却，夢裏纏綿多少。」南樓令云：「只隔珠簾同聽雨，孤負煞、夜涼多。」拜星月慢云：「抱月飄煙，想纖腰一尺。」臺城路云：「層樓凝竚，捱不到黃昏，便添悽楚。暮靄沈沈，遠天都是雨。」百字令云：「回憶妝閣香溫，橫斜瘦影，花與人無別」等語，皆生新獨造，不拾陳郎牙後慧者。近日任澧塘安上、周藕塘迦諸先生輩都宗之。澧塘賣花聲云：「綠到柳絲間。便已綿蠻。猜來話有幾多般。似說流光飛電逝，轉眼春殘。　何不日憑闌。儘着追歡。雨偏容易日偏難。儂與林花同命薄，只遇春寒。」鶯藕塘疎影云：「煙霏柳港。正濃陰帀岸，畫橈輕漾。小拓窗櫺，一碧空明，篷背綠園成幛。薔薇開處荼蘼老，尋舊約、但深惆悵。恁春酣、碧透紗廚，何處掛帆重訪。　猶認津亭古樹，看黃鸝兩兩，相喚飛上。夢遶山陰，酒盞含情，添得櫓聲搖蕩。暮雲層疊江村隱□，一縷紅霞微颺。待幾時、棹影歸來，定有新蟬送響。」舟中綠陰

養新録未録兩張先

竹汀先生養新録記宋人同姓名者，曹輔、王存、吴革、王襄、劉通、王淮、王著、王明、王貴、安守忠、李維、李若谷、蘇紳、黄震、王珪、王琪、王鞏、田敏、王雱、陳升之、蔡抗、趙鼎、李浩、王資、王彦升、王佐、孫奕、楊朴、史炤、王堯臣、張觀、胡銓、張震、郭京、劉藻、張琬李常、王安國、張林、張維、李定、張永德、張昭遠、王應麟、李祥、王杲、張廷翰、王延德、徐自明、陳均、楊萬里、王倫、葉適、王化基、張奎、章甫、何逢原、朱申、李珏、張順、張忠、鄭湜、王洙、王絢、王古、黄裳、黄定、彭乘、張體仁、徐奭、王炎、吕好問、陳造、王汾、王逵。凡七十有五，獨不及張先。兩張先俱字子野，尤奇。

兩葉夢得

儼山外集豫章漫抄云：宋有兩葉夢得，俱號石林。吴縣石林，字少藴，官至宰執，工詞，有琴趣外篇。貴溪石林，南渡朝進士，官至祕書丞，知撫州。今性理大全所引石林葉氏次西山真氏後者，非少藴也。可補竹汀先生之遺。

兩韓玉

宋人同姓名者，又有韓玉。二玉亦同時，一見劉祁歸潛志，一見葉紹翁四朝聞見録。竹垞詞綜選東浦詞，四朝聞見録中人也。而系歸潛志中人履貫，蓋偶未考。歸潛志韓玉，中州集有詩。

兩王亘

宋王亘有二，一元祐間浙人，一乾道間閩人。厲樊榭宋詩紀事録元祐間之詩，而系乾道間。全謝山答樊榭札詳疏之，與詞綜韓玉之誤同也。宋詩紀事三十一卷有鄭景望，四十七卷又有鄭伯熊。詞綜十二卷有姚進道，三十一卷又有姚述堯。名字分列，皆當訂正。

許蒿廬評詞綜

詞選本以竹垞詞綜爲最善，吾鄉許蒿廬先生爲之評。凡夫抒情之妙，寫景之工，以及起結過换襯貼之法，靡不指示詳明，洵詞壇廣刼燈也。先生手校書劇夥，其詞評則門人海鹽張氏，附刻於初白庵詩評之後。

靈芬館詞話

郭頻伽㬊靈芬館詩話十卷，末附詞話二卷，仿周草窗浩然齋雅談例也。頻伽詞專摹小長蘆，清折靈轉，幾於具體而又過之。所録名篇雋句，生香活色，絶少俗韻。其稱梅溪警句及克齋太常引一闋，真能補竹垞詞綜所未備。季滄葦行香子一闋，亦視王少司寇詞綜選爲優。

詞有拗調拗句

頻伽詞話云：詞有拗調拗句，須渾然脱口，若不可不用此平仄聲字者，方爲作手。如未能極工，無難取成語之合者以副之，斯不覺其聱牙耳。茲言最得拗體之訣。推之，如江城梅花引、喝火令、歸田樂各體，雖未爲盡拗，然必極精融妥溜而出之。

詞有俗調

詞有俗調，如西江月、一翦梅之類，最難得佳。念奴嬌之覽古，沁園春之體物，易地而爲之，未有能工焉者矣。

詞有疊字對句

詞有疊字，三字者易，兩字者難，要安頓生動。詞有對句，四字者易，七字者難，要流轉圓愜。

劉基詞

青田「蝴蝶不知身是夢，飛上花枝」，翻用南華，有作熟還生之妙。

夏言詞

夏文愍言當時亦有曲子相公之號。湧幢小品云：「文愍以議禮驟貴，與曾石塘銑爲內戚，遂起復套之說。作漁家傲以示黃泰泉佐索和，黃有『千金不買陳平計』之句，蓋託諷也。未幾禍作云云。夫人臣得時專政，輒思立蓋世功名以自固。文愍之復套，猶之韓平原之圖中原也。于事無濟，而伺其隙者已起而躡其後。楊文貞士奇寢安南之議，真名臣哉。

十國宮詞

十國時風雅才調，無過于南唐后主，次則蜀兩後主，又次則吴越忠懿王。南匯吴稷堂先生省蘭十國宮詞百首，徵材富豔，足與前諸家競美。茲録其尤可誦者於編。南唐云：「北苑新妝的乳茶。六宮清讌内香誇。帳中別有留春法，爇取鵝梨一穗斜。」「致迎原註：義敬切。銀鵝被原註：並義切。纈陳。金錢四撒帳生春。明珠依舊深宵展，恰照香階衩襪人。」「小亭窄窄幂紅羅。葉格香籢貯不多。密意難傳祇勸酒，萬花叢映醉顔酡。」牙籤萬軸手親儲。玉貌何曾下玉除。妒殺黄羅團扇女，懷中偷展錯刀書。」前蜀云：「新裁麗句寫紅絲。總是煙花絶妙辭。教得歌伶承制好，低翻一段碧琉璃。」「仙苑張筵侍夜遊。交横簪鳥雜觥籌。玉簫低唱深杯勸，沈醉嘉王淚未收。」「玉貌清才妙擅雙。新詞傳唱釣魚矼。夜闌更寫婆娑竹，影透南軒月一窗。」後蜀云：「綃帳輕紅玉枕青。仙能入夢醉能醒。瓊華一去㠋宮冷，獨且迢迢七十屏。」「紅梔花種原註：主勇切。自仙巖。點綴釵梁緑鬌銜。香似宮梅兼有色，畫宜團扇繡宜衫。」吴越云：「一枝龍藥施原註：式義切。禪䦨。法苑珍逾旖旎山。更與真妃留墖記，細書經尾禮華鬘。」

怎宜入寢韻

怎讀争上聲，廣韻不載。惟韓孝彦五音集韻有其字，頗不典雅。然在詞韻，宜補之入寢韻。

陽關三疊說

陽關三疊之說，言人人殊。香山詩：「相逢且莫推辭醉，聽唱陽關第四聲。」注第四聲「勸君更盡一杯酒」，益索解不易。東坡嘗求古本陽關，而得其說。謂每句皆再唱，而第一句不疊，故三疊。「勸君更盡一杯酒」，恰是第四聲。以此推之，香山謂河滿子一曲四詞歌八疊，應是每句三唱。碧雞漫志云：歌八疊，疑有和聲，如漁父、小秦王之類。和聲卽虛聲也。

王灼清平樂

宋王晦叔灼贈妓盧姓清平樂曲：「盧家白玉爲堂，于飛多少鴛鴦。縱使東牆隔斷，莫愁應念王昌。」用盧家莫愁，恰好以王昌自寓，信屬巧合。盧家莫愁與王昌事，書缺無可考。晦叔碧雞漫志云：李商隱詩「本來銀漢是紅牆。隔得盧家白玉堂。誰與王昌報消息，盡知三十六鴛鴦。」嘗讀古樂府，一曰：「相逢狹路間，道隘不容車。不知何年少，夾轂問君家。君家誠易知，易知復難忘。黃金爲君門，白玉爲君堂。堂上置樽酒，作使邯鄲倡。中庭生桂樹，華燈何煌煌。兄弟兩三人，中子爲侍郎。五日一來歸，道上自生光。黃金絡馬頭，觀者滿道傍。入門時左顧，但見雙鴛鴦。鴛鴦七十二，羅列自成行。」一曰：「河中之水向東流。洛陽女兒名莫愁。莫愁十三能織綺，十四採桑南陌頭。十五嫁爲盧家婦。十六生兒字阿侯。盧家蘭室桂爲梁。中有鬱金蘇合香。頭上金釵十二行。足下絲履五文章。珊瑚掛鏡爛生光。平頭奴子提履霜。人生富貴何所望，恨不嫁與東家王。」據李商隱詩，知樂府前篇所謂白玉堂及鴛鶩七十二，乃盧家樂府。後篇所謂東家王，卽王昌也。晦叔以唐人詩證古樂府甚合，惟以東家王爲王昌，唐人詩皆然，終未知所據耳。

仇遠詞止四首

文章顯晦，有數存乎其間，不可强也。吾杭詩餘，後淸眞知名者爲仇山村，而詞止四首。安知海内無好事家，如張子野、姜白石二集，藏弆完好，以待流傳耶。山村家錢塘西城脚下，今呼仇家園，地出莧極美。

毛稚黄詞

毛稚黄以古學振起西陵，當時語云：「浙中三毛，東南文豪。」謂稚黄及遂安、河右也。兩毛皆出仕，獨先生中年失音，杜門十載後始愈。盛夏擁絮草褥至二十八重，同人爲作草薦先生傳。著書十四種，議論往往可取。鸞情集詞江城子云：「滄海月明都換淚，還道是、不曾愁。」菩薩蠻云：「冥濛簾外如煙氣。積成一點花梢淚。」細雨更漏子云：「麝薰箋脂抹印。一點淚痕紅暈。將拆處、更遲留。安排讀了愁。」得信鳳來朝云：「覺愁來、覓愁無處。黯黯飛將去。在曉樹冥濛許。」西湖春曉撥香灰云：「除却鞋尖似昔時，餘都是今春瘦。」青杏兒云：「紅蕉綠漫，朱零碧落，一段新愁。」皆警句也。

徐逢吉詞

徐紫珊逢吉在西陵後十子之列，居淸波門外學士港，爲黄雪山房。南宋時稱淸波門爲闇門，故時人稱闇門先生。工詞，有摇鞭微笑、柳洲清響、峯樓寫生等集。長相思云：「過饒州。盼韶州。白首重爲嶺外游。梅花在嶺頭。　水西流。水東流。兩個離人一葉舟。并來多少愁。」章貢道中和趙飲谷。滿江紅云：「過得新年，第一夜、瀟瀟春雨。剛湊着、愁人作客。布帆西去。枕上欲眠還又醒，分明河畔聽秋杵。最傷心、零落小梅花，沾泥土。　攙一段，吴娘艣。攪幾陣，津門鼓。似笛聲入破，越添淒楚。二月家鄉歸不得，西湖鶯燕誰爲主。擁寒衾、坐起剔銀燈，燈無語。」由鹽官至檇李，舟中聽雨不寐有作。緑窗並倚云：「忽地西風起。指衡陽縹緲，又早征鴻來矣。故園在何處，怎不把書相寄。念昨夜舟中，今宵夢裏。多少愁滋味。欲住也，渾無計。欲去也、渾無計。　還憶緑窗並倚。正天長地久，不道這回拋棄。想伊更多病，那受得恁般憔悴。對湘竹簾兒，芙蓉鏡子。彈了千行淚。一半是西湖水。一半是西江水。」先生年七十餘病廢，命其孫握管撰清波小志。

吴寶崖詞

錢塘吴寶崖題遂安毛鶴舫映竹軒詞清平樂云：「惜春春去。梅子黄時雨。休唱江南腸斷句。自有東堂新譜。　雨餘恰見殘鶯。遮花映竹低鳴。憑仗毛滂一曲，和鶯留住春城。」鶴舫後刻浣雪詞抄二卷。寶崖長短句，僅見此首。

許莘野詞

許莘野「漾花梢一朵行雲，化水痕難覓」二語，狀偶見之神，殆入化境。莘野名田，錢塘人，康熙癸未進士。有春夢詞二卷，水痕詞二卷，屏山詞話一卷。

吴儀一詞

王阮亭詩：「稗畦樂府紫珊詩。更有吴山絶妙詞。此是西泠三子者，老夫無日不相思。」吴舒鳧名儀一，字瑹符，錢塘人。著吴山草堂詞。松窗筆乘云：當時魏叔子古文負重望，舒鳧獨面折之。謂規友答婢細故也，而曰省刑書，刺刺千餘言不已，失事之權衡。論岳鄂王事，而曰宜鑄高宗像，跪於墓，乖君臣之義。用字如以肱觸其背，類非史家法。座客以爲狂，叔子獨歎服也。然則舒鳧又能爲古文者與。

厲鶚有煙癖

厲樊榭生平有煙癖，類韓慕廬。嘗譜天香詞，傳諸好事。同時汪韓門、翟晴江有詩，全謝山有賦，足備菰材故實。方靈皋之官禮部也，曾請飭烟禁，以裕民食。今則土葉殆遍，而吾杭製切，尤有名已。

浙派三家

吾浙詞派三家，羡門有才子氣，於北宋中最近小山、少游、耆卿諸公，格韻獨絶。竹垞有名士氣，淵雅深穩，字句密緻。自明季左道言詞，先生標舉準繩，起衰振聲，厥功良偉。樊榭有幽人氣，惟冷故峭，由生得新。當其沈思獨往，逸興遄飛，自成情理之高，無預搜討之末。全謝山爲樊榭作墓碣，謂深於言情，故其擅場尤在詞。謝山初不攻倚聲之業，然斯言獨得樊榭之概。謝山又云：樊榭畢生，以覓句爲自得。

春闈報罷，湯西厓少宰欲授館焉。樊榭襆被潛出京，翌日迎之，則已去矣。既以詞科薦，同人咸强之，始出。又被放，幡然遄歸。會選部之期近，將赴之。同人皆謂君非有簿書鞅掌才，何孟浪思一擲。曰：「吾冀以薄禄養母也。」竟至津門，興盡而返。」數語想見前輩不諧俗之趣。別有文集八卷，遊仙詩三卷，絶妙好詞箋七卷，東城雜記二卷。謝山未之及。卒葬西溪王家塢。無子。栗主爲丁龍泓敬題。

題提鞋圖詩

婦人纏足，南唐後主時窅娘外，別無聞焉。吾鄉周斌侯兼善畫士女，嘗寫小周后提鞋圖，于指間掛雙紅作纖纖狀，頗屬杜撰。圖爲賞鑒家所重，當時如初白、樊榭，前後題詠，具載本集。許蒿廬昂霄詩云：「弱骨豐肌別樣姿。雙鬟初綰髮齊眉。畫堂南畔驚相見，正是盈盈十五時。」「多少情悰眼色傳。今宵剗襪向郎邊。莫愁月黑簾櫳暗，自有明珠徹夜懸。」「正位還當開寶初。玉環舊恨問何如。任教搴幔工相妬，博得鰥夫一紙書。」「一首新詞出禁中。爭傳纖指掛雙弓。不然誰曉深宫事，盡取春情付畫工。」張寒坪宗楠詩云：「教得君王恣意憐。香階微步髮垂肩。保儀玉貌流珠慧，輸爾承恩最少年。」「別恨瑶光付玉環。誄詞酸楚自稱鰥。豈知剗襪提鞵句，早唱新聲菩薩蠻。」「花明月暗是良媒。誰遣深宫侍疾來。驚問可憐人返卧，心知未解避嫌猜。」「北征他日記匆匆。無復珠翹鬟朵工。一自宫門隨例入，爲渠宛轉避房櫳。」按元人又有太宗逼幸小周后圖，惜斌侯未之仿也。

纏足詞

花間詞「慢移弓底繡羅鞋」，婦人纏足見詠於詞者始此。劉熙釋名晚下，如舄婦人短者著之，今人緣以爲高底之製，卽古重臺履也。

葉子戲

今馬弔戲，或謂唐葉子之遺。按唐書同昌公主傳，韋氏諸宗，好爲葉子戲。鄭谷、李洞，俱有打葉子上龍州韋郎中詩。焦竑國史經籍志，南唐李后主妃周氏，著擊蒙小葉子格一卷。馬端臨文獻通攷，亦載葉子格戲一卷，不著撰者姓氏。翟灝通俗編，據易安打馬賦序，謂今馬弔，當屬易安所謂打馬。葉子在北宋時已無傳矣。彭羨門延露詞云：「南朝舊譜翻新思。」想是借用語。

明詞不振

金元工於小令套數而詞亡。論詞於明，並不逮金元，遑言兩宋哉。蓋明詞無專門名家，一二才人如楊用修、王元美、湯義仍輩，皆以傳奇手爲之，宜乎詞之不振也。其患在好盡，而字面往往混入曲子。昔張玉田論兩宋人字面，多從李賀、温岐詩來，若近俗近巧，詩餘之品何在焉。又好爲之盡，去兩宋醞藉之旨遠矣。

補明詞

朱竹垞詞綜三十卷，後有汪碧巢補入三卷，補詞三卷。今蘭泉王先生輯明詞綜，余亦疑其尚有滲漏。因彷碧巢之例，擬作補人一卷，補詞一卷。選擇大概仍取與蘭泉先生相比附。他日見聞所及，當足而成之。隨筆於此。建文帝滿江紅云：「三過吳江，又添得、一亭清絕。剛占斷、水光多處，巧依林樾。漠漠雲煙春晝雨，寥寥天地秋宵月。更冰壺、玉鑑暑宜風，寒宜雪。　臞菴右，山嵐缺。虹橋左，波濤截。正三高堂畔，舊規今別。何但漁翁垂釣好，謾將柳子新吟揭。信登臨、佳興屬彭宣，能揮發。」邱濬，字仲深，瓊山人。景泰五年進士，官大學士，謚文莊。有瓊臺會稿。菩薩蠻云：「銷魂別處何寥寂。感情含思愁生極。倦睡困方深。更闌夜正沈。　沈檀燒細炷。香冷幃空處。寒光月影斜。橫透碧窗紗。」秋思迴文　周恭，汴人。按汴有樂工女劉盼春者，與恭狎，恭父禁勿令通，女扃門謝客。適雲間富商某齎貲往，母欲奪其志，不可，加挫辱焉。恭知之痛哭，致書使聽母命綴詞云云。女得詞，遂投繯死。異日焚其屍，有所佩香囊，鮮潔完好，中卽藏此詞也。周憲王爲之傳奇，曰香囊記，見梅禹金青泥蓮花志。長相思云：「阻佳期。盼佳期。欲寄鸞牋雁字稀。新詞和淚題。　怕分離。又分離。無限相思訴與誰。此情明月知。」朱灝，字宗遠，華亭人。按灝在明詞中，另出面目，詞手之郊、島也。賣花聲云：「霧遮煙郵，初放青螺當户。小池中、鳴蛙兩部。花巢風掃，有松濤堪晤。伴伊尼、夕陽閒步。　嫩涼羈葉，柳館黄鸝常寓。款光陰、全憑酒瓠。一眉新月，在峯尖偷露。恨癡雲、又如蟲蠹。」張一如，字來初，蕪湖人。按焦氏易林簪短帶長，本左氏春秋傳筮短龜長句法。一如踏莎行：「簪兒看短長看帶。」以易林入詞，不啻張仲宗用毛詩疏也。又左氏傳：膏之下，肓之上。一如「暗影自棲膏」用此。水調歌頭云：「落月下春苑，啼鳥別花曹。無端湊與離怨，難咽割腸刀。玉貌雪膚何處，只剩無情有恨，隱隱怕逢挑。空態忽沾臆，暗影自棲膏。　華幾邈、巫峽渺，漢津濤。此情終古，直教同是一切切。送斷韶華一瞬，賺殺芳心一寸，船往不留篙。　回憶可堪話，無計放蕭騷。」俞琬綸，字君宣，長洲人。萬曆四十一年進士，官衢州西安縣知縣。有自怡集。　桂枝香云：「張郎一去。君且代郎看，雙蛾解理。贈別躊躇，不忍把君分碎。　問容顏、君獨知憔悴。受多磨、與君無異。廣寒三五，嫦娥愁向，却元自己。　晴空裏、似丹青點綴。箇中小小，洞天深處。舊地沉迷，形影都無據。憐君自爲分明累，貯盡了、漢宮人淚。架罷妝殘，瞥然收卻，遠山橫翠。」古鏡　黃尊素，字真長，餘姚人。萬曆四十四年進士，歷官山東道御史，贈太僕寺卿，謚忠端。有集。　按此與魏忠節臨江仙詞，同爲寸璣殘璧。忠節亦萬曆四十四年進士，明詞綜作三十五年，誤也。　西江月云：「疎星一一如洗，朗月明明欲波。高臺夜聽竹聲過。熱心被他吹破。　最喜良田滿滿，還看遠岫峨峨。風前一枕漫顏酡。却笑從前總錯。」　許肇篪，字壎友，宜興人。諸生。明亡，赴水死。　蝶戀花云：「雨餞雲郵春去矣。燕嘴泥香，暗度疎簾裏。底事玉樓人未起。淚痕染透鴛鴦被。　約腕金環空自委。花瓣無情，盡日隨流水。喚到侍兒何處使。秋千架外尋梅子。」　彭孫貽，字仲謀，海鹽人。拔貢生。有茗齋詩餘。　按先生事詳朱笠亭明人詩鈔小傳。詞力主兩宋，穠緻學黃魯直，高峭近姜石帚。視雖弟羨門先生，殆無多讓。間嘗論明人詞好亦似曲，求其辭不傷雅，調不落卑，無彫巧之痕，無叫囂之習，茗齋而外，蓋尠其儔。今人知羨門延露之詞，而不知茗齋之詞之工。知茗齋古今體詩之妙，而不知其詞之殆過於詩也。　霜天曉角云：「睡起煎茶。聽低聲賣花。留住賣花人問，紅杏下、是誰家。　兒家。花肯賒。却憐花瘦些。花瘦關卿何事，且插朵、玉搔斜。」賣花。　用竹山摘花

韻。尋芳草云：「這裏一雙淚。却愁溼那廂兒被。被窩中忘却今夜裏。上牀時不曾睡。睡也没心情，攪
惱殺雪狸攧戲。怎月兒不會人兒意。單照見闌干字。」和稼軒韻。東坡引云：「綺窗紅日皦。餘睡殘燈小。
水沈宿火煙猶裊。賣花聲恁早。賣花聲恁早。小鬟呼未應，熏爐閒抱。暖玉手、調歌鳥。鸚哥念熟
休忘了。春眠不覺曉。春眠不覺曉。」曉起。玉漏遲云：「向空階絮語，不知何處，愁人偏切。金井銀牀，
一夜碎啼明月。怪殺天涯蕩子，禁得過、涼天時節。聲暗咽。暮燈初起，曉鐘纔歇。可憐枕上關山，
被片晌淒涼，驚迴蝴蝶。獨院孤衾，此際更和誰說。追憶金籠閒鬪，伴輸與、一雙條脱。空悵別。雕闌
桂花如雪。」詠促織。帝臺春云：「花影脈脈。春愁黯無力。成陣亂紅，不管人愁，無風飛急。冷落秋千上
巳後，較愁似、去年今日。問多情、燕子剛來，天涯消息。無消息。歸未得。守月直到燈黑。儘夜夜
朝朝淚痕多，准不過一江潮汐。人去今春已非舊，春去那人可如昔。便儂做東風，肯花枝憐惜。」春恨。
用南唐元宗韻。暗香云：「淒淒夜色，且醉扶紅袖，倚樓橫笛。喚起玉龍，斜月鱗鱗曉星摘。回首故人天際，
欲書寄瑤華無筆。誰共我、枕石山中，霜冷露盈席。南國。音信寂。縱千里相思，方寸堆積。悲吟
當泣。不是思君定誰憶。猶記一枝送影，香夢入、羅浮空碧。奈可翠禽叫轉，不歸也得。」梅花。用白石
韻。花犯云：「亞枝低，纍纍掛綠，秀才賣風味。紺珠勻綴，憶嚼徵含宮，齲齒妍麗。佳人手摘簷牙倚。呑
酸私自喜。記前月、紅潮初盡，香籌曾共被。心中難拋撇仁兒，春山皺蹙得，和愁憔悴。還可惜，雙
頭打，流鶯同墜。難甦醒、日長人困，剛脆滴、櫻桃濃睡裏。巧一陣、楝花風過，吹芳魂似水。」立夏咏梅
子。用清真梅花韻。瑤花云：「先春冰散入，瞑花明没，簷牙高啄。籬梢庭卉，折幾枝，都似梳翎凍鶴。玉人何

處，正暖炙、鵝笙小閣。倚獸爐、纖指頻温，字濕紅牙新學。珠簾十二重遮，想此處清寒，不上梅萼。金樽翠袖，生俊煞、呵筆彩毫相角。苦吟句就，憶驢背、舊游如昨。較淺斟低唱今宵，如此風情不惡。」咏雪。小樓連苑云：「秋園白露初肥，家家拾紫登山麓。金風小罅，吴霜乍點，嫩黃纔足。未出瑶房，暗驚纖手，顰眉刺觸。喜合歡腰細，於中微束，稱鴛鴦比肩名目。作意春尖笑剥，褪中衣、軟温澀縮。漫投歡袖，可堪君口，情甜意熟。度脆飴脣，回甘犀齒，秋魁冠玉。恥雕盤薦飾，紅牋私裹，寄緘重複。」食新栗作。閨秀李因，字是庵，杭州人。光禄卿葛徵奇妾。有竹笑軒集。按是庵畫法陳白陽，工詩及詩餘，語短情長，去北宋未遠。南鄉子云：「嘹嚦過南樓。字字横空引起愁。欲作家書何處寄，誰投。目送孤鴻淚暗流。憶昔共追游。荻岸漁汀繫小舟。又是那年時候也，休休。開到黃花知幾秋。」聞雁感懷。菩薩蠻云：「鶯聲漸老春歸去。游絲着意留花住。獨自倚空樓。珠簾嬾上鉤。妬他雙宿燕。故把重門鍵。月照小闌干。羅衣怯暮寒。」以上補人。劉基水龍吟云：「鷄鳴風雨蕭蕭，側身天地無劉表。啼鵑迸淚，落花飄恨，斷魂飛遶。月暗雲霄，星沈煙水，角聲清裊。問登樓王粲，鏡中白髮，今宵又添多少。極目鄉關何處，渺青山、髻螺低小。幾回好夢，任他歸去，被渠遮了。寶瑟絃僵，玉箏指冷，冥鴻天杪。但侵階莎草，滿庭緑樹，不知昏曉。」感懷。和東坡韻。摸魚兒云：「正凄涼月明孤館，那堪征雁嘹唳。不知衰鬢能多少，還共柳絲同脆。朱户閉。有瑟瑟蕭蕭，落葉鳴莎砌。斷魂不繫。又何必殷勤，啼螿絡緯，相伴夜迢遞。樵漁事。天也和人較計。虛名枉誤身世。流年滚滚長江逝。回首碧雲無際。空引睇。但滿眼芙蓉，黃菊傷心麗。風吹露洗。寂寞舊南朝，憑闌懷古，零淚在衣袂。」金陵秋夜。林章長相思云：「江南頭。江北頭。水滿花灣花滿洲。花間是妾樓。　郎東頭。妾西頭。妾處春波郎處流。勸郎休蕩舟。」　陳繼儒昭君怨云：「記得去年穀雨。柳上黃鸝爾汝。小伎撥琵琶。日初斜。　曲斷留儂歸去。家在竹溪西住。綠樹暗藤花。試新茶。」　卓人月洞仙歌云：「開元遺事，有香肌紅汗。一點情緣幾能滿。蜀中來、坡下辭却三郎，今再世，怕說漁陽兵亂。　良宵炎未解，重理深盟，如在長生望秋漢。休管外廂愁，遮莫烽烟，四十萬、男兒驅轉。且滴露、書完百篇詞，比王建佳吟，羽商都換。」孟蜀宮詞。次東坡韻。　水龍吟云：「天孫慵繡銖衣，唾絨數點空中墜。上無塵惹，下無泥涴，禪心俠思。縹渺悠揚，穿林度莽，煙衙難閉。　笑鱗鱗桃片，田田榆莢，卧蒼蘚，誰能起。　獨有輕魂耐舞，恥追隨、石家行綴。不教蟻捉，未容魚唼，休防鶯碎。更露奇蹤，化爲萍葉，入于池水。但玉樓怨汝，驅春彈與，一般般淚。」楊花。次東坡韻。　錢繼章蝶戀花云：「淡月熹微天耿耿。莫下庭階，照見愁人影。扶起亂雲猶不整。枕香一寸斜侵領。　總是多情添咽哽。惱殺霜風，偏入愁腸冷。無語暗魂銷欲盡。黃鸝飛上桃花梗。」　呂福生摘得新云：「夜合花。連枝插鬢鴉。繡窗人獨倚，婿天涯。夜來妬殺花枝合，碎揉他。」以上補詞。

李貞儷詞

詞苑叢談載明妓李貞儷句：「相思莫寫上陽花。恐被風吹愁起滿天涯。」用唐雍陶詩意，不減草衣道人憶秦娥也。貞儷，明詞綜不録。

蓮子居詞話卷之四

拙政園詞

徐湘蘋夫人拙政園詞，清新獨絶，爲閨閣弁冕。同時如商媚生、朱遠山，弗逮也。拙政園始末，詳阮葵生茶餘客話。余獲見文待詔爲王御史所作拙政園圖，設色細謹，筆法縱横變化，極經營慘淡而出之。凡三十有一葉，葉各繫以古今體詩，最後有記，皆待詔書。王宰一生，鄭虔三絶，萃于斯矣。圖成于御史始創，厥後輾轉易主，迨夫人時，花木臺榭，已非復從前位置。今輾轉屢易，求如夫人時，又不可得，撫是幀爲之三歎息也。夫人吴郡舊家，董潮東臯雜抄載夫人初歸及夫人姊事，出於傳聞之誤。抑或以相國精子平術，好事者故從而爲之辭與。待詔圖，今藏吾鄉胡爾滎家。

填詞非小道

王少司寇昶云：世以填詞爲小道，此捫籥扣槃之見，非真知詞者。詞至碧山、玉田，傷時感事，上與風騷合旨，小道云乎哉。通人之言，識解自卓。徵歌度曲，蓋猶近風雅。腰鼓三百副，終勝於牧豬奴戲耳。

朱彝尊論南宋詞

詞至南宋，始極其工。秀水創此論，爲明季人孟浪言詞者示救病刀圭，意非不足。夫北宋也，蘇之大，張之秀，柳之豔，秦之韻，周之圓融，南宋諸老，何以尚玆。

蘇辛並稱

蘇辛並稱，辛之於蘇，亦猶詩中山谷之視東坡也。東坡之大，與白石之高，殆不可以學而至。

王三緑與毛三瘦

鄒程村稱阮亭爲王三緑，沈東江稱稚黄爲毛三瘦，可與都官郎中並韻齒頰。

金煜詞

會稽金煜，字子藏，一目重瞳子。弱歲有客謂曰：「君，南唐李後主再世也。得平戌，失平戌，識之識之。」書虞美人詞以去。有「天津橋上望歸舟。又是黄花落水秣陵秋」云云。當時疑客知煜名，而一目重瞳子，又與陸游南唐書適合，故作此妄語。後煜年十九，中順治戊戌進士，授郯城縣知縣。康熙庚戌罷職。甲戌旅死天津。客所謂一一盡驗。相傳後主物故後爲獅子國王，乃閱六百六十餘年，重入輪迴，成進士，爲邑宰，復坎壈以没。何後主之再世而多窮也。顔崇槼種李園詩話紀此事，言後主嗣位及國亡身隕亦在戌，與南唐書、宋史多不符，此不實之論。

錢黯詞

趙秋谷執信，康熙己未進士，與乾隆己未進士認先後同年，傳爲僅事。嘉善錢書樵黯順治乙未進士，至康熙乙未猶存。又十餘年，年九十五而没。當時稱二十四科前進士，視秋谷尤難得也。公官江南池州府推官，以事罷職歸里，杜門優游五十餘年。嘗賦滿江紅云：「問先生何意戀東籬，思之熟。」蓋自得之語。公法大癡山水，不落畫史臨摹習氣，畫徵録稱之。

迴波詞

通鑑載李景伯迴波詞云：「迴波爾時酒巵。微臣職在箴規。侍飲已過三爵，喧譁竊恐非儀。」本事詩載沈佺期云：「迴波爾時佺期。」全唐詩載裴談云：「迴波爾時栲栳。」三詞皆以迴波爾時開端，其體如此。大唐新語載景伯詞作迴波詞，持酒巵。顧亭林日知録據此，謂首二句三言，下二句六言，翻疑通鑑之誤。錢竹汀養新録論正之。

葉夢得賀新郎

石林賀新郎「誰採蘋花寄與」，又「悵望蘭舟容與」，或以與字韻重，改「寄與」作「寄取」。按「容與」之與去聲，讀曰豫，見揚雄河東賦注。又漢書禮樂志注：閑舒也。閑舒之義，亦當爲豫。浩然齋雅談、蘆浦筆記並著是説，謂疊兩與字礙格則可，謂與字複押則不可。

恁麽

稼軒「此身已覺渾無事，且教兒童莫恁麽」。「恁麽」亦作「甚麽」，見朱子語録。亦作「什麽」，見唐摭言。

亦作「只麼」，見黄山谷詩。亦作「者麼」，見元典章。皆「恁麼」之轉聲。

著摸

朱淑真詞「無奈春寒著摸人」。「著摸」二字，孔平仲、彭汝礪詩皆用之。

王一元詞

無錫王宛先一元占籍鐵嶺中，康熙癸未進士。生平有詞癖，顧大半散失。晚年自訂其所存一千六百餘首，釐爲二十卷，名芙蓉舫集。蘭泉先生詞綜未及採録，亟登數章，附見梗概。卜算子云：「無計遣春愁，簾外紅成陣。繡對鴛鴦配並頭，花下長交頸。欲繡漫停針，心上還重省。數盡歸期又不歸，繡着鴛鴦怎。」河傳云：「恨伊無賴。不同春住，恁般能耐。錦年光、都做月宨花債。教儂長自害。交紅被底香消也，輕寒夜，夢醒燈初灺。一聲聲。傍嚴城。殘更。擁衣和淚聽。」醉春風云：「記得送郎時，春濃如許。滿眼東風正飛絮。香車欲上，揾着啼痕軟語。歸期何日也，休教誤。忽聽疎砧，又驚秋暮。冷落黄花澹無緒。半簾殘月，和著愁兒同住。相思都盡了，休重鑄。」綺羅香云：「對月魂銷，尋花夢短，此地恰逢春暮。絶勝湖山，能得幾回留住。弔蘇小、紅粉西陵，咏江令、緑波南浦。看紛紛、油壁青驄，六橋總是斷腸路。重來樓上凝眺，指點斜陽外，扁舟歸渡。過雨垂楊，換盡舊時眉嫵。牽愁緒、雙燕來時，縈别恨、一鶯啼處。爲情癡、欲去還留，對空樽自語。」將别西湖，用梅溪詞韻。倦尋芳云：「修眉似畫，翠羽疑梳，恁般幽雅。托得鶼鶼，生怕鴻孤鵠寡。結同心，思比翼，前身合是韓憑化。恨雕籠，漫供人近玩，檻邊簾下。　互擒縱、淒淒隻影，蹴盡殘紅，獨自悲咤。　萬種離愁，忍孤負月明今夜。斂翅重來，羈紲處，啾啾細絮傷心話。　笑無端，惹空閨，淚如鉛瀉。」相思鳥。宛先，初爲錢唐趙恆夫給諫吉士揚州觀風所拔士，久居寄園，後官内閣中書。無子，以女適給諫孫。今芙蓉舫集二十卷，在錢塘趙氏。

吴檠詞

吴檠，字青然，全椒人。應乾隆朝博學宏詞，乙丑成進士，官刑部主事。有陽局詞抄，蘭泉先生詞綜遺之。點絳唇云：「簾局烟寒，夢魂無據如飛絮。殘紅一樹。幾點黄梅雨。　屈戌重重，偏放愁來路。啼鵑住。王孫何處。芳草連天暮。」鳳銜盃云：「花落空廊湘簾覆。滴不了、畫檐懸溜。怪掠雨拖煙，緑楊也爲傷春瘦。鎮日把，腰圍鬬。　倚屏山，看白晝。漫閒吟，蜀牋題就。正萬轉千迴，甘蕉一寸心兒透。是骰子，安紅豆。」霓裳中序第一云：「青楓冷露泫。一抹銀灣光歷亂。此日針欹綵線。記月地雲階，茜裙紈扇。雙星夜看。又暗中、芳序偷換。重提起、斷腸往事，壞壁候蛩歎。淒怨。擘釵分鈿。誑密證、凭肩私願。如今仙亦不管。悵贈枕啼衣，玉顏霄漢。寄詩何日見。怎忘了、人間郭翰。空凝望、魚天皴碧，徙倚畫欄畔。」青然子荀叔烺，由内閣中書官同知，有杉亭詞及學宋齋詞韻，今並行於世。

樓儼詞

樓敬思論蘇公點絳唇重九詞云：「上半翻杜句，下半使漢武横汾事，兼李嶠詩。妙在數虚字運掉，便化實爲虚。」此語最得用古之訣。其自作八聲甘州重九詞，起云：「算幾番紅到水邊楓，天氣近重陽。」先點題。接云：「最難逢，晴霽花黄酒緑，多少詩忙。」頂重陽來，翻「滿城風雨近重陽」意，引出吟詩。接云：「著了登高吟屐，那肯負秋光。往事都休矣，身在他鄉。」以吟字承詩忙，用他席他鄉送客杯語束住，逗起下半。換云：「正是匆匆相見，又匆匆相别，一棹秋江。記小亭晚桂，冒雨吐幽香。」追敍重陽前作别，借菊爲重陽冒雨開意，照應上半。接云：「想而今茱萸雙鬢，向樽前、未必不思量。」折入對面，用「偏插茱萸少一人」，「九日樽前有所思」語。結云：「空延竚，一繩雁序，唤起淒涼。」用「江涵秋影雁初飛」意，叫醒重陽，且雙關别緒。筆意清空不質實，其善用前人詩，殆不減蘇公也。

何承燕詠留鬚

隨園詩話留鬚踏莎行詞，頗涉語趣，可入堅瓠集。云：「馬齒頻加，鵬程屢蹶。還容爾面添何物。丈夫欲表必留鬚，試問那個些兒没。窺鏡多慙，染羹誰拂。鬑鬑博得羅敷悦。從今但擬學詩人，閒吟便好將他捋。」詞爲何春巢承燕作。

毛稚黄論韻失檢

毛稚黄韻白云：「唐詞守詩韻，然亦有通别韻而用之，如宋詞韻者。此語失檢。考隋陸法言切韻五卷，唐儀鳳二年長孫訥言爲之注。後天寶十年，孫愐重修，于是乎有唐韻，爲當時辭章家所用。本無詩韻專書，亦無詩韻專名。顧得謂唐詞守詩韻耶。大抵唐詞與詩同出於唐韻，唐韻雖遞有增加，而切韻二百六部舊目，依然不改。辭章家閒苦韻窄，通别韻而用之。其於詩已往往而有，不獨詞也。詞寬於詩，故韻亦較寬，非守詩韻而別有所謂如宋詞韻者也。逮天寶末，越二百五十三年，爲宋景德四年，崇文院上校定切韻五卷，依九經書例頒行。明年大中祥符元年，更名大宋重修廣韻，而二百六部舊目，實亦依然不改。當景德間，詔殿中丞邱雍重修切韻也。龍圖待制戚綸復奉詔取切韻要字，備禮部試作韻略。又三十一年爲景祐四年，從賈昌朝請，韻窄者通十三處。四月奉詔重修，六月卽以重修禮部韻略頒行。二百六部之併，殆自此始。劉淵踵而甚焉，浸益變亂。韻白乃謂一百七部，唐人相傳以迄于今。誤以劉淵本爲孫愐唐韻，與顧亭林誤以李燾本爲徐鉉説文，同爲通人之笑柄已。

詞韻考略

許蒿廬詞韻考略言古今通轉及借叶法，説本樓敬思洗硯齋集，可取以補榕園所未備。但其所云古今通轉，仍當標廣韻部目，借叶則當註借叶某部某字，庶不至因一部而累及數部，因一字而濫及數字，爲識者笑也。

鄭澐詞

廣陵吟事作於馬氏兩徵君。嗣是才士麇集，竹西絃管之盛，真不負玆佳山水閒風月也。鄭太守楓人先生澐稍後起，倚聲之學，終推爲擅場。太守襟度瀟灑，官杭州時，鷁艫鷗舫，判牒湖山。迄今想玉勾草堂宦況，彷佛紅豆詞人之在吳興也。杭州府志，以鄭志爲佳。

王時翔詞

太倉自梅村祭酒以後，風雅之道不絕。王小山時翔與同里毛鶴汀健、顧玉停陳垿倡詞社。又有王漢舒策、素威畧、潁山嵩、存素𢢾、徐冏懷庚輩起而應之，幾於人人有集。小山自跋云：「余年十五，愛歐陽文忠、晏叔原、秦少游之作，摹其豔製，得二百餘首。」蓋意主北宋，而以格韻自賞者。其詞如一斛珠云云，行香子詠簾云云，雨淋鈴題漢舒香雪詞云云，三姝媚桐花云云，曲遊春新柳云云，花犯云云，洵乎與浙西六家，異曲同工矣。

江左七子

江左七子，吴舍人泰來、趙農部文哲尤工詞。而王少司寇昶，晚續竹垞詞綜之刻，俾枯槁憔悴之士，垂聲藝苑，洵不朽盛事也。吴中擅詞學者，如朱上舍昂、施明府源、沈進士清瑞、吴茂才翊鳳，各自名家，瓣香南渡，俱卓然可傳者也。

郭麐詞

小令之難，難於中長。郭頻伽麐好事近云：「深院斷無人，拆遍秋千紅索。一桁畫簾開處，在曉涼池閣。潛行行過曲欄干，往事正思着。猶認墮釵聲響，卻梧桐葉落。」賣花聲云：「秋水澹盈盈。秋雨初晴。月華洗出太分明。照見舊時人立處，曲曲圍屏。　風露浩無聲。衣薄涼生。與誰人說此時情。簾幕幾重窗幾扇，說也零星。」循環諷誦，殆無復加。

詞愈淡愈妙

詞愈淡愈妙。頻伽翠樓吟云：「似儂曾到。只三兩人家，看來都好。柴門小。芙蓉無數，一時紅了。」惟其不着色，所以爲高。張渌卿翊尤能作苦語。真詞中獨闢之境。

凌廷堪賦紅葉

夢窗夢芙蓉九十七字，紅友詞律失載，竹垞、樊榭嘗用之。歙凌次仲廷堪梅邊吹笛譜賦紅葉，亦寄此解。次仲言：清真月下笛與白石玉田諸作迥異。今細校之，卽瑣窗寒，惟換頭處少一字，疑是瑣窗寒別名，非月下笛本調。此說足正紅友詞律之誤。月下笛本調，與瑣窗寒大略相同。只上半中四句下半後四句不合，而清真此闋，則純乎瑣窗寒耳。

凌廷堪湘月詞序

次仲湘月詞序，宜與萬氏專以四聲論詞。瀘州先著以爲宋詞宮調失傳，決非四聲所可盡。按白石集滿江紅云，末句「無心撲」，歌者以心字融入去聲方諧。徵招云：正宮齊天樂前兩拍是徵調。今考徵招起二句與齊天樂平仄符合。然則宋詞原未嘗不以四聲定宮調，而萬氏之說，初不與古戾也。先著詞潔，意在詆剥萬氏通融取便。其論在湘月之後，故次仲賦湘月詞及之。

楊芳燦詞

詠物如畫家寫意，要得生動之趣，方爲逸品。金匱楊蓉裳先生蘆花云：「正半鉤微月淡如煙，空江冷。」荔裳先生燕子云：「軟踏簾鉤，細語訴愁回。一片落紅看不得，飛去也又銜來。」一以神韻勝，一以姿致勝，俱從前傳神所未到。

重建曝書亭題詞

曝書亭在梅里勝處。百餘年來，蔗芋閒田，竹梧舊徑，渺不可問矣。儀徵阮雲臺中丞撫浙時，就其址重建曝書亭。舊有竹垞圖，曹次岳岳所作也。中丞屬周采巖瓚、方蘭坻薰重摹之，追和百字令。原詞二闋，相率而和者三十餘人。

張雲錦詞

厲樊榭序當湖張龍威雲錦紅蘭閣詞，稱其詠宋故宮芙蓉石云：「指一抹牆角殘陽，不照蓬萊舊城闕。」詠秋柳云：「莫再問靈和，剩禿髮毿毿如此。」詠蘆花云：「有誰能畫出，楚天秋晚」等句，直與白石爭勝於毫釐。當湖故詞藪，吾友胡瘦山金題言，沈氏陸氏稱極盛。張氏今涪奕樞紅螺詞，亦樊榭序而行之。瘦山有金屑詞，與屈韜園爲章紫華舫詞，皆不墜其鄉先生之傳者。

許宗彥詞

德清許周生先生宗彥，以經學著名，尤精曆算。華藏室詞，清籟泠泠，造楞伽頂上。臺城路舟中聽雨云云，與金匱孫平叔先生爾準瑤華夜雨云云，賦雨景入妙。平叔先生有霜葉飛過馮氏竹素園云云，感慨欷歔，神味高絶。

吴縠人詞

縠人先生詞，有高妙語，有幽秀語。臺城路云：「空明一片。想深谷高眠，白雲都嬾。釣火何人，隔灘流數點。」富春道中。摸魚兒云：「船頭煮釀。待銅笛吹來，浩歌一曲，清絶衆山響。」江上觀捕魚作。宴清都云：「楓葉今朝冷。吴帆外、夕陽千里無影。」秋陰。湘江靜云：「渾未着秋花，偏空際、飛來秋句。」舟行小港中，兩岸青蘆彌望，蕭寥無人，水風間作，槭槭然如聞秋聲也。長亭怨慢云：「踏遍枯枝，半林殘葉墜如雨。」又，「記破曉幾點蒼茫，倩誰寫、亂山行旅。」寒鴉。解語花云：「纔省知回味，都無問此心灰否。」咏橄欖花。高妙語也。水龍吟云：「舊時喬木依然，一襟曾染詩人翠。斜陽小立，藕花飛夢，夢涼如水。」夏晚趙氏西池納涼。又云：「水香何處尋來，一痕淡月微茫墜。」白蓮。鎖窗寒云：「映蒼苔餘寒未休，隔簾又釀江南雨。甚滿身冷翠，低鬟微嚲，摘梅簪去。」緑陰。水龍吟云：「短篷小泊，一簪飛雪，惱人愁共。」秋蘆。春霽云：「早料此度歸時，鷺鷥頭上，藕花翻雨。」重赴嚴江，留别社中諸子。臺城路云：「休提燕子。問頭白僧歸，主人知未。獨立蒼茫，冷螢移暗尾。」南湖感舊。石湖仙云：「尋夢到蘆花，只留得鷗心一片。蒓香吹老，問幾棹采魚歸晚。雲斷。認破帆指塔遥轉。」題王述庵先生三泖漁莊圖。過秦樓云：「待鬌絲攏罷，甜香一擈，蝶魂應戀。」玫瑰。

秋霽云：「愛短橋外，只是滴翠搖青，聽延秋紡，一蛩吟遠。」牽牛花。壺中天云：「曲閣遲燈，虛廊颭笛，夕氣涼如水。蟲絲絡遠，豆棚疎處輕墜。」夏晚坐綠意亭納涼。月華清云：「想玉欄吹老苔花，枉閒却、扇邊眉嫵。」九月望夜，被酒歸來，明月在窗，清寒特甚，新愁舊夢，棖觸於懷，因賦此解。瑤花慢云：「牆腰低沍，還誤認、夜深殘月。問者番、霽後園林，瘦却梅花誰說。」風雪作寒，寓齊岑寂，擁爐孤坐，偶歌此詞，怳惚玉龍起舞也。幽秀語也。先生屬對俱精，可入陸輔之詞旨。

程瑜詞

周草窗采綠吟九十九字，倚風嬌近七十字，紅友詞律失載。詞見蘋洲漁笛譜。近日仁和程瑜小紅樓詞四卷，鮮耀綿整，雅近周草窗。草窗于宋景炎間宰湖州，瑜亦官湖州，學博與弁陽嘯翁若有夙契。小紅樓警句臺城路云：「朋簪勝引。似落日疎林，幾鴉飛趁。一笑開尊，蠟燈紅暈翠簾暝。」又，「冰蟾弄影。潑滿地清波，醉魂搖冷。」孫雪帷招飲東園載酒處。薄倖云：「綠波南浦。莽天涯知否重來，淚滿斜陽樹。」書汪柳河懊惱曲後。臺城路云：「優曇淨土。牋一匊情癡，不堪重訴。」花魂。天香云：「蓮舌花翻露氣。搵碧唾、餘甘袖羅底。一握温馨，近前笑遞。」烟草。疎影云：「輕陰棹入江村裏，看暝色高樓初赴。怕有人誤識歸舟，帶了夢魂飛去。」帆影。長亭怨慢云：「鬬月明粧，笑桃嬌靨渺何許。嫩鶯嚦晝，空學了吹蘭語。細雨失遙山，又淚掩韋娘眉嫵。」憶。木蘭花慢云：「青梢。蛻痕幾豆，是相思、留得舊情苗。」落梅。

汪初詞

明妓潘湘雲，嘉禾人，與姑蘇生鮑，有終身之訂。後鮑落魄他鄉，音書梗絶。湘雲爲母所逼，卒歸武夫，鬱鬱不得志以死。其畫像流傳吴中，好事者以輕綃摹之。亭亭倩影，小坐玉梅花下，恍在羅浮曉月間。錢塘汪絳人初製金縷曲二章題之。詞云：「十二峯前影。被輕颺、離離吹斷，芳心自警。湘上鴛鴦蘇臺月，照見錦翎相並。渾不計、緑昏紅暝。重訪枇杷花下宅，約鈿車、載向芳隄等。思往事、助悽哽。樂昌難合徐郎鏡。悵無端、畫眉人去，妝臺玉冷。妾似飛花本無主，無那郎如斷梗。將薄倖、做成薄命。燕子樓空無處所，再休言、彩鳳隨鴉肯。春事了，落紅猛。」又「好事推吴質。展輕綃、畫圖重省，春風彩筆。閒向玉梅花底坐，認得前身明月。似夢醒、羅浮時節。那有翠禽相並宿，只三更、杜宇啼紅血。緘幽怨，向誰説。廣平謾道心如鐵。耐孤寒、也曾憐到，冰肌玉骨。留取鮑家詩句在，唱徹秋墳聲咽。經幾度、花殘月缺。我有相思紅豆子，種情根、好待他時結。帳中影，望明滅。」絳人有滄江虹月詞二卷，玉連環影云：「微雨颸作愁千縷。落盡檐花，花底人無語。」轆轤金井云：「夾港人家，籬門半掩，梅花香細。」解連環云：「紅絲舊情猶戀。歎因循誤了，玉河雙燕。記衝寒小立溪橋，曾點上征衫迷離成片。深院重來，又堆起新愁無限。」春雪。瑶花云：「迷離光影，看樹底白燕，飛來無跡。」梨花。長亭怨云：「吹殘羌笛，看柳色黄如此。」塞鴻。金縷曲云：「儂本金牛湖上客，生小便工吴語。從未識苧蘿村女。三月雙隄楊柳碧，怎教人獨做鶯花主。」送友返越。等語，皆翩翩有致。

査堯卿詞

吾鄉査堯卿上舍蟋蟀詞云：「西風長誤汝，涼葉院，一聲聲。況孤館今年，零煙碎雨，斷角淋鈴。萬里蘭成歸思，最難堪、酒醒是三更。切切空庭私語，一番幽夢初驚。誰知灞岸已難聽。猶是古山城。料紫塞窮秋，黃沙衰草，更覺淒清。中夜哀音四起，正漢家、驃騎擁神兵。原註：時適用兵西陲。何似寶釵樓外，傍他螢火牆陰。」調寄木蘭花慢，悲涼激越，頗謂能拔幟於姜張兩名作之外。堯卿有還佛詩抄四卷。

吴兔牀詞

「未知竹影工詞客，窗字還添幾個香。」季父兔牀先生柬陳微貞上舍句也。上舍有句云：「見他竹影篩窗，疏疏密密，總寫著個人人兩字。」爲杭堇浦先生所賞，稱竹影詞人。

柳影詞與雁詞

姜怡亭之詞逸，倪米樓稻孫之詞俊，兩君柳影詞，並神妙欲到秋毫巔也。李白樓方湛雁云：「相思苦難說似。但長空宛轉，書個人字。」清思妙理，極熟題，誰解此戛戛獨造。

屠倬詞

「此心只有白鷗知，纏綿盪作湖波皺」，屠琴隖倬踏莎行句，有六一丰神。琴隖以詩畫鳴，自謂於詞不甚措意。然其豪爽疎雋處，不愧名家。長亭怨慢云：「問何事、東風吹緊。冉冉楊花，蕩摇春暝。淺水斜陽。模糊心事，更誰省。前塵如夢，休誤把、萍蹤認。禁得雨絲絲，點上了、離人雙鬢。不定。讓游絲掛住，粘着一重簾影。韶光漸老，渾不管、黛眉啼損。記前度、三起三眠，早添了、十分幽恨。只萬種春愁，却笑桐綿無分。」柳絮。法曲獻仙音云：「欲雨還晴，乍寒輕暖，釀就天涯風雪。枕上河聲，酒邊鄉思，孤懷倍憐羈屑。寫不盡，匆匆語，聊憑鴈鴻說。夢飛越。柁樓前、滿川雲樹，渾不辨、山色隔江一髮。玉臂不勝寒，想鄜州、還有明月。燭炧香消，只今宵、真個愁絕。聽船頭畫角，已是五更吹徹。」河壖雪夜寄内子書。徵招云：「孤鴻一落江湖影，難尋舊時鴛侶。愁絕此天涯，況連朝風雨。長安春已暮。只休說、劉郎前度。手疊蠻牋，斜行淡墨，更無他語。雲路鬱蒼茫，春深處、想見城南尺五。小院古藤陰，又幾人曾住。離懷方觸迕。更添得、酒悲如許。偏今夜、遥望觚棱，有夢魂先去。」德州寄都下友人。揚州慢云：「春老愁邊，酒醒花外，幾番盼斷巫雲。記心香爇後，又幾箇黄昏。奈芳草、天涯似夢，十年前事，空負蘭因。恨江潭飛絮，吹來偏化浮萍。畫圖省識，對遥山、青鎖眉痕。只杜若香殘，蘼蕪緑減，都是愁根。解説楚騷哀怨，孤芳在、雜佩誰紉。祝番番風信，爲伊深護重門。」李梅龕大使出示歌妓蘭真小影，爲題此闋。

孫顥元賦洋西瓜

洋西瓜，其小如錢，翠蔓疎花，離離可愛。吾友孫華海顥元賦紅娘子云：「舊種青門擅。小樣真稀見。翠盎移來，低垂密映，緑丸深淺。漫思量、雪藕與冰桃，向芳筵同薦。裊裊疎藤顫。點點黄花滿。留待新秋，閒庭乞巧，勻圓齊翦。想瓊漿味少總芳甘，染朱脣纔半。」華海與弟邵菴熙元並績學嗜古，插架之盛，論者以比趙氏三十六鷗亭也。邵菴兼善彈琴吹簫。

李堂詞

吾杭近日工詞者，琴隝華海而外，李西齋堂之學爲最深。梅邊笛譜，精整圓潔。天香，歲暮將歸城西，賦別齋前梅云云，高陽臺，春晚養痾杜門，偶至湖上花事已闌云云，又城北沈氏園古桂云云，琵琶仙，訪嚴修能不值云云，解語花云云，非淺涉其藩籬者所能到。

許乃賡詞

吾友許藹舲乃賡，詞致清宛，絶似山中白雲。聲聲慢云：「捲簾人靜，背閣燈殘，無端逗起秋心。夜望長安，知有客枕先驚。窗寒悄聞細語，乍雕闌、又過花陰。重太息，料閒門醒鶴，遠夢難尋。腸斷江南往事，記高樓獨倚，聽遍商聲。冷月孤懸，淒怨不似而今。西風爲翻別調，問空山、誰是知音。算此夕，但流雲、能和素琴。」藹舲弟頌年乃嘉尤工詞，早世著有琴語軒詩餘。河傳云：「秋暮。人去。小樓前。何處重尋翠鈿。花枝笑我又經年。涼天。擁衾成獨眠。別處相思誰與說。簾影隔。望也無消息。奈蕭娘。没商量。橫塘。藕絲都斷腸。」滿庭芳云：「衰草縈青，暮雲槮白，極目已是殘秋。遠天如墨，寫得幾歸舟。人世可憐萍梗，西泠水、那只東流。閒凝佇、櫓聲飛處，一雁下南樓。悠悠。記昨夜爐煙茗串，相對齋頭。莫忘了湖山，寒到盟鷗。但聽啼螿淒切，闌干外、猶訴離愁。憑相約、劉郎重到，前度夢中遊。」贈別劉芙初。紅娘子云：「滿地松陰繞。四壁蛩音悄。讀畫疑仙，敲碁破夢，一絲琴裊。韻泠泠認是暮山泉，借行雲流到。林際秋聲老。牆角清光早。簾捲隨風，闌凭待月，暝愁多少。怕蕭蕭落葉滿空庭，又昏鴉啼了。」右翠軒夜坐。

余鍔詞

琴隖讀書處，設梅花紙帳，金冬心諸公手筆也，爲吴山尊學士鼒所贈。琴隖賦疎影詞紀其事，詞載耶溪漁隱。余慈柏鍔有句云：「身在花中，着意尋香，却又香尋無處。」賦物之妙，直是嵌空瀏亮。慈柏亦工畫梅。

李氏生香館詞

近來林下之秀，無過於長洲紉蘭李氏生香館詞，如鳥中子規，自是天地間愁種。賣花聲云：「眉影控簾釘。花補苔痕。滿身香霧嫩寒侵。怨入杜鵑聲裏血，獨自愁吟。玉笛離情。草長紅心。月鉤空弔美人魂。憐爾爲花猶命薄，何況儂今。」暮春感賦。菩薩蠻云：「冰輪碾破遥空碧。砧聲敲冷相思夕。望斷鴈來天。瀟湘煙水寒。玲瓏花裏月。知否人間別。一樣去年秋。如何幾樣愁。」秋夜書懷。蝶戀花云：「記得黄昏躭静坐。寵柳嬌花，春恨吟難妥。珠箔飄燈風婀娜。四圍碧浪春痕簸。譜就紅鹽蘭燭墮。擊碎珊瑚，唱徹誰人和。提起閒愁無一可。淚絲彈瘦緗桃朵。」露華云：「星疎雲斂。正蓮漏將殘，樹影低轉。忽逗惺忪，依舊一痕秋淺。憐渠那忍先眠，夜夜照人清減。還知否，眉梢恨多，偏是儂見。小庭暑退紈扇。便誤拜深深，香裊心篆。争奈一回凝竚，一回長嘆。賸得前度閒愁，挂在寶簾銀蒜。羅衣冷，花魂和夢銷黯。」殘月。金縷曲云：「月照梨花白。背銀屏、疎檠黯澹，薄寒猶怯。烟暝星摇青欲墮，幾樹香桃紅濕。却正是、銷魂時節。夢影迷離歸路遠，聽啼鵑、泣遍春山碧。飛不度，滄江闊。柔腸細綴丁香結。想于今、去原有恨，住還無益。兩地相思終不見，何似翻然輕別。怕此後、更無消息。一點墨痕千點淚，看蠻牋、都漬殷紅色。數虬箭，四更徹。」暮春月夜，懷林風畹蘭於吳中。時余將赴中州，感賦此解，即寄奉柬。又云：「梵宇隨花轉。正銷凝、孤鴻影裏，斜陽庭院。一桁翠簾波瑟瑟，依約隔花曾見。渺天際、嬌雲弄晚。背立東風空徙倚，奈離愁、曲曲都縈遍。認千點，啼紅怨。低徊怕問閒池館。剩依然、杏梁雙燕，惜春微嘆。寂寞海棠紅暈近，只是看花人遠。再軟踏、苔衣尋遍。十二碧城天似水，嵌玲瓏、夜月春痕淺。又試拍，輕魂喚。」闌干。又云：「展卷靈光放。罨銀屏、玉蕤煙燼，冷吟閒望。讀到夜窗虛似水，百斛淚珠難量。可只爲、落梅淒悵。真向百花頭上死，倩二分、明月和愁葬。疎彭澹，暗香蕩。奇才合住青冥上。想當時、裁紅暈碧，清狂情況。嘆息詞人零落盡，祇有青山無恙。對衰草、斜陽門巷。小雨滴殘秋夢瘦，怪金飆、涼透朱櫻帳。正繞砌，亂蛩響。」題黄仲則悔存詞後，即用其贈汪劍潭韻。其已見靈芬館詩話者，不具録。

擷芳館詞

擷芳館詞，西江曹玉雨著也。謝家門第，左家才調，合而有之。金縷曲云：「燕子歸來又。門輕寒、簾纖細雨，清明時候。長遍階前芳草色，妝點韶華依舊。更消得、幾回僝僽。緑暗紅稀春漸老，恐凄涼、花亦如人瘦。只愁繫，萬絲柳。瑣窗一縷香殘後。夢初醒、者番憔悴，非關病酒。別有傷心無限意，試問東風知否。怎吹去、眉間顰皺。記得當年離別恨，到而今、淚尚盈衫袖。思往事，但回首。」南浦云：「佳節未清明，怪東風、吹絮舞殘春影。芳訊勒花梢，珠簾外、先喚梨雲夢醒。嫩寒深鎖瓊樓，粉蝶迷香徑。紫陌難尋芳草跡，輸與灞橋新詠。誰憐瘦骨支離，到春來、鎮日閉門愁病。素帛彌關山，幾誤認、白燕歸來庾嶺。空教幽思茫茫，月浸虛窗冷。倩小鬟積向冰壺，漫把鳳團重整。」春雪。玉漏遲云：「緑陰涼月暗。湘簾欲下，紗籠漫捲。病起支離，瘦影怕教重見。休認夜珠一點，繫多少、春愁秋怨。思無限。香消漏盡，酒闌歌散。曾記舊日蘭閨，正翦燭分題，尚嫌宵短。爭似而今，祇解照人腸斷。況對疏窗冷雨，更獨倚、熏籠挑倦。鄉夢遠、心緒落花零亂。」燈。滿庭芳云：「鋤月孤山，同憐種玉，羅亭別有仙標。豔歌一曲，無語墮珊翹。莫是江妃吟倦，東風倚、愁緒無聊。冰壺淚，偷彈纖指，芳漬透鮫綃。寒梢。巡簷見、暖煙烘雪，笑破櫻桃。怕彩雲易散，橫笛休招。憶否瑤臺清曉，驚香夢、翠羽鈴搖。朱闌畔，枕痕霞暈，粉額未全消。」紅梅。大酺云：「翠颭簾波，銀鉤掛，暝色漸迷煙樹。湘闌還倚遍，向緑陰芳砌，幾回閒步。樓角疏星，柳梢淡月，暗記篆香新炷。被鵑魂喚起，剩蛛網飛紅，燕泥零絮。又獨檢雲奩，展冰絲紙，賦春歸句。楝花風信暮。望天外、極斷峯迴浦。謾贏得青衫淚溼，玉笛聲寒，凄涼譜出淋鈴雨。悵小屏曲榭，渾不似舊曾經處。更休問愁何許。鶯花短夢，都付陽關倦旅。銷盡黯然離緒。」

孫雲鳳詞

仁和女史孫碧梧雲鳳能詩文，工畫，擅南北諸曲，女中名士也。湘筠館詞，小令尤佳致，有南唐北宋意理。相見歡云：「年時小立苔茵。燕依人。記得柳花如雪，正殘春。砧聲急，蟲聲咽，忍教聞。又是梧桐深院，月黃昏。」菩薩蠻云：「翠衾錦帳春寒夜。銀屏風細燈花謝。鴛枕夢難成。綠窗啼曉鶯。愁來天不管。鬢墮眉痕淺。燕子不還家。東風天一涯。」清平樂云：「繡簾慵捲。篆縷迴腸轉。臨鏡自思人近遠。忘了畫眉深淺。單衣初試寒輕。錦屏閒却銀箏。又是清明時節，落花窗外啼鶯。」點絳脣云：「翠倚疏簾，昨宵夢冷池塘雨。天涯離緒。歲歲和春住。又是年時，煙鎖垂楊渡。斜陽暮。片帆何處。綠遍歸來路。」春草。浪淘沙云：「青影亂簾旌。點點春星。碧天如水月華明。深院夜涼人乍定，吹墮銀屏。闌外竹聲清。半臂紗輕。玉階猶憶那時情。團扇軟羅兜不住，茉莉釵橫。」螢。憶秦娥云：「秋蕭瑟。黃昏獨坐窗兒黑。窗兒黑。風風雨雨，怎生眠得。魚沈雁杳關山隔。故園又近茱萸節。茱萸節，遠書不至，燈花空結。」嘗畫梅寄女弟仙品雲鶴賦長亭怨慢云：「看點點、林梢初透。倚竹無言，暗香盈袖。水遠天長，素心獨抱，向誰剖。粉融脂溜，纔過却、燒燈後。望斷隴頭雲，鎮寂寞、雙蛾顰皺。記否。索共巡檐句，手撚一枝還嗅。江城玉笛，翻吹出、關山楊柳。早又是、淡月疏簾，照清影、和人俱瘦。縱筆吐江花，難寫春風如舊。」仙品賦金縷曲云：「重檢東風筆。記當年、晴窗呵凍，木香書室。三載羈人羅浮夢，誰問南枝消息。但淚眼、酸心頻拭。悔把江城三弄影，竟匆匆、吹入陽關笛。回首處，今非昔。故園又近黃梅節。料愁多、晝盞慵理，粉脂狼藉。客舍脆圓還薦酒，卻憶曉寒粧額。怕憔悴舊時顏色。若向孤山還放艇，念天涯、展卷遥相憶。思折取，寄離別。」仙品著有聽雨樓詞。德清許周生先生序孫茗玉蒸意衍波詞云：「碧梧清新，巽兑之爻競爽。」謂仙品及其女弟嫻卿雲鷗也。

茗玉詞

周生先生序茗玉詞云：「天邊問姓，盈盈水畔之人。花裏徵名，灼灼蓮中之的。胎瑶情於生小，地占湖山。馳鳳想於古今，家多載籍。」又云：「紅絲一縷，倩冷月爲良媒。白玉交卮，羨洞仙之豔福。」皆用茗玉本事。茗玉爲蕭山高穎樓明經第繼配。穎樓好事，擅才名，風雅倡隨，彷彿寒山趙氏。其高陽臺題李香君小影、柳梢青青梅、翠樓吟秋柳、滿庭芳美人春睡圖等闋，均足譽高白蠟，名重紅鹽。

任玉卮詞

任玉卮，荆溪人，諸生任頌女，適監生吴炘。蝶戀花云：「春雨催花知幾許。盡日濛濛，灑遍江頭樹。纔喜春來春又暮。一年好景成孤負。滿目飛花兼落絮。卻趁東風，冉冉隨春去。只有梁閒雙燕語。聲聲還在儂家住。」自是致語。詞載史承豫筆記。

陳筠詞

海鹽陳筠，字翠君。嘗有句云：「郎似東風儂似絮。天涯辛苦相隨處。」季父兔床先生喜誦之，摘入拜經樓詩話。翠君適馬青上少府，墨麟觀察孫也。亦工詞，有蓬萊閣吏詩餘。

顧若璞詞

王少司寇明詞綜，閨秀顧若璞，字知和，錢塘人，王某室。王當作黃，顧乃黃少參汝亨子文學茂梧婦也。早寡，能古文。王阮亭池北偶譚稱其有西京氣格。餘詳陳其年婦人集。

胡惠齋百字令

宋黃尚書由夫人，胡給事晉臣女也。能草書，詩文亦可觀，琴棋寫竹皆精。自號惠齋居士，時人以比易安居士。尚書帥蜀，夫人偕行，因几上塵，戲畫梅一枝，賦百字令云云，見皇宋書錄外篇。趙師羼知臨安府，浼少司成高文虎作西湖放生池記，誤以鳥獸魚鼈咸若屬商事。無名子有詞以嘲之，實夫人首摘其謬也。師羼銜之。會夫人卒，其婢竊物以逃，捕送臨安府。師羼鞫令指言主母，平時與弈者鄭日新通，所失物乃主母自與。遂逮鄭繫獄黥之。未幾，尚書以帷簿不修去國。睚眦細故，致令夫人負不白之寃於其身後，又何怪乎易安居士矣。後十餘年，師羼死，其家亦以曖昧被累。信乎人之存心，不可以不厚。而報復之理，昭昭不可揜也。夫人又有燈花沁園春詞，見詩餘廣選。

賈雲華詞

賈似道女雲華，與魏氏子訣别，賦踏莎行，起云：「墮水落花，離弦飛箭。此生無處能相見。」語意警絶。

卒鬱鬱以死。嗚呼，柏舟守義，而顧得之半閒堂弱息，亦以爲難。因思世俗南詞，動以奸臣之女，極道其貞且賢，亦非理之所必無。

仁王寺僧題詩

後村詩話載：福州仁王寺僧，喜唱望江南詞。後題詩有「當初只欲轉頭銜。轉得頭銜轉不堪。何似仁王高閣上，倚闌閒唱望江南」云云。惜不著其名。此二十八字，奚翅爲叢林棒喝耶。

樂府餘論

〔清〕宋翔鳳撰

樂府餘論目錄

樂府餘論

辨洞仙歌

漁隱叢話曰：漫叟詩話云：「楊元素作本事曲，記洞仙歌：『冰肌玉骨，自清涼無汗。水殿風來暗香滿。繡簾開，一點明月窺人，人未寢，攲枕釵横鬢亂。起來攜素手，庭户無聲，時見疏星渡河漢。試問夜如何，夜已三更，金波淡、玉繩低轉。但屈指西風幾時來，又不道流年，暗中偷换。』錢塘一老尼，能誦後主詩首章兩句，後人爲足其意，以填此詞。余嘗見一士人誦全篇云：『冰肌玉骨清無汗。水殿風來暗香暖。簾開明月獨窺人，攲枕釵横雲鬢亂。起來瓊户啓無聲，時見疏星渡河漢。屈指西風幾時來，祇恐流年暗中换。』」東坡洞仙歌序云：「僕七歲時，見眉州老尼，姓朱，忘其名，年九十餘。自言嘗隨其師入蜀主孟昶宫中。一日大熱，蜀主與花蘂夫人後起避暑摩訶池上，作一詞，朱具能記之。今四十年來，朱已死矣，人無知此詞者。獨記其首兩句云：『冰肌玉骨，自清涼無汗。』暇日尋味，豈洞仙歌令乎。乃爲足之云。」苕溪漁隱曰：「漫叟詩話所載本事曲云：錢塘一老尼，能誦後主詩首章兩句，與東坡洞仙歌序全然不同，當以序爲正也。」按叢話載漫叟詩話而辯之甚備，則元素本事曲，仍是東坡詞。所謂「見一士人誦全篇」云云者，乃漫叟詩話之言，不出元素也。元素與東坡同時，先後知杭州。東坡是追憶幼時詞，當在杭足成之。元素至杭，聞歌此詞，未審爲東坡所足，事皆有之。東坡所見者蜀尼，故能記蜀宫詞。若錢塘尼，何自得聞之也，本事曲已誤。至所傳「冰肌玉骨清無汗」一詞，不過檃括蘇詞，然刪去數虛字，語遂平直，了無意味。蓋宋自南渡，典籍散亡，小書雜出，真僞互見，叢話多有別白。而竹垞詞綜，顧棄此録彼，意欲變草堂之所選，然亦千慮之一失矣。

南宋人僞託石刻洞仙歌

宋趙聞禮陽春白雪卷二，載宜春潘明叔云：蜀王與花蘂夫人避暑摩訶池上，賦洞仙歌，其詞不見於世。東坡得老尼口誦兩句，遂足之。蜀帥謝元明因開摩訶池，得古石刻，遂見全篇：「冰肌玉骨，自清涼無汗。貝闕琳宮恨初遠。玉闌干倚遍，怯盡朝寒，回首處，何必流連穆滿。芙蓉開過也，樓閣香融千片。紅英泛波面。洞房深深鎖，莫放輕舟瑶臺去，甘與塵寰路斷。更莫遣流紅到人間，怕一似當時，誤他劉阮。」按云：「自清涼無汗」，確是避暑。而又云「怯盡朝寒」，則非避暑之意。且坡序云夜起，而此詞俱晝景。其中貝闕琳宮，闌干樓閣，洞房瑶臺，拉雜湊集，明是南宋人僞託。

歐公望江南

詞苑曰：王銍默記，載歐陽望江南雙調云：「江南柳，葉小未成陰。人爲絲輕那忍折，鶯憐枝嫩不勝吟。留取待春深。十四五，閒抱琵琶尋。堂上簸錢堂下走，恁時相見已留心。何況到如今。」初奸黨誣公盜甥，公上表自白云：「喪厥夫而無託，攜孤女以來歸。張氏此時年方十歲。」錢穆父素恨公，笑曰：「此正學簸錢時也。」歐知貢舉，下第舉人，復作醉蓬萊譏之。按歐公此詞，出錢氏私志，蓋錢世昭因公五代史中，多毁吴越，故醜詆之。其詞之猥弱，必非公作，不足信也。按此詞極佳，當别有寄託，蓋以嘗爲人口實，故編集去之。然緣情綺靡之作，必欲附會譏事，則凡在詞人，皆無全行，正不必爲歐公辯也。

聶長孺多麗

聶長孺多麗詞中云：「露洗華桐，烟霏絲柳，綠陰摇曳，蕩春一色。」胡元任云：「露洗華桐一語，是仲春天氣。下乃云綠陰摇曳春色，其時未有綠陰，亦語病也。」按謂綠意輕未成陰，故曰綠陰摇曳。若真詠綠陰，則摇曳二字便不穩。

張子野詞用方音叶

張子野慶春澤「飛閣危橋相倚。人獨立，東風滿衣輕絮。」以絮字叶倚，用方音也。後姜堯章齊天樂，以此字叶絮字，亦此例。

少游斜陽暮詞不重出

漁隱叢話曰：「少游踏莎行，爲郴州旅舍作也。」黄山谷曰：「此詞高絶，但斜陽暮爲重出，欲改斜陽爲簾櫳。」范元實曰：「只看孤館閉春寒，似無簾櫳。」山谷曰：「亭傳雖未有簾櫳，有亦無礙。」范曰：「詞本摹寫牢落之狀，若曰簾櫳，恐損初意。」今郴州志竟改作斜陽度。余謂斜陽屬日，暮屬時，不爲累，何必改。東坡「回首斜陽暮」，美成「雁背斜陽紅欲暮」，可法也。按引東坡、美成語是也。分屬日時，則尚欠明析。説文：莫，日且冥也，從日在草中。今作暮者俗。是斜陽爲日斜時，暮爲日入時，言自日昃至暮，杜鵑之聲，亦云苦矣。山谷未解暮字，遂生轇轕。

詞曲一事

宋元之間，詞與曲一也。以文寫之則爲詞，以聲度之則爲曲。晁无咎評東坡詞，謂「曲子中縛不住」，則詞皆曲也。度曲須知、顧曲雜言，論元人雜劇，皆謂之詞。元人菉斐軒詞林韻釋，爲北曲而設，乃謂之詞韻，則曲亦詞也。能改齋漫録載徐師川云：張志和漁父詞，東坡以爲語清麗，恨其曲度不傳，加數語以浣溪沙歌之。則古人之詞，必有曲度也。人謂蘇詞多不諧音律，則以聲調高逸，驟難上口，非無曲度也。如今日俗工，不能度北西廂之類。北宋所作，多付筝琶，故嘽緩繁促而易流，南渡以後，半歸琴笛，故滌蕩沈瀏而不雜。白雪之歌，自存雅音，薤露之唱，別增俗樂。則元人之曲，遂立一門，弦索蕩志，手口慆心。於是度曲者，但尋其聲，製詞者，獨求於意。古有遺音，今成絶響。在昔錢唐妙伎，改畫閣斜陽，饒州布衣，譜橋邊紅藥。文章通絲竹之微，歌曲會比興之旨。使茫昧於宮商，何言節奏，苟滅裂於文理，徒類啁啾。爰自分馳，所滋流弊。玆白石尚傳遺集，玉田更有成書。點畫方迷，指歸難見。惟先求於凡耳，藉通四上之原，還內度於寸心，庶有萬一之得。

慢詞始於耆卿

能改齋漫録曰：仁宗留意儒雅，務本理道，深斥浮豔虛薄之文。初進士柳三變，好爲淫冶謳歌之曲，傳播四方。嘗有鶴冲天詞云：「忍把浮名，換了淺斟低唱。」及臨軒放榜，特落之曰：「且去淺斟低唱，何要浮名。」景祐元年方及第，後改名永，方得磨勘轉官。其詞曰：「黃金榜上。偶失龍頭望。明代暫遺賢，如何向。未遂風雲便，争不恣遊狂蕩。何須論得喪。才子詞人，自是白衣卿相。烟花巷陌，依約丹青屏障。幸有意中人，堪尋訪。且恁偎紅倚翠，風流事、平生暢。青春都一餉。忍把浮名，換了淺斟低唱。」按詞自南唐以後，但有小令。其慢詞蓋起宋仁宗朝。中原息兵，汴京繁庶，歌臺舞席，競賭新聲。耆卿失意無俚，流連坊曲，遂盡收俚俗語言，編入詞中，以便伎人傳習。一時動聽，散播四方。其後東坡、少游、山谷輩，相繼有作，慢詞遂盛。東坡才情極大，不爲時曲束縛。然漫録亦載東坡送潘邠老詞：「別酒送君君一醉。清潤潘郎，更是何郎壻。記取釵頭新利市。莫將分付東鄰子。回首長安佳麗地。三十年前，我是風流帥。爲向青樓尋舊事。花枝缺處餘名字。」右蝶戀花詞，東坡在黃州，送潘邠老赴省試作也，今集不載。按其詞恣褻，何減耆卿。是東坡偶作，以付餞席。使大雅，則歌者不易習，亦風會使然也。山谷詞尤俚絶，不類其詩，亦欲便歌也。柳詞曲折委婉，而中具渾淪之氣。雖多俚語，而高處足冠羣流，倚聲家當尸而祝之。如竹垞所録，皆精金粹玉。以屯田一生精力在是，不似東坡輩以餘事爲之也。耆卿蹉跎於仁宗朝，及第已老，其年輩實在東坡之前。先於耆卿，如韓稚圭、范希文，作小令，惟歐陽永叔間有長調。羅長源謂多雜入柳詞，則未必歐作。余謂慢詞，當始耆卿矣。

詞實詩之餘

草堂詩餘，宋無名氏所選，其人當與姜堯章同時。堯章自度腔，無一登入者。其時姜名未盛。以後如吳夢窗、張叔夏，俱奉姜爲圭臬，則草堂之選，在夢窗之前矣。中多唐五季北宋人詞，南渡後亦有辛稼軒、劉改之、史邦卿、高竹屋、黄叔暘諸家，以其音節尚未變也。謂之詩餘者，以詞起於唐人絕句，如太白之清平調，卽以被之樂府。太白憶秦娥、菩薩蠻，皆絕句之變格，爲小令之權輿。旗亭畫壁賭唱，皆七言斷句。後至十國時，遂競爲長短句。自一字兩字至七字，以抑揚高下其聲，而樂府之體一變。則詞實詩之餘，遂名曰詩餘。其分小令、中調、長調者，以當筵作伎，以字之多少分調之長短，以應時刻之久暫。如今京師演劇，分小齣中齣大齣相似。

論令引近慢

草堂一集，蓋以徵歌而設，故别題春景、夏景等名，使隨時卽景，歌以娛客。題吉席慶壽，更是此意。其中詞語，間與集本不同。其不同者，恆平俗，亦以便歌。以文人觀之，適當一笑，而當時歌伎，則必需此也。詩之餘先有小令。其後以小令微引而長之，於是有陽關引、千秋歲引、江城梅花引之類。又謂之近，如訴衷情近、祝英臺近之類，以音調相近，從而引之也。引而愈長者則爲慢。慢與曼通，曼之訓引也，長也，如木蘭花慢、長亭怨慢、拜新月慢之類，其始皆令也。亦有以小令曲度無存，遂去慢字。亦有别製名目者，則令者，樂家所謂小令也。曰引、曰近者，樂家所謂中調也。曰慢者，樂家所謂長調也。

不曰令曰引曰近曰慢，而曰小令、中調、長調者，取流俗易解，又能包括衆題也。

岳倦翁論辛詞

辛稼軒永遇樂京口北固亭懷古一詞，意在恢復，故追數孫劉，皆南朝之英主。屢言佛貍，以拓跋比金人也。古今詞話載，岳倦翁議之云：「此詞微覺用事多。」稼軒聞岳語大喜，謂座客曰：「夫夫也，實中余痼。」乃抹改其語，日數十易，累月未竟。按此，則今傳辛詞，已是改本。詞綜乃注岳語於下，誤也。

吳夢窗酷酒所本

吳夢窗西子妝云：「流水麴塵，豔陽酷酒。」按酷酒，謂酒味酷烈也。白香山詠家醖云：「甕揭開時香酷烈。」此酷字所本。太白詩：「風吹柳花滿店香，吳姬壓酒勸客嘗。」當風吹柳花之時，先聞香味之酷烈，而後知店中有酒，故先言香，後言酒也。豔陽酷酒，正同此意。萬氏詞律，疑酷字之譌。然但言酤酒，便索然無味。

范石湖用笙字不誤

范石湖醉落魄詞：「棲烏飛絶。絳河緑霧星明滅。燒香曳簟眠清樾。花影吹笙，滿地淡黄月。好風碎竹聲如雪。昭華三弄臨風咽，鬢絲撩亂綸巾折。涼滿北窗，休共軟紅説。」高江村曰：「笙字疑當作簾，不然與下昭華句相犯。」按高説非也。此詞正詠吹笙。上解從夜中情景，點出吹笙。下解「好風碎竹聲如雪」，寫笙聲也。「昭華三弄臨風咽」，吹已止也。「鬢絲撩亂」，言執笙而吹者，其竹參差，時時侵鬢也。如吹時風來，則綸巾折，知涼滿北窗也。若易去笙字，則後解全無意味。且花影如何吹簾，語更不屬。

絶妙好詞以于湖爲首

南宋詞人，繫情舊京，凡言歸路，言家山，言故國，皆恨中原隔絶。此周公謹氏絶妙好詞所由選也。公謹生宋之末造，見韓侂胄函首，知恢復非易言，故所選以張于湖爲首。以于湖不附和議，而早知恢復之難。不似辛稼軒輩率意輕言，後復自悔也。宋史張孝祥傳曰：渡江初，大議惟和戰。張浚主復讎，湯思退主秦檜之説，力主和。孝祥出入二人之門，而兩持其説，議者惜之。按孝祥登第，思退爲考官，然以策不攻程氏專門之學，高宗親擢爲第一，則非爲思退所知也。本傳又言：張浚自蜀還朝，薦孝祥，召赴行在。孝祥既素爲湯思退所知，及受浚薦，思退不悦。孝祥入對，乃陳二相當同心戮力，以副陛下恢復之志。且靖康以來，惟和戰兩言，遺無窮禍。要先立自治之策以應之。復言用才之路太狹，乞博采度外之士，以備緩急之用。上嘉之。按大臣異論，人材路塞，俱非朝廷所以自治。孝祥所陳，可謂知恢復之本計矣。傳乃謂兩持其説，何見之淺也。故北宋之初，未嘗不和，由自治有策。南宋之末，未嘗不言戰，以自治無策。于湖念奴嬌詞云：「悠然心會，妙處難與君説。」亦惜朝廷難與暢陳此理也。慶元黨禁云：嘉泰四年，辛棄疾入見，陳用兵之利，乞付之元老大臣。侂胄大喜，遂決意開邊。則稼軒先以韓爲可倚，後有書江西造口壁一詞。鶴林玉露言：「山深聞鷓鴣」之句，謂恢復之事行不得也，則固悔其輕言。然稼軒之情，可謂忠義激發矣。如韓者，欲以蝨負山而致傾覆。玉津之事，不聞興義公之悲者，以其本小人，不學無術，乃以國事付之，其喪敗又何足惜哉。

姜石帚繼往開來

詞家之有姜石帚，猶詩家之有杜少陵，繼往開來，文中關鍵。其流落江湖，不忘君國，皆借託比興，於長短句寄之。如齊天樂，傷二帝北狩也。揚州慢，惜無意恢復也。暗香、疏影，恨偏安也。蓋意愈切，則辭愈微，屈宋之心，誰能見之。乃長短句中，復有白石道人也。

段家橋並非創見

絕妙好詞載趙汝茪夢江南云：「滿湖春水段家橋。」武林舊事云：宋泗水潛夫周密譔。斷橋又名段家橋。明瞿佑歸田詩話云：錢思復作西湖竹枝曲云：「阿姊住近段家橋。」先伯元範戲之云：此段家橋創見，卻與羅剎江不同也。蓋西湖斷橋，以唐人詩斷橋芳草合得名，亦以孤山路至此而盡，非有所謂段家者。按瞿說甚有理。然有絕妙好詞及武林舊事證之，則段家橋亦非創見矣。

樂府餘論跋

于廷丈以咸豐初，自楚南解組歸里，余始謁於葑門吴衙場。時年屆八十，長身鶴立，議論纚纚，尤善述乾嘉軼事。一日，余詣丈，適小極。閽人延余登所居小樓。一榻外，置圖籍數卷。侍者方爲展理衾褥。丈執一編示余曰：「此洞簫詞，刻在道光己丑，版存京都琉璃廠。今印本罕存矣，此帙檢以贈子。」丈著述極多，大半刊印。庚申亂後，覓印本輒不易覯。舊時里第，已成瓦礫，版片更無從問訊，可悲也已。樂府餘論一卷，是坿詞後者，今爲重刊，并綴昔日過從之雅於末。同治庚午秋仲，江山劉履芬在吴門寓館書。

填詞淺説

〔清〕謝元淮撰

塡詞淺說目録

填詞淺説

詞爲詩餘

詞爲詩餘，樂之支也。樂府之名，始於西漢，有鼓吹、横吹、清商、雜調諸名。六朝沿其聲調，更增藻豔，與詞漸近。唐人清平調、鬱輪袍、涼州、水調之類，皆以絶句被笙簧。於是太白、飛卿輩創立憶秦娥、菩薩蠻等曲，而詞與詩遂分。至宋而其體益備，設大晟樂府，領以專門名家，比切宫商，不爽銖黍於依永和聲之道，洵爲盛矣。迨金變而爲曲，元變而爲北曲，而曲又與詞分。明分北曲爲南曲，愈趨愈靡。是知詞之爲體，上不可入詩，下不可入曲。要於詩與曲之間，自成一境。守定詞塲疆界，方稱本色當行。至其宫調、格律、平仄、陰陽，尤當逐一講求，以期完美。

南北聲音不同

聲樂之有南北，非始近日也，文心雕龍云：「塗山歌於候人，始爲南音。有娀謡於飛燕，始爲北聲。夏甲爲東，殷𩁹爲西。」然則古者四方皆有音，而今但統言南北耳。以辭而論，南多豔婉，北雜羌戎。以聲而論，南主清麗柔遠，北主勁激沉雄。北宜和歌，南宜獨奏。及其敝也，北失之粗，南失之弱。此其大較也。

十七宮調

詞始於唐，原無所謂南北。及元盛北曲，明尚南詞，而宮調始分。宮有六，調有十一，總之爲十七宮調，專爲歌詞而設。其歷代詩餘亦間有採入南北曲者。既已分隸各宮調下，卽不能不類從南北，另爲一體。此余碎金詞譜南北宮調之所由分別編集也。

今詞叶律

古詞既可叶律，今詞何獨不然。吾嘗欲廣徵曲師，將歷代名詞，盡被絃管。其原有宮調者，卽照原注，補填工尺。其無宮調可考者，則聆音按拍，先就詞字以譜工尺，再因工尺以合宮調。工尺既協，斯宮調無訛。必使古人之詞，皆可入歌，歌皆合律。其偶有一二字隔礙不叶者，酌量改易。其全不入律者刪之。彙成一代雅音，作爲後學程式。至於自製各詞，雖照依古人格調、句讀、四聲、陰陽而填，然字面既異，卽工尺難同。亦令善謳者，逐字逐句以笛板合之。遇有拗嗓不順處，卽時指出其字應換某聲字方協，隨手更正。縱使詞乏清新，而律無舛錯矣。

論四聲

平仄者，沈休文四聲也，平聲謂之平，上去入總謂之仄。平有陰陽，仄有上去入。倘用乖其法，則爲失調，俗稱拗嗓。蓋平聲尚含蓄，上聲促而未舒，去聲往而不反，入聲逼側而調難自轉。北曲入聲無正音，是以派入平上去三聲中。南曲不然，入聲自有入聲正音，不容含混。

論陰陽

天地自然之理，輕清上浮者爲陽，重濁下凝者爲陰。乃中原音韻反以清爲陰，濁爲陽。陰陽倒置者何歟。蓋周氏之韻，專爲北曲而設。北音重濁，凡唱重濁字皆揭起，唱輕清字皆抑下，正與南音相反。南音唱輕，清字皆高唱，重濁字皆低。其仍以清聲名陰，濁聲名陽者，亦緣周氏之書，遵用已久，驟難更正。如沈約韻，後人雖明知其謬，而千餘年來遵爲功令，竟成不刊之典，因沿錯誤如此。其實南曲自有南方之音，若遵周氏北方音叶，而歌龍字爲驢東切，歌玉爲御，緑爲慮，宅爲柴，落爲潦，責爲哉，不爲補，角爲教，鶴爲號，聽者有不掩耳而走哉。詞曲既播管絃，必高下抑揚，參差相錯，引如貫珠，而後可入律呂。倘宜揭也，而或用陽字，則聲必欺字。宜抑也，而或用陰字，則字必欺聲。陰陽一欺，則調必不和。欲詘調以就字，則聲非其聲。欲易字以就調，則字非其字。窘矣。故凡填詞者，先辨宮調南北，再遵南北音聲，斟酌下字，庶不爲知音齒冷。

中原音韻論陰陽

中原音韻論陰陽字，惟平聲有之，上去俱無。吴江沈君徵，譏其尚欠精詳。乾隆中，崑山王履青著音韻輯要一書。於平聲陰陽之外，又增出去聲陰陽，較證反切，極爲允當。然每字皆具四聲，平去既分陰陽，上入何以獨闕。再四推尋，而後歎周氏之專論平聲陰陽，非無故也。蓋平聲字，陰陽清濁不同，出口便可定準。其上去入三聲字，則皆隨平聲而定者，雖亦可分陰陽，而其聲由接續而及，介在兩間者居多。卽如東同韻中，風字，陰平也，其調四聲曰，風琫鳳拂。是琫鳳拂三字，隨風字牽連而屬陰聲矣。而馮字陽平也，其調四聲，亦曰馮琫鳳拂，是琫鳳拂三字，又隨馮字牽連而爲陽聲矣。將何從而定其陰陽乎。他如葱蟲通同烘紅等字，皆陰陽同調。此外各韻，難以遍舉。前明會稽王伯良著曲律，謂平聲字亦有陰陽兼屬者。引元燕山卓從之所著中原音韻類編，每類於陰陽二聲之外，又有陰陽通用之一類。如東之類爲陰，戎之類爲陽。而通同之類，則陰陽并屬。謂爲五音中有半清半濁之故，其説亦頗有理。愚謂四聲中，平聲字可高可低，故陰陽必分。其去聲字最高最長，故亦須分別陰陽，俾歌者有悠揚綿邈之致。若上聲字低而短，稍加高長，便非本聲。而入聲字則最低最短，出口急須唱斷，方肖入聲字眼。是以皆不必再分陰陽，並非上入二聲無陰陽也。

曲應用詞韻

詞韻與詩韻不同，曲韻又與詞韻有別。古詩用古韻，有通叶轉注等法。近體用今韻，不許稍有出入。詞韻則三聲互叶，上去並押，已較詩韻爲寬。曲爲詞餘，自應用詞韻。乃周氏中原音韻出，而作北曲者守之兢兢，奉爲金科玉律，其實罅漏甚多。卽就其所取東鍾二字立作韻目而言，已欠妥協。夫詩韻之一東二冬，只取一字，今取二字，豈非以聲有陰陽之故耶。若然，自應取一於陰，取一於陽，方洽立韻之旨。乃東鍾、支思、先天、歌戈、車遮、庚青，皆兩陰字。齊微、魚模、尤侯，則兩陽字。寒山、桓歡、廉纖，則陰陽兩倒。僅江陽、皆來、真文、蕭豪、家麻、侵尋、監咸七韻不誤，要亦偶合，非真有定見也。崑山王氏音韻輯要，釐爲二十一韻，分東同、江陽以至監咸、纖廉爲二十一卷，陰陽各取一字爲韻目，得其要矣。

沈去矜詞韻切當

詞韻寬於曲，而曲韻反嚴於詩，殊爲失當。詩賦均以韻爲限，雖雜誦疾徐隨人，然至押韻處，必須頓斷，故不許出韻。取上下諧叶，令讀者聽者，咸有鏗鏘和洽之美。詞付歌喉，抑揚頓挫，其板眼不必定在押韻處，是以三聲通押。北曲本絃索調，字多聲促，與今之弋陽梆子二簧等腔，筋節略相類。故押韻處亦嚴，此中原音韻之所由作也。至若南曲聲調宛轉悠揚，一字有下數板者，讀之知其有韻歌之殊，不以韻爲斷也。乃李笠翁深訾出韻，王伯良於琵琶、荆釵、還魂等記，亦病其用韻太雜。至謂元明諸劇，無一合者，持論何苛也。夫琵琶等記，傾倒聲場，已數百年。幾於無日不歌，未聞有以用韻不類而斥之者。且其人皆在周德清之前，彼時尚無所謂曲韻者，焉能預料數十年後，有中原音韻一書，而先揣摩韻脚，以相符合耶。此論與今之奉沈韻爲宗，而妄議漢魏古詩爲失韻者，又何以異。鄙意用韻謹嚴，乃詞曲中之一事。若僅於韻脚無舛，遂稱良工，而遇俊語佳辭，概以出韻見擯，豈公論哉。又嘗讀內典經偈，見有四五六七字爲句者，與歌謠相類。連編累牘，全不用韻。順口誦去，毫不覺其格閡。卽梵唄諷誦，亦有節奏可聽。於此悟曲韻之無甚緊要矣。填詞家遵用沈去矜詞韻，極爲切當，本不必旁及曲韻。惟既以笙簫度所著詞，即與歌時曲無異，故牽連書之。

詞調之始

詞有調名，始於漢之朱鷺、艾如張，梁陳之折楊柳、玉樹後庭花等篇。唐宋爲花庵、草堂諸調。大晟樂府所集，衍六十家八十四調，後漸增至二百餘調。換羽移宮，代有新增。今載在欽定詞譜者，共八百二十六調，分二千三百二十六體。有一調數名，亦有一名數調者。自十四字起，至二百四十字止。其體有單調、雙調、三疊、四段之不同。其句讀自一字至九字，各有一定格法。如四字句，有上一下一中兩字相連者。五字句，有上一下四者。六字句，有上三下三者。七字句，有上三下四者。八字句，有上一下七、或上五下三、上三下五者。九字句，有上四下五、或上六下三、上三下六者。難以悉數大約以整句爲句，半句爲讀，直截者爲句，蟬聯不斷者爲讀。毛稚黄謂十六字至五十八字爲小令，五十九字至九十字爲中調，九十一字以外爲長調，未知何所據依。不若專以字數起算之爲簡净也。

圖譜杜撰

一調數體者，自應取創始之詞，及宋詞之最佳者作爲正體。其餘字數多寡不同，或字數雖同，而句韻各異者，概列爲又一體。圖譜於正體之外，類録各詞，强標第一第二體等目，憑臆杜譔，牽强難從。字數句韻雖同，而一詞數闋，或一人數詞，平仄互有同異者，必須專指一詞爲定體，且指出其詞首句作準。如塡臨江仙調，若從牛希濟五十八字詞，即於題下注明「從牛希濟柳帶摇風漢水濱詞」。若從和凝五十四字詞，亦於題下注明「從和凝海棠香老春江晚詞」。若從蘇子瞻六十字細馬遠馱雙侍女詞，或從尊酒何人懷李白詞，均於題下注出，以免含混。逐字逐句，照本填入，能四聲陰陽俱講爲妙，否則平仄二聲斷不容有錯誤。愼勿因圖譜有可平可仄之說，任意雜湊，轉致不成聲調也。

自度曲

自度新曲，必如姜堯章、周美成、張叔夏、柳耆卿輩，精於音律，吐辭即叶宮商者，方許制作。若偶習工尺，遽爾自度新腔，甘於自欺而欺人，眞不足當大雅之一噱。古人格調已備，儘可隨意取塡。自好之士，幸勿自獻其醜也。

詞禁

詞有聲調，歌有腔調，必塡詞之聲調，字字精切，然後歌詞之腔調，聲聲輕圓。調其淸濁，叶其高下，首當責之握管者。其用字法宜平不得用仄，宜仄不得用平，宜上不得用去，宜去不得用上。一調中有數句連用仄聲住脚者，宜一上一去間用。韻脚不得用入聲代平上去字。王伯良有曲禁四十條，今摘其與詞同禁者十一條列後：

平頭第二句第二字，不得與第一句第一字同音。

合脚第二句末一字，不得與第一句末字同音。

上去疊用上去字須間用，不得連用兩上兩去，兩上字連用，尤爲棘喉。

上去去上倒用宜上去不得用去上，宜去上不得用上去。

入聲三用不得叠用三入聲字。

一聲四用不論平上去入，不得叠用四字。

陰陽錯用宜陰不得用陽字，宜陽不得用陰字。

閉口叠用如用侵，不得又用尋，或又用監咸、纖廉等字。其現成雙字，如深深毶毶懨懨類不禁。

叠用雙聲字母相同，如瓏瓏、皎潔類，止許用二字，不許連用至四字。

叠用叠韻二字同音，如逍遥、燦爛類，亦止許二字連用，不得連用至四字。

開口閉口字同押凡閉口字如侵尋、監咸、纖廉三韻類，不可與開口韻同押。

詞禁須活看

詞禁諸條，亦須活看。如一聲不許四用一條，查程垓江城梅花引詞「睡也睡也睡不穩」，又王觀詞「恐極恨極䰟玉蕊」，又蔣捷詞「夢也夢也夢不到」，均連用七仄字，乃此調定格，斷不可易。至若陸游繡鍼停詞「卻恐自說著」，高觀國玲瓏四犯詞「此意待寫翠牋」，周邦彦西河詞「酒旗戲鼓甚處市」，陳允平西河詞「買花問酒錦繡市」，秦觀金明池詞「過三點兩點細雨」，曹勛醉思仙詞「按鏤板緩拍」，葛長庚十二時慢詞「一歲復一歲」，辛棄疾蘭陵王詞「紉蘭結佩帶杜若」，鄭意娘勝州令詞「傅粉在那裏」，皆用五仄字。蘇軾醉翁操詞「翁今爲飛仙」，史達祖壽樓春詞「裁春衫尋芳」，「自少年消磨疎狂，算玉簫猶逢韋郎」，皆連用五平字。而陳亮彩鳳飛詞「經綸自入手，不了判斷」二句，連用七仄字。蘇軾賀新郎詞「花前對酒不忍觸，共粉淚、兩蔌蔌」三句，連用十一仄字。其餘四仄四平，指不勝屈，豈能盡諧律呂，恐其中不無尚可商榷者。又入聲三用一條，若程垓摘紅英詞「殢紅偎碧，惜惜惜」，「幾時來得，憶憶憶」，陸游釵頭鳳詞「幾年離索，錯錯錯」，「錦書難託，莫莫莫」，皆連用一韻四入字。呂渭惜分釵詞「暝色連空重重，近日情悰忡忡」，「無計遲留休休，清夜濃愁悠悠」，皆四平連用。唐氏答陸游擷芳詞「獨語斜闌，難難難」，「咽淚妝歡，瞞瞞瞞」，則五平連用。且四平一韻者，此亦定格如是，不能改也。至無關格調者，仍宜細心點勘，去其太甚，勿令讀者礙眼，歌者礙口可也。

詞宜反復吟哦

四聲平仄呼吸抑揚，均有自然之妙。即平素不習工尺者，能於照譜填成之後，反復吟哦，自有會心愜意處。大略陰平宜搭上聲，陽平宜搭去聲，不必拘泥死法。昔人謂孟浩然詩，諷詠之久，有金石宮商之聲。詩尚如此，詞可忽乎哉。

宮調

宮調之辨，愈解愈紛，幾於無可捉摸。有一詞而數調兼收者。有詞之字數、句韻俱同，而分屬兩調者。古譜失傳，今名互異，其何以謂之宮調，何以有宮，又復有調，不得不追溯其源，爲初學先路。按王伯良宮調論曰：宮調之立，蓋本之十二律五聲，古極詳備，而今多散亡也。撮其要領，則律之自黃鍾以下凡十二也。聲之自宮商角徵羽而外，又有半宮半徵，共爲七也。古有旋相爲宮之法，以律爲經，復以律爲緯乘之。每律得十二調，以七聲合十二律，共得八十四調，此古法也。然不勝其繁，後世省爲四十八宮調。四十八宮調者，以律爲經，以聲爲緯。七聲之中，去徵聲及變宮、變徵，僅省爲四。以聲之四乘律之十二，於是每律得五調，合爲四十八調。四十八調者，凡以宮聲乘律皆呼曰宮，以商、角、羽三聲乘律皆呼曰調。列其目於左：

黄鍾	宮俗呼正宮。	商俗呼大石調。	角俗呼大石角調。	羽俗呼般涉調。
大呂	宮俗呼高宮。	商俗呼高大石調。	角俗呼高大石角調。	羽俗呼高般涉調。
太簇	宮俗呼中管高宮。	商俗呼中管高大石調。	角俗呼中管高大石角調。	羽俗呼中管高般涉調。
夾鍾	宮俗呼中呂宮。	商俗呼雙調。	角俗呼雙角調。	羽俗呼中呂調。
姑洗	宮俗呼中管中呂宮。	商俗呼中管雙調。	角俗呼中管雙角調。	羽俗呼中管中呂調。
仲呂	宮俗呼道調宮。	商俗呼小石調。	角俗呼小石角調。	羽俗呼正平調。
蕤賓	宮俗呼中管道調宮。	商俗呼中管小石調。	角俗呼中管小石角調。	羽俗呼中管正平調。
林鍾	宮俗呼南呂宮。	商俗呼歇指調。	角俗呼歇指角調。	羽俗呼高平調。
夷則	宮俗呼仙呂宮。	商俗呼商調。	角俗呼商角調。	羽俗呼仙呂調。
南呂	宮俗呼中管仙呂宮。	商俗呼中管商調。	角俗呼中管商角調。	羽俗呼中管仙呂調。
無射	宮俗呼黄鍾宮。	商俗呼越調。	角俗呼越角調。	羽俗呼羽調。

應鍾　宮俗呼中管黃鍾宮。　商俗呼中管越調。　角俗呼中管越角調。　羽俗呼中管羽調。

以上所謂四十八調也。自宋以來，僅存六宫十一調，載在中原音韻。其所屬曲聲調，各自不同。其六宫曰仙吕宫，曰南吕宫，曰中吕宫，曰黄鍾宫，曰正宫，曰道宫。其十一調曰大石調，曰小石調，曰高平調，曰般涉調，曰歇指調，曰商角調，曰雙調，曰角調，曰宫調，曰越調，此卽所謂十七宫調也。

十三調

自元以來，北亡其四，曰道宫，曰歇指調，曰角調，曰宫調。南又亡其一，曰商角調。自十七宫調而後，又變爲十三調。

宫聲不用

十三調者，蓋盡去宫聲不用。其中所列仙吕、黄鍾、正宫、中吕、南吕、道宫，但可呼之爲調，而不復呼之以宫，如曰仙吕調、正宫調之類。然惟南曲有之。變之最晚，調有出入。詞則略同，而不妨與十七宫調並用者也。

今樂不全應古法

其宫調之中，有從古所不能解者，宫聲於黄鍾起宫，不曰黄鍾宫，而曰正宫。於林鍾起宫，不曰林鍾宫，而曰南吕宫。於無射起宫，不曰無射宫，而曰黄鍾宫。其餘諸宫，又各立名色。蓋今正宫實黄鍾宫，而黄鍾宫實無射宫也。此沈括所謂今樂聲音出入,不全應古法,但略可配合,雖國工亦莫知其所因也。

南北九宫譜

南詞舊有九宫十三調二譜,九宫譜有詞,十三調譜無詞。今之南北九宫譜所載,六宫十八調:一曰南仙吕宫,二曰北仙吕調,三曰南中吕宫,四曰北中吕調,五曰南大石調,六曰北大石角,七曰南越調,八曰北越角,九曰南正宫,十曰北高宫,十一曰南小石調,十二曰北小石角,十三曰南高大石調,十四曰北高大石角,十五曰南南吕宫,十六曰北南吕調,十七曰南商調,十八曰北商角,十九曰南雙調,二十曰北雙角,二十一曰南黄鍾宫,二十二曰北黄鍾調,二十三曰南羽調,二十四曰北平調。按曲譜所載,亦與九宫譜略同。惟多南北般涉二調,暨仙吕入雙調。九宫譜以仙吕雙調聲音迥别,不可强合。仍將仙吕歸仙吕,雙調歸雙調,惟用南仙吕、北雙角合成套數,以存其舊。而般涉調與中吕調,互相出入,故不另列調名也。

引子

引子卽登場第一曲,北曰楔子,南曰引子,本於詩餘。原可加板作曲,向來唱引子者,皆於句盡處用一底板。今照九宫譜填出工尺,各宫調皆有引。獨羽調無之,借用仙吕引子。

過曲集曲

引子下第一曲爲過曲，南曰正曲，北曰隻曲。南又有集曲，俗稱犯調，以各宮牌名彙集而成曲者。九宮譜以其名欠雅，改爲集曲。

尾聲

引子曰慢詞，過曲曰近詞，中曲曰換頭，煞曲曰尾聲，或曰慶餘，或曰意不盡，或曰十二時，以凡尾聲皆十二板，故名，其實一也。古曲有豔有趨，豔在曲前，即今引子。趨在曲後，即今尾聲。

板眼

詞字之右，詳注工尺，照依納書楹曲譜。、者紅板爲頭板。×者黑板爲頭贈板。乚者紅閃板爲腰板。|×者黑閃板爲腰贈板。一者爲底板。○者爲中眼。△者爲閃眼。

詞注四聲

詞字之左，詳注平仄四聲，遇平去陰聲字，則加○，以省筆墨。

碎金詞譜

以上諸論。因近日詞人，專求俊句，每置平仄宮調於不問。所謂佳者甚多，而是者絕少也。前刻碎金詞譜，皆有宮調可尋。即自作各詞，亦字斟句酌，務求復古，故不得不瑣屑推敲，覽者幸勿嗤爲膠柱也。其一切論說，詳載碎金詞譜凡例中。茲不復贅云。

雙硯齋詞話

〔清〕鄧廷楨撰

雙硯齋詞話目録

雙硯齋詞話

梅花詞

評梅花詩者，以庾子山之「枝高出手寒」，蘇子瞻之「竹外一枝斜更好」，林君復之「疏影横斜水清淺，暗香浮動月黄昏」爲千古絶調。余謂詞亦有之。朱希真之「引魂枝消瘦一如無，但空裏疏花數點」，姜石帚之「長記曾攜手處，千樹壓西湖寒碧」，一狀梅之少，一狀梅之多，皆神情超越，不可思議，寫生獨步也。

瑞鷓鴣編入律詩

「濟南春好雪初晴。行到龍山馬足輕。使君莫忘霅谿女，時作陽關腸斷聲。」東坡小秦王詞也，今乃編入詩集。先正言公栟櫚集瑞鷓鴣詞云：「北書一紙慘天容。花柳春風不敢穠。未學宣尼歌鳳德，姑從阮籍哭途窮。此身已落千山外，舊事回思一夢中。何日中興煩吉甫，洗開陰翳放晴空。」亦編入律詩，楨刊栟櫚集未敢移置。鮑侍郎覺生爲作校勘記，亦但云瑞鷓鴣須考，特附記於此。

東坡洞仙歌

東坡作洞仙歌，自述少時嘗聞朱姓老尼，道蜀宫事。言孟昶與花蕊夫人避暑摩訶池上，作詞一首，老尼能全誦之。爾時尚幼，不能悉記。但憶其首句「冰肌玉骨」云云，似是洞仙歌，因以己意作一詞補之。是東坡止用其調，而非襲其詞。迨後蜀帥謝元明浚摩訶池，得石刻孟昶原詞，首二句「冰肌玉骨，自清涼無汗」，正與東坡所記相符。是昶詞本作洞仙歌，尤無疑義。乃不知誰何，別作玉樓春一闋，僞託蜀主原詞，其語句乃取坡詞剪裁而成，致爲淺直。而小長蘆詞綜不收坡製，轉録贋詞，且詆坡詞爲點金成鐵。竹垞工於顧曲者，所嗜乃顛倒如此，非惟味味淄澠，抑且說誣燕郢矣。

柳詞

柳耆卿以詞名景祐皇祐間。樂章集中，冶遊之作居其半，率皆輕浮猥媟，取譽箏琶。如當時人所譏，有教坊丁大使意。惟雨霖鈴之「今宵酒醒何處，楊柳岸曉風殘月」，雪梅香之「漁市孤烟裊寒碧」，差近風雅。八聲甘州之「漸霜風淒緊，關河冷落，殘照當樓」，乃不減唐人語。遠岸收殘雨一闋，亦通體清曠，滌盡鉛華。昔東坡讀孟郊詩作詩云：「寒燈照昏花，佳處時一遭。孤芳擢荒穢，苦語餘詩騷。」吾於屯田詞亦云。

稼軒詞兩派

世稱詞之豪邁者，動曰蘇辛。不知稼軒詞，自有兩派，當分別觀之。如金縷曲之「聽我三章約」、「甚矣吾衰矣」二首，及沁園春、水調歌頭諸作，誠不免一意迅馳，專用驕兵。若祝英台近之「是他春帶愁來，春歸何處。却不解帶將愁去」，摸魚兒發端之「更能消幾番風雨，忽忽春又歸去」，結語之「休去倚危闋，斜陽正在，烟柳斷腸處」，百字令之「舊恨春江流不盡，新恨雲山千疊」，水龍吟之「楚天千里清秋，水隨天去，秋無際。遥岑遠目，獻愁供恨，玉簪螺髻」，滿江紅之「怕流鶯乳燕，得知消息」，漢宫春之「年時燕子，料今宵夢到西園」，皆獨繭初抽，柔毛欲腐，平欺秦、柳，下轢張、王。宗之者固僅襲皮毛，詆之者亦未分肌理也。

東坡詞高華

東坡以龍驤不羈之才，樹松檜特立之操，故其詞清剛雋上，囊括羣英。院吏所云：「學士詞須關西大漢，銅琵鐵板，高唱『大江東去』。」語雖近謔，實爲知音。然如卜算子云：「缺月挂疏桐，漏斷人初定。時見幽人獨往來，縹緲孤鴻影。驚起欲回頭，有恨無人省。揀盡寒枝不肯棲，寂寞沙洲冷。」則明漪絶底，薌澤不聞，宜涪翁稱之爲不食人間烟火。而造言者謂此詞爲惠州温都監女作，又或謂爲黄州王氏女作。夫東坡何如人，而作牆東宋玉哉。至如蝶戀花之「枝上柳綿飛又少。天涯何處無芳草」，坡命朝雲歌之，輒泫然流涕，不能成聲。永遇樂之「古今如夢，何曾夢覺，但有新歡舊怨」，和章質夫楊花水龍吟之「曉來雨過，遺踪何在，半池萍碎。春色三分，二分塵土，一分流水」，洞仙歌之「試問夜如何，夜已三更，金波澹、玉繩低轉」，皆能簸之揉之，高華沉痛，遂爲石帚導師。譬之慧能肇啓南宗，實傳黄梅衣缽矣。

淮海詞

秦淮海爲蘇門四客之一，滿庭芳一曲，唱遍歌樓。其前闋云：「斜陽外，寒鴉萬點，流水繞孤村。」雖不識字人，亦知爲好言語。紹聖元年，紹述議起，東坡貶黃州，尋謫惠州。子由、魯直相繼罷去。少游亦坐此南遷，作踏莎行云：「霧失樓台，月迷津渡。桃源望斷無尋處。可堪孤館閉春寒，杜鵑聲裏斜陽暮。驛寄梅花，魚傳尺素。砌成此恨無重數。郴江幸自繞郴山，爲誰流下瀟湘去。」東坡讀之嘆曰：「吾負斯人。」蓋古人師友之際，久要不忘如此。

栟櫚集

先正言公在宋宣和間爲太學生，以詩諫花石綱，直聲震都下。靖康之變，思陵南渡。公間關詣行在所，拜左正言，屢陳時政。與執政牾，乃罷歸。棲遲吳縣洞庭西山之明月灣，遂家焉。歿後葬倚里，至今子孫蕃衍。曾孫小子廷楨，于嘉慶癸亥之春，渡湖謁祠廟，松楸故無恙也。著栟櫚集廿八卷，樂府附焉。乾隆間采入四庫。公爲詞不涉綺語，如長相思云：「一重谿。兩重谿。谿轉山回路欲迷。朱闌出翠微。梅花飛。雪花飛。醉卧幽亭不掩扉。冷香尋夢歸。」生查子後闋云：「孤館得村醪，一醉空離緒。酒醒卻無人，簾外三更雨。」正如藍水遠來，玉山高並，讀者可以知公出處之節概矣。

白石詞

詞家之有白石，猶書家之有逸少，詩家之有浣花。蓋緣識趣既高，興象自別。其時臨安半壁，相率恬熙。白石來往江淮，緣情觸緒，百端交集，託意哀絲。故舞席歌場，時有擊碎唾壺之意。如揚州慢之「自胡馬窺江去後，廢池喬木，猶厭言兵。漸黃昏清角吹寒，都在空城」，齊天樂之「候館吟秋，離宮弔月，別有傷心無數。幽詩漫與。笑籬落呼鐙，世間兒女」，凄涼犯之「馬嘶漸遠，人歸甚處，戍樓吹角。情懷正惡。更衰草寒烟淡薄。似當時將軍部曲，迤邐度沙漠」，惜紅衣之「維舟試望，故國渺天北」，則周京離黍之感也。疎影前闋之「昭君不慣胡沙遠，但暗憶江南江北。想佩環月下歸來，化作此花幽獨」，後闋之「還教一片隨波去，又却怨玉龍哀曲」，長亭怨慢之「第一是早早歸來，怕紅萼無人爲主」，乃爲北庭後宮言之，則衛風燕燕之旨也。讀者以意逆志，是爲得之。至其運筆之曲，如「閱人多矣。争得似長亭樹。樹若有情時，不會得青青如此」。琢句之工，如「天涯情味，仗酒祓清愁，花銷英氣」，「二十四橋仍在，波心蕩冷月無聲」，則如堂下斲輪，鼻端施堊。若夫新聲自度，箏柱旋移，則如郢中之歌，引商刻羽，雜以流徵矣。以此煇映湖山，指撝壇坫，百家騰躍，盡入環中。評者稱其有縫雲剪月之奇，戛玉敲金之妙，非過情也。

史邦卿詞

史邦卿爲中書省堂吏，事侂胄久。嘉泰間，侂胄亟持恢復之議，邦卿習聞其説，往往託之於詞。如雙雙燕前闋云：「過春社了，度簾幕中間，去年塵冷。差池欲住，試入舊巢相並。還相雕梁藻井。又軟語商量不定。」後闋云：「應自棲香正穩。便忘了天涯芳信。」瑞鶴仙云：「歸鞭隱隱。便不念芳盟未穩。」金縷曲云：「落日年年宮樹緑，墮新聲、玉笛西風勁。」玉蝴蝶云：「故園晚，强留詩酒，新雁遠，不致寒暄。」大抵寫怨銅駝，寄懷毳幕，非止流連光景，浪作豔歌也。

王聖與詞

王聖與工於體物，而不滯色相。如天香詠龍涎云：「汎遠槎風，夢深薇露，化作斷魂心字。荀令如今頓老，總忘卻尊前舊風味。」南浦詠春水云：「蒲萄過雨新痕，正拍拍輕鷗，翩翩小燕。簾影蘸樓陰，芳流去，應有淚珠千點。」皆態濃意遠，如曳五銖。眉嫵詠新月之「千古盈虧休問，嘆慢磨玉斧，難補金鏡。太液池猶在，淒涼處，何人重賦清景。故山夜永。試待他窺户端正。看雲外山河，還老桂花舊影」，則別有懷抱，與石帚揚州慢、淒涼犯諸作異曲同工。至慢詞換頭處，最忌横亙血脈，碧山集中，獨無此病。如摸魚兒云：「洗芳林、夜來風雨。匆匆還送春去。方纔送得春歸了，那又送君南浦。君聽取。怕此際春歸，也過吴中路。君行到處。便快折湖邊，千條翠柳，爲我繫春住。春還住，休索吟春伴侣。殘花今已塵土。姑蘇臺下煙波遠，西子近來何許。能唤否。又恐怕、殘春到了無憑據。煩君妙語。更爲我將春，連花帶葉，寫入翠箋句。」通體一氣卷舒，生香不斷，鄱陽家法，斯爲嗣音矣。

玉田詞

西泠詞客石帚而外，首數玉田。論者以爲堪與白石老仙相鼓吹。要其登堂拔幟，又自壁壘一新。蓋白石硬語盤空，時露鋒芒。玉田則返虚入渾，不啻嚼蕊吹香。如長亭怨慢之「恨西風不庇寒蟬，便掃盡一林黄葉」，西子妝慢之「楊花點點是春心，替風前萬花吹淚」，木蘭花慢之「流光慣欺病酒，問楊花過了有花無」，渡江雲之「空自覺圍羞帶減，影怯燈孤。常疑卽見桃花面，甚近來翻致無書。書縱遠，如何夢也都無」，探春慢之「才放些晴意，便瘦了梅花一半」，解連環詠孤雁云：「寫不成書，只寄得相思一點。料因循誤了，餐氈擁雪，故人心眼」，類皆遺聲赴節，好句如仙。其餘前輩風流，政如佛家奪舍，蓋自馬塍宿草，騷雅寖衰。王孫以晚出之英，頡之頏之，遺貌取神，遂相伯仲。故知虎賁之似中郎，終嫌皮相。而善學柳下惠，莫如魯男子也。

弁陽翁詞

弁陽翁工於造句，如「嬌綠迷雲」，「倦紅顰曉」，「膩葉陰清」，「孤花香冷」，「散髮吟商」，「簪花弄水」，「貯月杯寬」，「護香屏暖」之類，不可枚舉。至如大聖樂之「對畫樓殘照，東風吹遠，天涯何許」，徵招之「登臨嗟老矣，問今古清愁多少」，醉落魄之「愁是新愁，月是舊時月」，高陽台之「投老殘年，江南誰念方回。東風漸綠西湖柳，雁已還，人未南歸」。又一闋云：「雪霽空城，燕歸何處人家。夢魂欲渡蒼茫去，怕夢輕還被愁遮。」宴清都之「憑闌自笑清狂，事隨花謝，愁與春遠」，皆體素儲潔，含豪邈然。至長亭怨慢之「燕樓鶴表半漂零，算惟有盟鷗堪語」，則盛自矜寵，頗睥時流，等諸自鄶以下矣。

詞有不可填之調

詞調合小令慢詞計之，不下六百有奇，無不可填。然亦有斷不可填者，如太白憶秦娥云：「咸陽古道音塵絕。音塵絕。西風殘照，漢家陵闕。」已成千古絕調，雖有健者，未許摩壘。湘月一調，白石自注云：「念奴嬌之鬲指聲。」白石精於宮譜，故於念奴嬌外，別為此詞。若不會鬲指之理，貿然為之，即仍與念奴嬌無異。壽陵餘子，固不必學步邯鄲也。若沁園春兩兩排比，取便優俳，自有此名，更無佳製，宜從菅蔽，毋亂笙鏞。

李清照及其詞

清照爲趙德甫室，卽箸金石録者。樂府擅場，一時無二。聲聲慢一闋，純作變徵之音，發端連用十四疊字，直是前無古人。後闋云：「守著窗兒，獨自怎生得黑。」押黑字尤爲險絶。閨襜得此，可號才難。乃或稱其所夫既喪，不能矢柏舟之節。夫以青裙白髮之嫠婦，而猥以讕語相加，洵所謂小人好議論，不樂成人之美者。然其「鳳皇臺上憶吹簫」諸作，繁香側豔，終以不工豪翰爲佳。昔涪翁好作綺語，乃爲法秀所訶。此在男子，猶當戒之，況婦人乎。

問花樓詞話

〔清〕陸鎣撰

自序

詞雖小道，范文正、歐陽文忠嘗樂爲之。考亭大儒，亦間有作。蓋古人流連光景，託物起興，有宜詩者，有宜詞者。鎣早承庭訓，未嫻聲律，惝識徑途。頃者長夏無事，偶閱花間、草堂諸刻，追憶舊聞，久遂成帙，聊以備遺忘，耗歲時耳。道光戊申夏六月陸鎣。

問花樓詞話目録

問花樓詞話

原始

王阮亭云：「唐無詞，所歌皆詩也。宋無曲，所歌皆詞也。」余聞之先廣文曰：「梁武帝江南弄云：『衆花雜色滿上林。舒芳耀采垂輕陰。連手蹀躞舞春心。舞春心。臨歲腴。中人望，獨踟躕。』此真絕妙好辭。又曰：陶隱居寒夜怨，後世填詞梅花引格調似之。簡文帝春情曲，唐詞瑞鷓鴣格調似之。李太白應制清平樂詞，呂鵬遏雲集載四首，或以爲贋作，非太白筆。愚見詞雖小道，濫觴樂府，具體齊梁，歷三唐五季，至宋乃集其大成。」

命題

詞家命題，多本古人詩句，非臆譔也。如蝶戀花則取梁元帝「翻階蛺蝶戀花情」。點絳唇則取江文通「明珠點絳唇」。青玉案則取張平子四愁詩「何以報之青玉案」。西江月則取衛萬詩「只今惟有西江月」。菩薩鬘，西域婦髻。蘇幕遮，西域婦帽。踏莎行則韓翃詩句。粉蝶兒則毛澤民詞句。六州歌頭，則唐之西邊伊州、梁州、甘州、石州、渭州、氐州也。本歌吹曲，宋代衍之爲詞，大祀大䘏，皆用此調。其他不及更僕數也。兒時聞之先廣文，今者老漸遺忘，因備書之。

寄調

調有定名，即有定格，如黃鐘仙呂諸宮，與越調過曲小桃紅正宮過曲小桃紅之類是也。其間字數多少，音韻高下，亦皆有一定之規。古人曉暢聲律，因題成調，如李後主搗練子，即詠搗練。劉太保乾荷葉，即詠荷葉。後人依樣葫蘆，借調命題，如宋人賀新郎之詠石榴，卜算子之詠孤鴻，不一而足。且同一調，作者字數多寡，句注參差，各有不同。詞學之蕪甚矣，安得知音者起而正之。

換頭

詞有換頭，換頭者，第二闋脱卸另起處也。唐人小令只一首，故無換頭。南唐人張泌江城子二首，其一云：「碧闌干外小中庭。雨初晴。曉鶯聲。飛絮落花時節近清明。睡起捲簾無一事，勻面了，没心情。」又一首起句云：「浣花溪上見卿卿。眼波明。」結云：「和笑道，莫多情。」黃叔暘云：「唐詞多無換頭。」先廣文曰：「黃氏誤矣。此詞自是兩首。兩情字、兩明字，不嫌重押。」古詞人無重韻者。換頭最喫緊，高手於此，殊費經營。

小令

詩有絶句，詞有小令，二者視之若易，爲之甚難。絶句之工，唐則供奉龍標爲冠。雖杜陵不能兼美也。小令之工，詞家推唐莊宗、李後主、周晴川爲巨擘。余往見先廣文手抄五代諸詞，有唐莊宗如夢令云：

「曾宴桃源深洞。一曲舞鸞歌鳳。長記別伊時，和淚出門相送。如夢。如夢。殘月落花煙重。」此莊宗自度曲，歐史所謂莊宗知音，能度曲，汾晉往往能歌其聲，謂之御製者也。唐莊宗、李後主，皆亡國之君，然莊宗大有偉略，其詞清麗乃爾。坊刻誤爲呂洞賓詞，非也。晴川詞有片玉集。（案片玉乃周邦彥詞集，非周晴川。）

長調

詞有長調，猶詩有歌行。昔人狀歌行之妙云：昂昂若千里之駒，泛泛若水中之鳧，是真善言歌行之妙者矣。余謂歌行以馳騁變化爲奇，若施之長調，終非正格。王元美云：歌行如駿馬驀坡，一往稱快。長調如嬌女弄花，百媚横生。二語真詞家祕密藏。

南北曲

天有兩戒，以判南北，而音韻殊焉。白太傅詩云：「吳越聲邪無法曲，莫教聲入管弦中。」髯蘇亦云：「好把鸞黃記宮樣，莫教絃管作蠻聲。」南史，五音本在中土，東南土氣偏詖，不能感動木石。余竊怪近世北曲，皆鄭衛之遺，唐代梨園教坊之所傳習，烏足以爲正聲耶。善乎毛稚黃與沈去矜論填詞書曰：南曲將開，填詞先之。北曲將開，絃索調先之。聲律之原，關乎風氣。今南北九宮音多聱鏵。古人創制，初無定畫。善學者何抑彼南轅，同歸北轍哉。解此可以息南北之爭。

古今韻

韻書非古也，漢魏以來，韻無專書，韻以通而甚寬。宋元以下，韻有成例，韻以繁而易舛。楊升庵謂沈韻爲鴂舌之書，誠有激乎其言之也。沈韻未必盡合，以李杜嘗用之，故至今沿襲不改。詞家自可變通，如朋字與蒸同押，打字與等同押，卦畫與怪壞同押，豈可爲法耶。東坡一斛珠、蔣捷女冠子、呂聖求惜分釵、高季迪石州慢諸詞，用韻酌古準今，以正沈韻之失，學者所當隅反。

蘇辛周柳

詞家言蘇、辛、周、柳，猶詩歌稱李、杜，駢體舉庾、徐，以爲標幟云爾。無論三唐五季，佳詞林立。即論兩宋，廬陵翠樹，元獻清商，秦少游山抹微雲，張子野樓頭畫角，竹屋之幽蒨，花影之生新，其見於草堂、花間，不下數百家。雖藻采孤騫，而源流攸別。安得有綜博之士，權輿三李，斷代南渡，爲唐宋詞派圖。爰黜淫哇，以崇雅制，詞學其日昌矣乎。

唐宋元明

人有恒言，唐詩、宋詞、元曲三者，就其極盛言之。風氣所開，遂成絶詣。明以時文取士，作者輩出，詩學殊遜唐、宋。即如填詞，雖劉誠意之雄略，夏少師之警悟，坊間所傳一公開元樂、浣溪沙諸闋，猶恒人耳。王元美藝苑卮言，辨晰詞旨，而所爲小令，頗近彫琢。曼調亦多蕪雜。尤可笑者，小諸皐二闋，信手塗抹，真是盲女彈詞，醉漢駡街。升庵論詞，時有妙會，摹寫處，亦傷尖薄。不獨花犯、箇儂諸小令也。先廣文謂有明無詞人，信然信然。

疊字

疊字之法最古，義山尤喜用之。然如菊詩：「暗暗淡淡紫，融融冶冶黄。」轉成笑柄。宋人中易安居士，善用此法。其聲聲慢一詞，頓挫淒絶。詞曰：「尋尋覓覓，冷冷清清，淒淒慘慘戚戚。乍暖還寒時候，最難將息。」又云「梧桐更兼細雨，到黄昏、點點滴滴」二闋，共十餘個疊字，而氣機流動，前無古人，後無來者，可爲詞家疊字之法。

録要

段安節琵琶録，緑腰卽録要也。樂工進曲，上令録其要者以進。一名六么，香山楊柳枝詞「六么水調家家唱」，元微之「管兒還爲彈緑腰，緑腰依舊聲迢迢」，是唐人又以腰作么也。或云此曲拍不過六字，故曰六么。今六么行于世者四，曰黄鍾羽、曰夾鍾羽、曰林鍾羽、曰夷則羽。又此曲共二十二拍。中四花抑揚頓挫，舞者亦隨之而舞，歐陽公所謂「貪看六么花十八」是也。

詼嘲宜戒

文人輕薄，動以文字爲戲。其流也，揭帖搆污，豔詞宣穢，詞曲一道，風雅掃地矣。王彦齡元祐副樞之弟，官太原作望江南十餘首，狎侮同寮，並及府帥。帥怒，將劾治之，彥齡執手版頓首謝曰：「居下位，只恐被人讒。昨日只吟青玉案，幾時曾作望江南。試問馬都監。」帥爲失笑，衆亦絶倒。後以醉罵婦翁，與婦離婚。彥齡名流貴介，早擅才譽，雖脱彈章，卒棄嘉耦。他如山谷綺語，被呵于老僧。元相夢遊，含酸于末路。大雅君子，所當切鑒者矣。

傳聞須慎

歐陽公，宋代大儒，詩文外，喜爲長短調。凡小詞多同時人作，公手輯以存者，與公無涉。一時忌公者，藉口以興大獄。司馬温公，兒童走卒，咸共尊仰。輕薄子揑造豔詞，以爲公作，轉相傳誦，小人之無忌憚如此。至乃趙明誠妻易安居士，黄尚書妻惠齋居士，皆以人才藻蒙污。易安文詞，具在其全集中，雅雨堂金石録序，曾爲之辨。近世俞君理初，就易安全集考證年月，引據舊聞，力爲昭雪。易安獲謗之由，始白於世。惠齋居士胡氏，始以尚書與趙師睪有隙，繼以指摘碑文。師睪守臨安，惠齋前卒，遂坐罪其門客，斥罷尚書。先廣文云：南渡風氣，每借端闔闖，陷人于罪。流傳至今。耳食者引爲故實，可慨之尤甚者也。

蕘斐軒

蕘斐軒詞韻，見於厲太鴻論詞絶句云：「欲呼南渡諸公起，韻本重雕蕘斐軒。」芸臺先生家藏是本，秦敦復爲刊行之。跋曰：此書舊題宋本，然考其分韻，無入聲，疑爲北曲而設，或元明時好事者僞作耳。坊刻詞韻如林，如沈謙之詞韻略，吴烺之學宋齋詞韻，鄭春波之緑漪軒詞韻，皆其最著者。然訛謬百端，去取寡當。漁洋謂毛氏曲韻，與宋詞暗合，可以據爲詞韻。毛名先舒，字稚黄，著有填詞圖譜行世。

草堂本

詞之選本，以蜀人趙崇祚花間集爲最古。唐末佳詞，賴以不没者，此也。草堂本，不著編者姓氏，大抵宋慶元以前人輯耳。其間去取，雖遜花間，而詞家小令、中調、長調之分，要皆權輿此書。諸詞後各繫當時詞話，亦今本所無也。先廣文云：曾見杭州顧氏家藏原本，較今毛氏汲古閣本多七十餘調。後來坊刻，附以黄昇花庵詞選、周密絶妙好辭。草堂本已非舊制矣。前明陳耀文，合花間、草堂二刻，類爲一書。國朝朱彝尊又附以金元諸家之詞，采掇尤富，今其書具在。古書多是寫本，借讀最難，今者載籍大備也。學者未讀花間、草堂，輒姍笑蘇、辛，指斥秦、柳，騁其胸臆，瞽説朋興。噫，填詞特其一事耳。

問花樓詩鈔一卷，詩話三卷，詞話一卷，封大夫所著。題曰問花樓者，仍舊志也。先方伯故第，在蘇州吴江縣北門内之下塘街。舊有樓十餘楹，其下雜植榆柳桃李之屬。春夏交，繁英絢發，先方伯婆娑其上。而封大夫甫勝衣，受經於先大父處也。封大夫早承家學，讀書務淹博，不求聞譽，有名庠序間。嘗語迺普曰：吾家貧，冀博禄養，久而無成。古人有言，早知窮達有命，恨不十年讀書，非虚譚也。汝其志之。詩鈔本二卷，詞鈔一卷，兵火佚去。今存詩鈔一卷，詩話詞話，則封大夫家居手定者。同治辛未冬孟迺普敬跋。

余刊詞徵垂竟，友人陸仲英元鼎以其曾祖藝香先生問花樓詞話見貽。余觀其敍述源流，辨晰雅近，卓然自具特識，不覺稱善者再。藝香詞既散佚，不可復得，則是書也，寧可聽其湮没耶。因重録之，以廣其傳。四年五月去病記。

詞逕

〔清〕孫麟趾撰
陳凝遠校

詞逕目録

詞逕

夢窗足醫滑易

夢窗足醫滑易之病，不善學之，便流于晦。余謂詞中之有夢窗，如詩中之有長吉。篇篇長吉，閱者易厭。篇篇夢窗，亦難悦目。

擇調

作詞須擇調，如滿江紅、沁園春、水調歌頭、西江月等調，必不可染指，以其音調粗率板滯，必不細膩活脱也。

擇韻

作詞尤須擇韻，如一調應十二個字作韻脚者，須有十三四字方可擇用。若僅有十一個字可用，必至一韻牽强。詞中一字未妥，通體且爲之減色，況押韻不妥乎。是以作詞先貴擇韻。

詞韻指南

詞韻向無定本，惟沈去矜韻最妥，然失之太拘。且于通用兼收之處，未經宣説明白。余有詞韻指南，傳宋人不傳之祕，將梓行以公同好。

塡詞須注明從某人體

詞有名同，句之長短不同者，塡者須註明從某人體。

詞之高妙在氣味

學問到至高之境，無可言說。詞之高妙在氣味，不在字句也。能審其氣味者，其唯儲麗江乎。

詞忌牛鬼蛇神

牛鬼蛇神，詩中不忌，詞則大忌。運用典故須活潑。

詞自有界限

近人作詞，尚端莊者如詩，尚流利者如曲。不知詞自有界限，越其界限，卽非詞。蔗鄉云：無才固不可作詞，然逞才作詞，詞亦不佳。須斂才鍊意，而以句調運之。詞中四字對句，最要凝鍊。如史梅溪云：「做冷欺花，將煙困柳。」只八個字，已將春雨畫出。七字對貴流走。如夢窗倦尋芳云：「珠珞香消空念往，紗窗人老羞相見。」令人讀去，忘其爲對乃妙。

詞之節奏

閲詞者不獨賞其詞意，尤須審其節奏。節奏與詞意俱佳，是爲上品。

拗句不可易

余嘗取古人之拗句誦之，始上口似拗，久之覺非拗不可。蓋陰陽清濁之間，自有一定之理。妄易之，則於音律不順矣。

詞宜清脆澀

包慎伯明府云：感人之速莫如聲，故詞別名倚聲。倚聲得者又有三：曰清、曰脆、曰澀。不脆則聲不成，脆矣而不清則膩，脆矣清矣而不澀則浮。

作詞十六字訣

作詞十六要訣：清、輕、新、雅、靈、脆、婉、轉、留、托、澹、空、皺、韻、超、渾。

天之氣清，人之品格高者，出筆必清。五采陸離，不知命意所在者，氣未清也。清則眉目顯，如水之鑑物無遁影，故貴清。

重則板，輕則圓。重則滯，輕則活。萬鈞之鼎，隨手移去，豈不大妙。

陳言滿紙，人云亦云，有何趣味。若目中未曾見者，忽焉睹之，則不覺拍案起舞矣，故貴新。

座中多市井之夫，語言面目，接之欲嘔，以其欠雅也。街談巷語，入文人之筆，便成絶妙文章。一句不雅，一字不雅，一韻不雅，皆足以累詞，故貴雅。

惟靈能變，惟靈能通。反是則笨、則木，故貴靈。

鶯語花間，動人聽者，以其脆也。音如敗鼓，人欲掩耳矣。故貴脆。

恐其平直，以曲折出之，謂之婉。如清真低聲問數句，深得婉字之妙。

路已盡而復開出之，謂之轉。如「誰得似長亭樹，樹若有情時，不會得青青如此」，「當時送行，共約雁歸時。人賦歸歟。雁歸也，問人歸如雁也無」，「甚近來翻致無書。書縱遠，如何夢也都無」，皆用轉筆，以見其妙者也。

何謂留，意欲暢達，詞不能住，有一瀉無餘之病。貴能留住，如懸崖勒馬，用于收處最宜。

何謂托，泥煞本題，詞家最忌。托開説去，便不窘迫，即縱送之法也。

花之淡者其香清，友之淡者其情厚。耐人尋繹，正在于此，故貴淡。

天以空而高，水以空而明，性以空而悟。空則超，實則滯。

石以皺爲貴，詞亦然。能皺必無滑易之病，夢窗最善此。

韻卽態也，美人之行動，能令人銷魂者，以其韻致勝也。作詞能攝取古人神韻必傳矣。

識見低，則出句不超。超者出乎尋常意計之外，白石多清超之句，宜學之。

何謂渾，如「淚眼問花花不語。亂紅飛過鞦韆去」，「江上柳如烟。雁飛殘月天」，「西風殘照，漢家陵闕」，皆以渾厚見長者也。詞至渾，功候十分矣。

詞須累改

詞成録出，粘于壁，隔一二日讀之，不妥處自見。改去仍録出粘于壁，隔一二日再讀之，不妥處又見。又改之如是數次，淺者深之，直者曲之，鬆者鍊之，實者空之。然後録呈精于此者，求其評定，審其棄取之所由，便知五百年後，此作之傳不傳矣。

詞須淺明

深而晦，不如淺而明也。惟有淺處，乃見深處之妙。譬如畫家有密處，必有疏處。能深入不能顯出，則晦。能流利不能藴藉，則滑。能尖新不能渾成，則纖。能刻畫不能超脱，則滯。一句一轉，忽離忽合，使閲者眼光摇晃不定，技乃神矣。

用意與出句

用意須出人意外，出句如在人口頭，便是佳作。

詞分門户

高澹婉約，豔麗蒼莽，各分門户。欲高澹學太白、白石。欲婉約學清真、玉田。欲豔麗學飛卿、夢窗。欲蒼莽學蘋洲、花外。至于融情入景，因此起興，千變萬化，則由于神悟，非言語所能傳也。

詞逕一卷，江山劉履芬藏本。内有脱葉。後見陳凝遠校本，則見劉本所脱之淡字一條，赫然在目。然後孫氏所謂十六字要訣，乃得窺其全豹，是亦一大快事也。圭璋識。

附録

劉履芬跋

長洲孫君月坡，以詞名道咸間。客金陵西江最久，刻所著詞凡十餘種。余以丙辰丁巳間，遇諸吳門。君年六十餘，雖歸里，家無一椽，僦居委巷中。一子婦、一女孫，親操井臼。君日扶杖遊行街巷，賣文易粟，取供朝夕。庚申寇亂，以老病死。晚年嘗選所作爲零珠、碎玉兩編刻之。今余尚存刊本，内有脱葉，未由録補。詞逕一卷，嘗以寄余京都，僅而獲存。取以重刊，亦講詞學家不可少之書也。同治九年仲秋，江山劉履芬。

聽秋聲館詞話

〔清〕丁紹儀撰

昔歲癸巳，識鍾仲山於漳州。時仲山喜爲詩，余喜爲詞，兩人窮日夕爲之，以相角。越歲，仲山別去。余旋以一官自效，奔走南北，不能如前專力。久之，自覺不工，輟不復作。逮重遊閩嶠，仲山猶時時爲詩，余則瞠乎後矣。比遭廢棄，思欲重理故業，而心機窒塞，竟不成句。閒居無俚，就見聞記憶所及，或因詞及事，或因事及詞，拉雜書之，藉以消耗歲月。惜仲山觀察西蜀，相隔萬里，不及與之商搉。然爲此無聊筆墨，豈夙昔故人所期於余哉。積久成帙，禧兒請付手民。刊既竣，綴此以誌余愧。若謂意有所枝，信口雌黄，則余豈敢。時同治八年己巳秋九月，丁紹儀識於福州寓廬。

聽秋聲館詞話目録

卷一

卷二

卷三

卷四

卷五

卷六

卷七

卷八

卷九

卷十

卷十一

卷十二

卷十三

卷十四

卷十五

卷十六

卷十七

卷十八

卷十九

卷二十

聽秋聲館詞話卷一

填詞最宜講究格調

自來詩家，或主性靈，或矜才學，或講格調，往往是丹非素。詞則三者缺一不可。蓋不曰賦、曰吟，而曰填，則格調最宜講究。否則去上不分，平仄任意，可以娛俗目，不能欺識者。至性靈才學，設有所偏，非翦綵爲花，絶無生氣，即楊花滿紙，有類瞽詞。如楊升庵慎轉應曲云：「促織。促織。聲近銀牀轉急。熏殘百合衣香。消盡蘭膏夜長。長夜。長夜。露冷芙蓉花謝。」非不典麗，讀之索然意盡。又如陳在田見鏞前調云：「百舌。百舌。飛上花梢啼急。一聲聲似多情。攪得鴛衾夢驚。驚夢。驚夢。鳥也把人調弄。」非詞非曲，村不可耐。然升庵另有轉應曲云：「銀燭。銀燭。錦帳羅幃影獨。離人無語銷魂。細雨斜風掩門。門掩。門掩。數盡寒宵更點。」便與前詞有清空質實之分。

萬樹詞

格調之舛，明詞爲甚，國初諸家，亦尚不免。蓋奉程張二家嘯餘圖譜爲式，踵訛襲陋，如行雲霧中。康熙初，宜興萬紅友樹斷斷辨證，定爲詞律，廓清之功不小。惜所收各調，錯漏尚多。其所自著，亦鮮傑作。殆與考据家罕工古文相似。蘭泉司寇詞綜，僅録其浣溪沙一闋。尚有好事近云：「忍淚送君行，江上青山斜矗。别酒一杯還暖，恨風帆催促。無情晝舸疾於飛，一水漸拖緑。欲上小樓凝望，又垂楊遮目。」此詞或傳萬錦雯作。踏莎行云：「葉打星窗，雁鳴飆館。便淒涼煞無人管。前塵昨夢不堪提，素顔青鬢都來换。寶襪香存，綵箋音斷。細將心事燈前算。三年有半爲伊愁，人生能幾三年半。」差有意致。

韓致堯詞

韓致堯遭唐末造，力不能揮戈挽日，一腔忠憤，無所於洩，不得已託之閨房兒女。世徒以香奩目之，蓋未深究厥旨耳。余最愛其「碧闌干外繡簾垂。猩色屏風晝折枝。八尺龍鬚方錦褥，已涼天氣未寒時」一絶，與「静中樓閣深春雨，遠處簾櫳半夜燈」句，言外别具深情。又浣溪沙云：「宿醉離愁慢髻鬟。六銖衣薄惹輕寒。慵紅悶翠掩青鸞。羅襪況兼金菡萏，雪肌仍是玉琅玕。骨香腰細更沈檀。」與前詩均自離騷中「製芰荷以爲衣」數語融化而出。至生查子云：「侍女動妝奩，故故驚人睡。誰知本未眠，背面偷垂淚。嬾卸鳳凰釵，羞入鴛鴦被。時復見殘燈，和煙墜金穗。」其蒿目時艱，自甘貶死，深鄙楊涉輩之意，更昭然若揭矣。

黄儀紉蘭詞

崑山徐健庵司寇乾學，承詔修一統志，聘吾鄉顧宛溪祖禹、太原閻百詩若璩、常熟黄子鴻儀、德清胡東樵渭任其事。顧成方輿紀要一百三十卷，於桑經酈註外，自成一家。胡著禹貢錐指。閻撰述尤夥，而詞不概見。黄僅存紉蘭詞一卷。踏莎行云：「宿雨纔收，春寒頓減。博山銷盡沉煙篆。越羅裁得稱身無，黄昏早自停金翦。燭影偏明，花陰尚淺。曲闌十二閒憑遍。井梧休放月痕來，玉階剛臥金鈴犬。」水龍吟云：「漫嗤老態龍鍾，少年曾是誇豪興。高陽伴侶，三春逐日，聯鑣飛鐙。山北山南，芳菲賞遍，別尋幽勝。記披襟直上，雲峯絶頂。渾欲喚、青天應。誰道多生蹭蹬。舊情懷，都來難稱。十年回首，交遊嚼蠟，功名墮甑。除卻孤吟，酒腸詩膽，消磨無賸。但秋來猶愛，斷鴻聲裏，把危樓凭。」

蔣永修詞

宜興蔣慎齋太守永修題漂母墓臨江仙云：「漂母橋邊人去遠，淮壖空繞淮流。荒原留得小墳幽。窮途酬一飯，高義足千秋。世上儘多奇女子，而今有此人不。南昌寄食未央收。怪他亭長婦，偏欲殺韓侯。」末二語，人所未道，較「生死都由兩婦人」句，尤覺新雋，惜全詞粗俗。

陳亞生查子

生查子調，五代以後，多用四十字體。惟陳亞之詞云：「相思意已深，白紙書難足。字字苦參商，故要檀郎讀。分明記得約當歸，遠至櫻桃熟。何事菊花時，猶未回鄉曲。」係四十二字。或言「記得約當歸」語氣已足，「分明」二字似衍。不知孫光憲魏承班詞，亦間作七字句，且「記得」而言「分明」，語益沈摯。下文接言自春徂秋，何事未回，思愈切，怨愈深矣。孫詞云：「暖日驟花驄，彈鞚垂楊陌。芳草惹煙青，落絮隨風白。誰家繡轂動香塵，隱映神仙客。狂煞玉鞭郎，咫尺音容隔。」「誰家」二字似不可少，其諷世人見利争趨意，當於言外得之。

施閏章詞

宣城施愚山先生閏章，官巡道，後復舉鴻博，擢侍講。詩最簡潔，五言尤工。與山左宋荔裳觀察，有南施北宋之稱，詞亦清麗。偕友看杏花沁園春云：「春社纔過，花事闌心，殊勞夢思。正草芽初茁，橫鋪翡翠，水泉新湧，淨漾琉璃。聽說前村，杏花開矣，曳杖還教載酒隨。相將去，看日烘雲暖，蝶醉蜂癡。花間坐臥都宜。悵似錦韶華得幾時。憶賣來深巷，枝頭猶溼，看從南陌，屐齒嫌遲。爲語東風，好留春住，莫遣飛英著鬢絲。憑報道，早先生歸也，更唱新詞。」頗饒夷猶之致。

華章慶詞

華叔延廣文章慶，吾邑諸生，以教習得官。少從吳梅村、曹倦圃諸老遊，詩詞咸有法。菩薩蠻云：「新愁似與新秋約。西風日夕吹蕭索。月色滿闌干。徘徊獨自看。舊歡渾似夢。悔把情根種。夢也幾曾圓。百蟲聲裏眠。」醉花陰云：「一春常向花前醉。良夜還遲睡。畫閣曉妝慵，雙頰紅消，簾捲山橫翠。裁書欲寄憑誰寄。磨滅鴛鴦字。盼斷北歸鴻，雨滴空階，不抵相思淚。」

佟世思詞

遼陽佟氏，爲從龍望族，世多顯宦，而文采無聞。獨思恩令世思，以壬子得官，年已四十餘，未幾卒。所著與梅堂詩文集，附詞一卷，雖不克追踪飲水，亦頗有雋語。眼兒媚云：「柳絲撩亂舞風柔。幽怨在高樓。最難忘是，燈前俏影，簾下歌喉。春來底事懨懨病，長夜冷如秋。一腔心事，未抛舊恨，又惹新愁。」燕歸梁云：「檻外風來花氣幽。閒倚樓頭。一番離恨一番愁。春去也，又迎秋。這般憔悴如何好，總不若、早歸休。黄昏人静月如鈎。剛憶著，去年遊。」含悽欲絶，頗不類貴公子口吻。

樂鈞斷水詞

臨川樂蓮裳孝廉原名宫譜，後改名鈞。遊粤時，適伊墨卿秉綬守惠州，請爲朝雲修墓。至潮陽，見普寧縣有天潢小裔墓，而無名，辨爲故明知縣朱統錋女均，爲駢體文，勒之貞珉。詞人好事，無如孝廉者。後遊揚州，眷姑蘇女伶葆珠，字以雪如，將備小星，珠旋卒，葬之山塘。賦煙夢詞悼之，並爲繪像徵詩。所著斷水詞阮郎歸云：「晝長花落小樓陰。簾波日影沉。闌干曲曲徑深深。教人何處尋。經繡户，聽瑶琴。闗心直到今。如今已分不闗心。愁來争自禁。」蝶戀花云：「時節乍寒還乍暖。浪説看花，花信無人管。牆北牆南蝴蝶滿。花開花落青春短。悔飲藍橋漿一盌。一寸柔腸，真做千回斷。桃葉桃根波際遠。渡頭不敢高聲唤。」雪如將還吴門，有相待半塘之約，送以金縷曲云：「且莫傷離别。照同心、江南江北，一般明月。此去洗妝梅花下，判取玉釵寒徹。記那日、酒闌曾説。衣上珍珠千萬顆，是三生、淚點迎風結。因往事，又嗚咽。遲回心事今來決。問相逢，緑楊門巷，燕飛時節。十里横塘東流水，比似情波千折。更眼底、一天冰雪。多少吹簫紅粉伴，看江頭、打槳呼桃葉。歌此曲，重淒切。」醉花陰云：「葱白衣裳雲碧袖。蝴蝶雙雙繡。身似玉釵纖，不解相思，卻又因誰瘦。海棠一萼紅初透。恰受春風穀。千萬莫輕開，試看枝頭，幾朵紅依舊。」隔梅溪令云：「半江春水半江風。落花紅。幾處愁人，酸淚寄花中。一時流向東。淺斟低唱儘從容。太匆匆。記得銷魂橋畔，繫青篷。隔窗飛柳絨。」雖不盡爲雪如作，亦可謂一往情深矣。

王安石詞

「但起東山謝安石，爲君談笑淨胡塵」，太白詩也，人或譏其大言不慚。然其時鄴侯、汾陽，均未顯用，殆有所指，非自況也。至王荆公浪淘沙云：「伊呂兩衰翁。歷遍窮通。興亡只在笑談中。及至而今千載下，誰與争功。」則隱然欲與争雄矣。乃新法一行，卒蒙世詬，何哉。公學問卓絶，緣好更張，好人諛己。有此三好，遂致病國殃民，而不自覺。後世以經濟自負者，當以公爲鑑。逮蔡京輩創爲紹述，土崩之勢遂成，此公所不及知者。公又有漁家傲云：「平岸小橋千嶂抱。揉藍一水縈花草。茅屋數間窗窈窕。塵不到。時時自有清風掃。午枕覺來聞語鳥。攲眠似聽朝雞早。忽憶故人今總老。貪夢好。茫茫忘了邯鄲道。」使公九原有知，亦曾自悔誤貪好夢否耶。吁，公非小人，而所用盡小人。謂爲禍梯，夫復奚辭。

莊永言詞

長州蔣雲九大令，邀人賦送臘詞，華亭莊祉如永言分得門丞二郎神云：「丞何故。曷不學，老羆當路。曷不學，辛毗持節坐。慣依傍、别人庭户。金鎖緑沈無恙在，做綵燕黏雞伴侣。難道爲、一椽堪蔽，强似牽舟賃廡。休住。尋常巷陌，冷清清處。只合倚侯門相努目，乘勢作霍家奴怒。畫戟收時行馬駐。有多少炎趨熱附。看槐柳行邊，二陸三潘，向君延佇。」似嘲似謔，寄慨不少。「二陸三潘」句，本世說。大令名之逵，康熙中官知縣。詠春聯迎春樂云：「辛盤薦罷人微醉。指拂淩雲氣。倚雙行椽燭，摇紅膩。把十樣桃箋試。儷句摘、玉臺佳麗。法書仿、蘭亭遒媚。何處紗籠前導，又索宜春字。」較爲蘊藉。

藍鼎元詞

漳浦藍鹿洲鼎元，工古文，少與上杭劉鼇石坊友善，以文章經濟相期勗，顧貧甚，著餓鄉記以自慰。爲諸生，受知張清恪伯行，旋從其族兄臺澎總兵廷珍平臺灣朱一貴之亂，羽書露布，咸出其手。雍正初貢入太學，以保舉官廣東普寧令，失上官意，被劾。逮繫久之，事白，世宗召見，即授廣州知府，際遇可謂奇甚。蒞任甫逾月，卒於官，致未竟所施。今鹿洲集，閩中盛行，而詩詞缺如。鼇石老於幕府，遺文散佚，鮮有知其名氏者。余僅見其踏莎行云：「老樹當門，修蘿覆屋。平蕪無復年時緑。閒來小閣聽松濤，倚闌凝斷遥天目。古戍風淒，野田禾熟。兒童拍手驅黃犢。暮煙濃合欲棲鴉，行人猶唱南征曲。」又登南嶽望月臺西江月云：「臺址高淩北斗，月華清映平川。今宵剛值十分圓。卻恐征人怕見。四野蛩聲如泣，千山夜色凝寒。一年能得幾回看。況在祝融峯畔。」録之以存其概。

丁如琦詞

先曾祖菊圃公，登乾隆癸酉秋榜，官浙之常山縣。著詩鈔四卷，附詞十餘闋，與先高祖逸園公詩草版，均儲藏三先伯叔才公家，傳之從兄蓉舲方炳，亦知珍庋。歲庚申，邑爲賊陷，從兄殉難，詩版譜牒悉遭焚燬，今祇存逸園詩草一卷。菊圃公詩詞已無存本，僅記春日憩管社山浪淘沙云：「青嶂擁晴沙。幾簇人家。眼前桃李豔於霞。知費天工多少力，釀就繁華。　煙水望中賒。繞徑桑麻。武陵何必更浮槎。長晝愔愔無箇事，看放蜂衙。」題友人漁隱圖解珮令云：「藕花千頃，桃花一棹。又開殘、白蘋紅蓼。隨意風帆，任南北東西都好。計生涯、此中粗了。　停橈近浦，收綸斜照。且休論、得魚多少。換酒歸來，拚一覺醉眠忘曉。這襟懷、儘堪娛老。」其餘詩詞不能一一追憶，謹録於此，用誌永憾。公諱如琦。

丁瀚詞

先祖西公著有西園賸稿、瑣述二種。瑣述記遺聞佚事，賸稿則詩詞雜文。皆叔才公鈔撮收藏，因循未梓，亦遭賊燬。幸昔年在里鈔存瑣述數則，並詞數闋。悔未全録，致手澤與音容俱渺，追恨無及矣。先祖官陝右寧羌時，闢署東小園爲憩息地，春日偶題臨江仙云：「絲雨愔愔飄未已，遥山半被雲遮。小園堪擬庾公家。數竿君子竹，一徑美人花。　清晝垂簾無箇事，茗鑪閒試新茶。眼前生趣足相誇。燕兒營夏屋，蜂使放朝衙。」秋夜聞笛高陽臺云：「晚照留紅，寒煙弄碧，金飆吹滿山城。倦倚雕闌，誰家玉笛飛聲。梅花落盡人何處，更無愁、也喚愁生。況涼州、別調新翻，越樣淒清。　柯亭舊韻何堪問，賸關山月色，千里同明。懊恨桓伊，催教繡閣心驚。陌頭楊柳蕭疎甚，頓牽來、無數離情。又長空、塞雁争飛，相和悲鳴。」叔才公云：「此詞因新易大府，政令嚴急，官皆惴惴迎合意旨，更不遑顧及民事，名爲整頓吏治，而吏治益偷，故託之聞笛以寄慨云。」又望雨踏莎行云：「瓦雀鳴春，窗雞報曉。捲簾薄霧籠幽草。山家正在望甘霖，鳩啼屋角聽來好。潤葉愁微，霑枝恨小。東風莫把濃雲掃。年光輸與柳條多，依依不覺春將老。」新秋鵲橋仙云：「輕雷送雨，涼飆餞夏，一榻清虛無暑。果然茗飲勝杯香，量水倚，疎簾自煮。巢燕將歸，林蟬乍歇，又聽搗衣砧杵。微吟欲覓和人難，只索向、秋蟲細語。」於二詞具見政簡刑清翛然自得之況。儀生彌月，隨先君子至陝，七歲方離州廨，園中風景，猶約略能記，今四十餘年矣。公諱瀚。

绿頭鴨詞

多麗一名绿頭鴨，各家平韻詞俱一百三十九字，獨李漳詞少二字。蓋前段「頻慘啼痕」句，脫「頻」字，後段「帳冷衾寒」句，脫「冷」字。中如「枉勞」作「漫勞」，「塞雁」作「塞鴻」，「滯芳尊」作「清芳尊」，均誤。惟「今宵爲誰」句，「誰」字平聲，微與各家不同。其詞云：「好人人。去來欲見無因。記當時、竊香倚暖，豈期蝶散鶼分。到而今、枉勞夢想，嗟後會、頻慘啼痕。繡閣銀屏，知他何處，一重山盡一重雲，暮天杳、梗蹤萍跡，還是寄孤村。寂寥月，今宵爲誰，虛照黃昏。細追思、深誠密意，黯然一晌銷魂。仗游魚、漫傳尺素，望塞雁、空憶回文。帳冷衾寒，香消塵滿，博山沈水更誰熏。斷腸也，無聊情味，惟是滯芳尊。沈吟久、移燈向壁，掩上重門。」又元人失名之傳按察錢塘懷古前調云：「靜中看。循環興廢無端。記昔日、淮山隱隱，宛若虎踞龍蟠。下襄樊、指揮湘漢，鞭雲騎、圍繞江干。勢不成三，時當混一，過唐之數不爲難。誰知道、倉皇南渡，半壁幾何間。陳橋驛、孤兒寡婦，久假當還。挂征帆、龍舟催發，紫宸初卷朝班。禁庭空、土花暈碧，輦路悄、呵喝聲乾。去國三年，遊仙一夢，依然天淡夕陽閒。縱餘得、西湖風景，花柳亦凋殘。昨宵也、一輪明月，還照臨安。」通首本屬完善，詞綜未經細考，於調名既訛爲鴨頭緑，前段脱落「循環」句六字，「誰知」二句十二字，遂祇有一百二十一字。後段「去國」三句，又誤在「縱餘」二句之下，致文理亦不貫，此錯落之最甚者。

蔣因培詞

虞山蔣伯生大令因培，詩文斂贍，工繪事。顧跅弛不羈，酒後好嫚罵。或規之，輒曰：「我罵俗人耳，何預乃事。」入貲，官山左，大吏惜其才，咸優容之。屢躓屢起，卒至被黜謫戍。及赦回，即賦詩云：「入門先向妻孥笑，吾戴吾頭今又歸。」其誕如此。所著隨手亡失，僅於嚴小秋集中，見其題餐花館圖金縷曲云：「好在詞人屋。問陂塘、幾時買斷，青溪曲曲。門對南朝江令宅，隨意數竿修竹。更位置、笛牀碁局。怪底胸中無俗韻，算輸君、飽飲秦淮緑。天最惜，此清福。年來載酒江湖熟。記天涯、相逢幾度，西窗翦燭。照影南池池上水，不似舊時面目。多荒了、故園松菊。殘客飄零才子老，嘆氤肩、斗酒無人續。何處覓，一囊粟。」後數語猶足見不可一世之概。先是，遂寧張船山太守問陶負狂名，由翰林出守萊州。或言外吏非京員比，宜稍斂抑，太守然之。初謁中丞，執禮甚恭。談次，中丞譽其驛柳詩，不覺撫掌笑曰：「爾亦知吾驛柳詩耶。」中丞陰銜之，齮齕不已。未數月，引疾，無以歸。浪跡吴門，旋卒。視伯生所遇，有幸有不幸矣。

明霞墓題詞

明霞失其姓，明湖州司理馮楨卿姬，歿葬吳興之峴山。康熙時，德清蔡氏召仙乩，書云：「生長臨淸十七年。偶隨車馬到苕川。知心惟有墳前草，夜夜臨風泣杜鵑。」末署十景塘明霞題。嘉慶初，苕中詞人爲之封土易碑，吳君蘭洲並爲寫像。奚明經榆樓疑賦高陽臺云：「長夜鵑啼，空山葉落，一坏埋没荒榛。二百餘年，淒涼殘月黃昏。樵蘇不禁狌孤穴，最堪憐、泣損芳魂。費詞人。香土重添，苔碣重新。城南自古傷心地，歎石蒲齋冷，風雅沈淪。好倩吳郎，憑將彩筆傳神。生前東海難填恨，且休提、幽夢爲雲。酹斜曛。擕得清泉，倒盡清尊。」原註：石蒲，司理齋名。一時和者甚衆。周卍雲侍御學濬亦倚前調云：「夢亦爲雲，魂猶墮淚，斷腸桃葉江船。一樹棠梨，殯宮寒食年年。年來剗盡殘碑字，甚前塵、密愛深憐。最潸然。宰木頹陽，蔓草荒煙。　梟燈不照重泉夜，但樵歌野徑，漁笛晴川。環珮歸來，傷心金粟堆邊。荒尊爲酹詞人酒，護香泥、好傍鴛眠。對紋簾。尾展青鸞，泣憶紅鵑。」原註：吳園次太守曾瘞鴛鴦於墓側，司理善繪竹，其風篠石刻，至今尚有藏者。

杜詔詞

吾邑杜雲川太史詔，先以監生膺薦，食七品俸。預輯歷代詩餘，蒙恩賜進士。復與諸詞臣纂修詞譜，逮授庶吉士，即乞養歸。生平恬退寡營，少時從顧梁汾、嚴藕漁兩先生遊，故其詞如水碧金膏，纖塵不染。

嶅陽對月祝英臺近云：「夜何其，雲忽破，山小月光大。貼玉團團，直欲向人墮。轉思客裏多年，幾番圓了，慣照見、客愁無那。可知我。數來十日歸程，嶅陽又將過。笑脱青衫，獨自卷簾坐。無端千里鄉心，一宵鄉夢，共兒女、小窗燈火。」南鄉子云：「絮語曲闌邊。小炷金猊窄袖偏。手約篆絲風不定，憑肩。一袖香分兩袖煙。幾欲卸頭眠。翠被重熏夢不圓。錯認柔鄉容易住，從前。纔著思量便渺然。」沙塞子云：「銷愁擬倩餘醒。奈夢裏人孤易醒。況更值、薄寒時序，風颭疎櫺。迴廊曲處悄無聲。正燭滅香消畫屏。誰知我，卷簾樓上，看落春星。」太史選有唐詩叩彈集，專以中晚爲宗，堪救粗豪之失。

拍板

歌以木音爲節，古用柷敔，後世易以板，往往見於詞中。六一詞云：「檀板未終人又去。」子野詞云：「緩板香檀，唱徹伊家新製。」海野詞云：「絲管暗隨檀板。」曰緩、曰隨、曰未終，其節奏猶可想見。亦有用象牙者。吹劍録所謂柳郎中詞，只合十七八女郎，按紅牙板，唱「楊柳岸曉風殘月。」子昂詞云「輕敲象板，緩歌金縷」是也。然莫詳其製。近人斲木三片，貫繩於端，以一手拍之。獨臺灣北里中聯木六片，兩手捧拍，云是前朝大樂所遺。初謂齊東野人語耳，後見王元之禹偁小畜集，有拍板謡云：「麻姑親采扶桑木。鏤脆排焦其數六。雙成捧立王母前，曾按瑶池白雲曲。」始恍然臺陽所見，尚是古製。近世減六爲三，益趨簡便，無復有雙手捧拍者矣。排焦二字，不知何解。

柳永二郎神

柳耆卿七夕二郎神云：「炎光謝。過暮雨、芳塵輕灑。乍露冷、風清庭户爽，天如水、玉鉤遥掛。應是星娥嗟久阻，敍舊約、飆輪欲駕。極目處、微雲暗度，耿耿銀河高瀉。閒雅。須知此景，古今無價。運巧思、穿針樓上女，擡粉面、雲鬟相亞。鈿合金釵私語處，算誰在、迴廊影下。願天上人間，占得歡娛，年年今夜。」首句有作「炎光初謝」者，乃沈天羽妄增，不足據。二郎神本有三字起一體，王梅溪詠海棠詞正與此同，惟中間多押四韻，後結句讀平仄稍異而已。其詞云：「深深院。夜雨過，簾櫳高卷。正滿檻、海棠開欲半。仍朵朵、紅深紅淺。遥認三千宫女面。匀點點，胭脂未遍。更微帶、春醪宿酒，嬝娜香肌嬌豔。日暖。芳心暗吐，含羞輕顫。笑繁杏天桃争爛漫。愛容易、出牆臨岸。子美當年遊蜀苑。又豈是、無心眷戀。都只爲、天生麗質，難把詩工裁翦。」寓意微婉，不當僅作咏物詞讀。

查荎透碧霄

宋曹勛作透碧霄詞一百十七字，較柳永、查荎所填一百十二字體，句讀迥異。萬氏未見曹集，致未收入又一體。柳、查二作，字句相同，而查作尤佳。其詞云：「艤蘭舟。十分端是載離愁。練波送遠，屏山遮斷，此去難留。相從争奈，心期久要，屢變霜秋。歎人生、宛似萍浮。又翻成輕別，都將深恨，付與東流。想斜陽影裏，寒煙明處，雙槳去悠悠。愛渚梅、幽香動，采掇須倩纖柔。豔歌粲發，誰傳餘韻，來説仙遊。念故人、濡此遐州。但春風老後，秋月圓時，獨倚江樓。」換頭三語，真是繪水繪聲之筆。詞綜録此詞。「宛似」作「杳似」，「滯此」作「留此」，似不如「宛」字「滯」字。又「採掇」句本作「須采掇，倩纖柔」，六字折腰，與柳詞「空恁嚲轡垂鞭」，句法小異。詞律謂文義亦有可疑，若作「采掇須倩纖柔」，則理順語協，宜從之。

吴雯詞

唐益庵廣文見余詞話中，録吴蓮洋詞藕絲何用尋孔句，疑有誤字。憶謝臯羽海上曲云：「水花生雲起如葑，神龍下宿藕絲孔。」當是所本。至謝詩所用何典，余自慚荒陋，不復能省。周季貺司馬謂用内典帝釋事，余於釋教素未究心，家亦無其書，帝釋事如何，至今未解。詞係雪中過曹正子次韻，調寄摸魚兒云：「雪初飛、林塘竹樹，椏杈禿尾銀鳳。紙窗活火茶煙繞，那管夜來寒重。書塞棟。喜更有、貂幃犀押珊瑚控。塤篪伯仲。況千里剛來，天涯一笑，且摘紫髯凍。玉龍吼，輦下雙成嬌董。藕絲何用尋孔。但憑銀甲漫天舞，意與一般飛動。綿竹頌。恰羞雁、方將杞梓楩楠貢。金蓮地湧。卻結想龍華，遊思鵾運，戛玉破塵夢。」蓮洋名雯，字天章，蒲州人，康熙中舉鴻博，未遇。詩學李供奉，漁洋門下，應推第一。

聽秋聲館詞話卷二

華長發詞

國初吾邑書家稱孫、高、嚴、華，余少時見故家聯匾，多四家書，亂後胥成灰燼矣。家有靜安堂，字卽孫書，今堂在，而匾已無有。孫名雄禾，字稚均，筆勁如鐵，世推第一，以布衣終。高名世泰，字彙旃，前明進士，曾官推學僉事，詞均無傳。嚴卽藕漁中允，有秋水軒詞。華名長發，字商原，邑諸生，著有滄江詞。浣溪沙云：「照水新妝帶夢催。嬾拈針線下層臺。小庭扶倦摘青梅。愁聽嬌鶯穿樹去，怕看棲燕入簾來。雛鬟空自報花開。」蝶戀花云：「穠春正好人何處。一縷柔情，遠繫天南樹。妾夢不離江上雨。郎心已逐風中絮。極目天邊鴻雁路。争似雕梁，燕子雙棲暮。幾度問天天不語。花時又把歸期誤。」清平樂云：「冶春過了。悔煞當初好。一霎相逢真草草。裙帶鬆來多少。黛螺愛染眉長。羅衫熏透鑪香。時把菱花私照，也還直得思量。」風致不減秋水。其卽事詩，有「千檣影裏宵鳴柝，萬馬聲中晝閉門。官路半淹三月雨，人家全寄五湖村」句。想見軍行所至，井邑蕭條景象。

嚴繩孫詞

康熙己未召試博學鴻詞，吾鄉嚴蓀友中允繩孫適病甚，祇成省耕一詩，不得進呈。聖祖久知其名，謂史館不可無此人，引唐人祖詠「南山陰嶺秀」二十字入選故事，特授檢討，預修明史，爲四布衣之一。旋轉中允，乞病歸家，居藕蕩橋，自稱藕漁。夙擅三絶稱，詩詞尤鮮潔。中秋御街行云：「算來不似瀟瀟雨。有箇安愁處。而今把酒問姮娥，是甚廣寒心緒。隻輪飛上，天街如水，不管人羈旅。霓裳罷按當時譜。一片清砧苦。西風白騎幾人歸，腸斷緑窗兒女。數聲殘角，催他來雁，遠向瀟湘去。」菩薩蠻云：「君恩自古如流水。梨園又選良家子。都作六宮愁。傳言放杜秋。不須矜豔冶。明日承恩者。淡掃便朝天。路人知可憐。」二詞似有所諷，顧選家均遺之。又有答顧梁汾見懷七絶云：「曈曈曉日鳳城開，纔是仙郎下直回。絳蠟未消封詔罷，滿身清露落宮槐。」頗有唐人風韻。四布衣者，富平李天生因篤，秀水朱竹垞彝尊，吴江潘次耕耒，俱由布衣入翰林。尚有長洲馮方寅勗，亦以布衣舉同授檢討，著述未見，世鮮有稱及者。

朱彝尊詞

史梅溪燕歸梁云：「獨卧秋窗桂未香。怕雨點飄涼。玉人只在楚雲旁。也著淚，過昏黄。西風今夜梧桐冷，斷無夢，到鴛鴦。秋鉦二十五聲長。請各自，耐思量。」竹垞太史仿其意，而變其辭爲桂殿秋云：「思往事，渡江干。青蛾低映越山看。共眠一舸聽秋雨，小簟輕衾各自寒。」較梅溪詞尤含意無盡。太史於南北宋詞兼收並采，蔚爲一代詞宗，顧僅以玉田自擬。自題詞稿解珮令云：「十年磨劍，五陵結客，把平生、涕淚飄盡。老去填詞，一半是空中傳恨。幾曾圍、燕釵蟬鬢。不師秦七，不師黄九，倚新聲、玉田差近。落拓江湖，且分付、歌筵紅粉。料封侯、白頭無分。」集中言情諸作，羌無故實，可知卽風懷詩，亦未必真有所指。乃朱石君相國猶以未删爲恨。翁覃溪學士言：太史欲删未忍，至繞几回旋，終夜不寐，想均未細繹前詞耳。太史以布衣舉鴻博入詞垣。賜第内城，出主江南試，亨衢方騁。旋爲忌者所中，投劾歸。道出揚州，鹺商安氏奉萬金爲著書資，遂得優游終老。其解珮令第三句，原作「涕淚都飄盡」，乃沿汲古閣刊晏叔原詞「團扇無緒」，於「緒」字上衍一「情」字之誤。考花草粹編本衹四字，宋元各家詞均無作五字句者。

宜興廉詞

歲乙卯，道出邵武，鐵嶺宜泉司馬興廉觴余丞廨，出示所藏書畫，辨證真贋甚確，余實懵然不解。見其册頁中夾一小箋，題宿慈救寺調寄鷓鴣天云：「霞散高樓月在天。蛩聲滿院鳥初眠。石牀曾爲彈碁掃，蕉露還因點易研。燈似豆，夜如年。一簾香裊獸鑪烟。閑心領取清涼味，不慕遊仙不問禪。」款書「春園」二字，詢之，知爲宗室德崇作。以天潢貴冑，而詞意極澄淡，因亟録之。宜泉原名興義，隸旗籍，嘉慶己卯孝廉，任侯官令，蹶而復起，升鹿港同知，卒於任。聞余輯補詞綜，由海外寄詞數十闋，囑爲點定。自題待月圖、祝英臺近云：「隙中駒，石中火，斜日又西墮。似水年華，生計不須左。算來媚佛求仙，都無憑準，且消受、片時清坐。早覷破。任他顛倒榮枯，休把兩眉鎖。大好園林，容得眼前我。莫嫌影隻形孤，舉頭邀月，便湊上、影兒三箇。」寫春明輿夢圖，送吴伯鈞明府入都，風入松云：「軟紅塵外策征鞍。涼夜正漫漫。長堤月色平橋水，潑清光、一片澄鮮。濃綠萬家拖柳，暗香十里吹蓮。春明景物想依然。空惹夢魂牽。扁舟也擬謀歸棹，恐歸時、不似從前。把筆幾回惆悵，天涯飄泊年年。」題陳少香大令鷗汀漁隱圖，金縷曲云：「煙水浮家好。棹扁舟、載將笭箵，證盟沙鳥。半世名場酣戰罷，贏得詩囊畫稿。又攜箇、素心同調。海上更無蘇叔黨，祇朝雲、長伴東坡老。看問字，鳳雛小。人生難得休官早。憶華年、吳山楚水，恣情遊眺。嬾去紅塵尋舊夢，都爲邯鄲睡飽。且料理、筆牀茶竈。莫向叢蘆深處泊，怕花飛、霜鬢愁難掃。身外事，任顛倒。」宜泉工畫，喜爲詞，精音律，彈絲擫竹，斤斤不失分刌，今不復聞矣。

郭應辰詞

宜泉見寄詞稿中，附郭仲和明府應辰贈渠之任光澤金縷曲云：「七尺書生耳。看意氣、當今無輩，何論餘子。不向鈞天賡雅奏，來試絃歌百里。豈造物、生才本意。失喜萍逢纔兩月，悵笛聲、又逐驪歌起。一枝櫓，半江水。清秋風景沿溪美。映篷窗、層嵐回互，好參畫理。想見政成饒勝賞，露冕桄榔陰裏。且莫道、牽絲無味。我輩祇留真面目，任家家、繡出平原似。金鑄賈，請隗始。」仲和全椒人，由己卯翰林改官閩中，緣事絳崋尌縣丞。蹭蹬宦途幾二十年，以知縣終。

薛信辰詞

江南春爲倪雲林高士自度曲，與宋裴穆護砂同爲元調。雖篇中均七言句，然前後四換韻，換頭係三字兩句，明明是詞非詩，乃詞譜、詞律均未收入，後人亦無填用者。吾鄉薛國符方伯信宸有賦本意一闋云：「絳口櫻桃玉板笋。百舌啼殘深院静。畫船簫鼓水中煙，緑柳鞦韆牆外影。十分春色三分冷。玉輪正照梧桐井。花前步障葛綸巾。香風十里斷紅塵。蝶舞忙，鶯歌急。麥苗細雨濛濛溼。六朝脂粉悲何及。草邊千古燐猶碧。笙簧臺榭仍都邑。惟見青山萬仞立。韶光駒隙身浮萍。舟車川陸方營營。」方伯登順治己丑進士，任潮州知府。守將郝尚久叛，方伯被拘。密約總兵吴六奇攻城，己爲内應。謀泄，兵已加頸矣。紳民泣請，得暫繫。事平，獲免，洊擢至浙江布政使。

秦觀李演八六子詞

秦少游八六子云：「倚危亭。恨如芳草，萋萋剗盡還生。念柳外、青驄別後，水邊紅袂分時，愴然暗驚。無端天與娉婷。夜月一簾幽夢，春風十里柔情。奈回首、歡娛漸隨流水，素絃聲斷，翠綃香減，那堪片片飛花弄晚，濛濛殘雨籠晴。正銷凝。黄鸝又啼數聲。」與李演詞云：「乍鷗邊，一番腆緑，流紅又怨蘋花。看晚吹、約晴歸路，夕陽分落漁家。輕雲半遮。縈情芳草無涯。還報舞香一曲，玉瓢幾許春華。正細柳青煙，舊時芳陌，小桃朱户，去年人面，誰知此日重來繫馬，東風淡墨攲鴉。黯窗紗。人歸緑陰自斜。」字句平仄如一，惟李詞首句不起韻，第五句用韻，與秦稍異。詞律謂秦詞恐有訛處，未必然也。至秦詞「奈回首」作「怎奈向」，李詞「玉瓢」作「玉飄」，均係傳鈔之誤。又詞律因李詞脱「舊時芳陌」四字，遂列八十四字爲又一體，似尚未見絶妙好詞本，且誤李演爲李濱。考有宋詞家，無李濱其人，祇李演，號秋堂，有盟鷗集。

先伯父詞

昔年十五，雖捉筆爲文，實無所解。先君子請先伯父子初公課讀，盡屏室中書，祇留左傳、史記各一部，明文十餘篇。每篇定讀千遍爲度，倦則誦史記、左傳數篇，亦須百遍。或摘取其中事句，堪爲文用者分類録之。如是兩月餘，始命題作文，每題必作七八篇，毋許一意雷同。課餘雜談詩歌詞賦，以及稗官野説，旁引側證，卒歸於文。常言：「力不專則學不進，識不廣則思不靈。」今獲有一知半解，皆伯父曲成之。乃老大無成，徒呼負負，愧也奚如。伯父爲諸生，久困公車，以流外官需次晉中，與大吏忤，謫戍烏魯木齊。道光元年，特旨釋回。平生詩文咸信筆直書，不求工而自然穩練。如經古浪道浣溪沙云：「匹馬馱來萬斛愁。萍蹤遠逐野雲浮。新聲聽到古涼州。迎面晚山含日冷，夾車新水帶冰流。濃春煙景似深秋。」爲席靖庵題吹簫圖減字木蘭花云：「流鶯漸老。人生行樂應須早。柳媚桃夭。認取春光塞上嬌。洞簫一曲。生綃貌出人如玉。莫奏清商。且盡尊前現在觴。」眼兒媚云：「天山雪後凍嶙峋。寒極似無春。推窗試看，淩兢梅萼，也減精神。拈毫欲賦硯池冰。誰繼兔園塵。拚教今夜，割鮮行炙，醉吐車茵。」皆出關時所作。

丁榕詞

先伯父雙梧公榕，嘉慶戊辰舉京兆第二人。次年春闈報罷，不無侘傺，偶感寒疾，時館勒侯保家，誤服參著，遂不起，年僅二十有四。詩文均散佚，祇存數詞。采桑子云：「瓊樓曉起銀屏凍，莫倚危闌。又倚危闌。雁送西風撲面寒。聲聲碎玉鳴簷鐵，怕說心酸。早已心酸。冰雪關河去住難。」浣溪沙云：「纔過清明上巳天。鶯喉漸老柳飛綿。東風吹送雨廉纖。懊惱一春愁裏過，未曾把酒杏花前。江干閒煞木蘭船。」蘇幕遮云：「暮寒生，香霧重。芳草春遲，未透堦兒縫。疏影橫窗偏耐凍。新月多情，悄把花魂捧。夜方長，誰與共。枉刺鴛鴦，繡被還孤擁。聽得簫聲天外送。何日秦樓，攜手騎雙鳳。」滿庭芳云：「雨釀輕寒，風催小霽，一庭夜合開齊。瑣窗夢醒，恰恰乳鶯啼。最是燕兒無賴，雕梁畔、污遍芹泥。情何限，玉笙吹罷，獨倚畫闌西。天涯。歸信杳，裙腰芳草，綠滿長堤。對蕉書半展，如見封題。向晚新螢飛度，穿珠箔、欲上還低。翻輸與、錦鴛狎水，雙宿又雙棲。」新月木蘭花慢云：「柳梢光半吐，殘雨歇，小庭幽。似鏡匣微開，纔呈一線，試照瓊樓。姮娥諒多幽恨，淡眉痕、曲寫遠山愁。想見金波蕩漾，潛鱗也怯吞鉤。象梳斜傍玉搔頭。綺閣晚妝收。正雲母屏空，水晶簾捲，獨倚箜篌。清輝未能久駐，悵黃昏、寂寞思悠悠。誰炷心香遙拜，背人細語無休。」咏新月而言未能久駐，竟成語讖。

周克延詞

鄞縣周克延聞雁有懷，連理枝云：「多少蘆花渡。多少楓林路。帶月銜霜，嗚嗚咽咽，誰憐倦羽。甚年年覓食不辭勞，向南天飛度。欲向天南住。合往羅浮去。若到羅浮，吾家伯仲，正相團聚。爲寄聲黃葉故園中，贈殘陽一樹。」似仿古今詞話無名氏聽雁之作，調寄御街行，又名孤雁兒云：「霜風漸緊寒侵被。聽孤雁、聲嘹唳。一聲聲送一聲悲。雲淡碧天如水。披衣起告，雁兒略住，聽我些兒事。塔兒南畔城兒裏。第三箇、橋兒外。瀕河西岸小紅樓，樓外梧桐雕砌。請教且與，低聲飛過，那裏有人人無寐。」此詞較詞律所收范文正公詞多二字，應是又一體。又樂府雅詞無名氏仄韻滿庭芳云：「風急霜濃，天低雲淡，過來孤雁聲切。雁兒且住，略聽自家說。你爲離羣到此，我共那、人人纔別。松江岸，黃蘆叢裏，天更待飛雪。聲聲腸欲斷，和我珠淚，點點成血。這一江流水，流也嗚咽。告你高飛遠舉，前程事、永無磨折。須知道、飄零聚散，終有見時節。」此調詞律失收。意致亦相似，惜近俳體，非詞家正宗。克延名世緒，嘉慶初諸生，早卒，有壽蓀山館詞。其拜張忠烈金縷曲，激昂悲慨，雅與題稱。詞云：「拚濺刀鋩血。尚從容、湖頭遥望，鳳凰山色。席捲大江南北去，快比呼盧一擲。怪松杪、雙猿聲咽。采蕨西山吟未罷，牧羊歌、完卻蘇卿節。秋九月，日初七。吾家素近先生宅。慘蕭寥、楊家河畔，滿門荆棘。岳墓于墳留隙地，補種松楸青密。更殉義、三人同烈。明日孤山梅下拜，再東頭、靈隱尋殘碣。重酹酒，麗牲石。」原註：楊天璧職方葬孤山，魏雪竇山人葬靈隱。按忠烈名煌言，順治中遥奉明朔，圖恢復，兵敗遁居海島。常豢雙猿，縱之樹杪，見舟師至，輒悲鳴，得先期避去。久之，浙帥募人撲殺雙猿，執公至杭州盡節，乾隆中予謚。

何渭珍詞

師宗何璜溪太守渭珍，由戊子孝廉官江夏令，雖任繁劇，而不善趨承，與大吏時有牴牾。嘗言古之爲政者，講求水利農田學校，今則不然，奔走供帳應對而已。偶同宿山坡驛舍，見余聞雁有懷詞，意有所感，賦蝶戀花云：「千里瀟湘雲樹暮。殘角聲中，陣陣哀鴻度。舊侶相逢應共語。天涯誰念銜蘆苦。何事秋來春便去。浩蕩江湖，不少堪棲處。却憶三春芳草渡。安眠輸與閒鷗鷺。」後洊升漢中知府，旋卒。余詞隨手棄擲，不復省憶。君詞猶約略能記，回首前塵，曾幾何時，君之墓木應拱矣。

舒亶詞

舒亶字信道，與蘇門四學士同時，詞亦不減秦、黃。花庵詞選録其菩薩蠻云：「畫船搥鼓催君去。高樓把酒留君住。去住若爲情。江頭潮欲平。江潮容易得。只是人南北。今日此尊空。與君何日同。」樂府雅詞録其蝶戀花云：「最是西風吹不斷。心頭往事歌中怨。」木蘭花云：「西湖一頃白菱花，惆悵行雲無覓處。」虞美人云：「背飛雙燕貼雲寒。獨向小樓東畔倚闌看。」縱不識字人，亦知是天生好語。人因其傾陷坡公，己亦不免被斥，惡其人，並陋其詞。此如蔡京之書，嚴嵩之詩，馬士英之畫，初不讓蔡君謨、王元美、董香光諸公，今詞壇藝苑中絕無齒及者。在小人得志之秋，率意逕行，非不炫赫一時，卒之身敗名裂，即有寸長，曾不如豹皮雀尾，猶足供人玩惜。與楊伯夔丈談及此，丈笑曰：「此所謂『醉裏且貪歡笑，要愁那得工夫。』使秦人而知自哀，亦不爲秦人矣。」

俞德淵詞

唐宋歌曲，每以邊地爲名，如甘州、伊州、涼州，皆隸今之甘肅，其人宜善歌，顧無聞焉。余輯國朝詞綜補缺，甘肅、廣西二省無可采訪。向見春閨倦繡圖一軸，上題菩薩蠻云：「瑣窗殘線黏紅唾。香巢雙燕窺人坐。風景尚如前。春歸又一年。　楊花吹似雪。故故穿簾入。倚遍碧闌干。誰憐翠袖單。」詞甚佳而無款識，辨其章，爲「陶泉」二字。憶道光中，俞都轉德淵，字陶泉，甘肅平羅人，由江寧知府洊擢兩淮運使。詞未必都轉作，姑繫之都轉名下，以補隴西之缺。

陳山壽詞

長洲陳子玉山壽，詩人秋史子。苔縫掃地遊云：「愔愔成片，正繡遍庭心，地衣凝翠。沿階没砌。乍鬖髿未滿，一絲猶細。吹陣尖風，翦破春痕有幾。紛無次。認亂髮乍梳，分半挑起。　三寸襪羅底。只鳳嘴鞋尖，也應迴避。行行且止。怕匆匆踏損，草芽花子。細界條條，直似烏絲闌紙。秋來矣。老吟蛩，此中身世。」簾波瑣窗寒云：「細織千絲，低垂一桁，小樓深處。輕颸乍起，吹縐縠紋縷縷。盪春光、微茫可憐，燕掠鶯窺幾回誤。似盈盈隔水，飛花飛絮，濺來無數。流去。閒庭宇。正月影中央，冥濛隔住。是誰翦出，半幅吳淞如許。聽聲聲、迎風珮珊，隱約淩波見微步。瀉苔階、一片空明，不管吟蛩苦。」瓣香頻伽，可稱逼肖。

姜藻詞

丹陽姜元章孝廉藻，與先曾祖同年，有韻石齋詞。春暮江城子云：「牡丹開後綠陰齊。畫闌低。燕來稀。九十韶光，都變柳花飛。那是燕銜春色去，花落盡，燕驚啼。　幽階絲雨浥香泥。掩銅扉。怕春歸。歸去重來，動是隔年期。誰送好春天樣遠，登樓望，草萋萋。」當有所慨而作。

陳小松詞

宋范文穆成大曾館姜白石於石湖，後此吳夢窗、張玉田亦寄跡焉。道光初，吳門諸詞家擬於石湖建祠，祀三詞人。陳小松明經賦詞代引，即用白石所製石湖仙云：「詞人秋老。記圍笠攜筇，遊屐曾到。清夢幾回圓，指微波、芳蹤未杳。閒雲孤鶴，定愛看、白蘋紅蓼。斜照。水仙祠，霧暗煙繞。當年嘯歌舊地，盼重來、翩然倚棹。水鏡空濛，覓遍吟魂多少。羽扇綸巾，片香殘稿。一番鴻爪。尋伴好。詩翁尚有遺廟。」小松原名兆元，後更彬華，幕遊以終，著有瑶碧詞。新正作探春之讌，酒邊賦曲游春云：「乍過收燈雨，早柳舒梅放，煙暗庭院。第一關心，是香車花外，徑平莎軟。約略風簾捲，看燕子飛來渾倦。愛筵端鬬畫，妍娥山色，對窗平遠。晝短。蘭啼珠怨。又蠟淚堆成，玉釵敲斷。羅綺嬌時，惱芳情偏在，鬟蟬斜顫。故把鶯期緩。莫厭見、飄燈湖岸。剩夜來、被酒歸眠，愁和月滿。」此詞用施岳體，較詞律所收多一字。

楊度汪詞

國朝兩舉鴻博，康熙己未取五十人，吾鄉二人，爲秦對巖諭德、嚴繩孫中允。乾隆丙辰取十五人，丁巳補試復取四人，吾鄉僅選楊大令度汪一人，由貢生授庶吉士，出知江西德興縣。秦、嚴俱有撰著，獨大令著述無傳。其孫湘槎，名汝燮，余中表丈也。以諸生老於幕府，有詞二卷。余曾摘鈔十餘闋，亂後後人衰謝，恐全稿佚矣。最佳者眼兒媚云：「淒涼獨倚玉闌邊。嬾整舊釵鈿。許多閒事，纔添香屑，又上琴絃。語風莫攪鴛鴦夢，池畔正雙眠。數層波縠，千條菰線，幾箇荷錢。」浣溪沙云：「袖底紅巾裹指尖。不彈珠淚向花前。怕花憔悴損花顏。滿院尚留香宛宛，隔簾初住雨纖纖。苔痕青到茜裙邊。」天仙子云：「小立閒階嫌露冷。愛看月明圓似鏡。手扶羅幕上銀鈎，闌獨凭。傷春景。吹落梨花風不定。深院漏殘人乍静。前夜夢兒空記省。卸頭燈背未眠時，心欲併。肩還並。笑指雙雙屏上影。」清平樂云：「暖回繡户。昨夜寒如許。粉蝶穿籬忙不住。一霎花開滿樹。鏡邊正挽香鬟。檀奴遊倦初還。聽説春山多媚，今朝倩畫春山。」巫山一段雲云：「窗外鶯聲碎，池邊草色新。一彎淡抹遠山痕。低斂似眉顰。插鬢花愁瘦，熏衣麝怕温。東風吹老眼前春。腸斷倚樓人。」揚州慢云：「香袖長垂，翠樓閒倚，捲簾十里新晴。聽新腔水調，正夜月初生。幾回過、臨江竹徑，隔烟回首，曾認青青。算芳春、好景淮南，第一揚城。而今寂寞，賸江橋、波影空横。自爛漫花飛，風流夢覺，莫再多情。三十六宫禾黍，牆高處，古樹雲平。更雷塘淒雨，孤舟愁絶殘更。」此詞殆作於淮鹽改票後。揚州爲鹽院駐節地，繁盛甲東南。道光間陶文毅澍請改票運，雖取效一時，而鹺商失業，市景日落，不無今昔之慨。

彭孫遹詞

彭羡門少宰孫遹，康熙中由主事舉鴻博第一人，官至侍郎。所著延露詞，或推爲本朝第一，或訾爲浪得才名，皆非篤論。其旨趣頗近歐、晏，微乏風骨，且未精純耳。王氏詞綜録其生查子云：「薄醉不成歡，轉覺春寒重。鴛枕有誰同，夜夜和愁共。 夢好恰如眞，事往翻如夢。起立悄無言，殘月生西弄。」「鴛枕」本作「枕席」，蘭泉司寇爲易鴛字，詩詞之辨，正在乎此，非深得詞家三昧者不解。司寇所録各家詞，每多點竄，甚且改至二三十字。如李笠湖漁浪淘沙詞，後闋四句，竟全易之，若照原本，不堪入選。惜調舛字脱，未校改者，尚不勝枚舉。如少宰宴清都 花心動、綺羅香三闋，悉沿嘯餘之訛，殊不合格。仇山村所謂言順律乖者是也。

聽秋聲館詞話卷三

袁積懋詞

吾郡孫淵如觀察，以乾隆丁未第二人及第。自恃文思敏捷，散館前戲與友人約，日午交卷出，當讌於某所，致誤引登九餘三爲登三餘九。改官比部，出爲兗沂曹道，乞病歸。越六十年，袁訒庵觀察積懋，以道光丁未第二人及第，亦緣事降部曹，出權延建邵道。值粵匪擾閩，移守順昌，歿於陣。觀察到閩，余已罷官，未相見。其夫人與閨人序姊妹行，出示觀察詞，一叢花云：「秋聲萬里度長空。落葉捲西風。愁心重疊渾無際，都付與、天末征鴻。菊老楓丹，故園何處，搔首月明中。　重幃迢遞隔遼東。雙鯉信難通。一枝修竹頻番倚，早不道、染袂霜濃。拔劍歌哀，檢書燭短，無語聽疎鐘。」曉雨和象如弟陽關引云：「纔送春光去。又灑黄梅雨。滿庭竹影，淒清甚，憑誰語。撫瑶琴一曲，幽恨終難訴。看裊盡、博山殘篆懶重炷。　菡萏烟中吐，空媚嫵。最難堪是，聽蛙鼓，喧無數。又瀟瀟幾陣，溼遍灣頭樹。鎮無聊、一襟清淚共酸楚。」尚是在京時作，語殊悲惻。自粵匪亂起，文臣之身膏原野者，不知凡幾。其有詞章堪誌者，以余所知，僅得數人，觀察其一也。吳縣曹觀察懋堅詠魚鼓摸魚兒云：「捲晴漪翠綸收罷，鼕鼕敲向沙溆。賣鮮聽得紅腔熟，一帶枕流窗戶。誰喚住。又四面菱歌，蕩入蘆灣去。銀絲趁取。記換酒歸來，隔溪春賽，白點社公雨。　閒拋網，撥刺錦鱗無數。鳴榔爭響何處。蘋洲幾疊催花發，絕勝柘枝新譜。煙水趣。把答臘餘音，留與希眞賦。舟横野渡。有鼉唱初更，蛤喧荒岸，柳外半蟾吐。」錢塘戴學士熙題李石梧太史與其配郭笙愉夫人梧笙唱和詩高陽臺云：「闌角裁箋，簾坳鬭韻，深閨無限清歡。留戀金門，年來韻事都删。湘江一棹攜來穩，喜筠奩、安近蓬山。正天邊。似鏡明蟾，掩映團欒。彩毫定得江山助，莫輕將院體，寫向烏闌。瘦比黄花，還應壓倒詞壇。空齋茶熟香温候，怕新聲、欲和偏難。甚無端。吟到宵分，耐盡春寒。」吾鄉李仲騫明府蝶戀花云：「春到小庭春事晚。緑暗紅稀，無計將春挽。杜宇聲聲啼更嬾。殷勤且拾飛花瓣。　窗外月痕花霧綰。拚得無眠，整把歸鴻盼。不信彩雲容易散。曉妝人起春山淡。」商城周仙嶠司馬減字木蘭花云：「静垂銀蒜。一桁珠簾閒不捲。早被東風。吹落瑶階芍藥紅。　蜂衙放午。金鴨香殘慵更炷。裊盡游絲。正是鶯酣蝶困時。」明府名福培，甫弱冠，登道光壬午賢書，春闈屢黜，銓廣東從化令，城陷，自焚。觀察字艮甫，與吾鄉趙丈晉涵同字，少時徵逐詞場，人因趙曹音相近，以仄艮平艮别之。壬辰進士，官御史，洊升湖北糧道，武昌再陷殉難。學士字醇士，亦壬辰進士，詩文外兼擅繪事，乞病家居，杭州不守，遂自盡。司馬名祖衡，戊戌翰林，改官大冶令，瘦羸多能。初不解倚聲，偶見余篋中花庵詞選，取回讀之，捉筆成前詞，强余爲定數字，虛懷善下，尤爲罕覯。後以同知需次鄂城，楚初被兵，殁於亂軍中。

吴葆晉詞

吴紅生觀察葆晉有潘紱庭侍讀得黄蓼花於内閣典籍廳，馳寄乃兄功甫舍人植之吴下，賦詞索和，次韻高陽台云：「蘋翠莖疏，綴金穗短，一枝颭向涼天。歸去王孫，問花可似當年。月中寫出昏黃影，更添些、清露珠圓。最難傳、鳴雁雝雝，遠道綿綿。　春來各有池塘夢，暗魂消爪雪，紅藥階前。聽雨心情，半庭孤影誰憐。西風一種閒花草，卻無端、染遍鑪烟。覓歸船、載得芳叢，穩抱鷗眠。」原註：余家固始之古蓼灣，伯兄亦官中書。觀察道光己丑進士，官淮海道，曾權江蘇臬使，後亦殉粵匪難。

湯貽汾詞

陽湖湯貞愍貽汾，爲鳳山令大奎孫。鳳山公與子荀業，同殉林爽文之難。公由世襲雲騎尉，歷官樂清副將，乞病歸，卜居金陵。咸豐三年城破，賦絕命詞，於二月十二日投水死。蒙恩賜謚。公字雨生，善詩詞，能畫，兼工琴，晚自號琴隱，固彬彬儒將也。有題其夫人梅窗琴趣圖，七娘子云：「泠泠瘦玉纖纖指。深深殘幕悠悠思。畫了眉山，燒殘心字。百花頭上春先至。　江南本是藏春地。高樓早築香雲裏。冰雪聰明，漆膠情意。祇應慚愧梅花壻。」哀柳長亭怨慢云：「更誰向、灞橋攀折。萬里關河，一天風雪。古陌人稀，幾絲猶向、馬頭拂。蕭蕭短鬢，正顧影、同悽絕。盼斷七香車，還只當、聽鶯時節。　休說。賺高樓翠袖，望眼欲穿天末。浮萍散了，怕流水、也應消歇。最苦是、落葉江城，賸一笛、風前幽咽。算夢裏腰肢，難解眉頭千結。」武臣能詩者多，能詞者少，得之於公，尤爲可寶。公歿後，海內文人咸賦詩詞志輓。華亭王海客友光金縷曲云：「臣本心如水。恁聲聲、秦淮悽咽，陣雲同墜。虎踞龍蟠形勝在，借箸偏教吐棄。儘灞上、棘門兒戲。霎地江東成破竹，道乘軒、有鶴南飛矣。公等且，自爲計。　水仙廿載傳琴意。問春風、台城新柳，舊愁添幾。正是百花生日日，卻看從容就義。想叱咤、雲濤歸騎。高克翙翔難索解，料三吳、毅魄能陰庇。疑復有，養癰悔。」以詞筆而兼議事。「有鶴南飛」句，係指陸立夫制軍建瀛，言制軍守九江，聞武昌陷，盡撤沿江戍兵，一夕遁回金陵，遂不守。河上「翙翔」句，似謂何根雲制軍桂清，後亦棄常州遁，致大江以南，蹂躪無完土，至今士庶言之，有餘痛焉。

董琬貞詞

貞慇配董雙湖夫人琬貞，同郡東亭太史潮女孫，嫻雅通文，先公卒。自題梅窗琴趣圖青玉案云：「梅花不作瑤琴主。更絕塞，霜笳苦。畫裏韶光如夢度。朱闌池瀫，綠窗花雨。舊是藏春處。如今並命天應妒。無限春消碧烟縷。祇恐人梅同老暮。蘆簾紙閣，思量歸去。試聽冰絃語。」詞殆作於公官靈邱都閫時，故有絕寒霜笳語。

湯攀龍詞

嘉慶間儒將世推二湯，謂雨生副將與漁村總兵也。咸官江浙，愛與文士遊，疆吏亦異目視之。漁村名攀龍，本丹徒諸生，歷官黃巖總兵。人傳其唐多令云：「秋柳畫闌荒。秋簾鏡檻涼。不多時、憔悴秋娘。惱亂西風偏作劇，催燕子，去雕梁。往事幾回腸。歡場卽夢場。再藏嬌、誰與平章。小疊蠻箋憑慰藉，知減盡，舊時妝。」絕不似長鎗大戟人語。憶三十年前，武臣無所事，卽不善詩文，亦思以書畫自見。近十餘年，文臣且競以武功顯矣。

張玉瑞詞

吴門張君玉瑞戲咏不倒翁踏莎行云：「捷足休矜，低頭未肯。此翁崛强真天性。空空如縱任嘲嗤，亭亭然自堪欽敬。　徙轉何常，推排莫定。慣經顛撲曾無愠。想因嚼蠟悟横陳，卻愁强項難爲令。」詞雖淺俚，然讀至末句，不覺憬然。昔余杖大吏輿人爲所衛，卒以文官領兵不合例，劾余夤緣。余素不知兵，投筆棄儒，本非始願，惟念令公家兒，其度量真不可及耳。

袁棠詞

袁丈湘湄棠家藏宋周益公洮瓊研，因以名館，並所著詞。咏柳沁園春云：「辛苦東風，約緑回黄，搓絲染條。念腰身楚楚，瘦圍禁捻，眉痕淺淺，好樣偷描。羌笛一聲，陽關三疊，裙帶同心綰不牢。慵開眼、看車迴馬去，亭子勞勞。　河橋。回首迢迢。更何待、秋來魂暗銷。只天涯孤夢，春隨絮遠，門前流水，人逐萍飄。難忘湔裙，那時解珮，一縷青拖小翠翹。重經過，恐折殘枝長，還比樓高。」眼兒媚云：「小名録就怕重看。見月想姿圓。賣餳門巷，湔裙伴侣，撲蝶闌干。　至今合眼分明在，彈淚溼流年。梨雲夢淺，桃花命薄，梅子心酸。」皆爲侍姬三多作。姬姓柳，家金陵，故夫人媵婢。及笄，遣歸，丈不能忘懷。後赴白門，遇姬，猶未嫁，喜甚。集中「新水和愁連夜漲，晚花含蕊待春深」句，亦爲姬賦。並賦浪淘沙云：「迷路得花看。暫解雕鞍。繅絲門巷雨漫漫。借問小姑團扇上，可畫乘鸞。　山果配蔬盤。菰脆梅酸。隔窗燈影夜闌干。悶煞半牀青綺被，各自宵寒。」遂以雙槳載歸，夫人亦無如何。未幾，有袁江之行，又賦少年遊云：「青溪曾繫木蘭舟。人在水邊樓。鵝柳簷牙，鴨桃闌角，雙影瀉春流。載伊歸去儂偏出，此別甚因由。客館鶯花，胥鄉風月，渾不似前游。」丈吳江人，居蘇城，工詩，善繪事，詞名震一時。同郭頻伽題春人綰髻圖夜行船云：「滿院熏人花氣。愁未醒、恁懨懨地。臨妝略略手盤鴉，飄一縷、墮雲慵理。記得秋娘十三四。學梳頭、水晶簾底。如何已是沒心情，便愛綰、不聊生髻。」次子筬，字山史，能繼家學，有餅桃花館詞。清平樂云：「霜寒月苦。秋夜長如許。夢醒無聊更暗數。殘點正敲第五。蕭蕭庭外風聲。沉沉遠寺鐘鳴。最是燈花如豆，照人孤影偏明。」偷聲木蘭花云：「微雲四卷天河靜。寂寞空庭涼月影。挂起簾鉤。一葉梧桐恰報秋。蟲聲唧唧牆陰起。最是離人偏入耳。休凭闌干。今夜風寒露更寒。」惜早夭，年僅二十二。丈哭之慟，不久亦卒。

蔣劍人詞

寶山蔣劍人所著芬陀利室詞中，一題云：宋楊恢游浯溪，作碧崖倒影一首，末句「漠漠水天遠」五字，詞甚佳，惜調名不著。各家詞選，萬氏詞律俱不載，滄海遺珠，可勝歎惋。辛亥冬，泛舟泖湖，凍雲下垂，滄波不流，絮帽篷窗，四望寥廓。爰填是解，即用其韻，援魚游春水例，名之曰水天遠。余細繹音調，頗似二郎神，惟後結少一字。浯溪集録其詞云：「碧涯倒影，浸一片、寒江如練。正岸岸梅花，村村修竹，喚醒春風筆硯。泝水舟輕輕如葉，只消得、溪風一箭。看水部雄文，太師健筆，月寒波卷。游倦。片雲孤鶴，江湖都遍。慨金屋藏妖，繡屏包禍，欲與三郎痛辨。回首前朝，斷魂殘照，幾度山花崖蘚。無限意，都付窊尊，漠漠水天遠。」無限下原脱意字。恐係「水遥天遠」，落去一字。劍人未經細考，謂爲調名不著，以水天遠名之，所作詞又於後段次句多一字，未免自誤誤人。考宋湯恢，字西村，詞綜録詞五闋。惟新刊絶妙好詞作楊恢，箋爲眉山人。尚有八聲甘州云：「摘青梅薦酒，甚殘寒獨怯苧蘿衣。正柳腴花瘦，緑雲苒苒，紅雪霏霏。隔屋秦箏依約，誰品治春詞。回首繁華夢，流水斜暉。寄隱孤山山下，但一瓢飲水，深掩苔扉。羡青山有思，白鶴早忘機。悵年華不禁搔首，又天涯、彈淚送春歸。銷魂遠，千山啼鴂，十里荼蘼。」原本脱治字早字。玩詞意，殆南宋遺民放浪泉石間者。楊恢之名，僅見略陽石刻敍，別議籍係賓城，非眉山。

蔡捷詞

蔡步仙女史捷，爲閩縣林西仲大令雲銘室。大令集中附女史詞數闋，紀仁和沈孝女刲肱殞命滿江紅云：「有限春暉，卻不道、陰晴莫測。更聽得、巫醫耳語，參苓力竭。擗地誓將遺體代，呼天暗把鑪香爇。掣金刀、良藥腕間尋，他何恤。冀挽住，西山日。早流盡，襟前血。奈絲堪重續，玉偏易折。五夜驚回雙豎夢，一絲喘斷三更月。謝夫君、莫怨暫歸寧，成長別。」惜未載其父與夫家名姓。竊按刲肝割臂，例無給獎專條，然有奏聞，無不俞允。猶之婦女夫亡自殉，乾隆中欽奉諭旨，婦能守節已佳，何必殉，此後輕身一死者不必旌。嗣有題請，仍旌之。同一天地父母之心。近來以孝女請褒者，比比而是。回憶先太夫人病時，儀方奉檄襄陽，幼妹小娟，潛刲臂肉以進。先太夫人獲延數月，儀得請急歸，親視含殮。今妹壻胡謙齋益源已官通判，故不敢援案上陳，孤露餘生，疚心曷既。

林瑛佩詞

耿精忠叛時，聞林西仲名，脅之，不屈，幽縶之。西仲女瑛佩，年甫笄，見羅者日伺於門，慨然曰：「是蓋利吾有耳。」盡出所蓄，并簪珥給之，家乃無恙。精忠反正，西仲始得脫。瑛佩工詩詞，後歸閩縣諸生鄭剡。有浣溪沙云：「檻外槐陰護碧紗。半簾風裊篆烟斜。夢回無語數歸鴉。 綠水新荷搖蝶影，朱闌殘照映榴花。他鄉客思總無涯。」清平樂云：「青苔庭院。梁畔呢喃燕。飛向風前新試翦。蹴落楊花幾片。 無情春色偷歸。等閒斷送芳菲。獨有夜闌明月，影來扶上花枝。」因憶國初尚有二奇女，一爲歙縣畢韜文，年二十，隨父宦薊邱，父與流賊戰死，韜文身率精銳，夜刼賊營，手刃其渠，輿父屍歸葬。後適布衣王聖開，夫婦偕隱。有村居詩云：「席門閒傍水之涯。夫壻安貧不作家。明日斷炊何暇問，且攜鴉嘴種梅花。」一爲蕭山沈雲英，父至緒，崇禎中官道州守備，戰歿。雲英偵知賊勝而驕，即率健兒突賊壘，斬寇奪骸而歸。賊憚之，他適，州城以全。事聞，即授雲英游擊將軍，代父守道州。會其夫賈萬策以都司守荊州，城陷遇害，遂乞歸。貧甚，爲女學究以終。三女識行，鬚眉有所不如，故連綴書之。雲英事，毛西河集誌之甚詳。

周星詒星譽詞

自蘇城至虎丘，中爲山塘，月地花天，終歲遊人如織。烏絲詞所謂「夜火千家紅杏幕，春衫十里綠楊樓」

是也。逮金陵陷後，虎旅雲屯，漸形寥落。祥符周季貺司馬星詒有重過山塘感賦減字木蘭花云：「山光水色。風景依稀渾似昔。少了燈船。閒煞山塘七里烟。屋荒人靜。歌板酒旗零落盡。月黑風尖。小隊銀刀結束嚴。」誦之令人悵惘。乃未幾，復爲豺虎所窟，今狼氛雖淨，正未知何日能還舊觀耳。司馬工詩詞，饒幹才，官邵武府丞，賊蹤近，提師出禦，獨當其衝。與乃兄叔雲給諫合刊詞一帙。給諫名星譽，庚戌翰林，所著東鷗草堂詞尤精警。春日即事踏莎行云：「珠幕閒垂，銀屏慵展。櫻桃斗帳金鳧暖。綠蕪池館閉春陰，卷簾人比東風懶。眉葉青銷，靨花紅斂。纖腰打疊游絲軟。懨懨病過海棠時，一春都被春愁管。」秋夜對月有憶寄友，翠樓吟云：「鎖了重門，碧梧疎處，湘簾夜深猶捲。露鴉棲定後，只秋與竹聲撩亂。單衫小扇。想花影吹笙，那家庭院。無人伴。冷清清地，回廊兜轉。腸斷。滿地蕉陰，靠紅闌幾摺，和誰同看。蘇家潭上路，正小曲幽坊月暗。桂堂南畔。問剗襪香階，甚時重見。無眠慣。燈窗數盡，銀河新雁。」七月初十夜雨有憶秋千索云：「桃笙涼沁啼痕溼。金井外、幾聲秋蟀。雨緊燈花墮瘦紅，記今夜，剛初十。猩屏錦褥都非昔。況又是、影雙人隻。一院蕉陰似那時，少了箇，朦朧月。」又有洞仙歌云：「呵鈿綰翠，坐棗花簾底。華鬘斜簪小鴉髻。想妝成力怯，換了鸞衫，停半晌，纔見盈盈扶起。問名伴不說，淺笑低聲，暗裏牽衣要人替。似喜似含顰，道是矜嚴，卻偏又、恁憨憨地。也忒煞難猜箇人心，笑事事朦朧，者般年紀。」描寫可稱曲盡，若僅作豔詞讀，非知詞者。

周氏兄弟能詞

司馬詞名勉意，題繼叔重司馬小紅樓閣填詞圖，蝶戀花云：「綠綺羅窗清似水。閣外梧桐，摇得秋痕碎。幾折闌干人獨倚。篆烟碧漾簾波膩。　多少無聊無賴意。譜入鵾絃，半是相思淚。烟水斜陽紅萬里。閑情少箇涼鷗寄。」冬夜宿杭州林氏友梅堂，寄陳季存梅家叔子，淒涼犯云：「凍雲如墨。沈沈甚、晚風吹送天黑。坐來偏嬾，眠來又怯，布衾如鐵。誰家横笛。更愔愔、做成淒切。怎支持、亂鴉聲裏。枯柳蕩寒色。　遥想聯吟際，窗孕燈紅，簾涵煙碧。詩成一笑，恰黄梅、繁開似雪。應也懷人，正載酒、江湖獨客。又窗前、陣陣急雨打破葉。」泊三板橋感舊，朝中措云：「畫船明月客衣單。日暮悄生寒。白板垂楊門巷，紅樓臨水闌干。　而今寂寞，雨疎煙淡，燕老鶯殘。正是熟梅時節，那堪重客江南。」按古來兄弟能詞者，山谷有兄元明，少游有弟少章，王和甫、平甫，孔常父、毅父，曾子固、子開，洪文惠、文敏，及廬陵李氏花萼集，均不過單詞或數闋而已。至坡公弟子由所傳漁家傲一詞，即不甚工。本朝王阮亭尚書與兄西樵，陳其年太史與弟緯雲，均以詞名，然炊聞、紅鹽二集，遠不如衍波、烏絲。今給諫昆仲，埙吹篪應，殆將上掩古人。

潘諮詞

世有名重一時，而究其實，頗不相酬者。豈立德立言，亦如立功者流，繫命運不繫才學耶。會稽潘少白諮，以布衣游公卿間，足跡幾遍天下。江寧朱幹臣中丞桂楨，尊之如師。顧所著常語及詩文集，多襲前人牙慧。至詩中「歲事春復秋，人事朝復暮」「詩成天上白玉闕，酒醒人間黄鶴樓」等句，幾墮惡道。惟小詞數闋，如醉太平云：「空階月明。風聲葉聲。小庭寂寂門扃。知殘宵幾更。孤吟自聽。孤觴自傾。醉來倒觸風屏。竟無人喚醒。」相見歡云：「淒淒暮雨園亭。峭寒生。流水落花，春去太無情。終日醉，終宵睡，有時醒。一點一更。簷滴怎生聽。」滿宮花云：「晚晴天，風又起。紅滿緑溪春水。小童沽酒不曾歸，減卻半園桃李。少年狂，今倦矣。剩有惜花情意。年年寒食鎮無聊，愁醒又還愁醉。」頗清脆可誦。

蔣景祁輯瑤華詞

詩文而加圈點，自是陋習。然詞句長短不齊，不加識別，易滋訛錯。宜與蔣京少景祁所輯瑤華詞，僅圈句讀，最得體要。若讀用尖點，句用圓點，韻用空圈，似更明晰。至雙調分段處，亦宜照宋槧花間集式，中間以圈爲是。京少少與宋牧仲尚書友，以樂府相切劘。雖所選珉玞糅雜，而明末國初詞人姓氏，實賴以存。乃王氏詞綜多未録。如宛平李長文侍讀昌垣，踏莎行云：「翠幕煙沈，珠簾月小。枝頭未雪梅開早。倚闌無計遣新愁，亂鴉啼遍歸鴻杳。霜杵敲寒，風燈破曉。漏聲滴盡鐘聲悄。香殘酒醒不成眠，流蘇好夢天涯少。」漢陽許漱石部曹承欽，燕城懷古，金人捧露盤云：「斷釵青，燐火碧，鼠姑妍。向竹西，重整吟鞭。香消螺黛，瓊簫聲斷更誰傳。玉鉤繡瓦，秋螢苑、想像當年。野蛾生，凝暉殿，驚湍濺，太慈磚。剩荒原、緑樹如烟。珠堂月觀，但聞老衲夜談禪。鮑家鬼唱，紅橋外，落葉哀蟬。」宜興任青際孝廉繩槐，秋夜聽琴，清平樂云：「涼生錦褥。減盡梧桐緑。漫譜當年橫吹曲。試鼓商陵黃鵠。

舊傳子夜烏啼。新翻雄雉朝飛。彈到一聲裂帛，不禁清淚沾衣。」嘉善孫古喤別駕鉥，浣溪沙云：「蘭比風姿蕙比心。晝長無那嬾拈針。霓裳一曲理瑤琴。含蕊花宜春雨釀，初眠柳怕曉風侵。蘼蕪隨處悔教尋。」華亭單孝求明經昭儒，漁家傲云：「三月夭桃紅似錦。花風吹送春歸信。又見簾纖飄陣陣。清和近。雕梁燕壘香泥沁。麥秀時光寒尚嫩。袷衣初試冰肌潤。爲底雲鬟慵不整。重門靜。小園閒煞秋千影。」宜興吳狎鷗白涵，寒檠剔銀燈云：「耐盡寒宵滋味。卻只是、一龕斜背。低映鴛幃，高擎鳳足，不是年來情思。支頤憑几。好留待、竹罏茶沸。冷冷清清如此。好箇愁人天氣。欲暗還明，頻挑不焰，似這病懨懨地。霜風又起。早逼得、光兒愈細。」華亭錢武子德震，玉樓春云：「白蘋洲上西風急。睡起登樓心尚怯。落葉争從斷岸飛，殘蟬自抱枯枝咽。青山無恙人輕別。一片秋聲聽不得。采菱歌散晚霞收，冷浸寒波今夜月。」臨川陳少游孝逸，宋宮人墓，虞美人云：「春風夜月年年度。道是埋香處。胭脂幸免葬龍沙。留與行人指點玉鉤斜。梨花寒食添凄切。滿地飛蛺蝶。羅裙一色繡春蕪。誰念六陵無樹可棲烏。」宜興儲耀遠福觀，點絳脣云：「啼倦寒螿，一襟秋思憑誰道。綺窗人杳。長遍紅心草。不聽琵琶，已被離愁繞。西風峭。敝衣茸帽。人在天涯老。」無錫馬雲翎孝廉翀，浣溪沙云：「緑遍千山響杜鵑。柳枝低亞燕蹁躚。幾曾風雨似今年。蓮瓣一鈎春印淺，菱花七出曉妝妍。半垂紅袖撥沈煙。」太倉黄靜御鴻，搗練子云：「風點點，雨絲絲。攪亂芭蕉和竹枝。隔箇窗兒聽不得，凄涼又是上燈時。」嘉興柯容生剛燦，月下笛云：「何處樓頭，一聲寥亮，費人清淚。真珠簾底，可是石家舊歌吹。依稀纔度東牆遠，卻宛轉、吹殘流水。料斜橫粉靨，那人猶在，梅花香裏。傾耳。清如此。

想翠竹經霜，正欺寒袂。關山萬里。沙邊落雁驚起。江雲凍合淒涼月，問憶著、昭華曾未。纔三弄、又還停，好識桓伊幽思。」嘉興李西聞葵生，醉花陰云：「惱亂離腸秋草色。人比天涯隔。相約柳初黃，望到而今，滿地堆殘碧。　斜陽鴉背西風急。捹醉眠無力。欲待不思量，酒醒香寒，争不思量得。」歙縣程畜堂麟德，蘆花摸魚兒云：「記年時、圓沙淺水，芳洲一抹煙黛。荻芽短爆鸜哥嘴，倏爾霜凝碧海。君休怪。待送客、潯陽好與丹楓賽。卻愁風快。把落泊浮蹤，離披殘夢，吹向楚天外。　輕盈態，錯道雪花飄灑。漁人醉笠初解。昨來帆檣淩波渡，千點浪頭同拜。江九派。又認是、細篩碧月鋪銀界。水流雲在。笑暖被温衣，幾回相聚，柳絮恁無奈。」宜興湯次曾思孝，踏莎行云：「屋角風尖，房櫳曛短。寒衣補綻催針綫。天吴紫鳳拆憑伊，賸好鴛鴦休錯翦。　黑月霾低，碧紗愁掩。燈添紅暈綿裝繭。倩他排遣過黄昏，永夜沉沉天不管。」潘蕁庵大守眉，蝶戀花云：「將煙做雨催寒食。滿院花枝，開向春無力。幸有多情苔蘚碧。春泥未涴殘紅色。　此景今年難再得。呼取狂朋，好把春光惜。簾外海棠愁思結。不言不語胭脂溼。」各家詞不一格，而俗塵腐氣，屏除俱盡，似不應棄同瓦礫。

聽秋聲館詞話卷四

馮柳東與項蓮生詞

馮柳東大令太常引云：「落花一院雨絲絲。無計挽春歸。縱使挽春歸。已誤了、鶯期燕期。紅闌十二，畫簾廿四，長定是相思。何苦苦相思。翻悔了、當時見時。」項蓮生鹺尹客中聞歌，亦倚前調云：「杏花開了燕飛忙。正是好春光。偏是好春光。這幾日、風淒雨涼。楊枝飄泊，桃花嬌小，獨自箇思量。剛待不思量。吹一片、簫聲過牆。」二詞同一機杼，然二人同時，必非相襲。鹺尹又有臨江仙云：「有限春宵無限夢，夢回依舊難留。淚珠長傍枕函流。書來三月尾，燈盡五更頭。見說而今容易病，日高還掩妝樓。桃花臉薄不禁羞。瘦應如我瘦，愁莫向人愁。」較史梅溪「瘦應因此瘦，羞亦爲郎羞」句，思致尤婉。鹺尹名鴻祚，錢塘人，曾官閩中。楊卧雲中翰藏其憶雲詞，爲人假去，屢索無還，嗣經鍾仲山觀察覓以見示。菩薩蠻云：「如今不合江南住。江南處處多風雨。煙雨晚霏霏。冶游人未歸。犀株防膽怯。玉筋柔藍浥。愁似暗潮生。自生還自平。」謁金門云：「留不得。留也不過今日。今日雲帆天咫尺。明朝何處覓。江上潮平風急。吹斷幾聲殘笛。獨倚小樓寒側側。欲眠燈又黑。」冬夜聞南隣笙歌達曙，玉漏遲云：「病多歡意減。空篝素被，伴人淒惋。巷曲誰家，徹夜錦堂高讌。一片氍毹月冷，料燈影、衣香烘暖。嫌漏短。漏長卻在，者邊庭院。沈郎瘦已經年，更懶拂冰絲，賦情難遣。總是無眠，聽到笛慵簫倦。咫尺銀屏笑語，早檐角、驚烏啼亂。殘夢遠。聲聲曉鐘敲斷。」秋聲水龍吟云：「西風已是難聽，如何又著芭蕉雨。泠泠暗起，澌澌漸緊，蕭蕭忽住。候館疎砧，高城斷鼓，和成淒楚。想亭皋木落，洞庭波遠，渾不見、愁來處。此際頻驚倦旅。夜初長、歸程夢阻。砌蛩自嘆，邊鴻自唳，翦燈誰語。莫便傷心，可憐秋到，無聲更苦。滿寒江賸有，黃蘆萬頃，捲離魂去。」

楚四家詞

楚中人士鮮工倚聲，道光初天門劉孝長淳、張瑋公其英，始相與爲詞。監利蔡黃樓偁，起而應之，惜皆宗法蘇、辛，不甚純粹。劉有雲中詞，不寐滿江紅云：「卧數更籌，千里外、霜沈月黑。寒夜永、鴛衾翠帳，總成虛設。旅鬢暗催人老大，離心長繞天南北。恁百般、圖取暫時眠，何曾得。玉台影，經年別。玉簫恨，三年隔。便重逢誰似，舊時顏色。燕子不來書未寄，琵琶解語絃應切。祇一燈、分照滿天涯，同爲客。」張有用山詞，春草蘇幕遮云：「颺絲天，飛絮日。雨後芊芊，一抹晴煙織。千里關山勞目極。塞北江南，處處傷心碧。籠堤平，鋪徑密。換卻燒痕，染盡青青汁。無那王孫征轡疾。怨入東風，日暮長亭笛。」蔡字季舉，卽以黃樓名詞，定風波云：「生就盈盈掌上珠。更無郎伴小姑居。問訊芳齡今幾許。細數。彎彎眉子破瓜初。家在十三樓畔住。歸去。神仙黃鶴借何如。天下傷心何處訴。歧路。才人廝養最憐渠。」白鷺湖口遇雨，解珮令云：「無聊詩思。無端別思。鎮撩人、淒涼旅思。野水荒蘆，繪不盡、流亡愁淚。賸破屋、數間而已。來時湘水。到時江水。更此去、彎彎湖水。暮色蒼然，問何處、孤篷堪艤。且厮稱、風斜雨細。」旅舍聞雁次韻長亭怨慢云：「誰憐取、天涯倦羽。落葉經秋，落花辭樹。來雁多情，聲聲催送，打窗雨。楚山秋冷，且莫向，衡陽去。縱爲稻粱謀，何苦被、雞鳧猜妒。暫住。正天遠人遠，水驛山郵無數。身非鳳翼，便飛到、冥冥何處。可曾遇、湘水孤舟，原註：謂張用山。煩傳語，黃州羈旅。想碾轉終宵，一樣紋窗難曙。」唐子方方伯樹義令江夏時，合王子壽作爲楚四家詞，刊以行世。惟子壽通籍，三君均老於諸生。

王柏心詞

監利王君子壽，博學篤行，所著樞言，體用兼賅。顧南泛瀟湘，西遊秦隴，久無所遇。與余相識江夏官廨，猶諸生也。癸卯始舉於鄉，次年捷南宮，觀政刑部。乞假歸，遂不出。君名柏心，詩文詞皆沉雄秀整，子方方伯爲刻秋詞一卷。蘆花滿江紅云：「密絮濛濛，也不辨、江南江北。其中有、傷心窮士，呼之欲出。素手絃翻商婦老，青衫酒醒才人泣。正滿船、搖月復捎風，江心白。捲岸也，寒潮立。齧根也，鳴沙急。怕銜枝雁下，灘昏雨黑。十幅歸帆憐我滯，一簪華髮如伊逼。讓老漁、秋雪灑蓑衣，橫吹笛。」歸燕雙雙燕云：「問梁間燕，纔占得雙棲，怎催歸輿。尋常薄暮，兀自捲簾猶等。此後斜陽巷冷。都忘了、塵生藻井。枉抛昔日辛勤，掠盡紅梨花影。似解呢喃訴恨，說六代春銷，金殘粉褪。高樓翡翠，不是自家門徑。合返三山絶頂。逐海國、鯤鵬幻境。明年錦片花繁，重報天南芳信。」秋雨雨霖鈴云：「砌成嗚咽。雁兒訴了，蛩又來說。黃昏淅瀝將住，西風不肯，便教休歇。今夜酒樓，笙院裏也覺淒切。何况是、繫纜江湖，聽打蕭蕭葦花折。雲屏情事經年別。料箇人、鉛淚傾難竭。夢兒早是澆碎，禁不得、滿階騷屑。怕惹涼聲，擬把窗前，繁篠刪絕。又無奈，身似梧桐，心似芭蕉葉。」君居監利之螺山，著書自娱，自余回帆南指，不相問者二十餘年矣。

黃鶴齡詞

道光丁未秋，以歸妹故，渡海至彰化。適黃浣雲師鶴齡館臺灣郡廨，賦詩召余，佐勾稽者八閱月。師嘉應人，善度支學，好爲詩，以香山、義山、遺山爲宗，嘗自謂三山。後學詞，非所喜。余初至臺，呈八聲甘州一闋，卽依調見答云：「正西風、吹老碧梧桐。海外喜萍逢。念戟門聽鼓，侯門挾瑟，一樣倥偬。不分赤嵌城畔，重翦燭花紅。一十年間事，逝等飄蓬。聽說艱難負土，更爻占歸妹，遠趁飛鴻。問鯨噓鼉擲，壯覽幾人同。看依然、襟情似雪，只飄蕭、潘鬢漸鬅鬆。怎怪我、鬢眉霜染，頭腦冬烘。」師所著不暇嬾齋詩，囑人攜赴臺陽，舟覆，没於水，然掇拾叢殘，尚得十二卷。余倩符雪樵大令校選一過，力稍有餘，當爲刊行，誌之以當息壤。

摘詩句爲詞

長洲江弢叔湜，學問淵雅，詩宗山谷，以生新爲主，而不喜爲詞。所著伏敔堂集，余亦不甚愛讀，偶於友人扇頭見所書舊作二絕句，集所未載。一云：「眼前物理費尋思。野店門前倚樹時。千歲老樟枯欲死，寄生小草不曾知。」殆有所諷云。愚意託物比興，不如長短其句，較耐尋繹。憶在楚中，蔡笛椽大令聘珍以之江記遇詩見示。余謂寓感之作，宜含蓄不宜拉雜，請摘其句爲浣溪沙云：「縹緲明姿憶絳仙。華鬘雲擁蔚藍天。不恆風調最堪憐。花意自肥人自瘦，玉笙吹暖夜如年。趁時梳裹爲誰姸。」笛椽甚喜，且言初祇謂詩不能達之意，詞能委曲達之，今乃知同一七言，而詞婉於詩若是。笛椽居蕭山，庚午舉人，官興山令，調江陵，被劾罷官。生平篤友誼，與余爲忘年交，著有小詩航雜著詩鈔各二卷。

孫朝慶詞

宜興孫雲門進士朝慶詞學辛、劉，粗豪自喜。渡黃河，作滿江紅云：「怒浪如山，正急槳、黃流爭渡。看滾滾、來從天上，建瓴東注。手挽狂瀾原不易，石填大海終何補。最堪憐、斷岸泣遺黎，悲難訴。待議濬，茫無路。待議塞，渾無緒。問年來、誰是濟川才具。細雨綈袍全溼透，斜風破帽驚吹去。恁艱辛、猶自喜身閒，同鷗鷺。」時康熙中黃河屢決，故有石填大海語，深致感喟。我朝漕運河工二事，歲靡金錢無算。泥古之士，目擊流弊，或擬改海運，或議復古道，或請治西北水田，大抵眉睫之見。余獨喜臨川湯茗孫中翰儲璠，舟泊禦黃壩五古一篇，議論獨闢。其言國朝治河，兼有三善：一散大利以杜奢淫，一贍閒民以消奸宄，一勸小吏以育人才。消奸宄一層，所見尤遠。蓋無業之託足其間者，歲不知幾十萬人。匪亂以來，河漕俱停。水手堤夫，無以謀食，咸竄入捻黨，流毒半天下。幸漕由海轉，恃沙船爲活者不少，東河亦尚煩修築。惜中翰名不甚著，其詩罕有知者。

蘇易簡越江吟

蘇易簡越江吟云：「非烟非霧瑤池宴。片片。碧桃零落誰見。黃金殿。蝦鬚半捲。天香散。春雲和孤竹清婉。入霄漢。紅顏醉態爛漫。金輿轉。霓旌影斷。簫聲遠。」與東坡、方回詞，句讀如一，惟起句少押一韻而已。詞律脱「誰見」二字，致分句參差，失註二韻。並誤「春雲」爲「青雲」，遂謂無可查考，而另以東坡詞爲瑤池宴，且易宴爲燕。按賀詞云：「瓊鈎褰幔。秋風觀。漫漫。白雲聯度河漢。長宵半。參旗爛爛。何時旦。　命閨人、金徽重按。商歌怨。依稀廣陵清散。低眉歛。危絃未斷。腸先斷。」東坡詞云：「飛花成陣。春心困。寸寸。別腸多少愁悶。無人問。偷啼自搵。殘妝粉。　抱瑤琴、尋出新韻。玉纖趁。南風未解幽慍。低雲鬢。眉峯歛暈。嬌和恨。」三詞本一調，瑤池宴三字，卽因易簡詞首句爲名，紅友分而二之，失考矣。詞僅五十一字，而叶十二韻，繁音促節，最不易填。易簡不以工詞名，不謂倉卒應制之作，精穩乃爾。

范承謨詞

范忠貞承謨，由浙撫移督閩浙，殉耿精忠之難。吾鄉嵇留山先生永仁在幕府同被幽縶，密室中互相唱和，亦以身殉。先生名所作爲吉吉吟，中附未亂時忠貞見留和韻，踏莎行半闋云：「城郭無光，村烟失翠。瞥然一見心如醉。停驂暫緩入山期，孤鴻待爾離憔悴。」以視范文正「四面邊聲連角起，長烟落日孤城閉」，歐陽公謂爲窮塞主詞尤衰颯。先生原作亦衹存「孤城殘角夢家山，亂帆影裏人憔悴」二語，惜全詞已佚。忠貞與先生名垂竹帛，均不待詞章以傳。然零珠碎玉，彌足寶貴。先生子曾筠、孫璜，均官至大學士。本朝漢臣中，接武韋平者，桐城張文端英、文和廷玉，常熟蔣文肅廷錫、文恪溥，諸城劉文正統勳、文清墉，與文敏、文恭父子，已四家矣。

趙懷玉詞

鈕玉樵觚賸，紀吴將軍六奇遇查伊璜孝廉繼佐事，與蒲留仙聊齋志異微有參差。其贈袍移石等事，蔣茗生太史復演爲傳奇以張之，將軍列國史貳臣傳，蓋在明時已顯矣。所贈縐雲石，孝廉卒，轉移數姓，後歸馬氏。嘉慶間繪圖徵詩，吾郡趙味辛司馬爲賦摸魚兒云：「問誰能、拔山超海，巧從萬里移置。英雄舉動原殊俗，何况感恩知己。峯丈二，但抵得、尋常投報瓊瑶耳。試追往事。是大帥筵開，孝廉船到，錫以縐雲字。根頻徙，新主更番换幾。如今仍屬名士。分明羅綺平難熨，石也儼然雲矣。尤可喜。喜畫卷、詩篇與石長留世。風流相繼。縱彭澤曾眠，襄陽欲拜，未許等閒擬。」平仄雖多未協，而峥泓鏜鎝，一氣轉旋，讀之如有餘音震耳。司馬名懷玉，爲恭毅申喬曾孫，乾隆四十五年召試，賜舉人，官中書，出爲青州丞，有荃提室詞。浪淘沙云：「茶熟酒微温。消盡黄昏。看燈情異去年人。只有半牀殘月到，許客平分。寂寞杜司勳。傷別傷春。自來好夢不曾真。依約畫簾風過處，昨夜星辰。」王氏詞綜二集，於第三句誤倒「情」、「人」二字，殊失詞意，録以正之。相傳恭毅撫楚時，嘗偕藩臬微服過市，問政得失。市人盛稱公而詆兩人。公偕藩臬去，少頃，復還，呼其人以所攜扇貽之。曰：「向若言兩人，兩人必怒若。然無恐，持扇謁藩司無事矣。」翌日，藩司以扇還公，公徐語曰：「人言可畏也。」其後藩臬亦奉法。余外祖顧笠舫公詩序中述之甚詳，世顧罕有知者，附筆於此。

董潮詞

陽湖董曉滄庶常潮，家故貧，贅於海鹽，遂由海鹽籍登南宮，入詞垣。乞假歸，修志常州，年未四十卒。少受業於趙甌北觀察，而詩體獨宗温、李，以賦紅豆詩得名，人以紅豆詩人目之。所著漱花詞，雖止數十闋，然如謁金門云：「東風早。吹緑一庭芳草。寒擁香篝深閣悄。夢和烟縹緲。　昨夜雨聲催曉。試問亂紅多少。二十四番花信了。蝶癡鶯易老。」相見歡云：「燈殘夜雨重門。近黄昏。撥盡沈檀金鴨，火難温。　東風緊。梨花冷。總銷魂。依舊一川烟草，怨王孫。」踏莎行云：「桂影侵簾，蕉陰成幕。黄花零落如殘籜。西風又共舊時愁，重來同赴清秋約。　悶飲清于，慵拈紫脚。南華半部醫愁藥。晚來登眺獨潸然，棲鴉歸盡寒烟薄。」凄清遒逸，迥殊凡響。庶常又有東皋雜鈔，誌所聞見，中記一事，頗足解頤。言有數士於試前扶乩請仙，仙至，自云黄山谷。衆以功名事欲得呂純陽問之，相與更請。未幾，稱呂至。先書云：「請諸君各飲墨汁一杯。」飲既，乃大書曰：「平時不讀書，急來飲墨汁。那有呂純陽，依然黄魯直。」豈數百年後，山谷尚滑稽如是耶。

王士禎詞

山左王阮亭尚書，詩爲國初冠。顧身後尊之者與詆之者各半。所著衍波詞，頗沾沾自喜，幸無異説。

乃吾鄉孫文靖論詞，謂「妾是桐花郎是鳳，倚聲誰闢野狐禪」，一經拈出，令人爽然。蓋刻意求新，不免流於纖仄，然平心而論，亦未可全非。如浣溪沙云：「雨後蟲絲掛碧紗。朝來鵲語鬭簷牙。日痕紅曙一闌花。殘夢未遥猶眷戀，篆烟初裊半天斜。消魂應憶泰娘家。」虞美人云：「杜鵑啼徹春將老。斷送花多少。幾絲楊柳幾絲風。總付銀屏金屋夢魂中。合歡枕上香猶在。好夢依稀改。回環錦字寫離愁。恰似瀟波不斷入湘流。」踏莎行云：「風雨清明，鶯花上巳。樓臺四百南朝寺。水邊多少麗人行，秦淮簾幕長干市。驀地愁生，干卿甚事。梁陳故蹟消魂死。禁烟時節落花天，東風芳草含情思。」余每喜誦之。至文靖論詞絕句中，有「人籟定輸天籟好，長蘆終是遜迦陵」語，未免阿好鄉曲。竹垞太史詞，不少清空婉約處，若謂飣餖退能，乃學者之過，不得爲太史詬病。

林玉巖詞

福州爲閩中省會，而商賈咸聚於距城十里之南台，面江背山，市廛櫛比。山巔建閩越王廟，廟有釣龍台，台下一井，泓然深窈，相傳天旱，投以虎骨，輒雨。登台四望，數十里風帆雲樹，歷歷在目。莆田林玉巖僉事有釣龍台懷古，水調歌頭云：「海氣撲襟袖，登眺亦雄哉。蒼茫烟水無際，山勢聳崔巍。人道越王當日，鐵馬金戈割據，曾釣白龍來。霸業已銷歇，俯仰賸荒台。殘照裏，草樹外，角聲催。沿江樓櫓重疊，橫海靖氛埃。一片銀濤雪浪，千古蝸爭蟻鬭，誰是濟時才。庾信最蕭瑟，詞賦只悲哀。」僉事名麟焻，康熙初進士。時台灣未入版圖，故有「沿江樓櫓」「蝸爭蟻鬭」語。自台洋平後，二百年來，中外一家。道光間雖有外夷之擾，不久就撫。海禁久弛矣，第師船幾成虛設，萑苻輩遂肆行出没，商賈因之裹足，而外夷之火輪夾板等船，獨擅貿遷之利。沿海黔黎，日窮日困，不爲盜幾無以求生。顧以威力峻其防，抑末已。

沈星煒詞

沈君秋卿星煒，少從王蘭泉司寇游，工詩詞，善隸書，兼擅繪事。仿其鄉人奚鐵生作，幾莫能辨。顧久困場屋，屈爲九品官，需次楚中。讀余秋蟬聲聲慢，至「金盤露華漸冷，更蕭條、病葉難温。誰憐取，是當年、齊女豔魂」，幾下唐衢之淚。時拂長官意，年逾半百，抑塞無所見，蓋有不能自釋者。今距秋卿之殁二十年矣。其詞録入王氏詞綜二集。自謂少作未工，後刊夢緑山莊詞，多所削改。然修飾過甚，轉不若前之輕俊。爲録其語意雙關、音情激楚者數闋於此。七夕不寐，南歌子云：「月珮餘殘碧，仙裙隱斷紅。年年惆悵憶牆東。贏得滿身花影，露華濃。一水愁難渡，雙星怨本同。玉簫聲斷畫樓中。知道誰家庭院，有秋風。」閏六月初七，點絳唇云：「霞散雲沈，一痕淺淡秋河影。星期無準。説是今年閏。門掩鏡約釵盟，又入三旬恨。離懷永。淚花紅凝。滴上鴛鴦錦。」秋感，蝶戀花云：「竹影摇摇清漏短。門掩東風，緑蔭閒階滿。一寸簾波横不捲。捲簾人在深深院。轉眼花殘春去遠。燕子歸來，已是尋芳倦。聽説柔腸容易斷。誰知斷盡無人管。」聲聲慢云：「庭砧擣素，簷鐸吹凉，秋聲一片淒淒。帳捲青綃，單衾冷怯荒雞。庾郎慣吟愁賦，問愁心、畢竟何依。愁無主，似空簾殘夢，到處分飛。已是香消翠減，便疏星淡月，也只悽迷。病葉枝頭，隨風暗擊雙扉。雲邊數行斷雁，耐高寒、叫過樓西。清夜永，聽霜鐘、遥度隔溪。」雨中花云：「古驛荒凉烟水闊。渡江來、暮雲如織。冷雨聲聲，殘秋冉冉，離緒幾曾拋得。往事不堪頻按拍。西風裏、半林黃葉。乍解輕帆，重催短棹，去路一程程急。」

楊琇詞

錢塘女史楊倩玉，名琇，美而慧。同邑沈喬聲豐垣豔其才，聘爲妾。中更多故，幸而獲偕，即隨園詩話所謂楊大姑也。傳有遠山樓詞，清平樂云：「離愁滿面。轉自羞人見。多少淚珠心裏嚥。攪斷柔腸如線。掛帆剛趁長風。霎時分手西東。恨不將身化石，塡他江上青峯。」江城子云：「繡帷睡起倚香篝。鏡光浮。翠雲流。向午慵慵，猶自怯梳頭。廿四番風吹欲盡，花縱好，爲誰留。背人獨上最高樓。捲簾鈎。黯凝眸。信道垂楊，難繫是孤舟。渺渺關山烟水外，芳草路，織成愁。」命與才妨，能毋致慨。

郝湘娥詞

康熙初，保定竇鴻妾郝湘娥，以豔稱，兼工詩畫。有清平樂云：「簾鈎雙控。時有熏風送。惱煞鳴禽花外弄。驚破瑣窗殘夢。分明對坐鳴琴。醒來依舊孤衾。且莫輕拋珊枕，再從夢裏追尋。」時有豪家某，力索湘娥不得，遂嗾盜誣鴻至死。湘娥即賦絶命詞，投繯以殉。後某晝見湘娥，披頰，暴卒。拾薌録載其事，並弔以詩云：「貞魂白晝能爲厲，此處湘娥勝綠珠。」余謂金谷中人不但墜樓，而後未聞靈異，即詞翰亦無所見。似此奇女奇事，有人播之絃管，恰是絶好傳奇。

查容詞

選佛詩傳言，海寧查韜荒容，曾館吳三桂家，察有異志，佯醉而遁。吳遣人追之，提其人擲地上，變服疾馳，始得脫。與唐六如寅不肯爲宸濠客事絕相類。韜荒素有力，工劍槊，詩文敏贍，足跡幾遍天下。有懷舊寄粵東諸子，春雲怨云：「紅梅小驛。記五羊城外，穿花雙屐。把手纔通名姓，一詠一觴如舊識。翠袖藏鈎，平頭搖扇，共指銀蟾孄墻側。殘拍逡巡，歸鞍酩酊，蠟淚滿離席。三姝座上真奇絕。縱年深路遠，珠江歷歷。對酒猶疑照顏色。橫浦樓船，折盡南枝，斷無消息。舊雨淋浪，曉星零落，不喚奈何不得。」其風流佚宕，亦不減六如。

聽秋聲館詞話卷五

沈永啓詞

吴江沈方思，蓮涇阻雨，虞美人云：「簾纖細雨蓮涇口。何處沽尊酒。天公也似太多情。拚得柳昏花暝，滯人行。　年來浪跡真無謂。歷盡愁滋味。一燈蓬底聽模糊。知道小樓夢醒，一般無。」末二語暗用少陵「今夜鄜州月，閨中只獨看」意。時値孤篷夜雨，尤難爲懷。方思名永啓，師郡人金采。國初，采以株累繫江寧獄，間關往詢，候采就法，斂其遺骸歸，其行誼有足多者。著有遜友齋詩詞。子時棟，二女友琴、御月，俱工詞，王氏詞綜已采入，獨遺方思詞未録。采字聖嘆，原名人瑞，以抗糧被戮，家亦籍没。

姚棲霞詩詞

女士姚棲霞，吴江人，幼慧工詩，時出新意，年十七卒。其父瘦吟岱，取其「燕翦翦愁愁不斷，翻銜愁入小窗來」句，名所著爲翦愁吟。越百年，郭頻伽、鄭瘦山諸君，爲之刊行，各倚鳳凰臺上憶吹簫調，賦詞悼之，其詩遂顯。袁樸村景輅松陵詩徵，言其填詞亦秀雅可誦。並附牡丹，滿庭芳斷句云：「但恐荼蘼開後，風懷減、誰共芳尊。添愁恨、紅妝淚灑，無語暗銷魂。」惜未録全闋。瘦吟亦工詩，家極貧，以筆耕餬口，恆館於外。清明有感一絶尤佳，詩云：「林香漠漠草萋萋。水自東流日自西。最是銷魂寒食節，一庭花雨燕雙棲。」

彭而述詞

國初鄧州彭禹峯方伯而述，都門感舊，金人捧露盤云：「記燕臺，舊遊地，百花紅。正西山、烟翠溟濛。承天門外，繡袍錦帶馬如龍。酒錢夜數，當罏女、醉倒新豐。幾何時，成霜鬢，離宮在，夕陽中。烏衣巷、非復江東。五侯七貴，霎時秋雨碎梧桐。海青嘹嚦，寒笳起、淚灑西風。」遣詞命意，悉仿曾海野詞。海野及見汴都之盛，逮南渡後，奉使過汴，感賦云：「記神京，繁華地，舊遊踪。正御溝、流水溶溶。平康巷陌，繡鞍金勒躍青驄。解衣沽酒，醉絃管、柳緑花紅。到如今，餘霜鬢，嗟前事，夢魂中。但寒烟、滿目飛蓬。雕闌玉砌，空餘三十六離宮。塞笳驚起，暮天雁、寂寞東風。」汴都鐘鼎胥移，故曾詞後闋，尤覺悲涼。

顧景星詞

隨園詩話録蘄州顧黄公憶内句云：「午夜停金翦，含情對玉缸。數聲風起處，花雨上紗窗。」謂爲風韻獨絶。建安謝蕉谿明經室黄曇生女史，憶外句云：「隻影黯殘缸。愁心未易降。無情中夜月，故故冷窺窗。」意境正復相似。女史工詩畫，有蕭然居集，詞則未見。黄公名景星，國初屢薦不起，舉鴻博亦不就。遭亂時，掘草根爲食，一一記以詩。所著白茅堂集，雄渾綿麗，佳作不少。歸愚宗伯別裁集，祇録一首，想未見全集耳。其詞僅存邊庭夜宴圖，柳梢青云：「班超老去，文姬歸晚，一樣天涯。帳外雲山，尊前明月，膝上琵琶。長城高隔中華。費版築、秦家漢家。一片金笳。數聲玉笛，幾陣黃沙。」亦不失雅音。

馮申之詞

乙未冬，余自京赴楚，遇代州諸生馮雨亭申之於真定途中，一路唱酬甚洽，至衞輝遂別去。不相問者，已三十年。叢稿中尚藏其見和旅次遇雪詞，爰録存之，調寄虞美人云：「數聲暮角吹𩙪䬃。雪意垂垂下。認來爪印太淒迷。是處蠟梅香透畫樓西。　寒威陣陣衝簾入。漏點銅壺咽。雙輪不惜去程遥。整備明朝踏碎萬瓊瑶。」

任邱旅店題壁詩詞

商邱宋牧仲太宰犖楓香詞中，附任邱旅店題壁詩，並序云：「妾白浣月，家住半塘。幼失雙親，寄養他姓。姿容略異，慧業不同。非敢擅秀閨中，願效清風林下。豈意生命不辰，所適非偶。日彈琴之相對，百恨纏綿。時捲幔以言征，一詩嗚咽。余爰題之驛壁，人共憐之黃土可耳。」詩曰：「吴宫春深別怨離。風塵慘淡雙蛾眉。鵑啼月落寸腸斷，香消芍藥空垂垂。流黃未工機上織。生小殷勤弄文筆。新詩和淚寫郵亭，珍重寒宵誰面壁。」因檃括詩意爲賦調笑令云：「面壁。淚痕溼。想見含毫燈下立。風鬟霧鬢吴宫隔。芍藥香消堪惜。明妃遠嫁歸何日。一曲琵琶悽惻。」詞與詩均極哀豔，當時燕南趙北，傳唱殆遍云。

宋犖詞

太宰以壬子通判黃州，歷撫大江左右，內掌銓政，生平愛才若渴。所著詩詞，雖不克方駕阮亭，亦不讓荔裳廉訪。其春日舟行高陽臺云：「遠水拖藍，晴峯送翠，徐牽三板輕船。日暖風柔，匆匆又過新年。垂楊不負東君約，展修眉、瘦怯堪憐。更悠然，幾處漁歌，幾點村烟。家山回首斜陽外，但萋萋芳草，淼淼長川。十八灘遥，舟人指向鷗邊。紅牙漫向尊前拍，倚篷窗、聊破愁眠。莫垂簾，尚有江梅，尚少啼鵑。」相傳公撫江西，未蒞任，值楚中夏包子變起，賊氛逼近，卽兼程馳赴。申軍令，嚴守禦，民心少定。而富室尚有遷移者。或請禁之，公不可曰：「禁之，人將以我爲怯，百姓且散走矣。」幕下士請去，公又不可。曰：「人恃撫軍耳，撫署人出，則人心散。果欲去，吾卽以軍法從事。」時江右亦有裁軍三千，期朔日諸官集撫署，殺以應楚。公先期密擒爲首者二人，就轅門震爆斬之。張文告數十紙，示以渠魁已殲，脅從散者不治。是日薄暮，城門報無籍之潛出者二千餘人，亂遂定。方訊斬賊首時，賊指總兵之奴曰：「是亦吾黨也。」公急命批頰。異日，密語總兵去其奴。總兵憤曰：「公眞謂我通賊耶。」公曰：「豈有是哉。日者，賊甫啓口，而奴立君後，佩刀已出鞘數寸，吾卽命笞賊，奴乃納刀。不然，幾與君同拚命。君顧未見耳。」公才能應變若此，又不僅以文事見。夏包子名逢龍，湖北裁兵也。因憶沈作喆寓簡言，宋時有以養兵費重爲言者。韓魏公曰：「雖國家歲糜金錢甚鉅，然使數十萬梟悍之徒，就我鈐束，亦消患未萌之道。」逮我朝初有裁兵之擾，嘉慶中又有散勇之亂。且明末裁減驛夫，遂肇闖獻之禍。謀國如魏公，夐乎遠矣。

張亨甫詞

本朝人詩，自蒲州吳蓮洋、吾鄉黃仲則後，讀之飄然有仙氣者，推建寧張亨甫，世應無異辭。所著松寥山人詩集外，有金臺殘淚記，南浦秋波錄，借以發其扼塞無聊之慨。中附百字令云：「料伊妝閣，對菱花蕭瑟，慵開笑口。顧影徘徊頻自照，一日腸應迴九。翠被香殘，寶箏塵滿，宛轉惟搔首。夕陽一抹，照人啼笑俱有。惆悵連夜清歌，月明醉倒，扶倩纖纖手。別後依然還見月，也似雙蛾消瘦。破鏡難圓，短篷獨泊，何處沽尊酒。憑誰寄訊，昨宵燈畔孤否。」亨甫初名際亮，負俊才，屢困南北試，更名亨輔，始獲售。雖恆不家食，而留心鄉邦文獻，輯有建寧耆舊詩，蒐羅極備。

趙鉞詞

仁和趙雩門鉞，初名春沂，爲橫山閣學鯨曾孫。少與倪米樓、郭頻伽諸君徵歌角勝，登嘉慶辛未進士。頻伽詩話錄其寒夜讀浮眉樓詞，卻寄金縷曲云：「風格知何似。祇當年、玉田蘭畹，差還可擬。一卷烏絲腸斷句，欲把金尊淘洗。奈紙上、淚痕隱起。何處吹簫容乞食，料旗亭、那有人雙髻。應佳耦，是知己。勸君何苦悲身世。看分湖、菰烟蘆雪，十分愁思。一面闌干憑倚遍，莫又爲他憔悴。況兩鬢、蕭蕭如此。算有故人無恙在，更天涯、同調能餘幾。長相憶，可知未。」並以其甫入承明，改官江左爲惜。後知溧陽縣，頗昏墨。有無賴子素兇橫，毆其母，母以忤逆訴。趙曲庇焉，士民憤甚，舁之至蘇。適大吏與有舊，留之數月，薦牧泰州。剡牘中謂爲民情愛戴，溧陽人笑曰：「戴則有之，愛則未也。」包慎伯集中，詳書其事。包與趙同舉戊辰鄉試。余意趙丈或有開罪包處，誌以洩憤。曾質之顧丈蒹塘，丈笑曰：「昔有人歌投畀，而請入循吏傳，民慨偕亡，而刊立去思碑者矣。清名登而金貝入，北齊顏氏已言之。看碧成朱，非今伊始，烏足異哉。」

顧廣圻詞

長洲袁綬階廷檮，饒於資。家有紅蕙，常延諸名士賦詩鬥酒，並繪其母竹柏樓居圖，遍徵詩詞。顧性吝，一介不輕與。聞龍雨樵謫戍，袁湘湄典質所有，集二百金以贈，不禁咋舌曰：「是獨不畏寒餓耶。」乃身歿未久，子若孫弗克負荷，田廬斥賣殆盡。元和顧澗薲廣圻過其故居，感賦月下笛云：「試問樓中，生前肯信，破家如此。生平已矣。陳跡偏經舊時里。魂歸白晝常聞哭，想只戀、青箱未死。怪鄰翁，指點牆頭錯，嘆箇人無子。迤邐。斜陽裏。話往事重重，痛心曷已。藏舟但徙。有誰門户能理。更憐埋恨雙棺遠，早亂塚、難尋路圮。便放筆，寫悲歌，忘了曾遭抵几。」激烈之音，不堪卒讀。澗薲學問淵博，精校勘，與烏程嚴鐵橋可均相埒。詩詞非所長，而筆意殊清穎。題浙江吴氏所藏謝文節遺琴，虞美人云：「橋亭當日佯狂淚。迸入危絃碎。先生耿耿意孤行。那管建陽市上，少人聽。而今試向高堂奏。心手都非舊。依然慷慨有餘哀。肯逐憫忠寺畔，土花埋。」其集以思適齋名，中有摸魚兒調，標爲咏春光，謂出鳳林書院元詞，未免嗜奇太過。

莊蓮珮詞

昔張子野有「雲破月來花弄影」、「嬌柔嬾起，簾幕捲花影」、「柔柳搖搖，墜輕絮無影」句，自詡爲張三影。尚有「隔牆飛過秋千影」、「無數楊花過無影」二語，均工絕。近時莊蓮珮女史醉花陰云：「蕩破斜陽，影落風箏影。」滿宮花云：「犬吠一簾花影。」卜算子云：「一路垂楊到畫橋，過盡春衫影。」亦可謂善用影字。女史陽湖人，母夢珠而生，故名盤珠。姿性明慧，工倚聲，著有紫薇軒詞。如夢令云：「簾外青梅如豆。簾底亂紅如繡。纔待展雙蛾，又被晚風吹縐。吹縐。吹縐。人與影兒共瘦。」浣溪沙云：「睡起紅留枕上紋。病餘綠減鏡中雲。畫簾窣地又斜曛。癡蝶分明尋斷夢，浮萍容易悟前因。無聊天氣奈何人。」舟行即事，踏莎行云：「待放蘭橈，重過菊徑。人和涼月同扶病。輕帆未掛恨行遲，掛時又怕西風勁。翦燭嫌頻，推篷怯冷。荒涼野岸三更近。草橋露重寂無聲，孤螢照見秋墳影。」遊楊氏廢園，臨江仙云：「聽說園林饒勝賞，誰知轉眼滄桑。高臺就圮曲池荒。花還如我瘦，草竟比人長。賸有舊時雙燕子，銜泥繞遍迴廊。孤松無伴立斜陽。新詞吟宛轉，往事費思量。」絡緯，探芳信云：「冷消息。到曉露牆根，晚烟籬隙。正繡衾夢斷，豆花風又急。殘燈窗裏明還暗，月在窗前白。忽驚猜、巷北街西，那家宵績。何日便成匹。怪響引絲長，緩憐絲澀。靜夜寒閨，香韻雜刀尺。亂愁誰颺千千縷，爭把秋心織。便無愁、也是聽他不得。」中秋聽雨，有懷凝暉姊，虞美人云：「角聲吹斷清宵夢。翠被和愁擁。蕭蕭風雨響窗櫺。忽憶去年今夜，月華明。別來兩葉眉長斂。可也懨懨瘦。秋光强半已難留。記取雁來時候，少登樓。」有蕭山女史天水氏愛其詞，爲付剞劂。因詞旨悱惻，疑抱天壤王郎之憾，序中深致惋惜。似不知爲同邑孝廉吴軾室，門無塵雜，静好相莊。正如飲水詞人，身處華膴，而詞極淒戾。自是賦才所近，非關遇之豐嗇。

王嶽蓮詞

蒹塘顧丈嘗謂余，書中有三不可信，武功、道學、美人是也。一日，與暢之叔氏語及。時方承平，叔言武功、道學未可知，美人則洵如所言，卽才女亦然。昔船山太守寓吴中，眷蓮緣校書，繩之甚至。同時文士，咸賦詩張之，其美麗可想。叔曾慕名往見，肥黑而麻，非但不美而已。吾鄉女冠韻香，能書能畫蘭，貌已容爲空山聽雨圖。梁山舟侍講首題一詩，遂遍徵名流題詠，享盬名二十餘年。然其對客酬和之作，咸複壁中人爲之，叔亦捉刀中一人也。憶余在裝潢舖，見便面上韻香自書詩詞，曾録其采桑子詞，出以相質。叔曰：「此雖不知伊誰筆墨，然韻香不藉詞傳，詞或藉韻香傳，又何必辨爲非是。」詞云：「一犂雨足清溪漲，幾處蛙聲。幾樹蟬聲。菡萏風吹暑氣清。石牀卧覺松濤静，嬾譜碁經。試補茶經。月影今宵分外明。」過而存之，亦叔氏意也。韻香姓王，名嶽蓮，余幼時猶及見，面圓體腴，年已四十餘，後因失所歡意，自經死。陸祁孫大令繼輅悼以詩，末云：「如何病榻都無分，海燕驚飛出畫樓。」一時膾炙。

張畹香詞

叔氏言韻香同時，有秦淮妓張畹香，酷嗜文翰。車秋舲秦淮畫舫録，言其細骨輕軀，珊珊特甚。並録其「風裏楊花換舊身」句。叔曾見其天仙子云：「雨雨風風日幾巡。亂鶯啼處又殘春。蘼蕪緑遍短長亭。休凝睇，暗含顰。減盡遥山一抹青。」聞鶯，巫山一段雲云：「嫩緑啼將遍，嬌紅啄易殘。花前百囀和應難。蜀魄枉流丹。金縷衣偏好，瑶笙奏未闌。雙柑柳下佐清歡。誰念玉樓寒。」一種幽怨之思，自然流露，正未可與韻香一概論也。時有許畹香者，亦秦淮妓，不解詞而詩較工。春雨有感云：「罘罳風動雨如烟。緑倦紅稀亦可憐。甚欲登樓慵拭目，惜花偏偶妒花天。」又傳有吴妓王季翾，寄陸祁孫青門引云：「秋水盈盈冷。閒却小樓妝鏡。風吹紅豆忒多情，相思滿地，不是舊時病。可憐敧枕常教醒。盼斷飛鴻影。那堪一片殘照，又分帕上胭脂暈。」因憶蘄水徐戟門孝廉，曾爲余言，蘄妓鄧有兒，貌豐腴，能詩，寄所歡云：「自從别後便銷魂。花落花開總閉門。日暮暮鴉飛欲盡，一絲絲雨又黄昏。」殊爲悽婉。惜予在楚，未及一訪。

錢謙益詞

姚君春木嘗言康熙以來，屢以書案興大獄。如錢牧齋詩文，亦在燬禁列。長洲沈歸愚宗伯選冠别裁集，幾獲咎。至嘉慶初，大興朱文正珪於造膝時，奏言詩文之詆謗本朝者，正如桀犬狂吠，聖人大公無私，何所不容，禁之則祕藏愈甚。仁宗然之，禁始弛。明末遺書，遂復有刊行者。牧齋人品無足取，而才華自不可掩。有虎丘月夜讌集，永遇樂云：「玉露微凝，銀蟾徐上，光景清絕。折簡徵歌，醵錢置酒，漫浪憑人説。俊侶難逢，歡遊能幾，莫負清秋佳節。儘筵端，紅牙拍損，只恐風情非昔。生公石畔，周遭香霧，恍似身臨瑶闕。天上霓裳，人間桂樹，曲調殊淒切。可堪到處，烏驚鵲繞，一寸此時心折。憑誰把、浮雲掃淨，永留皓月。」味「烏驚鵲繞」數語，似作於未改轍時，其初尚非全無心肝者，未可以縱情荒讌少之。近見吳下王養初壽庭，題柳如是小像，金縷曲後起云：「香軀拚擲滄桑後，奈中書、猶萌侈想，彥回多壽。」數語道盡牧齋，蓋末路依回，猶存觖望，正坐不知戒得耳。

王壽庭詞

養初著有吟碧山館詞。秋夜，南柯子云：「滅燭香猶滯，聞香酒漸醒。些些秋夢繞羅屏。便索銀燈照也，不分明。悄卷晶簾起，閒拖畫屧行。牽牛花上月初生。恰有蟲娘一箇，織三更。」幽豔絶倫，誦之口馥。又弔福藩才人柳翠雲，沁園春云：「夜靜乩壇，翩然而來，有美一人。道蜀宫花蕊，曾遭國難，錢塘蘇小，本是鄉親。玉帳俘鴛，金鞭撻鳳，溼透羅衫清淚痕。歸願遂，謝多情帝子，憐惜殘春。逡巡重認柴門。好常伴、西湖風月新。奈萑苻强暴，横牽紅袖，邯鄲廝養，驟著黄巾。百尺虬枝，一條雪練，了此蓮花清淨身。乘鸞去，定婆娑寶髻，繫滿星辰。」註云：「乾隆中，溧陽方文藻等，因旱請乩，雲降壇。自言錢塘人，宏光時入宫，未幾福王遁，爲十三王所得。王憐之，故歸。中途復爲土賊劫獻彭氏奴潘茂。茂方叛踞溧陽，雲誓不辱，欲投城北太白樓下死，不得。茂敗，挾奔廣德，宿棉嶺居民宋連壽家，乘賊酣自述，又遲至數十年，得王君詞以紀之，誰復知之者。天道若可知，若不可知，固如是耶。

睡，絶脰於大松樹下。」噫，以雲之流離貞烈，曾不若錢牧齋輩，姓名猶在天壤間。使非百餘年後，降乩

韓雲詞

烏程韓自爲雲，自言前生爲天台方廣寺僧，故删其詩自遊天台始。有盆松，水調歌頭云：「一任雪霜虐，勁骨自天成。誰向玉缸裁就，翠蓋小亭亭。待看干霄千尺，怎奈寄人籬下，那敢作濤聲。且學蟄龍蟄，羞殺大夫名。又何必，移春幔，護花鈴。不信拳山勺水，鬱鬱老蒼鯨。好待風雷驟起，移種瑶臺高處，濃覆半山青。記取一言贈，莫負歲寒盟。」自爲祖敬，前明以第一人及第，因黨湯賓尹見擯清議，自爲父純玉恥之，遂絶意進取。味前詞，子若孫飲恨深矣。

趙執信詞

益都趙秋谷贊善執信，初與阮亭尚書不相能，後因國忌日演長生殿劇，一蹶不振。每借歌筵紅粉，寄其抑鬱。所著飴山詞，不讓衍波王氏。詞綜録其浣溪沙云：「寒雨聲聲滴小窗。清宵偏是到秋長。愁人何事滯江鄉。宿酒醒來難續夢，孤衾薄處早驚霜。此時争道不思量。」似不如蝶戀花云：「秋老家山紅萬疊。何意淹留，斷送重陽節。醉裏情懷空自結。彎環低盡湘簾月。總爲相逢教惜别。明日風帆，亂落霜林葉。暮雨迷離天外歇。寒花付與紛紛蝶。」末語殆誚時之望風景附者。

譚獻詞

武林譚仲修孝廉獻，薄遊閩中，余未之識。楊君卧雲以所刊復堂詞見示，筆情遒峭，小令尤工。人月圓云：「春來未有晴時候，風雨閉重門。今朝折柳，明朝飛絮，幾箇黄昏。一燈上了，簾前瘦影，銷也無魂。青衫溼處，看來却是，點點啼痕。」青門引云：「人去闌干静。楊柳晚風初定。芳春此後莫重來，一分春少，減却一分病。離亭别酒終須醒。落日羅衣冷。繞樓幾曲流水，不曾留得桃花影。」御街行云：「苔花楚楚生香砌，屐齒少、庭如水。珍珠簾下玉闌邊，都是舊經行地。斜陽一尺，凝眸還盼，忘却人千里。眼前不飲心先醉。江上雨，樓頭淚。銀荷葉冷繡牀閒，事事尋思無味。緑楊枝外，無情畫角，日暮還吹起。」踏莎行云：「雨滴瑶階，烟籠玉樹。分明夢到閒庭宇。一重簾幕對西風，離愁不共浮雲去。來雁驚秋，吟蛩向暮。江鄉景物還如許。幾番殘月又新霜，當時折柳人何處。」

袁鈞西盧詞

鄞縣袁陶軒明經鈞，爲阮文達元門下士。文達輯兩浙輶軒録，曾預采訪之列。並裒自宋以來明州人詞，爲四明近體樂府。雖不分魚目璠璵，而掇拾頗具苦心。自著西盧詞，采桑子云：「去年今日春風岸，芳草如茵。繡被香熏。卧聽笙歌響遏雲。而今事往渾如夢，草尚如茵。香已成塵。滿眼楊花愁煞人。」南山草堂夜飲，呈許穆堂侍御，玉漏遲云：「夜闌樺燭，換牆腰月上，漏移銀箭。倦眼瞢騰，花影一庭零亂。莫問春還餘幾，便春在，蝶慵鶯嬾。愁宛轉。後期何處，西窗話短。可憐舊夢縈心，記載酒籠香，月湖湖畔。一紀流光，惆悵餘不溪淺。今日主人醉客，奈魂怯、離巢孤燕。歸路晚。山城角聲淒斷。」唐多令云：「春夜雨廉纖。春風撲繡簾。惜春歸、錦韻慵拈。生怕明朝花落盡，闌心聽，鎮懨懨。無語傍雕奩。鑪香細細添。耿青燈、好夢多淹。酒力三分愁萬疊，春不管，上眉尖。」

張星耀洗鉛詞

錢塘張砥中星耀，本名台柱，徐紫山清波小志言其人品甚不足道，而詞甚尖新。著有洗鉛詞。浪淘沙云：「昨夜夢魂中。翠袖輕籠。月華低照錦香叢。若使箇人同此夢，也算相逢。今夜恰惺忪。好夢無蹤。孤幃寂寂聽寒蛩。一點漏聲千點淚，月掛疎桐。」蘇幕遮云：「翠幃深，香夢淺。一夜東風，春色都吹遍。紅日滿窗蒸睡暖。簾外鶯兒，喚起梁間燕。信難傳，人又遠。蛛網簷楹，日日絲千轉。飄泊不知歸早晚。生就楊花，心性無拘管。」感懷爲袁籜庵賦金縷曲云：「歲月留難住。歎年來、功名何物，盡成塵土。我已銀絲生雙鬢，何況秋娘眉嫵。更莫話、舊時歌舞。無限傷心言不得，解金貂、且付當鑪女。歌未闋，淚如雨。西風歷歷傳更鼓。倩江頭、曉來鴻雁，漫催行路。十五年間天涯客，纔是歸來一度。早又向、北燕南楚。馬上濛濛寒雨下，指萬山、樹黑無人處。獨自箇，掉鞭去。」紫山名逢吉，亦錢塘人。厲樊榭稱其詞清微婉妙，絶似宋人。小志中自録其坐學士橋春望，少年遊云：「蛇蟠胥井，狐穿破塚，輦路已全荒。燕子飛來，桃花不語，閱過幾滄桑。小橋浮在嵐烟外，恰好近鷗鄉。坐我春人，緑蓑衣底，相對話斜陽。」風格頗近玉田生。

戴敦元詞

開化爲浙東小邑，應縣試者百餘人，而有戴簡恪敦元出其間。公字金溪，未通籍即與李西齋、倪米樓諸君相角逐，後由比部郎仕至尚書。詩文皆卓然成家，集後另刊漚塵詞二卷。清平樂云：「尊前咫尺。背面都陳跡。回首高城煙水隔。人在西風簾隙。萬千心事誰知。挑燈細琢新詞。便沒青鸞寄與，不曾閒卻相思。」采桑子云：「紗窗月暗風聲驟，淚結紅冰。香退青綾。贏得新愁較舊增。人間路比天還遠，夢也無憑。睡也何曾。挑不成花一點燈。」步蟾宫云：「宿酲未破窗催曙。聽枝上、聲聲杜宇。三分春色二分過，便苦勸、不如歸去。東風肯戀花間住。算也似、天涯羈旅。瓊樓定誤惜花人，問後夜、相思何處。」皆少作也。後則題圖酬應居多，如出兩手矣。

邵葆祺詞

漚塵集中，附大興邵壽民中翰葆祺情禪詞數闋。好事近云：「曲項舊琵琶，記聽玉盤珠落。又見玉人纖手，壓當場絃索。一聲水調暮江秋，秋鬢已非昨。賸有青衫餘淚，爲膾娘抛却。」虞美人云：「天涯詞客飄蓬慣。筆借江花暖。也知煙月了無痕。祇覺揚州依舊占三分。野塘處處鴛鴦偶。冷蝶惟增瘦。渭城歌罷向燕台。從此雙心一影渺紅埃。」惜全稿未見。

聽秋聲館詞話卷六

顧奎光雙溪詩詞集

祖孫父子兄弟掇巍科膺膴仕者，代不乏人。其均善詩文者已少，均工詞者尤少。獨余外曾祖雙溪顧公家詞學相傳，世罕其匹。公諱奎光，由進士宰湖南之桑植，未中壽歿，著有雙溪詩詞集。虞美人云：「朝來春色濃於酒。微倦初停繡。斜拖翠袖背秋千。孤負風和日麗，豔陽天。啼鶯語燕都歸也。暮色陰陰下。侍兒貪戲上燈遲。暗對銀屏彈淚，有誰知。」寄慰陶昆謀悼亡，高陽臺云：「桂水流春，湘雲約夢，關心錦瑟華年。千里書來，愁看淡墨吴牋。歡悰樂事都消減，一星星、素髮新添。只贏他，悽冷襟懷，綺靡詩篇。鸞膠不續冰絃斷，是最難填補，恨海情天。游倦長卿，更教消渴纏綿。酸甜世味嘗應遍，怕鐫磨、菱角成圓。悵何時，一棹歸來，三徑延緣。」公弟謌齋斗光，邑貢生，有翠茗軒詩詞。臨江仙云：「枯坐蕭然渾似醉，夜深猶剔孤檠。捲簾時見渡河星。緑楊風少力，紅藕露含情。窗外琤瑽敲響竹，草間螢火縱横。蝶飛不到夢難成。寺鐘愁斷續，鄰笛聽分明。」公之子四，長笠舫敏恆，乾隆丁未捷南宮，自陳不習吏事，由令改教授，年四十五，卒於蘇州府學，有笠舫詩稿。次學和斅愉，太學生，有靄雲詩草。次斐瞻敬恂，拔貢生，有筠溪詩草。次傅爰斅憲，邑諸生，有幽蘭草。咸未三十而夭。楊荔裳方伯彙刊爲辟疆園遺集。詞則散佚未刊，僅笠舫公如夢令一闋，附見楊蓉裳農部唱和集中。詞云：「長日東風院宇。又變輕陰欲雨。倦倚小闌干，滿地落花飛絮。飛絮。飛絮。正是豔陽時序。」笠舫公長子蕖塘丈翰，有拜石山房詩詞。季竹碕丈薰生，爲余姑夫，工詩，善繪事，年弱冠卽爲百文敏齡掌箋奏，疆吏爭相延致。顧久困場屋，以上舍生終。喪亂以來，稿本零落。余祇記其虞美人云：「孤檠短焰淒風冷。水澀銅龍哽。夢回攲枕酒初殘。爭奈熏鑪不暖，被池寬。年年人爲悲秋瘦。況復嚴寒候。城烏啼下滿簾霜。祇覺漏聲，還比客愁長。」題畫南鄉子云：「疊嶂聳危屏。屏外煙螺點點青。誰向懸崖攜杖聽，泉聲。曲折寒流繞澗鳴。此景憶曾經。苦被鞭絲促去程。但許山椒添縛箇，茅亭。便擬移家老此生。」斐瞻公子蘭崖丈翊，以明經官昭文訓導，詞尤富贍。余曾鈔録十數闋，惜已失去。近見孫月坡茂才所輯近詞録，有題周笛生刺史春風按曲圖，虞美人云：「新詞那得紅紅譜。枉自耽吟苦。酒邊殘墨滿江湖。也有雙鬟低唱幾聲無。羨君官閣教蠻素。不負周郎顧。香喉不是不能圓，一點春愁，咽入玉簫寒。」落葉水龍吟云：「世間一樣飄零，無情猶作迴風舞。閑門不掃，空階欲没，瀟瀟似雨。楓外江寒，蘆邊霜早，雁歸何處。悵疎林易別，故枝難戀，便渺渺，天涯去。回首荒庵落木，問年來、有誰能住。夕陽染後，三分在水，一分在樹。莫怨秋聲，那知秋到，無聲更苦。待消他，幾疊琴絲宛轉寫，哀蟬譜。」同蕖塘兄竹畦弟芙蓉湖秋泛，高陽臺云：「柳老絲煙，蓮凋粉水，短篷暇日尋幽。月小於眉，斜天挂一分秋。鴛鴦生在西風裏，便雙飛、也自工愁。怕催將，雪色蘆花，點上人頭。悲秋不在因風雨，在曉寒孤枕，暝色高樓。遠夢無憑，墜歡空逐浮漚。故鄉猶自嗟搖落，念天涯、多少淹留。太無聊，心事難圓，只似簾鈎。」

顧蒹塘拜石山房詞

嘉慶庚午，蒹塘丈舉於鄉。時甫冠，後以教習官京師，賣文自給。久之，出爲涇縣令，歸主東林講席，年七十矣。第三子灝，余姊夫也。官山左州同，余爲加銜請封。咸豐十年，丈寄余書，言於元旦易五品服，戲引東坡簪綵勝爲比。詎是年四月邑城陷，竟以被傷殞。丈喜談禪，善吐屬，在京困甚。訪秦蘭臺司馬於津門，贈扇數柄，謂是漢物。司馬愕然，丈笑曰：「君尚未知此爲秋風團扇耶。」官定遠時，有持牛首控私宰者，丈曰：「牛非自死者目不閉，此非私宰，宜坐誣。」闔縣稱神。丈笑謂幕中人曰：「吾見書中前人有此事，試仿之，今乃知折獄名亦可以勦襲得也。」其拜石山房詞，能兼竹垞、迦陵二家之長。菩薩蠻云：「輕陰閣住瀟瀟雨。莫教一霎春歸去。花杪小紅樓。有人樓上愁。　捲簾人不見。放出雙飛燕。低首自尋思。微風動鬢絲。」浣溪沙云：「往事思量總惘然。緣何愁緒上眉端。五更殘夢最難圓。　淺色羅衣如紙薄，只禁輕暖不禁寒。憐他微雨倚闌干。」浪淘沙云：「簾外玉鈎敧。簾底無聊。怪他燕子不歸巢。如此畫梁棲便得，何忍輕拋。　薄命是夭桃。昨日今朝。護花幡子不多高。卻被秋千紅索影，罥上香梢。」秋陰，百字令云：「淒陰一片，向遥空閣住，欲晴還未。秋到無光真慘淡，盼斷夕陽天際。低坐昏鴉，高飛新雁，都没蒼煙裏。鼓樓那角，暮愁又被催起。　若論遠近關河，沈沈如夢，愁也難迴避。惟有江船吹笛去，老我鱸鄉橘里。縹緲雲沙，溟濛水竹，覓句敧帆底。釀成蕭瑟，黄昏雨又來矣。」丈之姊羽素表姑翎，幼慧，多巧思，每出新意，繡人物花卉，得價恆倍。亦工詞。踏莎行云：「似雨還晴，乍寒又暖。因人天氣多方換。靜垂簾幕怕東風，恐妨歸燕還高捲。繞徑紅稀，沿階綠淺。游絲裊遍閒庭院。怪他春去太無情，癡心擬倩楊枝綰。」有綠梅影樓填詞圖，題者甚衆。亂後存否，未知矣。

楊英燦詞

雙溪公三甥，長楊蓉裳農部芳燦，次荔裳方伯揆，均受業謌齋公門下，蔚爲通人。先祖西園瑣述云：「農部以拔貢生令伏羌，值回匪肆逆，力守危城。甫解嚴，適王蘭泉司寇方爲觀察，提師至，即賦五言長排並紀事詩百韻索和。」好整以暇如此。方伯由召試舉人官中書，從福相國康安征廓爾喀，所乘馬墜崖死，相國贈一馬，又爲兵士竊食。徒步雨雪中，靴穿足腫，以數金易雙履不可得，幾絕生還之望。凱旋，擢侍讀，外任蜀藩。二公詞，司寇已選刻琴畫樓詞鈔，並錄入詞綜二集。三爲蘿裳司馬英燦，生稍後，詞亦稍遜。然如蘇幕遮云：「鬟雲鬆，眉黛斂。百褶仙裙，不耐東風颭。蓮步纖纖羅襪淺。纔解相思，已覺腰肢減。　麝煙凝，螺楄掩。小院春深，遲日鶯花豔。午夢初回憑畫檻。一縷柔情，薄暈潮生臉。」采桑子云：「擁衾坐到三更盡，玉漏丁東。簷馬丁東。無限相思魂夢中。　年年總是傷憔悴，春也愁濃。秋也愁濃。秋葉春花各自紅。」雜之芙蓉山館瓔珞香龕稿中，正恐莫辨。

楊夔生過雲詞

楊伯夔丈夔生，蓉裳農部子。初名承憲，字浣薌，詞綜二集登木蘭花慢一詞者是也。後易今名，宰固安。庚子春謁於保陽，時已罷官，承以山中白雲詞贈余，謂由之入手，可免靡曼之病。丈所致力固在石帚、玉田二家。汪紫珊太守爲刊過雲詞，似非上乘。今全稿存亡未悉，爲録存數闋。昭君怨云：「記得羅裙翻酒。暖傍香篝熏透。容易夕陽斜。泰娘家。　幾日薄陰愁悶。不是新晴清潤。秋錦小房櫳。雁來紅。」浪淘沙云：「愁重翠眉長。篆裊心香。人言此日又重陽。細雨斜風簾不捲，咽盡寒螿。　閤淚暗神傷。無限思量。盈盈閒凭小回廊。疎柳幾株鴉數點，添做淒涼。」酷相思云：「嫩寒似水青溪渡。是誰種、垂楊樹。早絮影花痕無覓處。離恨寫，旗亭路。心事畫，鑪邊句。　謝家簾幕無重數。總一樣，傷遲暮。看掉入紅橋愁萬縷。恰隱隱，聞歌住。又悄悄，牽舟去。」送邵蘭風出都，高陽臺云：「簾額遮香，闌腰過酒，天涯小聚清歡。君去非歸，依然柳老江潭。尊前試弄桓伊笛，帶商聲、別淚偷彈。更微吟，雪屋燈明，詩夢清寒。　頻年我亦羈京國，況客中送客，歲晚風酸。見説來朝，載愁只有征鞍。桑乾水凍流嘶咽，爲離人、怕聽驚湍。賸離情，黯作寒雲，吹滿遥巒。」

丁彥和詞

古人詩句，往往成讖，詞亦有之。余叔暢之公彥和，詩宗義山，工筆札，久客大吏幕。晚歲節縮脩脯，葺故居數椽，將徜徉終老。曾賦晚霞，鳳凰臺上憶吹簫云：「宿雨開晴，斜陽做暝，雲衢乍斂青虹。看非煙非霧，一片籠葱。鳳吹悠颺何處，餘音嫋、如隔牆東。早飛盡，寒江孤鶩，野戍歸鴻。　無窮。詩情畫意，恍天女綃衣，吹落隨風。更瓊觴堪酌，光泛杯濃。掩映丹崖緑水，縱好手、描繪難工。奈轉眼、繁華夢醒，金碧都空。」歲庚申，邑爲賊陷，强驅至學宮前，堅不行，被戕。二子揚烈、成烈，咸死於賊，家亦燬。余幼從叔學，每憶「繁華夢醒」語，猶有餘痛。就余所記，尚有清平樂云：「小窗鶯語。似說春將去。雲節飆輪無覓處。但見一庭紅雨。杜鵑何事頻催。韶年一去難追。留得餘芳數點，還憑燕子銜來。」更漏子云：「露初凝，風漸起。月到碧天如洗。深夜夢，少年心。沉吟誤到今。秋將盡，愁難整。更被笛聲勾引。千重水，萬重山。征人何日還。」餘與詩文胥歸刼火矣。邑陷時，族之殉難者，從叔候選巡檢汝楫，從九品銜霖，從兄前浙江海鹽縣典史文炳，從弟從九品銜粹然，伯祖妾宋氏，叔祖母王氏、汪氏、陳氏、羅氏，伯母張氏、龔氏，嬸母周氏、鄒氏、趙氏，叔妾曹氏，從兄嫂張氏、陶氏、孫氏，弟妻鄧氏，從妹大寶、二寶、細寶，或身膺白刃，或縊，或投水，非先期遠避者，均相率就義。余亂後旋里，爲報忠義局請卹，並綴名氏於此，以存其概。

楊炳詞

咸豐十年春，杭州陷，賊僅數千耳。甫三日，江蘇兵至，遂遁，未大創也。次年冬，復糾數十萬人至，鑿長塹於外，圍而不攻。時江蘇全省與浙之嘉嚴各郡已爲賊踞，江閩援兵不能前。城中困守兩月餘，食盡復陷。余姑夫楊子宣在圍城，與妾陳氏同罹白刃。姑夫名炳，江西新城人，幼孤，力學，屢應京兆試不第，由謄録敍勞官直隸庫使，擢雲南知縣，改浙江，方以同知需次。所刊惜味齋詩，與未刊詩詞，悉成灰燼。幸余姑先一年來閩，獲免於難。今僅記山花子一闋云：「宛宛螢飛照綺疏。輕衫新換薄羅襦。閒看雙星情脈脈，夜涼初。銀鳳調簧笙語澀，玉虬催箭漏聲徐。留得一丸無用月，伴人孤。」在姑夫大節凜然，固不必以詞重，第念亂後一命以上殉難者，已不知若干萬人，名氏之長留與否，正未可定耳。

丁叔媛詞

賊之陷吾邑也，余妹瑶真方居鄉，不十日，賊至，懼被辱，囑妹壻周準之奉母遠避，自投屋後邵家池死。準之名建標，犢山觀察鎬孫，爲文喜僻澀，愛書古字，致屢試不售，入貲得光禄寺署正銜。家濱太湖，匿跡年餘，未蓄髮，爲賊所脅，遂託疾絶粒而亡。其母亦卒。妹名叔媛，幼知書，能詩，每經準之改，至晦不可解。尚記其小詞二闋，乃余所點定，以非準之所嫺也。十六字令云：「聽。窗外如何月有聲。寒無寐，風雪正三更。」冬月有懷兄妹，桂殿秋云：「魚信斷，雁行疏。蠟梅香裏歲將徂。停針自起推窗望，寒照亭亭恰午餘。」妹於女兄弟中最柔懦，不意見危授命，勇決如此。

楊祖學詞

余女兄弟四人，姊早亡。姊夫顧叔梅灝，官山左，遇賊受傷成廢而歿。次妹即瑶真，三妹壻楊心淵祖學，工詩善畫，兼通申、韓學。己酉庚戌間，浪遊江浙無所遇。適有以松風蕉雨圖囑題者，賦解珮令云：「雨聲未已。風聲又起。最無聊，者般天氣。浪跡年年，慣聽向、吴頭楚尾。更休題、聯牀擁被。松濤如沸。蕉陰如洗。御輪君、畫中高致。静掩重門，儘篆縷、裊殘沈水。且消他、瞢騰一醉。」迨遊閩中，罄脩脯所入，得官府經歷，權邵武令，擢知縣。居父喪，復理舊業，客漳州府廨。同治三年，粵匪李世賢由江右竄閩，日行三百里，突躪漳郡。心淵陷城中，致書於外，思爲内應，謀泄，受禍甚慘。生平手跡，百無一存。即酒樓笙館中舊所塗抹，如題珊珊校書醅醿香夢圖，祝英臺近云：「燕飛慵，鶯語倦。花信過將半。擬倩游絲，悄把好春綰。争禁開到醅醿，聽殘鶗鴂，早韶景、暗中偷換。綺闌畔。幾回夢覺銀屏，未語意先嬾。一抹眉痕，淡比遠山遠。生憎彩筆拈來，輕綃染遍，總難把、冷香偎暖。」又爲青雲校書繪羅帳罷熏詞意，戲題琴調相思引云：「金屑檀槽撥未終。溼雲新斂月方中。鴛鴦雙枕，今夜與誰同。襟上酒痕凝淺碧，尊前粉靨暈微紅。暗思何事，蹙損小眉峯。」己未災時，先被祝融攝去，尤可哀已。

姚椿詞

道光庚子，陶凫薌宗伯分巡荆南，延姚春木爲龍山山長，蔡遂椽宰江陵，沈秋卿任讞事，徐季雅、沈花農、王子壽咸在幕府。用因難二字韻，賦詩唱酬，一時風雅爲盛。余方銜䘏南下，不及預，諸君各吟以詩，亦不克和。逮癸卯，重至荆州，宗伯已移節齊安，遂椽被劾去，子壽館江夏，季雅南歸，花農、秋卿均下世，惟春木巋然尚在。挑燈話舊，彼此愴然。春木方和陶詩，即用答龐參軍韻賦詩見贈。並示所著灑雪詞，如食哀梨，清脆無比。惜匆匆言別，祇録十餘闋，復經遺失，無可追求。春木名椿，晚號樗寮，居婁縣。未弱冠即游姚惜抱、王蘭泉二公門，才名籍甚。詩筆尤俊偉。余最喜其峽中作「山形鬱無情，水力森有稜」句，蜀道奇險，盡十字中。古文亦不失惜抱薪傳，顧以國子生終。所刊通藝閣詩録，均四十以前作。文集乃用活字板排印，僅數百部。其國朝文録，張詩舲司空已刻之關中。詞與國朝儒學案，聞尚未梓，不知後人能寶藏弗墜否。余輯詞補，獨遺春木詞，心殊悒悒。僅於張仲雅明府三影閣箏語中，見其題詞，調寄綺羅香云：「紫玉輕敲，紅牙淺掐，唱出傷心如此。陌上歌殘，又惹竹西清吹。玉鈎斜、殿脚三千，玉簫聲、橋頭廿四。爲張郎、風貌依然，怪他楊柳易憔悴。蕪城無限別緒。還有莎堤草色，青招歸思。秦女高樓，莫更緊攏纖指。祇恐他、彈徹銀箏，終不抵、串成珠字。再休教、腸斷方回，江南梅雨膩。」嘗鼎一臠，可知全味。

沈鍾柳外詞

詞至南宋而極工，然如白石、夢窗、草窗、玉田，皆胥疏江湖，故語多婉篤，去北宋疏越之音遠矣。我朝竹垞太史嘗言，小令當法五代，故所作尚不拘一格。逮樊榭老人專以南宋爲宗，一時靡然從之，奉爲正鵠。獨吾鄉諸老，不隨俗轉。余家有柳外詞一卷，爲陽湖沈鹿坪大令作。更漏子云：「人未來，春又去。禁得幾番風雨。簾櫳悄，漏聲遥。將眠魂暗銷。燈花好。知何兆。應有夢兒來到。纔合眼，又驚回。城頭畫角催。」蝶戀花云：「一縷紫簾香篆瘦。貪看冰輪，忘卻添金獸。坐到夜深涼意透。滿身花影將人覆。水浸空庭明似晝。藻荇交横，光景渾如舊。記得年時同賭酒。酒寒偎暖雙紅袖。」轆轤金井云：「小窗岑寂，最堪憐、那更晚來微雨。滴入蕉心，做秋聲如許。寒蛩絮語。似依約、訴人離緒。閃盡孤燈，熏將幞被，教人怎處。樓頭又、頻敲畫鼓。記當時醉後，猶唱金縷。同倚斜闌，正歡情無數。飛瓊伴侶。看不厭、遠山眉嫵。誰道而今，迢迢永夜，總成虛度。」雜諸樂章集，幾不能辨。又竹軒詞二卷，爲李玉陛司馬作。菩薩蠻云：「東風乍染青青柳。休教攀折離人手。嫩綠未成陰。幾絲春意侵。

黄鸝棲不住。畢竟還飛去。欲去不勝情。頻啼三兩聲。」點絳唇云：「緑密紅稀，翠陰深處鶯聲巧。暮煙横罩。又是黄昏了。風雨更番，花徑無人掃。春將老。暗愁多少。滿目萋萋草。」憶秦娥云：「東風定。雲收天上開金鏡。開金鏡。一襟離思，半庭花影。孤燈欲灺酲初醒。無聊最怕三更近。三更近。瑣窗倚暖，繡衾閒冷。」大令名鍾，乾隆戊子舉人，官屏南知縣，罷官後賣文自給，久之乃得歸。司馬名荃，乾隆戊寅舉人，官廣平同知，家居宜興，詞亦不失烏絲風格。均未百年，名氏翳如，可慨已。

獻縣題壁詞

竹軒詞中，附録獻縣旅舍無名氏題壁金縷曲云：「百事今宵挂。只匆匆、提壺覓飲，酒錢須假。千里平沙飛雁路，容易竹籬茅舍。更難得、紙窗瀟灑。圬就新泥剛半壁，趁蛛絲、牽網參差寫。銀燭度，似年夜。彈箏莫問春人冶。儘樽前、一雙紅袖，豔歌俊雅。陸弟吴郎偏昵酒，蛺蝶狂蜂亂惹。偷捲幕、月光如瀉。老我風情隨歲減，歎前生、曾是銷魂者。依約聽，玉釵卸。」浪淘沙云：「銀燭迥淒清。孤影伶俜。客途難得是新晴。孤負錦衾眠未穩，催賦宵征。莫辨是前程。幾點晨星。黄沙直與曉雲平。見説一春無燕子，莫問流鶯。」二詞似非一時作，惜未署名。

清詞選與黄憲清詞

余所見裒輯本朝人詞者，前有宜興蔣京少瑶華集，後有華亭姚茝汀詞雅。吴江沈時棟、吴門蔣重光二家詞選，均不免雅俗糅雜。惟青浦王蘭泉司寇國朝詞綜，選擇最爲美備。然其書成於嘉慶初元，迄今已六十餘年，即乾嘉以前，亦多遺漏。余念兵燹後，文字摧殘不少，詞雖無適於用，亦一時風雅所繫，爰就耳目所及，凡司寇未入選而其人堪論定者，彙録爲國朝詞綜補六十卷，計得一千五百餘家。生存各家，未忍屏置，亦仿王氏例，彙爲二集十二卷。終以僻處海澨，蒐羅未廣爲憾。聞吳縣戈寶士明經載，有續絶妙好詞，嘉善黃霽青太守安濤，有續詞綜之輯，所采定多佳什，覓其書不獲。周季貺司馬云：「戈氏詞未刊，黃氏詞續係藏黃韻珊大令憲清家，亂後存否，未由知矣。」太守著述，余祇見詩娛室詩集，與靈芬館詞話所録摸魚兒一闋而已。大令官楚中，有倚晴樓詞，余亦未見。僅於陸定圃廣文冷廬雜識中，見其浪淘沙云：「秋意入芭蕉。不雨瀟瀟。閒庭如此好良宵。月自纏綿花自媚，人自無聊。別恨幾時銷。認取紅綃。鳳箏音苦雁書遥。醒著欲眠眠著醒，燈也心焦。」其風情可想。

戈載翠薇花館詞

寶士一字順卿，居蘇之楓橋，家饒於貲，兼有園亭之勝，故得專力於詞。與元和朱酉生綬，長洲沈閏生傳桂諸君，爲吳門七子。所著翠薇花館詞，多至十卷。中如搗練子云：「情脈脈，意懨懨。落盡梨花不捲簾。燕子自來還自去，一腔心事付眉尖。」清平樂云：「梨花庭院。攙入楊花亂。春晝漸長春漸短。瘦卻東風一半。　數殘廿四番風。階前怨碧愁紅。最是多情蝴蝶，雙飛猶繞花叢。」飲蘭水榭觀荷，聽隔牆度曲，金錯刀云：「芳靄薄，好風柔。參差碧玉度高樓。曲中可是歌無悶，花下空教憶莫愁。　香氣冷，水聽幽。瑶天畫出碧雲秋。不知螺黛曾顰否，片片紅衣點渡頭。」數詞最佳，他未能逮。

翠薇花館集中同人唱和詞

翠薇花館集中，多附同人唱和詞。吳縣沈芷橋廷炤，燕泥，天香云：「花雨黏紅，芹莎潤翠，差池舊壘營早。椒壁霏香，杏梁葺暖，點點新痕留爪。睇煙銜處，有瑣屑、飄空風悄。幾點絨絲怕涴，頻教繡牀移了。雙棲羨伊計好。認紅襟、沾來偏少。還與筠筐承取，周妨先到。別有樓深簾窈。和隔歲、歌塵冷誰掃。夢熟香窩，應依海嶠。」吳清如部曹嘉洤，落葉，霜葉飛云：「昨宵翦燭，驚殘夢，蕭蕭窗外催響。早離庭樹下空階，無分棲簾幌。料望斷、楓灣荻港。人家寒徑迷深巷。更細草斜陽，送獨客秋心，碎盡馬蹄原上。　空憶繡幕鈴懸，驚棲夢穩，楊花翻笑飄颺。一般憔悴到籬根，和月和煙葬。怨不似、深紅淺絳。飛來還得高樓傍。算夜深，辭風雨，了卻前翻，聽伊惆悵。」沈閏生大令，苔痕，露華云：「柔香萬點。過幾番細雨，潤綠還妍。　離宮夢曉，玉階人去年年。是處落紅飛滿，襯華茵、暗蝶飄煙。弓履滑、露珠涼沁，誰倚欄邊。　閒自摩挲古石，想廢井荒碑，密字曾鐫。芳叢霧溼，舞塵濃灑羅鈿。淺暈晴暉陰薄，傍空牆、草碧侵簾。　幽徑小，啼蛩暮寒可憐。」草色，眉嫵云：「看濃連深樹，細襯平蕪，煙外夕陽滿。獨去憑闌望，江南路，游驄誰在芳岸。　暝雲自轉。想綠波、天際同遠。漫回首，幾點紅心凝，正無語淒斷。還共青袍低卷。　寄豔愁何處，冰淚空染。如此銷魂地，汀洲晚，香痕難采幽怨。　舊時翠館。但蝶飛、花舞零亂。　怕秋雨荒原，詩夢冷、倍淒黯。」朱酉生孝廉，斜陽，齊天樂云：「韋郎吟鬢看如此，無言自成幽抑。　淡抹危牆，寒侵遠浦，幾處管絃催夕。　憑闌望極。漸天影昏黃，靄雲濃寂。粉豔金淒，六朝多少舊山色。嬋娟尚憐暮節，玉釵低度曲，芳草先歇。井廢沈煙，樓高墜露，惟有一痕愁碧。西風漸急。算渭水長流，照人離別。暗數流光，戍亭聞夜笛。」吳縣沈雲門孝廉沂曾，秣陵秋感，齊天樂云：「衫痕碧浣秦淮水，愁心坐凝孤悄。蟬唱新涼，蛩吟暗雨，併入琵琶淒調。雲英嫁早。蕩一桁疏簾，畫杳人杳。山髻青青，六朝金粉賸多少。秋潮又添哽咽，冷煙渾似夢，飛墜林杪。打槳尋花，吹簫倚玉，不是舊時懷抱。垂楊易老。但一度西風，一番斜照。莫凭紅闌，鬢絲驚換了。」咸具逸致，不殊笙磬同音。

柯紉秋詞

柯心蘭女史紉秋，余友陳紫筠司馬汝枚室，膠州易堂大令培元女。幼承家學，好韻語，著有香芸閣賸稿。詞非所習，僅附虞美人一闋云：「夢回頻聽春雞唱。催得銀屏亮。搴幃生怕曉寒侵。祇覺朝來難撇是鴛衾。庭前玉樹枝相向。日影雕闌漾。隔牆風送賣花聲。不道柳絲搓就又清明。」女史年未四十亡。紫筠亦工詩，顧閒關戎馬，以武功擢權泰寧令，卒於任。傳其歿後爲邵武城隍神，或疑陰間取才，與陽世殊。余謂紫筠生年不矜細行，而中懷坦白，無機械心，此其所以得爲神歟。

聽秋聲館詞話卷七

詞綜補遺未收詞

詞有因人而重，如杜祁公之滿江紅，韓蘄王之南鄉子，其天真流露處，足與經濟事功相映發，不當以工拙計。故鳧薌宗伯詞綜補遺亟登之，顧搜采尚有未及。如李衛公德裕之步虛詞，楊文公億之少年遊，曾文定鞏之賞南枝，蔡忠惠襄之好事近，蘇文定轍之漁家傲，謝文節枋得之沁園春，卽以詞論，亦工於杜、韓。李詞云：「仙女下，董雙成。漢殿夜涼吹玉笙。曲終卻從仙官去，萬戶千門惟月明。」楊詞云：「江南節物，水昏雲淡，飛雪滿前村。千尋翠嶺，一枝芳豔，迢遞寄歸人。壽陽妝罷，冰姿玉態，的的寫天真。等閒風雨又紛紛。更忍向、笛中聞。」此調詞律失收又一體。曾詞云：「暮冬天氣閉，正柔條凍折，瑞雪飄飛。對景見南山，嶺梅露幾點，清雅容姿。丹染萼、玉綴枝。又豈是、一陽有私。大抵化工獨許，使占卻先時。霜威莫苦淩持，此花根性，想羣卉爭知。貴用在和羹，三春裏、不管綠是紅非。攀賞處、宜酒卮。醉撚嗅、幽香更奇。倚闌仗何人去，囑羌管休吹。」此調詞律失收。蔡詞云：「瑞雪滿京都，宮殿盡成銀闕。常對素光遙望，是江梅時節。如今江上見寒梅，幽香自清絕。重看落英殘豔，想飄零如雪。」蘇詞云：「七十餘年真一夢。朝來壽斝兒孫捧。憂患已空無復痛。心不動。此生自有千鈞重。早歲文章供世用。中年禪味疑天縱。石塔成時無一縫。誰與共。人間天上隨他送。」謝詞寒食鄆州道中云：「十五年來，逢寒食節，都在天涯。歎雨濡露潤，還思宰木，風柔日媚，羞看飛花。麥飯紙錢，隻雞斗酒，幾誤林間噪晚鴉。天笑道，此不由乎我，亦不由他。鼎中煉熟丹砂。把紫府、清都作一家。想前人鶴馭，常遊絳闕，浮生蟬蛻，豈戀黃沙。帝命守墳，王令修墓，男子正當如是耶。又何必，待過家上塚，晝錦榮華。」按衛公步虛詞，詞綜作桂殿秋，列青蓮名下。然第三句與桂殿秋平仄不同，似作步虛詞爲是。各詞或見本集，或見梅苑，或見花草粹編。往昔録存，漏註書名，而書又借讀居多，今已模糊約略，不能追憶，故不復逐一詳註。自慚荒陋，閱者無譏焉。

詞綜補遺未收大典中詞

自四庫館開，宋金元詞散見永樂大典中者，次第集出。天下遺書，亦漸流布，故多竹垞太史所未見。乃補遺一書，成於道光間，亦多未録。如曹勛松隱集，聲聲令云：「梅風吹粉，柳影搖金。漸看春意入芳林。波明草嫩，據征鞍、晚煙沉。向野館、愁緒怎禁。過了燒燈醉別院，阻同尋。瑣窗還是冷瑤琴。燈花謝也，擁春寒、掩閒衾。念翠屏、應倚夜深。」解蹀躞云：「雨過池臺秋靜，桂影涼清晝。槁梧喧砌，疎黃滿堤柳。風外殘葉枯荷，凭闌一晌，猶喜冷香盈袖。少歡偶。人道消愁須酒。酒又怕醒後。這般光景，愁懷煞難受。誰念千種秋情，乍涼雖好，還恨夜長時候。」松梢月云：「院靜無聲。正天邊皓月，初上重城。羣木搖落，松路徑暖風輕。喜浥蟾華當松頂，照謝閣、細影縱橫。杖策徐步，空明裏，但襟袖皆清。恍如臨異境，漾鳳池岸闊，波淨魚驚。氣入層漢，疑有素鶴飛鳴。夜色徘徊，遲宮漏，漸坐久、露溼金莖。未忍歸去，聞何處，更吹笙。」此調中多拗句，詞律失收。王質雪山集，虞美人云：「翠陰融盡毿毿雪。慘淡花明滅。嫩沙拂拂漲痕添。想見故溪緑到草堂前。夕陽紅透櫻桃粒。掩映深沉碧。成都事事似江南。只是香衾兩處耐春寒。」種荷，無月不登樓云：「池塘生春草，夢中共、水仙相識。細撥冰綃，低沈玉骨，攪動一池寒碧。吹盡楊花，糝氈消白。卻有青錢，點點凝積。漸翠蓋、亭亭如立。漢女江妃入奩室。待看靚妝徐出。夜月明前，夕陽斂後，清妙世間標格。中貯瓊瑤汁。纔擘破、露飛霜泣。何益。未轉眼，度秋風，成陳跡。」此調諒係自度，詞譜、詞律均未收。中秋飲南樓，呈范宣撫，水調歌頭云：「細數十年夢，十處過中秋。今年清夢還在，黃鶴舊樓頭。老子與殊不淺，此會天教重見，今古一南樓。星漢淡無色，玉鏡倚空浮。帶秦煙，縈楚霧，熨江流。關河離合南北，依舊照人愁。想見姮娥冷笑，笑我歸來霜鬢，空敝黑貂裘。把酒問清影，肯去伴滄州。」呂勝己渭川集，長相思云：「展蟫蛾。抹流波。並插玲瓏碧玉梭。鬆分兩髻螺。曉霜和。凍輕呵。拍罷陽春白雪歌。偎人春意多。」謁金門云：「嗟久客。又見他鄉寒食。流水斷橋春寂寂。孤村煙火息。白去紅飛無跡。千樹總成新碧。醉裏傷春愁似織。東風欺酒力。」木蘭花慢云：「殘紅吹盡了，換新緑、染疏林。正杜宇催歸，行人貪路，天氣輕陰。江亭舊游宴處，但遙山、萬疊晚雲深。獨憶佳人斂黛，爲予別淚盈襟。而今。旅況苦難禁。逢勝嬾登臨。念景好難忘，情多易感，取次關心。平明。又西去也，望關山、古道馬駸駸。回首當年一夢，笑將濁酒重斟。」王寂拙軒集，點絳脣云：「疎雨池塘，一番雨過香成陣。海榴紅褪，燕語低聲問。冰簟紗幮，玉骨涼生潤。沉煙噴。日長人困。枕印斜紅暈。」採桑子云：「西風吹散揚州夢，冷落行雲。

心事休論。蘸甲從他酒百分。冷煙衰草長亭路，銷盡離魂。愁對芳尊。剛道啼痕是酒痕。」減字木蘭花云：「羽書催去。落絮飛花縈不住。湖上流鶯。欲別頻啼三兩聲。虛廊月轉。一曲未終腸已斷。百斛明珠。買得尊前一醉無。」紅袖扶云：「風拂冰簷，鎮犀動、翠簾珠箔。祕壺暖、宮黃破萼。寶熏閒卻。玻瓈甕頭，漉雪擘新橙，秀色浮杯杓。雙蛾小，驪珠一串，梁塵驚落。俗事何時了，便可束置之高閣。笑半載功名，何物把人拘縛。青春等閒背我，趁良時、莫惜追行樂。玉山倒，從教喚起，紅袖扶著。」此調諒係自度，詞譜、詞律均未收。勛字公顯，陽翟人，宣和中官閤門宣贊舍人。質字景文，其先鄆州人，後徙興國，乾道中，官樞密院編修。勝己字季克，邵武人，淳熙中知沅州，罷歸。寂字元老，玉田人，金天德中進士，歷官中都路轉運使，謚文肅。

詞綜續補

余於列朝詞綜，向有續補之願。恐見聞淺陋，徒滋訕笑，力亦不逮，以故因循未果。今就所見，筆之於此。吴師益蠟梅香云：「錦里陽和，看萬木凋時，早梅獨秀。珍館瓊樓畔，正絳跗初吐，穠華將茂。國豔天葩，真淡冶、雪肌清瘦。似廣寒宮，鉛華未御，自然妝就。凝睇倚朱闌，噴清香暗度，易襲襟袖。好與春爲主，宜秉燭、頻觀泛湘酎。莫待南枝，隨樂府、新聲吹後。對賞心人，良辰好景，須信難偶。」蒲宗孟望梅花云：「一陽初起。暖律未勝寒氣。堪賞素華長獨秀，不並開紅抽紫。青帝只應憐潔白，肯使雷同衆卉。淡然難比。粉蝶豈知芳蕊。半夜捲簾如乍失，只在銀蟾影裏。殘雪枝頭君認取，自有清香旖旎。」此二調，詞律均失收。邵叔齊連理枝云：「澹泊疎籬隔。寂寞官橋側。綠萼青枝風塵外，別是一般姿質。念天涯憔悴、各飄零，記初曾相識。雪裏清寒逼。月下幽香襲。不似薄情無憑準，一去音書難得。看年年時候、不逾期，報陽和消息。」許冲元解珮令云：「蕙蘭無韻，桃李堪掃。都不數、凡花閒草。對月臨風，長是伊、故來相惱。和魂夢、披他香到。江頭隴畔，爭先占早。一枝枝、看來總好。似恁風標，待發願、春前頻禱。祝東君、放教不老。」王益柔喜長新云：「愁雲朔吹晚徘徊。雪照樓臺。梁王宴賞召鄒枚。相如獨逞英才。明燭熏爐香暖，深勸金杯。庭前粉豔有寒梅。一枝昨夜先開。」此調詞律失收。李嬰上東坡滿江紅云：「荊楚風煙，寂寞近、中秋時候。露下冷、蘭英將謝，葦花初秀。歸燕殷勤辭巷陌，鳴蛩悽惻來窗牖。又誰知、江畔有神仙，飄零久。橫琴膝，攜筇手。曠望眼，閒吟口。任紛紛萬事，到頭何有。君不見、淩煙冠劍客，何人氣貌常如舊。歸去來、一曲爲君吟，爲君壽。」此調多一字，詞律失收又一體。黃師參餞鄭金部去國，沁園春云：「谷口高人，偶泝明河，近尺五天。見紫霄宮闕，空中突兀，玉皇姬侍，雲裏翩躚。滴露研朱，披肝作紙，細寫靈均孤憤篇。排雲叫、奈大鈞不管，沙界三千。　語高天上驚傳。早斥去人間伴謫仙。念赤城丹籍，香名空在，蓬萊弱水，欲到無緣。還倚枯槎，飄然歸去，回首清都若箇邊。家山好，有一灣風月，小小漁船。」連久道贈漁父，清平樂云：「陣鴻驚處。一網沈江渚。落葉亂風和細雨。撥棹不如歸去。　蘆花輕泛微瀾，蓬窗獨自清閒。一覺遊仙好夢，任他竹冷松寒。」此詞一作洪瑹空同作。施乘之元夕，清平樂云：「風消雲縷。一碧無今古。欲壞元宵天不許。晴了晚來微雨。　莫言冷落山家。山翁本厭繁華。試問蓮燈千炬，何如月上梅花。」元絳牡丹，映山紅慢云：「縠雨風前，占淑景、名花獨秀。露國色仙姿，品流第一，春工成就。羅幃護日金泥皺。映霞腮動檀痕溜。長記得天上，瑶池閬苑曾有。千匝繞、紅玉闌干，愁只恐、朝雲難久。須款折、繡囊賸帶，細把蜂鬚頻嗅。佳人再拜擡嬌面，斂紅巾捧金杯酒。獻千千壽。願長恁、天香滿袖。」吴奕昇平樂云：「水閣層臺，竹亭深院，依稀萬木籠陰。飛暑無涯，行雲有勢，晚來細雨新晴。庭槐轉影，近紗櫥、兩兩蟬鳴。幽夢斷，把金猊常爇，蘭炷微熏。堪命俊才儔侶，對華筵坐列，朱履紅裙。檀板輕敲，金尊滿泛，從教畏日西沉。銀絲玉管，閒歌喉、時奏清音。唐虞世，儘陶陶沉醉，且樂昇平。」江致和五福降中天云：「喜元宵三五，縱馬御柳溝東。斜日映珠簾，瞥見芳容。秋水嬌横俊眼，膩雪輕鋪素胸。愛把菱花，笑匀粉面露春葱。徘徊步懶，奈一點、靈犀未通。悵望七香車去，慢展春風。雲情雨態，願暫入陽臺夢中。路隔煙霞，甚時還許到蓬宫。」此調與齊天樂別名五福降中天不同。郭子正咏菊，舜韶新云：「香滿西風，催歲晚東籬，黄花争吐。嫩英細蕊，金豔繁妝點，高秋偏富。寒地花媒少，算自結、多情煙雨。每年年妝面，謝他拒霜相顧。寶馬王孫，休笑孤芳，陶令因誰，便思歸去。負春何事，此恨惟才子，登高能賦。千古風流在，占定泛、重陽芳醑。儘吟看醉賞，何須杏園深處。」劉濬贈杖鼓妓楊素娥，期夜月云：「金鈎花綬繫雙月。腰肢軟低折。揎皓腕，縈繡結。輕盈宛轉，妙若鳳鸞飛越。無別。香檀急扣轉清切。翻妙手飄瞥。催畫鼓，追脆管，鏘洋雅奏，尚與衆音爲節。當時妙選舞袖，慧性雅質，各稱殊絶。滿座傾心注目，不甚窺回雪。纖怯。逡巡一曲霓裳徹。汗透鮫綃溼。教人與，傅香粉，媚容秀發，宛降蕊珠宫闕。」以上五調，詞律均失收。楊適題丈亭館，長相思云：「南山明。北山明。中有長亭號丈亭。沙邊供送迎。　東江清。西江清。海上潮來兩岸平。行人分棹行。」徐介軒海棠，減字木蘭花云：「一簾雨膩。道是無情還有思。坐久魂銷。風動朱脣點點嬌。　生平自喜。靜樂機關隨處是。熏透寒衾。蝴蝶休縈萬里心。」周銖驀山溪云：「松陵江上，極目煙波渺。天際接滄溟，到如今、東流未了。吳檣越櫓，都是利名人，空擾擾。知多少。只見朱顏老。　故園應是，綠遍池塘草。家住十洲西，算隨分、生涯自好。漁蓑清貴，休羨謝三郎，紅蓼月，白蘋風，何似長安道。」哀長吉集詞調名，賀人新娶，水調歌頭云：「紫陌風光好，繡閣綺羅香。相將人月圓夜，早慶賀新郎。先自少年心意，為惜滯人嬌態，久俟願成雙。此夕于飛樂，共學燕歸梁。　索酒子，迎仙客，醉紅妝。訴衷情處，些兒好語意難忘。但願千秋歲裏，結取百年歡會，恩愛應天長。更喜長春宅，蘭玉滿庭芳。」胡明仲過子陵釣臺，水調歌頭云：「不見嚴夫子，寂寞富春山。空留千丈危石，高出暮雲端。想像羊裘披了，一笑兩忘身世，來把釣魚竿。肯似林間翮，飛倦始知還。　中興主，功業就，鬢毛斑。馳驅一世，人物相與濟時艱。獨悉狂奴心事，未羨癡兒鼎足，放去任疎頑。爽氣動星斗，終古照林巒。」此詞或云朱文公作。湯正仲咏梅，柳梢青云：「玉骨冰肌。為誰偏好，特地相宜。一段風流，廣平休賦，和靖無詩。　綺窗睡起春遲。困無力、菱花笑窺。嚼蕊吹香，眉心貼處，鬢畔簪時。」此詞一作朱淑真作，陽春白雪係列揚无咎下。楊舜舉錢塘有感，浣溪沙云：「殘照西風一片愁。疎楊畫出六橋秋。游人不上十三樓。　有淚金仙還泣漢，無心玉馬已朝周。平湖寂寂水空流。」樓鑰七月上浣游斐園，醉翁操云：「垂楊。千章。剛剛。繞迴塘。波光。新秋露荷時吹香。倏然心地清涼。聽悠揚。夾岸搖修篁。驚起白鷺飛來雙。　隱君如在，鶴與翱翔。隱君何處，尚有流風未忘。琴與奏兮宮商。酒與共兮杯觴。清歡殊未央。西山忽斜陽。欲去且徜徉。更將霜鬢臨滄浪。」史彌遠題道隆觀，臨江仙云：「試凭闌干春欲暮，桃花點點胭脂。故山凝望水雲迷。數堆蒼玉，千頃碧琉璃。　我本清都閒散客，蓬萊未是幽奇。明朝歸去鶴齊飛。三山縹渺，高舉到天池。」劉處靜海棠，燭影搖紅云：「蜀錦華堂，寶箏頻送花前酒。媚容全在未開時，人試單衣後。芳意因春競秀。似紅潮，玉腮微透。欲醒還睡，淺醉扶頭，朦朧晴晝。　金屋名姝，含情蹙損雙眉岫。世間還有此娉婷，拚盡珠量斗。真豔可令消受。倩鶯催、天香共袖。冷煙庭院，淡月梨花，空教春瘦。」陽春白雪列翁處靜名下，微有不同。張臺卿聲聲慢云：「霞散長天，潮平遠浦，危闌注目江皋。長記年年榮遇，同是今朝。金鑾兩回命相，對清光，頻許揮毫。雍容久、正杯茶初賜，香袖時飄。　歸去玉堂深夜，泥封罷、金蓮一寸繞燒。帝語丁寧，曾被華袞親褒。如今漫勞夢想，歎塵蹤、杳隔仙鼇。無聊意，強當歌，對酒怎消。」王平子謁金門云：「書一紙。小研吳箋香細。讀到別來心下事。蹙殘眉上翠。　怕落旁人眼底。搓向抹胸兒裏。針線不煩收拾起。和衣和悶睡。」張景臣西江月云：「四壁空圍恨玉，十香淺捻啼綃。輕雲度雨井桐彫。雁雁無書又到。　別後釵分燕尾，病餘鏡減鸞腰。蠻江荳蔻影連梢。不道參橫易曉。」此詞一作張武子作。朱主簿題吳城龍王廟玉樓春云：「玉階瓊室冰絲帳。倸地水晶簾不上。兒家住處隔紅塵，雲氣悠揚風淡蕩。　有時閒把蘭舟放。霧鬢雲鬟乘翠浪。夜深滿載月明歸，畫破琉璃千萬丈。」僧皎高陽臺云：「紅入桃腮，青回柳眼，韶華已破三分。人不歸來，空教草怨王孫。平明幾點催花雨，夢半闌、攲枕初聞。問東君，因甚將春，老卻閒人。　東郊十里香塵軟，旋安排玉勒，整頓雕輪。趁取芳時，去尋島上紅雲。朱衣引駕黃金帶，算到頭、總是虛名。莫閑愁，一半悲秋，一半傷春。」陽春白雪作王通叟作。馮全真選冠子云：「飯了從容，消閒策杖，野望去何憑仗。帆歸遠浦，鷺立汀洲，千樹好花微放。芳草池塘，錦江樓閣，隱隱雲埋青嶂。向東郊、極目天涯，不見故人惆悵。歸去也，翠麓崎嶇，林巒掩映，消遣晚來情況。幽禽巧語，弱柳摇金，綠影小橋流響。揮掃龍蛇，領略風光，陶寫丹青吟唱。這雲山好景，物外煙霞，幾人能訪。」以上各詞，散見梅苑、花庵詞選、花草粹編、全芳備祖、吹劍録、詞緯、詞譜、歷代詩餘、冷齋夜話、詩詞謄語、寶慶四明志等書。尚有附見文溪詞之馬天驥城頭月，見全芳備祖之祝和父金縷曲，見翰墨全書之羅子衎三登樂，見花草粹編之蕭回應景樂，江衍錦纏道，見鄖縣石刻之李如堅沁園春，詞率粗鄙，不録。按宗孟字正傳，元豐中官尚書左丞。益柔字勝之，慶曆中官集賢校理。李嬰官蘄水令。師參字子魯，閩清人，嘉定中進士，官南劍倅。久道字可久，漢陽人。乘之字楓溪。元絳字厚之，錢塘人，熙寧中參知政事。正仲字叔雅。適字韓道，慈溪人。銖字初平，鄞人，官中牟簿。舜舉字觀我，金華人。鑰字大防，隆興中進士，官資政殿大學士。彌遠字同叔，官右丞相。平子，吳人。僧皎，字如晦。餘皆無考。長吉字壽之，崇安人，嘉定中進士，官邵武簿。閩中多哀姓，古有哀家梨，產秣陵，閩人謂出今之松溪。其後因字不佳，改而爲衷，今無復姓哀人矣。

胡浩然詞

春霽一名秋霽，與送入我門來二調，皆始自胡浩然，夷猶誕漫，自成一格。他詞亦頗可觀，乃詞綜及補遺均未録，爲附數詞於此。秋霽云：「虹影侵階，乍雨歇長空，萬里凝碧。孤鶩高飛，落霞相映，遠狀水鄉秋色。黯然望極。動人無限愁如織。又聽得。雲外數聲，新雁正嘹嚦。當此暗想，畫閣輕拋，杳然殊無，些箇消息。漏聲稀、銀屏冷落。那堪殘月照窗白。衣帶頓寬猶阻隔。算此情苦，除非宋玉風流，共懷傷感，有誰知得。」萬年歡云：「燈月交光，漸輕風布暖，先到南國。羅綺嬌容，十里絳紗籠燭。花豔驚郎醉目。有多少、佳人如玉。春衫袂、整整齊齊，内家新樣妝束。歡情更闌未足。漫勾牽舊恨，縈亂心曲。悵望歸期，應是紫姑頻卜。暗想雙眉對蹙。斷絃待、鸞膠重續。休迷戀、野草閒花，鳳簫人在金谷。」除夕，送入我門來云：「荼壘安扉，靈馗掛户，神儺裂竹轟雷。動念流光，四序式周回。須知今歲今宵盡，似頓覺、明年明日催。向今夕、是處迎春送臘，羅綺筵開。今古偏同此夜，賢愚共添一歲，貴賤仍偕。互祝遐齡，山海固難摧。石崇富貴籛鏗壽，更潘岳儀容子建才。仗東風盡力，一齊吹送，入此門來。」至草堂詩餘，誤以晁无咎傳言玉女詞爲浩然作，所録吉席、滿庭芳詞，鄙穢已甚，宜爲竹垞太史指摘。

李好義與薛泳詞

宋理宗時，有右班李好義者，爲某郡總管。戲作望江南云：「思往事，白盡少年頭。曾帥三軍平蜀難，沿邊四郡一齊收。逆黨反封侯。元宵夜，燈火鬧啾啾。廳上一員閒總管，門前幾箇紙燈球。簫鼓勝皇州。」詞見江湖紀聞。功罪不明，遂使英雄氣短。宋之亡，不盡由乎此，亦未必不由乎此。此與李霜涯

「湖光瀲灩晴偏好」詞同一諧謔，存之亦足徵當時時政。又詞苑録薛沂叔泳客中守歲，青玉案云：「一盤消夜江南菓。喫菓看書只清坐。罪過梅花料理我。一年心事，一生牢落，盡向今宵過。此身本是山中箇。纔出山來計先左。手種青松應已大。縛茅深處，抱琴歸去，又是明年那。」語雖俚俗，意致頗佳，垂老他鄉，讀之淒惋。

陳景沂與仲璋詞

歷代詩餘末附詞人姓氏十卷，中如陸域、劉宰、章良謨、蔡幼學、趙蕃、梅扶、王義山等，僅列其名，詞均缺如。亦有録其詞而姓氏未列者，胡浩然、陳沂孫、僧仲璋是也。沂孫金鳳花水龍吟云：「階前砌下新涼，嫩姿弱質婆娑小。仙家甚處，鳳雛飛下，化成窈窕。緑葉參差，青枝婀娜，似將玉造。自川葵放後，牆庭萱謝了，是園苑、無花草。生恐西風來早。逞芳容、紫團緋繞。圓胎結就，小鈴繁綴，開從清曉。牆角低昂，籬頭約略，空增懊惱。向凡間謫墮，不知西帝，可關懷抱。」陳景沂，全芳備祖註爲陳肥遯作，肥遯即景沂之字。仲璋重陽百字令云：「消磨九日，算年年惟有，黄花白酒。把酒簪花能有幾，多少光陰回首。人恨無窮，酒杯有限，花色應如舊。花濃酒釅，問君著甚消受。彭澤千古高懷，有花堪折，有酒能傾否。萬事悠悠輸一醉，花酒休教離手。明日西風，闌珊酒盡，憔悴花枝瘦。酒腸花眼，正宜年少時候。」二詞詞綜及補遺均遺之。

朱松詞

朱子父韋齋公松，尉尤溪時，醉宿鄭氏閣，蝶戀花云：「清曉方塘開一鏡。落絮飛花，肯向春風定。點破翠奩人未醒。餘寒猶倚芭蕉勁。擬託行雲醫酒病。簾捲閑愁，空占紅香徑。青鳥呼君君莫聽。日邊幽夢從來正。」見南溪書院志。詞綜及補遺均未録。尤溪爲朱子降生所，後人卽其地建祠，宋理宗賜額南溪書院。明弘治中，邑令錢塘方溥復裒公遺文，及士大夫記咏之有關於祠者，爲書院志。録公答莊德燦書云：「禮記多諸儒餘說，獨中庸出孔子家學，大學一篇，乃入道之門。」今大學、中庸與論語、孟子爲四子書，始自朱子章句，其端實公啓之。

張杜與吴景伯詞

明焦弱侯竑筆乘云：「烏衣園有宋張杜詞，調寄柳梢青云：「燕里花深，鷺汀雲淡，客夢江臯。日日言歸，淮山笑我，塵鎖征袍。幾回把酒憑高。闌干外、魂飛暮濤。只有南園，一番風雨，過了櫻桃。」又吴景伯登鳳凰臺，沁園春云：「再上高臺，訪謫仙兮，仙何所之。但石城西踞，潮平白鷺，浮圖南峙，雲淡烏衣。鳳鳥不來，長安何處，惟有碧梧三數枝。興亡事，對江山休說，誰是誰非。庭花飄盡胭脂。算結綺、繁華能幾時。問何人重向，新亭揮淚，何人更到，別墅圍棋。笑拍闌干，功名未了，寧肯緑蓑尋釣磯。深深飲，任玉山頹倒，明月扶歸。」詞綜及補遺亦未録。

金元人詞補

金元人詞，詞綜及補遺亦有未采。如趙元行香子云：「山擁垣牆。水滿溪塘。幾人家、籬落斜陽。又還夏也，一霎人忙。正稻分畦，蠶卸簇，麥登場。老子徜徉。閒日偏長。鬢蓬鬆、只管尋涼。綠陰何處，旋旋移牀。有道邊槐，門外柳，舍南桑。」蔡珪江城子云：「鵲聲迎客到庭除。問誰歟。故人車。千里歸來，塵色滿襟裾。珍重主人留客意，奴白飯，馬青芻。東城入眼杏千株。雪模糊。俯平湖。與子花間，隨分倒金壺。歸報東垣詩社友，曾念我，醉狂無。」貫雲石題明月樓水龍吟云：「晚來北海風沈，滿樓明月留人住。橘花香外，玉笙初響，修眉如妒。十二闌干，等閒隔斷，人間風露。望畫檐蟾影，紫芝塵暖，時喚起、登臨趣。回首西山南浦。問雲物，爲誰掀舞。關河如此，不須騎鶴，儘堪來去。月落潮平，小衾夢轉，已非吾土。且從容對酒，龍香涴繭，寫平山賦。」袁士元陳架閣盆藕復花，金縷曲云：「月影黃昏度。粉牆陰，盆池漾綠，藕花初吐。悄似飛來雙屬玉，風動翩翩素羽。漫引得、人人爭覩。拍手闌干驚欲起，悵無端、並立長凝佇。思往事，意容與。當年妙選登蓮署。正花開、邀朋醉賞，尚留佳句。藏白收香今六載，還我風流儉府。最好是、冰姿齊楚。一點炎塵曾不染，縱盤根錯節仍如許。花爲我，笑無語。」僧月華望江南云：「江南柳，嫩綠未成陰。攀折尚憐枝葉小，黃鸝飛上恐難禁。留取待春深。」元字宜之，金末鞏西簿。珪字正甫，松年子，元大定中濰州刺史，詞即附見松年蕭閒公集。雲石字酸齋，官翰林侍讀學士。士元字彥章，至正中，官國史檢閱官。月華，明州僧。

聽秋聲館詞話卷八

詞綜多未録宋閨媛詞

宋閨媛詞散見記聞雜録中者，詞綜亦多未録。如蜀人王通判女瑩卿一翦梅云：「荳蔻梢頭春意闌。風滿前山。雨滿前山。杜鵑啼血五更殘。花不禁寒。人不禁寒。離合悲歡事幾般。離有悲歡。合有悲歡。別時容易見時難。怕唱陽關。莫唱陽關。」金淑柔寶祐中題臨川驛壁，浪淘沙云：「雨溜和風鈴。滴滴丁丁。做成一枕別離情。可似當年陶學士，孤負郵亭。過雁帶邊聲。音信無憑。花鬚偷數卜歸程。料得到家秋正好，菊滿寒城。」曹希蘊燈花西江月云：「零落非關春雨，吹噓何假東風。紗窗一點自然紅。費盡工夫怎種。有豔難尋膩粉，無香不惹遊蜂。更闌人靜畫樓中。相伴繡幃春夢。」建安王雲軒妻孫氏謝池春云：「銷減芳容，端的爲郎煩惱。鬢慵梳、宮妝草草。別離情緒，待歸來都告。怕傷郎、又還休道。名韁利鎖，幾阻舊時歡笑。更那堪、鱗鴻信杳。蟾枝高折，願從今須早。莫孤負、鳳幃人老。」諸葛章妻蟾英寄外，花心動云：「忽覩菱花，這一成、減卻風流顏色。鄰姬戲問，愧我爲羞，無語低頭寥寂。紛紛珠淚和粉滴，襟袖舊痕乾還溼。但感起愁懷，離恨堆堆積積。杜宇催春聲急。正花柳煙籠，蝶難尋覓。紫燕喃喃，黃鳥翩翩，對景脂消香浥。篆烟將盡愁未休，怎得御溝玻璃碧。教紅葉往來，傳箇消息。」此詞平仄句讀不同，詞律失載又一體。宣和間女子鷓鴣天云：「月滿蓬壺燦爛燈。與郎攜手至端門。貪看鶴陣笙歌舉，不覺鴛鴦失卻羣。天漸曉，感皇恩。傳宣賜酒飲杯巡。歸家恐被翁姑責，竊取金杯作照憑。」王嬌娘滿庭芳云：「簾影搖花，簟紋浮水，綠陰亭院清幽。夜長人靜，贏得許多愁。空憶當時月色，小窗外、情話綢繆。臨風淚，拋成暮雨，猶向楚山頭。殷勤紅一葉，傳來密意，佳好新求。奈百端間阻，恩愛休休。應是紅顏命薄，難消受、俊雅風流。須相念，玉簫舊約，莫忘杜家秋。」王通判妾飛紅留春令云：「花低鶯踏紅英亂。春愁重、頓成慵懶。楊花夢斷楚雲平，空惹起、情無限。傷心漸覺成牽絆。奈愁緒、寸心難綰。深誠無計寄天涯，幾欲問、梁間燕。」鄭雲娘西江月云：「一片冰輪皎潔，十分桂魄婆娑。不容相近是如何。莫是姮娥妒我。雖則清光可愛，奈緣好事多磨。仗誰傳語片雲呵。遮取霎時則箇。」賈雲華踏莎行云：「隨水落花，流弦飛箭。今生無處能相見。長江縱使向西流，也應不盡千年怨。盟誓無憑，情緣有限。願魂化作銜泥燕。一年一度一歸來，孤雌獨入郎庭院。」蘇小孃飛龍宴云：「炎炎暑氣時，流光閃爍，閒扃深院。水閣涼亭，半開簾幕遙看。灼灼榴花吐豔。細雨灑、小荷香淺。樹陰竹裏，清涼瀟灑，枕簟搖紈扇。堪歎浮世忙如箭。對良辰歡樂，莫辭頻勸。遇酒逢歌，恣情遂意迷戀。須信人生聚散。奈區區、利牽名絆。少年未倦。良天皎月金尊滿。」此調詞律失收。潘法成妻陳妙常酬張于湖，太平時云：「清淨堂前不捲簾。景悠然。閒花野草漫連天。莫相牽。獨坐洞房誰是伴，一爐煙。閒來窗下理琴絃。小神仙。」吳氏女答鄭禧，木蘭花慢云：「看紅箋寫恨，人醉倚、夕陽樓。悵故里梅花，纔傳春信，又付東流。此生料應緣淺，綺窗前、雨怨更雲愁。樓外杏枝綻也，珠簾嬾上銀鉤。絲蘿喬樹欲依投。此景兩悠悠。恐鶯老花殘，翠消紅減，孤負春游。蜂媒問人情思，總無言、只是斂眉頭。夢斷東風路遠，柔情猶爲遲留。」婺州劉鼎臣妻手製彩花贈鼎臣就試行都，并賦鷓鴣天云：「金屋無人夜翦繒。寶釵翻過齒痕輕。臨歧執手殷勤贈，襯與蕭郎兩鬢青。聽囑付，好看承。千金不抵一時情。明年宴罷瓊林晚，酒面微紅相映明。」又有臨江仙云：「記得高堂同飲散，一杯湯罷分攜。絳紗籠影簇行旗。更殘銀漏急，天淡玉繩低。只恐曲終人不見，歌聲且爲遲遲。如今車馬各東西。畫堂攜手處，疑夢又疑非。」趙秋官妻題岐陽郵亭，武陵春云：「人道有情應有夢，無夢豈無情。夜夜思量直到明。有夢怎教成。昨夜偶然來夢裏，鄰笛又還驚。笛韻淒淒不忍聽。總是斷腸聲。」珍娘浣溪沙云：「溪霧溪煙溪景新。溶溶春水浄無塵。碧琉璃底浸春雲。風颺游絲垂蝶翅，雨飄飛絮溼鶯脣。桃花片片送殘春。」成都妓趙才卿卽席送別，燕歸梁云：「細柳營中有亞夫。華宴簇名姝。雅歌長許佐投壺。無一日、不歡娛。漢王拓境思名將，捧飛詔欲登途。從前密約盡成虛。空贏得、淚如珠。」朱秋娘鷓鴣天云：「梅妒疎香雪妒輕。遠山長共畫眉青。尊前無復歌金縷，夢覺惟餘月半明。魚與雁，兩浮沉。淺顰低笑總關心。相思恰似江南柳，一夜東風一夜深。」菩薩蠻云：「溼雲不渡溪橋冷。嫩寒初透東風影。橋下水聲長。一枝和雪香。人憐花似舊。花比人應瘦。莫凭小闌干。夜深花正寒。」此詞一作朱淑真作。杭妓樂宛答施酒監，卜算子云：「相思似海深，舊事如天遠。淚滴千千萬萬行，使我愁腸斷。要見見無由，見了終難拚。若是前生未有緣，重結來生願。」平江妓送太守金縷曲云：「春色元無主。荷東君、著意看承，等閒分付。多少無情風與浪，那更蝶欺蜂妒。算燕雀、眼前無數。縱使簷櫳能愛護。到而今、已是成遲暮。牋芳草，遍歸路。看看到得難言處。怕仙槎、輕轉旌旗，易歌襦袴。月滿西樓絃索静，雲蔽崑城閬府。便恁地、一帆輕舉。獨倚闌干愁拍碎，慘玉容、淚眼如紅雨。去與住，兩難訴。」張世英妻蕭淑蘭菩薩蠻云：「有情潮落西陵浦。無情人向西陵去。去也不教知。怕人留戀伊。憶了千千萬。恨了千千萬。畢竟憶時多。恨時無奈何。」各詞雖不若詞綜所選純粹，且多出自稗説，未足盡信。然補遺一集，每因詞存人，胡竟遺之，爲録於此。

雁峯劉氏詞

吴興韋居安梅磵詩話云：「近歲丁丑，有過軍挾一婦，經從長興，題一詞云：『我生不辰，逢此百罹，況乎亂離。痛惡因緣到，不夫不主，被擒捉去，爲妾爲妻。父母翁姑，弟兄姊妹，流落未知東與西。心中事，把家書寫下，分付伊誰。越人北向燕支。回首望、雁峯天一涯。奈翠鬟雲軟，笠敧怎戴，柳腰春細，馬迅難騎。缺月疎桐，淡煙衰草，對此如何不淚垂。君知否，我生於何處，死亦魂歸。』調寄沁園春，後書雁峯劉氏題。」詞綜及補遺，諒因語意粗淺未録。居安仕履無所見。其話中言與鄱陽趙嘉賓同年進士，又言丙子歲，司糾三衢，是其人曾仕南宋。乃朱氏詞綜列之元季，殆未細考，或未見前書耳。

宋夫婦詞

宋時詞學盛行，然夫婦均有詞傳，僅曾布、方喬、陸游、易祓、戴復古五家。方、戴、易，姓氏且無考，戴、陸更係怨耦，易妻詞亦甚怨抑，惟子宣與魏夫人克稱良匹。他如趙明誠妻李易安盛以詞名，而明誠詞無傳。趙德麟詞甚工，其妻王夫人衹傳「白藕作花風已秋。不堪殘醉更回頭。晚雲帶雨歸飛急，去作西窗一夜愁。」一詩而已。琴鳴瑟應，天固若是靳惜耶。喬，樂至人，大觀間秀才。妻紫竹，失其姓，生查子云：「思郎無見期，獨坐離情慘。閉户約花開，花落輕風颭。生怕是黄昏，庭竹和煙黯。斂翠恨無涯，强把蘭釭點。」又寄喬，踏莎行後闋云：「花月移陰，簷香失裊。望郎不到心如擣。避人回倚小屏山，斷魂還向牆陰繞。」喬贈紫竹，生查子云：「晨鶯不住啼，故喚愁人起。無力曉妝慵，閒弄荷錢水。欲呼女伴來，鬬草花陰裏。嬌極不成狂，更向屏山倚。」放翁妻唐氏不得於姑，遂至解褵，未幾愁怨死。齊東野語錄其別後答寄釵頭鳳云：「世情薄。人情惡。雨送黄昏花易落。曉風乾。淚痕殘。欲箋心事，獨倚斜闌。難，難，難。人成各。今非昨。病魂常似秋千索。角聲寒。夜闌珊。怕人尋問，掩淚妝歡。瞞，瞞，瞞。」此調平韻，詞律失收。袚字彦祥，長沙人，嘉泰間進士，有山齋集。初任前廊，久不歸，妻寄以一翦梅云：「染淚修書寄玉郎。貪卻前廊。忘卻回廊。功名成就不還鄉。石做心腸。鐵做心腸。紅日三竿未理妝。虚度韶光。瘦損容光。相思何日得成雙。羞對鴛鴦。懶繡鴛鴦。」復古字式之，天台人，有石屏詞。贅江右某氏，年餘方言已娶，須歸省，氏知被紿，賦詞以贈云：「惜多才，憐薄命，無計可留汝。揉碎花箋，忍寫斷腸句。道旁楊柳依依，千絲萬縷。抵不得、一分愁緒。指月盟言，不是夢中語。後回君若重來，不相忘處。把杯酒、澆奴墳土。」後人取詞中第二語，名以憐薄命。細繹句調，乃祝英臺近，脱去換頭三句耳。詞綜僅選魏夫人詞，諸女作均未錄。補遺亦遺之。至元時趙文敏管夫人，明時楊升庵黄夫人，林子羽張紅橋，葉仲韶沈宛君，沈君庸張倩倩，閨房酬唱，世豔稱之，此外亦不多覯。我朝自李梅公侍郎朱遠山夫人後，指不勝屈矣。

補詞綜元閨秀詞

元時閨秀寥寥，詞綜祗采管道昇與妓女劉燕哥、陳鳳儀三詞。然如留青日札所載，至正間永嘉尉真州崔英妻王氏，中途被盜，遁跡尼庵，見英所繪芙蓉，題臨江仙於上云：「少日風流張敞筆，寫生不數黄荃。芙蓉畫出最鮮妍。豈知嬌豔色，翻抱死生寃。　粉繪淒涼餘幻質，只今流落誰憐。素屏寂寞伴枯禪。今生緣已斷，願結再生緣。」後得夫婦復合。又詞苑叢談載，嘉興趙某妻羅愛愛送夫北行，齊天樂云：「恩情忍把功名誤。離筵又歌金縷。白髮慈親，紅顏幼婦，君去有誰爲主。華年幾許。況悶悶愁愁，風風雨雨。鳳折鸞分，未知何日更相聚。　蒙君再三分付。向高堂奉侍，敢説辛苦。官誥蟠花，宫袍製錦，待要封妻拜母。君宜聽取。怕落日西山，易生愁阻。早促歸程，綵衣相對舞。」並録其淩虚閣絶句云：「曲曲闌干正正屏。六銖衣薄嬾來憑。夜深風露涼如許，疑在瑶臺第一層。」趙行後，旋值張士誠之亂，被掠不辱，以羅巾自縊死。是二女，一則潔身自保，一則抗節捐生，詞與人均足千古，亟宜補録，以闡幽光。

明詞綜補

青浦王蘭泉司寇，就竹垞太史所選明詞，益以平生所輯，成明詞綜十二卷。中如梁寅、張肯，乃故元遺老，而列入明初。陸冰修、周青士諸君，康熙中尚在，身歷本朝已三數十年，而列之明末，似有未協。遺珠亦復不少。以余所見，太平陶安，字主敬，洪武中官參知政事。夜宿省中懷賀久孚，金縷曲云：「庭樹秋聲冷，夜迢迢、漏傳銀箭，月明華省。最惜稽山無賀老，短燭照人清影。依稀夢續還驚醒。風透圍屏青瑣薄，且披衣、立旁梧桐井。兵衞肅，畫廊靜。江湖聚散如萍梗。笑談間、雲霄躡足，一鞭馳騁。萬壑水晶天不夜，人在玉真仙境。說近日、四郊無警。兵後遺黎歸故里，漸桑麻，綠映鵝湖嶺。須共賞，好風景。」汴人周恭贈妓劉盼春，長相思云：「阻佳期。盼佳期。欲寄鸞牋雁影稀。新詞和淚題。怕分離。又分離。無限相思訴與誰。此情風月知。」福清林鴻，字子羽，永樂間官員外郎，摸魚兒云：「記虹橋、少年遊冶，無限雨情雲緒。金鞍幾度歸來晚，香靨笑迎朱户。腸斷處。是半醉微醒，燈暗霄深語。閒愁幾許。恰一似吳蠶，繭纏絲裏，撩亂萬千縷。別離易，澹月亂鴉啼曙。淚痕紅袖沾污。深懷遥想何年了，空寄錦囊佳句。春欲去。恨不把長繩，繫日留春住。相思最苦。縱說不銷魂，衷腸鐵石，涕泗也如雨。」長洲俞琬綸，字君宣，萬曆中知縣。妝鏡，桂枝香云：「水晶簾底。且倩代郎看，墮雲慵理。贈別躊躕，怎忍輕輕分碎。玉容相映驚憔悴，受多磨、與君無異。廣寒三五，嫦娥愁向，幾回凝睇。晴空裏，丹青點綴。似箇中別有，洞天深祕。背地低徊，形影都無憑倚。憐君轉爲分明累。貯盡了、漢宮人淚。曉妝纔罷，瞥然收卻，遠山橫翠。」宜興儲懋端戲策毛穎爲學士，效稼軒體，沁園春云：「咨汝毛錐，譽擅中書，胡思乞骸。念望崇靈兔，南山感月，名高繡虎，北海驚雷。久效馳驅，積成勞悴，疇昔鋒鋩逐漸摧。嘉乃績，俾守中山郡，其往欽哉。吾將以禮爲媒。更別選循良穎也才。令蜀江裁楮，先生靜待，淇園截竹，君子蒙災。合就管城，移封卽墨，錫汝龍賓水一杯。兼策汝，試端明學士，速駕前來。」嘉興顧士林，字文叔，南鄉子云：「風雨滿汀洲。極目帆檣帶急流。酒與詩懷無冷暖，休休。一任涼颸發素秋。何事縐眉頭。且讀離騷賦遠遊。逆數歸期歸未得，悠悠。千頃煙波一葉舟。」松江朱灝，字宗遠，清平樂云：「虹收雨霽。鸛負斜陽逝。雜樹攢林紛若薺。蜂蝶同徵花稅。柴門過盡歸樵。溪聲半入詩瓢。淡靄空描戲墨，狂禽能發新謡。」嘉興李福謙，字子虛，中秋，百字令云：「空庭秋晚，趁花陰把盞，臨風獨適。醉眼昏沈潦倒甚，今夕又逢佳夕。桂子飄香，銀河斂影，秋意平分坼。淒涼往事，不堪回首重憶。堪笑蒼狗白衣，人間幻境，轉盼成陳跡。記得去年今夜語，都在心頭歷歷。壯志空存，此身依舊，漂泊江南客。明朝酒醒，又添一段於邑。」褚附鳳，字梧岡，秋懷，南鄉子云：「忽地秋催。又見黃花滿徑開。箕踞科頭無箇事，三杯。林下清風信快哉。何必徘徊。收拾天涯宦跡回。藝圃自存經濟意，歸來。重把門前五柳栽。」仁和沈宗塙，字以冲，崇正間官行人。江行有感，訴衷情近云：「露濃霞淡，說是嚴冬尚早，迷離一望丹楓，無復青青芳草。伴我秋容寂寂，野服疎疎，漫道風光好。孤帆悄。回首鳳城春老。人生如寄，怎得常年少。金尊倒。劍光鏽澀，雄心濩落，望中殘照。時被浮雲繞。」沈宗堺，字旨庵，浪淘沙云：「倦繡到如今。睡思沉沉。推琴罷阮怯繁音。香夢不知何處去，簾月偏深。待把墜歡尋。夜夜孤衾。瑶階清影倍傷心。憶著喃喃私語際，月也難禁。」吴江沈士鋭，字聲令，醉花陰云：「老盡芙蓉霜葉吼。頓覺秋容瘦。曳杖試行吟，竹裏青帘，高倚疎疎柳。遠眺停雲懷故友。淚落杯中酒。慘慘復慘慘，風雨三更，誰念人僝僽。」沈家恒，字漢儀，賀友新婚，蝶戀花云：「莫道好春無處討。嶺上瓊花，開向金閨早。酒醒香濃天未曉。一丸璧月窺窗悄。初整晨妝眉樣巧。笑問檀奴，秀色餐多少。更喜今年春色好。階前漸緑宜男草。」常熟張琨，雙雙燕云：「披蓬探隱，到青草溪頭，碧陰山曲。竹韻松姿，争媚吟眸詩腹。是處翠峯成簇。更秋雨、新涼如沐。深林宛轉鳴禽，幽澗琤瑽漱玉。孤獨。簡編娱目。有紉珮芳蘭，供餐茂菊。藤牀閒憩，夢入華胥仙國。又早月明簾軸。恰一枕、清酣睡足。小小花童低報，瓦鼎烹茶剛熟。」李鄂摘紅英云：「潮頭白。峯頭碧。落梅香暗漁翁笠。西風透。東風驟。待得晴明，鶯花時候。鶯聲澀。花枝寂。春來已蠟看山屐。山如舊。春如繡。層樓望處，蒼寒紅瘦。」梁雲構踏莎行云：「煙鎖朱樓，霜鋪白屋。牆邊透出東籬菊。荷池尚見瀉殘紅，芳郊猶喜堆餘緑。天外鴻孤，燈前影獨。月明常把金錢卜。蛩吟錯認報佳音，芙蓉笑倚屏山曲。」邱四可題武夷太虚巖，蝶戀花云：「古壑流連尋趣步。淅瀝泉飛，寒石留雲護。數折曲房羅翠霧。幽懷可是人能悟。風月江山懸客慕。爲惜芳年，聊取柔情付。自昔金蘭多陌路。而今管鮑休相誤。」詞均不甚出色，亦尚不俗。

建文詞

明建文帝出亡一事，竹垞諸公力辨其無，而致憾永樂者，每津津述之，並爲詩詞以實其事。堅瓠集言建文首至吴江，宿史仲彬家，題詩清遠軒云：「玉蟾飛入水晶宫。萬頃琉璃破曉風。詩就雲歸不知處，斷山零落有無中。」後三至其地，又題滿江紅云：「三過吴江，又添得、一亭清絶。剛占斷，水光多處，巧依林樾。漠漠雲煙春晝雨，寥寥天地秋宵月。更冰壺、玉鑑暑宜風，寒宜雪。　耀庵右，山微缺。垂虹左，波横截。正三高堂畔，舊規今别。何但漁翁垂釣好，漫將柳子新吟揭。信登臨、佳興屬彭宣，能揮發。」余謂老還大内，死葬西山之説，斷不足信。若致身從亡等録，與堅瓠所載詩詞，咸具不忍死其君之心，疑以存可耳。

黃道周詞

前明董文敏其昌、黃忠端道周，才華學業，炳耀千秋，間亦涉筆爲詞。忠端吴江舟中讀雪堂新詩寄錢爾斐，滿江紅云：「大研停書，誰似爾，玄徽高寄。把銀河曳練，寶幢湧地。青鳥銜箋來閬苑，朱魚結珮傳仙字。憶長干、小巷駐霜蹄，曾搖轡。早無意，搴赤幟。慵開眼，翻金匱。但謝安高卧，灌夫直視。且喜榻穿身尚健，從知韋絶心逾細。更釣鼇、海上瞰滄洲，調香餌。」見石齋逸詩。文敏題畫滿庭芳云：「宿雨初收，曉煙未泮，浮雲都逐飛鴻。文君翠黛，一霎變顰容。多少風鬟霧鬢，青螺髻、飄墮空濛。頻騁望，征帆滅處，遠靄與俱窮。古今來畫手，誰如莊叟，筆底描風。有江南一派，北苑南宮。我亦煙霞骨相，閒點染、懞懂難工。但記取、維摩詰語，山色有無中。」見好古堂書畫記。明詞綜漏未采入，轉收阮大鋮平仄不協之減字木蘭花，未免去取失當。昔余隨侍漳州，聞忠端祖塋被人侵佔。一夕大雷電，逮曉，墓之前後左右石上，皆紋畫成黃界二字，剷之不滅。忠孝英靈，所感如此。浣雲師與鍾仲山觀察，均賦詩記其事，惜均未録。

明詞綜未録詞

吾邑詞家，本朝始盛。宋元時僅尤文簡袤、倪高士瓚，餘無可考。李忠定綱則係自閩遷居，本非邑人。

王氏明詞綜衹收秦瀚先如夢令一詞，然亦有未録者。如王學士憶秦娥云：「愁如縷。誰家落日敲秋杵。敲秋杵。淡煙衰柳，故人何處。別來每恨關山阻。征鴻影落芙蓉渚。芙蓉渚。短蓬孤棹，幾聲疎雨。」黄太僕南鄉子云：「清世愧無能。竊得微階正不勝。天地包容投遠塞，相應。投杼慈親本愛曾。靜坐讀伽楞。百念幾同二月冰。朔漠荒寒雖特甚，休憎。古訓從來只自懲。」學士名達善，字耐軒，洪武中舉明經，以薦擢侍讀學士。太僕名正色，字斗南，嘉靖中官御史。論駙馬崔元中官鮑忠貪黷，反爲所誣，戍遼東三十年，始召還，官至太僕寺卿。太僕詞雖平淺，然風節凜然，語無怨懟，似當在以人存詞之列。至明詞綜誤以鉛山人費元禄爲錫山，並誤以山陰徐渭爲江陰，均刊時訛錯，未曾校正。又長洲王璉，字汝器，洪武中官主事。有題黄子久溪山雨意圖，菩薩蠻詞，詞綜誤爲吴興人。趙文敏壻，字國器，録入元詞補人之列。不知文敏壻名國器，而字德璉，別有踏莎行數闋。

馬晉詞

馬晉字孟昭，明初吴縣人。滿庭芳云：「雪漬疎髯，霜侵衰鬢，去年猶勝今年。一回老矣，堪歎又堪憐。思昔青春美景，除非是、月下花前。誰知道，金章紫綬，多少事憂煎。侵晨騎馬出，風剛暴横，雨又凄然。想山翁野叟，正爾高眠。更有紅塵赤日，也不到、松下林邊。如何好，吴淞江上，閒了釣魚船。」詞見仁和郎仁寶七修類稿。雖不警策，亦不劣。明詞綜遺之，視所采王文恪鏊阮郎歸、吴文端宗達滿庭芳，似過之無不及也。

包爾庚詞

上海包長明中翰爾庚，詩文峻潔，詞不多見，僅傳秋日旅感蘇武慢云：「玉鱠分紅，金橙剖緑，漸報江南秋老。正嗟摇落，況復清砧，空外又聞頻搗。佩劍磨殘，唾壺擊碎，耗卻壯心多少。悵年來、病翮襳褷，遜他飛鳥。　念從古、賦擅淩雲，筆能摇岳，一例天涯潦倒。質衣酒肆，貸粟監河，不及侏儒長飽。潘鬢將凋，沈腰增瘦，留得一囊玄草。臢寒燈如豆，蛩吟四壁，伴人幽悄。」中翰少孤貧，力學，嘗與同社友飲妓家，雖衣冠了了，而長身玉立。有琬娘者，心異焉。一夕方夜讀，聞剥啄聲，啓户，則一婢捧琬至，驚問之，云從姊妹家來。琬見四壁蕭條，一燈熒熒，然殘編羅列。嘆曰：「貧至此何能讀。」遂去。及明，地上遺金釧一，中銜珍珠。知琬所遺，趨還之。則言昨未遺物。固與，不納。自是恒遣婢來，輒有所贈。中翰不忍卻，而終以爲恥。遂遊山左，爲人權記室。歲餘，忽有故人自江南來訪，裙屐鮮華，翩翩美少年也。既見，不相識。强邀至寓，掩扉脱履笑曰：「别來無恙耶。」諦視，乃琬娘，大驚。琬曰：「此來特從君，許我則生，不許則死。」中翰沈吟久之，曰：「然則何以爲家。」琬曰：「是不難，出資賃屋，相與俱居。」主人聞其異，戲贈以詩云：「玉因待價猶名琬，食豈無魚卻姓包。」中翰旋登崇禎十年進士，任京秩，遂與琬娘諧伉儷，盟白首焉。玩詞意，當是未遇時作。又南海陳喬生子升，爲文忠子壯弟，永曆時以諸生授兵科給事中，著有中洲草堂詩，附詞二十餘闋。江南好云：「炎夏過，夜坐迥凄清。千個竹風摇草閣，一規桂魄浸桃笙。多少玉關情。」南柯子云：「羽曲清三疊，鵾絃碎六幺。緑珠絳樹總魂銷。何必鳳凰臺上憶吹簫。　鬢影騰蟬翼，釵光顫翠翹。歌殘眉語暗相撩。莫負可憐人度可憐宵。」二公詞明詞綜亦未録。

沈宣詞

仁和沈宣，字明德，明諸生。嘗賦除夕元旦二詞，調寄蝶戀花。一云：「鑼鼓兒童聲聒耳。傍早關門，掛起新簾子。爆仗滿街驚耗鬼。松柴燒在烏盆裏。　寫就神荼并鬱壘。細馬送神，多著同興紙。分歲酒闌扶醉起。閤門一夜齊歡喜。」一云：「接得竈神天未曉。爆仗聲喧，催要開門早。新畫鍾馗先掛了。大紅春帖銷金好。　蒼朮堆鑪香氣繞。黄紙神牌，上寫天尊號。燒過紙灰都不掃。日斜人醉和衣倒。」民風俗尚，描寫如繪。明詞綜未收，想因詞俚故。然不妨存之，藉見當時民俗，如同興紙畫鍾馗，正可作掌故用。鬱壘「壘」字，應讀如律，乃入聲，與裏起同叶，誤。

聽秋聲館詞話卷九

明詞綜多未録四明人詞

寧波袁陶軒明經，手輯四明近體樂府，所采明人詞，多王氏詞綜所未録。鄞縣則永樂中舉人湖廣巡撫黄潤玉，字孟清，次虞邵庵韻别友，風入松云：「先生和氣似春酣。一見盍朋簪。太平無訟霜臺静，榕陰裏、時與聯驂。瓜代早裝行李，蘭熏重整朝衫。　雨餘山色浄於藍。秋燕更喃喃。凄涼風月陽關道，和離思、摹入詩緘。一曲驪歌人去，月明千里閩南。」成化中舉人政和知縣洪貫，字稼軒，賀江陰王尹築城禦寇，滿江紅云：「海宇清寧，甚驀地、飛傳羽檄。回首處、萑苻嘯聚，烽煙南北。百雉先幾雄版築，一方從此安磐石。涉長江、天塹繞城流，誰之力。　守則固，疆圻畫。戰必勝，車徒飭。看狐鼠穴掃，了無遺跡。日月未容塵霧翳，東南用壯河山色。信王公、設險在承平，千秋績。」封贈侍郎楊範，字九疇，鷓鴣天云：「東海東頭看月升。秋風一葉井梧零。閒雲飛盡天如洗，今夜星河分外明。　舒倦體，坐殘更。微聞促織砌間鳴。蕭蕭涼氣侵人骨，爲愛吟詩睡未成。」成化中進士工部侍郎李堂，字時升，題美人畫軸，漢宫春云：「月減梅妝，又春深燕雛，雙飛簾幕。鶯啼夢醒，嬾動秋千綵索。危樓欲上，奈腰圍、瘦來非昨。凝佇久，廣寒宫殿，微聞數聲瑶鶴。　伊人慣尋歡樂。正驕馳玉勒，笑搴珠箔。誰憐眉翠遠岫，遥岑映著。蒼苔緑潤，雨初晴、閒階步卻。添新恨、蹊成桃李，斂黛對人依約。」弘治中進士貴州左布政使李麟，字心齋，登滕王閣，金縷曲云：「風送章江渚。漫登臨、東流一瞬，渺然終古。物換星移凡幾度。漠漠愁雲欲雨。聽欸乃、漁舟南浦。芳草王孫何處也，只西山、簾捲還如故。思往事，邈如許。王郎作賦真翹楚。便掃空、豪華百輩，腐儒章句。看取荒涼容膝地，疇昔曾酣歌舞。且采采、蘋香延佇。世路驅人明日又，愛今來、水閣清無暑。對斜照，澹忘侶。」兵部尚書張邦奇，字常甫，亦弘治中進士，咏蓮，水龍吟云：「芙蓉開遍芳塘，薰風倍覺湖天好。愛花心性，北窗簟滑，起來偏早。王母瑤池，麻姑瓊海，更誰窈窕。枉惹他遊女，暗增羞妒，頻低首，臨波照。一段氤氳芳氣，畫闌前、紫雲縈抱。忽思泰華峯頭，玉井搴來寒峭。欲去無因，步虛聲裏，夢雲空繞。看層霄、鶴起淩風，何日盡收煩惱。」天啓中進士太僕寺少卿徐之垣，字心葦，江城子云：「梨花著雨晚來晴。月朧明。淚縱橫。繡閣香濃，深鎖鳳簫聲。未必人知春意思，還獨自，繞花行。酒兵昨夜壓愁城。笑狂生。枉心驚。澆盡胸中，塊磊未曾平。卻與評量珠玉價，拚醉裏，錦囊傾。」中書陸寶，字青霞，調笑令云：「竹塢。竹塢。坐蔭空階無數。有時弄影斜陽。個字淋漓短牆。牆短。牆短。分得秋聲一半。」崇正中進士魯王時大學士，錢忠介肅樂，字希聲，次王昭儀驛壁韻，滿江紅云：「長信宮中，留不住、一枝春色。何處覓、風臺月榭，玉樓金闕。樹底鶯聲和夢斷，簾前燕翅迎風側。恨紅酣、綠醉也年年，今偏歇。紅蠟燼，青蛾滅。隋堤柳，無人識。看胭脂淚落，玉壺凝血。青塚不生邊地草，綠珠拚碎高樓月。願千秋、留取驛中詞，應無缺。」崇禎中舉人魯王時兵部侍郎，張忠烈煌言，字蒼水，中夜聞箏，長相思云：「品瑤笙。按銀箏。換羽移宮無限情。秋天不肯明。幾更更。幾星星。半是商聲與徵聲。羈人和夢聽。」又柳梢青云：「錦樣江山。何人壞了，雨鎖煙環。故苑鶯雛，舊家燕子，一例闌珊。此身原付與天頑。休更問秦關漢關。白髮鏡中，青萍匣裏，和淚相看。」魯王時，御史錢肅圖，字退山，題聖月兄歸來圖，滿江紅云：「斷水殘雲，留不住、并州羈客。且收拾、新亭孤淚，江濱吟魄。下榻漫淹徐孺子，歸來好賦陶彭澤。把柴門、遥向夕嵐開，餐山色。水繞屋，漁燈白。雲滿袖，詩筒碧。更鬭茶僧舍，尋簃村北。半卷陰符摩醉眼，一編心史圖秋壁。有袁安高臥在東鄰，堪投跡。」魯王時，員外郎高宇泰，字虞尊，用陳同甫韻志感，金縷曲云：「世事何堪說。歎而今、龍蛇浩刼，黏膠纏葛。試問百年能有幾，漸看滿頭堆雪。早銷盡、衝冠舊髮。撒手急歸茅屋底，且商量、好度閒風月。吾與也，點之瑟。從茲顯晦行藏別。問餘生、山樵野牧，尚堪作合。賣卜補鍋無不可。臘有淩兢瘦骨。望前路危岡高絕。一片雄心誰識取，倩笛聲、吹徹仙家鐵。應不免，石爲裂。」李文纘字昭武，亦魯王時員外郎，和岳忠武韻，滿江紅云：「狩泣蒼麟，歎盲左、書傳未歇。空痛絕，王師帝佐，忠魂慘烈。白草黃沙鳴塞雁，青霜紫電看秦月。望湖濱、頓首鬣封祠，同仇切。國已破，恥誰雪。亂未已，恨難滅。幸孫曾尚在，蒸嘗無缺。靈武旋頒哀痛詔，干將猶帶模糊血。卷綸竿、閒釣小橋西，心依闕。」諸生董劍鍔，字曉山，過金山寺，踏莎行云：「一拳浮玉，中流砥柱。茫茫煙水迷雲樹。年來兩過未曾登，那知張祜題詩處。南北橫分，古今幾度。拏舟三老隨歌渡。歌聲幸莫感傷人，江流一任人來去。」遊擊董守正，字濬子，紅梅，如夢令云：「春意濃如醇酒。綴上玉顏酡首。曳杖隔籬看，半吐峭寒香紐。知否。知否。卻似倚闌紅袖。」金大鏞，字碩人，訴衷情云：「西窗枯坐夢難成。樵悴對孤檠。今夕不知何夕，枕上有秋聲。風淡淡，露盈盈。最無情。樓頭短笛，江上寒潮，花外殘更。」慈溪則永樂中正字顧愨，字存誠，南丹戍所，西江月云：「玉壘黃塵黯黯，香閨清夢懨懨。何時重結畫眉緣。應比秋山翠減。 回首西風落日，斷腸衰草寒煙。塞鴻飛不到南天。消息都無半點。」弘治中舉人知濮州鄭滿，字勉齋，送友致仕，滿江紅云：「歸去來兮，有幾箇，生年滿百。好尋取、陶家荒徑，賀家故宅。一抹斜陽鋪水靚，千重晚岫排雲碧。料鄉園、翠竹與黃花，還如昔。心早歎，爲形役。更暮景，休虛擲。看候門稚子，歡歌笑拍。榮辱祇今都不管，煙波且作逍遥客。更到時、戲綵舊庭前，娛朝夕。」張鈇，字子威，題趙仲穆越山圖，百字令云：「浙江東岸，是越王勾踐，舊時封國。嘗膽卧薪成底事，惟有荒臺凝碧。萬壑争流，千巖競秀，宛宛無今昔。兔葵燕麥，中間多少遺跡。 遥想東晉風流，蘭亭修禊，空自留殘墨。何用登臨傷往事，堪歎鬢鬚垂白。且覓扁舟，賀家湖上，載酒尋春色。季真歸後，四明還有狂客。」魯王時按察副使鄭溱，字蘭臯，夏雨，蝶戀花云：「過了黃梅寒尚重。出水新荷，不耐擎珠弄。幾許愁懷難遣送。閉門回首都成夢。 雨後還將囊薜種。著破春衫，暫把絺衣空。一卷殘編何所用。江干多少風波湧。」張嘉昺，字石渠，踏莎行云：「綠鎖朱闌，紅翻碧沚。韶光驀地清明矣。愁多好夢已難尋，那堪又被鶯呼起。 妝嬾臨鸞，期愆乘鯉。當年盟誓都虛耳。有情燕子解憐香，銜將落瓣營新壘。」馮愷章，字竹相，浪淘沙云：「新月透窗紗。篆縷煙斜。誰家閒弄玉琵琶。卻向夜深人静後，自剔燈花。 譙鼓聽頻撾。驚噪棲鴉。孤衾寂寞負年華。暗裏銷魂緣底事，夢斷天涯。」又鷓鴣天云：「小閣沉沉閉麝煙。楝花風過畫簾前。弄晴弱柳垂金縷，貼水新荷撒翠錢。閒佇久，只耽眠。愁懷嬾託十三絃。困人天氣無聊景，風送殘紅落枕邊。」奉化則萬曆中進士順天府丞戴澳，字有斐，山花子云：「樓瞰寒塘古木横。幽禽時對小窗鳴。柳外何人停短棹，理漁罾。舊雨不來門晝掩，踈籬新翦竹枝平。茶鼎白沙泉正熟，聽松聲。」定海則范兆芝，字香谷，向湖邊云：「芳草洲前，波皺細縠，冷浸賀家遺宅。一曲清流，是狂奴曾乞。任當年鼓震漁陽，鈴霖蜀道，不改湖光澄碧。水底眠來，緬高風未息。我亦生平，雅抱煙霞癖。又千條柳綫，漾三分春色。鴨緑粼粼，更新添幾尺。蕩蘭橈，欲與浮鷗敵。恰船似天上坐，來將汰擊。渺渺予懷，喜青山猶昔。」尚有萬曆間尚書薛文介三省詠歸來，詞腔係自度，語亦欠雅，不録。

明女士詞遺珠

明女士詞亦有遺珠，如長洲孟澄女淑卿，減字木蘭花云：「月明如晝。料峭黄花寒越瘦。小立闌干。滿砌花陰翠袖單。當年劉阮。重訪天台人已遠。怪道而今。眼底心頭賸月明。」宜興陳㛃，字无垢，滿庭芳云：「湛碧池塘，空青庭院，清霜又已深秋。繞籬香韻，黄菊伴人幽。怪是重陽佳節，憑闌處、吹帽風稠。思前古，淵明此際，淡漠幾曾愁。江山無限感，悲深語咽，志壯身柔。賸圖書經卷。夙業堪修。憶昔雲鬟藕覆，菱鏡裏、未展眉頭。時易暮，數聲哀雁，葉落滿沙洲。」謝小眉清平樂云：「良辰初到。春色隨時鬧。妝點蛾眉因甚早。人在咸陽古道。當年泣别長亭。今朝嘶馬縈情。寂寞黄昏時候，瑣窗夜夜風生。」徐茗郎妻王瓊奴，滿庭芳云：「綵鳳羣分，文鴛侶散，紅雲路隔天台。舊時院落，畫棟滿塵埃。漫有玉京離燕，東風裏，似訴悲哀。主人去，捲簾恩重，空屋亦歸來。涇陽憔悴女，不逢柳毅，書信難裁。歎金釵脱股，寶鏡離臺。萬里遼陽郎去，知何日、郤得重回。丁香樹，含花到死，肯共野蒿開。」詞苑外編言，茗郎緣事戍邊，有吴指揮者欲納瓊奴，以計殺茗郎，瓊奴賦詞自誓，後鳴於御史，其冤得白，遂自殺。馬瓊瓊減字木蘭花云：「雪梅妒色。雪把梅花相抑勒。梅性温柔。雪壓梅花怎起頭。　芳心欲訴。全仗東君來作主。寄語東君。早與梅花作主人。」詞見稗説中，惟詞苑叢談言是朱延之妾馬瓊瓊作。

以花草粹編校毛刻詞

陳耀文花草粹編所輯詞章，與毛氏汲古閣所刊各詞，時有出入，堪以互校。惜余所見係不全鈔本，其中亦多脱誤。如朱敦儒沙塞子云：「萬里飄零南越，山引淚，酒催愁。不見鳳樓龍闕，又經秋。九日江亭閒望，蠻樹遠，瘴煙浮。腸斷紅蕉，花晚水西流。」蠻樹下落遠字。宋媛梁意娘茶瓶兒云：「滿地落花鋪繡。正麗色、著人如酒。曉鶯窗外啼楊柳。愁不奈、兩眉頻皺。關山杳。音信悄。那堪是、昔年時候。盟言多少知孤負。對好景、頓成消瘦。」麗色上落正字，此詞杳、悄二字係篠、有二韻借叶。無名氏南歌子云：「夕露沾芳草，斜陽對遠村。幾聲殘角起譙門。撩亂棲鴉，飛舞鬧黄昏。天共高城遠，香餘繡被温。客程常是可銷魂。怎向心頭，横著箇人人。」怎向下多一人字。晏殊玉樓人云：「去年尋處曾持酒。還是向、南枝見後。宜霜宜雪精神，没些兒、風味減舊。先春似與羣芳鬥。度暗香、不須頻嗅。有人笑折歸來，玉纖長、儘露衫袖。」還字上多又字，須作待。程垓瑶階草云：「空山子規叫，月破黄昏冷。簾幕風輕，緑暗紅又盡。自從別後，粉消香減，一春成病。那堪晝閒日永。恨難整。起來無語，綠萍破處池光淨。悶理殘妝，照花獨自憐瘦影。睡來又怕，飲來越醒，醒來卻悶。看誰似我孤令。」簾纖上多又還二字，減作膩，醒作醉，卻悶作越悶。數詞頗佳。且意娘與無名氏詞，詞綜及補遺均未錄。玉樓人調，詞律失載。沙塞子調亦未列入又一體。爰錄如右，餘尚不勝僂舉。三衢方千里有和清真詞一卷，雖不能如驂之靳，與陳西麓頗堪並駕。一落索云：「月影娟娟明秀。簾波吹皺。徘徊閒度可憐宵，漫問道、因誰瘦。不見芳音長久。鱗鴻空有。渭城西去恨依然，尚夢想、青青柳。」掃花游云：「野亭話別，恨露草芊綿，曉風酸楚。怨絲恨縷。正楊花碎玉，滿城雪舞。耿耿無言，暗灑闌干淚雨。片帆去。縱百種避愁，愁早知處。離思都幾許。但漸慣征塵，陡迷歸路。亂山似俎。更重江浪淼，易沈書素。目斷魂銷，自覺孤吟調苦。小留佇。隔前村、數聲簫鼓。」予尤愛其少年遊云：「東風無力颺晴絲。芳草弄餘姿。淺綠還池，輕黃歸柳，老去願春遲。　闌干憑暖慵回首，閒把小花枝。怯酒情懷，惱人天氣，清瘦有誰知。」起二句即寓君子道消小人道長意，措語極婉，乃詞綜均未錄。所選四詞，尚有錯脫。如齊天樂後闋云：「鱗鴻音信未覩，夢魂尋訪後，闗山又隔無限。客館愁思，天涯倦跡，幾許良宵輾轉。情閒意遠。記密閣深閨，繡衾羅薦。睡起無人，料應眉黛斂。」情閑倒作閑情。第三句增四爲六，宋元人詞僅此一闋。塞垣春云：「四遠天垂野。向晚景、雕鞍卸。吳藍滴草，塞綿藏柳，風物堪畫。對雨收、霧霽初晴也。正陌上、煙光灑。聽黃鸝、啼紅樹，短長音調如寫。　懷抱幾多愁，年時趁、歡會幽雅。盡日足相思，奈春晝難夜。念征塵、堆滿襟袖，那堪更、獨游花陰下。一別鬢毛減，鏡中霜滿把。」堆滿倒作滿堆，音字下落調字。按美成與夢窗、西麓詞前段末句均六字，惟楊澤民詞「把心事都寫」係五字。然楊詞前有向晚把，後有羅帕把，不應一詞中重用三把字。恐原闕二字，後人就其語意，誤以把字補之。

楊澤民續和清真詞

宋楊澤民有續和清真詞，後人合美成、千里，作爲三英集，其詞遠不如方，無論乎周，然亦有數闋頗佳。如玉樓春云：「奇容壓盡羣芳秀。枕臂濃香猶在袖。自從草草爲傳杯，但覺懨懨常病酒。　堤上路長官柳瘦。愁在月明霜落後。須知斗帳夜寒多，早趁西風迴鷁首。」望江南云：「尋勝去，驅馬上南堤。信脚不知程遠近，醉眠猶勸玉東西。歸路任銜泥。　春雨過，農事在瓜溪。野卉無名隨地發，山禽著意傍人啼。難解是悲悽。」一作鼓角已悲悽。大酺云：「漸雨回春，風清夏，垂柳涼生芳屋。餘花猶滿地，引蜂遊蝶戲，慢飛輕觸。院宇深沈，簾櫳寂靜，蒼玉時敲疎竹。雕梁新來燕，恣呢喃不住，似曾相熟。但雙去並來，漫縈幽恨，枕單衾獨。　仙郎去又速。料今在、何許停車轂。任夢想、頻登臺榭，遍倚闌干，水雲千里空流目。縱遇雙魚客，難盡寫、別來心曲。媚容幸、堪傾國。今日何事，還又難分辮菽。寸心天上可燭。」停車轂一作佇雙轂。詞綜僅録滿庭芳一詞，乃賦體耳。

詹天游詞

詹天游送童甕天兵後歸杭，齊天樂云：「相逢喚醒京華夢，吴塵暗斑吟髮。倚擔評花，認旗沽酒，歷歷行歌奇跡。吹香弄碧。有坡柳風情，逋梅月色。畫鼓紅船，滿湖春水斷橋客。　當時何限俊侶，甚花天月地，人被雲隔。卻載蒼煙，更招白鷺，一醉修江又别。今回記得。再折柳穿魚，賞花催雪。如此湖山，忍教人更説。」詞品譏其絶無黍離之感，桑梓之悲，而止以游樂爲言，真是無目人語。篇中第一句卽寓滄桑之慨。前闋「倚擔」、「認旗」、「吹香弄碧」，追喟時事，隱然言表。後闋「花天月地，人被雲隔」，似指賈似道一輩言。至後結二語，更明明點破矣。昔蔡君笛椽與余論南宋之亡，謂不亡於强敵，而亡於稗政。於時公田會子鹽酒酤榷，紛紛整飭爲富强計。不知財聚於上，民困於下，元氣已剥削殆盡，有元乃得而乘之。今論詹詞，益慨念當日朝臣，漫不知省。而一二見幾之士，如蔣竹山、吴夢窗輩，又復沉淪草澤，無所於告，遂一一寓之於詞。其杳渺恍惚處，具有微意存焉。

詹天游清平樂

天游又有清平樂云：「醉紅宿翠。髻嚲烏雲墜。管是夜來渾不睡。那更今朝早起。東風滿搦腰肢。階前小立多時。卻恨一番新雨，想應溼透鞋兒。」詞意殆有所諷。乃樂府紀聞，謂見一妓狀立廳下，遂賦此詞。洵如所言，有何意味。詩餘醉則註爲童甕天作，諒係流傳之訛，均未足信。宋以來説部書，往往將傳聞異詞敍爲實事。余友楊卧雲讀歐陽公歸田録，司馬温公紀聞，所載寇萊公、曾子固事，力證其誤。二公尚爾，其他可知。

明忠烈偉人詞

世人動以詞爲小道，且以情語豔語爲深戒，甚或以須有關繫之論，概及於詞。抑知夫子删詩，以二南冠首，豈無意哉。正惟家庭之內，情意真摯，充類至盡，而後國治天下平。況離騷之芳草、美人，即國風之卷耳、淑女，古人每借閨襜以寓諷刺。詞之旨趣，實本風騷，情苟不深，語必不豔，惜後人不能解不知學耳。就明而論，詞學幾失傳矣，而穠詞麗製，半出自忠烈偉人。如趙忠毅南星立朝侃侃，以忤魏忠賢削籍謫戍，有楊花次章質夫韻水龍吟云：「春來忒覺愁人，亂紅已是翩翻墜。楊花更慘，連空映日，撩人情思。飛過高城，尋來小院，從教門閉。偶蘋風乍定，商量暫住，低飛燕，還扶起。何處疑花亂玉，幾曾堪、鬢簪衣綴。蘭閨人倦，多愁牽夢，難成易碎。小玉聲喧，晴天雪下，香階無水。憶遼西何處，神魂蕩漾，暗拋紅淚。」范中丞文光巡撫川南，殉明難，有再贈梁姬，浣溪沙云：「夙世剛修半面緣。西風吹上五湖船。秋來瘦骨倍堪憐。癡想只教魂孟浪，閒情空對影留連。相思同入藥鑪煎。」又如陳忠裕子龍、吳節愍易、夏節愍完淳，皆以明亡殉難。忠裕浣溪沙云：「半枕輕寒淚暗流。愁時如夢夢時愁。角聲初到小紅樓。風動殘燈搖繡幕，花籠微月澹簾鉤。廿年舊恨上心頭。」千秋歲云：「章臺西弄。纖手曾攜送。花影下，相珍重。玉鞭紅錦袖，寶馬青絲鞚。人去後，簫聲永斷秦樓鳳。菡萏雙燈捧。翡翠香雲擁。金鏤枕，今誰共。醉中過白日，望裏悲青塚。休恨也，黃鶯啼破前春夢。」吳節愍一翦梅云：「紅染青楓白露霏。江上鴻棲。城上烏棲。扁舟獨自倒金卮。霜下花稀。月下星稀。世事紛紛總弈棋。顰也西施。笑也西施。墜歡如夢更休提。羨煞鴟夷。惱煞鴟夷。」夏節愍憶王孫云：「珠簾斜捲翠鬟垂。晚日重樓人未歸。細按紅牙嬾畫眉。影徘徊。一種東風幾樣吹。」卜算子云：「秋色到空閨，夜掃梧桐葉。誰料同心結不成，翻就相思結。十二玉闌干，風颭燈明滅。立盡黃昏淚幾行，一片鴉啼月。」之數公者，皆勝朝有數人物，烏得以豔詞少之。彼杜于皇、沈天羽、李笠湖輩，街談里語，填塞滿紙，乃自詡爲意新句奇，是誠詞家之蠹，其竊名一時，幸哉。

李珣詞誤作鐵鉉

建文中，燕師起，鐵尚書鉉力守濟南，殉難最烈。明詞綜録公浣溪沙云：「晚出閒亭看海棠。風流學得內家妝。小釵横戴一枝芳。　削玉梳斜雲鬢膩，鏤金衣透雪肌香。暗思何事立斜陽。」按是詞見花庵詞選，爲五代時李珣作，或者公喜其詞，曾手書之，後人不知，誤爲公作。

倪瓚與文徵明詞

文衡山待詔題宋高宗賜岳武穆手詔石刻，滿江紅云：「拂拭殘碑，勅飛字、依稀堪讀。慨當初、倚飛何重，後來何酷。豈是功高身合死，可憐事去言難贖。最無端、堪恨又堪悲，風波獄。　豈不念，疆圻蹙。豈不念，徽欽辱。念徽欽既返，此身何屬。千載休談南渡錯，當時自怕中原復。笑區區，一檜亦何能，逢其欲。」余嘗謂高宗非昏庸之主，武穆又深荷眷顧，檜何人斯，敢於擅戮，高宗亦竟不問，與待詔之意正同。至寓議論於協律中，尤覺激昂慷慨，讀之色舞。古今詞話言：待詔素性不喜聲妓。祝枝山、唐子畏邀登畫舫，預匿二姬，出以侑觴。待詔憤欲投水，乃別呼小艇送歸。此與吾鄉倪雲林高士傳有潔癖，偶眷一妓，慮其不潔，令之浴。浴至再三，而天明矣。同一言過其實。抑知二老風情，正是不薄。雲林，江城子云：「窗前翠影溼芭蕉。雨瀟瀟。思無聊。夢入鄉園，山水碧迢迢。依舊當年行樂地，香徑杳，緑苔饒。沉香火底坐吹簫。憶妖嬈。想風標。同步芙蓉，花畔赤闌橋。漁唱一聲驚夢斷，無處覓，不堪招。」待詔南鄉子云：「雨過緑陰稠。燕子還來認舊遊。日暮重重簾幕閉，悠悠。殘夢闘心懶下樓。芳草弄春柔。欲下晴絲不自由。青粉牆西人獨自，休休。花自紛飛水自流。」此豈規行矩步人所能爲耶。

明人小詞

吴江葉仲韶水部紹袁，國變後披緇行遯。傳有甲行日注，内記乙酉九月初四日過石門，初五日至一華庵，初十日獨步廡間，見殘帙中一小詞，回想太平時序，兒女柔情，不覺銷凝久之。詞云：「韶光悄悄溶溶處。半是落花與飛絮。人静晝長，重門深閉，閒倚疏簾無語。畫屏春夢正來時，上苑東風又歸去。燕子泥香，游絲日暖，一霎薔薇紅雨。」按調似夜行船，而前後段次句不作上三下四句法，後段起句亦不押韻，不知誰人所作。明人於詞調每每任意出入，姑録之以俟世之審音者。

聽秋聲館詞話卷十

楊傳第詞

人生百行，首重忠孝。比年賊氛未靖，以忠節報者，已不知凡幾。獨孝子卽承平時，綜各省所舉，歲不過數人。其間刲肱廬墓，或猶有務名之心。能不繫情妻子捐生以殉者，世不多覯。近有陽湖楊聽臚傳第，己酉舉於鄉，貧甚，幕食汴中。值賊陷京口，迎母避亂，居汴城外之黑堈。辛酉秋，捻匪擾汴，孝廉閉城中不得出。賊退，知母被戕，一慟幾絶。日嘔血升許。越八日卒，或傳仰藥死。海蕙田都轉鍾爲賦楊孝子行，謂「錚錚奇行，足光青史。」近得劉雲樵觀察書，言已爲之請旌矣。孝廉著述頗富，余祇見其齊天樂云：「秣陵往事成惆悵，嬋娟月明千里。曾照人來，不教人去，一味怨他江水。去時容易，怎消息參差，誤人如此。拶遍闌干，晚來認取指痕細。舊歡竟如夢裏。餘香凝彩筆，休問蛾翠。車走雷聲，衣黏花影，髣髴靈儔徙倚。蘆花風起。趁月地飛回，舊家燕子。幾度思量，去來拚不是。」當是金陵陷時有慨而作。其他詩詞，吾郡多好事君子，諒有爲之收輯者。又余友趙一清茂才元音，平時事親誠謹，無他異。庚申邑陷，奉父俊匿鄉之譚村。賊至，已捨之去，見父被擄，急前請代。賊並縶之，遂大罵。賊怒，縛之柱，罵益厲。刳腹剖心，備極慘毒。其兄少仙明經丹成，余表妹壻也，見之憤甚，亦大罵，與父同遇害。表妹畢氏挈一子一女，偕夫姊程趙氏，均投河死。姊之夫附生程正諤鈐，亦死於賊。今存茂才妻陳氏，孑然嫠守，家無人矣。忠義局請卹，率類舉姓氏，於死事狀未必詳敍。余恐久而泯滅，附志於此。同一死賊，似茂才兄弟，加人一等矣。

楊希閔詞

新城楊卧雲中翰希閔，好聚書。手選歷朝詩詞爲詩軌、詞軌，加以評斷，用力可謂勤矣。丙辰丁巳間，賊擾建昌，集數百人成一旅，屢與賊戰。時江閩兵屯壘相望，無有以一矢遺賊者。逮新城再陷，家毀力竭，始間關赴閩，藉筆耕餬口。余初見其痛飲詞，心儀之久。乃握晤，髮已蒼然，然英氣猶勃勃也。茲録其登邵武熙春山，憶江南云：「登樓望，斜照隔鄉關。疏樹淡煙籠雉堞，晚鐘清磬接鼇山。飛鳥幾行還。」舟次邵武大乾，謁隋守歐陽公祠墓，好事近云：「嵐氣濕衣衫，山鎖一灣寒碧。中瘞隋朝忠骨，薦牲醪盈百。　墳前翁仲已頹唐，靈爽尚憑式。欲就蓬窗高卧，奈灘聲嗚咽。」按歐陽公名祐，官温陵守。任滿歸，值隋亡，恥事二姓，全家沉於大乾里。人爲葬山之陽，立祠祀之，祈夢奇驗。事見邵武府志，正史失載。獨劉起潛隱居通議，所述大乾夢録。謂愛山水清秀，盤桓久之。已而舟溺，葬其地，遂著靈應。語與志異。以是知古來忠烈，湮没不少。即如中翰不克少展所學，埋頭故紙中以老，余不能無慨焉。

趙吉士詞

國初趙天羽給諫吉士，由副貢生官交城令，寇盜充斥，設計平之。內擢御史，遷給事中。所著萬青閣詞，多側髑髏。余獨愛其登晉陽城樓點絳唇云：「獨上危樓，茫茫不辨天南北。孤城屹立。山色周遭碧。狐突千峯，多少豺狼匿。西風急。數聲箏築。一抹寒煙白。」臨洺關，偷聲木蘭花云：「邯鄲古道臨洺驛。回首太行青歷歷。極目蒼涼。曾是中原舊戰場。可憐鬼火明如豆。一派西風黃葉瘦。聽徹三更。嗚咽城頭凍角聲。」甲寅元夕，浪淘沙云：「望遠思騰騰。烽火心驚。極天士馬正縱橫。却喜海陽今夜月，還似承平。　巷陌更添燈。春滿山城。畫圖人醉水晶屏。側聽譙樓樓上鼓，剛打三更。」吳宮懷古，虞美人云：「蘇台零落荒煙斷。麋走長洲苑。西風吹冷館娃宮。惟有藕花、愁對夕陽紅。　胥門抉後濤聲怒。山鷓啼何苦。吳亡越霸不須哀。又見會稽、一炬楚人來。」冬夜宿北頂僧舍，相思引云：「霜落疏林朔氣濃。短籬黃葉吼西風。酒寒燈燼，響徹隔牆鐘。　不辨狂沙連塞白，驚看野燒接天紅。虎蹲獅踞，直北是居庸。」玉笛金笳，別饒逸響。

清初大臣詞

韓忠獻、趙清獻、范文正、李忠定，爲有宋一代名臣，而詞采流傳，如「愁無際，武陵凝睇，人遠波空翠」，「明月高樓休獨倚，酒入愁腸，化作相思淚」，與「寶瑟塵生，金雁空零落」，「悵青春又過，年年此恨，滿東風淚」等語，足與勳業並昭千古。我朝如湯文正斌、陳文貞廷敬、陳勤恪鵬年，文章經濟，媲美前賢，亦有詞句流傳。文貞紅窗聽云：「玉軫霜弦欣暫倚。更何必、碎從燕市。窗燈簾月閑相對。覺吾將老矣。目送手揮聊復爾。正良夜、碧天如水。漏聲初起。征鴻過盡，奈鄉愁難寄。」文正秋日閒居滿庭芳云：

「雲澹霜洲，雁飛葭蒲，兩行煙樹柴門。紙窗茅屋，秋氣映朝暾。壯歲歸田賦就，閒居好、臥邱園。耦耕侶，荷鋤問訊，紅葉認山村。　漫論。今古事，柴桑谷口，往跡猶存。任茶香竹里，酒沸松根。倚枕清眠初覺，東籬看、菊蕊堪餐。憑闌坐、南華一卷，諷詠到黃昏。」勤恪寒夜對酒浪淘沙云：「殘月轉新晴。夜靜寒生。霜花如雨撲簾旌。最是高堂今夕夢，暗數歸程。　無計破愁城。驀地心驚。十年宦海竟何成。縱使團爐還對酒，到底淒清。」或鄙詞爲小道，無足稱者。抑知古今名臣，每多寄興，不僅歐蘇兩文忠，足占詞壇俎豆也。

許賡皞詞

宋時閩中詞人輩出，明以來幾成絕響。近日始有人習之，省以外，仍寥寥也。獨甌寧許克孳明經賡皞，酷嗜倚聲，所著夢月山館詞，蝶戀花云：「悶掩閑窗消永晝。小小蛾彎，綠得愁痕皺。人在子規聲裏瘦。落花幾點春寒驟。　坐擁博山熏翠袖。燕姹鶯嬌，不管儂僝僽。拍斷闌干吟未就。鸚哥驚醒將人咒。」新燕，卜算子云：「門巷尚依稀，滿地芹泥潤。舊夢盧家記不真，飛向簾櫳認。　花影掠紅襟，已是黃昏近。不見樓前翠袖人，樓外紅成陣。」十二月望夜，西子妝云：「風鍊霜華，煙凝星影，醉後酒襟寒淺。夜深猶自凭危闌。悵蒼涼、舊時庭院。圓蟾又滿。問一歲、團圓幾遍。算今年，儘者番圓了，明年重看。　羅浮遠。野鶴飛還，寂寞關山怨。樽前纔聽話將離，奈青氈、更教人戀。吹殘翠管。怕回首、茶煙消黯。且團爐，重夢梅花未晚。」於聲華歇絕時，獨尋墜緒，可謂有志之士。後遊武夷，登絕頂，失足墜崖死。

袁通詞

袁子才太史以詩文雄一時，而不解填詞。嗣君蘭村大令通，獨工倚聲。在白下則有汪鄴樓、馬棣原、金雨香。入都則與錢謝庵、邵蘭風諸君唱和無虛日。所著捧月樓詞，雖宗法不出南宋諸家，亦不爲浙派所拘。醉太平云：「山程水程。長亭短亭。有人遠道初經。數郵籤與聽。　帆開曉行。潮生夜停。累他小膽頻驚。聽風聲水聲。」菩薩蠻云：「可憐九月初三夜。月痕又到犀簾下。没箇捲簾人。蛛絲網細塵。　沉沉更漏永。薄薄羅衾冷。只此惹魂銷。今宵第幾宵。」題永州司馬李盧觀梅梁漁隱圖，金縷曲云：「展卷呼奇絕。者溪山、依稀夢裏，記曾游歷。一樣樓臺低壓水，一樣疏林延月。更一樣、胡麻留客。不信先生真到此，借生綃、寫出煙巒活。渾似見，舊相識。　荆湘遠拄看山笏。想閑情、香尋沅芷，歌諧湘瑟。乞取鑑湖他日事，安穩浮家泛宅。相約换、雨蓑煙笠。竿拂珊瑚雲送槳，倚瓊簫、吹破湖煙碧。鷗盟在，願同結。」靈芬館詞話僅舉行香子，與「桃花和粥嚥、心裏葬春多」句，非其至也。大令官內黄令，卒於中州。子又村司馬，攝上海令，殉匪難。猶女柔吉，幼嫻吟詠，適天長崇氏。歸寧金陵，城陷，投水自盡。猶子竹畦貳尹起，亦工詞善畫。有畫延年室詞荷葉杯云：「唤得愁來春去。鶯語。花裏一聲聲。斜陽啼斷有誰聽。不似舊時情。　滿院落紅飛絮。風雨。做就困人天。緑窗纔起又思眠。香夢去誰邊。」登滄浪亭懷六舟上人，祝英臺近云：「緑陰疏，啼鳥静。門掩夕陽冷。衰柳危橋，畫出寂寥景。春風十二紅闌，隨波曲曲，知多少，袖羅曾凭。暗銷凝。遍探虛閣迴廊，寒蛩鬧莎徑。小憩孤亭，客思有誰省。徘徊不見參寥，錫飛何處，空閑煞、石牀花影。」一門風雅，歷百年不替，且以忠烈顯。從古詩人，罕有倫比。

金陵三君詞

蘭村需次都門，汪鄴樓致書問訊。中緘梅花兩朵，言是倉山香雪海中向北枝也。並媵以虞美人詞。蘭村和韻云：「開函忽覺香沾手。兩點梅魂瘦。謝他舊雨太關心。教識故園春已者般深。　赫蹏紙薄重重護。好伴離人住。家山千樹正橫斜。只汝迢迢尋我到天涯。」令人誦之黯然。鄴樓名度，有玉山堂詞。秋齋夜讀初聞蟲聲清平樂云：「不煩刀尺。猛把愁絲織。雜入漏聲疏又密。夜夜燈挑寒碧。　銀河倒瀉空庭。癡雲攔住飛星。夢到墳山籬落，幾人輸我先聽。」棣原名功儀，所著倚雲亭詞，與玉山堂相伯仲。菩薩蠻云：「紅樓寒怯東風緊。紅羅夢裏春人醒。悔不捲簾招。賣花聲過橋。　相思疑中酒。怕說今番瘦。争奈海棠開。只他雙燕來。」雨香名惪恩，官安徽知縣。上巳脩禊飲老梅花下，一萼紅云：「過花朝。却暖輕寒重，晴雪未曾消。香避風輕，影和人瘦，奪他桃李新嬌。凭春色、三分去二，觴詠處，還似渡溪橋。買玉提壺，揮毫選石，拚到深宵。　漫說蘭亭韻事，只躍仙入座，此約難招。日挽頹紅，苔鋪冷碧，纖柯堆滿瓊瑤。待晚煙、微遮亭角，渾凝脂、斜罩一層綃。添與如眉新月，挂向寒梢。」三君皆居金陵，與蘭村善。

都門諸君詞

嘉慶初，蘭村謁選入都，與錢謝庵、楊伯夔、吴蘭園、程春廬諸公，爲消寒會。時邵蘭風將赴河間幕，咸賦詞以贈。謝庵詞最佳，調寄摸魚兒云：「正長安、酒人歡聚，匆匆離緒偏起。圍鑪不厭深更話，明日留君無計。君去矣。訝纔説、消寒，便惹消魂意。夜長如此。且抛却愁心，暫同諧笑，頭没酒杯裏。河間地，凍合滹沱千里。酸風獵獵吹耳。悲歌慷慨真無益，莫唱清商變徵。君解未。悵從古、依人，誰吐元龍氣。月華如水。算夜夜江南，夢魂歸去，後夜又燕市。」謝庵名枚，己未進士，仁和人。著有微波詞。南歌子云：「好夢難重做，春愁又一年。東風吹起夜窗眠。依舊初三月子不曾圓。曉露凝香濕，游絲惹恨牽。桃花開近翠簾前。花外一重涼雨一重煙。」蘭園名自求，居江寧，官浙江景寧令，爲余友伯鈞明府尊人。有題太真合樂圖，霓裳中序第一云：「繁聲恍聽得。約略霓裳第三疊。貼地錦裀瓊席。正一霎春生，沉香亭側。玉妃小立。儼倚醉、嬌慵無力。想欲演，紫雲迴曲，偷擫隔花笛。誰覓。生綃盈尺。早寫出、唐宫風月。豪華勝境争識。瓊管吹香，舞袖翻雪。三郎真俊絶。把羯鼓、匀圓親擊。試問取，都蘭苔刺，何似戰鼙急。」春廬名同文，桐鄉人。亦己未進士，官兵部郎。有分詠蘋婆菓月華清云：「珍餉甘分，飣筵香擘，燕南絶勝風味。淺緑輕紅，襯出肌膚玉膩。贈伊名、佛也多情，怎拈得、相思兩字。猶記。是黄姑津畔，靈根謫世。　憶見素花簪髻。早露飽煙酣，摘殘秋翠。小刼罡風，護過春頭臘尾。愛掌搓、替月能圓，憐齒齧、融霜微脆。函子。待歸種家園，配他青李。」桐鄉産檇李，故擬配蘋菓云。

包世臣詞

古人以經術飾吏治，今則政事文學判若兩途，殊不可解。以余所見，蔡君笛椽，下筆滔滔清辨，而吏事非所長。宰江陵，以拘緩被黜。包丈慎伯世臣究心世務，與先伯父同舉戊辰秋榜。所著安吴四種，于水利農田，尤致意焉。逮出宰江右，有鬭毆殺人者，丈自以教化不行引咎。鞫時不問釁由，先語以同閭共井，宜敦禮讓。娓娓數百言，衆皆掩口胡盧。卒以迂拙不任事，引疾歸。丈工古文，詩詞不多作。有過富莊驛，訪謳者月梧不見，土人述其所遭，言已遞回高陽舊籍，譜詞誌之。用清真韻六醜云：「乍閑情賦就，有多少、新愁難擲。舊時爪痕，纖纖輕似翼。重認無跡。却指紅樓外，晶簾低映，一笑真傾國。羅襦幾度沾芳澤。拾翠清流，條桑繡陌。年華可堪追惜。竟雲封院落，珠網櫺槅。空庭春寂。任萋萋草碧。欲問年時事，無信息。垂楊不慣留客。儘長條踠地，婀娜何極。章臺上、記曾岸幘。誰復省、此日横波月小，斂煙山側。殘紅墜。漫問歸汐。只舊池、好認高陽路，孤根寄得。」丈晚年寓居金陵，筑白門倦游閣，即以名詞。

吴下兩故人詞

高君茶庵，以吴下兩故人詞見示。一長洲宋明經志沂，字浣花，詞名梅笛。咸豐十年，蘇城陷，殉難。一吴縣王愧庵布衣復，有煙波閣詞。蘇州被兵，挈妻子旅寓於杭。圍城中，忍飢垂斃。城破，没於亂軍中。生平著述，均歸劫火。茶庵與劉泖生司馬履芬、潘瘦羊明經鍾瑞，搜羅鈔撮，僅得十之一二云。其上乘已渺不可追，然渥洼下駟，猶具神姿。愧庵唐多令云：「香燼繡簾空。喁喁鏡鑑中。助淒清、唧唧寒蛩。絮得秋宵更短短，風淅淅、月濛濛。如畫小眉峯。分明恨萬重。夢無聊、燈暈微紅。夢慣銷魂推夢去，還對影、話愁衷。」蝶戀花云：「夢覺雁聲和月墜。背著寒燈，悶擁孤衾睡。西北風尖吹欲死。柳絲怎把郎船繫。驀上心頭還眼底。百苦千辛，第一愁滋味。天末芙蓉湖上水。相思付與迴潮寄。」邗江舟次，題湘君小影長亭怨慢云：「正遥夜、夢闌孤艇。淡月微茫，殘燈掩映。展取生綃，亭亭一尺驚作去聲鴻影。香魂遠近，應盪作、梨雲冷。畫裏小眉峯，猶恐被、餘愁壓損。誰省。悵憐儂憶汝，一霎鈿樓留景。星眸灩灩，慣拋向、酒邊人領。甚短夢、緑瞥紅飄，抵一刼，曇花長命。問綺業如何，二十四橋煙暝。」浣花，霜天曉角云：「燈影簾間。酒醒人未眠。却被城頭畫角，吹月色、到愁邊。更殘。霜滿天。早梅香可憐。莫問春風消息，春如夢、夢如煙。」謁金門云：「天又暝。細雨一簾香冷。雨到晴時風不定。月明花顫影。今夜枕邊偷省。昨夜鏡邊笑並。料得畫樓殘醉醒。晚妝和淚等。」竹夫人，疏影云：「空牀聘得。怪箇儂瘦削，無限憐惜。脈脈含情，悄悄相偎，湘雲夢裏猶碧。冰肌玉骨還如舊，但換却、當初顏色。記那回、翠袖天寒，彈指已成今昔。歡境匆匆過了，嫩涼漸到枕，今夕何夕。冷淡芳心，不合時宜，莫怨薄情拋擲。年年歷盡秋風恨，料此意、齊紈能識。只願伊、長報平安，未必重逢無日。」美人蕉臨江仙云：「緑滿情天秋最好，如花悄立牆陰。相思遥望碧雲深。竹邊羅袖薄，一寸展紅心。却悔愁根當日種，秋娘憔悴難禁。隔簾聽雨夜沉沉。西風容易老，斷夢可能尋。」時吴縣潘子繡茂才遵璥，亦殉蘇城之難，著有香隱庵詞。喝火令云：「一角紅樓側，雙鬟碧玉家。那時同話夕陽斜。不道藍橋重到，夢影已天涯。空贈當筵扇，難尋泛海槎。人生能有幾韶華。禁得年年，飛絮又飛花。禁得花花絮絮，飛遍舊窗紗。」秋蟬孟家蟬云：「向古槐影裏，暮柳陰中，嘶破涼天。漫灑齊宮淚，怕抱葉生憐。敲冷一聲清磬，還隱約、重理琴絃。最淒然。客鬢蓬鬆，聽徹風前。情牽。問天涯甚處，可覓知音，寄與冰牋。餘恨一襟，應化縷縷蒼煙。便有蟲吟漸替，算已是、吸露年年。斷橋邊。暑氣消殘，猶訴纏綿。」此調係宋潘元質自度腔，詞譜、詞律均未收。又余友史煥庭明經應蘭，吾邑陷時，避居西鄉，賊至自盡。浣溪沙云：「乍試輕羅怯曉寒。遠山新翠落眉端。悄拈紅豆把鶯彈。花是合歡親去種，酒因長命偶成酣。藏鈎微笑耐人看。」尚見其題友人松風蕉雨圖，卜算子詞甚佳，不能追記矣。

馮登府詞

馮柳東大令，謂柳永鬬百花「終日扃朱户」，應作換頭起句。詞綜誤屬上闋。詞律收晁補之詞，亦同此誤，致疑參差無味。宜矣。按鬬百花調，柳詞三闋。一云「鸞輅音塵遠」，屬上屬下均可。一云「舉措多嬌媚」，若作換頭起句，則上文「如描似削身材，怯雨羞雲情意」，詞氣似尚未足。晁詞亦三闋，一即詞律所收「百態生珠翠」，截上歸下，已覺牽强。一云「重向溪堂，臨風看舞梁州，依舊照人秋水」，緊接「轉更添姿媚」，以足上文語氣。若截歸下闋，似與下文「與問階上，簸錢時節」轉不相接。一云「微笑遮紈扇」，細玩詞意，亦宜屬上，不宜屬下。乃未經互校，率臆言之。昔賢有知，得毋齒冷。大令名登府，嘉與人。由翰林散館，官福建知縣。性怪誕，不習吏事，改教授歸。在閩時，偶游北里，眷一姝，色已衰，且陋甚，顧譽之不去口。臨行出七品繡服爲贈云：「可作鴛枕睡，幸毋忘交頸時。」一時傳以爲笑。所著月湖秋瑟、種芸仙館詞，各二卷，獨不失金風亭長矩矱。楊花浣溪沙云：「雪暖江南愁煞人。緑楊晴絮滿金城。東風如夢了殘春。流水難消輕薄恨，落花同是別離身。畫闌飛遍總無聲。」自題楊柳岸圖長亭怨慢云：「又聽到、棲鴉時節，冷雨疏枝，秋聲來驟。送別年年，亂條攀盡忍分手。消魂短艇，早催渡、河橋口。柳縱有青時，却不管、離人消瘦。馬首。悵殘陽千里，倦向西風沽酒。一絲影裏，已換了、暮蟬亭堠。問那處、夜笛樓頭，恐歸去、緑陰非舊。但月曉風尖，付與鶯儔燕慠。」首句不用韻，係張玉田體。落葉浪淘沙云：「夜雨打林扉。露冷霜淒。白門秋柳漸疏稀。說與西風留一葉，尚有蟬棲。飄泊任高低。鶴怨鵑啼。斷腸人在小窗西。恨碧鬧紅全不是，舊徑都迷。」

寫五陵豪客詞

長洲徐貫時過平原有見云：「春風解下貂圍脖，露出蝤蠐雪不如。」錢塘洪昉思詠燕女云：「身輕不用健兒扶，捉鞭自上桃花馬。」隨園詩話謂摹寫燕趙佳人，風流可想。時嘉善顧輝六程美有解珮令云：「高靴窄袖。一般明秀。只盤龍、兩肩低覆。似燕身輕，早跨上、桃花馬驟。捉金鞭、半垂纖手。歌呼擊缶。伊涼競奏。恍哀鴻、飛來隴右。江左緐華，爭得似、關西田竇。滿銀盂、酪濃如酒。」尤爲曲盡。又太倉王次谷曜升，減字木蘭花云：「春風何處。燕隔珠簾啼不住。曉日侯家。犬帶金鈴臥落花。打圍郊外。曲室紅妝燈底待。索酒橋頭。別館青衣馬上留。」寫五陵豪貴，非特如繪，言外之意，讀者自知。

石韞玉詞

吴縣石琢堂廉訪韞玉，由修撰外任，陳臬楚南。會屬邑有以强姦訟者，公因事無確證，批牘中用「難保無」三字作轉語。後其事上聞，仁宗謂書生掉弄筆頭，罷公官。公意不能無慊，恆笑謂人曰：「『難保無』，正可對『莫須有』也。」公歸後，潛心著述。常篋袁子才太史四六文，頗精博。著有花韻庵詞，清平樂云：「彈絲吹竹。花裏人如玉。歌徹紫雲迴一曲。山與眉峯争緑。幽情暗惜芳菲。醉吟心事誰知。漫説湖同西子，風懷不似當時。」舟泊廣陵滿江紅云：「百雉臨江，依舊是、緑楊城廓。看處處、絲清簧脆，銀燈珠箔。明月二分秋有恨，瓊花一謝春無著。但孤舟、攲枕聽寒潮，還如昨。迷樓石，苔痕駮。平山樹，鵑聲惡。笑人生幾箇，腰纏騎鶴。三閣吟詩同向盡，六州聚鐵終成錯。算從來、兒女與英雄，都零落。」噫，公在時，楊州尚繁盛。逮髮務更張後，繼以兵燹，使公今日經行，正不知如何感喟耳。

熊寶泰詞

潛山熊藕頤明經寶泰，生七月乏乳，哺以藕粉得活，因字藕生，後易今字。工詩古文，所著藕頤類稿，附詞二卷，類多俳體。不詭於雅者，步蟾宫一闋耳。詞云：「爲誰濕透臨風袂。全不辨、露珠珠淚。重來憔悴是崔郎，怕花下、小門深閉。當時獨擁黄紬被。隔著箇、窗兒無寐。而今依舊是相思，更添了、別離情味。」明經父會玜，官江蘇，饒吏才，由從九品薦升知府。任丹徒時，黄文襄廷桂爲總督，涕唾屬吏無敢忤。值南巡除道，公不忍毀人塚墓，迂曲里許。文襄怒，謂鑾輅所經，不由直路，大不敬，不急改必誅。公曰：「豈駕前有人持指南針，直至丹徒不一轉灣耶。倘上聞發骸暴骼，罪在公，不在某。卽幸而未知，公獨無惻隱心乎。」道府咸駭，引公謝，公不肯。且大言曰：「參官已耳，焉能殺我。」文襄無如何，道卒不改。臬司某喜訪察，密檄逮丹徒惡户，拘至則農家良善人也，縱之去。會有事赴蘇，臬司怒曰：「君識其爲善人而遣之，策我不能耶。」公曰：「由府至司吏胥，層層需索，公卽訊而釋之，而其家已破，誣者之計得矣。」臬司瞿然爲之停訪。又嘗云：「長官亦人也，何必懼。有患得患失心，則面少人色，將順不暇。」居官風采可想見矣。其言其事，足爲脂韋者鑒。

吴栻夫婦詞

芝霞女史象慧，明經女也，適涇縣吴墨仙明府栻，咸工詩詞。明府任四川江津縣，詞名課花。酒帘滿庭芳云：「樓角斜飄，簷牙半露，幾番捲起炊煙。有時風静，端正一竿懸。比似麴車更甚，遥望處、無那情牽。行沽去，何須借問，亞樹夕陽偏。　堪憐。最好是、杏花開候，春暖江天。傍水村山郭，做弄輕妍。招引踏青人至，同認取、孤影翩翩。只休教、朦朧醉眼，錯認燕飛前。」女史有芝霞閣詞，卜算子云：「楊柳弄輕柔，花落人消瘦。杜宇聲聲聽已愁，況是黃昏候。　新月自娟娟，不似眉痕皺。曉起臨妝學畫伊，得展愁容否。」桃源憶故人云：「窗前忽灑瀟瀟雨。對此暗添愁緒。點點何曾少住。況有芭蕉樹。　子規啼斷人何處。芳草遠迷歸路。簾捲落花無數。又是春將暮。」

聽秋聲館詞話卷十一

聶冠卿多麗詞

聶冠卿於李良定席上賦多麗詞，一時傳誦。蔡君謨詩所謂「多麗新詞到海邊，天涯回首重依然」也。詞云：「想人生，美景良辰堪惜。向其間、賞心樂事，古來難是并得。況東城、鳳臺沁苑，泛晴波、淺照金碧。露洗桐華，煙霏絲柳，綠陰搖曳蕩春色。畫堂迴、玉簪瓊珮，高會盡詞客。清歡久，重燃絳蠟，別就瑤席。　有飄若驚鴻體態，暮爲行雨標格。逞朱唇、緩歌妖麗，似聽鶯語亂花隔。慢舞縈回，嬌鬟低嚲，腰肢纖細困無力。忍分散、彩雲歸後，何處更尋覓。休辭醉，好花明月，莫漫輕擲。」原本「綠陰」句下，作「蕩春一色」。「緩歌」句下，作「似聽流鶯亂花隔」。「休辭」句下，作「明月好花」。詞律謂「蕩春一色」費解，「一」字乃誤多者。「聽」字應讀平聲，「流鶯」乃「鶯語」之訛，「明月」句必是誤倒。按此詞用入聲叶，宋人往往以入作平，與晁无咎平韻詞句讀不殊。「蕩春」句各家平仄兩體均止七字，無作八字句者。萬氏所云，不爲無見。因思前段第二句「美景良辰」，恐亦傳寫顛倒，如作「良辰美景」，則與各家平仄均協矣。至晁詞首句，各本作新秋近，乃近新秋誤倒。宋人塡此調均仄平平起，詞律謂起三字用仄者非。

楊慎竄廖瑩中詞

周美成製六醜調，楊升庵嫌其名不雅，改稱箇儂。若不知宋人廖瑩中自有箇儂本調，前後極整齊。萬氏詞律因升庵所作，雖用周韻，而句讀參差，祇知辨其錯謬，亦不知調本箇儂，詞係廖作。其詞云：「恨箇儂無賴，賣嬌眼、春心偷擲。莎軟芳堤，苔平蒼徑，卻印下、幾弓纖跡。花不知名，香纔聞氣，似月下篌箜，蔣山傾國。半解羅襟，蕙熏微度，鎮宿粉、棲香雙蝶。語態眠情，感多時，輕留細閱。休問望宋牆高，窺韓路隔。尋尋覓覓。又暮雨，遥峯凝碧。花塢橫煙，竹扉映月，儘一刻千金堪值。卸襪薰籠，藏燈衣桁，任裹臂金斜，搔頭玉滑。更怪檀郎，惡憐深惜。幾顫興、周旋傾側。碾玉香鈎，甚無端、鳳珠微脫。多少怕聽曉鐘，瓊釵暗擘。」按瑩中字羣玉，爲賈似道客，乃宋末人。升庵生有明中葉，其爲竄易廖詞，竄爲己作可知。相傳升庵未貶時，每闌入文淵閣攘取藏書，妄意似此單詞，世無傳本，可以公然剽掠，初不料二百年後，原詞復行於世。余嘗謂升庵得志，決非純臣，蓋自視過高，意天下後世皆可欺；其不爲無忌憚之小人也幾希。

蘇軾賀新郎詞

賀新郎調一百十六字，或名賀新涼，或名乳燕飛，均因東坡詞而起。其詞寄託深遠，與咏雁卜算子云：「缺月掛疏桐，漏斷人初静。時見幽人獨往來，縹緲孤鴻影。驚起卻回頭，有恨無人省。揀盡寒枝不肯棲，寂寞沙汀冷。」同一比興。乃楊湜詞話謂爲酒間召妓鋪敍實事之作，謬妄殊甚。詞云：「乳燕飛華屋。悄無人、桐陰轉午，晚涼新浴。手弄生綃白團扇，扇手一時似玉。漸困倚、孤眠清熟。簾外誰來推繡户，枉教人，夢斷瑶臺曲。又卻是，風敲竹。　石榴半吐紅巾蹙。待浮花、浪蕊都盡，伴君幽獨。穠豔一枝細看取，芳意千重似束。又恐被、秋風驚緑。若待得君來，向此花前，對酒不忍觸。共粉淚，兩簌簌。」計一百十五字。竊意若待得君來向此，下直接花前對酒不忍觸，語氣未洽，必係花前上脱一字。雖韓滮詞此句亦僅七字，恐同一殘缺，非全本也。其蕊字乃以上作平，與兩簌簌句中簌字以入作平同。至卜算子詞，或謂有女窺窗而作，殆因温都監女而附會之，亦不足信。一本静作定，汀作洲，似不如人初静與沙汀之善。有謂雁不樹宿，寒枝二字欠妥者，不知不肯枝棲，故有寂寞沙汀之慨，若作寒蘆，似失意旨。

蝶戀花單調

樂府紀聞言韓莊敏縝有愛姬能詞。公奉使時，姬賦蝶戀花云：「香作風光濃著露。正恁雙棲，又遣分飛去。密訴東君應不許。淚波一灑奴衷素。」僅三十字，似係半闋，故選家均未録，即詞律亦祇收六十字一體。然詞有單調，有雙調，如南歌子本二十六字，望江南本二十七字，後加一疊，即爲雙調。明女士張紅橋寄外蝶戀花云：「記得虹橋西畔路。郎馬來時，繫暖垂楊樹。漠漠梨雲和夢度。錦屏翠幕留春住。」亦三十字，即謂爲單調，似無不可。有稱黄金縷者，蓋取馮延巳「楊柳風輕，展盡黄金縷」句名之。又乾隆間，女鬼柳依依降乩，賦詩一絶，並詞云：「身裏絮綿難著枕。淡月鋪窗，亂寫飛花影。莫怪青春歸步緊。枝頭杜宇聲聲請。」與紅橋詞正同。依依，順治初江都人，方瓊室，年十八，遇亂被擄，抗節而殞。

韓欽詞

天地生才，每不可解。粵西遠在邊徼，士大夫工韻語者尚有，閨閣中殊爲罕覯。乃會稽王笠舫大令集中，傳有陸小姑者，賓州人。幼慧工詩，適同里覃六。六操農業，嫌姑弱不任鋤犂之役，紿以母疾遣歸，而別娶健婦。姑弗與較，藉吟咏自適。有紫蝴蝶花山館詩一卷，年二十八以瘵亡。卒之日，笑曰：「但吟詩句留青簡，不與人間看白頭。」其志可哀已。夫既畀以才，而又厄之如此，豈佛氏因果之說信有之，非世人所能測度耶。盱眙汪孟棠觀察云任梓行其詩，蕭山韓螺山中翰爲賦解語花云：「風酸繞指，墨碎研心，清露愁襟浣。淚綃千片。癡牛省，應把鐵腸柔轉。絲絲獨繭。織不就、鴛鴦衾暖。聽小樓、涷雨黃昏，紫燕單棲慣。休說珠還璧返。問蘼蕪消息，人隔天遠。楚娥幽怨。難分訴，付與冷檠枯管。秋蟬命短。恁猶帶、殘音淒顫。拚一場、塵夢匆匆，留白頭誰看。」原註定有「酸風繞筆頭，研墨心先碎」，集中句也。中翰名欽，捷南宮後以知縣用，請改中書，遂乞歸不出。賦詩云：「我比淵明見機早，未除彭澤已歸來。」志趣高邁可想。著有閑味軒詞，體物之工，不亞茶煙閣。同高茶庵咏㹀一萼紅云：「罷梳妝，認香斑隱隱，汗粟透瓊膚。黶借脂痕，穠分蚚印，密似勻綴賴珠。想午倦、薇窗睡足，攙細顆、紅襯簟紋疏。腕暈燈邊，腮霞鏡裏，薄醉還無。幾度蘭湯浴罷，看圓胎露潤，鮮荔含酥。並坐嗔郎，輕搔倩婢，暗裏偷解羅襦。只隔住、蟬紗一抹，曙星燦、雲彩罩模糊。好是蓉硝拍遍，涼逗冰蜍。」

勒方錡詞

勒，希姓也。太白詩「特生勒將軍，神力百夫倍」，題爲歷陽壯士勒思齊作。楊升庵希姓録引之。乃刻本李集訛勒爲勤，註李詩者轉以升庵爲誤，不知明有勒璽，成化中進士。近見李小湖廷尉聯琇好雲樓集，附勒少仲觀察方錡題亡室李紉秋手鈔詞卷御街行云：「浣花箋上簪花字。賸留向、人間世。瑤釵冷落玉樓空，愁絶餘香殘蕊。春樽孤館，秋燈長簟，多少思卿淚。短緣歡夢隨流水。怕細憶、平生事。十年塵鎖翠雲箱，腸斷蘭編重理。吟風感月，悲涼遺譜，吹得鵝笙碎。」觀察，新建人，著有樽州詞。癸卯舉於鄉，現官江蘇。是勒姓今尚繁衍可證。

荆圃唱和集

楊蓉裳外祖官隴右時，每與署中親友拈韻徵歌，刊有荆圃唱和集，今佚矣。中惟同邑侯春塘明經最多最佳，餘如武進楊容光奎曙虞美人云：「鎮垂簾押留春久。開過酴醾後。階前檢點數叢花。無限銷魂，卻憶泰娘家。今年不似年時好。愁思催人早。韶光欲去總難留。始信人生，須趁少年遊。」婁縣楊賓山之灝、荔裳中翰，省兄西秦，將聯騎北上，值其生朝，賦詞爲壽。金縷曲云：「捉坐行杯勺。祝華年，小蘇初度，略分今昨。原註：蓉裳以十二月十八日生，前坡公一日。荔裳以正月四日生，後子由一日。計就游梁辭祕省，只算暫時休沐。漫惆悵，鸞飄鳳泊。似我浪遊三十載，笑儒冠難悔從前錯。蠶絲吐，苦纏縛。茲行況復偕康樂。羨同車、兄吟春草，弟吟紅藥。眺聽河聲兼岳色，好辦酒瓢詩橐。橫短笛、爲吹飛鶴。儂自天涯泥絮滯，盼吾宗故事留臺閣。名山在，緩前約。」金匱俞木庵訥眼兒媚云：「庭院黄昏别緒濃。秋影小簾櫳。數聲寒杵，一弦涼月，幾點飛鴻。無邊舊事憑誰省，閣淚對西風。彈阮無心，調箏轉怯，思夢還慵。」春塘名士驤，菩薩蠻云：「含情悄倚屏山立。清宵怕見如眉月。眉似月纖纖。愁痕夜夜添。兩枝紅燭並。濃淡人雙影。驀地眼波回。相看轉自猜。」浪淘沙云：「盼到柳條青。已過清明。落花如雨聽無聲。不信一春憔悴意，單爲啼鶯。斜月滿空庭。香霧冥冥，簟紋如水夜淒清。睡去總然無好夢，卻也愁醒。」帆影南浦云：「風正掛蒲高，認中流片影，參差來去。半幅淡相隨，澄輝裏，劃破幾重煙樹。迴撾捩柁，沙灣緑轉痕斜露。鷗倚鷺翹渾未醒，已過蘆碕荻浦。軟波帖帖輕移，漸微茫、遠逐閒雲飛度。殘照欲低時，江樓畔、應有銷魂人數。離情無據。一痕搖曳留難住。霞斂遥山奩翠暝，颺入月陰深處。」均不涉浮豔。

楊芸琴清閣詞

楊蕊淵表姑芸爲蓉裳外祖女，著有琴清閣詞，與李紉蘭女史佩金生香館詞盛傳一時，海内推爲閨詞之冠。清平樂云：「茶香浥浥。花乳盈甌碧。露脚如烟吹袖溼。天淡星痕欲滴。胡牀簟滑涼生。睡餘忽聽瓶笙。彷彿一池秋雨，風吹萬柄荷聲。」題吴蘭雪新田十憶圖浣溪沙云：「記取文窗覓句遲。淺寒吹户落花時。更無人處耐尋思。旋拂香牋題豔字，漫拈紅豆譜烏絲。未妨閒事早鶯知。」表姑適秦丈蘭臺，有卜算子云：「紅蓼逐風開，黄葉因風起。燕子無情也解愁，絮話秋生矣。　漠漠露凝空，寂寂簾垂地。試掩屏山數漏聲，領略秋滋味。」虞美人云：「梧桐葉上蕭蕭雨。絮盡寒蛩語。湘簾不捲篆紋斜。何事秋來，瘦影似黄花。　空庭獨坐添惆悵。試向雲邊望。三三兩兩雁當樓。今夜邊城，夢裏有歸舟。」丈名承霈，官通州知州，所作無多，故詞名轉遜閨中。

楊琬詞

表姑次子恩普官江西同知，娶楊伯夔表丈女佩貞琬，亦工詞善書。昔於顧羽素表姑緑梅影樓填詞圖中，見所題高陽臺云：「畫閣連雲，疏簾隔夢，人間無此高寒。石瘦苔荒，一輪凍月團欒。悄然萬籟聲俱寂，恁煙痕、緑上毫端。對横枝、依約微吟，畫損闌干。　深宵不用銀釭照，愛横斜疏影，寫向冰紈。彷彿瑶妃，半鬟香霧初乾。披圖忍讀琴清句，侍慈幃、畫卷曾看。聽煙梢翠羽，飛來同話辛酸。」輕清婉約，克紹家風。

芝仙姑詩詞

余前謁芝仙姑於嘉禾，知有雙清閣詩，匆匆返櫂，未及請讀。後爲子宣姑夫攜置行篋，杭州陷，竟歸浩劫。鈔撮叢殘，僅存十一。然如贈潤卿妹七絶云：「茜衫翠袖影伶俜。巧掠飛蟬薄鬢青。良夜似年秋似水，笑攜團扇撲流螢。」又題馬誦光伯母遺照五古中云：「我痛雁行斷，嫂傷鸞影沉。奔喪歸吾家，血淚盈衣襟。但得死同穴，奚必生同衾。清操潔比瑜，烈行堅如金。含悲赴九原，柏舟遂素心」等句，清蒼絕俗，正不必以多爲貴。姑工書，嫺繪事，有三絕稱。所臨靈飛經，見者謂長洲曹墨琴夫人不得擅美於前。曾隨宦滇南趙北，復自浙右避亂閩中，游歷幾萬里，洊經變故，吟咏遂罕。幼在都中，曾執贄楊蕊淵表姑，故偶作小詞，亦有原本。如憶王孫云：「梧桐分綠上雕欄。幕捲簾垂夜未闌。玉骨珊珊慣耐寒。掩青鸞。絕代蛾眉稱意難。」辛卯七夕濮又昭妹招諸女伴作乞巧會，小病未往，賦詞奉柬，金錯刀云：「雲影淡，露華涼。蟲聲如雨夜初長。尋盟有約邀新月，乞巧無緣炷晚香。陳鈿盒，奠瓊漿。一燈摇夢費思量。遥知語笑情方愜，都向天孫問七襄。」姑見示靈飛經書册中，有暢之叔題五律二章云：「之子吾宗秀，風華冠玉臺。雙清多慧業，三絕是仙才。朔雪澄懷抱，南雲妙翦裁。探奇恢眼界，又渡浙江來。記得都門别，于今卅載强。容顔俄老大，身世劇蒼涼。聽雨情同洽，挑燈話轉長。春流引歸棹，寒雁倏分行。」叔氏著述，悉遭賊燬，幸存片羽，無異兼金矣。

周濟哨徧詞

東坡集載哨徧二闋，一檃括歸去來詞，一賦春宴云：「睡起畫堂，銀蒜押簾，珠幕雲垂地。初雨歇，洗出碧羅天，正溶溶、養花天氣一霎時，風迴芳草，榮光浮動，卷皺銀塘水。方杏靨勻酥，花鬚吐繡，園林紅翠排比。見乳燕梢蝶過繁枝。忽一線、鑪香惹游絲。晝永人閒，獨立斜陽，晚來情味。便攜將佳麗。乘興深入芳菲裏。撥胡琴語，輕攏慢撚總伶俐。看緊約羅裙，急趨檀板，霓裳入破驚鴻起。正顰月臨眉，醉霞横臉，歌聲悠颺雲際。任滿頭、風雨落花飛，漸鳷鵲樓西，玉蟾低，尚徘徊未盡歡意。君看今古悠悠，浮幻人間世。這些百歲光陰幾日，三萬六千而已。醉鄉路穩不妨行，但人生要適情耳。」雖兩詞平仄句讀均有出入，而字數則同。詞綜於「鞏月」句上落「正」字，「一霎」句「時」字作「晴」，均誤。汲古閣本「時」字作「暖」，換頭句作「便乘興攜將佳麗」，「花飛」下多「墜」字，「紅翠」作「翠紅」，「悠颺」作「悠揚」，亦非。颺字應讀去聲。此調宋以後作者絕少，荆溪周保緒教授濟賦秋興云：「黄葉半林，黄菊半籬，妝點秋如許。莽西風、千里捲平蕪，乍登臨、江山吴楚。問西塞烟波，東山裙屐，幾曾留得南朝住。回首廣陵濤，年年只背蕪城，斜日東去。帶邗溝、流恨滿江湖。共估客、愁心亂檣烏。爛錦韶華，海蜃樓臺，畫屏歌舞。呼痛飲張翰生前，杯酒澆黄土。休落龍山帽，金城楊柳誰賦。任飄泊蘭成，家山重到，也難寫出關河暮。天際雁行斜，知他暝宿荒蘆，叢荻何處。漸鳴榔聲斷野烟鋪。賸一點、漁燈伴星孤。月初弦、輕雲低護。柴門歸便深掩，無賴是庭梧、蕭蕭只管打窗縈砌，不管離人離緒。閒牀倦枕漫支吾。怕重陽、滿城風雨。」句讀叶韻，係用蘇公隱括歸去來詞體，不支不蔓，直可追步坡塵。

周濟止庵詞

語云：「管得住身，管不住心。」又云：「丟了青竹杖，忘了弄蛇時。」皆俗諺也。教授衍爲虞美人後結云：「留住花枝，留不住花魂。」又云：「纔得春晴，都不記春寒。」讀之清雋輕圓，初不覺其意在諷刺。教授登嘉慶乙丑進士，司鐸淮安，晚歲寓居江寧，有止庵詞。蝶戀花云：「絡緯啼秋啼不已。一種秋聲，萬種秋心裏。殘月似嫌人未起。斜光直透羅幃底。　喚向閒庭看露洗。薄翠疎紅，畢竟能餘幾。記得春花真似綺。誰將片片隨流水。」緑陰玉京秋云：「春乍去。金鈴繫高閣，綵幡虛護。幾許嫣紅，霎時吹盡，何關風雨。多謝疎簾影，面面遮斷，送春心緒。鶯休語。不知誰在，緑窗深處。一枕香迷蝶栩。向西園、餘情更苦。記得那回，青驄嘶過，蘼蕪橫路。忘卻珊鞭墜，爲憶樓上，盈盈眉嫵。空凝佇。惟有垂楊慣舞。」言外俱有意在。

陳宇詞

南宋詞家推姜白石爲巨擘，故鄱陽産而居吴興。吾友陳叔安明府宇亦家鄱陽，流寓金陵。後泝江入粤，重游鄱之東湖，湖有浮舟寺。感賦垂楊云：「鵝黄細縷。看繞堤已報，早春煙樹。醉上湖亭，廿年重到愁如許。依然飛燕尋門户。杖藜有、過橋漁父。訴歸來、鄉語生疎，問舊巢何處。閒對雲堂佛古。聽茶版清晨，飯鐘當午。故國詞仙，勝情偏愛吴興住。輕抛里巷經風雨。暗惆悵、遠遊意緒。甚明朝、又掛征帆隨雁去。」其浮家浪跡，殆與白石有同慨。今老矣，猶羈滯閩中，藉詩詞自遣，著有蒻梅詞。荷葉杯云：「昨夜畫樓相對。微醉。銀燭兩行明。憐他珠淚背人傾。不覺惹離情。漏盡曉鶯先唱。惆悵。歸夢太匆匆。一輪初日射窗紅。門外又東風。」泛舟秦淮夢芙蓉云：「檻燈涼映水。漸雲微星淡，月斜風細。輕舟滑笏。今夜定須醉。故人招一二。還隨鷗鷺三四。柳拂萍開，趁明波倒影，卻見畫闌倚。翻笑尊前眼底。點染溪山，總仗笙歌沸。香消玉殞，千古斷腸地。小樓雙燕子。年年空傍珠翠。只有斜陽，照胭脂井畔，嬌豔恨無比。」點絳脣云：「烟斂風柔，漫憐芳草摇晴碧。兔葵燕麥，多少傷心客。依舊人家，不見香車跡。游春屐。十年輕擲。雙鬢新來白。」喝火令云：「魯酒休嫌薄，秦箏且爲歡。眼前不耐是春寒。待到鶯簧暖日，花信又將闌。影事分明在，腰圍逐漸寬。別時容易會偏難。但問幾重流水，幾重山。但問新來燕子，知否舊門欄。」叔安與保緒交最洽，故詞筆頗相似。

江浙四布衣詞

乾嘉之際，江浙畫家以奚、方、錢、改四布衣爲最，均能書，工詩詞。奚名岡，字鐵生，新安人，寓居杭州。題郭頻伽盟鷗圖菩薩蠻云：「遥知白石尋盟處。蕭疎楊柳垂烟暮。分得白鷗沙。一溪紅蓼花。輸君攜野艇。幽夢和愁迴。隨意與題詩。雨斜風細時。」方名薰，字蘭坻，石門人，與鐵生咸善山水。短繁滿江紅云：「獨夜誰親，惟雁足、光摇耿耿。頻數盡、寒更三五，歌殘酒醒。有客臨書東舍火，何人背雨西窗影。恁關情，一片玉荷前，閒愁并。射簾額，晴虹冏。黏燭淚，飛蛾粉。照此時幽獨，寸心堪省。素雪將侵潘岳鏡，黑甜未遇盧生枕。只消磨、風露憶中宵，秋雲冷。」錢名榆，後改名杜，字叔美，自號松壺小隱，仁和人，兼擅花卉。爲改七薌畫石梅結宇圖題詞索和，百字令云：「石巢雲壑付幽人，管領一園晴雪。尺五柴門寒不掩，夢穩羅浮仙蝶。翠羽穿簾，紅藤壓架，松火窺簷活。炊煙林際，山童掃遍殘葉。最憶前度清游，打頭松子，空翠涼肌骨。剗地東風啼鳥換，振觸舊懷重疊。結箇茅亭，與君共住，閒聽鐘魚發。梅花如此，爲君圖畫風月。」改名琦，字七薌，其先西域人。祖某，爲松江參將，家華亭。琦始棄武而文，喜寫折枝，繪仕女尤妙。菩薩蠻云：「畫船來往紅橋路。依依垂柳濛濛絮。化作白蘋花。花開傍那家。流螢三五點。搖曳冰紈扇。扇底一分人。和他月二分。」和錢松壺爲作石梅結字圖題詞見贈，次韻百字令云：「碧山人去，甚東風吹老，枝枝香雪。曳杖拖杪看暝色，瘦步又隨寒蝶。松影如潮，藤陰拂檻，緑静茶煙活。疏林殘照，打頭飛下黃葉。此地小住游仙，初平叱起，頑石皆仙骨。縛箇香茅清澗曲，卧對雲屏千疊。翠袖搴蘿，紅螺過酒，繞屋梅花發。手攜鴉嘴，破空飛上明月。」四君畫理，俱以閒逸疏秀擅場，詞亦如之。

吴國俊詞

江寧吴伯鍈大令國俊爲蘭園大令子，袁蘭村大令壻。學有師承，顧屢試不售，俯就鹽筴官，浮沉閩中久之，權福清令，旋卒。爲人醇樸無城府，與余交垂十年，輕不肯以所著示人，人亦無知之者。没後，其子師曾始以全稿見示。客中春感祝英臺近云：「雨如絲，風似翦，閒向曲闌倚。新碧潭潭，春色已如此。看他雁齒橋橫，鴨頭波漲，且莫負，流鶯聲膩。游倦矣。可堪無定浮蹤，依舊泛萍似。帆飽舟輕，又把水程記。誰憐一樣韶光，及時游冶，終不是、故園情味。」與宜泉明府以自題停琴待月圖見寄索和，依調奉答金縷曲云：「一幅吟箋寄。是河陽、風流仙令，畫成詞意。苔徑幽深松菊茂，香露暗滋濃翠。賺人與胎禽無寐。撫罷冰絲虬漏悄，盼涼蟾、花外來猶未。搾獨向，石牀倚。勝游欲記渾難記。悵年年、萍飄沙散，人生能幾。利繫名羈還自笑，漫説歸尋煙水。且料理、琴樽同醉。古調重彈誰解聽，算多情、只有嬋娟子。休隱在，碧雲裏。」跡其意境，無異松濤梅影。

袁綬詞

伯鍈配紫卿夫人綬，袁子才太史孫女也，亦工詞。余祇見其題嚴小秋詞稿高陽臺云：「摘粉搓酥，吹花嚼蕊，吟窗細寫深情。款夢梅邊，冷香吹入瓶笙。賭茶舊事空棖觸，怕拈來、紅豆零星。怨東風，謝了荼蘼，催老啼鶯。　傳經我愧承家學，聽河陽花滿，小隔趨庭。見說仙才，瓣香曾證山靈。華年銷盡輪蹄鐵，賸新詞、爭唱旗亭。澹吟懷、一抹遥峯，冷暈螺青。」伯鍈亦有題詞，同倚是調，而風神轉遜。余曾戲謂伯鍈，就二詞論，君合向妝臺拜女先生也。夫人著有簪芴閣詩，于歸後三日對鏡云：「曉起窗前整鬢鬟。畫眉深淺入時難。鏡中似我疑非我，幾度低徊不忍看。」情致絶佳。時有浦合雙女士夢珠和蘭村大令憶昔詞臨江仙云：「記得纔笄侵曉起，畫眉初試螺丸。春痕淡淡上春山。乍驚新樣窄，較似昨宵彎。　一樣敷來仙杏粉，難勻怪煞今番。傳聞郎貌玉珊珊。妝成嬌不起，偷向鏡中看。」與夫人詩異曲同工。又一闋云：「記得傷春經病起，日長慵下妝樓。慧因悔向隔生修。草偏栽獨活，花未折忘憂。　尺幅生綃窗下展，親將小影雙鈎。畫成未肯寄牽牛。只緣描不出，心上一痕秋。」視崔徽寫真寄裴，更進一意，倍覺淒豔動人。夫人族妹黛華青適上元車子尊明經，有燕歸來軒稿。寄竹畦兄吳下渡江雲云：「家山催別去，尺書莫寄，彈指又驚秋。幾行新雁外，目極征帆，底事久淹留。勞人草草，怕年來、雪漸盈頭。　應試看，白蘋洲畔，棲穩有沙鷗。　優游。真娘墓側，白傅祠邊，共尋花澆酒。更龍門、叨陪清讌，文采風流。烏絲寫出琳瑯句，聽雙鬟、嬌囀歌喉。旗亭壁，有誰爭畫銀鈎。」

高望曾詞

詩貴用韻，韻宜穩宜響。不響則雖首尾完善，中有好句，終覺口齒滯澀。詞韻雖寬於詩，然有一句兩句，句句用韻者，有多至數句方用韻者，一韻不響，通篇減色矣。仁和高茶庵明經望曾與譚君仲修先後遊閩，均工長短句。仲修善小令，茶庵善慢詞，其押韻尤響。南湖懷古探春慢云：「流水當門，亂山繞郭，危亭高聳雲表。款竹尋僧，穿林訪豔，幾度吟蹤曾到。十里香塵路，更誰識、故侯園沼。一架裟地猶存，粉圍香陣都杳。休問平原野老。歎玉照堂攲，空賸斜照。斷塔埋煙，殘碑蝕雨，滿目萋迷荒草。一覺繁華夢，悵回首，刦灰如掃。惟有梅花，迎人依舊含笑。」題金冬心畫梅隔溪梅令云：「一枝瘦骨寫空山。影珊珊。猶記昨宵，花下共憑闌。滿身香霧寒。淚痕偷向墨池彈。恨漫漫。一任東風，吹夢墮江干。春殘花未殘。」十四寒，啞韻也，押之妥協，便有餘音。如易前詞杳韻作渺，意則猶是，而韻啞矣。

柯崇樸與吳秉鈞詞

嘉善柯寓匏舍人崇樸由貢生官中書。竹垞太史詞綜凡例中言，銓次詞人爵里論世之功，寓匏爲多。又山陰吳君琰青秉鈞曾遊嶺南，參訂萬氏詞律，二君工詞可知，王氏詞綜均遺之。柯有途次大雪瑣窗寒云：「雲態飄颻，風情摇蕩，做成花片。憑高試眺，不覺遠山遮遍。看林皋、瓊英亂飛，幾回錯認梨花院。想廣陵潮湧，峨嵋月起，銀河光漸。堪歎。浮名絆。笑一棹天涯，孤征如雁。香温繡閣，誤卻謝庭芳宴。問而今、蘆荻滿洲，可能得似山陰岸。只應同、蓑笠衰翁，獨釣寒江畔。」吳有海棠春云：「昨宵枕上凝紅淚。聽雨打芭蕉葉碎。漏盡峭寒生，夢破燈花墜。曉來正憶相思味。被鸚鵡笑人孤睡。强起畫雙眉，減盡春山翠。」雨後望漢江新漲滿江紅云：「幾片春雲，輕染就、一江新碧。高樓下、蒼茫萬頃，光浮翠壁。鵲踏岸花紅有暈，燕窺堤柳青無跡。看南山、影落翠霞斜，冰輪出。微風起，煩襟滌。朱闌外，誰家笛。聽棹歌聲在，滄浪之側。細縠生時和雪縐，洪濤捲處兼天白。羨漁舟，釣叟把魚竿，情偏適。」

聽秋聲館詞話卷十二

李調元兄弟詞

綿州李雨村觀察調元所刊函海一書，蒐采升庵著述最多，惜校對未甚精確。其自著童山詩文集亦不甚警策，詞則更非所長。惟浣溪沙云：「斜掩金鋪日影移。水晶簾子鎮垂垂。楊花偏傍繡幃吹。玉步搖攲籠鬌嬾，金泥裙卸整腰遲。春愁一片化遊絲。」謁金門云：「風過處。吹落一庭輕絮。幾陣廉纖窗外雨。綠迷芳草渡。纔見蜂酣蝶舞。又早燕來鴻去。試問落花誰作主。流鶯嬌不語。」爲集中之最。觀察弟墨莊，名鼎元，官宗人府主事。咏闌干金縷曲云：「婉轉情何極。襯花陰、春藏幾許，蝶蜂曾識。曲彔玲瓏呈幻影，低護青青草色。正睡起、海棠無力。偏共柔腸爭九轉，便陽烏、午影扶難直。桃源路，一灣隔。 竛竮鶴步還愁入。算惟有、槐邊蟻度，柳邊鶯織。月夜縱橫添斷竹，羽客憑虛弄笛。早絆住、花間遊屐。酒點茶痕人去後，更誰憐、粉唾黏塵跡。留淺蔭、蘸苔碧。」音情瀏亮，頗能體物而不滯於物。

王一元詞

孫文靖爾準論詞絶句云：「作者誰能按譜填。樂章琴趣調三千。誰知萬首連城璧，眼底無人識畹仙。」蓋爲吾鄉王曉仙中翰一元作。曉仙寄籍奉天，冒吳姓，舉京兆，康熙癸未捷南宮，工駢體文，善倚聲，所作幾萬首。顧自來選家，咸未録及，里中人鮮有知其姓氏者，余亦僅見咏物詞一卷。簷鐵蝶戀花云：「輕脆琉璃剛徑寸。慣向虛檐，弄盡悠揚韻。疑是簾鈎垂未定。勞他燕子驚心認。旅館黄昏鄉夢近。薄醉醒來，徹耳西風緊。月又朦朧燈又燼。生生引起離人恨。」漁蓑水龍吟云：「離披翠結香莎，攜竿逕上扁舟去。醉來卧月，晒來隨網，浪花深處。新婦磯頭，女兒浦口，白蘋紅樹。任瀟湘歸晚，都教溼透，收不了、煙和雨。歷盡風波幾許。好忘機、狎他鷗鷺。纔看水濺，還經雪打，蒙鬆如故。鱸美蓴香，借渠拋却，閒愁無數。向嚴灘笑煞，羊裘多事，釣名千古。」睡燕沁園春云：「營罷新巢，王謝堂前，午風正微。爲春光澹宕，也如人倦，餘寒料峭，嬾逐鵑啼。學得鴛鴦，迷他蛺蝶，交頸雕梁暫息機。酣眠好，喜纖塵不動，穩稱雙棲。夢中猶自交飛。怪海國、冥冥頃刻歸。想烏衣巷口，舊遊恍惚，昭陽殿裏，往事依稀。掠水還驚，蹴花終幻，可似邯鄲去路迷。簾櫳畔，被鸚哥喚醒，怨煞斜暉。」螢火金縷曲云：「點破空庭暝。看熒熒、乍高乍下，飄揺不定。草際浮生原是寄，偏帶空明心性。愛依託、花階苔徑。最好露涼雲淨候，一星星、撩亂梧桐井。疑暫斂，又相映。疏簾小幔黄昏靜。惹佳人、輕羅扇子，撲來妍靚。幾度半明還半滅，照盡空閨幽景。遮莫賽、蟾光鳳脛。隋苑只今秋寂寞，賸餘輝，還伴書幃冷。應不怕，晚風緊。」言外均有意在，非漫然咏物而已。

如皋冒氏詞

蘭泉司寇輯國朝詞綜，凡未詳里居時代者，均彙列四十六卷。中録冒褒浣溪沙云：「翠被生寒寶篆斜。銀荷半炷透窗紗。舊時閒事記些些。　嬾向重幃鬆釦領，誰來隔院理琵琶。自攜殘蠟照梅花。」不知褒係如皋人，爲冒辟疆弟，王柳村豫江左詩徵曾録其詩。辟疆子丹書，字青若，亦工詞。有菩薩蠻云：「金鈴送響秋風至。來鴻淡寫長天字。字寫不成書。空勞度碧虛。　井梧飄斷梗。素月横清影。照影可曾雙。含羞掩緑窗。」辟疆爲國初四公子之一，家有水繪園。陳其年太史未達時，館園中最久，常有唱和。余前見同人集中附辟疆詞數闋，惜未録。

邵豐城蕉隱詞

嘉善諸生邵嬾漁豐城著有蕉隱詞，郭頻伽謂爲頗有作意，因録其秋草臺城路於詩話中。余喜其小詞尤雋永。清平樂云：「茫茫如此。没箇埋愁地。啼鳥驚心花濺淚。又是瘦人天氣。　年年誤了春光。枉教迴盡柔腸。獨倚危闌凝睇，愁邊賸有斜陽。」

陶樑詞

長白麟見亭河帥慶曾以遊歷所至，分繪爲圖，名曰鴻雪因緣，自爲之記，並囑吴門戈寶士明經，各附一詞於後。長洲陶凫薌宗伯樑則舉生平境遇，自繫以詞。寓編年紀事於協律中，實爲詞家創格。今紅豆樹館詞五六兩卷是也。其記嘉慶癸酉，逆賊林清遣其黨陳爽、陳文魁潛結太監閻進喜等，突入大内滋事。百字令云：「刀光如雪，鎮驚魂、一霎頭顱依舊。祕館校書，剛日午、猝遇跳梁小醜。義膽用拚，兇鋒正銳，血濺門争守。狼奔豕突，半空霹靂驚走。更遣飛騎，訛傳款闕，諜報匪黨還交構。往事思量成噩夢，差幸餘生虎口。淨掃欃槍，肅清輦轂，功大誰稱首。神槍無敵，當今聖武天授。」時宗伯以編修在文穎館編校全唐文，賊持刀入，供事倪大銓、蘇濤、戴杰暨茶房李得均被戕，家人駱升徒手格鬭，賊砍其五指去。仁宗方狩木蘭，倉猝間禁兵未集，宣宗留守大内，發槍斃賊，賊始驚。又值雷雨交作，遂遁，巨魁旋卽授首。宗伯詞作於道光中，故有當今天授句。昔人稱少陵韻語爲詩史，此詞正可作詞史讀也。

陶樑題滄海釣鼇圖詞

宗伯少從王蘭泉司寇遊，曾預訂金石萃編、湖海詩傳、詞綜諸書。嘉慶戊辰入承明，出爲清河道，被黜復起。由大名守擢荆宜施道，再黜再起，分巡漢黄，旋授江西廉訪，内升至少宗伯。遇人和藹，性尤愛才，在任無赫赫名，而去後每有餘思。嘗謂余國朝法度最良最備，但能謹守，爲治有餘。血氣盛時，尤不宜好名喜事，彼以興革爲能，弊與玩愒者等。時余年未及壯，忽不爲意，由今思之，旨哉斯言。宗伯詞，已録入王氏詞綜二集，嗣合晚年所作，總爲八卷。内有題李海颿方伯宗傳滄海釣鼇圖水調歌頭云：「至理在觀海，且作釣鼇看。滄桑幾經變易，今古一漁竿。莫問驚濤萬派，好趁長風萬里，隻手障狂瀾。太白有奇句，嗣響在人間。指蓬島，雲霞外，杳難攀。中流容與自在，此卽是仙班。君有絲綸待用，定許垂虹天半，連六聳奇觀。我亦悟秋水，妙緒起無端。」時山左周敬修制軍天爵官兩湖，政尚嚴刻，方伯時與牴牾。宗伯方任荆宜，以荆州府築堤違式牽連被劾，在他人必有未能恝然者，乃以妙緒起無端十字談笑道之。守大名時，曾輯畿輔詩傳、詞綜補遺二書，刊以行世。方伯桐城人，工古文，由戊午副貢生官知縣，洊陟楚藩，旋乞病歸。余謁方伯甫數面，即檄權東湖縣事，余受代而方伯行矣。今訪求遺文，竟不可得，深用悵然。

汪世泰詞

余最喜六合汪紫珊太守世泰含暉樓酒間偶述更漏子云：「喚黃嬌，酬白墮。莫負紅窗燈火。銀漏轉，玉繩低。今宵是幾時。　今宵事。前年似。禁得幾番彈指。休只是，話從前。尊前正可憐。」逸響淒音，感均頑豔。含暉樓者，太守寓秦淮時館吴妓陳桂林處，並爲易名月上，費纏頭無算，而月上意不屬，卒從他人去。太守曾集袁蘭村、劉芙初、汪鄰樓、汪小竹、楊伯夔、顧蒹塘詞，並己作爲七家，刊附隨園各種後。其自著碧梧山館詞河傳云：「曾記。花底。試燈時節，嫩寒天氣。玉簫聲裏畫簾垂。停杯。春愁堆兩眉。　分明謎語尊前遞。佯不理。教會千金意。那時情。最瞢騰。而今夢涼何處温。」踏莎行云：「鬭草初闌，簸錢方倦。爲誰悄步閒庭院。簾垂銀蒜静無人，杏粱棲燕聞微嘆。　慵折簷花，故添鑪篆。依依欄角迴身緩。怪他楊柳枉多情，低迷難把離魂綰。」均極幽峭。獨出關經南天門作百字令云：「草枯沙白，恁出關秋色，蒼涼如此。車鐸郎當投古戍，何處明駝先繫。一片悲笳，數聲齗角，吹落斜陽紫。昏星未上，滿衣多是霜氣。指認千尺危崖，青蒼峭屶，似阻南來騎。冷翠壓車登不易。仰首人行天際。紅柳蕭蕭，朱旗閃閃，門掩黄雲裏。舉鞭試叩，皂鵰足下騰起。」爲集中變調。太守娶袁子才太史女，家本素封，入貲得知府，官河南，不得意，乞歸。道光中余晤其弟世澤於楚，知已作古，家亦落矣。

兩邵青門詞

康熙間有兩邵青門，均工詩，均爲諸侯上客。一名陵，字湘綸，常熟人。董曉滄東臯雜鈔録其秋柳金縷曲云：「萬樹黄金線。最無端、送春辭夏，垂垂欲倦。一自漫空飛絮盡，多少朱門晝掩。便背了、東風一面。記得清明寒食路，倚纖腰、亂拂桃花片。又勾住，畫梁燕。如今抛擲情何限。賸幾枝、冷烟疎雨，水村茅店。六代山河斜照裏，無數暮鴉棲遍，又何處、笛聲哀怨。淒絶右丞三疊句，任行人、唱煞無人管。長亭路，共天遠。」一名長蘅，字子湘，武進人，有青門詞。長相思云：「槿花開。菊花開。楓落吴江客未歸。涼宵旅思催。砧聲哀。角聲哀。殘月風檣旅夢回。高樓聞雁來。」如夢令云：「輕暖輕寒時序。憎暖憎寒情緒。日晏未梳頭，脈脈倚闌無語。無語。無語。風送一簾紅雨。」鵲橋仙云：「楊花如雪，桃花如雨，簾幕盡教高捲。芳洲一帶草痕齊，早青到姑蘇臺畔。催歸杜宇，重來燕子，惹起鄉心歷亂。憑闌干、疊暮山稠，剛抵得春愁一半。」

張怡詞

張瑶星怡原名薇，桃花扇傳奇中所謂老道士也。讀畫録載其題畫卜算子云：「冉冉緑陰中，位置層軒好。松外亭空天更空，天闊孤鴻小。　石壁絶攀躋，可有幽人到。壁後還藏千萬峯，峯際閒雲繞。」頗有出塵之概。

題明季兩奇女詞

明季兩奇女均出蠻荒。一爲雲彈娘，款鄺湛若露，掌書記，鄺著赤雅一書，成之蠻洞中。一爲秦良玉，曾率兵勤王，獻賊横行時，保石砫境，卒無恙。許克孳明經題雲彈娘傳後齊天樂云：「蘆笙吹緑珠厓草，人來鬼門秋暮。洞雨飛符，林雲合陣，兒女英雄如許。天魔罷舞。悵破碎中原，幾聲杜宇。一隊天姬，月明聯臂蹋歌去。　翩翩書記老矣，歎功名事業，無分銅柱。赤雅編書，黄衫説劍，酒畔愁聽蠻鼓。沉湘萬古。只粉黛當年，也歸塵土。彈斷冰絃，海空聞雁語。」錢謝庵吏部題秦良玉遺像金縷曲云：「明季西川禍。自秦中、飛來天狗，毒流兵火。石砫天生奇女子，賊膽聞風先墮。早料理、夔巫平妥。應笑督師無將略，念家山、只怕荆襄破。妄男耳，妾之可。　蠻中遺像誰傳播。想沙場、弓刀列隊，指揮高坐。一領錦袍殷戰血，襯得雲鬟婀娜。更飛馬、桃花一朶。展卷英姿何颯爽，論同名、愧煞寧南左。軍國恨，尚眉鎖。」良玉媳名紅蘭，歿於陣，惜無人咏歌其事。相傳嘉慶中，教匪林之華將犯石砫。有老儒謂衆曰：「毋恐，我能退賊。」衆以其素不妄語，疑信參半。一日，賊至，見一山頽峻，山腰草木蒙茸，雲氣滃鬱，中一白鬚翁，方巾道服，閉目坐石上，以麈尾麾賊，呼之華名曰：「此地非爾曹可到，速返，不然無噍類矣。」聲音朗暢，賊驚，羅拜叩之。復閉目曰：「去，去。」於是賊傳仙人有指，終不敢至石硭境。蓋卽老儒所爲，人奇事奇，因並誌之。

左輔念宛齋詞

陽湖左杏莊中丞輔初任合肥令，罣誤復起，仍宰合肥，洊升湖南巡撫，所至官書皆自治。少時與洪稚存太史、孫淵如觀察相徵逐，官最顯而文名稍不如，著有念宛齋詞。蘇幕遮云：「玉波寒，羅袂溼。怕上高樓，閒並秋千立。衣蝶香銷簾鳳澀。好夢都闌，鬢影風吹急。悄難言，愁不歇。此意沉吟，畢竟和誰說。要識阿儂心曲折。除向迴廊，看取闌干月。」秋柳同錢黃山賦調寄垂楊云：「年華易老。看碧柳依依，得秋何早。春水樓臺，也曾好夢勾留到。芙蓉泣露臨清曉。盼不著、一絲顫裊。牘空條，帶箇歸鴉，更襯些衰草。況是離愁難了。趁古堠殘霜，亂山斜照。那不銷魂，者般憔悴原知道。相看漫訝煙痕少。是鏡裏春人畫稿。問可能風信吹回，依舊好。」

黄季重與徐準宜詞

黄山名季重。鷓鴣天云：「策馬年年意未降。倦游何處覓歸艭。幾時載酒攜紅袖，終日焚香坐碧幢。尋杜若，採蘭茳。清宵怕見影雙雙。纔能炙得燈兒黑，明月無言又到窗。」同時徐仲平治中準宜鵲橋仙云：「午風釀暖，暝陰送冷，做得韶光如許。一分絲雨二分烟，還逗起、十分愁緒。無情春去。有情人苦。飛燕雙雙自舞。思量無計阻春歸，空目斷、連天芳樹。」二君均籍陽湖，筆致頗相似，然一悲春去，一憎月到，感今懷昔，情景自殊。

左錫璇紅蕉仙館詞

中丞女孫芙江夫人錫璇工書嫺繪事，適袁訒庵觀察，琴鳴瑟應，致相得也。不數年，觀察殉匪難，故鄉又經賊燬，夫人寓閩中，拮据支持，其遇有甚難堪者。然茹荼集蓼中，不廢筆墨。所著紅蕉仙館詞眼兒媚云：「清淺銀河淡不流。風軟笛聲柔。一彎新月，半窗燈影，無限離愁。惜分偏是多離別，此恨幾時休。惱人春色，撩人花氣，蕩漾簾鈎。」清平樂云：「秋風蕭瑟。觸耳蟲聲急。花影橫窗燈照壁。半是淒涼顏色。年來別思頻添。愁生兩葉眉尖。試問樓頭明月，清光卻向誰圓。」蝶戀花云：「月過西窗涼似水。人在天涯，秋在蟲聲裏。一院溼煙飛不起。臨風咽盡相思味。珠楯玉欄閒徙倚。良夜迢迢，欲遣愁無計。卜得燈花私自喜。無言悄把湘絃理。」梅爲風雨所敗，感賦疏影云：「一宵風雨。早小園梅萼，飄墜無數。纔見花開，又見花飛，瞥眼便成塵土。但教落去人知惜，更何必、重幡深護。祇愁他、沒箇人知，枉自魂銷千古。日暮。幾回巡索，嘆繁華如夢，韶光迅羽。乍霽仍陰，似暖還寒，種種惱人情緒。天心到此應難問，漫惆悵、留春不住。看枝頭、點點殘英，空賸寒香一縷。」

袁子芳詞

觀察女毓卿女史子芳秉夫人教，亦工詞能畫。題楊柳海棠便面菩薩蠻云：「嬌紅穉綠天然麗。一般沉醉東風裏。莫漫倚新妝。纖腰爾許長。　眉痕青瑣瑣。睡起情無那。留得幾多春。湘毫染未勻。」如夢令云：「夢壓鸞衾初醒。睡起玉釵慵整。門掩篆香殘，長日畫堂人静。風緊。風緊。吹綰一簾花影。」南歌子云：「秋老蛩吟咽，天寒夜氣清。一庭風露静無聲。不道月痕斜轉已三更。　寶鼎香將燼，簷花影漸横。羅衾如水悄寒生。閒把迢迢蓮漏數分明。」女史年甫逾笄，所詣正未可量。

吴嵩梁香蘇山館詞

東鄉吴蘭雪刺史嵩梁詩詞清綺，嘉慶庚申舉於鄉，官中翰十餘年，始出爲黔西知州，著有香蘇山館詞。秋夜聞笛浪淘沙云：「何處玉玲瓏。徑轉廊通。尋聲直到畫闌東。月又不明簾又暗，燈影微紅。　繡榻亂書叢。人坐當中。一篇新譜教纔工。誰信桂花庭院裏，立盡斜風。」將赴粤東留别閨人采桑子云：「一春夢繞珠江路，才定行期。又改行期。生怕嘗新過荔支。　明朝真箇摇船去，細算程期。預訂歸期。約在梅花破蕊時。」崇效寺看牡丹天香云：「縠雨初晴，茶煙正午，小窗深院岑寂。驀記前遊，重邀儔侶，來問牡丹消息。萬花低首，讓一朵、鞓紅先坼。香遍人間應是，露氣日華雲液。　膩粉零珠誰惜。占金閨、果堪傾國。知是幾生豔福，修來纔得。綵筆昨傳佳夢。恁管領春風推第一。不許仙心，再傷淪謫。」刺史少日，遊大江南北，風流佚宕，人爭延許，顧無所遇。其感舊絶句云：「建業姑蘇又廣陵。當筵綵筆最飛騰。誰知縱飲酣歌地，中有唐衢淚數升。」余每誦之，不勝淒黯。

尤維熊小廬詞

綜古今詩詞而論列之，貴有特識，尤貴持平。若於古人寓微詞，而於近人多溢美，適形其陋而已。樊榭論詞，古多今少，最爲醇正。朱小岑論詞，古今各半，其謂美成鋪張可厭，已屬非是，且取乃父詞論之，尤覺悖理。吾鄉孫文靖論詞，雖古少今多，然皆堪以論定之人。至尤二娛論詞，多同時朋舊，乃懷人詩耳。小岑，臨桂布衣，名依真。余輯詞補，獨闕嶺右，覓其詞與朱百韓、謝良琦暨女士梁月波詞咸未得，殊以爲憾。二娛名維熊，長洲人。由拔貢生官訓導，薦擢蒙自知縣，逾年乞病歸，甫及中壽，遽歿。所著小廬詞，頗能脫去塵坱。巫山一段雲云：「岸柳吹成絮，庭莎積作茵。峭寒天氣又黃昏。獨自暗銷魂。有月無人地，多愁少睡人。梨花深院閉重門。閒煞一枝春。」題畫菜筍連理枝云：「我問隣園叟。食譜田家有。小摘瓜壺，橫堆茄莧，大烹菘韭。又爭如、露甲紫煙萌，擅年前冬後。此品公推久。此味君知否。二寸金虀，三分玉版，一卮瓊酒。盼花開時節，玉人來薦，春盤纖手。」吳歌水龍吟云：「五湖煙水空濛，一枝柔櫓衝煙破。聲聲斷續，三高祠下，垂虹亭左。掉入前溪，三三兩兩，菱歌相和。正圓沙清淺，凫飛拍拍，笑脫下、紅裙裹。最是曉風殘月朧微茫，一星漁火。遥聞斷港，纔從浦轉，又穿橋過。水國陰晴，江鄉兒女，儘伊煩瑣。怕驚他孤客，篷窗夢醒，又還重做。」似較西堂百末詞爲勝。

戴銘金翠雲松館詞

翠雲松館詞，德清諸生戴銅士銘金作。其孫望遊閩出以示余，剞劂尚有待也。菩薩蠻云：「春風廿四番香換。珠零粉碎無人院。賸有燕飛回。怕銜棽尾杯。初三兼下九。拜月盟星又。裊盡博山香。爲誰空斷腸。」喝火令云：「燕壘依梁穩，魚環上鎖遲。香殘金鴨細於絲。幾度墨紗窗幕，同泛郤寒巵。密寫芙蓉字，偷裁蛺蝶詞。呢人風態費人思。記得膽瓶，愛插玉梅枝。記得小紅初嫁，正是雪飛時。」雪後同人西塞探梅，尋張志和故居不得，歸途分韻淡黃柳云：「攜笻攝屐。待把清芬挹。廿里尋春行得得。踏遍疎林曲澗，殘雪還留二分白。釣磯側。樵青想曾立。倚修竹、袖羅碧。緬高風、重溯持竿客。一抹斜陽，峭寒如水，吹徹誰家玉笛。」寒食前夕聽雨柳梢青云：「一穗燈搖。衾寒似水，帳掩輕綃。知否山廚，禁煙明日，潑火今朝。問誰唱出瀟瀟。聽歌調、新翻六幺。濺綠沾紅，杏花村店，楊柳河橋。」咏蟬齊天樂云：「黃梅欲出鶯喉老，亂喧雨餘天氣。古井槐疎，平堤柳密，滿地綠陰如水。瑶琴漫理。正短咽長嘶，幾絲搖曳。莫逞居高，回頭須識有螳臂。繡牀那時午倦，被驚回好夢，雲鬟低墜。恨訴齊宫，愁啼漢苑，添了惱儂情味。秋風乍起。早一夜涼侵，薄羅衫被。寄語行人，問歸期定未。」

戴坤元詞

銅士稿中，附其兄芝山明經坤元赴粤舟次依銅士韻寄答摸魚兒云：「歎饑來驅人遠出，大都寒士如此。吹簫乞食真無奈，敢憚川途迢遞。帆掛矣。任雪虐風饕，要逐檣烏起。炎天瘴地。待茉莉薰香，桄榔糝粉，城訪趙佗址。嗟予季。才華不減青兕。池塘好句無二。興酣落筆看揮灑，墨瀋唾花交麗。憑尺鯉。把別後相思，細寫加餐字。消愁無計。便浣手開函，百回高詠，寧讓對牀意。」笙清簧脆，正復相匹。

吳綺藝香詞

周叔雲給諫東鷗詞中有句云：「月在櫻桃樹底黄。」與吳薗次太守綺「雪在山查樹上紅」句同一思致。紅黄二韻，非深於詞者不能押，亦不敢押。其妙正在可解不可解間。太守由貢生官中書，奉詔譜椒山樂府，特邀稱賞，遷武選司員外郎，蓋卽以椒山原官官之，其寵眷如此。旋出守湖州，鋤强扶弱，不受請託，致失上官意，以詩酒不事事罷官。早歲有「把酒祝東風，種出雙紅豆」句，因之得名，惜全闋不稱。所著藝香詞，已録入四庫全書。其吳興感事相見歡云：「西風落日登臺。眼重開。無數繞城山色，送青來。今古事，吳越地，幾雄才。一片項王馬勒亂山堆。」音餘言外，足冠全編，他詞未能稱是。

近人詞

前歲次兒承祜回自都門，得近人詞數帙，遥情逸韻，妙雜仙心，慢詞不及録，録小令數闋於此。華亭張金冶孝廉興鏞遠春詞南歌子云：「舊夢雲吹散，新愁草對生。是誰彈出四絃聲。不管江南詞客怕重聽。山色華不注，波光歷下亭。年時爪印認分明。輪與如珠泉水似前清。」太倉王季旭明經曦鹿門詞，踏莎行云：「樹杪風嘶，窗前月透。一尊誰伴離人酒。近來情緒更堪憐，影兒也比當時瘦。春意全闌，春情非舊。迢迢又聽征程漏。今宵有夢待如何，不如和夢都無有。」丹徒錢鶴山孝廉之鼎雙花閣詞蝶戀花云：「澹沱韶光花尚早。嫩柳枝頭，著得春多少。水曲紅樓深窈窕。一梳新月窺煙杪。樓上寒輕人語悄。繡幕蘭燈，只有雙棲好。淚溼銀箏和夢抱。卻愁吟鬢天涯老。」武進湯果卿司馬成烈清淮詞，蘇幕遮云：「燕交飛，鶯解語。簾內輕寒，簾外廉纖雨。無數游絲攔不住。一片殘紅，又逐東流去。木蘭舟，桃葉渡。芳草連綿，認是江南路。惱煞啼鴉催報曙。歸夢迢迢，做也曾無據。」新建勒少仲觀察方錡樽州詞，醉花陰云：「湖上長堤煙壓樹。暝色催津鼓。水闊雁聲寒，喚起離人，夢落荒洲渡。秋來已是添愁緒。更向天涯去。争得不淒涼，一陣西風，一陣蘆花雨。」錢塘陳實庵太史鴛鴦宜福館詞，謁金門云：「風乍定。吹瘦一窗花影。錦帳香溫春睡靜。燕歸人未醒。簾外夕陽紅臢。簾內嫩寒猶凝。昨夜雨聲誰共聽。小樓銀燭冷。」憶少年云：「無風簾幕，無塵階砌，無人庭院。斜陽更無語，但樓頭紅短。淺色羅屏生綠，展舊題詩，蠹痕零亂。江城夜橫笛，又梅花吹滿。」上海王叔彝太守慶勳沿波舫詞，少年遊云：「梧桐影外月波流。清景十分幽。衣上涼多，笛邊風緊，殘夢五更頭。蟾輝問有何人賞，獨自倚層樓。萬籟沉空，纖雲消盡，冷浸一城秋。」常熟王蓉洲觀察憲成桐華仙館詞，祝英臺近云：「洛城鐘，梁苑樹。中有恨無數。脈脈相思，不記幾朝暮。盼他安石榴開，玉人歸未，甚瘦損、腰圍不顧。信頻誤。便算清夢分明，夢醒總無據。彩筆書空，猶自背人語。早知春去無踪，當時悔煞，怎容易、送將春去。」

聽秋聲館詞話卷十三

詞綜訛脫

自竹垞太史詞綜出而各選皆廢，各家選詞亦未有善於詞綜者。惜彼時宋元善本書匿而未出，僅見毛氏所刻與世俗流傳刊鈔各本，每有錯脫，梓時又多帝虎之訛，均未校改。如蘇東坡醉翁操云：「琅然清圓。」圓作圜。夏均父減字木蘭花云：「笑指浯溪，漫叟雄文鎖翠微。」鎖作銷。李元膺茶瓶兒云：「去歲相逢深院宇。」歲作年。辛稼軒木蘭花慢云：「老來情味減。」來作去。周美成拜星月慢云：「似覺瓊枝玉樹相倚，暖日明霞光爛。」玉樹下脫相倚二字。瑞龍吟云：「惟有舊家秋娘，聲價如故。探春盡是，傷離意緒。」舊家作舊來，傷離下脫意字。荔枝香云：「照水殘紅零亂，風喚去。愁看兩兩相依燕新乳。」喚作揪，看字上少愁字。張子野謝池春慢云：「繚牆重院，時聞有、流鶯到。」重院下落時字，聞作間。晁无咎鬥百花云：「與問階上，簸錢時節應記。」記字上脫應字。韓元吉薄倖云：「歎白髮星星如許。」落歎字。柳耆卿夜半樂云：「避行客，含羞笑相語。」倒作相笑語。李甲帝臺春云：「飛絮亂紅，也似知人春愁無力。」飛作暖，並脫似字。蔡伸飛雪滿羣山云：「酒醒敧枕，愴猶有殘妝淚痕。繡衾孤擁，餘香未減，還是那時薰。」猶有上多然字，繡衾作繡被。呂渭老念奴嬌云：「悄立啼紅簌簌小，寒窗盡掩，風箏鳴屋。」悄作小，盡掩上多靜字。何籀宴清都云：「無言珠淚零亂。盡翠袖重重漬遍。」珠淚作淚珠，盡翠袖作翠袖盡。王安中洞仙歌後段云：「迎人巧笑道，好箇今宵，怎不相尋暫攜手。淡淨晚妝殘，對月偏宜，多情更、越繞纖瘦。怨早促分飛霎時休，更恰似陽臺，夢雲歸後。」淡淨上多見字，早促上少怨字。黃機傳言玉女云：「紋楸玉子，正閒敲永晝。」作磔磔敲春晝。摸魚兒云：「悵玉容寂寞，試問春知否，單衣嬾御。」御作卸，寂寞下落試問二字。史梅溪雙雙燕云：「應是棲香正穩。」是作自。萬年歡云：「謝橋邊，岸痕猶帶殘雪。小徑吹衣，曾記故園風物。」殘雪作陰雪，故園作故里。東風第一枝云：「亂若翠盤紅縷。」若作藏。三姝媚云：「望晴簷多風。」作風裊。高竹屋玲瓏四犯云：「煙草愁如許。奈腸斷都無新句。」煙草下多喚字，腸斷倒作斷腸。尹煥霓裳中序第一云：「餐盡風香露屑。怕杳杳詩魂，真化風蝶。」餐作飧，杳杳上落怕字。按絕妙好詞餐盡上多早字，此調製自姜白石，此句止六字，卽草窗詞亦止六字也。蔣竹山女冠子云：「況年來心嬾意怯，羞與鬧蛾爭耍。」鬧蛾作蛾兒。陳西麓齊天樂云：「黃昏靜矣。有眠月閒僧，醉香遊子。」矣作也。洪瑹瑞鶴仙云：「聽梅花吹動，正涼夜何其，明星有爛。問而今去也，恐便作、秋鴻社燕。」落正字、恐字，問字誤作間。吳禮之霜天曉角云：「癡絕佳人才子，蕩漾香魂何處。」絕作騃，蕩作湯。馬莊父二郎神云：「倩說與東風，年年相挽。」落東風二字。劉辰翁寶鼎現云：「簾影動，散紅光成綺。」動作凍。蘭陵王云：「玉樹凋霜，淚盤承露。」霜作土，承作如。王炎午沁園春云：「誰知道、又十年魂夢，風雨天涯。」落又字。趙聞禮水龍吟云：「粲迎風一笑，持花酹酒，結南枝伴。」落笑字。陳參政木蘭花慢云：「鄉心日行萬里，幸此身、生入玉門關。」日行上多促字。紫姑神瑞鶴仙云：「雲鬟試插，早引動狂蜂蝶。」落早字。吳夢窗倦尋芳云：「塵鏡迷樓，空閉孤燕。有緣人影桃花見。」閉作閑，見作是。憶舊遊云：「片紅都飛盡，正陰陰潤綠，暗裏啼鴉。」落正字。王沂孫南浦云：「蘋花岸，漠漠雨昏煙暝。」脫岸字。掃花遊云：「怎知道、只一別漢南，遺恨多少。」

落只字。應天長云：「深深杏花屋。東風悄、曾共宿。」落悄字。至草窗、玉田二家，未知録自何本，脱漏尤甚。草窗花犯云：「漫記得漢宮仙掌，亭亭明月底。知誰賞、國香風味。」漫記下脱得字，誰賞上脱知字。大聖樂云：「冷落錦衾人歸後。」脱人字。聲聲慢云：「多情最憐飄泊。」落情最二字。玉漏遲云：「錦鯨騎去，紫簫聲杳，載酒倦遊何處。」落騎字、何字。秋霽云：「依依似曾相識。歲華易失，轉眼西風，又成陳跡。」曾作舊，歲作年，陳跡上落成字。一枝春云：「空自感、楊柳風流。」感作傷。玉田南浦云：「流紅去，翻笑東風難掃。」笑作喚。西河云：「想當飛燕縐裙時，舞盤微墮珠粉。」想當下多年字。西子妝云：「遥岑寸碧，有誰識、朝來清氣。」識作看。齊天樂云：「夜氣浮山，晴暉蕩日，一色無尋秋處。」落一色二字。又前調云：「恐登高望遠，都是愁處。快料理歸程，早盟鷗鷺。」恐登高作再休登，早作再。瑣窗寒云：「怕依然舊時燕歸，定應未識江南冷。試香温鼎。分明醉裏，過了幾番風信。想竹間、高閣半閒，小車未來猶自等。」燕歸作歸燕，定應作定知，香温作温香，分明作分吟，半閒作半開。又前調云：「想如今愁魂正迷，悵玉笥埋雲，錦袍歸水。形容憔悴。應也孤吟山鬼。那知人、彈折素絃，門掩清陰，候蛩啼暗葺。」正迷作正遠，錦袍作錦衣，歸水作歸去，素絃作素琴，蛩啼作蛩愁，應也上多料字，知人下多是字。一本「愁魂正迷」作「醉魂未醒」，醒字讀平聲。

詞律沿詞綜之誤

詞綜所采各詞，中有未經訂正，詞律復沿其誤者。柳耆卿雪梅香云：「無聊意，盡把相思，分付征鴻。」意作恨，盡把相思作相思意盡。張子野山亭宴云：「故宮池館，舊樓臺、闘解寄相思否。」舊作更，脱寄字。于飛樂云：

一怎空教、花解語，草解宜男。」脱花解語三字。秦少游八六子云：「奈回首歡娛，漸隨流水。」奈回首作争奈向。晁无咎迷神引云：「餘霞散綺，向煙波路。怪竹枝、歌聲怨，爲誰苦。」向字上多回字，歌聲下多聲字。周美成夜飛鵲云：「相將散離會，免葵燕麥，向殘陽、影與人齊。」離會下多處字，殘陽作斜陽。黃裳雨霖鈴云：「送兩程愁作行色。」程作城。朱敦儒雙鸂鶒云：「相偎梢下沙磧。」倒作梢下相偎。姜白石長亭怨慢云：「向何處，閱人多矣，不會得青青如許。」處作許，許作此，詞律誤謂此字借叶。趙耆孫遠朝歸云：「見乍開江梅，晶明玉膩。又别是、一般風味。」江梅下脱晶明二字，别是上脱又字。無名氏魚游春水云：「媚柳輕窣黃金蕊。」蕊作縷。韓元吉六州歌頭云：「風流地、到也應悲。」詞綜作也自應悲，詞律脱到字。蔡伸侍香金童云：「更柳下人家似相識。」脱相字。史梅溪八歸云：「憑持尊酒。」落尊字。趙以夫角招云：「溪横略彴。」落横字。蔣竹山白苧云：「憶昨聽鶯柳畔，引蝶花邊。」落聽鶯四字。解佩令云：「春雨如絲，剛繡出、花枝紅裊。」落剛字。陳西麓明月引云：「鏡裏傷心心裏月。」脱傷字。垂楊云：「縱啼鵑、不喚春歸人自老。」脱縱字。黃玉林河傳云：「不知郎馬何處。」詞綜郎作嘶，詞律處下多嘶字。汪存步蟾宮云：「蕩雙槳、浪平煙暖。」脱蕩字。吴夢窗淥蘭香云：「炊黍夢、光陰漸老。」脱炊字。解語花云：「冷雲荒苑。」苑字叶韻，訛作翠。王沂孫眉嫵云：「還老盡桂花影。」脱盡字，花下多舊字。周草窗玉京秋云：「畫角吹寒，碧砧度韻。翠扇陰疎，紅衣香褪。」脱畫角吹寒四字並陰字。緑蓋舞風輕云：「淩波步秋綺。」綺作漪，詞律誤謂平仄通叶。徵招云：「登臨嗟已老。」老字叶韻，誤作老矣。張玉田月下笛云：「寒窗夢裏。」脱夢字。梅子黃時雨云：「鷗鷺相看驚比瘦。」詞綜作相看如瘦，詞律作驚看相比瘦。珍珠簾云：「任此情何許。又卻被、清風留住。」何作如，詞律並誤清作春。曹組婆羅門引云：「望遠傷懷對景。」景作影。呂渭老百宜嬌云：

「秋晚嫩涼庭户，半窗秋雨。」庭作房，詞律並誤半作午。劉一止夢橫塘云：「林影吹寒，短書傳憶。」林作鬢，書作封。李甲望雲涯影云：「樓上暮雲凝碧。危闌靜倚，時向西風下，認遠笛。」脱危闌靜倚四字，詞律並誤時作曉。曾允元月下笛云：「浮萍點點，東風吹得愁如海。」脱下點字，詞綜並誤如作似。姜个翁霓裳中序第一云：「草滿舊時行跡。更聽得聲聲，曉鶯如覓。」舊時作地間，並脱更字。姚雲文玲瓏玉云：「倩誰分淺凸深凹。」凸作亞。張蛻巖陌上花云：「滿羅衫、是酒痕凝處。」是酒下多香字。張伯雨雪獅兒云：「幾番花陰濯足，不如圖軸。燒黃獨。自聽瓶笙調曲。」陰作影，獨作燭，軸字叶韻，誤作畫。至姜夔揚州慢云：「自胡馬窺江去後。」詞綜作戎馬，詞律作吳馬，當是元人所易，相沿未改。

紅情緑意

暗香疏影二調，爲白石自度腔，以咏梅花。張玉田易名紅情緑意，分咏荷花荷葉。詞綜成時，玉田生詞尚未流布，故緑意詞屬之無名氏。詞中西風吹折，誤作聽折，並於怨歌上落恐字，幾成兩體。按原詞云：「碧圓自潔。向淺洲遠浦，亭亭清絶。猶有遺簪，不展秋心，能捲幾多炎熱。鴛鴦密語同傾蓋，且莫與、浣紗人説。恐怨歌忽斷花風，碎卻翠雲千疊。回首當年漢舞，怕飛去、漫皺留仙裙褶。戀戀青衫，猶染枯香，還笑鬢絲飄雪。盤心清露如鉛水，又一夜西風吹折。喜淨看匹練秋光，倒瀉半湖明月。」詞律知緑意之即疎影，亦不知爲玉田生作。細繹篇中句讀，絶似花心動，惟起句與前後兩結不同。至元人彭元遜又易名解珮環，於盤心清露二句作「汀洲窈窕餘醒寐，遺珮浮沉澧浦」，遺珮句少一字，餘醒寐亦費解，必有訛脫。

詞律録詞與詞綜不同

万俟詠清明應制三臺云：「見梨花初帶夜月，海棠半含朝雨。內苑春、不禁過清門，御溝漲、潛通南浦。東風靜、細柳垂金縷。望鳳闕、非煙非霧。好時代、朝野多歡，遍九陌、太平簫鼓。乍鶯兒、百囀斷續，燕子飛來飛去。近淥水、臺榭映秋千，鬬草聚、雙雙遊女。餳香更、酒冷踏青路。曾暗識、夭桃朱户。向晚驟、寶馬雕鞍，醉襟惹、亂花飛絮。正輕寒輕暖漏永，半陰半晴雲暮。禁火天、已是試新妝，歲華到、三分佳處。清明看、漢蠟傳宮炬。散翠煙、飛入槐府。斂兵衞、閶闔門開，住傳宣、又還休務。」朝野一作朝朝，曾暗識一作會暗識，漢蠟句本作漢宮傳蠟炬。詞律校訂頗是，且調名三臺，詞亦整整齊齊三段。詞綜於雙雙遊女句分段，尚沿草堂舊本。其春草碧云：「又隨芳渚生，看翠連霽空，愁遍征路。東風裏，誰望斷西塞，恨迷南浦。天涯地角，意不盡、消沉萬古。曾是送別長亭下，細綠暗煙雨。何處。亂紅鋪繡茵，有醉眠蕩子，拾翠遊女。王孫遠，柳外共殘照，斷雲無語。池塘夢醒，謝公後、還能繼否。獨上畫樓，春山暝、雁飛去。」首句生字一作坐，夢醒一作夢生。詞詠春草，如作「又隨芳渚坐」，無理。詞綜、詞律均未訂正。至柳外句照前段誰望句法，應作「共柳外殘照」，辭氣方順，惜各本如此，未敢臆改。又詞綜所采賀方回薄倖云：「淡妝多態，更滴滴、頻迴盼睞。便認得琴心先許，欲綰合歡雙帶。記畫堂風月逢迎，輕顰淺笑嬌無奈。向睡鴨鑪邊，翔鴛屏裏，羞把香羅偷解。自過了收燈後，都不是、踏青挑菜。幾回憑雙燕，丁寧深意，往來翻恨重簾礙。約何時再。正春濃酒暖，人閒晝永無聊賴。懨懨睡起，猶有花梢日在。」倫解作暗解，收燈作燒燈，並於燈字下落後字，翻恨作卻恨，酒暖作酒困，睡鴨二句作翡翠屏開、芙蓉帳掩。翡翠二語，字雖豔麗，未免近俚。又張子野惜瓊花云：「汀蘋白。苕水碧。每逢花駐樂，隨處歡席。別時攜手看春色。螢火而今，飛破秋夕。汴河流，如帶窄。任輕舟似葉，何計歸得。斷雲孤鶩青山極。樓上徘徊，無盡相憶。」本集所載如此，花草粹編落去「汴」、「舟」二字，詞綜因之，詞律疑「輕」字下脫「舟」字，不知「河」字上尚闕「汴」字。味詞意，似子野在汴憶吳興之作。若作河流如帶，任輕似葉，非特文義費解，意亦不顯。

韓縝鳳簫吟詞校

鳳簫吟一名芳草，韓縝詞云：「鎖離愁連綿無際，來時陌上初薰。繡幃人念遠，暗垂珠淚，泣送征輪。長行長在眼，更重重遠水孤雲。但望極樓高，盡日目斷王孫。銷魂。池塘別後，舊曾行處，綠妒輕裙。恁時攜素手，亂花飛絮裏，緩步香茵。朱顏空自改，向年年、芳意常新。遍綠野嬉遊醉眼，莫負青春。」蓋芳草二字即題，後人誤爲調名耳。換頭第二三句，本作「池塘別後，曾行處」，詞律謂曾字上必落一舊字。按奚倬然詞亦係四字兩句，其他句讀，無不相同，似以「舊曾行處」爲是，於文理亦覺明順。奚詞云：「笑湖山紛紛歌舞，花邊如夢如薰。響煙驚落日，長橋芳草外，客愁醒。天風吹送遠，向兩山、喚醒癡雲。猶自有、迷林去鳥，不信黃昏。銷凝。油車歸後，一眉新月，獨印湖心。蕊宮相答處，空巖虛谷應，猿語香林。正酣紅紫夢，便市朝、有耳誰聽。怪玉兔、金烏不換，只換遊人。」其感喟之意，溢於行間。

詞綜祇録其華胥引一詞，殆因用韻太雜，故未入選。響煙二字費解，西湖志作響音，題爲南屏晚鐘，與詞意頗合。

史達祖三姝媚詞校

三姝媚調始見史梅溪集，計九十九字，各家俱同。獨夢窗一首云：「酣春清鏡裏。照清波明眸，暮雲愁思。半緑垂絲，正楚腰纖瘦，舞衣初試。燕客飄零，煙樹冷、青驄曾繫。畫館朱橋，還把清尊，慰春憔悴。離苑幽芳深閉。恨淺薄東風，褪香銷膩。綵箑翻歌，最賦情、偏在笑紅顰翠。暗拍闌干，看數盡、斜陽船市。付與嬌鶯，金衣清曉，花深未起。」計後結多二字。細玩詞意，付與二句，必有訛錯，蓋金衣即鶯，不應重用，殆原本或金衣、或嬌鶯，嗣經酌定二字，不知者遂連綴書之，若删去二字，則仍祇九十九字也。至酣春清與清波明眸，疊用平聲字，玉田而外，亦各家俱同，似係定格。惟詞綜録薛夢桂詞云：「更無情、連夜送春風雨。」連夜恐係連宵之誤，惜無善本可校。

蘇軾念奴嬌詞校

東坡赤壁懷古念奴嬌詞盛傳千古，而平仄句調都不合格。詞綜詳加辨正，從容齋隨筆所載山谷手書本云：「大江東去，浪聲沉、千古風流人物。故壘西邊，人道是、三國孫吴赤壁。亂石崩雲，驚濤掠岸，捲起千堆雪。江山如畫，一時多少豪傑。遥想公瑾當年，小喬初嫁了，雄姿英發。羽扇綸巾，談笑處、檣櫓灰飛煙滅。故國神遊，多情應是，笑我生華髮。人生如寄，一樽還酹江月。」較他本浪聲沉作浪淘盡，崩雲作穿空，掠岸作拍岸，雅俗迥殊，不僅孫吴作周郎，重下公瑾而已。惟談笑處作談笑間，人生作人間，尚誤。至小喬初嫁句，謂了字屬下乃合。考宋人詞後段第二三句，作上五下四者甚多，仄韻念奴嬌本不止一體，似不必比而同之。萬氏詞律仍從坊本，以此詞爲別格，殊謬。

詞綜誤以周詞爲吴詞

「暗塵四斂。樓觀迥出，高映孤館。清漏將短。厭聞夜久，籤聲動書幔。桂華又滿。閒步露草，偏愛幽遠。花氣清婉。望中迤邐，城陰渡河岸。倦客最蕭索，醉倚斜陽穿柳線。還似汴堤，虹梁横水面。看浪颭春燈，舟下如箭。此行重見。歎故友難逢，羈思空亂。兩眉愁、向誰舒展。」此美成詞，調寄遶佛閣，有陳西麓和韻詞可證。詞綜誤編吴夢窗詞内，桂華作桂花，浪颭作浪颺，詞律亦然，更以浪作緑，均誤。玩詞意，桂華乃言月，非言桂也。

詞綜所采金元人詞訛脱

詞綜所采金元人詞，訛脱較少。惟蕭列八聲甘州云：「可憐生、飄零到荼蘼。」憐作恰。趙可望海潮云：「郵亭一別。」亭作事。彭元遜子夜歌云：「待他年，君老巴山，共聽夜雨。」作共君聽雨。漢宫春云：「夢舊寒，淺醉同衾。便是鬭燈見月，看花對酒驚心。」淺作殘，鬭作聞。張翥多麗云：「見一片水天無際。」落見字。趙文瑞鶴仙云：「西湖上，多少愁思恨縷。風流憶張緒。痛絶長堤别後，淒涼意，向誰訴。」多少作舊日，憶作似，堤作秋，淒涼句作淒涼孰訴。宋遠意難忘云：「春水夢爲龍。」水作冰。尹濟翁一萼紅云：「惱亂人怎忍更凝眸。」脱怎字。張半湖掃花游云：「天外新蟾低挂。」挂作佳。宋詞錯落之多，半誤於汲古閣本。蓋毛氏祗知刊書，不知校對，古籍雖藉以流布，而誤人正復不淺。

詞綜未經校正處

汪晉賢農部暨王蘭泉司寇，於詞綜書成後，先後輯補人補詞八卷，亦有未經校正處。如趙希邁八聲甘州云：「前時柳色，今度蒿萊。」蒿作蓬。鄭子玉八聲甘州云：「賴東君容我，醉卧展香裀，儘教人、更行更遠。」作賴東君能容及儘教更行人遠。王璉踏莎行云：「潤逼疎櫺，寒侵芳袂。」侵作便、袂作秋。李彌遜水調歌頭云：「正是天寒日暮，獨釣一江殘雪。」釣作酌。辛稼軒洞仙歌云：「歎輕衫苴帽，幾許紅塵。」苴作衰。趙彥端月中桂云：「釀一襟涼潤，詩情病非疇昔。」釀作裹，情作債。滿庭芳云：「聽幾聲黃鳥，粵樹閩溪。」樹作對。宋褧穆護砂云：「輕拭盡粉痕如故。」拭作溼。潘良貴滿庭芳云：「人間世，那知此夜，空際列瓊樓。」脫間字。吳存八聲甘州云：「說與渠儂知否。」儂作僕。又趙仲穆憶秦娥云：「春寂寂。重門半掩梨花白。梨花白。芳心如醉，暗思當日。　金釵欲墮烏雲側。佳人望斷天涯客。天涯客。今年又過，清明寒食。」脫前後段疊字兩句。何景福別魯道源虞美人云：「三年奔走荒山道。喜說苕溪好。苕溪秋水漫悠悠。載將離恨上杭州。　干戈未已身如寄。安樂知何處。青溪溪上釣魚磯。縱使無魚，還有蟹螯肥。」完顏璹婆羅門引云：「暮雲收盡，柳梢華月轉銀盤。東風輕扇春寒。玉輦通宵遊幸，綵仗駕雙鸞。間鳴絃脆管，鼎沸鼇山。　漏聲未殘。人半醉，尚追歡。是處燈圍，花護雕鞍。繁華夢斷，醉幾度、春風雙鬢斑。回首處，不見長安。」葛長庚好事近云：「行到竹林，探得梅花消息。冷蕊疎英如許，更無人知得。水枯雪老歲年徂，俯仰自嗟惜。醉卧影裏，有何人相識。」薩天錫贈友水龍吟云：「王郎錦帶吳鈎，醉騎赤鯉銀河去。絳袍弄月，銀壺吸酒，錦箋揮兔。禿鬢西風，短篷落月，東吳西楚。悵丹陽郭裏，相逢較晚，共翦燭，西窗雨。文采風流俊偉，碧紗巾掛珊瑚樹。出門萬里，掀髯一笑，青山無數。揚子江頭，凍沙寒雨，暮天飛鷺。待明朝、酒醒金山，過瓜洲渡。」按虞美人調五十六字，四轉韻，前後段同，無五十四字體。何詞之「載將離恨」句與完顏詞之「燈圍花護雕鞍」，葛詞之「醉卧影裏」，薩詞之「酒醒金山過瓜洲渡」，詞意均欠完足，調亦不協，恐載將上燈圍下各脱落二字，醉卧及金山下亦如之。

詞綜補遺未經校正處

陶鳧薌宗伯樑以竹垞太史詞綜采摭未廣，竭數十年力蒐羅薈萃，成補遺二十卷。雖經楊伯夔、吳更生諸君參詳校訂，而魯魚亥豕，尚所不免，且間有脱字、衍字，未經校定。如蘇舜卿水調歌頭云：「魚龍隱處。」隱作穩。胡銓浣溪沙云：「但覺暗添雙鬢雪。」雙作兩。袁去華傾杯近云：「並坐調笙何時更。」時作事。垂絲釣云：「還是黃昏到，歸夢少、縱夢歸易覺。」黃昏下落到字，遂少一韻。玉樓春云：「引成密約笑言間。」間作問。陳三聘西江月云：「當年風格太妖嬈。」嬈作饒。李濱老百字令云：「霧鬢風鬟何處問。」霧作露。鷓鴣天云：「臉上殘霞酒半消。」霞作霜。張樞戀繡衾云：「奈愁春塵鎖雁絃。」鎖作銷。趙汝茪戀繡衾云：「溜啼痕盈臉未消。」盈作杳。劉三才聲聲慢云：「半額蜂黃。」蜂黃作峯妝。吳則禮聲聲慢云：「清坐久，微雲屢遮星漢。」

久作九。徐寶之沁園春云：「采香芳徑。」采作菜。施岳蘭陵王云：「鱗翼渺踪跡。」翼作鴻。丁宥水龍吟云：「悵芙蓉城杳。」悵作恨。陳策摸魚兒云：「敲吟未穩。」吟作金。黎廷瑞蝶戀花云：「密炬摇霞光顫酒。」摇作瑶，顫作鷓。祝英臺近云：「遠山翠，空思淡掃蛾眉，盈盈照秋水。」空字下多相字。牟巘漁家傲云：「親闈安問應旁午。」親作新。劉無言花心動云：「偏憶江梅，有塵表丰神，世外標格。問桃杏嬌姿，怎生向前争得。」梅作南，怎生上多瞞字。薛師石漁歌子云：「白鶴飛來月滿船。」船作舟。楊冠卿蝶戀花云：「往事思量遍。」思作相。浣溪沙云：「惜花天氣惱餘醒。」餘作徐。垂絲釣云：「酒力未醒，眉黛還斂。情無限。」還斂倒作斂還，限作恨。陳偕滿庭芳云：「浮世更相代謝，江頭月，渡口斜暉。」江頭下多明字。張才翁雨中花云：「正好花時節，山城留滯，忍負歸心。」好花上多是字。許棐滿宮花云：「金鞍何處掠新歡，偷倩燕鶯尋問。」新歡下落偷字，調名亦誤滿宮春。袁裪清平樂云：「晝堂晨起，來報雪花墜。」墜作墮。五彩結同心云：「新妝淺，要待吹簫伴侶。」淺作殘，要待二字，僅祇註明按調似應增入。魏了翁朝中措云：「雁字天邊。」字作自。樓槃霜天曉角云：「曉鐘天未明。曉霜人未行。」明作相。趙溍臨江仙云：「文鵡挾波飛。」波作春。韓淲浣溪沙云：「鬢雲撩亂玉釵横。」撩作掩。臨江仙云：「煙雲催薄暮，絲雨溼輕寒。」絲作烟。感皇恩云：「惜春歸去，酒病翻成花惱。」歸去作歸酒，翻成下落花字。張良臣西江月云：「不道參横易曉。」道作到。吴仲方夜飛鵲云：「説風流直到如今。正蕭然，竹枕疎衾。」風流下落直字，疎作練。鄭覲金縷曲云：「幔亭祠下，賽神簫鼓。」幔作同。姚牧庵燭影摇紅云：「記紅冰淫淫淚斷。」落一淫字。多麗云：「碎牙板，煩襟消暑。」落碎字。吴存摸魚兒云：「人事别。把故國興亡，欲問無人説。」落把字。拜住菩薩蠻云：「牙牀和困睡。一任金釵墜。」墜作墮。歐陽功漁家傲云：「千林紅葉同春賞。」千作午。王國器踏莎行云：「梨花寂寞重門閉。」寞作寬。錢抱素臺城路云：「縱老興猶濃，不堪馳騁。」猶作酒。黃大臨七娘子云：「勸君倒戴休令後。」落勸君二字。海陵庶人喜遷鶯云：「笑談頃，合長江齊楚。六師飛渡。此去無自墮，金印如斗，獨把功名取。」功名下多攜字，應於六師飛渡句分段，誤分長江齊楚句下。至宋無名氏望海潮，應於「遠煙深處弄滄浪」分段，誤將換頭「倚樓魂已飛揚」句連屬上闋。俞紫芝「釣魚船上謝三郎」詞，按調係訴衷情，乃沿樂府雅詞作阮郎歸，且誤註句讀，與他詞異。方伯分巡楚北時，余曾妄貢所知，惜板存都中，未及刊改。

原本脫字應註明詞下

昔與鳧鄉宗伯論及詞中有訛脫一二字，意調俱失者。余謂補遺中采輯各詞，如與調未協，文義亦不貫串，必原本脫落字句，似宜計字留空，或於詞下註明，免致後人認爲另體。宗伯頗以爲然，尤以註明詞下，謂得虛衷論古之意。今就管窺所及，如李億徵招云：「漫舉目銷凝，對愁朦朧。」愁字下似脫一字。傅大詢水調歌頭後起云：「童子開門，看有誰來。」恐童字上脫一喚字或呼字。利履道水調歌頭云：「相思酒醒，花落五更頭。」相思下似脫二字。歐良百字令云：「困倚屛風無意緒，把眉兒雙鎖。」把字上似脫一字。吳淵水調歌頭云：「酒旗斜處，一簇幾紅妝。」恐酒旗或一簇上脫落二字。黃伯厚晝錦堂云：「笑酒杯翻手，滿地祥雲。」笑字上下似脫一字。方君遇風流子云：「回首別離容易過，楊柳又依依。」回首下似脫一字。李好古八聲甘州後段云：「遊子憑闌凄斷，百年故國，飛鳥斜陽。恨當時肉食，一擲賭封疆。骨冷英雄何在，望荒煙、殘戍觸悲涼。無言處、西樓畫角，風轉牙檣。」百年骨冷四字上恐各落一字，賭作睹誤。江漢喜遷鶯云：「繡衮香濃，榮耀滿門朱紫。」香濃下似脫四字。白仁甫多麗云：「渺澄波，聚魚曲港，浣紗人去掩柴荆。」誤氣不接，恐曲港下脫落十三字。姚燧木蘭花慢云：「轉幽蕙，泛崇蘭。上巳清明，相期一日，百歲逢難。」蘭字下恐脫一疋字或恰字。蕭維斗婆羅門引起句云：「誰人得數登臨。看公鐘鼎何心。」恐誰人上脫落五字。李孝光青玉案前結云：「春風千里，緑到棠陰處。」千里下似脫四字。朱晞顏蘇武慢云：「常是嬾歌慵笑。正天威掃平狂寇，整頓乾坤都了。」正字下似脫一字。此皆顯而易見者。宋以來流傳詞調，因錯落而誤分另體者，正不少耳。

詞綜補遺録范邱詞訛脫

詞綜補遺録范仲允妻伊川令，第三四句脫「時又」二字，並脫換頭第二句，詞律亦如之。又録邱氏燭影搖紅詞，脫「塵世多情」至「枯荷池沼」二十五字，且以換頭第一二句連屬上闋，似沿詞苑叢談、樂府紀聞原本，未及詳校，致與本調不協。范妻詞云：「西風昨夜穿簾幕。閨院添蕭索。最是梧桐零落時，又迤邐、秋光過卻。人情音信難託。魚雁成擔擱。教奴獨自守空房，淚珠與燈花共落。」邱詞云：「緑淨湖光，淺寒先到芙蓉島。謝池幽夢屬才郎，幾度生春草。塵世多情易老。更那堪、秋風嫋嫋。晚來羞對，香芷汀洲，枯荷池沼。恨鎖横波，遠山淺黛何心掃。湘江人去歎無依，此意從誰表。喜趁良宵月皎。況難逢、人間兩好。莫辭沉醉，醉入屏山，只愁天曉。」邱氏一作湘江妓，詞爲侑舒信道作，非紀聞所云池中物也。

聽秋聲館詞話卷十四

詞律訛錯

萬氏詞律成於嶺外，所見之書無幾，采列各調，亦多録自汲古閣本，未經細校，即付手民，訛錯處較詞綜尤甚。如好時光云：「眉黛不須張敞畫。」敞作廠。甘州子云：「畫羅裙、能結束。」結作解。春曉曲云：「玉人酒渴咽春冰。」酒作醉。雪花飛云：「歸嫋絲鞘競醉。」鞘作稍。金蕉葉云：「就中有箇風流。」就作袖。浪淘沙慢云：「殢雨尤雲。」尤作九。又云：「念漢浦離魂去何許。」漢作溪。紗窗恨云：「壘巢泥溼時時墜。」巢作窠。少年遊云：「尋遍短長亭。」遍作盡。錦堂春慢云：「歎飄零宦路，難狀晚景煙霞。」歎作欲，宦作官，景作意。河傳云：「圓荷閃閃。」圓作圜。又云：「謝娘翠蛾愁不銷。」蛾作娥。雨中花慢云：「清商不假餘妍。」假作暇。又云：「玉女明星迎笑。」玉作皇。又云：「問伊今後，更敢無端。」敢作散。探春慢云：「目送流光一羽。那負燈牀聽雨。」送作斷，聽作聞。探芳新云：「漸没飄紅，椒杯沓、朝醉醒。」紅作鴻，沓作香，朝作乾。鳳來朝云：「扇底弄、團圓影。」弄作并。又云：「花殘春晚，又別東君去。」別作到。傾杯令云：「蓮房浥露。」浥作肥。又云：「白髮新愁未了。」新愁作至今。傾杯樂云：「黯無緒，天外征鴻。」黯作當，外作上。引駕行云：「無眠屈指。」眠作眼。翻香令云：「惜香愛把寶釵翻。重勻處，更將沉水與同燃。」愛作更，勻作聞，與作暗。鳳銜杯云：「縱時展丹青。」縱作待。花上月云：「夜深裏怨遥更。」裏作重。喜遷鶯云：「傳枝偎葉語關關。」偎作隈。七娘子云：「雖雖雁落蒹葭浦。」雁落倒作落雁。一翦梅云：「拍手相招。」相作誤。接賢賓云：「香韉鏤韂五花驄。」花作色。荷華媚云：「霞苞露荷碧。任看伊顏色。」露作霓，任作住。麥秀兩岐云：「嬌嬈不禁人拳跼。」禁作爭。風中柳云：「幽禽歌曲。」禽作泉，與下清泉犯重。歸田樂云：「還是月明人千里。」月明倒作明月。杏芳園云：「何時休遣夢相縈。」縈作迎。梁州令云：「月不長圓。」圓作圓。青玉案云：「官河不礙遺鞭路。」河作荷。鳳凰閣云：「楊花無賴，怎奈向黃昏院落。」賴作奈，向作何。看花回云：「風梳煙沐，陰重重，簾未捲。」梳作流，下重字作熏。兩同心云：「蟾彩迥，夜游香陌。」迥作過。月上海棠云：「視過眼光陰向來少。」光作花。惜黃花慢云：「願教人壽百年。」教人倒作人教，年作千。惜奴嬌云：「試約黃昏，便不誤黃昏信。」黃昏作春昏。郭郎兒近拍云：「睡久輾轉慵起。」輾作轉。蕊珠閒云：「有嬌鶯上林梢。」鶯作黃。解蹀躞云：「倩君沉醉。」沉作洗。御街行云：「朦朧暗想如花面。」想作俱，如作妙。山亭柳云：「甚輾轉思量著。」輾作轉。有有令云：「準擬恩情海似。」海似作忔戲。驀山溪云：「怎便輕分散。」便作向。長壽樂云：「巧笑姿姿，別成嬌媚。」上姿字作次，別作則。迷仙引云：「𦾔華偷換，何妨攜手同歸去。」𦾔作𦾔，歸作去，致疊兩去字。黃鶴引云：「生逢垂拱，才粗闒茸。」生作先，粗作初。清波引云：「抱幽恨誰語。」誰作難。八六子云：「愁坐望處，金輿漸遠。」坐作重。探芳信云：「問霧暖藍田。」問作間。勸金船云：「曲水池邊，笑把秋花插。」邊作上，花作光。滿江紅云：「春水連天。」連作迷。遥天捧翠華云：「翠溢回瀾。佩鱗江左舊都，禱袴聲歡。」溢作蘊，聲作歌，清作臘，江左舊都倒作舊都江左。法曲獻仙音云：「翻成雲雨離拆。」拆作析。前事頓輕擲。」頓作慣。采蓮令云：「此時情苦。千嬌面、盈盈竚立，隱隱兩行煙樹。」情作清，面作血，行作三。東風齊著力云：「幸有迎春綠醑。」綠醑作壽酒。尾犯云：「蕭蕭稷雪。」稷作檢。

留客住云：「忍思慮。主人未肯教去。」慮作處，教作交。鳳凰臺上憶吹簫云：「百端邀勒春還。」端作瑞。又云：「下指成音。」音作陰，致與上輕陰重韻。塞垣春云：「漏瑟侵瓊管，藏鈎怯冷，畫雞臨曉。」管作筦，雞作難。玉京謠云：「從他鴛暖秋被。」鴛作鴆。被花惱云：「寶鴨微温瑞煙少。」瑞作睡。玉簟涼云：「柔情各自未翦。」情作指。暗香云：「懷暖天香宴裏，花隊簇、輕軒銀蠟。」裏作果，輕作輊。夜合花云：「半如酣醉成狂，無言自省。」醉作酒，省作有。瑤臺第一層云：「景鐘文瑞世，醉尚方、難老天漿。」鐘作鍾，天作金。雲仙引云：「紫鳳臺旁，繞臨溪樹。」旁作高，繞作遠。孤鸞云：「孤山好尋舊約。」尋作喜。八節長歡云：「波濤何處試鮫鱷，襦袴寄餘歡。」波濤倒作濤波，歡作温。並蒂芙蓉云：「殿宇分明獻嘉瑞，擁羣仙醉賞。」獻作敞，醉賞倒作賞醉。紫玉簫云：「笙歌圍裏。」圍作叢。鳳池吟云：「畫省中書，待賡吟、殿閣南熏。」畫作事，賡作慶。玉燭新云：「庚愁易就。」庚作瘦。春夏兩相期云：「洗雪華桐。」作洗雲華洞。丁香結云：「陡覺暗動，催花春意。還似。似海霧仙山，喚覺環兒半睡。」暗作晴，催花作偷春，似海霧倒作海霧似。壽樓春云：「誰念我，今無裳。」裳作腸。瑞鶴仙云：「輕紗睡初足，縱湘絃難寄，寒香終在。」紗作沙，湘作緗，寒作韓。又云：「芳盟未穩。」盟作痕。又云：「偏醉情人詞客。」詞作調。慶春宮云：「翠圍腰瘦一捻，都是淒涼。」圍作闌，都作卻。畫錦堂云：「半蝸茅屋歸炊影。」炊作吹。西平樂云：「煙光瀲蕩。」光作花。竹馬兒云：「田園縱在。」園作陰。迎新春云：「慶嘉節，當三五。」嘉作喜。憶瑤姬云：「花房時漸密，到舊家時節。神仙說道凌虛。」時字倒在漸密下，節作郎，神仙作袖止。花心動云：「有人知否。」知作收。泛清波摘遍云：「卻似去年時候好，空把吳霜點鬢。」卻似作都是，點鬢作鬢華。飛雪滿羣山云：「鈴閣雲蒸，銜枚飛渡。」雲蒸作露熏，枚作梅。又云：「夜闌霜月侵門，翠筠敲韻。」霜作雪，韻作竹。薄倖云：

「鴉啼鶯哢。」鶯哢作鶯弄。擊梧桐云：「自識伊來，好好看承。」伊作來，上好字作便，承作伊。蘇武慢云：「望碧雲空暮。」暮作慕。透碧霄云：「帝居壯麗。」居作君。歌頭云：「永日逃煩暑。暗惜此光陰，歲時暮。且且須呼賓友。」煩作繁，暗作惜，暮作莫，且且作且且。玉女搖仙佩云：「恐旁人笑我，但顧取、從今斷不辜鴛被。」旁作傍，但取作奶奶，辜作負。杜韋娘云：「鶯兒燕子忙如織，間嫩葉、枝亞青梅小，頻攲玳枕，喚作鳳侶鴛儔。」兒作老，枝作題，亞作詩，青作哨，頻作頓，喚作二字倒在鴛儔下。此不過詞義紕繆，於體格尚無乖戾。又如胡搗練云：「洞閣曉、寶妝新注。香格豔姿天賦。無計長爲主。」寶字誤在新注下，長爲倒作爲長。甘草子云：「池上憑闌愁無侶。」侶字叶韻，誤作似。賀聖朝云：「三分春色二分愁，更一分風雨。知他來歲牡丹時，再相逢何處。」更作悶，再作候，遂誤分四字六句。長生樂云：「福壽來添。」添字叶韻，倒作來添福壽。安公子云：「明夜事，此歡重省。」誤作歡重事省。最高樓云：「分散去，輕如雲與葉。」葉字叶韻，誤作夢。玉樓春云：「錦字織成封過與。」倒作織成錦字，致前後段平仄不同。傾杯樂云：「贏得空使方寸擾。」擾字叶韻，誤作撓。朝玉階云：「柳條絲尚軟，雪花輕。黃金纔鎖，掩銀屏。惜花芳態好，淚盈盈。千金須一笑，信傾城。」尚作綠，鎖作鉞，脫好字，誤刊須字在一笑下，作四字二句。定風波云：「拘束教吟和。」和字叶韻，誤作詠。垂絲釣云：「放溯溪遊纜。波光閃。通夜讌。問漏移幾點。」溯作遡，閃作掩，讌字叶韻，誤作飲。四犯翦梅花云：「日華籠輦。裛荷香紅淺。狨韉坐穩，內家宣勸。」籠作寵，裛作褰，韉作薦，淺字叶韻，誤作潤。曲江秋云：「蕭然傷感，鷗鷺戲晚浴。」浴字叶韻，誤作日，闕感字。一寸金云：「波暖鷺鳧泳。」泳字叶韻，誤作作。破陣樂云：「金柳搖風樹樹，磬歡娛，各采明珠時見。」樹樹作木木，磬作聲，見字叶韻，誤作光，並脫采字。雖僅訛一二字，而韻調因之不協。萬氏力攻嘯餘圖譜之謬，而不自知疏陋正復相似，所謂責人斯無難也。

詞律脱落字句

馮柳東大令月湖秋瑟集中，譏萬氏詞律所收惜瓊花詞，知落舟字，而不知尚脱汴字。並歷舉垂楊、白苧、于飛樂、山亭宴中脱落字句，謂其句調未審，遑論音律。余按律中訛脱字句，尚有多至十餘字者。如揚无咎上林春云：「穠李夭桃堆繡。正暖日如熏芳袖。流鶯恰恰嬌啼，似爲勸百觴進酒。少年未用稱遐壽。願來歲如今時候。相將得意皇都，同攜手上林春晝。」本與毛滂詞同，因脱流鶯至進酒十三字，遂於遐壽句分段，誤分四十字體。柳永宣清云：「殘月朦朧，小宴闌珊，歸來輕寒凜凜。背銀缸、孤館乍眠，擁重衾、醉魂猶噤。永漏頻傳，前歡已去，離愁一枕。暗尋思，舊追遊，神京風物如錦。會擲果朋儕，絶纓宴會，當時曾痛飲。命舞燕翩翻，歌珠貫串，向玳筵前，盡是神仙流品。至更闌、疎狂轉甚。更相將、鳳幃鴛寢。玉釵橫處，任散盡高陽，這歡娛甚時重恁。」凜凜作森森，魂作魄，翩作翻，處作信，脱歌珠至鳳幃二十六字，作鳳樓鴛寢玉釵亂橫八字，誤作九十二字體，並誤以森字爲平仄兩叶。又傾杯樂云：「離讌殷勤，蘭舟凝滯，看看送行南浦。情知世上，難使皓月長晝，彩雲鎮聚。算人生、悲莫悲於輕別，最苦。正歡娛，便分鴛侶。淚流瓊臉，梨花一枝春帶雨。慘黛蛾、盈盈無緒。共黯然銷魂，重攜纖手，話別臨行，再三問道君須去。頻耳畔低語。知多少他日深盟，平生丹素。從今盡把憑鱗羽。」情知下衍道字，人生上脱算字，並脱盈盈至臨行十七字，作臨行猶自四字。上作人，流作滴，蛾作別，今作此。慘黛句係換頭，漏未分段。且誤分九十五字體。又附録柳永望梅云：「小寒時節，正同雲暮慘，勁風朝冽。信早梅、偏占陽和，向日處、凌晨數枝爭發。時有香來，望明豔、遙知非雪。想玲瓏嫩蕊，弄粉素英，旖旎清絕。仙姿更誰並列。有幽光映水，疎影籠月。且大家、留倚闌干，鬬綠醑飛觥，錦箋吟闋。桃李繁華，料比此、芬芳俱別。等和羹待用，休把翠條輕折。」暮作慕，爭作先，想玲瓏作展碧金，絕作徹，映作照，觥作看，闋作閱，繁華作春花，等作見，待作大，休作莫，輕作慢。吳文英龍山會云：「石徑幽雲鎖。步障深深，豔錦青紅亞。小喬和夢醒，環佩杳、煙水茫茫城下。何處不秋陰，問誰惜、東風豔冶。最妖嬈，愁侵醉頰，紅綃涙灑。搖落翠莽平沙，欲挽斜陽，駐短亭車馬。晚妝羞未整，沉恨起、金谷魂飛深夜。驚雁落清歌，酹花底、觥船快瀉。待歸來，井梧上、有玉蟾遙掛。」鎖字叶韻，誤作冷。障作帳，喬作橋，頰作霜，前結倒作涙灑紅綃，致失叶韻。晚作曉，待歸來作去來捨。平沙下脫欲字，酹花下脫底字，梧上下脫有玉蟾遙四字，井梧上下衍向字，梢字。

詞律中脫字衍字

詞律中脫字既多，且有衍字，分句亦有舛錯。如甘州子云：「可惜許，淪落在風塵。」脫許字。長相思慢云：「問何時佳期卜夜，綢繆莫負清秋。」脫莫負四字，誤以卜夜綢繆爲結。上行杯云：「一曲離聲腸寸斷。」脫聲字，衍一寸字。西地錦云：「這些些愁寂。黃昏近也，斂眉峯輕碧。」脫一些字，並近字。傾杯樂云：「辜負高陽客。恨難極。和夢也，多時間隔。」脫恨難極以下十字。又云：「煙和露潤，偏染長堤芳草。」脫潤字，染作潤。望遠行云：「對此好景，見纖腰圍小，信人憔悴。」脫對此二字，並小字圍作圖。東坡引云：「何期歸太速。」脫疊句五字。又云：

「清歌目送西風雁。夜深拜月，瑣窗西畔。」目作自，拜下衍半字，拜半月費解。錦帳春云：「最是春來，苦兼風雨。但只恁、匆匆歸去。」春作元，兼作無，並脫但字。沙塞子云：「寒窗底，傲霜凌雪。」脫窗字。品令云：「應也則睡不著。」脫則字。燕歸梁云：「離愁更與宿酲兼。」脫與字，誤分四十九字體。少年遊云：「一生贏得是淒涼。」脫是字。浪淘沙云：「促拍盡隨紅袖舉。」脫拍字。梁州令云：「東君故遣春來緩。」脫故字。又云：「芳心只願依舊。」願下衍長字。又云：「過盡南歸雁。江雲渭樹俱遠。」脫江雲四字，誤分一百字體。茶瓶兒云：「孤負了萬紅千翠。悶懨懨成何況味。」脫孤字並悶懨懨三字，誤分五十字體。惜春令云：「紛紛飄絮人疎遠。」倒作飄絮紛紛。歸田樂云：「只恐花飛又春去。問此意年年春會否。絳脣青鬢，漸少花前侶。」脫花飛又春四字並問字。侶作語，且誤作六十八字體。思遠人云：「看飛雲過盡。」脫看字。探春令云：「對花前彈阮纖瓊指。」脫前字。又云：「爲少年，溼了鮫綃帕上，都是相思淚。」應於年字讀，帕字句，誤於了字上字分句。探春慢云：「暗相思梅孤鶴瘦。」脫鶴字。探芳新云：「層梯峭，空麝散。」落峭字。迎春樂云：「爲別後、相思噉。」脫後字。河傳云：「紅杏。紅杏。交枝相映。」脫紅杏二疊字。又云：「採蓮調穩聲相續。吳兒伴侶，倚棹吳江曲。」脫兒伴二字，誤作採蓮調穩，吳侶聲相續。不知河傳調前起均四字，後起均七字，換頭句無作四字者。雨中花慢云：「滿空寒白，在青天碧海。」脫白字青字。紅羅襖云：「空懷夢約心期。」懷下衍乖字。杏花天云：「從教高捲珠簾起。看三白、豐年瑞氣。」闕起下八字。玉闌干云：「珠簾怕捲春殘景。小雨牡丹零欲盡。風飄絮綠苔侵徑。想後期、無箇憑定。」脫怕字、欲字。侵徑作暗侵，致前結失叶一韻。且誤作五十四字體。箇作今。步蟾宮云：「憶吾家妃子舊遊時。」脫時字。錦帳春云：「是使星隨後。勸國夫人酒。」脫是字、人字。遍地花云：「滿枝頭彩雲雕霧。暖風前、一笑盈盈。吐檀心、向誰分付。」彩雲上衍新字，應於盈字句心字讀，誤於吐字分句註叶。轉調踏莎行云：「清和將近，奈春寒更薄。」脫奈字。又云：「一月五番價，共歡集。」闕價字。紅窗迴云：「早窗外亂紅，已深半指。有箇人人生齊楚，向耳邊問道，今朝醒未。情性慢騰騰地。」早作道，上衍不知二字，生下衍得字，楚下衍來字，性下衍兒字，邊作畔。集賢賓云：「鴛衾暖、鳳枕香濃。」脫暖字。撥棹子云：「憑小檻、細腰無力。」脫憑字。定風波云：「向花誇說月中枝。」花下衍枝字，誤分六十三字體。又云：「極目蕭疎，塞柳萬株。」脫塞字。滾繡毬云：「冰肥退粉。」脫粉字。解珮令云：「掩深宮、團扇無緒。」緒上衍情字。玉梅令云：「背立怨東風，花未吐，暗香已遠。梅下花能勸。」東風下衍高字，梅下脫下字。看花回云：「正萬家急管繁絃。任旗亭斗酒十千。」脫正字，任作在。又云：「願授我長生籙。」脫願字。佳人醉云：「因念素娥，杳隔音塵。」素娥作翠眉，脫音塵二字。西施云：「苧蘿妖豔世難儕。捧心嬌態軍前死。旋羅綺，變塵埃。至今想，怨魄無主尚徘徊。」闕儕字，嬌作調，旋羅綺倒作羅綺旋，魄作魂。粉蝶兒慢云：「豔姿初弄秀，忍因循、一片花飛。」闕姿字，脫一字。隔簾聽云：「早隔簾贏得，斷腸多少。除非是、共伊知道。」脫早字、是字，誤作七十三字體。剔銀燈云：「春到席間屏曲。」春下衍忽字。祭天神云：「到此懨懨，向曉披衣坐。」脫向曉二字。秋夜月云：「近日不期而會，來同歡宴。奈你自家心下，有事難見。」來字倒在近日下，同作重，脫有字。滿路花云：「楚腰纖細正笄年，起來貪顛耍。」闕笄年二字，耍作俊。滿江紅云：「萬恨千愁添傷感，消何計。」萬作萴，闕消字。戀香衾云：「真成耳熱心安。驀地驚殘。怎生分得煩惱。」脫耳字、生字，驚作心。駐馬聽云：「漸覺雖悔難追。漫恁寄消傳息，祇恐恩情，難似當時。」脫漸覺二字，並傳字祇字。淒涼犯云：「正塵襪、怕臨風寒，欺瘦骨。滯人最苦，十二金錢量半減。」脫正字、寒字，闕減字，滯作泥，誤分九十一字體。瀟湘夜雨云：「重重簾幕，掩映畫堂中。翠娥一見，吐豔亙如虹。」晝作捲，上脱掩映二字，並翠字亙字。轆轤金井云：「自喚小鑾嬌小。但依約高陽醉，玉山未倒。看燕釵微裊。」鑾作孌，依作夜，脱玉字，燕釵句作釵褪微溜，致失一韻。金浮圖云：「偷送沉檀氣。縱金張許史應難比。不覺金烏西墜。」送作散，脱縱字、西字。白雪云：「檐收雨脚，依然又滿長空。撲落青蟲。悵望幾多詩思，無句可形容。」檐作蟾，然作舊，青作春，脱思字。天香云：「今年較是寒早。雲共雪、商量未了。紅鑪圍炭宜小。伴我語時同語，笑時同笑。」較作又，未了作不少，紅鑪作縫放，脱炭字、時字。留客住云：「念遠信沉沉，離魂杳杳。」脱念字。夢揚州云：「正柳塘花塢。煙雨初休，人今何處。」脱花塢二字，並人字，誤作九十六字體。雙雙燕云：「楊柳岸，泥香半和梅雨，還憐又過短牆。」和作知，脱憐又二字，誤分另格。黃鶯兒云：「暖律潛催，幽谷暄和，黃鸝翩翩，乍遷芳樹。」應於催字、和字、翩字分句，誤註鸝字句，並以谷字爲叶韻。採明珠云：「忍教孤另，暗落淚珠滿面。」另作冷，脱淚字。燕春臺云：「探芳菲、走馬天街。擁笙歌、燈火樓臺。」脱擁字，並天街二字，街字乃叶韻，笙歌下衍院落二字。夏初臨云：「小橋飛入横塘。」飛下衍蓋字。帝臺春云：「天涯倦客。儘黃昏，也只是、暮雲凝碧。」倦作行，應於昏字句，是字讀。誤註也字句。月下笛云：「闌干空四繞。」脱空字。三部樂云：「嬌羞甚、空只成愁。」脱羞字。又云：「近聞道，官閣多梅，祇如染紅著手，膠梳黏髮。」脱近字，祇作袄，梳作脱。芰荷香云：「垂別忍見離披。」別下衍袖字。二郎神云：「喚得秋陰，滿眼敗垣紅葉。」脱得字、垣字，葉作藥。陌上花云：「關山夢裏歸來，還又歲華催晚。」應於歸來分句，誤註裏字句，又字讀。彩雲歸云：「此際恨浪萍風梗。」脱恨字。月華清云：「記得別時，月冷半山環珮。更微雲疎雨，空庭鶴唳。」記得上衍常字，遂誤作得字讀，冷字句，空庭作滿空，並誤分一百字體。三姝媚云：「暮雲愁思。」闕思字。御帶花云：「龍騰虎擲。雍雍熙熙作晝，會樂府神姬，海洞仙客。」騰虎倒作虎騰，應於作晝分句，誤註會字下。瑞雲濃慢云：「共道是、月入懷中最貴，算向來、數王謝風流。」脫是字、算字、數字，誤作一百一字體。鳳歸雲云：「天末殘星。」闕末字。又云：「霜月夜明。」闕明字。喜朝天云：「纖蕊匀殷，便離披瘦損，素李來禽總俗。」蕊作搊，闕瘦字、李字。征部樂云：「每追念狂蹤舊跡。夢役魂勞苦相憶。況漸逢春色。便是有、舉觴消息，更不輕離拆。」魂勞倒作勞魂，觴作場，脫每字、漸字、離字。惜餘歡云：「杯觴飛勸，交酬互獻，醉主人陳榻。」脫互字，人作公。合歡帶云：「念分明往事成空。」脫往字。憶瑤姬云：「廣寒宮闕迴，倍覺秋思清。藍橋路杳，楚館雲深。」闕迴字，倍字，脫路字。西河云：「斷碑殘記。秋蟾似水。盡是作後來人，淒涼事。」碑作碣，後作往，似作如，脫是字。小鎮西犯云：「歌祓褉，聲聲諧楚調。」脫楚字。無愁可解云：「又何用、著在心裏，展卻眉頭。」脫又字、在字、頭字，何用下衍不字。擊梧桐云：「惆悵明朝何處，故人相望，但碧雲半斂。」應於處字、望字分句，誤註朝字人字句，但字讀。慢捲紬云：「當時事。一一堪垂淚。」脫事字。八歸云：「壯懷無奈，立盡微雲斜照中。」脫無奈二字。翠羽吟云：「翩然態若游龍。但留殘月挂遙穹。」翩作瀟，脫月字、遙字、誤作一百二十五字體。玉抱肚云：「這淚珠，强拭依前墮。問你還知麼。背盟誓、如風過。把洋瀾左蠡都捲盡，也殺不得這心頭火。」拭作收，如作似，也作與，脫問字、蠡字。六州歌頭云：「想見共迎公。」闕共字。夜半樂云：「芳草郊汀閒凝竚。小白嫩紅無數。競門草、金釵笑争賭。」汀作墱，下衍明字，小白作天天，無作光，釵作斂，賭作睹。寶鼎現云：「乘夜景，光動金翠。來伴宴閣多才，緩引笙歌起。」夜作麗，金作珠，起作妓，脫來伴二字。情久長云：「瑣窗夜永，無聊盡作傷心句。甚近日、帶腰移眼，梨臉沾雨。」應於夜永分句，誤註無聊下。腰作紅，沾作澤。思歸樂云：「共君把酒聽杜宇。解再三、勸人歸去。」聽作勸，勸作喚，脫解字。臧氏云：「問作脆管鳴絃。稚顏皓齒，雲璈韻瀉寒泉。」脱脆字，顏作頭韻下衍響字，誤分二百十三字體。至周美成荔枝香近云：「香澤方熏。」本只四字，柳東大令謂脱遍字是韻。考方千里、楊澤民、陳允平和詞，均無叶遍字韻者，所言亦殊未確。

詞律分段之誤

詞中換頭句扼一篇之要，故分段不容稍混。乃詞律有不知舊本之誤，而誤分未分者。亦有明知其誤而未經訂正者。如柳永塞孤，應於「襟袖淒裂」句分段。梁州令，應於「離愁別恨無限何時了」句分段。迎新春，應於「喧喧簫鼓」句分段。祭天神，應於「那更滿庭風雨」句分段。傾杯樂，應於「切切蛩吟如織」句分段。又一體，應於「穿雲悲叫」句分段。又一體，應於「舊約前歡重省」句分段。又一體，應於「自家空恁添清瘦」句分段。夜半樂，應於「流鶯度雙語」及「金釵笑争睹」句分段。皆應分而未分。又如柳永郭兒郎近拍，應於「永晝懨懨如度歲」句分段。隔簾聽，應於「逞如簧再三輕巧」句分段。鎮西，應於「再三香滑」句分段。洞仙歌，應於「百琲明珠非價」句分段。又一體，應於「酒旗遥舉」句分段。又一體，應於「翻恨相逢晚」句分段。長壽樂，應於「密約秦樓盡醉」句分段。法曲獻仙音，應於「頓輕擲」句分段。笛家，應於「盡成感舊」句分段。周邦彦隔浦蓮近拍，應於「驟雨鳴池沼」句分段。陳亮彩鳳飛，應於「舊時香案」句分段。姜夔淡黄柳，應於「都是江南舊相識」句分段。均將換頭句連綴屬上。又如揚无咎玉抱肚，不於「音書也無箇」分段，而分於上三句「甚時可」之下。周邦彦紅窗迥，不於「擁春醒乍起」分句，而分於上句「風摇碎」之下。杜牧之八六子，不於「龍煙細飄繡衾」句分，而分於並非叶韻之「椒殿閒扃」句下。是又明知其謬而仍襲之，亦何貴乎辨證爲耶。其分列各體，有不歸本調而誤列他調又一體者，有本係一調而以新名分而爲二者，有並非一調而誤合爲一者。如張子野「廊廟當時」詞，調係小重山另體，與趙長卿詞無異，誤作感皇恩又一體。程珌「最是春來」詞，調係錦帳春，與辛棄疾詞無異，祇少押一韻而已，誤作錦堂春又一體。趙長卿「情難託」「好事客」二詞，調係品令，乃沿汲古閣謬註，誤列思越人又一體。眉峯碧，按調卽卜算子另體，因前起「蹙損眉峯碧」句，並前結「忍使鴛鴦隻」上衍一「便」字，誤爲另調。春草碧本番搶子，卽本調所引韓玉詞後結三字爲名，乃另收李獻能詞爲另調，不知春草碧祇有九十六字一體。桂華明卽四犯令，因墨莊漫録所載闕注詞，亦誤爲另調。風中柳卽謝池春，所引孫夫人詞與陸放翁詞正同，惟換頭平仄稍異。轆轤金井卽四犯翦梅花，所引俱劉改之詞，惟後起高陽醉下脱一玉字。八犯玉交枝卽八寶妝，所引仇遠詞與李甲詞正同，惟多押三韻而已。均誤分爲二。催雪調製自姜夔，與程垓無悶調句讀迥殊，乃收王沂孫催雪爲無悶，並引吴文英詞證之，遂誤合爲一。又李太白連理枝本屬雙調，尊前集離而二之，遂誤以半闋爲三十五字體。近日倚聲家咸奉詞綜、詞律爲金科玉律，余故詳加校勘，筆而誌之，非敢議前賢，正恐誤後人耳。舊所傳花庵、草堂詞，暨嘯餘譜、詩餘圖譜已鮮有能舉其辭者。至潘氏詩餘醉、毛氏詞學全書、林氏詞鏡、夏氏詞選，訛舛尤甚，等之自鄶，咸不足論。

聽秋聲館詞話卷十五

彭兆蓀詞

「問何物金錢，恁無情、儘天上人間，坐他離別。」此鎮洋彭甘亭上舍兆蓀七夕洞仙歌後結也，意爲人所同具，語則人所未有，一坐字意尤沉痛。所著小謨觴館詞，視之如古錦斑斕，仍運以疎宕之氣。如點絳脣云：「一徑荒荒，斷無人處闌干亞。重簾不掛。漠漠苔花惹。性愛閒行，生怕閒亭榭。銷魂乍。碧梧桐下。殘月昏黃夜。」鵲橋仙云：「燈長鳳脛，人長錦瑟。敵住玉關風力。柔鄉酒國夢温馨，聽縹緲、穿簾一笛。霜華漸緊，角聲低咽。斜月出門時節。高樓已在數峯西，又何況、樓頭消息。」臺城路云：「柳條邊口桃花徑，修廊架來厓广。軨匝屏開，兜渠鑪炷，催把八分羹點。驚鴻冉冉，看襪印香痕，蒼苔路軟。一握飛雲，春波橫上酒邊臉。神雞放教枕倚，儘偎燈鬥茗，坐月嘗芡。半角青山，周遭翠縚，不許塞風偷颭。紅蕤宵掩。只預怕來朝，送人眉斂。六曲瓊梳，日光釵焰閃。」連理枝云：「陰薄榆錢仄。絮重游絲織。錦段般春，桃波般去，鶯梭般擲。漸東牆折盡畫鞦韆，也無人知得。密約憐樊嬿。錦字沉烏鰂。澹墨輕衫，楊花小扇，層城消息。鎮傷春夢雨一年年，了清明寒食。」均能自闢畦徑。其咏雁浪淘沙前闋云：「天色越窰開。身落雲階。擔霜閃月一繩來。逼近星辰書蠆脚，也有些才。」似太尖刻矣。

謝道承詞

閩縣謝古梅閣學道承，學以躬行爲主，詞章非所注意，著有小蘭陔集，附詞數闋。中一題云：「福州林素齋明初守濮州，燕兵至，不屈，縛高竿上射死。妻亦抱譜自焚，今崇祀不替。」爲賦滿江紅云：「燕子南飛，彈丸邑、陣雲濃結。誓獨把、江淮遮遏，臣心終竭。曹濮尚流嗚咽水，金川俄濺模糊血。問何如、睥睨供高皇，東藩鐵。　危竿上，雕翎集。烈焰裏，霓裳滅。看全宗報國，臣貞婦烈。江荔盤中丹血染，山花髻上紅蛇掣。歷閩山、四百有餘年，欽雙節。」其人其詞，俱足千古。

葉映榴詞

康熙二十七年，上海葉忠節映榴官湖北糧道，殉裁兵之難，贈侍郎銜，賜謚。越一百七十年，武昌爲粵匪再陷，吳縣曹艮甫觀察亦以糧道殉難。觀察詞已録於前。忠節蒼巖山房遺稿，王氏詞綜祇録「金菊對芙蓉」一闋。尚有咏枕青玉案云：「遊仙舊夢荒唐了。但繡出、鴛鴦巧。記得雙棲春睡曉。喁喁私語，微微淺笑。只有伊知道。　近來孤另酣眠少。卷幔頻敲漏聲悄。冷漬紅冰心暗惱。夜長人杳，欲推還戀，好夢從伊要。」裁兵亂起，忠節衣冠諭賊，死甚烈，乃小詞纖豔若是。

趙函詞

吳江詞家，國初爲盛，人工掐譜，尤推葉、沈二家，百餘年來，漸形衰歇。自郭頻伽後，繼起者咸推趙丈艮甫函，籍吳江而居吾邑，少即以詩文名於時，屢困棘闈，以諸生終。余見時已鬢髮皓然。自言生不能與今人爭一第，殁不能與古人爭千秋，乃欲以藻繪浮詞，眩人耳目，其誰欺耶。故自訂樂潛堂詩止數卷，詞名飛鴻閣琴意，亦不滿百闋。然清泠蕭瑟，讀之如聆琴筑。唐多令云：「蛾影曲池東。青楊一巷風。認伊家油壁曾逢。側檻秋花和淚種，渾不減、去年紅。　小院悄簾櫳。閒眠細雨中。恁新來、酒病惺忪。便不梳頭偏嫵媚，鎮攜手、聽初鴻。」題畫樓春曉册虞美人云：「唐梯點屧分明記。燭炧人無寐。朝霞微上茜紅紗。玉立江梅，百步逞天斜。　窗間輕喚梨雲夢。夢也和香凍。今朝萬一再相逢。依舊眉梢，傳語兩惺忪。」西泠寓樓霜天曉角云：「浮黛如眉。對他空百杯。可惜湖光如鏡，只少箇、小妝臺。　徘徊煙水隈。乍聞秋雁來。露底一叢寒菊，爭得向、鬢邊開。」殢人嬌云：「月皎深簾，燈昏別院，容易教、一番相見。桃鬟翠薄，渦梨紅淺。渾不是當時，靚妝華豔。　瑞腦將殘，羅襦未換。閒拋卻、薤文珍簟。傷春心事，經秋望眼。要數到銅壺，夢中聲斷。」秋柳長亭怨慢云：「又微雨、漢南吹暝。踠地蕭騷，不堪攀贈。繫馬遊踪，等閑金勒向誰問。舊時門徑。梳一桁、西風緊。照水有長條，替畫出、蕭娘秋影。　重認。恁絲絲織就，三十六灣離恨。那人何在，儘消受、月荒煙冷。便如今再到章臺，惜零落、凋伊青鬢。只滿耳寒蟬，猶說當年姿韻。」丈又有寒柳律詩中云：「樓頭只掛青天月，塞上還思碧玉年。」離貌取神，得未曾有。

劉嗣綰詞

汪紫珊太守所刊七家詞，以劉芙初太史嗣綰箏船詞爲最，清而不佻，旨趣遥深。醉太平云：「蕉窗碧踐。苔階綠錢。夢來曾抱秋煙。是今年去年。秋雲掃天。秋河捲簾。有誰同話秋邊。算秋蟲可憐。」采桑子云：「今宵明月無情甚，一片清光。祇照鄰牆。淒斷盧家玳瑁梁。隔江誰唱安公子，偷得霓裳。卻立回廊。斷盡青溪曲曲腸。」醉花陰云：「天外層湖湖外渡。渡口南塘路。塘水太無情，流過門前，不許鴛鴦住。岸柳荒寒三兩樹。没箇尋春處。懊惱是紅船，不載春來，載了春歸去。」浪淘沙云：「落葉下重樓。暮雨颼颼。病來和影說綢繆。不是芭蕉窗外語，忘了深秋。料理舊時愁。藥椀茶甌。無聊猶自倚香篝。二十五聲今夜點，點點心頭。」太史頻年旅食，雖捷禮闈，入木天，恆杜門卻軌，生平抱蘊，百未展一，竟鬱鬱以終。卽此數詞，感喟之忱，溢於言表，有非淺涉家所能窺測者。

靈芬館詞話中所采詞

沈君秋卿嘗語余云：「昔人言詩話作而詩亡，蓋爲宋人詩話穿鑿辨論而發，藉以攀援標榜者無有也。今也不然。非詡其己作，卽廣搜顯者之詩，曲意貢諛，冀通聲氣。甚或不問佳惡，但助刊資，卽爲采録，且以爲利矣。故詩話日夥，詩道日衰。間有采及詞句，則又隨意掇拾，論詞則是，論調則非，未免强作解事。獨吳江郭頻伽麐靈芬館詩話不蹈前弊，議論亦佳。時余未見其書，覓之十年，始見浣雲師手鈔本，近復得其續話叢話讀之。如謂近日倚聲家莫不宗法雅詞，厭棄浮豔，然多爲可解不可解語，令人求其意旨而不可得，此何爲哉。足爲專事堆垜者他山之錯。惜多録題圖之什，時亦附以己作，尚未能免俗。

其所采朋輩中詞，佳作頗多。如沈芷生進士清瑞浣溪沙云：「一片青帘酒樹東。花陰流出水溶溶。短長亭上過春風。歌扇影遥香月白，鈿車聲起暗塵紅。相逢可惜太匆匆。」菩薩蠻云：「秋風吹滿溪橋路。吟鞭倦指題詩處。煙寺隔疎鐘。斜陽雁背紅。沉沉天似水。今夜新涼起。金翠鏡中寒。苧蘿無數山。」宛平龍劍庵光斗清平樂云：「鶯嬌燕綺。絮語東風裏。手卷珍珠揎玉臂。滿院新紅鋪地。憑誰留住韶華。停針倦倚窗紗。只有多情明月，夜闌還映梨花」。秀水蔣春雨副貢元龍枕上聞雁霜天曉角云：「江城秋暮。多少哀鴻度。剛近曉寒窗牖，來天北、一聲櫓。銜蘆何處去。沙邊行且住。休問故園兄弟，啼不斷、枕邊雨。」錢塘姜淳甫寧咏柳影疎影云：「長亭短驛。正一片春光，滿地狼藉。飛絮飛花，蕩漾參差，幾度臨風難折。絲絲遮斷河橋路，悄不礙、踏青遊屐。漸魚雲、斂了斜陽，尋偏亞闌無跡。曾伴紅窗簸弄，那人愁瘦損，描上香額。細雨吹來，倒映漣漪，莫辨層層深碧。秋懷剩付鴛鴦渡，算只有、斷魂相接。怕亂鴉飛入寒林，未省舊巢端的。」海州許月南孝廉桂林山花子云：「子舍言歡蠟炷長。妝臺温語粉痕香。說著秋聲嫌冷淡，况他鄉。風打窗櫺催夢醒，雨淋檐角說天涼。禁得客愁濃似酒，又重陽。」秀水高雪舫桐落葉綺羅香云：「秋老梧桐，煙寒橘柚，野色蕭蕭如許。捲起西風，撩亂漫天飛舞。纔點向、紅板溪橋，又吹還、綠蘿庭户。最難描、一片淒涼，酒醒昨夜打窗處。飄零愁煞倦旅，南北東西萬里，有誰留汝。古道斜陽，自去自來無緒。供野竈、閒煮茶香，載寒蟲、輕隨波去。記樓頭、新綠濃時，隔江聽杜宇。」仁和嚴子容适鵲橋仙云：「困人天氣，瘦人時節，廿四番風多換。癡心欲倩小東風，留住了、桃花人面。花朝過了，清明過了，一種閒情難遣。簾波窣地沒人來，怕不是、斷腸庭院。」好事近云：「一夜亂蛩聲，添了十分愁緒。争奈芭蕉葉上，又瀟瀟疎雨。　故人兩地苦相思，欲語向誰語。　鴻雁不傳遠信，但北來南去。」均不啻緱笙湘瑟，悦耳悽心。

羅璔與吴六益詞

頻伽詞話録羅玉曾璔菩薩蠻云：「流螢數點窺簾影。蛩聲漸逐蟾光冷。脈脈轉銀河。宵長人奈何。　蕭郎情意惡。宛似羅衫薄。畢竟薄羅衫。猶能偎夜寒。」謂有飲水風格。然不如華亭吴六益詞，似更藴藉。亦調菩薩蠻云：「傷心怕看樓頭月。雲窗黯淡燈光滅。惟有薄羅裳。愁人共夜涼。　風吹鈴索動。驚醒鴛鴦夢。香冷倩誰温。更闌静掩門。」吴名懋謙，國初人，明詩綜采其詩入遺民列。

周之琦詞

大吏經行處所，即非所屬，亦必供張迎候，故衝途州縣，最爲繁苦。然亦因人而施，大抵視出處分軒輊。周稚圭中丞之琦由翰林歷官湖北巡撫，内用後，復出撫廣西，旋乞病歸。雪阻衡陽賦倦尋芳云：「佩蘭怨曲，啼竹潸痕，魂斷何許。弔古人來，還是凍雲愁聚。倦雁稀迎前度客，昏鴉冷寄誰家樹。數歸程，但梨花夢隔，扣舷空阻。　念幾日、湘南留滯，窗暝棲煙，燈暗吹絮。望眼冥迷，不到夕陽紅處。拂檻徒誇羣玉見，推篷忍看飛瓊舞。倚新詞，待催將，櫂歌聲去。」逮過鄂渚，又賦驀山溪云：「晴川黄鶴，與我周旋久。天外一帆風，破餘寒、輕裝來又。簫聲吹暖，剛是上元時，青嶂月，錦街燈，夜色明於晝。　劉郎重到，往事休回首。冷落舊巢痕，想依然臙脂紅透。桃花開早，何處媚芳春，迎過舫，送歸鞍，不及長亭柳」。讀「何處媚芳春」、「往事休回首」句，與倦雁一聯，世態炎涼，隱然可見。中丞家祥符，故以金梁夢月名詞，季貺司馬持以見示。青玉案云：「西山顏色仍依舊。只添了眉痕皺。小院珠簾垂永晝。吟箋半摺，畫闌孤倚，長憶分襟後。閒中記曲拈紅豆。風雨還驚夜來驟。曾問南園芳事否。鶯如人嬾，花如人醉，春也如人瘦。」太常引云：「塵沙拂面阻清遊。長日下簾鉤。誰倚鈿箜篌。儘彈出、新愁舊愁。朋尊冷落，詩懷潦倒，排悶强登樓。風柳一枝秋。認當日、煙花汴州。」寒柝齊天樂云：「暮天吹角譙門斷，淒音乍聞縹緲。響接砧疎，傳隨箭急，還帶提鈴聲小。嚴城静悄。伴清漏銅壺，幾番昏曉。逝水年華，爲誰消領舊懷抱。空街敲恨未了。鐵衣來往處，霜信偏早。鷺堠迷煙，雞籌喚月，那更春光不到。離情暗惱。問挑盡殘燈，送愁多少。帳底驚魂，夜長人易老。」紙鳶好事近云：「片羽又青雲，搖颺半天春色。莫羨兒童牽引，怕東風無力。微茫纖綆繫虛空，遠影定誰識。偏是綠楊煙外，有流鶯窺得。」綺麗縝密，直逼草窗。紙鳶一詞，寄興尤婉。

謝蘭生詞

余於劉雲樵觀察翊宸座中，識謝雨亭明府昌霖，時其父厚庵司馬方仕浙中，末由接晤。未幾捧檄至閩，亦遇於觀察家，遂爲紀羣交，得讀其詞。踏莎行云：「柳絮飄殘，榆錢吹遍。杜鵑啼老鶯喉變。還餘幾處野花紅，綠陰門巷飛成片。好景無多，餘寒猶戀。新愁訴與雙棲燕。茶煙輕颺繡簾低，游絲自裊空中線。」送祝子偉司馬入都金縷曲云：「嫋嫋西風起。望長空、夕陽疎柳，秋痕滿地。正好涼宵常聚首，更喜同舟相濟。早催送、一肩行李。鞅掌風塵吾輩分，欲留君、少住渾無計。重握手，短亭際。年來乞盡桃花米。問天涯、悲歌擊筑，更誰知己。司馬青衫容易溼，莫向戍樓頻倚。念此去、二千餘里。舊日金臺應好在，恐高陽、酒侶今無幾。言不盡，黯然意。」司馬名蘭生，家武進，詞僅十餘闋，然能以少許勝人多許。曾摘取天文輿地書爲仰觀録、輿圖論釋。復以侯官姚履堂明府懷祥任定海時殉夷擾之難，鎸其手筆，立傳徵詩，並輯同時江浙閩粵死事諸臣事略輓章，爲思忠録刊以行世，其志趣可知。慨自金田肇亂以來，繼以土捻會回各匪，海内搶攘者十有九年於兹。自疆吏以逮婦孺，絶脰捐軀者，較夷亂時萬倍不止。其間死不足瀆與傳聞異詞，濫邀褒錫者有之，就義甚烈名氏未彰者，亦正不少。雖設局采訪，尚多湮没。況有未經舉辦者，讀司馬書，益有感於余懷。

謝昌霖問月樓詞

雨亭明府少從吴門陳小松彬華遊，得其指授，著有問月樓詞。惜有士衡才多之患。余曾規以力加淘汰，然小令丰神秀逸。如相見歡云：「庭花不耐東風。水流紅。只有蘼蕪，緑遍大堤東。輕離別。音塵絶。幾時逢、恨煞雲山千疊樹千重。」浣溪沙云：「鸚鵡洲邊艤木蘭。蔚藍幾疊小屏山。枇杷花翳碧苔斑。舊恨不隨流水去，新愁又逐曉雲還。杜鵑聲裏夢江南。」清平樂云：「雨晴雲散。陌上斑騅遠。雙燕飛來簾不捲。掠過畫堂西畔。小桃一樹開殘。東風陣陣衣單。賸有無多新釀，能消幾度春寒。」連理枝云：「庭院梨花雨。簾幕楊花絮。早是花開，一枝堪折，莫將花誤。正賞花時節釀花天，奈落花無數。曾乞春陰護。還恐春光暮。卻被春風，摇晴弄暝，催將春去。笑尋春伴侶探春人，又青春虛度。」

李珽詞

女未嫁而夫夭，于歸守節，無恩可言。蓋義之所在，自不忍死其夫。猶易代之際，未沾一命，而甘心隱遁，足以愧世之居高位而弁髦其君者。況世俗未婚而殤，不立後，有婦始有嗣，是女之一身，夫之似續繫焉。族伯權將婚病卒，伯母馬氏扶栗主成禮，旋以身殉。時金山諸生馬德璿聘家貞女寶慧，未婚，德璿殁，馬宗族備禮迎歸，亦於喪次成禮。李峴山明經珽爲賦金縷曲云：「怕見雙飛燕。儘傷心、鸞孤鵠寡，十分哀怨。纔得猩屏紅絲綰。驀地飛花歷亂。頓吹散、鴛鴦小伴。聽說熏香人如玉，甚修文、徵到扶風彥。最苦是，玉閨媛。依然花燭歸深院。對靈壓、腸輪轉轂，淚冰凝霰。天上人間茫茫恨，怎不重泉舉案。也只爲、孤兒一線。但願龍孫干霄上，便簪毫、修史紅薇館。定采入，表貞傳。」「只爲孤兒一線」句，能道出貞女心事，世有以非禮過爲苛論者，其亦弗諒人只矣。

姚鼐詞

桐城姚姬傳先生鼐，因王西莊光禄「專力則精，雜學則粗」二語，輟詞不作，今惜抱軒集中所附數闋而已。然如和鄭前村咏鄰女撲棗桂枝香云：「西風繞舍。望裊裊弱枝，隔籬垂瓦。正是新霜綴滿，素煙凝掛。才聽笑語憐紅小，又長竿、一聲飄灑。鬟鴉何處，筠籠應滿，夕陽漸下。笑杜老、清詩漫寫。怎忘近、村園桑柘。幾度分甘兒女，故人情話。緑窗榛栗方同薦，數而今授衣近也。天涯知否，東鄰織月，新添林罅。」蘆花水龍吟云：「楚江漠漠連天，箇中窮士呼應起。寒雲影外，暮山低處，淡煙叢裏。一色迷空，短篷垂釣，雪時仍記。御蕭蕭做冷，離離繞岸，正船傍、西風艤。最是天涯倦侶，憶湖村、霜濃洲嘴。幾番夢到，波生葉下，月明千里。料得涼宵，江妃應折，一枝誰寄。只送將、去雁淒迷，遥宿向寒塘水。」雖專門家無以過，微嫌隸事稍多耳。

梁鳴謙詞

閩中錢最少，福州市閭所用皆票，與古鈔相似。故田家婦孺，無不識字，即青樓女子數歲時，亦延師課讀，然僅粗解字義，鮮有工詩詞者。近有香雪留痕，傳爲鄭玉筍校書作。自敍生時母夢人與以玉玦，故名玉。幼慧，略知詩，年十七卒。「開奩含粉淚，莫照可憐人。」其十四歲咏鏡句也。閩縣梁禮堂吏部鳴謙爲題兩同心云：「融雪爲神，雕瓊做思。想幾回對鏡低徊，有多少傷心情事。向風前灑淚成珠，結珠成字。　無那孟婆風利。曇花謝矣。休再話、玉玦前因，剩幾幅、金荃遺製。更誰憐，月冷臺江，埋愁無地。」吏部釋褐後，仍以筆耕爲事。其盤香浣溪沙云：「曲檻迴廊燭影深。連環舊製與重尋。夜闌留得一星明。　珠絡結成絲宛轉，篆雲暈到影竛竮。朝來消盡未灰心。」語淺意深，足覘所養。

慕碧雲詞

玉筍之前，傳有慕碧雲者，亦臺江妓，詩詞俱不學而工，似是再來人，以不肯輕失身投水死，年亦十七。

張亭甫孝廉南浦秋波録中附其絶句云：「斜照搴珠箔，飛花糝玉杯。春潮將舊恨，一日一回來。」七律云：「一過清明倍黯然。萬愁俱到落花前。通辭婢讓紅鸚鵡，抱病人如白杜鵑。南浦阿誰還送別，東風似此又孤眠。從來不下傷春淚，也算無情負少年。」又傳有相思引云：「嬾向紅窗理玉笙。禁煙纔過便清明。碧桃開盡，還有幾多春。風過難尋飛絮影，雨餘怕聽賣花聲。陰陰天氣，容易是黄昏。」皆楚楚可憐。果有斯人斯才與否，未能臆定。

王項齡詞

國朝兩開制科，康熙己未中選五十人，官大學士者，華亭王文恭項齡一人。乾隆丙辰中選者先後衹十九人，官大學士者亦一人，爲武進劉文定綸。二公詩文齋皇典麗，俱以餘力及詞，王氏已采入詞綜。余尤愛文恭蝶戀花云：「綽約風情天付與。柳葉眉邊，多少銷魂處。可惜芳踪再難遇。依稀記得門前樹。孤館淒涼香篆炷。雁没魚沉，消息無憑據。好夢不來來又去。梧桐窗外三更雨。」意極淒警，殊不似富貴人語。按己未之試，兼取聲名，吾鄉嚴藕漁中允僅賦一詩，亦入選。丙辰則規制較密，凡字句錯漏、書法平庸者，皆遭斥。又丙辰之舉，已革官員不準與試，己未則不論。如吾鄉秦對巖宫諭，始以乙未進士授檢討，緣奏銷案褫職，復授編修。所著微雲詞不亞秋水。中允詞名如寒柳臨江仙云：「向日風流今記否，寒鴉宿處分明。一彎殘月太無情。照他憔悴了。依舊下高城。行處尚疑攀折盡，西風客路魂驚。樓頭翠管已無聲。紫騮渾不顧，嘶過玉河冰。」洵足相埒。

陳慶溥詞

江夏陳心泉司馬慶溥，芝楣中丞鑾子，以縣令需次吴中，捐升觀察，被劾復起，改粤東。雖生長朱門，而詞甚淒婉。鄂城陷後，和孫月坡茂才麟趾枯柳齊天樂云：「眼中多少飄零苦，無情也成憔悴。不肯藏鴉，由他繫馬，那有婆娑生意。繁華去矣。怕經歷紅羊，自家枯死。一角紅樓，夕陽無語對秋水。河梁記曾送別，幾番攀折後，衰謝容易。絮影全空，長條易盡，莫問楊枝年紀。淒涼燕子。似對話喃喃，樹猶如此。昔日青青，可憐殘夢裏。」又金陵陷時，秦雪舫部郎耀曾家投井投塘者閤門十一人。惟梅生大令宗武方仕浙江免於難，繪夢泣寒塘圖徵題，司馬爲賦洞仙歌云：「繁華似水，被西風吹去。遺恨茫茫向誰訴。看金塗粉抹，如此江山，都付與、一片城頭斷鼓。宵來休説夢，忒煞淒涼，故國家山盡塵土。怨血杜鵑啼，儘彀傷心，又攙入、角聲悲楚。剩楊柳梢頭舊斜陽，照敗井寒塘，舊家門户。」茂才詞名藉甚，選有嘉慶以來絶妙近詞六卷，意在繼蘭泉司寇。

陳慶藩詞

國朝詞綜之作，惜祇八十餘人，並援好詞例，附己詞於後。司馬恐其湮没，出資刊行，司馬兄子宣舍人慶藩，亦善倚聲。近詞中録其蝶戀花云：「暖意絲絲寒翦翦。似水紅樓，樓上珠簾捲。燕子未來春尚淺。柳條無力東風軟。　夢裏尋春春不見。不信春光，更比天涯遠。一夜天涯都繞遍。笛聲喚起江南怨。」

沈彥曾詞

長洲沈蘭如明經彥曾蠶箔桂枝香云：「編蒲製就。聚一簇團欒，寸絲難漏。採近秋風，隔歲漫勞纖手。織來紅影篝燈外，映簾櫳、翠紋初縐。玲瓏好貯，柔桑重疊，細鋪輕覆。喜漸近、芳春暖晝。正飼葉人忙，三眠時候。熨貼鑪熏，温火焙烘微透。今番商略分筐早，闢新蛾、須認肥瘦。恁般清課，緑窗諸女，料應停繡。」小小一題，於蠶事已舉其概，可謂體物不遺。余幼讀孟子五畝章，似無處不可樹桑，卽無處不可蓄蠶。又讀聶夷中「二月賣新絲」句，亦未必專指吴下言。乃近日蠶桑之利，獨數江以南數郡，曾與沈君秋卿論及此。秋卿云：蠶性宜温，且畏蚊，寒深蚊早處均不宜。如北地風多土燥，今亦有桑，飼蠶亦成繭，第絲質粗脆不任織，鬻之不值錢，未免得不償失。謝疊山詩所謂「厥土不宜桑，蠶事殊艱辛」是也。

聽秋聲館詞話卷十六

史震林詞

金壇史梧岡教授震林長齋佞佛，不慕榮利。有耦耕書院對早梅洗硯喜段玉函至浣溪沙云：「古樹寒鴉集復驚。北風涼透緼袍輕。小塘殘水漸成冰。　日色淡來花意散，雁聲孤處客愁凝。那時離別此時情。」冬日與夢覘入南山訪友未遇，借宿村舍丁香結云：「犬吠疏籬，雀喧深篠，漠漠水村煙墅。望暮雲凝處。斷雁外、草色枯黃如土。連岡痕尚黑，殘燎在、石稜盡露。柴門還有，未掩破屋，茅茨新補。　仙路。指直北峯頭，一線迂迴難度。月冷霜濃，幽人好在，定添新句。長是寒夜酒醒，更覺離情苦。待春回重見，心與梅花並吐。」倚然之致，雅如其人。

賀雙卿詞

丹陽女史賀雙卿病瘧薄倖云：「依依孤影，渾似夢、憑誰喚醒。受多少、蝶嗔蜂怒，漫說炎涼無準。怪朝來、有藥難醫，淒然自整紅鑪等。縱訴盡濃愁，滴殘清淚，寃煞蛾眉不省。　去過酉、來先午，偏放卻、更深宵永。正千回萬轉，欲眠仍起，斷鴻叫破斜陽冷。晚山如鏡。小柴扉、靜鎖愔愔，殘喘看看盡。春歸望早，只恐東風未肯。」雙卿生有夙慧，嫁金壇周姓樵子家。無紙墨，所爲詩詞，悉蘆葉寫之。余外祖顧筠溪公爲賦蘆葉詩二百餘言。梧岡教授西青散記中詳述所遇，並録其浣溪沙云：「暖雨無情漏幾絲。牧童斜插嫩花枝。小田新麥上場時。汲水種瓜偏怒早，忍煙炊黍又嗔遲。日長酸透軟腰肢。」讀此二詞，覺道韞當年，未爲不幸。

顧氏兄弟詞

有宋以來，兄弟工詞者僂計數家，前已言之。至羯末封胡，均工協律。自廬陵李子大洪子清漳子永泳子召淦子秀淅世所傳花萼集外，近推山左王西樵考功士禄、阮亭尚書士正、禮吉明經士禧、叔子進士士祜與宜興陳其年太史維崧、弟魯望維岱、半雪維嵋、緯雲維岳、子萬宗石。然不能人人有集，惟吾邑顧梁汾典籍貞觀有彈指詞，兄景行明經景文有匏園詞，弟倚平茂才衡文有清琴詞，堪與李氏相埒。匏園香眉亭看桂桂枝香云：「小山横簇。看淡日烘雲，堆滿金粟。閒倚青紅庭院，晴飄輕馥。深叢占斷三秋景，倒芳樽、細傾千斛。零蟬猶咽，啼螿乍起，晚風摇緑。更旖旎睡魂初足。共兔影蟾光，一生相逐。袖滿天香，肯把翠眉微蹙。紅牙小板涼州管，且偷翻、桂枝新曲。露濃人悄，玉京吹下，向花間宿。」清琴夜行船云：「飽掛輕帆銜霧去。月初斜、未分明處。漁市燈紅，雁汀蘆白，隔岸微茫人語。自是扁舟鮭菜侶。甚勾回、十年情緒。繡被眠香，深杯滯酒，真箇畫船聽雨。」匏園少日汗漫遊楚，及歸，父愠甚。旋見楚游草中有「風吹鴻雁兼天下，露滴茱萸著地開」句，爲之霽顔。清琴詩詞擅一時，顧試輒報罷。一日，宴某公家，見庭中病鶴，即席賦詩四章，蓋自况也。詩成，大哭，合座傷之。其一云：「不道昂藏志盡灰，猶能緩步踏蒼苔。時從闌角穿花過，還向池邊戀食來。獨立易遭羣鶩妒，長鳴寧似夜猿哀。升沉到底人難料，失勢何嘗不是才。」

顧貞觀詞

先祖西園瑣述云：梁汾典籍弱冠遊輦下，寓居蕭寺。一日，扃户出。適龔文毅鼎孳入寺答客，於窗隙中見壁間題詩有「落葉滿天聲似雨，關卿何事不成眠」句，大驚嘆。向寺僧詢姓名去，稱譽於朝。時納蘭相國明珠方官侍郎，即延爲上客。旋舉康熙五年京兆第二人，官内閣典籍。其寄吴漢槎塞外季子平安否二詞，久已傳誦人口。孫文靖爾準獨舉「東風野火，燒出鴛鴦瓦」，謂爲平生第一。余謂彈指詞中，美不勝舉。如宿南館陶減字木蘭花云：「西風又起。水驛更長人倦矣。繡被香空。一夕濃熏是夢中。鄉心久斷。欲寄鄉信天樣遠。爲問汀蘆。有箇南飛宿雁無。」汴梁懷古滿江紅云：「何必江南，堪痛哭、六朝遺跡。只此地、曾經幾遍，銅駝荆棘。高浪已摧臨鏡堞，平沙盡没藏書壁。漫憑高、歷歷數滄桑，空沾臆。朱仙鎮，陳橋驛。相望處，城南北。只幽蘭軒遠，燼灰難覓。且醉金梁橋上月，休尋緑萼堂前石。捲西風，片葉忽飛來，迎秋笛。」梳妝臺懷古齊天樂云：「卷簾依舊西山雨，憑高暗添愁思。馬上吟成，帳中絃歇，遺恨尚留彤史。分明故址，有瑶島瓊花，未隨流水。惆悵重尋，繡楣金鏤廣寒字。當年夢遊曾至。素娥須記得，天寶遺事。三閣傳箋，六宫潤筆，少箇青蓮應制。茫茫對此。只銀漢紅牆，望中相似。甚處天香，夜深飄桂子。」不僅小令擅場而已。

林氏兄弟詞

華亭諸生林宮升企俊、鶴招企佩、寓園企忠亦俱工詞，王氏詞綜僅録鶴招夢橫塘一闋，中又訛脱數字。其詞云：「風吟敗葉，露捲殘蕉，滿庭無限蕭瑟。白石青溪，奈眼底都無俊物。雁語淒涼，蛩聲悲哽，夕陽西没。怪故人不見，見了還愁，恰俱是、銷魂客。　獨尋孫楚酒樓，正悲哉秋氣，悽損病骨。旅館孤燈，雖小别、動人思憶。只無那、稜稜瘦影，秋水黄花寫顏色。七發驅愁，五窮送鬼，問何時始得。」宮升南歌子云：「晝静花迎檻，宵清月入簾。香熏繡被裊微煙。好夢安排，今夜到誰邊。」寓園南鄉子云：「細雨近紗窗。陣陣寒風怯晚妝。珍重添香深夜語，難忘。紅豆拋殘淚幾行。　路遠隔瀟湘。雁信魚書並渺茫。無限心期何處訴，淒涼。絳蠟欺人影不雙。」

屈大均詞

番禺屈翁山大均，國初披緇爲僧，繼返初服。所著道援堂集，頗近青蓮，顧多觸犯本朝語，嘉慶以來書禁弛，其集始行。然如戊辰元日、壬戌清明、廣州弔古、酌貪泉、猛虎行諸作，幾類醉漢駡街。至詠古中謂管蔡之叛爲忘親殉國，而責微箕不爲羽翼，持論尤謬。後人刻其集，删之爲是。集後附詞一卷，遠不如詩，可存者數詞而已。蝶戀花云：「驀地榆錢飛片片。雨溼梨花，珠淚無人見。愁緒宛如江水滿。茫茫直與長天遠。　已過清明風未轉。此處春寒，何處春先暖。惆悵金鑪朱火斷。水沉多日無香篆。」冬夜與李天生宿雁門關長亭怨慢云：「正燒燭、雁門高處。積雪封城，凍雲迷路。添盡香煤，紫貂相擁，夜深語。苦寒如許，誰和爾、淒涼句。一片望鄉愁，飲不醉、鑪頭駝乳。無處。問長城舊主，但見武靈遺墓。沙飛似箭，亂穿多少、草間狐兔。欣此後、口北關南，不須峻、并州門户。更莫射黄麞，收拾楚弓歸去。」

詠物四題

鳧薌宗伯守大名時，偶拈羅帳、紗窗、竹簾、藤枕四題，倚調成詞，一時傳和。最佳者寶坻高寄泉鹺尹繼珩時爲孝廉，竹簾玲瓏四犯云：「碎翦湘波，更軟蕩湘雲，塵夢都洗。深院回廊，襯出緑陰陰地。花影依約難窺，垂一桁曉妝還未。喚翠鬟、犀押遲開，心篆裊殘心字。紫瓊額重筠絲膩。織離愁、嫩涼如水。相思莫待西風捲，添了箇人憔悴。料得盼月玲瓏，猶自黄昏獨倚。只畫梁栖燕，歸來晚，重鉤起。」欒城鄧樵香刺史祥麟亦爲孝廉，紗窗瑣窗寒云：「鑽紙嫌蠅，窺檽厭雀，緑紗新換。初籠旭日，隱約曉妝人面。倩雙鬟、玉臺暫移，遞香偶觸花鈿顫。正猧眠乍醒，燕歸頻睇，蝶飛猶戀。庭院。芳華晚。比地角天涯，隔窗人遠。知心小語，爾汝許多恩怨。繡牀邊、長晝倦時，唾絨細碎痕似染。更明朝、巧刺荷囊，默數穿針眼。」桐鄉陸春帆中丞費瑔時爲太守，藤枕玉漏遲云：「翠圍蘿屋小。蘭房晝靜，又過春杪。細綰青條，合伴紅蕤婹嬝。橫倚冰紋簟上，奈靦覥、鴛衾侵曉。情懊惱。玉釵旁，墮鬟雲濃繞。休待緑葉成陰，縱瓔珞垂珠，未妨迴抱。捉搦移時，膩得粉痕多少。好貯一函茉莉，正夜半、夢回香嫋。人語悄。雙攲也曾雙笑。」任邱邊袖石方伯浴禮時爲諸生，羅帳綺羅香云：「蕙葉銷金，蓮華甃繡，斗帳偏宜長夏。

八尺宮羅，貼壁冷光新砑。延月白、霧縠空搖，映燈紅、水紋低瀉。控流蘇、煙縷垂垂，文螭銜角玉鈎掛。桃笙斜展睡覺，最愛枕函茉莉，暗香霏麝。分付柔飈，不許吹開微罅。悵久隔、幽夢行雲，盼重訴、合歡情話。記當日、暖撒芙蓉，男錢相對灑。」宗伯所至扶輪承蓋，後官楚中，刊有晚香堂唱和詩。晚香者，大名郡齋額，溯所自也。其贈姚君春木詩云：「江左風流銷歇盡，東南壇坫屬何人。」固隱然以宏奬自任。時侯官林文忠則徐、桐城李方伯宗傳均喜提倡風騷，數公歿後，干戈四起，不暇講風雅矣。

孫鏘鳴詞

泰順林亨甫貳尹用霖得羅隱江東外紀殘本於遂昌村塾中，梓以行世。瑞安孫蕖田學士鏘鳴爲題金縷曲云：「刼換千年矣。更誰尋、秋風禾黍，徒留荒壘。何幸零編收爛脱，不共秦灰抛棄。話約略、殘唐遺事。逆旅空山愁寂寞，喜文章、異代聯知己。宵柝盡，讀難已。東南保障今猶是。驀聽到、臨平山外，鼓鼙聲死。裴僕楚娘忠俠骨，試問眼中人幾。怎得向、行間呼起。卻愛抱雲雲壑近，好商量、學把漁竿理。掩書坐，幾揮涕。」外紀本六卷，僅存十則。所誌會稽海塘壞，得禹碑巨炭。餘杭都將獵天柱山，獲角端。及王彥章妾楚娘豔而才，通劍術，章死，以節終，事頗新異。又誌錢氏賦役，謂自古立國者初制無不便民，久而下吏緣法生弊，便民者皆病民矣。願持國者無輕改法，惟謹擇吏，嚴察吏可耳。隱曾説錢鏐伐梁，且有斯言，其學識可見，殆不幸以詩人名耳。

劉履芬兄弟詞

浙之江山縣，雖衡途而遠界江閩，自來無講倚聲者。劉泖生太守履芬與弟玉叔上舍觀藻，生長江左，始以工詞聞。泖生有鷗夢詞。蝶戀花云：「幾日游蜂飛絮趁。乍見生憐，憔悴春人鬢。過後韶華如玉舜。天涯何處尋芳訊。道是愁多蛾緑損。别夢依依，雙頰添潮暈。亂捲珠簾風有信。奈他燕子無憑準。」秋感疏影云：「西風起矣。問征鴻此去，書到曾未。算不分明，輕暖輕寒，又是者般天氣。梧桐瘦減年時影，便寫就、相思誰寄。想曲闌、一半愁凝，倚了可堪重倚。孤負青山入畫，倦妝無氣力，眉影消翠。任爾天涯，願作扁舟，莫作無情江水。芙蓉也有三生恨，怎怪得、玉容易悴。臘宵來、悵望銀河，幾點冷螢斜墜。」玉叔洞仙歌云：「雲愁雨懶，恨舊歡難繼。欲覓藍橋路無際。算衣香鬢影，綺夢如仙，猶記得、昔日桃枝年紀。春風門巷裏。便遇鈿車，無奈蕭郎已憔悴。不斷是情根，縱懺愁根，怎懺得、情根枯死。但灑淚晨昏向吴天，願此後當筵，更休牽繫。」集有盱眙吴仲宣制府棠題詞，次集中韻金縷曲云：「華髮催人急。怎頻年、胥江一棹，荻風瑟瑟。憶到莎廳勤課讀，回首已非疇昔。喜到眼、花騰五色。二陸雙丁争炫映，譜雲和、共羡江郎筆。休惆悵，踞牀笛。飄零我是無家客。問故巢、而今安在，刼灰悽惻。猿鶴沙蟲成幻夢，填海寃禽何益。歎窈渺、天心莫必。起舞中宵雞膈膊，撥銅琶、嗚咽江聲濇。緘愁思。素書尺。」江郎山隸江山縣，以江淹得名，用之恰合。制府以縣令仕江北，目擊軍情勞敝，家復被燬，故有寃禽填海，起舞中宵句。不數歲，總督漕運，保障江淮，若非初意所及。殆與范文穆未秉節時，誓擊楫空驚俗，休拊髀都生肉語，後先同軌。高茶庵云：泖生現官江蘇。玉叔故矣。

龔静照詞

永愁人集一名鵑紅，吾邑龔静照女史著。春日苦雨滿庭芳云：「春晝淹淹，春愁脈脈，嬌黄媚紫都非。韶華幾許，九十半成違。風暖水紋如縐，憑闌處、漫浸芳菲。殘夢醒，雲迷霧鎖，何處覓餘暉。追思。曾玩賞，舊時情事，珠淚頻揮。漸看看成病，減卻香圍。又是清明過也，空贏得、緑慘紅稀。如萍燕，東西飄泊，不解認人歸。」女史爲明末殉難中書廷祥女，所適非偶，故語多悽憤。

張用禧詞

咸豐三年閩中賊起，滇南李月樓貳尹子馥上書言事，邀嘉許，旋督勇百人助守仙遊，孤城無援，歿於陣。桐城張辛田大令用禧弔以滿江紅云：「弱不勝衣，到馬上、公然殺賊。記平時、縱横詩陣，沉酣酒國。五夜聞雞頻起舞，一官筮鳳聊棲息。忍搒教、孤注守危城，偏師北。誰縱虎，憑侵逼。誰脱兔，紛逃匿。賸空拳獨奮，血痕凝碧。未掃欃槍猶裂眥，回瞻雲樹應沾臆。待哭師、老父與招魂，歸滇僰。」時乃父古坡明府尚在堂也。月樓少跅弛，老宿頗輕之，然賦性慷慨，善文詞，卒以忠節自見。傳有踏莎行云：「幾陣飛花，數聲杜宇。催將春去催人去。陌頭柳線萬千條，可能綰得游驄住。別恨頻添，歡期易阻。況兼一夜沉沉雨。惱他芳草太無情，朝來緑遍天涯路。」余前録殉難諸公詞，偶遺之，爲補於此。

林天齡詞

余於鍾仲山家識林君錫三天齡，知其工爲詩，時困諸生，方爲仲山權記室。歲己未，始與余壻胡鑑同舉鄉試，次年同捷南宮，旋入詞林，乞假歸。知余輯補王氏詞綜，徒步見訪，出其友劉芑川孝廉、黄肖巖茂才、黄笛樓上舍詞，囑爲選録，尚未知其亦工倚聲也。近於聚紅榭唱和集中讀其詞，深愧相識十年，知之未盡，特録數闋以誌欣矚。盤香醉春風云：「宛轉青煙吐。細向風前度。不消心字博山鑪，炷。炷。炷。一點灰飛，半星紅逗，悄無人處。誰掩寒燈去。漫放秋天曙。醒來微火隔熏籠，覷。覷。覷。漏短偏長，漏長漸短，宵分暗數。」藕絲百字令云：「蓮房紅落，倩并刀重把，寒冰輕翦。畢竟空靈心性好，餘緒牽來如綫。弱不勝挼，柔偏易折，有恨何人見。含情箇裏，緑波曾照深淺。聞道綺席佳人，晚涼細雪，恰映纖纖腕。悵望茜衫顔色故，密縷憑誰細浣。柳絮黏來，菱絲掛處，一樣愁腸綰。纏綿無那，休論春夢長短。」半臂安公子云：「愁典春衣盡。春歸還做春寒緊。聳斷雙肩，勤護惜、一番瘦損。偏是今年，天氣無憑準。搜盡篋、半幅餘香藴。累箇人扶臂，熨貼幾番未穩。宜稱。何須問。憐卿憐我心心印。較短量長，恰好著、羅衫輕襯。不礙深宵，揎袖移燈近。放四圍、微透春風信。只子京佳話，寒夜教人忍俊。」

劉家謀黄宗彝黄經詞

斫劍詞爲侯官劉君芑川家謀作。山花子云：「七里横塘半里山。山光無數翠眉彎。風亦多情吹客去，又吹還。殘夢如煙尋不得，沾襟多少淚痕斑。賸有舊時杯底月，忍重看。」黄君肖巖宗彝亦侯官人，有婆娑詞。步蟾宮云：「風簾怕礙金釵滑。好穩步、淩波羅襪。貪看明月可中庭，偏過了團圓十八。鼕鼕街鼓如相答。早聽到、雞聲雜沓。清宵已是不成眠，更何處、鳴機軋軋。」連理枝云：「皓月窗間射。清淚如鉛瀉。圓枕冰寒，敗衾鐵冷，漫漫長夜。喚兒曹吹火煮新茶，當圍鑪行炙。莫漫窺林罅。更把重簾下。細檢新詞，旋抽舊草，殘燈欲炧。聽秋蟲、吟到五更天，正更籌亂打。」二君詞均學辛、劉，獨永福黃君笛樓經瑤鶴山房詞宗法草窗、竹屋。蝶戀花云：「天氣初晴鶯舌膩。悄立花前，自把花鈴繫。小玉輕扶嬌不理。衫痕鬢影春如水。香燼熏鑪和夢倚。燕蹴箏絃，驚是梁塵墜。檻外落紅飄盡矣。東風漾到簾兒底。」經柳林鬧長相思云：「星一天。月一鞭。撲面西風吹曉煙。行行烏帽偏。草綿綿。柳纖纖。柳外遙山餘半邊。眉痕青可憐。」

劉勷陳遹祺詞

閩縣劉君勷、陳君遹祺咸工詞，咸與錫三善，因以見示。陳字子駒，副貢生。一斛珠云：「煙僝雨僽。禁住疏疏柳。眉痕淺淡描初就。燕子窺人，正是愁時候。十足春魂銷去九。一分只在花前後。江南紅影枝枝瘦。不道重來，門徑還依舊。」天仙子云：「暮雨陰陰啼碧鵑。香靄沉沉熏綠麝。桃花易逐曉風飛，烏棲夜。珠簾罅。九曲銀河杯底瀉。半醉記過勾曲社。紅燭當筵看舞蔗。酒痕夢影兩模糊，冰綃帕。抛來乍。舊事重重誰與話。」游絲東風齊著力云：「和雨搓成，隨雲捲出，暗逐風飄。如塵似霧，婀娜不勝嬌。最好日華映處，低颺過、絲柳長橋。晴空裏，裊來無礙，纖到難描。春影盪迢迢。重簾底，有人閒坐無聊。芳情一縷，搖曳入層霄。倩把花魂綰定，奈韶景、又過花朝。笑纖手、分明捉得，細看旋消。」劉字贊軒，著有效顰詞。同治四年，閩省補行鄉試獲雋。其詠塵水龍吟，似有慨於時事而作。詞云：「簾前幾陣狂風，登樓一望迷南北。濛濛驟起，紛紛自擾，斜陽欲黑。舞榭燈昏，妝臺釵冷，模糊春色。嘆遮來難覓，掃來仍聚，染雙鬢，誰人識。無賴青青垂柳，又愁痕、雨邊暗織。半黏去馬，半隨流水，銷魂行客。十斛量愁，千重疑夢，青衫淚溼。好拂衣歸去，低徊明鏡，把朱顏惜。」又菩薩蠻云：「朦朧花影空庭鎖。淒涼月照淒涼我。且莫捲珠簾。秋風分外尖。誰家橫玉笛。吹得霜華白。雁信杳沉沉。愁聞斷續砧。」踏莎行云：「細雨疑塵，濃陰如夢。苔痕綠透湘簾縫。杜鵑漫自怨春遲，東風力薄楊花重。阿閣長閑，繡衾孤擁。眉尖半鎖心常捧。可憐芳草遍天涯，無人知是銷魂種。」閩中詞學，近來較盛，筆致新蒨，應推二君。

宋謙詞

侯官宋已舟孝廉謙與余胡瑨鑑同與己未鄉試，詞與林君錫三相伯仲。寒蟬百字令云：「飄蕭雙鬢，到秋來、禁得幾番臨鏡。餘恨一襟魂欲斷，舊日宮愁誰省。柳老陰稀，槐涼影瘦，庭院淒清甚。鈿箏零落，霜風漸漸吹緊。空抱一點秋心，把琴絲重拂，頓添悽哽。蝶板鶯歌都歇絕，無復年時麗景。苦調雲流，哀音雨雜，何處傳芳信。斜陽易暝，西窗好夢應醒。」杜宇金縷曲云：「但勸人歸去。怪當年、游魂渺渺，卻歸何處。一片荒涼無賴月，照徹不情庭宇。問可似、隴雲棧樹。賸有舊愁牢落甚，向風前、月底頻頻訴。嗟世事，太無據。山川滿目今非故。看多少、瓊樓玉闕，半成塵土。莫更天津橋上去，不是燕鶯儔侶。怕没有、閒人聽取。且覓繁枝聊寄跡，奈朝來、又灑摧花雨。誰省識，此心苦。」

空江弔影圖題詞

仁和陳子淑女史嘉適余友高茶庵明經。辛酉冬，杭城陷，奉姑出城，冀渡錢江，值大雪，覓舟不得，攜女自沉。茶庵愴悼不已，念今世鮮工古文者，見吴桐雲觀察大廷小酉腴山房集峭潔似昌黎，乞爲立傳。並繪空江弔影圖，徵詞於余。自惟荒落，轉乞陳叔安明府爲賦渡江雲云：「煙波愁不了，玉沉甚處，揮涕問馮夷。幾生修得到，共命迦陵，倉卒又分飛。冰天雪海，斷柔腸、說與誰知。惟自判、風鬟霧鬢，終古付流澌。今時。來尋江上，獨客人間，頓悲懷提起。依舊見、粼粼寒碧，黛影淒迷。招魂可許聽環珮，背晚潮、遥展靈旗。還只恐，心傷城郭全非。」孫凱卿參軍森題詞尤佳。調寄湘月云：「驚心波逝，嘆茫茫眼底，身世如許。尚覓歡踪，奈潮水那識，孤懷酸楚。月意荒凉，山容黯淡，不是真眉嫵。行雲安在，斷腸争忍回顧。嗟念我亦飄流，一襟離恨，儘而今分取。空恨珠沉，問怨曲招得，幽魂歸否。落日平沙，寒煙衰草，獨自和誰語。更休凝望，舊家惟見塵霧。」吾宗月娟女士蘊琛題三絶句，末云：「幽懷淒絶向誰論。畫出愁痕與淚痕。似水年華如夢境，卻從何處更招魂。」語殊哽咽。女史賢而慧，遺有寫麋樓詞。題家書後寄外清平樂云：「宵深倦繡。細數銅壺漏。剔盡釭花紅似豆。人比影兒還瘦。窗前悔種梧桐。飄飄易感秋風。欲寫音書寄遠，天邊盼斷飛鴻。」花朝踏莎行云：「芳草侵階，落花辭樹。韶光一半隨流去。杏錫門巷又清明，踏青漫約鄰家女。旅燕初歸，流鶯欲語。垂楊緑遍閒庭宇。二分春色一分陰，一分不定晴和雨。」惜亂後散亡，祇存廿餘闋矣。

近人詞補

茶庵曾集近人詞得二百餘家，擬彙爲詞賸，未成，遭亂散失無存。前歲薄遊吳中，復得六十餘家，出以示余，半爲余所未見，亟鈔入詞補，並録其尤工者於此。吳縣王韞齋明經汝玉清平樂云：「絲絲雨細。幾陣飄苔砌。柱礎暗潮侵也未。做出黄梅天氣。輕雷欲起還停。空階向晚冥冥。擱住溼雲一片，逗來幾點疏星。」宜興儲麗江上舍憲良夜行船云：「幾日東風飛絮趁。暗星星、點他愁鬢。好夢何曾，繁華漸歇，又是一年春盡。客裏心情誰與問。怕明鏡、對人瘦損。杜宇催歸，提壺勸飲，不是近來方寸。」吳縣江韻樓鳳笙點絳脣云：「不爲春愁，只愁人似春將老。繁華多少。花事匆匆了。幾疊屏山，幾折紅牆繞。憑闌眺。依依斜照。鎮日無人到。」曹實甫上舍毓秀浪淘沙云：「深夜雨潺潺。蝴蝶門關。一燈扶影上屏山。不道牡丹開過後，還有餘寒。香冷鷓鴣斑。心字燒殘。愁來無計可遮攔。且向枕前尋好夢，夢好偏難。」實甫弟紫荃孝廉毓英憶秦娥云：「更初定。梧桐院落簾波靜。簾波靜。幾分花色，幾分月影。冰苔小立人孤另。單衣漸怯西風冷。西風冷。闌干一曲，記曾雙凭。」秀水周存伯大令閑一絡索云：「屏葉參差垂暝。雪天門靜。錦衾空自覆華貂，偎不暖、熏籠冷。清夜酒寒催醒。玉缸花凝。幾聲鈿笛小樓西，卻賸我、凄涼聽。」青玉案云：「杯心簾底愁無主。記舊日、橫塘路。也有門前多少樹。纖桃倚夕，垂楊作絮。一樣春天暮。年華爛錦誰相誤。被海水、離魂阻。酒盡宵寒知幾度。烏烏戍角，鼕鼕城鼓，不是高樓雨。」長洲顧上之孝廉榮達春陰高陽臺云：「薄靄園林，濃陰城郭，迷離紫姹紅嫣。試問東風，妒花何事年年。鵓鴣喚醒蘼蕪夢，又溟濛、滯月凝煙。鎮無聊、獨客樓中，垂柳樓前。江南春事休重省，怎春如人醉，只愛酣眠。淒絶青驄，而今又駐誰邊。熏鑪不暖餘香潤，悄空庭、何處啼鵑。最關心、深巷花聲，陌上花鈿。」潘麐生茂才鍾瑞采桑子云：「生憎春去匆匆甚，憨到鶯兒。狂到蜂兒。纔到花濃杜宇啼。那知秋更匆匆甚，風在楊絲。雨在蒓絲。月在桐陰只幾時。」菩薩蠻云：「冰奩塵榻當年地。斷無人記當年事。賸有可憐儂。涼偎燈影紅。悶尋秋燕語。偏又辭巢去。暮雨下階來。斷腸花自開。」吳江徐紅荃茂才誦芬南歌子云：「夢影銷羅帳，秋容渺鏡屏。瑣窗人去悄無聲。只有寒蛩，絮月到天明。雁字緘愁斷，蛛絲織恨成。銀河依舊向西傾。妒煞年年，有例會雙星。」淩蔭周茂才其楨柳梢青云：「一粟燈昏。雨絲風片，隔斷行雲。癡坐窗前，苦吟燭底，儘夠銷魂。夜深靜掩重門。只添得、相思淚痕。有酒偏愁，未秋先冷，好夢難溫。」吳縣吳定甫茂才恩熙謁金門云：「涼似水。牆角亂蛩聲碎。玉漏遲遲門靜閉。燈殘呼月替。猶自瘦吟窗底。秋在絲絲鬢裏。綺夢零星重記起。教人愁不寐。」錢塘張韻梅孝廉景祁題西泠話別圖送高茶庵赴吳長亭怨慢云：「甚豪氣、尊前頓減。握手河梁，壓裝書劍。小市遊塵，踏燈歌裏，正愁釅。鳳城山色，應也把、長眉斂。一笛送離情，漸吹落、江梅千點。追念。念湖頭艤榜，負了碧波如鑑。松陵去好，想一路、柳花村店。試譜出、白紵新詞，合教與、吳娘明豔。只餞別今朝，無奈煙帆遙颭。」俱饒音餘絃外之致。

聽秋聲館詞話卷十七

高層雲詞

國初睿親王攝政，諸大臣謁見，咸行跪禮，後沿爲例。華亭高謖苑太常層雲以爲尊無二上，奏言非禮，始奉旨飭禁。嗣後大臣見諸王，不得引身長跪，著爲令。逮年羹堯爲大將軍，隨晉文武皆其私人，復有長跪白事慢不爲禮者，不久遂敗。太常風節如此，而所著改蟲齋詞，丁當清逸，殊不類其爲人。如題畫淡黃柳云：「層湖遠碧。倒浸蒼巖溼。小閣圍山斜照入。一片疎紅冷翠，總是江南好秋色。弄殘墨。閒窗正岑寂。定回首、認煙驛。想荒池月澹沙鷗拍。菰影蘋香，舊村何處，今夜夢輕難覓。」鷓鴣留客住云：「嶺雲覆遍湘江，蠻風獎雨，哀音斷續，相對頻啼殘晝。扁舟旅泊何處，聽到灘黑林昏人倦後。淒涼似此，便聲聲行得，也能行否。還搔首。記峽響空舲，牽船時候。和盡青猿，絕壁亂雲如繡。隔水正逢游女，拾翠歸來，映修篁倚袖。愁聞不了，更雙銜木葉，見南飛又。」按留客住調前後結各九字，照屯田詞應於第三字讀，詞於第五字分句，微有參差，然一氣貫下，似亦無礙。

陸以湉詞

桐鄉陸定圃教授以湉丙申釋褐後，以知縣用，與余先後到楚，匆匆數面，即改教授歸。近閱邸抄，知其尚官杭郡，並於坊中見其冷廬雜識，知方以著述自娱。識中自録乙未夏日留滯都門，偕同人避暑寄園，園爲趙天羽給諫故居。金縷曲云：「故老吟蹤賸。百餘年風流歇絶，室廬猶韻。宦隱園林稀熱客，片席名山棲穩。溯往事、殘碑同認。手種榆枝高出屋，鬱蒼蒼、界斷紅塵境。新月上，瀉涼影。　闌干十二通花徑。想樽邊、掀髯嘯傲，幾經閒凭。踠地筠簾低不捲，半榻鑪煙摇暝。似前度、敲詩清景。雨過空階苔翠合，早一天、秋影來疏鬢。茶夢熟，北窗枕。」其詞當不止是，姑録之以見一斑。回憶當年舊友，如何璜溪太守渭珍、周仙嶠司馬祖衔、夏憩亭方伯廷樾、趙静山中丞德轍、毛子遇刺史鴻順，劉西垣鴻庚、蔡笛椽聘珍、丁苹野鹿壽三明府，咸以知縣需次鄂城，時相過從，今零落殆盡。劉周二公，咸殉寇難，獨君與中丞巋然尚存。第時閲卅年，卽獲相見，恐不復相識矣。

郭麐詞

吴江郭頻伽茂才麐流寓隨園，將回嘉善。值袁蘭村大令所眷吴下女郎趙雙福爲易名疏香者，亦將還吴。卽席賦高陽臺云：「暗水通潮，癡嵐閣雨，微陰不散重城。留得枯荷，奈他先作秋聲。清歌欲遏行雲住，露春纖、並坐調笙。暗傷情，忍把離尊，和淚同傾。　天涯我是飄零慣，恁飛花無定，相送人行。見説蘭舟，明朝也泊長亭。門前記取垂楊樹，只藏他、三兩秋鶯。一程程、愁水愁風，不要人聽。」又題蘭村南園春夢圖百字令云：「東風何苦。只送將春到，難留春住。落絮游絲無氣力，還自飛來飛去。白水橋梁，紅泥亭榭，人説南園路。畫圖省識，看來已是前度。　莫倚錦瑟筵前，楚腰掌上，年少能才語。記得些些惆悵事，便費蠻箋無數。玉局彈碁，銅盤遞淚，此夢儂曾作。去聲去年今日，桃華亂落如雨。」芬芳悱惻，淒沁心脾。頻伽眉有白毫，自號白眉生，所著浮眉樓詞、蘅夢詞各二卷，語最輕雋。獨梟薌宗伯與余論及乾嘉閒詞人頗不取。顧盛推仁和倪米樓稻孫，謂倪詞如楓亭荔支，甫向枝頭摘下。郭詞亦具荔支之形，然已在一日變色，二日變味時矣。米樓詞已録王氏詞綜二集，惜晚年貧困無依，幾欲黄冠入道，才人命蹇，無如米樓者。

倪稻孫夢隱詞

米樓著有夢隱詞，楚游歸經琵琶亭長亭怨慢云：「又行盡、淒淒三楚。倦客單衣，薄游情緒。縱有琵琶，半生淪落向誰語。別離如此，盼不到、江南樹。江上已秋風，卻送我、揚舲歸去。重住。看扁舟來往，孃孃豔歌無數。青衫淚點，早吹作、去聲驛亭殘雨。算那日、一醉成吟，便贏得、風流千古。認幾疊遙山，還似秋娘眉嫵。」悲涼蒼秀，直合石帚、玉田二家爲一。蘭泉司寇所著紅葉村詞，有歲暮米樓自浙來訪，言有漢上之行，留宿山莊遠朝歸云：「鴉陣啼寒，正催作、殘年雪意。橋横疎柳，不分仙舟來艤。相看一笑，還帶西泠風味。長縈底。訴分攜兩載，舊侶天際。猶憶塵軟東華，在小閣平津，新詞頻遞。雲林憔悴，莫話吳城楚水。老夫耄矣。料此後、團鑪能幾。情難已。須住到、玉梅香細。」殆即倣米樓體也。司寇通籍後，從軍西陲，洊擢至刑部侍郎，引年歸，復掌教江浙。生平愛才若渴，尤以風雅爲己任。自著詩文外，輯有國朝詞綜、湖海詩傳、文傳等書，閒作小詞，不廢綺語。法曲獻仙音云：「白苧衫輕，青羅扇小，約略春歸時節。竹浦橫橋，荻溪短棹，曾經去年離別。記款語，雲屏底，匆匆帶愁說。遠山疊。問誰遺、瀏紅題葉。空贉取、幾點蘚階印屧。細檢舊香羅，寫相思、付與吟篋。冷院黃昏，忍更聽、玉笛聲咽。伴殘燈孤榻，只有一丸涼月。」竊怪近人刊集，凡涉麗製，每多刪棄，以自託於立言之列，得弗爲司寇哂耶。

錢潔蓉亭詞

江陰錢瑜素女史潔適同邑陳大令鼎，著有蓉亭詞。秋海棠雨中花云：「滿砌溼紅嬌欲滴。似睡起、渾無氣力。看苔蘚籠香，薜蘿擁翠，相映幽姿別。妒煞曉霞爭豔色。奈暮雨、絲絲如織。想腸斷西風，自憐冷落，未與春相識。」女史幼爲士司龍氏養女，故閨秀正始集訛爲龍全潔。大令隨宦粵西，值明季騷擾，不克歸，先贅士司家，女史其繼室，故中表也。

蔣敦復詞

宋末人詞語馨旨遠，淺涉者每視爲留連景物而已，不知其忠憤之忱，恆寓於諧聲協律中。蔣劍人茂才敦復讀張玉田西湖春感高陽臺詞，謂玉田拳拳故國，屢見乎詞，集中多題水仙之作，此與趙子固同意，以寓其匡海之思。卽用其韻題後云：「樹老冬青，天連水碧，金牛湖上停船。去國王孫，看春不似當年。西泠老去笙歌夢，比前番、人瘦誰憐。更蕭然。布襪青鞋，獨弔荒煙。天涯萬里無家別，聽一聲河滿，滿目山川。敗柳棲鴉，傷心落照堤邊。零花淡墨無多意，望瑶波、帝子空眠。掩重簾。夜夜枝頭，泣損啼鵑。」真善會作者意。劍人筆耕江浙，亂後渡江，棄家爲僧，法名妙喜，曾刊所作爲芬陀利室詞。浪淘沙云：「涼夜夢迢迢。燈影孤飄。秋心都付與芭蕉。又是一枝梧葉下，特地魂消。　前事憶紅橋。聲咽瓊簫。畫中人送鏡中潮。腸斷去年江北淚，流到今宵。」秋蟬祝英臺近云：「冷棲煙、閒吸露。仙骨脫塵土。爾許高寒，消受晚秋苦。最憐短鬢飄蕭，西風瘦影，只薄薄、一重紗護。　感遲暮。相將斷雁哀蛩，幽咽向人訴。齊女門前，烏柏幾株樹。分明落葉聲淒，中郎家破，有誰和、七絃琴譜。」酸音悽響，不待言愁我欲愁矣。

謝元淮詞

丁酉秋，余以先君子疾請急歸。適松溪謝默卿觀察元淮令吾邑，承以碎金詞譜相贈，每字譜以今之四上工尺，云自姜石帚詞旁註譜中尋究而出，實得古來不傳之祕。余不能歌，詢之善歌者，則祇堪協以笙笛。後質之宜泉司馬，言近時所行崐腔，與古歌迥殊。古歌多和聲，似今之高腔，然與高腔又有別。聲音之道，與世遞遷，執今樂以合古詞，終不免宮凌羽替。即如井田封建、學校辟舉、與西北之水田、秦隴之蠶桑，泥古之士，每以爲可行，而卒不能行，天時地利限之，有非人力所能强者，不獨歌詞一端而已。觀察以流外官仕江左，洊擢廣西右江道，自著碎金詞，僅秋柳一詞差工穩。調寄淡黃柳云：「野風蕭瑟。吹老青青色。一夜郵亭寒側側。禁得幾番攀折。愁煞江頭未歸客。　任狼藉。天涯路南北。全不似錦香陌。當年手植今如此，看意態婆娑，晚鴉成陣，難遣樓中怨笛。」餘則披沙盈斛，絕少星金矣。

宋代兩師師

張子野師師令云：「香鈿寶珥。拂菱花如水。學妝皆道稱時宜，粉色有天然春意。蜀綵衣裳勝未起。縱亂霞垂地。　都城池苑誇桃李。問東風何似。不須回首障清歌，脣一點、小於朱蕊。正值殘英和月墜。寄此情千里。」蓋爲汴京妓李師師作。秦少游亦贈以生查子云：「遠山眉黛長，細柳腰肢裊。妝罷立春風，一笑千金少。　歸去鳳城中，說與青樓道。看遍潁川花，不似師師好。」後爲周美成所眷，爲賦少年游云：「并刀如水，吳鹽勝雪，纖指破新橙。錦幄初溫，獸香不斷，相對坐調笙。　低聲問向誰行宿，城上已三更。馬滑霜濃，不如休去，直是少人行。」者舊續聞謂記徽宗幸師師家事，美成因是詞幾被譴，師師聲價鄭重可知。乃劉屏山汴都記事詩云：「輦轂繁華事可傷，師師垂老過湖湘。縷衣檀板無顏色，一曲當時動帝王。」是其末路仳離，與唐時泰娘絕相類。較明之王嬙、卞玉京所遇尤不如。惟子野係仁宗時人，少游於哲宗初貶死藤州，均去徽宗時甚遠，豈宋有兩師師耶。

趙植庭劉芙初詞

詞家萃於一榜，莫盛於嘉慶戊辰。如陶凫薌宗伯、周穉圭中丞、劉芙初太史與嘉興錢星湖給諫儀吉、陽湖趙樹三比部植庭、吳縣董琴南觀察國華、錢塘屠琴塢太守倬，均有詞稿刊行。給諫詞訪之未獲。觀察詞王氏詞綜已錄。比部菩薩蠻云：「明金壓繡鴛鴦錦。流蘇寶帳棲香穩。三五月團欒。相思和夢圓。　愁深眉黛淺。人隔屏山遠。鈴語五更風。燭殘花轉紅。」雪影齊天樂云：「冷雲一徑飛瓊屑，紛紛玉階輕駐。冰鏡空黏，霜花低颭，閣外陰陰寒冱。荒苔故路。恐著到斜陽，便成煙霧。踪跡天涯，籠衣消息幾回誤。　珊珊瑶珮認取。奈相思似水，清淚遥注。海月留痕，梨雲款夢，合稱清寒情緒。回闌曲處。看鶴影微茫，有人延佇。暗换晴春，幾絲防做雨。」太守由翰林出尹儀徵，洊擢九江知府，中年徂謝，人共惜之。有憶少年云：「沉沉樺燭，沉沉漏箭，沉沉春雨。茅齋最清絶，是幽篁深處。　睡鴨香消添一炷。坐深宵、此懷誰喻。重簾且休捲，聽愔愔琴語。」柳絮長亭怨慢云：「問何事東風吹緊。冉冉楊花、蕩摇春暝。淺水斜陽，模糊心事更誰省。前塵如夢，休誤把萍踪認。禁得雨絲絲，又點上離人雙鬢。　不定。讓游絲掛住，黏著一重簾影。韶光漸老，渾不管黛眉啼損。記前度、三起三眠，早添了、十分幽恨。只萬種春愁，卻笑桐綿無分。

沈宛詞

國朝詞人輩出，然工爲南唐五季語者，無若納蘭相國明珠子容若侍衛。所著飲水詞，於迦陵小長蘆二家外，别立一幟。其古今體詩亦温雅。本名成德，乾隆中奉旨改性德。登康熙十二年進士。時相國方貴盛，顧以侍衛用，趨走螭頭豹尾間，年未四十，遽亡。後相國被彈罷黜，侍衛之墓木拱矣。往見蔣氏詞選録吴興女史沈御蟬宛選夢詞，謂是侍衛妾。其菩薩蠻云：「雁書蝶夢都成杳。雲窗月户人聲悄。記得畫樓東。歸驄繫月中。　醒來燈未滅。心事和誰説。只有舊羅裳。偷沾淚兩行。」閨中有此姬人，乃詩詞中無一語述及，味詞意，頗怨抑也。

蔣垓兄弟詞

吴門園亭以蔣園爲勝，烏目山人王翬、林屋山人王存愫均爲繪圖。國初蔣君兆侯鑿池時，獲一石，上刊繡谷二字，遂以名園。賦百字令記其事云：「小園修葺，有礙鋤横石，驚教扶起。洗剔土花碑字露，繡谷原來漢隸。筆勢離奇，刀痕斑駁，古物令人喜。但無題款，不知遺自誰氏。多應以谷稱園，當年勝賞，似繡春光麗。興廢無常行樂好，老我菟裘聊寄。韻事宜傳，佳名竟借，重嵌懸崖裏。客來休訝，古今遷變多矣。」二百年來，名園迭起，如吴氏之拙政園、劉氏之寒碧莊、黄氏之五松園，春秋佳日，縱人遊觀，獨繡谷名最著。然蘇城士大夫不僅以宴樂豪華相尚，如施棺、送藥、育嬰、放生諸舉，亦莫不争先恐後，樂於從事。兆侯族兄錞庵有育嬰堂成誌喜，金縷曲云：「千古傷心事。爲饑寒、抛兒擲女，路衢斃死。堂建吾鄉嬰育久，狹隘何能徧濟。綿力倡、幸多同志。代泣呱呱陳召杜，廣規模、願借元都地。真父母，聽公議。　聿新堂構恢條例。自此後、孩提有養，不戕生氣。仁政宜爲天下法，悉幼人之幼矣。隔天屬、暗揮悲涕。安得人人寛俯育，縱堂開、没箇嬰兒棄。吾見此。乃狂喜。」自經兵燹，恐已不能如舊，故家亭榭，鞠爲茂草者，更不知凡幾。聞繡谷、拙政園均經賊穴，幸無恙。余乙丑旋里時，虎邱勝跡僅存千人石與如椎一塔而已。兆侯名垓，順治十六年會試副榜。錞庵名德埈，順治十八年進士。詞均庸俗，然不當以工拙論。録之俟有誌名園善舉者得所考鏡。

高麗史樂志詞有誤

宋時高麗來朝，賜以大晟雅樂。故高麗史樂志多録北宋人詞，其調多詞律所未收，語則頌美居半，間有似屯田體者。惜余前在楚中所見，與近日大兒都中所購，均係鈔本，訛脱不可勝計，無可校勘。如慶金枝云：「莫惜金縷衣。勸君惜、少年時。花開堪折直須折，莫待折空枝。一朝杜宇纔鳴後，便從此、歇芳菲。有花有酒且開眉。莫待滿頭絲。」較子野詞前後結均少一字，前段第三句不叶韻。前質諸趙丈艮甫，謂折字乃以入作平，至結句與子野詞異，當是另體。玩上下文義並無脱字。又迎春樂云：「神州麗景春先到。看看是韶光早。園林深處東風過，紅杏裏，鶯聲好。漠漠青煙迷遠道。觸目是、緑楊芳草。莫惜醉重遊，逡巡又、年華老。」較美成、西麓詞前段第三句少一字，且不叶韻。較珠玉、樂章詞後段字數多寡迥殊。又荔子丹云：「鬬巧宮妝掃翠眉。相喚折花枝。曉來深入芳菲裏，紅香散、露浥在羅衣。盈盈巧笑咏新詞。舞態盡嬌姿。嬝娜文回迎宴處，簇神仙、會赴瑶池。」宋時小令前後相同者多，乃後結獨少一字，似係訛脱，聊舉一二，以概其餘。

清僧道詞

本朝詩僧甚夥，詞僧則少，羽士詞尤罕覯。余輯詞綜補，僅得數人。桐城僧宏智字藥庵，憶秦娥云：「花如雪。東風夜掃蘇堤月。蘇堤月。香銷南國，幾回圓缺。錢塘江上潮聲歇。江邊楊柳誰攀折。誰攀折。西陵渡口，古今離别。」荆溪僧超正字方竹，過廢園江城子云：「竹籬花徑小山幽。碧雲浮。澹煙收。猶記當年，歌嘯每臨流。芳草無心隨處緑，人去也，恨悠悠。飛來粉蝶弄輕柔。漫凝眸。上心頭。惆悵今番，不似舊時遊。人世茫茫渾似夢，聊一枕、學莊周。」吴僧果心字得源，夜聞鄰家度曲西江月云：「何處歌聲隱隱，夜深偷譜宮商。遥憐鶯舌轉新簧。嫋嫋如絲輕颺。月底不堪嗚咽，風前更覺凄涼。隔牆猶自斷人腸。何況酒邊低唱。」吾邑僧明瑜字昀熙，三部樂云：「極目煙汀，有幾點白蘋，幾枝紅蓼。翠盤攲側，已報藕花衰老。夢回冰簟涼生，怎銅壺滴盡，銀屏難曉。芳期易負，又過針樓乞巧。試聽井梧葉墜，似西風有意，教人知道。那更石臺蛩語，珠簾螢繞。是誰家、疎碪頻擣。慣禁受、月昏雲悄。歸雁到也，早勾起離愁多少。」又吾邑明陽觀羽士欒漣，字洞泉，少年遊云：「荒亭自署草玄居。剥啄近來疎。瓶養幽花，欄栽細藥，清課莫教虚。芳叢時見蝶蘧蘧。竹牖夕陽餘。飯畢徐行，詩成獨立，適興飼盆魚。」尚有宜興僧隨時、江都僧大璸、常熟僧能印暨羽士魏瓠、王至淳，詞均平平，存其人而已。王氏詞綜所録，亦不及半人，中如宜興僧宏倫眼兒媚云：「似水官衙夜無聊。燭炧水沉消。故鄉秋老，天涯人去，明月今宵。來朝準趁吴娘棹，燈火過虹橋。松陵江口，估船相並，篷背吹簫。」似非禪門本色語。

王衍梅詞

會稽王笠舫明府衍梅，以嘉慶辛未進士出宰武宣，未幾罷官，卒於粤。著有緑雪堂詩詞，綿麗不讓馮柳東大令，而筆勢尤矯健。憶雪水龍吟云：「海南只是沉沉，更無柳絮因風起。東風漸緊，西風漸薄，轉添暄意。竹密無聲，雲鬆有縫，歲云暮矣。把詩人興會，酒人滋味，都擔閣，長空裏。遥憶江南此際，正紛紛、銀沙亂墜。簾前紅袖，燈前白髮，似嗔還喜。飛舞襟情，聰明心性，幾曾憔悴。恁天涯悵望，單單苦雨，做離人淚。」讀吴梅村雁門尚書行滿江紅云：「明季英雄，孫白谷、千秋健者。天不管，燕都亡矣，雁門破也。公子纔馳襄府蠟，參軍已殁潼關馬。痛一般閣部舊精魂，梅花下。九江火，紅亂灑。二王血，頭當借。算鐘鳴漏盡，酒闌燈灺。直北風高鼙鼓急，江南月冷笙歌乍。朦黄河遠上客心悲，哀絃寫。」

戴鑑潑墨軒詞

近於坊中見潑墨軒詞，爲濟甯戴石坪鑑作。春日過帶橋浣溪沙云：「路轉平林一徑遥。炊煙過午未全消。短垣幾簇露花梢。 桑圃雨晴鳩婦喜，麥疇風暖雉媒嬌。夕陽明處水平橋。」經倚虹園，踏莎行云：「芳草盈堤，垂楊繞岸。殷紅淺碧誰家院。游絲百尺裊斜陽，依依似逐東風轉。 塵滿銀箏，屏閑繡扇。珠簾翠箔深深掩。畫堂春晝静無人，杏梁睡穩雙飛燕。」二詞頗具畫意。

郭輔堯詞

吴門蔣重光詞選録郭輔堯踏莎行云：「珠露催涼，金風薦爽。紗窗日映茱萸網。輕羅扇子怕寒蛩，自伊啼徹辭儂掌。 紅樹陰疎，蒼葭水廣。一繩雁字人人想。誰知入骨是新愁，原來秋在心兒上。」輔堯里字無考，末二語即「何處合成愁，離人心上秋」意，一經運用，彌覺新穎。視山谷「門裏安心，女邊著子」句，雅俗相去霄壤。

錢昜詞

二十年前，見余友錢揆初昜虞美人詞云：「鶯魂蝶夢淒迷甚。瘦到梨雲影。一番風雨一番晴。賸有蘼蕪，緑遍短長亭。　惜花愛傍花陰立。花落人知惜。惜無人惜惜花人，依舊空閨，寂寞度芳春。」愛而録存，久不復省。君旋舉乙卯京兆試，官中書，以軍功擢知府。乙丑春余歸省松楸，於李伯師鴻章蘇城節署匆匆一晤，擬索其詞稿未果。方謂重見有日，未幾君故，聞之憮然。幸前詞未飽蟫腸，雖非全豹，足見一斑。

賈履上詞

三餘贅筆言譙樓畫角有三弄，傳爲曹子建作。詞云：「爲君難，爲臣亦難，難又難。創業難，守成亦難，難又難。起家難，保家亦難，難又難。」南滙賈雲階明經履上取其意繪梅花三弄圖。自題齊天樂云：「烏烏淒響誰吹徹，蒼涼試翻殘譜。斥堠煙昏，麗譙月淡，三疊依稀如訴。猶傳舊句。算萬事難難，不分今古。創業承家，幾人能記曲中語。　昇平文武享久，甚波頹莫挽，牢破方補。列戟門深，懸鈴閣夐，聽慣沉沉畫鼓。誰知調苦。比吹落梅花，玉龍哀楚。起望遥天，候蟲啼似雨。」語兼規諷，詞云乎哉。

水煙鼻煙鴉片煙詞

厲樊榭倚天香調賦煙草，先後和者數十家，時多縷切爲絲，截竹木如荷筩，貯而燃吸，今所謂旱煙是也。

近有範錫爲管，儲水而吸之有聲者，其製愈巧，品亦差別。韓螺山中翰咏以前調云：「鏡粉銀揩，壺冰玉瑩，荷筩新樣輪巧。束紙熏蘭，凝塵碾麝，汲取井華寒曉。玲瓏豆火，算合就、丁壬婚好。纔把詩襟浣雪，煙霞吐吞多少。　呼童繡囊貯早。滯人懷、半醒殘飽。昵語隔簾吹出，轆轤聲小。幾度春荑細撚，惹淺暈、檀黃透纖爪。唾地餘芬，墜煙自裊。」又有細碾爲末，貯壺中而嗅以鼻者，陳叔安明府亦倚是調賦云：「細搗還凝，輕拈欲化，氤氳竟斷斜縷。氣定方思，心清自妙，不比尋常含吐。藍田日暖，任一握、雕瓊密護。待與花香暗撲，茸茸漫凝霏霧。　點來料應頓悟。味酸辛、麴生同否。可是舊耕瑤草，別縈芳緒。狂嗅風情共許。更洛咏、真成謝公趣。蘸指餘芬，從容掩住。」高茶庵明經復倚前調咏阿芙蓉云：「瘦枕支愁，單衾疊恨，貪眠不爲春倦。小盒斟霞，圓筩噴霧，度到金針偏緩。青燈味好，恐身世、被伊拘管。隔著屏衣聽去，聲聲似聞嬌喘。　深房夢回晝短。對紅妝、鬟雲鬆半。還宿酲難解，柳腰渾軟。不信風懷暗減，最鏡裏欺人玉容換。一味懨懨，壺觴漸遠。」按煙草一名淡巴菰，始自明末，康熙初猶禁吸食，後乃盛行，無論男婦貴賤嗜之，幾同粟菽。逮阿芙蓉俗名鴉片煙，來自外洋，邊患且因之而啓，粵匪亦乘閒繼起，流毒幾遍天下。噫，一吸之微，而禍延家國，宜古人於旨酒象箸，動色相戒。惜各家詞中，未語及此。

聽秋聲館詞話卷十八

黄仁與湯成烈詞

姚君春木嘗言其鄉人黄研北司馬仁詞甚工，余覓其稿未獲，僅於元和朱子鶴詞稿中見其賦謝餉蓴，即用見寄韻摸魚兒云：「問當年、季鷹何事，相思偏在秋老。波光萬頃和風颭，一碧暗催詩稿。勞遠眺。記亭倚垂虹，宛轉心縈繞。漁師昨報。恰雉尾初齊，龍髯新長，風味絕塵表。蒙持贈，伴以瑤華寄早。纏綿如挹蘭抱。鄒陳唱和圖重繪，添箇采春游棹。思浩渺。把錦帶羹調，頓許閒愁掃。相逢醉倒。道羊酪休提，河豚未上，第一露葵好。」次韻極穩，洵非作家不辦。近讀謝厚庵司馬思忠録，又見其弔陳蓮峯軍門化成戰歿吴淞口水龍吟云：「海天獨障狂瀾，鳶飛欲墮愁無際。鼉梁乍駕，鶴軒何處，沙蟲爭避。大樹思公，長城壞我，石銜填未。把純鉤欲試，唾壺頻擊，揮難盡，英雄淚。　畢竟將軍不死。跨長鯨、敵魂猶悸。金戈鐵甲，雲車風馬，雷霆精鋭。豹苦留皮，雞羞斷尾，有如江水。報馨香俎豆，泖峯同壽，壯乾坤氣。」思忠録内又有陽湖湯果卿司馬成烈輓姚履堂大令懷祥殉難定海，即題所書閨中藍筆字後，水龍吟云：「海濤捲盡雲旗，靈風怒壓鯤鯨浪。軍餘殘戍，城懸孤島，臣心空壯。槊折鴛鴦，鋒攖貔虎，星先隕將。算陽侯相逼，馮夷相迓，名不與，身俱喪。　爲展當年遺翰，想霓裳、衆仙同唱。鸞翔天表，蛟騰雲外，英姿颯爽。片紙琳瑯，故人鄭重，墨林珍賞。待鐫華石室，行間正氣，浩然流響。」陳軍門同安人，姚大令侯官人。道光二十年英夷擾浙，首陷鎮海，大令投池死。軍門與兩江制府牛鑑分守吳淞，牛先遁，軍門無援，力戰陣亡。時浙帥中，節節退避者爲余提督步雲，後死於法。詞中「鶴軒何處」、「軍餘殘戍」語，均寓微詞。牛、余二人，咸負盛名，時尚不敢訟言也。

孫爾準雕雲詞

吾鄉孫文靖爾準由翰林出守汀州，仕至浙閩總督，曾兩渡臺陽，莫安反側。餘如修通志、濬小西湖、建義倉、拓貢院，皆爲之不遺餘力。歿未廿年，知其事者已鮮。獨爲方伯時，先因海氛未靖，嚴海禁，鄞人之賈閩本者困甚。事定，禁如故，公請弛之。至今甯波會館值公生日，演劇稱祝弗替。近復拓地建祠，以志不忘，殆非公意料所及。公清節自勵，歷仕三十年，不益一椽，身後遺書數篋，亦斥賣幾盡。著有泰雲堂詩文集並雕雲詞。謁金門云：「寒側側。極目半空雲溼。雨態橫斜煙態直。做春陰天色。路轉垂楊巷陌。沽酒溪村南北。簾綴波痕翻未得。東風初著力。」紅花埠道中卜算子云：「古道驟驕驄，一望平如砥。薺麥茫茫綠未齊，春在溟濛裏。茸帽曳輕裘，斜日寒如水。回首江南正落花，香上紅襟嘴。」又三十初度金縷曲中云：「但說文章堪報國，恐蒼蒼未盡生才意。」其抱負已見一斑。先君子嘗言文靖接僚屬藹然可親，然小有過差，彈劾不稍寬，行事微近乎刻。故二子均無後。又言案牘中不足蔽辜四字，始自吾鄉秦文恭蕙田。今後裔滅絕，求降爲皂隸者亦無有矣。因憶海康陳清端瓊年譜，恭錄聖祖諭云：清官固好，恐清而刻，人便不能相安。大哉皇言，然特爲上等人說法耳。下愚則不移。

孟超然詞

大興朱竹君學士筠，乾隆庚寅主試閩中，夢武夷君見召，約以十年後往。逮辛丑視學任滿入都，未久以微疾逝。時學士弟石君相國方視閩學，閩縣孟瓶庵吏部弔以金縷曲云：「廿載蓬瀛客。駕征軺、搴帷南望，山丹水碧。一枕清宵催客夢，夢到洞天窟宅。訝雲馬風車絡驛。九曲峯頭虛左待，望先生、認取三生石。休忘卻，舊丹册。　當時鞅掌慵登陟。語仙靈、相期十載，不辜諸責。誰料輶軒重莅止，到眼巖巒猶昔。曾未幾、果登仙籍。話到幔亭張宴事，吹篪人、淒斷緱山笛。纔俯仰，總陳跡。」學士性通脱，見客或不衣冠，而宏奬風流，如恐不及。任安徽學政時，奏言永樂大典中多逸書，宜採録。遂開四庫館，徵天下遺書，古人未傳之本，藉以流布。昔香山、曼卿或主蓉城，或歸兜率，才人靈爽每有所憑，學士武夷之召，夫豈無徵。吏部名超然，以部曹提學四川，清操絶俗，生平積學砥行，所著書皆切倫常日用，詞僅存一闋。

欽定詞譜未采詞

萬氏詞律成於康熙二十六年，共六百五十九調，計一千一百七十三體。至五十四年，欽定詞譜成，共八百二十六調，計二千三百六體。較之萬律，增體一倍有奇。然校定爲譜者，僅居其半，餘皆列以備體而已。乃采取猶有未及。如李光莊簡集之瓊臺，王質雪山集之紅窗怨、無月不登樓，吴則禮北湖集之江樓令，陽春白雪所録潘元質之孟家蟬，譚宣子之鳴梭、西窗燭，曹邃之惜餘妍，劉壎水雲村稿之湘靈瑟，王寂拙軒集之紅袖扶，侃遠無絃琴譜之睡花陰令、陽臺怨。又陽春白雪所録李宏模之仄韻慶清朝，杜良臣之平韻三姝媚，杜龍沙之平韻雨霖鈴，劉學箕方是閒居士集之憶王孫，清波雜志所録朱耆壽之瑞鶴仙，碧雞漫志所録宇文虛中之迎春樂，字數句讀均殊，亦未編入又一體。至浙江通志録文與可同天香引云：「三月三、花霧吹晴。見麟鳳滄洲，鴛鷺沙汀。華鼓清簫，紅雲蘭棹，青紵旗亭。細看來、春風世情。都分在、流水歌聲。弱燕嬌鶯，冷笑詩仙，擊檝揚舲。」當是天香引正體，爲北曲折桂令所自出。顧不收此詞，而收倪雲林、張小山之折桂令，以又名天香引，合而一之。所收映山紅慢，乃宋時元絳作，而訛爲元載，以是知鄧林滄海，雖奉勅搜討，尚多遺佚。且考核偶疎，即不免舛午。昔與伯夔丈談此，丈云：「天下事大抵如此，世人每恃其一己之私，謂足以甄羅無失，其失彌甚，文字其一端耳。」

蔣知節詞

昔有友人論及乾隆中詩人，推袁、蔣、趙爲三大家，顧毀譽各半，迄無定評。適姚君春木在座，言隨園出入誠齋、放翁二家，而善於變化。藏園以山谷爲宗，而排奡過之。甌北學蘇而離形脱貌，獨出心裁。其氣概皆足牢籠一切，惟去唐音尚遠。少陵云：「老去漸於詩律細」，細之一字，概似未聞。蓋未能斂才就範，是故能詩而不能詞。余於詩無所解，未敢置喙，然博雅敏給如三家，後人正未易及。心畬太史頗以工詞稱，惜所著銅絃詞，時雜以詩句曲句，王氏詞綜祇選三闋而已。其嗣君秋竹廣文知節詞獨清妙，吴蘭雪香蘇山館集中，附其體牛坳吹笛圖洞仙歌云：「誰家牧子，下斜陽樵徑。短笛聲清四山應。任吹來天籟，略帶宮商，渾不減、五月落梅風韻。知音桓子野，傾耳風前，一樣青雲動幽興。懸簿遍高門，挾瑟吹竽，難陶寫、騷人情性。便白石南山甯生歌，也不令斯時，溷人清聽。」可謂別具妙心，自饒雅韻。

錢廷烺詞

語有宜於詞不宜於詩者，富平李天生太史因篤別母詩云：「老母憫遊子，欲言先歔欷。不問何日行，先問何日歸。」非不真摯，終嫌淺率。錢謝庵吏部用其意爲臨江仙後結云：「行期還未定，急爲問歸期。」便覺情韻悠長，耐人循諷。昔鍾仲山有郊行句云：「燕子不來蝴蝶瘦，餅桃開得可憐紅。」余曾語以宜易爲詞，入之詩中纖矣。吏部子小謝明府廷烺亦工詞，臨江仙云：「記得箇人臨水住，幾回舟泊橫橋。三層樓上度春宵。同拈雙帶子，量取別來腰。才上明燈扶半醉，相攜更蕩蘭橈。是誰隔舫坐吹簫。惹他綃帕上，香淚溼紅潮。」消寒咏古，分賦得黃華坊爲明妓薛素素故居，水龍吟云：「長安九陌花飛，餘香埋卻韋娘宅。黃華坊底，粉垣零落，一痕斜日。鳳去臺空，燕歸樓圮，問誰曾識。向荒苔尋遍，襪痕屐印，渾不見、行雲跡。傳說技誇雙絕。控花驄、自調金勒。鬟絲拂柳，舞衫翻錦，一鞭飛疾。波妹弓圓，韓嫣彈去，路人争拾。嘆繁華何處，可憐都付，幾聲啼鴂。」前詞「樓上」「帕上」，重兩「上」字，小令中不犯爲佳。

春草碧卽番槍子

春草碧卽番槍子，以韓玉詞尾三字名之，詞律未加研究，誤分二體。其詞云：「莫將團扇雙鸞隔。要看玉溪頭、春風客。妙處風格蕭閒，翠羅金縷、瘦宜窄。轉面兩眉攢、青山色。到此月想精神，花凝秀質。待與不清狂，如何得。怎奈難駐朝雲，易成春夢恨又積。送上七香車，春草碧。」按四庫全書總目，言宋時有兩韓玉。其一金史有傳，字溫甫，北平人。金進士，官鳳翔判官，當路忌其卻敵功，被誣死。一於紹興初挈家而南，授江淮都督府計議軍事。見葉紹翁四朝聞見録，著有東浦詞。

吳元潤詞

王蘭泉司寇初集同時師友詞爲琴畫樓詞鈔，後輯國朝詞綜，無不録入，獨遺吳蘭汀大令元潤香溪瑤翠詞，豈因其中歲鬩牆，薄而屏之耶。大令長洲人，官衛輝知縣，爲竹嶼中翰弟，詞體柔媚，頗似秦柳。眼兒媚云：「夢中尋覓覺來空。不道乍相逢。海棠深徑，衣香蔚蔚，襪印弓弓。含情卻看籠鸚挂，絮語諒難通。銷魂此際，眉凝寸碧，臉暈微紅。」浪淘沙云：「深院泛光風。香逗蘭叢。晚聞百舌喚春慵。畫得入時眉樣好，卻是愁中。花影一重重。翠箔斜籠，靈犀脈脈杳難通。不分翩翩雙燕子，飛過牆東。」園居春晚有懷竹嶼兄，時客武林，祝英臺近云：「竹風輕，花露滴。暝色映簾箔。手拓西窗，誰與共琴酌。喚愁葉底鵑聲，暗催春去，渾不管、倦懷寥落。歎離索。幾回夢繞池塘，相思渺難託。夜雨聯牀，空憶舊時約。思君門掩孤山，倚闌吟遍，對滿院楊花飄泊。」是其始，非不怡怡如也。同時蔣遜如刺史有哭弟百字令云：「天乎何酷，正田荊芳茂，一枝先萎。憶昔推梨還讓棗，幼慧早傳鄉里。金闕纔登，玉樓遽召，競爽而今已。雁行中斷，不堪翹首雲際。　思子況見雙親，憑棺絮語，互灑風前涕。爲勸節哀佯作達，難掩神傷心悸。姜被寒生，謝池夢杳，中夜頻驚起。泉臺思慰，忍教孤寡無倚。」沉痛語不堪卒讀。刺史名國華，乾隆中進士，官冀州知州，亦長洲人。

李威詞

閩語多鼻音，漳、泉二郡尤甚，往往一東與八庚，六麻與七陽互叶，即去聲字亦多作平，故詞家絕少。獨龍溪李鳳岡太守威久任西曹，詩字俱宗山谷，間作小詞。後出守廣州，乞病歸，年八十餘矣。余在漳州，曾録存數闋。對雨千秋歲云：「分蜂時候。孤榻閒長晝。山雨過，輕寒透。髮愁潘令改，腰怯休文瘦。午睡醒，驚看窗外梅如豆。　索米長安久。只是人依舊。風意峭，雲紋縐。萍應池沼滿，麥正郊原秀。花事少，鼠姑已殿殘春後。」又同安劉芝圃孝廉逢升芝生草堂詩，附有數詞，眼兒媚云：「蓮衣吹墮鏡雲迷。惆悵蝶來遲。朱闌十二，紅橋廿四，立了多時。　當時枉織鴛鴦錦，還是苦凝思。最難忘處，初三月約，下九星期。」殊雅潔。餘多粗俚，不僅調舛而已。

王岱詞

王丹麓晫今世說言，王山長岱湘潭人，能詩文，兼工書畫，嶔嵜磊落，名滿海內，而不言其能詞。按山長一字了庵，前明舉孝廉，入國朝官知縣。有山花子云：「寒氣侵簾怕上鉤。金瓶香凍百花油。試拂鏡奩依舊似，一泓秋。　宿酒已消雙頰暈，新螺偏蹙兩峯愁。欲折蠟梅呼婢子，下紅樓。」蔣氏瑶華集，録其白門春日滿江紅云：「歷盡嚴寒，東風暖，爲催春到。聽深巷、賣花聲過，新妝競巧。金縷檀槽歌子夜，松茵油壁迎蘇小。看花忙、如蝶苦銷魂，知多少。年如舊，人空老。無情事，多煩惱。歎六朝如夢，又生芳草。天自傷心天不語，春惟有恨春難好。願從今、一洗可憐腸，金尊倒。」江浙妓女每出門侑酒，名盛者一夕十餘處，所謂花忙如蝶也，知此風由來久矣。

梁肯堂詞

識人未遇時已難，識之而肯力助其成尤難。相傳梁構亭制軍肯堂未遇時，潦倒浙闈，遊揚州，困甚，思染指漕務，得數十金以歸，挾友人書謁丹徒令。任丹徒者時爲潛山熊太守會玠，便服延見，殊簡傲，酬答十數語，忽易衣冠補行相見禮。謂曰：「觀君氣宇，騰上必速，何落魄乃爾。今縣試在卽，姑爲吾閱卷。」一日攜五百金謂曰：「吾爲子籌，非此不足北上，今以相贈，後不必償。第攜此金去，仍沉浮幕客，我知之必遣人索，銖兩不能少也。」次年爲乾隆庚午，制軍舉京兆，仕至直隸總督，著有石幢居士吟稿。梁晉竹孝廉紹壬兩般秋雨庵隨筆錄其安公子云：「不道春歸也。一春飄泊名花謝。風雨妒花飛，片片亂穿簾罅。看玉骨、瘦無半把。妝初罷。御爲甚、暗地將愁惹。最堪憎是，徹耳啼鶯，聲聲嬌姹。待把流鶯罵。罵時休想鶯兒怕。離怨繫來，心裏病、翠毫難寫。還自過、曲臺芳榭。閒消夏。更不管、冷落秋千架。恨雲惱月，者樣癡情，與誰同話。」詞平平耳，因述熊公贈金事，並錄之。

葉申薌詞

閩縣葉小庚太守申薌，由己巳翰林出宰滇南，洊升河南知府。生平喜爲詞，輯有閩詞鈔、天籟軒詞選、詞譜、詞韻、本事詞等書，用力甚摯。其自著意在瓣香北宋，顧所詣頗近龍川、龍洲二家。如鷹潭晚眺謁金門云：「登臨適。遠水遥天一碧。歷歷去帆山嘴滅。晚江風正急。　高岸楓丹柏赤。淺渚煙消霞溼。做弄秋光娱倦客。客懷愁轉集。」瑞午日泊蘭溪南樓令云：「溪水碧如油。溪娃慣盪舟。俏淩波、秀靨明眸。生長闌干船上住，渾不解，別離愁。　佳節快臨流。蘭橈枉滯留。憶臺江、競渡芳游。鬢影衣香簾盡捲，人都上，水邊樓。」

停空鏡題詞

郭頻伽浮眉樓詞，有題蜀主王衍停空鏡月華清云：「秋老蟾蜍，春回鸞鵲，故宮鉛水猶冷。蜀道青天，鑄出一丸孤影。想當日、媚臉傳紅，定照見、醉妝初醒。誰省。向麗情集裏，芳名細認。　記否良工質瑩。正繡幌低縣，綺窗幽靚。尖裹羅巾，有箇如花人並。算儘隨、金盌飄零，問可似、玉奴長恨。堪哂。如怕後來花蕊，宮詞難詠。」鳧薌宗伯紅豆樹館集中亦有是題，並録其背銘云：「鍊形神治，瑩質良工。如珠出匣，似月停空。當眉寫翠，對臉傳紅。綺窗繡幌，俱函影中。」與十國春秋蜀主賜王承休妻嚴氏鏡銘詞正同。初謂停空之名，取銘中似月句耳。後余遊蜀，覺生叔父楹藏一鏡，謂能映日見字，故名停空。鏡徑五寸餘，邊厚五分，背中心鑄太極，外環八卦，再外環十二生肖，邊環楷書二十二字，卽銘詞。

天時晴朗，以鏡面向日，支以木架，下置白紙，相離尺許，鏡背之太極八卦生肖銘字皆現紙上，如隔輕紗，並無銅質者。晚以燭映亦可，然不如日中明顯。不知與宗伯及白眉生所見是一是二，相傳當日共鑄二十枚，其鑄法莫得而試矣。

吴蘭修與儀克中詞

粤東詞家甚少，近日嘉應吴石華、番禺儀墨農，始以詞名。石華名蘭修，嘉慶戊辰舉人，官教諭，有桐花閣詞。采桑子云：「輕陰著意催寒食，風也纖纖。雨也纖纖。半臂吴綿昨夜添。海棠過了梨花病，春也懨懨。人也懨懨。不耐傷心怕捲簾。」蝶戀花云：「恨縷情絲紛似織。病過花朝，又是逢寒食。多少春懷拋不得。都來壓損眉峯窄。爲底愁腸成百結。一味多愁，只恐非常策。葬罷落花無氣力。小闌干外斜陽碧。」題吴蘭雪悼亡姬岳緑春聽香館叢録疏影云：「簾櫳正悄。有青禽啼處，深翠圍繞。幾折回廊，幾點苔痕，都是屐聲曾到。蘼蕪隱約裙腰碧，襯一片、傷心斜照。甚東風、苦苦無情，便把柳枝吹老。　卻意那時年少，鬟雲纔挽上，眉際春小。黛不禁濃，螺也嫌深，無可奈何懷抱。二分細膩三分怨，總未許、檀奴看飽。歎人生、幾日相憐，腸斷一庭秋草。」蘭雪納妾時，方以國博改中翰，有人戲以詩云：「逢人勉强稱前輩，對妾殷勤學少年。」證以未許檀奴看飽句，令人欲笑。墨農名克中，少遊京師，道光壬辰始舉於鄉，有劍光樓詞。浣溪沙云：「月暗堤長樹影連。一星螢火墮濃煙。夜涼如水抱愁眠。只有蟲聲來枕底，更無塵夢到鷗邊。聽風聽水又經年。」蓬窗聽雨用玉田生韻南浦云：「夜雨隔篷聽，乍成眠、卻又啼鶯催曉。墜夢覓江潯，東風軟、況是閒愁難掃。垂楊夾岸，斷煙浮出青山小。目送流紅何處去，魂醉王孫芳草。　心頭無限江山，向鳴榔聲裏，等閒過了。新恨未分明，消凝候、驀地舊愁都到。回眸望渺。而今燕語鷗盟悄。一片歸雲留不住，窗外夕陽多少。」

劉雷恒與弟霖恒詞

吾邑劉震修廣文雷恆與弟沛然茂才霖恆均以文行重於時，百餘年來遺編無可覓矣。廣文有百字令云：「早知離別，悔當初一笑，等閒心許。自與雲英成間隔，回首玉京迷路。篋扇涼深，機絲露溼，冉冉三秋暮。鈿蟬零落，伊州一曲誰鼓。　就裏多少相思，緘愁欲發，祇欠歸鴻度。竟夕清砧將遠夢，分付月明來去。小影熏香，新詩斷帶，觸著添離緒。寄聲安否。此情惟感鸚鵡。茂才浣溪沙云：「倩得蕉陰蔭石欄。空庭鶴小步珊珊。幾回幽夢未全闌。　雨點無多敲夜靜，烏啼一半送春殘。澹寒生處怯衣單。」茂才此詞，王氏録入詞綜，而未誌里居與字，蓋采自倚聲集，未知爲何處人也。余嘗謂倚聲初集、草堂新集、詩餘醉等書，或書名或書字，既不詳書爵里，又不列明時代。自趙聞禮陽春白雪始作之俑，楊升庵、陳耀文見爲新異，踵而繼之，益形其陋。於知人論世之學，茫乎未聞，不但所選各詞大半俚俗而已。

唐壎詞

臺陽籬落間半植草樹，有名緑珊瑚者，不花無葉，而枝幹橫生，葱翠可喜，亦海外異卉也。唐益庵廣文壎詠以玲瓏玉云：「鐵網兜來，疎籬外、翠影莎籠。煙梢七尺，賽他火齊殷紅。遮斷蘆簾紙閣，怕龍鬚誤竹，虬爪疑松。青葱。倩瓊釵、簪向鬢蓬。細認毗耶別種，稱徐陵架筆，越樣玲瓏。試折纖柯，配詩人、瘦削游笻。何須綴枝密朵，早襯遍、苔階涼月，屐印弓弓。渾不見，緑衣娘、飛上淺茸。」益庵居秀水，余三十年前舊友也。詩文敏捷，工隸書，屢試不售，爲人司記室。後遊臺灣，值寇警，以殺賊功銓富陽訓導。方謂苜蓿一盤，堪以娛老，又值杭州陷，避亂來閩，鬢髮皓然矣。出竹西小築詞屬爲校正，余有獻替，應時改定。謁金門云：「蛩語悄。秋意被他偷報。碧瀉銀河流到曉。牽牛花放了。　一徑梧陰誰掃。月底玉簫聲杳。簾捲西風人暗老。怕將鸞鏡照。」舟行即事蝶戀花云：「一葉舠輕柔櫓短。翦破鞾紋，百摺春羅軟。幾片落紅飛斷岸。雙雙緑鴨銜來遠。　曉日微烘風力緩。不信浮槎，穩可通銀漢。夢壓鴛衾猶未轉。玉驄嘶向誰家院。」題祝菊門孝廉瀟湘聽雨圖淒涼犯云：「夢回篷底。連宵雨、聲聲都帶秋意。荒洲斷渚，鷗寒鷺冷，客遊倦矣。飄蕭未已。問灑遍、黃蘆叢未。怕湘娥、千秋幽怨，驀地又勾起。　遥指峯青處，爪印泥痕，而今猶記。生綃重展，認依稀、層巒如洗。一抹煙痕，把多少、離魂牢繫。憶年時，點點似和斷雁唳。」

再録唐壎詞

益庵至閩無所遇，重渡東瀛，爲書院山長。近聞以言賈禍，既老且貧，其詞未必能刊，再録數闋於此。鵲橋仙云：「鶯啼人倦，鵑啼人怨，春老幾家庭院。惜花枉自囑東風，早飛卻、殘紅一半。　天涯何遠，流光易換，漫把水晶簾捲。隔牆俏影送秋千，應不解、愁長愁短。」迷神引云：「糝瓦清霜催寒急。聲遞誰家橫笛。風吹羅幕，閃銀燈滅。夜初長，人何處，暗悲噎。記得梅花開，遲夜月。記得柳花飛，礙晴雪。　秋上心頭，愁過秋時節。便到愁來，和誰說。雙鬢刁騷，早融盡、肝腸鐵。悵年時，紅牆近，蓬山隔。睡也數更更，魚柝擊。醒也聽聲聲，虬漏咽。」白下高竹坡以「明月滿船歸去好，美人親手炙鱸魚」句意繪圖索題，爲賦摸魚兒云：「算年來、搖煙盪月，狎鷗生計差近。半規蟾魄湖心浸，端正一奩明鏡。卿試問。問秋老蓴肥，何不攜歸艇。襟塵滌淨。羨軟翦韡紋，低勻黛翠，重把莫愁認。　舵樓底，好是不愁孤另。纖纖微露眉靚。宵深穩抱鴛鴦宿，篷背悄移花影。君且聽。聽珠樣歌喉，唱到風波定。別饒清興。看暖炙銀鱸，滿浮緑蟻，此樂更誰省。」

晁端禮黃河清慢

晁端禮以蔡京薦爲大晟府協律，時值河清，獻詞云：「晴景初升風細細。雲收天淡如洗。望外鳳凰城闕，葱葱佳氣。朝罷香煙滿袖，侍臣報、天顏有喜。夜來連得封章，奏大河、徹底清泚。　君王壽與天齊，馨香動、上穹頻降祥瑞。大晟奏功，六樂初調角徵。合殿熏風乍轉，萬花覆、千官盡醉。內家傳詔，重開宴、未央宮裏。」即以黃河清慢名調。京子絛鐵圍山叢談謂其音調極美，天下無問遐邇大小，皆爭唱之。近日萬氏詞律，漏未收采。按葉少蘊避暑録話言，崇寧初，大樂無徵調，蔡京徇議者請，欲補其闕。教坊大使丁仙現云：「音已久亡，不宜妄作。」京不聽，遂使他工爲之，踰旬得數曲，即黃河清之類。京喜極，召衆工按試，使仙現在旁聽之。樂闋，問何如。仙現曰：「曲甚好，只是落韻。」蓋末音寄煞他調，俗所謂落腔是也。詞中六樂初調句，正以諛京。其時朝臣無不從風而靡。仙現一樂工耳，獨矯矯不阿如此，與石工安民不肯刊名元祐黨碑，正復相似。噫，是非風節，不在士大夫而在草莽，宋之所以南渡歟。

聽秋聲館詞話卷十九

趙對澂父子詞

合肥趙野航對澂，官廣德學正，城陷，殉難。著有小羅浮館詞。陳叔安明府知余輯補詞綜，出以見示，囑選數闋，以彰忠節。奈通首完善者，百無一二。中如夾溝驛弔烈女秀姐，金陵城陷悼崇夫人袁柔吉投池殉節、麻城朱氏婦年十九被掠至安慶題詩投江死，皆絕好題目，而詞甚粗淺。朱氏詩亦未録。僅夜坐有憶虞美人云：「垂簾坐聽瀟瀟雨。嚮答疎蛩語。新開小閣迓微涼。卻怪今宵、似比昨宵長。扁舟猶記來時路。水暖春江渡。石城潮接廣陵潮。待遣離魂、先到小紅橋。」差爲近雅。集後附其子子琴貽珩影梅詞，子鶴錫璜倚笛詞，亦學蘇辛而未至者。子琴蝶戀花云：「十幅蒲帆風力飽。浪跡天涯，塵夢何時了。葉落霜寒江樹老。荒荒野渡餘殘照。欸乃聲中墟散早。隔浦漁歌，惹起愁多少。指點吳山煙景好。征鴻此際飛應到。」子鶴南陵道中點絳脣云：「落葉蕭蕭，馬蹄雜沓陵陽驛。盾磨矛淅。有客新投筆。仗劍從戎，不怕關山隔。烽煙逼。幾聲鞾箠。攙入離亭笛。」顧丈蒹塘嘗言蘇辛二家詞，如天仙化人，不可彷彿，最不易學，亦不宜學，非若姜、史諸家，各有軌轍可循。

趙起約園詞

謝雨亭明府以吾郡趙于岡孝廉起約園詞見示，並言孝廉家素饒，舉庚子鄉試第二人，以慷慨好施，傾其資幾半。咸豐十年佐團練事，賊蹤近，大吏已遁，猶力守不懈。城陷，一門七十餘口投所居約園池中死。僅一子今仕楚南，囑并書之。其菩薩蠻云：「晚妝慵啓青鸞鏡。金鑪煙燼衣香潤。風落鬢邊花。暗添雙臉霞。蘭缸挑易灺。心事憑誰話。默默倚屏山。酒醒羅袖寒。」墨牡丹摸魚兒云：「似韶華、太嫌濃麗，寶奩爲卻金粉。元裳縞袂臨煙闕，璧月素輝剛近。妝淡靚。是一朵蓬萊，割取仙雲影。尊前細認。想慵倚朱闌，指痕將捻，殘醉未曾醒。瑶臺畔，拚得終朝酩酊。飛觴爲酹佳醞。妍姿不藉胭脂染，恰稱鴉鬟修整。春晝靜。請試數、姚黄魏紫誰堪並。羣芳漫逞。縱無限芬華，粱炊未熟，且住黑甜境。」因憶余友韓曙樓太守純禧詠黑牡丹云：「樓臺高處談玄好，富貴場中守黑難。」句雖不超，頗足針頑砭俗。

魏謙升翠浮閣詞

錢塘魏滋伯明經謙升博學工文，近推詞壇祭酒。其猶子稼孫鎈尹錫曾出所著翠浮閣詞見示，言亦殞粤匪難矣。點絳脣云：「人去樓空，古槐深巷重門靜。月容如病。林外將人等。舊日巢痕，苔没三三徑。棲鴉定。畫橋煙暝。錯認驚鴻影。」禹航清明懷小園花事長亭怨慢云：「問何故、春風暖驟。道已清明，一番寒透。細啄芹泥，鄰家燕子語長晝。故人歸矣，來踏破，苔痕繡。寂寞禁煙中，聽巷陌、錫簫吹又。似舊。想家山龍井，正是采茶時候。塍西花事，恐容易、緑肥紅瘦。昨夢見、小院藤陰，已芝蓋、香雲濃覆。料鏡裏眉痕，應與遥峯競秀。」

聚紅榭唱和詩詞

長樂謝枚如廣文章鋌僑居榕城，好與同志徵題角勝，曾裒刊聚紅榭唱和詩詞，詞學因之復盛。雖宗法半在蘇、辛，亦頗饒雅韻。盤香采桑子云：「紗窗人坐氤氲裏，一握絲團。一點星寒。火候如丹九轉還。纏綿愁緒銷難盡，良夜將殘。好夢初闌。不信柔腸斷不完。」炊煙齊天樂云：「一絲宛轉徐徐起，臨流幾間茅屋。著雨拖青，當風曳白，移傍斷雲更緑。乍離乍續。看掩映斜陽，孤村一簇。忽地低飛，簷牙樓角遠相逐。驚心烽燧未息，歎蕭條萬户，多半炊玉。竈滅難添，灰燃已死，經得幾番陵谷。客來不速。賸好夢堪尋，黄粱未熟。便當卿雲，相看同豁目。」侯官劉雲圖紹綱蝶魂真珠簾云：「春愁黯黯晴兼雨。慾勾留，總在芳菲多處。深院悄無人，只一天飛絮。不信東風吹不懶，尚兀自、游情栩栩。休去。問翦紙相招，誰家庭宇。恰似倩女身輕，早朱闌繞遍，依依芳樹。曉夢醒羅浮，更翩然來暮。不怕鶯梢和燕逐，卻恐被、游絲纏住。最苦是，簾影沉沉，落花無主。」長樂梁洛觀履將落葉雪獅兒云：「疎疎螢點，淒淒蛩語，黯銷魂地。亂掩閒苔，門巷再來難記。寒林盡醉。恰涼月、半規低墜。憶昨夜，驛亭殘酒，不知醒未。算有飄零客袂。倚西風耐得，者般情味。萬種離愁，獨上瘦棃紅蕊。秋聲雁背。帶一片、霜華如水。空階外，多少跉㛹詩思。」閩縣馬子翊孝廉凌霄湘簾步蟾宮云：「波紋緑縐花枝彈。儘付與晚風搖簸。一絲香篆繞銀鈎，又散了、箇儂清課。斑斑淚點何人墮。看翠黛、兩彎愁鎖。玉蟾上早燕歸遲，且捲向、黃昏獨坐。」劉壽之三才海棠連理枝云：「幾點離人淚。化作相思蕊。脂暈微凝，粉香休涴，檀痕輕綴。怪東風、不解展芳心，任秋來憔悴。嬌極渾如醉。淡極還疑睡。禁得黃昏，月華低映，盈盈欲墜。倚回闌、待要理新妝，更與誰相對。」李星村應庚羅衫浣溪沙云：「瘦骨珊珊弱不勝。纖羅初御最宜人。開箱重把水沉熏。隔歲酒香猶未滅，及時花樣幾回新。不堪頻涴是啼痕。」長樂陳彥士文翊字塚百字令云：「叢殘拉雜，甚年來費盡，無聊筆墨。擬向江流深處葬，生恐魚龍不食。荷柄長鑱，借坏黃土，從此堪藏拙。何須更道，深深瘞玉堪惜。縱有多少精華，一般埋沒，誰繼千秋業。比似年來征戰苦，猿鶴沙蟲同劫。碑碣誰題，光茫永閟，休被農夫識。寄聲靈鬼，夜臺莫再悲泣。」閩縣王子舟彝讀史記游俠傳滿江紅云：「雨覆雲翻，休只道、世風日薄。念自昔、炎趨羶附，一般齷齪。緩急人情時或有，死生幾輩真堪託。更伊誰、解重賤貧交，平生諾。眥盡裂，噂能學。頭堪借，何妨斫。奈奇文共賞，斯人不作。杯酒且從屠狗飲，千金枉縱朱家博。贊一腔、熱血湧如潮，今猶昨。」徐雲汀孝廉一鶚春水卜算子云：「寒綠縐東風，雨歇波猶冷。一種春愁較淺深，瘦減池闌影。落盡小桃花，紅漲三篙緊。桃葉桃根何處迎，斜日催孤艇。」蓼花柳梢青云：「水國蕭然。疏疏幾點，殘照堪憐。烏柏千株，叢蘆一片，相映增妍。扁舟曾宿江天。看瑟瑟、涼搖暮煙。病酒衰顏，斷蓬孤影，瘦到今年。」題多咏物，惜僅詞中一體而已。

吳縣潘氏詞

吳縣潘氏以甲第文章冠吳中，聲望之崇，尤推芝軒相國世恩，由癸丑第一人躋宰相，雍容黃閣垂二十年。子星齋司空曾瑩、紱庭侍讀曾綬，均生長華膴，而詞甚清綺。司空有鷓鴣簾櫳詞，送張亨甫出都卜算子慢云：「垂楊未老，杜宇又啼，惆悵暮雲千里。殘醉初醒，贏得一番離思。寫新愁、半在斜陽裏。半付與、鷗邊遠夢，比他煙驛迢遞。夕露晨星地。料一領青衫，够人憔悴。六六文鱗，定有舊情能寄。亂蟬聲、不盡流連意。算只有、一輪明月，伴征人歸矣。」聞蟬清平樂云：「一絲微裊。爲問秋多少。滿地綠陰涼意早。教把斜陽遮了。最宜雨後風前。聲聲換得商絃。記向紅橋載酒，萬荷花裏停船。」侍讀有睡香花室詞，秋夜聞笛步蟾宮云：「誰家弄笛聲幽咽。正雨過、閒階清絶。聲聲吹到舊時愁，更吹出、舊時明月。碧荷花朵新堪折。又茉莉、叢香如雪。芳蘭箭箭是秋心，想江上、玉龍吹裂。」月華清云：「花半開時，月初圓後，箇人三五年紀。才識春愁，便把秋心催起。道秋來、蟋蟀聲中，似春去、杜鵑聲裏。難睡。看花光如夢，月光如淚。下了簾鈎獨自。獨自繞銀屏，一燈殘穗。記起濃歡，閒煞鳳幬鴛被。惱這番、雁字全虛，悔那日、鯉函空寄。憔悴。又三更風雨，月沉花碎。」余伯父雙梧公應嘉慶戊辰秋試，爲相國所取第二人，顧素無一紙往來，詞係胡晝溪觀察光瑩聞余輯補詞綜，屬爲甄録。司空兄功甫舍人曾沂、弟季玉觀察曾瑋，詞筆亦工，僅見黃蓼花唱和詞中高陽臺各一闋，稿均未見。相國孫伯寅祖蔭，今繼爲少司空。吳又賓鹺尹其康録示題恭邸荷淨納涼圖，摸魚兒云：「繞林亭，水香不斷，鷺鶿飛破煙杪。玉璫羅襪，凌波步、倦舞環妃欲笑。尋翠窈。指一鏡風漪四面垂楊好。煙絲細裊。恰低按霓裳，平鋪瑶席，麴院恣幽討。紅闌外，花事平泉未老。自移書畫船小。冰華瓊萼相輝映，只有冷香吹到。鷗夢悄。問水閣虚廊，何處秋來早。詩情换了。算箭碧傾荷，裳紅製芰，怎似此襟抱。」

司馬光西江月

司馬温公西江月云：「寶髻鬆鬆綰就，鉛華淡淡妝成。紅雲翠霧罩輕盈。飛絮游絲無定。相見爭如不見，有情還似無情。笙歌散後酒微醒。深院月明人静。」極豔冶之致。或謂決非公作，此如歐陽文忠堂上簸錢詞，當時忌者託名以相浼耳。抑知靖節閒情，何傷盛德。同時范文正、韓忠獻均有麗詞，安知不别有寄託。若謂綺語不宜犯，以訓子弟則可，不應以律前賢。

姚燮疏影樓詞

近日詞家鮮工歐晏體者，獨鎮海姚梅伯孝廉燮疏影樓詞，頗具神似。如愁倚闌令云：「垂茜袖，側金釵。立蒼苔。昨夜陰陰微雨過，海棠開。羈人無限春懷。歌聲隔、楊柳池臺。簾幕疏疏風仄仄，燕飛來。」一落索云：「獨立亂紅深處。背風無語。怪伊蝴蝶繞人飛，卻不向、花邊去。重上畫樓日暮。江煙催雨。帆來帆去總依稀，惱多種、垂楊樹。」少年遊云：「曲瓊低押重簾静，煙氣夕沉沉。繩繩雁去，彎彎月上，寂寂此時心。玉釵墮響誰重覓，只賸粉暈羅衾。瘦影依燈，斷腸聞笛，夜淺夢難深。」或云梅伯詞實私淑浮眉樓，去歐晏尚遠。

歸允肅詞

國家科場條例最嚴，而請託時有，以故屢興大獄，亦間有被誣負枉者。康熙間常熟歸惺厓少詹允肅緣事被黜，以薦復起，主辛酉順天秋試，所取皆知名士。下第者譁然，幾被中傷。時蔚州魏敏果象樞以朝端重望，官都御史，登少詹門下拜曰：「吾爲國家慶得人。」並賦詩頌之。謗者乃息。前賢善成人美如此。少詹著述不多見，傳有遥和莊平夫子午日讌集韻，金縷曲云：「記得名園路。倚南城、危亭曲沼，參差堪數。韋杜風光饒勝賞，幾度追陪尊俎。奈此日、雲泥遠阻。遥想良辰多樂事，隔天涯、總是關情處。春盡也，又端午。　傳來麗曲增淒楚。縱他鄉、依稀景物，還供蒲黍。身作行吟憔悴客，贏得青衫淚苦。拚醉倒、盈觴緑醑。更憶故鄉喧競渡。蕩蘭橈、一霎飛香雨。徒極目。共誰語。」詞殆作於貶黜時。

清閨秀詞

吳越女子多讀書識字，女工餘暇，不乏篇章。近則到處皆然，故閨秀之盛，度越千古。即以詞論，王氏詞綜所采五十餘家，已倍宋元二代。余輯詞補，復得一百七十餘人，兹録其尤雋峭者。太原張羽仙學典菩薩蠻云：「遠煙舒翠籠新柳。春光暗向樓中逗。莫把繡簾開。東風引恨來。　遥山雲一帶。人在雲山外。芳草似離情。逢春處處生。」華亭李冰影朓尋芳草云：「贏得千愁逼。閒抛卻、許多月色。正夢回、窗外寒煙碧。聽隔院、誰吹笛。　腰瘦不關秋，看良夜、露珠頻滴。又哀哀、孤雁鳴沙磧。魂去也江山黑。」懷慶李冰心素眼兒媚云：「無端風雨到高樓。春思總悠悠。芙蓉帳挂，水晶簾捲，恰好梳頭。

落花可惜無人惜，空自付東流。傷心何限，紅衫揾淚，綠酒澆愁。」吳縣楊元卿澂玉樓春云：「香閨幾度眠過曉。羅綺風柔鶯料峭。碧桃萬樹倚雲栽，一陣東風都放了。花枝手自淩晨拗。圖史餘閒香篆裊。雕闌十二鎖春寒，樓閣重重人不到。」上元馬芷君閑卿柳腰輕云：「從來那慣愁滋味。腰正瘦，心將碎。烏雲鬆綰，黛螺慵畫，掩著瑣窗尋睡。敲朱户、簷馬聲淒，戰金風、井梧葉墜。不分芙蓉沉醉。笑海棠、露濃紅退。滿懷離緒，倚闌無語，兀自偷垂香淚。總知是、秋夢無端，沒來由、把人憔悴。」奉賢莊磐山齋卜算子云：「積雨喜新晴，小院風初定。月滿瑤階露氣浮，花動雕闌影。寶鼎篆煙微，幽夢殘燈省。忽逐鐘聲度小橋，不管春衣冷。」太倉顧湘英信芳點絳脣云：「天淡雲閒，雨餘芳草平如翦。柳眉初展。春色和煙遠。斜日西樓，人倚東風倦。鶯聲嬾。一庭花片。綠滿香痕淺。」吳縣張瑞芳素蘇幕遮云：「凍雲濃，寒霧起。柳絮因風，堆積空庭裏。玉樹玲瓏搖冷砌。今夜啼烏，怎樣枝頭寄。畫簾垂，朱户閉。獨自圍鑪，遙想人天際。季子貂裘應已敝。叮囑瓊花，莫灑南來騎。」武進錢浣青孟鈿蝶戀花云：「著雨林花紅暈溼。風裊晴絲，吹入眉峯碧。綠遍池塘芳草色。催歸杜宇聲聲急。病起綠窗春事寂。何處留春，深院濛濛月。金縷歌殘檀板歇。海棠夢醒梨雲白。」甘泉江碧岑珠憶秦娥云：「風淅淅。高城欲落如鉤月。如鉤月。還留一線，照人淒絕。宵長夢短愁腸結。漏聲數盡雞聲咽。雞聲咽。香篝不暖，衾寒似鐵。」長洲葛玉珍秀英桂殿秋云：「衣袂冷，上高樓。繁雲遮斷碧山頭。小窗獨坐聽秋雨，荷葉芭蕉各自愁。」金匱浦靜來安如夢令云：「幾日嫩寒輕暖。又聽雛鶯學囀。妝罷倚雕闌，心與芭蕉同卷。人遠。人遠。況是宵長夢短。」江甯歐瓊仙瓏虞美人云：「井梧簌簌飄黃葉。露溼寒蛩泣。炎天日日盼秋風。怎到秋來蕭瑟更愁儂。憑高幾度空懷遠。搖落情何限。斷蓬心事有誰知。除向天孫相訴有憐時。」錢塘孫碧梧雲鳳少年遊云：「淡掃蛾眉，輕盤螺髻，妝罷更塗黃。雲母屏前，水晶簾外，荷氣雜衣香。　晚來放艇波心去，獨自覓清涼。笑摘青梅，故驚女伴，隔水打鴛鴦。」孫蘭友雲鶴點絳脣云：「村柝聲聲，鄉關夢斷三更過。紙窗風破。一點殘燈墮。　院靜無人，獨自開簾坐。重門鎖。梅花和我。對月成三箇。」吳江汪宜秋玉珍風光好云：「掩花關。啓花關。看遍春光春又殘。遣愁難。　空庭雨過苔痕碧。天寥寂。短短廊廊曲曲闌。且盤桓。」遂甯楊古雪繼端傷情怨云：「夜靜庭空月轉。曲闌閒倚遍。頓觸離愁，滿天來去雁。　消息於今夢斷。待寄書、雲水程遠。淚溼羅衣，西風寒撲面。」錢塘梁楚生德繩卜算子云：「永夜繡屏孤，香燼金猊冷。寒逼羅幃五夜風，霜月欺燈影。　落葉斷鴻驚，短夢仍無定。窗外鴉聲續雁聲，不管人愁聽。」長洲李紉蘭佩金長相思云：「思懸懸。望懸懸。人去天涯欲見難。音書更杳然。　愁懨懨。病懨懨。愁病支離葬玉顏。問君憐不憐。」仁和吳蘋香藻浪淘沙云：「簾外一重窗。窗外回廊。斷無人處斷人腸。閒煞玉階明月影，分外淒涼。　舊夢冷池塘。秋草都黃。芙蓉庭院又經霜。潮落潮生芳信阻，水遠山長。」陽湖劉撰芳琬懷浣溪沙云：「淺淡銀河一鏡升。滿庭花影轉參橫。最閒時候最分明。　何處簫聲遊舫過，幾家詩思畫樓生。思鄉有客不勝情。」山陰王梅卿倩滿宮花云：「紉湘蘭，摧玉李。春事又過半矣。釀愁風雨近清明，都被林鳩喚起。　睡瞢騰，情旖旎。夢墮碧桃花裏。枕函無奈鬢雲鬆，扶向鏡奩慵理。」烏程戴衣仙珊踏莎行云：「繡倦憑闌，槐陰正午。榴花窗外飄紅雨。閒將綵線綰離愁，誰憐枉結同心縷。　竹影搖涼，荷風拂暑。年年此日傷羈旅。舊時飛燕到簾西，含情衹對愁人語。」錢塘淩茝沅祉媛菩薩蠻云：「簷鈴驚破紅閨夢。曉妝人怯餘寒重。纖手捲簾衣。風前放燕飛。落紅紛似雪。倦了尋香蝶。樓外易斜暉。春歸人未歸。」金壇吳蜚卿規臣采桑子云：「昨宵星月今宵雨，首似春蓬。心似秋蟲。畢竟情懷那樣同。小樓深閉愁無那，才聽疏鐘。又聽征鴻。莫道吳儂不懊儂。」吳縣曹宜仙景芝清平樂云：「眼看春去。便是愁如許。窗外鷓鴣啼不住。日日風風雨雨。曉來梳洗都慵。怯寒下了簾櫳。簾底落花如夢。有誰解惜殘紅。」吳江沈夢湘芳秋柳長亭怨慢云：「斷魂處，冷煙疏雨。遠岸斜橋，亂垂殘縷。漫說風流，可憐不是舊張緒。春前曾記，向鏡裏、窺眉嫵。換了好繁華，更瘦減、腰支難舞。秋暮。賸殘蟬留戀，葉底抱吟淒楚。鶯梭燕翦，恨拋卻、青青都去。最怕聽、唱出陽關，又勾起、離愁如許。過幾點蘆花，休認長條飛絮。」仁和沈湘濤允慎卜算子云：「風月忒蕭條，情緒還依舊。醉裏清歌夢裏吟，傷得心兒够。扶病送春歸，病起悲秋又。花樣丰神雪樣膚，都爲聰明瘦。」

顧貞觀與王熙詞

婦人束足使小，或謂起自李後主，或謂唐時已然。康熙初始禁裹足，凡元年以後所生女子有纏裹者，罪其父母。吾鄉顧梁汾典籍賦浣溪沙記其事云：「閨閣爭傳捧貼黃。九霄雨露潤蓮塘。錦韈新學內家妝。六寸圓膚原有緻，一鉤纖影待重量。春愁穩載莫輕颺。」其事起於宛平王胥庭相國熙，時爲侍郎，奏言臣妻已放大脚，識者嗤之。卒之習俗相沿，徒茲訐告，不久禁弛。相國亦工詞，小重山云：「斗帳香濃怯影單。珠簾閒不捲，小窗寒。鈿蟬銀甲罷雙彈。無聊甚，獨自倚闌干。牆角杏花殘。韶光餘幾許，漸闌珊。夜來微雨溼輕紈。因誰瘦，暗覺繡裙寬。」就詞論人，殆與夏英公竦相似。

張惠言詞

嘉慶間填詞家咸推吾郡張皋文太史惠言，專主比興，所選詞自五季迄同時朋從，僅四百餘闋，矜嚴已甚。顧學之者往往非平卽晦，蓋詞固不尚尖豔，亦不宜過求純正，如彈古瑟，誰復耐聽。太史自著茗柯詞，亦寥寥無幾。相見歡云：「新鶯啼過清明。有誰聽。何況朝風夜雨，杜鵑聲。留春住。催春去。若爲情。賸有畫梁雙燕，語惺惺。」楊花木蘭花慢云：「儘飄零盡了，何人解當花看。正風避重簾，雨迴深幕，雲護輕幡。尋他一春伴侶，只斷紅、相識夕陽間。未忍無聲委地，將低重又飛還。疏狂情性，算淒涼，耐得到春闌。便月地和梅，花天伴雪，合稱淸寒。收將十分春恨，做一天、愁影繞雲山。看取青池畔，淚痕點點凝斑。」太史著述以古文爲最，詞固餘力及之。

張琦詞

太史弟翰風大令琦，久遊京師，嘉慶癸酉始舉京兆，出宰館陶，有立山詞。南浦云：「鴛枕夢扶頭，睡醒來、又是夜長難曉。心事正懨懨，疏窗外、來去亂鴉多少。趁將斜日，西陵獨自尋蘇小。前度簾櫳雙坐處，惟有博山煙裊。問誰解道看花，有温香密意，偎人不了。衣上淚痕多，還只怕、勾起傷春懷抱。相思難訴，又教添著愁心悄。料得玉人今夜裏，一樣離魂顚倒。」水龍吟云：「隔花人去迢迢，佳期悵望知何許。重門掩卻 淒涼獨自，空階凝佇。 燕子歸來 偏他忍看，滿天飛絮。算春光九十，誰人消受，都付與風和雨。 一掬傷春鉛水。 對花前、幾回傾注。 柳絲恨短，榆錢恨小，綰春不住。最是多情，裙腰芳草，青青如故。 只倩他纖手，撚來賸碧，慰花遲暮。」超俊不讓乃兄。 大令因長子誤藥死，遂究心醫理，能起沉痾於垂斃，堂皇下求診者恆滿。 子仲遠名曜孫，亦工醫能詞，以知縣仕楚北， 洊擢糧儲道，曾刊其女兄弟詩詞爲毗陵四女集。 長孟緹褶英適常熟吴偉卿比部廷鈖，有澹菊軒詞。 浪淘沙云：「病怯晚寒嚴。休捲重簾。 穿窗無奈朔風尖。 人與梅花同瘦損， 一晌懨懨。 新月上雕簷。 眉影纖纖。 閒愁暗逐漏聲添。 回首嶽雲千里外，清淚空黏。」次婉紃綸英適同邑孫氏，和妹咏菊高陽臺云：「春夢驚回，槐陰捲盡，年光漸近深秋。 雨細煙濃，誰憐花事都休。 叢殘已分同芳草， 仗輕雲、扶上瓊樓。 最堪憐、似笑還顰，暗抱新愁。 閒情陶令常相憶，悵霜天寥迥，繁豔全收。 耐得淒清，幾回顧影籬頭。 亭亭獨立西風裏，歎江梅、沉夢羅浮。 好憑他、丹桂餘芬，相伴忘憂。」三緯青綳英早夭。 點絳脣云：「纔得春來，曲闌西畔花無數。 鶯歌燕舞。 只道春長住。 杜宇頻啼，已是春將去。 空凝佇。 漫天飛絮。 不見春歸處。」 季若綺紈英適太倉諸生王曦，有餐楓館詞。 水仙疏影云：「瑣窗清冷。 有仙姿綽約，低傍妝鏡。 素靨盈盈，玉骨玲瓏，嫣紅怎許相並。 冰魂算與瓊樓遠，忍便入、等閒花徑。 到夜闌、 明月飛來， 簾底暗窺纖影。 還記深宮舊事，翠鬟愁不整，塵夢初醒。 故國雲迷，洛水依然， 幽恨訴將誰省。 珊珊休話淩波步，怕前度，珮環難認。 儘深深、銀蒜低垂，不管曉來風勁。」

聽秋聲館詞話卷二十

柴才與張鴻卓詞

集句始自傅咸集十經詩，明以來遂有專集唐詩杜詩者。竹垞太史乃效東坡居士集古人語爲詞，蕃錦一編，衆皆斂手。至錢塘柴次山茂才才百一草堂詞，咸集舊句成篇。近日華亭張嘯峯廣文鴻卓更專意集詞，組織之工，幾欲突過前哲。茂才憶王孫云：「看花多上水心亭。張說 夾岸桃花錦浪生。李白 楊柳陰陰細雨晴。武元衡 畫船輕。白居易 遠遮高樓簫管聲。羅鄴」長相思云：「花參差。蘇頲 星參差。劉方平 綠慘雙蛾不自持。步非煙 春風能幾時。儲嗣宗 遥相思。王勃 暗相思。白居易 只有妝樓明鏡知。陳羽 相思每淚垂。杜甫」廣文蝶戀花云：「殘酒欲醒中夜起。馮延巳 銀漢無聲，汪晫 露滴寒如水。盧氏 獨倚危樓風細細。柳永 那堪玉漏長如歲。蘇軾 紅燭自憐無好計。晏幾道 羅幕輕寒，晏殊 點點殘花墜。歐陽修 舊夢蒼茫雲海際。詹正 無言劃盡屏山翠。毛滂」廣文由貢生官訓導，著有綠雪館詞。消夏清平樂云：「竹風敲玉。雨過天如沐。一箇涼蟬時斷續。滿地槐陰鋪綠。石闌斜傍芳池。田田低映漣漪。試問閒中清課，藕花香裏填詞。」遂取結語繪圖徵詩，江弢叔云，亂後尚無恙。

平仄換叶

詞家以入聲作平，前人已詳言之，其實不始於詞。穆天子傳云：「白雲在天，邱陵自出。道里悠遠，山川間之。」是出應讀如池。亦有以平聲作上去二音者，如滕子京臨江仙前起云：「湖水連天天連水。」下連字應讀如斂。又如杜壽域漁家傲云：「疏雨纔收淡浄天。微雲綻處月嬋娟。寒雁一聲人正遠。添幽怨。那堪往事思量遍。　誰道綢繆兩意堅。水萍風絮不相緣。舞鑑鸞腸虛寸斷。芳容變。好將憔悴教伊見。」宋人漁家傲調均用仄叶，此詞上用淡兩月不，兩上聲兩入聲字以代平聲，則所叶四平聲俱應讀作仄聲方協。亦不自詞家始，蔡邕郭有道碑上云：「幾行其招，下協保此清妙。」是招應讀如照。至杜白二家詩中，拌讀如判，十讀如諶，琵讀如別，茫讀如奔，尤難悉數。故陳西麓日湖漁唱中往往平仄換叶，如晝錦堂，宋詞俱用平韻，而易以仄叶。祝英臺近、永遇樂、絳都春，宋詞俱用仄叶，而易以平韻。渡江雲均於換頭第四句叶一仄韻，而一闋全用平叶，一闋全用入聲。西麓深於詞者，應如何移宮換羽而後不相淩犯，其法惜已不傳，近人以意揣之，仿爲新聲，恐未必合耳。

嚴元照詞

嚴修能明經元照居吴興而贅於吴，流寓吾鄉最久，中年病歸，僦居柯家山。遂以名詞。卜算子云：「淚眼鎮相看，分手渾無語。門外分明見遠山，山外知何處。　雙槳載愁來，又送愁歸去。今夜紅閨夢裏人，獨聽孤篷雨。」思路最爲深婉，餘亦輕倩可諷。相見歡云：「斜陽只在樓西。暮煙迷。一色長堤芳草，又萋萋。　春情嬾。春腸轉。翠眉低。惆悵十年前事，再休提。」點絳脣云：「沉水熏殘，雁燈珠蠟垂垂凍。更無人共。繡被春寒重。　多少相思，不合和愁種。銀屏夢。月斜鐘動。做也成何用。」祝英臺近云：「悄寒輕，晴晝永，特地捲珠箔。池上桃花，紅意已非昨。倚闌欲問東風，吹開幾日，又何苦、將他吹落。　怨風惡。細算卻是桃花，生來命原薄。隨意夭斜，只合傍籬彴。無端移近房櫳，釀成春恨，悔當日、用心真錯。」鷓鴣天云：「淩亂殘英露井東。三更禁雨五更風。遊絲苦要留春住，自向庭心罥落紅。　高閣靜，翠簾空。今年花事忒匆匆。花開還有明年在，惆悵芳華逝水同。」後二闋似爲悼其姬人香修作。明經歿時，年甫中壽，今遺稿僅存，尚未刊也。

馬廷萱詞

歲乙卯，余權汀州丞，會長汀令延梅孫明府棟方與邑紳士修縣誌。余謂藝文志中，詩古文詞均宜選錄，不宜以無關事實屏棄。蓋志文苑而不存其著述，未免誇誕無徵。書未成，余已受代。越十年甲子，大兒承禧亦權汀丞，已在兩罹兵燹後。甫逾月，逆匪又自江右竄陷甯化，雖提師往勦，幸而克捷，然戎馬倉皇之際，誌之存否，未暇問也。近乃得之書肆，各家製撰，即附本傳後，體例似有未協，所采亦不甚純。第刧後殘編，實賴以存，存詞者僅馬鑑泉司馬廷萱一人而已。司馬由舉人官南河同知。西江月云：「幾折雕闌斜繞，四圍斗帳低垂。露葵花放不多時。好箇嫩涼天氣。　新月微窺簷角，輕風悄颺簾眉。小鬟報道遠人歸。怪底銀釭雙穗。」南樓令云：「川暝暮雲平。寒潮帶月生。渺江天、一色空明。山外有山千萬疊，遮不斷、望鄉情。　風正片帆輕。中流自在行。謝姮娥、遠伴孤征。還想深閨眠也未，應屈指，數歸程。」汀人均不講倚聲，爲之自司馬始。

邵廣銓詞

浙詞多法姜張，吳下則不然，然究厥指歸，不外竹山、竹屋數家。昭文邵蘭風茂才廣銓所爲詞，於蔣尤近。虞美人云：「記得連番春夜雨，小樓翦燭同聽。玉肩斜嚲眼忪惺。今生還未卜，偏要說來生。一幅冰綃親付與，同心結子瓏玲。細將辛苦苦叮嚀。繡成花一朵，數盡漏三更。」案此調乃臨江仙，非虞美人。南浦云：「前約記分明。倚屏山、聽徹簷鈴聲碎。雪意正冥濛，渾忘了、一角斜陽鴉背。金猊香裊，何因結就雙雙穗。驀地湘簾鈎細戛，還認玉釵敲墜。本來弱不禁寒，料搴帷、定怯酸風吹袂。真箇不來時，生憎煞、昨夜燈花銀蕊。平生細數，淒涼幾度消清淚。聽盡更籌斟盡酒，獨自怎生成醉。」祝英臺近云：「碧雲停、紅豆撚。金井轆轤轉。心似春蠶，縛向萬重繭。早知千種纏綿，一般悵阻，倒不若、未曾相見。尺書展。難道解語如花，不解意深淺。幾度尊前，擬把舊愁遣。卻憐放下眉頭，兜來心上，渾未信、并刀能翦。」茂才久遊京師，屢踏鎖闈，竟不獲一第。

鄭燮詞

江左鄭板橋大令燮兀奡自喜，書法如其人，尤善畫蘭，至今片紙隻字爭相什襲。所著詩詞皆自選自刻，世人亦多稱之。然如滿江紅云：「我憶揚州，便想到、揚州憶我。第一是、隋堤穉柳，不堪煙鎖。潮打三更瓜步月，雨荒十里虹橋火。更嬌紅、零落不成圓，櫻桃顆。何日向，江村坐。何日上，江樓卧。賸詩人幾輩，酒人幾箇。花徑不無新點綴，沙鷗頗有閒功課。笑白頭、猶作折腰人，將無左。」語雖俊邁，終非詞苑正宗。其治行則頗可稱，顧鮮有知者。儀徵李艾塘斗揚州畫舫録言其官山左時，有富家嫌壻貧，思逐之。而懼涉訟不勝，先以千金爲壽，受之不辭，並欲收其女爲義女。富家喜甚，乃密蓄其壻於官廨，及女入見，卽出所受千金，令其合巹，挽車同歸。

粵人詞

南海譚玉生廣文瑩樂志堂集中論詞絶句，至一百七十六首，抑揚間有未當。如訾少游「爲誰流下瀟湘去」，謂是常語。並謂白石「舊時月色，人何處」，戛玉敲金擬恐非。而推崇戴石屏與本朝之毛西河、屈翁山，謂屈詞足以抗手竹垞。此與番禺張南山司馬維屏眼膺鄭板橋、蔣藏園詞，同似門外人語。內三十六首專論粵人，如陳元孝、黎二樵詞，均見之未得。余所見粵詞，近推吴石華、儀墨儂爲最。再則東莞林桓次侍讀蒲封齊天樂云：「十年陳跡驚心認，流鶯喜還未老。海燕爭迎，岸花曾送，不分者番重到。且停蘭棹。看幾樹垂楊，向風低裊。卻怪萋萋，池塘緑遍夢中草。琴絲暗塵涴了。任吹殘髮影，誰是同調。虬漏聲沉，魚天雲淡，一抹眉痕纔掃。紅樓深悄。怎話到前歡，頓添凄抱。回首南園，曲闌春正好。」欽州馮魚山户部敏昌新搆小亭落成天仙子云：「結就小亭形似舸。泉石周遮叢竹裹。漁歌斷處接樵歌，斜日墮。浮雲破。對影三人風月我。老去心情耽嬾惰。怕向危流重掀柁。揭來宴憩意悠然，閒吟坐。饒清課。讀畫絃詩無不可。」高要黃琴山太守德峻留别友人金縷曲云：「一别緒因君起。覺朝來、陽關未唱，寸心先碎。十載風塵牛馬走，僕亦幾經愁死。賸草草勞人若此。脫屣妻孥都易事，到他鄉、愈戀真知己。悽無語，可知矣。行程忽又趨燕市。指關山、暮雲春樹，八千餘里。何日萍踪能再合，後會良難預擬。只尺素、遠憑雙鯉。倘對惠連懷謝客，願夢魂、時入西堂裏。言不盡，此中意。」番禺陳蘭甫學博澧朝雲墓八聲甘州云：「漸殘陽淡淡下平蕪，塔影浸微瀾。問秋墳何處，荒亭葉瘦，斷碣苔斑。一片零鐘碎梵，飄出舊禪關。杳杳松林外，添做蕭寒。不恨竹根常臥，勝丹成遠去，海上三山。只一坏香塚，占取小林巒。依約傍、水仙祠廟，有西湖、如鏡照華鬘。休腸斷、玉妃煙雨，謫墮人間。」林有龕洲集，附詞。黃有三十六鴛鴦館詞。顧詩中均無一言論及，殆以爲近時人耶。二樵亦近時人也，殊不解。

旅壁題詞

郵亭旅館，雖多惡札，亦間有佳什。先祖西園瑣述云：「昔經山右張蘭鎮，見旅壁題詞，調寄鵲踏枝云：「簾外曉寒風力悄。欲換羅衣，尚怯春光早。剛著柳梢新綠到。弄晴枝上聞啼鳥。怪煞紫騮嘶漸杳。試問金鈴，護得花多少。一樣春眠偏易覺。輪他小妹忘春曉。」字極秀媚，不知何人所作。余昔在河南郭店驛，見壁間無名氏長相思云：「小樓西。小橋西。千縷垂楊綠未齊。畫眉枝畔啼。草盈堤。水平堤。拾翠人歸夕照低。春衫溼燕泥。」又有女子題詩並序云：妾維揚貧家女也，幼侍李矩香夫人伴讀，今春，夫人隨宦九江，遣妾歸。詎奈雙親受媒氏誑，竟以十金鬻妾於長安賈。良人年將周甲，腹少一丁，朝夕相看，默無一語。嗚呼。此身已污，夫復何言。不知前世何愆，受此無窮罪業。肝腸寸斷，血淚併流，聊賦俚言，用舒鬱結。良人在側，尚問作何生活云。「輕謫塵寰暗自憐。誤人幻夢小遊仙。如弓明月初三夜，似箭春風十七年。屋縱黃金傷不偶，玉非白璧恨難蠲。無端竟屬沙叱利，並少韓郎若箇邊。怕泛鄱陽浪裏船。誰知從此隔秦川。心驚路遠三千里，命薄身隨一萬錢。恨不疏頑同白腹，悔曾閨閣理丹鉛。被他花蕊夫人笑，旅壁權充十樣箋。」又見楚北小溪旅舍壁懸小軸，書一詞云：「風過處，習習野花香。獨立溪橋望，雲隨流水忙。」按調爲閒中好，書法頗佳，無款識，止圖章二方，已爲煙煤熏涴，不復可辨。

盧蘊貞詞

余久聞長樂梁韻書女史蓉函工填詞，覓其稿未得。近見紫霞軒詩附詞，爲閩縣諸生魏鵬程室盧倩雲女史蘊貞著。春暮有感鋸解令云：「朝來幾陣催花雨，早柳絮、風前亂舞。瑶箏試理十三絃，漫彈出、閒愁無數。呢喃燕語。多少離懷待訴。玳梁未改舊巢存，卻爲底、飛來又去。」女史失所天後，四子均早夭，無嗣，僅一寡媳，親族無可依，現爲女學究自贍。垂老仳離，有足悲者。

李嵩薛瓊陳大成詞

康熙中吾鄉有兩處士，均夫婦工詩，遁跡邱園，足不踐城市。一爲楊紫淵維甯，築室管社山，意不在詩文，所作隨手散棄，存詩一卷而已。一爲李嬾仙嵩，居嘯傲涇，有夕陽村詩、浣香詞。臨江仙云：「夢裏尋春春不見，依稀綠樹紅亭。煙深月冷欠分明。梨花深院靜，燈暗細搊箏。指上心頭多少怨，倩風訴與誰聽。越無聊處越淒清。蒼苔忘路滑，背手獨閒行。」踏莎行云：「心餘未灰，情絲如織。禁他雪壓瓊枝白。忍寒玉甲弄琵琶，梨花院靜鶯聲澀。筆銳針尖，黑濃黛色。紅冰淚漬鮫綃溼。薛濤牋短奈情長，欲書一字終無得。」其室薛素儀瓊有絳雪詞。慰閨友病起，南歌子云：「雀舌難消渴，蝦鬚不閉寒。落花風起更尖酸。薄薄羅衫，休傍小闌干。煮藥忘寒食，熏香犯禁煙。乍晴門巷賣餳天。檢點精神，同步看秋千。」嬾仙同時有陳集生布衣大成，家無儋石，而性喜結客，恒質衣沽酒爲樂，著有樹影樓詞。菩薩蠻云：「蓮塘雨過花開遍。水亭長日張清宴。曾記有人同。臉霞相映紅。今宵重聽雨。藕斷蓮心苦。盼得再花開。箇人來不來。」臨江仙云：「幾陣西風聲簌簌，漸聽響徹疏林。天涯葉葉灑輕陰。亂烏棲月冷。孤雁唳雲深。一自長亭分手去，紅箋沒箇回音。花前憔悴到如今。幾曾開寶鏡，空待熨香衾。」均不失秋水矩矱。

王嘉福車持謙詞

長洲王二波騎尉嘉福清平樂云：「輕衫窄袖。春向眉峯逗。悄立瑤階衣略縐。人與梅花同瘦。何須淺笑深顰。相期不負芳春。道是今生薄命，可知明月前身。」上元車子尊明經持謙，爲秦淮女校書袖珠題水仙畫册聲聲慢云：「影迴洛浦，香暗江皋，珊珊來者其仙。記得相逢，瑤臺第幾重天。香風數過平聲廿四，只無由、數到伊邊。好珍重，玉玲瓏仙骨，拾翠調鉛。聽說封姨跋扈，已石家衣浣，陶氏鬟偏。料理青甆，不須鈴索高懸。今生雪霜耐盡，認前身、明月嬋娟。月明也，悄淩波湘夢再圓。」用意略同，而措語不同，各極其妙。騎尉爲詩人鐵夫廣文芑孫子，出嗣乃叔，襲世職，未任卒。明經一字秋舲，著有捧花樓詞。其分題咏古得臨春閣玲瓏四犯，筆致尤韶秀。詞云：「閣迥臨春，已香散沉檀，重問無地。銅狄摩挲，轉恨奈何爲帝。聞説複道淩空，可望見、擱江千騎。悔不如、狎客裁箋，曲曲朱闌都倚。後庭傳出君王製。譜新聲、麗華能記。念家山破柔腸斷，消受此閒曾幾。憑待夢醒雞臺，等是一般興替。剩多情璧月，還省識，年時事。」

張雲璈詞

閨中妝飾如脂粉衫裙等類，詞人每寄之賦咏，獨衣紐羌無故實，未有咏者。近見錢塘張仲雅明府雲璈三影閣箏語中有是題。調寄沁園春云：「閉翠緘紅，恰比相思，重重不寬。正半圍繡領，餘香空戀，一痕寶襪，春色長關。褪卻嫌鬆，整時偏緊，多在酥胸粉項間。眠初起，尚羅襦小袒，好夢闌珊。分明莫解連環。更密密排來雁柱單。似門銜屈戌，鎖殘芳怨，腮封凡鳥，約住輕寒。碧玉如丸，黄金作萼，帶結綢繆擬共看。風懷露，笑漢宮窮袴，著意防閑。」明府詩以簡松堂名，意在宗法袁簡齋、趙雲崧二家。當袁、趙盛時，人趨若鶩，殁未十年，無不反脣相稽，幾不容於壇坫中分一席地。明府詩不類二家，顧取以名堂，殆有慨於儇薄之徒，故爲是矯情舉耳。

張朱梅詞

南匯張培山明府朱梅聽雨山房詞中，分咏環釧沁園春二闋，亦纖穠可喜。耳環云：「雪樣纖瓊，巧綰紙垂，如侵玉樓。愛明瑫綴處，彩燈般墜，紫磨砑就，弦月般鈎。匀面窗前，卸妝奩畔，微費工夫脱復勾。菱花鏡，照兩邊流睞，慣是梳頭。　笑酣爲戲同游。共釵燕簪花顫未休。看關情細聽，雙懸不動，敧肩密語，半面黏留。閒整蜻蟒，輕撩蟬鬢，不道春尖偶意兜。增嬌媚，恁頭如瓔珞，端正風流。」腕釧云：「憶過樓頭，紅粉招時，團欒袖間。想舞如廻雪，雙枝旋轉，別來掩涕，兩袖遮函。子建裁詩，仲宣作賦，皓腕鍾情不等閒。曾摹擬，似鏤空圓月，解散連環。　有時擱在闌干。憐肌上新痕隱隱丹。怕未工懸筆，頻磨繭紙，每當倦枕，低壓雲鬟。攀樹流光，欠伸縱體，微褪應知比帶寬。閒窗下，任較量肥瘦，頻納中關。」原註：醫家以關脈爲中部。又嘉興項朱樹茂才映薇賦指彄剔銀燈云：「翡翠金彄約指。小字潘郎親製。接續無痕，玲瓏一色，可似心連情締。春葱真細。嫌寬否、帶來第四。　暗想朝盤錦髻。幾許粉黏脂膩。浴手銅盆，那曾輕卸，片刻也難抛棄。繡針停刺。怕女伴、孜孜偷視。」可云巧不傷雅。茂才有桐花館詞，其落葉聲水龍吟尤佳。詞云：「捲來一片酸風，蕭蕭槭槭驚難住。輕猜點屐，急疑敲户，碎同飄雨。墮瓦琤瑽，鋪階瑟索，穿籬飛舞。怕秋聲不到，珠簾繡幕，偏吹近，樓深處。　側耳霜砧幾杵。又攙和、烏啼蛩訴。煙花似夢，繁華都盡，結成淒楚。渭水寒生，洞庭波起，帶愁流去。記燈殘吟倦，小窗對客，黯然無語。」

王質紅窗怨

周公謹齊東野語録蜀中妓送行詞云：「欲寄意、渾無所有。折盡市橋官柳。看君著上征衫，又相將、放船楚江口。後會不知何日又。是男兒，須要鎮長相守。苟富貴、無相忘，若相忘、有如此酒。」後人郎取詞中市橋柳爲調名。詞綜、詞律均采之。近見永樂大典中集出王質雪山集，內有送邵倅紅窗怨云：「欲寄意、都無有。且須折贈，市橋官柳。看君著上征衣，也尋思、榜舟楚江口。此會未知何日又。恨男兒、不長相守。苟富貴、無相忘，若相忘、有如此酒。」按紅窗怨調，宋人無有填者，詞譜、詞律亦均未收。其詞與市橋柳雖字句稍有不同，而語意則一。雪山曾爲蜀中幕僚，豈好事者點竄數字，僞爲蜀妓作耶。抑竟不謀而同耶。

丁履恒詞

乾嘉以來，玉田生詞風行海內，獨家若士大令履恒能窺其奧。如咏雁疏影云：「暗蛩吟斷。又長空嘹唳，數陣驚雁。拋卻梁州，銜盡寒蘆，猶帶塞聲淒怨。羅浮夢醒君歸去，那正好、草明香暖。怎知余、小別經年，已把鬢華偷換。想爲金飈漸勁，怕冰雪嚴凝，來寄湘岸。瘦影聯翩，還喜攜羣，小聚圓沙低暗。和煙冷抱蒹葭宿，早消盡、濃霜片片。甚東風、吹入江南，還向塞垣飛遠。」高陽臺云：「燼落荷燈，水沉蓮漏，涼風已度輕裯。庭院淒涼，暗蛩嗚咽牆根。不如卻下簾兒坐，又敲窗、亂葉紛紛。任鑪薰、攪入新愁，不甚氤氳。清宵本是多惆悵，況征鴻信杳，目斷行雲。料得新蟾，如今也到重門。無聲露溼羅衣薄，恐斑斑、難認啼痕。倚黃昏。幾曲闌干，幾度銷魂。」不僅虎賁中郎，貌似而已。大令家武進，官肥城令，有宛芳樓詞。詞宜尚雅，始自曾端伯手編樂府，以雅詞名 顧所選有不盡然者。如顏博文西江月云：「草草書傳錦字，慪慪夢繞梅花。海山無計駐仙槎。腸斷芭蕉影下。缺月舊時庭院，飛雲到處人家。而今贏得鬢先華。説著多情已怕。」又無名氏望遠行云：「當時雲雨夢，不負楚王期。翠峯中、高樓十二掩瑶扉。儘人間歡會，只有兩心自知。漸玉困花柔香汗揮。歌聲翻别怨，雲馭欲回時。這無情紅日，何似且休西。但涓涓珠淚，滴溼仙郎羽衣。怎忍見、雙鴛相背飛。」頗似柳七黄九語。又如李敦詩卜算子云：「南北利名人，常恨家居少。每到春時聽子規，無不傷懷抱。好去向長安，細與公卿道。待得成功名遂時，何似歸來早。」殊淺陋無味。

蔣捷詞有寄託

元劉起潛壎隱居通議，録張自明覯邸報詩云：「西風颯颯雨蕭蕭。小小人家短短橋。獨倚闌干數鵝匹，一聲孤雁在雲霄。」言見者多不解。一士人獨太息曰：「此詩興致高遠，其旨不難見也。蓋風雨蕭颯，言國事日非。小小人家，言建都一隅。短短橋，言乏濟時長策。數鵝匹，言所用皆卑污之徒。雁在雲霄，言賢者遠舉，當時必有君子去國，故爲是語耳。」余謂詩意必如此詮釋方顯，亦太隱矣。然作者不宜如此，讀者不可不如此體會，因思南宋末季，士多憫世遺俗，託興遥深，如蔣竹山解珮令云：「春晴也好。春陰也好。著些兒、春雨越好。春雨如絲，剛繡出花枝紅裊。怎禁他、孟婆合皁。梅花風小。杏花風悄。海棠風、驀地寒峭。歲歲春光，被二十四風吹老。楝花風、爾且慢到。」祝英臺近云：「柳邊樓，花下館，低捲繡簾半。簾外游絲，擾擾似情亂。知他蛾緑纖眉，鵝黄小袖，在何處、閒遊閒玩。最堪歎。箏面一寸塵深，玉柱網斜雁。譜字紅蔫，翦燭記同看。幾回傳語東風，將愁吹去，怎奈向、東風不管。」與德祐太學生百字令詞，真箇恨煞東風同一意旨。彼「天下事、問天怎忍如此。」與「縱使一邱添一畝，也應不似舊封疆。」及「但把科場鬧秀才、未必調羹用許多」等語，未免直率。竹山又有句云：「斷腸不在分襟後，原來在、襟未分時。」當是入元後作。蓋北宋之禍，始於安石之喜更張。南宋之亡，誤於似道之講綜覈。竹山追念亂所由起，既往莫咎，故託諸閨襜兒女，慨乎言之。

范鍇苕溪漁隱詞

烏程范白舫明經鍇，原名音，槖筆依人，好作古字，著有苕溪漁隱詞。點絳脣云：「永夜輕寒，鏡臺慵翦燈花墜。蜀牋光膩。學寫相思字。　煙水迢迢，欲寄憑誰寄。春來事。滿林紅翠。只有人憔悴。」鵲橋仙云：「飄零書劍，清狂詩酒，不信相如遊倦。憑闌鎮日意懨懨，生怕聽、一聲征雁。　愁無人覺，病無人問，靜掩朦朧深院。井梧初放月痕來，又早被、西風吹亂。」登晴川閣水龍吟云：「幾回高閣登臨，怒濤聲裏流年急。西風弔古，有人指點，禹王功跡。浪鎖支祁，碑摹嶽麓，遺祠虛寂。望隔江黃鶴，白雲樓外，仙人去，誰橫笛。　笑我飄零劍笈。滿征塵，欲歸未得。荆襄烽火，羽書飛處，星馳津驛。贏得天涯，依劉王粲，淚沾胸臆。但危欄獨倚，斜陽一片，照秋岑碧。」其所著攬茝山房漫記，間附明季遺聞，言崇禎間，楚師擒賊闖塌天，火眼怪異，詰之，云日食人心一具，已食五千餘矣。又言漢陽諸郡，先時盛行鵝掌，庖人煆地極紅，促鵝履其上，須臾掌腫加倍，鵝渴甚，飲以醯醬，乃斷其掌爲上品，宴客非此爲不敬。

後流賊張獻忠至，斷男女手足如岡阜，名以金蓮玉臂峯，舉火焚之，人以爲食鵝之報。明經客楚最久，時川楚教匪方熾，而官民尚不知以惠養生命爲意，肆行殘刻。漫記所述，殆有感於時事云。

今使珊瑚插架，盡然脂弄墨之資。翡翠盈箱，祇錯采鏤金之作。言無關於考證，義不主於闡揚。縱復譜古調以成聲，藉曼音而通志。八叉製麗，徒騁妍姿。四遠詞新，僅資談助。抑知歌風弔月，姑付諸桓笛秦簫。蕩氣廻腸，且聽彼吳歈越調。翻香山之樂府，半屬諷時。測宋玉之賦心，豈真好色。此外舅杏舲公詞話所由作也。公弱不好弄，長更博聞。學三代文詞，作五經鼓吹。讀蕭何之律，目一覽而無遺。答齡石之書，日百函以立就。洎捧毛生之檄，屈乃爲親。試栽潘令之花，仕不廢學。政成三月，尨吠無驚。獄折片言，鼠牙盡息。方冀强臺日上，重刊峴首之碑。旋因鄂渚風回，更擊閩江之楫。時也紅羊刼換，青犢災生。綠林鴟張，黃巾豕突。傅修期才高倚馬，恒磨盾鼻以成書。陶士行奮不顧身，致隕胡奴於臨陣。迨向上洋而判刺，適逢羣寇之紛來。公則叱馭而行，横刀而誓。渡口麾顧榮之扇，一旅成功。城頭吹越石之笳，四郊永靖。作偏隅之保障，遂獨奏此奇勳。殲醜類於行間，宜懋膺夫上賞。乃以戮揚干之僕，怒起晉侯。誅令公之兵，釁生老卒。法行自近，雖輿臺咸懾威名。時思中傷，詎大府偏憎强項。謂下吏敢於傲上，恃其是而清議爲淆。謂文員例不典兵，坐以巧而彈章遽發。此固數奇不偶，良由才大難容也。不見夫袞袞登場，蹌蹌逐隊。六韜嫺未，便欲請纓。半綬分將，輒思投筆。後來居上，争誇折衝尊俎之才。耦俱無猜，不少心腹干城之選。公既一官甑墮，三徑松孤。横被罡風，未鬱者青霞之氣。競歌下里，寡和者白雪之音。遂乃延攬煙蘿，範模山水。探勝景於釣龍臺畔，閒聽南浦潮聲。暢靈襟於眠鶴亭邊，默數西窗雨點。埋愁無所，聊放浪於酒旗戲鼓之間。忍俊不禁，長嗄唶於殘月曉風之下。端居多暇，契古何深。冀追媺夫前賢，復惓懷夫時彥。心波湛湛，慨思遠紹旁搜。劫火星星，掇拾零章剩句。寄人往風微之感，獨具遥情。寓針頑砭懦之思，別開生面。紅鹽白紵，悉供揮麈清談。鐵板銅琶，兼助當筵豪興。二十卷詞華薈萃，便成文苑之奇觀。數百年詞旨源流，盡入騷壇之佳話。且夫文話推原於劉勰，詩話託始於鍾嶸。都京乃古詩之流，孫梅旁通夫衆説。駢儷是才人之筆，王銍博采爲美談。溯倚聲肇自青蓮，問妙解誰如白石。在昔西河毛氏，雖有詮評，南宋楊君，非無傳述。靈芬別館，郭頻伽才調斐然。詞苑叢談，徐檢討聲華籍甚。然皆簡篇未富，或且辨論未精。惟茲彙集巨編，實足範圍後學。補詞綜之闕，博覽詳稽。正詞律之譌，辨同證異。網羅散佚，考遺聞於唐宋元明。採擷菁英，蒐軼事於東西南朔。詩人之辭麗以則，均有指歸。春秋之義婉而明，可通比興。哀絲豪竹，中年自寫其胸懷。豔語清詞，大旨必原於風雅。倘謂閒情撥觸，亶其然乎。須知託興遥深，是之取爾。鑑少而失學，慚非玉潤之儔。壯不如人，忝是微雲之壻。貳室渥叨夫殊遇，千金復資以遠遊。幸釋褐於燕臺，學製錦於粵海。追隨五載，同王粲之依人。離別十年，憶荆州之識我。愧乏姜張雅致，未解倫聲。得聆朱厲緒言，猶思按譜。觀乎止矣，將有感於斯文。讀者誰與，尚深明夫厥旨。子壻胡鑑衡齋謹跋。

憩園詞話

〔清〕杜文瀾撰

憩園詞話目録

卷四

卷五

卷六

憩園詞話卷一

論詞三十則

説詞之書，宋世至爲繁富，類皆散見於雜著中。惟明人楊升庵始以詞話名書。康熙四十六年，御選歷代詩餘，附詞話十卷，自唐迄明，罔不薈萃類列。並采録詞人姓氏里秩，别彙爲篇，可謂集詞話之大成，備騷壇之盛事矣。近人詞説，皆評白唐、宋舊詞，所輯近詞甚少。又皆詳於話而略於詞，載全闋者尤罕覯。余閒居無俚，就同人所譜新詞，或已刊行，或存稿本，均爲摘録數闋，自遣吟懷。其人之字籍宦途及平時交誼，亦備書之。更有同輩商榷之詞，及平生游歷有涉於長短句者，附爲紀述。積有月日，彙集成編，暇時展觀，如親故人，如游舊地，誠閒中之樂事也。第近來詞學海内風行，即以江、浙二省計之，何慮數千百家，而所録止此，蓋既未實具鑒裁之識，何敢虚存采輯之心。其人苟非所知，其詞即無從欣賞。昔人選詩詞每懼罣漏，今所録只萬中之一二，更無罣漏之足云。結契多疏，持論更拙，管窺蠡測，知不免貽方家笑也。

詞學肇自隋、唐，盛於兩宋。崇寧間設大晟樂府，命周美成等諸詞人討論古今，撰集樂章，每一調成，即可播之絃管。於時有五聲八音十二律七均八十四調，後增至百餘，换羽移商，品目詳具。迨南度之末，張叔夏已有舊譜零落之嘆。至元季盛行南北曲，競趨製曲之易，益憚填詞之艱，宫調遂從此失傳矣。

有明一代，未尋廢墜，絶少專門名家。間或爲詞，輒率意自度曲，音律因之益棼。我朝振興詞學，國初諸老輩，能矯明詞委靡之失，鑄爲偉詞。如朱竹垞、陳迦陵、厲樊榭諸先生，均卓然大雅，自成一家。陽羨萬氏紅友，獨求聲律之原，廣取唐、宋十國之詞，折衷剖白，精撰詞律二十卷。雖不免尚有遺漏舛誤，而能於荊棘之內，力闢康莊，實爲詞家正軌。我聖祖既選歷代詩餘，復御製詞譜，標明體調，中分句韻，旁列平仄，俾承學之士有所遵循，詞書於是大備。倘能從此審定調律，討論宮商，庶幾可得樂章之遺，冀復大晟之舊。故今之爲詞者，必依譜律所定字句，辨其平仄，更於平聲中分爲入聲所代，上聲所代，於仄聲中分爲宜上、宜去、宜入，音聲允洽，始爲完詞。若謂既不能譜入管絃，何妨少有出入。藉宋、元、明人之誤聲誤韻，以自文其失律失諧，則且貽誤後人，不如勿作。今録友人近詞，專以協律爲主。稍一背馳，雖有佳詞，亦從割愛。

萬紅友作詞律，不收明人自度腔，極爲卓識。詞譜列調已多至八百二十有六，加以東澤綺語喜以舊調改立新名，更覺不可究詰。明人知音者少，率意命名，遂無底止。昔金冬心先生有自度曲一卷，序云：「予之所作，自爲己律。家有明童數輩，皆擅歌喉。每曲成，付之宮商，哀絲脃竹，未嘗乖於五音而不合度也。」余謂既無宮調足據，又無工尺可循，恐不免英雄欺人，不敢引以爲據。頗思搆求十二律八十四調旋相爲宮之法。惟近見寶山蔣劍人敦復所著樂律指南，能闢四清聲六變律之謬。惜其人已逝，不獲與之考求。竊謂世多好學深思之士，如能一遇，當師事之。劍人此書初稿，余曾見之，名宮調譜，後乃改名。其書於十二律逐一分按，既而又更改錯換，自以初稿爲誤也。當時余頗疑劍人自歧其說，尚涉游移，未曾細讀。迄今思之，意劍老必有所據，惜

未與討論，殊悔疏忽矣。鍾瑞參

同治癸酉春，吴縣潘伯寅侍郎祖蔭，重刻道光間周止庵先生濟所選宋四家詞選，抉擇極精。四家者，以周、辛、王、吴爲冠，以晏同叔等四十三人附之。其論深得詞中三昧。摘録止庵原序云：「清真集大成者也。稼軒斂雄心，抗高調，變温婉，成悲涼。碧山饜心切理，言近旨遠，聲容調度，一一可循。夢窗奇思壯采，騰天潛淵，返南宋之清泚，爲北宋之穠摯。是爲四家，領袖一代。餘子犖犖，以方附庸。夫詞非寄託不出，一物一事，引而伸之，觸類多通。驅心若游絲之罥飛英，含豪如郢斤之斲蠅翼，以無厚入有間。既習已，意感偶生，假類畢達，閲載千百，謦欬弗違，斯入矣。賦情獨深，逐境必寤，醖釀日久，冥發妄中。雖鋪敍平淡，摹繢淺近，而萬感横集，五中無主。讀其篇者臨淵窺魚，意爲魴鯉，中宵驚電，罔識東西。赤子隨母笑啼，鄉人緣劇喜怒，抑可謂能出矣。問途碧山，歷夢窗、稼軒，以還清真之渾化，予所望於世之爲詞人者蓋如此。」此序示人從學之徑，爲閲歷甘苦之言。雖所選以韓、范、歐、蘇等列爲附庸，不免駭俗，然但論其詞，原非論其人也。

止庵先生論詞高下各有所見，不能從同。其論用字則有當恪守者，如云：「韻上一字最要相發，或竟相貼，相其上下而調之，則鏗鏘諧暢矣。」又云：「紅友極辨上去是已，上入亦宜辨。入可代去，上不可代去。入之作平者無論矣。其作上者可代平，作去者斷不可以代平。平去是兩端，上由平而之去，入由去而之平。」又云：「上聲韻，韻上應用仄字者，去爲妙。去入韻則上爲妙。平聲韻，韻上應用仄字者，去爲妙，入次之。叠則聱牙，鄰則無力。」詩韻以一平敵上去入三聲。詞韻以一去敵平上入三聲，此語前人已發之。余按古人之詞，凡於極緊要處，從無用代聲。其以入代平等字，多在不甚緊要處，偶一用之耳。此語似尚未經人道過。疊則聱牙，鄰則無力，二語至精至當。鍾瑞注余謂此數說均極懇摯。惟入可代去一語，則不宜從。又凡應用去上應用去平，各調皆有定格，似亦不能概論也。淺學者拈調填詞，但知此叶平韻，此叶仄韻，不知仄韻中上去與入正自有辨。仄聲之不辨，又何論陰平、陽平之分耶。鍾瑞注

宋張玉田撰詞源，審音釋律，深抉本原。所惜言之未詳，宮調未能顯播。今爲江都秦敦甫太史刊入詞學叢書矣。詞源中最妙者，爲楊守齋作詞五要。第一擇腔。如塞翁吟之衰颯，帝臺春之不順，隔浦蓮之寄煞，鬬百花之無味，是也。第二擇律。律不應月則不美，如十一月調須用正宮，元宵詞必用仙吕爲宜。第三填詞按譜。自古作詞能依句者已少，依譜用字者百無一二。若歌韻不協，奚取焉。或謂善歌者融化其字則無疵。殊不知不詳制作轉摺，用或不當，即失律。正旁偏側，淩犯他宮，非復本調矣。第四隨律押韻。如越調水龍吟、商調二郎神，皆合用平入聲韻。古詞俱協去聲，所以轉摺怪異，成不祥之音。第五要立新意。若用前人詩詞意爲之，則蹈襲無足奇。須自作不經人道語，或翻前人意，便覺出奇。或祇能鍊字，誦纔數過，便無精神。更須忌三重四同，始爲具美。按守齋名纘，字繼翁，又號紫霞翁，深於律吕。周草窗、張叔夏諸詞人，皆就以正拍。草窗之木蘭花慢詠西湖十景，皆其訂正。此五説皆要言不煩，可資法守。

詞調中宜平宜仄，及可仄可平，詞譜、詞律均已旁註詳明，自可遵守。惟仄聲中有分別，萬紅友詞律但於各調附注去聲之妙，尚未知用去上有定律也。今之歌曲工尺，於上聲字則由高而低，去聲字則由低

而高，即是此理。詞用去上，取其一揚一抑，得頓挫之音。凡屬慢詞，必有用去上處，小令亦間有之，是須留意省察。第取宋人名詞同調數闋互觀之，如數詞同用去上，即是定律。閒嘗體認，凡上下句有韻，而中一句四字亦協韻者，必用去上，如齊天樂前後段皆有之。又後結用兩仄聲住，而非入聲韻者，亦必用去上。蓋詞之韻即曲之拍，三句連協，中爲短拍，非抑揚不能起調。末拍爲曲終，以去上作煞，則誦之自悠然有餘韻矣。雖宋詞未必全如是，而名詞則無不如是。作者宜從其同，勿沿其誤。

凡協韻原可任人擇揀，第勿用啞音，及庸俗生澀之字而已。然韻上一字，亦有定律。如調中有應用去上處，自須協上聲。而如醉太平、戀繡衾、八六子等平調，韻上之仄聲字，必須用去聲，方是此調聲響。即周止庵先生所謂「平聲韻上仄聲字，去爲妙」也。但取本調名詞多讀數過，自能體會，蓋有天籟存焉。

仄聲調之韻，原可上去入三聲通用。亦有宜分別者，如秋宵吟、清商怨、魚游春水等調，宜用上聲韻。玉樓春、菊花新、翠樓吟等調，宜用去聲韻。壺中天、琵琶仙、惜紅衣、淡黃柳、淒涼犯、暗香、疏影、蘭陵王等調，宜用入聲韻。乃其宮調如是，入聲韻尤嚴不可紊也。又如齊天樂、花犯等調，用去上者多，不可協入聲韻。雖可以入代上，而音節究不諧鬯。昔陳西麓好以仄韻改平韻，而所作入聲韻，蓋必宮調相同，寓以入作平之意。大約仄調宜用入聲韻者，十居五六。白石自度曲十七闋，協入聲者過半，其故可知。以入作平者，入聲可以融化。上聲即不盡然，而去聲尤甚。作詞固最重去聲。最要留心。鍾瑞注

平上入三聲，間有可以互代。惟去聲則獨用。其聲激厲勁遠，轉折跌蕩，全繫乎此，故領調亦必用之。又宋人所用去上聲，與現行官韻頗有異同。如酒、靜、水、杜、似等是上聲字，宋人可作去聲用，易致誤

認。更有素嫻四聲，而各習方音，間有上去互誤者，是宜隨時考正也。

宋詞暗藏短韻，最易忽略。如惜紅衣換頭二字，木蘭花慢前後段第六七句平平二字，霜葉飛起句第四字，皆應藏暗韻。此外似此者尚不少，換頭二字尤多。雖宋詞未必盡同，然精律者所製，則必用暗韻。

吴西林先生穎芳言：「詞之興也，先有文字，從而宛轉其聲，以腔就辭者也。洎乎傳播通久，音律確然，繼起諸詞人不得不以辭就腔，必遵前詞字脚之多寡，字面之平仄，號曰填詞。或變易前詞，仄字而平，平字而仄。或前詞字少而多之，融洽其多字於腔中。或前詞字多而少之，引伸其少字於腔外，皆與音律無礙。蓋當時作者述者皆善歌，故製詞度腔，而字之多寡平仄參焉。今則歌法已失其傳，音律之故不明，變易融洽，引伸之技何由而施。操觚家按腔運詞，兢兢尺寸，不易之道也。」按此論專爲近之作詞者而發。從知宋詞中有同體而字數有多寡者，卽融洽引伸之故。所謂兢兢尺寸，專就字之多寡言之。余更爲進一解，凡名詞之四聲，亦應極意摹仿。試觀方千里、楊澤民、陳西麓、王碧山等和清真詞，四聲相同者十居七八，此中卽寓定律。宋人多明宫調，其謹愼尚如是。今去古益遠，安可不恪遵之。

近見江蘇書局重刻周止庵先生詞辨，原書十卷，不戒於火，今刻止二卷矣。所選唐、宋名詞各家，均有論斷，備載刊本。今摘録介存齋論詞雜著數則，以公同好。如云：「兩宋詞各有盛衰，北宋盛於文士而衰於樂工，南宋盛於樂工而衰於文士。」「詞有高下之别，有輕重之别。飛卿下語鎮紙，端己揭響入雲，可謂極兩者之能事。」「近人頗知北宋之妙，然終不免有姜、張二字横亙胸中。豈知姜、張在南宋亦非巨擘乎。論詞之人，叔夏晚出，既與碧山同時，又與夢窗别派，是以過尊白石，但主清空。」「學詞先以用心爲主，遇一事，見一物，卽能沉思獨往，冥然終日，出手自然不平。次則講片段，次則講離合。成片段而無離合，一覽索然矣。次則講色澤音節。」「感慨所寄，不過盛衰，或綢繆未雨，或太息厝薪，或己溺己飢，或獨清獨醒，隨其人之性情學問境地，莫不有由衷之言。見事多，識理透，可爲後人論世之資。詩有史，詞亦有史，庶乎自樹一幟矣。」「初學詞求空，空則靈氣往來。既成格調求實，實則精力彌滿。初學詞求有寄託，有寄託則表裏相宣，斐然成章。既成格調，求無寄託，無寄託則指事類情，仁者見仁，知者見知。」以上六則，持論極高，閱之自增見地。

初，戈順卿論詞吳中，衆皆翕服。獨長洲孫月坡茂才麟趾與齟齬。長洲宋銘之茂才云：「竊謂守戈氏之界，可以峻詞體。游孫氏之宇，可以暢詞趣。二者皆是，不可執一，願與同儕通兩家之驛可乎。」同人韙之。余則謂詞仍當以韻律爲主，未可越戈氏之範圍，不敢附和月坡也。且月坡詞亦有少游庸俗之病，惟所作詞徑數則，有可采者。如云：「夢窗足醫滑易之病，不善學者便流於晦。詞中之有夢窗，如詩中之有長吉。篇篇長吉，閱者生厭。篇篇夢窗，亦難悦目。」「作詞須擇調，如滿江紅、沁園春、水調歌頭、西江月等調，必不可染指，以其音調粗率板滯，必不細膩活脱也。」必不可染指一語，似太偏。月坡詞卽尚流利者，雖不至竟如曲，而已在界限之間。鍾瑞注「作詞尤須擇韻，若有一韻牽强，一字未妥，通體爲之減色。」「學問到至高之境，無可言説。詞之高妙，在氣味不在字句。」「近人作詞，尚端莊者如詩，尚流利者如曲，不知詞自有界限，越其界限卽非詞。」「牛鬼蛇神，詩中不忌，詞則大忌。運用故典須活潑。」「無才固不可作詞，然逞才作詞，詞亦不佳。須歛才鍊意，而以句調運之。」「詞中四字對句最要凝鍊，如史梅谿云：『做冷欺花，將煙困柳』，只八箇字，已將春雨畫出。」「閱詞者不獨賞其詞意，尤須審其節奏，節奏與詞意俱佳，是爲上品。」「嘗取古人拗句誦之，初上口似拗，久之覺非拗不可。蓋陰陽清濁之間，自有一定之理，妄易之，則於音律不順矣。」按以上十則，皆切脈近理，深造有得之語。

宋詞用韻有三病，一則通轉太寬，二則雜用方音，三則率意借協。故今之作詞者，不可以宋詞用韻爲據。現行詞韻，如晚翠軒、學宋齋，皆非善本，即秦氏所刻之菉斐軒，雖非僞造，實爲曲韻，亦難引用。惟戈順卿手定詞林正韻，考訂精詳，洵可傳世。余友劉辰孫，嘗言詞林正韻所注反切多誤，面叩之，知其於韻學實淺。然則其中可議者，正非一端，惟其正定各韻，實勝舊書。鍾瑞注然其中亦尚有可議者。余謂填詞非五七言、長排可比，用韻無多，即至長之鶯啼序，亦止用十八韻，儘可擇明顯者用之。何必涉疑似之間，供人指摘哉。

兩湖行銷淮南綱鹽，時由湖南委丞倅牧令一員，至漢鎮稽收水程，名曰南程委員。道光末，委者爲宋于庭司馬，長洲老名士也，名翔鳳，嘉慶庚申舉人。官湖南新寧縣，後擢寶慶丞。時余在楚督幕中，與爲忘年交。丏題西泠讀書圖五古一首，語甚卓雅，惜亂後失之。今見所作樂府餘論一卷，沿漁隱叢話、能改齋漫録之舊，泛論宋詞，語皆精覈。內有分別詞曲一則，節録之。論云：「宋、元之間，詞與曲一也，以文寫之則爲詞，以聲度之則爲曲。」又云：「北宋所作，多付箏琵，故嘽緩繁促而易流。南渡以後，半歸琴笛，故滌蕩沈渺而不雜。白雪之歌，自存雅音。薤露之唱，別增俗樂，則元人之曲，遂立一門。弦索蕩志，手口愊心，於是度曲者但尋其聲，製詞者獨求於意。古有遺音，今成絕響。在昔錢唐妙伎，改畫閣斜陽。饒州布衣，譜橋邊紅藥。文章通絲竹之微，歌曲會比興之旨。使茫昧於宮商，何言節奏。苟滅裂於文理，徒類啁啾。爰自分馳，所滋流弊。茲白石尚傳遺集，玉田更有成書。點畫方迷，指歸難見。惟先求於凡耳，籍通四上之原，還內度於寸心，庶有萬一之得。」

又有分別小令、中調、長調之說，極明晰。如云：「詩之餘先有小令。其後以小令微引而長之，於是有陽關引、千秋歲引、江城梅花引之類。又謂之近，如訴衷情近、祝英臺近之類，以音調相近，從而引之也。引而愈長者則爲慢。慢與曼通。曼之訓，引也，長也。如木蘭花慢、長亭怨慢、拜新月慢之類，其始皆令也。亦有以小令曲度無存，遂去慢字。亦有別製名目者。則曰令者，樂家所謂小令也。曰引、曰近者，樂家所謂中調也。曰慢者，樂家所謂長調也。不曰令、曰引、曰近、曰慢，而曰小令、中調、長調者，取流俗易解，又能包括衆題也。」

近人每以詩詞詞曲連類而言，實則各有蹊逕。古今詞話載周永年曰：「詞與詩曲界限甚分明，惟上不摹香奩，下不落元曲，方稱作手。」又曹秋嶽司農云：「上不牽累唐詩，下不濫侵元曲，此詞之正位也。」二說詩、曲並論，皆以不可犯曲爲重。余謂詩、詞分際，在疾徐收縱輕重肥瘦之間，嫻於兩途，自能體認。至詞之與曲，則同源別派，清濁判然。自元以來，院本傳奇原有佳句可入詞林，但曲之逕太寬，易涉粗鄙油滑，何可混羼入詞。乃宋人有俳優一體，降格而甘比於伶官，誤人非淺。如詞律所列黃山谷望遠行、少年心各一闋，鼓笛令二闋，石孝友惜奴嬌二闋，庸惡陋劣，其猥褻幾似淫詞，拂心刺目。故於重刊時注明刪除，免誤後人，兼爲二公解穢。

詞之五字偶句有可入詩者，如徐昌圖臨江仙詞兩結句，前云：「澹雲孤雁遠，寒日暮天紅。」後云：「殘燈孤枕夢，輕浪五更風。」上句均可入詩，下句則斷非詩矣。詩之幽瘦者，宋人均以入詞，如「曲終人不見，江上數峯青」一聯，秦少游直録其語。若是者不少，是在填詞家善於引用，亦須融會其意，不宜全録其文。總之，詞以纖秀爲佳，凡使氣使才，矜奇矜僻，皆不可一犯筆端。

詞之紇那曲、羅嗊曲，是五言絶句。怨囘紇是五言律詩。生查子是仄韻五律。小秦王、清平調、採蓮子、楊柳枝、八拍蠻、欸乃曲，是七言絶句。瑞鷓鴣是七言律詩。漁隱叢話云：「唐初歌舞多是五七言詩，後漸變爲長短句。」蓋唐人熟於宮調，詩皆可歌，故旂亭以之賭唱。後人變體，詩詞判分。如填所列各調，須深味詞旨，勿使人誤以爲詩，方爲合格。

每於近人集中，留意論詞序跋，絶少發明宮調格律者。屢詢同人，亦云罕遘。近惟姚梅伯孝廉爲人作序，微露律吕旨歸。又馮柳東太史集中，有辨明工尺高低之語。惜皆未詳。已於所選詞後備録之，以資啓迪。

四庫全書克齋詞提要云：「考花間諸集，往往調卽是題。如女冠子則詠女道士，河瀆神則爲送迎神曲，虞美人則詠虞姬之類。唐末五代諸詞，例原如是。後人題詠漸繁，題與調始不相涉。」余按今人標題作本意者，卽是就調爲題。此外多與題無涉，或竟相犯者。如以春霽詠秋情，以秋霽詠春景，皆非所宜。故凡卽景言情，必先選定詞調。雖難盡合題旨，亦必與本題略有關合爲佳。又如滿江紅、水調歌頭之類，調本雄壯，而强納之于香奩。如三姝媚、國香慢之類，調本細膩，而故引之爲豪放，均爲不稱。故拈題猶貴擇調也。鍾瑞注

宮調須合月令，如黄鐘爲十一月之律，大吕爲十二月之律，正月則太簇，二月則夾鐘，以此類推，至十月

應鐘爲止。其用法亦各有所宜。如雍熙樂府云：「十六調，黄鐘宫宜富貴纏綿，正宫宜惆悵雄壯，大石調宜風流蘊藉，小石調宜旖旎嫵媚，仙吕宫宜清新綿邈，中吕宫宜高下閃賺，南吕宫宜感歎傷惋，雙調宜健捷激裊，越調宜陶寫冷笑，商調宜悽愴怨慕，林鐘商宜悲傷宛轉，般涉羽宜拾掇坑塹，歇指調宜急併虚揭，高平調宜滌蕩滉漾，道宫宜飄逸清幽，角調宜典雅沈重。」此雖曲之元聲，亦可爲詞之取調。又按古今詞譜亦如樂府，依次分列，至第十六調，則名散水而無角調，疑散水或即角調之别名。譜增正平、平調、琴調，合爲十九調。此專爲雜劇言也。填詞者各就悲歡所感，相題用之。何調屬何宫，詞譜及樂章集、白石道人歌曲等，均有分注者。

校書遇費解語，百思不得，迨以善本校出，有令人失笑者。如校詞律，秦少游雨中花慢詞，上句「滿空寒」三字，下句「皇女明星迎笑」六字。萬氏注云：按律少一字。余又覺「皇女」二字不可解。及得淮海集校之，乃上句爲「寒白」，下句爲「玉女」。鈔時誤鈔「玉」字一點，與白字併作皇字，此與俗傳羊血倉倉笑柄正相偶矣。凡校書昔人比之掃落葉，愈掃愈集。縱有佳刻，而陶陰焉馬之訛，亦不能免。自問校覈頗有精意，每寫樣時，批改數度，迨成書後，仍負疏漏之慚，司梨棗者，可不慎哉。元人周德清有作詞十法，王弇州謂不切者可删。其第四條辨陰陽，如同一東韻，東鐘松冲之類，輕者爲陰。同戎龍窮之類，重者爲陽。極爲明晰。又第八條分上去，第九條依定格，此元人中能得兩宋法律者。

王弇州藝苑卮言附録云：「詞者樂府之變也，須宛轉綿麗，淺至儇俏，挾春月煙花於閨襜内奏之。一語之豔，令人魂絶，一字之工，令人色飛，乃爲貴耳。」又云：「温飛卿所作詞曰金荃集，唐人詞有集曰蘭畹，蓋皆取其香而弱也。然則雄壯者固次之矣。」余論詞不敢主蘇、辛之豪渾，此二說實獲吾心。

張玉田云：「詞之語句若堆疊實字，讀且不通，况付雪兒乎，合用虛字呼喚。單字如正、但、甚、任、況、又之類，兩字如莫是、又還、那堪之類，三字如更能消、最無端、又卻是之類，卻要用之得其所。」此數言，見於詞源。吳江沈偶僧古今詞話引之，另標題爲襯字。而萬氏紅友則又極論詞無襯字。余以爲皆是也。襯字卽虛字，乃初度此調時用之。今依譜填詞，自不容再有增益。萬氏蓋恐襯字之名一立，則於舊調妄增，致礙定格耳。玉田所云虛字，今謂之領調，所列皆去聲。其二三字之首一字，亦須去聲。莫是之莫字雖入聲，宋人通作暮音也。

詞多平仄聲兼叶。惟長調内哨遍、戚氏等，有平上去三聲兼叶者。蓋本之葩經蔓草詩零露溥、清揚婉、適我願，彤弓詩受言藏、中心貺、一朝饗也。至元人葉兒樂府所載乾荷葉、平湖樂等小令，亦復統叶三聲。則詞之流入於曲，宋人所無。余校刊萬氏詞律脫誤一二字甚多，已逐字詳注。其脫三字以上者，雖曾注明，今復按目次彙列之，俾未見新刻者，藉資考訂。長相思，揚无咎詞後結，脫「莫負清秋」四字。上林春，揚无咎詞「正暖日如熏芳袖」句下，脫「流鶯恰恰嬌啼，爲勸百觴進酒」二句十二字。伊川令，范仲胤妻詞「人情音信難託」句下，脫「魚雁成耽擱」五字。梁州令疊韻，晁補之詞「過盡南歸雁」句下，脫「江雲渭樹」四字。茶鉼兒，石孝友詞「來無計」句下，脫「悶懨懨」三字。歸田樂，晏幾道詞前結，脫「飛花又春」四字。傾盃樂，柳永詞後結，脫「恨難銷、和夢也多時間隔」十字。又一闋「慘黛」二字下，脫「蛾盈盈無緒，共黯魂銷，重攜纖手語」三句十五字。杏花天，盧炳詞後結，脫「起看

「三白年豐瑞氣」八字。于飛樂，張先詞「怎恐教」三字下，脱「花解語」三字。下水船，晁无咎第二首詞後結尾，脱「情何寄」三字。望雲涯引，李甲詞「暮雲凝碧句」下，脱「危樓静倚」四字。長壽樂，柳永詞「臨軒親試」句下，脱「對天顔咫尺」六句二十九字。八六子，李濱詞「小桃朱户」句下，脱「舊時芳陌」四字。玉京秋，周密詞「晚蜩凄切」句下，脱「畫角吹寒」四字。宣清柳永詞「命舞燕翩翩」句下，脱「歌珠貫串」五句二十四字。珍珠簾，吴文英詞第二句，脱「層簾卷」三字。白苧、蔣捷詞换頭「憶昨」二字下，脱「聽鶯柳畔」四字。凡譜以上諸調者鑒之。嘗讀元吴文正草廬先生答孫教諭書云：「風、雅、頌乃樂章之名，其音節各異，如今慢詞、小令之分，雖以彼爲此，以此爲彼而不可得。」此爲公説詩義之語，從可悟作詞界限。小令，風也，觸景言情，不宜間以質實。慢詞，雅、頌也，述懷詠物，慎勿徒取虚神。惟引與近，今所謂中調者，則可情景虚實兼用之耳。

嘉興有俗傳反切之法，於等韻見溪羣泥，及孫炎字母空谷傳聲之外，别具一途，而法則相通，學亦極易。有洞庭切，自吴門傳來，故名。又有三翻、二翻、細切，共四種。洞庭切，如書字作賒朱，賒，土音如瑣之平聲。江字作覺陽。覺，作平聲。三翻，書字作申真朱，江字作金因陽。二翻即減三翻之中一字。細切稍難，須以本字之諧聲，合三翻之上一字，如書字作申如，江字作金央之類。鄉曲小兒，往往習爲笑樂。余五六歲，先大夫初教四聲，即與鄰童私習。以數目之十字口授切音，各誦十餘過，或數十過。脱口而出，自合四聲，蓋實由天籟也。按宋景文筆記云：「孫炎作反切，語本出於俚俗。謂就爲鯽溜，謂團爲突欒，謂孔曰窟籠。」正與洞庭切相合。可見自古之凡爲父兄者，於羣兒嬉戲時，何妨以此善誘，互爲問答。使旁人不能通曉，童稺必矜爲神奇。專心習之，縱不能四種全通，但解洞庭切一門，爲用已溥。每見詞人去上聲易誤，附此爲芻蕘獻焉。

憩園詞話卷二

周稚珪中丞詞

國朝詞人最工律法者，羣推納蘭容若、顧梁汾、周稚圭三家。納蘭侍衞飲水詞，顧典籍彈指詞，均已采入詞綜。惟稚圭中丞金梁夢月詞，流傳未廣，亦無選録。中丞名之琦，河南祥符人。嘉慶戊辰進士，累官至湖北廣西巡撫。余生雖晚，猶得於楚幕中望見顏色。所選心日齋十六家詞，專取唐、宋，而以元之張蛻巖殿焉。其論曰：「詞之有令，唐五代尚矣。宋惟晏叔原最擅勝場，賀方回差堪接武。其餘間有一二名作流傳，然皆專門之學。自兹以降，專工慢詞，不復措意令曲，其作令曲，仍與慢詞聲響無異。大抵宋詞閑雅有餘，跌宕不足。長調則有清新綿邈之音，小令則少抑揚抗墜之致。蓋時代升降使然。雖片玉、石帚，不能自開生面，況其下者乎。」其論如此，取逕可知。余求其詞集不可得。今從各友抄存者摘録十二闋，渾融深厚，洵爲盛世元音，足資後學津梁，壇坫弁冕也。菩薩蠻云：「映門衰柳無顏色。長條一夜西風急。人倚小紅樓。闌干天際愁。　愁來天又暮。艇子衝波去。打槳問鴛鴦。鴛鴦秋夢長。」又風蝶令云：「琴語回瑤軫，簾波暗玉鉤。芳心一寸鎮難留。銷得三分病與七分愁。　藥裹抛仍在，苔箋卷未收。薄寒無賴倚羅裯。可是禁愁禁病又禁秋。」又踏莎行云：「勸客清尊，催詩畫鼓。酒痕不管衣襟污。玉笙誰與唱銷魂，醉中只想瞢騰去。　綺席頻邀，高軒慣駐。悶來卻覓棲鴉語。城頭一角晉陽山，怪他青到無人處。」又醜奴兒慢，望都縣城外事云：「輕塵倦馬，酒醒今宵何處。最愁説，瓊簫花外，半壁儲胥。恨入初程，劍歌聲悄壯心孤。圍碁乘興，遲回命展，一著先輸。鼓吹未閒，淒涼官燭，顛頓軍符。更誰向、平原飛騎，笑挽雕弧。廢壘秋笳，怨吟曾到帳中無。傷心休問，遼空唳鶴，殘月鳴狐。」又月下笛，晨出錢塘門乘小舟沿溪至蘇公祠云：「野艇搖煙，生衣蘸淥，鏡波圓折。湖菱翠貼。最苦新涼猶怯。話難愁，髯仙未知，雨花露蕊淒步屧。漸嬌雲墮砌，芳魂冉冉，暗窺窗月。柔鄉戀否，枉薦鞠泉荒，冷香淒蝶。三生淨業。試與長眠人説。算年來紅塵倦游，好山畫裏緣再結。黯銷凝，又早蘆灣、夢落秋江雪。」又瑞鶴仙，出都小憩蘆溝橋偶述云：「柳絲征袂綰。試錦羽初程，玉驄猶戀。銅街佩聲遠。向天邊回首，故人如面。藤陰翠晚。但怪得琴尊夢短。有游蠧、知我心期，剛是褪紅曾見。還看珠巢題字，墨暈初乾，酒痕微泫。晴雲乍展。春已在驛橋畔。問柔波，一樣仙源流下，爲底人間較淺。要重尋、京邑塵香，素襟漫澣。」又天香詠水仙花云：「水豔吟香，花清眷夢，湘皐記共游冶。盞側塗金，簪橫削玉，霧帶碧痕低亞。通辭試託，問甚日、仙魂初化。翠羽明珠不見，依然冷雲凝夜。銀缸舊愁自寫。倚冰欹、薄寒吹麝。一掬茜窗清淚，粉妝慵卸。還恐春風喚起，又暗憶、扁舟古祠下。素韈無塵，淩波去也。」又三姝媚，詠櫻桃云：「垂檐紅半軃。漸餳簫吹殘，荼蘼開過。乍啓脣朱，趁小腰蠻舞，玉顏初破。禁苑偷銜，憐蘸雨、鶯簧初涴。記憶妝樓，閒折嬌春，粉香千朵。還對珍叢婀娜。問霞液承盤，爲誰輕墮。翠籠分攜，送錦鞍歸去，悶拈珠顆。寄遠年年，將恨與鮫綃俱裹。怕誰停杯婪尾，繁陰夢鎖。又應天長云：「鶯花近甸，鴻雪去程，依稀夢境堪覓。記否那回攜手，汀波戀餘碧。

垂虹影，還自直。有幾許、倩魂銷得。畫眉冷，走馬人來，鷗鷺曾識。回念别離時，陌上香泥，羅帶爲誰拭。怕説繡韉行處，鞭絲墮秋色。前蹤認、如過翼。儘喚起、暮愁千尺。斷橋外，細雨懨懨，重問村驛。」又解連環，和片玉韻云：「寸箋休託。訴幽襟忍見，賦情綿邈。耐晝永、閒拂蛛塵，但錦羽夢孤，翠綃緣薄。似水春陰，總化作、殘秋蕭索。對厭厭病枕，悶損鏡妝，誰寄靈藥。芳尊自開亦若。帶顰蛾酒暈，猶倚闌角。枉盼斷、淮上青山，渺天際黛痕，等閒迷卻。浪跡依然，把柳絮、看成桃萼。勸清游，半晴半雨，趁花未落。」又瑞龍吟，擬周清真云：「吟香路。重認淚點娟筠，唾痕芳樹。依然咫尺天涯，斷魂絮影，知他甚處。信音佇。還是墜蛛塵網，半揜窗户。無聊强摺紅箋，醉來試倩，流鶯寄語。惆悵雕闌猶在，晚花羞眄，垂楊慵舞。應想舊時堂前，巢燕非故。琴心贈别，顛倒閒詞句。何曾見、珠幃夜悄，銀屏微步。佩解人歸去，怕羅尚綰，愁絲怨緒。簾底波千縷。空負我、西窗秋衾涼雨。話殘夢裏一鐙誰絮。」又多麗，杭州北新關道中云：「古錢唐。翻成此日淒涼。薤歌中，灰飛紙蝶，翩翩吹上牙檣。峭帆風，迎來柳翣，離筵語、遞入椒漿。綠蠟凝愁，素帷搴怨，更無人影到船窗。嘆吾谷舊山雲樹，歸計苦參商。經行過，女墳湖水，淚灑吴閶。問從今，關河萬里，可堪重著思量。鮑家詩、繁臺夜雨，江淹恨、嶺嶠秋霜。西去啼烏，南征哀雁，斷腸容易便分行。願留取，鏡盟釵約，心字各焚香。塵緣了，與君攜手，片月金梁。」以上十二詞皆諧音協律，真意獨存，耐人尋味。

戈順卿典簿詞

戈順卿典簿載，江蘇吳縣人，由諸生官國子監典簿。以詞學提倡江南北者三十年。所著詞林正韻三卷，取李唐以來韻書，以校兩宋詞人所用，博考互證，辨晰入微，足補菉斐軒之遺，永爲詞家取法。又選宋七家詞，采取精當，核律亦嚴。惟宋詞用韻太寬，往往不分四呼七音，而以鄉音意爲通轉。選中有佳詞韻誤者，輒改其韻。未免自信過深，招人訾議。余擬就所選各詞，改還原文，注明出韻，俾後人知所棄取。更以宮調注於眉端，以便觀覽。甫脱稿，尚未付刊。典簿所撰翠薇花館詞多至三十九卷，專主審音協律，致真意轉漓。今摘録小令、長調各數闋，皆其真面目也。相見歡，舟次横塘感舊云：「蘭橈一櫂横塘。拂垂楊。依舊樓陰，斜枕緑波長。夢痕遠。歌聲斷。惱人腸。只有落花流水冷殘陽。」又菩薩蠻云：「畫屏遮斷行雲路。鶯呼殘夢飄香去。絲雨濕闌干。杏花天氣寒。鈿筝斜倚玉。誰理同心曲。檢點舊羅襟。淚痕深不深。」又惜紅衣，皇甫墩觀荷云：「鷺浴新涼，鷗盟舊夢，弦紅摇碧。載酒尋芳，清香沁瑶席。西風未老，還自媚、歌裙游屐。凝立。斜照晚烟，對一簑漁笛。驚鴻瞥影，環佩珊珊，凌波素羅溼。吹簫柳外，舊曲采蓮識。可惜粉雲香露，不是故鄉秋色。問九峯螺黛，知否碧城消息。」「凌波素羅溼」句，「波素羅」三字音觸，責備賢者，似尚可議。鍾瑞參 又山亭宴，秋晚游天平山憩白雲寺外停車小䜩云：「半山已覺山無路。遍林坳，冷楓紅舞。螺黛遠含顰，翠屏繞、明霞千縷。西風卷葉，送秋聲，帶松壑流泉飛去。古寺白雲深，聽緩緩疏鐘度。冶春畫出濃眉嫵。記閒游，鈿車如霧。秋意澹林巒，便冷落，歌朋嘯侶。

把杯一笑，問山林，誰似我、孤吟愁句。倚樹映酡顏，又雁外斜陽暮。」又垂楊，題白門楊柳圖云：「青青甚處。是漢南舊稿，江南新譜。亂撲香綿，翠陰攙入絲絲雨。六朝山色今何許。暮鴉在，依然終古。有情人、凝望斜陽，攪亂愁無數。儂亦頻年寄旅。記烟暗畫橋，玉驄嘶去。醉夢如塵，夢魂猶憶章臺侶。天涯無限相思苦。漫留得、鵑啼鶯語。傷心一幅，春風千萬縷。」又春霽柳影用草窗詞體云：「眠醒柔魂，向斜簷處，蕩然無力。淺鎖眉低，倦支腰瘦，晴光別樣蕭瑟。闌干暈碧。燕鶯都似驚鴻疾。更遠隔流水，板橋濃靄暗春色。　瓊疏倚醉，繡徑遮香，暗惹游絲，翠梳飄入。卷長亭、怨痕碎縷，涼雲和霧半庭積。夢繞章臺尋舊迹。畫秋千畔，奈他殘月淒風，薄寒迷曉，絮雲狼籍。」又蘭陵王，和周清真韻云：「畫橋直。明鏡波紋皺碧。輕烟繞，歌榭舞樓，一派迷離黯春色。東風遍故國。吹老關津怨客。長隄畔、千縷翠條，時見流鶯度金尺。　萍蹤半陳迹。記側帽題襟，香靄瑤席，天涯今又逢寒食。嘆攜手人遠，俊游難再，飛花飛絮散舊驛。送潮過江北。　悲惻。亂愁積。對孤館殘鐙，無限淒寂。青禽望斷情何極。乍依枕尋夢，怕聞隣笛。那堪窗外，更細雨、夜半滴。」按蘭陵王第六句清真原詞云：「誰識京華倦客。」識字是協短韻。方千里和詞亦云：「曾識傾城幼客。」遍考宋詞協與不協皆有之，第既用其韻，則不可不協。典薄爲講律名手，不免疏漏，拈筆者可不慎與。」所采各詞，洵是翠微花館集中佳作。蘭陵王一首，既用周韻，宜同周協，憩園之言極是。此定是弢翁偶誤耳。惟意在宋詞，似可不拘，否則垂楊一首，尾句傷心上應加一字。詞律收日湖一調與此同，而不知日湖之啼鵑上原有縱字也。此正與稚圭月下笛後起，只有四字相同，不應於此加字，於彼不加也。鍾瑞參注

謝默卿觀察詞

憶余咸豐辛亥初夏，以僉判初至兩淮。維時官淮南監掣同知者，爲謝默卿觀察元淮，湖北松滋人。後洊升廣西左江道，未之官，歸老楚中，享上壽以終。觀察詩學甚深，亦作長短句，名海天秋角詞。又刻碎金詞譜，仿白石道人歌曲旁注工尺，譜雖甚精，恐不免如冬心先生之自度曲以意爲之，未敢遽信。數年前余購得默卿碎金詞韻一書，套板分色刻印均極精緻。既而又收得碎金詞譜，兩書遂稱合璧。然所謂韻與譜者皆未詳備，誠如憩園之言，不敢引以爲據也。鍾瑞參注初見時，以余幕游楚北最久，依依有桑梓情，曾贈詩詞各集。迨癸丑春，粵逆陷揚郡，全付劫灰。今於黄韻甫大令所輯國朝詞綜續編中見其二詞，能守律法，録一闋以存故人之誼。調寄雨中花慢，雪後詠梅云：「萼坼冰檐，枝梢月榭，忍寒獨與尋春。又雨花淅瀝，雲葉繽紛。未入羅浮幻夢，何來姑射仙人。闌干遍倚，一番偃蹇，幾日温存。記從西磧，曾住東山，支筇野店江村。容易得閒題碧落，静對黄昏。滴滴嬌紅欲淚，沉沉冷翠無痕。韶光已半，鶯聲猶寂，可奈銷魂。」按此調，蘇、辛、秦、柳句法，各有參差，想可不拘也。韻甫大令，名燮清，一字韻珊，海鹽人。以謄録得縣令，需次湖北。少年時卽篤學好古，文譽日隆。所著倚晴樓詩詞集，及帝女花、桃谿雪各傳奇，膾炙人口。嗣又繼王蘭泉侍郎續詞綜之後，纂成續編，得詞五百八十六家，都爲二十四卷。會遭寇亂，轉徙流離，此編失於逆旅。賴其女夫宗子城太守景藩，冒險往搜，竟得完璧。韻甫亡後，子城商之張鹿仙、胡月樵兩觀察，諸遲菊孝廉爲之校訂，同治癸酉刊於武昌。是編之傳，蓋有隱爲呵護者。余先以乙丑春督銷淮鹺至楚，與子城有一面緣，心重之。旋聞韻甫在彼籍，龔慕九主政爲之介紹，欲與談詞。而韻甫已病，余旋去楚，遂不獲見。併韻甫之詞亦未及抄録，殊慨交臂失之。

姚稚香大令詞又一則

姚稚香大令輝第，一字子箴，河南輝縣人。弱冠與道光戊戌科進士，以知縣卽用發江蘇，一權上海縣，以催科被議。復官後，抑鬱而終。所著菊壽庵詞四卷，其壻吴槎仙司馬爲付梓，屬余校訂。其詞摹仿二窗，深得玉田三昧。抒情詠物，小令、慢詞，無不美備。録其減蘭，吴江曉行云：「垂虹燈火。夜色冥濛迷畫舸。廿五秋鉦。欹枕篷窗聽到明。郵籤漫散，曉夢摇摇隨雁艫。紅葉飄蕭。水闊煙寒十四橋。」又踏莎行，題嫩寒春曉圖云：「淚翦啼痕，香拖夢尾。曉風吹白窗兒紙。金鈴迢遞海棠陰，十三樓上天如水。　篝翠猶温，闌朱漫倚。汀洲只在垂楊裏。春來不是怕鉤簾，鉤時怕帶春愁起。」又前調，申江舟中題張次柳詞稿云：「照夜神珠，壓囊奇錦。風流再見張三影。把君行卷過吴淞，春愁滿載瓜皮艇。挑盡蟲釭，烹殘鳳餅。簫聲吹得鴛鴦醒。船孃貪聽斷腸詞，推篷忘卻梅花冷。」又滿庭芳，金閶城東王府基弔張吴故宫云：「老木歸雅，殘其齕馬，女牆迤灑斜陽。梧宫片月，何苦照興亡。休怨沼吴西子，千載後、又幾滄桑。君不見，秋風壞圃，菜葉爲誰黄。　紅羊銷刼火，銀鐙換夢，翠幄移香。便金迷紙醉，往迹都荒。多少愁煙恨水，當日是、畫檻珠廊。還留得，籬花一角，蛩語説淒涼。」又瑣窗寒，春雪和定甫云：「箏柱凝寒，簾紋弄曉，試鐙風緊。壓檐雲重，又做一番淒冷。怕孤他、璇閨絮才，闌干吹亂楊花影。想辛盤薦後，蔬畦未翦，甲紅偷沁。飛盡。愁重省。看纔疊銀牀，旋消金井。橫塘夢好，料理探梅芳訊。漸青青、春滿灞橋，蕭郎歸約渾未準。試憑伊，遮斷蘼蕪，萬一天涯近。」又龍山會，游靈巖暨畢氏舊園和施夢玉韻云：「玉沼窺青鬟。寥落吳宮，滿目興亡恨。鯨鐘雲外，冷幽尋處，一杵樓陰催近。不見采香人，尚留得、蘼蕪寒徑。倚迴闌，曉風似翦，亂紅吹盡。平泉花木依然，燕子重來，不是當年姓。邯鄲憑喚醒。松風語、似爲青山招隱。歸騎莫忽忽，問抛卻煙鬟誰忍。送輕帆，隨人片月，玉鈎春影。」又聲聲慢，游虎阜云：「霞橫暮綺，波翦紋羅，芳塘畫槳輕回。尚愛青山，滿林蟬磬相催。斜陽漸移簾影，帶蒼烟、暝入樓臺。涼意好，早茶檣酒幔，都載花來。漫想吳涇多麗，怕姮娥妒影，寶鏡全開。桂古蟾今，幾番留客銜杯。沉吟玉簫何處，倚雕闌、難說秋懷。歸櫂晚，采蘋花、人在水涯。」又水龍吟，詠蘆花云：「幾重撩亂谿雲，篩瓊碾玉秋無縫。紅橋慘恨，畫船纖暝，霜融月凍。擬雪還輕，如塵較軟，壓愁偏重。正老漁醉卧，煙簑嬾脫，和萬點、秋心擁。比似離情千種，趁歸帆、帶寒遥送。微茫一水，蕭騷萬葉，做成淒諷。紙閣編簾，柴門縛帚，山家清供。更誰將、布被匀裝，絮裹鴛鴦夢。」又八歸，南屏看紅葉晚歸，舟次紀游云：「荇匳銷翠，荻綿吹夢，無限芳事消歇。多情惟有斜陽影，還照萬山霜樹，豔堆紅鞨。閒煞珠樓人不到，更莫問冰絃銀撥。祇記得載酒花邊，曾此話離別。可惜聽鶯舊路，而今重過，換了緑陰時節。荒煙步屧，晚風移櫂，歸去半船黄葉。嘆塵襟未滌，明日輕帆又催發。淒涼夜，鐙昏古驛。倦柳千絲，帶愁梳冷月。」

稚香詠物，心思極細，深入顯出，所謂成如容易却艱辛也。如綺羅香，詠珠蘭云：「洗手澆花，梳頭待月，人在晚涼深院。十二珍叢，碧縷蠟珠齊綻。扶瘦影、湘竹鬆紅，擁幽芳、楚紗粘茜。記瓊娘，初下雲階，鬢絲風裏一枝顫。釵頭還訝桂粟，碎鈿零金，葉底星星吹滿。十斛誰量，錯把小名低喚。蠲俗韻、香屏芸鑪，窨秋心、夢圓茶串。褢鮫綃，寄向天涯，淚痕千萬點。」同在社中，曾拈此題，頗難雅切，始嘆其工。

陳實庵太史詞又二則

陳實庵太史元鼎，錢塘人。丁未翰林，困頓都門，窮愁抑鬱而卒。所著鴛鴦宜福館吹月詞，美人香草，寄託遥深。而韻律謹嚴，尤爲近所罕覯。其詞一焚於鄰火，再燬於粵氛。壬戌之秋，始約略記憶，重刻二卷。自序云：「烽煙滿目，故鄉已淪爲賊藪。家室飄摇，埋骨更不知何地。半生結習，敝帚自珍，有白江州其人乎，或聽商婦琵琶而爲之青衫淚溼也。」其語如是，亦可悲矣。余於辛未秋，自吴門乞假歸里，金眉生廉訪安清檢以見贈，時置研右，暇即歌之。今各録小令、慢詞數闋，皆足資觀摩者。醉垂鞭，湖舫即事云：「翠濕柳絲低。湖雲冷，湖煙静，秋水没漁磯，蓼花紅上隄。清尊攜豔賞，笙歌舫、畫橋西。歸路夕陽微。昏鐘鴉外飛。」又菩薩蠻云：「苔裀繡軟芳塵膩。一庭暖日浮花氣。花掩小樓高。錦屏春夢遥。東風吹不緑。柳葉雙蛾蹙。檢點縷金箱。舊時羅帶長。」又謁金門云：「風乍定。吹碎一窗花影。錦帳香温春睡静。燕歸人未醒。簾外夕陽紅賸。簾内嫩寒猶凝。昨夜雨聲誰共聽。小樓銀燭冷。」又踏莎行云：「睡鴨煙霏，翔鴛月擁。碧蕪庭院新寒重。一雙魚鑰鎖春深，夕陽紅在闌干空。悶裏杯銜，閑中笛弄。銷魂時節無人共。冷香吹淚落池塘，東風不醒垂楊夢。」又浣溪沙云：「紅退闌干廿四橋。舊時明月舊時簫。舊游人到總魂銷。懽緒空憐濃似酒，歸期卻待信于潮。一江煙浪暮迢迢。」又賣花聲，魏塘舟宿云：「新水短長橋。帆影迢迢。綠楊陰裏慣停橈。春夢零星流不去，多事回潮。冷雨又飄蕭。酒醒香消。清詞琢就更無聊。捲起海紅簾底月，獨自吹簫。」又滿江紅月下老人白雲祠神絃曲云：「簫管重湖，看一帶、煙波畫船。神來矣。素霓黃鶴，星袂翩躚。蝴蝶夢中新眷屬，鴛鴦牒上舊因緣。但小姑、居處尚無郎，空自憐。爲佳耦，絲暗牽。爲怨耦，石難填。笑喁喁兒女，頂禮花前。矍鑠翁如無量佛，氤氳使在有情天。奏豔歌、翻譜盡雙聲，迎送絃。」又綺羅香，小有天園尋南宋宮人葬處云：「鏡碧埋鸞，衫紅化蝶，巫夢長拋荃土。燕誄鵑銘，殘碣都無尋處。流恨字、溝葉隨波，染啼痕、野花飛雨。聽鐘聲、一杵南屏，恍疑催起景陽曙。招魂惟有夜月，空照殘山賸水，佩環誰主。小隊氈車，猶勝琵琶胡語。憐馬嵬、錦韤難留，嘆螢苑、玉鉤同苦。望六陵、彫盡冬青，草深燐暗舞。」又聲聲慢，舟中聽雪云：「江空人定，漏澀鐙殘，孤篷一片瀟瀟。乍密還疏，寒意暗逼窗寮。猜疑是風是雨，是流澌、卻是回潮。夜又永，吠尨路寂，警雁程遙。獨客情懷更苦，問煎茶埽徑，何處今宵。未卜征鴻，泥印甚日能消。朝來舵樓望遠，好谿山、玉琢瓊雕。到夢裏，夢梅花，香過斷橋。」

近人能恪守萬紅友詞律，已不可多得。至深追南北宋矩矱者，尤難其人。實庵太史集中，無不推敲盡致。如醉太平小令韻上一字宜全用去聲，句云：「澆愁醉鄉。埋愁睡鄉。愁人已是淒涼。況零鴻碎蛩。釭花正芳。鑪熏暗香。等閒一樣昏黃。到天涯夜長。」有人謂首二字宜藏暗韻，在宋詞中亦僅見，不必從也。又花犯長調，應用去上聲最嚴。實庵久病初起，盆梅正芳，詞云：「瑣窗深，芳姿弄晚，盈盈謝羅綺。

自然姝麗。疑暗彈瑶臺，姑射仙袂。畫屏袖薄嬌同倚。香塵隨步起。似慰我，藥鑪茶鼎春來剛病裏。煙斜霧横夜黄昏，雙棲穩、簾外青禽知未。江路冷，東風遠，一枝誰寄。相攜手、歲寒伴侣，宫鬟擁、無言明月底。但怪得、笛聲樓上，銷魂人去矣。」此調以周美成、王碧山及和片玉諸作細校，凡用去上十二處，無不相合，始知用心之專。

詞中刻畫數目，爲文人游戲，亦有極工巧者。實庵沁園春，詠八字云：「試數番風，誰爲三分，花前預期。記晨妝對鏡，眉剛畫就，宵吟倚檻，手慣叉時。短律調音，長歌按節，更上層樓便九迷。相思久，把綳屏四扇，題了還題。　鸞鏘待譜新詞。配三五明星數恰宜。正雲横錦褥，樣裁尺小，日窺寶帳，影度甎遲。斗貯才華，酒招仙侣，夢入巫峯四面低。交重締，但離開文字，第一憐伊。」此調不難於貼切，而難於自然連貫，非曾爲所窘者不知其妙。

沈問秋別駕詞

沈問秋別駕鴻，會稽人，需次南河。咸豐庚申春，捻逆袁浦，罵賊死。數日賊退，其姪秀亭司馬炳爲之殯殮。詩詞稿均失，惟萍緑詞中有題十三樓吹笛圖一闋，與實庵太史之作，異曲同工，因附録之。調寄金縷曲云：「廿四橋頭，早勾消、十年一覺，夢隨春去。四敞軒窗三面水，六曲質屏涼護。正鷗外、玉龍低訴。十二闌干和悶倚，更紅牙、一管秋垂露。九還煉，四聲具。　雙丁伯仲才名著。數吹塡珠穿，一一九宫無誤。年少周郎工藻語。五色邱遲錦付。總輸與八音諧處。我亦强塡花十八，似二分、月隱三霄霧。娉嫋女，曲難度。」此詞刻畫工妙，少惜重字多耳。俞蔭甫太史樾，德清人，庚戌翰林。督學中州時，以命題新穎爲言路文致。性本淡於名利，罷官後養親不出，日事著述。已刻書二百五十卷，嗣出正未有艾。倚聲爲最不經意之作，亦成三卷，絕不求工，自能合拍。如虞美人四闋序曰：「杭諺云：『晴湖不如雨湖，雨湖不如月湖，月湖不如雪湖。』余以主講詁經精舍，晴雨月雪，隨時領略，各賦小詞紀之。」晴湖云：「曉煙乍破青山醒。鏡裏明妝靚。迷離金碧滉樓臺。不信人間此外有蓬萊。　畫船簫鼓時來往。緑水春搖蕩。遲遲聽徹鳳林鐘。要看斜陽一抹上雷峯。」雨湖云：「亂珠點點拋來疾。山氣濃於墨。眼前何處認南屏。但見空濛遠水接天青。　蘭橈整日隄邊歇。誰更攜游屐。煙簑雨笠坐孤篷。只好紅衣畫個老漁翁。」月湖云：「一輪乍透疏林缺。洗盡人間熱。湖心亭上倚闌干。便覺瓊樓玉宇在塵寰。　樹陰滿地流蘋藻。夜靜光逾皎。天心水面兩相摩。時有銀刀撥刺躍金波。」雪湖云：「青山一夜頭都白。大地瓊瑤積。玉龍百萬戲長空。只賸紅牆半角是行宮。　何人載酒來相就。要與嚴寒鬬。隄邊幾樹老槎枒。誤認疏疏落落盡梅花。」此四詞清空一氣，風趣可知。其長調乘興揮灑，不爲四聲所縛，而無不宛轉入律。如花犯序曰：「連日風雨淒然，一陽生矣，而陰晦殊甚，倚此破寂。憶竹樵翁曾與余言，此調用去上字者十二處，不可紊亂，於律最細，欲爲之而未果。余成此調，惜竹翁方入都述職，未克與之商定也。」詞云：「問春光、何時來也，荒涼此園圃。曉來煙霧。訝鳳管將調，陽氣猶沍。綺崖繡巘雲如絮。瞢騰無意緒。只亂灑，緑窗外，簾纖寒夜雨。　庭前老梅兩三枝，梅魂遠，尚在羅浮深處。空寄想，孤山冷麓香千樹。霜華老，玉人未醒，幽夢起，黃昏無翠羽。且遲爾，百花頭上，風流天付與。」又薄媚摘遍二闋，第一闋序曰：「余不諳音律，舊曾刊行詞二卷，意未慊也，遂亦不擬復作，而竹樵方伯喜填詞，頻與唱和，又積成一卷。今年檢點所著書，已刻者一百九十九卷矣。因以此卷付手民，合成二百卷，率題此闋於詞尾。」詞云：「玉笙殘，銅斗澀，斑管抛荒久。浪傳鈔詞兩卷，原非秦七黃九。蘇完才子，原注：竹樵爲蘇完氏。管領蘇臺，爲政最風流。興往情來，瓊瑤贈我報之玖。拌作詞場馮婦，齒冷屯田柳。重檢點，篋中書，刊成百卷還又。花開婪尾，尖合浮屠，賴有此編留。買菜求添，沾沾可笑否。」原注：流字留字兩韻，自來皆不叶。余謂宜叶平聲，據趙虛齋詞用圜字寬字，皆叶平韻也。第二闋序曰：「前詞甫脱稿，聞竹樵方伯行至安肅，笙鶴來迎，爲之投筆淚下。因又成此一首，嗣後詞興闌珊矣。」詞云：「鳳城春，燕市酒，纔唱陽關引。原注：余賦帝臺春詞，送君入覲。怪無端風雪裏，傳來消息悲哽。臨歧催賦，白海棠詞，此意已淒清。翰墨留題，蘇完兩字讖先定。君姓蘇完瓜爾佳氏，及任蘇藩，意有嫌於蘇完二字，每題姓名，改作蘇垣。我本吟豪枯冷，不是張三影。朝竹屋，暮梅谿，憑君助我清興。椶櫚仙館，君所居蘇署室曰椶櫚館，余爲書榜。花犯新詞，君欲賦花犯調，未就。此後有誰賡。擲筆淒然，空齋暮色暝。」竹樵方伯爲余受知師，忝附唱酬之列，讀此如見西州門，老淚涔涔矣。薄媚摘遍調，萬紅友詞律所無。徐誠庵大令采入拾遺，今彙列余校刊詞律後。

俞蔭甫太史詞又二則附吴子述茂才詞

詞家有福唐體，一名獨木橋體，始於黃山谷之阮郎歸，全用山字韻。辛稼軒之柳梢青，全用難字韻。蔭甫太史亦有采桑子四闋，録其一闋云：「閒中檢點閒功課，死是禪心。活是仙心。一様工夫兩様心。閒中領略閒滋味，苦是詩心。辣是文心。兩様精神一様心。」一意轉折，確切不移，真絶世聰明語。近又見錢塘吴子述茂才承勳，有鬢雲鬆令，作堆絮體云：「掩紋紗，閒寶鼎。一樹梧桐，一樹梧桐影。絡緯啼煙秋欲暝。翠玉樓前，翠玉樓前井。鳳衾寒、鴛帳冷。好夢無端，好夢無端醒。離别團欒今夜併。愁倚闌干，愁倚闌干等。」詞頗修潔。堆絮體可與福唐體同備一格。檃括古人之文而爲詞者，有蘇東坡之括歸去來辭，黄山谷之括醉翁亭記。後又有高疏寮采屈子東皇太一之歌，成鶯啼序。今蔭甫太史讀歐陽子秋聲賦，亦掇其文，譜戚氏詞云：「老歐陽。書齋宵讀，與方長。忽聽西南，有聲蕭瑟，惹愁腸。推窗。夜茫茫。呼童出户更端詳。童言皎潔星月，在天横亘有銀潢。四顧寥落，人聲都寂，忽聞樹内聲藏。竟奔騰驟至，風雨飄忽，金鐵錚鏦。公乃太息徬徨。余識此矣，此氣出金方。秋聲也，律調夷則，樂合清商。儼戎行。一夜萬騎，騰驤所至，凜冽非常。草兮緑縟，木也葱蘢，到此都付彫傷。草木無情物，人非草木，不可思量。萬事勞形不已，苦憑持智力，逞雄强。試思有動於中，豈能自主，精氣旋揺蕩。早鏡中、白髮三千丈。非復是、當日容光。念我生，誰賊誰强。笑童兒，未解此悲涼。只聞庭内，蟲吟唧唧，助我沾裳。」此於原賦檃括無遺，校屯田所譜，平仄全合，雖屬游戲筆墨，而中寓感誨，卻非鈍根人所能爲。

潘功甫舍人詞

吳縣潘太傅文恭公，以殿撰居首揆，勛業福德之隆，世無與匹。著述等身，而詞無刊本。其諸子羣從，競爲倚聲，各有專集。長公功甫舍人曾沂，以嘉慶丙子孝廉，入爲內閣中書，旋歸吳門，不赴計偕。所居鳳池園舊第，有水石之勝，閉户讀書，勉鄉人爲善事，孜孜不倦，絶不與冠蓋相往還。中間兩游西湖桐廬，一泛洞庭，往浮渡山尋前身涅槃處，故一字小浮山人。扁舟往來，無一人識其姓氏。過鄂渚時，爲楚督林文忠公訪知，屏僕從，獨造舟次，縱譚移晷，欲留住信宿不可，飄然挂帆去。洎歸時，并文忠亦不之知矣。故序其楚游詩云：「嘗讀回仙詩云：『獨自行時獨自坐。無限世人不識我。惟有城南老樹精，分明知道神仙過。』君固今之回仙，而余自分與城南老樹相去又奚若耶。」卽此數言，其風概可想。後值兵亂，先一年已歸道山，蓋能悟澈去來者。所著有放猿桐江及江山風月三集，附船庵詞一卷。船庵者，園南有精室如船，爲修持處。其詞多湘月之調，皆不食人間煙火語。録三闋。一題曰：蓼花黄色者，向於京師中書省見之，覓其種二十年不得。今紱庭三弟得之典籍廳階下寄歸，因屬抱冲寫藥階黄蓼圖，自題其後寄三弟。詞云：「白蘋斷處，聽蛩吟漸遠，叢林歸興。去日池塘，早換了、一種蒼苔詩景。古道蒙陰，疏花茆店，下馬無人省。舊巢痕老，掖垣別憶清境。堪嘆水月棲禪，香蘇沐鬢，誤流光鞭影。閣下文章，算只有、數點秋萍閒靜。瑣碎糖金，擺搖對照，臣比黄花冷。原注云：糖金山在蕭山湘湖中，其地產黄蓼。蕭然清坐，東坡先生嘗云：子由勸不讀書，蕭然清坐。子由待我蔬徑。」一題曰：寶笙過蔓庵因贈。詞云：「緑陰過了，記園林首夏，蘿蔓幽境。今年四月，寶笙自京師歸，有緑陰贈答之作。就菊還來，看不到、幾葉蕭疏閒冷。書寄朝雲，卷歸秋柳，煙雨菱花影。近題余西湖秋柳詞卷，有「菱花鏡冷已凝霜」之句。雙橋如畫，渡頭夕照吹暝。寶笙昨從雙橋歸。從古善眼皆仙，多情是佛，碎虛空煙景。酒入愁腸，范希文詞句。肯信有、十里珠簾清興。羌管頻吹，燕然未勒，亦見範希文詞。世事聞鷄省。商量今古，翦裁自熟心徑。」杜樊川詩，遇事知裁翦擷芳，兩君皆有之，倘亦治平心徑熟耶。一題曰：玉泉四弟寄歸長柄葫蘆，蔓庵故物也，調此志喜。詞云：「引杯刻燭，有前番別語，君尚三省。原注云：「偶共引杯收劍氣，慢將刻燭競詩名。」前贈別句也。玉泉因名其所居，曰說劍論詩之室。半舫鑪邊，正憶得、一大葫蘆閒冷。己亥攜以入都，汶上道中有句云：「三斤榾柮供行脚，一大葫蘆縛破幨。」依樣歸來，當心捧至，驢背天涯影。趙州東壁，舉頭錯擬懸鏡。「趙州東壁掛葫蘆」，明福州嬾菴禪師語也。堪羡一種天親，論年最小，囑園林清景。初囑園林，楞嚴語也。亦見蔓菴前贈詩。跳入仙壺，更不問、海鳥巢居誰定。玉泉來札云：「繫之腰間，可以渡海。長柄纏花，細腰嵌雪，付與青蛇證。許多籐蔓，竹間自去開徑。」到了不干籐蔓事，葫蘆自去纏葫蘆。當爲蘿蔓峯主作一轉語也。此三詞自有一種逸情道味，其爲五戒轉世無疑。又按林文忠所引回仙詩，見岳陽風土記。老樹精，謂古松也。

潘星齋侍郎詞 附戴文節公詞

星齋侍郎曾瑩，爲太傅仲子。辛丑翰林，丁未御試翰詹，擢庶子，數年間洊升吏部侍郎。癸丑主試禮闈，正值太傅重宴瓊林，海內傳爲盛事。所著小鷗波館詩集十卷，附詩餘一卷，多清麗芊綿之作，不爲律縛。與同里戈順卿、朱酉生相唱酬，深得宋人三昧。姚梅伯孝廉序其詞曰：「繩尺之中，自有天籟。羽宮所在，能移我情。」誠爲篤論。錄其阮郎歸題畫樓春曉圖云：「濛濛煙翠綠楊絲。梨雲夢影遲。紅闌干外立多時。畫樓人未知。簾乍卷，著羅衣。鏡邊紅折枝。銷魂滋味耐尋思。玉驄花下嘶。」又浪淘沙云：「春色上蘼蕪。春影難摹。春風吹透緑窗虚。可惜花陰香夢醒，一半糢𬇙。錦毯傍花鋪。偎暖貍奴。昨宵微雨溼階除。卻笑花枝新病起，也要人扶。」又柳梢青，爲陳穀原寫曉風殘月圖并題云：「疏柳斜斜。風尖月冷，略有啼鴉。一角煙痕，幾絲秋影，如此天涯。何人拍斷紅牙。記酒醒鐙殘那家。桃葉三生，楊花前度，春夢些些。」又暗香，暮泊維揚寄懷酉生、閏生、順卿諸君云：「暮帆煙溼。指緑楊城郭，斷雲凝碧。廿四畫橋，多少西風作寒色。一片蘼蕪慘緑，又誰問玉鈎遺蹟。驀記得，十里香塵，春影繡簾側。人寂。暗愁積。更枯樹亂鴉，做成蕭瑟。夢添堠驛。杜牧年來倦游歷。望裏青山何處，早盼斷、雁鴻消息。但訴與，明月下，一聲長笛。」侍郎精繪事，隨筆輒題長短句，有浣溪沙一闋，題桃花便面。附有戴文節公醇士侍郎熙和詞云：「記得年時忽地逢。粉牆西畔畫樓東。一春無雨又無風。印枕霞痕撩鬢角，背鐙酒暈上眉峯。那回曾戲可憐紅。」文節詞不多見，附録以嘗一臠。以公之風節，而有此旖旎香豔之作，正如六一居士之水晶雙枕畔句也。

潘紱庭侍讀詞

紱庭侍讀曾綬，太傅叔子伯寅尚書尊人也。庚子孝廉，内閣侍讀。尚書既貴，頤養京邸，書畫自娱。有睡香花室詞、秋碧詞、同心室詞、憶佩居詞、蝶園詞、花好月圓詞，凡六種。脆而能清，清而能澀，哀感頑豔，得楚騷之遺。自定稿極嚴，僅存九十餘篇。今只録五闋，亘爲二十分中之一矣。柳梢青初爲吴梅梁給諫招飲同游陶然亭因念江南香雪海云：「帽影鞭絲。舊游熟處，載酒來時。綠雪烹茶，紅冰試硯，合賦新詩。　暗香消息誰知。曾記得、疏籬舊枝。明月三更，春風十里，又觸相思。」又浪淘沙題補之弟花徑填詞圖云：「曲徑踏芳塵。多少春痕。濃香吹軟一窩雲。指點花橋花似海，圍住詞人。　一桁翠簾新。蝶舞鶯嗔。夕陽庭院最銷魂。記得紅牙低唱處，瘦了殘春。」又念奴嬌，詠蘆花和查又山侍御用陳西麓平韻體云：「四無人處，慣蕭蕭瑟瑟，做出秋聲。秋士從來頭易白，相看那免心驚。冷織輕雲，碎搖疏雨，低撲水盈盈。丹楓何意，錦衣偏詡新晴。　猶記野館聽潮，江亭踏月，客思正懸旌。一片西風來太急，倚闌渺渺愁生。夢雪鷗邊，尋秋雁外，難踐老漁盟。夜寒搽絮，釣船燈火分明。」又齊天樂，詠鴉聲云：「江村一夜霜風惡，嗚嗚冒寒驚喚。野火叢祠，荒煙古堡，小陣盤空紆緩。衫痕淚滿。正酒醒天涯，數羣飛亂。冷柝聲攙，白門秋色晝天半。　羈懷共誰細語，黑雲千萬點，凝望先倦。枯木生寒，斜陽向暝，同訴關山離怨。柔腸寸轉。嘆消瘦紅顏，背鐙魂斷。噪盡垂楊，故宮春夢短。」又疏影，詠水仙用姜白石原調韻云：「娟娟艷玉，是花中冷豔，明月同宿。仙骨輕盈，小影徘徊，殘年祇伴梅竹。　無端夢到瑤臺路，渾不辨、山南山北。夢醒時，已够魂銷，又見凌波人獨。　偏愛風鬟霧鬢，碧沙翠石畔，吹瘦蛾綠。絕世丰姿，如此清寒，位置吟窗幽屋。十三絃上愁難說，欲譜出、斷腸新曲。卻暮雲，朵朵飛來，試寫生綃盈幅。」集中無體不備，此長調皆錄詠物，以其寄託無痕，自然名雋，尤足爲近詞取則云。

潘季玉觀察詞又一則

季玉觀察曾瑋，太傅公季子。由太常寺博士，奉特旨賞員外郎，補刑部奉天司，升福建司郎中，督辦團防回籍。與顧子山、吴平齋兩觀察，倡泰西會防之議。航海入都，商之政府，始得力保上海。又會商吴曉帆方伯，籌款二十餘萬金，稅輪船赴皖，以迎李伯相之師，江南所由底定也。蘇城初復，英將戈登幾爲變，急棹小艇躬往說之，理喻萬端，盡一晝夜，始欣然受賞去。積功賜之花翎，布政使銜，記名道台。乃淡於名利，築草堂於蘇城之百花巷，顏曰養閒，其志可見。少年時，卽好爲詞章，諸兄科名鼎盛，君則翩翩裙屐，詩酒徜徉，尤專心於意内言外之學。伯仲之詞，間有不肯害意而出入者，君獨恪守律吕，同人詡爲白眉。所刊玉淦詞百餘闋，陽湖張仲遠觀察録三十闋刊入同聲集中。今録菩薩蠻七闋云：「芙蓉帳外燒銀燭。畫屏雙坐人如玉。相見定成歡。此時明月圓。　好春容易度。只怕春光去。海燕正孤飛。妬他雙影棲。」又「輕雲冉冉籠殘月。横風吹散梨花雪。香夢已闌珊。覺來驚晚寒。　尊中春酒緑。惆悵陽關曲。門外送君行。別離無限情。」又「登樓一望傷心碧。行人不見關山隔。清淚溼羅衣。忍看雙燕飛。　離愁千萬縷。簾外風還雨。野水漲紅橋。怎教魂不銷。」又「相思不語香閨裏。時光虛度如流水。惜別又經年。歲寒霜雪天。　瑣窗人寂寂。欲問無消息。心事訴誰知。一鉤新月遲。」又「東風吹醒桃花浪。雙隄一夜谿痕長。何日是歸程。盼將春水平。　欲歸仍未得。依舊長相憶。別遥望玉門西。可憐人迹稀。」又「征鴻不到邊城遠。迢迢萬里音書斷。脈脈倚熏籠。燭銷殘淚紅。　別時曾記否。記得春將暮。春去又春回。望君君未歸。」又「鄰家同戍遼陽轉。昨宵猶說瓜期緩。底事苦淹留。憶君愁復愁。　香銷銀篆冷。恨也無人省。夢影不分明。月華何處清。」此七闋寄託遥深，纏綿宛轉，與握蘭金荃集之二十首，同一機杼。其前後結第三字均用平聲，尤得方山尉遺意。又集中有洞仙歌詠葉詞十二闋，皆沈雄之語。戴文節公極激賞，以爲可成一代巨手。惜限於篇幅，不甚備録。其長調，如此江山和人畫蘭之作云：「天涯休怨同心少，湘花可憐幽靚。院宇風清，闌干月瘦，都做十分清冷。依稀倩影。怕謝覽丰姿，對伊難稱。付與豪端，者回愁緒更思省。知音珍重有幾，憶黃瓷貯好，芳意消領。楚佩痕遺，瑶琴韻遠，不與綺羅人並。香魂喚醒。共脈脈無言，幾番銷凝。漫訴飄零，畫中春自永。」又憶舊游，題嘯筠游仙別録云：「記香天跨蝶，蕊府飡珠，小夢游仙。別有瑶琴曲，聽天風環佩，仙韻珊珊。玉京醉落何許，雙袖拂寒烟。惜麗景如塵，華年如水，能幾留連。纏綿。但成恨懺，綺業情根，九品臺前。蘭麝心香爇，護癡雲依檻，圓月當筵。招來半空鸞鶴，重話碧城緣。莫説與維摩，紛紛散作花滿天。」此二詞抑揚如意，無纖塵犯其筆端。如此江山用去上聲三處，憶舊游後結第四字用入聲，勘律之細，尤爲近所罕覯。此外長調、小令，悉可播之管絃，自足壽世。季玉未刊詞稿，尚裒然成帙。頃見和恩竹樵方伯七夕詞二闋，調寄訴衷情云：「仙家歲月異人間。彈指便經年。一年一度相見，小別卽團欒。塵世裏，盼良緣。會常難。争如天上，今夕雙星，並駕雙鸞。」「耕慵織懶此時情。銀漢鵲橋平。世間競設瓜果，乞巧向中庭。新月瘦，彩雲停。碧天澄。合歡樓上，戲賭穿緘，若箇聰明。」此爲酬應之作，走筆而成，其天趣自不可及。俞蔭甫太史評云：「第一首前闋，無人道過，壓倒古今矣。」此詞和者甚衆，惜皆無存，亟録之以誌一時雅興。

潘順之太史詞

順之太史遵祁，太傅公三松老人之孫，理齋編修之子。乙巳進士，點庶常，丁未留館，授翰林，年甫四十即謝病歸。於三松堂之西闢小園曰西圃，吟嘯其中。復於鄧尉山近祖塋處，葺香雪草堂。春秋佳日則留宿堂中，而遍游玄墓銅坑諸勝。在蘇歷主各講席，杜絶塵俗，人亦飄飄欲仙，老而彌健。所著西圃集十卷，附詞六十餘闋。憶江南，題葉漁莊五湖漁莊圖四首云：「漁莊好，一帶緑陰遮。絮影搓煙摇水閣，蒓絲漲雨膩春槎。香國白鷗家。」「漁莊好，鏡檻照湖心。幾樹疏罾斜日掛，一枝横笛晚凉吟。人住碧雲深。」「漁莊好，秋汛憶鱸鄉。隔浦蓼花扶蟹簖，全湖菱葉蓋魚箱。詩在洞庭艘。」「漁莊好，鳧鷺舊同盟。釣雪虹亭聞欸靄，剪鐙蠡浦話零星。閒理種魚經」。又唐多令，題陳秋穀同年花影吹笙紈扇云：「玉鴨篆煙殘。冷宵翠袖單。悄銀鐙、背了屏山。吹出花閒新月子，扶影上、小闌干。花月鬭嬋娟。雙聲擫紫鸞。一重門、輕掩銅環。花底雛鬟濃睡醒，剛説是、夜深寒。」又壽樓春，雨後同人坐掬月亭同星齋弟作兼寄補之弟云：「垂陰湘簾。又芭蕉緑了，圍住疏檐。俊煞碧紗窗外，晚花紅嫣。微雨後，夕陽天。正玉池新荷田田。更詩思飄來，嫩涼無那，風遞一絲蟬。冰壺映，瑶琴眠。指舊時蟾影，照我尊前。各樣酒懷深淺，暗愁誰牽。花月夢，煙波緣。待峭帆西風吹還。向蘆雪尋伊，秋江鷺鷥飛釣船。」又眉嫵，題功甫兄西湖秋柳詩卷云：「恁絲絲風減，葉葉霜搓，秋冷段橋早。卅載重回首，添蟬外、吟鞭曾指斜照。澹煙瘦裊。似翠褸、顦顇蘇小。計傳唱，弄碧吹香句，倩蛩螿憑弔。無數江潭摇落，協去賸酒罏傷舊，鄰笛催老。我亦驚秋慣，君休憶、天涯萍點多少。閉門牘稿。伴鷺鷥題遍紅蓼。問誰管春來，湖上路，黛眉掃。」又買陂塘，補之弟自廣陵寄示游平山堂詞倚聲和之云：「悄無端，一鐙如醉，亂愁飛上吟幌。別離容易將春誤，不道江梅偷放。君獨往。料拍遍闌干，還倚東南望。紅橋畫槳。問淺載詩心，低摇客夢，誰與共惆悵。風波惡，昨夜金焦吹漲。布帆贏得無恙。亭長堠短前頭路，從此天涯惝恍。儂暗想。有幾點模糊，鴻爪堪重訪。瞢騰近況。正簷鐸風尖，蒜鉤月小，疑是馱鈴響。」諸作皆游行自在，天趣盎然。如壽樓春調疊用平聲，每易聱牙生硬。此作無一字不鍛鍊和平，宜其清福獨隆，今壽七旬，矍鑠如壯年也。

潘補之舍人詞

補之舍人希甫，爲順之太史介弟。乙未孝廉，官内閣中書，惜不永其年，勛業未展。余采河陽昆仲詞，惟舍人花隱庵詞未得見，僅於詞綜續編中見小令二闋，洵推作手，全録之。虞美人，燕南道中寄内云：「馬頭鈴語衝寒瘦。襟上痕翻酒。窺簾斜月夢西窗。親見玉人無語背銀釭。一緘錦字相思句。要寫無頭緒。記曾花底送行時。分付天涯春去莫題詩。」又蝶戀花云：「又是天涯春去後。和夢和愁，情緒濃於酒。如水嫩寒簾底逗。更誰替把鴛衾覆。滴盡銅壺窗曙否。推枕徘徊，起倚銀屏久。別院玉簫聲似舊。刺桐花外涼蟾瘦。」

潘椒坡大令詞

余録潘補之舍人詞，深惜其少。今得讀其長君椒坡大令所作曉夢春紅詞，爲之一快。椒坡名介繁，壬子孝廉，以大令需次楚北。幼年卽承家學，詞賦俱工，出語必驚其長老。詞雖刊刻，已付刼灰。精力方强，造詣正未可量。卽此引商刻羽，白石不得專美於前矣。菩薩蠻云：「瑚鐶斜掩銀屏燭。鬟雲軟貼沈香褥。生小不知愁。搊箏樓上頭。十三年紀小。十六容顏好。背立泣春風。杜鵑花自紅。」又醉落魄，和公謹云：「春寒病怯。駝鉤漫把犀簾揭。睡情濃壓金蕤褶。瓶裏殘梅，還是箇人折。閒愁欲說和誰說。籠鸚回撲衣如雪。喃喃不管人離別。貼月棲煙，花下妒眠蝶。」又蘇幕遮云：「掩銀缸，支畫燈。睡起懨懨，暗把相思省。紫玉釵橫慵未整。强褪匳衣，顰頟菱花影。雨初晴，風又横。中酒心情，傷別傷春併。花落閒階人語靜。西月昏黄，背却屏山等。」又江城子，臨平道中寄懷吴江舊游云：「啼鵑瘦盡不堪聽。短長亭。水邊程。一路青山，相送過臨平。明日垂虹橋下泊，應折贈，柳條青。落帆風裏亂鴉鳴。酒初醒。月初生。咫尺江城。煙樹夜盈盈。柔艣雙枝搖夢去，還記否，玉簫聲。」又琵琶仙，題曰：「春晚湖隄，綠陰如夢，畫船散盡，水風蕭寥，賦黄鐘商一解，譜以短簫，唏其感矣。」詞云：「纔有鶯啼，已吹滿、繡陌楊花如雪。芳樹難覓嫣紅，簾櫳正愁絶。春漸老、愔愔畫閣，怕聽取、脆絃彈切。十里柔波，縈青繚白，都付淒鳩。漫回首、珠箔銀缸，恨匳粉、螺痕化冰纈。多少惜花心事，與圓蜍同說。剛話起、梨雲夢影，被笛聲、遠浦催別。只賸天末相思，斷蘋偷折。」又望梅，題曰：「秋將老矣，泊舟垂虹亭下，微黄著柳，煙景迷離，託感逝波，曼聲度此。」詞云：「去時能幾。已荒蘆敗荻，者般顰頟。怎近來、懶賦紅情，帶一半閒愁，二分殘醉。背手西風說，我也淒涼身世。又津亭向晚，古木寒煙，換盡空翠。橋邊玉簫漫倚，悵詞仙跨鶴，緘恨重寄。奈霎時、瘦了長條，有無限心情，雁聲勾起。水驛鐙昏，更蛩語、絮人無睡。冷清清，一丸曉月，照儂獨自。」又摸魚子，鴛湖夜泛云：「正朦朧月鉤飛上，菰蘆閒渚風緊。湖波嫋嫋前頭路，一塔船脣斜引。摇夢穩。指隔水人家，鐙火初更近。菱歌漸隱。任獨扣紅舷，微吟淺酒，雙槳晚潮趁。樓空在，煙雨何堪更問。尋芳舊約無準。秋蟲怪底聲如雨，那管客懷愁損。儂暗省。惜穉柳横波，不似年時俊。涼雲一寸。便薏子香中，蘋花秋裏，消受此鄉儘。」

汪鑑齋觀察詞

數年前，與吳縣汪秉齋部郎錫珪締交。臨其喪，甚悼惜。潘季玉觀察因言如見其弟鑑齋，更不知若何傾倒，惜早亡矣，並細述其品概。鑑齋名藻，一字簫珊，辛丑進士，即用河南知縣，改工部屯田司郎中，以道員用，加運使銜。善詩書畫三絕，尤工倚聲。翩翩丰致，見者不識爲已得科第之人。乃未握麟符，遽驂鶴駕，戚族交惜之。所著繡蝶盦詞五卷，錢楞仙少司成爲之序云：「研律造微，而漸臻乎澹永，斂才入渾，而時出以蒼涼。」其韻度可想。（繡蝶盦詞已刻。鍾瑞注）今從友人抄本中録得六闋。鵲橋仙，七夕云：「銀河耿耿，金風瑟瑟，蓮漏三更剛轉。經年只此可憐宵，悔多事、當初一見。螢兜羅扇，蛛封鈿盒，癡絶鍼樓女伴。要他早把聘錢償，便替織、鴛機也願。」又蝶戀花，題吳辛生秋花蝴蝶畫扇云：「一簇秋花偎廢井。攙著香魂，飛過秋千影。白玉裝成團扇柄。霎時好夢都驚醒。粉褪脂殘臨晚鏡。印上生綃，幽恨無人省。消受那邊風露冷。疏紅揀盡棲難定。」又滿庭芳，題曰：「潘麟生表弟用余題玉洤詞韻，惠題拙稿，並出示所著香禪詞，爰再疊韻答贈。」詞云：「約燕評愁，呼鸚譚夢，儘銷心字香痕。花濃人澹，誰與共金尊。每日憑樓凝望，青山外、柳暗煙昏。春將暮，留春不住，及此譜殘春。邀君。淩碧落，天風縹緲，拍月吹雲。問何事年來，瘦了吟身。便把并刀快翦，情千縷、淚已霑巾。生生誓，桓伊笛裏，驚斷落梅魂。」又暗香，題朱建卿夢入梅林圖云：「半朧寒月。正紙窗悄閉，銀缸明滅。靜憶故園，但覺吟魂戀晴雪。江北江南信杳，偏不隔、屏山重疊。把近日、多少相思，還與素娥說。清絕。凍雲撥。只幾點靈淞，沁來詩骨。好春漏洩。銅笛吹殘共誰折。知我游蹤甚處，還算有、羅浮雙蝶。又怪底、推枕起，吟香旋歇。」又念奴嬌，詠白秋海棠云：「蛩尋蝶抱，乞秋陰一角，涼痕如水。別院嬌妝猶弄晚，怎說胭脂都洗。月碎魂搖，露零淚滴，誰喚梨雲起。閒拋紈素，玉兒風韻無比。偏是碧蘚無情，憑他狼藉，多少愁根寄。半冷吟懷應更澹，不襲春風餘綺。綠蟻尊空，紅娥燭燼，難把冰絲理。何堪霜鬢，斷腸人更顦顇。」又過秦樓和馬頭驛女子題壁原韻云：「月碎杯圓，香温袖冷，閒倚屏山無睡。黃金待贖，紫玉終拋，怎解百般愁味。想見一縷柔情，拌翦并刀，怕翻雲被。有啼痕在壁，意長詞短，傷心人耳。堪笑我半冷情腸，半消俠膽，曉夢霎時驚起。青尊未竭，紅蠟先灰，今古愴懷同此。只合鐙邊枕邊，子細思量，美人名士。向天涯魂斷，嗚咽杜鵑聲裏。」

張仲甫舍人詞

才人福薄，今古同悲，如吾鄉張仲甫舍人，垂老孤窮，抑鬱以歿。差幸逾八秩，耳聰目明，得鹿鳴重宴，或所謂將壽補蹉跎耶。舍人名應昌，由歸安籍改歸錢塘，爲蘭堵中丞次君。孝友馴謹，無貴介氣。嘉慶庚午舉於鄉，時中丞撫閩疏謝，奉仁廟硃批，有覽奏欣慰之諭。援例爲内閣中書，將補官，疾作，皤然南歸，鍵户著述。有春秋屬辭辨例編六十四卷，夏子松侍郎疏呈乙覽。此外輯録甚夥。詩集名彝壽軒，附煙波漁唱詞四卷。君之子若孫均先逝，遇寇亂，依兄子惕齋太守於江西。未一年，惕齋又故，不得已客蘇州。當道憐之，延主平江書院，修羊甚微。余以世執得相往還，手贈詩詞集。今舍人亡已數年，重讀所作，輒復悲之。其詞綿緲幽折，而言順律協，不蹈舊習。如四字令韻上一字應仄者，用去聲。平調滿江紅前後結三字，用平去平。齊天樂三用去上聲。八聲甘州後結上一句，中二字相連。憶舊遊結句第四字用入聲。皆按律之細密者。憶舊游結句七字，宜用平平去入平去平，如「東風盡日吹露桃」是也。仲南先生作極準。鍾瑞注因各摘録一闋。四字令云：「嬋雲翅低。螺山黛微。阿孃家住耶谿。在蘿村正西。紅樓夢迷。烏絲字題。通心一點靈犀。量明珠换伊。」又滿江紅，題曰：「宿焦山遇雨，禱江神，倘晴，當如白石故事以平韻滿江紅詞爲酬。俄傾而霽，遂登絶頂。」詞云：「檣颭濤飛，送一葉、扁舟海門。小樓底、和風和雨，碎打雲根。絃管無人吹黑月，江流擁夢入黄昏。夢泠然、呼起老仙靈，傾玉尊。江妃笑，升曉暾。山容展，明黛痕。更盪胸絶頂，蘚踏蘿捫。横渡一繩峨艑小，銜枚萬馬落潮奔。又忽忽、蓬嶠引風還，瓜步村。」又齊天樂，詠梅花帳額云：「一痕香雲籠幽夢，人眠玉梅花底。栩栩蘧蘧，尋尋覓覓，還隔煙綃霞綺。搴幃睡起。正倦眼初擡，靚妝争麗。錯認巡檐，緑英飛近兩蛾際。依稀林下舊影，對啁啾翠羽，前事猶記。夜月玲瓏，春風嫋娜，掃黛雲鬟開膩。韶華又幾。怎横幅當窗，繡鸞憎倚。清淺黄昏，簟紋空映水。」又八聲甘州，餞秋云：「正輕寒薄暖袷衣時，秋未去人間。甚黃花傲影，烏衣作客，清夢闌珊。蘆浦楓江斜日，冉冉到鷗邊。無限棲遲意，紅葉青山。玉盌葡萄細酌，愛雲深古徑，霜滿遙天。勸龍車駐飲，悲賦采蕭篇。記春歸醉酣荼尾，算者番、心緒更淒然。西風裏，有征鴻唳，飛過樓前。」又憶舊游，題曰：「花朝日雨後，登韜光，攜梁學士書普圓院碑墨本奉藏庵中，感懷吳君我鷗云。」「趁山樓雨歇，石竇泉生，亂踏雲梯。盡洗青螺髻，盪江光海色，一片琉璨。萬竿翠摇空溼，飛上苧蘿衣。怪做暝籠寒，春光一半，都付鳩啼。淒迷。俊游伴，感舊夢黃罏，新草蘇隄。寂寞尋秋約，記筍峯苔徑，曾共扶藜。勝緣漫誇文字，研墨獨留題。待結社禪關，招魂夜月西澗西。」

沈西雝觀察詞

吾鄉宦裔凋零，以沈西雝觀察爲甚。觀察名濤，一字匏廬，嘉興籍，嘉慶庚午舉人。由江西知縣，官至福建興泉永道。罷官後，以其次子健亭刺史需次江蘇，僑居泰州，旋終旅邸。觀察幼有神童之譽，精賞鑒，富收藏，酷好碑刻。長子花溆大令宰吳江日，曾爲姜石帚建祠於垂虹橋側，亦有風雅名，惜早逝。觀察老年窮困，所藏及身，已有散失。健亭繼卒，家室蕩然。賴同里張少渠大令敦古誼，爲求佳傳，列入新修府志中。念慈案：觀察所著說文古本考，伯寅尚書已爲鋟板於都門。其詩詞稿無人爲之刊刻。余與往還日，已不復能談文墨矣。今於詞綜續編中見詞二闋，亟録存之。玉女迎春慢，詠雪美人云：「銀液調成，前身是、綽約藐姑仙女。倚竹寒生袖薄，欲倩輕羅相護。盈盈無語，渾不解、弄嚬佯妒。拌教消受，殘月蹺霜，休怨遲暮。還疑剗韈兜鞋，閒階佇立，夜深風露。合是人天小謫，只有瓊樓堪貯。夕陽紅處。灑點點、夢雲飛雨。絮果難留，早已捧花歸去。」又月華清，詠秋蟲云：「古甃苔荒，空階月冷，一聲聲伴吟苦。弔夢歌離，掩抑向人低訴。已難禁、杜老吟懷，還更續、庾郎愁賦。無緒。賸孤鐙涼暈，亂搖窗户。似怨歲華遲暮。奈金井銅鋪，斷烟零雨。絮到更殘，客鬢已無絲處。歎半閒，夕照消沉，都付與、亂莎荒圃。延佇。更滿庭落葉，萬家哀杵。」此二詞尚非觀察傑作，惜所撰洛州唱和詞，不得見矣。洛州詞，三十年前曾見之。又有與同人唱和之詞，匏廬觀察所作亦不少，則亂後猶曾及見也。鍾瑞注

恩竹樵方伯詞

恩竹樵方伯錫，滿洲正黄旗人。由一品廕生分刑部，出守東魯，陳臬皖江，擢奉天府尹。旋開藩吴下，使護蘇撫，署漕督。丁丑冬，述職入都，薨於安肅旅次。勳業彪炳，吴人感之不忘。公素工於詩，刻有蘊蘭吟館集，並附詩餘。初未講求律法，莅蘇後，以余爲皖營受知弟子，垂睞益篤。與同校刊萬紅友詞律，遂細意考證，常以一句一字，推敲數四始定。新詞甚多，惜未併刻。度其喆嗣秋堂太守當續刊也。僅記其念奴嬌，咏臙脂井云：「一條修綆，竟輕輕棄了，陳朝基業。千載臙脂留豔跡，賸有杜鵑啼血。玉樹歌殘，碧桃花謝，過此人悽絶。荆榛埋處，幾經蟾兔圓缺。休道結綺臨春，珠簾寶帳，香夢迷胡蝶。韓賀師來天險失，好似風催霜葉。甃石煙封，寒泉雨咽，四顧人蹤滅。銀瓶誰汲，但看山翠重疊。」此詞筆意雄健，却有句勒，不涉粗豪。窺豹一斑，可知全體。

憩園詞話卷三

李眉生廉訪詞

李眉生廉訪鴻裔，一字香嚴，四川中江人。由拔萃科中順天己亥榜，爲兵部主事。以鄂撫胡文忠公奏調赴楚，復參曾文正公幕府，擢淮徐道，升江蘇按察使。年甫三十餘，以微疾引退。僑寓吴門，購網師園重葺之，易名蘇東鄰。蓋園在蘇子美滄浪亭之東，子美固蜀人也。名園棲息，書畫自娱。慷慨樂施，捐晉豫賑以萬數千金，不留姓氏。遠囂習静，深味禪悦。素工書，尤長於詩古文辭，而詞則不多作。光緒戊寅四月，嘉善金眉生廉訪造偶園落成，廣招二三百里内友人，作文酒之會。潘季玉觀察首唱滿江紅數闋，同人迭爲賡和。索廉訪詞，走筆次韻云：「何以家爲，老去也、一廛始築。門外見、松毛亭子，便堪醫俗。浩蕩鷗天棲夢穩，參差燕侶窺簾熟。對雲林、二十五峯奇，揮珠玉。萬頃帶，非爲福。五鼎食，蛇添足。趁西園櫻筍，舉杯相屬。爲月圓遲迎社火，防花睡去歌仙曲。甚春愁、鶴髮老猶狂，無拘束。」此詞出，即能道主人心迹，情景俱到，始知才人無乎不可。其於詞，蓋不爲耳，非不能也。

吴平齋觀察詞

吴平齋觀察雲，歸安人，一字退樓，六十歲後，更號愉庭。以名諸生官江蘇，歷任寶山金匱各劇邑，洊升監司，守鎮江、蘇州各郡。咸豐庚申，粤寇陷蘇，時正綰郡篆。以先奉徐中丞莊愍公箚檄，赴上海商調泰西兵，遂爲薛覲唐中丞挽留在滬，總司軍務，兼督巡防釐捐各局。迨粤逆圍逼，岌岌可危，避難官紳商民數十萬，各備舟車爲竄逸計。平齋倡議，籍泰西兵力以定人心。遂與潘季玉、顧子山兩觀察密商於吳曉帆方伯，力白薛中丞，設立會防局。往議如約，張示通衢，人心大安，賊亦退竄。嗣子山觀察自楚歸，議迎楚師，亦平齋一人維持而調合之。後以長君廣庵成進士，補太倉州，就養吳門。素性酷愛收藏，聚禊帖至二百餘種，故又名皕禊室。金石碑版，書畫古玩，無不收庋，富而且精，手自著録成書，足爲東南之冠。尤工書，求者户外屨常滿。年近七秩，猶日有書，課此不疲也。爲余摯友，訂交三十年，同居者十載，手足無以逾之。客冬送余歸禾，頗難爲别。今夏四月，與李眉生廉訪、潘季玉觀察，遠自吳門訪余於檇李，同應金眉生之招，歡聚累日。平齋向工詩而不喜作詞，同人嬲之，亦次韻和滿江紅云：「舊日園林，天付與、重新加築。最好是、匠心結搆，迥殊流俗。運甓精神牢落久，種瓜歲月經營熟。喜一灣流水繞門前，清如玉。　人老矣，健爲福。歡樂事，須知足。看樓臺鐙火，笙歌相屬。蒼狗白雲憑變幻，鴻飛鶴舉誰能束。待重來風月細評量，抒衷曲。」脱口而出，風趣自佳。且久未倚聲，恰能於律無舛，尤見精力彌滿。福壽之徵，讀之狂喜。

許玉年世伯詞

咸豐癸丑春，粤逆踞揚州。余與吳平齋、許緣仲兩觀察，共事萸灣軍中，初事司糈臺，繼總營務。三人出則並轡，入則聯床，意氣相投，情等骨肉。是秋，平齋爲雷藿郊侍郎，聘往城東萬福橋營。余與緣仲隨查耕蘢廉訪師文經，移營城南陳家巷。十一月二十五日夜，同奉差至灣頭水營，淩晨馳返。甫渡沙河，賊驟至，賴緣仲老僕陳燮先行，遇黄旗，知爲賊，勒馬亟退。再至渡口，逃勇坌集如湧潮，比拽登渡船，從騎俱失。余與緣仲以一馬輪騎十餘里，同脱於難。緣仲名道身，錢塘人。時爲直刺史，後洊升廣東高廉道，加布政銜，逝於位。民間爲之掛孝，罷市而哭。建專祠，弔祭詩文厚至寸許，其爲政可知。本世家子，伯叔八人，並登甲科。其伯青士京卿，叔滇生尚書，信臣中丞，爲尤著。今星叔光禄卿，即其胞弟也。少時應小試，曾得首列。素亦愛詩詞，迨納粟爲江蘇大令，勵精求治，遂棄筆墨。嘗言其尊人玉年世伯名乃穀，辛巳孝廉，書畫文辭，爲世傳誦，終於甘肅敦煌縣。在杭時，曾有一韻事，約同人詣孤山，重建林和靖祠，補梅數百樹。有買陂塘詞紀事，爲余誦之。詞云：「暮蒼蒼、斷垣衰草，無人來弔和靖。山中眷屬空梅鶴，滿目斜陽淒冷。君試省。算七百餘年，舊迹依稀賸。重來繫艇。想一角添樓，二分宜水，位置到疏影。紅塵境。仕隱都難自定。不如沉醉無醒。買山有願非虚語，笑指西湖爲證。高處凭。把去住心情，訴與先生聽。夢來雪嶺。更挈我登臨，隨君歌嘯，月下四山應。」即此一事一詞，並堪千古。宜緣仲昆仲蒸蒸日上，正未有艾矣。

顧子山觀察詞又二則

丙子丁丑間，吴中文讌，多在顧子山觀察之怡園。觀察名文彬，字子山，自號艮庵，江蘇元和人。乙未舉人，辛丑進士，由庶常改刑部，以知府簡發湖北，參楚督官秀峯揆伯軍事。積功錫花翎，補武昌鹽法道，加布政使銜。旋以憂歸。時家陷賊中，挈眷僑居上海。咸豐庚申歲暮，粤寇蹙逼，勢瀕於危。與潘季玉、吴平齋兩觀察，倡議設會防局。事甫定，官文恭招之赴楚，仍欲任以軍務，固辭得歸。道出皖垣，備知曾文正公軍威之盛，遂與潘、吴二君密商於吴曉帆方伯，税輪船以迎李伯相之師，膚功克集，實其首謀也。蘇城既復，清釐故業，撫助族姻，不復作出山計。至友勸之，始北上。到都數月，即授寧紹台道，三載即引疾歸。其叔子駿叔司馬，先於鐵瓶巷宅後購地二十餘畝，建武陵宗祠、春蔭義莊。闢其東爲園，以頤性養壽，顏之曰怡。駿叔胸藏邱壑，善於經營，各舊家之秀石奇峯，悉爲所得。園內有歲寒、草廬、拜石軒諸勝。因得東坡舊琴，又葺坡仙琴館，凡十六景，同人分詠。主人則一景一詩一詞，並集蘇詩爲絶句二百四十四首。又創作怡園詞一千二百餘闋，還存六百餘闋，皆望江南調也，刊傳於時。觀察素喜收藏，駿叔亦好古如飢渴。先有過雲樓，藏庋已夥，數年來苦心搜集，遂冠吴中。其爲詞集名眉緑樓，厚寸許，長調短令，無不丰神瀟灑，出筆欲仙，不拘一格，而自能入律。且才氣豐溢，每一題一調，輒疊賦不已。如道光、咸豐間，於都中舉秋詞社，拈百二十題，各限一調，自作三十餘闋。以礙於篇幅，只録大小調各數闋。秋詞亦僅録詠柳一闋，以用韻尤幽峭也。近人作詞，謂古人只忌三重四同，每多重字，余則不敢有複。今讀此集，有同心焉。點絳脣，用夢窗韻云：「曉月迷濛，片時歸夢金閶路。酒醒何處。蟲絮窗紗雨。如羽年華，獨客長安住。心期誤。雁來鴻去。潮信空江暮。」又浣溪沙云：「静掩銅鋪數漏籤。畫梅紙帳晚寒尖。不曾病酒也懨懨。養穗成花銷絳蠟，裹衾如繭學紅蠶。雁聲拖夢到江南。」又好事近云：「晴碧雁天高，霜鬢漸欺吟袖。落日平臺孤倚，拍闌干呼酒。斷鴉寫暝墨無多，蕭瑟著煙柳。柳外一眉山影，越秋深越瘦。」南鄉子云：「淒絶話分攜。漏水難量漏雨絲。若要勾消離別恨，除非。東去江流忽向西。千里兩心知。金石還嫌有泐時。虛幌何時同倚月，休提。欲問歸期未有期。」又垂楊，詠秋柳云：「風霜逐漸。自萍飄絮泊，更無花糝。江渚危橋，暝煙微露青旗颭。垂條折贈清陰減。怕還有、淚痕濃染。料紅閨、尋夢春前，怨玉關人賺。鶯燕重來淒黯。悵張緒、近時綺懷都懺。恨滿江潭，鏡漪愁碧眉峯斂。隋隄日暮荒鴉點。早腸斷、白門秋泛。哀蟬喚起，離魂斜照閃。」又一萼紅，題潘補之花隱龕填詞圖云：「卧雲龕。寫蘭因絮果，半偈萬花參。雁外吟韉，鷗邊畫楫，孤他燕幕鶯簾。儘倚柱、微哦紅葉，悵西堂、春草夢痕纖。水樣流年，鬢絲顛頷，羞對華蔘。我亦天涯倦旅，瀟瀟暮雨，腸斷江南。笛譜蒼涼，酒罏寥落，舊人誰是何戡。待重賦、垂虹秋色，掛西風、無恙峭帆。好借蒓波一派，同浣征衫。」又憶舊游，題曰：「明月揚州，舊游歷歷。自經兵燹，紆道避之，感而賦此云。」「記虹橋貫酒，螢苑尋詩，慣泊雷塘。烽火迷瓜步，歎六朝金粉，刼慘紅羊。二分月子來照，瓦礫萬家霜。把仙觀瓊花，歌樓玉樹，一炬荒涼。帆檣。渺天末，似避弋驚鴻，寥廓迴翔。遠浦推篷望，恨亂鴉殘堞，遮斷垂楊。料得玉鈎斜畔，鬼唱咽寒螿。便騎鶴人來，蕭聲寂寂應斷腸。」又金縷曲，自題眉綠樓填詞圖云：「一匊酸辛淚，怪年來、箏雲笛雨，總含商氣。香草美人今古恨，半付江蘺沅芷。半訴與、湘君山鬼。待向旗亭重賭曲，酒徒稀、冷落長安市。蛩絮壁，助吟思。危樓嶢嶫城陰倚。對遥岑、西風幔卷，瘦蛾顰翠。望極斜陽煙柳外，莽莽荆榛萬里。恨天壤、埋愁無地。只合移家圖畫住，指青山、一髮江南是。鄉夢斷，角聲起。」前録俞蔭甫太史集，有櫽括秋聲賦詞。今子山詞中，有櫽括古樂府一卷。序曰：「詞者，古樂府之變曲也。唐詞最爲近古。五代十國猶有古音。至南北宋始極其變，然去古漸遠。洎乎國初，以迄今日，由宋詞而推衍之，幾於盡態極妍，而古意寖微矣。夙好倚聲，亦苦囿於近習。偶括唐人樂府，得詞若干首，名之曰古樂新聲。此體宋人已有爲之者，固非創作也。其詞視樂府之長短，以長調小令配之，摘録數闋。長相思括本曲云：「長相思。極相思。金井闌干絡緯啼。簟寒霜更淒。燈一帷。月一帷。海思雲愁彼美兮。關山魂夢飛。」又點絳脣括烏棲曲云：「烏欲棲時，美人沉醉吳宮夕。舞酣歌適。山半銜殘日。漏水丁丁，終夜金壺滴。江波碧。月輪西匿。不覺東方白。」又采桑子括采蓮曲云：「采蓮人隔荷花語，水底斜陽。倒影新妝。兩袂風飄夾岸香。誰家游冶郎三五，烏帽絲韁。掩映垂楊。花落人歸空斷腸。」又好事近括關山月云：「東望玉門關，人在雪山西北。萬里朔風寒勁，把月輪吹出。白登青海戰征多，生還幾人得。戍客思歸顏苦，况高樓今夕。」又齊天樂括相逢行云：「相逢秀色誰家子，雲軿陌頭歸緩。玉勒徘徊，金鞭指點，疑是來從天半。真珠幔卷。已斜日頻催，欲愁腸斷。婀娜輕盈，下車人似落梅倩。銜杯還共笑語，歎情深意密，何似初見。綵扇春風，羅幃暮雨，無復孤眠淒怨。相思繾綣。有青鳥傳言，景光如電。珍惜佳期，莫教絲鬢短。」又買陂塘括采蓮歸云：「采蓮歸，芰衣初製，秋風鳧雁飛舞。蘭橈桂櫂頻來往，玉腕更摇輕艣。凝望處。無奈是、吳歈越吹相思苦。佳期暗數。歎葉翠羞眉，花紅暈頰，豔冶凭虛度。西津遠，還憶當時別緒。曾經投佩交甫。芙蓉並蒂枝連理，欲寄故情何許。江上住。任浩蕩江風，江月誰爲主。相逢舊侶。問千里關河，朝潮夕汐，雙鯉未應阻。」

子山觀察長於集句，所藏書畫卷册自題者，大半集宋人詞。別有百衲琴言一卷，述情敍事，如無縫天衣，誠推絶技。有南浦一調，詠春水多至三十六闋，内十闋雜集宋、元人詞。此外二十六闋，則專集二十六家之句，如蘇、黃、辛、柳諸家詞多者，或尚易成。乃周少隱、侯彦周、仇山村、石次仲等，亦各就其詞集成一調，其用心亦良苦矣。今録四闋。集張子野云：「天意送芳菲，柳飛綿、已悵野橋風便。人影鑑中移，湖邊路、何況酒醒夢斷。寒潮弄月，亂絲殘絮東風岸。不管離心千萬疊，程入花谿遠遠。生涯泛梗飄萍，被嬋娟誤我，淚沾歌扇。何處可魂銷，啼鶯到、佳樹陰陰池院。琵琶流怨。畫船横倚煙谿半。可惜歌雲容易去，日落采蘋春晚。」集姜白石云：「香染茜裙歸，倚蘭橈、漸爲尋花來去。桃葉渡江時，花前後、長記曾攜手處。汀洲自緑，甚春卻向揚州住。三十六陂人未到，難翦離愁千縷。故人清沔相逢，擁青雲黄鶴，緩移箏柱。驚起卧沙禽，湘江上、水佩風裳無數。玉妃起舞。緑絲低拂鴛鴦浦。只恐舞衣寒易落，化作沙邊煙雨。」集陳西麓云：「雙燕別春泥，倦尋芳、草色池塘碧軟。波影浸書牀，東風外、時見飛紅數片。半篙香夢，梅妝欲試芳情懶。門外湖光清似玉，不識愁深愁淺。翠橈纔檥西泠，盡酒懷詩抱，倩花排遣。時節又聞鶯，闌干曲、二十四橋憑遍。片帆浪暖。六波煙黛浮空遠。腸斷驛亭離別處，隔浦亂鐘吹晚。」集吴夢窗云：「移酒小垂虹，記年時、畫舫游情如霧。花隘鬬春容，臨谿影、一鏡萬妝争妒。送人雙槳，桃根桃葉當時渡。不約舟移楊柳繫，還繫鴛鴦不住。夜分谿館漁鐙，算江湖幽夢，雲消萍聚。三月灞陵橋，嗚咽風前柔艣。天低遠樹。越山青斷西陵浦。千尺晴虹卧水，半掩長娥翠嫵。」

勒少仲中丞詞

勒少仲中丞方錡，一字悟九，江西新建人。初名人璧。丁酉選拔用小京官，癸卯北闈副車，甲辰中式，由刑部主政轉員外郎，充秋審處總辦、京察一等。出守廣西南寧，調桂林首郡。旋聞杭州陷，以老母在彼，辭官近親，歸江右。及奉諱，曾文正公檄調皖營，總司糈臺，保江蘇道員。需次幾及十年，始補甯鹽巡道，卽擢蘇臬。迨入覲，復升蘇藩，特旨護理蘇撫。今又開府閩中，補道缺未四年。中丞精於詞，手選宋佳詞入律者千首。慢詞長調，背誦如流，宋詞之舛誤者，歷歷可指數。同治戊辰，余權蘇藩司，中丞正綰臬篆，偶與談詞，至相得。知所著樽洲詞，爲陳心泉觀察代刊，意頗未愜，不出以示人。因其工小楷，曾以素箋求書舊作，得三闋。一萼梅，送別云：「買斷韶光直萬千。滿樹榆錢。滿院苔錢。好花初豔月初圓。花下開筵。月下開筵。劍膽詩心付冷禪。君是中年。我是中年。曉風吹上木蘭船。春水連天。春草連天。」又齊天樂，題曰：「元夜泊鷹潭，風雨交作，悵然賦此，時被命出守廣西南寧。」詞云：「繭篷蠟炬愁芳夕，連汀又吹寒雨。浪卷珠衣，雲飄翠葉，想得魚龍歡舞。蕭條梵宇。送一陣風鈴，誤聽簫鼓。悵望層霄，素娥深閉廣寒府。殊鄉清興易減，歎吟梅詠柳，空記前度。禁苑春燈，巖關夜酒，併作江湖心緒。年華暗數。怪著破征裘，遠游何苦。曉夢惺忪，蘋波鳴瘦艣。」又金縷曲香，冢詞社中人瘞花處云：「一片苔碑翠。歎芳華、銷沉萬古，夜臺深閉。流水斜陽空寫怨，多少紅蘭白芷。又況是、東園桃李。玉斧荒唐靈樹杳，問蓬萊、誰是司香尉。憐舊賞，感塵世。三生細憶添頫頟。最愁人、搴枝弄葉，影娥池裏。錦帳蘅蕪鶯夢短，悄向風前灑淚。賸託意、哀歌山鬼。冷碧吹煙蘿月暗，把啼鵑、喚得春魂起。歸騎晚，酒重酹」。以上三詞，皆極沉著，偶憶及書之，俟得刊本，當續編。

應敏齋廉訪詞

應敏齋廉訪寶時，永康人，甲辰孝廉，就職州佐。蒞江蘇，以規畫軍事，鎮撫彝情，屢膺剡章，補授蘇松太道。旋擢蘇臬，加布政使銜，前後六署藩篆。精練吏治，鞫獄如神，平反命盜案情重者數十起。力持綱紀，凡吳中名臣祠墓，及五百名賢祠，皆所倡捐修葺，造福於江南北不淺。所尤經畫者爲三吳水利，苦心孤詣，察委窮源，確勘形勢。竭四五年之力，周歷海塘河道及支河汊港，疏濬深通。歷遇江湖異漲之年，下游無積潦之患，則以消洩靈也。自蘇至浙，驛路橋梁，咸加建復，行旅便之，故鄉亦被其澤。余需次蘇省，迭承其乏，日與商榷政治，無暇談及詞章。後君因親老不能入都，陳情乞養，僑寓杭州，始得暢談藝事。知有射雕山館詞集，屢致書索得之。長調取法蘇、辛，能屏絶粗豪之氣，寄託中抱負自見。小令則丰神旖旎，情致纏綿，有玉樹風前之概。集中洞仙歌一調，歷敍豔懷，十二首如一首，惜難備録。今鈔其浣溪沙二闋云：「芳草重門曲徑通。桐華吹滿碧池風。玉人睡起出簾櫳。幾葉羅衫彈淡墨，一緺緑髮挽春葱。夕陽庭院晚妝慵。」「手弄花枝繡枕旁。一襟秋暈箭蚪涼。尋思何事遣愁腸。照鏡似憐眉共瘦，移鐙試比爪誰長。此時微覺口脂香。」又菩薩蠻云：「霜華夜逼香篝冷。紅輪曉射書窗靜。睡少醒時多。宵長人奈何。閒階苔色老。葉落西風掃。鎮日小門開。鄉書不見來。」又卜算子，獲嘉客感云：「芳草接平沙，都是來時路。日落城頭噪晚鴉，愁入離亭樹。昨日惱春來，今日憐春去。何苦春風去不回，吹滿天涯絮。」又少年游，題余豐農西湖泛月圖云：「一丸冷月，一枝柔櫓，蕩漾碧天空。荼蘼初醒，琴心乍透，搖過藕花叢。江山一覽無今古，美景惜忽忽。秉燭情懷，扣舷風調，都在圖畫中。」又減蘭，初發永康口占云：「一程小雨。穿入深林深處去。屈曲彎環。老樹根盤大道邊。青山四面。遮住西湖山不見。終勝他鄉。一片平沙萬里黃。」又青玉案石門道中寄紫香云：「行行已是愁難數。更經著從前路。路自依然人自去。城頭粉堞，灣頭芳草，都是相攜處。何時共把離愁訴。一望離亭盡煙樹。怕見楊花吹作絮。憑誰寄語，青衫顦顇，剩有銷魂句。」又清平樂，題曰：「周存伯大令以蛟門女校書畫蘭小幀見贈，跋語悽惋，有『明年今日，不知又在何處』之句，字亦秀勁，爲題此解。」詞云：「竹紅花素。媚眼疑啼露。殺粉調鉛知幾度。消得周郎一顧。當年江上琵琶。而今畫裏蘭花。莫管秋娘在否，何人不是天涯。」又百字令，題沈幹材寒江釣雪圖云：「柳州吟罷，賸寒江簑笠，何人重領。獨有吳興名下士，解識當年畫景。笭箵乘來，鷺鷥飛去，不覺羊裘冷。一竿在手，滿天風雪都靜。聞道今日城東，酒邊談次，曾許神交訂。可惜轉蓬身莫繫，早又吟鞭端正。憶煞家山，鱸魚味好，歸計終難定。長安途遠，甚時同醉三徑。」又滿庭芳云：「百尺愁城，一條情路，此中人最無聊。片帆斜掛，落日倚危橋。回首煙空水闊，長天外、歸路迢迢。推篷望，遠山幾點，青不到眉梢。當時聞別語，含顰忍淚，偷揾鮫綃。奈西風楊柳，不管魂銷。何事留人不住，儘人去、折盡長條。卿須記，明年此日，必定放歸橈。」又於菊壽菴詞集中，見其題辭一闋，詞寄高陽臺云：「珠雪團窗，瓊冰滌盞，天涯人共蕭騷。舊恨新愁，一齊載上寒潮。青衫各有傷心淚，度新腔、誰擫紅簫。扣輕橈。碧海西流，脈脈魂銷。還君詞卷低回絕，似當時公瑾，許醉醇醪。埋怨梅花，無端鄧尉相招。彝樓鐙火留難住，趁仙人、翠羽飄飄。問天高。明月何年，同放鸞絲。」卽此酬應之作，而落筆故自不同。

曹艮甫廉訪詞又一則

曹艮甫廉訪楙堅，江蘇吳縣人。道光戊子舉人，壬辰進士，選常改刑部主政，保送御史，轉給事中。疏糾術士薛執中邪慝，聲望大著，外擢至湖北按察使。所著曇雲閣詩五卷，詞一卷，皆手自定稿，刊版無存。光緒元年，恩竹樵方伯以曾與同官秋曹相唱和，取其集重刻之，屬余校訂，得窺其全。中有風懷二百韻，閒情三十律，風流蘊藉，可爲曝書亭替人。其詞悉宗南宋諸人，於玉田尤肖。字字穩愜，文生於情。如點絳脣云：「巷冷斜陽，乍歸不識江南路。亂煙深樹。夢踏楊花去。回首天涯，舊恨知何許。雙棲處。畫簾依護。又是瀟瀟雨。」又鵲橋仙云：「鷗鄉波小，雁程風穩，迤邐江村煙岸。青山也怕送愁來，看隔岸、行人漸遠。心情漂絮，芳華逝水，回首都成淒黯。歸家已是落花時，正打點、一湖絃管。」又風入松，西湖感賦云：「鴨頭波淺蘸晴霞。風颭荇絲斜。落紅吹作相思淚，倩啼鵑、說與桃花。處處餳簫巷陌，年年燕子人家。樓陰如霧細橫紗。鬟影翠屏遮。鈿車不碾西泠土，繞垂楊、幾點昏鴉。懊惱春歸時候，隔牆誰訴琵琶。」又琵琶仙，辛丑九月彭詠莪宗丞招飲云：「霜葉吹空，宦情冷、奈我棲遲京國。衰鬢還對黃花，西風最蕭戚。秋漸老、江亭怕倚，爲經了、幾番離席。月桂緣遲，煙蘿夢窈，心事誰識。　再休負、紅燭開尊，且同把雙螯醉今夕。看到翠荒苔古，早蛩螿聲寂。星闇間關河雁去，想戍樓、盡是寒色。試問蒓脆鱸香，甚時歸得。」又瑞鶴仙，題陶鳧薌前輩客舫填詞圖云：「替湖天寫影。記六柱船窗，畫闌閒凭。蓬萊換清境。有條鈴深護，槐廳人靜。谿鷗自等。訴相思、垂楊弄暝。對題紈、紅燭烏紗，苦憶暮潮煙艇。　還問褰幃冀北，擁節荆南，幾多名勝。詞仙管領。應添箇、翠微磴。又春明重話，銀尊誰勸，先把玉梅喚醒。料寒江、吹盡霜蘆，絮搖萬頃。」

集詞調名作詩詞，難於融洽貫串，拙刻中亦有之。今見艮甫廉訪所作小令二闋甚工穩。唐多令云：「繡帶解連環。風流憶少年。占春芳、如此江山。阿那柳腰輕簇水，深院月，小闌干。　金盞惜餘歡。鞓紅剪牡丹。望雲涯、引醉花間。十二時無愁可解，春去也，怨朱顏。」又蝶戀花云：「揉碎花箋新念別。別怨陽關，一半羅衣溼。庭院深深春草碧。轆轤金井芙蓉月。　河傳東風齊著力。綠意紅情，錦帳春消息。樓上玉人歌白雪。珍珠繡帶丁香結。」詞中各字，或借實作虛，或因難見巧，皆極靈妙。

姚子箴九秋社詞

同治癸亥春，鎮江揚州水陸各軍，以餉缺將潰，金眉生廉訪承薛覲唐中丞會檄，馳駐泰州，設籌餉局，以安軍心。三五月間，竟得爬梳就緒。乃以公暇廣招才士，六開詞壇。時喬鶴儕中丞師都轉兩淮，復能主持風雅。文墨之盛，遠近所傳，無殊王漁洋、盧雅雨之在揚州也。比有軍中九秋詞社，爲秋角秋堞等題，同作九人，今眉生與錢揆初觀察、黃子香太守、黃琴川刺史、姚子箴、張子和兩大令、蔣鹿潭參軍，均歸道山。僅宗湘文太守及余存耳，可勝黃罏之感。拙作秋竈已刊入采香詞，餘未存稿。昨見子箴菊壽庵詞中，有疏影調詠秋堞一闋，正社中作也，録之以存故事。詞云：「彎環雉堞。認丹樓碧瓦，那處城闕。渺渺斜陽，一角愁紅，飛鴉數點明滅。秋心緑遍天涯草，向望裏、千闌百折。待譙門、夜火懸星，又聽斷笳淒咽。客路鞭絲慢指，女牆掩映處，煙樹重疊。野菊叢邊，蝶瘦螿慵，孤負登高時節。十年夢繞居庸翠，記冷挂、秦時明月。甚西風、響蝶寒碪，卷下半天黃葉。」

湯雨生都督詞

湯雨生都督貽汾，江蘇武進人。祖及父均殉臺灣之難，廕雲騎尉，官至樂清協鎮。解組歸，卜居秣陵，築琴隱園。後又構別墅，曰獅子窟，饒有幽泉峭石之致，嘯詠其間。書畫詩文名滿天下。粵寇陷白下，時年逾七旬，賦絶命詩，從容投荷池以殉。事聞，賜謚貞愍，國史館立傳。忠義大節，照耀千秋。其詩詞稿，爲李子禄名鎈參軍從間道攜出。舊友吴平齋，其戚曹愷堂諸君，重爲刊刻。詩三十六卷，所附畫梅樓倚聲四卷，皆能抒情合度，絶無叫囂靡曼之音，得詞之正軌。今録四闋。於明月生南浦調，知其澹於榮利，爲政風流。於虞美人、好事近二調，見其天性多情，聰明絶世。而金縷曲並序言，尤覺飄飄欲仙矣。余未到江南，即耳公名，過白門訪之未遇。後識禄名於邗上，始讀公之詩詞。夫公豈藉詩詞傳哉，僅摘録言情諸作，使未識公者如見風概耳。明月生南浦，小引曰：「余守官江上，暇乘小艇，輒信所之。

風日佳時，往往吟嘯竟夕，笠冠簑袂固未嘗爲天械所拘也。扣舷以歌，聊抒逸興。」詞云：「蓮葉舟輕和鶴載。流下前谿，昨日桃花在。謝卻人間詩畫債。蕭然一笠煙波外。信口閒吟鷗鷺解。緑柳村邊，自把新醪買。醉便横眠無罣礙。醒來已是斜陽矮。」又虞美人詠楊花云：「斷橋西畔横塘路。難挽離蹤住。鬧紅庭院晝冥冥。不信繁華時候會飄零。東風吹去還吹轉。簾幙無人伴。今生散了聚來生。只怕來生不是此浮萍。」又好事近云：「小病鬱春心，心碎一庭疏雨。紅豆誰能剖得，把相思分去。歸期穩在菊花天，緘書慢相許。只怕蒲帆生懶，費高樓凝佇。」又金縷曲，序曰：「蔚州尉徐子容，與余相慕而未識。余託爲羅浮道士，黄冠相訪，以詩代刺。子容一見留飲，歡極生平。會爨奴靈邱人私識余，密白子容。次日，迹余城東酒肆，相視大笑。復與遍游古寺，狂醉竟日。余以游羅浮所製逍遥巾爲别，因作逍遥巾雜劇，書此自題。」詞云：「回首蓬萊隔。記當年、鹿巾鶴氅，仙家主客。哀哀紅塵天萬里，誤了青鸞消息。又誰與、煙霞同癖。白草黄沙冰雪地，算陽春、脚斷游人蟄。何處可，蠟雙屐。有人卻共蓴鱸憶。竟何緣、鄉音到耳，花前相覿。只道來時輕跨鶴，細問餐霞真訣。竟同是、哀鴻塞北。脱下星冠渾一笑，並狂歌、痛飲無聊極。游戲也，抵悲泣。」

宋于庭司馬詞

老友宋于庭司馬所作樂府餘論，已摘録二則。司馬著作等身，兵燹後流傳甚少，深可慨已。于庭先生碧雲盦詞兩卷，洞簫詞一卷，余皆從友借得，倩人録副藏之。佳詞似不止此。鍾瑞參 今於詞綜續編中得讀其香草詞二闋。高陽臺，次龔定庵韻云：「雲疊離情，風牽別緒，過來幾個今宵。人在天涯，芳時各悵飄蕭。尊前莫唱傷心曲，有年時、種種無憀。怕蹉跎，冷到瓊花，咽到瓊簫。休憎一水盈盈隔，喚蘭舟渡去，瑶想全拋。如此相逢，淚斑總漬冰綃。消愁説是杯中酒，爲愁多、酒也難消。又無端，玉頰微侵，卻暈紅潮。」又滿庭芳云：「酒境難尋，歌塵如夢，水程山路迢迢。謝伊珍重，留我住今宵。春在眼屏一角，何曾見、絮墮花飄。啼紅處，春風十里，好認女兒腰。魂銷。思此後，曉風殘月，野店村橋。有無限離情，暮暮朝朝。只願香痕不散，依然是、荳蔻初梢。隋隄路，重城極目，門掩玉人簫。」

黄鞠人大令詞

黄鞠人大令曾，錢塘人。道光壬辰舉人，官直隸知縣。性愛山水，遍游江浙名勝，復過燕趙，西涉河汾，故爲詞多空靈奇峭之音。考律謹嚴，自命爲第一手。余從顧子山觀察，假其瓶隱山房詞集八卷讀之。小令不多作，摘録二闋，爲一臠之嘗。慢詞推敲入細，爲逐闋注之。小令菩薩蠻云：「緑囊消息簾南斷。銀笙吹澀雙鵝管。三九玉梅開。可人期不來。　帶圍驚鋭減。愁味今番釅。灰陷小猊鑪。被寒成夢無。」又浣溪沙云：「銀燭屏空髻影消。量珠不令鴆媒招。香心琴尾一般焦。　檞葉樓前秋似夢，棗花簾外月如潮。無人知是可憐宵。」此二詞語皆新穎，妙能自然。慢詞徵招，吴門秋感云：「水蘋開瘦羈人夢，江南又孤佳節。病枕倚新愁，碎高檐鳴鐵。清歌飄豔雪。印前度、爪泥蹤跡。寸柳西亭，尺波南浦，笛邊吹咽。　厭浥。露苔青，秋來味，消磨斷蛩零蝶。欲寄已無詞，有歸鴻能説。重門寒掩葉。望天半、紅褸惢絶。賸空外，一點離情，掛五更殘月。」此詞所用去上聲均協律，換頭二字，照白石原唱藏短韻，尤爲人所易忽。其清麗綿邈之致，神似玉田。凡調中應用去上處，押入聲韻，則作去入，蓋入可作上也。鞠人此首，押入聲多以入作上。至每句第一字，及又孤佳節之又，斷蛩零蝶之斷，皆精細。鍾瑞參又法曲獻仙音，與薇客渡揚子江聽薇客彈水仙操云：「飛鴻浮天，畫鸞翻雪，幾疊催成牙調。柱角風濤，鏡中絃索，魚龍聽來方悄。正坐理冰絲久，泠泠語懷抱。水雲雲渺。寄遥情、乍停還鼓，如見有、煙裏玉幢翠葆。隱隱轢凌波，莽江聲、都在雙爪。望極瀟湘，寫金徽、仙意多少。送輕舟過也，渡口一帶青峭。」此詞首句第二字，次句第四字，四句第二字，五句第四字，皆用入聲方是。此調前余於校刊詞律中曾論之。周清真之「蟬咽涼柯」，吴夢窗之「落葉翻霞」四句，均與之同。又齊天樂，南屏晚鐘云：「急流疏響林巒外，隄灣漸沉花霧。逼冷慈雲，催圓寶月，蕩得詩魂無據。煙籠暮宇。借幾摺蘿屏，半空留住。塔影頹紅，不多斜照墜飛杵。湖南春事易了，歎當時社廢，飄零如雨。鐵笛山空，瑶琴石斷，舊韻蒼涼誰譜。船摇畫櫓。賸百八鯨聲，送人今古。佛火黄昏，梵音攙寺鼓。」此詞暮宇、畫櫓、寺鼓，三用去上，均極穩愜。逼冷慈雲一聯，兩仄兩平。下句詩無二字，不宜仄聲。第八句半留二字，不宜平仄互誤。皆其細密處。又惜餘春慢，題姚古芬竹深留客處圖云：「徑曲通涼，談芬醫俗，嘯侶吟儔三五。猗玗蔭坐，戛玉敲簾，摇碎半階青雨。疑是瑶華路重，中有人兮，但聞煙語。正疏蔭飛落，簟屏湘几，了無塵暑。時佇。遍紅字闌干，清風吹屐，慣向苔花深處。煎茶置鼎，斷筍攜鉏，都入畫中新譜。何況幽情，更添寒碧，梢頭一蟾初吐。只閒雲如客，蕭然來往，不曾留住。」此詞蔭坐置鼎所用去上，人皆以尋常偶句填之。又摸魚兒，題張丹林春柳盟鷗圖云：「踠闌干、綠陰如許，橋灣長繫吟櫂。風流想見靈和樹，落落是何年少。歌復嘯。忽片雪吹來，寫入江春稿。柴門翠繞。合柳色鷗光，畫成山影，一鏡對山照。臨流坐，消得花遲月早。清愁平子都掃。鶯鶯燕燕何堪侶，白水證伊盟好。開自笑。笑世網浮名，不上煙波釣。幽人夢小。待飛過吳淞，再尋鱸約，秋信誓雙鳥。」原注：鷗一名信鳥。此詞用去上處人皆知之，惟起句綠、如二字，第四句是、年二字，後半第二句花、月二字，在他人每多平仄互誤。又清愁平子之清字，多誤作仄聲也。詞中使事，皆暗切張姓，亦妙。聞大令尚有詞話，惜未得見。詞集發凡中論去上云：「掃花游六見，一枝春八見，花犯十二見。」又云：「作須試難調，如秋霽、露華、絳都春、繞佛閣、氐州第一等闋，宜習之。」用功勤篤如是。

張松溪茂才詞

張松溪茂才泰初，一字安甫，錢塘人。少年英俊，於學無所不窺。尤深於詞，得山中白雲神髓。守律亦嚴。幕游袁浦，於時戈順卿主壇坫，首推服之。詎富於才而嗇於遇，復不能永年。其友金眉生廉訪，爲之營葬撫孤，二十年如一日。所著橫經堂詩餘，一名花影吹笙譜，先刊於杭，兵燹失去，廉訪爲之重刻。空靈婉約，一往情深。所用四聲，校宋詞不差累黍，百餘篇皆可傳之作。所微不足者，長調似欠凝重，或爲玉樓早赴之徵耶。爲録八闋。生查子，見柳花有感云：「吹動一春愁，影外斜陽薄。何處送行人，南浦情如昨。深院晝愔愔，夢逐柔絲落。不敢怨萍蹤，祇怪東風惡。」又春光好，題王薌轂銷恨草詩卷云：「桃花空染啼痕。悵今日、斜陽照門。夢裏記翻紅豆曲，何處銷魂。燈殘酒冷香温。更無計、留春送春。檻外杜鵑花又落，如此黄昏。」又柳梢青，春盡日作云：「惱煞離人，風風雨雨，送了殘春。飛絮無蹤，餘寒猶峭，冷落重門。　江南煙景銷魂。更難覓、情絲夢痕。隔巷鳴蛙，隔窗亂柝，愁過黄昏。」又蝶戀花，記别云：「門外驪駒催別候。今日相逢，明日相思又。秋影可憐容易瘦。短長亭外蕭疏柳。　顦顇臨歧空執手。斜照西風，不忍重回首。殘夢迷離花落後。孤蓬孤枕人依舊。」又念奴嬌，舊居太平橋東相傳爲南宋葬宫人處云：「翠愁紅慘，是妝臺寶鏡，秋風團扇。花壓闌干花不語，影裏腰肢羞見。玉笛吹殘，金鍼繡罷，好夢偏驚斷。閒階凝立，笑歌何處庭院。　誰念縹緲香魂，淒涼情緒，一様飄如線。粉冷香銷人去後，冢上秋螢猶戀。白雁聲寒，紅羊刼盡，幾度韶華變。頹垣荒徑，月明環佩游遍。」又齊天樂，詠花魂云：「芳姿已怯春寒峭，濃香又憐吹斷。一任嬌憨，更番困頓，定是東皇情短。尋春意懶。正鈴外風酸，倚闌人遠。院落深沉，一階明月更無伴。　殘雲天半已散。怪游絲不繫，飄泊無算。香國人歸，羅浮曲罷，寂寞華堂絃管。鵑聲叫晚。恐倩女亭亭，一腔愁滿。舊夢迷離，半庭餘翠蘚。」又綺羅香，將赴袁浦丁謬卿置餞，以二歌伶侑觴，酣飲達旦，舟中追述云：「水送歌聲，風催笛韻，最是離懷難掃。吟社重尋，共歎昔游人少。翻舊譜、仙曲誰傳，寄閒情、生春太早。博今宵，緑酒紅燈，客星寥落是參昴。　櫻桃花下倩影，曾唱陽關幾度，撩人顛倒。細語殷勤，聽説不如歸好。耀華燭、眉黛顰青，倚雲屏、頰窩紅小。賸相思，寫上瑶箋，教儂情夢繞。」又買陂塘，詠蘆花用張蜕巖韻云：「映涼汀，萬枝摇暝，吹來風影都軟。蕭疏不似垂楊岸，要倩夕陽烘暖。輕浪卷。看又是江鄉，飛上柴門扇。秋容正婉。有鷗夢無痕，鷺拳不定，沙際水紋淺。　西溪路，最憶僧寮别館。艤來游櫂歸懶。宵深何止霜華重，點點帶波紛散。幽渚見。休誤了濃香，滿地蘼蕪苑。漁燈照晚。又黏到竿頭，壓來篷背，人共野雲遠。」

王少鶴京卿詞

王少鶴京卿振，廣西馬平人，原籍山陰縣。道光辛丑進士，由主事入樞垣。曾從賽相國於粵西軍中，後累擢至通政司副使。引疾歸，數年卒。素以古文名，詩詞皆擅長。梅伯言、何子貞、宗滌甫諸老宿，交相引重。與曾文正公、張海門、孔繡山諸公，結文社，譽滿京洛。其爲詞以南宋爲宗，音律至細，久求其稿不可得。今於張松溪詞中見題眉嫵一詞，亟録之。題曰：「武林晤金眉生廉訪，得讀蔣鹿潭、杜筱舫、丁保庵諸詞集，俱是江南腸斷句也。茲又以張君松溪所作見示，乃君至交，爲刊其遺集，張君可不朽矣。禾中舟次，用陳實庵太史歙月詞中眉嫵韻賦此。」詞云：「賸歌傳竹屋，酒載樊川，天末幾幽素。喚醒江南夢，東風轉、飄零愁問纖嫵。遠山自許。最畫樓、孤雁聲苦。定何事，夜月成清影，飽墳愛秋雨。還悵修文同去。原注：謂海門同年。歎玉顏騅馬，多少塵土。遲我扁舟弄，江春好、紅簫志在何處。栗留恨語。料鏡波、花月都悟。判寥寂尊前，絲鬢冷、暫投聚。」按此詞筆致超妙，清氣盤空，凡用去上及應去應入，無不諧協。此調詞律所載王碧山詞後結，作還老桂花舊影。考之姜白石、張仲舉各詞，皆作折腰句。蓋原是還老盡桂花影，詞律鈔誤。今此詞作折腰法，可知究律之細，確爲詞壇名手。

馮柳東太史詞又三則

先尚書遇徐公墓誌銘爲查聲山太史所書，已鉤刻埋幽矣。原蹟藏同郡馮柳東太史家，余於同治初年購得之，重爲摹刻，嵌入家祠壁間。太史名登府，字雲伯，嘉興人。居朱竹垞先生故里。一入承明，旋改閩中知縣，棄而勿就。精擘經學，以餘事爲詞。有月湖秋瑟、花墩琴雅各二卷，釣船笛譜一卷，總名曰種芸仙館詞。劉金門宮保贈言，謂有白石之清空，無夢窗之質實，洵非虛譽。太史精於宮調，能糾前人之誤。於萬氏紅友尤多微辭，惟不以辨白去上爲然，未免千慮之失。錄其點絳脣和李篁園詠小云：「楊柳腰身，錢塘門外鄉親是。無多眉子，錯認喬家姊。憐也橫陳，嬌也偏纖細。芳名記。青谿年紀。有個郎還未。」又浣溪沙楊花云：「雪暖江南愁煞人。綠楊晴絮滿金城。東風如夢了殘春。流水難消輕薄恨，落花同是別離身。畫闌飛遍總無聲。」又唐多令，過梅溪老屋感賦云：「老屋狹溪東。頹垣碎雨中。付誰家、燕子西風。一段斜陽深巷裏，但認得、板橋紅。攜火捉秋蟲。抛書趁晚鐘。三十年、雙髻兒童。酒市漁扉都換過，祇白髮、有鄰翁。」又憶舊游，京口渡江云：「忽帆移岸走，濤挾山奔，萬里長風。一舸頻呼渡，如鷩沙倐下，亂蹴晴空。三山遠排天外，七十二芙蓉。正日浴黿鼉，雲翔鸛鶴，笛吼魚龍。冥濛。迴望處，笑一霎江行。樹失千里，便欲乘槎去，認南朝煙綠，東海霞紅。江山尊俎非昔，秋色又相逢。漸酒醒潮平，前津已落瓜步鐘。」又鳳凰臺上憶吹簫，秋夜有感云：「修病情懷，悲秋世界，淒涼忽送檐鈴。悵冷眠獨夜，落葉門扃。孤枕西風樓角，忍敲殘、六曲湘屏。思量甚，窗眉月黑，帳額燈青。飄零。翦刀聲裏，想未寄綿衣，玉指難停。慣累他夜雨，不要多聽。一自楓根卧後，芳魂斷、百喚無醒。重尋夢，十年難記，記也零星。」又如此江山，詠江山船云：「春波不管人離別，一篷載將愁去。畫箔低遮，玻璃軟盪，祇共鳧歡鷗妒。勾留慢許。對柳黛山眉，水魂煙語。聽打蘭橈，嚴州不住睦州住。回頭七里臺遠，學青山兩髻，奩鏡偷注。翠隙傳杯，紅深度曲，都是曾聽伊處。萍圓絮聚。趁好夢輕帆，楊花暮雨。流盡相思，春江催杜宇。」

惜瓊花調，詞律收張子野詞，下闋起句脫一汴字。太史集中，有越溪秋思詞譜此闋，已證其誤。詞云：「越溪碧，越女白。問苧蘿村裏，花隱仙宅。鷺鷥飛破青山色。收釣人來，蓑雨猶溼。畫船煙波六尺。轉前灘漸失。秋晚歸得。蘋花菱葉曾相識。欲采年年，愁思無力。」又於此詞下彙糾詞律之誤，注云：「依張子野體，原詞下闋：『汴河流如帶窄。任輕舟如葉。』詞綜脫『汴』字。萬氏詞律知『輕』下落一字，不知『河』字上亦有脫誤，今據原本正之。詞綜脫誤甚多，如蔡伸侍香金童，『更柳下人家似相識』，脫『相』字。詞律另收趙長卿詞，多一字爲別體。張先于飛樂，『怎空教花解語，草解宜男』，脫『花解語』三字。詞律不知，而以毛滂多作三字，另立一體。周邦彦荔枝香近，『香澤方薰遍』句，脫『遍』字是韻。詞律作四字句，而謂自『舄履』起二十八字直至『遠』字方叶，必無是理，遂誤認『卷』字是韻。柳永鬬百花，『終日扃朱户』，應作換頭起句，詞綜誤屬上闋，而以『遠恨綿綿』作起。詞律不知，收晁補之一調，亦同此誤。致疑參差無味。外如蔣捷白苧，『憶昨』下脫『聽鶯柳畔』四字，詞律以多此四字爲另格。趙以夫角招，『溪横略彴』，脫『横』字。張先山亭宴，『問還解相思否』，脫『還』字。陳允平垂楊，『縱鵑啼不喚春歸』，脫『縱』字。此類不可縷舉，萬氏無由考正，沾沾以辨上去爲獨得，句調之未審，何暇更論音律耶。近日專尚宮徵，而文不逮意，又未免有聲無辭之誚。仇山邨所謂言順律舛，律協言繆，俱非本色者也。」按太史此注，所糾詞律諸誤，惟荔枝香近與余所校不符，餘均先已增入詞律。萬氏講求去上聲，歷考名詞，無不吻合。非矜獨得之祕，實有津逮之功。太史明於五音，獨不信去上之說，故集中合作較少。

湘月調，戈順卿謂爲中呂商。柳東太史詞，則考訂爲夾鐘商，題曰中秋甬江對月，用白石念奴嬌鬲指聲雙調。按雙調乃夾鐘商，戈氏謂中呂商，非也。中呂商，小石調也。念奴嬌係太簇商，夾鐘與太簇相連，太簇商用四字住，用一字結聲。夾鐘商用一上字住，用上字結聲。同是商音，宮位相聯，以太簇而兼夾鐘，故曰過腔。白石云，鬲指謂之過腔是也。此卽十二宮相犯之意，惟相犯之調，所住字同，此則住字位相連，微有異耳。萬氏謂念奴嬌卽湘月，其說之謬，不足致辨。詞云：「當頭幾見，算明州五度，長此清景。李白東游應許我，老監湖邊乘興。酒醒潮來，江空人遠，一匊冰壺冷。藕花深處，白鷗自照雙鏡。誰想老子南樓，胡床坐對，送秋鴻一陣。尊俎賓朋，且莫問、玉帳金燈。佳勝。吹笛關山，踏歌兒女，早話藤蘿信。蕭蕭華髮，玉堂舊夢休省。」按此詞全用白石原韻，惟冷、陣、信三韻，乃白石通用，非正韻也。

長亭怨慢，首句向皆協韻。太史有自題楊柳岸圖一闋，獨不協，題注云：「依白石中呂宮調。按詞源，道宮是一字結聲，若折則帶尺一雙聲，卽犯中呂宮。考白石旁譜，換頭及尾結皆用一五，而第一句用尺，非韻也。玉田從之是矣。」詞云：「又聽到棲鴉時節，冷雨疏枝，秋聲來驟。送別年年，亂條攀盡忍分手。銷魂短艇，早催度河橋口。柳縱有青時，却不管、離人消瘦。馬首。悵殘陽千里，倦向西風沽酒。一絲影裏，已換了暮蟬亭堠。問郵處、夜笛樓頭，恐歸去、綠陰非舊。但月曉風尖，付與鶯孱蝶僽。」按此調爲白石自度曲，首句絮字是韻，宋詞協者居多。玉田諸作亦有協有不協。太史謂白石旁譜換頭尾結皆用一五，而首句用尺，以爲非韻之據。要知此詞協韻處，並不皆注一五，似未足憑也。且此詞首句如改節作候，既協正韻，意義亦通。至所引詞源道宮數語，專正結聲之訛，與首韻無涉。」

章次白明經詞

仁和章次白明經黼，以優行貢成均，就養於喆嗣子辛大令姚江學署。文名著浙東西，詞不多作，則矜慎再三，無率意句，考律亦細。刻有梅竹山房詞鈔，余從盛幼蘭茂才假讀摘錄七闋。清平樂，題友人秋林覓句圖云：「霜天澄碧。木落空山寂。雁叫雲樓蟲絮壁。攪碎詩情無迹。秋心一味蕭然。秋光都入吟箋。欲訪幽人何處，江南黃葉村邊。」又風蝶令，社日偶紀云：「社酒花陰醉，春風蝶夢迷。陌頭忽見柳依依。不爲封侯、也自怨分離。　拾翠游先約，窺簾迹轉稀。今朝新燕到樓西。底事雙飛，雙語怕雙棲。」又賣花聲，閏花朝日清明云：「春色二分贏。佳節重經。曉來依舊嫩寒生。紅雨半簾風約住，花勒香城。翦得綵幡輕。暗惹閒情。出門忽見柳條青。還説尋芳來尚早，忘了清明。」又聲聲慢，詠春聲云：「紅襟試翦，綿羽調簧，耳邊乍覺春生。一縷東風慣吹，雲外瑶箏。香街賣花低喚，料紅樓、曉夢初驚。西泠路，正鈿車歌舫，送暖催晴。　如此融和天氣，聽餳簫隔巷，也逗芳情。牆裏秋千，玉人笑語偏輕。還憐子規，啼處賸殘英。　墮砌無聲吟未了，卷簾看、千樹翠横。」又瑣窗寒詠桃花云：「露井煙深，香簾夢淺，爲誰凝佇。穠華破曉，錯認斷霞千縷。怯餘寒、宮妝未勻，柳眉杏靨空教妬。恰相逢竹外，嫣然一笑，款春無語。　何處尋源誤。悵洞口雲封，頓迷漁父。生成薄命，莫怨夜來風雨。賸殘紅、移上畫箋，灑餘醉墨添嫵媚。最銷凝，立盡斜暉，絳英飄院宇。」又齊天樂，夜宿紫陽別墅南宮舫喜項蓮生來出示憶雲生詞兼懷令兄芝生及許青士昆季云：「蕭然一幅南宮畫，池痕半移煙艇。就竹鉤簾，留雲伴榻，詞客來時宵静。吟邊試茗。想白石前生，玉簫重省。露葉黏螢，未秋涼意逗桐井。長安還憶舊伴，對牀曾話雨，鄉思孤迥。玉漏聲殘，瓊樓路遠，清夢憑誰催醒。西風弄影。待招入天香，小山仙境。緩度新歌，月明環佩冷。」又買陂塘，題張仲甫笛漁圖云：「轉深溪，綠簑紅雨，笛聲何處飄颺。粼粼細縠浮孤艇，喽影小魚争上。移畫槳。愛洞口霞明，恰待仙儔訪。高歌俊賞。任吹落江梅，敲殘海月，那似此閒曠。休惆悵。心濯冰壺夜朗。掣鯨身手無恙。幽懷偶寄烟波宅，夢逐野鷗先往。還暗想。想舊譜霓裳，聽水同清響。花天氣敞。正横玉披雲，春風一笑，縹緲紫鸞降。」

憩園詞話卷四

秦澹如觀察詞

秦澹如觀察緗業，字應華，江蘇無錫人。由副貢官浙江候補道，歷權司道各篆，聲譽卓然。余於吳門賈芸樵觀察益謙坐中始識之。後數往還，輒問阻，而勛華雅韻，時熟耳中。所著微盦詞録、虹橋老屋詞贉，祕不示人。從友人處借鈔，僅得三闋。蝶戀花，孔繡山屬題司馬夢素夫人百蝶圖云：「活色生香眉乍掃。玉鏡臺前，想象人雙妙。燕燕鶯鶯都已老。桃花影瘦春魂小。蠹化青陵留舊稿。檢點空箱，金粉無多了。咫尺羅浮仙夢杳。東風又緑南園草。」又高陽臺，張荔門山人取易安居士醉花陰詞意圖其小象於扇屬題云：「碎玉無聲，淩波有影，分明靜治堂中。識盡淒涼，紗櫥寶枕都空。黃花依舊如人瘦，悄無言、秋上眉峯。問緣何，鬭茗熏香，一例疏慵。　新詞自向烏闌譜，紀録成金石，夫婦同功。散後雲煙，怕聽雨滴梧桐。風鬟霜鬢添顦顇，怎琴心、老去偏工。莫憑他，野史荒唐，試認驚鴻。」又惜餘春慢，丙子上巳皋園脩禊江小雲拈韻填此解越五日招集湖舫依聲奉酬云：「纔過流杯，未逢淘井，柳已青青如此。千里鋪錦，一片蒸霞，春在江郎筆底。喚得煙波畫船，泊向蘆汀，鷺鷥飛起。感朦朧客遠，碧桃無主，小闌孤倚。　難得是、烽火全銷，湖山無恙，花下那辭同醉。尊前白髮，鏡裏朱顏，休管年華如水。來弔西泠古墳，南北雙峯，猶疑橫翠。看斜陽塔頂，借問酒人歸未。」按此調後結，有照前結作一五字，兩四字，分三句者，亦有作五字六字各一字，更有作上七下六兩句者，蓋各有一體也。

韓薰來大令詞

韓薰來大令聞南，江浦人。官浙江遂安縣，政聲才譽，遠布浙東西。友人寄其所著雪鴻吟館詞，乃甲戌年刊於武林者。序中謂得藻思綺合、豔語紛披二語，信非虛語。今録醉花陰云：「寶鏡休嫌眉慣鎖。此恨誰如我。無故已銷魂，手插瓶花，又見將離朵。　也曾深悔關情左。其那春難躲。窗外問啼鵑，待不思量，怎不思量可。」又青玉案，題徐静三自寫蘭石小巷云：「問天究種情多少。似一縷游絲繞。小劫紅塵渾浩淼。舊愁剛卸，新愁重攬。腸斷題香草。　啼鶯又報春將老。詞客無端自潦倒。欲訪靈山偏又杳。前因纔證，他生還早。寫個銷魂稿。」又如此江山，題潘伯寅大江流漢水孤艇接殘春畫卷云：「江山題首堪悽哽。煙波畫中重省。素袂彈哀，青衫寄怨，想像游蹤都冷。夕陽弄影。只嫩柳夭桃，劫灰零賸。引企長空，碧天曾記繫孤艇。　銷魂昨宵酒醒。欲歌還再讀，離披無定。楚雨言懷，燕雲感夢，贏得雙清人境。新詞慢詠。便吟出傷心，問誰同病。片紙徵題，言愁愁正永。」按此調前段第六句，後段第七句，及後結三韻，皆應去上聲。原刻上作「夕陽零剩」，下作「刼灰弄影」，平仄互錯，當爲鈔誤，因僭易之。「夕陽」何不作「斜陽」，雖「夕」可作平，且在不緊要處，然既易矣，曷更易之。「離披無定」，「披」字應仄，用去最妙。此則宋人詞無不如此，而未經指出，想老杜律細，亦偶然疎忽耳。　鍾瑞安參

秦次游司馬詞

余表妹倩金麗生澍，本籍隸杭州，幼隨其尊人寄居秀水。弱冠游楚北，與余同硯席十餘年，有詩癖而詞不耐循律。爲言禾中詩友，首推秦次游光第，絶世聰明，書法尤臻超妙。余心誌之。迨咸豐辛亥，知登浙榜。適麗生歸杭修墓，代索楹帖，並題西泠讀書圖，寫作皆妙。旋聞其入軍幕，保官司馬。及余宦游吴郡，則已奉召玉樓，深爲悼惜。今麗生求其字蹟，僅於精嚴寺得所書拓本，原石已燬。又小詞四闋。擣練子云：「風漸定，月初斜。病起懨懨理鬢鴉。窗下怕驚仙鶴夢，自緘春信寄梅花。」又相見歡，詠剪秋羅云：「滿階碎錦零香。畫闌旁。好共褪紅羅袖，話風涼。　胭脂片。零星濺。曬斜陽。留與秋蟲寒蝶，作衣裳。」又鷓鴣天悼亡殘稿存二闋云：「獨坐緘書淚滿懷。思量無計遣悲哀。暫時不見還相憶，一去如何竟不來。　操井臼，賴卿才。廿年家事費安排。恨他梅影樓頭月，原注：第家樓名。猶自團圓照鏡臺。」「對泣牛衣苦未忘。垂簾愁指舊燈光。案頭煙卷題詩稿，屋裏塵封送嫁箱。　秋杳杳，夜茫茫。天風環珮好還鄉。居然遠報登科信，姊妹花前憶北堂。」原注：辛亥榜前，其表姐于慧雲告以夢余獲售，歎曰：「我母日望之，竟不及見，恨何如也。」

孫次公廣文詞

麗生詩友，有同里孫次公廣文瀜，其詩曾刊行。並有澼月詞，惜已同歸刼火。歸禾後，訪知住小緑坡，雙目已瞽。曾因麗生索余分書楹聯，潦草應教，欲訪晤，遽聞考終。次公，余老友也。始因王養初以識之，難中會於申江，極讌飲之歡。克復後，猶來蘇，目已漸朦，不能翔步矣。然尚愛吟如命。其澼月隻詞，見其所刻同人詞選中，有湯雨生、薛慰農、王蔵畦諸人，各自爲卷。其詩集名始有廬，已刻。鍾瑞參兹從詞綜續編中，鈔得一闋，調寄醉蓬萊，夏齋孤坐云：「看樹撑鴨脚，蓮放駢頭，小庭吟遍。靜展桃笙，正晝長人倦。猊篆銷殘，鳳團試罷，愛蟬聲清遠。夕照沉簾，微風沁枕，嫩涼初薦。　晚眺憑高，澄懷天宇，星影流空，玉繩低轉。何處簷鈴，又十分淒婉。子細聽來，那邊深院。但依稀窺見，花外紅樓，樓頭明月，月中紈扇。」此詞清空舒展，知詩詞之學深矣。兵亂以前，吾鄉吟壇，湖海同傳。余以遠客江南，不獲廁名簡末。遺編牘楮，無可徵求，俛仰自慚，兼增悵惘。

潘時軒孝廉詞

近見秦次游之同年潘時軒孝廉誠貴一詞，調寄摸魚子，初秋病中作云：「枕窗陰、芭蕉深處，秋來風雨無準。湘波窣窣簾垂地，吹醒一鐙涼暈。眠未穩。聽瘦了蟬聲，又是蛩聲緊。黃昏漸近。拌數遍宵鉦，捱殘曉漏，擾夢五更盡。　羅雲薄，天半星河隱隱。銀屏香炧盈寸。已涼天氣都無賴，况又詩懷病損。愁暗忖。便不是悲秋，也抵傷心困。流光去迅。料疏柳闌干，殘荷池館，初鴈已成陣。」此詞情韻兼至，纖不傷雅，各去上聲格律諧協，傳作也，特爲録存。時軒，余弟也。補之叔父次子，椒坡之胞弟，惜早卒。而著篘紅詞，曾鋟版，兵亂失之。今其子志潁列賢書，乃掇其詩賦試帖並前詞刻之爲聽香室遺稿，恨不及呈政于杜老矣。鍾瑞注

嚴問樵太史詞

昔在海陵時，黃子湘太守文涵言，丹徒嚴問樵太史保庸，由道光己丑庶常，改官知縣，放情詩酒，詞曲至

精。口述小令並書扇長調各一闋。浪淘沙，送妓之杭州云：「花月壓輕舟。滿載離愁。願卿此處且勾留。行過吴江三十里，不是蘇州。　越客解温柔。穩占青樓。西湖風景正新秋。爲弔錢塘蘇小墓，一點荒邱。」滿庭芳，題簪花仕女圖云：「燕蹴還低，鶯啣欲溜，謝娘池閣黄昏。横斜影好，留住鬢邊春。多少零香剩粉，深閨裏、苦費温存。須揀取，入時新樣，低語畫眉人。　丰神。難攝取，紅情怕怨，緑夢愁温。便蜻蜓飛上，也自消魂。深夜小樓乍卸，瀟瀟雨、飛度前村。消凝甚，來朝試覓，無那又飄茵。」二詞風流蘊籍，一往情深。乃太史後竟無可蹤跡，子湘亦侘傺以終，同可傷已。

徐誠庵大令詞

余校刊萬紅友詞律時，俞蔭甫太史言同鄉徐誠庵大令，刻有詞律拾遺，亟索之。書凡八卷，補調補體，並訂正闕譌，頗有繩愆糾繆之功。時誠庵亡矣，家世寒薄，因即購其原板，附校刊詞律併行，以副其嘉惠詞學之志。遂得讀其荔園詞。誠庵是孝廉，偶忘其科分，此「諸生」句當改。誠庵寓與余館頗近，常與余過從論詞。余曾有詞調曾輯，誠庵從余借觀，有補調補體之分，嗣後遂成詞律拾遺之刻。而余書因循不就。鍾瑞注大令名本立，德清人。以諸生宰蘇之南匯縣，一以慈惠臨民，頌聲時在人口。誠庵僅一權南匯令，調闈差又不得內簾，無所展布，賫志以終。鍾瑞又注其爲詞能補紅友之遺，守律自細。題辭中有云：「含懷敻遠，孕采幽微。語若吹花，律無爽黍。」頗足狀其神致。録其昭君怨，夜泊蘇州云：「昨夜筠屏春滿。此夜綺窗天遠。有夢也難尋。繫人心。　笛韻樓頭嗚咽。別語隣舟淒絶。一樣可憐生。不堪聽。」又阮郎歸，宿楊村云：「幾聲殘漏助蕭騷。離魂何處銷。

劉郎風韻沈郎嬌。雲娘還舞腰。纔昨夜，又今宵。明朝路更遥。子規啼後月輪高。孤燈慵自挑。」又桂枝香，試鐙日夜雨云：「無情晝燭。慢點染韶光，空照幽獨。惆悵人生易別，墜歡難續。簾纖向夜愁人雨，盼行雲、淚盈魚目。沈腰瘦也，休傳鸚語，怕鎖香玉。料日暮天寒倚竹。但蹙黛愁蛾，芳意如束。元夜前游，記否共傾醽醁。東風遍是將離草，要銀鱗青羽相逐。夢回人遠，香銷被冷，漏聲頻逐。」又齊天樂，感懷云：「扁舟野渡知何處。長宵又聞碪杵。旅鴈聲孤，寒螿韻澀，都向愁邊趨赴。秋霖最苦。乍蕭瑟江關，釀成淒楚。暫對清醪，醉來獨自共誰語。郎當衫袖謾舞。笑頻年浪迹，空踏香土。隊散霓裳，寒生翠鈿，萍泊因緣無據。相思寄與。正楓落吴江，故人修阻。怕聽船娘，唱蕭蕭暮雨。」又綺羅香，游廢圃云：「聽雨前期，尋花舊徑，一片斜陽秋暮。十載重來，猶認慣曾經處。休絮。問鸚鵡簾櫳，早零落、鞦千庭宇。倚危闌、愁對西風，蕭蕭梧葉怨高樹。空梁頻聽燕語。如説弓彎，不見蒼涼情緒。碧海青天，應念斷魂淒楚。再尋短夢模糊，空悵望、暮雲修阻。又無端、鏡裏新霜，鬢絲愁夜雨。」

蔣鹿潭𨖍參軍詞

蔣鹿潭𨖍參軍春霖，江蘇人，寄籍順天。歷署淮南𨖍尹，曾練鄉團禦寇，吏治卓越，商民感之。性好長短句，專主清空，摹神兩宋。遇文士必引以作詞，娓娓不倦。余權泰州僉判，始與訂交，樂數晨夕，曾爲代刻水雲樓詞二卷，以版歸之。别數年，余權泰州篆，忽來晤，面目黧黑，黯然神傷，云將赴浙，依宗湘文太守。甫至震澤，亡於舟中，爲之墮淚。今録其菩薩蠻秋夜舟次云：「亂雲如葉堆荒岸。斜陽無際征鴻斷。風急暮天寒。蘆花吹滿船。夢魂輕似絮。擬向妝樓去。紅瘦一窗燈。霜寒眠未曾。」又謁金門云：「人未起。桐影暗移窗紙。隔夜酒香添睡美。鵲聲春夢裏。妝罷小屏獨倚。風定柳花到地。欲拾落紅憐素指。卷簾呼燕子。」又虞美人云：「水晶簾卷澄濃霧。夜靜涼生樹。病來身似瘦梧桐。覺道一枝一葉怕秋風。銀潢何日銷兵氣。劍指寒星碎。遥憑南斗望金華。忘卻滿身風露在天涯。」又南鄉子云：「寒意剩春織，放燕歸來又下簾。蝴蝶漸稀人慚懶，厭厭。滿地茶蘼午夢甜。淡日隱重檐。雨氣雲痕百態兼。睡起卻驚天影暗，眉尖。愁似春陰向晚添。」又一萼紅，清明前一日散步揚州城北至虹橋買小舟過桃花庵蓮性寺云：「趁春晴。「趁春晴」三字聲相觸，宋人詞中無此。鍾瑞參 步前汀未晚，舟小蹩波行。抱樹溪灣，眠沙石老，芳草隨意青青。乍驚起閒鷗短夢，伴落日、三兩櫂歌聲。鶴苑清簧，虹橋醉笛，那處重聽。多少夕陽樓閣，倚闌干不見，空見流鶯。玉輦雲移，錦帆風遞，翠華記此重經。自湖上、游仙事杳，問桃花、又過幾清明。剩取淒煙楚雨，愁畫蕪城。」又八聲甘州，劉梅史自楚徙吴秋窗話舊云：「怪西風偏聚斷腸人，相逢又天涯。似晴空墮葉，偶隨寒雁，吹集平沙。塵世幾番蕉鹿，春夢冷窗紗。一夜巴山雨，雙鬢都華。笑指江邊黄鶴，問樓頭明月，今爲誰斜。共飄零千里，燕子尚無家。且休賣珊瑚玉玦，看青衫、寫恨入琵琶。同懷感，把悲秋淚，彈上蘆花。」鹿潭一往情深，性復倜儻，有豪俠氣。爲詞專取神韻，酒酣輒琅琅自歌之。嘗爲余言，欲采中晚唐佳句入詞，冀益深厚。今宗湘文太守續刻其遺詞四十九闋，果能不負所約，惟稍務色澤，不免間涉飣餖耳。

趙次梅廣文詞

同治甲戌秋，余權常鎮道篆，丹徒趙次梅廣文彥俞秉鐸白門，以瘦鶴軒詞刊本見投。自序云：「壬戌游海陵，晤蔣鹿潭於客舍，時與詞會。鹿潭與同人作九秋詞，强余拈題，得秋角，賦徵招一闋，許以能詞。因知己一言，每遇好詞，愛不忍釋。循聲按拍，十載於兹，得詞三百八十餘闋，删存一百六十首付梓，時年七十有一矣。」閱此，始知即鹿潭所玉成者，其詞講律極精，筆亦秀挺。録愁倚闌令，晚泊茱萸灣云：「東風起，水悠悠。古灣頭。尚有舊時殘壘在，使人愁。　黄昏細雨扁舟。垂楊外、來往羣鷗。燈火寂寥三兩處，是揚州。」又高陽臺，元夜寒甚獨坐有感云：「淚眼模糊，回腸宛轉，忍寒猶坐窗西。撲面東風，今宵分外淒淒。滿城簫鼓春如海，好光陰、孤負燈期。月初低。匝地霜華，怕聽烏啼。　中年哀樂都嘗遍，指星星白髮，往事休題。一夢剛圓，隔牆驚破荒鷄。拈毫懶索銷魂句，爲牋愁、半屬無題。夜何其，檢點熏鑪，珍重添衣。」皆能清機徐引，意旨纏綿，詩人之詞，不愧老而好學。惜鹿潭已往，不及同賞之耳。

張筱峯廣文詞

張筱峯廣文鴻卓，江蘇華亭人。弱歲工詞，初效姜、張，後乃擴充於南北宋名家。有所仿擬，必神似，而尤嚴於聲律。寢饋於此，幾四十年。吴門戈順卿精於倚聲，引爲同調。同治戊辰，余倡修華亭海塘，倚爲董率。每赴工即相見，賞其風雅，初不知深於詞也。筱峯先生曾任元和司訓，與余爲忘年交。嗣後來蘇，必枉過。亂定，重來郡中，故友凋零殆盡，益密于余，意興不衰。別則書扎月必再至。詩詞稾先曾付刊，亂後重刻者，僅詞一卷而已。卷中皆佳構，迨晚年，未免老筆頹唐矣。鍾瑞參越十年，始見緑雪館詞鈔，南匯張嘯山學博文虎序述如是。讀其豆葉黃卽景云：「水雲涼護白鷗眠。野渚無風墮碧蓮。欸乃一聲何處船。板橋邊。獨樹斜陽引暮蟬。」又喝火令云：「霧重鶯衣潤，煙濃蝶夢迷。片陰催雨上罘罳。禁得紗窗閒坐，重憶簸錢時。舊恨風吹絮，新愁繭擘絲。瘦憐伊。帶減春衣。越是無聊，越是子規啼急，越是落花飛。」小令不多作，好爲長調，如大酺、穆護砂、三臺、寶鼎現等作，皆摹仿入微。尤愛其上巳後二日，訪春虎阜，用白石琵琶仙調，全仿四聲，無一異者。詞云：「輕暝收煙，好春在、悶緑慵紅時節。鶯燕爭逐東風，嬌吭脆流葉。尋夢影、溪山未隔。又何許、那人蘭楫。玉鼎聽茶，銀屏品竹，前度明月。縱猶有、當日吟儔，但蓬梗、江涯易分別。兜我十年心事，枉鷗邊重說。斜照裏、眞孃墓草，替落花、卷起香雪。且更商略新詞，洞簫吹徹。」

朱紫鶴布衣詞

與張筱峯廣文詞並刻者，有萬竹樓詞選，乃吳縣朱紫鶴和羲所著也。張嘯山序言：「紫鶴祖居莫釐峯下，而常客松江，郡席故資，他無嗜好，獨喜爲長短句。嘗與其鄉先輩戈順卿游，多聞緒論。故其爲詞，持律甚嚴，而用意深細。中年得許姬香濱，閨房靜好，唱和爲樂，人謂神仙中人。比遭亂傾覆，姬罵賊死。君逃難奔走，轉徙浦江南北，索居淒愴，有不堪回憶者。」余始記前在白門，嘯山曾爲香濱索詞，蓋卽朱君之姬也。詞中多佳句，有二事可想見其爲人。一則明季廣陵妓王修孅，色藝雙絕，初隸樂籍，繼悦禪宗，工詩詞，兼善丹青。暇日在各選本搜輯，得倚聲二十四闋，録成一册，名曰草衣道人詞。其中憶秦娥調多情月一首，最爲風流藴藉。依其原韻成兩闋，書於册尾。詞云：「多情月。嫦娥不忍輕離別。輕離別。金閶亭畔，夢圓月缺。相思怕向人前說。鳴蟬抱樹聲聲咽。聲聲咽。梅花香裏，此心不滅。」原注云：修微築生壙於西湖，遍植梅花，有終焉之志。後經吴門，爲俗子所窘，乃依許譽卿。後爲女冠。「多情月。名花照澈秋風別。秋風別。驪歌一曲，唾壺敲缺。一生落魄從頭說。邀梅與語同心咽。同心咽。飄零卅載，燭銷香滅。」原注云：修微木蘭花影語詞，有「梅花無雨寒心咽」句。一則讀賀方回詞，因其下語雅麗，用韻精嚴，爲北宋一大家。遍購其集不得，就各選本搜得百二十闋，編分兩卷付梓，因填夢横塘。詞云：「吹殘梅雨，路出横塘，組成雲錦盈疊。客到江南，寫不盡、春情遼闊。思繫温柔，氣吞江漢，一時英發。算宮商妙理，律細錙銖，裁紅韻、爭豪髮。高吟雁後歸來，儘閒愁幾許，盡感風月。仙骨珊珊，休浪道、鬼頭奇絶。慢呼起、吟魂細說。淚漬丁香寸心結。度出金針，藝林傳播，唱陽春白雪。」按此調，盡感之感字，不從俗譜，用平聲，甚合。細說之字非協。

徐荔庵布衣詞

徐君荔庵，名漢蒼，安徽合肥詩人也。亦愛詞，有碧琅玕館詩餘。歿後，恩竹樵方伯刻其稿，余爲校刊。荔庵老年篤學申韓，歷名皖中院司幕府。咸豐癸丑十二月，隨皖撫江忠烈公禦粤寇，守廬州。十七日侵曉，城陷，忠烈公投卸甲壩薨，荔庵亦被重創，卧傷九十餘日得愈。有鷓鴣天詞云：「卧病空山日未哺。三春心緒總模糊。夢中喬木都非故，燕子何常識舊廬。香已燼，酒難沽。樓臺遺恨變邱墟。曾邀開府親籌策，晞髮哀翁痛不如。」即詠失城事也。所作不拘聲律，爲詩人之詞，而老健清空，尚多佳句，備存集中。

丁保庵明經詞

丁保庵明經至龢，一字萍緑，江蘇江都人。幼卽工詞，老而益進，垂四十年，昕夕無間。初幕游大江南北，後至六十外，預修揚州志，歸住邗江。家本素封，疊被兵災，夙業蕩盡。鰥居半世，僅留一子。今已年近七旬，患頭風疾，不耐搆思，然詞興猶未減。所著萍緑詞，一名十三樓吹笛譜，初刻於袁公路浦，後在余泰州僉判東臺縣幕，重爲校刊。迨客興化及回邗，又有再續補遺之刻，載入揚州府新志。其爲詞寢饋南宋，吸白石之神髓，而又得力於草窗，其佳處有玉田所不及者。協律極細，每拍一解，或十數日而後定，或十數月而後定，斤斤然蘄與古人相脗合，志亦專矣。余素熟其詞，擇尤愛者録之。浣溪沙，吴江道中云：「依舊煙波十四橋。亂鴉環繞古亭皋。石湖雲暗柳蕭蕭。點染垂虹書雁子，嘔啞小艇賣魚苗。征衫寒戀不曾消。」又謁金門云：「花盡落，一院峭風猶惡。未必踏青逢舊約。畫檐長噪鵲。倦倚枕屏金絡。私啓鏡閨銀鑰。不種當歸偏種藥。惹人空怨錯。」又鷓鴣天，送張溥齋云：「幾日琴尊醉未銷。忽聞南浦喚歌橈。紅侵醲面桃千片，緑染銷魂水一篙。圓缺月，長短橋。相思迢遞到今宵。自憐清淚無多少，長爲懷人送客抛。」又踏莎行云：「屩碧撈蝦，簪青伺蟹。一聲紅杏鄰東賣。春遲風雪灞橋深，鳳韡猶記人挑菜。火冷餳香，花羞鬢改。新來草色生書帶。脫裘沽酒問旗亭，吟衫三月餘寒在。」又一斛珠，寄題沈旭庭秋山采藥圖云：「荒鐘乍歇。亂雅踏碎疏林月。一襟秋思垂楊結。滿徑西風，乾落瘦黃蝶。翠尊芳醞傷離別。豔歌金縷情淒切。窗前定有香紅雪。帶眼牽愁，遙夜夢魂接。」又揚州慢，過玉勾斜譜石帚自製中呂宮弔之云：「歌扇香雲，畫橋春月，可憐送斷瓊簫。記珠簾十里，有小燕斜飄。歎如此情天未補，草心愁醒，吹綠裙腰。近清明、留得餘寒，分上林梢。絳仙喚起，算相如、才思應消。便淚涴燕支，花緘荳蔻，魂倩誰招。柳外玉驄嘶盡，殘陽恨、說與空潮。但凝成淒碧，年年螢火涼宵。」又掃花游，萼綠窗消寒詠酒帘云：「野籬映碧，又遠颺鞭絲，醉眸斜注。一襟細雨。正孤村、笑指杏花深處。卷上詩魂，蕩碎春愁萬縷。燕私語。說社後嫩寒，猶在檐樹。湖上春已去。記問價當時，箇人眉嫵。柳陰繫艫。照清溪暮影，緩歸簫鼓。舊日黃壚，冷落吟香儔侶。耿離緒。嘆江南、麴塵飄霧。」又憶舊游，與馬竹漁夜話湖上舊游云：「記吟衫拂絮，畫槳衝煙，買醉虹橋。唾綠湖波膩，蕩香塵十里，花霧迢迢。沸雲豔歌金縷，飛度一枝簫。看夕照平山，樓臺倒影，鶯燕都嬌。蕭條。對流水，想杜牧重來，冶思難消。卧柳隄陰老，問眉痕深淺，今爲誰描。翠舷甚時同扣，明月送歸潮。但寄語盟鷗，空城斷角吹麗譙。」又臺城路，詠黃葉云：「曉天霜信疏林早，閒門晝來長閉。薄影篩雲，殘妝病酒，寒上斜陽鴉背。青山瘦矣。歎顦顇秋心，樹猶如此。半榻茶煙，記留詩夢付蕭寺。哀蟬身世最苦，露涼還自咽，幽怨空寄。故里園荒，滄溟客老，冷却扁舟歸思。西樓倦倚。對一碧無情，黯懷都洗。蟹熟橙香，弄吟乘醉裏。」又霜葉飛，秋夜懷黃季剛云：「露闌憑遍梧陰老，孤蛩啼碎秋怨。歎寒短髮不禁擾，待醉巾重岸。悵蓋篋、空留賦卷，謝生雙屐清游倦。記夢裏相逢，又掩靜苔扉，冷雲黃葉千片。同是抱影銷魂，登臨天末，故園難慰心眼。已無一字可留題，況水村無雁。便此後，梅花信暖。征衣鉛淚都吹滿。正懶把簾鈎下，落月東牆，一燈涼翦。」又摸魚子，詠鷗云：「認苔磯、誤吹晴雪，縠紋浮破空翠。瀟湘練靜沙痕淺，幽夢一溪涼碎。花徑閉。算古岸柴門，南北皆春水。吳歈唱起。聽弱艣咿啞，斜陽淡沱，拍拍碧雲裏。　尋盟去，還伴天隨漁子。西風潮信千里。忘機自領閒中趣，烟外綠楊如薺。吟未已。問天地飄飄，狂客身何似。芙蓉笑指。看瀲灩霜翎，呼羣游戲。雙狎鏡波膩。」又再續詞內鷓鴣天辛未元旦一闋，時客興化，年已六十有一矣。詞云：「甲子周流得羡餘。風光新又換桃符。水鄉寂寞歡情少，卧聽荒庵一磬疏。　山笑否，燕睇無。辛盤隨意雜春蔬。梅花不受朝陽勒，雪裏吹香入酒壺。」卽此一小令，前結七字，與余函書商榷始改定，其矜慎如此。困於貧病，所成就只此百餘闋佳詞，亦可慨已。

丁毓生茂才詞

萍綠母弟毓生名至德，江都茂才。詞筆清圓，講求律法，絕無叫囂之習。有才不遇，宛轉飢驅，久作元瑜書記，髮亦垂垂白矣。作詞無多，錄一闋以存梗概。調寄瑤華詠七夕云：「菱塘雨歇。一味涼生，愛華流新月。佳辰暗數，偏又是、待巧鍼樓時節。錦機碎字，任緘得、閒愁千疊。想那回私語憑肩，高樹晚蟬幽咽。　因嗟會少離多，縱未負芳期，難遣淒切。江州淚老，算此恨、枉自年年空結。秋澄如水，怕紈扇、恩疏輕絶。奈晚天，吹起商飈，一霎夢雲飛滅。」

張子和大令詞

揚州軍中，前後共事者五十餘人，平齋、緣仲二君外，與張子和大令最契洽。子和名熙，一字籽荷，山陰人。以父祖先後官江蘇，僑寓白門，於城北築園曰陶谷，爲一時觴詠勝地。有六朝梅一樹，詞人争賦之。粤逆久踞，遂付劫灰。子和以納粟官江蘇，歷署溧陽、寶山、興化、丹徒各邑。幼即好爲倚聲之學，其友爲刊主客圖。後與丁萍緑諸君游，慕兩宋風味，乃盡棄舊學，併素所得意句而摧燒之，別成精句爲扁舟草數十闋。丁卯秋，余權江甯藩篆，子和自吴門至，窮愁抑塞，各無暇談風月。旋以感時疾亡，傷哉。其詞稿均散失，今以友人所留搜集之，僅得六闋。浣溪沙云：「柳絆花縈總斷腸。未灰心似返魂香。春眠初覺倦思量。　遠樹緑迷揚子渡，夕陽紅罨麗娃鄉。夢中歸路也淒涼。」又鷓鴣天，邗江道中云：「小隊灣頭試玉鞭。東風回首十三年。清時破寺仍鐘鼓，野寺春燈自管絃。　寒似水，夢如煙。緑楊依舊畫橋邊。宵來一枕孤篷雨，不是江南一惘然。」又法曲獻仙音，邗江小泊懷丁萍緑云：「風荻秋疏，水萍煙碧，暮色蒼茫如畫。故國江南，故人天末，驚寒雁落平野。渺望睫，滄波遠，扁舟又東下。　慢游冶。歎飄零、歲華如許，歸未穩、空盼玉簫春夜。夢杳十三樓，翠衾寒，霜重鴛瓦。畫角黄昏，動清愁、鉛淚暗灑。念梅邊明月，還照舊時臺榭。」又解連環題丁萍緑十三樓吹笛圖云：「斷雲天末。望亭皋甚處，暮愁空闊。正雁字、清不勝寒，對喬木荒溝，舊時明月。慢賦離憂，早霜夜、玉龍吹徹。記燈宵酒醒，竹外一枝，翠袖曾折。　萸灣郵回送別。歎華年似羽，輕付啼鴂。任卷起十里珠簾，剩涼碧搖烟，亂蛩幽咽。彩筆題香，鎮盼斷、冶春時節。待重來，杜郎漸老，暗添鬢雪。」又瀟瀟雨云：「煙篷秋水闊，倚寒空、返影入江斜。記維舟故國，滄波夢遠，雁集平沙。淺睡一燈人獨，霜笛咽蘆花。落葉愁題句，流恨天涯。盼斷瓊簫俊約，早丹楓醉舞，客鬢霜華。渺鄉雲千里，城闕隱悲笳。甚西風、郵亭催晚，黯垂楊、不見舊棲鴉。飄零久，問今宵月，秋在誰家。」又琵琶仙，趙竺薌招同七星巖探梅云：「一卧滄江，早閒了、舊日尋詩雙屐。多難偏約登臨，層雲盪胸臆。煙樹外、斜陽一點，漸紅破、亂山愁碧。斷壑流澌，疏花隱岫，塵夢無迹。　甚贏得、身外浮鷗，況都是、江南倦游客。回首石橋橫處，黯湖天春色。重喚起、清歌對酒，話小園、雪後消息。好共明月梅邊，夜寒吹笛。」子和穎悟，殊異常人，其浣溪沙一闋，神似草窗。鷓鴣天即追詠揚州軍中事，清時一聯，神來之筆，不可多得。法曲獻仙音起二句，用入聲處，考律極細，煞費苦心，氣脈亦甚深厚。解連環、瀟瀟雨，一意清空，自有真意，得玉田之神。琵琶仙以老杜詩情寫白石詞旨，尋味無窮，皆卓然可傳。乃所存止此，可爲悵惘。

余石莊茂才詞

子和大令宰興化時，丁萍緑在其幕中，以詞酬唱。子和宰寶山時，孫月坡在其幕中，唱和甚歡，月坡因有海角詞之編也。子和與宜興儲麗江别有唱和詞付刻，當時余曾從麗江乞得一本。鍾瑞注　邑中余石莊茂才焜與萍緑往還，遂亦嫻於詞學。　茂才天性疏懶，不隨流俗，而天分極高，有和萍緑木蘭花慢、齊天樂二詞，刻意求工，鏤金錯采，多清脆之音。而於藏暗韻，用去上，均甚諧協。後幕游楚中，寄懷苹緑百字令一闋，語尤凝鍊。知其離羣不廢夙學，功力益深矣。併録之。木蘭花慢，和燈市云：「裝成銀世界，半人巧，半天工。看玉海涵星，珠宮射月，曼衍魚龍。忽忽好春信息，算最難、烘染試燈風。飛到一雙鸂鶒，吹開萬朵芙蓉。香紅。留最難，醉花叢。多少恨，玉簫中。怕往事重題，銅駝俊約，紫鳳狂蹤。街東。乍細雨，步珊珊，知是繡幫鬆。記取眼波溜處，明朝萬一相逢。」又齊天樂和白秋海棠云：「粉牆西畔黄昏月，秋痕夜來驚醒。雨歇閒門，苔荒舊院，多少珊珊風韻。銀河露冷。便淚洗春潮，斷紅無信。點破秋陰，半奩碎雪剩殘印。華髮怕提舊事，舞裳無恙否，添了緑鬢。夢易成烟，情多化絮，不是當年人影。飄零暮景。是生帶愁來，怎教消盡。寫入冰綃，畫中還細省。」又百字令，客楚中秋夜懷丁苹緑揚州云：「湘波浩淼，把江籬吹瘦，晚風蕭瑟。遠道書來愁盡掃，珍重故人消息。紫蟹黄花，青山白眼，醉弄虹橋笛。知君幽興，冷蟾長對瑶席。最是老柳江潭，斜陽峴首，腸斷登樓客。烏鵲南飛人北去，遺恨蕭蕭蘆荻。楚雨驚秋，吴潮帶夢，時苹緑自吴中歸。詩鬢蒼涼極。明年歸好，旗亭新句重覓。」

金子石布衣詞

於時又有金子石布衣德輝，籍隸興化。以畫名，亦好爲詞，字斟句酌，別有風味。録其南鄉子，舟泊劉莊紫雲山云：「燈火聚橋邊。轉過雙灣郎寺前。驚起棲雅三百樹，騷然。落葉昏鐘墮客船。野水沍寒煙。秋去冬來又一年。再泊紫雲山下路，無眠。老雁一聲霜滿天。」又綺羅香，詠半臂云：「無袖承花，有襟滲酒，小字裲襠同唤。玉臂清輝，分與纖紸銜半賺。錦纏護了宮紗省，刀尺裁餘繡段。最憐他月地憑肩，晚凉姊妹小妝換。多憐奚在善舞，還笑老懷抱背，從伊餉暖。忍凍時拌，祇空寄情人遠。九華繪、宮女裝新，銀鸞蹋、唐兒歌按。莫教忘、湯餅謀初，解衣情意款。」此二詞，小令鍊句自然，慢詞描寫盡致，運以柔情，不嫌瑣屑。聞其孫冶青，能承家學，詞畫均佳，惜無所得。憶余在泰州時，晏彤甫廷尉師奏派總辦興化、東臺、鹽城、阜甯四縣團練，往來於興化數四，有此詞人，竟未訪得。後聞丁萍緑言，始知之，自慚俗吏，可哂也。

黄季剛布衣詞

與丁萍緑至交，有黄季剛者，名之馴，廣東吴川縣人。幕游江南，無意求名，以詞爲性命。初學蘇、辛，後改而致力於南宋。深慕王碧山，故自號景碧山人，志趣可想。著有宋人詞説四卷，切磋三十餘年，選存自作詞六十五闋，均未刊。以其兄介存孝廉官山西介休縣，復幕游山右，亡時年已六十有九矣。萍緑摘録其詞寄示，余謂小令三闋，筆致輕倩。漢宫春、瑶華二闋，詠物無迹，舒卷自如。其擇律之精，無俟稱述，備録之，以質同賞。相見歡云：「梨花寂寞春殘。倚闌干。兩道眉痕淺淺、學春山。情甚熱。歡無竭。別來難。況是一天風雨、不勝寒。」又臨江仙柬友云：「老去逢春多感慨，偏教霧裏看花。落紅點點逐塵沙。東風知有意，吹送到誰家。鬢鬌鬟欹嬌不語，一腔幽怨還賒。有人淪落共天涯。青衫都是淚，不敢問琵琶。」又祝英臺近，奉和曼陀羅華閣賦橘云：「荔枝香，梅子熟，秋老漢陽路。客倦游梁，江上植千樹。恰宜清曉霜天，髯蘇仙去，有誰解、晏時延佇。紫簫侶。記曾共破新橙，濃芳蘸柔素。密意潛懷，襟袖暗香度。只愁冷落樵柯，重尋棋劫，又空剩斷雲迷霧。」又漢宮春，詠介休中七星槐爲介存兄舊治云：「司馬門前，自仲文老去，幾度沾衣。重巡莎徑，一片庭草萋萋。星靈暗淡定傷心，景物全非。對昔日傳經舊市，一般都付鶯啼。屈指清涼未久，聽蟬吟高樹，露咽風淒。記得緑陰共醉，花萼留題。瞢騰枕上，送斜陽、冉冉低迷。且莫問、朱輪何似，一枝聊許幽棲。」又瑤華，和萍緑詠白菊云：「冰綃淚隕。揮盡黃金，剩瑤臺零粉。瓊酥消瘦，休錯怨、昨夜西風吹恨。銀屏涼透，又新雁、替傳霜信。愁漏深，月兔斜窺，暗地玉容偷認。籬邊蛺蝶飛來，爲貪抱寒香，雙夢棲穩。萸杯潦倒，須待得、送酒人來重引。柴桑舊約，已誤了、昔年招隱。最可人、漸老徐娘，一段素秋風韻。」

周陶齋大令詞

周陶齋大令作鎔，一字瀟碧，湖州人。幼歲游庠，食廩餼，納粟官南河，擢江蘇知縣，一署丹徒。卸篆後，因案被劾，人皆惜之。素工書畫，尤擅長於詞，與丁保庵、蔣鹿潭游，深究格律。余曾索其殘稿，録存數闋。鷓鴣天云：「靜掩紋疏桂篆消。紫鸞仙夢隔瓊簫。柳縈恨緑扶春媚，花裛薷花妒鏡嬌。鴛帶減，雁書遥。小樓閒趁可憐宵。西洲見說添啼鴂，一寸酸心度石橋。」又惜紅衣，鷗波館餞春云：「荇帶拖晴，蒓波漲暖，暮烟空結。路入東風，飛花引游屐。梨雲漸冷春又老，汀洲啼鴂淒絶。庭外夕陽，誤黃昏消息。文園病酒，不卷珠簾，金猊飽香屑。天涯望久，瘦柳爲誰折。猿鶴故山應怨，幾日緑陰愁疊。算舊情、都負一闋，玉簫明月。」又三姝媚，送友云：「江蘺摇怨早。認晴帆欹煙，暮林歸鳥。舊約鑪邊，任酒旗飄冷，俊游都少。屐齒莓痕，念糝徑、春塵誰掃。碎疊相思，鷗鏡波寒，暗吟愁稿。雁影南樓吹杳。記短竹箕屏，翠深紅窈。寬盡征衫，怕重逢山色，亂雲環繞。可惜蠻箋天樣遠，那時懷抱。空卷一簾秋霽，斜陽瘦了。」又齊天樂，感舊云：「絮雲吹滿南塘路，垂楊又添多少。石岸通潮，津亭載酒，一舸淒涼重到。征塵慢掃。歎歌斷簾空，路回書悄。料得妝樓，素鸞臨鏡怨清曉。秦城無限舊夢，忽忽輕誤却，還被鶯惱。柳下人家，花邊笑語，深掩半庭殘照。侵階嫩草。念前度弓彎，恨隨香杳。舵尾燈寒，四山空翠繞。」又邁陂塘，詠苔云：「玉階寒，翠絲微綯，溼陰淒鎖深院。東風吹老銷魂色，早又落英鋪遍。春影亂。剩壞竹荒籬，畫出斜陽怨。簾鉤慢卷。怕輦鳳歸來，遺鈿背拾，香逐唾痕散。歌塵黯。那日油車望斷。蝸涎濃沁涼篆。殘碑細剔傷心字，冉冉芳紅都變。君不見、正短草銅駝，寂寞成秋苑。餘煙弄晚。任峭石低籠，枯笻瘦倚，付與冷蛩伴。」

張海門太史詞

往與勒少仲中丞論時人之詞，最稱許平湖張海門太史。謂曾讀其絳跗山館全集，間有失律處，爲百中之一二。曾獻芻蕘，意謂絕豔仙姿，不容稍有鉛粉之污耳。余誌其語，遍詢鄉人，後知金眉生廉訪舊與締交，思刻其遺詞，求稿未得。今始見於詞綜續編中。太史名金鏞，道光辛丑進士，官編修，負才未展。黃韻甫大令云：「其詞清微窅眇，矜鍊之極，歸於自然。蓋積畢生功力爲之，所解悟深也。王少鶴京卿比之清真、中仙，殆非虛語。」惜原選無多，復限於篇幅，僅録六闋。菩薩蠻云：「絲絲夢颭星星雨。冷鸚愛學傷心語。似說去年闌。今年人影單。　峭寒渾未減。雲釀春愁黯。胡蝶坐儂衣。茜痕雙袖低。」又賣花聲云：「絲雨畫闌前。鶯喚春眠。羅衣曉怯換輕綿。寒勒海棠花一樹，不放紅蔫。　香裊蕙鑪煙。鏡側琴邊。憐伊生小愛詩篇。豔體西崐三十六，自寫鸞箋。」又齊天樂，題黄韻甫帝女花院本紀故明長平公主事云：「銅駝石馬淒涼意。滄桑頓驚如許。鶴市煙疏，鸞臺鏡返，重訂月邊簫譜。愁顰怨緒。剩九死芳心，淚攙花雨。掩抑悲歡，十三陵上黯雲樹。　仙音誰獻法曲。聽哀彈宛轉，疑對張女。粉泣巾紅，香煎篆碧，字字并成酸楚。秦樓鳳侶。只冷玉深埋，羽衣黄土。草罨秋墳，瘦鵑闌夜語。」又憶舊游，重過影梅夢鶴山房云：「甚芙蓉曲樹，薜荔疏闌，驀地重經。略記湘簾畔，乍隃麋小試，學寫黄庭。長憐病身如葉，飄墮曉風輕。只一曲凝雲，繞梁幾日，猶剩歌聲。　漚盟漸消歇，便更續芳游，難喚青青。過了春時節，儘梅邊吹笛，斷韻愁聽。舊學怕成新醉，酒夢總零星。有前度冰蟾，依依照客今夜明。」又邁陂塘，題曰：「丙申小除夕，過楊西麓聽潮山館，命酒論詞，殊慰契闊，並出餞菊圖册索題，怊悵秋緒，低徊昔游，賦此以贈。」詞云：「悵分飛，東勞西燕，尊邊難得攜手。緑痕各歎秋眉換，君尚疏狂如舊。君記否。記江岸殘箏，襆被孤篷候。春燈薦韭。看月落杯深，煙啼燭小，良會正非偶。　聰明誤，悔把靈根參透。生天休問先後。畫禪一種無憀意，特借霜風重九。花下酒。便未過中年，也覺漂零彀。空憐敝帚。剩有怨琴絲，不平碁局，題恨遍襟袖。」又賀新涼，題曰：「壬寅四月，因海警避居清風涇，暇日集張氏園，撫景感時，觸緒成詠。」詞云：「風鶴驚心再。忒忽忙，藥鑪茶磨，半船輕載。相約依巢飄零燕，有個開簾人待。說前度、泥痕還在。卅里煙波盈盈隔，趁浮家、卻好償詩債。尋勝地，解蘿帶。海山青想垂楊外。歎無端、蟲沙小刧，引杯增慨。卻對園亭雲林畫，一晌且容瀟灑。更商略、五湖蝦菜。倘遂他時比鄰約，縛香茆、那惜蝸廬隘。聊寄意，寸箋矮。」

張鹿仙太史詞

海門太史介弟鹿仙觀察，名炳堃。丁未翰林，現官湖北候補道，即與黃韻甫大令校刊詞綜續編者。所著抱山樓詞，寄託遙深，芬芳悱惻，不愧雙丁二陸之譽。錄其釵頭鳳二闋云：「抽如縷。飄如絮。無端墮入非非去。紅樓敞。青簾漾。不應凡骨，許闚天上。儻儻儻。添香炷。停鍼語。翦刀聲在深深許。銀釭亮。金鉤響。無因得見，繡衾羅帳。況況況。」「相思味。瞢騰地。一雙青鳥知人意。迴風引。蓬山頂。粉香吹下，芳心暗警。幸幸幸。驚疑際。珊珊至。霞裳水袂分明是。流蘇錦。紅蕤枕。行雲歸也，半床燈影。醒醒醒。」又臺城路，詠柳花云：「託根曾在靈和殿，依依舊家風度。點染黃金，紛敷碧玉，豔雪都無重數。瓊蕤正吐。問因甚分飛，不隨春住。愛逐東風，自家輕薄更誰訴。江南千樹萬樹。子規啼欲斷，似喚歸去。帶雨冥迷，和煙冪歷，還向綠深深處。棲香淨土。也莫化浮萍，再嘗淒楚。說與芳魂，短篷吾倦旅。」又南浦，和陳實庵同年聯舟京口感賦原韻云：「天半落江聲，甚今宵、祇覺客懷淒澹。怨曲譜銀箏，低徊處、響入遙天雲斂。十年前事，互看衣袂京塵染。一枕驚濤眠不得，不爲綠淒紅慘。底須刻意傷春，歎司勳老矣，帶羞圍減。昨夜夢揚州，蛾盡瘦、明月二分還欠。

愁深醉淺，與君各抱天涯感。却恨催歸無杜宇，冷落孤篷低掩。」此和詞尤妙。

張東墅太史詞

金眉生廉訪以護惜名花舊事，賦歸鳳曲，繪爲圖。復畫江上數峯青一幀，亦紀其事，索題詞。張東墅太史譜琵琶仙一調，用白石韻云：「如畫煙波，記前度、打槳頻迎桃葉。篷底人豔初花，雛凰恁嬌絶。腸已斷、琵琶一曲，況聽到、晚風題鴂。碧玉新聲，黃衫舊夢，幽怨空説。　認無恙、江上眉峯，似菱鏡、晨妝郵時節。惆悵買春期誤，費東皇榆筴。還笑我、江湖小杜，負俊游、十載泥雪。小影何處驚鴻，箇人離別。」此詞頗得石帚音節，因亦效顰書圖內。詢眉生，知太史名脩府，江蘇嘉定人，丁未翰林。今又於吴平齋觀察扇頭，見書憶舊游一闋，音律亦極細密，併録之。題曰：「與家鹿仙六兄，別十年矣。辱寄新詞，殷殷念舊。頃予賦北征，聞鹿仙需次在鄂，相逢相別，殆難爲懷。湖濱舟次，依韻酬寄，不自知其聲之悲也。」詞云：「憶軟紅舊夢，狂醉清歌，十載銷魂。世事供謡諑，只靈均有淚，憐我憐君。留得飄蕭雙鬢，都换鏡中春。甚雞肋淒涼，蠶絲辛苦，同走風塵。　天涯忽相見，話耦耕夙約，煙月柴門。負盡青山福，怕離亭短笛，別酒重温。況是哀吟楚些，斷雁叫春雲。原注：大兄七兄均下世數歲矣。悵孤櫂湖天，無邊草緑煙水昏。」

周縵雲侍御詞

曾文正公克復皖城，初開幕府，才俊畢集，招周縵雲侍御於滬江。侍御名學濬，烏程人。道光甲辰第二人及第，官御史，督學廣西學政。性至孝，以母老告歸。余於同治甲子，奉調至彼，得相往還，見贈金縷曲詞，次韻報之。時侍御與李壬叔、張嘯山諸學博，迭爲賡唱。改金縷曲調名爲雪月江山夜，以詞中有此五字起句也。克復金陵後，延侍御掌尊經書院。嗣歸浙江，歷主杭湖各講席，泉石自娛，絶意仕宦。惜令子小雲僉判，亡於揚州，幼孫繼夭，桑榆之景不佳。然雖逾六旬，視聽猶壯，或再得子，亦未可知。且聞遺腹得孫矣。侍御素工倚聲，辨律甚細，熟於宋人詞。知余欲重刻戈順卿所選宋七家詞，寓書云：「順卿好改宋詞本字，如夢窗高陽臺詠梅結句「葉底青圓」，謂梅子也，改『青』作『清』，便失本意。又滿江紅過澱山湖云：『浪揺晴棟欲飛空。』語極生動，改『棟』作『練』，則索然矣。」屬爲改正，其細密如是。惜其詩詞均未刊行，今於詞綜續編中見一闋，録之。鳳凰臺上憶吹簫，題戴銅士西湖訪秋圖云：「遠樹勻煙，涼雲墜水，好秋知在誰邊。甚一湖出翠，也瘦雙鬟。盡把穠華收拾，人影外、如許荒寒。句留處，幽懷慢訴，妙筆能傳。流連。舊游尚憶，憶水陌虹梁，小駐吟鞭。共愁荷倦柳，顦顇頻年。算只沙汀鷗鷺，能記我、幾度憑闌。何時約，扁舟藕花，共載秋還。」

馬竹漁鹾尹詞

兩淮鹾政，聚於揚州，需次鹽官，多至數百，貴介子弟爲多。頗躭風雅而工長短句者，蔣鹿潭等二三人外，不多遘。余所識馬竹漁鹾尹，名書城，山西介休人。性喜填詞，無專集。其仲子順卿大令，今官江蘇，或可搜輯，謀壽諸梓。記其月下笛，題萍綠詞云：「誰喚詞仙，十年一夢，傷心時候。新腔石帚。記曾梅下攜手。湖山依約登臨過，思往事、不堪回首。問揚州，明月瓊簫何處，玉人知否。垂柳還依舊。看畫檻珠簾，白鷗飛瘦。春波自皺。釀成春思如酒。天涯已恨雙蓬鬢，更夜雨、江南聽久。倚闌畔，令人愁，清角黃昏又奏。」又金縷曲，詠機聲云：「軋軋知何處。隔窗紗、雲鬟欲嚲，盈盈倩女。寸寸相思裁不斷，好託迴文細訴。莫計較、嫁時機杼。幾度拋梭渾未肯，怕西風、寒到衣無絮。鄰壁外，又敲雨。井闌絡緯啼將曙。最關心、征人夢冷，翦刀辛苦。樓角燈青憐夜永，郁有春鶯對語。卻一遞、一絲一縷。縷縷都傳哀怨意，似柔腸、密密尋端緒。還付與，暮砧去。」

宗湘文太守詞

泰州設籌餉局，時金眉生廉訪，延宗湘文太守總理度支，出納詳慎。太守名源瀚，江蘇上元人。歷掌稩臺文案，以知府之浙江，屢署要缺。補嚴州府，調寧波，政教誕敷，有循良第一之譽。文才博贍，詩學湛深。揚州初克時，有冶春詞十二絕，傳誦於時。余與共事，極契合。今於眉生歸鳳曲圖中，見所題金縷曲云：「展畫渾淒絕。剩茫茫、空江遙夜，者般蕭瑟。生小橫波嬌欲語，宛轉雙蛾畫月。算若箇柔魂禁得。一霎驚鴻秋影杳，便棲鴉流水都嗚咽。更何處，訴離別。　摧花郁日罡風惡。曾仗取、扶春妙手，網羅輕脫。郎是桐花儂是鳳，心事低徊潛說。怎一夜芳情消歇。長笛蒼涼歸鳳曲，聽聲聲、唱得行雲裂。增百感，唾壺缺。」

施夢玉司馬詞

江南北利於舟楫，嘉道間牧令實任者，各置坐船，窮極工麗，其船沿俗名曰蒲鞵頭。咸豐初，余在清江浦，與黃子湘太守同謁署漕督查耕麓師，見所坐蒲鞵頭甚華美。子湘告余曰：「此施夢玉司馬舊船也。」司馬名燕辰，順天籍，山陰人。歷宰江蘇劇縣，升同知，引退。性頗豪華，跌蕩詩酒，兼工於詞。余慕其才，越數年，權篆東臺，適司馬過彼，握手歡然，旋卽別去。友人中頗有與之唱和者，僅得一詞。霓裳中序第一，重泊惠山寄友云：「溪花冪翠甃。豔照行人亭上酒。見説東君去後。更蛺蝶雙飛，軟簾風晝。珠宮似舊。問綵鸞、幽韻誰偶。春歸也，爲他愁損，一片冶城柳。　青逗遠峯迴九。任鏡裏、眉痕爭秀。離懷應自僝僽。歎繡閣燈閒，畫雲衣皺。檻寒花影瘦。卻燕子清明近候。蓬山晚，落英無數，夢雨慢回首。」此詞涉筆幽峭，有抗墜之致。惟愁損之愁字宜仄，冶城之冶字宜去聲，偶未細檢。宋詞中亦有似此者，要不失爲佳搆。惠山尼庵惡習，於同治戊辰，爲丁雨生中丞厲禁，始還乾淨土。閱此可想見前之靡麗矣。

姚梅伯孝廉詞又一則

顧子山觀察藏蕭山任渭長熊畫册一百二十幀，專畫姚梅伯孝廉詩詞，多奇闢幽秀之句。如心狐寶髻朝紫真、披頭女孛騎淫虹、天魔種子夜叉相、北固山城暮鐘雨、隔牆犬吠賣花翁等，一句一圖，設色精采。余與沈仲復廉訪、吳平齋觀察，各倩林海如茂才臨摹數十幀爲珍翫，因知梅伯之才。又於潘星齋侍郎昆仲詞集中，見其題序，有六朝意。論詞旨亦精確。欲求其集不得。今讀黃韻甫大令詞綜續編，始有十餘闋，不知此繪圖之百餘佳句，何以未選也。孝廉名燮，一號野樵，江蘇鎮海人。道光甲午舉人，著有疏影樓詞稿。梅伯大梅山館詩文詞集，詞凡五卷，曰畫邊琴趣，曰吳涇賡唱，曰翦燈夜語，曰石雲吟雅，總名疏影樓詞，刻於道光癸巳，今尚有印本。以後續集，不知幾許。即五卷中，佳詞甚多。鍾瑞注續編中稱其跌宕新警，如山雞舞鏡，顧影自妍，能獨樹一幟，而不屑屑於模範，洵非虛譽。然讀其諸作，雖不模範，而格律仍無一字之譌，彌令歎服。錄其浣溪沙云：「疊帳涼雲爐鳳篝。芙蓉花隔去來愁。冷香如夢溼簾鈎。欲種長春天不雨，誰歌子夜月當樓。銀河風露浩然秋。」又謁金門，題韻仙女士枕函殘夢圖云：「花壓臂。懶把斷雲扶起。一髮東風知甚意，更吹來細細。怯怯懨懨天氣。了了昏昏情味。眼底綠蕪千萬里。是煙還是水。」又琵琶仙，題曰：「憶余偕王雨耕、史雲坪，因錢唐之役，詣舟蘭江。時羽鳥怡情，葩花寫豔，媚歌靚酌，滌愁盪歡，留連彌旬而別。辛卯三月事也。越歲之秋，孤舫重溯，尋登孫氏水明樓，盼遠憶游，怊焉今昔。」詞云：「白石重來，總無那、曲裏風清消息。江上涼雨微吹，簾鈎挂初夕。殘柳外、樓臺似舊，甚添上、水雲愁碧。晚絮馱鶯，春絃叶鷗，佳麗空憶。但飛到天角孤鴻，弄秋語、淒寒向蘆荻。撩起荻陰漁管，唱西風無力。煙槳遠、兜孃去也，倚畫闌、目斷迴汐。又見東峴斜暉，澹黃遙射。」又憶舊游，寄沈東岑吳中云：「記綠蘋槳短，紅藕簾疏，共倚春詞。一曲傷離後，問燈雲榻雨，夢瘦還肥。只愁畫梁如昔，巢燕已全非。莫宿酒痕青，羅襟待澣，又蘸新啼。依稀。那回事，算值得人人，眉楚鬢淒。煙水東流盡，便等身金好，難鑄相思。試看女墳湖上，日夕鷓鴣飛。恁一路江南，楊花亂落人未歸。」

余前以萬紅友不收明人自度腔爲有識，蓋以宮調失傳，恐不能付之歌唱。今韻甫謂梅伯善洞簫，能自按所製曲，因觀其自製露華春慢一調小序，説律甚精，決非臆斷，特録之。序曰：「五溪桃花，經春輒盛，怡目悦水，妖靡姝盪，天台武陵，若無以逾。晴時嘗舟詣焉，風景喧寂，因游屢變，忽忽似中感，不能無詞，製商調以寫之。商調者，即俗之六字調。唐商調曲俱用仩字製音，爲商之宮，仩，商清也。九聲宮四商上角尺徵。工羽六，其清聲則宮伵商仩角伬徵仜，羽有下無高，則無清。羽之下，即今之合是也。是調以工掣音，由低工序而升之，爲商之商，蓋起於太簇，以夾鐘爲變宮，姑洗爲商，中吕爲角也。禮云：商亂則陂。余按簫求之，幸不失正，名曰姑洗清商調。詞云：「櫂迴雲壑。又溶溶流水，緋桃照晴萼。小笠短笻，擔酒自過橫彴。斜陽舊時樓閣。恁無人、閉了珠箔。況青山笑淺，黃鶯語懶，春氣猶弱。

慢思昨送畫扇，鈿車芳草繡成幄。望斷晚霞，依依此情誰著。嫩香乍颭，小紅欲墮，煙起林薄。歸去也、倚篷延酌。空回首、亂峯崿。」

章子善大令詞

人有宿慧者，往往一見即解，一學既能，然非大有作爲，即多夭逝，屢見不爽。余壻章子善存元，錢塘人。少孤，爲其祖姑丈黃春山僉判純源撫育。咸豐乙卯夏，余至春山泰壩監掣署，聞其書聲，呼出問之，年甫十一，貌頗英秀，即定爲贅壻。次春，招至海州僉判任所，親授以經史詩文，入手即能領悟。復先後延家有山明經、張洛如孝廉，教以舉業，斐然成文。洛如許以必售，詎甫弱冠，即得咯血疾。援例得知縣分江蘇，未二年以瘵亡。記其十三歲時，偶及詞中小令有十六字者，取蔡友古作示之，次日即成一闋云：「聽。隔著黄河擫笛聲。西風緊，吹起故園情。」時僑寓王家營也。雖才力薄弱，而能清順無疵，許其成就，乃竟負所期哉。思之腹痛。

張南山太守詞

粵寇初起，兩江陸立夫制軍建瀛爲欽差大臣，赴楚堵勦。檄余與戚子固觀察綜理糈臺，余兼司箋奏。壬子十二月十五日，自白門啓節。祭大纛時，天日慘淡，飛霧滿庭。環顧弁兵，無不顏色淒黯，心已訝其不祥。申刻出儀鳳門，登舟，風逆不得發。夜間得報，知武昌失守。次早，揚帆西行，迨阻風九江，烽警更惡。余乘紅船較寬，同人常來聚談，相對悲慨。胡珠泉二尹，忘其名，口誦粵東張南山太守維屏一詞，調寄闌干萬里心云：「九江城外雨如煙。九派茫茫送客船。不聽琵琶已黯然。水連天。一夜江聲人未眠。」謂與此時情景相似。余謂此是承平時語，今風聲鶴唳，銷魂情緒，殆又過之。曾有和作。未數日，舟次湖北隆平鎮，翼長都督恩長陣亡。制軍易舟先歸，同人星散。珠泉趨陸路，遇賊戕害。今因録同好詞句，忽念前詞，覺烽火連江，宛然心目，爲之淒然。

憩園詞話卷五

朱酉生孝廉詞

曩在吳門，與顧子山觀察談藝，常稱同里朱酉生孝廉詞。後校刊曾艮甫廉訪詞集，多與唱酬之作，意甚傾倒，余心慕之。今始得見知止堂詞録殘本，知酉生名綬，一字仲環，元和人。道光乙未舉人。素工詞，根底深厚，小令少而慢調多。蓋北宋爲小令，重含蓄，繼唐詩之後。南宋爲慢詞，工抒寫，開元曲之先。凡專力於南宋人詞，每於小令不甚經意。詞中聲律之細，固不待言，如法曲獻仙音調尤爲講律之入微者。今録長調十闋，尚不免有遺珠之憾。惜紅衣，題曰：「庚辰秋，有西湖之游，琢卿、清如餞別於鷗隱園池上。明日泊舟吳江城外，歌此奉寄，並懷順卿、功甫。」詞云：「嘆雨花彫，飄煙柳直，畫秋無色。玉凈池塘，淥波映離席。零詩賸酒，空數遍、霜風消息。今夕。昏樹亂鴉，對孤鐙荒驛。　西泠去客，簫謚琴歌，情懷暗寥寂。良期頓杳，水國暮吹笛。可惜段家橋外，冷浸半湖涼碧。料榭衫歸緩，三十六鷗能說。」按：簫謚之謚字，誤作謚，此蓋引王子淵賦「謚爲洞簫兮」字。又法曲獻仙音，題曰：「校定眉仙繡篋詞卷，因題是篇。」時余移家古墨池圖，廣阤喬木，烟月清真，吟嘯其中，或不似人間伉儷也。近詞多思親之作，外姑方就養衡中，楚山湘水，疊見篇章矣。詞云：「鏡閣懸花，燈簾收月，記約盟鷗前度。凈碧吹魚，冷紅依燕，池亭正堪攜侶。慢悵望春歸早，深宵擁篝語。　紫雲句。料妝樓、露桐吟遍，應未識、天上玉簫新譜。付與按歌人，誤嬋娟、顰怨如許。望極湘江，只無聊、愁換眉嫵。且濃題蕉葉，靜賞一園煙雨。」又淒涼犯，題曰：「夜雨高齋，寒不成夢，懷人天末，言愁始欲愁矣。」詞云：「蕭蕭颯颯，秋聲起、簾風悄滅華燭。雁飛過也，人欹病枕，暮愁盈掬。殘絲碎竹，度簷際、玲瓏片玉。似曾聞、霖鈴恨語，啼宇暗催促。閒記歌樓小，淺穗鑪熏，暖偎香局。秋鴛夢醒，定朝來、鏡蛾顰綠。歲晚天寒，掩羅帳、無言怨獨。聽疏更，一點二點，斷又續。」又玲瓏四犯，垂虹橋下用白石體云：「短柳未霜，叢蘆初雪，垂虹亭下秋早。客游殊自苦，倚舵看清曉。絲風暗欺破帽。問江郎賦情多少。綺岸花疏，畫船燈滿，何似舊懷抱。橋灣十年重到。剩揉波翠影，涼映孤櫂。玉衫香減盡，薄媚聞歌調。不須豔說吹簫伴，試極目、天涯荒草。人意消凝，有青山夢好。」又琵琶仙，題曰：「接澹懷泰州書，兼寄艮甫兩君，皆二年前晨夕過從友也。頗領依人，蹤迹疏闊。頃於秦淮渡頭小聚十餘日，輒又別去。秋風深矣，不能無懷。」詞云：「霜色關津，夕陽好、凍柳千行飄折。孤雁飛趁蘆花，寒沙散秋雪。吹夢斷、簫聲暮冷，憶江上、翠尊初別。十幅輕帆，一陂廢水，心事愁說。但回首、佳麗秦淮，復壁月瓊枝易銷歇。知有縷金歌扇，向空箱閒疊。十里路、西風夜起，擁敗鄣、盡是荒葉。漫剩天末懷人，怨絃彈切。」又瑤華，詠寒柳云：「鴉聲自急，蟬蛻初零，老前番秋色。危橋紆渚，風乍緊、一片霜條吹直。江空年晚，剩寂寞、孤舟漁笛。恁畫樓、猶是春前，悵望玉關消息。當時記拂鈿車，有萬縷柔絲，催送離席。斜陽似舊，楓葉外、惟有流雲凝碧。依依漢上，問淚點、爲誰頻滴。想暮寒、帽影鞭絲，倦馬尚嘶荒驛。」又瑞鶴仙，題曰：「零雨飄風，秋蕪被野，順卿調齊天樂見寄，情辭悱惻，歌不成聲，拈此奉答。義託閨襜，旨兼諷諭，亦離騷美人之遺也。」詞云：「笑芙凋淚影。早柳外人家，虛檐秋静。妝眉妬明鏡。記蘼蕪采罷，墜雲難整。啼螿訴病。倚寒幬，淒涼自省。舊題紈，碎墨零煙，萬點怨紅新凝。芳塍。明璫緘字，換到鑪熏，漸銷香餅。重簾度暝。斜照外，雨絲冷。歎悲黄書蝕，看朱歌斷，幾處銀瓶恨井。最堪憐、嬌稚鄰娃，夢歡未醒。」又西河，題曰：「曹艮甫秣陵之游二年矣，秋風歸棹，不忘舊歡，歌是贈之，以當古惆悵曲。張叔夏曰：『燕子尋常巷陌，酒邊莫唱西河。』故於斯調亦有取也。」詞云：「前度客，今年又理歸屐。滿城槲葉妥霜紅，暮愁共積。慢驚短髮漸鬅鬙，青衫無恙如昔。　搴薜荔，吟蟋蟀，關河多少寒色。離騷二十五篇中，一聲怨笛。白門冶柳慣牽情，絲絲翻送離席。　百年歲月似過翼。有花枝當摘須摘，莫到無花空憶。聽煙鴻，唳徧江南驛。燈火高齋秋蕭瑟。」又選冠子，詠琵琶云：「細馬妝殘，明駝影散，初寫漢宮離怨。剡檀木古，緪玉絃高，邐迆紫槽香滿。關塞荒涼，路遥攙入，鄉愁一聲蘆管。正將軍、毳帳傳歌，沙漠雁行飛斷。　知甚日。流響江南，釵樓稚小，手語漸成嬌軟。勻遮半面，側彈雙鬟，領略酒邊燈畔。惆悵蕭郎，舊時腰鼓，傳來倍添悽惋。算幺絃、撥冷春風，還是曲終人遠。」又多麗，題曰：「自來西湖雨雪間作，余與諸君無日不著屐游也。在理安道中，飛泉横流，搴裳徒涉，亦一奇矣。明日將爲旋里計，歌此留別。」詞云：「聽蕭蕭。風風雨雨朝朝。恁吹寒、還吹薄暖，斜陽慣自迢迢。露亭欹、花遲蝶眷，煙隄暗、柳禁鶯捎。　繡土香凝，妝樓笑淺，鈿車誰過第三橋。憶芳陌、畫衫扶醉，緩控玉驄驕。閒回首，十年塵鬢，綺想都消。　待山山、霞痕散霽，但須還勝林皋。磴泉飛、翠侵筍屧，雲巖轉、青潑松瓢。揩策情孤，翦燈話冷，勃姑聲裏喚歸橈。便天許、一春中酒，心事總無聊。西溪月，俊游空約，夢穩梅梢。」

范白舫明經詞

余習申韓之學，館楚北者十有六年。在漢陽府幕十載，同事最久者，爲范子彥鹺參軍楨，烏程人。時理鹺務，後納資爲鹽官，同官江蘇，抑鬱未得志。近見詞綜續編中有范白舫詞二闋，卽子彥之祖也。余於漢皐曾一修謁。公名錯，字磬山，號白舫，湖州老名士。所著有苕谿漁隱及花笑廎詞，並辱見投，兵亂毀失。公以年高，就養其嗣君小舫丈揚州僑寓，卽跨鶴於彼。浣溪沙，客窗曉起云：「石葉香添玉鼎温。深深小院閉重門。昨宵輕雨漾池紋。花怯曉寒如有恨，柳搖春夢已無痕。天涯何處不銷魂。」百字令，題湘江歸櫂圖云：「溪籐一幅，寫依依樹影，渺渺雲沉。幾曲湘江帆轉處，投書誰是知音。水碧鷗邊，山青篷底，歸送別懷深。扣舷歌罷，曲終人遠難尋。同是溷迹生涯，勝游情緒，莫盡長短吟。客子光陰虛換了，鬢霜多少相侵。擫笛吹愁，挑燈照夢，那不動鄉心。搴蘭披芷，爲君譜入清琴。」按百字令，卽念奴嬌用平韻者，爲陳西麓所改。此二詞用字用韻，確然大家，若子彥能存原稿，將來可冀重刻，以惠詞林。

如冠九都轉詞

拙作采香詞，初刊於海陵。旋奉曾文正公檄，委赴漢上設督銷局，轉運淮鹺。因與楚中司道相周旋，得識冠九觀察，名如山，滿洲廂藍旗人。道光戊戌進士，官翰林，被議左遷，時已洊升監司，今爲長蘆都轉。與余一見莫逆，曾爲作詞序，駢體工麗，今刊續刻三四卷中。余求都轉詞無所得，今見洞仙歌一闋。題曰：「錢小南符祚招同嚴問樵、彭小山、孫月坡及兩校書寓齋小集，時余將客撫州，月坡賦詞惜別，予亦繼聲。」詞云：「今番輕別，者銷魂誰語。打疊相思付琴譜。爲春蠶早死，死了還生，絲盡也，應化一星星雨。明知人易妒。不改初心，斷送濃春是歸路。我願作連環，雙綰雙攜，但去處、隨伊同去。便海角天涯又何妨，算浪裏流萍，有風吹聚。」都轉落落寡交，研精禪悦，故詞中多解脱語。曾葬其夫人於杭州法相寺東，自營生壙，作僧伽塔，曠達如此。

宋銘之茂才詞

宋銘之茂才志沂，一字詠春，以浣花日生，又號浣花，長州人。自幼沉靜剛介，早歲游庠，文名藉藉，尤工詩詞，長老以遠大期之。乃遭咸豐庚申之難，無力移家，與父及子三世殉焉。事聞，得恩騎尉世職，以猶子襲之。君詩詞稿均前失，賴其友劉泖生太守，就平日所存，録示其弟有年及其高足李彤伯，刻於吳門。詞名梅笛庵賸稿。序謂瓣香白石，取詞意題其居，並以名其集。泖生寄余讀之，清空幽婉，兼得草窗神味，蓋不僅取梅邊之笛，更有得於蘋州之譜也。録其點絳脣云：「院落春寒，等閒釀作空階暝。夜來眠醒。好夢無人省。　簾外東風，簾裏殘燈影。芳心警。緑窗人靜。夜雨梨花冷。」又謁金門云：「天又暝。細雨一簾香冷。雨到晴時風不定。月明花顫影。　今夜枕邊偷省。昨夜鏡邊笑並。料得畫樓人夢醒。晚妝和淚等。」又浪淘沙云：「悵絶可憐宵。冷雨瀟瀟。雨晴又見落紅飄。明月不嫌春寂寞，還照簾腰。　昨夜夢無聊。今夜魂銷。愁絲繫在兩眉梢。不解替儂描別恨，儂替花描。」又錦纏道云：「何處鶯啼，喚起舊愁如織。掩雕匲、晚妝纔畢。鏡台斜倚慵無力。顧影成雙，背著銀釭憶。甚今宵，月明盈盈如昔。掛花梢、澹煙溶白。怕曉風，還送春來，放隔溪楊柳，又攪波心碧。」又金人捧露盤秋夕云：「聽秋聲，悲秋氣，碎秋心。況梧桐都在牆陰。憑闌半晌，那邊黃葉已深深。無情去掃，背斜陽、瘦蝶來尋。冷金鑪，沉玉漏，酸畫角，咽疏碪。便鐵心人也難禁。下簾嫌悶，卷簾又怕嫩寒侵。不如且睡，儘苔階蟋蟀孤吟。」又長亭怨，和孫月坡秦淮枯柳云：「歎從此、纖腰慵舞。了卻秦淮，六朝煙雨。載酒聽鶯勝游空，空自感孫楚。畫闌重倚，香絮遠無尋處。往事縱銷魂，怕未必、魂銷如許。休苦。便青青似舊，怎忍近來愁緒。歡場散盡，更誰識、緑陰門户。待夢裏折贈相思，記不起、當時眉嫵。剩落葉寒蟬，還帶斜陽飛去。」又八聲甘州，詠秋柳云：「正天涯落葉簸秋聲，西風故驚人。況章臺煙冷，隋隄霜重，好夢成塵。可記曾攜手處，青瑣畫樓春。彈指年華逝，添了愁顰。莫問當初萍絮，又絲彫鬢影，黛減眉痕。剩斜陽一抹，扶住瘦腰身。料今宵、岸邊繫纜，酒醒時、涼月映黃昏。凝妝處、重回頭望，更怕銷魂。」又眉嫵，題王養初吟碧山館詞云：「奈眠花涼蝶，咽草孤蛩，偏到倚闌處。怕讀銷魂句。湘簾下，疏燈今夜風雨。翠簫按譜。料更無人在庭宇。剩牆角，幾樹垂楊柳，又飄盡香絮。鼙鼓。江城秋暮。問可曾經慣，如此情緒。休恨相逢晚，早歡悰、容易銷去。俊游舊侶。半夢沉、千里書阻。倘君果工愁，愁一點，願分與。」

錢心庵僉判詞

夢蝶生詞稿四册，戊寅冬，亡兒延章自邗上攜來，病中未及觀，併忘爲何人作。今病瘳，重理舊帙，見稿内有題丁保庵萍緑詞，注中齒及鄙人云。保庵有十三樓吹笛圖，吾鄉杜某曾爲題詞。始知亦秀水人。又見有爲金螺青大令寫梅詞，因函詢君之姓氏品概。得復書云：「君錢氏，名官俊，字心庵，一號愛廬。己酉選拔，由山西知縣改僉判，發兩淮。素精書畫，於詩詞亦擅長。與螺青同爲葛書山先生高弟，惜上年已歸道山。」余始憶及，乃滁香司馬所屬，因同族而搜其遺稿欲爲刊布者。讀其詞璀璨陸離，涵蓋一切。第以心手靈敏，摇筆立成，致字句平仄之間，與詞律或有出入。然細校皆别有引證，非恃才獨創也。今録八闋。擣練子云：「煙漠漠，雨絲絲。窗外鶯啼楊柳枝。遠道玉門剛夢到，一聲驚覺斷腸時。」又清平樂，題畫云：「闌干依舊。著意寒香逗。東閣清吟人酹酒。雲破月來時候。嫩寒野店山村。衣依紙帳香魂。伴我客窗岑寂，能消幾個黄昏。」又臨江仙，題畫云：「卧柳平分兩岸，野航恰受三人。一湖飛絮掠船脣。波痕疑燕掠，花影誤魚吞。想見前溪渡口，迷離錦樹横陳。桃花依舊笑三春。仙源曾有路，漁父不知門。」又蘇幕遮，江鄉憶舊云：「木蘭艭，桃葉渡。春水連天，江上晴雲暮。雲外青山山外樹。一抹斜陽，不見人來處。緑楊煙，紅杏雨。天氣陰晴，總是離愁做。别後萋萋芳草路。淚血相思，點點花間露。」又木蘭花慢，鄉思云：「鴛湖花月地，葵筍熟，鱖魚肥。記席擁桃笙，船移擨艇，煙雨春隄。凄迷。故鄉入夢，認樓臺、依舊是耶非。風景繫懷似昨，亭長亭短依稀。當時。緑鬢共朱衣。擨笛畫橋低。忽春花飄盡，秋孃老去，葉落霜飛。堪悲。夕陽逝水，問今朝、誰上釣鰲磯。何日片帆歸去，嬉游水驛東西。」又水龍吟，泰安驛聽雨有懷云：「山深四月猶寒，點衣又做瀟瀟意。打窗紙裂，燎裝葦涇，荒凉滋味。柝緊殘更，燈昏頹壁，酒醒無寐。儘長宵淒楚，一聲聲滴，滴不盡、愁人淚。　歎息塵勞何已。鬢添絲，帶圍寬幾。山迴水繞，天長人遠，相思迢遞。記否鄉園，緑蕉時節，黃梅天氣。約甚時歸去，妻孥一舸，話烟波裏。」又臺城路，雪夜寄周篤甫云：「雁門寒迴人千里，浮沈雁書無定。茶鼎孤煙，酒樽皓月，客裏與誰同興。揚州夢醒。甚冷落梅花，無人管領。愁思難禁。幾回尋夢草窗影。　纔逢又嗟別後，倚闌凝望處，人遠天迴。驢雪溪橋，鶴雲亭館，詩料早應端整。龍團待品。問甚日、來烹一甌香飲。賦筆詞牋，共消清晝永。」又綺羅香，詠黃葉用張玉田詠紅葉原韻云：「豔謝題紅，陰愁減緑，宮額怕撩秋妒。消瘦詞人，正對黃花吟句。度林外、纔認僧衣，指幾點、昏鴉棲樹。話江南、村掩柴門，故鄉家在未歸去。　漂搖愁向倦旅。低頹垣，半涴泥沙如許。鴨脚闌邊，回首嫩簧鶯譜。看一意、做弄蕭騷，怨楊柳、亂抛金縷。澹斜陽，瘦馬疏林，半山聲作去聲雨。」按此詞「指幾點、昏鴉棲樹」句，玉田原作「似花繞、斜陽歸路」，是路字協韻，並非樹字，或傳鈔各有所本耳。又集中有鶯啼序一闋，題曰：「同治九年三月，紹興府南門外，從空墜一女，年十七八，貌甚都，問姓氏，言語不能通，以手示意索筆墨，與之，自書蜀人，距成都三千里，隨母摘花田間，忽狂風吹起，眯目不知所之，瞬息至此。道旁觀者如堵，先有一士一農一賈，爭欲得之爲婦，里長鳴於官。邑令某謂女曰：『此天假之緣，三人中聽汝自擇。』女赬顏不敢對，固强之，乃指爲士者。遂以鼓吹送歸士家成禮焉。」元郝文忠公臨川集中有天賜夫人詞，亦蜀人，與斯事相類，因詞豔未録。

惠題蘇樓春眺圖詞

戊寅春暮，暢游西湖，歸繪蘇樓春眺圖，潢治後因病擱置。今己卯秋，始寄吳門，乞諸摯友題詠。十一月朔，吳愉庭觀察寄還，則珠璣滿幅矣。顧子山觀察題燭影摇紅詞云：「西子湖邊，故鄉無此湖山好。嚬煙嚬雨總相宜，何況春山笑。仙境蓬萊縹緲。刦灰飛、罡風過了。舊時猿鶴，記我前游，承平年少。晚歲重來，六橋又縱湊波櫂。怱怱我便作歸雲，別夢西泠遠。畫裏樓臺窈窕。羨司勳憑闌遠眺。甚時還覓，煙水鷗盟，雪泥鴻爪。」子山爲詞壇名手，協律鍊字，無隙可訾，尤妙在感慨低回，百讀不厭。吳愉庭既爲書額署檢，又題買陂塘云：「步湖隄、好風吹面，輕寒輕暖天氣。清游蠟屐人三兩，花外山樓同倚。春去未。春尚在垂楊，瀹緑縈青裏。鶯嬌燕綺。任揗杖敲詩，岸巾酤醉，相對萬山翠。年時事，橋畔蜻蛉獨艤。幽尋蹤迹能記。鷗盟鷺約都無恙，慢惜歲華彈指。圖畫底。認草長裙腰，一碧愔愔地。斜陽蘸水。更歸騎銜煙，吟衫曳月，波際櫂歌起。」余前録愉庭滿江紅一闋，謂爲書畫所累，久未倚聲，而能按律無訛，喜爲福壽之兆。今此詞音律更細，宛轉移情，與子山皆年已七旬，能作此婉麗佳章，真所謂老子興復不淺也。

沈仲復觀察詞附少藍夫人詞

沈仲復廉訪秉成，歸安人。由翰林授江蘇常鎮道，調蘇松太道，升河南臬司。未行，調之蜀，遽以微疾引退。僑居吳門，葺耦園與少藍嚴夫人嘯詠其中，著述並富。夫人爲伯雅太守芝僧太史之妹，幼承母教，素工書畫詩詞，有不櫛書生之號。仲復曾得一研石，紋作雙魚形，爲比目之祥，因構鰈研廬庋之。繪圖徵題，海内欽仰。今各爲余題詞一闋。仲復調倚買陂塘云：「倚高樓，暮春時節，湖山佳麗如許。蘋波漾緑煙痕澹，暎出桃花樹樹。簾卷處。對葛嶺雷峯，嵐翠飛如雨。疏鐘隔塢。早打起黃鶯，聲聲勸客，莫便賦歸去。西泠好，多少樓臺別墅。少陵題上佳句。何時相約尋鴻爪，同是劉郎前度。還弔古。向蘇小墳邊，盃酒澆香土。舊游重補。儘裏外湖橋，幾株楊柳，一繫畫船艫。」少藍夫人調寄柳梢青云：「柳色青青。桃花灼灼，春在西泠。一角紅樓，兩峯夕照，人倚疏櫺。東風大好揚舲。攜酒向、蘇隄聽鶯。舊日鴻泥，今朝鷗夢，畫裏分明。」此二詞，長調則周真史豔，摇筆隨心。小令則鮑俊庾新，其秀在骨。世有賢梁孟，似此才福，能兼幾生修到耶。蘇樓春眺圖，傳至吳門太傅第，潘季玉觀察賜題買陂塘一闋，蓋見圖中吳、沈二公皆譜此調也。詞云：「好湖山，故鄉無此，年來魂夢空遶。游蹤曾記西泠路，可惜泠煙衰草。原注：同治丁卯冬日，偕愉庭范湖艤櫂游西湖。春未到。春只待詞仙，乘興來登眺。閒愁淨掃。儘嘯傲鶯花，評量風月，醉任玉山倒。高樓望，指點天然畫稿。縈紅浮翠多少。韶華容易隨流水，行樂及時須早。君莫惱。君不見斜川韋曲餘殘照。吟情未了。仗十樣蠻牋，描摹麗景，休便放春老。」循諷數過，情與兼至，聲律和諧，可爲拙圖增色。

沈閏生孝廉詞

吴中七子詞以二生爲巨擘，謂朱酉生、沈閏生也。酉生詞已摘録，今從顧子山觀察覓得閏生詞刊本。

小傳云：「名傳桂，字隱之，一字閏生，蘇府庠生。嘉慶己卯副榜，道光壬辰舉人。兩赴禮闈，薦而未售。遂絶意進取，閉户著書。兼工填詞，直與南宋諸老争席。詞中愛用夕陽字，又有沈夕陽之名。閲其詞，無一字不凝鍊，無一句不雕琢，卻無一毫斧鑿痕。張叔夏謂姜白石詞如野雲孤飛，去留無迹，正堪移贈。所著曰鶯天笛夜新聲，曰今雪雅餘，曰蘭騷賸譜，曰小臨邛琴弄。又集宋詞仿朱竹垞蕃錦集之例，曰霏玉集，統名之曰清夢盦二白詞，蓋瓣香於太白、白石也。二白者：白石、白雲，蓋言姜、張也。非太白之謂。鍾瑞注今録十二闋。南鄉子，久雨放晴詞以誌喜云：「柳外煙平。溼雲如絮遠天青。草際蜻蜓飛不起。晴矣。樓角曝衣人到未。」又醉太平，題明人金閶曉月畫扇云：「垂楊畫樓。香魂翠柔。碧華涼浸衣篝。趁飛瓊夢游。將秋未秋。彎彎半鉤。夜烏啼向城頭。照梧宮舊愁。」又杏花天云：「一枝垂柳當風弱。春又晚，絮飄花落。燕樓人去斜陽惡。塵冷隔年簾幕。情默默，飛瓊夢錯。青鏡裏，玉顔非昨。愁心慢把冰絲託。不是舊時絃索。」又踏莎行，春盡日作云：「簾影流波，砌陰圍葉。一腔愁倩啼鶯說。緑香吹淚滿江城，黄昏微雨孤燈滅。中酒心情，嫩寒時節。踏青人又銷魂別。碧煙如夢不開門，門前千點楊柳雪。」又淒涼犯，破窗孤坐，風雪作寒，書寄蔣澹懷云：「翦風送冷重門掩，空城誰弄霜角。綺游倦也，江南夢裏，舊歡非昨。愁懷自惡。更無那、天寒袖薄。抵僧寮，單衣瞑宿，年少怨漂泊。芳信今宵減，懶賦西窗，罷眠東閣。雨燈醉淺，儘相思、翠幃朱幄。一笛湘波，伴山鬼、孤吟夜壑。正梅花雪影，萬點向曉落。」又四犯翦梅花，題曰：「是調爲劉龍洲所創，採解連環、醉蓬萊、雪獅兒三調合成，實即轆轤金井，惟首四字稍異。萬氏謂前段起句與解連環全不相似，細按之當以『水殿風涼』作『風涼水殿』

則合矣。而與轆轤金井平仄亦合。換頭句七字，萬氏謂誤多一字宜去之，是矣。然失注叶韻亦誤，蓋龍洲詞本不精於律也。行經杞縣城外，柳株夾道，濃陰蘸衣，隔籬人家小桃一枝，紅豔未吐，爲塡此解，寄里門詞社諸君審定焉。」詞云：「麴塵波膩。背斜陽，樹樹碧陰垂地。暖翠欹雲，倩鬟絲扶起。江南夢裏。正春滿、畫橋煙寺。小院聞鶯，長隄試馬，少年情事。　餘花弄晴未已。更無心認取，舊時紈綺。絮影回風，似漂零身世。天涯燕子，問衙遍、怨紅誰寄。戍笛吹寒，征鈴送晚，故鄉千里。」又月下笛，題曰：「曲闌人靜，坐月忘眠，對影流連，不自知綺愁深淺也。」詞云：「露蝶秋疏，煙蟬樹冷，漏籤初短。花月翠館。畫簾垂地慵卷。嬋娟澹寫蛾眉影，抵一鏡、飛瓊夢遠。搵羅綃凝佇，涼痕淺沁，藕絲冰腕。深院吹笙伴。定擁髻眠遲，豔懷淒緩。宮階恨滿。葉梧還墜歌扇。華燈私語銷魂地，總未稱、銀箏鈿管。漸縞夜，欲闌時、愁盼紅牆路轉。」又雙頭蓮，初夏薄陰獨行隄陌間作云：「垂柳橋亭，看密葉成陰，冷綿飛滿。游絲慢卷。有一半吹入，玉簫庭院。正是夢裏人歸，認風簾煙幔。愁更遠。燕子雙扉，尋常扇羅歌斷。此地舊有詞仙，趁花開晝永，翠尊相款。如今儔伴。更不管、芳草斜陽零亂。十里短陌長隄，任流鶯啼怨。情易倦。片綠湖山，閒雲自轉。」原注：半字、管字，所謂句中韻也。萬氏詞律失注。又繞佛閣，江關別思云：「翠隄帳飲，津渡向晚，驪唱淒引。珠淚難忍，片帆細雨，江皋暮潮趁。露程又緊。人去萬里，歸夢無準。斜照紅隱，戍樓闇起，嗚笳動離恨。故國舊行樂，醉擁官梅詩語俊。誰念倦途無聊，搔短鬢。但極望天西，關樹濃襯。此懷休問。待渭水秋風，飛雁傳信。約重來、桂蟾香穩。」原注：是調應分三疊，與瑞龍吟、秋宵吟、西河諸體同，所謂雙曳頭也。又臺城路，詠柝聲云：「蕭蕭槭槭淒涼意。愁邊數聲飛墜。亂葉驚窗，尖風動幕，偏是離人無寐。蘭閨夢裏。正羅帳燈昏，玉缸搖蕊。病枕秋疏，倦尋刀尺夜深理。哀蛩尚啼暗葦。冷攙鈴鐸語，輕送華歲。堠館荒雞，津亭去雁，多少天涯顦顇。譙樓戍壘。趁清角疏鐘，帶霜敲碎。酒醒香殘，月波寒浸水。」又憶舊游，題宋于廷詞意圖云：「記調鶯護暖，簇蝶嬉晴，畫舫紅橋。勾引春人夢，有蛾燈照樹，蟾鏡迎潮。酒盃注深還淺，花樹罷吹簫。甚妍緑江城，錦波天遠，輕喚歸橈。清宵。最淒迴，是舞怯歌闌，粉褪金銷。濃染相思淚，任離愁如水，蘭珮誰邀。玉驄舊曾游處，雨隔翠樓高。但立盡東風，垂楊竟日香絮飄。」又曲游春，山城春感云：「病起銅壺永，漸翦風香暖，吹動晴陌。淚草顰花，儘銷磨詩酒，未成憐惜。細雨鵑啼急。又催近、杏煙寒食。趁鏡波、舞櫂橫塘，重夢故家春色。寂寂梁園倦客。悵如水華年，芳思輕擲。一角殘陽，換天涯無數，泫紅淒碧。遠道關山隔。定何處、玉鞭金勒。恨柳絲、不綰離愁，翠陰自直。」集中佳詞十倍，鈔之不能盡，凡用去聲字，無不入妙，此講律家所不能到者。繞佛閣調所注，余校刊詞律中已及之。雙頭蓮所注，考古至密。四犯翦梅花所注，尤爲精到。惟云劉改之以三調合成，則與四犯之義未協，蓋未言醉蓬萊兩用耳。

重録勒少仲中丞詞

前録勒少仲中丞詞僅得書箑三闋，今讀陳心泉觀察代刊之榑洲詞四卷，以冷雋之筆，寫穠麗之詞，而氣度雍和，尤爲人所難及，因復録八闋。醉花陰，寶應湖晚泊云：「湖上長隄煙壓樹。暝色催津鼓。水闊雁聲寒，喚起離人，夢落荒洲渡。秋來已是添愁緒。更向天涯去。争得不凄涼，一陣西風，一陣蘆花雨。」又鷓鴣天云：「放下簾犀展鏡鸞。曉妝微怯袖羅單。紅薑脆啜雙弓米，綠茗添澆一翦蘭。文几淨，繡屏閒。手搴露蕊綴香鬟。年來諳盡離愁苦，怕向眉端畫遠山。」又臨江仙，淮東舟次云：「惆悵踏歌楊柳渡，西風斜日潮平。小舟安穩布帆輕。一尊別離酒，十里短長亭。今夜淮東隄畔月，可憐空照凄清。戍樓蘆管動秋聲。澄湖煙水闊，天外望江城。」又喝火令云：「寶鏡紅鸞舞，靈釵白燕飛。澹煙雙鬟小山眉。長記曲房深幕，含淚訴心期。薄命憐花蕊，芳顏惜柳枝。直饒相見總相思。況是分襟，況是暮秋時。況是越溪孤櫂，月冷聽猿啼。」又青玉案云：「一繩歸雁橫雲去。漸夕靄，籠江樹。征櫂參差依近浦。殘笳疏角，野亭荒隖。寂寞湘東路。愁吟況是春光暮。萍水何人慰羈旅。冷醉閒眠凝黯處。薇燈垂蕊，蕙香銷炷。夢醒烏篷雨。」又驀山溪云：「煙愁水怨，冷透蒹葭浦。情味怕孤燈，更聽徹、疏篷細雨。三杯薄酒，對影總荒涼，江南路。蘭成賦。今古銷魂處。鄉關縹渺，隔斷寒山霧。何事十年中，竟忍作、天涯羈旅。囊書劍、彈指老英雄，功名誤。歸心苦。欹枕殘更曙。」又摸魚兒，六如室主人題女史林蓮卿小照云：「記塵宵、餞春蘭幕，燈筵曾倚瓊樹。新圖省識崔徽面，依約鏡中眉嫵。君此去。便攜得靈娥，穩踏飛仙路。娉婷倩女。把一片清魂，飄煙抱月，吹向畫函住。尋前夢，空說元霜玉杵。情絲牽作離緒。天涯回首櫻桃宴，愁滿雁橋犀浦。重寄語。怕十樣花箋，難寫相思苦。秋窗夜雨。好對影添香，綵灰芳酒，南嶽望鴻御。」又蘭陵王，舟次感懷云：「雨聲歇。林杪低籠澹月。扁舟繫，湖岸冷楓，一點殘螢墜疏葉。波平暮靄闊。蕭屑。蘆花颭雪。荒汀外，嘹唳斷鴻，哀入西風鎮淒切。驚心素秋節。甚枉送年光，輕賦離別。箏樓琴館纖歌闋。嗟玉鏡空護，繡帷深掩，閒拋針線向薔篋。定紅淚盈睫。愁絶。意難說。慢密寫蠻箋，重寄鴛牒。幽襟静鎖丁香結。望驛路千里，夢魂飛越。孤燈成暈，悵夜永，暗漏咽。」

潘麟生明經詞

余重刊詞律，曾介長洲潘麟生明經助校。明經名鍾瑞，一字香禪，爲太傅文恭公之姪孫，偉如人丞介弟。素有聲庠序間，性善填詞，提倡風雅。著有百不如人室詞草。究心律呂，能以清氣行乎句間，妍麗盡致。余未得晤言，僅從抄稿中録詞八闋。羅敷媚云：「紅樓三面依稀見，一面疏窗。一面雕牆。一面迴闌故故長。　闌長花壓樓陰遍，花外垂楊。花裏斜陽。人在花邊語亦香。」又菩薩蠻云：「冰奩塵榻當年地。斷無人記當年事。遣嫁舊青衣。隨郎長不歸。　悶尋秋燕語。偏又辭巢去。暮雨下階來。斷腸花自開。」又憶少年云：「懽悰無著，離愁莫奈，深盟無信。無因證前事，再歌翻無悶。　無恙吟身無限恨。夢無痕，醒無憑準。虛無在何處，訪仙山無分。」又南歌子云：「煙暗拖螢尾，風微上燕襟。月波掠入藕花陰。曾否鴛鴦睡處照深深。　撥盡金鑪炷，遲他玉漏音。沉吟往事到如今。便到如今，依舊是沉吟。」又滿江紅，棲霞江口觀落日云：「紫蓋黄旗，助鬱鬱、江山氣雄。看萬丈、彩龍飛下，波浪都紅。勁弩中流馳竹箭，亂峯迎面吐芙蓉。遍棲霞、金碧蘸樓臺，横半空。　皴不就，千樹峯。烘不老，六朝松。只滿天雲氣，盪我心胸。客舫追涼招遠雁，僧樓搖暝下疏鐘。認迷離、幾幅錦帆開，浮釣篷。」又燭影摇紅，詠燭淚云：「滴滴凝紅，苦啼常倚深宵半。花開四照驀吹殘，並蒂芙蓉斷。豔影迷離漸遠。閃銅釭、淒風暗卷。拭難乾處，絶似靈芸，唾壺凝滿。猶憶年時，緑窗曾共秋煙翦。麝煤熱暈，怕心灰、寸寸迴腸轉。此夕珠流如串。黯瞢騰、更和誰看。緑蛾飛去，且對燈屑，訴將深怨。」又齊天樂，玉山紀游云：「飄然如有淩雲想，東風儘催游興。遠寺藏紅，深林聚碧，語訴春鶯無定。斜陽顧影。看翠滴吟身，曲盤苔磴。遍畫眉痕，四山嫣笑似相應。登臨還動遠目，向岑樓百里，闌畔同凭。秀挹三吴，才懷二陸，文筆高峯孤挺。名心自警。訪種玉山人，爲誰來肯。俯視林霏，暮煙迷萬井。」又望梅，小市橋訪紅梅閣遺址云：「夕陽西角。看横橋水膩，冶春如昨。記有人、畫裏消寒，把點點胭脂，細描冰萼。鬬韻聯吟，更紺雪、亂隨風落。喜雙飛燕子，早識玳梁，對影棲託。孤蹤慢尋老鶴。悵吹殘玉笛，都付飄泊。算暗香、依舊黄昏，問甚處簾櫳，那家樓閣。月下歸來，怕涼沁、六銖衣薄。况啁啾、翠禽怨語，夢魂易錯。」

王養初府吏詞

吴門習尚風雅，不特文人學士好爲詩歌，降而商賈吏胥，亦復互聯吟社。前在楚中，曾聞郭秀虎茂才，盛稱蘇州府吏王養初之才，兼工詞曲，異而識之。今潘麟生明經以社中名詞見示，則有養初之作在，久熟詩名，似故人矣。養初名壽庭，吴縣人。爲府吏，著吟碧山館詞四卷。咸豐庚申，蘇城陷，殉難，稿亦散佚。今録五闋。養初雖爲藩吏，特居其缺，公事悉委之承辦案友，而刻意吟詠。所爲古今體詩亦雋逸高超，曾刻數卷，皆自爲精選者。又十國宮詞百首另刻，合詞四卷，訂吟碧山館集四本。寇至，養初殉難，刻板無片存，印本亦不復得。余承劉泖生太守以詞一本見贈，卽採入此編之原本也。余擬與子繡族叔香隱龕詞並遴選而重刻之，奈有志未逮耳。鍾瑞注 浣溪沙云：「花影如潮上畫檽。一層蟬翼澹煙明。絶無心緒弄瑤笙。 緑酒有時成怨淚，黄金無處買癡情。自家腸斷底干卿。」又酒泉子，斟酌橋酒樓題壁云：「柳氣濛濛花氣暖。一霎酒旂風影亂。淺斟細酌畫橋邊。紅鬧夕陽天。 搊箏人似真娘媚。未盡芳尊心已醉。醉扶歸去聽春鶯。鶯外又箏聲。」又水龍吟，題曰：「楞伽山塔，隋大業時建，國朝乾隆初燬於火。塔盤隸書二十四字，紀歲月及建者姓氏。元和韓履卿丈得古搨一紙，遍徵題詠，爰述是解。」詞云：「法輪紙上回環，華幢七級歸何處。斜陽一片，荒苔遺甓，可憐焦土。飛白縱横，硬黄斑駁，圓光如許。歎聞根久寂，楞伽山畔，風吹散、檐鈴語。 莫笑楊花無主。歷滄桑，紀年非誤。流丹聳翠，繁華曾閲，阿麼歌舞。隄柳鴉疏，苑無螢暗，傷心千古。只盤中數字，能逃刼火，有金仙護。」又南浦，詠春水用張玉田韻云：「三尺豔芳塘，柳陰深，乍聽漁榔鳴曉。波面燕雙飛，多情甚、還把殘紅頻掃。盈盈慣照。木蘭船尾箏人小。南浦傷心君去後，又緑幾回春草。 不教全皺東風，被青青、一半浮萍掩了。知近浣紗村，鷗眠處、時有膩香流到。相思路渺。錦鱗卅六音書悄。新漲闌前依舊碧，只恨倚闌人少。」又賀新涼題曰：「小市橋，尋宋吴殿直紅梅閣遺址。按中吴紀聞云：吴感，字應之，有才名。宋天聖間，官殿中丞，家蘇之小市橋。有姬曰紅梅，善歌舞，因以名其閣，並作折紅梅詞一闋，盛傳於時。今考諸選本詞爲杜安世作，附志之，以俟博雅諸君子審定焉。」詞云：「小市春聲滿。記年時、鶯歌燕舞，碧闌橋畔。姑射仙姿真絶代，霞袂臨風悄展。偏誤惹、崔郎腸斷。疏影暗香依舊好，慣盈盈、擁向燈前看。留絳雪，綺窗暖。重來畫閣朝雲散。認依稀、苔荒樹老，故家池館。青子綠陰無處覓，何況濃花片片。更何況、花時人面。紅煞斜陽渾不語，念繁華、舊夢憑誰喚。風一笛，譜淒怨。」此君詞筆清健，頗多懷古之作，洵有心人也。郭季虎名鳳梁，杭人。爲沈朗亭尚書內弟，僑居蘇州。少年倜儻，工四體書。薄游漢上，與漢陽令解州趙靜山中丞及余三人，訂金石交，旋別去。郭季虎，吳縣人，爲桂舲太守鳳岡之弟。一號菊舲，在家亦與人結吟社。並爲坡仙介壽，招集讌飲，行書頗似平樾峯太守。鍾瑞注迨中丞開府吳中，季虎早逝。今併其嗣息亦蹤迹杳然，附以誌慨。又按詞題中所云楞伽山塔銘，現爲皕禊室摹刻壽世。

楊樸庵孝廉詞

丙寅秋，余權江安糧道篆，月課鍾山、尊經兩書院。諸生中，有江寧老名士楊樸庵長年，爲艱深之文，褒校者置下等，頗有不平者。余微聞之，迨再課時，細爲研讀，實有大家風味。本不易識，特拔之以補前過。後至庚午科，江西高碧湄刺史心夔，以名進士聘司分校，始得中式。來蘇執弟子禮，余滋愧焉。今孝廉主上海敬業書院，偶見其三十年前舊詞二闋，錄之。祝英臺近，題曰：「壬子冬日，補重陽於盧龍山館，兼送張子和大令之吳門。」云：「懶題糕，愁對酒，佳節已孤負。寂寞江村，忽忽歲將暮。問秋歸在人先，人歸秋後，底還念、滿城風雨。料應訴。幾年悵望家鄉，離情繫雲樹。待賦茱萸，梅香上詩句。那時孤館淒涼，夜燈引夢，定繚繞舊高處。」又長亭怨慢，題湯雨生將軍秋江罷釣圖云：「漸紅了江邊楓樹。潮落西風，人辭南浦。拋却漁竿，渡頭秋色問誰主。片雲舒卷，也本是無心住。莫更羨漁郎，別有箇、桃源深處。 歸去。趁扁舟東下，識得好山無數。蓑衣脱卻，任閒煞一天煙雨。只剩得、繞岸蘆花，似猶有、依依情緒。好寄語沙鷗，休怨寂寥如許。」

高穉顔司馬詞

高穉顔同知望曾，一字茶庵，仁和人。以名諸生援例爲司馬，發福建，曾攝將樂令。與其配陳子淑夫人均工詩，時人比之嫏嬛仙眷。惜夫人於咸豐辛酉殉杭城之難。司馬刻茶夢盦燼餘詞劫後稿，附寫靡樓遺詞，即夫人作也。余此録無閨秀詞，未摘抄，今讀司馬詞，有與蔣鹿潭、郭堯卿諸君唱和，固屬同調，其詞筆致幽秀，出顯入微，洵推作手。録其憶江南云：「春晝永，柳外夕陽趖。玉管蘸香圖鳳子，銀團搓粉打鸚哥。一笑暈情波。」又浣溪沙云：「十二闌干曲曲横。小樓夢醒喚啼鶯。夕陽門巷賣花聲。 壓檻緑雲迷宿靄，撲簾紅雨逗新晴。困人天氣又清明。」又柳梢青，雉城寓齋得瀫玉書卻寄云：「曾記花朝。河橋觴別，柳穉花嬌。幾日春殘，風風雨雨，緑到芭蕉。 書來令我魂銷。歎萍迹、隨波亂飄。一樣浮生，不如燕子，猶有香巢。」又蝶戀花云：「樓上春寒眠未穩。樓角鶯啼，香夢頻催醒。卅六紋窗人語静。半簾斜日扶花影。 顦顇芳姿羞對鏡。倦倚妝臺，有恨無人省。燕子不來空自等。碧闌干外東風冷。」又法曲獻仙音，秋日湖上次白石韻云：「頹日沉紅，暝煙皴碧，澹得秋無尋處。載鶴同舟，與鷗分席，遥山影落尊俎。看柳色溟濛裏，歸鴉自來去。 猛回顧。記當初、探春游讌，浮畫舫、相對冶歌穠舞。彈指換流年，歎青衫、顦顇如許。舊迹重經，愧吟囊、絶少麗句。漸涼喧篷背，墜葉驚飄疏雨。」又齊天樂，詠鴉云：「黄雲拂破長亭路，城頭數聲催暝。背日翻金，淩波蘸墨，畫出相思無影。盤旋樹頂。問檢盡寒枝，甚時棲穩。一片嘔啞，暮天楓葉四山冷。憑高空寫恨字，玉關離思繞，書意誰領。估客危檣，叢祠疊鼓，落寞江村淒景。迷茫度嶺。儘數向柴扉，幾行斜整。啼入昭陽，悄驚香夢醒。」又探春，南湖懷古云：「流水當門，亂山繞郭，危亭高聳雲表。款竹尋僧，穿林訪豔，幾度吟蹤曾到。千里香塵路，更誰識、故侯園沼。一袈裟地猶存，粉圍香陣都杳。休問平原野老。歎玉照堂虚，空剩斜照。斷塔埋煙，殘碑蝕雨，滿目淒迷荒草。一覺繁華夢，悵回首、劫灰如掃。惟有梅花，迎人依舊含笑。」又一蕚紅云：「漾簾旌。正層陰淒黯，啼破乳鳩聲。薜澀牆腰，苔侵屐齒，落英堆滿閑庭。休重問，畫樓妝曉，懶梳裹，人意殢春酲。燕子歸來，小桃門巷，花事飄零。回憶天涯路遠，歎萋萋芳草，亂逐愁生。南浦煙帆，西泠風笛，説甚年少心情。儘盼斷、斜陽消息，釀餘寒、空外暮煙横。怕聽尊前低唱，一曲淋鈴。」

劉泖生太守詞

江蘇書局，倡自粤東丁雨生中丞。初刻資治通鑑，以鄱陽胡果泉中丞影宋本翻雕。戊辰春，余權藩篆時，僅刻末卷數十板，恐非數年不能蕆事。適聞貴州莫子偲徵君友芝言，聞胡氏原板尚存，其後嗣欲出售。余適屬局中提調劉泖生太守，至江西購紙，因屬親往訪之。時任鄱陽爲皖北陳遂生大令皖營舊交，致函託爲介紹，果以千數百金購全板歸。所缺六十餘頁，正局中已刻者，中丞以爲巧遇。惟時應敏齋廉訪在蘇松太道任，購得畢氏續通鑑原板捐入書局。中丞又令接刻陳氏明紀，與前二書體例相同，遂成全璧。余購東洋白綿紙精印數十部，同人爭寶藏之。因是與泖生太守時談文藝。泖生，江山人。援例得分户部主政，久躓名場。從軍江北，積功至知府用，需次蘇省。精古文辭，兼工長短句，曾讀其鷗夢詞。茲因鈔集友人新詞，復索原稿摘録如左。浣溪沙云：「影亂坡塘水甃羅。蘸窗一碧柳痕搓。東風無賴近簾波。　啼鳥意闌催曙早，賣花情重報春多。昨宵有雨奈愁何。」又菩薩蠻云：「鴛鴦卅六迴文錦。水晶簾底猧兒寢。翠袖兩蛾眉。弄妝人起遲。　胸前金鏡子。恣意憐夫壻。持比月團欒。淚痕斑復斑。」又南歌子云：「膽比眉如柳葉彎。曲闌干外萬重山。略覺鳳鞵兜處，有些寒。　箏弱冰遮扇，窗疏月墜丸。不知何事轉心酸。只揀纖纖梅子，插雲鬟。」又臨江仙云：「繡户開扃金屈戌，心香愁爇濃春。合歡如夢夢如雲。一絲挑怨緒，百結種情根。　鳳泊鸞漂都有恨，錦衾還倩儂温。落梅風裏整銷魂。畫樓人獨自，微雨又黄昏。」又齊天樂，答孫月坡即題其聽艣詞云：「江湖吟鬢星星白，前游不勝酸楚。露近蛩涼，雲遥雁瘦，聽否篷窗疏雨。淒涼夜午。只喚起愁心，幾聲柔艣。泥唱雙鬟，載儂簫鼓那邊去。　垂楊多分惜别，已遮來不見，何況煙樹。夢被愁分，眉緣酒放，醒也模糊爾汝。離蹤四五。歎烽火鄉關，暮年詞賦。恰有新詩，翦燈人寄與。」又憶舊游，寄答陳曼壽云：「記扶菱雨碧，浣蓼波紅，打槳涼秋。爲怕添離思，避垂楊十里，繫住征騮。水聲亂攙人語，彎緑一痕浮。甚不慣青衫，模糊淚漬，西子湖頭。　前游。負儂約，耐小病銀釭，孤豔瓊樓。暗憶天涯去，遞霜風消息，斜定簾鉤。莫惜客游岑寂，游好話都休。囑壁月梧窗，憑他夢識宵恨留。」又摸魚兒，題潘麟生西湖餞秋圖云：「好湖山、者翻重認，迎人鷗鷺俱笑。六橋深處維煙艇，猶記那回曾到。秋正好。有桂子荷花，千里香風繞。征衫換了。又絲鬢星星，朋儔落落，無復舊年少。　探幽處，空剩殘蕪夕照。離亭橫笛吹老。南朝縱有詞仙在，不是前翻鴻爪。君莫道。道一帶垂楊，幾箇寒蛩弔。情歡意悼。歎白馬潮迴，紅羊劫換，闌夜語淒悄。」此詞上年所鈔，余因病擱置一載，今重葺至此。適聞泖生代理嘉定縣，於光緒五年十月朔夜間，在署取小繭自戕。以泖生之恂恂風雅，何至於斯。或謂其尊人曾實授此邑，別有夙因，亦可哀已。

劉玉叔茂才詞

泖生介弟玉叔茂才觀察，著有紫籐花館詞，娓娓言情，一氣舒卷，別有雋逸之致，可稱小宋。惜早亡矣。録其洞仙歌云：「雲愁雨懶，恨舊歡難繼。欲見藍橋路無際。算衣香鬢影，綺夢如仙，猶記得、昔日桃枝年紀。　春風門巷裏，幸遇鈿車，無奈蕭郎已顦顇。不斷是情根，縱懺愁根，怎懺得情根枯死。但灑淚晨昏向吴天，願此後當筵，更休牽繫。」又長亭怨慢云：「悄攜酒斜陽庭宇。極目階前，亂紅飛舞。纔說看花，那堪花又共春去。燕嬌鶯姹，猶似欲留春住。去住總無痕，怎漸漸、闌珊如許。　凝佇。料玉人曉起，也損鏡中眉嫵。尋芳倦矣，況捱過、幾番風雨。但夢繞、一角青山，恐此日、青山非故。待買箇漁舟，拌訪桃源仙侶。」

周存伯大令詞

周存伯大令閑，與余同里閈，少負才藝，載筆遨游。後從其族叔鎮軍督艇師駐金焦，間以戰功，歷保知縣，留江蘇，曾任金山縣。罣誤後，僑居吴郡，以筆墨自娱。繪事極工，能爲大幅，運以奇氣，魄力雄渾，人争寶之。舊居秀水南門内范蠡湖畔，因繪范湖草堂圖長卷，自號范湖居士，譜石湖仙調題之。又踵黄九煙虚構將就園故事，以意造鷗巢、匏閣、南磵、北垞等十九景，各題小令一解，遍徵題詠，卷已粗於牛腰矣。余與大令交廿餘年，後其僑寓爲張子青尚書拙政園西鄰，觴詠時必招之。時遘足疾，坐竹椅，舁至廳事，談讌相歡，未一年卽仙去。其子甫十齡，頗慧，度草堂卷能保守之。所作詩詞，隨手散失，喜填小令，亦不可多得。今鈔八闋。生查子云：「愁似隔江潮，夢似漫天絮。絮盡夢醒時，愁不隨潮去。鏡背緑鬟鬆，人翦紅燈語。畫閣碧桃花，深掩黄昏雨。」又醉花陰云：「餅子桃花春一樹。花裏紅簾暮。簾卷小樓高，不見相思，見了渾無語。濃寒十日多風雨。苦勸樓頭住。昨夜倚圓檠，親研銀箋，替寫銷魂句。」又浪淘沙云：「酒醒碧天遥。人倚瓊簫。晶簾不卷畫樓高。一夜春寒風又雨，落盡緋桃。好夢送蘭舠。催上紅潮。銷魂愁過謝孃橋。橋畔垂楊三十樹，樹樹長條。」又鷓鴣天，鴛湖歸泊云：「一片官旗夕日銜。城灣古閘映青衫。波吟碧麴閒移櫂，亭是紅泥剛落帆。裴島北，練塘南。漁燈船笛舊曾諳。湖頭同買鯖舲去，春雨春煙縫釣衫。」又虞美人云：「弓弓月子繩繩雁。樓上尋常見。畫檐人倚小樓窗。何意今宵風露、更凄涼。鴛鴦蜀錦和愁共。付與孤衾夢。不須窗扇閉周遭。好逐江潮流到、泰孃橋。」又蝶戀花云：「花氣溟濛愁幾許。愁做濃陰，淚做廉纖雨。陰雨尋常朝復暮。彎環緑盡天涯樹。葉葉征帆江上路。帆背春潮，潮背孤城去。城背高樓當遠浦。樓頭人背東風語。」又遠朝歸，風雨渡曹娥江云：「重上輕航，正渡頭、昏煙欲晚。一江冷雨，風急去，帆零亂。津樓隱隱坐堠吏，鷗邊人短。過沙岸。恰遥汀雁浴，殘樹鳩喚。憑問遺事當年。念孝女祠寒，才人碑斷。難停屐齒，空趁望中秋眼。蘆花向暝，被吹和、溼雲幾片。青山畔。慢回首、暮潮天遠。」案詞律所收趙耆孫遠朝歸一調，若照梅苑本，則第二句作三字一讀，六字一句，凡九字，與後片合，但後片作一五一四兩句耳。詞律未全，此詞亦尚少填兩字。鍾瑞妄參又龍山會，九日越州軍中登卧龍山云：「不盡登臨興。從騎西風，簇上羣峯頂。四山青欲暝。俯危閣、斜日半闌重凭。百摺望迴城，也一樣、丹楓霜冷。甚時添，征笳暮響，戰旗秋影。當年幕府風流，聞道中原，作賦都英俊。清游空自省。按塵帽、我已蕭條霜鬢。莫放酒杯寬，金鈴豔、黄花初盛。但東籬、今番又負，故園三徑。」按遠朝歸調，詞律登趙耆孫詞，第六句落一字，此從梅苑訂正。於坐堠吏句，增作七字句，考律甚細。

張玉珊司馬詞

李賓堂軍門朝斌，結髮從戎，在曾文公軍，由長沙營偏裨，洊升提督。久爲水陸各營統領，戰績彪炳，現任松江提軍，已十餘年。與余素交，因識其文案委員張玉珊司馬鳴珂，固余同里嘉興人也。由辛酉選拔入軍門戎幕，保同知，需次江右，著有寒松閣詞稿。僅見其掃花游云：「一聲杜宇，喚九十春光，霎時歸矣。峭寒未已。又沉沉黯黯，惱人天氣。一夜東風，繡出胭脂滿地。惹愁起。看枝上雨絲，都化紅淚。前度闌更倚。料悶坐妝樓，暗消眉翠。金鈴剩繫。只開殘芍藥，一枝堪寄。欲折還愁，怕説將離名字。夕陽裏，把鴉鋤落花深瘞。」又買陂塘，題五湖煙艇圖云：「記年時、討春消夏，橫塘曾繫煙艇。憐他湖上鴛鴦鳥，花底一生相並。波似鏡。認暖綠粼粼，照過驚鴻影。良期待訂。待玉琢雙鬟，珠量十斛，來把阿嬌聘。　鵑啼急，喚却梨雲夢醒。萍蹤從此無定。幺絃譜出離鸞曲，淒絕那堪重聽。須猛省。笑我也疏狂，淚漬青衫冷。十年畫餅。歎齒濺梅酸，心嘗蓮苦，此恨要同證。」司馬詩詞既工，擅文譽，惜遠隔江右，無從覓其集。軍門諸公子與同筆研，或「有」存者。

憩園詞話卷六

劉辰孫明經詞

填詞家固須講求格律，而音韻之學，實爲格律之原。吴縣劉辰孫明經禧延，一字翠峯，廩貢生，精於韻學。曾爲薛覲唐中丞，延校龍翰臣方伯所著古韻通説，别爲校勘記一卷。又自著中州切韻譜一編。後因避亂，客死申江，著作多遺失。惟有論古韻數則，爲雷甘溪廣文刻之，曰劉氏碎金。明經於詞不多作，而出語則必名貴諧協，蓋於抑揚輕濁之間辨之審耳。録得三闋。虞美人，橫塘舟次云：「輕風澹日新晴護。櫂倚横塘路。垂楊力盡已無綿。别倩蘆花替與、點秋煙。清溪遶轉疏林缺。側面山連接。似嫌人看太分明。疊起雲羅擁住、碧盈盈。」又，蘇幕遮，舟發毗陵，夜行數十里至五牧云：「斷霞飛，纖月動。風一絲絲，穿入窗横縫。涼意逼燈愁懞憧。軟淚融酥，懶作紅冰凍。去程分，歸思共。絮語蟲多，不放秋宵空。殘醉欲醒衾倦擁。怪底行遲，夢壓船兒重。」又，齊天樂，蘆雁小幅爲錢秋潭題云：「風棱刮葉霜聲峭。圓沙浪平如掃。夢警初潮，愁催欲雪，冷信吴天吹到。空江路杳。任飛破晴秋，叫殘清曉。客艇吟孤，倦游何處放懷抱。驚心歲華漸老。半生成寄旅，空認泥爪。野渡雲沉，流波月瀉，一幅荒寒圖稿。浮蹤未了。問菰米無多，甚時能飽。煙水濛濛，不如歸去好。」

潘子繡茂才詞

潘麟生明經提倡詞壇，遇有同人佳詞，皆手自鈔録。知余有近詞之刻，舉以見示。所識所知者已分列篇中，兹以社中佳句合律者，各録一二闋，以聯翰墨之緣。潘子繡茂才遵璈，爲文恭公族子，庚申四月，殉蘇城之難。著有香隱盦詞。探芳信，園林小憩云：「步幽窈。正柳眼開初，花魂醒了。算一年芳事，閒中占多少。夕陽樓閣遲歸燕，簾卷人偏悄。訴柔情、絶似游絲，向空斜裊。　天氣嫩晴好。怕謝盡荼蘼，錦書還渺。試問東風，能否把愁掃。闌干曲録同誰倚，淚染紅心草。暗銷凝，不信嬉春尚早。」又，孟家蟬，詠秋蟬云：「向古槐影裏，暮柳陰中，鳴破涼天。慢洒盡齊宮淚，怕抱葉生憐。敲冷一聲清磬，還隱約、重理琴絃。最淒然。客鬢蓬鬆，聽徹風前。　情牽。問天涯甚處，可覓知音，寄與冰箋。餘恨一襟，應化縷縷蒼煙。便有蟲吟漸替，算已是、吸露年年。斷橋邊。暑氣銷殘，猶訴纏綿。」

張研孫上舍詞

張研孫上舍鴻基，一字儀祖，吴縣人。屢困棘闈，游幕而卒。喝火令云：「絮語濃於酒，芳情軟似綿。一窗花影月如煙。猶記乍逢時節，含笑拂琴絃。　碧恨帷鴛抱，紅心蠟鳳煎。玉釵敲斷枕函邊。但願星期，做了鵲橋仙。但願暫時别了，有約待來年。」

潘仲超茂才詞

潘仲超茂才犖，長洲庠生。著有錦瑟詞。憶舊游，題程序伯秋雨塡詞圖次自題韻云：「縱天香掛霧，絮陌吹雲，費了詞箋。倘是花時雨，尚招來拾佩，待拂晴煙。那堪又逢秋到，清夜攪人眠。怕短笛江亭，孤燈堠館，魂斷尊邊。珊珊。俊游侶，已碎舞零歌，蘭約都寒。多少淒涼意，付豪端賸影，畫裏枯禪。展圖令人悵觸，商思入哀絃。況我本工愁，零鈴製曲年復年。」

淩陰周茂才詞

淩陰周茂才其楨，吳江人。柳梢青，梅雨連綿翦燈譜悶云：「一粟燈昏，雨絲風片，好夢難溫。癡坐窗前，苦吟燭底，儘夠銷魂。夜深清悄柴門。只添得、相思淚痕。有酒偏愁，未秋先冷，消瘦詩人。」

曹實甫布衣詞

曹實甫處士銑秀，吳縣人。兄弟皆舉孝廉，獨承家學，爲名醫，著有桐花館詞。醉太平云：「香消翠屏。燈搖畫檠。空階不住蟲聲。攪愁人夢醒。三更四更。缸花半明。誰家笛弄淒清。擁秋衾怕聽。」又，更漏子云：「畫樓深，人影獨。燈背屏腰閃綠。鴛被冷，鴨鑪熏。閒關胡蝶門。漏初殘，宵將半。何處玉簫聲遠。花氣澹，月痕低。繡簾春夢迷。」

曹紫荃孝廉詞

曹紫荃孝廉毓英，與實甫孿生，己未舉人。著有鈕梅館詞。生查子云：「病裏過清明，一半春歸也。無意捉迷藏，閒煞秋千架。幾陣雨廉纖，亂灑鴛鴦瓦。守到點燈時，又是淒涼夜。」又，柳梢青云：「夜靜人稀。玉鈎響處，風約簾衣。青粉牆腰，紅薇架上，殘月絲絲。誰家笛弄楊枝。是替訴、春人怨詞。夢裏情懷，酒邊心事，說也淒迷。」

王彥卿布衣詞

王彥卿布衣復，家貧，爲人司記室。尚氣節，有不合即拂衣去。咸豐辛酉，在杭州圍城中，絶食死。浣溪沙，重經鈿雲閣感舊云：「風葉翻飛户不扃。只餘檐馬驟冬丁。蟲聲如雨落空庭。亂草長於低繡檻，嫩苔暈上舊紗櫺。入簾曾鬬小眉青。」按孟家蟬調，宋朱彧可談云：「孟氏皇后，京師衣錦畫作雙蟬，目爲孟家蟬。」詞律所無，今已補刊拾遺中。

陳小松茂才詞

陳小松茂才彬華，吳縣庠生。原名兆元，字元之。素聞其詞名，與同郡朱酉生、沈閏生諸君唱和，爲吳中七子之一。所著瑶碧詞，惜多零落，只録三闋。傷春怨，和王臨川韻云：「小鳥雙棲樹。子夜秋心難數。芳草隔天涯，覓遍香輪無路。幾回傷離處。奈是斜陽暮。楊柳短長條，繫不住、花驄去。」又，憶舊游，題曰：「子鐵取玉田生斜陽巷陌詞意，繪册誌游，索余倚聲。」詞云：「記衫痕漬酒，扇影招香，往事魂銷。已是傷心别，又秋風吹怨，身世蓬飄。俊游漸多零落，金粉說南朝。歎襆被聯吟，布帆尋夢，青鬟重搔。迢迢。最惆悵，是無數春愁，恨阻江潮。儘有閒情感，只碧雲天末，難遣今宵。甚時夜涼明月，小立聽吹簫。更欹枕愁生，敲窗碎葉燈亂搖。」又，夢揚州，夢游平山堂，用淮海韻云：「碧雲收。奈夢雲縈遶，還是難休。豔冶頓消，瑟瑟蘆花摇秋。小雷塘外蘅蕪路，那更尋、香軟紅稠。徘徊處，微涼生袂，二分殘月凝愁。猶記清狂勝游。看鬢影衫痕，畫舫橋頭。載酒聽簫，幾樹殘陽句留。一絲重見曇華影，剩舊時、珠箔珊鉤。無賴甚、迷離幻境，空賦揚州。」按此詞與淮海原作平仄去上全同，足徵摹彷之工。惟詞律於第二句落平仄二字，於第九句落平聲一字，此非作者之誤，因爲補之。

重録汪鑑齋都轉詞

汪鑑齋觀察詞，曾從鈔本中録得六闋。今觀察喆嗣銅士茂才，重刻繡蝶盦詞，補鈔四闋。如夢令，題楊樸庵夢游圖云：「雲鎖山房蟬定。月浸湖樓人靜。一鶴戀吟魂，扶起一枝梅影。誰省。誰省。心字香消灰冷。」又，更漏子，悼亡云：「鎮紋犀，熏睡鴨。幾度空房暗怯。蛩亂訴，鳥驚啼。夕陽衰草隄。葉瀟瀟，風皺皺。隄上秋墳也哭。千絮語，兩萍蹤。淚痕飄斷鴻。」又，憶舊游，題西湖秋景圖云：「看觴飛醉月，幔卷延秋，隔著雙隄。幾處龍吟起，怎一聲腸裂，驚斷烏棲。那堪滿湖涼意，人倚段橋西。縱百尺樓頭，清光常滿，誰寄相思。依依。曉風岸，有多少垂楊，猶戀雲癡。酒醒今宵裏，把夢魂吹破，不破淒迷。累他舊時雙燕，秋影帶蟾飛。歎曲裏關山，梅花遍落人未歸。」又，望湘人，題曰：「舟中望虞山，欲游未果。憶壬子暮春，與仲兄偕游，有畫舫聯吟集。今日風景不殊，徒增蕭索。」詞云：「憶同擕米舫，來換笥輿，海虞山色看飽。迹逝春潮，句蕪夢草。打疊相思多少。不見何愁，只愁重見，愁眉難掃。算那邊、依舊空亭，戀著荒城殘照。篷背秋光正好。怎秋雲似我，倦隨歸鳥。再休問秋歸，更比往年歸早。池娥影減，洞仙蹤杳。料得三峯應笑。畢竟是、落葉無情，又送湖邊征櫂。」

重録吴平齋觀察詞

吴平齋觀察擅詩書畫，亦長於詞，獨不輕作。同居十年，日共硯席。見余刻拙詞，校刊詞律，間一指點，輒中肯綮。卻從未自作一篇，蓋以柔旨媚音，恐貶詩格也。上年同游魏塘，始見即席和滿江紅一闋。今冬復惠題蘇樓春眺圖，譜買陂塘調，或超逸，或纏綿，悉合雅音。驚非老手不辦，已隨讀隨編存之。頃閱此繡蝶庵集，附刻中，又見觀察守鎮江時，送潘季玉北行，次汪鑑齋金縷曲原韻云：「鞭影揮殘照，莽天涯、離亭餞酒，晚煙孤櫂。第一江山，分袂處、一片澄波浩渺。看兩岸楓林紅早。唱罷驪歌頻執手，歎人生、知己能多少。說不盡，愁腸遶。元龍湖海同襟抱。想一路、雲山匹馬，短歌長嘯。珍重王程須努力，歲月催人易老。留不住、三春景好。我亦頻驚雙鬢改，最相思、後會期偏杳。離別恨，兩心曉。」此詞諧聲協調，意致清超，友誼溢於豪端，增人離羣之感。而余廿年至契，今甫見此三詞，才不矜才，誠可則傚。

王硯香孝廉詞

王硯香孝廉彦起，爲夢樓先生曾孫，由丹徒移籍錢塘，登己未浙榜。著有浄緑軒詞。於友人集中時見唱酬，未得全讀。茲從潘麟生明經鈔稿中録三闋。浣溪沙，題曰：「篌江有『斷無人處月來宵』句，深愛之，足成此闋。」詞云：「綺閣愔愔太寂寥。晚春心緒付瓊簫。棗花簾下最魂銷。　微有情時風過水，斷無人處月來宵。夢痕低壓海棠梢。」又，臨江仙云：「細數繩河低度雁，瓜期屈指重經。背人叩額祝雙星。願教連理樹，直種到來生。　幅幅璇璣迴錦字，箇中心緒分明。夜深無語倚銀屏。羅幃閒擣處，不夢也忪惺。」又，摸魚子，題涼宵賞月圖云：「忽吹來、滿天新爽，涼蟾窺近簾罅。曲闌干外明河迴，盼斷迢迢良夜。冰鏡寫。問碧海紅塵，可有飛仙下。鸞簫咽罷。證慧業瑶臺，清輝玉臂，坐到一燈炧。　團圓乍。恰好光陰變夏。銀屏秋影如瀉。重門寂寞梧桐墜，愁見暗塵凝榭。人靜也。正羅韈寒生，髻擁蘭翹卸。幽情易惹。又隔院啼蛄，長空待雁，霏露警鴛瓦。」

陳槐亭司馬詞

游西湖時，應敏齋廉訪言，現知蘭溪縣陳槐亭司馬家，著一門風雅之譽。因假鈔本得讀數闋，清詞麗句，洵所譽非虛也。司馬名鍾英，湖南衡山人。道光己酉舉人，揀發來浙，歷任烏程、嘉善等劇縣。今以司馬攝縣篆，刻有知非齋集。其太夫人氏張，字畹香，著有毓芝室詩詞稿。夫人氏趙，字英媛，爲余友敬甫、惠甫刺史之姊，著有聽蕉雨軒詩詞稿。長君伯商孝廉，名鼎，甫冠已登丙子賢書，亦工詩詞。因此録未登閨秀，僅録其喬梓同調詞各二闋，襟懷韻度，從可知矣。槐亭司馬高陽臺，詠衰柳云：「驛路荒寒，江潭摇落，風流不似當時。鎮日蕭疏，柔情若箇人知。天涯唱盡陽關曲，未攀條、已自霑衣。最難忘，別後眉痕，病後腰圍。龍池雨露前番渥，任三眠三起，相見依依。一霎霜風，倡條冶葉都非。斜陽古道空回首，盼青青、可是歸期。儘銷魂，愁滿平橋，恨滿長隄。」又，念奴嬌，用東坡韻，時在薊谿道中，立春後二日，除夕前三日也。詞云：「空江客路，歎天寒日暮，都無風物。一櫂妻孥相對處，不異蕭然四壁。急雨鳴晨，顛風駭夜，歲晚多冰雪。新亭收涕，廓清還望時傑。烽火搖蕩驚魂，豺狼當道，正軍書馳發。回首雲山千萬點，耿耿愁思難滅。報國何時，還家無路，兩鬢添華髮。零丁惶恐，天涯誰共明月。」

陳伯商孝廉詞

伯商孝廉高陽臺云：「薄暝添愁，輕寒逼夢，醒來依舊三更。月冷湘簾，流波隔斷秋痕。無聊院宇迢迢夜，甚銀蟾、還戀重門。夢難期，數遍疏鐘，剔盡殘燈。高樓終日成凝佇，望離亭楊柳，忒煞青青。駿馬頻來，鞭絲贈與何人。相思最是西風薄，況寒蛩、又泣黃昏。更休題，一寸迴腸，萬縷柔情。」又，念奴嬌云：「清商一帶，又西風卷地，春光草草。無限翦紅裁碧意，都在淚中過了。染草成愁，澆花是恨，辜負春多少。闌干扶遍，訝秋何事來早。悵望幾點棲鴉，一枝占斷，剩有斜陽照。落葉漸疏人漸瘦，煙雨留愁不掃。院落無情，故人何處，欲訴秋懷抱。一聲長笛，倚樓誰與同調。」

重録王少鶴京卿詞

前爲姚稚香大令校刊菊壽庵詞，多與定甫唱和之作，未諗定甫爲何如人。昨顧子山觀察寄示茂陵秋雨詞二卷，署名馬平王錫振字定甫，亟讀之，知卽與稚香唱和者。因籍馬平，疑爲少鶴京卿之伯仲。函詢金眉生廉訪，始知卽京卿之原名舊字。前曾録題張松溪詞一闋，求其全稿而不得者，爲之深幸。細讀其詞，如食哀家梨，甘而能脆，有幽瘦者，宜以啞觱栗吹之，足爲金梁夢月替人。摘録長短調各四闋。點絳脣，燈下讀張海門同年鴛夢碎語，黯然有作云：「綺陌花時，軟紅重踏鞭絲緩。與君吟斷。鬢影今生短。憑仗東風，吹得春魂轉。釭花颭。一簾青滿。甚覺芳春遠。」又，菩薩蠻云：「西風料峭寒螿咽。錦屏花放胭脂溼。悄影暮珊珊。碧雲天際看。孤吟還獨處。誰問牽牛渚。何處玉簾櫳。夜階涼露重。」又，河傳云：「春盡。愁病。小窗閒。楊柳懨懨。晝眠。露桃向人愁不鮮。潸潸。淚痕誰處濺。枕上迷離胡蝶影。飛不定。薄劣春寒忍。正模糊。花外呼。提壺。杏花村裏沽。」又，南鄉子，和人感舊云：「嘶騎慢悠悠。草綠湖南獨自愁。惆悵阮郎歸去日，孤舟。腸斷春風燕子樓。萬事付東流。瘗玉埋香一段秋。贏得鷓鴣聲裏怨，休休。不爲傷心也白頭。」又，漁家傲，題曰：「范希文軍中嘗作此調，永安城外，布幄夜寒，絶似在矮屋中光景，書此排悶，書生寒態，詎能萬一窮塞主耶。」詞云：「濁酒微斟歸夢淺。圍碁一局文三變。醉倚軍符堆葉亂。風幕卷。寒星短炬飄紅燄。宛似風檐操寸管。廿年前事瞢騰倦。一樣泥金人盼遠。春又晚。歸期枉説櫻桃宴。」又，一萼紅，泊盤門，用草窗蓬萊閣韻云：「小篷幽。向寒閶晚泊，風雨暫時休。病翼蜩殘，旅情鷗老，到眼城闕悠悠。倚沙岸、誰家楊柳，替行人、聊繫木蘭舟。亂絮黏天，飛花卷地，頓惹清愁。誰向姑蘇臺畔，認烏啼花落，夢影南州。香徑雲封，劍池風黯，幾處明月高樓。奈賀老、琴聲倦也，恁江山、寥落負清游。欲問吴娘舊曲，銷得沉憂。」

又，金縷曲，送顧子山同年出守郢中云：「繭栗梢頭雨。正忽忽、餞春時節，東風如虎。有客陽關催疊唱，別我一麾西去。奈柳色、今年非故。黃鶴磯頭梅花弄，莽旌旆、亂卷蚩尤霧。雲黯黯，落江滸。拂衣醉起花枝舞。笑書生探囊，猶有驚天奇句。上馬提戈能殺賊，下馬能書露布。待萬里、雪山飛度。何況飄零風中籜，好金鐃、細琢紅箋譜。歸教與，秦娘嫵。」又，摸魚兒，軍次永州，鶴雛自請夜巡連宵作雨，拈此慰之云：「笑翩翩、令狐箋牘，承平風月何限。錦袍年少神仙骨，不數庾樓詞翰。風幕卷。對夜月紅燈，絕少如澠宴。相如病懶。耐羽檄星馳，凌雲氣索，獨客早游倦。雙鳧履，底事宵來飛遍。嚴城刁斗聲遠。霜街馬滑行人少，試覓南山飛箭。良夜旦。料衞霍勳名，不在長征戰。垂絲鬢短。待歸馬銜泥，抱關無恙，偕我玉尊淺。」

曾文正公詞

湘鄉侯相曾文正公，以名儒爲中興第一名臣，千古所傳，無能稱頌。余依侍久，公騎箕時，隨襲侯劼剛京卿至臥室，檢點遺篋，僅見敝衣數襲，兼儲舊韡，帷幕蕭然，左右罔不深痛。公之著作無意流傳，嘗自笑云：「將來行狀中可云，有輓聯一卷行世。」蓋素篤友誼，於此最所精意。其詩文不甚裒集，兩公子延友襄校，謹刊全集，三載始成，多至數百卷。襲侯攜三部至江南，余得其一。以卷帙過鉅，門下僚屬復衆，勢不能綑載來也。集中無體不備，惟詞絕不留意。茲於顧子山觀察得公親書詞六闋，驚爲僅見。曾文正本不以詞名，此六闋中，酌存一二闋可矣。鍾瑞安言雖口占之作，氣度迥不猶人。題曰：「辛亥歲除，和胡光伯編修、顧子山比部。」浪淘沙詞云：「坐耗尚方錢。飽食安眠。我生清潔不如蟬。作楫濟川無實用，空號天船。佳夢五湖邊。萬葦延緣。一雙鷗鳥自飄然。明歲秋風吾去也，明日新年。」「西舍擁金錢。侍妾酣眠。東家宦味薄於蟬。各有心情各道路，北馬南船。直者委溝邊。曲者攀緣。何從何去兩茫然。今夕往從詹尹卜，明日新年。」「記費買春錢。蠶館三眠。西風忽忽又鳴蟬。暗裏年光偷負去，夜半行船。十載帝城邊。命與貧緣。媚人五鬼笑嫣然。公等從今宜去矣，明日新年。」「鄭監老無錢。雪裏安眠。吟聲寒似九秋蟬。有箇袁安來暖汝，共命同船。自指鬢毛邊。返黑無緣。看看朋輩亦皤然。老盡世人天不管，明日新年。」原注：此首調苗仙簏叟。仙簏與光伯爲至交，袁安指光伯也。光伯庚戌歲暮，以小牘示我，曾以袁安自比。「無一壓囊錢。僮僕飢眠。層層自縛不成蟬。苦買殘書堆破屋，屋小如船。搜索販叢邊。自詑奇緣。摩挲祕本一忻然。默祝年年收異寶，明日新年。」原注：此首調袁漱六。漱六於歲暮入各書坊，收買殘書，窮日不倦，往往自詡得希世祕本。「戍卒飽更錢。塞馬雲眠。八方無事度鶡蟬。獨有嶺南新出帥，下瀨樓船。項羽古城邊。民與魚緣。青徐千里浩茫然。明歲災消兵甲靖，明日新年。」按此題乃仿宋人周晉仙作。南宋周晉仙文璞著浪淘沙調，以明日新年爲押句，張伯雨追和其韻，亦以明日新年爲押。後之作者，皆用晉仙韻也。鍾瑞注

重録周縵雲侍御詞

周縵雲侍御詞，前僅録鳳凰臺上憶吹簫一闋，今又得和除夕浪淘沙四闋云：「還剩畫叉錢。且自安眠。炎涼休問雪中蟬。十載軟紅猶未慣，夢落吴船。親舍白雲邊。欲去何緣。黄梅翠柏兩依然。料得門

閶增倚望，明日新年。」「驄馬鐵連錢。夜枕戈眠。男兒擒賊換貂蟬。火照隔河知有敵，齊上樓船。瘴雨暗窮邊。舊憶吟緣。將軍橫劍勒燕然。奪取崑崙應屈指，明日新年。」「商略買花錢。爲破清眠。舊妝落盡夜飛蟬。應有青春堪作伴，桃葉江船。消息斷鐘邊。參取塵緣。一蒲團地一燈然。多謝東風吹夢醒，明日新年。」「官好豔多錢。朱户深眠。美人夜理鏡中蟬。歌舞尚嫌花漏促，滿泛觥船。清冷玉堂邊。身世隨緣。宦情似我太蕭然。不爲早朝還不覺，明日新年。」聞此題，都中和者數十人，惜所存只文正公及侍御之作耳。

錢子奇大令詞

江都錢子奇大令國珍，以名孝廉出任吾浙安吉縣。工詩詞，刻有寄廬詞存。余並得其友所抄未刊稿，細讀之，一意清真，不爲格律所拘，而能掃盡綺靡之弊，洵傳作也。録其菩薩蠻云：「紅樓幾日春寒重。香衾頻憶鴛鴦夢。怕聽曉鶯啼。離人何處棲。理妝慵對鏡。愁思懨懨病。草緑又今年。春歸在客先。」又，蝶戀花，春陰云：「聞説春來春尚早。院落昏黄，盡被梨雲繞。一樹海棠開未了。輕煙護得香多少。幾日東風寒悄悄。鎖住春光，不管春心惱。夢醒闌珊疑未曉。窗前喚雨鶯啼鳥。」又，長亭怨慢，詠秋柳云：「又吹盡、灞陵風雨。一捻纖腰，能禁愁否。消瘦誰憐，澹煙冷落竟如許。不堪折取。空望斷、離亭路。憶昔日風流，記送客、曾經斯處。春去。恁無端別恨，催老鬢絲千縷。儘伊冷眼，偏留得、秋波斜注。問何人、夢到章臺，已非復、舊時門户。算只有霜華，不減東風飛絮。」又，琵琶仙，秦淮憶舊云：「潮打空城，有人弔、昔日新亭枯骨。幾絲冷颭垂楊，青溪照明月。向舊巷、烏衣夢杳，更何處、復尋桃葉。裙屐香消，笙歌音斷，誰與重説。待追憶、少日游蹤，曾買櫂、長干弄蘭楫。怎奈六朝金粉，付風煙塵劫。千萬片、飛花墮雨，剩杜鵑、枝上啼血。真覺流水無情，繁華消歇。」

朱震伯學博詞

子奇大令詞學，得益於其舅氏儀徵朱震伯學博，而震伯則受同縣汪冬巢明經之傳，皆著詞名。余求明經詞不得，第見震伯所撰月底修簫譜詞選，因録數闋。如夢令云：「香霧細沾衫袖。簾外燕鶯僝僽。須寄錦書來，莫把箇儂心負。消瘦。消瘦。又是海棠開候。」又，淒涼犯，秋夜感舊云：「幾聲落葉西風起，閒庭一片蕭瑟。亂蛩入户，孤檠淺照，伴人岑寂。離愁漸逼。早聽徹、寒砧響急。度黄昏、敲殘冷夜，月色半狼籍。　回首芳春路，緑稱紅嫣，總成陳迹。草荒滿徑，趁涼陰、露華曾溼。幾點將零，怕飄作、千行淚滴。倚闌干、觸忤舊恨又此夕。」又，長亭怨慢，送春云：「問畢竟、春歸何處。夢醒天涯，尚縈南浦。怪底簾垂，更無人到，共誰語。子規聲裏，看冉冉、斜陽暮。月夜水長流，總不管、離愁來去。　芳路。認香紅幾點，换了幾痕香絮。樓高望遠，那消得、凭闌心緒。早一霎、度入薰風，算花信、番番都誤。只燕燕鶯鶯，飛過牆頭還住。」又，貂裘换酒，春陰云：「借問春何處。算曉來、沈沈院落，半籠煙霧。緑幕低垂鑪篆細，一縷游絲掛住。卻又被、東風迷誤。天鎖晴光偏不放，恁瞢騰、過了朝還暮。愁黯澹，悄無語。　遥空只有層雲護。怎禁他、青迷徑蘚，緑遮庭樹。寒食清明看漸近，已負花朝節序。都蕩盡、枝頭香絮。慢説千金憐一刻，向誰尋、澹月疏星度。空悵望，渺何許。」

何青耜都轉詞

江寧何青耜都轉兆瀛，以名孝廉仕吾浙，洊升杭嘉湖道最久。多惠政，尤著績於海塘，今已都轉粤東，頌聲猶留民口。素擅詩古文辭，所著心盦詞存四卷，不拘格律，妙趣横生。今從刊本中録其浣溪沙云：「芳訊迢迢阻緑波。秋風團扇掩輕羅。兒家門巷落花多。　幾度腸迴銜石闕，一秋心事訴銀河。肯將私語漏鸚哥。」又，愁倚闌令云：「門前楊柳千條。隔不住、聲聲玉簫。簾外斜陽花外路，人影樓高。　相思何處紅橋。儘分付、來潮去潮。好夢匆匆容易醒，夢遠天遥。」又，喝火令，題曰：「齋中山茶花，園丁所贈，廿餘年不見，以詞賞之。」詞云：「異種誇滇豔，仙根贈曼陀。海紅一簇話新羅。記得鶴頭犀角，題句有東坡。　帶草成灰劫，瑶華付刹那。花天重見爾婆娑。比似丹砂，比似醉顔酡。比似孤山朱萼，耐得歲寒多。」原注：「外王父家書帶草堂前，紅山茶一本，最有名。夕照寺瑶華仙室中，白山茶一盆，大如盎，亦仙品也。今外家遭兵燹，而夕照僧松月亦歸去，兩花皆不可知矣。」又，春從何處來，立春日作云：「試把金尊。問故國梅花，可有春痕。好春如海，隨著江雲。等閒渡了春魂。甚天涯芳草，卻繫住、幾處王孫。望江南，有煙霞樓閣，楊柳籬門。　長安廿年小住，剩夢裏青衫，未染紅塵。歌舞清狂，文章利市，衆中容我吟身。耐情天難老，纏綿煞、絮果蘭因。儘春人，辦軒眉一笑，花草精神。」又，疏影，用白石韻，詠水仙花云：「瓊姿鏤玉，似洛濱倩女，閒抱春宿。一水盈盈，憑住花身，寒天更倚修竹。神仙眷屬三生夢，好夢到、溪南溪北。締明璫、翠羽因緣，不似匏媧星獨。何日清溪買棹，看山影縹緲，低畫眉緑。一瓣心香，幾許纏綿，慢認人間金屋。憑他絶世丹青手，寫不出、柔腸迴曲。且細吟、水佩風裳，譜入新詞盈幅。」又，金縷曲，詠燕云：「辛苦銜泥燕。儘迴翔、朝朝暮暮，雨絲風片。覓得新巢棲息穩，爲爾珠簾常卷。卻換了、一般庭院。故主恩情還記否，記幾番、王謝堂前見。曾舞得，紅襟倦。炎涼世事尋常變。見説道、寂寥羅雀，翟公門掩。曲曲雕梁泥落盡，紅剩斜陽一線。聽枝上，流鶯低囀。似訴東鄰留滯爾，舊同羣、軟語含淒怨。秋近矣，莫飛遠。」

闞仲韓大令詞附女公子詞

安徽合肥闞仲韓大令鳳樓，以名諸生屢困場屋。從李伯相軍於上海，充營務處委員，積功保知縣，需次江蘇。咸豐乙丑秋，余奉委總辦寧防營務。伯相諭曰：「隨辦之闞仲韓，精詩古文，復工書畫，於吏治公牘煩善勗之。」仲韓遂執弟子禮，樂數晨夕。同官十有餘年，交深無殊手足。而名法之學，有出在幕從游之方者。丁丑仲冬，余罷官歸里，仲韓惓惓不忍別，遠送至境，爲冰雪所阻，徒步而歸，至今感且歉也。仲韓曾刊駢體數卷，頗行於時。向不作詞，與余訂交，偶有唱酬，不多存稿。惟記其減蘭，醉後踏雪夜歸云：「瓊瑶碎踏。碎踏瓊瑶疑是月。細碾瓊瑶。灑入東風軟更驕。春城夜悄。醉笠籠頭天壓小。魄化冰壺。裝入冰壺好畫圖。」又，唐多令，悼側室雲衣君云：「鸚鵡罷心經。琵琶廢替人。葬梅花、鬢雪添新。依舊無田陽羨買，卻海上，失朝雲。生死劇傷神。浮沉苦戀名。算才華、已誤前程。偏没香與卿故里，歸緩緩，慰平生。」又，鳳凰臺上憶吹簫，感懷云：「衾冷三年，夢孤千遍，曉窗愁憶雙棲。任紙錢金幣，莫買歸期。時願償完婚嫁，游五岳、蠟屐親攜。傷心是，仍開宦眼，未展貧眉。依依。幾年問字，千萬樣黔婁，一概休題。剩寶匳香椀，經卷殘詩。聊當朝雲心懺，應懺得、垂老情癡。情癡處，還添異鄉，一鬢霜絲。」仲韓有女公子名壽坤，號德嫺，適方氏，詩畫均得父傳，尤工倚聲之學。乃于歸後，得一子，卽返瑤臺。其詩詞現已刊行，余以此編中未登閨秀，失此驪珠。乃旋得仲韓柬云：「德嫺遺稿，刊由壻手，此其憶秦娥，調中尚有待正者。」詞云：「（原缺三字）繁華未了羣芳接。羣芳接。紅樓夜雨，綠窗明月。垂楊絮引秋香蝶。池塘藕换東風雪。東風雪。梅花玉笛，揀花絲纈。」蓋垂楊句，仲韓以未細鍊，改易數字商余，喜而韙之。

江秋珊二尹詞

江秋珊順詒，安徽旌德人，屈在衙官，素稱風雅。著有願爲明鏡室詞，惜未獲見。從友鈔存者錄三闋。蘇幕遮，和胡杏蓀秋海棠云：「澹調胭，濃著粉。一抹斜陽，現出離魂影。蕩漾簾櫳摇不定。怯怯相思，悄向空階等。懺情多，驚夢醒。彈淚無痕，紅剩殘霞暈。花比人嬌同薄命。一樣秋風，一樣心兒冷。」又，甘州，詠蘆雪云：「黯空江、攪起一天愁，恰是暮秋時。惱無邊蕭瑟，西風吹老，雙鬢成絲。也有飛花飛絮，冷意總淒淒。慢長空作勢，没個人知。休學漁翁蓑笠，向荒洲斷渚，把釣竿垂。儘行舟贈遠，難折一枝枝。待尋他、青衫紅粉，訴飄零、一樣是天涯。斜陽晚，看摇寒處，總覺迷離。」又琵琶仙，光緒元夕，風雪交作，偶有所感云：「剗地西風，頓吹起、一片寒聲嗚咽。辛苦飛雁南征，淒然數行絶。春已在、垂條柳外，忽彈到、十三絃折。籬外孤梅，頻摇疏影，明月都缺。憶前此、雪慘風驕，正消受陽和好時節。爲底凍雲一霎，逗斷腸消息。渾未識、東皇雅意，早半空、亂舞飛雪。祗恁寥落今宵，淒涼誰説。」

王眉叔廣文詞

桐鄉嚴芝僧太史辰，知余有詞話之作，寄贈王眉叔笙月詞四卷。眉叔名詒壽，山陰人。久熟其名，似聞爲廣文，未識服官何處。受而細讀，頗饒北宋風神。於萬紅友四聲之説，不甚拘泥。慢詞多有出入，而姿趣超絶，極近東澤綺語。所附刻花影詞一卷，盡言情之作也。今録相見歡云：「芙蓉江上人家。掩文紗。依舊一層秋水一層花。人何處。花無語。夕陽斜。卻羨征鴻，飛得到天涯。」又，點絳脣，之官長山郭西小泊云：「一帶紅橋，酒旗飛絮垂楊郭。停帆小泊。惆悵成孤酌。煙水茫茫，江戍斜陽薄。東風作。桃花亂落。花外人吹角。」又，菩薩蠻云：「玉簫逗廦羅屏迴。隔窗驕鳥呼人醒。鬆髻翠盤鴉。緑檀橫墮花。倚人香玉軟。日影銀紗半。春困尚朦朧。暈波雙縷紅。」又，浪淘沙云：「楊柳短長條。風雨蕭蕭。別時花片點春潮。容易江天秋葉影，飛上蘭橈。何處玉人簫。夢也迢迢。含情纔過第三橋。還見澹紅樓一角，斜倚林梢。」又，明月生南浦，雨後舟行云：「小雨初收芳草徑。緑漲溪橋，紅漾斜陽影。兩兩沙鷗秋夢穩。蘋花香遠江波冷。小寺鐘聲風送近。何處清歌，煙外摇漁艇。新月欲來雲卷盡。歸鴉幾點川光暝。」又，高陽臺，與孫彦清宿城西寓樓，擁衾話舊云：「背月邀愁，絮燈索夢，近來越覺銷魂。莫問仙山，五雲樓閣揚塵。年時一串珍珠淚，剩斑斑、麝帕猩痕。思難禁。枕畔鈿釵，掌上羅裙。吴綾重展崔徽卷，尚鳳衫漬粉，蛾黛含顰。脉脉無言，相逢花下開門。黄籐酒冷紅酥杳，便銜杯、有甚温存。怕吹笙。庭院誰家，花影黄昏。」又，疏影，題曰：「出宣州北門，水石蕭瑟，問梅堯臣故墅，無知者。晚歸，登謝元暉北樓，倚檻乘興，發此清響。」詞云：「林迴徑複。趁碧天雨霽，野色新沐。秔稻香中，吠蛤聲聲，筍輭踏遍煙緑。水西何處詩人宅，但滿目、疏花涼槲。更斜陽、雁背馱來，紅寫幾家秋屋。獨自行吟歸也，孤雲帶粉堞，斜倚山曲。卻被天風，吹上危樓，調徹腰間横玉。餘霞如綺江如練，悵五字、新詩誰續。漸暮笳、飛滿江天，燈火依微林麓。」

錢萍矼副憲詞

前述顧子山觀察於都門集社，分詠秋詞百二十闋，同作者數十家，惜多遺佚。今以存者檢齊見示，如錢萍矼、金吟香、王雨生、周岷帆、朱小筠五家，皆素未見其詞卷，今更録合律者各數闋。錢萍矼副憲，名寶青，嘉善人。辛丑進士，由户部主政，入直樞廷，歷官至左副都御史。前後曾劾兩相國，一尚書，直聲震日下。屢掌文衡，惜年甫四旬，遽薨於位，先達中聲譽最隆者。著作不多見，今録其迷仙引，秋蕉云：「幽意深緘，争向春風，不展芳緒。翠扇涼生，光陰彈指虚度。算寸心，書未盡，有相思如許。聽慣了多少，做愁添恨，蕭蕭寒雨。落盡櫻桃樹。夢也無尋處。一片迷離，緑天瘦影將雲補。念彼美、傷心日暮。

更誰圖雪影，華年替駐。」又，百宜嬌，百宜嬌調，詞律所收呂渭老詞，前片結處菊英之菊，紅友注作平，後片作鈿車二字，鈿字去，則菊字乃作去也。此詞鈿窩字，星催字，宜更酌，此特一絲之差耳。鍾瑞參秋鬢云：「薄不禁涼，亂偏宜睡，今日玉梳慵整。煤暈銷煙，枕痕溼霧，顢頇蟬綃香凝。鴉雛顏色，記襯著、單衫紅杏。顫黃花、兜損鈿窩，寸膠還掠春影。攙幾縷、濃愁淺病。綰緑不成雲，步摇寒屏。瘦髻螺鬆，斷眉蛾老，各睹釵邊清冷。飛蓬誰理，怕換了、青霜明鏡。念潘郎、短髮星催，況西風警。」又，八犯玉交枝，秋籐云：「乾蝶飄霜，冷虬蟠月，禁得蟪蛄枯抱。薜荔牆陰欄角壞，埋没春時珠挑。湖亭殘稿。更伴衰柳荒條，離情難絆癡鶯老。依舊女蘿淒翠，松梢斜照。一般罥雨繩煙，軟痕瘦拗。苔尖雙坐歌鳥。話珊架、蒲菊曾靠。儘擔耐、冬心潦草。已拌作、紅筇吟料。剡溪仙夢西風掃。問慧業、牽纏銅鑱，誰斬閒懊惱。」又，白苧，秋衫云：「試嫌輕，卸愁冷，霜風太劣。吴綿細擘，忍便忽忽熨貼。念春人、一春針綫在銀纈。飄瞥。酒痕乾，剩壞紫、殘襟斜摺。零香親檢，生怕塵黏竹篋。憐畫闌、杏黄雙袖，伶俜蝶。淒絶。悄立蛩廊，藕絲涼透，碧唾而今未滅。任舞罷深宵，架邊閒疊。熏籠恁暖，讓知寒半臂，玉燒争爇。昨夜空房，桂魄停箏，先換銖葉。那更江州，淚老琵琶咽。」

金吟香刺史詞

金吟香名寶樹，吴縣人。戊戌進士，即用知縣。余於楚北見之，政譽炳著。後丁艱，改官安徽，知和州，殉粤逆難。紫玉簫，秋笳云：「秦國嬌娥，漢宫才女，近來消瘦朱顏。羅衫影薄，把一枝横玉，吹破涼煙。悄無人處，簾幕底、怨思纏綿。紅牙冷，怎禁斷腸，雙鳳幺鸞。錫簫暖過春巷，花雨潤鶯喉，度曲珠圓。棠舟去杳，剩兩頭歌管，伴送流年。碧天如水，空悵望、月裏飛仙。餘音嫋、難忘舊游，廿四橋邊。」

王雨生秋社詞

王雨生名家亮，忘其籍隸官秩。塞翁吟，秋塞云：「萬帳西風急，催起曉角悲涼。帶戰血，草先黃。又攙入新霜。征衣盼斷關山信，空見雁字成行。一夜夢，盡還鄉。恨秋路茫茫。思量。邊雪早，鐃歌入破，明月白、孤城受降。只今日、封侯骨老，訪殘碣、木葉前朝，戍壘同荒。琵琶遠聽，伴醉胡姬，何處飛觴。」步月，秋屧云：「襯葉聲乾，妨花步緩，有人移著秋來。蕭疏庭院，三徑爲君開。最難是、今朝風雨，好認取、淺印莓苔。芳村外，莎平草軟，何似踏青鞋。安排山水具，問君著幾兩，游遍天涯。別添秋味，涼月轉空階。伴行脚、攜歸古寺，響迴廊、憑弔蘇臺。西風早，相隨一笠稱吟懷。」

周岷帆太史詞

周岷帆太史學源，烏程人。咸豐壬子進士，官編修，爲縵雲侍御介弟。懷才早世，士林同惜之。淒涼犯，秋柝云：「市囂漸寂。更籌緊、秋城一片零柝。潑寒似水，沉沉巷陌，月明霜薄。風塵暫託。有人怨、津關冷落。正朱門、流蘇帳結。夢暖未驚覺。蓬轉憐余慣，野店鞭停，驛橋帆泊。淒涼倦聽，到如今，客懷尤惡。玉漏輕催，幾曾見、傳書苑鶴。恨聲聲、欲斷未斷，和曉角。」又，渡江雲，秋帆云：「江空澄匹練，葦花響急，人語暗潮生。一帆煙外影，似有疑無，界斷暮山青。疏林暫隱，又和煙、移過前汀。休誤認、冶春簫鼓，錦幔鏡中行。飄零。天涯估客，獨夜羈儔，蕩愁心不定，空自覺、冥冥雨重，獵獵風輕。深閨幾許相思淚，憶安穩、細數郵程。誰寄遠，蓴波未解流情。」又，夢橫塘，秋蘆云：「嫩涼鷗浦，薄冥鱸鄉，望中無限蕭屑。病絮疏花，寫不盡、昏黃殘月。惆悵伊人，溯洄何處，水深波闊。但空江歲晚，一片荒寒，驚青鬢、今如雪。淒淒惟有吟蛩，依枯根幻影，舊恨能說。葉颭西風，又幾度、暗潮嗚咽。醒漁夢、扁舟暫繫，笛裏清商弄秋闋。雁侶相呼，欲棲還怯，顧迴塘愁絕。」又，江城子慢，秋城云：「寥天動秋色。霜角曉、金鑰向空闊。漸淒淒。憑高望、極目暗傷羈客。念疇昔。楊柳如煙花似錦，笙歌裏、香塵迷寶勒。轉瞬酒夢微醒，蕭條換了芳陌。多情涼蟾一片，尚清宵依舊，飛上孤白。奈岑寂。家家是、催起寒衣刀尺。怎忘得。千里關山萸節近，風和雨、瀟瀟愁向夕。有人閒依樓頭，弄羌笛。」又，送征衣，秋碪云：「滿江城。塵低寶馬，門掩金蟬，一片都是月明。聽霜杵、動煙汀。淒清。思婦恨、青蛾暗結，皓腕微冰。有幾許、征衣待寄，向遥夜、寫離情。奈年年、容易西風，催刀尺寒生。何況關山秋早，擁鐵甲、旅魂醒。殷勤望殘雁字，數遍鼉更。無憑縱繫響，隨雲去遠，不到邊亭。剩怨角、疏鐘似和，合併就、斷腸聲。露如珠、翠袖慵敲，連珠淚香凝。」

朱小筠大令詞

朱小筠大令，名錫綬，江蘇太倉人，湖北知縣。簇水，秋菱云：「誰託微波，憐他向夕花開好。芳情孤潔，只伴著、蕭疏紅蓼。不分相依妝閣，笑靨窺春曉。還妬煞、玉雪般俏。紫絲繞。又忘卻、刺人峭角，趁冷露、舒纖爪。紅尖一搦，怎比得、淩波小。慣向雙星筵上，乞與人間巧。西風急，休共蓮房老。」又，孤鸞，秋鏡云：「冰魂絲軟。又病骨驚看，涼蟾纔滿。瘦盡疏花，委地綠雲慵卷。同心泥他對語，冷玻瓈、曉來偎暖。小婢潛身窺影，卻添衣低喚。記繡窗、重整殘妝晚。正醉態斜支，退紅衫顫。玉檻無塵，妬煞畫眉偷眼。愁寫遠山一抹，問雙蛾、幾時同展。灑遍真真啼血，化千秋紅蘚。」

三録王少鶴京卿詞

王少鶴京卿，潘季玉觀察，張海門、東墅兩太史，錢子奇大令，五公之詞，前已摘録。茲復補録秋社詞數闋，以紀一時之盛。少鶴京卿譜玲瓏玉，秋磬云：「紺宇蕭條，悵誰引、竹徑雲深。霜風戛玉，遠天梵響都沉。寂歷山空寺古，早塔鈴檐馬，恨澀愁瘖。孤吟。誤蒼苔、一片石琴。想得幽禪定轉，對蘭房澹日，奈院微陰。貝葉飄殘，又招來、月滿薌林。閒尋青松壇角，記前度、香紅軟翠，花雨仙岑。夢飛也，剩迷他、煙際露禽。」又，粉蝶兒，秋蛾云：「網脱蛛黏，衣偷蝶褪，底事簾陰撲遍。玉消兼粉瘦，況金風催黯。夢影迷離人倦繡，幾剔銀荷花颭。夜蟾低向碧紗，又香塵遮暗。繾綣。釵兒鬬懶。誤輕盈、幾個眉痕愁斂。野蟲青對死，問涼絲抽斷。慢想嬉游元夕鬧，到處錦筵飛轉。忍伶俜，對霜華、一窩紅燄。」

三録潘季玉觀察詞

潘季玉觀察譜秋霽，本意云：「簾卷西風，喜換了輕陰，頓做晴色。夢蝶驚回，病蟬催起，掃除一天愁墨。

有人暗惜。秋心喚醒秋無迹。怕幾日。還是、雨昏煙暝變琴曲。小闌韻午，倏忽春痕，訪桂盟蘿，誰試游屐。采黄花、疏籬曲檻，鮮鮮霜影媚瑶席。飛到一枝青玉笛。冷雪吹破，照見鏡裏明妝，夕陽紅潤，數峯横碧。」又，惜紅衣，秋荷云：「水殿香吹，雲廊酒醒，嫩涼偷入。翠佩霞裳，盈盈倦無力。凌波步窄，疑洛浦、江妃初出。堪惜。三十六陂，送西風消息。啼珠淚溼。愁鏡妝殘，無情任狼藉。煙疏露冷，驟雨怎禁得。一樣管絃聲裏，偏是個儂蕭瑟。聽怨歌剛斷，鴛侶夢回寒碧。」

重録張海門太史詞

張海門太史譜瑶階草，秋蘚云：「空齋舊塵榻，斷夢飄殘礎。廢閣煙蒼，又積連夜雨。卻看緑淨，石妝涼色，墮鬟玉女。可堪寂寥庭宇。慢延佇。竹邊莎際，綺錢滴滴疑珠露。壞壁花斑，冷蝸替寫幽悶句。古闌敗甃，針挑釵畫，重尋都誤。況伊靸鴛微步。」又，滿庭芳，秋草云：「野潤鋪霜，燒殘齧雨，斷魂曲岸荒亭。西風原上，蕭瑟暮煙平。廢盡年時秀緑，雲痕積、剩簇埋星。休吟望，淒涼一賦，寒色暝空城。銷凝。殘照外，鈿車錦埒，前度曾停。奈瘦減萋綿，誰夢香蘅。莫問銷裙茜影，從別後、褪了青青。還重認，搴芳舊路，黄蝶曳伶俜。」又，月華清，秋痕云：「稠竹黏雲，籬花著雨，那將羅帕輕染。魚墨模糊，剩得一絲煙淡。記當時、題怨雙綃，迺此夜、墜霜千點。闌檻。有纖纖玉指，印餘香馣。又是簫期過半。悵扇摺芳銷，簾紋波滅。唾碧翻殷，比似淚斑還淺。返春魂、夢影低飄，看冷暈、宮蛾淒斂。重檢。只如塵似霧，茜紗屏掩。」

重録張東墅太史詞

張東墅太史譜夢玉人引，秋魂云：「翠簾深。記燭影妥，漏聲沉。夢短情長，夜闌齊作愁心。瘦不勝扶，化篆煙、兜定香衾。倩影暗窺，又涼月樓陰。斷腸花底，和淚墮、喚起卻難尋。不信當時，幾回銷處能禁。散盡凝雲縷，催成幺鳳吟。正惆悵，驀西風、擣入殘碪。」又，卜算子慢，秋枰云：「松濤隔院，花影在簾，慣受畫闌風露。選石頻移，界破暝痕涼處。玉聲聲、併作蛩吟絮。記夜半、敲燈舊約，春人又換心緒。世事難憑據。儘萬古輸贏，問伊無語。一罫河山，悄對暮雲天宇。傍瓊奩、塵夢浮生悟。算小劫、神仙歷幾，正林梢蟾吐。」

重録錢子奇大令詞

子奇大令譜燭影搖紅，秋檠云：「門掩黃昏，箇人獨對青燈影。西風庭院一星星，耐得涼宵永。寸寸紅心挑盡。卜歸期、花開無準。相思難已，背了銀釭，夢尋孤枕。隔院誰家，機聲恰與碪聲近。三更篝火未曾休，底事辛勤甚。令我中宵自警。憶兒時、回頭猛省。何當風雨，短燭深杯，略消清冷。」又，玉山枕，秋枕云：「燈暗人倦。且分付，綃衾薦。芙蓉色澹，鴛鴦香冷，誰向涼宵，偎影相伴。輕扶殘醉玉山攲，只一角、碧籐堪戀。待者番、清夢游仙，閉簾櫳、屬鸚兒休喚。橫陳都覺司空慣。春風過，朝雲散。綠窗葉落，紅閨月靜，七寶闌珊。閒了釵鈿。憶當時、洛浦香留，便爭奈、歡悰如幻。且教取、甘菊新裝，領清虛、說甜鄉非遠。」

無名氏秋社詞

又，社中存詞，有失注姓氏者，事閱廿餘年，子山觀察亦無從記憶，爲録二闋。芳草渡，秋渡云：「碧樹裏，浸一帶煙痕，蓼花紅遍。有畫船閒冷，斜陽自倚霜岸。人影看去遠。餘微波清淺。記月夜，獨立橫塘，望徹愁眼。難遣。舊時桂檝，隔斷吴鄉春夢短。問桃葉、江頭打槳，何時再相見。豔情雨歇，早瘦損、王郎團扇。近水處，日暮愁雲正滿。」又，惜秋華，秋色云：「畫裏春痕，又忽忽老卻，愁紅一片。指點舊游，樓頭豔陽都換。闌干幾曲閒憑，望不了、雲山平遠。經行處、頹垣廢井，淒清庭院。芳訊甚時斷。剩垂楊月冷，蘼蕪煙短。翠袖暮寒，似約玉人來晚。西風瘦盡黄花，算最是、深杯難勸。休管。看朱顔，鏡中須變。」此二詞一仿清真，一仿夢窗，平仄全同。惟後半深杯之深字，原作仄，舊詞中亦有用平聲也。

重録陳小松茂才詞

吴縣陳小松茂才詞，前已録得三闋。頃又見齊天樂，寄朱酉生云：「年來認遍旗亭路，涼風亂吹枯草。襆被黏塵，征衫漬雨，早把俊游閒了。吟懷醉抱。問幾許琴尊，故園秋曉。舊日鷗盟，暮雲遥憶冷魂悄。劉綱仙侶贈答，翠牋新格子，同寫詞稿。幕隔燈痕，簾圍香氣，消領豔情多少。江南夢好。悵帽影鞭絲，幾番殘照。緑上潮寒，過江歸計早。」此詞深得草窗神味，所用去上聲均甚穩愜，名人填詞，每易忽之，故爲補録。

菩薩蠻調重録姚大令蔣參軍詞

菩薩蠻與憶秦蛾二調，因有太白詞，爲諸調之祖。菩薩蠻八句四換韻，其句均如五七言詩。第知前後結第三字用平聲，卽爲入調，是以倚此者最多。然此調正復不易，須一句一意，宛轉關生，而語氣連貫，末句又留有餘不盡之致乃佳。近見姚稚香鞠壽庵詞中一闋云：「綠窗小鳥和煙鎖。深苔静院無人過。珠箔淚闌干。海棠簾幕寒。鞋尖金縷鳳。踏碎楊花夢。夢短已凄涼。柳絲拖夢長。」又，蔣鹿潭水雲樓詞續刻，一闋云：「青溪流水宵嗚咽。青溪楊柳無枝葉。遠客莫相思。江南春信遲。遲君隄上道。隄下多芳草。布穀雨聲中。野花腸斷紅。」此二詞皆不著閒字，風趣自足。

玉抱肚調重録應廉訪詞

玉抱肚調，詞律只收揚无咎一闋，一百四十字，作兩段。注云：前短後長，恐不確。應敏齋廉訪因考朱竹垞江湖載酒集，亦載一闋，作三段，長短可配齊。而首段結句三字，中段結句四字，句法不甚合，細諷之，聲調亦似未諧。乃以中段四字結句移作末段起句，則每段起句皆四字，首段中段收句皆六字，合雙曳頭之體矣。又考詞譜亦收揚无咎詞，後三句云：「把揚瀾蠡左。都卷盡，也殺不得者心頭火。」蓋詞律誤「揚」作「洋」，並落「蠡」、「也」二字，又多一「與」字，實則一百四十一字也。敏齋所作贈周小園詞，並爲訂正，足資楷模。詞云：「風吹秋去。雨留秋住。有天涯壯士羈棲，忽然光景遲暮。聽聲聲畫角，吹起了、幾陣歸鴻向吴楚。隔江一望，盡是短樹。重回首、奈何許。我更無聊，相逢後、塡胸悲憤，茫茫一齊吐。恨青梅、酒冷無人賚。恨青萍、劍冷無人舞。倦青雲、只見霜雕，依舊不換鎩羽。請思今古。幾人得、萬里功名立銅柱。但料吾輩，虎頭印、總須取。好假龍、爭腐鼠。看是非何據。拌一醉，且領受著者酩酊趣。」此作校訂穩愜，筆意籠罩今古，正黄菊人所謂填詞須試難調，以勵後學也。

八六子調重録姚大令詞

八六子調始於杜樊川，宋人效之。其調後半至三十一字始協韻，初疑有誤，歷考宋詞，始知定格如是。此三十一字中，上十七字以一字領調，以十六字作四偶句。下十四字以二字領調，以十二字作偶聯。疑調名八六子，或卽因此兩偶聯也。又此調協仄平者，仄字皆須去聲。近人填者甚少，亦易舛誤，惟姚稚香鞠壽庵二闋均能合格，録一闋。感舊寄春明諸友云：「七年前。招羣訂展，幾人青鬢翩翩。記並馬閒尋紫曲，呼鶯共上金臺，飛揚玉鞭。飄然獨櫂吴船。藕葉一篷寒雨，蒓絲十畝秋煙。自賦別江淹，原注：謂蓉舫妹文。彩毫夢阻，登樓王粲，謂定甫民部。瑶華字蝕，無聊緑蟻，愁開酒榼，銀鴻懶託箏絃。恨誰傳。明蟾隔花又圓。」

玉京秋調重録顧觀察詞

玉京秋調，詞律收周草窗之作，於第四句「碧碪度韻」上，落「畫角吹寒」四字。戈順卿所選宋七家詞未及校補。又「翠扇恩疏」句落「恩」字，戈選已補。而近人所刊詞集中循誤者十居七八。後余重刊詞律，始遵詞譜，照詞緯補注五字。蓋此調實九十五字，近人作九十字及九十一字皆誤也。今見顧子山觀察眉緑樓詞集，有和草窗之作，與詞正者句法全同，足徵考古之密矣。其詞云：「秋宇闊。纖雲度河漢，雁聲清切。簾卷斑筠，簟疏碧薤，香銷銀葉。猶記遲眠倚柱，弄瑶笙、吹碎黃雪。玉尊別。斷歡零夢，病鸚慵說。翠扇重題還怯。蠹塵箋、相思字缺。浪迹浮萍，迴腸束竹，愁無休歇。冷落春盟，慢寄語、珍重寒花霜節。怨蛩咽。淒和殘碪搗月。」

更漏子調重録陳太史潘明經詞

更漏子爲小令之易填者，而近詞輒有通病。凡詩中句法忌同頭並足，詞亦如之。此調前後三字八句，最易相犯，惟陳實庵太史吹月詞一闋云：「鳳羅新，鸞錦舊。都是一絲情繡。今昨夢，去來心。去年愁到今。幺絃切。偏絃接。難得聲雙韻疊。花供養，月扶持。畫樓春睡遲。」又，潘麟生明經和汪鑑齋悼亡云：「眷綿情，牽舊恨。一樣絲絲秋鬢。形共影，我和卿。苦吟偎瘦縈。當時月。頻年別。九十九番圓缺。心宛轉，話綢繆。愁人愁復愁。」此二詞四偶句，句法各異，與温飛卿、孫孟文諸作均同，可知按律之精。又此調前後結五字句，第三字須平聲，飛卿有「空階滴到明」之句，滴字乃以入作平，後人遂疑爲可仄。似此者皆宜慎考，庶不爲古人所誤。

蘭陵王調重録張舍人詞

蘭陵王調，余於校刊戈氏宋七家詞選中，注明首段誰識之「識」字，詞律注叶，引方千里和詞，及史梅溪、彭履道所作爲證。然考之宋人他作，亦有不叶者，疑爲可不拘也。己卯十月，勒少仲中丞赴閩撫任過禾，以余久病初瘳，訪於卧室，夜談適及詞話。因云：「蘭陵王調應改三段爲四段，第一段乃雙曳頭，首句『柳陰直』，與第五句『登臨望故國』下三字相對。『登臨』二字爲换頭所增，應分二段也。三段之『閒尋舊蹤迹』，與四段之『悽惻恨堆積』，亦逐句相對。惟後結『淚暗滴』三字，較上段『望人在天北』句，少二字耳。」此説甚新，果爲雙曳頭，則「誰識京華倦客」，乃六字句，識字並非叶韻。今見張仲甫舍人煙波漁唱詞中，蘭陵王調苦雨一闋，於此句作「三逕寒煙鎖卻」，亦未協也。其詞云：「滿地閣。翻墨雲垂大幕。燈檐外、銀竹萬行，霧縠風絲卷晶箔。高樓夢驚覺。三逕寒煙鎖卻。屏幃掩、人静漏長，觸耳鷄鳴感離索。青山幾番約。恨鵲語無靈，鶯老非昨。松濤嚴瀨還噴薄。望拍湖水漲，潮打江岸，雙峯隱現露半角。對人意寂寞。紛駁。亂愁作。聽鵑苦鴻哀，有酒慵酌。天涯滿眼風波惡。忭櫂舉千里，去帆難落。沉沉雙鯉，浪萬疊，信誤託。」

鶯啼敍調重録曹廉訪詞

鶯啼序爲詞中第一長調，惟吴夢窗有三闋，趙文一闋。後詞林萬選收黄在軒一闋，句法已有參差。迨楊升庵所作，則字數更有多寡，人遂效之。凡倚聲稍多，必作鶯啼序，以光全集，舛誤更不可究詰。曹艮甫廉訪有此作，細爲衡比，與夢窗作無一不合，亟録之，以爲譜長調之範。題曰：「丙寅夏日，自滇之黔之粤，今又之浙，將以來春歸吴下，不一年間，游蹤幾出萬里，酒酣倚聲，聊志梗概。」詞云：「天涯倦游廿載，對東風暗惱。釣磯穩、家傍鱸鄉，幾番歸夢尋到。送離緒、絲楊舞歇，鈎簾一任飛花攪。作長隄，芊碧年年，暮晴芳草。檢點鑾裝，總染瘴雨，鎮羈遲遠徼。溯前事、孤枕愁邊，冷蛩曾訴悽抱。畫闌干、題詩倚遍，算棲燕、如今還曉。指山程，催上吟鞴，夕陽紅遶。洲縈拾翠，浦暖沉香，去時換一櫂。那更識、緑陰滿樹，分少歡淺，又聽無情，子規啼了。新箋譜恨，零絲彈怨，分明留得冰綃淚，背寒楓、路隔鴛波杳。黄昏水驛，消他幾度涼蟾，暗中兩鬢催老。征塵暫洗，短檝西泠，趁鷺鷗最好。祇憶著、孤山斜畔，溼霧淒煙，剩却殘梅，凍枝開早。危亭斷蘚，雲廊何處，珠啼香笑渾不見，黯林陰、都入荒鴉弔。傷心休問江南，過得春深，亂紅待掃。」

附録紀事詞八則

平生游歷所作長短句，未刻居多，或狀風景之奇，或述友誼之重，可入詞話者凡八則，附紀之。

道光庚戌初春，湖南新寧縣逆民李沅發作亂。余隨裕莊毅官太傅師督軍於武岡州，委偕署鹽道夏憩庭方伯廷樾馳防靖州。余初廁幕府，莊毅公愛若子弟，不令赴外營。方伯以舊好固請，始允檄往。二月五日昧爽同行，初八日夜宿靖州城北二十里之回龍觀。諜報賊於上一夕，在城南二十里，刼博提軍坐營，折健將七員。時隨從僅小隊二十餘人，無一驍弁，與憩庭危坐達旦，私議能前入州城，或可籌策防剿。疾行十里，踰老鷹巖，正極勞苦。及山巔，俯視旌旗蔽野，約二千餘人。初頗悚駭。適一弁持手版至，知爲裘石蘭刺史鯤鳴整隊來迎，重復喜慰。聯轡入城，館州署春雨山房。次日，偵賊已南退三十里，乃咨商提軍，重整舊隊，檄鎮筸各軍追蹤捕之。石蘭極風雅，精音律，能以素紙髹漆爲洞簫，音甚清越。手贈一枝，因卽意譜定風波詞，兼以爲謝云：「月落星沉賦曉征。渠陽草木正皆兵。策馬崎嶇纔度嶺。奇警。俄看戈戟遍郊坰。刺史教民齊制梃。能整。旌麾鐃鼓枉相迎。親製名簫勞手贈。同聽。鳳鳴聲和凱歌聲。」詞屬口占，向未存稿，念此行驚憂喜慰，頃刻變更，爲生平奇境，追録之。莊毅公爲余有生第一知遇，是年四月杪，仍招入幕，隨侍半載餘。公於詩詞之學，洞澈本原，曾口授舊作，惜未録存，追悔無已。今仲嗣樂初將軍長善節鎮粤東，已近十年，刻有芝隱室集若干卷。季公名長敍，已授少司寇。蓋吾師家學淵源，遺澤遠矣。

靖州防務甫緩，奉檄會鎮篁中左右三營勁兵三千人，追赴粤西兜剿。時傅軍門振邦官中營游戎，督兵先發。余與憩庭方伯於三月望起行，由綏寧而至廣西之懷遠、義寧，入桂林省。又由西埏大埠頭，循大蓉江折回新寧，獲李沅發於金峯山頂，大功始蕆。莊毅公於善後疏内附陳云：「粤西伏莽太深，恐後有不忍言者。」未數月，洪逆卽於金田起事。先見如是。憶余道出靖州桃花坪，正傜人吹蘆笙賭唱，自擇配偶之時。以日暮天雨而散，頗有佳麗空歸者。四望皆苗傜狢僮結寨，類多因樹爲屋，屋皆三層，上爲棲息，下畜牛羊，中作起坐之所。見官騎過，婦女倚樓争觀，露腕闌楯間，手釧闊至二三寸，耳鐶大若茗盞，有連綴數鐶垂及肩際者。是晚苦無棲址，適有汛官空署借居之聽事三楹，薔薇一架，因籬倒撲地，荒齋幽寂，風雨淒迷，增人羈旅之感。曾口占清平樂云：「笙歌纔住。桃花坪下春歸去。儘有含愁嬌不語。冷落鳳韡金縷。休憐遇合難齊。荒衙暫假幽棲。滿地落紅狼藉，一天風雨淒迷。」此詞向未録存，偶憶舊蹤，附此以誌客中風景。

山到桂林奇，非親歷不能知。余以庚戌初夏，入粤西省，小住旬日，暇曾游覽。如城東渡灕江之棲霞山，城西之老君洞，城中之杭栗園、蝙蝠洞、五詠堂、獨秀峯，皆得遍歷。惟獨秀峯壁立百仞，行至峯半小憩亭，力疲而止。最奇爲北城之風洞，一名綵勝山，有寺，甚宏敞。從殿後穿一大石洞出後山，仍在寺内，金碧照耀，不負綵勝之名。土人云：「從旁洞暝行，可渡灕江，達對岸之棲霞。在洞行時，聞頂上篙檝聲，蓋其石至巨，綿亙江上，無罅漏也。」又云：「祇冬令可行，餘時有虺蜴患，今封閉久矣。」余爲譜兀令一闋，未入拙稿，因疏游迹，併録之，以證桂林之奇。詞云：「環寺皆山嵐翠擁。隔江波動。煙浪摇晴棟。認嘘壁龍蛇，一徑通幽洞。乘輿踏遍莓苔，雲外天垂縫。又佛樓高聳。聽説人穿磐石空。暗風吹送。身似驂鸞鳳。早越度棲霞，擧首渾如夢。笑我戎馬偷閒，隨處誇餘勇。恨不曾飛鞚。」詞雖淺薄，情景却宛然也。

憶余入仕之初，第一知遇，爲裕太傅莊毅公。次則粤東姚補之觀察，番禺籍，諱華佐。由幕而官，初權湖南郴州牧，補鳳凰同知，護辰沅道。丁艱後，揀發湖北，補襄陽府丞，總理武昌讞局。時有湖南莠民陳依精等傳布青蓮邪教，在漢陽府城西設總壇，扶乩惑衆，分往各省傳徒，蠱誘以數萬計。府縣密捕得之，搜獲符籙字籍兩巨篋。余在府幕，年少恃强，竭二晝夜力遍閲之，意在斂資，卻無悖逆。從各路書劄内，備知各省立壇犯名住址，列單屬居停，稟大府飛咨各封疆飭提，旋皆獲辦。其本案委觀察會武漢二府督審，循故事應由武府幕友主持。觀察以余備悉其詭祕，堅邀入局，暫襄其事。曾戲譜滿庭芳一詞，述可矜意，觀察然之。旋有私釋教犯者，大府欲治以縱囚律。余曰：「囚者拘繫在官之名，彼犯事尚未到官，應稱罪人，不得指爲囚而重縱者之罪。」争之甚堅。觀察愈相引重，遂訂忘年交。越半年，適署漢陽府，聯賓主情，益增款洽。余之得登仕籍，實觀察提倡佽助以成，終身誌感。後一年，觀察歸道班，署安襄鄖道，遽以痰喘薨，爲之涕洟不止。觀察外嚴毅而内慈祥，以仁心施仁政，故孫輩疊掇科第，曾孫已入詞垣，其食報如是。余之詞未存稿，適得諸廢簏。詞不足録，而感念舊知，不容棄置，且邪教之謬，亦可附儆焉。調寄滿庭芳云：「洗馬池荒，扶鸞地僻，避人潛渡晴川。乩壇初設鄂省洗馬池，後有知之者，乃移住漢陽西城外。琴臺南畔，深隱煉金丹。壇在伯牙琴臺之南。偏説乩壇示警，教扃户、日斷炊煙。乩云：數日内有血光災，迅鎖閉前後門，勿舉火。官役往，闃寂無人，疑爲空宅，欲舍去另覓。誰知有，村童暗指，參合夢中緣。先有人投匿名狀於督轅，語皆夢囈，所指住址，亦託言夢中見之。後詰犯供，始知具狀爲張某，先已悔教歸湘，因悟乩批示警，蓋以得信，不及遠颺，猶神其説，以冀惑衆。鋃鐺宵就鞫，神迷白梃，口誦青蓮。首犯身懷白木梃，約尺許，名爲降魔杵，搜之竟大哭，猶口誦教中經不絶。道願投犴獄，敢望雞竿。各犯迷惑已深，曉諭百端，甘死不悔。堪歎愚頑至此，罹天譴、還羡登仙。其教肇於四川南部縣，與白蓮教異派同源，以歷次到官正法之人，奉爲仙祖，已積至二十餘世，故以決罪受戮爲登仙。哀矜處，休留簿籍，黎庶怕株連。余謂首從各犯，應按名咨提，以免遺孽。其所登被誘出錢各簿，請存内署，案結焚之。」

吴中觴詠，推拙政園最多，以張子青尚書、鞠坨太守昆仲爲賢主人也。尚書名之萬，直隸南皮人。丁酉選拔，庚子舉人，丁未大魁天下，歷職清要，屢掌文衡。由豫撫升漕督，調撫江蘇，後晉閩浙軍制。以親老不能遠行，陳情乞養。拙政園爲吴中第一名勝，明季王侍御獻臣所構，文衡山有記。輾轉易主，同治間售作八旗奉直會館。尚書撫蘇，假爲衙署，引退後仍居之。太守名之京，己亥孝廉，官湖北知府，亦以養親告歸，同居園內。尚書工書畫，太守精絲竹，同善收藏，好植花木，而又並愛交游。消夏消寒時爲文酒之讌，同人亦樂就之。一月輒數集，或彈琴作畫，或分韻賦詩，惟不塡詞，以好者少也。丁丑春，太夫人棄養，八月將歸，各有憐別之情，聚會益密。十六日戒行，余與沈仲復廉訪，吳平齋廣庵喬梓兩觀察聯舟送之。暮泊楓橋，與三君登鐵鈴關晚眺。次午先抵無錫，同游惠山。入夜尚書昆仲至，始與作別。余譜南浦云：「秋水漲橫塘，送歸人、各泛吳江輕櫂。日落鐵鈴關，扁舟檥、同展楓橋幽眺。羣峯漸暝，暮煙深樹迷荒草。一幅雲林平遠畫，商略再摹新稿。　宵來風順帆懸，正晨餐乍了，惠山迎笑。躡屐賦重游，登高巘、棖觸遠離懷抱。天涯路杳。相看霜鬢垂垂老。龍脳飛泉初試茗，別淚知攙多少。」作此詞時，更深月冷，頗難爲懷。後尚書行至淮安，以水涸道艱，爲文質夫漕帥挽留，暫住淮城，次春始歸。書問往還，眷念不已。今夏，鞠坨太守因余前患臂痛，以蜀中之祛風籐釧寄贈，其誠摯如是。天涯知己，再見何時，錄而存之，覺別緒離情，猶在筆底。

西湖山水之秀甲天下，余以浙人生長嘉禾，足迹未能一到，心常欿然。丁丑春間，覓得咸淳臨安志、西湖游覽志等書，朝夕展視，以作導師。是冬，罷官旋里，游志益堅，因欲挈眷偕行，居湖上始便。在吳門時，商之俞蔭甫太史，許以主講之詁經精舍相借。恐稍偪仄，又爲另借蘇公祠。蓋向作孝廉堂書院，山長未涖，可以借居。遂於三月二十三日自嘉郡起程，二十五日抵大關。易小舟至松木場，呼輿歷寶石山，過斷橋而抵祠內。祠屋甚宏敞，東南有樓，時一登臨，湖山在目。住彼旬日，凡靈隱、天竺、法相、理安，名勝之處，排日暢游，默數平生山水之緣，以此爲最。自往及返，日課數詞，皆成於舟次輿中，無暇修飾，不足存。初往時，太史書云：「代請東坡先生爲東道主人。」頗不俗。余則謂：「愧無佳句，不免爲髯翁笑也。」今錄初至湖上調寄曲游春一詞，以紀勝游。詞云：「放浪天涯久，悵故鄉名勝，偏未游歷。夢熟西泠，認六橋絲柳，似曾相識。隄畔停吟屐。暫假館、蘇公祠側。念當時、玉局風流，何處再尋陳迹。望極。高峯南北。剩孤塔雲迷，叢樹煙冪。徙倚斜陽，聽荒庵暮鼓，遠村漁笛。歸舫衝波急。蕩四面、湖光一碧。看萬松嶺月飛來，夜燈暗壁。」

游西湖歸，螺青疊函細詢游蹤，蓋慮孱軀不耐勞也。螺青雙姓金吳，名瀾，嘉興名諸生。幕游江北，與余訂交揚州軍次，同處十年，金石誼深，骨肉無間。後以明經援例得知縣，同官江蘇。前江督曾文正公奏調赴直隸治積牘，著優績。迨回兩江任，復請調回，奉部駮。又自引咎固争，始得請歷宰江陰吳江，今補崐山縣。廉介持躬，尤以子惠黎元振興文教爲己任，民頌之如慈父母。自余歸里，書問益殷，因譜憶舊游以慰之。詞云：「記松陽繫楫，竹市尋輿，西渡紅橋。到眼鷗波綠，去蘇祠數武，候吏相招。畫樓竟容假榻，緣壁挂吟瓢。正春事將闌，亭臺如倦，花柳都驕。連朝際晴暖，任小扇輕衫，乘輿游遨。遠策雲棲杖，看峯圍孤塔，江涌迴潮。選勝遍探名迹，懷古意難消。逮夜擁蘭衾，山光水色勾夢遥。」詞愧平庸，郤紀實事也。

前於庚子春，在里居之西，闢地數畝，累石疏池，小葺亭榭，顏曰憩園，爲歸老計。至戊寅五月，始得移居園中，以消長夏。閒中無事，念春游西湖之勝，山光雲影，尚往來於胸臆間，不可無圖以紀之。乃自塗抹大致，函託李眉生廉訪，轉丐吳縣顧若波茂才爲寫圖，眉生署檢曰蘇樓春眺。余自題一詞，調寄掃花游云：「小樓縱目，遇驟雨初晴，萬山環笑。豔游正好。看蘇隄數里，垂楊芳草。十日行吟，遍訪名巖勝沼。問啼鳥。自南渡至今，遺恨多少。人去花事杳。倩妙手留香，怕隨春老。翠雲四繞。向圖中認取，燕昏鶯曉。尚悔來遲，舊約探梅誤了。待重到聖湖邊，細尋鴻爪。」自知淺俚，僅能去上無訛，聊誌游情，以丐同人珠玉。

壬午五月廿三日，長洲潘鍾瑞校讀一過，廿四日覆校六卷畢，並誌於香禪精舍。

甲申十月二十九日，武進費念孫校讀一過。